ॐ नमो भगवते वासुदेवाय

国家十二五重点出版项目

中国社会科学院创新工程学术出版资助项目

博伽梵往世书

BHĀGAVATA PURĀṆA

第八卷 第五篇

维亚萨戴瓦 著
英文译著 A.C.巴克提韦丹塔·斯瓦米·帕布帕德
中文翻译 嘉娜娃

中国社会科学出版社

目　录

第一章

普瑞亚瓦塔王的活动

这一章描述的是普瑞亚瓦塔王(Mahārāja Priyavrata)如何享受王室财富和君权，随后又如何恢复了全部的知识。普瑞亚瓦塔王先是不执著尘世的财富，后来又变得依恋起他的王国来；但最终，他再次变得不执著物质享乐，从而获得了解脱。帕瑞克西特王听到这一切后感到很奇妙，但也有些困惑不解，不明白一个不依恋物质享乐的奉献者后来怎么会变得依恋享乐。怀着这种惊讶，他询问舒卡戴瓦·哥斯瓦米(Śukadeva Gosvāmī)这个问题。

为回答君王的询问，舒卡戴瓦·哥斯瓦米解释说：奉爱服务因为是超然的，所以不可能受到物质的影响而偏离正道。普瑞亚瓦塔从纳茹阿达(Nārada)的教导中得到超然的知识，因此不想陷入在王国中进行物质享乐的生活状态。但在主布茹阿玛(Brahmā)和天帝因铎(Indra)这些高级半神人的要求下，他还是接受了王国。

一切都在至尊控制者——至尊人格首神的控制下，每一个人都必须根据自身的情况工作。正如公牛被拴在它鼻子上的绳子所控制，所有受制约的灵魂都被迫在物质自然属性的魔力控制下工作。因此，文明人便按照社会四阶层(varṇa)和灵性四阶段(āśrama)制度工作。但即使过物质化的生活，也没人可以随心所欲地行事。每一个受制约的生物都被迫接受由至尊主提供的一个特定的躯体，从而享受或承受不同等级的快乐与痛苦。所以，一个人即使不顾实际情况硬要离开家去森林，也会再次变得依恋物质生活。家庭生活被比作是练习控制感官的堡垒。当感官被控制住时，人既可以住在家中，也可以住在森林里，因为其中并没有区别。

普瑞亚瓦塔王遵照主布茹阿玛的指示接受王冠时，他父亲玛努

(Manu)离开家去了森林。普瑞亚瓦塔王接着娶维施瓦卡尔玛(Viśva-karmā)的女儿芭黑施玛缇(Barhiṣmatī)为妻。他与芭黑施玛缇生了十个儿子，他们分别是：阿格尼铎(Āgnīdhra)、伊德玛吉瓦(Idhmajihva)、雅格亚巴胡(Yajñabāhu)、玛哈维茹阿(Mahāvīra)、黑冉亚瑞塔(Hiraṇyaretā)、贵塔普瑞施塔(Ghṛtapṛṣṭha)、萨瓦纳(Savana)、梅达提缇(Medhātithi)、维提皓陀(Vītihotra)和卡维(Kavi)。他还生了个女儿，名叫乌尔嘉斯娃缇(Ūrjasvatī)。普瑞亚瓦塔王与他妻子和其他家人在一起生活了好几千年之久。他战车的轮子在大地上留下的车轮印，划出了七大洋和七大岛。在普瑞亚瓦塔的十个儿子中，名叫玛哈维茹阿、萨瓦纳和卡维的三个儿子直接进入生命的第四个阶段——弃绝阶层(sannyāsa)，其余的七个儿子当了七大洲的统治者。普瑞亚瓦塔王还娶了第二位妻子，并与她生了三个儿子，他们分别是：乌塔玛(Uttama)、茹艾瓦特(Raivata)和塔玛斯(Tāmasa)。他们都被提升到玛努的位置上。舒卡戴瓦·哥斯瓦米就这样描述了普瑞亚瓦塔王是如何获得解脱的。

第 1 节

राजोवाच
प्रियव्रतो भागवत आत्मारामः कथं मुने ।
गृहेऽरमत यन्मूलः कर्मबन्धः पराभवः ॥१॥

rājovāca
priyavrato bhāgavata
ātmārāmaḥ kathaṁ mune
gṛhe 'ramata yan-mūlaḥ
karma-bandhaḥ parābhavaḥ

rājā uvāca—帕瑞克西特王说 / priya-vrataḥ—普瑞亚瓦塔王 / bhāgavataḥ—伟大的奉献者 / ātma-ārāmaḥ—在觉悟自我中得到快乐的…… / katham—为什么 / mune—伟大的圣人啊 / gṛhe—在家里 /

aramata－享受 / yat-mūlaḥ－作为……的根本原因 / karma-bandhaḥ－功利性活动的束缚 / parābhavaḥ－人生使命的挫败

译文 帕瑞克西特王向舒卡戴瓦·哥斯瓦米询问道：伟大的圣人啊！普瑞亚瓦塔王是至尊主的觉悟了自我的优秀奉献者，他为何继续过居士生活？那种生活是使人被功利性活动束缚的根源，它挫败人生的使命。

要旨 在第4篇中，圣舒卡戴瓦·哥斯瓦米解释说，纳茹阿达·牟尼给普瑞亚瓦塔王完整地讲述了人生的使命。人生的使命是了解真我，然后逐渐回归家园，回到首神身边。既然纳茹阿达·牟尼给君王透彻地阐明了这一主题，而居士生活是使人受物质束缚的主要原因，君王为何还要再次过那种生活呢？帕瑞克西特王很惊讶普瑞亚瓦塔王竟然继续过居士生活；尤其是，他不仅是觉悟了自我的灵魂，而且是至尊主一流的奉献者，他还这样做。居士生活对奉献者来说实际上并没有吸引力；但令人惊讶的是，普瑞亚瓦塔王很享受他的居士生活。有人也许会争论说："享受居士生活为什么不对？"回答是：过居士生活的人会被功利性活动的结果所束缚。居士生活的实质是感官享乐，人只要为感官享乐而一心一意地辛苦工作，就会受功利性活动之反作用的束缚。这种对觉悟自我的无知，是人生最大的失败。人体生命专为摆脱功利性活动的束缚而设，但人只要忘记自己人生的使命，像动物一样只知道吃、睡、过性生活和保护自己，他就必然会在无知的存在中继续过他受制约的生活。这种生活被称为是"遗忘自己真正的原本状态的生活(svarūpa-vismṛti)"。因为，在韦达文明中，人在他生命的开始阶段就受到训练当一名布茹阿玛查瑞(brahmacārī)——贞守生。贞守生必须苦修，过独身禁欲的生活。受到完整训练遵守贞守生原则的人，一般不进入居士生活。这样的人被称为终身禁欲的贞守生(naiṣṭhika-brahmacārī)，以说明他终身过独身禁欲的生活。正因为如此，帕瑞克西特王感到惊讶，不明白伟大的普瑞亚瓦塔王为何受到遵守“终身禁欲的贞守生”的原则训练，但却还进入居士生活。

这节诗中“在觉悟自我中得到快乐的伟大的奉献者(bhāgavata ātmārāmaḥ)”一句意义重大，指的是像至尊人格首神一样在自我中获得快乐的人。不同的人追求不同的满足感。功利性活动者(karmī)满足于他们所从事的功利性活动，知识思辨者(jñānī)满足于融入梵光中，奉献者满足于为至尊主做奉爱服务。至尊主之所以在自我中获取快乐，是因为祂绝对富有；满足于侍奉祂的人被称为在觉悟自我中得到快乐的伟大的奉献者。《博伽梵歌》中说：在千万人中也许只有一个人为获得解脱而努力，在千万个为获得解脱而努力的人当中，也许只有一个人摆脱物质存在的焦虑，因认识了自我而感到满足(manuṣyāṇāṁ sahasreṣu)。然而，即使是那种满足，也不是最终最高的满足。知识思辨者、功利性活动者，与瑜伽师一样都有欲望，但奉献者没有。在为至尊主做服务的过程中感到满足被称为“没有欲望(akāma)”，这是最终最高的满足。为此，帕瑞克西特王询问道：“在最高的层面上感到彻底满足的人，怎么可能会满足于过家庭生活？”

这节诗中的梵文“人生使命的挫败(parābhavaḥ)”一词也很重要。满足于过家庭生活的人注定失败，因为他必定已经忘了他与至尊主的关系。帕拉德王描述了家庭生活是如何使人越陷越深的，他说：居士生活如同一口黑井(ātma-pātaṁ gṛham andha-kūpam)。跌入这黑井的人，灵性上必死无疑。下一节诗文叙述了普瑞亚瓦塔王是如何甚至在家庭生活中仍保持解脱的至尊天鹅(paramahaṁsa)状态的。

第 2 节

न नूनं मुक्तसङ्गानां तादृशानां द्विजर्षभ ।
गृहेष्वभिनिवेशोऽयं पुंसां भवितुमर्हति ॥२॥

na nūnaṁ mukta-saṅgānāṁ
tādṛśānāṁ dvijarṣabha
gṛheṣv abhiniveśo 'yaṁ
puṁsāṁ bhavitum arhati

na—不 / nūnam—肯定地 / mukta-saṅgānām—毫不执著的…… / tādṛśānām—这样的 / dvija-ṛṣabha—最伟大的布茹阿玛纳啊 / gṛheṣu—对家庭生活 / abhiniveśaḥ—极度的执著 / ayam—这个 / puṁsām—人们的 / bhavitum—成为 / arhati—可能的

译文　奉献者无疑是解脱了的人。因此，最伟大的布茹阿玛纳啊！他们无论如何都无法全神贯注于家庭事务。

要旨　《奉爱服务的纯粹甘露之洋》(Bhakti-rasāmṛta-sindhu)中说，为至尊主做奉爱服务，可以使人了解生物与至尊人格首神的超然地位和状态。除了奉爱(bhakti)，其他方法都无法使人了解至尊人格首神。就有关这一点，《圣典博伽瓦谭》第11篇第14章的第21节诗中确认说："只有做奉爱服务才能使人欣赏到我。"同样，在《博伽梵歌》第18章的55节诗中，主奎师那本人说：只有做奉爱服务，才能如实地了解作为至尊人格首神的我(bhaktyā mām abhijānāti)。所以，既然奉献者和他的同伴都是解脱的，要他变得依恋家庭事务根本就不可能。每个人都在追求极乐(ānanda)，但这个物质世界里永远都不可能有什么极乐。它只可能存在于奉爱服务中。执著于家庭事务的人，不可能同时依恋做奉爱服务。因此，帕瑞克西特王听说普瑞亚瓦塔王同时依恋奉爱服务和家庭生活的时候感到十分惊讶。

第3节

महतां खलु विप्रर्षे उत्तमश्लोकपादयोः ।
छायानिर्वृतचित्तानां न कुटुम्बे स्पृहामतिः ॥ ३ ॥

mahatāṁ khalu viprarṣe
uttamaśloka-pādayoḥ
chāyā-nirvṛta-cittānāṁ
na kuṭumbe spṛhā-matiḥ

mahatām－伟大奉献者们的 / khalu－肯定地 / vipra-ṛṣe－布茹阿玛纳中的伟大圣人啊 / uttama-śloka-pādayoḥ－至尊人格首神的莲花足的 / chāyā－被……的阴影 / nirvṛta－充分满足 / cittānām－意识……的 / na－绝不 / kuṭumbe－对家庭成员 / spṛhā-matiḥ－怀有执著的意识状态

译文 托庇于至尊人格首神莲花足的进步的伟大灵魂，在那些莲花足的庇荫下感到心满意足。他们的意识无论怎样都无法变得依恋家人。

要旨 圣纳若塔玛·达斯·塔库尔(Narottama dāsa Ṭhākura)歌唱道：主尼提阿南达的莲花足是庇护所，托庇于它们的人将感到不是一个月亮而是千万个月亮放射出的令人倍感慰藉的光芒世界想要真正的和平，就该托庇于主尼提阿南达(nitāi pada-kamala, koṭī-candra suśītala, ye chāyāya jagat juḍāya)。他描述主尼提阿南达的莲花足给予的庇护是如此美好和使人感到清凉，以至那些总是置身于物质活动的熊熊烈火中的物质主义者们如果来寻求祂莲花足庇荫的保护，就会感到痛苦尽去，心满意足。任何经历过与家人一起生活之磨难的人，都能体会家庭生活与灵性生活之间的区别。来托庇于至尊主莲花足的人，永远都不会受到围绕家庭生活的活动的吸引。正如《博伽梵歌》第2章的第59节诗中说：人体验到高品味的快乐时，就会放弃低级活动(paraṁ dṛṣṭvā nivartate)。因此，人一旦托庇在至尊主的莲花足旁，便不再依恋家庭生活。

第 4 节

संशयोऽयं महान् ब्रह्मन्दारागारसुतादिषु ।
सक्तस्य यत्सिद्धिरभूत्कृष्णे च मतिरच्युता ॥ ४ ॥

saṁśayo 'yaṁ mahān brahman
dārāgāra-sutādiṣu
saktasya yat siddhir abhūt
kṛṣṇe ca matir acyutā

saṁśayaḥ—疑惑 / ayam—这个 / mahān—伟大的 / brahman—布茹阿玛纳啊 / dāra—对妻子 / āgāra—家 / suta—孩子们 / ādiṣu—等等 / saktasya—执著的人的 / yat—因为 / siddhiḥ—完美 / abhūt—成为 / kṛṣṇe—向奎师那 / ca—也 / matiḥ—执著 / acyutā—毫无过失

译文　君王继续说：伟大的布茹阿玛纳啊！这是我的一大疑惑。像普瑞亚瓦塔王那样依恋妻子、孩子和家的人，怎能达到奎师那意识最完美无瑕的境界？

要旨　帕瑞克西特王感到奇怪的是，一个那么依恋妻子、孩子和家庭的人，怎么可能具有如此完美的奎师那意识。帕拉德王曾说：

matir na kṛṣṇe parataḥ svato vā
mitho 'bhipadyeta gṛha-vratānām

大意是：发誓要承担家庭责任的人(gṛhavrata)，没机会变得具有奎师那意识。原因是：绝大多数发誓要承担家庭责任的人都受感官享乐的引导，从而逐渐滑向物质存在的黑暗区域(adānta-gobhir viśatāṁ tamisram)。他们怎可能因为具有奎师那意识而变得完美呢？帕瑞克西特王请舒卡戴瓦·哥斯瓦米解答他的这一大疑问。

第 5 节

श्रीशुक उवाच
बाढमुक्तं भगवत उत्तमश्लोकस्य श्रीमच्चरणारविन्दमकरन्दरस आवे-
शितचेतसो भागवतपरमहंसदयितकथां किञ्चिदन्तरायविहतां स्वां
शिवतमां पदवीं न प्रायेण हिन्वन्ति ॥५॥

śrī-śuka uvāca
bāḍham uktaṁ bhagavata uttamaślokasya śrīmac-
caraṇāravinda-makaranda-rasa āveśita-cetaso bhāgavata-
paramahaṁsa-dayita-kathāṁ kiñcid antarāya-vihatāṁ svāṁ
śivatamāṁ padavīṁ na prāyeṇa hinvanti.

śrī-śukaḥ uvāca—圣舒卡戴瓦·哥斯瓦米说 / bāḍham—正确的 / uktam—你所说的 / bhagavataḥ—人格首神的 / uttama-ślokasya—由精选赞歌歌颂的 / śrīmat-caraṇa-aravinda—像最美丽芬芳的莲花一样的双足的 / makaranda—蜂蜜 / rase—甘露中 / āveśita—专注于 / cetasaḥ—心……的 / bhāgavata—对奉献者们 / paramahaṁsa—解脱的人 / dayita—令人愉快 / kathām—歌颂 / kiñcit—有时 / antarāya—被障碍 / vihatām—受到制止 / svām—自己的 / śiva-tamām—最崇高的 / padavīm—地位 / na—不 / prāyeṇa—几乎总是 / hinvanti—放弃

译文 圣舒卡戴瓦·哥斯瓦米说：你说得对。像布茹阿玛如此崇高的人物用雄辩、超然的诗文所赞美的至尊人格首神的荣耀，在伟大的奉献者和解脱之人听来极为动听，使人满心欢喜。依恋至尊主莲花足的甘美蜜露，并总是全神贯注于祂的荣耀的人，有时也许会受到某种障碍的阻碍，但他永远都不会放弃他所达到的崇高状态。

要旨 圣舒卡戴瓦·哥斯瓦米接受君王提出的两个论点，即：具有高度奎师那意识的人无法再喜欢过物质化的生活，而执著于物质化生活的人无法在其生存的任何一个阶段开始培养奎师那意识。舒卡戴瓦·哥斯瓦米虽然接受这两点说明，但进一步解释说，曾经全神贯注于至尊人格首神荣耀的人也许有时会受到阻碍，但仍不会放弃他崇高的奉爱状态。

按照圣维施瓦纳特·查夸瓦尔提·塔库尔的说法，在奉爱服务中存在着两种障碍；第一种是对外士纳瓦莲花足的冒犯(vaiṣṇava-aparādha)。圣柴坦亚·玛哈帕布警告祂的奉献者不要冒犯奉献者的莲花足，祂把这比喻为是疯狂大象的攻击。疯狂的大象进入美丽的花园时会践踏一切，留下一片狼藉的土地。同样，冒犯奉献者莲花足的危害力如此巨大，就连进步的奉献者如果作出冒犯，其灵性资产都会因而几乎荡然无存。奎师那意识是永恒的，所以不可能被全部销毁，但进步有可能暂时受阻。冒犯奉献者的莲花足是阻碍奉爱服务的一种障碍。然而，至尊人格首神或祂的奉献者有时想要阻止人做奉爱服务。例如：黑冉亚卡希普(Hiraṇyakaśipu)和黑冉亚克沙(Hiraṇyākṣa)前世是外琨塔的守门人佳亚(Jaya)和维佳亚(Vijaya)，但由于至尊主的意愿，他们必须三世当祂的敌人。因此，至尊主的意愿是另一种障碍。但在两种情况下，具有高度奎师那意识的纯粹奉献者都不可能迷失。普瑞亚瓦塔遵照他的上级和长辈(斯瓦阳布瓦和主布茹阿玛)的要求过家庭生活，但这并不意味着他改变做奉爱服务的状态。奎师那意识完美而永恒，因此在任何情况下都不可能失去。尽管物质世界充满了阻碍人增强奎师那意识的障碍，但至尊人格首神奎师那在《博伽梵歌》第9章的第31节诗中说：人一旦托庇于至尊主的莲花足，就不可能迷失了(kaunteya pratijānīhi na me bhaktaḥ praṇaśyati)。

这节诗中的梵文“最吉祥的(śivatamām)”一词十分重要。奉爱之途是如此吉祥，以至走在其上的奉献者在任何情况下都不会有失败。《博伽梵歌》第6章的第40节诗中说：我亲爱的阿尔诸纳，对奉献者来说，无论是今生还是来世，都没有失败的问题(pārtha nai-veha nāmutra vināśas tasya vidyate)。就为何是这样的问题，至尊主在第6章的第43节诗中明确解释说：

tatra taṁ buddhi-saṁyogaṁ
labhate paurva-dehikam
yatate ca tato bhūyaḥ
saṁsiddhau kuru-nandana

“库茹的子孙啊！这样出生后，他重新唤起自己前世的神性意识，为彻底取得成功而再做努力。”在至尊主的命令下，完美的奉献者有时会像普通人一样来到这世界。这种完美的奉献者因为他前世的灵修，似乎没原因地、自然地就依恋奉爱服务。尽管周围的环境造成各种障碍，他还是坚持不懈地做奉爱服务，逐渐进步，直到再次变得完美。彼尔瓦蒙嘎拉·塔库尔(Bilvamaṅgala Ṭhākura)前生是位进步的奉献者，但下一生却堕落到依恋一个妓女的地步。但突然，他的行为因为那使他极受吸引的妓女所说的话而彻底改变，成为一名优秀的奉献者。在崇高奉献者们的生活中有许多这样的事例，证明人一旦托庇于至尊主的莲花足就不可能再迷失这一事实(kaunteya pratijānīhi na me bhaktaḥ praṇaśyati)。

然而实际情况是，人彻底清除罪恶生活的所有报应时，就会成为奉献者。正如奎师那在《博伽梵歌》第7章的第28节诗中说：

yeṣāṁ tv anta-gatam pāpaṁ
janānāṁ puṇya-karmaṇām
te dvanda-moha-nirmuktā
bhajante māṁ dṛḍha-vratāḥ

“在前世和今生行善并彻底消除了恶报的人，摆脱由错觉产生的相对性，坚定地为我做服务。”另一方面，正如帕拉德王所说：

matir na kṛṣṇe parataḥ svato vā
mitho 'bhipadyeta gṛha-vratānām

诗的大意是，太依恋以家、妻子和孩子等为中心的物质主义家庭生活的人，无法培养奎师那意识。

凭借至尊主的恩典，奉献者在生活中解决这些表面上的矛盾，因此永不失去他在解脱之途上的地位，这地位在这节诗中被描述为是“最崇高的状态(śivatamām padavīm)”。

第 6 节

यर्हि वाव ह राजन् स राजपुत्रः प्रियव्रतः परमभागवतो नारदस्य चरणोपसेवयाञ्जसावगतपरमार्थसतत्त्वो ब्रह्मसत्रेण दीक्षिष्यमाणोऽवनि-तलपरिपालनायाम्नातप्रवरगुणगणैकान्तभाजनतया स्वपित्रोपामन्त्रितो भगवति वासुदेव एवाव्यवधानसमाधियोगेन समावेशितसकलकारक-क्रियाकलापो नैवाभ्यनन्दद्यद्यपि तदप्रत्याम्नातव्यं तदधिकरण आ-त्मनोऽन्यस्मादसतोऽपि पराभवमन्वीक्षमाणः ॥ ६ ॥

yarhi vāva ha rājan sa rāja-putraḥ priyavrataḥ parama-bhāgavato nāradasya caraṇopasevayāñjasāvagata-paramārtha-satattvo brahma-satreṇa dīkṣiṣyamāṇo 'vani-tala-paripālanāyāmnāta-pravara-guṇa-gaṇaikānta-bhājanatayā sva-pitropāmantrito bhagavati vāsudeva evāvyavadhāna-samādhi-yogena samāveśita-sakala-kāraka-kriyā-kalāpo naivābhyanandad yadyapi tad apratyāmnātavyaṁ tad-adhikaraṇa ātmano 'nyasmād asato 'pi parābhavam anvīkṣamāṇaḥ.

yarhi－因为 / vāva ha－确实 / rājan－君王啊 / saḥ－他 / rāja-putraḥ－王子 / priyavrataḥ－普瑞亚瓦塔 / parama－至高无上 / bhāga-vataḥ－奉献者 / nāradasya－纳茹阿达的 / caraṇa－莲花足 / upaseva-yā－通过服务 / añjasā－很快 / avagata－意识到 / parama-artha－超然的话题 / sa-tattvaḥ－以及一切可知的事实 / brahma-satreṇa－通过不断地谈论至尊者 / dīkṣiṣyamāṇaḥ－渴望全然奉献自己 / avani-tala－地球表面 / paripālanāya－统治 / āmnāta－启示经典所指示 / pravara－最高的 / guṇa－品质的 / gaṇa－总和 / ekānta－一心一意地 / bhājanatayā－由于具有 / sva-pitrā－被他父亲 / upāmantri-taḥ－被问 / bhagavati－至尊人格首神中 / vāsudeve－无所不在的至尊主 / eva－肯定地 / avyavadhāna－不断地 / samādhi-yogena－通过全神贯注地练瑜伽 / samāveśita－完全致力于 / sakala－一切 / kāraka－感官 / kriyā-kalāpaḥ－一切活动……的 / na－不 / eva－如此 / abhyanan-dat－欢迎 / yadyapi－虽然 / tat－那 / apratyāmnātavyam－不该因任何理由被

拒绝 / tat-adhikaraṇe－担任这职位 / ātmanaḥ－自己的 / anyas-māt－被其他责任 / asataḥ－物质的 / api－肯定地 / parābhavam－恶化 / anvīkṣamāṇaḥ－预见

译文 舒卡戴瓦·哥斯瓦米继续道：我亲爱的君王，普瑞亚瓦塔王子因为托庇于他灵性导师纳茹阿达的莲花足而曾是位优秀的奉献者，已经凭借超然的知识达到最高的完美境界。在有先进知识的情况下，他总是致力于讨论灵性的主题，从不分心去注意其他事。后来，王子的父亲要求王子负责统治世界。他努力劝普瑞亚瓦塔说，按照启示经典中的指示，统治世界是王子的职责。然而，普瑞亚瓦塔王子一直不断地记忆至尊人格首神，继续练奉爱瑜伽，以此方式用他所有的感官为至尊主服务。所以，尽管他不能拒绝他父亲的命令，但也并不想接受。为此，他很认真、尽责地扪心自问，他是否会因为答应承担统治全世界的职责而不能一心一意地做奉爱服务了。

要旨 圣纳若塔玛·达斯·塔库尔歌唱道："不侍奉纯粹外士纳瓦或灵性导师的莲花足，人永远都无法彻底摆脱物质束缚(chāḍiyā vaiṣṇava-sevā nistāra pāyeche kebā)。"普瑞亚瓦塔王子经常侍奉纳茹阿达的莲花足，因此很了解超然主题的真相(sa-tattvaḥ)。梵文"一切可知的事实(sa-tattvaḥ)"一词的意思是指，普瑞亚瓦塔不仅了解有关灵魂、至尊人格首神，以及灵魂与至尊人格首神之间关系的一切真相，还知道这物质世界的一切，以及灵魂与至尊主在这个物质世界里的关系。因此，王子决定让自己只为至尊主做服务。

当普瑞亚瓦塔的父亲斯瓦阳布瓦·玛努(Svāyambhuva Manu)要求他承担统治全世界的责任时，他没有欣然接受这一提议。这是优秀的、解脱了的奉献者所展现的特征。他虽然从事世俗事务，但并不感到乐在其中，相反总是全神贯注地为至尊主服务。他在这样为至尊主做服务时，尽管表面上在处理世俗事务，但却不受影响。例如：尽管他不受他孩子的吸引，但却照顾他们，教育他们成为奉献者。同样，他对他妻子说温柔亲切的话语，但却不受她的吸引。做奉爱服务使奉献者获得至尊主拥有的一切美好品质。主奎师那有一万六千位妻子，她们都很美；而祂虽然作为亲爱的丈夫与每一位妻子打交道，但却不依恋她们中的任何一位。同样，奉献者虽然进入家庭生活，并对妻子和孩子非常温柔、亲切，但却从不受这些活动的吸引。

这节诗说明，普瑞亚瓦塔王子通过侍奉他灵性导师的莲花足，很快就达到了奎师那意识的完美阶段。这是在灵性生活中取得进步的唯一方法。正如韦达经(Vedas)中说：

yasya deve parā bhaktir
　yathā deve tathā gurau
tasyaite kathitā hy arthāḥ
　prakāśante mahātmanaḥ

“人如果对至尊主和灵性导师具有坚定不移的信心，所有的韦达知识就会向他揭示出来。”(《水塔刷塔尔奥义书》6.23)奉献者总是一直不断地想着至尊主。在他吟诵、吟唱哈瑞·奎师那曼陀(Hare Kṛṣṇa mantra)时，奎师那(Kṛṣṇa)和哈瑞(Hare)这些梵文词，就会立刻使他想起至尊主所有的活动。奉献者因为毕生为至尊主做服务，所以任何时候都无法忘记至尊主。正如普通人总是想着物质活动，奉献者总是想着灵性活动。这称为“始终冥想至尊主(brahma-satra)”。普瑞亚瓦塔王子得到圣纳茹阿达完美的启发，开始这项练习。

第7节

अथ ह भगवानादिदेव एतस्य गुणविसर्गस्य परिबृंहणानुध्यान-
व्यवसितसकलजगदभिप्राय आत्मयोनिरखिलनिगमनिजगणपरिवे-
ष्टितः स्वभवनादवततार ॥ ७॥

atha ha bhagavān ādi-deva etasya guṇa-visargasya
paribṛṁhaṇānudhyāna-vyavasita-sakala-jagad-abhiprāya ātma-yonir
akhila-nigama-nija-gaṇa-pariveṣṭitaḥ sva-bhavanād avatatāra.

atha一从而 / ha一的确 / bhagavān一最强有力的 / ādi-devaḥ一第一位半神人 / etasya一这宇宙的 / guṇa-visargasya一物质自然三种属性的创造 / paribṛṁhaṇa一福利 / anudhyāna一始终想着 / vyavasita一知道的 / sakala一整个 / jagat一宇宙的 / abhiprāyaḥ一最终目标……的 / ātma一至尊自我 / yoniḥ一诞生的源头……的 / akhila一一切 / nigama一被韦达经 / nija-gaṇa一被亲密的同伴 / pariveṣṭitaḥ一被……围绕 / sva-bhavanāt一从他自己的住所 / avatatāra一降临了

译文 圣舒卡戴瓦·哥斯瓦米继续说：这宇宙中第一位被创造的生物体、最强有力的半神人，是一直在负责发展宇宙事务的主布茹阿玛。由至尊人格首神直接生出的他，因为知道宇宙创造的目的，所以毕生从事造福整个宇宙的活动。这位最强有力的主布茹阿玛，由他的同伴及韦达经的人格化身陪伴着，离开他自己那处在这宇宙中最高星系的住所，降临到普瑞亚瓦塔王子正在打坐冥想的地方。

要旨 正如《韦丹塔经》(Vedānta-sūtra)中阐明的，主维施努(Viṣṇu)——至尊自我(ātmā)，是一切的根源(janmādy asya yataḥ)。由于布茹阿玛直接由主维施努所生，他被称为阿特玛·尤尼(ātma-yoni)。他还被称为巴嘎万(bhagavān)，尽管这个名字通常用来称呼至尊人格首神(维施努或主奎师那)。主布茹阿玛、纳茹阿达或主希瓦等半神人——伟大的人物，因为执行至尊人格首神的命令，有时也被称为巴嘎万。主布茹阿玛被称为巴嘎万是因为，他是这个宇宙的第二位创造者。他总是想着如何改善到这个物质世界来享受物质活动的受制约灵魂的处境。为此，他将韦达知识传遍全宇宙，以指导众生。

韦达知识被分为“感官享乐之途(pravṛtti-mārga)”和“弃绝之途

(nivṛtti-mārga)”两部分。“弃绝之途”谈的是放弃感官享乐，“感官享乐之途”谈的是给生物体享乐的机会，但同时以特定的方式指导他们，好让他们能回归家园、回到首神身边。由于统治这个宇宙责任重大，布茹阿玛必须强迫不同年代中的许多玛努(Manu)负责宇宙事务。每一个玛努时代都会有不同的君王负责执行主布茹阿玛的命令。从前面的解释中可以了解，杜茹瓦王(Dhruva Mahārāja)的父亲乌塔纳帕德(Uttānapāda)之所以统治整个宇宙，是因为他哥哥普瑞亚瓦塔在他生活的早期从事苦修。因此直到帕柴塔时期，宇宙的君王们都是乌塔纳帕德王的后代。由于继帕柴塔们之后没有合适的君王，斯瓦阳布瓦·玛努到甘达玛丹(Gandhamādana)山丘去带回他那位在那里打坐冥想的长子普瑞亚瓦塔。斯瓦阳布瓦·玛努要求普瑞亚瓦塔统治宇宙。当普瑞亚瓦塔拒绝时，主布茹阿玛从被称为萨提亚珞卡(Satyaloka)的最高星系降临，要求普瑞亚瓦塔接受命令。主布茹阿玛并非独自一人前往，而是与玛瑞祺(Marīci)、阿特瑞亚(Ātreya)和瓦希施塔(Vasiṣṭha)等伟大的圣人一同前往。为了使普瑞亚瓦塔确信他需要遵循韦达教导，接受统治世界的职责，主布茹阿玛还带去了他忠诚的同伴——韦达经的人格化身。

这节诗中的重要梵文词是“从他自己的住所(sva-bhavanāt)”，以指主布茹阿玛从他自己的住所降临。每一个半神人都有自己的住所。天帝因铎(Indra)有他自己的住所，月亮星球的主宰昌铎(Candra)有，太阳星球的主宰神明苏尔亚(Sūrya)也有。半神人共有好几百万，宇宙中众多的恒星和行星都是他们各自的家。《博伽梵歌》对此确认说：崇拜半神人的人到半神人的星球去(yānti deva-vra-tā de-vān)。主布茹阿玛的住所——这个宇宙最高的星系，被称为萨提亚珞卡，有时也被称为布茹阿玛珞卡。布茹阿玛珞卡通常是指灵性世界。主布茹阿玛的住所是萨提亚珞卡，但由于主布茹阿玛住在那里，它有时也被称为布茹阿玛珞卡。

第8节

**स तत्र तत्र गगनतल उडुपतिरिव विमानावलिभिरनुपथममरपरिवृढै-
रभिपूज्यमानः पथि पथि च वरूथशः सिद्धगन्धर्वसाध्यचारणमुनि-
गणैरुपगीयमानो गन्धमादनद्रोणीमवभासयन्नुपससर्प ॥ ८ ॥**

sa tatra tatra gagana-tala uḍu-patir iva vimānāvalibhir anupatham
amara-parivṛḍhair abhipūjyamānaḥ pathi pathi ca varūthaśaḥ siddha-
gandharva-sādhya-cāraṇa-muni-gaṇair upagīyamāno gandha-
mādana-droṇīm avabhāsayann upasasarpa.

saḥ—他(主布茹阿玛) / tatra tatra—到处 / gagana-tale—在天穹之下 / uḍu-patiḥ—月亮 / iva—正如 / vimāna-āvalibhiḥ—在各自的飞机上 / anupatham—沿途 / amara—半神人的 / parivṛḍhaiḥ—由领袖们 / abhipūjyamānaḥ—受到崇拜 / pathi pathi—在路上一个接一个 / ca—也 / varūthaśaḥ—一群一群 / siddha—由希达哈星球的居民 / gandharva—由甘达尔瓦星球的居民 / sādhya—由萨迪亚星球的居民 / cāraṇa—由查冉纳星球的居民 / muni-gaṇaiḥ—以及由伟大的圣人 / upagīyamānaḥ—受到崇拜 / gandha-mādana—有甘达玛丹山在其上的星球的 / droṇīm—边界 / avabhāsayan—照明 / upasasarpa—他接近

译文 在主布茹阿玛乘坐他那巨大的天鹅坐骑从天而降时，希达哈星球、甘达尔瓦星球、萨迪亚星球和查冉纳星球上的全体居民，以及大圣人和半神人们，都乘坐他们的各种飞机，聚集在天穹中迎接主布茹阿玛并崇拜他。主布茹阿玛接受敬意及不同星球的居民的崇拜时，看上去恰似由众星围绕着的月亮。主布茹阿玛乘坐的巨大天鹅随即抵达甘达玛丹山丘边界，接近正坐在那里的普瑞亚瓦塔王子。

要旨 这段描述显示，半神人所住的星球之间经常有星际间的旅行。另一个重点是，有一个星球绝大部分地方都被高大的山脉所覆盖，而其中一座山丘名叫甘达玛丹(Gandhamādana)。普瑞亚瓦塔、纳茹阿达和斯瓦阳布瓦·玛努三位伟大的人物就坐在这山丘上。按照《布茹阿玛·萨密塔》(Brahmā-saṁhitā)的描述，每一个宇宙都充满了不同的星系，而每一个星系都有其独特的财富。例如：在希达哈星球上，所有的居民都具有强大的神秘瑜伽力量。他们可以在不乘坐飞机或其他飞行器的情况下从一个星球飞到另一个星球。同样，甘达尔瓦星球(Gandharvaloka)上的居民都精通音乐科学，萨迪亚星球上全都是伟大的圣人(Sādhyaloka)。星际间的旅行无疑存在，不同星球上的居民可以从一个星球到另一个星球去。但在这个地球上，我们还没制造出任何一个能直接从一个星球到另一个星球的机器，尽管人们对直接去月球做了不成功的尝试。

第 9 节

तत्र ह वा एनं देवर्षिर्हंसयानेन पितरं भगवन्तं हिरण्यगर्भमुपलभमानः
सहसैवोत्थायार्हणेन सह पितापुत्राभ्यामवहिताञ्जलिरुपतस्थे ॥ ९ ॥

tatra ha vā enaṁ devarṣir haṁsa-yānena pitaraṁ bhagavantaṁ
hiraṇya-garbham upalabhamānaḥ sahasaivotthāyārhaṇena saha pitā-
putrābhyām avahitāñjalir upatasthe.

tatra—那里 / ha vā—肯定地 / enam—他 / deva-ṛṣiḥ—大圣人纳茹阿达 / haṁsa-yānena—由天鹅坐骑 / pitaram—他的父亲 / bhagavan-tam—最强有力的 / hiraṇya-garbham—主布茹阿玛 / upalabha-mānaḥ—了解 / sahasā eva—立即 / utthāya—起立 / arhaṇena—带着崇拜的用品 / saha—伴随 / pitā-putrābhyām—由普瑞亚瓦塔和他父亲 / avahita-añjaliḥ—尊敬地双手合十 / upatasthe—崇拜

译文　纳茹阿达的父亲——主布茹阿玛，是这个宇宙内的至尊人。纳茹阿达一看到巨大的天鹅，便知道是主布茹阿玛驾临了。于是，他立刻与斯瓦阳布瓦·玛努及他正在给予教导的玛努之子普瑞亚瓦塔一同站立起来，随即一起双手合十，怀着巨大的敬意开始崇拜主布茹阿玛。

要旨 正如前一节诗所说，主布茹阿玛由另一些半神人陪同，而他独有的坐骑是巨大的天鹅。因此，纳茹阿达·牟尼一看到天鹅，就知道他父亲——又被称为黑冉亚嘎尔巴(Hiraṇyagarbha)的主布茹阿玛到来了。所以，他立刻与斯瓦阳布瓦·玛努及玛努的儿子普瑞亚瓦塔一同起身迎接主布茹阿玛，向布茹阿玛致敬。

第10节

भगवानपि भारत तदुपनीतार्हणः सूक्तवाकेनातितरामुदितगुणगणाव-तारसुजयः प्रियव्रतमादिपुरुषस्तं सदयहासावलोक इति होवाच ॥१०॥

bhagavān api bhārata tad-upanītārhaṇaḥ sūkta-vākenātitarām udita-guṇa-gaṇāvatāra-sujayaḥ priyavratam ādi-puruṣas taṁ sadaya-hāsāvaloka iti hovāca.

bhagavān－主布茹阿玛 / api－此外 / bhārata－帕瑞克西特王啊 / tat－由他们 / upanīta－呈现 / arhaṇaḥ－可用于崇拜的用品 / sūkta－按照韦达礼节 / vākena－通过语言 / atitarām－极度 / udita－赞扬 / guṇa-gaṇa－品质 / avatāra－由于降临 / su-jayaḥ－荣耀……的 / priyavratam－向普瑞亚瓦塔 / ādi-puruṣaḥ－存在中的第一个人 / tam－向他 / sa-daya－满怀同情心 / hāsa－微笑着 / avalokaḥ－看着……的他 / iti－这样 / ha－肯定地 / uvāca－说

译文 我亲爱的帕瑞克西特王，由于主布茹阿玛竟然从萨提亚星球降临到布珞卡，纳茹阿达·牟尼、普瑞亚瓦塔王子和斯瓦阳布瓦·玛努都按韦达礼仪，上前向他献上崇拜的贡品，并用优美的话语赞美他。那时，主布茹阿玛——这宇宙的第一人，对普瑞亚瓦塔感到同情，于是微笑地看着他，对他说了如下的话。

要旨 主布茹阿玛从萨提亚星球降临来看普瑞亚瓦塔，说明问题的严重性。纳茹阿达·牟尼来告知普瑞亚瓦塔有关灵性生活、知识、弃绝和奉爱的价值，主布茹阿玛知道纳茹阿达的教导给人以极深刻的印象。因此，主布茹阿玛知道，除非他本人去甘达玛丹山丘对普瑞亚瓦塔王子提出要求，否则普瑞亚瓦塔不会接受他父亲的命令。布茹阿玛的目的是要中止普瑞亚瓦塔的决心。为此，他先是怜悯地看着普瑞亚瓦塔。他的微笑和同情的表情也说明：尽管他要求普瑞亚瓦塔接受居士生活，普瑞亚瓦塔并不会因此而与奉爱服务失去联系。凭借外士纳瓦的祝福，一切都有可能。这在《奉爱服务的纯粹甘露之洋》中被描述为是“仅仅靠站在更高层面的人的祝福而达到完美(kṛpā-siddhi)”。人一般是通过奉行经典(śāstra)中规定的规范守则获得解脱和完美。但也有许多人仅仅靠灵性导师或灵性上更进步的奉献者的祝福达到完美。

普瑞亚瓦塔是主布茹阿玛的孙子，而正如祖孙之间有时会展开玩笑般的竞争，在这个事件中，普瑞亚瓦塔决心保持打坐冥想的状态，但布茹阿玛决心让他统治宇宙。因此，主布茹阿玛深情地微笑和瞥视的意思是：“我亲爱的普瑞亚瓦塔，你决定不接受居士生活，但我决定说服你，让你必须接受它。”布茹阿玛其实是来称赞普瑞亚瓦塔因为高标准的弃绝、苦修和奉爱服务，以至即使接受居士生活都不会脱离奉爱服务的。

这节诗中的重要梵文词是“通过韦达赞歌(sūkta-vākena)”。韦达经中有如下对主布茹阿玛的祈祷：黑冉亚嘎尔巴存在于一切之前；他出生之后曾是众多生物体唯一的主人(hiraṇyagarbhaḥ samavartatāgre bhūtasya jātaḥ patir eka āsīt)。迎接布茹阿玛要吟唱正确的韦达赞歌，而按照韦达礼仪迎接他，使他非常满意。

第 11 节

श्रीभगवानुवाच
निबोध तातेदमृतं ब्रवीमि
मासूयितुं देवमर्हस्यप्रमेयम् ।

वयं भवस्ते तत एष महर्षि-
वर्हाम सर्वे विवशा यस्य दिष्टम् ॥११॥

śrī-bhagavān uvāca
nibodha tātedam ṛtaṁ bravīmi
māsūyituṁ devam arhasy aprameyam
vayaṁ bhavas te tata eṣa maharṣir
vahāma sarve vivaśā yasya diṣṭam

śrī-bhagavān uvāca－至尊人——主布茹阿玛说 / nibodha－请专心听 / tāta－我亲爱的儿子 / idam－这个 / ṛtam－真实的 / bravīmi－我正在说 / mā－不 / asūyitum－忌妒 / devam－至尊人格首神 / arhasi－你应该 / aprameyam－超越我们具有的经验性知识的范围 / va-yam－我们 / bhavaḥ－主希瓦 / te－你的 / tataḥ－父亲 / eṣaḥ－这个 / mahā-ṛṣiḥ－纳茹阿达 / vahāmaḥ－执行 / sarve－一切 / vivaśāḥ－不能偏离 / yasya－……的 / diṣṭam－命令

译文 这宇宙中最高级的人物主布茹阿玛说：我亲爱的普瑞亚瓦塔，请注意听我对你说的话。不要妒忌至尊主，祂超越我们的经验测度范围。我们全体，包括主希瓦、你父亲和伟大的圣人纳茹阿达，都必须执行至尊者的命令。我们不能违背祂的指示。

要旨 在十二位伟大的奉爱服务专家中，主布茹阿玛本人、他儿子纳茹阿达、斯瓦阳布瓦·玛努和主希瓦这四位权威人士都来到普瑞亚瓦塔面前。他们都由许多其他可信赖的圣人们陪伴着。布茹阿玛首先要让普瑞亚瓦塔清楚，这些伟大的人物虽然都是权威人士，但却不可能不服从至尊人格首神的命令。这节诗描述至尊人格首神“总是光荣的(deva)”。至尊人格首神的力量、荣耀和非凡的能力，永远都不可能被减少。《至尊奥义书》(Īśopaniṣad)中描述至尊主说：“从物质角度考虑是罪恶的一切，永远都影响不了祂(apāpa-viddha)。”同样，《圣典博伽瓦谭》(Śrīmad-Bhāgavatam)描述至尊人格首神是如此强大有力，没有任何我们认为是可憎的事物能影响祂。为解释至尊主的地位而时常会举的例子是：太阳使地上的尿液蒸发，但从不被污染。没有任何人可以控告至尊主做错什么事。

主布茹阿玛去劝普瑞亚瓦塔接受统治宇宙的责任时，并非随心所欲地去做，而是执行至尊主的命令。事实上，布茹阿玛和其他名副其实的专家从不在没得到祂允许的情况下做事。至尊主处在每一个生物体的心中。《圣典博伽瓦谭》开篇便说，至尊主口授韦达知识到布茹阿玛的心中(tene brahma hṛdā ya ādi-kavaye)。生物体越靠做奉爱服务得到净化，就越与至尊人格首神有直接的接触，正如圣典《博伽梵歌》所说：

teṣāṁ satata-yuktānāṁ
bhajatāṁ prīti-pūrvakam
dadāmi buddhi-yogaṁ taṁ
yena mām upayānti te

“对一直以爱心侍奉我的人，我赐予他们理解力，使他们来到我这里。”(《博伽梵歌》10.10)因此，主布茹阿玛并非突发奇想地去找普瑞亚瓦塔，相反是奉至尊人格首神的命令去说服普瑞亚瓦塔。至尊主的活动无法用物质的感官去了解，所以祂在此被描述为是超越我们经验性知识的范围(aprameya)。正因为如此，主布茹阿玛首先建议普瑞亚瓦塔要注意聆听他的话语，不要心怀忌妒。

这里说明为什么一个人想做某事，但却被劝告要从事另一些活动。人不能违抗至尊主的命令，哪怕他像主希瓦、主布茹阿玛、玛努或伟大的圣人纳茹阿达一样强大有力。所有这些权威人士无疑都十分强大有力，但却没有违抗至尊人格首神命令的力量。既然主布茹阿玛是遵照至尊主的命令来找普瑞亚瓦塔，他就要先去除普瑞亚瓦塔心中可能会产生的“来者不善”的猜疑。主布茹阿玛是奉行至尊主的命令，因此普瑞亚瓦塔如果按至尊主的意愿接受主布茹阿玛的命令，其实对普瑞亚瓦塔本身有好处。

第 12 节

न तस्य कश्चित्तपसा विद्यया वा
न योगवीर्येण मनीषया वा ।
नैवार्थधर्मैः परतः स्वतो वा
कृतं विहन्तुं तनुभृद्विभूयात् ॥१२॥

na tasya kaścit tapasā vidyayā vā
na yoga-vīryeṇa manīṣayā vā
naivārtha-dharmaiḥ parataḥ svato vā
kṛtaṁ vihantuṁ tanu-bhṛd vibhūyāt

na－绝不 / tasya－祂的 / kaścit－任何人 / tapasā－靠苦修 / vidyayā－靠教育 / vā－或者 / na－绝不 / yoga－凭神秘瑜伽的力量 / vīryeṇa－靠个人的力量 / manīṣayā－靠智力 / vā－或者 / na－绝不 / eva－肯定地 / artha－靠物质财富 / dharmaiḥ－靠宗教力量 / parataḥ－靠任何外在的力量 / svataḥ－靠个人努力 / vā－或者 / kṛtam－命令 / vihantum－避免 / tanu-bhṛt－接受了物质躯体的生物 / vibhūyāt－能够

译文 无论是靠从事艰巨的苦行、崇高的韦达教育、神秘瑜伽力量、身体的非凡能力，还是智力活动，人都无法避开至尊人格首神的命令。靠人具有的宗教信仰的力量、物质财富或任何其他方法，以及他自身或他人的帮助，都无法违抗至尊主的命令。那对任何生物来说，从布茹阿玛下到小蚂蚁，都是不可能的。

要旨 在《嘎尔戈奥义书》(Garga Upaniṣad)中，嘎尔戈牟尼(Gargamuni)对他妻子说："我亲爱的嘎尔吉，一切都在至尊人格首神的控制下。就连太阳、月亮、其他控制者，以及像主布茹阿玛、天帝因铎那样的半神人，都在祂的控制下(etasya vā akṣarasya praśāsane gargi sūryā-candramasau vidhṛtau tiṣṭhataḥ)。"接受了物质躯体的普通人或动物，无法走出至尊人格首神控制的范围。物质躯体包括感官。试图摆脱神的法律或说自然法律的所谓科学家们的感官活动，毫无用处。对此，《博伽梵歌》第7章的第14节诗也证实说：物质自然无法克服，因为至尊人格首神在操纵它(mama māyā duratyayā)。我们有时为自己从事苦行、苦修和获得的神秘瑜伽力量感到骄傲，但这里清楚地说，人无论是靠神秘力量、科学教育，还是苦行和苦修，都无法越过至尊人格首神的法律和指挥。那是不可能的。

梵文“靠智力(manīṣayā)”一词尤其重要。普瑞亚瓦塔也许可以争辩说，主布茹阿玛要求他接受家庭生活，承担起统治王国的责任，然而纳茹阿达却建议他不要进入家庭生活，被物质事务所束缚。究竟该接受谁的意见，普瑞亚瓦塔感到困惑，因为主布茹阿玛和纳茹阿达·牟尼都是权威人士。在这种情况下用“靠智力”一词非常恰当，因为它表明，既然纳茹阿达·牟尼和主布茹阿玛都被授权给予指示，普瑞亚瓦塔就不该忽视他们中的任何一位，而是应该运用他的智慧按两者的忠告做。为解决这种进退两难的困境，圣茹帕·哥斯瓦米给予有关智慧的非常明确的概念。他说：

anāsaktasya viṣayān
yathārham upayuñjataḥ
nirbandhaḥ kṛṣṇasambandhe
yuktaṁ vairāgyam ucyate

应该以不执著的心态处理物质事务(Viṣayān)，应该把一切都用于为至尊主做服务。这是真正的智慧(manīṣā)。如果把接受的一切都用于侍奉奎师那，那么在物质世界里成为居士或君王就没有害处。那需要清晰的智慧。非人格神主义哲学家说：这个物质世界是假的，只有绝对真理才是真的(brahma satyaṁ jagan mithyā)。然而，在主布茹阿玛师徒传承中的有智慧的奉献者和伟大的圣人纳茹阿达，并不认为这世界是假的。至尊人格首神创造的一切都不可能是假的，但用祂创造的一切来让自己享乐却是错误的。一切都为至尊人格首神的享乐而设，正如《博伽梵歌》第5章的第29节诗证实说：至尊人格首神是至高无上的拥有者和享受者，因此一切都该用于协助祂的享乐和服务。一个人无论处在顺境还是逆境中，都该用一切侍奉至尊主。那是运用智慧的最佳方式。

第 13 节

भवाय नाशाय च कर्म कर्तुं
शोकाय मोहाय सदा भयाय ।
सुखाय दुःखाय च देहयोग-
मव्यक्तदिष्टं जनताङ्ग धत्ते ॥१३॥

bhavāya nāśāya ca karma kartuṁ
śokāya mohāya sadā bhayāya
sukhāya duḥkhāya ca deha-yogam
avyakta-diṣṭaṁ janatāṅga dhatte

bhavāya—为了出生 / nāśāya—为了死亡 / ca—也 / karma—活动 / kartum—做 / śokāya—为了悲伤 / mohāya—为了错觉 / sadā—总是 / bhayāya—为了恐惧 / sukhāya—为了快乐 / duḥkhāya—为了痛苦 / ca—也 / deha-yogam—与物质躯体的连接 / avyakta—由至尊人格首神 / diṣṭam—经指导的 / janatā—生物 / aṅga—普瑞亚瓦塔啊 / dhatte—接受

译文 我亲爱的普瑞亚瓦塔，在至尊人格首神的命令下，所有的生物都接受不同的躯体，体验生死、活动、悲伤、错觉、对未来危险的恐惧，以及快乐和痛苦。

要旨 到这个物质世界里来的每一个生物都是来进行物质享乐的，但按照他自己的活动(karma)，他必须接受物质自然按照至尊人格首神的命令给予他的特定的物质躯体。正如《博伽梵歌》第3章的第27节诗中所说，一切都是物质自然(prakṛti)在至尊主的指挥下做的(prakṛteḥ kriyamāṇāni guṇaiḥ karmāṇi sarvaśaḥ)。现代科学家不知道世上为什么会有八百四十万种躯体。事实是：所有这些躯体都是由至尊人格首神按照生物的愿望赐予生物的。祂给予生物按照自己的意愿活动的自由，但他们必须根据他们活动的报应接受一个躯体。正因为如此，世上有不同种类的躯体。有些生物体寿命短暂，而有些则长得令人难以置信。然而，他们全体，从布茹阿玛下到蚂蚁，都按照坐在每一个生物体心中的至尊人格首神的指挥行事。正如《博伽梵歌》第15章的第15节诗证实的：

sarvasya cāhaṁ hṛdi sanniviṣṭo
mattaḥ smṛtir jñānam apohanaṁ ca

“我在众生的心中。记忆、知识和遗忘都来自我。”然而，并不是至尊人格首神以一种方式指导某个生物，以另一种方式指挥另一个生物。事实是：每一个生物都有自己特定的愿望，至尊主给他机会去满足它。所以，最佳的作法是投靠、服从至尊人格首神，按照祂的意愿行事。这样做的人获得解脱。

第 14 节

यद्वाचि तन्त्यां गुणकर्मदामभिः
सुदुस्तरैर्वत्स वयं सुयोजिताः ।
सर्वे वहामो बलिमीश्वराय
प्रोता नसीव द्विपदे चतुष्पदः ॥१४॥

yad-vāci tantyāṁ guṇa-karma-dāmabhiḥ
sudustarair vatsa vayaṁ suyojitāḥ
sarve vahāmo balim īśvarāya
protā nasīva dvi-pade catuṣ-padaḥ

yat—……的 / vāci—以韦达训示的形式 / tantyām—一根长绳 / guṇa—性质的 / karma—活动 / dāmabhiḥ—被绳子 / su-dustaraiḥ—难以避免 / vatsa—我亲爱的男孩 / vayam—我们 / su-yojitāḥ—从事 /

sarve—一切 / vahāmaḥ balim—执行祂的命令以取悦祂 / īśvarāya—向至尊人格首神 / protāḥ—被捆绑 / nasi—在鼻子中 / iva—正如 / dvi-pade—对有两条腿的生物体(驾驭者) / catuḥ-padaḥ—四条腿的生物体(公牛)

译文 亲爱的少年，我们所有的人都必须按照韦达训谕，按照自己的品性和工作遵守社会四阶层和灵性四阶段制度。我们很难回避这些划分，因为它们安排得极为科学。所以，我们必须遵守社会四阶层和灵性四阶段制度划分的职责，正如公牛不得不按照驾驭它的人靠拉扯拴在它们鼻子上的绳子所给予的指示行动。

要旨 在这节诗中，“属性和活动之绳(tantyāṁ guṇa-karma-dāmabhiḥ)”一句极为重要。我们都按照与我们有联系的物质自然属性(guṇa)得到一个躯体并相应地活动。正如《博伽梵歌》中说明的，布茹阿玛纳(brāhmaṇa)、查锤亚(kṣatriya)、外夏(vaiśya)和庶铎(śūdra)这四个社会阶层，是按照生物所接触的物质自然属性(guṇa)，以及他们的活动(karma)划分的。然而，就有关这一点存在着一些争议。有些人说，既然人根据他前世接触的物质自然属性和从事的活动接受了一个躯体，那么他的社会地位就是由出身决定的。但另一些人说，既然人甚至可以在今生改变他与物质自然属性的接触及从事的活动，那么按照前世与物质自然属性的接触和从事的活动所具有的出身，就不是考虑问题的关键。因此他们说，布茹阿玛纳、查锤亚、外夏和庶铎这四个社会阶层，应该根据今生与自然属性的接触及从事的活动划分。纳茹阿达 · 牟尼在《圣典博伽瓦谭》中确认了这种说法。他在告诉尤帝士提尔王(Yudhiṣṭhira)有关物质自然属性和活动的表现时说，必须按照这些表现划分社会阶层。换句话说，如果出生在布茹阿玛纳家庭中的人具有庶铎的表现，他就该被定名为庶铎。同样，如果一个出身是庶铎的人具有布茹阿玛纳的品质，他就该被称为布茹阿玛纳。

社会四阶层和灵性四阶段制度十分科学。因此，如果我们按照韦达教导接受社会四阶层(varṇa)和灵性四阶段(āśrama)的划分，我们的生活就会成功。人类社会除非这样划分和安排，否则无法完美。正如《维施努往世书》第3篇第8章的第9节诗中说：

varṇāśramācāravatā
puruṣeṇa paraḥ pumān
viṣṇur ārādhyate panthā
nānyat tat-toṣa-kāraṇam

“正确地履行社会四阶层和灵性四阶段制度是对至尊人格首神主维施努的崇拜。除此之外没其他方法能使至尊人格首神满意。人必须处在社会四阶层和灵性四阶段制度中。”整个人类社会都是为崇拜主维施努而设的。然而，如今的人类社会却不知道这是人生的最高目标或完美境界。因此，人们被教育去崇拜物质，而不崇拜主维施努。按照现代社会的指导，人们以为他们可以靠盖摩天大楼，修建宽敞的马路，制造汽车等操作物质的方式争取文明的进步。这样的文明必定被称为是物质主义的，因为身处其中的人们并不知道生命的目的。生命的目的是到主维施努身边去，但人们被物质能量的外在展示所迷惑，并不去寻找维施努。因此，取得的物质文明进步是盲目的，领导这种物质进步的人也是盲目的。他们以错误的方式领导他们的追随者。

所以，最好是接受韦达指示，那指示在这节诗中通过梵文“以韦达训示的形式(yad-vāci)”被提到。为遵守那些指示，每个人都该查明自己是布茹阿玛纳、查锺亚、外夏还是庶铎，从而相应地受教育。这样，他的生活就会成功。否则，整个人类社会将一团混乱。如果按照社会四阶层和灵性四阶段制度科学地划分人类社会，如果人遵循韦达指示，那无论他的社会地位如何，他都将获得成功。并不是布茹阿玛纳会被提升到超然的层面上，而庶铎不会得到提升。如果遵循韦达指示，布茹阿玛纳、查锤亚、外夏和庶铎——所有的人，都会被提升到超然的层面上；他们的人生将获得成功。韦达经中的指示是至尊人格首神给予的明确指导。这节诗中引用的例子是，公牛按照驾驭者操纵拴在它们鼻子上的绳子所给予的指示行动。同样，如果我们按照韦达经的指示行事，我们人生的完美之途就将展开。否则，如果我们不按照韦达指示行事，而是随心所欲地行事，我们的生活就会因困惑而被糟踏，就会以绝望为结局。事实上，由于如今的人们不遵循韦达经的指示，他们全都困惑不已。所以我们必须把主布茹阿玛给予普瑞亚瓦塔的这一指示，当做引导人获得成功人生的真实而科学的指导。对此，《博伽梵歌》第16章的第23节诗证实说：

yaḥ śāstra-vidhim utsṛjya
vartate kāma-kārataḥ
na sa siddhim avāpnoti
na sukhaṁ na parāṁ gatim

如果我们不按照韦达经典的指示生活，我们在人生中就永远都获得不了成功；更不必说快乐或上升进入更高级的生活状态。

第 15 节

ईशाभिसृष्टं ह्यवरुन्ध्महेऽङ्ग
दुःखं सुखं वा गुणकर्मसङ्गात् ।
आस्थाय तत्तद्यदयुङ्क्त नाथ-
श्चक्षुष्मतान्धा इव नीयमानाः ॥१५॥

īśābhisṛṣṭaṁ hy avarundhmahe 'ṅga
duḥkhaṁ sukhaṁ vā guṇa-karma-saṅgāt
āsthāya tat tad yad ayuṅkta nāthaś
cakṣuṣmatāndhā iva nīyamānāḥ

īśa-abhisṛṣṭam－由至尊主创造的或给予的 / hi－肯定地 / avarundhmahe－我们必须接受 / aṅga－我亲爱的普瑞亚瓦塔 / duḥkham－痛苦 / sukham－快乐 / vā－或者 / guṇa-karma－与品质和活动 / saṅgāt－通过……的接触 / āsthāya－位于 / tat tat－那种情况 / yat－躯体……的 / ayuṅkta－祂给予 / nāthaḥ－至尊主 / cakṣuṣmatā－被有眼睛的人 / andhāḥ－盲人 / iva－正如 / nīyamānāḥ－被指挥

译文　我亲爱的普瑞亚瓦塔，根据我们与物质自然不同属性的接触，至尊人格首神赐予我们特定的躯体，以及我们应得的快乐与痛苦。因此，人必须接受现实以及至尊人格首神的指引，正如盲人要由眼能视物的人引领。

要旨　人无法靠物质的方法回避他特定的躯体所独有的苦乐。世上有八百四十万种躯体，每一种都注定享受一定量的快乐，承受一定量的痛苦。我们改变不了这一点，因为苦乐都由至尊人格首神给予；我们依照祂的决定得到我们的躯体。我们既然无法避开至尊首神的计划，就必须同意由祂指导，正如盲人要由能视物的人引导。无论处境如何，只要我们安于至尊主给我们安排的情况，遵照祂的指示行事，我们就会变得完美。人生的主要目的是遵循至尊人格首神的指示。它是构成人的宗教或规定职责的指示。

正因为如此，主奎师那在《博伽梵歌》第18章的第66节诗中说："放弃一切种类的宗教。只皈依我，听从我(sarva-dharmān parityajya mām ekaṁ śaraṇaṁ vraja)。"以按至尊人格首神的指示行事的方式投靠、服从至尊主这一程序，并非只适用于某个特定的种姓、阶层或信仰。布茹阿玛纳可以投靠、服从，查锺亚、外夏或庶铎也可以。每一人都能采用这一程序。正如这节诗中所说，人应该像盲人跟随有眼睛的人一样跟随至尊主(cakṣuṣmatāndhā iva nīyamānāḥ)。如果我们通过遵循至尊人格首神在韦达经和《博伽梵歌》中给予的指导跟随祂，我们的人生就会成功。因此，至尊主说：

man-manā bhava mad-bhakto
mad-yājī māṁ namaskuru
mām evaiṣyasi satyaṁ te
pratijāne priyo 'si me

"永远想着我，崇拜我，向我致敬，成为我的奉献者。这样，你就会成功地来到我这里。我向你保证这一点，因为你是我特别珍视的朋友。"（《博伽梵歌》18.65）这指示是给予布茹阿玛纳、查锤亚、外夏和庶铎——每一个人的。任何人，无论是处在人生的哪一个阶段或阶层，只要投靠至尊人格首神，按至尊主的指示做，他的人生就会成功。

前一节诗给出公牛在驾驭牛车之人的指挥下行动的例子。公牛把自己完全交给驾车者，他把它们放到哪里，它们就留在原地；他让它们吃什么，它们就吃什么。同样，我们把自己完全交给至尊人格首神，就不该渴望快乐，或着为痛苦而感到悔恨；无论至尊主把我们置于什么处境中，我们都必须满足现状。我们应该走奉爱服务之途，不要对祂给予我们的快乐和痛苦感到不满。受物质激情和愚昧属性影响的人，一般无法了解至尊人格首神的计划，包括祂为什么创造了八百四十万种生命形式这个问题。但人体生命给予生物以了解这计划、做奉爱服务及通过遵循至尊主的指示将自己提升到最高完美境界的特殊恩典。整个世界都在物质自然属性，尤其是愚昧和激情属性的影响下运作，但人们如果聆听和吟诵、吟唱至尊主的荣耀，他们的生活就会成功，他们就能被提升到最高的完美境界。正因为如此，《毕尔汉 · 纳茹阿迪亚往世书》(Bṛhan-nāradīya Purāṇa)中说：

harer nāma harer nāma
harer nāmaiva kevalam
kalau nāsty eva nāsty eva
nāsty eva gatir anyathā

"在这个喀历年代中，要达到灵性的完美除了歌唱至尊主的圣名、至尊主的圣名、至尊主的圣名，没有其他方法、没有其他方法、没有其他方法。”每一个生物都该得到机会聆听至尊人格首神的圣名，因为这将使其逐渐了解自己生命中的真正状态与地位，并被提升到超越善良属性的超然状态中。那时，他前进路途上的一切障碍都将被砍成碎片。总之，我们必须满足于至尊人格首神把我们放在任何处境中，应该努力使自己为祂做奉爱服务。这样我们的生活就会成功。

第 16 节

मुक्तोऽपि तावद्बिभृयात्स्वदेह-
मारब्धमश्नन्नभिमानशून्यः ।
यथानुभूतं प्रतियातनिद्रः
किं त्वन्यदेहाय गुणान्न वृङ्क्ते ॥१६॥

mukto 'pi tāvad bibhṛyāt sva-deham
ārabdham aśnann abhimāna-śūnyaḥ
yathānubhūtaṁ pratiyāta-nidraḥ
kiṁ tv anya-dehāya guṇān na vṛṅkte

muktaḥ—解脱之人 / api—即使 / tāvat—只要 / bibhṛyāt—必须保持 / sva-deham—自己的躯体 / ārabdham—作为过去活动的结果的 / aśnan—接受 / abhimāna-śūnyaḥ—毫无错误的概念 / yathā—就 / anu-bhūtam—感知到的 / pratiyāta-nidraḥ—从睡眠中醒来的人 / kim tu—但是 / anya-dehāya—为了另一个物质躯体 / guṇān—物质品质 / na—绝不 / vṛṅkte—享受

译文　一个人即使解脱了，也还得接受他因过去的活动而得到的躯体。然而，在没有错误想法的情况下，他就像醒来之人看待自己在睡觉时所做的梦一样，看待他的活动给他带来的享乐和痛苦。就这样，他保持稳定，再也不会在物质自然属性的影响下为得到另一个物质躯体而工作。

要旨 解脱的灵魂和受制约的灵魂之间的区别是：受制约的灵魂持有躯体化的物质概念，而解脱的人知道他不是躯体而是有别于躯体的灵魂。普瑞亚瓦塔也许会想：受制约的灵魂被迫按自然法律行事，但具有高度灵性理解的他为什么要接受同样的束缚及灵性进步中的障碍呢？为回答这一疑问，主布茹阿玛告诉他，就连那些已解脱的人都不抱怨在现有的躯体中接受他们过去活动的结果。人在睡觉时会梦到许多不真实的事，但醒来时就会忽视它们，在现实生活中争取进步。同样道理，完全清楚自己不是躯体而是灵性灵魂的解脱之人，忽视过去在愚昧状态中从事过的活动，小心行事，以不产生报应的方式从事现在的活动。对此，《博伽梵歌》第3章的第9节诗中描述说：人如果为取悦至尊人物而从事活动(yajña-puruṣa)，他的工作就不产生报应；相反，为满足自己而活动的人，被他们活动的报应所束缚(yajñārthāt karmaṇo 'nyatra loko 'yaṁ karma-ban-dhanaḥ)。因此，解脱之人不去想他过去在愚昧的状态下做过的事，而是谨慎行事，使自己不要再因为从事功利性活动而得到另一个躯体。正如《博伽梵歌》中明确地说：

mām ca yo 'vyabhicāreṇa
bhakti-yogena sevate
sa guṇān samatītyaitān
brahma-bhūyāya kalpate

“在任何情况下都全心全意地做奉爱服务，就能立刻超越物质自然属性，达到梵(Brahman)的层面。”(《博伽梵歌》14.26)无论我们前世做过什么，只要我们今生让自己为至尊主做纯粹的奉爱服务，我们就永远处在解脱(brahma-bhūta)的状态中，免于报应，不必被迫接受另一个物质躯体。《博伽梵歌》第4章的第9节诗中说，那样活动的人离开躯体后不接受另一个物质躯体，而是回归家园，回到首神身边(tyaktvā dehaṁ punar janma naiti mām eti so 'rjuna)。

第 17 节

भयं प्रमत्तस्य वनेष्वपि स्याद्
यतः स आस्ते सहषट्सपत्नः ।
जितेन्द्रियस्यात्मरतेर्बुधस्य
गृहाश्रमः किं नु करोत्यवद्यम् ॥१७॥

bhayaṁ pramattasya vaneṣv api syād
yataḥ sa āste saha-ṣaṭ-sapatnaḥ
jitendriyasyātma-rater budhasya
gṛhāśramaḥ kiṁ nu karoty avadyam

bhayam－恐惧 / pramattasya－迷惑之人的 / vaneṣu－在森林中 / api－即使 / syāt－应该 / yataḥ－因为 / saḥ－(做不到自我控制的)他 / āste－存在着 / saha－以及 / ṣaṭ-sapatnaḥ－六个妻妾 / jita-indriya-sya－对已经控制了感官的人 / ātma-rateḥ－在自我中找到满足 / budhasya－对这样有学问的人 / gṛha-āśramaḥ－居士生活 / kim－什么 / nu－的确 / karoti－能做 / avadyam－危害

译文　做不到自我控制的人，因为与由内心和获取知识的感官组成的六位妻子生活在一起，所以即使从一个森林到另一个森林去，也必会总是害怕物质的束缚。然而，即使是居士生活也危害不了能控制住自己感官、在自我中寻求满足的博学之人。

要旨　圣纳若塔玛·达斯·塔库尔歌唱道：人无论是住在森林还是家中，只要他致力于为主柴坦亚做奉爱服务，他就是解脱之人(gṛhe vā vanete thāke, 'hā gaurāṅga' bale ḍāke)。这节诗中也谈到这一内容。对没控制住自己感官的人来说，到森林里去当一个所谓的瑜伽师根本毫无意义。由于他不受控制的思绪和感官也随他而去，他即使放弃居士生活住在森林中，也不会有任何收获。以前有许多商人经常从印度内地到孟加拉去，因此有俗语说：“如果你去孟加拉，你的幸运就会随你而去。”所以我们首先要考虑的是控制感官，既然除非致力于为至尊主服务，否则无法控制感官，我们最重要的责任就是用感官做奉爱服务。奉爱(bhakti)的意思是，用净化了的感官为至尊主做服务(hṛṣīkeṇa hṛṣīkeśa-sevanaṁ bhaktir ucyate)。

主布茹阿玛在这节诗中指出，与其带着不受控制的感官去森林，还不如用感官为至尊主做服务；这样更安全。这样做的话，就连居士生活都伤害不了自我控制的人，无法迫使他受物质的捆绑。圣茹帕·哥斯瓦米曾进一步阐明这一点说：

īhā yasya harer dāsye
karmaṇā manasā girā
nikhilāsv apy avasthāsu
jīvan-muktaḥ sa ucyate

“一个人无论其处境如何，只要他把他的活动、心念和话语完全用来为至尊主做奉爱服务，他就被理解为是解脱了的人。”圣巴克提维诺德·塔库尔(Śrīla Bhaktivinoda Ṭhākura)曾是一位居士和担任要职的官员，但他为拓展主柴坦亚·玛哈帕布的使命所做的服务却是无与伦比的。圣帕博达南达·萨茹阿斯瓦提·塔库尔(Śrīla Prabodhānanda Sarasvatī Ṭhākura)说：感官无疑是我们最大的敌人，所以被比做毒蛇(durdāntendriya-kāla-sarpa-paṭalī protkhāta-daṁṣṭrāyate)。然而，正如毒蛇失去毒牙就不再可怕，如果用感官为至尊主服务，就不必害怕它们的活动。奎师那意识运动中的奉献者虽然身在物质世界，但因为总是用他们的感官为至尊主服务，所以总是远离物质世界，总是生活在超然的状态中。

第 18 节

यः षट् सपत्नान् विजिगीषमाणो
गृहेषु निर्विश्य यतेत पूर्वम् ।
अत्येति दुर्गाश्रित ऊर्जितारीन्
क्षीणेषु कामं विचरेद्विपश्चित् ॥१८॥

yaḥ ṣaṭ sapatnān vijigīṣamāṇo
gṛheṣu nirviśya yateta pūrvam
atyeti durgāśrita ūrjitārīn
kṣīṇeṣu kāmaṁ vicared vipaścit

yaḥ—任何……的人 / ṣaṭ—六个 / sapatnān—对手 / vijigīṣamāṇaḥ—想要征服 / gṛheṣu—居士生活中 / nirviśya—进入了 / yateta—必须尝试 / pūrvam—首先 / atyeti—征服 / durga-āśritaḥ—住在堡垒中 / ūrjita-arīn—强有力的敌人 / kṣīṇeṣu—降低 / kāmam—物质享乐的欲望 / vicaret—能去 / vipaścit—最有经验、最有学识的

译文　过居士生活并有条不紊地征服了自己的心和五个感官的人，恰似征服了劲敌的住在堡垒中的君王。在居士生活中受到训练，减少了贪图物质享乐欲望的人，无论去哪里都没有危险。

要旨　社会四阶层和灵性四阶段的韦达制度极为科学，其整个目的是为了使人能够控制感官。在进入居士生活(gṛhastha-āśrama)之前，贞守生受到完整的训练成为征服感官的人(jitendriya)。这种成熟的学生被允许当居士；由于他先受过征服感官的训练，他充满青春活力的生活这波强劲浪涛一旦过去，到达五十或五十多岁的老年阶段时，他就会从居士生活中退出，成为瓦纳帕斯塔(vānaprastha)。接着，在接受进一步的训练后，他便进入弃绝阶层，当托钵僧，随后成为可以到处游走而不怕被物质欲望蛊惑的十分博学和弃绝的人。感官被视为是强大的敌人。正如君王在一个坚固的堡垒中能征服强大的敌人，身处居士生活中的居士可以克服青春时代的色欲，在进入退出家庭生活和弃绝阶层时十分安全。

第 19 节

त्वं त्वब्जनाभाङ्घ्रिसरोजकोश-
दुर्गाश्रितो निर्जितषट्सपत्नः ।

भुङ्क्ष्वेह भोगान् पुरुषातिदिष्टान्
विमुक्तसङ्गः प्रकृतिं भजस्व ॥१९॥

tvaṁ tv abja-nābhāṅghri-saroja-kośa-
durgāśrito nirjita-ṣaṭ-sapatnaḥ
bhuṅkṣveha bhogān puruṣātidiṣṭān
vimukta-saṅgaḥ prakṛtiṁ bhajasva

tvam—你自己 / tu—那时 / abja-nābha—莲花般肚脐的至尊人格首神的 / aṅghri—足 / saroja—莲花 / kośa—洞 / durga—要塞 / āśritaḥ—托庇于 / ita—征服 / ṣaṭ-sapatnaḥ—六个敌人(心和五个感官) / bhuṅkṣva—享受 / iha—在这个物质世界里 / bhogān—可享受的事物 / puruṣa—由至尊人 / atidiṣṭān—破例命令 / vimukta—摆脱了 / saṅgaḥ—物质能量的接触 / prakṛtim—原本状态 / bhajasva—享受

译文 主布茹阿玛接着说：我亲爱的普瑞亚瓦塔，请在有莲花般肚脐的至尊主那如盛开莲花般的莲花足内寻求庇护，以此方式征服六个感官(心和获取知识的感官)。接受物质享乐吧，是至尊主破例命令你这么做。因此，你将始终免予物质的触碰，有能力在你原本的状态中执行至尊主的命令。

要旨 这个物质世界里有三种人：试图最大限度地享受感官的人被称为功利性活动者(karmī)；比他们高级的是努力克服感官冲动的知识思辨者(jñānī)；在知识思辨者之上的是已经征服了感官的瑜伽师(yogī)。然而，他们中没有一个人处于超然的状态。只有不属于上述任何一类人的奉献者是超然的。正如《博伽梵歌》第14章的第26节诗解释说：

māṁ ca yo 'vyabhicāreṇa
bhakti-yogena sevate
sa guṇān samatītyaitān
brahma-bhūyāya kalpate

“在任何情况下都全心全意地做奉爱服务，就能立刻超越物质自然属性，达到梵的层面。主布茹阿玛在这节诗中建议普瑞亚瓦塔虽然进入家庭生活，但继续留在至尊主莲花足的超然堡垒中(abja-nābhāṅghri-saroja)。蜜蜂进入一朵盛开的莲花中喝饮花蜜时，完全受到莲花花瓣的保护，不受阳光和其他因素的打扰。同样，总是寻求至尊人格首神莲花足保护的人受到保护，免予一切危险。正因为如此，《圣典博伽瓦谭》第10篇第14章的第58节诗说：

samāśritā ye pada-pallava-plavaṁ
mahat-padaṁ puṇya-yaśo murāreḥ
bhavāmbudhir vatsa-padaṁ paraṁ padaṁ
padaṁ padaṁ yad vipadāṁ na teṣām

对托庇于至尊主莲花足的人来说，一切都变得很容易。事实上，就连跨越无知的汪洋(bhavāmbudhi)都好似跨过地上的一个牛犊蹄印(vatsa-padam)一样不费吹灰之力。对这样的奉献者来说，根本不存在“留在一个步步都是危险的地方”的问题。

我们真正的责任是执行人格首神至高无上的命令。如果我们下定决心执行至尊主的至高命令，那么无论身在何处——天堂还是地狱，我们都始终是安全的。这节诗中的梵文“prakṛtiṁ bhajasva”一句极为重要。Prakṛtiṁ是指生物的原本状态。当至尊主永恒的仆人，就是每一个生物的原本状态。因此，主布茹阿玛建议普瑞亚瓦塔说：“就处在你作为至尊主永恒仆人的原本状态中。如果你执行祂的命令，你永远都不会堕落，哪怕是正在进行物质享乐。”靠从事功利性活动得到的物质享乐，不同于至尊人格首神给予的物质享乐。奉献者有时显得是处在非常富有的境况中，但他是为了遵循至尊人格首神的命令，所以永远不受物质的影响。奎师那意识运动中的奉献者按照圣柴坦亚·玛哈帕布的命令在全世界传教。他们必须与许多功利性活动者接触，但凭借圣柴坦亚·玛哈帕布的仁慈，他们不受物质影响的打扰。祂祝福了他们，正如《永恒的柴坦亚经》

中篇第7章的第129节诗说：

kabhu nā bādhibe tomāra viṣaya-taraṅga
punarapi ei ṭhāñi pābe mora saṅge

在全世界传播圣主柴坦亚·玛哈帕布的教导，以此方式侍奉祂的奉献者，永远不受物质影响(viṣaya-taraṅga)的干扰。相反，在适当的时候，他将回到圣主柴坦亚·玛哈帕布莲花足的庇护下，永远与祂在一起。

第 20 节

श्रीशुक उवाच
इति समभिहितो महाभागवतो भगवतस्त्रिभुवनगुरोरनुशासनमात्मनो
लघुतयावनतशिरोधरो बाढमिति सबहुमानमुवाह ॥२०॥

śrī-śuka uvāca
iti samabhihito mahā-bhāgavato bhagavatas tri-bhuvana-guror
anuśāsanam ātmano laghutayāvanata-śirodharo bāḍham iti sabahu-
mānam uvāha.

śrī-śukaḥ uvāca—圣舒卡戴瓦·哥斯瓦米说 / iti—这样 / samabhihitaḥ—得到完美的指示 / mahā-bhāgavataḥ—伟大的奉献者 / bhagavataḥ—最强有力的主布茹阿玛的 / tri-bhuvana—三个世界的 / guroḥ—灵性导师 / anuśāsanam—命令 / ātmanaḥ—他自己的 / laghutayā—由于地位较低 / avanata—鞠躬 / śirodharaḥ—他的头 / bāḍham—是的，先生 / iti—这样 / sa-bahu-mānam—怀着极大的敬意 / uvāha—执行

译文 圣舒卡戴瓦·哥斯瓦米继续道：作为晚辈和下级的普瑞亚瓦塔，在接受三个世界的灵性导师主布茹阿玛的充分教导后，向主布茹阿玛致敬，接受命令并怀着巨大的敬意执行它。

要旨 圣普瑞亚瓦塔是主布茹阿玛的孙子。因此，按照社会

礼节，他是下级、晚辈。下级和晚辈的责任是怀着巨大的敬意执行上级和长辈的命令。正因为如此，普瑞亚瓦塔立刻说："是的，先生。我将执行您的命令。"普瑞亚瓦塔被描述为是伟大的奉献者(mahā-bhāgavata)。伟大奉献者的责任是执行灵性导师的命令，或师徒传承中灵性导师的灵性导师的命令。正如《博伽梵歌》第4章的第2节诗中说：人必须接受至尊主通过师徒传承下达的指示。至尊主的奉献者认为自己是至尊主仆人的仆人的仆人。

第21节

**भगवानपि मनुना यथावदुपकल्पितापचितिः प्रियव्रतनारदयोरविषम-
मभिसमीक्षमाणयोरात्मसमवस्थानमवाङ्मनसं क्षयमव्यवहृतं प्रवर्त-
यन्नगमत् ॥२१॥**

bhagavān api manunā yathāvad upakalpitāpacitiḥ priyavrata-
nāradayor aviṣamam abhisamīkṣamāṇayor ātmasam avasthānam avāṅ-
manasaṁ kṣayam avyavahṛtaṁ pravartayann agamat.

bhagavān－最强有力的主布茹阿玛／api－也／manunā－由玛努／yathāvat－应得的／upakalpita-apacitiḥ－受到崇拜／priyavrata-nāradayoḥ－在普瑞亚瓦塔和纳茹阿达面前／aviṣamam－毫无厌恶／abhisamīkṣamā-ṇayoḥ－观看／ātmasam－正适合他的地位／avasthā-nam－到他的住所／avāk-manasam－超越言语描述和思维想象／kṣa-yam－星球／avyava-hṛtam－情况不寻常／pravartayan－离开／aga-mat－返回

译文　接着，主布茹阿玛受到玛努的崇拜，玛努尽自己的所能尊敬地取悦他。普瑞亚瓦塔和纳茹阿达也看着他，心中没有丝毫的不悦。让普瑞亚瓦塔接受他父亲的要求后，主布茹阿玛返回自己的住所萨提亚星球，那住所靠世俗心智或言语的努力无法描述。

要旨 玛努对主布茹阿玛说服他儿子普瑞亚瓦塔承担起统治世界的职责这一点无疑十分满意。普瑞亚瓦塔和纳茹阿达也都十分满意。尽管主布茹阿玛迫使普瑞亚瓦塔承担管理世俗事务的责任，从而打破了他一直当布茹阿玛查瑞(贞守生)的誓言，完全投身于做奉爱服务，但纳茹阿达和普瑞亚瓦塔看着主布茹阿玛时并无怨恨。纳茹阿达并没有因为普瑞亚瓦塔不继续执行他的命令而感到难过。普瑞亚瓦塔和纳茹阿达都是伟大的人物，知道如何尊敬主布茹阿玛。所以他们并不是怨恨地看着布茹阿玛，而是衷心地向他致以他们的敬意。随后，主布茹阿玛返回他那名叫萨提亚星球的天堂住所；这节诗中描述那地方无懈可击，超越语言所能描述的范围。

这节诗中说主布茹阿玛返回他那如他本人一样重要的住所。主布茹阿玛是这个宇宙的创造者，是其中地位最高的人物。《博伽梵歌》第8章的第17节诗这样描述他的寿命说：人类的一千个年代之和等于布茹阿玛的十二个小时(sahasra-yuga-paryantam ahar yad brahmaṇo viduḥ)。四个年代之和的长度是四百三十万年，当它乘以一千时，就是布茹阿玛一生中的十二个小时。我们甚至无法真正了解布茹阿玛一生中的十二个小时，更不要说构成他整个一生的一百年了。既然这样，我们怎么能了解他的住所呢？韦达文献描述说，在萨提亚星球(Satyaloka)上没有出生、老年、死亡或疾病。换句话说，既然萨提亚星球就在梵光——布茹阿玛珞卡的旁边，那么它与外琨塔珞卡就几乎是一样的。主布茹阿玛的住所几乎是我们现在所无法想象的，所以被描述为是超越我们的言语描述和思维想象(avāṅ-manasa-gocara)。为此，韦达文献描述主布茹阿玛的住所说：“在离我们数十亿光年远的萨提亚星球中，不存在悲伤，以及老年、死亡、焦虑或敌人的威胁(yad vai parārdhyaṁ tad upārameṣṭhyaṁ na yatra śoko na jarā na mṛtyur nārtir na codvegaḥ)。”

第 22 节

मनुरपि परेणैवं प्रतिसन्धितमनोरथः सुरर्षिवरानुमतेनात्मजमखिल-धरामण्डलस्थितिगुप्तय आस्थाप्य स्वयमतिविषमविषयविषजलाशयाशाया उपरराम ॥२२॥

manur api pareṇaivaṁ pratisandhita-manorathaḥ surarṣi-varānumatenātmajam akhila-dharā-maṇḍala-sthiti-guptaya āsthāpya svayam ati-viṣama-viṣaya-viṣa-jalāśayāśāyā upararāma.

manuḥ—斯瓦阳布瓦·玛努 / api—也 / pareṇa—由主布茹阿玛 / evam—这样 / pratisandhita—执行 / manaḥ-rathaḥ—他内心的愿望 / sura-ṛṣi-vara—伟大的圣人纳茹阿达的 / anumatena—通过允许 / ātma-jam—他的儿子 / akhila—整个宇宙的 / dharā-maṇḍala—星球的 / sthiti—维持 / guptaye—为了保护 / āsthāpya—建立 / svayam—亲自 / ati-viṣama—非常危险 / viṣaya—物质事物 / viṣa—毒药的 / jala-āśaya—海洋 / āśāyāḥ—从欲望 / upararāma—摆脱了

译文　斯瓦阳布瓦·玛努在主布茹阿玛的帮助下实现了心愿。他在征得伟大的圣人纳茹阿达的许可后，把维系和保护宇宙里所有星球的行政责任转交给他儿子。这样，他使自己从最危险的物质欲望毒海中解脱出来。

要旨　斯瓦阳布瓦·玛努(Svāyambhuva Manu)当时几乎绝望了，因为像纳茹阿达那样伟大的人物正在教导他儿子普瑞亚瓦塔不要接受居士生活。他现在很高兴主布茹阿玛介入进来，劝他儿子接受统治、管理宇宙的责任。我们从《博伽梵歌》中得知，外瓦斯瓦塔·玛努(Vaivasvata Manu)是太阳神的儿子，外瓦斯瓦塔·玛努的儿子依克施瓦库(Ikṣvāku Mahārāja)统治这个地球星球。从这节诗看来，斯瓦阳布瓦·玛努统治着整个宇宙，而他把管理和保护所有星系的责任交给了他儿子普瑞亚瓦塔王。梵文dharā-maṇḍala的意思是“星球”。例如：这个地球被称为星球。然而，akhila的意思是

“所有的”或“宇宙的”。因此，很难了解普瑞亚瓦塔王究竟身在何处，但至少可以看出，他的地位无疑比外瓦斯瓦塔·玛努的高，因为他被任命负责管理整个宇宙的所有星系。

另一个重要说明是，斯瓦阳布瓦·玛努对能够交出统治宇宙中所有星系的权利感到极为满意。如今，政治家们都很渴望掌管政府，他们让他们的下属挨家挨户地游说，以得到选票，赢得总统职位或类似的高职。但在这里却恰恰相反，我们看到，主布茹阿玛必须劝说普瑞亚瓦塔王去当整个宇宙的帝王。同样，他父亲斯瓦阳布瓦·玛努把管理宇宙的事务交给普瑞亚瓦塔后感到解除职务的轻松。很显然，韦达时代的君王或政府首脑从不为感官享乐接受职位。这种被称为圣君(rājarṣi)的崇高君王只是为了维护和保护王国中国民的福利而统治。普瑞亚瓦塔和斯瓦阳布瓦·玛努的历史，描述了有责任心的模范君王如何毫无私心地履行管理职责，使自己总是远离物质执著的污染。

物质事务在此被比喻为是一汪洋毒液。对此，圣纳若塔玛·达斯·塔库尔在他的一首歌中也有类似的描述：

saṁsāra-viṣānale, divā-niśi hiyā jvale,
juḍāite nā kainu upāya

“我的心总是在物质存在的烈火中燃烧。我没有做任何准备要从中出去。”

golokera prema-dhana, hari-nāma-saṅkīrtana,
rati nā janmila kene tāya

“唯一的补救方法是从灵性世界哥珞卡·温达文(Goloka Vṛndāvana)引进的吟诵、吟唱哈瑞·奎师那·玛哈·曼陀(hari-nāma-saṅkīrtana)。然而我是多么不幸啊！这吸引不了我。”玛努想要在至尊主的莲花足下寻求庇护，所以当他的儿子普瑞亚瓦塔承担掌管尘世事务的责任时，玛努感到被释放的轻松。那是韦达文明体系。在人生结束时，人必须使自己摆脱尘世事务，全身心投入地侍奉至尊主。

梵文“征得伟大的圣人纳茹阿达的许可(surarṣi-vara-anumatena)”一句也很重要。玛努在得到伟大的圣人纳茹阿达许可的情况下，将统治权交给了他儿子。之所以特别提到这一点，是因为尽管纳茹阿达想要普瑞亚瓦塔摆脱一切物质事务，但当普瑞亚瓦塔在主布茹阿玛和玛努的要求下承担掌管宇宙的职责时，纳茹阿达也很高兴。

第23节

इति ह वाव स जगतीपतिरीश्वरेच्छयाधिनिवेशितकर्माधिकारोऽखिलजगद्बन्धध्वंसनपरानुभावस्य भगवत आदिपुरुषस्याङ्घ्रियुगलानवरतध्यानानुभावेन परिरन्धितकषायाशयोऽवदातोऽपि मानवर्धनो महतां महीतलमनुशशास ॥२३॥

iti ha vāva sa jagatī-patir īśvarecchayādhiniveśita-karmādhikāro 'khila-jagad-bandha-dhvaṁsana-parānubhāvasya bhagavata ādi-puruṣasyāṅghri-yugalānavarata-dhyānānubhāvena parirandhita-kaṣāyāśayo 'vadāto 'pi māna-vardhano mahatāṁ mahītalam anuśaśāsa.

iti—这样 / ha vāva—的确 / saḥ—他 / jagatī-patiḥ—整个宇宙的帝王 / īśvara-icchayā—凭至尊人格首神的命令 / adhiniveśita—致力于 / karma-adhikāraḥ—物质事物 / akhila-jagat—整个宇宙的 / bandha—束缚 / dhvaṁsana—摧毁 / para—超然的 / anubhāvasya—影响……的 / bhagavataḥ—至尊人格首神的 / ādi-puruṣasya—存在中的第一个人 / aṅghri—在莲花足上 / yugala—两个 / anavarata—不断地 / dhyāna-anubhāvena—通过冥想 / parirandhita—摧毁了 / kaṣāya—一切污垢 / āśayaḥ—在他心中 / avadātaḥ—至纯至粹 / api—虽然 / māna-vardhanaḥ—只是为了表示敬意 / mahatām—对上级和长辈 / mahītalam—物质世界 / anuśaśāsa—统治

译文 普瑞亚瓦塔王遵照至尊人格首神的命令，完全投入尘世事务。尽管如此，他始终想着能使人摆脱一切物质执著的至尊主的莲花足。普瑞亚瓦塔王虽然丝毫不受物质的污染，但却为尊重他上级和长辈的命令统治世界。

要旨 “为了向上级和长辈表示敬意(māna-vardhano mahatām)”一句非常重要。尽管普瑞亚瓦塔是已经解脱了的人，对物质事物不感兴趣，但为了表示对主布茹阿玛的尊敬，还是全力以赴地处理管理事务。阿尔诸纳(Arjuna)也以同样的方式行事。阿尔诸纳不想卷入政治事务或在库茹柴陀战场上作战，但在被至尊主奎师那命令去做时，他很好地履行了那些职责。总是想着至尊主莲花足的人，无疑超越物质世界的一切污染。正如《博伽梵歌》第6章的第47节诗中说：

yogināṁ api sarveṣāṁ
mad-gatenāntarātmanā
śraddhāvān bhajate yo māṁ
sa me yuktatamo mataḥ

“在所有的瑜伽师中，谁信心坚定地总在内心想着我，为我做超然的爱心服务，谁就通过瑜伽与我最紧密地连在一起，就是最高级的瑜伽师。这就是我的看法。”普瑞亚瓦塔王是解脱之人，是最高级的瑜伽师之一，但却遵照主布茹阿玛的命令在表面上成为宇宙的帝王。以此方式向他的上级和长辈表示敬意，是他的另一个非凡品质。正如《圣典博伽瓦谭》第6篇第17章的第28节诗说：

nārāyaṇa-parāḥ sarve
na kutaścana bibhyati
svargāpavarga-narakeṣv
api tulyārtha-darśinaḥ

真正进步的奉献者不惧怕任何事，而将其视为是执行至尊人格首神命令的机会。这是对普瑞亚瓦塔作为解脱之人为何去从事尘世事务的正确解释。而且，仅仅因为这一原则，与物质世界毫无关系的伟大灵魂(mahā-bhāgavata)才会下到奉爱服务的第二个层面，在全世界传播至尊主的荣耀。

第 24 节

अथ च दुहितरं प्रजापतेर्विश्वकर्मण उपयेमे बर्हिष्मतीं नाम तस्यामु ह वाव आत्मजानात्मसमानशीलगुणकर्मरूपवीर्योदारान्दश भावयाम्बभूव कन्यां च यवीयसीमूर्जस्वतीं नाम ॥२४॥

atha ca duhitaraṁ prajāpater viśvakarmaṇa upayeme barhiṣmatīṁ nāma tasyām u ha vāva ātmajān ātma-samāna-śīla-guṇa-karma-rūpa-vīryodārān daśa bhāvayām babhūva kanyāṁ ca yavīyasīm ūrjasvatīṁ nāma.

atha－此后 / ca－也 / duhitaram－女儿 / prajāpateḥ－负责繁衍后代的生物体祖先之一的 / viśvakarmaṇaḥ－名叫维施瓦卡尔玛 / upaye-me－娶了 / barhiṣmatīm－芭黑施玛缇 / nāma－名叫 / tasyām－在她之中 / u ha－如……一样闻名 / vāva－奇妙的 / ātma-jān－儿子们 / ātma-samāna－与他完全一样 / śīla－性格 / guṇa－品质 / karma－活动 / rūpa－美丽 / vīrya－勇气 / udārān－宽宏大量……的 / daśa－十个 / bhāvayām babhūva－他生出 / kanyām－女儿 / ca－也 / yavīyasīm－最年轻 / ūrjasvatīm－乌尔嘉斯娃缇 / nāma－名叫

译文　为此，普瑞亚瓦塔王娶了生物体祖先维施瓦卡尔玛的女儿芭黑施玛缇，与她一起生了十个像他一样具有俊美、品德优秀、宽宏大量及其他美好品质的儿子。他还生了个女儿，是所有孩子中最小的，名叫乌尔嘉斯娃缇。

要旨　普瑞亚瓦塔王不仅通过接受管理职责执行主布茹阿玛的命令，而且还娶生物体祖先(prajāpati)之一维施瓦卡尔玛的女儿芭黑施玛缇为妻。普瑞亚瓦塔在超然知识方面得到充分的训练，所以本可以作为一名布茹阿玛查瑞(贞守生)返回家，处理管理事宜。但他没这样做，而是接受一位妻子，进入居士生活。原则是，当人成为居士时，他必须在那个阶层完美地生活，意思是：他必须平静地与妻子和孩子生活在一起。当柴坦亚·玛哈帕布的第一位妻子去世时，祂母亲要求祂再婚。祂那时二十岁，在母亲的要求下再次结婚，直到二十四岁当托钵僧。祂告诉母亲："只要我处在居士生活阶段，我就必须有一个妻子，因为居士生活并不意味着待在一个房子里。真正的居士生活意味着与妻子一起生活在一个房子里。"

这节诗中的"闻名、奇妙的(u ha vāva)"三个梵文词非常重要。这些词是用来表示惊讶的。普瑞亚瓦塔王发誓弃绝，但却娶妻生子，做与弃绝之途无关的事；这些活动都是享乐之途上的活动。因此，走弃绝之途的普瑞亚瓦塔王现在接受了享乐之途这一变化，使人大吃一惊。

我虽然是出家人，但却参加我门徒的婚礼；这使我们受到批评。然而，必须解释的是，既然我们开创了奎师那意识协会，既然人类社会也必包括理想的婚姻，那么要正确地建立一个理想社会，就必须参加一些成员的婚礼，尽管我们已走上弃绝之途。这也许使那些对建立超然的社会四阶层和灵性四阶段制度(daiva-varṇāśrama)不感兴趣的人感到震惊。然而，圣巴克提希丹塔·萨茹阿斯瓦提·塔库尔想要重建超然的社会四阶层和灵性四阶段制度。在这一制度中不根据出身确认人所属的社会阶层，因为《博伽梵歌》中说：考虑的决定性因素是人的品性(guṇa)和工作(karma)。应该在全世界建立这个超然的社会四阶层和灵性四阶段制度，以不断发展具有奎师那意识的完美的社会。这对愚蠢的批评者来说也许令人吃惊，但却是奎师那意识协会的作用之一。

第 25 节

आग्नीध्रेध्मजिह्वयज्ञबाहुमहावीरहिरण्यरेतोघृतपृष्ठसवन मेधातिथि-
वीतिहोत्रकवय इति सर्व एवाग्निनामानः ॥२५॥

国际奎师那意识协会创办人
圣恩 A.C.巴克提韦丹塔·斯瓦米·帕布帕德

普瑞亚瓦塔王在这样出色地统治宇宙期间，有一次对最强大的太阳神的巡行产生不满。太阳神乘坐他的战车绕行苏梅茹山丘时，照亮了周围所有的星系。然而，当太阳在山丘的北面时，南面得到的光线就少；当太阳在南面时，北面得到的光线

就少。普瑞亚瓦塔王不喜欢这种状态，于是决定让宇宙是黑夜的那一部分变成白昼。他乘坐光芒四射的战车沿着太阳神行进的轨道走，以此满足了自己的愿望。(SB.5.1.30)

(见第 55 页)

纳茹阿达·牟尼一看到巨大的天鹅，就知道主布茹阿玛到来了。所以，他立刻与斯瓦阳布瓦·玛努及玛努的儿子普瑞亚瓦塔一同起身迎接主布茹阿玛，向布茹阿玛致敬。（SB.5.1.9）。（见第17页）

纳比王、他的祭师及同伴们，看到至尊主出现在他们面前，个个变得像是突然获得巨大财富的穷人一样。他们极为崇敬地迎接至尊主。（SB.5.3.3）（见第109页）

至尊主瑞沙巴戴瓦用超然的科学教导祂那些忠诚且行为举止良好的儿子们，以便他们今后能圆满地统治世界。(SB.5.4.19) (见第157页)

在接受阿瓦杜塔的特征，也就是不在乎物质事物的伟大、圣洁之人所应有的特征后，主瑞沙巴戴瓦在穿越人类社会时恰似一个又瞎又聋又哑的人、一个精神失常的人。(SB.5.5.29) (见第203页)

因为依恋自己救起并抚养的小鹿，巴茹阿特王忘记要为取得灵性生活的进步而照规范原则做，逐渐忘了崇拜至尊人格首神，而是对小鹿念念不忘。结果一天在寻找失踪小鹿的过程中跌倒死去。在来生投生为一头鹿。（SB.5.8.27）（见第284页）

卡莉女神本人以燃烧着强烈刺眼光芒的身躯从裂成碎片的神像中显现，跳下神坛，立刻将那些准备杀佳德·巴茹阿特的恶棍及盗贼们全部暂首。（SB.5.9.17—18）(见第316页)

在伊拉瓦尔特大地上，主希瓦全神贯注地冥想至尊主桑卡尔珊，杜尔嘎女神上百亿的女仆在他周围侍奉着她。（SB.5.17.16）(见第582页)

愚昧的人格化身有一次偷走所有的韦达经，把它们带往茹阿萨塔拉星球。然而，至尊主以祂哈亚贵瓦的形象收回韦达经，在主布茹阿玛为它们而祈求时，把它们还给他。（SB.5.18.6）（见第601页）

有十个头的食人魔首领茹阿瓦纳，命中注定除了人谁都杀不死他。为此，至尊人格首神—— 主茹阿玛禅铎，以人类的形象显现。茹阿玛与茹阿瓦纳之间的激烈战斗不停地打了好几天，大地、海洋和天堂都受到他们激战时用的强大武力的打扰，

各种星相都预示了恶魔即将失败。最终，至尊主搭弓射箭，利箭如原子弹般击中恶魔的心脏。（SB.5.19.5）（见第668页）

阎罗王的住所中有成千的地狱星球。不虔诚的人都必须进入这些星球，按他们犯的罪接受惩罚。喝酒的布茹阿玛纳被带到阿亚赫帕纳地狱去，阎罗王的执法官们往他们嘴里灌熔化的铁水。与别的男人的妻子发生性关系的人，死后被迫拥抱用烧红的铁

铸造的女人形象。强盗被置于名叫桑达麽沙的地狱。在那里，他的皮肤被用烧红的铁球和铁钳剥开。在可怜的动物和飞禽还活着时就烹煮它们的残酷之人，被带到昆比帕卡地狱，在沸腾的油中被煎炸。（SB.5.26）（见第874—894页）

宇宙毁灭时刻到来时，主希瓦的十一个茹铎化身显现，摧毁整个宇宙。（SB.5.25.3）(见第 842 页)

āgnīdhredhmajihva-yajñabāhu-mahāvīra-hiraṇyareto-ghṛtapṛṣṭha-savana-medhātithi-vītihotra-kavaya iti sarva evāgni-nāmānaḥ.

āgnīdhra—阿格尼铎 / idhma-jihva—伊德玛吉瓦 / yajña-bāhu—雅格亚巴胡 / mahā-vīra—玛哈维茹阿 / hiraṇya-retaḥ—黑冉亚瑞塔 / ghṛtapṛṣṭha—贵塔普瑞施塔 / savana—萨瓦纳 / medhā-tithi—梅达提缇 / vītihotra—维提皓陀 / kavayaḥ—和卡维 / iti—这样 / sarve—所有这些 / eva—肯定地 / agni—控制火的半神人的 / nāmānaḥ—名字

译文　普瑞亚瓦塔王的十个儿子的名字分别是：阿格尼铎、伊德玛吉瓦、雅格亚巴胡、玛哈维茹阿、黑冉亚瑞塔、贵塔普瑞施塔、萨瓦纳、梅达提缇、维提皓陀和卡维。这些也都是火神阿格尼的名字。

第 26 节

एतेषां कविर्महावीरः सवन इति त्रय आसन्नूर्ध्वरेतसस्त आत्म-
विद्यायामर्भभावादारभ्य कृतपरिचयाः पारमहंस्यमेवाश्रममभजन् ॥२६॥

eteṣāṁ kavir mahāvīraḥ savana iti traya āsann ūrdhva-retasas ta ātma-vidyāyām arbha-bhāvād ārabhya kṛta-paricayāḥ pāramahaṁsyam evāśramam abhajan.

eteṣām—这些当中 / kaviḥ—卡维 / mahāvīraḥ—玛哈维茹阿 / savanaḥ—萨瓦纳 / iti—这样 / trayaḥ—三个 / āsan—是 / ūrdhva-retasaḥ—完全独身禁欲 / te—他们 / ātma-vidyāyām—超然的知识 / arbha-bhāvāt—从童年 / ārabhya—开始 / kṛta-paricayāḥ—精通 / pāramahaṁ-syam—人生最高的灵性境界的 / eva—肯定地 / āśramam—阶层 / abhajan—执行

译文　这十个儿子中名叫卡维、玛哈维茹阿和萨瓦纳的三个儿子，过完全独身禁欲的生活。所以，他们从孩提时起就受训当贞守生，十分精通被称为至尊天鹅的最高完美境界的生活。

要旨 这节诗中的“完全独身禁欲(ūrdhva-retasaḥ)”一句非常重要，指能够控制性生活的人。这样的人不以射精的方式浪费精液，而是能利用这聚集在体内的最重要的物质滋养脑子。能完全控制性生活的人可以使脑子出色地工作，尤其是记忆方面。正因为如此，那些学生只从他们的老师那里听一次韦达教导，就能逐字记住而不需要阅读书籍。这就是以前为什么没有书的原因。

诗中“从孩提时代起(arbha-bhāvāt)”一句也很有意义，它的另一个意思是“从对孩子的深情”。换句话说，至尊天鹅的生活(paramahaṁsa)是为他人利益献身的生活。正如父亲出于对儿子的深情而牺牲许多，伟大的圣人们为利益人类生活而牺牲各种身体的舒适。就有关这一点，有一段诗文描述六位哥斯瓦米说：

tyaktvā tūrṇam aśeṣa-maṇḍala-pati-śreṇīṁ sadā tucchavat
bhūtvā dīna-gaṇeśakau karuṇayā kaupīna-kanthāśritau

出于对可怜的坠落灵魂的同情，六位哥斯瓦米(Gosvāmī)放弃他们作为大臣的高官厚禄，发誓当托钵僧，从此使他们躯体的需求减至最少。他们每个人都只给自己留一块腰布和一个乞讨用的碗。他们就这样留在温达文执行圣柴坦亚·玛哈帕布的命令，编辑和出版各种外士纳瓦文献。

第 27 节

तस्मिन्नु ह वा उपशमशीलाः परमर्षयः सकलजीवनिकायावासस्य भगवतो वासुदेवस्य भीतानां शरणभूतस्य श्रीमच्चरणारविन्दाविरत-स्मरणाविगलितपरमभक्तियोगानुभावेन परिभावितान्तर्हृदयाधिगते भगवति सर्वेषां भूतानामात्मभूते प्रत्यगात्मन्येवात्मनस्तादात्म्य-मविशेषेण समीयुः ॥२७॥

tasminn u ha vā upaśama-śīlāḥ paramarṣayaḥ sakala-jīva-nikāyāvāsasya bhagavato vāsudevasya bhītānāṁ śaraṇa-bhūtasya śrīmac-caraṇāravindāvirata-smaraṇāvigalita-parama-bhakti-yogānubhāvena paribhāvitāntar-hṛdayādhigate bhagavati sarveṣāṁ bhūtānām ātma-bhūte pratyag-ātmany evātmanas tādātmyam aviśeṣeṇa samīyuḥ.

tasmin—在至尊天鹅的层面上 / u—肯定地 / ha—如此著名 / vā—确实 / upaśama-śīlāḥ—人生的弃绝阶段 / parama-ṛṣayaḥ—伟大的圣人们 / sakala—所有 / jīva—生物体的 / nikāya—全部 / āvāsasya—住所 / bhagavataḥ—至尊人格首神的 / vāsudevasya—主华苏戴瓦 / bhītānām—害怕物质生活的人的 / śaraṇa-bhūtasya—唯一的庇护者 / śrīmat—至尊人格首神的 / caraṇa-aravinda—莲花足 / avirata—不断地 / smaraṇa—想起 / avigalita—完全没有污染的 / parama—至高无上 / bhakti-yoga—神秘的奉爱服务的 / anubhāvena—靠英勇 / paribhāvita—净化的 / antaḥ—以内 / hṛdaya—心 / adhigate—感知到的 / bhagavati—至尊人格首神 / sarveṣām—所有 / bhūtānām—生物体 / ātma-bhūte—处于体内 / pratyak—直接地 / ātmani—与至高无上的超灵 / eva—肯定地 / ātmanaḥ—自我的 / tādātmyam—质上平等的 / aviśeṣeṇa—没有区别 / samīyuḥ—觉悟了

译文　由于他们三人从人生的一开始便进入弃绝阶层，他们完全控制了他们感官的活动，从而成为伟大的圣人。他们总是全神贯注于至尊人格首神的莲花足；这双莲花足是全体生物的栖息地，因此祂以华苏戴瓦闻名于世。主华苏戴瓦是真正惧怕物质存在之人的唯一庇护者。普瑞亚瓦塔王的这三个儿子，靠一直不断地想着祂的莲花足，在纯粹奉爱服务中变得十分进步。他们凭他们所做的非凡的奉爱服务，能直接感受到以超灵的形式处在众生心中的至尊人格首神，认识到他们自己与祂在质上并无区别。

要旨　至尊天鹅阶段(paramahaṁsa)是弃绝生活中的最高阶段。弃绝生活(sannyāsa)中有四个阶段，它们分别是：库提查卡(kuṭīcaka)、巴呼达卡(bahūdaka)、帕瑞布阿佳卡查尔亚(parivrājakācārya)和帕茹阿玛汉萨(paramahaṁsa)。按照韦达系统，人进入弃绝阶层后就会住在村庄外的小屋内，他的家人会给他提供他的生活所需，尤其是食物。这称为库提查卡(kuṭīcaka)阶段。当进入弃绝阶段的人灵性上更进步时，他就不再接受家里的任何供给，而是自己到许多地方去收集自己的所需，尤其是食物。这种作法称为“熊蜂的职业(mādhukarī)”。正如熊蜂从许多鲜花采集蜂蜜，每朵花采集一点点，托钵僧应该挨家挨户地乞讨，但在每一家都不要接受太多的食物，而只是一点点。这称为巴呼达卡(bahūdaka)阶段。当一个托钵僧更有经验时，他就到全世界旅行，传播主华苏戴瓦的荣耀。那时，他就被称为帕瑞布阿佳卡查尔亚(parivrājakācārya)。托钵僧结束其传教工作，坐在一处只专注灵性生活的进步时，就达到了至尊天鹅帕茹阿玛汉萨(paramahaṁsa)阶段。真正的至尊天鹅是完全控制住感官，为至尊主做纯粹奉爱服务的人。普瑞亚瓦塔那三个分别名叫卡维(Kavi)、玛哈维茹阿(Mahāvīra)和萨瓦纳(Savana)的儿子，都从他们人生的早期就处在至尊天鹅阶段。他们的感官打扰不了他们，因为全都被他们用来为至尊主做服务了。为此，这节诗中描述这三个兄弟处在人生的弃绝阶段(upaśama-śīlāḥ)，其中upaśama的意思是“完全制服”。他们完全制服了他们的感官，所以被认定是伟大的圣洁之人。

三兄弟制服他们的感官后，把注意力完全集中在华苏戴瓦——主奎师那的莲花足上。《博伽梵歌》第7章的第19节诗中说，华苏戴瓦是一切(vāsudevaḥ sarvam iti)。华苏戴瓦的莲花足是一切。主华苏戴瓦是一切众生的来源。当这个宇宙展示毁灭时，众生都进入至尊主嘎尔博达卡沙依·维施努(Garbhodakaśāyī Viṣṇu)的至尊身体中，而祂则融入玛哈·维施努(Mahā-Viṣṇu)的身体。这两位维施努都属于华苏戴瓦范畴(vāsudeva-tattva)，因此伟大的圣人卡维、玛哈维茹阿和萨瓦纳都总是全神贯注于主华苏戴瓦(奎师那)的莲花足。这使他们能了解心中的超灵就是至尊人格首神，能认识到他们的身份及与祂的关系。对这一觉悟的完整解释是：仅仅靠做纯粹的奉爱服务，人可以彻底认清自己。这节诗中提到的至尊奉爱瑜伽(parama-bhakti-yoga)的意思是：正如《博伽梵歌》中描述的，通过做纯粹的奉爱服务，生物变得除了为至尊主服务外没有其他兴趣(vāsudevaḥ sarvam iti)。靠至尊奉爱瑜伽，靠把自己提升到做爱心服务的最高层面，人持有的躯体化生命概念就会被自动去除，人可以面对面地看到至尊人格首神。正如《布茹阿玛·萨密塔》(Brahma-saṁhitā)中所证实的：

premāñjana-cchurita-bhakti-vilocanena
santaḥ sadaiva hṛdayeṣu vilokayanti
yaṁ śyāmasundaram acintya-guṇa-svarūpaṁ
govindam ādi-puruṣaṁ tam ahaṁ bhajāmi

被称为圣洁之人(sat)的进步奉献者，可以一直在其心中面对面地看至尊人格首神。奎师那——夏玛孙达尔(Śyāmasundara)用祂的完整部分扩展自己，使奉献者总能在心中看到祂。

第 28 节

अन्यस्यामपि जायायां त्रयः पुत्रा आसन्नुत्तमस्तामसो रैवत इति मन्वन्तराधिपतयः ॥२८॥

anyasyām api jāyāyāṁ trayaḥ putrā āsann uttamas tāmaso raivata iti manvantarādhipatayaḥ.

anyasyām一其他 / api一也 / jāyāyām一在妻子体内 / trayaḥ一三个 / putrāḥ一儿子们 / āsan一有 / uttamaḥ tāmasaḥ raivataḥ一乌塔玛、塔玛斯和茹艾瓦塔 / iti一这样 / manu-antara一玛努寿命期间的 / adhipatayaḥ一统治者

译文　普瑞亚瓦塔王与他的另一位妻子生了三个儿子，分别名叫：乌塔玛、塔玛斯和茹艾瓦塔。他们后来都当了玛努。

要旨 布茹阿玛的每一天中都有十四位玛努。每一个玛努的寿命——玛努统治期(manvantara)都是七十一个年代，而每一个年代有四百三十二万年长。几乎所有被选择担当统治职责的玛努，都来自普瑞亚瓦塔王的家族。这节诗中具体提到了三位，他们分别是乌塔玛(Uttama)、塔玛斯(Tāmasa)和茹艾瓦塔(Raivata)。

第29节

एवमुपशमायनेषु स्वतनयेष्वथ जगतीपतिर्जगतीमर्बुदान्येकादश परिवत्सराणामव्याहताखिलपुरुषकारसारसम्भृतदोर्दण्डयुगलापीडित-मौर्वीगुण स्तनितविरमितधर्मप्रतिपक्षो बर्हिष्मत्याश्चानुदिनमेधमान-प्रमोदप्रसरणयौषिण्यव्रीडाप्रमुषितहासावलोकरुचिरक्ष्वेल्यादिभिः परा-भूयमानविवेक इवानवबुध्यमान इव महामना बुभुजे ॥२९॥

evam upaśamāyaneṣu sva-tanayeṣv atha jagatī-patir jagatīm arbudāny ekādaśa parivatsarāṇām avyāhatākhila-puruṣa-kāra-sāra-sambhṛta-dor-daṇḍa-yugalāpīḍita-maurvī-guṇa-stanita-viramita-dharma-pratipakṣo barhiṣmatyāś cānudinam edhamāna-pramoda-prasaraṇa-yauṣiṇya-vrīḍā-pramuṣita-hāsāvaloka-rucira-kṣvely-ādibhiḥ parābhūyamāna-viveka ivānavabudhyamāna iva mahāmanā bubhuje.

evam—这样 / upaśama-ayaneṣu—都十分有资格 / sva-tanayeṣu—他自己的儿子 / atha—此后 / jagatī-patiḥ—宇宙的主人 / jagatīm—宇宙 / arbudāni—几亿 / ekādaśa—十一个 / parivatsarāṇām—年 / avyāhata—没有被打断 / akhila—宇宙性的 / puruṣa-kāra—英勇 / sāra—力量 / sambhṛta—赋予 / doḥ-daṇḍaḥ—强有力的手臂 / yugala—由一双 / āpīḍita—拉着 / maurvī-guṇa—弓弦 / stanita—如雷贯耳的声音 / viramita—打败 / dharma—宗教原则 / pratipakṣaḥ—反对的人 / barhiṣmatyāḥ—他妻子巴黑施玛缇的 / ca—和 / anudinam—每天 / edhamāna—增加 / pramoda—令人快乐的交流 / prasaraṇa—和蔼可亲 / yauṣiṇya—女性举止 / vrīḍā—通过害羞 / pramuṣita—抑制 / hāsa—笑 /

avaloka—瞥视 / rucira—令人愉快的 / kṣveli-ādibhiḥ—通过爱的交流 / parābhūyamāna—被打败 / vivekaḥ—他真正的知识 / iva—正如 / anavabudhyamānaḥ—智慧较低的人 / iva—正如 / mahā-manāḥ—伟大的灵魂 / bubhuje—统治

译文　在卡维、玛哈维茹阿和萨瓦纳完全受到训练过至尊天鹅的弃绝生活后，普瑞亚瓦塔王统治宇宙长达十一亿年之久。每当他决定用他强有力的双臂搭弓射箭时，所有违反宗教原则生活的人，就会因为害怕他前所未有的统治宇宙的非凡能力而从他面前逃走。他十分爱他的妻子芭黑施玛缇，他们夫妻间的爱与日俱增。芭黑施玛缇王后凭她打扮自己、走路、起床、微笑、大笑和闪动的秋波等女性举止，使君王活力倍增。因此，尽管他是伟大的灵魂，他显得对他妻子的女性举止十分着迷。他与她相处时举止表现仿佛他只是个普通人，但他实际上是伟大的灵魂。

要旨　在这节诗中，“违反宗教原则的人(dharma-pratipakṣaḥ)”一句的宗教原则，并非是指特定的信仰，而是指社会四阶层和灵性四阶段制度。对社会四个阶层的划分分别是：布茹阿玛纳(brāhmaṇa)、查锤亚(kṣatriya)、外夏(vaiśya)、庶铎(śūdra)。四个灵性阶段分别是：贞守生阶段(brahmacarya)、居士阶段(gṛhastha)、退出家庭生活阶段(vānaprastha)和弃绝阶段(sannyāsa)。要维持正常的社会秩序，帮助国民逐渐迈向人生的目标——灵性理解，就必须接受社会四阶层和灵性四阶段制度的原则。从这节诗看出，普瑞亚瓦塔王极为严格地维持这个社会四阶层和灵性四阶段制度，以至任何忽视它的人只要君王用战争或轻微的行政处罚警告他，他就会立刻从君王面前逃走。事实上，普瑞亚瓦塔王根本不必作战，仅仅是他坚强的决心就已经使人们不敢违反社会四阶层和灵性四阶段制度的规定了。经典中说，人类社会除非用社会四阶层和灵性四阶段制度加以管理，否则不比猫狗组成的动物社会强。因此，普瑞亚瓦塔王用他非凡、无比的高超本领，严格地维持着社会四阶层和灵性四阶段制度。

要一生保持这种绝对的警惕性，人需要从他妻子那里得到鼓励。在社会四阶层和灵性四阶段制度中，像布茹阿玛纳和托钵僧这样的人不需要得到异性的鼓励；但查锤亚和居士却真需要他们的妻子鼓励，以便更好地履行他们的职责。事实上，居士或查锤亚没有妻子的联谊就不能正常地履行他们的责任。圣柴坦亚·玛哈帕布本人承认，居士必须与妻子生活在一起。查锤亚甚至被允许有许多妻子，以鼓励他们履行管理职责。在从事功利性活动和处理政治事宜的生活中，与贤妻联谊是必需的。因此，普瑞亚瓦塔为正确地履行他的职责，充分利用与他的贤妻芭黑施玛缇(Barhiṣmatī)联谊的好处；她始终很精通用得体的打扮、微笑和展示她女性身体的特征取悦她伟大的丈夫。芭黑施玛缇王后总是让普瑞亚瓦塔王感到备受鼓舞，从而很恰当地履行他的管理职责。在这节诗中，梵文“正如(iva)”一词用了两次，以说明普瑞亚瓦塔王完全像个惧内的丈夫般行事，因此看似失去了他履行人类职责的智慧。但事实上，他虽然表面看起来行为像是个从事功利性活动的顺从的丈夫，但其实完全意识到他作为灵性灵魂的地位和状态。就这样，普瑞亚瓦塔王统治宇宙达十一亿年之久。

第30节

यावदवभासयति सुरगिरिमनुपरिक्रामन् भगवानादित्यो वसुधातल-
मर्धेनैव प्रतपत्यर्धेनावच्छादयति तदा हि भगवदुपासनोपचिताति-
पुरुषप्रभावस्तदनभिनन्दन् समजवेन रथेन ज्योतिर्मयेन रजनीमपि
दिनं करिष्यामीति सप्तकृत्वस्तरणिमनुपर्यक्रामद् द्वितीय इव पतङ्गः ॥३०॥

yāvad avabhāsayati sura-girim anuparikrāman bhagavān ādityo
vasudhā-talam ardhenaiva pratapaty ardhenāvacchādayati tadā hi
bhagavad-upāsanopacitāti-puruṣa-prabhāvas tad anabhinandan

samajavena rathena jyotirmayena rajanīm api dinaṁ kariṣyāmīti sapta-kṛt vastaraṇim anuparyakrāmad dvitīya iva pataṅgaḥ.

yāvat—只要 / avabhāsayati—照明 / sura-girim—苏梅茹山 / anupa-rikrāman—通过绕行 / bhagavān—最强有力的 / ādityaḥ—太阳神 / vasudhā-talam—低等星系 / ardhena——半 / eva—肯定地 / pratapati—使……变得耀眼 / ardhena——半 / avacchādayati—被黑暗覆盖 / tadā—那时 / hi—肯定地 / bhagavat-upāsanā—通过崇拜至尊人格首神 / upacita—通过完美地取悦祂 / ati-puruṣa—超人 / prabhāvaḥ—影响 / tat—那 / anabhinandan—没有欣赏 / samajavena—靠同等力量 / rathena—马车上 / jyotiḥ-mayena—耀眼的 / rajanīm—夜晚 / api—也 / dinam—白天 / kariṣyāmi—我将使得 / iti—这样 / sapta-kṛt—七次 / vastaraṇim—丝毫不差地沿着太阳的轨道 / anuparyakrāmat—绕行 / dvitīyaḥ—第二个 / iva—如同 / pataṅgaḥ—太阳

译文　普瑞亚瓦塔王在这样出色地统治宇宙期间，有一次对最强大的太阳神的绕行产生不满。太阳神乘坐他的战车绕行苏梅茹山丘时，照亮了周围所有的星系。然而，当太阳在山丘的北面时，南面得到的光线就少；当太阳在南面时，北面得到的光线就少。普瑞亚瓦塔王不喜欢这种状态，于是决定让宇宙是黑夜的那一部分变成白昼。他乘坐光芒四射的战车沿着太阳神行进的轨道走，以此满足了自己的愿望。他之所以能从事如此神奇的活动，凭借的是他靠崇拜至尊人格首神得到的力量。

要旨　孟加拉俗语描述极为强大有力的人说，他能颠倒昼夜；而那种说法就源于普瑞亚瓦塔的非凡能力。他的活动证明崇拜至尊人格首神使他变得多么强大有力。主奎师那被称为一切神秘瑜伽力量的主人——尤给士瓦尔(Yogeśvara)。《博伽梵歌》第18章的第78节诗中说，哪里有一切神秘力量的主人(yatra yogeśvaraḥ kṛṣṇaḥ)，哪里就有胜利、幸运和所有其他的财富。奉爱服务是如此强大有力；奉献者在达到他想要实现的目的时，并非靠他自己的神秘力量，而是靠神秘力量的主人圣主奎师那的恩赐。靠祂的恩赐，奉献者可以做到就连最强大的科学家都无法想象的神奇事情。

从这节诗的描述中看出，太阳在运行。按照现代天文学家的理论，太阳固定在一处，由太阳系环绕着。但我们在这节诗中看到，太阳并非是固定不动的，而是在一个固定的轨道上运转。对这一事实，《布茹阿玛·萨密塔》第5章的第52节诗证实说：太阳按照至尊人格首神的命令在它固定的轨道上旋转(yasyājñayā bhramati sambhṛtakāla-cakraḥ)。按照天文学中的韦达文献《玖提尔·韦达》(Jyotir Veda)中的记载，太阳有六个月在苏梅茹山丘的北面运行，六个月在南面运行。我们在这个星球上的实际体验是：北方是夏季时，南方就是冬季；反之亦然。现代唯物主义科学家有时使自己显得对构成太阳的一切元素都很清楚，但却无法像普瑞亚瓦塔做得那样，为我们提供另一个太阳。

普瑞亚瓦塔王虽然发明了一辆如太阳般光芒万丈的强有力的战车，但却没意愿要与太阳神竞争，因为外士纳瓦永远都不想取代另一位外士纳瓦。他的目的是给予物质存在以大量的利益。圣维施瓦纳特·查夸瓦尔提·塔库尔(Śrīla Viśvanātha Cakravartī Ṭhākura)评论说：在四月和五月间，普瑞亚瓦塔王光芒万丈的“战车太阳”所放射的光芒，恰似月亮的光芒般怡人；在十月和十一月间的早晨和晚上，那个“太阳”提供比阳光还要温暖的热度。总之，普瑞亚瓦塔王极其强大有力，他的活动将他的力量扩展至四面八方。

第 31 节

ये वा उ ह तद्रथचरणनेमिकृतपरिखातास्ते सप्त सिन्धव आसन् यत एव कृताः सप्त भुवो द्वीपाः ॥३१॥

ye vā u ha tad-ratha-caraṇa-nemi-kṛta-parikhātās te sapta sindhava āsan yata eva kṛtāḥ sapta bhuvo dvīpāḥ.

ye—那 / vā u ha—肯定地 / tat-ratha—他的马车的 / caraṇa—轮子的 / nemi—被轮辋 / kṛta—使得 / parikhātāḥ—沟 / te—那些 / sapta—七个 / sindhavaḥ—海洋 / āsan—变成 / yataḥ—因为 / eva—肯定地 / kṛtāḥ—被做 / sapta—七个 / bhuvaḥ—布·曼达拉的 / dvīpāḥ—岛屿

译文　当普瑞亚瓦塔驾驭他的战车跟在太阳后面时，他战车轮子的边缘所划出的痕迹后来变成七个海洋，把名叫布·曼达拉的星系分为七个岛屿。

要旨　在外太空中的星球有时被称为岛屿。我们看到在海洋中的各种岛屿；同样，各种星球被分为十四个星系，是太空汪洋中的岛屿。当普瑞亚瓦塔驾驭他的战车跟在太阳后面时，他制造出七个不同的大洋和星系，它们的总称是布·曼达拉(Bhū-maṇḍala)或布珞卡(Bhūloka)。在嘎雅垂·曼陀(Gāyatrī mantra)中，我们吟诵oṁ bhūr bhuvaḥ svaḥ tat savitur vareṇyam。在布珞卡星系之上的，是布瓦尔珞卡(Bhuvarloka)，更上面的是天堂星系——斯瓦尔嘎珞卡(Svargaloka)。所有这些星系都由太阳神萨维塔(Savitā)控制。人通过在清晨太阳刚刚升起时吟诵嘎雅垂·曼陀崇拜太阳神。

第 32 节

जम्बूप्लक्षशाल्मलिकुशक्रौञ्चशाकपुष्करसंज्ञास्तेषां परिमाणं पूर्वस्मात्
पूर्वस्मादुत्तर उत्तरो यथासङ्ख्यं द्विगुणमानेन बहिः समन्तत उपक्लृप्ताः ॥३२॥

jambū-plakṣa-śālmali-kuśa-krauñca-śāka-puṣkara-saṁjñās teṣāṁ
parimāṇaṁ pūrvasmāt pūrvasmād uttara uttaro yathā-saṅkhyaṁ
dvi-guṇa-mānena bahiḥ samantata upakḷptāḥ.

jambū—章布 / plakṣa—普拉克沙 / śālmali—沙勒玛利 / kuśa—库沙 / krauñca—克容查 / śāka—沙卡 / puṣkara—菩施卡尔 / saṁjñāḥ—称为 / teṣām—它们的 / parimāṇam—面积 / pūrvasmāt pūrvasmāt—比前者 / uttaraḥ uttaraḥ—下一个 / yathā—根据 / saṅkhyam—数字 / dvi-guṇa－两倍 / mānena－尺寸 / bahiḥ－外面 / samantataḥ－四周 / upakḷptāḥ－产生

译文 岛屿的名字分别是：章布、普拉克沙、沙勒玛利、库沙、克容查、沙卡和菩施卡尔。每一个岛屿都比前一个大两倍，每一个都被液体环绕着，液体之外则是另一个岛屿。

要旨 每一个星系中的汪洋都由一种不同的液体构成。下一节诗中对它们作了解释。

第 33 节

क्षारोदेक्षुरसोदसुरोदघृतोदक्षीरोददधिमण्डोदशुद्धोदाः सप्त जलधयः सप्त द्वीपपरिखा इवाभ्यन्तरद्वीपसमाना एकैकश्येन यथानुपूर्वं सप्तस्वपि बहिर्द्वीपेषु पृथक्परित उपकल्पितास्तेषु जम्ब्वादिषु बर्हिष्मतीपति-रनुव्रतानात्मजानाग्नीध्रेध्मजिह्वयज्ञबाहुहिरण्यरेतोघृतपृष्ठमेधातिथि-वीतिहोत्रसंज्ञान् यथासङ्ख्येनैकैकस्मिन्नेकमेवाधिपतिं विदधे ॥३३॥

kṣārodekṣu-rasoda-suroda-ghṛtoda-kṣīroda-dadhi-maṇḍoda-śuddhodāḥ sapta jaladhayaḥ sapta dvīpa-parikhā ivābhyantara-dvīpa-samānā ekaikaśyena yathānupūrvaṁ saptasv api bahir dvīpeṣu pṛthak parita upakalpitās teṣu jambv-ādiṣu barhiṣmatī-patir anuvratānātmajān āgnīdhredhmajihva-yajñabāhu-hiraṇyareto-ghṛtapṛṣṭha-medhātithi-vītihotra-saṁjñān yathā-saṅkhyenaikaikasminn ekam evādhi-patiṁ vidadhe.

kṣāra－盐 / uda－水 / ikṣu-rasa－甘蔗汁 / uda－水 / surā－酒 / uda－水 / ghṛta－纯净的黄油 / uda－水 / kṣīra－牛奶 / uda－水 / dadhi-maṇḍa－乳化的酸奶 / uda－水 / śuddha-udāḥ－和饮水 / sapta－七个 / jala-dhayaḥ－海洋 / sapta－七个 / dvīpa－岛屿 / parikhāḥ－沟 / iva－像 / abhyantara－内部的 / dvīpa－岛屿 / samānāḥ－等于 / eka-ekaśyena－一个接一个 / yathā-anupūrvam－依时间前后排列 / sap-tasu－七个 / api－即使 / bahiḥ－外部 / dvīpeṣu－岛屿中 / pṛthak－分别的 / paritaḥ－四周 / upakalpitāḥ－处于 / teṣu－在它们之中 / jambū-ādiṣu—从章布开始 / barhiṣmatī—芭黑施玛缇的 / patiḥ—丈夫 / anuvratān—实际上跟着父亲的原则的人 / ātma-jān—儿子 / āgnīdhra-idhmajihva-yajñabāhu-hiraṇyaretaḥ-ghṛtapṛṣṭha-medhātithi-vītihotra saṁ-jñān—名叫阿格尼铎、伊德玛吉瓦、雅格亚巴胡、黑冉亚瑞塔、贵塔普瑞施塔、梅达提缇和维提皓陀 / yathā-saṅkhyena—以相同的数量 / eka-ekasmin—在每一个岛屿上 / ekam—— / eva—肯定地 / adhi-patim—君王 / vidadhe—他使得

译文 这七个汪洋容纳的分别是盐水、甘蔗汁、酒、纯净奶油、乳汁、酸奶和甘甜的饮用水。所有的岛屿都被这些汪洋环绕着，每一个汪洋的面积都与它所环绕的岛屿的面积一样大。芭黑施玛缇王后的丈夫普瑞亚瓦塔王，把统治这些岛屿的君权传给他分别名叫阿格尼铎、伊德玛吉瓦、雅格亚巴胡、黑冉亚瑞塔、贵塔普瑞施塔、梅达提缇和维提皓陀的儿子们。这样，他们便都遵照他们父亲的命令当了君王。

要旨 要知道，所有的岛屿(dvīpa)都被不同的汪洋环绕着。这里说，每一个汪洋的宽度都与它所环绕的岛屿的一样。然而，汪洋的长度不可能与它所环绕的岛屿的一样。按照维尔茹阿嘎瓦·阿查尔亚(Vīrarāghava Ācārya)的说法，第一个岛屿的宽度是十万尤佳纳(yojana)。一个尤佳纳等于八英里，所以第一个岛屿的宽度是八十万英里。环绕它的汪洋必然与它同宽，但长度必不一样。

第 34 节

**दुहितरं चोर्जस्वतीं नामोशनसे प्रायच्छद्यस्यामासीद्देवयानी नाम का-
व्यसुता ॥३४॥**

duhitaraṁ corjasvatīṁ nāmośanase prāyacchad yasyām āsīd devayānī nāma kāvya-sutā.

duhitaram－女儿 / ca－也 / ūrjasvatīm－乌尔嘉斯娃缇 / nāma－名叫 / uśanase－向大圣人乌珊纳(舒夸查尔亚) / prāyacchat－他给予 / yasyām－向……的 / āsīt－有 / devayānī－黛瓦雅妮 / nāma－名叫 / kāvya-sutā－舒夸查尔亚的女儿

译文 普瑞亚瓦塔王随后把他女儿乌尔嘉斯娃缇嫁给舒夸查尔亚，他们夫妻俩生了个女儿，名叫黛瓦雅妮。

第35节

नैवंविधः पुरुषकार उरुक्रमस्य
पुंसां तदङ्घ्रिरजसा जितषड्गुणानाम् ।
चित्रं विदूरविगतः सकृदाददीत
यन्नामधेयमधुना स जहाति बन्धम् ॥३५॥

naivaṁ-vidhaḥ puruṣa-kāra urukramasya
puṁsāṁ tad-aṅghri-rajasā jita-ṣaḍ-guṇānām
citraṁ vidūra-vigataḥ sakṛd ādadīta
yan-nāmadheyam adhunā sa jahāti bandham

na－不 / evam-vidhaḥ－像那样 / puruṣa-kāraḥ－个人的影响 / urukramasya－至尊人格首神的 / puṁsām－奉献者的 / tat-aṅghri－祂的莲花足的 / rajasā－被尘土 / jita-ṣaṭ-guṇānām－征服了六种物质的鞭子的影响的…… / citram－奇妙的 / vidūra-vigataḥ－第五等级的人(不可触碰者) / sakṛt－只有一次 / ādadīta－如果他说 / yat－……的 / nāmadheyam－圣名 / adhunā－立即 / saḥ－他 / jahāti－放弃 / bandham－物质的束缚

译文 我亲爱的君王，托庇于至尊主莲花足的奉献者，能够超越饥饿、口渴、悲伤、错觉、老年和死亡这六种物质鞭打的影响，能够征服心和五个感官。然而，这对至尊主纯粹的奉献者来说并不是什么太稀奇的事，就连一个不属于社会四阶层的人，也就是说不可触碰之人，如果说出至尊主的圣名哪怕一次，都能立刻摆脱物质存在的束缚。

要旨　舒卡戴瓦·哥斯瓦米(Śukadeva Gosvāmī)正在对帕瑞克西特王(Mahārāja Parīkṣit)讲述有关普瑞亚瓦塔王的活动，既然帕瑞克西特王有可能对这些神奇、非凡的活动产生疑问，舒卡戴瓦·哥斯瓦米就消除他的疑虑说："我亲爱的君王，不要对普瑞亚瓦塔的神奇活动产生疑问。对至尊人格首神的奉献者来说，一切都是可能的，因为至尊主又被称为乌茹夸玛(Urukrama)。"乌茹夸玛是主瓦玛纳戴瓦(Vāmanadeva)的一个名字，瓦玛纳戴瓦从事了用三步占据三个世界的神奇活动。主瓦玛纳戴瓦要求巴利王(Mahārāja Bali)给祂三步长度的土地，但当巴利王同意后，至尊主立刻用两步覆盖了整个世界，祂的第三步最后是放在巴利王的头上。圣佳亚戴瓦·哥斯瓦米(Śrī Jayadeva Gosvāmī)说：

chalayasi vikramaṇe balim adbhuta-vāmana
pada-nakha-nīra-janita-jana-pāvana
keśava dhṛta-vamāna-rūpa jaya jagadīśa hare

"一切荣耀归于主凯沙瓦(Keśava)，祂假扮出一个侏儒形象！宇宙之主啊！祂拿走对奉献者来说是不吉祥的一切！神奇的瓦玛纳戴瓦啊！您用您跨的步数哄骗大恶魔巴利王。当您刺穿宇宙之壳时，触碰到您莲花足的水以恒河的形式净化了众生。"

至尊主是全能的，因此能做出在普通人看来是神奇的事。同样，托庇于至尊主莲花足的奉献者，也能做出对普通人来说是难以想象的事情。正因为如此，柴坦亚·玛哈帕布教导我们要托庇于至尊主的莲花足。

ayi nanda-tanuja kiṅkaraṁ
　patitaṁ māṁ viṣame bhavāṁbudhau
kṛpayā tava pāda-paṅkaja-
　sthita-dhūlī-sadṛśaṁ vicintaya

“南达王的儿子啊！我是您永恒的仆人，但不知怎的，我坠入了生死苦海。请将我从这生死苦海中救起，并将我如一粒原子般放在您的莲花足旁。”主柴坦亚教导我们触碰至尊主莲花足上的尘土，因为那无疑将使人获得一切成功。

是物质躯体使在物质存在中的每一个生物总是被饥饿、口渴、悲伤、错觉、病弱和死亡这六种鞭子(sad-guṇa)所抽打。此外，另一组的六种鞭子是心和五个感官。不要说被圣洁化了的奉献者，就连不可触碰的四阶层之外的人(caṇḍāla)，如果发出至尊主圣名的声音震荡哪怕一次，都立刻摆脱物质的束缚。世袭布茹阿玛纳们有时争论说，人除非躯体改变，否则无法被接受为是布茹阿玛纳，因为既然现有的躯体是过去活动的结果，那么过去作为布茹阿玛纳行事的人，今生就会投生在布茹阿玛纳的家庭中。他们争辩说，因此，没有这样一个布茹阿玛纳躯体，人无法被接受为是布茹阿玛纳。然而，这节诗中说，就连不可触碰的四阶层之外的人(vidūra-vigata)，哪怕发出圣名的声音震荡一次，都会获得自由。获得自由的意思是，他的躯体立刻改变了。对此，萨纳坦·哥斯瓦米(Sanātana Gosvāmī)证实说：

yathā kāñcanatāṁ yāti
kāṁsyaṁ rasa-vidhānataḥ
tathā dīkṣā-vidhānena
dvijatvaṁ jāyate nṛṇām

当一个人，哪怕是四阶层之外的人，只要由一位纯粹奉献者启迪吟诵、吟唱至尊主的圣名，他的躯体就会在他遵循灵性导师的指示的过程中改变。尽管人看不出他的躯体是如何改变的，但我们必须以经典(śāstra)的权威说明为基层，接受他的躯体变化这一事实。应该把它作为不争的事实加以理解。这节诗中明确地说：“他放弃他的物质束缚(sa jahāti bandham)。”躯体是一个生物从事活动所导致的物质束缚的象征性塑像。尽管有时我们看不到粗糙躯体的改变，但吟诵、吟唱至尊主圣名的人，其精微躯体立刻改变，而由于精微躯体的改变，生物立刻摆脱物质束缚。毕竟，是精微躯体的改变引起粗糙躯体的改变。粗糙躯体毁灭后，精微躯体便带着生物从现有的粗糙躯体转入另一个粗糙躯体。在精微躯体中，“心”占优势地位，所以如果人的心总是专注于记忆至尊主的活动或莲花足，他就被理解为是已经改变了他现有的躯体，得到了净化。因此，任何出身低贱的堕落之人都能通过真正的启迪方法成为布茹阿玛纳。这是不可否认的事实。

第36节

स एवमपरिमितबलपराक्रम एकदा तु देवर्षिचरणानुशयनानुपतित-गुणविसर्गसंसर्गेणानिर्वृतमिवात्मानं मन्यमान आत्मनिर्वेद इदमाह ॥३६॥

sa evam aparimita-bala-parākrama ekadā tu devarṣi-
caraṇānuśayanānu-patita-guṇa-visarga-saṁsargeṇānirvṛtam
ivātmānaṁ manyamāna ātma-nirveda idam āha.

saḥ－他(普瑞亚瓦塔王) / evam－这样 / aparimita－无与伦比的 / bala－力量 / parākramaḥ－影响……的 / ekadā－从前 / tu－那时 / deva-ṛṣi－伟大的圣人纳茹阿达的 / caraṇa-anuśayana－托庇于莲花足 / anu－之后 / patita－堕落 / guṇa-visarga－与(由三种物质自然属性创造的)物质事物 / saṁsargeṇa－通过连接 / anirvṛtam－不满足 / iva－像 / ātmānam－自己 / manyamānaḥ－这样想 / ātma－自我 / nirvedaḥ－怀着弃绝的精神 / idam－这 / āha－说

译文 普瑞亚瓦塔王在用他全部的力量和影响力享受他的物质财富期间，有一次开始在心中思量：他虽然完全托庇于伟大的圣人纳茹阿达，实际上是走在培养奎师那意识的路途上，但还是不知怎的再次身陷物质活动中。这使他的心变得焦躁不安，他开始以弃绝的精神说话。

要旨 《圣典博伽瓦谭》(Śrīmad-Bhāgavatam)第1篇第5章的第17节诗说：

tyaktvā sva-dharmaṁ caraṇāmbujaṁ harer
bhajann apakvo 'tha patet tato yadi
yatra kva vābhadram abhūd amuṣya kiṁ
ko vārtha āpto 'bhajatāṁ sva-dharmataḥ

"放弃世俗的职责转而为至尊主做奉爱服务的人，在不成熟的阶段也许间或会堕落，但那并不影响他最终获得成功。然而一个非奉献者，即使全心全意地履行他的职责，也不会有任何收获。"如果一个人因感情用事或得到觉悟而托庇于伟大的外士纳瓦，培养奎师那意识，但由于不成熟的理解而在培养奎师那意识的过程中堕落，他其实不是真的堕落，因为他为奎师那所做的奉爱服务是永恒的资产。所以，如果一个人堕落，那他的进步就会有一段时间受阻，但在适当的时候会再继续向前。普瑞亚瓦塔王一开始按照纳茹阿达·牟尼的教导做服务，以便回归家园，回到首神身边，但后来在他父亲的要求下回家处理尘世事务。然而，在一定的时间，他灵性导师纳茹阿达的恩典使他侍奉奎师那的意识复苏了。

正如《博伽梵歌》第6章的第41节诗中说：从奉爱瑜伽的路途上堕落的人再次得到半神人的财富；他享受这种物质财富后，就被给予机会投生在纯粹布茹阿玛纳的高贵家庭或富有人家中，有机会唤醒他的奎师那意识(śucīnāṁ śrīmatāṁ gehe yoga-bhraṣṭo 'bhijāyate)。这真就发生在普瑞亚瓦塔王的生活中。他是这真相的最光荣的例子。在适当的时候，他不再想享受他的物质富有及妻儿、王国，而是想离弃所有的一切。为此，在描述了普瑞亚瓦塔王的物质财富后，舒卡戴瓦·哥斯瓦米在这节诗中开始描述他的弃绝倾向。

"托庇于伟大的圣人纳茹阿达的莲花足(devarṣi-caraṇānuśayana)"一句表明，普瑞亚瓦塔王全身心地投靠、服从半神人中的大圣人纳茹阿达，在他的指导下严格遵循奉爱程序和规范守则。有关严格遵守规范守则这一点，圣维施瓦纳特·查夸瓦尔提·塔库尔(Śrīla Viśvanātha Cakravartī Ṭhākura)说：学生通过立刻向灵性导师顶礼(daṇḍavat)和严格遵守他的指示取得进步(daṇḍavat-praṇāmās tān anupatitaḥ)。普瑞亚瓦塔王有规律地做所有这些事情。

人只要在物质世界里，就受物质自然属性(guṇa-visarga)的影响。普瑞亚瓦塔王拥有所有的物质财富，因此并不免予物质影响。在物质世界里，很穷和很富的人都受物质的影响，因为富有和贫穷都是物质自然属性制造的。《博伽梵歌》第3章的第27节诗中说：其实是物质自然的三种属性在活动(prakṛteḥ kriyamāṇāni guṇaiḥ karmā-ṇi sarvaśaḥ)。根据我们所受到的物质自然属性的影响，物质自然给予我们进行物质享乐的便利条件。

第 37 节

अहो असाध्वनुष्ठितं यदभिनिवेशितोऽहमिन्द्रियैरविद्यारचितविषम-
विषयान्धकूपे तदलमलममुष्या वनिताया विनोदमृगं मां धिग्धिगिति
गर्हयां चकार ॥३७॥

aho asādhv anuṣṭhitaṁ yad abhiniveśito 'ham indriyair avidyā-racita-
viṣama-viṣayāndha-kūpe tad alam alam amuṣyā vanitāyā vinoda-
mṛgaṁ māṁ dhig dhig iti garhayāṁ cakāra.

aho一唉 / asādhu一不好 / anuṣṭhitam一执行 / yat一因为 / abhiniveśitaḥ一全神贯注地 / aham一我 / indriyaiḥ一为了感官享乐 / avidyā一被无知 / racita一使得 / viṣama一令人痛苦 / viṣaya一感官享乐 / andha-kūpe一在黑井里 / tat一那 / alam一微不足道的 / alam一根本不重要的 / amuṣyāḥ一那个……的 / vanitāyāḥ一妻子 / vinoda-mṛgam一就像跳舞的猴子一样 / mām一向我 / dhik一真可耻 / dhik一真可悲 / iti一这样 / garhayām一批评 / cakāra一他做

译文 君王开始批评自己。唉，感官享乐使我变得可悲可耻！我现在坠入恰似陷井般的物质享乐中。够了！我不想再享受了。看看我，竟然变成在我妻子手中跳舞的猴子了。我真该受到谴责。

要旨 从普瑞亚瓦塔王的行为可以理解，物质“知识”进步实在是该受到谴责。他制造另一个照亮黑夜的太阳及车轮的划痕构成汪洋的非凡战车。他从事的这类神奇的活动是如此非凡，现代科学家甚至无法想象能做出这样的事情。普瑞亚瓦塔王在物质活动领域中行事神奇，但却因为从事感官享乐——统治王国并按他美丽妻子的指示跳舞，而自己谴责自己。每当我们想到普瑞亚瓦塔王的这个例子，我们就可以想现代物质文明进步是多么堕落。现代所谓的科学家和其他物质主义者自满于能够兴建摩天大楼、公路和制造机器，但这些活动根本无法与普瑞亚瓦塔王从事的活动相比。如果普瑞亚瓦塔王在从事了那些神奇的活动后都能谴责自己，那我们在我们所谓的物质文明进步中该受到怎样的谴责啊！我们可以得出结论，这样的进步根本解决不了生物被捆绑在这个物质世界里的问题。不幸的是，现代人不了解自己受捆绑的情况，不知道自己有多么不幸，也不知道他来生会得到什么样的躯体。从灵性的观点看，伟大的王国、美丽的妻子和神奇的物质活动，都是灵性进步的障碍。普瑞亚瓦塔王真诚地侍奉伟大的圣人纳茹阿达，所以即使接受物质财富，也不会不执行他的任务。他再次变得具有奎师那意识。正如《博伽梵歌》所证实的：

nehābhikrama-nāśo 'sti
pratyavāyo na vidyate
svalpam apy asya dharmasya
trāyate mahato bhayāt

“做这种努力不会失去或减少什么。在这条路上哪怕前进一点点，也能使人得到保护，从而免予最可怕的危险。”（《博伽梵歌》2.40）只有凭借至尊人格首神的恩典，才能做到像普瑞亚瓦塔王这样的弃绝。通常，人一旦有权利或美丽的妻子、美好的家庭和物质名望时，就会越来越受到束缚。然而，普瑞亚瓦塔王受到伟大的圣人纳茹阿达的完整训练，在有所有这些障碍的情况下，他的奎师那意识还是苏醒了。

第38节

**परदेवताप्रसादाधिगतात्मप्रत्यवमर्शेनानुप्रवृत्तेभ्यः पुत्रेभ्य इमां यथा-
दायं विभज्य भुक्तभोगां च महिषीं मृतकमिव सह महाविभूतिमपहाय
स्वयं निहितनिर्वेदो हृदि गृहीतहरिविहारानुभावो भगवतो नारदस्य
पदवीं पुनरेवानुससार ॥३८॥**

para-devatā-prasādādhigatātma-pratyavamarśenānupravṛttebhyaḥ
putrebhya imāṁ yathā-dāyaṁ vibhajya bhukta-bhogāṁ ca mahiṣīṁ
mṛtakam iva saha mahā-vibhūtim apahāya svayaṁ nihita-nirvedo hṛdi
gṛhīta-hari-vihārānubhāvo bhagavato nāradasya padavīṁ punar
evānusasāra.

para-devatā—至尊人格首神的 / prasāda—靠……的仁慈 / adhigata—获得 / ātma-pratyavamarśena—通过觉悟自我 / anupravṛttebhyaḥ—跟随他的步伐的…… / putrebhyaḥ—向他的儿子们 / imām—这个地球 / yathā-dāyam—完全按照继承权 / vibhajya—划分 / bhukta-bhogām—他以许多方式享受过的 / ca—也 / mahiṣīm—王后 / mṛtakam iva—恰似死尸 / saha—与 / mahā-vibhūtim—辉煌的财富 / apahāya—放弃 / svayam—自己 / nihita—完美地接受 / nirvedaḥ—弃绝 / hṛdi—心中 / gṛhīta—接受 / hari—至尊人格首神的 / vihāra—娱乐活动 / anubhāvaḥ—以这样的态度 / bhagavataḥ—伟大的圣人的 / nāradasya—圣人纳茹阿达的 / padavīm—地位 / punaḥ—再次 / eva—肯定地 / anusasāra—开始追随

译文 凭借至尊人格首神的恩典，普瑞亚瓦塔王清醒过来。他把他在尘世拥有的一切分给孝顺他的儿子们。他离弃了一切，包括曾给予他巨大的感官满足的妻子，以及他庞大、富有的王国。他彻底抛弃所有的依恋与执著。他那被净化的心，成为至尊人格首神从事娱乐活动的场所。这使他能够回到培养奎师那意识的灵修生活路途上，恢复他曾靠大圣人纳茹阿达的仁慈所达到的状态。

要旨 正如圣柴坦亚·玛哈帕布在祂的八训规(Śikṣāṣṭaka)中清楚说明的，人的心一旦净化，物质存在的熊熊烈火便立刻熄灭(ceto-darpaṇa-mārjanaṁ bhava-mahā-dāvāgni-nirvāpaṇam)。我们的心是为至尊人格首神的娱乐活动而设的。这意味着，人应该按照奎师那本人建议的那样，充满奎师那意识，想着奎师那(man-manā bhava mad-bhakto mad-yājī māṁ namaskuru)。这应该是我们唯一的职责。心灵不纯洁的人，无法想至尊主超然的娱乐活动；但人如果再次把至尊人格首神放在心中，他就很容易去除物质的执著和依恋了。非人格神主义(Māyāvādī)哲学家、瑜伽师和思辨者试图光靠说“这个世界是虚假的，没有用。只有梵才是真实的(brahma satyaṁ jagan mithyā)”来放弃这个世界。这种理论知识不会对我们有帮助。如果我们相信梵是真实的存在，我们就必须像安巴瑞施王(Mahārāja Ambarīṣa)做的那样，将圣奎师那的莲花足置于我们心中(sa vai manaḥ kṛṣṇa-padāravindayoḥ)。那样，我们就会获得摆脱物质束缚的力量。

普瑞亚瓦塔王能够离弃他富有的王国，以及他美丽妻子的陪伴，仿佛她是死尸一般。人的妻子无论有多美丽，其身体特征有多吸引人，当她死去时，人都不会再对她有兴趣。我们赞美一个漂亮的女人身体有多美，但同一个身体如果灵魂不在了，就不会再引起好色之徒的兴趣。普瑞亚瓦塔王如此强壮，但凭至尊主的恩典，他甚至可以在他美丽的妻子还活着时，就离开她的陪伴，恰似一个人被迫放弃死去妻子的陪伴一样。圣柴坦亚·玛哈帕布说：

na dhanaṁ na janaṁ na sundarīṁ
kavitāṁ vā jagadīśa kāmaye
mama janmani janmanīśvare
bhavatād bhaktir ahaitukī tvayi

“全能的主啊！我无意累积财富，不想要漂亮的女人，也不想要任何追随者。我只想一世复一世无求的为您做奉爱服务。”对想要在灵性生活中取得进步的人来说，依恋物质财富和美丽的妻子，是两个巨大的障碍。这样的依恋甚至比自杀还受到谴责。因此，任何一个想要跨越物质无知海洋的人，必须靠奎师那的恩典去除对女人和金钱的执著。当普瑞亚瓦塔王完全摆脱这些执著和依恋时，他能够再次平静地遵守大圣人纳茹阿达教导的原则。

第 39 节

तस्य ह वा एते श्लोकाः—
प्रियव्रतकृतं कर्म को नु कुर्याद्विनेश्वरम् ।
यो नेमिनिम्नैरकरोच्छायां घ्नन् सप्त वारिधीन् ॥३९॥

tasya ha vā ete ślokāḥ—
priyavrata-kṛtaṁ karma
ko nu kuryād vineśvaram
yo nemi-nimnair akaroc
chāyāṁ ghnan sapta vāridhīn

tasya—他的 / ha vā—肯定地 / ete—所有这些 / ślokāḥ—诗节 / priyavrata—由普瑞亚瓦塔王 / kṛtam—做 / karma—活动 / kaḥ—谁 / nu—那时 / kuryāt—能执行 / vinā—没有 / īśvaram—至尊人格首神 / yaḥ—谁 / nemi—他战车的轮辋的 / nimnaiḥ—被洼地 / akarot—做 / chāyām—黑暗 / ghnan—驱除 / sapta—七个 / vāridhīn—海洋

译文　有许多著名的诗文描述普瑞亚瓦塔王的活动说：“除了至尊人格首神，没人能做普瑞亚瓦塔王做过的事。普瑞亚瓦塔王驱散了夜晚的黑暗，用他巨大战车的车轮掘出七个海洋。”

要旨 就有关普瑞亚瓦塔王的活动，全世界流传着许多优美的诗文。他是那么闻名遐迩，他的活动被拿来与至尊人格首神从事的活动相比。至尊主真诚的仆人和奉献者有时也被称为巴嘎万(bhagavān)。圣纳茹阿达被称为巴嘎万，主希瓦和维亚萨戴瓦有时也被称为巴嘎万。巴嘎万这名称有时凭至尊主的恩典授予纯粹的奉献者，以使他得到更高的赞誉。普瑞亚瓦塔王就是这样的奉献者。

第 40 节

भूसंस्थानं कृतं येन सरिद्गिरिवनादिभिः ।
सीमा च भूतनिर्वृत्यै द्वीपे द्वीपे विभागशः ॥४०॥

bhū-saṁsthānaṁ kṛtaṁ yena
sarid-giri-vanādibhiḥ
sīmā ca bhūta-nirvṛtyai
dvīpe dvīpe vibhāgaśaḥ

bhū-saṁsthānam一地球的情况 / kṛtam一做了 / yena一由……的 / sarit一用河流 / giri一用山丘 / vana-ādibhiḥ一用森林等 / sīmā一边界 / ca一也 / bhūta一不同国家的 / nirvṛtyai一为了停止争斗 / dvīpe dvīpe一在不同的岛屿上 / vibhāgaśaḥ一分离地

译文 “为阻止各种人之间的纷争，普瑞亚瓦塔王在江河、高山和森林边缘划出界限，使人不能侵占他人的财产。”

要旨 普瑞亚瓦塔王划边界分出不同的国家这一做法，至今仍被世人效法。正如这里指出的，不同阶层的人被指定住在不同的地区，所以这节诗文中说，岛屿上的各种大地的分界线由不同的河流、森林和山丘标明。这在谈到有关普瑞图王(Mahārāja Pṛthu)时也提到过。普瑞图王从大圣人们操作的他父亲的死尸中诞生出来。他的父亲罪大恶极，从其死尸中首先产生出被称为尼沙达(Niṣāda)的黑人。尼沙达种族因为天生是盗贼和恶棍，因此被允许在森林中居住。正如动物被允许居住的地方是各种森林和山丘，如同动物般的人也被指定在那里居住。人天生被指定生活在某种特定的处境中，而这一切取决于人的活动和与物质自然属性的接触；人除非开始培养奎师那意识，否则无法被提升，过文明有教养的生活。要想有平静、和谐的生活，就必须培养奎师那意识，因为专注于躯体化的生命概念无法使人达到最高的标准。普瑞亚瓦塔王将地球表面划分为不同的岛屿，以便每一个阶层的人都能平静地生活，不彼此冲突。现代对于独立国家的概念是从普瑞亚瓦塔王所做的划分逐渐发展而来的。

第 41 节

भौमं दिव्यं मानुषं च महित्वं कर्मयोगजम् ।
यश्चक्रे निरयौपम्यं पुरुषानुजनप्रियः ॥४१॥

bhaumaṁ divyaṁ mānuṣaṁ ca
mahitvaṁ karma-yogajam
yaś cakre nirayaupamyaṁ
puruṣānujana-priyaḥ

bhaumam－低等星球的／divyam－天堂的／mānuṣam－人类的／ca－也／mahitvam－一切财富／karma－通过功利性活动／yoga－通过神秘力量／jam－诞生／yaḥ－……的／cakre－做／niraya－和地狱般的／aupamyam－比较或相等／puruṣa－至尊人格首神的／anujana－对奉献者／priyaḥ－最亲切的

译文　“作为圣人纳茹阿达的追随者和奉献者，普瑞亚瓦塔王把他靠功利性活动和神秘力量得到的、在低等或天堂星球及在人类社会中的财富，视为是可憎的。”

要旨 圣茹帕·哥斯瓦米说：奉献者的状态是如此崇高，所以根本不觉得物质财富有什么价值。地球、天堂，甚至在被称为帕塔拉(Pātāla)的低等星系中，有不同种类的物质财富。然而，奉献者知道它们都是物质的，因此对它们毫无兴趣。正如《博伽梵歌》中所说，通过体验高品位的快乐来放弃这种享乐。瑜伽师和思辨者有时自愿放弃一切物质财富，以便按照各自的解脱系统灵修，体验灵性喜乐。但这种刻意放弃物质财富的状态并不能持久，所以他们再三堕落。人必须在灵性生活中体验到更高级的滋味，才能放弃物质财富。普瑞亚瓦塔王已经体验到灵性的极乐，因此对在高、中、低星系能得到物质成就毫无兴趣。

到此为止，结束了巴克提韦丹塔对《圣典博伽瓦谭》第5篇第1章“普瑞亚瓦塔王的活动”所作的阐释。

第二章

阿格尼铎王的活动

这一章中描述了阿格尼铎王(Mahārāja Āgnīdhra)的美好品质。当普瑞亚瓦塔王(Mahārāja Priyavrata)退位去从事他觉悟自我的灵性活动时，他儿子按照他的命令当了章布岛(Jambūdvīpa)的统治者，以父亲深爱儿子的情感保护他的国民。一次，阿格尼铎王想要一个儿子，于是进入曼达尔(Mandara)山的一个山洞里苦修。主布茹阿玛了解他的愿望，便派了一位名叫菩尔娃祺缇(Pūrvacitti)的天堂少女去阿格尼铎的隐居处。菩尔娃祺缇把自己打扮得美丽动人，展现着各种女性妩媚的姿态来到阿格尼铎面前，阿格尼铎自然受到她的吸引。那少女的举止、表现、微笑、甜美的话语和眼睛的眨动，在他看来都极其迷人。阿格尼铎很善于奉承；他甜美的话语深得那天堂少女的欢心，高兴地接受他当自己的丈夫。她在返回自己天堂的居所前与阿格尼铎一起过了许许多多年，为他生了九个儿子。他们分别名叫纳比(Nābhi)、克音菩茹沙(Kiṁpuruṣa)、哈瑞瓦尔沙(Harivarṣa)、伊拉威塔(Ilāvṛta)、茹阿弥亚克(Ramyaka)、黑冉玛亚(Hiraṇmaya)、库茹(Kuru)、 巴铎施瓦(Bhadrāśva)和凯图玛拉(Ketumāla)。阿格尼铎给他们九个岛，分别以他们的名字命名。然而，阿格尼铎的感官并不满足，他因为总想着他的天堂妻子，在来世投生到她所在的天堂。阿格尼铎死后，他的九个儿子娶梅茹(Meru)的九个女儿为妻。她们分别名叫：梅茹黛薇(Meru-devī)、帕缇茹帕(Pratirūpā)、乌卦妲么施垂(Ugradaṁṣṭrī)、拉塔(Latā)、茹阿弥雅(Ramyā)、夏玛(Śyāmā)、纳蕊(Nārī)、芭朵(Bhadrā)和黛娃薇缇(Devavīti)。

第 1 节

श्रीशुक उवाच

एवं पितरि सम्प्रवृत्ते तदनुशासने वर्तमान आग्नीध्रो जम्बूद्वीपौकसः
प्रजा औरसवद्धर्मावेक्षमाणः पर्यगोपायत् ॥ १ ॥

śrī-śuka uvāca
evaṁ pitari sampravṛtte tad-anuśāsane vartamāna āgnīdhro
jambūdvīpaukasaḥ prajā aurasavad dharmāvekṣamāṇaḥ paryagopāyat.

śrī-śukaḥ—圣舒卡戴瓦·哥斯瓦米 / uvāca—说 / evam—这样 / pitari—当他父亲 / sampravṛtte—踏上通向解脱的路途 / tat-anuśāsane—按他的命令 / vartamānaḥ—处于 / āgnīdhraḥ—阿格尼铎王 / jambū-dvīpa-okasaḥ—章布岛的居民 / prajāḥ—居民 / aurasa-vat—把他们视为是自己的亲生儿子 / dharma—宗教原则 / avekṣamāṇaḥ—严格遵守 / paryagopāyat—得到全面的保护

译文 圣舒卡戴瓦·哥斯瓦米继续说：阿格尼铎王在他父亲普瑞亚瓦塔王离开去走苦修的灵性生活之途后，完全遵照父亲的命令做，严格按宗教原则给予章布岛的居民以全面的保护，把他们视为是自己的亲生孩子。

要旨 阿格尼铎按照他父亲普瑞亚瓦塔王的指示，根据宗教原则统治章布岛的居民。这些原则与现代无信仰的原则完全相反。这节诗中说得很清楚，君王要像保护亲生的孩子一样保护他的国民。诗中还讲述他如何统治他的子民说："严格按照宗教原则(dharmāvekṣamāṇaḥ)"。国家首脑的责任是，确保国民严格遵守宗教原则。韦达宗教原则始于社会四阶层和灵性四阶段制度(varṇāśrama-dharma)。梵文"达尔玛(dharma)"是指至尊人格首神给出的原则。第一项宗教原则(dharma)就是奉行至尊人格首神指定的社会四阶层职责。应该按照人各自不同的特性和所从事的活动，将人类社会划分为布茹阿玛纳(brāhmaṇa, 婆罗门)、查锤亚(kṣatriya, 刹帝利)、外夏(vaiśya, 吠舍)和庶铎(śūdra, 首陀罗)，继而再分为布茹阿玛查瑞(brahmacārī, 贞守生)、贵哈斯塔(gṛhastha, 居士)、瓦纳帕斯塔(vānaprastha, 退出家庭生活人士)和萨尼亚西(sannyāsī, 托钵僧)。这些是宗教原则，而国家首脑的责任是确保国民严格奉行这些原则。国家首脑不该只是做官，而应该像父亲一样总是当他孩子们的祝福者。这样的父亲严密观察他的孩子们是否在履行他们的职责，他有时也为他们不履行职责而处罚他们。

与这节诗中谈到的原则恰恰相反，这个喀历(Kali)年代里的总统和国家首脑只不过是收税人；他们根本不在乎人们是否在奉行宗教原则。事实上，如今的国家首脑推行包括非法性生活、酗酒、屠杀动物和赌博在内的各种罪恶活动。这些罪恶活动现如今在印度四处可见。尽管这四项罪恶活动在一百年前的印度家庭中受到严格的禁止，但现在家家户户都在从事它们，人们因此而无法奉行宗教原则。与古老年代的君王们相比，现代的国家领袖只关心为征税而宣传，根本不承担照顾国民灵性利益的责任。现代国家根本不理会宗教原则。《圣典博伽瓦谭》(Śrīmad-Bhāgavatam)预言道：喀历年代中的政府将像恶棍和盗贼一样行事(dasyu-dharma)。现代国家首脑不给予国民保护，相反成为掠夺国民的恶棍和盗贼。正如《圣典博伽瓦谭》中所说，这个喀历年代中的恶棍和盗贼轻视国家法律，大肆从事抢劫和盗窃活动，而立法者们本身也侵吞国民财产。《博伽瓦谭》中接下来的一个预言已经实现，即：国民和政府从事的罪恶活动，使降雨量持续减少，最后直至全面干旱、不产粮食的结局。人们将沦落到吃肉和种子的地步，许多善良和有灵性倾向的人因为旱灾、饥荒和苛捐杂税而离乡背井。奎师那意识运动是拯救世界摆脱这种灾难的唯一希望。它是有利于整个人类社会真正福利的最科学、最具权威性的运动。

第 2 节

स च कदाचित्पितृलोककामः सुरवरवनिताक्रीडाचलद्रोण्यां भगवन्तं विश्वसृजां पतिमाभृतपरिचर्योपकरण आत्मैकाग्र्येण तपस्व्याराधयां बभूव ॥२॥

sa ca kadācit pitṛloka-kāmaḥ sura-vara-vanitākrīḍācala-droṇyāṁ bhagavantaṁ viśva-sṛjāṁ patim ābhṛta-paricaryopakaraṇa ātmaikāgryeṇa tapasvy ārādhayāṁ babhūva.

saḥ—他(阿格尼铎王) / ca—也 / kadācit—从前 / pitṛloka—祖先星球 / kāmaḥ—想要 / sura-vara—伟大半神人的 / vanitā—女人 / ākrīḍā—娱乐的地方 / acala-droṇyām—在曼达尔山的一个山谷里 / bhagavantam—向最强有力者(主布茹阿玛) / viśva-sṛjām—创造这个宇宙的人物的 / patim—主人 / ābhṛta—收集了 / paricaryā-upakaraṇaḥ—崇拜的物品 / ātma—心念的 / eka-agryeṇa—全神贯注地 / tapasvī—苦修之人 / ārādhayām babhūva—进行崇拜

译文 阿格尼铎王想要得到一个完美的儿子并成为祖先星球上的居民，于是便崇拜主布茹阿玛——负责物质创造之人的主人。他去到曼达尔山山谷，那里是天堂星球的少女们下来散步的地方。他在那里采集各种鲜花及其他需要用到的物品，随后全神贯注地从事苦修和崇拜活动。

要旨 君王想要被升上名叫琵垂珞卡(Pitṛloka)的祖先星球。《博伽梵歌》中谈到祖先星球说：崇拜半神人的人，将在半神人中投生；崇拜祖先的人，到祖先那里去(yānti deva-vratā devān pitṝn yānti pitṛ-vratāḥ)。要到那个星球去的人，需要有非常优秀的儿子定时给主维施努(Viṣṇu)献供，然后把给主维施努供奉过的食物供奉给自己的祖先。举行这种被称为刷达(śrāddha)仪式的目的，是为了取悦至尊人格首神主维施努，以便在令祂高兴后，人可以把给祂供奉过的食物(prasāda)供奉给自己的祖先，以这种方式使他们快乐。祖先星球上的居民们一般都是热衷于功利性活动(karma-kāṇḍīya)并因为他们的善行而被提升到那里去的人。只要他们的后代给他们供奉给主维施努供奉过的食物(viṣṇu-prasāda)，他们就可以继续留在那里。然而，在祖先星球等天堂星球中的生物，在耗尽他们的功德后都必须回到地球上。正如《博伽梵歌》第9章的第21节诗所证实的：从事虔诚活动的人被转升到天堂星球上去；他们在耗尽自己虔诚活动的结果后重新回到这个终有一死的星球来(kṣīṇe puṇye martya-lokaṁ viśanti)。

这里有一个问题，那就是：既然普瑞亚瓦塔王是杰出的奉献者，他怎么会生出一个想要被转升到祖先星球上的儿子呢？主奎师那说，想要到祖先星球去的人被转升到那里去(pitṝn yānti pitṛ-vratāḥ)；同样，想要被转升到灵性星球外琨塔珞卡的人，也可以去灵性世界(yānti mad-yājino 'pi mām)。既然阿格尼铎王是外士纳瓦的儿子，他应该想要被转升到灵性世界外琨塔珞卡(Vaikuṇṭhaloka)，可他为什么想要被转升到祖先星球上呢？为回答这个问题，《博伽瓦谭》的评注者之一——哥依瑞达尔·哥斯瓦米(Gosvāmī Giridhara)评论道：阿格尼铎是在普瑞亚瓦塔王被色欲迷住时生的。这有可能被接受为是事实，因为人们在不同的时间所具有的不同的心理状态决定其所授孕的儿子的状态。所以，按照韦达制度，人在怀胎之前要先举行净化仪式(garbhādhāna-saṁskāra)。这仪式使当父亲的具有这样的心态，即：他在向他妻子的子宫中播种时，他将招来一个满怀奉爱精神的生物当他的孩子。但如今，人们不再举行净化仪式，所以他们在生孩子时一般都是怀着色欲在交媾。尤其在这个喀历年代中，每个人都像猫或狗一样享受与妻子的性生活，不再举行净化仪式。因此，按照经典的教导，这个年代里的人几乎都属于庶铎的范畴。当然，尽管阿格尼铎王想要被转升到祖先星球去，但这并不意味着他的心理状态是庶铎的心理状态。他是位查锤亚。

阿格尼铎王想要被转升到祖先星球去，就需要一位妻子，因为想要被转升到祖先星球去的人必须留下一个优秀的儿子，以便儿子每年可以给他供奉给主维施努供奉过的食物(pinda或prasada)。要有一个优秀的儿子，阿格尼铎王就需要一位来自半神人家庭的妻子。他为此去了曼达尔山丘，女性半神人一般都去那里崇拜主布茹阿玛(Brahmā)。《博伽梵歌》第4章的第12节诗中说：想要在这个世界里尽快得到成果的物质主义者崇拜半神人(kāṅkṣantaḥ karmaṇāṁ siddhiṁ yajanta iha devatāḥ)。对此，《圣典博伽瓦谭》中也证实说：那些想要得到漂亮妻子、大量钱财和许多儿子的人崇拜半神人；但有智慧的奉献者不想被以美丽的妻子、物质财富和孩子为形式的这个物质世界里的快乐所捆绑，而想要立刻返回家园，回到首神身边(Śrīaiśvarya-prajepsavaḥ)。为实现这一愿望，奉献者崇拜至尊人格首神维施努。

第3节

**तदुपलभ्य भगवानादिपुरुषः सदसि गायन्तीं पूर्वचित्तिं नामाप्सरस-
मभियापयामास ॥ ३ ॥**

tad upalabhya bhagavān ādi-puruṣaḥ sadasi gāyantīṁ pūrvacittiṁ
nāmāpsarasam abhiyāpayām āsa.

tat—那 / upalabhya—了解 / bhagavān—最强有力的人 / ādi-puruṣaḥ—宇宙内第一个被创造的生物体 / sadasi—他随从中的 / gāyantīm—舞女 / pūrvacittim—菩尔娃祺缇 / nāma—名叫 / apsarasam—天堂的舞女 / abhiyāpayām āsa—派遣

译文 这宇宙的第一位也是最强有力的被造生物体主布茹阿玛，了解阿格尼铎的愿望，挑选为他跳舞的少年舞女中最优秀的菩尔娃祺缇，派她去到君王那里。

要旨　这节诗中的梵文“宇宙内第一个被创造的最强有力的生物体(bhagavān ādi-puruṣaḥ)”一句非常重要。主奎师那是最强有力的生(Bhagavān ādi-puruṣaḥ)。主奎师那是存在中的第一个人(govindam ādi-puruṣaṁ tam ahaṁ bhajāmi)。在《博伽梵歌》中，祂被阿尔诸纳(Arjuna)称为最初的人(puruṣam ādyam)，祂也被称为巴嘎万(Bhagavān，博伽梵)。然而在这节诗中，我们看到主布茹阿玛被描述为是“宇宙内第一个被创造的最强有力的生物体(bhagavān ādi-puruṣaḥ)”。他被称为最强有力的生物巴嘎万的原因是：他完全代表至尊人格首神，而且是这个宇宙中第一个出生的生物体。主布茹阿玛与主维施努一样强大有力，所以能明白阿格尼铎的愿望。正如以超灵(Paramātmā)的形式处在众生心中的主维施努能了解每一个生物体的愿望，主布茹阿玛也能了解生物体的愿望，因为主维施努作为中介给他信息。正如《圣典博伽瓦谭》第1篇第1章的第1节诗所说：主维施努在主布茹阿玛的内心告诉他一切(tene brahma hṛdā ya ādi-kavaye)。由于阿格尼铎王专门崇拜主布茹阿玛，主布茹阿玛感到很高兴，于是派天堂舞女(Apsarā)菩尔娃祺缇去满足他的愿望。

第 4 节

सा च तदाश्रमोपवनमतिरमणीयं विविधनिबिडविटपिविटपनिकर-संश्लिष्टपुरटलतारूढस्थल विहङ्गममिथुनैः प्रोच्यमानश्रुतिभिः प्रतिबोध्यमानसलिलकुक्कुटकारण्डवकलहंसादिभिर्विचित्रमुपकूजितामल-जलाशयकमलाकरमुपबभ्राम ॥ ४ ॥

sā ca tad-āśramopavanam ati-ramaṇīyaṁ vividha-nibiḍa-viṭapi-viṭapa-nikara-saṁśliṣṭa-puraṭa-latārūḍha-sthala-vihaṅgama-mithunaiḥ procyamāna-śrutibhiḥ pratibodhyamāna-salila-kukkuṭa-kāraṇḍava-kalahaṁsādibhir vicitram upakūjitāmala-jalāśaya-kamalākaram upababhrāma.

sā－她(菩尔娃祺缇) / ca－也 / tat－阿格尼铎王的 / āśrama－冥想的地方的 / upavanam－公园 / ati－非常 / ramaṇīyam－美丽的 / vividha－各种各样的 / nibiḍa－密的 / viṭapi－树木 / viṭapa－树枝和细枝的 / nikara－一片 / saṁśliṣṭa－附属于 / puraṭa－黄金色的 / latā－蔓藤 / ārūḍha－高的 / sthala-vihaṅgama－陆地上的鸟类 / mithunaiḥ－成对的 / procyamāna－发出……的叫声 / śrutibhiḥ－悦耳的声音 / pratibodhyamāna－回应 / salila-kukkuṭa－水禽 / kāraṇḍava－鸭子 / kala-haṁsa－以及各种天鹅 / ādibhiḥ－等等 / vicitram－多种多样的 / upakūjita－回响 / amala－清澈的 / jala-āśaya－湖水里 / kamala-ākaram－莲花的源头 / upababhrāma－开始走进

译文　主布茹阿玛派去的舞女开始在君王打坐冥想和做崇拜的地方附近的一个美丽公园中散步。公园里到处是绿色的树叶和金色的蔓藤，看上去景致优美。公园里有孔雀等成双成对的鸟儿，鸭子和天鹅在湖面上游弋，发出甜美的叫声。绿叶、碧水、莲花和各种鸟儿的甜美歌唱，使公园显得极美。

第 5 节

तस्याः सुललितगमनपदविन्यासगतिविलासायाश्चानुपदं खण-
खणायमानरुचिरचरणाभरणस्वनमुपाकर्ण्य नरदेवकुमारः समाधि-
योगेनामीलितनयननलिनमुकुलयुगलमीषद्विकचय्य व्यचष्ट ॥ ५॥

tasyāḥ sulalita-gamana-pada-vinyāsa-gati-vilāsāyāś cānupadaṁ
khaṇa-khaṇāyamāna-rucira-caraṇābharaṇa-svanam upākarṇya
naradeva-kumāraḥ samādhi-yogenāmīlita-nayana-nalina-mukula-
yugalam īṣad vikacayya vyacaṣṭa.

tasyāḥ－她(菩尔娃祺缇)的 / sulalita－以非常美丽的 / gamana－动作 / pada-vinyāsa－走路的姿态 / gati－前行中 / vilāsāyāḥ－娱乐活动……的 / ca－也 / anupadam－在每一步 / khaṇa-khaṇāyamāna－发

出叮叮声 / rucira—悦耳的 / caraṇa-ābharaṇa—足上的装饰 / svanam—声音 / upākarṇya—听到 / naradeva-kumāraḥ—王子 / samādhi—全神贯注地 / yogena—控制感官 / āmīlita—半睁开着 / nayana—眼睛 / nalina—莲花的 / mukula—花蕾 / yugalam—像一对 / īṣat—稍微 / vikacayya—睁开 / vyacaṣṭa—看到

译文　菩尔娃祺缇以她特有的曼妙姿态和美好心情走在路上时，带在足踝上的脚铃随着她脚步的移动发出悦耳的叮叮声。阿格尼铎王子虽然正控制感官、眼睛半睁半闭地练瑜伽，但却透过那莲花般的双眼看到了她。他听到菩尔娃祺缇脚铃甜美的叮叮声时，把眼睛又稍微睁大些，能看到她就在附近。

要旨　经典中说，瑜伽师(yogī)总是在他们的心中想着至尊人格首神。《圣典博伽瓦谭》第12篇第13章的第1节诗中说，练习控制如毒蛇般的感官的瑜伽师们，总是在观想至尊人格首神(dhyā-nāvasthita-tad-gatena manasā paśyanti yaṁ yoginaḥ)。正如《博伽梵歌》中所推荐的，瑜伽师应该练习保持眼睛半睁半闭(samprekṣya nāsikā-gram)。如果把眼睛全部闭上，就会想要睡觉。所谓的瑜伽师们有时靠闭上眼睛冥想练一种时髦的瑜伽，但我们在实际中看到，这类所谓的瑜伽师在冥想时入睡并打鼾。这不是练瑜伽。真要练瑜伽，眼睛就该半睁半闭并凝视自己的鼻尖。

普瑞亚瓦塔的儿子阿格尼铎，虽然在练神秘瑜伽并努力控制自己的感官，但菩尔娃祺缇的足铃声却干扰了他的练习。真正的瑜伽练习意味着控制感官(yoga indriya-saṁyamaḥ)。人要控制感官就必须练神秘瑜伽，但全心全意地用净化的感官为至尊主做服务的奉献者的感官控制却从不受打扰(hṛṣīkeṇa hṛṣīkeśa-sevanam)。正因为如此，圣帕博达南达·萨茹阿斯瓦提(Śrīla Prabodhānanda Sarasvatī)说明道：感官无疑是我们最大的敌人，所以被比做毒蛇(durdāntendriya-kāla-sarpa-paṭalī protkhāta-daṁṣṭrayate)。练瑜伽无疑非常好，因为它控制如毒蛇般的感官。然而，当人忙于做奉爱服务，将感官所有的活动都用于为至尊主服务时，感官如毒蛇般的品质便被去除掉。据说，毒蛇之所以可怕，是因为它长着毒牙，但如果毒牙被折断，便不再危险了，尽管看上去还是可怕。因此，奉献者即使看到成百上千的美女摆出各种迷人的姿势和手势，也不会受到诱惑。但这些女人却会使普通的瑜伽师堕落。就连高级瑜伽师维施瓦弥陀(Viśvāmitra)都中断练他的神秘瑜伽而与梅娜卡(Menakā)结合，生下名叫莎琨塔拉(Śakuntalā)的孩子。所以，练神秘瑜伽获得的力量并不足以控制感官。另一个例子是阿格尼铎王子；他只是听到天堂舞女菩尔娃祺缇足铃的叮叮声，注意力就被吸了过去。维施瓦弥陀·牟尼被梅娜卡的手镯彼此碰撞的叮叮声所吸引；同样，阿格尼铎王子听到菩尔娃祺缇足铃发出的叮叮声，就立刻睁大眼睛看她走路时的优雅姿态。王子长得也很英俊。正如这节诗所描述的，他的眼睛恰似莲花花蕾。他睁开他莲花般的眼睛时，立刻看到那天堂舞女就在他的身旁。

第6节

**तामेवाविदूरे मधुकरीमिव सुमनस उपजिघ्रन्तीं दिविजमनुजमनो-
नयनाह्लाददुघैर्गतिविहारव्रीडाविनयावलोकसुस्वराक्षरावयवैर्मनसि नृणां
कुसुमायुधस्य विदधतीं विवरं निजमुखविगलितामृतासवसहासभाष-
णामोदमदान्धमधुकर निकरोपरोधेन द्रुतपदविन्यासेन वल्गुस्पन्दन-
स्तनकलशकबरभाररशनां देवीं तदवलोकनेन विवृतावसरस्य भगवतो
मकरध्वजस्य वशमुपनीतो जडवदिति होवाच ॥ ६॥**

tām evāvidūre madhukarīm iva sumanasa upajighrantīṁ divija-manuja-mano-nayanāhlāda-dughair gati-vihāra-vrīḍā-vinayāvaloka-susvarākṣarāvayavair manasi nṛṇāṁ kusumāyudhasya vidadhatīṁ vivaraṁ nija-mukha-vigalitāmṛtāsava-sahāsa-bhāṣaṇāmodamadāndha-madhukara-nikaroparodhena druta-pada-vinyāsena valgu-spandana-stana-kalaśa-kabara-bhāra-raśanāṁ devīṁ tad-avalokanena vivṛtāvasarasya bhagavato makara-dhvajasya vaśam upanīto jaḍavad iti hovāca.

tām－对她 / eva－的确 / avidūre－附近 / madhukarīm iva－像一只蜜蜂 / sumanasaḥ－美丽的花 / upajighrantīm－闻 / divi-ja－在天堂星球上出生的人的 / manu-ja－在人类社会中出生的人的 / manaḥ－心 / nayana－为了眼睛 / āhlāda－快乐 / dughaiḥ－产生 / gati－被她的动作 / vihāra－通过玩耍 / vrīḍā－害羞 / vinaya－谦卑 / avaloka－瞥视 / su-svara-akṣara－被她悦耳动听的嗓声 / avayavaiḥ－以及她身体的四肢 / manasi－在……的心中 / nṛṇām－男人 / kusuma-āyudhasya－手持花箭的丘比特 / vidadhatīm－使得 / vivaram－听觉 / nija-mukha－从她的口中 / vigalita－流出 / amṛta-āsava－蜂蜜般的甘露 / sa-hāsa－在她的微笑中 / bhāṣaṇa－以及谈话 / āmoda－被……的快乐 / mada-andha－陶醉到忘乎所以 / madhukara－蜜蜂的 / nikara－被成群的…… / uparodhena－由于被……环绕 / druta－仓促地 / pada－足的 / vinyāsena－步伐 / valgu－稍微 / spandana－来回晃动 / stana－乳房 / kalaśa－像水罐 / kabara－梳成辫子的头发的 / bhāra－重量 / raśanām－臀部上的腰带 / devīm－女神 / tat-avalokane-na－仅仅因为看到她 / vivṛta-avasarasya－趁机 / bhagavataḥ－强有力的……的 / makara-dhvajasya－丘比特 / vaśam－在……的控制下 / upanītaḥ－被引进 / jaḍa-vat－目瞪口呆似的 / iti－这样 / ha－肯定地 / uvāca－他说

译文　那舞女如蜜蜂般嗅着美丽、动人的鲜花。她能用她活泼的举止、娇羞、柔顺、瞥视和四肢的动作，以及说话时口中流泻出的悦耳动听的声音，吸引住人类及半神人的心和目光。她凭所有这些特质，为佩戴着花箭的丘比特进入男人的内心打通一条听觉之路。她说话时，仿佛有甘露自她口中流出。她呼吸时，蜜蜂为她呼出的气味而发狂，努力在她莲花般的美目前盘旋。受到蜜蜂的打扰，她试图走快些，可一旦抬脚快走，她的头发、臀部佩戴的带子，以及如水罐般的双乳，也以使她看上去极其美丽和极富魅力的形式随之舞动。事实上，她看上去是在为最强有力的丘比特进入人心开道。看到她，王子被彻底征服，对她说了如下一番话。

要旨 这节诗中生动地描述了一个美女的动作、体态、头发、乳房和臀部的形状及其他身体特征，是如何不仅吸引男人的心，也吸引半神人的。诗中梵文“在天堂星球上出生的人的(divija)”和“在人类社会中出生的人的(manuja)”两句尤其强调，女性的体态在这个物质世界里的任何一个地方，无论是这个星球还是在高等星系上，都很有影响力。经典中说，高等星系上的生活水准要比这个星球上的生活水准高成千上万倍。那里的女性长得比地球上的女人美成千上万倍，具有更大的魅力。创造者以这样一种方式塑造女人，使她们动听的声音、优美的体态，以及她们的臀部、乳房和身体其他部位的美丽特征能吸引地球上和其他星球上的众多异性，唤起他们的色欲。男人一旦被丘比特或女人的美所控制，就会变得呆若木鸡。由于迷恋女性身体的姿态，他想要留在这个物质世界里。就这样，仅仅因为看女人美丽的体形和姿态，人就受阻无法升上灵性世界。为此，圣柴坦亚·玛哈帕布(Śrī Caitanya Mahāprabhu)警告所有的奉献者，要谨防受美女和物质文明的吸引。圣柴坦亚·玛哈帕布甚至因为帕塔帕茹铎王(Pratāparudra Mahārāja)是这个物质世界里一位很富有的人而拒绝见他。就有关这一点，主柴坦亚说：为至尊主做奉爱服务的人因为很认真地想要回归家园，回到首神身边，所以不仅要十分小心避免看女性的美丽体态，还要避免看那些很富有的人。

niṣkiñcanasya bhagavad-bhajanonmukhasya
pāraṁ paraṁ jigamiṣor bhava-sāgarasya

sandarśanaṁ viṣayiṇām atha yoṣitāṁ ca
hā hanta hanta viṣa-bhakṣaṇato 'py asādhu

“唉，对认真想要跨越物质的汪洋，并且不怀物质动机为至尊主做超然爱心服务的人来说，看物质主义者进行感官享乐或看一个同样喜欢感官享乐的女人，比自愿喝毒药还令人厌恶。”（《永恒的柴坦亚经》中篇11.8）认真想要回归家园、回到首神身边的人，不该去想女性吸引人的特征及富有之人的钱财。这种思想将阻止人在灵性生活中取得进步。然而，奉献者一旦具有稳固的奎师那意识，这些吸引人的东西便再也刺激不了他的心。

第 7 节

का त्वं चिकीर्षसि च किं मुनिवर्य शैले
मायासि कापि भगवत्परदेवतायाः ।
विज्ये बिभर्षि धनुषी सुहृदात्मनोऽर्थे
किं वा मृगान्मृगयसे विपिने प्रमत्तान् ॥ ७ ॥

kā tvaṁ cikīrṣasi ca kiṁ muni-varya śaile
māyāsi kāpi bhagavat-para-devatāyāḥ
vijye bibharṣi dhanuṣī suhṛd-ātmano ’rthe
kiṁ vā mṛgān mṛgayase vipine pramattān

kā—谁／tvam—你是／cikīrṣasi—你想做什么／ca—也／kim—什么／muni-varya—最优秀的圣洁之人啊／śaile—在这个山上／māyā—错觉能量／asi—你是／kāpi—一些／bhagavat—至尊人格首神／para-devatāyāḥ—超然的至尊主的／vijye—没有弓弦／bibharṣi—你携带着／dhanuṣī—两张弓／suhṛt—朋友的／ātmanaḥ—你自己的／arthe—为了／kim vā—还是／mṛgān—森林里的动物／mṛgayase—你是否想打猎／vipine—在这森林里／pramattān—发狂

译文　王子错误地对这位舞女说：最优秀的圣洁之人

啊！你是谁？你为什么在这山丘之上？你想要做什么？你是至尊人格首神的错觉能量之一吗？你看来像是携带了两张无弦的弓。你带这两张弓的原因是什么？是为你自己要达到什么目的，还是为你的朋友而携带？你带它们也许是为了射杀这森林中发狂的动物。

要旨 阿格尼铎在森林中从事艰巨的苦行时，被主布茹阿玛派去的少女菩尔娃祺缇的体态迷住。正如《博伽梵歌》中所说：人一旦贪图物质享乐便失去理智(kāmais tais tair hṛta jñānāḥ)。阿格尼铎失去他的理智，无法分辨菩尔娃祺缇究竟是男是女。他误以为她是森林中圣人的儿子(muni-putra)，把她称为最优秀的圣洁之人(muni-varya)。然而，她的美使阿格尼铎无法相信她是个少年。为此，阿格尼铎开始研究她的相貌。他首先观看菩尔娃祺缇的两道弯眉，它们是如此善于表现，以至使他怀疑，他(她)有可能是至尊人格首神的错觉能量玛亚(māyā)。就有关这一点，诗中用了“至尊人格首神——超然的至尊主(bhagavat-para-devatāyāḥ)”一句。半神人(devatāḥ)都属于这个物质世界的范畴，至尊人格首神奎师那始终超越物质世界，所以被称为“帕茹阿·戴瓦塔(para-devatā)”。物质世界无疑是由错觉能量玛亚所造，但玛亚在至尊人格首神帕茹阿·戴瓦塔的指导下进行创造。正如《博伽梵歌》中证实，玛亚不是创造这个物质世界的最高权威(mayādhyakṣeṇa prakṛtiḥ sūyate sa-carācaram)。玛亚代表奎师那行事。

菩尔娃祺缇的眉毛是如此之美，以至阿格尼铎把它们比喻为是没上弦的弓，并因此问她说，它们是被用来实现她个人的目的，还是她为其他人携带它们。她的眉毛恰似能杀死森林动物的弓。这个物质世界恰似一个巨大的森林，住在其中的居民就像会被杀死的鹿和老虎等森林动物。屠杀者就是美女的两道弯眉。被女人的美迷住的世上所有的男人，都被没有弦的弓杀死，却还不明白自己如何被玛亚所杀。然而事实是，他们被杀死了(bhūtvā bhūtvā pralīyate)。阿格尼铎凭借他苦行(tapasya)的力量可以明白，玛亚是如何在至尊人格首神的指导下行事的。

诗中梵文“发狂(pramattān)”一词也很重要，是指那些无法控制自己感官的人。整个物质世界受到无法控制自己感官的人的剥削。因此，帕拉德王(Prahlāda Mahārāja)说：

śoce tato vimukha-cetasa indriyārtha-
māyā-sukhāya bharam udvahato vimūḍhān

“他们为了短暂的物质满足而在物质活动中堕落，只是为感官享乐而夜以继日地劳作，糟踏自己的生命，对爱首神毫无兴趣。我为他们感到悲哀，设想各种计划，要把他们救出玛亚的钳制。”(《圣典博伽瓦谭》7.9.43)经典中总是用发狂(pramatta)、缺乏(vimukha)和愚蠢(vimūḍha)等梵文词指那些拼命追求感官享乐的功利性活动者(Karmī)。他们被玛亚所杀。然而，头脑清醒的人(apramatta)，很清楚人的首要职责是为至尊人做服务。玛亚总是准备用她无形的弓箭杀死那些头脑不清醒的疯狂之人(pramatta)。阿格尼铎问菩尔娃祺缇的，正是与这一点有关的问题。

第 8 节

बाणाविमौ भगवतः शतपत्रपत्रौ
शान्तावपुङ्खरुचिरावतितिग्मदन्तौ ।
कस्मै युयुङ्क्षसि वने विचरन्न विद्मः
क्षेमाय नो जडधियां तव विक्रमोऽस्तु ॥ ८ ॥

bāṇāv imau bhagavataḥ śata-patra-patrau
śāntāv apuṅkha-rucirāv ati-tigma-dantau
kasmai yuyuṅkṣasi vane vicaran na vidmaḥ
kṣemāya no jaḍa-dhiyāṁ tava vikramo 'stu

bāṇau－两只箭 / imau－这些 / bhagavataḥ－最强有力的你 / śatapatra-patrau－有着莲花瓣一样的羽毛 / śāntau－平静的 / apuṅkha－没有箭杆 / rucirau－非常美丽 / ati-tigma-dantau－尖端锐利 / kasmai－……的 / yuyuṅkṣasi－你想要刺穿 / vane－在森林中 / vicaran－游荡 / na vidmaḥ－我们不能理解 / kṣemāya－为了……的福利 / naḥ－我们的 / jaḍa-dhiyām－脑袋迟钝的 / tava－你的 / vikramaḥ－威力 / astu－愿

译文 接着，阿格尼铎观察菩尔娃祺缇瞥视着的眼睛说：我亲爱的朋友，你有两只极强大的箭，那就是你瞥视着的双眼。这些箭有着如莲花瓣一样的羽毛。它们虽无箭杆，但却美丽非凡、十分锐利。它们看似很平静，所以好像不会射向任何人。你在这森林中游荡，必是要用那些箭射什么人，但我没法了解是谁。我智力迟钝，无法与你抗衡。事实上，你高超的本领无人能比，因此我祈祷，你非凡的能力将促成我的好运。

要旨 阿格尼铎就这样开始欣赏菩尔娃祺缇对他深具影响力的瞥视，把她瞥视着的双眼比喻为是异常锐利的箭。她的双眼虽然如莲花般美丽，但同时却像没有箭杆的利箭一样，使阿格尼铎感到害怕。他希望她对他的瞥视是善意的，因为他已被她迷住；而他对她越着迷，就越无法在没她的情况下继续活下去。为此，阿格尼铎祈求菩尔娃祺缇，希望她对他的瞥视是吉祥的，而不是令人绝望的。换句话说，他祈求她能成为自己的妻子。

第 9 节

शिष्या इमे भगवतः परितः पठन्ति
गायन्ति साम सरहस्यमजस्रमीशम् ।
युष्मच्छिखाविलुलिताः सुमनोऽभिवृष्टीः
सर्वे भजन्त्यृषिगणा इव वेदशाखाः ॥९॥

śiṣyā ime bhagavataḥ paritaḥ paṭhanti
gāyanti sāma sarahasyam ajasram īśam
yuṣmac-chikhā-vilulitāḥ sumano 'bhivṛṣṭīḥ
sarve bhajanty ṛṣi-gaṇā iva veda-śākhāḥ

śiṣyāḥ—门徒、追随者 / ime—这些 / bhagavataḥ—值得崇拜的你 / paritaḥ—围绕着 / paṭhanti—朗诵 / gāyanti—歌唱 / sāma—萨玛·韦达 / sa-rahasyam—以及机密的部分 / ajasram—不断地 / īśam—向至尊主 / yuṣmat—你的 / śikhā—从发束 / vilulitāḥ—掉下 / sumanaḥ—花的 / abhivṛṣṭīḥ—阵雨 / sarve—所有 / bhajanti—享受 / ṛṣi-gaṇāḥ—圣人们 / iva—像 / veda-śākhāḥ—韦达文献的分支

译文　看到熊蜂在追逐着菩尔娃祺缇，阿格尼铎王说：我亲爱的阁下，熊蜂围着你的身躯打转，就像门徒围着值得崇拜的你本人。它们不停地吟唱《萨玛·韦达》和众多奥义书的赞歌，以此向你献上祈祷。正如伟大的圣人常阅读阐述各门学科的韦达文献，熊蜂享受从你头发上落下的花雨。

第 10 节

वाचं परं चरणपञ्जरतित्तिरीणां
ब्रह्मन्नरूपमुखरां शृणवाम तुभ्यम् ।
लब्धा कदम्बरुचिरङ्कविटङ्कबिम्बे
यस्याममलातपरिधिः क्व च वल्कलं ते ॥१०॥

vācaṁ paraṁ caraṇa-pañjara-tittirīṇāṁ
brahmann arūpa-mukharāṁ śṛṇavāma tubhyam
labdhā kadamba-rucir aṅka-viṭaṅka-bimbe
yasyām alāta-paridhiḥ kva ca valkalaṁ te

vācam—回响的声音 / param—只能 / caraṇa-pañjara—脚铃的 / tittirīṇām—松鸡的 / brahman—布茹阿玛纳啊 / arūpa—没有形象 / mukharām—能非常清楚地被听到 / śṛṇavāma—我听到 / tubhyam—你

的 / labdhā—得到的 / kadamba—像卡当芭花一样 / rucih—秀丽的色彩 / aṅka-viṭaṅka-bimbe—在美丽的圆臀上 / yasyām—在……之上 / alāta-paridhiḥ—由烧着的煤渣绕着 / kva—哪里 / ca—也 / valkalam—遮盖的布 / te—你的

译文 布茹阿玛纳啊！我只能听到你足铃的叮叮声。在那些铃声中，好像有许多松鸡在彼此打招呼。我虽看不到它们的形象，但可以听到它们在如何啁啾。当我看向你美丽的圆臀时，我看到它们有卡当芭花的秀丽色彩，而你的腰由一条仿佛燃烧着的炭灰的腰带环绕着。事实上，你看似忘记穿衣服了。

要旨 阿格尼铎怀着色欲看菩尔娃祺缇，尤其是盯着少女诱人的臀部和纤腰。当男人怀着这样的色欲看一个女人时，他就会被女人的脸庞、乳房和腰所迷住，因为女人首先靠脸庞的美丽特征、双乳和腰肢的优美斜度吸引男人，满足他的性欲。菩尔娃祺缇穿着优质的黄色丝绸衣衫，所以臀部看似卡当芭花。她佩戴的腰带使她的腰部像是被燃烧的炭灰环绕着。尽管她穿戴整齐，但阿格尼铎变得那么好色，竟然问她：你为何裸体前来？

第11节

किं सम्भृतं रुचिरयोर्द्विज शृङ्गयोस्ते
मध्ये कृशो वहसि यत्र दृशिः श्रिता मे ।
पङ्कोऽरुणः सुरभिरात्मविषाण ईदृग्
येनाश्रमं सुभग मे सुरभीकरोषि ॥११॥

kiṁ sambhṛtaṁ rucirayor dvija śṛṅgayos te
madhye kṛśo vahasi yatra dṛśiḥ śritā me
paṅko 'ruṇaḥ surabhir ātma-viṣāṇa īdṛg
yenāśramaṁ subhaga me surabhī-karoṣi

kim—什么 / sambhṛtam—充满 / rucirayoḥ—非常美丽 / dvija—布茹阿玛纳啊 / śṛṅgayoḥ—两个角内 / te—你的 / madhye—在中间 / kṛśaḥ—细的 / vahasi—你带着 / yatra—……之内 / dṛśiḥ—眼睛 / śritā—盯在 / me—我的 / paṅkaḥ—粉色 / aruṇaḥ—红色的 / surabhiḥ—芬芳的 / ātma-viṣāṇe—在两个角上 / īdṛk—如此 / yena—通过……的 / āśramam—居住的地方 / su-bhaga—最幸运的人啊 / me—我的 / surabhī-karoṣi—你使充满香气

译文 阿格尼铎随后又赞美菩尔娃祺缇高挺的乳房说：我亲爱的布茹阿玛纳，你腰肢纤细，但却费力地小心携带着两个吸引我目光的号角。那两个美丽的号角中装填了什么？你似乎在上面涂了有香味的红粉，那粉恰似清晨升起的太阳。最幸运的人啊，我请问你是从哪里得到这使我的住地充满香气的香粉的？

要旨 阿格尼铎欣赏菩尔娃祺缇高挺的乳房。观看少女的乳房使他变得近乎疯狂。然而，他还是无法识别菩尔娃祺缇究竟是少年还是少女，因为他的苦行使他看两者没有区别。正因为如此，他用“布茹阿玛纳啊(dvija)”一词称呼她。可是，一个布茹阿玛纳少年为什么在他的胸膛上有两只角呢？由于少年的腰肢纤细，阿格尼铎就认为，他携带那些角一定很吃力，所以它们里面必定装着很珍贵的东西。否则他为什么要携带它们？女人腰肢纤细、乳房丰满时看起来很有魅力。眼睛受到吸引的阿格尼铎，思量着少女苗条的身体上那对沉重的乳房，想象她的背怎么承受得了它们。阿格尼铎想象她高挺的乳房是两只角，她必须遮盖它们，使他人不会看到里面藏着的珍贵宝物。但阿格尼铎很渴望看到它们。为此他请求道：“请揭开它们让我看你带了什么。放心，我不会拿走的。如果你觉得不方便移开那层遮盖，我可以帮助你；我自己可以揭开那层遮盖，看那些凸起的角里装的是什么宝物。”阿格尼铎还惊讶地看到芬芳的红色朱砂粉(kuṅkuma)撒在她的乳房上。尽管如此，阿格尼铎还是认为菩尔娃祺缇是个少年，所以称她为“最幸运的圣人(su-bhaga)”。那少年必定鸿运当头，否则怎么只是站在那里，就能使阿格尼铎的整个住地充满香气？

第 12 节

लोकं प्रदर्शय सुहृत्तम तावकं मे
यत्रत्य इत्थमुरसावयवावपूर्वौ ।
अस्मद्विधस्य मनउन्नयनौ बिभर्ति
बह्वद्भुतं सरसराससुधादि वक्त्रे ॥१२॥

lokaṁ pradarśaya suhṛttama tāvakaṁ me
yatratya ittham urasāvayavāv apūrvau
asmad-vidhasya mana-unnayanau bibharti
bahv adbhutaṁ sarasa-rāsa-sudhādi vaktre

lokam—居住的地方 / pradarśaya—请让……看 / suhṛt-tama—最好的朋友啊 / tāvakam—你的 / me—向我 / yatratyaḥ—在其上出生的人 / ittham—像这样 / urasā—由胸部 / avayavau—一对(乳房) / apūr-vau—奇妙的 / asmat-vidhasya—像我这样的人 / manaḥ-unnayanau—使内心激动不已 / bibharti—容纳 / bahu—许多 / adbhutam—奇妙的 / sarasa—甜美的词语 / rāsa—微笑等多情的姿态 / sudhā-ādi—如同甘露 / vaktre—在嘴里

译文　最好的朋友啊！请你给我看你居住的地方好吗？我无法想象那地方的居民怎么会有像你这样乳房高挺的美妙身体特征，看到它们的人都会像我一样感到内心和眼睛激动不已。我想，根据那些居民说话甜美且具有亲切的微笑判断，他们嘴里必定含着甘露。

要旨　在还是迷惑的情况下，阿格尼铎想要去看布茹阿玛纳少年所来自的地方，那里的男人都有这样高挺的乳房。他想，之所以能有这样迷人的特征，必定是在那个地方从事了艰难的苦行。阿格尼铎称那少女为“最好的朋友(suhṛttama)”，以使她不好拒绝带自己去那里。阿格尼铎不仅对那少女高挺的乳房着迷，而且还受到她甜美的谈吐的吸引；她的嘴里似乎流淌出甘露。这使他感到越来越惊讶。

第 13 节

का वात्मवृत्तिरदनाद्धविरङ्ग वाति
विष्णोः कलास्यनिमिषोन्मकरौ च कर्णौ ।
उद्विग्नमीनयुगलं द्विजपङ्क्तिशोचि-
रासन्नभृङ्गनिकरं सर इन्मुखं ते ॥१३॥

kā vātma-vṛttir adanād dhavir aṅga vāti
viṣṇoḥ kalāsy animiṣonmakarau ca karṇau
udvigna-mīna-yugalaṁ dvija-paṅkti-śocir
āsanna-bhṛṅga-nikaraṁ sara in mukhaṁ te

kā－什么 / vā－和 / ātma-vṛttiḥ－保养身体的食物 / adanāt－通过咀嚼(槟榔) / haviḥ－纯净的祭祀物品 / aṅga－我亲爱的朋友 / vāti－散发出 / viṣṇoḥ－主维施努的 / kalā－躯体的扩展 / asi－你是 / animiṣa－不眨眼地 / unmakarau－两条辉煌的鲨鱼 / ca－也 / karṇau－两个耳朵 / udvigna－永不静止的 / mīna-yugalam－有两条鱼 / dvija-paṅkti－成排的牙齿 / śociḥ－美丽 / āsanna－附近 / bhṛṅga-nikaram－有蜜蜂群 / saraḥ it－像一个湖 / mukham－脸 / te－你的

译文　亲爱的朋友，你靠吃什么来保养你的身体？由于你在咀嚼槟榔子制成的提神食品，你口中散发出怡人的香气。这说明你总是吃给维施努供奉过的食物。事实上，你必定是主维施努身体的扩展。你的脸庞像令人心旷神怡的湖泊一样美。你那镶嵌着宝石的耳环类似维施努佩戴的两个光彩夺目、不眨眼的鲨鱼耳环，而你自己的眼睛仿佛两条活泼的鱼儿。因此，在你的脸庞之湖中，有两条鲨鱼和两条活泼的鱼儿同时在游弋。除它们之外，你那两排洁白的牙齿就像水中两只美丽的白天鹅，你披散的头发吸引成群的蜜蜂追逐着你美丽的脸庞。

要旨 主维施努的奉献者也是维施努的扩展，被称为分离扩展(vibhinnāṁśa)。奉献者总是给主维施努供奉各种特殊的供品，并总是吃祂吃过的食物(prasāda)，所以不仅维施努散发出供品的香味，吃过祂或祂的奉献者吃剩食物的奉献者，也会散发出香气。阿格尼铎之所以认为菩尔娃祺缇是主维施努的扩展，是因为她身体散发出怡人的香气。除此之外，她佩戴的镶嵌着珠宝的耳环形状像鲨鱼，她披散的头发及成群的蜜蜂疯狂地追逐着她身体的香气，以及她那恰似天鹅的成排洁白的牙齿，都使阿格尼铎将菩尔娃祺缇的脸庞比作由莲花、鱼儿、天鹅和蜜蜂点缀着的美丽湖泊。

第 14 节

योऽसौ त्वया करसरोजहतः पतङ्गो
दिक्षु भ्रमन् भ्रमत एजयतेऽक्षिणी मे ।
मुक्तं न ते स्मरसि वक्रजटावरूथं
कष्टोऽनिलो हरति लम्पट एष नीवीम् ॥१४॥

yo 'sau tvayā kara-saroja-hataḥ pataṅgo
diksu bhraman bhramata ejayate 'kṣiṇī me
muktaṁ na te smarasi vakra-jaṭā-varūthaṁ
kaṣṭo 'nilo harati lampaṭa eṣa nīvīm

yaḥ—……的 / asau—那 / tvayā—由你 / kara-saroja—用莲花手 / hataḥ—拍打 / pataṅgaḥ—球 / dikṣu—在所有的方向 / bhraman—动作 / bhramataḥ—激动不安 / ejayate—打扰 / akṣiṇī—眼睛 / me—我

的 / muktam－披散 / na－不 / te－你的 / smarasi－你在意吗 / vakra－卷曲的 / jaṭā－头发的 / varūtham－一束束 / kaṣṭaḥ－令人烦恼 / anilaḥ－风 / harati－带走 / lampaṭaḥ－如好色的男人般 / eṣaḥ－这 / nīvīm－下半身的衣服

译文　我的心已激动不安，但你用莲花般的手掌抛球的动作又刺激了我的眼睛。你卷曲的黑发此刻披散下来，但你却毫不在意。你不准备整理一下吗？正如一个好色的男人，最狡猾的风正试图脱去你下半身的衣服。你没留意到吗？

要旨　少女菩尔娃祺缇手中正玩着一个球，那个球看上去不是别的，而是被她莲花般的手掌俘获的另一朵莲花。运动着的她，头发披散下来，束着她衣衫的腰带松懈下来，好似狡猾的风试图脱光她的衣服。然而，她并不理会这一切，既不重束她的头发，也不整理她的衣服。在阿格尼铎试图观看那少女的裸体美时，他的眼睛受到她各种动作的刺激。

第 15 节

रूपं तपोधन तपश्चरतां तपोघ्नं
हयेतत्तु केन तपसा भवतोपलब्धम् ।
चर्तुं तपोऽर्हसि मया सह मित्र मह्यं
किं वा प्रसीदति स वै भवभावनो मे ॥१५॥

rūpaṁ tapodhana tapaś caratāṁ tapoghnaṁ
hy etat tu kena tapasā bhavatopalabdham
cartuṁ tapo 'rhasi mayā saha mitra mahyaṁ
kiṁ vā prasīdati sa vai bhava-bhāvano me

rūpam－美丽 / tapaḥ-dhana－最杰出的苦修之人 / tapaḥ caratām－苦修之人的 / tapaḥ-ghnam－破坏苦行的 / hi－肯定地 / etat－

这 / tu－的确 / kena－由……的 / tapasā－苦行 / bhavatā－被你 / upalabdham－得到 / cartum－执行 / tapaḥ－苦行 / arhasi－你应该 / mayā saha－和我 / mitra－我亲爱的朋友 / mahyam－向我 / kim vā－或者是 / prasīdati－满意 / saḥ－他 / vai－肯定地 / bhava-bhāvanaḥ－这个宇宙的创造者 / me－对我

译文 最杰出的苦修之人，你是从哪里得到这使他人中止苦修的奇美的？你从哪里学到这门艺术的？我想你跟我一起苦修，因为也许是这个宇宙的创造者主布茹阿玛对我满意了，把你送给我做妻子。

要旨 阿格尼铎欣赏菩尔娃祺缇奇妙的美。事实上，他很惊讶能看到这种非凡的美。这必定是过去从事苦修得到的结果。正因为如此，他问那少女，她是从哪里得到这种打断他人苦修的奇美的。他认为宇宙的创造者布茹阿玛可能对他感到满意，因此送她来给他当妻子。他请求菩尔娃祺缇当他妻子，以便他们俩人能在过家庭生活的同时一起苦修。换句话说，如果夫妻具有同等层次的灵性理解，合适的妻子就会帮助丈夫在居士生活中苦修。没有灵性的理解，夫妻无法平等相处。宇宙的创造者布茹阿玛关心优秀的后裔，因此除非他高兴了，否则人得不到合适的妻子。事实上，主布茹阿玛在婚姻仪式中受到崇拜。在印度直至今日，婚礼请帖的封面上还印有主布茹阿玛的画像。

第 16 节

न त्वां त्यजामि दयितं द्विजदेवदत्तं
यस्मिन्मनो दृगपि नो न वियाति लग्नम् ।
मां चारुशृङ्ग्यर्हसि नेतुमनुव्रतं ते
चित्तं यतः प्रतिसरन्तु शिवाः सचिव्यः ॥१६॥

na tvāṁ tyajāmi dayitaṁ dvija-deva-dattaṁ
yasmin mano dṛg api no na viyāti lagnam
māṁ cāru-śṛṅgy arhasi netum anuvrataṁ te
cittaṁ yataḥ pratisarantu śivāḥ sacivyaḥ

na－不 / tvām－你 / tyajāmi－我将放弃 / dayitam－非常亲切 / dvija-deva－由主布茹阿玛(布茹阿玛纳崇拜的半神人) / dattam－给予的 / yasmin－向……的 / manaḥ－心 / dṛk－眼睛 / api－也 / naḥ－我的 / na viyāti－离不开 / lagnam－强烈地依恋 / mām－我 / cāru-śṛṅ-gi－胸脯高挺的女子啊 / arhasi－你应该 / netum－领导 / anuvra-tam－追随者 / te－妳的 / cittam－欲望 / yataḥ－无论那里 / pratisa-rantu－会跟着 / śivāḥ－有利的 / sacivyaḥ－朋友

译文 受到布茹阿玛纳崇拜的主布茹阿玛，很仁慈地把你给了我，那就是为什么我遇见了你。我不想放弃你的陪伴，因为我的心和眼睛都粘在你身上，离不开你了。胸脯高挺的女子啊！我是你的仰慕者。你可以按你的意愿把我带往各处，你的朋友们也可以随我同去。

要旨 阿格尼铎现在坦率地承认了他的软弱。他受到菩尔娃祺缇的吸引，因此在她开口说“但我与你毫不相干”之前，他就表达了想与她结合的愿望。他是如此受吸引，以至准备在她的陪伴下去任何地方，天堂或地狱都在所不辞。人一旦专注于性欲和性生活，就会毫无异议地拜倒在女人的石榴裙下。圣玛德瓦查尔亚(Śrīla Madhvācārya)对此评论说，当人像疯子一样开玩笑和谈话时，他会什么都说，但他的话语毫无意义。

第 17 节

श्रीशुक उवाच
इति ललनानुनयातिविशारदो ग्राम्यवैदग्ध्यया परिभाषया तां विबु-
धवधूं विबुधमतिरधिसभाजयामास ॥१७॥

śrī-śuka uvāca
iti lalanānunayāti-viśārado grāmya-vaidagdhyayā paribhāṣayā tāṁ vibudha-vadhūṁ vibudha-matir adhisabhājayām āsa.

śrī-śukaḥ uvāca－舒卡戴瓦·哥斯瓦米说 / iti－于是 / lalanā－女人 / anunaya－赢得 / ati-viśāradaḥ－精通于 / grāmya-vaidagdhyayā－很会满足自己的物质欲望 / paribhāṣayā－靠精选的话语 / tām－她的 / vibudha-vadhūm－天堂少女 / vibudha-matiḥ－有半神人般智力的阿格尼铎 / adhisabhājayām āsa－赢得了……

译文 舒卡戴瓦·哥斯瓦米继续说：有半神人般智力的阿格尼铎王，知道赢得女人芳心的奉承技巧，因此用他充满色欲的话语取悦了那位天堂少女，赢得她的喜爱。

要旨 阿格尼铎王因为是一位奉献者，所以实际上不受物质享乐的吸引。但由于他想要一位妻子为他生孩子，主布茹阿玛便派菩尔娃祺缇前去帮他实现这一目的。他用奉承的话语巧妙地取悦了她。女人受男人奉承之辞的吸引。精通这种奉承术的人梵文称为维达格达(vidagdha)。

第 18 节

सा च ततस्तस्य वीरयूथपतेर्बुद्धिशीलरूपवयःश्रियौदार्येण पराक्षिप्त-मनास्तेन सहायुतायुतपरिवत्सरोपलक्षणं कालं जम्बूद्वीपपतिना भौम-स्वर्गभोगान् बुभुजे ॥१८॥

sā ca tatas tasya vīra-yūtha-pater buddhi-śīla-rūpa-vayaḥ-śriyaudāryeṇa parākṣipta-manās tena sahāyutāyuta-parivatsaropalakṣaṇaṁ kālaṁ jambūdvīpa-patinā bhauma-svarga-bhogān bubhuje.

sā－她 / ca－也 / tataḥ－此后 / tasya－他的 / vīra-yūtha-pateḥ－英雄的主人 / buddhi－靠……的智慧 / śīla－举止 / rūpa－美丽 /

vayaḥ—青春 / śriyā—财富 / audāryeṇa—和宽宏大量 / parākṣipta—吸引 / manāḥ—她的心 / tena saha—与他 / ayuta—一万 / ayuta—一万 / parivatsara—年 / upalakṣaṇam—长达 / kālam—时间 / jambūdvīpa-patinā—和章布岛的君王一起 / bhauma—地球的 / svarga—天堂的 / bhogān—快乐 / bubhuje—享受

译文　受章布岛的君王及全体英雄的主人阿格尼铎的智慧、学问、青春、俊美、举止、财富和高尚行为的吸引，菩尔娃祺缇与他生活了好几万年，奢侈地享受地球和天堂的快乐。

要旨　凭借主布茹阿玛的恩赐，阿格尼铎王和天堂少女菩尔娃祺缇发现他们的结合相当合适。因此，他们在一起享受地球和天堂的快乐好几万年。

第19节

**तस्यामु ह वा आत्मजान् स राजवर आग्नीध्रो नाभिकिम्पुरुषहरिवर्षे-
लावृतरम्यकहिरण्मयकुरुभद्राश्वकेतुमाल संज्ञान्नव पुत्रानजनयत् ॥१९॥**

tasyām u ha vā ātmajān sa rāja-vara āgnīdhro nābhi-kimpuruṣa-harivarṣelāvṛta-ramyaka-hiraṇmaya-kuru-bhadrāśva-ketumāla-saṁjñān nava putrān ajanayat.

tasyām—在她之中 / u ha vā—肯定地 / ātma-jān—儿子们 / saḥ—他 / rāja-varaḥ—最优秀的君王 / āgnīdhraḥ—阿格尼铎 / nābhi—纳比 / kiṁpuruṣa—克音菩茹沙 / hari-varṣa—哈瑞瓦尔沙 / ilāvṛta—伊拉威塔 / ramyaka—茹阿弥亚克 / hiraṇmaya—黑冉玛亚 / kuru—库茹 / bhadrāśva—巴铎施瓦 / ketu-māla—凯图玛拉 / saṁjñān—名叫 / nava—九个 / putrān—儿子们 / ajanayat—生育

译文　菩尔娃祺缇给最优秀的君王阿格尼铎共生了九个儿子，他们分别是：纳比、克音菩茹沙、哈瑞瓦尔沙、伊拉威塔、茹阿弥亚克、黑冉玛亚、库茹、巴铎施瓦和凯图玛拉。

第 20 节

सा सूत्वाथ सुतान्नवानुवत्सरं गृह एवापहाय पूर्वचित्तिर्भूय एवाजं देवमुपतस्थे ॥२०॥

sā sūtvātha sutān navānuvatsaraṁ gṛha evāpahāya pūrvacittir bhūya evājaṁ devam upatasthe.

sā—她 / sūtvā—生育后 / atha—此后 / sutān—儿子们 / nava—九个 / anuvatsaram—年复一年 / gṛhe—在家 / eva—肯定地 / apahāya—离开 / pūrvacittiḥ—菩尔娃祺缇 / bhūyaḥ—再次 / eva—肯定地 / ajam—主布茹阿玛 / devam—半神人 / upatasthe—去找

译文 菩尔娃祺缇生下这九个儿子，一年一个，但等他们都长大成人后，她便离开他们，离开家，再次到主布茹阿玛那里去崇拜他。

要旨 历史上有许多天堂仙女按照主布茹阿玛或天帝因铎(Indra)等高级半神人的命令下凡到这个地球，与某人结婚，生下孩子，然后返回她们在天堂的家中的事件。例如梅娜卡，这位天堂女子在前来迷惑维施瓦弥陀·牟尼，并与他生下孩子莎琨塔拉后，便离开她丈夫返回天堂星球。菩尔娃祺缇在与阿格尼铎王配合从事他的家庭事务后，并没有长久地跟他厮守在一起，而是离开他和九个儿子，回到布茹阿玛身边去崇拜布茹阿玛。

第 21 节

आग्नीध्रसुतास्ते मातुरनुग्रहादौत्पत्तिकेनैव संहननबलोपेताः पित्रा विभक्ता आत्मतुल्यनामानि यथाभागं जम्बूद्वीपवर्षाणि बुभुजुः ॥२१॥

āgnīdhra-sutās te mātur anugrahād autpattikenaiva saṁhanana-
balopetāḥ pitrā vibhaktā ātma-tulya-nāmāni yathā-bhāgaṁ
jambūdvīpa-varṣāṇi bubhujuḥ.

āgnīdhra-sutāḥ—阿格尼铎王的儿子们 / te—他们 / mātuḥ—母亲的 / anugrahāt—由于仁慈或者靠喝母奶 / autpattikena—自然地 / eva—肯定地 / saṁhanana—强壮的身体 / bala—力量 / upetāḥ—获得了 / pitrā—由父亲 / vibhaktāḥ—划分 / ātma-tulya—以他们自己的 / nāmāni—命名 / yathā-bhāgam—适当地划分 / jambūdvīpa-varṣāṇi—章布岛的不同部分(大概是亚洲和欧洲合在一起) / bubhujuḥ—统治

译文　阿格尼铎的九个儿子因为喝母亲的奶而自然长得很强壮，身体非常结实。他们的父亲在章布岛的不同地方给他们每人一个王国。王国都以儿子的名字命名。阿格尼铎的儿子们统治着他们从父亲那里得到的王国。

要旨　前辈灵性导师们(ācāryas)特别提到这节诗中的“靠他们母亲的仁慈(mātuḥ anugrahāt)”一句是指他们母亲的乳汁。在印度，人们都相信，婴儿如果喝他母亲的奶至少六个月，就会长得非常强壮。除此之外，这节诗中还谈到，阿格尼铎所有的儿子都天生具有他们母亲的特质。《博伽梵歌》中也声明，妇女一旦被玷污，就会带来要不得的孩子(varṇa-saṅkara)，而不合格的孩子的数量增加，整个世界就变成地狱般的世界(strīṣu duṣṭāsu vārṣṇeya jāyate varṇasaṅkaraḥ)。所以，按照《玛努法典》(Manu-saṁhitā, 《摩奴法典》)，妇女要保持纯洁和贞节，就需要受到精心的保护，以使她的孩子可以为人类社会的利益做出充分的贡献。

第 22 节

आग्नीध्रो राजातृप्तः कामानामप्सरसमेवानुदिनमधिमन्यमानस्तस्याः
सलोकतां श्रुतिभिरवारुन्ध यत्र पितरो मादयन्ते ॥२२॥

āgnīdhro rājātṛptaḥ kāmānām apsarasam evānudinam adhi-
manyamānas tasyāḥ salokatām śrutibhir avārundha yatra pitaro
mādayante.

āgnīdhraḥ—阿格尼铎 / rājā—君王 / atṛptaḥ—不满意 / kāmā-nām—对感官享乐 / apsarasam—天堂女子(菩尔娃祺缇) / eva—肯定地 / anudinam—日复一日 / adhi—极度地 / manyamānaḥ—想着 / tasyāḥ—她的 / sa-lokatām—提升到同一个星球 / śrutibhiḥ—按照韦达经 / avārundha—得到 / yatra—……的地方 / pitaraḥ—祖先 / mādayan-te—享乐

译文 菩尔娃祺缇离开后，阿格尼铎王因为色欲得不到满足，所以总想着她。这样，按照韦达训喻，君王死后便提升到他那位天堂妻子所在的星球上。那个名叫琵垂珞卡的星球，是祖先们愉快居住的地方。

要旨 一个人如果总想着某人或某事，死后无疑就会得到相关的躯体。阿格尼铎王总想着琵垂珞卡(Pitṛloka)——他妻子回去的地方，因此死后便去了那个星球，很可能再次跟她生活在一起了。《博伽梵歌》中也说：

yaṁ yaṁ vāpi smaran bhāvaṁ
tyajaty ante kalevaram
taṁ tam evaiti kaunteya
sadā tad-bhāva-bhāvitaḥ

“人在离开躯体时无论记起什么情形，就必会到达那情景。”(《博伽梵歌》8.6)我们自然可以得出结论，如果我们总想着奎师那或变得完全具有奎师那意识，我们就可以被提升到奎师那永恒居住的地方哥珞卡·温达文(Goloka Vṛndāvana)。

第 23 节

सम्परेते पितरि नव भ्रातरो मेरुदुहितॄर्मेरुदेवीं प्रतिरूपामुग्रदंष्ट्रीं लतां रम्यां श्यामां नारीं भद्रां देववीतिमिति संज्ञा नवोदवहन् ॥२३॥

samparete pitari nava bhrātaro meru-duhitṝr merudevīṁ pratirūpām ugradaṁṣṭrīṁ latāṁ ramyāṁ śyāmāṁ nārīṁ bhadrāṁ devavītim iti saṁjñā navodavahan.

samparete pitari—在他们父亲离开后 / nava—九个 / bhrātaraḥ—兄弟 / meru-duhitṝḥ—梅茹的女儿 / merudevīm—梅茹黛薇 / prati-rūpām—帕缇茹帕 / ugra-daṁṣṭrīm—乌卦妲么施垂 / latām—拉塔 / ramyām—茹阿弥雅 / śyāmām—夏玛 / nārīm—纳蕊 / bhadrām—芭朵 / deva-vītim—黛娃薇缇 / iti—这样 / saṁjñāḥ—名字 / nava—九个 / udavahan—娶了

译文 九个兄弟在他们父亲离开后，娶了梅茹的九个女儿为妻，她们分别是：梅茹黛薇、帕缇茹帕、乌卦妲么施垂、拉塔、茹阿弥雅、夏玛、纳蕊、芭朵和黛娃薇缇。

到此为止，结束了巴克提韦丹塔对《圣典博伽瓦谭》第5篇第2章“阿格尼铎王的活动”所作的阐释。

第三章

瑞沙巴戴瓦

在纳比王之妻梅茹黛薇的子宫中显现

这一章中描述了阿格尼铎王的长子纳比王(Mahārāja Nābhi)无瑕的品质。纳比王想要有儿子，于是从事艰巨的苦修。他与妻子一起举行了许多祭祀，并崇拜祭祀的主人——主维施努(Viṣṇu)。对自己的奉献者极为仁慈的至尊人格首神，很满意纳比王的苦修，亲自以祂的四臂形象出现在君王面前。主持祭祀的祭司们开始向祂敬献祈祷。他们祈祷君王能有一个像至尊主一样的儿子，主维施努同意投生到纳比王的妻子梅茹黛薇(Merudevī)的子宫中，化身为瑞沙巴戴瓦王(King Ṛṣabhadeva)。

第 1 节

श्रीशुक उवाच
नाभिरपत्यकामोऽप्रजया मेरुदेव्या भगवन्तं यज्ञपुरुषमवहितात्मा-
यजत ॥१॥

śrī-śuka uvāca
nābhir apatya-kāmo 'prajayā merudevyā bhagavantaṁ yajña-puruṣam avahitātmāyajata.

śrī-śukaḥ uvāca—舒卡戴瓦·哥斯瓦米说 / nābhiḥ—阿格尼铎王之子 / apatya-kāmaḥ—渴望拥有儿子 / aprajayā—未曾有过孩子的人 / merudevyā—与梅茹黛薇 / bhagavantam—至尊人格首神 / yajña-puruṣam—一切祭祀的主人与享有者主维施努 / avahita-ātmā—十分专注地 / ayajata—献上祷告与崇拜

译文 舒卡戴瓦·哥斯瓦米继续道：阿格尼铎的儿子纳比王想要有儿子，于是开始很专注地崇拜一切祭祀的主人和享受者——至尊人格首神维施努，向祂敬献祈祷。那时还没生过孩子的纳比王之妻梅茹黛薇，也随她丈夫一起崇拜主维施努。

第2节

तस्य ह वाव श्रद्धया विशुद्धभावेन यजतः प्रवर्ग्येषु प्रचरत्सु द्रव्यदेश-कालमन्त्रर्त्विग्दक्षिणाविधानयोगोपपत्त्या दुरधिगमोऽपि भगवान् भा-गवतवात्सल्यतया सुप्रतीक आत्मानमपराजितं निजजनाभिप्रेतार्थ-विधित्सया गृहीतहृदयो हृदयङ्गमं मनोनयनानन्दनावयवाभिराम-माविश्चकार ॥ २ ॥

tasya ha vāva śraddhayā viśuddha-bhāvena yajataḥ pravargyeṣu pracaratsu dravya-deśa-kāla-mantrartvig-dakṣiṇā-vidhāna-yogopapattyā duradhigamo 'pi bhagavān bhāgavata-vātsalyatayā supratīka ātmānam aparājitaṁ nija-janābhipretārtha-vidhitsayā gṛhīta-hṛdayo hṛdayaṅgamaṁ mano-nayanānandanāvayavābhirāmam āviścakāra.

tasya一当他(纳比) / ha vāva一确实地 / śraddhayā一信仰坚定、十分虔诚地 / viśuddha-bhāvena一以一颗纯洁、未受污染的心 / yajataḥ一正崇拜着 / pravargyeṣu一当特定的功利性活动(称为帕瓦尔格亚)……时 / pracaratsu一正举行着 / dravya一祭祀用品 / deśa一地方 / kāla一时间 / mantra一赞歌 / ṛtvik一主持祭祀的祭司 / dakṣiṇā一献给祭司的礼品 / vidhāna一规定的原则 / yoga一和……的方法 / upapattyā一借由实行 / duradhigamaḥ一无法得到的 / api一虽然 / bhagavān一至尊人格首神 / bhāgavata-vātsalyatayā一由于祂对祂的奉献者十分钟爱 / su-pratīkaḥ一拥有非常美丽的形象 / ātmānam一祂自己 / aparājitam一无法被任何人征服 / nija-jana一祂的奉献者的 / abhi-preta-artha一渴望 / vidhitsayā一去满足 / gṛhīta-hṛdayaḥ一祂的心受到

吸引 / hṛdayaṅgamam－令人着迷的 / manaḥ-nayana-ānandana－赏心悦目 / avayava－用臂膀 / abhirāmam－美丽的 / āviścakāra－展现出

译文　在祭祀举行过程中，有七种超然的方式可以得到至尊人格首神的仁慈：(1)献祭贵重的物品或可吃的食物；(2)在特定的地方行事；(3)在特定的时间内行事；(4)敬献赞美诗；(5)透过祭司；(6)给祭司献上礼物；(7)遵守规范原则。然而，靠这些不可能总是得到至尊主。但至尊主对祂的奉献者充满深情，所以当奉献者纳比王怀着巨大的信心、奉爱之情及纯洁无瑕的心崇拜至尊主并向祂祷告，尤其是举行普茹阿瓦尔给亚传承中的某种祭祀时，仁慈的至尊人格首神便出于对祂奉献者的爱，以祂不可战胜且令人神魂颠倒的四臂形象，出现在纳比王的面前。就这样，为满足祂奉献者的愿望，至尊人格首神在祂奉献者面前展示了祂美丽的身躯。这身躯使奉献者赏心悦目。

要旨　至尊主在《博伽梵歌》(Bhagavad-gītā)中明确地说：

bhaktyā mām abhijānāti
　yāvān yaś cāsmi tattvataḥ
tato māṁ tattvato jñātvā
　viśate tad-anantaram

“只有做奉爱服务，才能如实地了解作为至尊人格首神的我。当人充满奉爱之情地全然意识到我时，他就能进入神的王国。”(《博伽梵歌》18.55)

人可以透过奉爱服务的程序了解和看到至尊人格首神，靠其他方式不行。尽管纳比王履行规定的职责和举行规定的祭祀，但我们还是要明白，至尊主出现在他面前并非因为他举行了祭祀，而是因为他做了奉爱服务。是这个原因使至尊主同意在他面前显现自己美丽的形象。正如《布茹阿玛·萨密塔》(Brahma-saṁhitā)第5章的第30节诗中说：至尊主原本的形象极其美丽。至尊人格首神的肤色虽然呈微黑色，但却美丽至极(veṇuṁ kvaṇantam aravinda-dalāyatākṣaṁ barhāvataṁsam asitāmbuda-sundarāṅgam)。

第3节

अथ ह तमाविष्कृतभुजयुगलद्वयं हिरण्मयं पुरुषविशेषं कपिशकौशेयाम्बरधरमुरसि विलसच्छ्रीवत्सललामं दरवरवनरुहवनमालाच्छूर्यमृतमणिगदादिभिरुपलक्षितं स्फुटकिरणप्रवरमुकुटकुण्डलकटककटिसूत्रहारकेयूरनूपुराद्यङ्गभूषणविभूषितमृत्विक्सदस्यगृहपतयोऽधना इवोत्तमधनमुपलभ्य सबहुमानमर्हणेनावनतशीर्षाण उपतस्थुः ॥ ३ ॥

atha ha tam āviṣkṛta-bhuja-yugala-dvayaṁ hiraṇmayaṁ puruṣa-viśeṣaṁ kapiśa-kauśeyāmbara-dharam urasi vilasac-chrīvatsa-lalāmaṁ daravara-vanaruha-vana-mālācchūry-amṛta-maṇi-gadādibhir upalakṣitaṁ sphuṭa-kiraṇa-pravara-mukuṭa-kuṇḍala-kaṭaka-kaṭi-sūtra-hāra-keyūra-nūpurādy-aṅga-bhūṣaṇa-vibhūṣitam ṛtvik-sadasya-gṛha-patayo 'dhanā ivottama-dhanam upalabhya sabahu-mānam arhaṇenāvanata-śīrṣāṇa upatasthuḥ.

atha—之后 / ha—肯定地 / tam—祂 / āviṣkṛta-bhuja-yugala-dvayam—展示出自己的四臂形象的 / hiraṇmayam—十分耀眼 / puruṣa-viśeṣam—至尊的生物体 / kapiśa-kauśeya-ambara-dharam—穿着一件黄色丝绸衣 / urasi—在胸前 / vilasat—美丽的 / śrīvatsa—称为施瑞瓦特萨 / lalāmam—拥有……的标记 / dara-vara—用一个海螺 / vana-ruha—莲花 / vana-mālā—森林中的鲜花做成的花环 / acchūri—飞轮 / amṛta-maṇi—考斯图巴宝石 / gadā-ādibhiḥ—以及用大头棒和其他象征物 / upalakṣitam—以……为征象 / sphuṭa-kiraṇa—光芒四射的 / pravara—出色的 / mukuṭa—头盔 / kuṇḍala—耳环 / kaṭaka—手镯 / kaṭi-sūtra—腰带 / hāra—项链 / keyūra—臂饰 / nūpura—脚铃 / ādi—等等 / aṅga—身上的 / bhūṣaṇa—装饰品 / vibhūṣitam—点缀着 / ṛtvik—祭司 / sadasya—同伴们 / gṛha-patayaḥ—纳比王 / adhanāḥ—穷人 / iva—像 / uttama-dhanam——件贵重的珠宝 / upalabhya—赢得

了 / sa-bahu-mānam－非常尊敬地 / arhaṇena－用祭品 / avanata－弯曲 / śīrṣāṇaḥ－他们的头 / upatasthuḥ－崇拜

译文　主维施努以四臂形象出现在纳比王面前。祂闪闪发亮，看上去是最杰出的人物。祂下身裹着一块黄色丝绸。祂的胸膛上有着总是显得很美的施瑞瓦特萨标志。祂手持海螺、莲花、飞轮和大头棒，佩戴着一条用森林鲜花制成的花环和考斯图巴珠宝。祂佩戴着美丽的头盔、耳环、手镯、脚镯、腰带、珍珠项链、臂镯、足铃及其他镶嵌着闪光宝石的身体饰物。纳比王、他的祭司及同伴们，看到至尊主出现在他们面前，个个变得像是突然获得巨大财富的穷人一样。他们迎接至尊主，尊敬地低垂着头，向祂敬献物品、崇拜祂。

要旨　这节诗中明确地说，至尊人格首神显现在纳比王和他同伴们面前的形象并不是普通人的形象，而是最杰出的人物(Puruṣottama)的形象。正如韦达经(Vedas)中所说：至尊人格首神也是生物，但祂是至尊的生物(nityo nityānāṁ cetanaś cetanānām，《喀塔奥义书》2.2.13)至尊主本人在《博伽梵歌》中说："赢得财富的人啊！我是至高无上的真理(mattaḥ parataraṁ nānyat kiñcid asti dhanañjaya)。"没人比主奎师那更有魅力或更可信赖。这是神与普通人之间的区别之一。按照这节诗中对主维施努超然身体的描述，人们很容易就可以把至尊主与普通人区分开来。因此，纳比王和他的祭司及同伴们都向至尊主致敬，并用各种物品崇拜祂。《博伽梵歌》第6章的第22节诗中说："获得这样的喜悦后，人永远不会背离真理，不会认为还有比这更高的成就(yaṁ labdhvā cāparaṁ lābhaṁ manyate nādhikaṁ tataḥ)。"人一旦觉悟到神并面对面地看到至尊主，无疑就会认为自己得到的是最好的。品尝到高级滋味的人有稳固的意识(raso 'py asya paraṁ dṛṣṭvā nivartate)。看到至尊人格首神后，人不再受任何物质事物的吸引，从此持续稳定地崇拜至尊人格首神。

第4—5节

ऋत्विज ऊचुः

अर्हसि मुहुरर्हत्तमार्हणमस्माकमनुपथानां नमो नम इत्येतावत्स-
दुपशिक्षितं कोऽर्हति पुमान् प्रकृतिगुणव्यतिकरमतिरनीश ईश्वरस्य
परस्य प्रकृतिपुरुषयोरर्वाक्तनाभिर्नामरूपाकृतिभी रूपनिरूपणम् ॥ ४ ॥
सकलजननिकायवृजिननिरसनशिवतमप्रवरगुणगणैकदेशकथनादृते ॥ ५ ॥

ṛtvija ūcuḥ
arhasi muhur arhattamārhaṇam asmākam anupathānāṁ namo nama ity etāvat sad-upaśikṣitaṁ ko 'rhati pumān prakṛti-guṇa-vyatikara-matir anīśa īśvarasya parasya prakṛti-puruṣayor arvāktanābhir nāma-rūpākṛtibhī rūpa-nirūpaṇam sakala-jana-nikāya-vṛjina-nirasana-śivatama-pravara-guṇa-gaṇaika-deśa-kathanād ṛte.

ṛtvijaḥ ūcuḥ—祭司 / arhasi—请(接受) / muhuḥ—再三 / arhat-tama—最尊贵值得崇拜的人啊！ / arhaṇam—崇拜的献礼 / asmākam—我们的 / anupathānām—作为您的仆人 / namaḥ—崇敬的顶礼 / namaḥ—崇敬的顶礼 / iti—因此 / etāvat—至此 / sat—被崇高的人物 / upaśikṣitam—得到指导 / kaḥ—什么 / arhati—能够(做) / pumān—人 / prakṛti—物质自然的 / guṇa—……属性的 / vyatikara—在转换中 / matiḥ—(全神贯注的)心 / anīśaḥ—最无能为力的 / īśvarasya—至尊人格首神的 / parasya—超出 / prakṛti-puruṣayoḥ—物质自然三种属性的范畴 / arvāktanābhiḥ—无法触及或属于物质世界的 / nāma-rūpa-ākṛtibhiḥ—以名字、形象、品质 / rūpa—您本质或地位的 / nirūpaṇam—弄清、觉察 / sakala—所有的 / jana-nikāya—人类的 / vṛjina—罪恶的活动 / nirasana—彻底摧毁……的 / śivatama—最吉祥的 / pravara—最好的 / guṇa-gaṇa—超然品质的 / eka-deśa—一个部分 / kathanāt—通过说话 / ṛte—除了

译文 祭司们开始向至尊主祈祷道：最值得崇拜的人啊！我们只不过是您的仆人。尽管您本人俱足一切，但还是

请出于您没有缘故的仁慈，接受我们——您永恒的仆人，所做的一点点服务。我们实际上不了解您超然的形象，我们唯一能做的是，按照韦达文献和经授权的灵性导师们的教导，再三地向您致以我们虔敬的顶礼。物质主义者极受物质自然属性的吸引，因此从不完美，但您超越一切物质概念。您的名字、形象和品质都是超然的，超越经验性知识的概念。事实上，有谁能想象您呢？在物质世界里，我们只能理解和感知到物质的名字和品质。除了虔敬地向您——超然的人，顶礼和祈祷，我们没有别的能力。咏唱您吉祥的超然品质，将消灭全人类的罪恶。那对我们来说是最吉祥的活动，并使我们能部分地了解您不可思议的超自然的地位。

要旨　至尊人格首神与物质的知觉毫无关系。就连非人格神主义者商卡尔查尔亚(Śaṅkarācārya)都说："至尊人格首神纳茹阿亚纳(Nārāyaṇa)，超越物质的概念(nārāyaṇaḥ paro 'vyaktāt)。"我们不能捏造至尊人格首神的形象和特性。我们必须只接受韦达文献中描述的有关至尊主的形象和活动。正如《布茹阿玛·萨密塔》第5章的第29节诗所说：

cintāmaṇi-prakara-sadmasu kalpa-vṛkṣa-
lakṣāvṛteṣu surabhīr abhipālayantam
lakṣmī-sahasra-śata-sambhrama-sevyamānaṁ
govindam ādi-puruṣaṁ tam ahaṁ bhajāmi

"我崇拜哥文达——原始的至尊主、第一位祖先，祂在用灵性宝石建造的、由百万如愿树环绕着的住所中照管乳牛，满足所有的愿望。成千上万的幸运女神一直怀着巨大的敬意和深情在侍奉祂。"仅仅靠阅读韦达文献中所作的描述，以及像布茹阿玛、纳茹阿达(Nārada)、舒卡戴瓦·哥斯瓦米(Śukadeva Gosvāmī)等崇高人物所给予的权威性的说明，我们可以有一些对绝对真理、祂的形象、特质的概念。圣茹帕·哥斯瓦米(Śrīla Rūpa Gosvāmī)说："我们无法透过我们的物质感官构想出圣奎师那的名字、形象和品质(ataḥ śrī-kṛṣṇa-nāmādi na bhaved grāhyam indriyaiḥ)。”正因为如此，至尊主又被称为阿窦克沙佳(adhokṣaja)和阿帕奎塔(aprākṛta)，以说明祂超越所有物质的感官。至尊主出于对祂奉献者没有缘故的仁慈出现在纳比王面前。同样，当我们致力于为至尊主做奉爱服务时，至尊主就会向我们揭示祂自己(sevonmukhe hi jihvādau svayam eva sphuraty adaḥ)。这是我们了解至尊人格首神的唯一方法。正如《博伽梵歌》中确认说：人可以通过做奉爱服务了解至尊人格首神，别无他法(bhaktyā mām abhijānāti yāvān yaś cāsmi tattvataḥ)。我们必须聆听权威人士和经典的话，按照他们的说明去想至尊主。我们不能想象或杜撰至尊主的形象和特质。

第 6 节

परिजनानुरागविरचितशबलसंशब्दसलिलसितकिसलयतुलसिका-
दूर्वाङ्कुरैरपि सम्भृतया सपर्यया किल परम परितुष्यसि ॥ ६ ॥

parijanānurāga-viracita-śabala-saṁśabda-salila-sita-kisalaya-tulasikā-
dūrvāṅkurair api sambhṛtayā saparyayā kila parama paritusyasi.

parijana—由您的仆人 / anurāga—在心醉神迷的状态中 / viracita—实行 / śabala—用颤抖的声音 / saṁśabda—用祝祷 / salila—水 / sita-kisalaya—长着新鲜叶子的嫩枝 / tulasikā—图拉西叶 / dūrvā-aṅkuraiḥ—和用嫩草 / api—也 / sambhṛtayā—执行 / saparyayā—借由崇拜 / kila—的确 / parama—至尊主啊！ / paritusyasi—您因而满意

译文 至尊主啊！您在所有的方面都是圆满的。当您的奉献者用颤抖的声音向您祈祷并在心醉神迷的状态中带给您图拉西叶、水、刚长出嫩叶的树枝和新鲜嫩草时，您无疑十分满意。这必定使您高兴。

要旨 人并不需要有巨大的财富、高等教育才能满足至尊人格首神。完全沉浸在爱和心醉神迷状态中的人只需要向祂供奉一朵花和一点点水。正如《博伽梵歌》中所说："人如果怀着奉爱之心给我供奉一片叶、一朵花、一个水果或一些水，我将会接受(patraṁ puṣpaṁ phalaṁ toyaṁ yo me bhaktyā prayacchati)"。

只有奉爱服务才能取悦至尊主，因此这节诗中说，奉爱无疑令至尊主满意，而不是别的。《对至尊主的奉爱之美》(Hari-bhakti-vilāsa)中引述《高塔弥亚・坦陀》(Gautamīya-tantra)中的说明：

tulasī-dala-mātreṇa
jalasya culukena vā
vikrīṇīte svam ātmānaṁ
bhaktebhyo bhakta-vatsalaḥ

"对自己的奉献者充满深情的圣奎师那，将自己交给仅仅给祂供奉一片图拉西(tulasī)叶和一捧水的奉献者。"至尊主对祂的奉献者满怀如此没有缘故的仁慈，以至就连最穷的人都能怀着奉爱之情给祂供奉一点水和一朵花，并因而取悦祂。这是祂与祂奉献者充满深情的交往。

第7节

**अथानयापि न भवत इज्ज्ययोरुभारभरया समुचितमर्थमिहोपलभा-
महे ॥७॥**

athānayāpi na bhavata ijyayoru-bhāra-bharayā samucitam artham ihopalabhāmahe.

atha—否则 / anayā—这个 / api—甚至 / na—不 / bhavataḥ—您圣上的 / ijyayā—靠举行祭祀 / urubhāra-bharayā—被缛节所阻碍 / samucitam—需要 / artham—使用 / iha—这里 / upalabhāmahe—我们可以看到

译文　我们用很多物品崇拜您并向您供奉祭祀，但我们认为，要取悦您圣上，根本无须做这么多安排。

要旨 圣茹帕·哥斯瓦米说：给一个毫无食欲的人提供各种食物毫无意义。在盛大的祭祀中会给至尊人格首神供奉许许多多东西，以使祂满意，但如果没有对至尊主的奉爱之情、依恋和爱，整个安排便毫无益处。至尊主本人圆满，根本不需要从我们这里得到什么。然而，如果我们怀着奉爱之情给祂供奉一点水、一朵鲜花和一片图拉西叶，祂就会接受。奉爱服务(bhakti)是使至尊人格首神满意的最重要的方式。问题不在于是否安排盛大的祭祀。祭司们感到后悔，认为他们自己没有走在奉爱服务之途上，所以他们主持的祭祀没有取悦至尊主。

第8节

आत्मन एवानुसवनमञ्जसाव्यतिरेकेण बोभूयमानाशेषपुरुषार्थस्वरूपस्य किन्तु नाथाशिष आशासानानामेतदभिसंराधनमात्रं भवितुमर्हति ॥ ८ ॥

ātmana evānusavanam añjasāvyatirekeṇa bobhūyamānāśeṣa-puruṣārtha-svarūpasya kintu nāthāśiṣa āśāsānānām etad abhisaṁrādhana-mātraṁ bhavitum arhati.

ātmanaḥ－自足地 / eva－肯定地 / anusavanam－在每个时刻 / añjasā－直接地 / avyatirekeṇa－不断地 / bobhūyamāna－增加的 / aśeṣa－无限地 / puruṣa-artha－生命的目标 / sva-rūpasya－您真正的身份 / kintu－但是 / nātha－主啊！ / āśiṣaḥ－为了物质享乐的恩赐 / āśāsānānām－总是如此渴望的我们的 / etat－这个 / abhisaṁrādhana－为了得到您的仁慈 / mātram－只有 / bhavitum arhati－可以是

译文 在您之中，所有的生命目标和财富，每时每刻都在直接、充分、不停并无限地增加着。事实上，您是无限的享受和极乐存在本身。至于我们，至尊主啊！我们永远在追求物质享乐。您根本不需要这些祭祀安排，这些方法都是为了让我们有机会得到您圣上的祝福。举行所有这些祭祀都是为了我们能得到成果，您本人并不真正需要它们。

要旨　至尊主是自给自足的，所以根本不需要盛大的祭祀。可以使人过上更富裕生活的功利性活动，是那些想要这种物质财富的人为获得利益而从事的。《博伽梵歌》中说：应该把活动当祭祀奉献给维施努，否则活动就会把人捆绑在物质世界里(yajñārthāt karmaṇo 'nyatra loko 'yaṁ karma-bandhanaḥ)。如果我们不为满足至尊主而做事，我们就是在从事玛亚的活动。我们也许会建造一座华丽的庙宇，为此花费成千上万的金钱，但这样的一座庙宇并非至尊主的需要。至尊主有千百万的庙宇供祂居住，根本不需要我们给祂盖庙。祂一点都不需要奢华的活动。这么做只是对我们有好处。花钱建造华丽的庙宇使我们摆脱业报，是对我们有利。此外，如果我们努力好好地为至尊主做些事，祂就会对我们满意，给予我们祂的祝福。因此，奢华的安排并非是为了至尊主，而是为我们自己。如果我们以某种方式得到了至尊主的祝福和恩赐，我们的意识就可以得到净化，我们就变得有资格回归家园，回到首神身边。

第9节

तद्यथा बालिशानां स्वयमात्मनः श्रेयः परमविदुषां परमपरमपुरुष प्रकर्षकरुणया स्वमहिमानं चापवर्गाख्यमुपकल्पयिष्यन् स्वयं नापचित एवेतरवदिहोपलक्षितः ॥ ९ ॥

tad yathā bāliśānāṁ svayam ātmanaḥ śreyaḥ param aviduṣāṁ parama-parama-puruṣa prakarṣa-karuṇayā sva-mahimānaṁ cāpavargākhyam upakalpayiṣyan svayaṁ nāpacita evetaravad ihopalakṣitaḥ.

tat—那个 / yathā—如同 / bāliśānām—愚人的 / svayam—借由您自己 / ātmanaḥ—自己 / śreyaḥ—幸福 / param—最终的 / aviduṣām—无知之人的 / parama-parama-puruṣa—众神之神啊 / prakarṣa-karuṇayā—借着许多无缘故的仁慈 / sva-mahimānam—您个人的光辉 / ca—和 / apavarga-ākhyam—称为解脱(apavarga) / upakalpayiṣyan—渴望给予 /

svayam一亲自地 / na apacitaḥ一没有适当地崇拜 / eva一虽然 / itara-vat一像普通人一样 / iha一这里 / upalakṣitaḥ一(您)显现并被(我们)看见

译文 所有主人的主人！我们完全不懂要按照信奉宗教、经济发展、感官享乐和解脱的程序做，因为我们其实根本不了解生命的目的。您就像一个人要求崇拜那样亲自出现在我们面前，但实际上，您来这里只是为了让我们能看到您。为了造福我们并给予我们您的祝福——被称为解脱的您个人的光荣，您出于没有缘故的巨大仁慈前来。尽管我们因为愚昧而没有正确地崇拜您，但您还是来了。

要旨 主维施努亲自出现在祭祀场上，但这并不意味着祂关心祂个人的利益。同样，在庙里的神像(arcā-vigraha)，是为了同样的目的而临在。至尊人格首神出于祂没有缘故的仁慈把祂自己呈现在我们面前，好让我们能看到祂。由于我们没有超然的视力，我们无法看到至尊主永恒、极乐和充满知识的灵性形象(sac-cid-ānanda-vigraha)。因此，至尊主出于祂没有缘故的仁慈，以我们能看到的形象出现在我们面前。我们只能看到石头和木头等物质事物，祂于是便以石头和木头的形象显现，在庙里接受我们做的服务。这是至尊主没有缘故的仁慈的一个展示。祂虽然对这类事情没兴趣，但为了接受我们的爱心服务，祂同意这么做。我们完全是愚昧无知的，因此无法真正为崇拜至尊主而向祂供奉合适的用品。至尊主出于祂没有缘故的仁慈，出现在纳比王的祭祀场上。

第 10 节

अथायमेव वरो ह्यर्हत्तम यर्हि बर्हिषि राजर्षेर्वरदर्षभो भवान्निजपुरुषे-क्षणविषय आसीत् ॥१०॥

athāyam eva varo hy arhattama yarhi barhiṣi rājarṣer varadarṣabho bhavān nija-puruṣekṣaṇa-viṣaya āsīt.

atha－然后 / ayam－这个 / eva－肯定地 / varaḥ-- 祝福 / hi－确实 / arhat-tama－所有值得崇敬中最值得崇敬的神啊！ / yarhi－因为 / barhiṣi－在献祭中 / rāja-ṛṣeḥ－纳比王的 / varada-ṛṣabhaḥ－最好的祝愿者 / bhavān－您圣上 / nija-puruṣa－您奉献者的 / īkṣaṇa-viṣayaḥ－目睹的对象 / āsīt－已变成

译文　最值得崇拜的人啊！在所有祝福者中，您最卓越。您为了我们的利益而显现在圣君纳比的祭祀场上。您通过让我们看到您，给予我们最珍贵的祝福。

要旨　诗中说“变得使您的奉献者能看到您(nija-puruṣa-īkṣaṇa-viṣaya)”。主奎师那在《博伽梵歌》中说：“我不忌妒谁，也不偏袒谁。我平等对待众生。但是，为我做奉爱服务的人是我的朋友，在我心中，而我也是他的朋友(samo 'haṁ sarva-bhūteṣu)。”

至尊人格首神平等对待众生。从这个意义上说，祂没有敌人也没有朋友。每一个人都在享受或承受自己活动的反作用，而处在每一个生物体心中的至尊主则在观察，并给予每一个人自己想要的结果。然而，正如奉献者总是渴望看到至尊主在各方面都满意，至尊主也十分渴望把自己呈现在祂奉献者的面前。圣奎师那在《博伽梵歌》第4章的第8节诗中说：

paritrāṇāya sādhūnāṁ
vināśāya ca duṣkṛtām
dharma-saṁsthāpanārthāya
sambhavāmi yuge yuge

“一个年代复一个年代，我亲自降临，以拯救虔诚的人，彻底消灭邪恶之徒，重建宗教原则。”

因此，奎师那是为了拯救和满足祂的奉献者而显现的。事实上，祂并非只为了杀恶魔才降临，因为那可以由祂的代理去做。主维施努出现在纳比王的祭祀场上，只是为了满足纳比王和他的同伴，否则祂根本没必要出现在那里。

第 11 节

**असङ्गनिशितज्ञानानलविधूताशेषमलानां भवत्स्वभावानामात्मारा-
माणां मुनीनामनवरतपरिगुणितगुणगण परममङ्गलायनगुणगणकथनो
ऽसि ॥११॥**

asaṅga-niśita-jñānānala-vidhūtāśeṣa-malānāṁ bhavat-svabhāvānām
ātmārāmāṇāṁ munīnām anavarata-pariguṇita-guṇa-gaṇa parama-
maṅgalāyana-guṇa-gaṇa-kathano 'si.

asaṅga—凭借超脱 / niśita—增强 / jñāna—知识的 / anala—借由火 / vidhūta—移除 / aśeṣa—无限的 / malānām—污垢……的 / bhavat-svabhāvānām—已经获得您的品质的 / ātma-ārāmāṇām—内心满足的 / munīnām—伟大圣人的 / anavarata—不停地 / iguṇita—讲述 / guṇa-gaṇa—灵性品质……的至尊主啊！ / parama-maṅgala—至高的喜乐 / āyana—产生 / guṇa-gaṇa-kathanaḥ—其品质被歌颂……祂 / asi—您是

译文 亲爱的至尊主，所有富有思想的伟大圣人和圣洁之人不停地再三讲述您灵性的品质。这些圣人已经烧尽了无数的污垢，凭知识之火增强他们对物质世界的超脱心，从而得到您的品质以及内心的满足。然而，即使对那些因咏唱您的品质而感到灵性极乐的人来说，您亲自出现都是极为罕见的事。

要旨 纳比王祭祀场上的祭司们感激至尊主维施努亲临现场，认为自己十分荣幸。甚至对完全不依恋这个物质世界、内心因不停的歌唱至尊主的荣耀而变得纯净的伟大的圣洁之人来说，至尊主的出现都是罕见的。这样的圣人靠吟诵、吟唱至尊主的超然品质而获得满足，其实并不需要至尊主本人的出现。祭司们指出，至尊主本人的出现甚至对这么进步的圣人们来说都很罕见，但祂对他们是如此仁慈，现在竟亲自到来。正因为如此，祭司们都很感动。

第 12 节

अथ कथञ्चित्स्खलनक्षुत्पतनजृम्भणदुरवस्थानादिषु विवशानां नः स्मरणाय ज्वरमरणदशायामपि सकलकश्मलनिरसनानि तव गुणकृत-नामधेयानि वचनगोचराणि भवन्तु ॥१२॥

atha kathañcit skhalana-kṣut-patana-jṛmbhaṇa-duravasthānādiṣu vivaśānāṁ naḥ smaraṇāya jvara-maraṇa-daśāyām api sakala-kaśmala-nirasanāni tava guṇa-kṛta-nāmadheyāni vacana-gocarāṇi bhavantu.

atha－仍然 / kathañcit－不知怎的 / skhalana－踉跄 / kṣut－饥饿 / patana－跌倒 / jṛmbhaṇa－打呵欠 / duravasthāna－因为被置于不情愿的状态中 / ādiṣu－等等 / vivaśānām－不能够 / naḥ－我们自己的 / smaraṇāya－想起 / jvara-maraṇa-daśāyām－在死亡时发高烧的状态中 / api－也 / sakala－所有的 / kaśmala－罪恶 / nirasanāni－可以消除……的 / tava－您的 / guṇa－特征 / kṛta－活动 / nāmadheyāni－名字 / vacana-gocarāṇi－可能被说及 / bhavantu－使他们成为

译文 亲爱的至尊主，由于踉跄、饥饿、跌倒、打哈欠或死亡时高热造成的痛苦病状，我们也许无法记住您的名字、形象和品质。为此，我们向您祈祷，至尊主啊！您深爱您的奉献者，所以请帮助我们记住您，说出您的圣名、品性和活动，它们能消除我们过罪恶生活导致的一切报应。

要旨 人生真正的成功是在死亡时记住至尊主的圣名、特质、活动和形象(ante nārāyaṇa-smṛti)。尽管我们也许在庙里忙着为至尊主做奉爱服务，但物质的情况是如此残酷和无法避免，以致我们有可能在死亡时因为身体的病痛或精神错乱而忘了至尊主。因此，我们应该向至尊主祈祷，请求祂让我们在死亡时即使面对这种危险的处境，也能牢牢地记着祂的莲花足。就有关这一点，人们也许应该阅读《圣典博伽瓦谭》(Śrīmad-Bhāgavatam)第6篇第2章的第9—10节诗和第14—15节诗。

第 13 节

किञ्चायं राजर्षिरपत्यकामः प्रजां भवादृशीमाशासान ईश्वरमाशिषां स्वर्गापवर्गयोरपि भवन्तमुपधावति प्रजायामर्थप्रत्ययो धनदमिवाधनः फलीकरणम् ॥१३॥

kiñcāyaṁ rājarṣir apatya-kāmaḥ prajāṁ bhavādṛśīm āśāsāna īśvaram āśiṣāṁ svargāpavargayor api bhavantam upadhāvati prajāyām artha-pratyayo dhanadam ivādhanaḥ phalīkaraṇam.

kiñca—此外 / ayam—这个 / rāja-ṛṣiḥ—虔诚的君王(纳比王) / apatya-kāmaḥ—渴望后代 / prajām——个儿子 / bhavādṛśīm—跟您完全一样 / āśāsānaḥ—希望 / īśvaram—至高的控制者 / āśiṣām—祝福的 / svarga-apavargayoḥ—天堂星球和解脱的 / api—虽然 / bhavantam—您 / upadhāvati—崇拜 / prajāyām—孩子们 / artha-pratyayaḥ—视为生命最终极的目标 / dhana-dam—向一个可以给予布施巨大财富的人 / iva—像 / adhanaḥ—穷人 / phalīkaraṇam——点谷物

译文 亲爱的至尊主，这位是纳比王，他此生最大的愿望是有个像您一样的儿子。您圣上，他的状态很像一个人去找极富有的人却乞讨一点点谷物。尽管您可以给纳比王任何一个崇高的地位，包括升上天堂星球或回归首神的解脱，但他是那么渴望得到一个儿子，以至崇拜您就为了要一个儿子。

要旨 对纳比王举行盛大的祭祀只是为了要求至尊主赐予他一个儿子这一点，祭司们感到有些难为情。至尊主可以让他升上天堂星球或外琨塔(Vaikuṇṭha)星球。圣柴坦亚・玛哈帕布(Śrī Caitanya Mahāprabhu)曾教过我们该如何接近至尊主，向祂请求最高的赐福。祂说：“全能的主啊！我无意累积财富，不想要漂亮的女人，也不想要任何追随者(na dhanaṁ na janaṁ na sundarīṁ kavitāṁ vā jagad-īśa kāmaye)”。祂没有向至尊主请求任何物质的事物。物质财富意味着富有、幸福的家庭、贤妻和许多追随者，但有智慧的奉献者不向至尊主要求任何物质财富。祂唯一的祈求是：“我只想一世复一世无求地为您做奉爱服务(mama janmani janmanīśvare bhavatād bhaktir ahaitukī tvayi)”。祂想要永远为至尊主做爱心服务，而不想要升上天堂或摆脱物质的束缚(mukti)。如果仅仅是这样的话，圣柴坦亚·玛哈帕布就不会说“一世复一世(mama janmani janmani)”。奉献者不在乎一世复一世地投生，他只要一直当奉献者就满意了。真正的永恒自由意味着回归家园，回到首神身边。奉献者对物质的一切都不感兴趣。纳比王想要一个像维施努一样的儿子；要一个像神一样的儿子也是一种感官享乐。纯粹的奉献者只想为至尊主做爱心服务。

第 14 节

को वा इह तेऽपराजितोऽपराजितया माययानवसितपदव्यानावृतमति-
र्विषयविषरयानावृतप्रकृतिरनुपासितमहच्चरणः ॥१४॥

ko vā iha te 'parājito 'parājitayā māyayānavasita-padavyānāvṛta-matir
viṣaya-viṣa-rayānāvṛta-prakṛtir anupāsita-mahac-caraṇaḥ.

kaḥ vā－有谁 / iha－在这个物质世界里 / te－您圣上 / aparājitaḥ－没被征服 / aparājitayā－被不可征服者 / māyayā－错觉能量 / anavasita-padavya－途径无法被看清的…… / anāvṛta-matiḥ－智力不受到迷惑 / viṣaya-viṣa－毒药般的物质享乐的 / raya－水流 / anāvṛta－不被覆盖 / prakṛtiḥ－属性……的 / anupāsita－没有崇拜 / mahat-caraṇaḥ－伟大奉献者的莲花足

译文 亲爱的至尊主，人除非崇拜优秀奉献者的莲花足，否则就会被错觉能量所征服，他的智力将受到迷惑。事实上，有谁不被如毒药般的物质享乐波涛带走？您的错觉能量无法征服。没人能看清这条物质能量之途或说清它是如何运作的。

要旨 纳比王为生一个儿子而举行盛大的祭祀。尽管得到的儿子也许与至尊人格首神一样，但这样的物质欲望——无论是巨大还是微小，都是由错觉能量玛亚的影响带来的。奉献者不想要任何感官享乐的事物。正因为如此，奉爱被解释为是免于物质欲望的(anyābhilāṣitā-śūnya)。众生都是玛亚影响的对象，都被各种各样的物质欲望所束缚，纳比王并不例外。为伟大的奉献者服务(mahaccaraṇa-sevā)，人才有可能摆脱玛亚的影响。不崇拜伟大奉献者的莲花足，人无法摆脱玛亚的影响。圣纳若塔玛达斯·塔库尔(Śrīla Narottama dāsa Ṭhākura)因此问道："有谁在不侍奉外士纳瓦(Vaiṣṇava)的情况下摆脱了玛亚的钳制(chāḍiyā vaiṣṇava-sevā nistāra pāyeche kebā)？"玛亚是不可征服的(aparājita)，她的影响也是不可克服的(aparājita)。正如《博伽梵歌》第7章的第14节诗所证实：

daivī hy eṣā guṇa-mayī
mama māyā duratyayā

"我这由物质自然三种属性组成的神性能量难以克服。"

只有奉献者才能克服玛亚的巨大影响力。纳比王想要一个儿子并没有错。他想要一个像至尊人格首神一样的儿子——最优秀的儿子。凭借与至尊主奉献者的联谊，人不再想要物质的财富。《永恒的柴坦亚经》(Caitanya-caritāmṛta)中篇第22章的第54节诗中证实这一点说：

"sādhu-saṅga"，"sādhu-saṅga" sarva-śāstre kaya
lava-mātra sādhu-saṅge sarva-siddhi haya

而且第22章的第51节也说：

mahat-kṛpā vinā kona karme 'bhakti' naya
kṛṣṇa-bhakti dūre rahu, saṁsāra nahe kṣaya

上述两节诗的大意是：人如果认真想要摆脱玛亚的影响，回归家园，回到首神身边，就必须与奉献者(sādhu)交往、联谊。这是所有经典的定论。人哪怕与奉献者有过一点点联谊，都能摆脱玛亚的钳制。没有纯粹奉献者的仁慈，人无法以任何方式获得自由。为了得到为至尊主做爱心服务的机会，无疑需要与纯粹奉献者联谊。没有优秀奉献者的祝福(sādhu-saṅga)，人无法摆脱玛亚的钳制。在《圣典博伽瓦谭》中，帕拉德王说：

naiṣāṁ matis tāvad urukramāṅghriṁ
spṛśaty anarthāpagamo yad arthaḥ
mahīyasāṁ pāda-rajo-'bhiṣekaṁ
niṣkiñcanānāṁ na vṛṇīta yāvat

不把伟大奉献者足下的尘土放在自己头上的人，无法成为至尊主纯粹的奉献者(pāda-rajo-'bhiṣekam)。纯粹的奉献者丝毫不受物质的污染(niṣkiñcana)；他没有要享受物质世界的物质欲望。为了得到这种纯粹奉献者的品德，人必须托庇于这样的奉献者。纯粹奉献者永远不受玛亚的钳制和影响。

第 15 节

यदु ह वाव तव पुनरदभ्रकर्तरिह समाहूतस्तत्रार्थधियां मन्दानां नस्तद्
यद्देवहेलनं देवदेवार्हसि साम्येन सर्वान् प्रतिवोढुमविदुषाम् ॥१५॥

yad u ha vāva tava punar adabhra-kartar iha samāhūtas tatrārtha-dhiyāṁ mandānāṁ nas tad yad deva-helanaṁ deva-devārhasi sāmyena sarvān prativoḍhum aviduṣām.

yat—因为 / u ha vāva—的确 / tava—您的 / punaḥ—再次 / adabhra-kartaḥ—从事许多活动的至尊主啊！ / iha—在祭祀场这里 / samāhūtaḥ—邀请 / tatra—因此 / artha-dhiyām—渴望实现物质欲望的 / mandānām—并不聪明 / naḥ—我们的 / tat—那个 / yat—……

的 / deva-helanam－对人格首神的不敬 / deva-deva－众神之神 / arhasi－请 / sāmyena－由于您泰然处之 / sarvān－一切 / prativoḍhum－忍受 / aviduṣām－全然无知的我们的

译文 至尊主啊！您从事许多神奇的活动。我们唯一的目的是通过举行这盛大的祭祀得到一个儿子，所以我们的智力并不很敏锐。对明确人生的目的，我们没有经验。为实现某种物质目的而请您到这微不足道的祭祀中来，我们无疑严重地冒犯了您的莲花足。主人们的至尊主啊！您具有没有缘故的仁慈，而且平等看待一切，所以请原谅我们的冒犯。

要旨 为这么一个微不足道的原因而把至尊主从外琨塔召唤来，无疑使祭司们感到心中不快。纯粹的奉献者从不想在没有必要的情况下召唤至尊主。至尊主在从事各种活动，纯粹奉献者不想为自己的感官享乐而随心所欲地观看祂。纯粹奉献者只是依靠至尊主的仁慈，当至尊主高兴时，他就能面对面地看到至尊主了。至尊主甚至对主布茹阿玛(Brahmā)和主希瓦(Śiva)等半神人来说都是“看不见的”。召唤至尊主使纳比王的祭司们证明自己是愚蠢无知的；尽管如此，至尊主还是出于祂没有缘故的仁慈来了。为此，他们全体希望得到至尊主的原谅。

权威人士不认可为物质所得而崇拜至尊主的做法。正如《博伽梵歌》第7章的第16节诗所说：

catur-vidhā bhajante māṁ
janāḥ sukṛtino 'rjuna
ārto jijñāsur arthārthī
jñānī ca bharatarṣabha

“巴茹阿特族中最优秀的人啊！有四种虔诚的人开始为我做奉爱服务。他们是，痛苦的人，追求财富的人，好奇爱问的人和追求绝对真理知识的人。”

走上奉爱之途始于人处在痛苦或想要钱的情况下，或者当人好奇地想要了解绝对真理之际。但这样接近至尊主的人并不是真正的奉献者。他们因为询问有关绝对真理——至尊人格首神，而被接受为是虔诚之人(sukṛtinaḥ)。这种人在不知道至尊主忙于各种活动的情况下，只是为物质所得而毫无必要地打扰至尊主。然而，至尊主是那么仁慈，甚至在被打扰的情况下还是满足这种乞丐的欲望。纯粹的奉献者是“不怀任何动机崇拜至尊主的人(anyābhilāṣitā-śūnya)”。他不受玛亚以功利性活动(karma)或知识思辨(jñāna)为形式施加影响的指挥。纯粹的奉献者随时准备执行至尊主的命令，而从不考虑个人的利益。举行祭祀的祭司们(ṛtvijaḥ)很清楚功利性活动(karma)和奉爱服务(bhakti)之间的区别。他们因为在功利性活动的影响下考虑到自己的利益而祈求至尊主的原谅。他们知道至尊主是因为微不足道的原因而被邀请前来的。

第 16 节

श्रीशुक उवाच
इति निगदेनाभिष्टूयमानो भगवाननिमिषर्षभो वर्षधराभिवादिताभि-
वन्दितचरणः सदयमिदमाह ॥१६॥

śrī-śuka uvāca
iti nigadenābhiṣṭūyamāno bhagavān animiṣarṣabho varṣa-
dharābhivāditābhivandita-caraṇaḥ sadayam idam āha.

śrī-śukaḥ uvāca—圣舒卡戴瓦·哥斯瓦米说 / iti—因此 / nigadena—散文所写的祷告文 / abhiṣṭūyamānaḥ—被崇拜 / bhagavān—至尊人格首神 / animiṣa-ṛṣabhaḥ—全体半神人的领袖 / varṣa-dhara—被巴茹阿特大地的帝王纳比王 / abhivādita—崇拜 / abhivandita—受到顶礼 / caraṇaḥ—双足……的 / sadayam—仁慈的 / idam—这个 / āha—说

译文 圣舒卡戴瓦·哥斯瓦米说：甚至受到巴茹阿特大地的帝王纳比崇拜的祭司们，以散文的形式(它们一般是用诗歌)献上祈祷，并向至尊主的莲花足顶礼。主人们的至尊主、半神人的统治者，对他们非常满意，开口说了如下一番话。

第 17 节

श्रीभगवानुवाच
अहो बताहमृषयो भवद्भिरवितथगीर्भिर्वरमसुलभमभियाचितो य-
दमुष्यात्मजो मया सदृशो भूयादिति ममाहमेवाभिरूपः कैवल्या-
दथापि ब्रह्मवादो न मृषा भवितुमर्हति ममैव हि मुखं यद् द्विजदेव-
कुलम् ॥१७॥

śrī-bhagavān uvāca
aho batāham ṛṣayo bhavadbhir avitatha-gīrbhir varam asulabham
abhiyācito yad amuṣyātmajo mayā sadṛśo bhūyād iti mamāham
evābhirūpaḥ kaivalyād athāpi brahma-vādo na mṛṣā bhavitum arhati
mamaiva hi mukhaṁ yad dvija-deva-kulam.

śrī-bhagavān uvāca—至尊人格首神说／aho—啊！／bata—当然我很高兴／aham—我／ṛṣayaḥ—伟大的圣人们啊！／bhavadbhiḥ—被你们／avitatha-gīrbhiḥ—所说的都十分真实／varam—为了一个恩典／asulabham—十分难以达成／abhiyācitaḥ—被请求／yat—那个／amuṣya—纳比王的／ātma-jaḥ—一个儿子／mayā sadṛśaḥ—像我／bhūyāt—或许有／iti—因此／mama—我的／aham—我／eva—只有／abhirūpaḥ—相等的／kaivalyāt—由于独一无二／athāpi—然而／brahma-vādaḥ—备受崇敬的布茹阿玛纳所说的话／na—没有／mṛṣā—错误／bhavitum—使成为／arhati—应该／mama—我的／eva—肯定地／hi—因为／mukham—嘴巴／yat—那个／dvija-deva-kulam—纯粹布茹阿玛纳的阶层

译文 至尊人格首神回答道：伟大的圣人们啊！我对你们的祈祷很满意。你们都很诚实。你们为纳比王要得到一个如同我一样的儿子而向我祈求祝福，但这很难得到。我是独一无二的至尊人，没人与我平等，所以不可能找到像我一样的另一个人。无论如何，由于你们都是有资格的布茹阿玛纳，你们说出的话不该落空。我把具有布茹阿玛纳美好品质的布茹阿玛纳看做我自己的嘴。

要旨 这节诗中说"他们所说的话都会实现(avitatha-gīr-bhiḥ)"。布茹阿玛纳(brāhmaṇa)——二次出生的人(dvija)，凭经典的规定被给予机会变得几乎与至尊主一样强大。布茹阿玛纳所说的一切都不能落空或在任何情况下被改变。按照韦达训喻，布茹阿玛纳是至尊人格首神的嘴，所以在所有的仪式中都给布茹阿玛纳供奉食物(brāhmaṇa-bhojana)。这是因为，布茹阿玛纳进食时，被认为是至尊主本人在吃。同样，布茹阿玛纳无论说什么都无法改变。它必会起作用。在纳比王的祭祀中担当祭司的博学圣人们不仅是布茹阿玛纳，而且是那么有资格，甚至就像半神人(devas)或神本人一样。如果不是这样，他们怎么能把主维施努请到祭祀场上来？神独一无二，祂不属于这个或那个宗教。在喀历年代(Kali-yuga)，不同的宗教派别认为他们的神不同于其他宗教的神，但那是不可能的。神只有一个，人们从不同的角度去欣赏祂。这节诗中的梵文"由于独一无二(kaivalyāt)"的意思是，神没有竞争者。世上只有一位神。《水塔刷塔尔奥义书》(Śvetāśvatara Upaniṣad)第6章的第8节诗中说："找不到任何人与祂平等或比祂伟大(na tat-samaś cābhyadhikaś ca dṛśyate)。"那就是对神的定义。

第 18 节

तत आग्नीध्रीयेंऽशकलयावतरिष्याम्यात्मतुल्यमनुपलभमानः ॥१८॥

tata āgnīdhrīye 'ṁśa-kalayāvatariṣyāmy ātma-tulyam anupalabhamānaḥ.

tataḥ一因此 / āgnīdhrīye一在阿格尼铎之子纳比的妻子体内 / aṁśa-kalayā一靠扩展我个人的形象 / avatariṣyāmi一我将降临 / ātma-tulyam一与我平等的 / anupalabhamānaḥ一找不到

译文 我因为找不到一个与我平等的人，所以将亲自扩展出一个我自己的完整扩展，以此方式降临到阿格尼铎之子纳比王的妻子梅茹黛薇的子宫中。

要旨 这是至尊人格首神全能的一个例子。祂虽然独一无二，但却通过祂个人的扩展(svāṁśa)再次扩展祂自己，有时则通过祂分离的扩展(vibhinnāṁśa)扩展自己。主维施努在此同意派祂个人的扩展当梅茹黛薇的儿子，她是阿格尼铎之子纳比王的妻子。祭司们知道只有一位神，但还是祈祷至尊主成为纳比王的儿子，以便世界知道，绝对真理——至尊人格首神，是独一无二的。当祂化身降临时，祂以祂不同的力量扩展自己。

第 19 节

श्रीशुक उवाच
इति निशामयन्त्या मेरुदेव्याः पतिमभिधायान्तर्दधे भगवान् ॥१९॥

śrī-śuka uvāca
iti niśāmayantyā merudevyāḥ patim abhidhāyāntardadhe bhagavān.

śrī-śukaḥ uvāca一圣舒卡戴瓦·哥斯瓦米说 / iti一因此 / niśāmayan-tyāḥ一在聆听的 / merudevyāḥ一与梅茹黛薇在一起的 / patim一对她丈夫 / abhidhāya一说了 / antardadhe一消失 / bhagavān一至尊人格首神

译文 舒卡戴瓦·哥斯瓦米继续道：说了这番话后，至尊主便消失了。纳比王的妻子梅茹黛薇王后就坐在她丈夫身边，因此能听到至尊主说的一切。

要旨　按照韦达训喻，人应该由妻子陪伴举行祭祀。应该与妻子一道举行宗教仪式(sapatnīko dharmam ācaret)。因此，纳比王由他妻子陪伴着举行盛大的祭祀。

第 20 节

बर्हिषि तस्मिन्नेव विष्णुदत्त भगवान् परमर्षिभिः प्रसादितो नाभेः प्रियचिकीर्षया तदवरोधायने मेरुदेव्यां धर्मान्दर्शयितुकामो वातरशनानां श्रमणानामृषीणामूर्ध्वमन्थिनां शुक्लया तनुवावततार ॥२०॥

barhiṣi tasminn eva viṣṇudatta bhagavān paramarṣibhiḥ prasādito
nābheḥ priya-cikīrṣayā tad-avarodhāyane merudevyāṁ dharmān
darśayitu-kāmo vāta-raśanānāṁ śramaṇānām ṛṣīṇām ūrdhva-manthināṁ
śuklayā tanuvāvatatāra.

barhiṣi－在献祭场中 / tasmin－那个 / eva－以这种方式 / viṣṇu-datta－帕瑞克西特王啊！ / bhagavān－至尊人格首神 / parama-ṛṣi-bhiḥ－对伟大的圣人 / prasāditaḥ－满意 / nābheḥ priya-cikīrṣayā－为了取悦纳比王 / tat-avarodhāyane－在他妻子体内 / merudevyām－梅茹黛薇 / dharmān－宗教原则 / darśayitu-kāmaḥ－想要展示实行的方法 / vāta-raśanānām－托钵僧(几乎未着衣物的人)的 / śramaṇānām－退出家庭生活之人的 / ṛṣīṇām－伟大圣人们的 / ūrdhva-manthinām－贞守生的 / śuklayā tanuvā－以祂超越物质自然属性的原本的灵性形象 / avatatāra－降临为

译文　维施努达塔——帕瑞克西特王啊！那祭祀场上的大圣人们取悦了至尊人格首神，结果使至尊主决定亲自示范遵守宗教原则的方法(如贞守生、托钵僧、退出家庭生活之人及居士在仪式中所作的一样)，同时也满足纳比王的心愿。为此，祂以祂原本的灵性形象显现为梅茹黛薇的儿子，那形象超越物质自然属性。

要旨 当至尊主显现或降临在这个物质世界中时，祂不接受由物质自然三种属性(善良、激情和愚昧属性)制成的躯体。假象宗哲学家(Māyāvādī)说：不具人格特征的神通过接受一个由善良属性(sattva-guṇa)构成的躯体显现在这个物质世界里。圣维施瓦纳特·查夸瓦尔提(Śrīla Viśvanātha Cakravartī)说明，梵文“纯粹、白色、光明的(śukla)”的意思是“由纯粹善良属性(śuddha-sattva)构成”。主维施努以祂由纯粹善良属性构成的形象降临。纯粹善良属性是指“永不受污染的善良属性”。在这个物质世界里，即使是善良属性也被激情属性(rajo-guṇa)和愚昧属性(tamo-guṇa)所污染。当善良属性永不受激情和愚昧属性的污染时，它就被称为纯粹的善良属性。那是至尊人格首神华苏戴瓦(Vāsudeva)可以被体验到的瓦苏戴瓦(vasudeva)层面(sattvaṁ viśuddhaṁ vasudeva-śabditam)。在《博伽梵歌》第4章的第7节诗中，圣奎师那亲口说：

yadā yadā hi dharmasya
glānir bhavati bhārata
abhyutthānam adharmasya
tadātmānaṁ sṛjāmy aham

“巴茹阿特的后裔啊！无论何时何地，每当宗教衰退，反宗教盛行，我就会亲自降临。”

至尊主不像普通人一样被物质自然三种属性强迫着到来。祂显现是为了演示该如何履行做人的职责(dharmān darśayitu-kāma)。梵文“达玛(dharma)”一词专用于人类，从不用于动物等比人类低的生物体。不幸的是，人们在没有至尊主指导的情况下有时杜撰出一些宗教法门(dharma)。事实上，人不能制定“永恒的宗教职责(dharma)”。永恒的宗教职责由至尊人格首神制定(dharmaṁ tu sākṣād bhagavat-praṇītam)，就像法律要由国家政府制定一样。人定的“宗教职责”毫无意义。《圣典博伽瓦谭》中说，人定的宗教是“欺骗的宗教(kaitava-dharma)”。至尊主派一个化身(avatāra)前来教导人类社会该如何正确地执行宗教原则。这样的宗教原则就是奉爱之途(bhaktimārga)。正如至尊主本人在《博伽梵歌》中说："放弃一切种类的宗教，只向我皈依(sarva-dharmān parityajya mām ekaṁ śaraṇaṁ vraja)。"纳比王的儿子瑞沙巴戴瓦(Ṛṣabhadeva)显现在这个地球上，以教导宗教原则。那将在这第5篇的第5章中作出解释。

到此为止，结束了巴克提韦丹塔对《圣典博伽瓦谭》第5篇第3章"瑞沙巴戴瓦在纳比王之妻梅茹黛薇的子宫中显现"所作的阐释。

第四章

至尊人格首神瑞沙巴戴瓦的特征

这一章告诉我们，纳比王(Mahārāja Nābhi)的儿子瑞沙巴戴瓦(Ṛṣabhadeva)生了一百个儿子，在祂那些儿子统治期间，整个世界在各方面都很快乐。瑞沙巴戴瓦显现为纳比王的儿子时，被世人赞赏为是那个年代最崇高、最美的人物。祂的平静、力量、热情、身体散发的光芒和其他超然的品质，都无与伦比。梵文"瑞沙巴(ṛṣa-bha)"是指"最优秀的、至高无上的"。纳比王因为这个儿子无比优秀，便给祂取名为瑞沙巴——最优秀的。祂的影响力无与伦比。尽管当时出现干旱，但瑞沙巴戴瓦不理会负责提供雨水的天帝因铎(Indra)，而是靠祂自己的力量，让大量的雨水倾泻到阿佳纳巴(Aja-nābha)大地上。纳比王自从得到至尊人格首神瑞沙巴戴瓦做他的儿子，便开始小心翼翼地抚养他。那以后，他把统治权交给瑞沙巴戴瓦，自己退出家庭生活，住到巴达瑞卡灵修所(Badarikāśrama)，全心全意地崇拜至尊主华苏戴瓦(Vāsudeva)。

为遵守社会习俗，主瑞沙巴戴瓦在一段时间内到灵性导师的学校(gurukula)当学生。返回家后，祂按灵性导师的训示娶了一位妻子。祂的妻子名叫嘉央缇(Jayantī)，是天帝因铎送给祂的。祂与嘉央缇一起生了一百个儿子，其中长子名叫巴茹阿特(Bharata)。自从巴茹阿特王统治以来，这个地球便被称为巴茹阿特·瓦尔沙(Bhā-rata-varṣa)。瑞沙巴戴瓦的其他儿子有为首的库沙瓦尔塔(Kuśāvar-ta)、伊拉瓦尔塔(Ilāvarta)、布茹阿玛瓦尔塔(Brahmāvarta)、玛拉亚(Malaya)、凯图(Ketu)、巴铎森纳(Bhadrasena)、因铎斯帕克(Indras-pṛk)、维达尔巴(Vidarbha)和克依卡塔(Kīkaṭa)，还有卡维(Kavi)、哈维(Havi)、安塔瑞克沙(Antarikṣa)、帕布达(Prabuddha)、琵帕拉亚纳

(Pippalāyana)、阿维尔厚陀(Avirhotra)、杜茹弥拉(Drumila)、查玛萨(Camasa)和卡茹阿巴佳纳(Karabhājana)等。后面提到的这九个儿子没有统治王国，而是成为传播奎师那意识的托钵僧，遵守《圣典博伽瓦谭》(Śrīmad-Bhāgavatam)中给予的宗教训诫。他们的特殊品质于《圣典博伽瓦谭》第11篇记载的瓦苏戴瓦(Vasudeva)与纳茹阿达(Nārada)在库茹柴陀(Kurukṣetra)的对话中作了描述。瑞沙巴戴瓦王为教育大众而举行了许多祭祀，并教导祂的儿子们如何统治国民。

第1节

श्रीशुक उवाच
अथ ह तमुत्पत्त्यैवाभिव्यज्यमानभगवल्लक्षणं साम्योपशमवैराग्यैश्व-
र्यमहाविभूतिभिरनुदिनमेधमानानुभावं प्रकृतयः प्रजा ब्राह्मणा देवता-
श्चावनितलसमवनायातितरां जगृधुः ॥१॥

śrī-śuka uvāca
atha ha tam utpattyaivābhivyajyamāna-bhagaval-lakṣaṇaṁ
sāmyopaśama-vairāgyaiśvarya-mahā-vibhūtibhir anudinam
edhamānānubhāvaṁ prakṛtayaḥ prajā brāhmaṇā devatāś cāvani-tala-
samavanāyātitarāṁ jagṛdhuḥ.

śrī-śukaḥ uvāca—圣舒卡戴瓦·哥斯瓦米说 / atha ha—自此(至尊人格首神显现后) / tam—祂 / utpattyā—自祂显现开始 / eva—甚至 / abhivyajyamāna—清楚地显示 / bhagavat-lakṣaṇam—拥有至尊人格首神的特征 / sāmya—平等待人 / upaśama—绝对平静，能控制感官和心 / vairāgya—弃绝 / aiśvarya—财富 / mahā-vibhūtibhiḥ—具有伟大的特质 / anudinam—日复一日 / edhamāna—增加的 / anubhāvam—祂的力量 / prakṛtayaḥ—大臣们 / prajāḥ—国民们 / brāhmaṇāḥ—具有对地球完整知识的博学学者们 / devatāḥ—半神人们 / ca—和 / avani-tala—地球表面 / samavanāya—去统治 / atitarām—非常 / jagṛdhuḥ—渴望

译文 圣舒卡戴瓦·哥斯瓦米说：至尊主一旦显现为纳比王的儿子，就展现出至尊主的特征，例如脚底有标志(旗帜、雷电等)。这儿子平等对待众生且十分平静。祂能够控制自己的感官和心，而且拥有一切财富，不追求物质享乐。天生具有这些品性的纳比王之子，一天比一天展现出更强大的力量。为此，国民们、博学的布茹阿玛纳、半神人和大臣们，都希望瑞沙巴戴瓦被指定为地球的统治者。

要旨 为识别如今的廉价“化身”，注意一个化身身上该有的标志是很有趣的。瑞沙巴戴瓦从祂一出生，就可以看到祂脚上有超然的标志(旗帜、雷电和莲花等)。除此之外，随着至尊主逐渐长大，祂越来越显出极为卓越的品质。祂平等对待众生，并不偏袒一个人却忽视另一个人。神的化身必须具有富有、力量、知识、美丽、名望和弃绝这六种财富。经典中说，瑞沙巴戴瓦虽然天生具有所有的财富，但却丝毫不依恋物质享乐。祂自制，因此大家都喜爱祂。由于祂具有卓越的品质，人人都想要祂统治地球。判断一个人是不是神的化身，必须要看他身上有没有经典(śāstras)描述的特征，必须得到专家们的认同；不该只凭愚蠢之人的奉承就把随便什么人当做神的化身。

第2节

तस्य ह वा इत्थं वर्ष्मणा वरीयसा बृहच्छ्लोकेन चौजसा बलेन श्रि-
या यशसा वीर्यशौर्याभ्यां च पिता ऋषभ इतीदं नाम चकार ॥२॥

tasya ha vā itthaṁ varṣmaṇā varīyasā bṛhac-chlokena caujasā balena
śriyā yaśasā vīrya-śauryābhyāṁ ca pitā ṛṣabha itīdaṁ nāma cakāra.

tasya—祂的 / ha vā—无疑地 / ittham—因此 / varṣmaṇā—以身体特征 / varīyasā—最受崇敬的 / bṛhat-ślokena—拥有诗人所描述的一切高贵品质 / ca—也 / ojasā—凭非凡的能力 / balena—凭力量 / śriyā—凭

美丽 / yaśasā－凭名声 / vīrya-śauryābhyām－凭影响力和气概 / ca－和 / pitā－父亲(纳比王) / ṛṣabhaḥ－最好的 / iti－因此 / idam－这个 / nāma－名字 / cakāra－给予

译文 当纳比王的儿子变得引人注目时，祂展现出非凡的诗人所描述的一切美好品质，即：具有首神的一切特征，包括健美的身躯，非凡的能力，美丽，名望，影响和热心。当父亲的纳比王看到所有这些品质时，认为他儿子是人类中最杰出的，或者就是至尊生物，因此给祂取名瑞沙巴。

要旨 是否接受一个人是神或神的化身，必须先观察那人身上所展现的征象。纳比王无比强大的儿子身上展现出了所有的征象。祂身体健美并展现了所有超然的品质。祂展现出强大的影响力，而且能够控制自己的心和感官。祂因此而被称为瑞沙巴，以表明祂是至尊生物。

第3节

**यस्य हीन्द्रः स्पर्धमानो भगवान् वर्षे न ववर्ष तदवधार्य भगवा-
नृषभदेवो योगेश्वरः प्रहस्यात्मयोगमायया स्ववर्षमजनाभं नामाभ्य-
वर्षत् ॥ ३ ॥**

yasya hīndraḥ spardhamāno bhagavān varṣe na vavarṣa tad avadhārya bhagavān ṛṣabhadevo yogeśvaraḥ prahasyātma-yogamāyayā sva-varṣam ajanābhaṁ nāmābhyavarṣat.

yasya－……的 / hi－的确 / indraḥ－天帝因铎 / spardhamānaḥ－很忌妒 / bhagavān－极为富有 / varṣe－在巴茹阿特 · 瓦尔沙星球 / na vavarṣa－没有洒水 / tat－那个 / avadhārya－知道 / bhagavān－至尊人格首神 / ṛṣabhadevaḥ－瑞沙巴戴瓦 / yoga-īśvaraḥ－一切神秘力量的主人 / prahasya－微笑着 / ātma-yoga-māyayā－凭祂自己的灵性力量 / sva-varṣam－在祂的地方 / ajanābham－阿佳纳巴 / nāma－称为 / abhyavarṣat－祂洒水

译文　物质上极为富有的天帝因铎，开始忌妒瑞沙巴戴瓦王。为此，他不再向名为巴茹阿特·瓦尔沙的星球上洒水。至尊主瑞沙巴戴瓦——一切神秘力量的主人，了解天帝因铎的目的，于是微微一笑。随后，祂凭祂的内在能量尤嘎玛亚，用祂非凡的能力把水大量地倾泻在祂自己那被称为阿佳纳巴的地方。

要旨　在这节诗中，我们看到梵文"巴嘎万(bhagavān)"一词被用到两次。天帝因铎和至尊主的化身瑞沙巴戴瓦，都被称为巴嘎万。纳茹阿达(Nārada)和主布茹阿玛(Brahmā)有时也被称为巴嘎万。"巴嘎万"一词的意思是"非常富有和强大的人"；主布茹阿玛、主希瓦(Śiva)、纳茹阿达和因铎都是这样的人物，他们因为具有非凡的财富而被称为巴嘎万。瑞沙巴戴瓦是至尊主的一个化身，所以是原本的巴嘎万。正因为如此，祂在此被称为尤给士瓦尔(yogeśvara)，以表明祂具有最强大的灵性力量。祂不靠天帝因铎提供雨水，祂自己就能，而祂当时就这么做了。《博伽梵歌》(Bhagavadgītā)中说：雨水因祭祀的举行而降(yajñād bhavati parjanyaḥ)。举行祭祀使承载着雨水的云朵出现在空中。天帝因铎负责云朵和降雨，但当他忽视又被称为雅格亚(yajña)或雅格亚·帕缇(yajña-pati)的至尊主时，至尊主自己就会做这件事。所以，阿佳纳巴之地有足够的降雨量。至尊主雅格亚·帕缇想要做事情时，就能在没任何帮助的情况下做。正因为如此，至尊主以"全能的神"闻名于世。在如今这个喀历年代中，大众因为愚昧和缺乏祭祀的条件而将会忽视举行祭祀，最终就会导致严重的缺水问题(anāvṛṣṭi)。为此，《圣典博伽瓦谭》中建议：在喀历年代中，智者们举行集体歌唱神的圣名祭祀，以此崇拜至尊人格首神(yajñaiḥ saṅkīrtana-prāyaiḥ yajanti hi sumedhasaḥ)。毕竟，祭祀——雅格亚，就是专为取悦至尊主而设的。尽管这个喀历年代存在着严重的资源匮乏和愚昧问题，但人们还是可以举行集体歌唱神的圣名祭祀——桑克伊尔坦·雅格亚(saṅkīrtanayajña)。每一个社会中的每一个家庭，都可以至少在每天傍晚举行集体歌唱神的圣名祭祀。这样就不会有混乱或雨水缺乏问题。重点是，这个年代里的人无论是为了物质快乐还是灵性进步，都要举行集体歌唱神的圣名祭祀。

第4节

नाभिस्तु यथाभिलषितं सुप्रजस्त्वमवरुध्यातिप्रमोदभरविह्वलो गद्गदा-
क्षरया गिरा स्वैरं गृहीतनरलोकसधर्मं भगवन्तं पुराणपुरुषं माया-
विलसितमतिर्वत्स तातेति सानुरागमुपलालयन् परां निर्वृतिमुपगतः ॥४॥

nābhis tu yathābhilaṣitaṁ suprajastvam avarudhyāti-pramoda-bhara-
vihvalo gadgadākṣarayā girā svairaṁ gṛhīta-naraloka-sadharmaṁ
bhagavantaṁ purāṇa-puruṣaṁ māyā-vilasita-matir vatsa tāteti
sānurāgam upalālayan parāṁ nirvṛtim upagataḥ.

nābhiḥ－纳比王 / tu－肯定地 / yathā-abhilaṣitam－按他的愿望 / su-prajastvam－最美的儿子 / avarudhya－得到 / ati-pramoda－超然极乐的 / bhara－极度地 / vihvalaḥ－被淹没 / gadgada-akṣarayā－在心醉神迷的状态中颤抖地说 / girā－用一种……的声音 / svairam－凭着祂的独立意志 / gṛhīta－接受 / nara-loka-sadharmam－表现得像是一个人类 / bhagavantam－至尊人格首神 / purāṇa-puruṣam－全体生物中最古老的 / māyā－凭着尤嘎玛亚 / vilasita－困惑 / matiḥ－他的心态 / vatsa－我亲爱的儿子 / tāta－我的宠儿 / iti－因此 / sa-anurāgam－满怀深情 / upalālayan－举起 / parām－超然的 / nirvṛtim－极乐 / upagataḥ－达到

译文 纳比王因为按自己的愿望得到一个完美的儿子，所以总是沉浸在超然的极乐中，深爱着他的儿子。在心醉神迷的状态中，他嗓音颤抖地称呼道：“我亲爱的儿子，我的宠儿。”是至尊主的内在能量尤嘎玛亚使他具有这种把至尊父亲当做自己儿子的心态。至尊主出于祂至上的善意成为纳比王的儿子，像普通人一样与每一个人交往。因此，纳比王满怀深情地举起他超然的儿子，沉浸在超然的极乐、喜悦和奉爱之情中。

要旨 梵文“玛亚(māyā)”用于指错觉。纳比王把至尊人格首神当做自己的儿子无疑是一种错觉；但这是超然的错觉。这种错觉是需要有的，否则一个人怎么能把至尊父亲当做自己的儿子呢？至尊主显现为祂的一个奉献者的儿子，正如主奎师那显现为雅首达(Yaśodā)和南达王(Nanda Mahārāja)的儿子一样。这些奉献者永远都不会想自己的儿子是至尊人格首神，因为这将妨碍他们对祂的父母之爱及与祂的关系。

第 5 节

**विदितानुरागमापौरप्रकृति जनपदो राजा नाभिरात्मजं समयसेतु-
रक्षायामभिषिच्य ब्राह्मणेषूपनिधाय सह मेरुदेव्या विशालायां प्रसन्न-
निपुणेन तपसा समाधियोगेन नरनारायणाख्यं भगवन्तं वासुदेव-
मुपासीनः कालेन तन्महिमानमवाप ॥ ५ ॥**

viditānurāgam āpaura-prakṛti jana-pado rājā nābhir ātmajaṁ samaya-setu-rakṣāyām abhiṣicya brāhmaṇeṣūpanidhāya saha merudevyā viśālāyāṁ prasanna-nipuṇena tapasā samādhi-yogena nara-nārāyaṇākhyaṁ bhagavantaṁ vāsudevam upāsīnaḥ kālena tan-mahimānam avāpa.

vidita—深知 / anurāgam—受到欢迎 / āpaura-prakṛti—在全体国民和政府官员间 / jana-padaḥ—渴望为普通大众服务 / rājā—君王 / nābhiḥ—纳比 / ātmajam—他儿子 / samaya-setu-rakṣāyām—严格按照韦达宗教生活的原则保护国民 / abhiṣicya—登基 / brāhmaṇeṣu—对博学

的布茹阿玛纳 / upanidhāya－委托 / saha－跟 / merudevyā－他妻子梅茹戴薇 / viśālāyām－在巴德瑞卡 / prasanna-nipuṇena－带着巨大的满足与专门的知识去实行 / tapasā－以苦修 / samādhi-yogena－在全神贯注的萨玛迪状态中 / nara-nārāyaṇa-ākhyam－称做纳茹阿·纳茹阿亚纳 / bhagavantam－至尊人格首神 / vāsudevam－奎师那 / upāsīnaḥ－崇拜 / kālena－在时机成熟时 / tat-mahimānam－祂光荣的住所(灵性世界外琨塔) / avāpa－达到

译文 纳比王知道儿子瑞沙巴戴瓦深受国民、政府官员和大臣们的喜爱，于是立他为世界帝王，让他按照韦达宗教系统保护一般大众。为此，他把瑞沙巴戴瓦交给博学的布茹阿玛纳照管，他们将指导瑞沙巴戴瓦管理政府。这以后，纳比王和他妻子梅茹黛薇去了喜马拉雅山中的巴德瑞卡灵修所，在那里怀着巨大的喜悦之情熟练地苦修着。在全神贯注的萨玛迪状态中，他崇拜奎师那的完整扩展——至尊人格首神纳茹阿·纳茹阿亚纳。这么做使纳比王在时机成熟后被升上名叫外琨塔的灵性世界。

要旨 纳比王看到他儿子瑞沙巴戴瓦深受大众和政府公仆们的喜爱，便将祂立为世界帝王。除此之外，他还委托博学的布茹阿玛纳(brāhmaṇa)照管瑞沙巴戴瓦。这意味着，君王应该在博学的布茹阿玛纳的指导下，严格按照韦达原则治理国家，布茹阿玛纳可以按照《玛努法典》(Manu-smṛti)等韦达经典给君王提供建议。按照韦达原则统治国民是君王的职责。根据韦达原则，人类社会被划分为四个阶层，分别是：布茹阿玛纳(brāhmaṇa，婆罗门)、查锤亚(kṣatriya，刹帝利)、外夏(vaiśya，吠舍)和庶铎(śūdra，首陀罗)。主奎师那在《博伽梵歌》中说："根据物质自然的三种属性和与它们有关的不同活动，我把人类社会划分为四个阶层(cātur-varṇyaṁ mayā sṛṣṭaṁ guṇa-karma-vibhāgaśaḥ)。"在这四个社会阶层中，君王的职责是确保每一个人都按照自己所在的阶层履行职责，遵守韦达原则。布茹阿玛纳必须履行布茹阿玛纳的职责，而不能欺骗大众。没有布茹阿玛纳资格的人，不该获得布茹阿玛纳的称号。君王的职责是确保每一个人按照韦达原则履行自己的规定职责。此外，在人生的晚期，退休也是必做的事情。纳比王尽管当时还是君王，但却退出家庭生活，与妻子一同去喜马拉雅山中的一个名叫巴德瑞卡灵修所(Badarikāśrama)的地方；那里崇拜纳茹阿·纳茹阿亚纳(Nara-Nārāyaṇa)神像。梵文"带着巨大的满足与专门的知识从事苦修(prasanna-nipuṇena tapasā)"一句是指，君王很精通并喜悦地从事各种苦修活动。他虽然是世界帝王，但却毫不在乎离弃舒适的家庭生活。尽管经历艰巨的苦行，但他在巴德瑞卡灵修所却感到很快乐，在那里很熟练地做着每一件事情，全神贯注于奎师那意识(samādhi-yoga)。纳比王因为总想着奎师那——华苏戴瓦，在他那一生结束时获得成功，被提升到灵性世界外琨塔。

这是韦达式的生活。人必须停止生死轮回，回归家园、回到首神身边。就有关这一点，诗中梵文"达到祂荣耀的住所(tan-mahimānam avāpa)"一句意义重大。圣施瑞达尔·斯瓦米(Śrīdhara Svāmī)说：梵文"光荣(mahimā)"的意思是，在这一生得到解脱。我们此生应该这样过，即：使我们在放弃现有的这个躯体后，就此摆脱生死轮回的束缚(jīvan-mukti)。圣维茹阿尔嘎瓦·阿查尔亚(Śrīla Vīrarāghava Ācārya)说，《昌窦给亚奥义书》(Chāndogya Upaniṣad)描述了甚至在这个躯体中就已经解脱了的人(jīvan-mukta)展现出的八种征象。这种解脱之人展现的第一种征象是，他不从事任何罪恶活动(apahata-pāpa)。人在物质能量中只要还受玛亚的钳制，就必会从事罪恶活动。《博伽梵歌》中说这种人是"邪恶之徒(duṣkṛtinaḥ)"，以说明他们总是从事罪恶活动。在今生就已解脱了的人，不从事任何罪恶活动。罪恶活动包括非法性行为、食肉、麻醉自我和赌博。

解脱之人的另一个征象是，从不受变老(vijara)的痛苦。他还有一个征象是，一直做准备使自己不再接受一个注定会死的躯体(vimṛtyu)。换句话说，他不再坠入生死轮回中。解脱之人的其他征象还有：对物质的苦乐无动于衷(viśoka)；不再有物质享乐的欲望(vijighatsa)；除了为他最亲爱的至尊主奎师那做奉爱服务，他别无所求(apipātā)。此外，他展现的进一步的征象是，他所有的愿望都与满足至尊真理奎师那有关(satya-kāma)；他自己什么都不要。他是“万事如意(satya-saṅkalpa)”。无论他有什么愿望，都凭主奎师那的恩典得以实现。首先，他没有想满足自己物质利益的欲望；接着，他即使有愿望，也只是想要为至尊主做服务。而那个愿望靠至尊主的恩典得以实现。这就叫“万事如意”。圣维施瓦纳特·查夸瓦尔提指出，梵文“光荣(mahimā)”一词的意思是返回灵性世界，回归家园外琨塔。圣舒卡戴瓦说，“光荣”一词的意思是指，奉献者得到至尊人格首神的品质。这称为“同样的品质(sadharma)”。正如主奎师那永远不生不死，回到祂身边的奉献者也永远不会在这个物质世界里经历生死。

第6节

यस्य ह पाण्डवेय श्लोकावुदाहरन्ति—
को नु तत्कर्म राजर्षेर्नाभेरन्वाचरेत्पुमान् ।
अपत्यतामगाद्यस्य हरिः शुद्धेन कर्मणा ॥ ६ ॥

yasya ha pāṇḍaveya ślokāv udāharanti—
ko nu tat karma rājarṣer
nābher anv ācaret pumān
apatyatām agād yasya
hariḥ śuddhena karmaṇā

yasya—……的 / ha—的确 / pāṇḍaveya—帕瑞克西特王啊！/ ślokau—两节诗 / udāharanti—朗诵 / kaḥ—谁 / nu—于是 / tat—那

个 / karma－活动 / rāja-ṛṣeḥ－虔诚的君王的 / nābheḥ－纳比 / anu－跟随着 / ācaret－能够实行 / pumān－一个人 / apatyatām－当儿子 / agāt－接受 / yasya－……的 / hariḥ－至尊人格首神 / śuddhena－纯洁地、满怀奉爱之情地做 / karmaṇā－靠活动

译文 帕瑞克西特王啊！为赞扬纳比王，古代圣人们编纂了两节诗，其中一节说："谁能达到纳比王那样的完美境界？谁能从事他那样的活动？由于他所做的奉爱服务，至尊人格首神同意当他的儿子。"

要旨 这节诗中的"纯洁的活动(śuddhena karmaṇā)"一句意义重大。如果不是以做奉爱服务的精神从事活动，活动就会被物质自然属性所污染。对此，《博伽梵歌》第3章的第9节诗中解释说："应该把活动当祭祀奉献给维施努，否则活动就会把人捆绑在物质世界里(yajñārthāt karmaṇo 'nyatra loko 'yaṁ karma-bandhanaḥ)。只为取悦至尊主而从事的活动是纯洁的，不受物质自然属性的污染。其他所有的活动都受物质自然激情、愚昧属性及善良属性的污染。所有为满足感官而从事的物质活动都受到污染。纳比王不从事任何被污染的活动，而只从事超然的活动，甚至在举行祭祀时也不例外。正因为如此，他得到至尊主当他的儿子。

第 7 节

ब्रह्मण्योऽन्यः कुतो नाभेर्विप्रा मङ्गलपूजिताः ।
यस्य बर्हिषि यज्ञेशं दर्शयामासुरोजसा ॥ ७ ॥

brahmaṇyo 'nyaḥ kuto nābher
viprā maṅgala-pūjitāḥ
yasya barhiṣi yajñeśaṁ
darśayām āsur ojasā

brahmaṇyaḥ—热爱布茹阿玛纳的人 / anyaḥ—任何其他 / kutaḥ—哪里有 / nābheḥ—除了纳比王之外 / viprāḥ—布茹阿玛纳们 / maṅgala-pūjitāḥ—很好地崇拜并使满足 / yasya—……的 / barhiṣi—在祭祀场所中 / yajña-īśam——切祭祀的享受者——至尊人格首神 / darśayām āsuḥ—展现 / ojasā—凭他们的布茹阿玛纳力量

译文 （第二节赞美诗是这样的：）“有谁能比纳比王更好地崇拜布茹阿玛纳？由于他崇拜有资格的布茹阿玛纳，使他们心满意足，布茹阿玛纳们凭他们具有的非凡能力，让纳比王看到了至尊人格首神纳茹阿亚纳本人。”

要旨 在祭祀仪式中当祭司的布茹阿玛纳们，都不是普通的布茹阿玛纳。他们是那么强大有力，甚至能靠他们的祈祷使至尊人格首神前来，让纳比王能够面对面地看到至尊主。人除非是外士纳瓦(Vaiṣṇava)，否则不可能召唤至尊人格首神前来。召唤至尊主的人除非是奉献者，否则至尊主不会接受邀请。为此，《莲花往世书》(Padma Purāṇa)中说：

ṣaṭ-karma-nipuṇo vipro
mantra-tantra-viśāradaḥ
avaiṣṇavo gurur na syād
vaiṣṇavaḥ śva-paco guruḥ

“一个精通韦达知识中所有主题的博学布茹阿玛纳如果不是外士纳瓦，就没有资格成为灵性导师，但出生在低阶层家庭中的人如果是外士纳瓦，就可以成为灵性导师。”这些布茹阿玛纳无疑很精通吟诵、吟唱韦达赞歌(mantras)，有能力举行韦达仪式；除此之外，他们都是外士纳瓦。正因为如此，他们能够凭他们的灵性力量召唤至尊人格首神，可以让他们的门徒纳比王面对面地看到至尊主。圣维施瓦纳特·查夸瓦尔提·塔库尔评论道，梵文“凭他们的布茹阿玛纳力量(ojasā)”一词的意思是“凭借奉爱服务”。

第 8 节

**अथ ह भगवानृषभदेवः स्ववर्षं कर्मक्षेत्रमनुमन्यमानः प्रदर्शित-
गुरुकुलवासो लब्धवरैर्गुरुभिरनुज्ञातो गृहमेधिनां धर्माननुशिक्षमाणो
जयन्त्यामिन्द्रदत्तायामुभयलक्षणं कर्म समाम्नायाम्नातमभियुञ्जन्नात्म-
जानामात्मसमानानां शतं जनयामास ॥ ८ ॥**

atha ha bhagavān ṛṣabhadevaḥ sva-varṣaṁ karma-kṣetram
anumanyamānaḥ pradarśita-gurukula-vāso labdha-varair gurubhir
anujñāto gṛhamedhināṁ dharmān anuśikṣamāṇo jayantyām indra-
dattāyām ubhaya-lakṣaṇaṁ karma samāmnāyāmnātam abhiyuñjann
ātmajānām ātma-samānānāṁ śataṁ janayām āsa.

atha一随即(在他父亲离开后) / ha一的确 / bhagavān一至尊人格首神 / ṛṣabha-devaḥ一瑞沙巴戴瓦 / sva一祂自己的 / varṣam一王国 / karma-kṣetram一活动场所 / anumanyamānaḥ一接受为 / pradarśita一以身作则 / guru-kula-vāsaḥ一住在灵性导师家 / labdha一得到了 / varaiḥ一礼物 / gurubhiḥ一被众多的灵性导师 / anujñātaḥ一被命令 / gṛha-medhinām一居士的 / dharmān一责任 / anuśikṣamāṇaḥ一以身作则 / jayantyām一在他妻子嘉央缇体内 / indra-dattāyām一由天帝因铎赐予的 / ubhaya-lakṣaṇam一两种 / karma一活动 / samāmnāyāmnātam一在经典中提到的 / abhiyuñjan一实行 / ātmajānām一儿子们 / ātma-samānānām一完全像祂本人 / śatam一一百个 / janayām āsa一生产

译文　纳比王离开王国去巴德瑞卡灵修所之后，至尊主瑞沙巴戴瓦明白留给祂的王国就是祂活动的领域。为此，祂以身作则树立榜样，通过先在灵性导师的指导下当贞守生教导人们作居士的责任；作为学生，祂还到灵性导师的家去住。完成受教育的过程后，祂向祂的灵性导师敬献礼物作为谢师礼。随后，祂进入居士阶段，娶嘉央缇为妻，跟她生了一百个像祂本人一样强大且具有资格的儿子。祂妻子是天帝因铎献给祂的。瑞沙巴戴瓦和嘉央缇以典范的方式过他们的居士生活，按韦达经及其补充文献的训示从事仪式性活动。

要旨 作为至尊人格首神的一个化身，瑞沙巴戴瓦与物质事务毫无关系。正如《博伽梵歌》中说：至尊主化身的使命是解放祂的奉献者，停止非奉献者的邪恶活动(paritrāṇāya sādhūnāṁ vināśāya ca duṣkṛtām)。这是至尊主化身前来时起的两个作用。圣柴坦亚·玛哈帕布曾经说：为了传教，人必须过实际的生活，给人们演示该如何做事(āpani ācari' bhakti śikhāimu sabāre)。人除非以身作则，否则无法教导他人。瑞沙巴戴瓦是个理想的国君。尽管祂作为至尊主本是全知的，根本不必从灵性导师学校学什么，但为了教育大众如何从正确的人士——韦达教师那里得到教育，祂还是到灵性导师学校去学习。接着，祂进入居士生活，按照韦达文献(śruti和smṛti)中给予的知识和原则生活。在《奉爱服务的纯粹甘露之洋》(Bhakti-rasāmṛta-sindhu)第1篇第2章的第101节诗中，圣茹帕·哥斯瓦米(Śrīla Rūpa Gosvamī)引用《斯康达往世书》(Skanda Purāṇa)中的诗说：

śruti-smṛti-purāṇādi-
pañcarātra-vidhiṁ vinā
aikāntikī harer bhaktir
utpātāyaiva kalpate

人类社会必须遵循韦达经及其补充文献(śruti和smṛti)中给予的教导，将其具体运用到实际生活中。这是按照《潘查茹阿锤卡·维迪》(pāñcarātrika-vidhi)中的教导对至尊人格首神的崇拜。每一个人都必须在灵性生活中取得进步，在人生结束时回归家园，回到首神身边。瑞沙巴戴瓦王严格按这些原则做。祂当一个理想的居士，教导祂的儿子们如何在灵性生活中变得完美。这些是祂统治地球并作为一个化身完成祂使命的一些例子。

第9节

**येषां खलु महायोगी भरतो ज्येष्ठः श्रेष्ठगुण आसीद्येनेदं वर्षं भारत-
मिति व्यपदिशन्ति ॥ ९ ॥**

yeṣāṁ khalu mahā-yogī bharato jyeṣṭhaḥ śreṣṭha-guṇa āsīd yenedaṁ varṣaṁ bhāratam iti vyapadiśanti.

yeṣām—……的 / khalu—的确 / mahā-yogī—至尊主最崇高的奉献者 / bharataḥ—巴茹阿特 / jyeṣṭhaḥ—最年长的 / śreṣṭha-guṇaḥ—具有最佳特质 / āsīt—是 / yena—由……的 / idam—这个 / varṣam—星球 / bhāratam—巴茹阿特 / iti—因此 / vyapadiśanti—人们称为

译文　在瑞沙巴戴瓦的一百个儿子中，名叫巴茹阿特的长子是有着最佳特质的优秀、崇高的奉献者。为了荣耀他，这个星球后来以巴茹阿特·瓦尔沙著称。

要旨　这个星球既被称为巴茹阿特·瓦尔沙(Bhārata-varṣa)，又被称为虔诚之地(puṇya-bhūmi)。现如今，巴茹阿特·布弥(Bhārata-bhūmi)——巴茹阿特·瓦尔沙，只是从喜马拉雅山伸展到科摩林海角的一小片大地。这个半岛有时被称为虔诚之地。圣柴坦亚·玛哈帕布给予这片大地上的人们以特殊的重要地位说：

bhārata-bhūmite haila manuṣya-janma yāra
janma sārthaka kari' kara para-upakāra

“在印度(Bhārata-varṣa)这片大地上投生为人的人，应该使其人生得以成功，并为所有其他人的利益而工作。”(《永恒的柴坦亚经》首篇9.41)这片大地上的人非常幸运。他们可以靠参加奎师那意识运动净化他们的存在，并到巴茹阿特·布弥(印度)之外去传播这有利于整个世界的教导。

第10节

तमनु कुशावर्त इलावर्तो ब्रह्मावर्तो मलयः केतुर्भद्रसेन इन्द्रस्पृग्विदर्भः कीकट इति नव नवति प्रधानाः ॥१०॥

tam anu kuśāvarta ilāvarto brahmāvarto malayaḥ ketur bhadrasena indraspṛg vidarbhaḥ kīkaṭa iti nava navati pradhānāḥ.

tam—他 / anu—接着 / kuśāvarta—库沙瓦尔塔 / ilāvartaḥ—伊拉瓦尔塔 / brahmāvartaḥ—布茹阿玛瓦尔塔 / malayaḥ—玛拉亚 / ketuḥ—凯图 / bhadra-senaḥ—巴铎森纳 / indra-spṛk—因铎斯帕克 / vidarbhaḥ—维达尔巴 / kīkaṭaḥ—克依卡塔 / iti—因此 / nava—九个 / navati—九十个 / pradhānāḥ—较年长

译文 在巴茹阿特之后还有九十九个儿子，其中九个年长的分别名叫库沙瓦尔塔、伊拉瓦尔塔、布茹阿玛瓦尔塔、玛拉亚、凯图、巴铎森纳、因铎斯帕克、维达尔巴和克依卡塔。

第 11—12 节

कविर्हविरन्तरिक्षः प्रबुद्धः पिप्पलायनः ।
आविर्होत्रोऽथ द्रुमिलश्चमसः करभाजनः ॥११॥

इति भागवतधर्मदर्शना नव महाभागवतास्तेषां सुचरितं भगवन्-महिमोपबृंहितं वसुदेवनारदसंवादमुपशमायनमुपरिष्टाद्वर्णयिष्यामः ॥१२॥

kavir havir antarikṣaḥ
prabuddhaḥ pippalāyanaḥ
āvirhotro 'tha drumilaś
camasaḥ karabhājanaḥ

iti bhāgavata-dharma-darśanā nava mahā-bhāgavatās teṣāṁ sucaritaṁ bhagavan-mahimopabṛṁhitaṁ vasudeva-nārada-saṁvādam upaśamāyanam upariṣṭād varṇayiṣyāmaḥ.

kaviḥ—卡维 / haviḥ—哈维 / antarikṣaḥ—安塔瑞克沙 / prabuddhaḥ—帕布达 / pippalāyanaḥ—琵帕拉亚纳 / āvirhotraḥ—阿维尔厚陀 / atha—以及 / drumilaḥ—杜茹弥拉 / camasaḥ—查玛萨 / karabhājanaḥ—卡茹阿巴佳纳 / iti—因此 / bhāgavata-dharma-darśanāḥ—经授权的圣典博伽瓦谭的宣讲者 / nava—九个 / mahā-bhāgavatāḥ—崇

高进步的奉献者 / teṣām 一他们的 / sucaritam 一美好特质 / bhagavat-mahimā-upabṛṁhitam 一由至尊主的光荣陪伴着 / vasudeva-nārada-saṁvādam 一在瓦苏戴瓦与纳茹阿达的对话中 / upaśamāyanam 一使内心感到彻底满足的 / upariṣṭāt 一自此之后(在十一篇中) / varṇayiṣyāmaḥ 一我将会生动地解释

译文　除了这些儿子，还有卡维、哈维、安塔瑞克沙、帕布达、琵帕拉亚纳、阿维尔厚陀、杜茹弥拉、查玛萨和卡茹阿巴佳纳。他们全都是极为崇高、进步的奉献者和经授权的《圣典博伽瓦谭》的宣讲者。这些奉献者因为他们对至尊人格首神华苏戴瓦的强烈奉爱之情而受到赞美，因此地位极其崇高。为使内心得到彻底的满足，我(舒卡戴瓦·哥斯瓦米)会在叙述纳茹阿达和瓦苏戴瓦的对话时描述这九位奉献者的特质。

第 13 节

यवीयांस एकाशीतिर्जायन्तेयाः पितुरादेशकरा महाशालीना महा-
श्रोत्रिया यज्ञशीलाः कर्मविशुद्धा ब्राह्मणा बभूवुः ॥१३॥

yavīyāṁsa ekāśītir jāyanteyāḥ pitur ādeśakarā mahā-śālīnā mahā-śrotriyā
yajña-śīlāḥ karma-viśuddhā brāhmaṇā babhūvuḥ

yavīyāṁsaḥ 一较年轻的 / ekāśītiḥ 一八十一个 / jāyanteyāḥ 一嘉央缇(瑞沙巴戴瓦之妻)的儿子们 / pituḥ 一他们父亲的 / ādeśakarāḥ 一执行命令 / mahā-śālīnāḥ 一举止得体、教养良好 / mahā-śrotriyāḥ 一精通韦达知识 / yajña-śīlāḥ 一精通举行仪式典礼 / karma-viśuddhāḥ 一行为清白的 / brāhmaṇāḥ 一有资格的布茹阿玛纳 / babhūvuḥ 一成为

译文　除了上述十九个儿子外，瑞沙巴戴瓦和嘉央缇又生了八十一个儿子。在他们父亲的训导下，他们都很有教

养、举止得体、行为清白、精通韦达知识且举行韦达仪式，从而全体成为十分有资格的布茹阿玛纳。

要旨 从这节诗中我们可以清楚地了解社会阶层是如何按照人的资格和工作划分的。瑞沙巴戴瓦王无疑是一位查锤亚。祂有一百个儿子，其中有十个当查锤亚，统治这个星球；有九个儿子成为《圣典博伽瓦谭》的杰出的宣讲者(mahā-bhāgavata)，这表明他们的地位高于布茹阿玛纳。祂其他的八十一个儿子都成为具有高度资格的布茹阿玛纳。这些是人如何能靠资格而不是靠出身变得适合从事特定活动的一些例子。瑞沙巴戴瓦王所有的儿子都出身为查锤亚，但他们中的一些人凭他们的资格成为查锤亚，一些人则成为布茹阿玛纳；有九个成为《圣典博伽瓦谭》的宣讲者(bhāgavata-dharma-darśanāḥ)，而这意味着他们高于查锤亚和布茹阿玛纳。

第 14 节

भगवानृषभसंज्ञ आत्मतन्त्रः स्वयं नित्यनिवृत्तानर्थपरम्परः केवलानन्दानुभव ईश्वर एव विपरीतवत्कर्माण्यारभमाणः कालेनानुगतं धर्ममाचरणेनोपशिक्षयन्नतद्विदां सम उपशान्तो मैत्रः कारुणिको धर्मार्थयशःप्रजानन्दामृतावरोधेन गृहेषु लोकं नियमयत् ॥१४॥

bhagavān ṛṣabha-saṁjña ātma-tantraḥ svayaṁ nitya-nivṛttānartha-paramparaḥ kevalānandānubhava īśvara eva viparītavat karmāṇy ārabhamāṇaḥ kālenānugataṁ dharmam ācaraṇenopaśikṣayann atad-vidāṁ sama upaśānto maitraḥ kāruṇiko dharmārtha-yaśaḥ-prajānandāmṛtāvarodhena gṛheṣu lokaṁ niyamayat.

bhagavān—至尊人格首神 / ṛṣabha—瑞沙巴 / saṁjñaḥ—称做 / ātma-tantraḥ—完全独立 / svayam—亲自地 / nitya—永恒地 / nivṛtta—免于 / anartha—不喜欢的事物(生老病死) / paramparaḥ—传承、一个接一个 / kevala—只有 / ānanda-anubhavaḥ—充满超然的极乐 / īśvaraḥ－控制者至尊主 / eva－的确 / viparīta-vat－恰好相反 / karmāṇi－物质活动 / ārabhamāṇaḥ－从事 / kālena－随着时间的流逝 / anugatam－忽视 / dharmam－社会四阶层和灵性四阶段 / ācaraṇena－通过实行 / upaśikṣayan－教导 / a-tat-vidām－无知的人们 / samaḥ－平静 / upaśāntaḥ－不受物质感官的影响 / maitraḥ－很友善地对待众生kāruṇikaḥ－对众生很仁慈 / dharma－宗教原则 / artha－经济发展 / yaśaḥ－美名 / prajā－儿子们和女儿们 / ānanda－物质快乐 / amṛta－永恒的生活 / avarodhena－为达到 / gṛheṣu－在居士生活中 / lokam－普通大众 / niyamayat－祂统治

译文　作为至尊人格首神的化身，主瑞沙巴戴瓦完全独立，因为祂的形象灵性、永恒和充满超然的极乐。祂与四种物质痛苦(生老病死)永远无关，也从没有物质的依恋。祂总是平静，平等看待众生。祂忧天下人之忧，乐天下人之乐；祂是众生的祝愿者。祂虽然是完美的人物、至尊主和一切的控制者，但却像个普通受制约的灵魂那样行事，因此行为处事遵守社会四阶层和灵性四阶段的原则。随着时间的流逝，社会四阶层和灵性四阶段制度被人们忽视，祂为此通过祂个人的作为和表现出的特质，教导愚昧大众如何在社会四阶层和灵性四阶段中从事各自的职责。祂就这样管理一般大众按规范守则过居士生活，使他们的宗教心和经济福利得以发展，获得美名、儿女、物质快乐及最终过上永恒的生活。祂指导人们如何能在保持居士状态的同时，靠遵守社会四阶层和灵性四阶段制度的原则变得完美。

要旨　社会四阶层和灵性四阶段制度(varṇāśrama-dharma)专为不完美、受制约的灵魂而设。这制度训练他们在灵性上取得进步，以便能够回归家园，回到首神身边。不了解人生最高目的的所谓文明社会，不比动物社会强。《圣典博伽瓦谭》中说：他们不知道自己的最高利益——人生的目的，就是主维施努(na te viduḥ svārtha-gatiṁ hi viṣṇum)。人类社会是为使人提升到灵性知识的层面而设，以便所有的人能够摆脱生老病死的钳制。社会四阶层和灵性四阶段制度能够使人类社会完全适合摆脱玛亚的钳制。遵守社会四阶层和灵性四阶段制度的规定原则，使人获得成功。就有关这一点，请参看《博伽梵歌》第3章的第21—24节诗。

第 15 节

यद्यच्छीर्षण्याचरितं तत्तदनुवर्तते लोकः ॥१५॥

yad yac chīrṣaṇyācaritaṁ tat tad anuvartate lokaḥ.

yat yat一无论什么 / śīrṣaṇya一由领袖人物 / ācaritam一做 / tat tat一那个 / anuvartate一跟随 / lokaḥ一普通大众

译文 无论伟人做什么，普通人就会跟随。

要旨 在《博伽梵歌》(3.21)中也有类似的诗文。对人类社会来说极其重要的是：其中有一部分人一定要按照韦达知识受到完美的训练，成为有资格的布茹阿玛纳。行政官员、商人和工人等品质低于布茹阿玛纳品质的人，应该从那些被认为是智者的理想人物那里得到指导。这样，所有的人都可以被提升到最高的超然层面，去除物质执著。主奎师那本人描述物质世界是“一个痛苦的短暂场所(duḥkhālayam aśāśvatam)”。没人能一直留在这里，哪怕他与痛苦作了妥协。 生物不得不放弃这个躯体，接受另一个甚至有可能不是人体的躯体。生物只要还得到物质躯体，就称为“被困在物质躯体中的生物(deha-bhṛt或dehī)”。换句话说，他受制于所有的物质情况。社会领袖必须是那么完美，以至人们只要以他们为榜样，就能摆脱物质存在的钳制。

第 16 节

यद्यपि स्वविदितं सकलधर्मं ब्राह्मं गुह्यं ब्राह्मणैर्दर्शितमार्गेण सामादिभिरुपायैर्जनतामनुशशास ॥१६॥

yadyapi sva-viditaṁ sakala-dharmaṁ brāhmaṁ guhyaṁ brāhmaṇair darśita-mārgeṇa sāmādibhir upāyair janatām anuśaśāsa.

yadyapi—虽然 / sva-viditam—被祂所知 / sakala-dharmam—包含所有种类的职责 / brāhmam—韦达指示 / guhyam—十分机密 / brāhmaṇaiḥ—被布茹阿玛纳 / darśita-mārgeṇa—经由……的途径 / sāma-ādibhiḥ—控制心(sama)，控制感官(dama)，练习忍受(titiksa)等 / upāyaiḥ—凭借 / janatām—普通大众 / anuśaśāsa—祂统治着

译文　主瑞沙巴戴瓦虽然了解包括各种职责在内的所有机密的韦达知识，但仍使自己保持查锤亚的身份，按照布茹阿玛纳所给予的控制心念、感官并要忍受等指示做。祂就这样按照社会四阶层和灵性四阶段制度统治人们，即：布茹阿玛纳指导查锤亚，查锤亚通过管理外夏和庶铎管理国家。

要旨　瑞沙巴戴瓦虽然精通所有的韦达指示，但为了维护完好的社会秩序，还是按照布茹阿玛纳的训示行事。布茹阿玛纳会根据经典(śāstras)的指示给予忠告，而所有其他阶层的人士则照着去做。梵文“布茹阿么(brahma)”一词的意思是“一切活动的完美知识”，这知识在韦达文献中有极为机密的描述。受到完美的布茹阿玛纳训练的人，应该清楚所有的韦达文献，把从这些文献中得到的利益分发给大众。人民大众应该追随理想的布茹阿玛纳。这样，人就可以学习如何控制心念和感官，从而逐渐在灵性生活中取得进步，达到完美。

第 17 节

द्रव्यदेशकालवयःश्रद्धर्त्विग्विविधोद्देशोपचितैः सर्वैरपि क्रतुभिर्यथोपदेशं शतकृत्व इयाज ॥१७॥

dravya-deśa-kāla-vayaḥ-śraddhartvig-vividhoddeśopacitaiḥ sarvair api kratubhir yathopadeśaṁ śata-kṛtva iyāja.

dravya—举行祭祀用的一切 / deśa—特定的地方；圣地或庙宇 / kāla—适当的时间，例如春季 / vayaḥ—年龄，尤其是少年 / śrad-dhā—善良型的信仰而非激情或愚昧型的信仰 / ṛtvik—祭司们 / vivi-dha-uddeśa—出于不同的目的崇拜不同的半神人 / upacitaiḥ—因……而丰富 / sarvaiḥ—所有种类的 / api—无疑地 / kratubhiḥ—靠祭祀仪式 / yathā-upadeśam—按照训喻 / śata-kṛtvaḥ——百次 / iyāja—祂崇拜

译文 主瑞沙巴戴瓦按照韦达训喻举行各种祭祀一百次，从而在各方面使主维施努满意。所有的仪式都因为使用一流的用品而显得极为富有，都是在恰当的时间由全体年轻、信心坚定的祭司在圣地举行。主维施努就这样受到崇拜，给祂供奉过的物品再供奉给半神人们。因此，所有盛大的宗教仪式和节日结果都很圆满。

要旨 经典中说：有足够智慧的人就会从生命的一开始利用所得到的人体；换句话说，从孩提时起就练习做奉爱服务(kaumāra ācaret prājño dharmān bhāgavatān iha)。要成功地举行仪式，就该由年轻人，甚至是少年做仪式。人在孩童时期就该受到韦达文化，尤其是奉爱服务的训练。这样可以使人完美地度过其人生。外士纳瓦不会对半神人不敬，但另一方面，他也不会愚蠢到把每一个半神人当做至尊主的地步。至尊主是全体半神人的主人，而半神人都是祂的仆人。外士纳瓦把半神人视为是至尊主的仆人去崇拜他们。在《布茹阿玛·萨密塔》(Brahma-saṁhitā)中，主希瓦和主布茹阿玛等重要的半神人，玛哈·维施努(Mahā-Viṣṇu)、嘎尔博达卡沙依·维施努(Garbhodakaśāyī Viṣṇu)及其他属于维施努范畴(viṣṇu-tattva)的主奎师那的化身和扩展，甚至杜尔嘎女神(Durgādevī)那样的能量范畴(śakti-tattva)，都在崇拜哥文达(Govinda)的过程中，经由吟唱“我崇拜至

尊人格首神哥文达，祂是存在中的第一人(govindam ādi-puruṣaṁ tam ahaṁ bhajāmi)”受到崇拜。外士纳瓦在与至尊主哥文达有关的情况下崇拜半神人，而不单独崇拜他们。外士纳瓦没有愚蠢到认为半神人可以独立于至尊人格首神而存在的地步。对此，《永恒的柴坦亚经》中确认道：至尊的主人是奎师那，其他人物都是祂的仆人(ekale īśvara kṛṣṇa, āra saba bhṛtya)。

第18节

**भगवतर्षभेण परिरक्ष्यमाण एतस्मिन् वर्षे न कश्चन पुरुषो वाञ्छ-
त्यविद्यमानमिवात्मनोऽन्यस्मात्कथञ्चन किमपि कर्हिचिदवेक्षते भर्त-
र्यनुसवनं विजृम्भितस्नेहातिशयमन्तरेण ॥१८॥**

bhagavatarṣabheṇa parirakṣyamāṇa etasmin varṣe na kaścana puruṣo vāñchaty avidyamānam ivātmano 'nyasmāt kathañcana kimapi karhicid avekṣate bhartary anusavanaṁ vijṛmbhita-snehātiśayam antareṇa.

bhagavatā—被至尊人格首神 / ṛṣabheṇa—瑞沙巴王 / parirakṣyamāṇe—被保护 / etasmin—在这个 / varṣe—星球 / na—不 / kaścana—任何人 / puruṣaḥ—甚至一个普通人 / vāñchati—渴望 / avidyamānam—实际上不存在 / iva—就如同 / ātmanaḥ—为他自己 / anyasmāt—从其他任何人 / kathañcana—用任何方式 / kimapi—任何事情 / karhicit—在任何时候 / avekṣate—想要看到 / bhartari—向主人 / anusavanam—总是 / vijṛmbhita—扩展 / sneha-atiśayam—极为深厚的情感 / antareṇa—在自己中

译文 没人想要拥有虚幻的目标或空中楼阁，因为谁都清楚这种事情根本不存在。同样，当瑞沙巴戴瓦统治这个巴茹阿特瓦尔沙星球时，就连普通人都不想在任何时候或以任何方式要求任何东西。换句话说，所有的人都心满意足，因此根本没人有要什么的愿望。人们都全心全意地爱着他们的君王。这种情感一直在扩展，使他们没有要任何东西的倾向。

要旨 孟加拉有句俗语说，“一匹马的蛋(ghoḍā-ḍimba)”。由于马从不生蛋，“一匹马的蛋”这句话实际上没有任何意义。梵文中有“空中之花(kha-puṣpa)”的说法，但空中长不出鲜花，所以没人想要“空中之花”或“一匹马的蛋”。在瑞沙巴戴瓦王统治期间，人们生活得那么好，以至没人想要要求什么。瑞沙巴戴瓦王有效的管理，使人们所有的生活所需立刻得到供应。这是完美的政府。如果国民因为糟糕的管理而感到不幸福，政府首脑就该受到谴责。在如今的民主政体时代，人民不喜欢君主政体，但这里描述的是一个世界帝王如何通过供应人们的生活所需及遵守韦达原则，使全体国民感到心满意足的典范。就这样，在至尊人格首神瑞沙巴戴瓦统治期间，人人感到幸福。

第 19 节

स कदाचिदटमानो भगवानृषभो ब्रह्मावर्तगतो ब्रह्मर्षिप्रवरसभायां प्रजानां निशामयन्तीनामात्मजानवहितात्मनः प्रश्रयप्रणयभरसुयन्त्रितान्प्युपशिक्षयन्निति होवाच ॥१९॥

sa kadācid aṭamāno bhagavān ṛṣabho brahmāvarta-gato brahmarṣi-pravara-sabhāyāṁ prajānāṁ niśāmayantīnām ātmajān avahitātmanaḥ praśraya-praṇaya-bhara-suyantritān apy upaśikṣayann iti hovāca.

saḥ—祂 / kadācit—一旦 / aṭamānaḥ—在旅途中 / bhagavān—至尊人格首神 / ṛṣabhaḥ—至尊主瑞沙巴 / brahmāvarta-gataḥ—当祂到达一个叫做布茹阿玛瓦尔塔的地方(有些人认为是缅甸，有些人则认为是靠近印度北方坎普尔的地方) / brahma-ṛṣi-pravara-sabhāyām—在一个一流布茹阿玛纳的聚会中 / prajānām—当国民 / niśāmayantīnām—在聆听 / ātmajān—祂的儿子们 / avahita-ātmanaḥ—专注地 / praśraya—举止良好的 / praṇaya—奉献 / bhara—用大量的 / su-yantritān—控制良好的 / api—虽然 / upaśikṣayan—教导 / iti—因此 / ha—肯定地 / uvāca—说

译文　至尊主瑞沙巴戴瓦在一次巡游世界的过程中，到达一个名叫布茹阿玛瓦尔塔的地方。博学的布茹阿玛纳在那里正召开一个盛大的会议，君王所有的儿子都在场专注地聆听布茹阿玛纳的教导。在那个集会上，当着所有的听众，瑞沙巴戴瓦对祂的儿子们做了一番训导，尽管他们已举止良好、虔诚且具有资格。祂给予他们训示，是为了让他们今后能圆满地统治世界。为此，祂说了如下一番话。

要旨　主瑞沙巴戴瓦给祂儿子们的教导，对想要在这个充满痛苦的世界里平静生活的人来说极其珍贵。下一章记载的就是主瑞沙巴戴瓦给祂儿子的珍贵指示。

到此为止，结束了巴克提韦丹塔对《圣典博伽瓦谭》第5篇第4章“至尊人格首神瑞沙巴戴瓦的特征”所作的阐释。

第五章

主瑞沙巴戴瓦给祂儿子的教导

这一章阐述了奉爱服务中的宗教原则(bhāgavata-dharma)，它超越为解脱和减轻物质痛苦而遵守的宗教原则。这一章中说明，人不该为获得连猪狗都能得到的感官享乐而辛勤劳作。人体生命是专为恢复我们与至尊主的关系而设；为达到这一目标，人应该愿意从事各种苦修活动。这些活动可以净化人心中的物质污染，使人能够处在灵性的层面上。为达到这一完美境界，人必须托庇于一位奉献者，为他做服务。这样做，解脱的大门就会向他敞开。相反，那些依恋女人和感官享乐的物质主义者则逐渐被物质意识所束缚，承受生老病死的痛苦。

为人民大众谋福利而不依恋孩子和家庭的人，被称为伟大的灵魂——玛哈特玛(mahatma)。为感官享乐而从事虔诚或罪恶活动的人无法了解灵魂的目标，因此应该接近灵性上高度进步的奉献者，接受他为灵性导师。这样的联谊使人能够了解生命的目的。在这样一位灵性导师的教导下，人可以得到为至尊主做奉爱服务的机会；超脱物质事物，忍受物质痛苦和疾病。随后，人就可以看到众生是平等的，从而变得很渴望了解有关超然的主题。为取悦主奎师那而坚持不懈地努力，使人变得不再依恋妻子、孩子和家庭，不再愿意浪费时间。人就这样觉悟了自我。在灵性上进步的人，不使任何人从事物质活动。不能通过指导他人做奉爱服务获得解救的人，不该当灵性导师、父亲、母亲、半神人或丈夫。主瑞沙巴戴瓦(Ṛṣabhadeva)教导祂一百个儿子时，建议他们把他们的长兄巴茹阿特(Bharata)当做他们的指导者和君主，从而去侍奉他。

在众生中，布茹阿玛纳(brāhmaṇa，婆罗门)最优秀，但外士纳瓦(Vaiṣṇava)的地位和状态甚至更优于布茹阿玛纳。为外士纳瓦服务意味着侍奉至尊人格首神。因此，舒卡戴瓦·哥斯瓦米(Śukadeva Gosvāmī)为教育大众，描述了巴茹阿特王的优秀品质，以及主瑞沙巴戴瓦举行的祭祀。

第 1 节

ऋषभ उवाच
नायं देहो देहभाजां नृलोके
कष्टान् कामानर्हते विड्भुजां ये ।
तपो दिव्यं पुत्रका येन सत्त्वं
शुद्ध्येद्यस्माद् ब्रह्मसौख्यं त्वनन्तम् ॥ १ ॥

ṛṣabha uvāca
nāyaṁ deho deha-bhājāṁ nṛloke
kaṣṭān kāmān arhate viḍ-bhujāṁ ye
tapo divyaṁ putrakā yena sattvaṁ
śuddhyed yasmād brahma-saukhyaṁ tv anantam

ṛṣabhaḥ uvāca－主瑞沙巴戴瓦说 / na－不 / ayam－这个 / dehaḥ－身体 / deha-bhājām－所有接受物质躯体的生物的 / nṛ-loke－在这个世界 / kaṣṭān－令人烦恼的 / kāmān－感官享乐 / arhate－应得 / viṭ-bhujām－吃粪便者的 / ye－……的 / tapaḥ－苦修 / divyam－神性的 / putrakāḥ－我亲爱的儿子们 / yena－……的 / sattvam－心 / śuddhyet－变得净化 / yasmāt－……的 / brahma-saukhyam－灵性的快乐 / tu－无疑地 / anantam－无止境的

译文 主瑞沙巴戴瓦告诉祂儿子：我亲爱的孩子们，在所有接受了这个世界里的物质躯体的生物中，被赐予人体的生物不该只为获得就连狗和吃粪便的猪都能得到的感官享乐而夜以继日地辛勤工作。人该为了达到做奉爱服务的神圣状态而苦修。这样的活动使人心得到净化；达到这种状态的人，获得永恒、极乐的生活，这种生活超越物质快乐，而且永恒持续。

要旨 在这节诗中，主瑞沙巴戴瓦告诉祂的儿子们有关人体生命的重要性。在接受物质躯体的生物(deha-bhāk)中，得到人体的生物必须行事不同于动物。猪狗类的动物靠吃粪便享受感官的满足感。一般人在辛苦工作了一整天后则试图以在晚上吃、喝、性交和睡觉的方式享乐。与此同时，他们还得适当地保护自己。然而，这不是人类文明。人生意味着，为在灵性生活中取得进步而自愿苦修。当然，动物和植物也受苦——承受过去恶行的苦果。但人应该为过上神性的生活而自愿苦修。过上神性生活的人可以享受永恒的快乐。众生毕竟都在试图享受快乐，但生物只要还受物质躯体的束缚，就必会遭受各种各样的痛苦。人体形式中有更高的意识。我们应该按照灵性进步人士的忠告行事，以获得永恒的快乐，回到首神身边。

这节诗谈到政府首脑和父亲等处在保护者地位上的人，应该教育他们的保护对象，提升他们的意识到奎师那意识的层面。这一点十分重要。没有奎师那意识的生物，永恒地受生死轮回之苦。为了把他们解救出这种捆绑，使他们能够变得幸福和快乐，应该教他们奉爱瑜伽(bhakti-yoga)。愚蠢的文明不教导人们该如何升上奉爱瑜伽的层面。没有奎师那意识的人不比猪狗强。现代社会极需要瑞沙巴戴瓦的教导。如今的人们被教授和训练要为感官享乐而辛勤工作，根本不了解人生的崇高目的。人们都为了挣钱糊口而奔波；要清早离开家，赶上当地的公车或火车，站在拥挤的车厢中一到两个小时，甚至还要转车，以便能到达自己上班的地方。之后，人们要在上班的地方从上午九点到下午五点辛苦工作，下班后再用两三个小时赶回家中。吃过饭后，就是性交和睡觉。在整整一天的辛劳过程中，唯一的快乐就是一点点性生活。毫无灵性知识的物质主义居士认为性生活是最高的快乐，但它其实是痛苦的根源(yan maithunādi-gṛhamedhi-sukhaṁ hi tuccham)。瑞沙巴戴瓦明确地说：人体生命并非为这种甚至连猪狗都能享受到的生活而设计。事实上，猪狗并不需要为享受性生活而如此辛苦劳作。人应该努力以不同的方式生活，而不要模仿猪和狗的生活。诗中已经给出了选择，即：人生是为了苦修(tapasya)。苦修可以使人摆脱物质的钳制。人一旦处在奎师那意识的状态中——做奉爱服务，他的快乐便有了永恒的保障。练奉爱瑜伽——做奉爱服务，净化人的生存。生物一生复一生地寻求快乐生活，但他本可以仅仅靠练奉爱瑜伽解决他所有的问题。之后，他立刻变得有资格回归家园，回到首神身边。正如《博伽梵歌》(Bhagavad-gītā)第4章的第9节诗所说：

janma karma ca me divyam
evaṁ yo vetti tattvataḥ
tyaktvā dehaṁ punar janma
naiti mām eti so 'rjuna

"阿尔诸纳啊！谁能了解我显现和活动的超然本质，谁就在离开躯体后到达我永恒的住所，不再投生于这个物质世界。"

第2节

महत्सेवां द्वारमाहुर्विमुक्ते-
स्तमोद्वारं योषितां सङ्गिसङ्गम् ।
महान्तस्ते समचित्ताः प्रशान्ता
विमन्यवः सुहृदः साधवो ये ॥२॥

mahat-sevāṁ dvāram āhur vimuktes
tamo-dvāraṁ yoṣitāṁ saṅgi-saṅgam
mahāntas te sama-cittāḥ praśāntā
vimanyavaḥ suhṛdaḥ sādhavo ye

mahat-sevām－侍奉灵性上高度进步、被称为伟大灵魂的人 / dvāram－途径 / āhuḥ－他们说 / vimukteḥ－解脱的 / tamaḥ-dvāram－通往黑暗牢笼、地狱般生活的路途 / yoṣitām－女人们的 / saṅgi－同伴的 / saṅgam－结交 / mahāntaḥ－高度灵性理解的 / te－他们 / sama-cittāḥ－以灵性身份看待众生的人 / praśāntāḥ－非常平静，觉悟到梵或至尊人格首神 / vimanyavaḥ－不愤怒(应该怀着奎师那意识对待那些心怀敌意的人，而不该对他们生气) / suhṛdaḥ－众生的祝愿者 / sādhavaḥ－够资格的奉献者，没有令人厌恶的举止 / ye－……的他们

译文　仅仅靠为灵性上高度进步的人服务，就可以使人走上摆脱物质束缚的解脱之途。这些人分别是非人格神主义者和奉献者。人无论是想融入至尊主的存在，还是想与人格首神联谊，都该为伟大的灵魂服务。对不想从事这类活动，却喜欢女人和性生活的人来说，地狱之途通畅无阻。伟大的灵魂内心平衡。他们不看一个生物体与另一个之间的区别。他们很平静，全身心投入地做奉爱服务。他们没有愤怒，为众生的利益而工作。他们不做任何令人讨厌的事。这样的人被称为伟大的灵魂。

要旨　人体恰似一个连接点；在人体中的生物既可以从此走上解脱之途，也可能走上通向地狱的路。人如何走上这节诗描述的这些途径呢？与伟大的灵魂联谊，人就走在解脱之途上；与那些依恋感官享乐和女人的人交往，人就走在捆绑之途上。伟大的灵魂(mahātmā)分两类：非人格神主义者和奉献者。尽管他们的最终目标不同，但解脱的程序几乎一样。这两类人都想要获得永恒的快乐，其中一类人追求在不具人格特性的梵(Brahman)中得到的快乐，另一类人追求与至尊人格首神联谊得到的快乐。正如第1节诗中谈到的“灵性快乐(brahma-saukhyam)”。梵的意思是灵性的或永恒的。非人格神主义者和奉献者都追求永恒的极乐生活。无论是两

者中的哪一种，经典都忠告人要变得完美。《永恒的柴坦亚经》(Caitanya-caritāmṛta)中篇第22章的第87节诗中说：

asat-saṅga-tyāga,—ei vaiṣṇava-ācāra
'strī-saṅgī'—eka asādhu, 'kṛṣṇābhakta' āra

要想保持不被物质自然属性污染的状态，人就该避免与物质主义者(asat)交往。物质主义者分两类，一类依恋女人和感官享乐，另一类只是非奉献者。我们一方面要与伟大的灵魂联谊，另一方面要避免与非奉献者和追女人的人交往。

第3节

ये वा मयीशे कृतसौहृदार्था
जनेषु देहम्भरवार्तिकेषु ।
गृहेषु जायात्मजरातिमत्सु
न प्रीतियुक्ता यावदर्थाश्च लोके ॥ ३ ॥

ye vā mayīśe kṛta-sauhṛdārthā
janeṣu dehambhara-vārtikeṣu
gṛheṣu jāyātmaja-rātimatsu
na prīti-yuktā yāvad-arthāś ca loke

ye－谁 / vā－或者 / mayi－向我 / īśe－至尊人格首神 / kṛta-sauhṛda-arthāḥ－非常渴望去发展爱(在主仆、朋友、父母对孩子或伴侣的关系中) / janeṣu－对人们 / dehambhara-vārtikeṣu－只对维护躯体感兴趣却不在乎灵性解脱的人 / gṛheṣu－对家 / jāyā－妻子 / ātmaja－孩子们 / rāti－财富或朋友们 / matsu－由……构成 / na－不 / prīti-yuktāḥ－非常依恋 / yāvat-arthāḥ－只赚取生活基本所需的人 / ca－和 / loke－在物质世界中

译文 有志于唤醒奎师那意识的人，增加对首神的爱，不喜欢做任何与奎师那无关的事。他们不与那些忙于维护身

体、吃、睡、交媾和防卫自己的人交往。他们虽然有可能是居士，却并不留恋他们的家，以及他们的妻子、孩子、朋友或钱财。但同时，他们对履行自己的职责并非漠不关心。这种人对钱财的要求仅止于有足够维生的钱。

要旨　真正有志于在灵性上取得进步的人，无论是非人格神主义者还是奉献者，都不该与那些只热衷于用各种所谓文明进步的方式维护身体的人为伍。有志于灵性生活的人，不该依恋有妻子、孩子和朋友等陪伴的家庭舒适生活。人即便是居士(gṛhastha)，不得不赚取维持生活的钱，也应该满足于得到只够家人和自己维生的钱，既不多也不少。正如这节诗中指明，居士应该努力为做奉爱服务而赚钱。奉爱服务的内容是：聆听、吟诵(吟唱)、记忆、服务，崇拜神像、祈祷、执行命令、像对待朋友一样侍奉奎师那，向奎师那献出一切(bhakti-yoga-śravaṇaṁ kīrtanaṁ viṣṇoḥ smaraṇaṁ pāda-sevanam/ arcanaṁ vandanaṁ dāsyaṁ sakhyam ātma-nivedanam)。居士应该让自己过上使自己有充分的机会聆听和吟诵、吟唱至尊主荣耀的生活。他应该在家崇拜神像，过灵性的节日，邀请朋友来家给他们分发至尊主的仁慈——帕萨达(prasāda)。居士赚钱应该为了实现这一目的，而不是为感官享乐。

第4节

नूनं प्रमत्तः कुरुते विकर्म
　　यदिन्द्रियप्रीतय आपृणोति ।
न साधु मन्ये यत आत्मनोऽय-
　　मसन्नपि क्लेशद आस देहः ॥ ४ ॥

nūnaṁ pramattaḥ kurute vikarma
yad indriya-prītaya āpṛṇoti
na sādhu manye yata ātmano 'yam
asann api kleśada āsa dehaḥ

nūnam－的确 / pramattaḥ－疯狂 / kurute－从事 / vikarma－神圣经典中禁止的罪恶活动 / yat－当……时 / indriya-prītaye－为感官享乐 / āpṛṇoti－忙于 / na－不 / sādhu－适宜的 / manye－我认为 / yataḥ－……的 / ātmanaḥ－灵魂的 / ayam－这个 / asan－短暂的 / api－虽然 / kleśa-daḥ－给予苦难 / āsa－成为可能 / dehaḥ－躯体

译文 当人认为感官享乐是人生的目标时，他无疑就会疯狂地追求物质生活，从事所有种类的罪恶活动。他不知道，是他过去的不端行为使他接受了一个躯体；这躯体虽然短暂，但却是痛苦的根源。生物其实不该套上一个物质躯体，但却为了感官享乐而被给予物质躯体。因此我认为，有智慧的人不该让自己再次卷入感官享乐的物质活动，致使自己不断地得到一个又一个物质躯体。

要旨 这节诗中谴责了为感官享乐而靠乞讨、借贷和偷盗过活的做法，因为这样的意识将把人引向黑暗的地狱环境。非法性生活、吃肉、酗酒(吸毒)和赌博是四种罪恶的活动。这些活动都使人得到另一个充满痛苦的物质躯体。韦达经(Vedas)中说：生物原本是自由、纯洁的(asaṅgo hy ayaṁ puruṣaḥ)。生物与这个物质世界并没有真正的联系，但因为想要享受物质的感官而被置于物质的环境中。人应该靠与奉献者联谊完善自己的人生，而不该使自己与物质躯体有进一步的牵连。

第5节

पराभवस्तावदबोधजातो
यावन्न जिज्ञासत आत्मतत्त्वम् ।
यावत्क्रियास्तावदिदं मनो वै
कर्मात्मकं येन शरीरबन्धः ॥५॥

parābhavas tāvad abodha-jāto
yāvan na jijñāsata ātma-tattvam
yāvat kriyās tāvad idaṁ mano vai
karmātmakaṁ yena śarīra-bandhaḥ

parābhavaḥ—挫败、不幸 / tāvat—只要 / abodha-jātaḥ—产自愚昧 / yāvat—只要 / na—不 / jijñāsate—询问 / ātma-tattvam—有关自我的真理 / yāvat—只要 / kriyāḥ—功利性活动 / tāvat只要 / idam—这个 / manaḥ—心 / vai—的确 / karma-ātmakam—投入物质活动 / yena—……的 / śarīra-bandhaḥ—被这个物质躯体所束缚

译文 人只要不询问有关灵性生活的价值，就会被挫败，遭受产自愚昧的痛苦。活动的结果是，善有善报，恶有恶报。如果一个人从事功利性活动，他的内心就被说成是受功利性活动的影响。内心只要不纯净，意识就不清明。人只要专注于功利性活动，就得接受物质躯体。

要旨 人们一般认为，人应该为减轻痛苦而从事虔诚的活动，但这并非事实。人即使从事虔诚活动，进行知识思辨，最终还是会被挫败。他唯一的目标应该是摆脱错觉能量玛亚(māyā)，停止从事一切物质活动。对知识进行思辨和从事虔诚的活动，都解决不了物质生活中的问题。人应该好奇地想要了解自己的灵性地位和状态。正如《博伽梵歌》第4章的第37节诗中说：

yathaidhāṁsi samiddho 'gnir
bhasmasāt kurute 'rjuna
jñānāgniḥ sarva-karmāṇi
bhasmasāt kurute tathā

“阿尔诸纳啊！就像熊熊烈火把木柴烧成灰烬一样，知识之火会把物质活动的报应烧成灰烬。”

人除非了解真正的自我和自我所从事的活动，否则必被视为是受物质的捆绑。《圣典博伽瓦谭》(Śrīmad-Bhāgavatam)第10篇第2章

的第32节诗中也说：没有有关奉爱服务知识的人也许认为自己是解脱的，但其实不是(ye 'nye 'ravindākṣa vimukta-māninas tvayy asta-bhāvād aviśuddha-buddhayaḥ)；这样的人也许会接近不具人格特征的梵光，但因为没有奉爱服务的知识而将再次坠入物质享乐(āruhya kṛcchreṇa paraṁ padaṁ tataḥ patanty adho 'nādṛta-yuṣmad-aṅghrayaḥ)。人只要还对功利性活动(karma)和知识思辨(jñāna)感兴趣，就会一直不断地承受生老病死的物质生活之苦。功利性活动者(karmī)无疑是一个接一个地更换着躯体。至于思辨知识的人(jñānī)，除非他们提升自己的理解到最高的层面，否则必然返回物质世界。正如《博伽梵歌》第7章的第19节诗所解释的：经过许许多多生死后，真正处在知识层面上的人就会皈依我(bahūnāṁ janmanām ante jñānavān māṁ prapadyate)。关键是要了解奎师那(华苏戴瓦)就是一切，并投靠、服从祂。功利性活动者不了解这一点，但全心全意地为至尊主服务的奉献者完全清楚什么是功利性活动，什么是知识思辨。纯粹的奉献者对这两者都不再感兴趣。真正的奉献者(bhakta)丝毫不受功利性活动和知识思辨的污染，他生活中唯一要做的是为至尊主服务(anyābhilāṣitā-śūnyaṁ jñāna-karmādy-anāvṛtam)。

第6节

एवं मनः कर्मवशं प्रयुङ्क्ते
अविद्ययात्मन्युपधीयमाने ।
प्रीतिर्न यावन्मयि वासुदेवे
न मुच्यते देहयोगेन तावत् ॥ ६ ॥

evaṁ manaḥ karma-vaśaṁ prayuṅkte
avidyayātmany upadhīyamāne
prītir na yāvan mayi vāsudeve
na mucyate deha-yogena tāvat

evam—因此 / manaḥ—心 / karma-vaśam—受制于功利性活动 / prayuṅkte—行事 / avidyayā—被愚昧 / ātmani—当生物……时 / upadhīyamāne—被覆盖 / prītiḥ—爱 / na—不 / yāvat—只要 / mayi—向我 / vāsudeve—华苏戴瓦(奎师那) / na—不 / mucyate—被释放 / deha-yogena—不再与物质躯体接触 / tāvat—就

译文 生物被愚昧属性覆盖时，便不了解个体灵魂和至尊灵魂，他的心会被功利性活动所征服。因此，人直到具有对主华苏戴瓦的爱，否则必定不会从一再接受物质躯体的境况中获救。而我就是华苏戴瓦。

要旨 人心被功利性活动污染时，人就想从一种物质状态升入另一种物质状态。人们一般都夜以继日地辛勤工作，以改善自己的经济情况。一个人即使了解韦达仪式，也会只对升入天堂星球感兴趣，而不知道回归家园、回到首神身边才是自己的真正利益所在。从事功利性活动使人在宇宙不同的空间及物质躯体中游荡。他除非与至尊主的一位奉献者、灵性导师(guru)联系上，否则不会变得喜爱为主华苏戴瓦(Vāsudeva)服务，而人需要经历许许多多生世才能了解有关华苏戴瓦的知识。正如《博伽梵歌》第7章的第19节诗中证实说：人在为生存而挣扎了许许多多生世后，才有可能托庇在华苏戴瓦(奎师那)的莲花足旁(vāsudevaḥ sarvam iti sa mahātmā su-durlabhaḥ)。当这种情况发生时，人才真正变得明智，向至尊主皈依。那是停止生死轮回的唯一方法。就有关这一点，《永恒的柴坦亚经》中记载的圣柴坦亚·玛哈帕布在达沙施瓦梅达·嘎塔(Daśāśvamedha-ghāṭa)教导圣茹帕·哥斯瓦米时给予了证实。

brahmāṇḍa bhramite kona bhāgyavān jīva
guru-kṛṣṇa-prasāde pāya bhakti-latā-bīja

生物游荡在各种星球上的不同的物质躯体中，但如果有幸与一位真正的灵性导师接触，就可以凭借灵性导师的恩典得到主奎师那的保护；他的奉爱生活从此展开。

第7节

यदा न पश्यत्ययथा गुणेहां
स्वार्थे प्रमत्तः सहसा विपश्चित् ।
गतस्मृतिर्विन्दति तत्र तापा-
नासाद्य मैथुन्यमगारमज्ञः ॥ ७ ॥

yadā na paśyaty ayathā guṇehāṁ
svārthe pramattaḥ sahasā vipaścit
gata-smṛtir vindati tatra tāpān
āsādya maithunyam agāram ajñaḥ

yadā—当……时 / na—没 / paśyati—看见 / ayathā—不需要的 / guṇa-īhām—力图满足感官 / sva-arthe—在个人的利益上 / pramattaḥ—疯狂 / sahasā—非常快 / vipaścit—即使知识渊博的人 / gata-smṛtiḥ—遗忘 / vindati—得到 / tatra—那里 / tāpān—物质痛苦 / āsādya—得到 / maithunyam—以性交为基础 / agāram——个家 / ajñaḥ—愚蠢的

译文 人即使再博学、有见识，但只要不明白感官享乐是在无谓地浪费时间，他就是疯狂的。由于他遗忘自己的利益，他试图在物质世界里变得快乐，把关注的焦点集中在以性交为基础并给他带来各种物质痛苦的家庭上。这样的人不比愚蠢的动物强。

要旨 在奉爱生活的最基础阶段，人并非是纯粹的奉献者。要成为纯粹的奉献者，人必须去除一切物质欲望，不受功利性活动和知识思辨的影响(anyābhilāṣitā-śūnyaṁ jñāna-karmādy-anāvṛtam)。在奉爱生活较低层面上的人，有时也许会对哲学思辨感兴趣。在那个阶段的人还是对感官享乐感兴趣，还受到物质自然属性的污染。错觉能量玛亚的影响力是如此强大，以致就连很有知识的人在实际生活中都忘记自己是奎师那永恒的仆人，因此满足于留在以性生活为中心的居士生活中。对性生活的让步，使他同意承受所有种类的物质痛苦。就这样，愚昧使人被物质法律的锁链捆绑住。

第 8 节

पुंसः स्त्रिया मिथुनीभावमेतं
तयोर्मिथो हृदयग्रन्थिमाहुः ।
अतो गृहक्षेत्रसुताप्तवित्तै-
र्जनस्य मोहोऽयमहं ममेति ॥ ८ ॥

puṁsaḥ striyā mithunī-bhāvam etaṁ
tayor mitho hṛdaya-granthim āhuḥ
ato gṛha-kṣetra-sutāpta-vittair
janasya moho 'yam ahaṁ mameti

puṁsaḥ－雄性的 / striyāḥ－雌性的 / mithunī-bhāvam－性生活的吸引 / etam－这个 / tayoḥ－他们两者的 / mithaḥ－－彼此之间 / hṛdaya-granthim－心中的结 / āhuḥ－他们叫做 / ataḥ－之后 / gṛha－以家庭 / kṣetra－场所 / suta－孩子 / āpta－亲戚 / vittaiḥ－和以钱财 / janasya－生物体的 / mohaḥ－错误观念 / ayam－这个 / aham－我 / mama－我的 / iti－因此

译文　异性相吸是物质存在的基本原理。基于这种把男女的心系在一起的错误概念，人依恋他的躯体、家庭、地产、孩子、亲戚和钱财，就这样，人增强他对生命的错误概念，以“我和我的”为基础思考问题。

要旨　性使得男女自然相互受吸引；结婚后，他们的关系便更加紧密。男女之间这种相互捆绑的关系使人产生错觉，心想“这是我丈夫”或“这是我妻子”。这称为“心中牢固的结(hṛdayagranthi)”。这结很难解开，甚至在他们因为遵守灵性四阶段原则而分开或仅仅是离婚分开后都还在。无论如何，男人总想着女人，女人也总想着男人。人就这样变得在物质的层面上依恋家庭、财产和孩子，尽管这一切都是短暂的，但他却不幸地与他拥有的财产等一切相认同。有时甚至在进入弃绝阶层后，人还会变得依恋一座庙或一个托钵僧所拥有的那么一点点东西，但这种依恋没有对家庭的依恋强。对家庭的依恋是最强烈的错觉。《萨缇亚·萨密塔》(Satyasaṁhitā)中说：

brahmādyā yājñavalkādyā
mucyante strī-sahāyinaḥ
bodhyante kecanaiteṣāṁ
viśeṣam ca vido viduḥ

有时在主布茹阿玛那样崇高的人物中会看到妻子和孩子并非是束缚的根源；相反，妻子实际上帮助丈夫更深入地灵修并得到解脱。然而，绝大多数人都被婚姻关系的结所捆绑，从而忘记自己与奎师那的关系。

第9节

यदा मनोहृदयग्रन्थिरस्य
कर्मानुबद्धो दृढ आश्लथेत ।
तदा जनः सम्परिवर्ततेऽस्माद्
मुक्तः परं यात्यतिहाय हेतुम् ॥ ९ ॥

yadā mano-hṛdaya-granthir asya
karmānubaddho dṛḍha āślatheta
tadā janaḥ samparivartate 'smād
muktaḥ paraṁ yāty atihāya hetum

yadā－当……时 / manaḥ－心 / hṛdaya-granthiḥ－心中的结 / asya－这个人的 / karma-anubaddhaḥ－受过去行为结果的束缚 / dṛḍhaḥ－非常坚固 / āślatheta－松开 / tadā－在那时 / janaḥ－受制约的灵魂 / samparivartate－转开 / asmāt－对性生活的依恋 / muktaḥ－解脱 / param－向超然的世界 / yāti－去 / atihāya－放弃 / hetum－原初的起因

译文　当人因过去从事物质活动而在心中形成的牢固的结松开后，他就不再依恋家庭、妻子和孩子，放弃最根本的错觉概念(我和我的)，从而得以解脱。那时，人便到超然的世界去。

要旨　依靠与圣人的联谊和做奉爱服务，人凭借知识、练习和弃绝逐渐去除物质概念时，心中的依恋之结就会松开。这使人可以摆脱受制约的生活，变得有资格回归家园，回到首神身边。

第 10—13 节

हंसे गुरौ मयि भक्त्यानुवृत्या
वितृष्णया द्वन्द्वतितिक्षया च ।
सर्वत्र जन्तोर्व्यसनावगत्या
जिज्ञासया तपसेहानिवृत्त्या ॥१०॥

मत्कर्मभिर्मत्कथया च नित्यं
मद्देवसङ्गाद्गुणकीर्तनान्मे ।
निर्वैरसाम्योपशमेन पुत्रा
जिहासया देहगेहात्मबुद्धेः ॥११॥

अध्यात्मयोगेन विविक्तसेवया
प्राणेन्द्रियात्माभिजयेन सध्र्यक् ।

सच्छ्रद्धया ब्रह्मचर्येण शश्व-
 दसम्प्रमादेन यमेन वाचाम् ॥१२॥

सर्वत्र मद्भावविचक्षणेन
 ज्ञानेन विज्ञानविराजितेन ।
योगेन धृत्युद्यमसत्त्वयुक्तो
 लिङ्गं व्यपोहेत्कुशलोऽहमाख्यम् ॥१३॥

haṁse gurau mayi bhaktyānuvṛtyā
 vitṛṣṇayā dvandva-titikṣayā ca
sarvatra jantor vyasanāvagatyā
 jijñāsayā tapasehā-nivṛttyā

mat-karmabhir mat-kathayā ca nityaṁ
 mad-deva-saṅgād guṇa-kīrtanān me
nirvaira-sāmyopaśamena putrā
 jihāsayā deha-gehātma-buddheḥ

adhyātma-yogena vivikta-sevayā
 prāṇendriyātmābhijayena sadhryak
sac-chraddhayā brahmacaryeṇa śaśvad
 asampramādena yamena vācām

sarvatra mad-bhāva-vicakṣaṇena
 jñānena vijñāna-virājitena
yogena dhṛty-udyama-sattva-yukto
 liṅgaṁ vyapohet kuśalo 'ham-ākhyam

haṁse一灵性上高度进步的最崇高的人(至尊天鹅) / gurau一向灵性导师 / mayi一向我——至尊人格首神 / bhaktyā一靠奉爱服务 / anuvṛtyā一靠跟随 / vitṛṣṇayā一靠不再依恋感官享乐 / dvandva一物质世界中的相对性的 / titikṣayā一靠忍受 / ca一也 / sarvatra一到处 / jantoḥ一生物体的 / vyasana一悲惨的生活条件 / avagatyā一靠领悟 / jijñāsayā一凭询问真理 / tapasā一靠苦修 / īhā-nivṛttyā一靠放弃为感官

享乐而作的努力 / mat-karmabhiḥ—靠为我工作 / mat-kathayā—靠聆听有关我的话题 / ca—也 / nityam—总是 / mat-deva-saṅgāt—靠与我的奉献者联谊 / guṇa-kīrtanāt me—靠歌颂和赞美我超然的本质 / nirvaira—放弃敌意 / sāmya—在灵性的层面上平等看待众生 / upaśa-mena—凭征服愤怒、悲伤等 / putrāḥ—儿子们啊！ / jihāsayā—凭渴望放弃 / deha—与躯体 / geha—与家庭 / ātma-buddheḥ—自我的认同 / adhyātma-yogena—靠研读启示经典 / vivikta-sevayā—通过住在僻静之地 / prāṇa—生命之气 / indriya—感官 / ātma—心 / abhijayena—靠控制 / sadhryak—完全地 / sat-śraddhayā—发展对经典的信心 / brahmacaryeṇa—通过奉行独身禁欲 / śaśvat—总是 / asampramādena—靠不被迷惑 / yamena—靠约束 / vācām—话语 / sarvatra—到处 / mat-bhāva—想着我 / vicakṣaṇena—靠奉行 / jñānena—凭知识的发展 / vijñāna—靠实际地运用知识 / virājitena—启发照亮 / yogena—靠练奉爱瑜伽 / dhṛti—耐心 / udyama—热情 / sattva—正确的判断 / yuktaḥ—赋予 / liṅgam—物质束缚的原因 / vyapohet—一个人能放弃 / kuśalaḥ—绝对吉祥地 / aham-ākhyam—错误的自我意识、与物质世界错误的认同

译文　儿子们啊!你们应该接受一个灵性上高度进步的灵性导师——至尊天鹅，应该以此方式培养你们对我——至尊人格首神的信心和爱。你们应该厌恶感官享乐，忍受如冬夏季节变换般的苦乐的相对性。努力认清生物体痛苦的状态，他们即使在高等星系中也是痛苦的。要从哲学的角度询问真理，随后为做奉爱服务经历所有种类的苦行。停止为感官享乐而努力，要为至尊主做服务。聆听对与至尊人格首神有关的一切的谈论，总是与奉献者联谊。歌颂、赞美至尊主，在灵性的层面上平等看待众生。放弃敌意，征服愤怒和悲伤。不再将自我与躯体、家庭相认同，练习阅读启示经典。住在僻静地，按照能够使你们完全控制生命之气、心念和感官的程序练习。对启示经典、韦达文献充满信心，始终

奉行独身禁欲的生活。履行你们的规定职责，避免说不必要说的话。总是想着至尊人格首神，从正确的来源探询知识。这样练奉爱瑜伽，你们就会坚韧不拔、满腔热情地在知识的层面上得到提升，从而能够放弃错误的自我意识。

要旨 在这四节诗中，瑞沙巴戴瓦告诉祂儿子，他们如何才能摆脱由错误的自我意识及物质受制约的生活产生的错误认同。按照这四节诗中所说的方法练习，人就能逐渐得到解脱。这些方法使人能够放弃物质躯体(liṅgaṁ vyapohet)，恢复原有的灵性之躯。

首先，人必须接受一位真正的灵性导师。对此，圣茹帕·哥斯瓦米在他的《奉爱服务的纯粹甘露之洋》(Bhakti-rasāmṛta-sindhu)中提倡说：要摆脱物质世界的束缚，人必须找一位灵性导师(śrī-gurupādāśrayaḥ)。其他经典中也说：靠询问灵性导师并为他服务，人可以在灵性生活中取得进步(tad-vijñānārthaṁ sa gurum evābhigacchet)。在做奉爱服务时，吃、睡和打扮等对个人安逸、舒适的执著程度自然就会降低。与奉献者的联谊使人能坚持遵守一定的灵性标准。诗中梵文“靠与我的奉献者联谊(mad-deva-saṅgāt)”一句非常重要。世上有许多致力于崇拜各种半神人的所谓宗教，但这里说的良好的联谊是指，与那些只崇拜奎师那的人联谊。

诗中谈到的另一个重要内容是，“靠忍受物质世界中的相对性(dvandva-titikṣā)”。人只要在物质世界里，就必然会体验到由物质躯体产生的苦乐。对此，奎师那在《博伽梵歌》中忠告说：人必须学习忍受这个物质世界里短暂的痛苦和快乐(tāṁs titikṣasva bhārata)。不仅如此，人还要学习不依恋家庭，练习独身禁欲的生活。按照经典的教导，与自己的妻子有性关系也被接受为是禁欲(brahmacarya)，但非法性生活违反宗教原则，妨碍灵性意识的提升。诗中另一个重要内容是“靠知识的启发(vijñāna-virājita)”。应该科学、自觉地做所有的一切。人应该是觉悟了的灵魂，这样才能摆脱物质束缚的纠缠。

正如圣玛德瓦查尔亚(Madhvācārya)指出，这四节诗总的要义是：人应该停止为满足感官享乐的欲望而从事的活动，应该总是为至尊主做爱心服务。换句话说，奉爱瑜伽是公认的解脱之途。圣玛德瓦查尔亚引述《阿迪亚特玛》(Adhyātma)中的诗说：

ātmano 'vihitaṁ karma
varjayitvānya-karmaṇaḥ
kāmasya ca parityāgo
nirīhety āhur uttamāḥ

人应该只从事有利于灵魂的活动，停止从事其他活动。处在这种状态的人被说成是无欲之人。事实上，生物不可能完全没有欲望，但当他除了想利益灵魂外别无他求时，他就被说成是无欲之人。

灵性的知识是理论与实践的结合(jñāna-vijñāna-samanvitam)。当人具有全部的格亚纳(jñāna)和维格亚纳(vijñāna)时，他就是完美的。格亚纳意味着人明白至尊人格首神维施努是至尊神。维格亚纳是指使人摆脱物质存在之愚昧的活动。正如《圣典博伽瓦谭》中说：有关我的知识非常机密，必须靠做奉爱服务觉悟它(jñānaṁ parama-guhyaṁ me yad vijñāna-samanvitam)。有关至尊主的知识非常机密，这使人了解至尊主的无上知识有助于众生的解脱。这知识是维格亚纳。正如《博伽梵歌》第4章的第9节诗说：

janma karma ca me divyam
evaṁ yo vetti tattvataḥ
tyaktvā dehaṁ punar janma
naiti mām eti so 'rjuna

“阿尔诸纳啊！谁能了解我显现和活动的超然本质，谁就在离开躯体后到达我永恒的住所，不再投生于这个物质世界。”

第 14 节

कर्माशयं हृदयग्रन्थिबन्ध-
मविद्ययासादितमप्रमत्तः ।
अनेन योगेन यथोपदेशं
सम्यग्व्यपोह्योपरमेत योगात् ॥१४॥

karmāśayaṁ hṛdaya-granthi-bandham
avidyayāsāditam apramattaḥ
anena yogena yathopadeśaṁ
samyag vyapohyoparameta yogāt

karma-āśayam—对物质活动的渴望 / hṛdaya-granthi—在心中的结 / bandham—束缚 / avidyayā—由于愚昧 / āsāditam—引起 / apramattaḥ—没有被愚昧或错觉所蒙蔽，非常小心谨慎的 / anena—凭这个 / yogena—练瑜伽 / yathā-upadeśam—如建议的 / samyak—完全地 / vyapohya—从……解脱 / uparameta—应该放弃 / yogāt—得到解脱的方法(练瑜伽)

译文 亲爱的儿子们，你们应该按我给你们的忠告行事。小心谨慎。这样，你们就会去除想要从事功利性活动的愚昧，心中的束缚之结就会被彻底斩断。要想更进步，你们还应该放弃方法本身，即：不执著解脱的程序。

要旨 解脱的程序是，寻找绝对真理(brahma jijñāsā)。寻找绝对真理的程序一般是：分析物质存在，以找到绝对真理(neti neti)。这个程序一直沿用到人过上灵性生活为止。灵性生活是觉悟了自我的状态(brahma-bhūta)。《博伽梵歌》第18章的第54节诗说：

brahma-bhūtaḥ prasannātmā
na śocati na kāṅkṣati
samaḥ sarveṣu bhūteṣu
mad-bhaktiṁ labhate parām

“这样处在超然境界中的人，立即觉悟至尊梵，变得充满喜悦。他永不悲伤，不再想得到什么。他平等对待众生。在这种状态下，他达到为我做奉爱服务的境界。”

要点是进入为至尊主做超然奉爱服务的状态(parā bhakti)。要达到这种状态，人必须分析自己的存在。然而，人一旦真正开始做奉爱服务，就不该再为寻找知识而费心了。仅仅靠毫不偏离地做奉爱服务，人就会总处在解脱的状态中。

mām ca yo 'vyabhicāreṇa
bhakti-yogena sevate
sa guṇān samatītyaitān
brahma-bhūyāya kalpate

“在任何情况下都全心全意地做奉爱服务，就能立刻超越物质自然属性，达到梵的层面。”(《博伽梵歌》14.26)

坚定地做奉爱服务，本质上就是处在梵的层面上。这节诗的另一个重点是，“通过按照建议练瑜伽(anena yogena yathopadeśam)”。应该立刻执行灵性导师给予的指示。人不该违背灵性导师的训示，或者因为认为自己比灵性导师强而不执行灵性导师的命令；不该只是热衷于读书，同时还应该执行灵性导师的命令(yathopadeśam)。练神秘瑜伽应该到使人能够去除物质的概念为止；人真正在做奉爱服务时便不再需要练神秘瑜伽。重点是：可以停止练神秘瑜伽，但不能停止做奉爱服务。正如《圣典博伽瓦谭》第1篇第7章的第10节诗说：

ātmārāmāś ca munayo
nirgranthā apy urukrame
kurvanty ahaitukīṁ bhaktim
ittham-bhūta-guṇo hariḥ

“所有满足于灵性自我的人(阿特玛茹阿玛)，特别是稳定地走在觉悟自我路途上的人，虽然摆脱了各种各样的物质束缚，但都渴望为人格首神做纯粹的奉爱服务。这意味着至尊主拥有超然的特质，所以能吸引所有的人，包括解脱的灵魂。”

就连已经解脱之人(ātmārāma)都必须始终做奉爱服务。人在觉悟自我之后也许可以停止练神秘瑜伽，但在任何阶段都不能停止做奉爱服务。为觉悟自我而从事的其他活动，包括瑜伽和哲学思辨都可以放弃，但奉爱服务却必须一直做下去。

第 15 节

पुत्रांश्च शिष्यांश्च नृपो गुरुर्वा
　　मल्लोककामो मदनुग्रहार्थः ।
इत्थं विमन्युरनुशिष्यादतज्ज्ञान्
　　न योजयेत्कर्मसु कर्ममूढान् ।
कं योजयन्मनुजोऽर्थं लभेत
　　निपातयन्नष्टदृशं हि गर्ते ॥१५॥

putrāṁś ca śiṣyāṁś ca nṛpo gurur vā
　mal-loka-kāmo mad-anugrahārthaḥ
itthaṁ vimanyur anuśiṣyād ataj-jñān
　na yojayet karmasu karma-mūḍhān
kaṁ yojayan manujo 'rthaṁ labheta
　nipātayan naṣṭa-dṛśaṁ hi garte

putrān—儿子们 / ca—和 / śiṣyān—门徒 / ca—和 / nṛpaḥ—君王 / guruḥ—灵性导师 / vā—或者 / mat-loka-kāmaḥ—渴望到我的住所 / mat-anugraha-arthaḥ—认为赢得我的仁慈是生命的目的 / it-tham—与这样的方式 / vimanyuḥ—毫无愤怒 / anuśiṣyāt—应该指导 / a-tat-jñān—毫无灵性知识 / na—不 / yojayet—应该从事 / karmasu—功利性活动 / karma-mūḍhān—只是从事虔诚或不虔诚的活动 / kam—什么 / yojayan—使从事 / manu-jaḥ—一个人 / artham—利益 / labheta—可以获得 / nipātayan—使其坠入 / naṣṭa-dṛśam—已失去超然视力的人 / hi—的确 / garte—在洞中

译文 真想要回归家园、回归首神的人，必须把至尊人格首神的仁慈，视为是生命中至善的首要目标。父亲教导儿子，灵性导师教导门徒或君王教导国民，都必须按照我刚给予的忠告去教导。哪怕是门徒、儿子或国民有时无法按他的训示做，他也要在不愤怒的情况下不断地给予教导。应该采用所有的方法让从事虔诚和不虔诚活动的无知之人做奉爱服务。应该始终使他们避免从事功利性活动。把自己那些没有超然视力的门徒、儿子或国民置于功利性活动束缚中的人，怎么可能使自己受益？这恰似把一个盲人领到黑井处，使他坠入其中。

要旨 正如《博伽梵歌》第3章的第26节诗所说：

na buddhi-bhedaṁ janayed
ajñānāṁ karma-saṅginām
joṣayet sarva-karmāṇi
vidvān yuktaḥ samācaran

“为了不扰乱在履行职责时执著于活动结果的无知之人的心，有学问的人不该劝他们停止活动，相反应该通过以奉爱的精神工作，让他们从事各种活动(以逐渐培养奎师那意识)。”

第16节

लोकः स्वयं श्रेयसि नष्टदृष्टि-
योऽर्थान् समीहेत निकामकामः ।
अन्योन्यवैरः सुखलेशहेतो-
रनन्तदुःखं च न वेद मूढः ॥१६॥

lokaḥ svayaṁ śreyasi naṣṭa-dṛṣṭir
yo 'rthān samīheta nikāma-kāmaḥ
anyonya-vairaḥ sukha-leśa-hetor
ananta-duḥkhaṁ ca na veda mūḍhaḥ

lokaḥ－人们 / svayam－亲自 / śreyasi－吉祥之途的 / naṣṭa-dṛṣṭiḥ—失去视力的 / yaḥ—谁 / arthān—供感官享乐的事物 / samīheta—渴望 / nikāma-kāmaḥ—有太多感官享乐的欲望 / anyonya-vairaḥ—彼此忌妒 / sukha-leśa-hetoḥ—仅仅为了短暂的物质快乐 / ananta-duḥkham—无尽的苦难 / ca—也 / na—不 / veda—知道 / mūḍhaḥ—愚蠢

译文 由于愚昧，物质主义者不了解自己的真正利益，以及生命的吉祥之途。他完全被贪图享乐的欲望捆绑在物质享受中，他所制定的一切计划都以此为目标。为短暂的感官享乐，这种人创造出一个充满忌妒的社会，而这种心态使他跳进痛苦的海洋。这种愚蠢之人甚至对此一无所知。

要旨 这节诗中梵文“鼠目寸光的人(naṣṭa-dṛṣṭiḥ)”一句意义重大。生命从一个躯体到另一个躯体不断继续下去，今生所从事的活动不是在今生稍晚些时候就是在下一生会享受到成果或承受苦果。愚蠢无知、鼠目寸光的人，只会为了感官享乐而树敌或挑起争斗，结果使自己在今后或下一生受苦。然而，像盲人一样的他还是继续以同样的方式行事，使自己遭受无尽的痛苦。这种人是愚蠢之人(mūḍha)；他们一直在浪费时间，但却不明白要为至尊主做奉爱服务。至尊主在《博伽梵歌》第7章的第25节诗中说：

nāhaṁ prakāśaḥ sarvasya
yogamāyā-samāvṛtaḥ
mūḍho 'yaṁ nābhijānāti
loko mām ajam avyayam

“我永不向愚蠢、无知的人展示自己。对他们，我用我的内在能量遮住自己，这样他们便不知道我是不经出生就存在的，不知道我是永不犯错的。”

《喀塔奥意书》(Kaṭha Upaniṣad)中也说：被愚昧钳制的人自称是专家，认为自己是博学的权威(avidyāyām antare vartamānāḥ svayaṁ dhīrāḥ paṇḍitaṁ manyamānāḥ)。人们虽然愚昧无知，但还是去找另一个盲目之人引导自己，结果使双方深陷痛苦的状态中。盲人领着盲人跌入壕沟。

第 17 节

कस्तं स्वयं तदभिज्ञो विपश्चि-
दविद्यायामन्तरे वर्तमानम् ।
दृष्ट्वा पुनस्तं सघृणः कुबुद्धिं
प्रयोजयेदुत्पथगं यथान्धम् ॥१७॥

kas taṁ svayaṁ tad-abhijño vipaścid
avidyāyām antare vartamānam
dṛṣṭvā punas taṁ saghṛṇaḥ kubuddhiṁ
prayojayed utpathagaṁ yathāndham

kaḥ一谁 / tam一他 / svayam一亲自 / tat-abhijñaḥ一知道灵性知识 / vipaścit一博学之人 / avidyāyām antare一在愚昧中 / vartamānam一存在 / dṛṣṭvā一看见 / punaḥ一再一次 / tam一他 / sa-ghṛṇaḥ一非常仁慈 / ku-buddhim一沉溺于物质存在的人 / pryojayet一将使从事 / utpatha-gam一走向错误之途的 / yathā一像 / andham一一个盲人

译文　真正博学、仁慈和有高度灵性知识的人，怎能让愚昧地沉溺于物质生活的人从事功利性活动，使他进一步深陷物质存在？如果一个盲人走错了路，绅士怎可能忍心让他继续走向危险？他怎能允许这样做？明智或仁慈的人都不允许这么做。

第 18 节

गुरुर्न स स्यात्स्वजनो न स स्यात्
पिता न स स्याज्जननी न सा स्यात् ।
दैवं न तत्स्यान्न पतिश्च स स्यान्
न मोचयेद्यः समुपेतमृत्युम् ॥१८॥

gurur na sa syāt sva-jano na sa syāt
pitā na sa syāj jananī na sā syāt
daivaṁ na tat syān na patiś ca sa syān
na mocayed yaḥ samupeta-mṛtyum

guruḥ—灵性导师 / na—不 / saḥ—他 / syāt—应该成为 / sva-janaḥ—亲人 / na—不 / saḥ—这样一个人 / syāt—应该成为 / pitā—父亲 / na—不 / saḥ—他 / syāt—应该成为 / jananī—母亲 / na—不 / sā—她 / syāt—应该成为 / daivam—被崇拜的神明 / na—不 / tat—那个 / syāt—应该成为 / na—不 / patiḥ—丈夫 / ca—也 / saḥ—他 / syāt—应该成为 / na—不 / mocayet—可以解救 / yaḥ—……的人 / samupeta-mṛtyum—在生死轮回之途上的人

译文 不能将依靠自己的人从生死轮回中解救出来的人，永远都不该当灵性导师、父亲、丈夫、母亲或被崇拜的半神人。

要旨 世上有许多灵性导师，但瑞沙巴戴瓦劝人如果没有能力将自己的门徒救出生死轮回圈，就不该当灵性导师。人除非是奎师那的纯粹奉献者，否则甚至无法将自己救出生死轮回圈。人只要回归家园，回到首神身边，便不再重复生死(tyaktvā dehaṁ punar janma naiti mām eti so'rjuna)。然而，人除非了解至尊主的本质(janma karma ca me divyam evaṁ yo vetti tattvataḥ)，否则怎么能回归家园，回到首神身边？

历史上有许多实例，证实瑞沙巴戴瓦的教导的正确性。巴利王(Bali Mahārāja)因为苏夸查尔亚(Śukrācārya)不能将他救出生死之途而离弃了苏夸查尔亚。苏夸查尔亚不是纯粹的奉献者，而或多或少地喜欢功利性活动，因此当巴利王许诺把一切都给主维施努时，他予以反对。事实上，由于一切都属于至尊主，人应该把一切都献给至尊主。为此，至尊主在《博伽梵歌》第9章的第27节诗中忠告说：

yat karoṣi yad aśnāsi
　yaj juhoṣi dadāsi yat
yat tapasyasi kaunteya
　tat kuruṣva mad-arpaṇam

“琨缇的儿子啊！无论你做什么，吃什么，供奉或施舍什么，从事什么苦行，都应该把它们当做给我的供奉去做。”这是奉爱(bhakti)。人除非有奉爱之情，否则无法把一切都献给至尊主。人除非能这么做，否则不能当灵性导师、丈夫、父亲或母亲。同样，那些正举行祭祀的布茹阿玛纳的妻子们，为满足主奎师那而离弃了她们的亲属。这是妻子离弃不能救她逃离正在逼近的生死危险的丈夫的一个实例。同样，帕拉德王(Prahlāda Mahārāja)拒绝了他的父亲，巴茹阿特王离弃了他的母亲(jananī na sā syāt)。梵文“被崇拜的神明(daivam)”一词既指半神人，也指接受依靠自己的人崇拜的人。灵性导师、丈夫、父亲、母亲或长辈，一般都接受晚辈的崇拜，但瑞沙巴戴瓦在此禁止人盲目地这样做。父亲、灵性导师或丈夫首先必须能够将依靠他的人救出生死轮回圈。他如果做不到这一点，就会因自己不合法的活动而被淹没在谴责之洋中。每一个人都该非常负责任，像灵性导师负责照管自己的门徒或父亲负责照管自己的儿子一样负责照管依靠自己的人。人除非能将依靠自己的人救出生死轮回圈，否则不可能真正承担起所有这些责任。

第 19 节

इदं शरीरं मम दुर्विभाव्यं
　सत्त्वं हि मे हृदयं यत्र धर्मः ।
पृष्ठे कृतो मे यदधर्म आरा-
　दतो हि मामृषभं प्राहुरार्याः ॥१९॥

idaṁ śarīraṁ mama durvibhāvyaṁ
　sattvaṁ hi me hṛdayaṁ yatra dharmaḥ

pṛṣṭhe kṛto me yad adharma ārād
ato hi māṁ ṛṣabhaṁ prāhur āryāḥ

idam－这个 / śarīram－超然的身体(永恒、知识和极乐的形象) / mama－我的 / durvibhāvyam－不可思议的 / sattvam－没有受到物质自然属性的影响 / hi－的确 / me－我的 / hṛdayam－心 / yatra－……之内 / dharmaḥ－真正的宗教——奉爱瑜伽 / pṛṣṭhe－在背后 / kṛtaḥ－做 / me－被我 / yat－因为 / adharmaḥ－非宗教的 / ārāt－远处 / ataḥ－因此 / hi－的确 / mām－我 / ṛṣabham－最卓越的生物 / prāhuḥ－呼唤 / āryāḥ－那些在灵性生活中的进步之人或值得尊敬的前辈

译文 我超然的身体(永恒、知识和极乐的形象)虽然看起来像人的形象，但其实并非物质的人体。它不可思议。我并非由物质自然强迫着接受一个特定的躯体，而是凭我个人甜美的意愿。我的心也是灵性的，我始终想着我奉献者的幸福。正因为如此，在我心中可以找到专为奉献者设计的奉爱服务的程序。离我内心很远的，是被我遗弃的非宗教和非奉爱性活动。它们不合我的意。由于所有这些超然品质，人们一般都向我——至尊人格首神瑞沙巴戴瓦——全体生物中最卓越的生物祈祷。

要旨 这节诗中的梵文“我的这个超然的身体不可思议(idaṁ śarīraṁ mama durvibhāvyam)”一句非常重要。我们一般体验到两种能量——物质能量和灵性能量。我们对由土、水、火、气、空间、心、智力和假我构成的物质能量已经有所体验，因为物质世界里众生的躯体都由这些元素构成。在物质躯体中的是灵性的灵魂，但我们用肉眼看不到。当我们看到一个身体充满了灵性能量时，很难了解灵性能量怎么有一个躯体。经典中说，瑞沙巴戴瓦的身躯完全是灵性的，对一个物质主义者来说，那很难理解。对物质主义者来说，完全灵性的躯体是不可思议的。当我们通过感性认识无法了解

一个对象时，我们必须接受韦达经(Vedas)的说法。正如《布茹阿玛·萨密塔》(Brahma-saṁhitā)中说：奎师那是至高无上的控制者，祂拥有一个充满知识和极乐的永恒的灵性形象(īśvaraḥ paramaḥ kṛṣṇaḥ sac-cid-ānanda-vigrahaḥ)。至尊主有一个具有形象的身体，但那身体不是由物质元素构成，而是由灵性的极乐、永恒和生命力构成。至尊人格首神可以凭祂不可思议的能量，以祂原本的灵性身体出现在我们面前。但由于我们对灵性的身体没有概念，我们有时会感到迷惑，将至尊主的身体看成是物质的。假象宗哲学家(Māyāvādī)根本无法想象会有一个灵性的身体。他们说，灵魂永远不具人格特性。因此，他们只要看到有人格特征的事物，就想当然地认为那是物质的。《博伽梵歌》第9章的第11节诗中说：

avajānanti māṁ mūḍhā
  mānuṣīṁ tanum āśritam
paraṁ bhāvam ajānanto
  mama bhūta-maheśvaram

"当我以人的形象降临时，愚蠢的人轻视我。他们不知道我作为万事万物的至尊主所具有的超然性。"

愚蠢无知的人认为至尊主接受一个由物质自然构成的身体。我们可以很容易了解物质躯体，但无法了解灵性之躯。正因为如此，瑞沙巴戴瓦说：我的这个超然身体不可思议(idaṁ śarīraṁ mama dur-vibhāvyam)。在灵性世界里，每一个生物都有灵性身体。那里没有物质存在的概念。灵性世界里只有服务和接受服务；只有被服务的人(sevya)，服务的过程(sevā)和做服务的人(sevaka)。这三者全部是灵性的，灵性世界因此而被形容为是绝对的。那里没有丝毫的物质污染。主瑞沙巴戴瓦因为自己完全超越物质概念，所以说祂的心由达尔玛(dharma)构成。《博伽梵歌》中解释"达尔玛"的意思是：抛弃一切种类的宗教，只向至尊主皈依(sarva-dharmān parityajya mām ekaṁ śaraṇaṁ vraja)。在灵性世界里，每一个生物都把自己交给至尊主，完全处在灵性的层面上。尽管那里有做服务的人、被服务的人和服务，但全都是灵性的，而且种类繁多。我们现在因为自己所持有的物质概念，而使一切对我们来说都是不可思议的(durvibhāvya)。至尊主作为至尊者被称为是最杰出的——瑞沙巴(Ṛṣabha)。韦达赞歌中说，祂是永恒中最主要的永恒(nityo nityānām)。我们也是灵性的，但处在从属地位上。至尊主奎师那是最首要的生物。梵文“瑞沙巴”的意思是“领袖”或“至尊者”，以指至尊生物——神本人。

第20节

तस्माद्भवन्तो हृदयेन जाताः
सर्वे महीयांसममुं सनाभम् ।
अक्लिष्टबुद्ध्या भरतं भजध्वं
शुश्रूषणं तद्भरणं प्रजानाम् ॥२०॥

tasmād bhavanto hṛdayena jātāḥ
sarve mahīyāṁsam amuṁ sanābham
akliṣṭa-buddhyā bharataṁ bhajadhvaṁ
śuśrūṣaṇaṁ tad bharaṇaṁ prajānām

tasmāt－因此(因为我是至尊者) / bhavantaḥ－你 / hṛdayena－从我的心 / jātāḥ－生出 / sarve－全体 / mahīyāṁsam－最好的 / amum－那个 / sa-nābham－兄弟 / akliṣṭa-buddhyā－用你们没被物质污染的智慧 / bharatam－巴茹阿特 / bhajadhvam－只努力去服务 / śuśrūṣaṇam－服务 / tat－那个 / bharaṇam prajānām－统治国民

译文 我亲爱的孩子们，你们都产自我的内心——一切灵性品质的所在地。因此，你们不该像邪恶的物质主义者一样。你们应该接受你们的哥哥巴茹阿特，他在奉爱服务中地位崇高。如果你们为巴茹阿特服务，你们为他所做的服务中就包含了为我做的服务，自然就统治了国民。

要旨　这节诗中的梵文“内心、心脏(hṛdaya)”一词也被说成是“胸膛(uraḥ)”。心脏就处在胸腔内，子女虽然是在父母生殖器官的协助下出生的，但实际上产自内心。精子根据内心的状态获得一种类型的躯体。因此按照韦达制度，人在生孩子前应该举行净化仪式(garbhādhāna)以净化内心。瑞沙巴戴瓦的内心总是灵性、不受污染的，因此从祂内心生出的儿子都倾向于过灵性生活。尽管如此，瑞沙巴戴瓦还是建议说，祂的长子巴茹阿特在所有的儿子中地位更高，所以其他儿子应该侍奉他。人们也许会问：为什么要依恋家庭成员？开始时不是建议人不该依恋住房和家庭吗？然而，祂也建议，人必须侍奉灵性上非常进步的人(mahīyasām pāda-rajo-'bhiṣeka)。侍奉崇高的奉献者使解脱的大门向侍奉者敞开(mahat-sevāṁ dvāram āhur vimukteḥ)。我们不该将瑞沙巴戴瓦的家庭与普通物质主义者的家庭作比较。瑞沙巴戴瓦王的长子——巴茹阿特王，尤其崇高无比，因此瑞沙巴戴阿建议祂其他的儿子要为取悦祂而侍奉巴茹阿特王。那是他们的责任。

至尊主在告诉巴茹阿特王当这个星球的统治者。这是至尊主的真正计划。我们看到，在库茹柴陀(Kurukṣetra)战场上，奎师那想要尤帝士提尔王(Mahārāja Yudhiṣṭhira)当这个星球的帝王。祂从不让杜尤丹(Duryodhana)站在那个位置上。正如瑞沙巴戴瓦在前一节诗中所说，祂的内心就是达尔玛(hṛdayaṁ yatra dharmaḥ)。就有关达尔玛的特性，《博伽梵歌》中的解释也是，投靠、服从至尊人格首神。为保护真正的宗教(paritrāṇāya sādhūnām)，至尊主总是想让奉献者统治地球。这样，一切就都顺利地向利益大众的方向发展。恶魔一旦统治地球，一切都变得混乱不堪。如今的世界倾向于民主体制，但人民大众都被激情和愚昧属性所污染，因此没有能力正确地选择适合的人领导政府。总统由无知的庶铎选举，因此庶铎中的一分子就被选举出当总统，结果整个政府都立刻被污染。人们如果严格按照

《博伽梵歌》讲述的原则做，就会选择至尊主的奉献者当总统；这样自然就会有良好的政府。为此，瑞沙巴戴瓦推荐巴茹阿特王当这个星球的帝王。侍奉奉献者就意味着侍奉至尊主，因为奉献者总是代表至尊主。奉献者当领袖时，整个政府就总是协调一致、利益众生的。

第21—22节

भूतेषु वीरुद्भ्य उदुत्तमा ये
सरीसृपास्तेषु सबोधनिष्ठाः ।
ततो मनुष्याः प्रमथास्ततोऽपि
गन्धर्वसिद्धा विबुधानुगा ये ॥२१॥

देवासुरेभ्यो मघवत्प्रधाना
दक्षादयो ब्रह्मसुतास्तु तेषाम् ।
भवः परः सोऽथ विरिञ्चवीर्यः
स मत्परोऽहं द्विजदेवदेवः ॥२२॥

bhūteṣu vīrudbhya uduttamā ye
sarīsṛpās teṣu sabodha-niṣṭhāḥ
tato manuṣyāḥ pramathās tato 'pi
gandharva-siddhā vibudhānugā ye
devāsurebhyo maghavat-pradhānā
dakṣādayo brahma-sutās tu teṣām
bhavaḥ paraḥ so 'tha viriñca-vīryaḥ
sa mat-paro 'haṁ dvija-deva-devaḥ

bhūteṣu—在(有或没有生命象征的)万物中 / vīrudbhyaḥ—比植物 / uduttamāḥ—高等得多 / ye—……的 / sarīsṛpāḥ—虫子或蛇等会蠕动的生物体 / teṣu—它们的 / sa-bodha-niṣṭhāḥ—那些智力已经发展的 / tataḥ—比他们 / manuṣyāḥ—人类 / pramathāḥ—鬼魂 / tataḥ api—比他们高级 / gandharva—甘达尔瓦星球的居民(在半神人星球上被

指派的歌手) / siddhāḥ－拥有所有神秘力量的希达哈星球的居民 / vibudha-anugāḥ－克音纳尔 / ye－……的 / deva－半神人 / asure-bhyaḥ－比恶魔 / maghavat-pradhānāḥ－以因铎为首 / dakṣa-ādayaḥ－从达克沙开始 / brahma-sutāḥ－主布茹阿玛亲生的儿子 / tu－那时 / teṣām－他们的 / bhavaḥ－主希瓦 / paraḥ－最优秀杰出的 / saḥ－他(主希瓦) / atha－而且 / viriñca-vīryaḥ－产自主布茹阿玛 / saḥ－他(布茹阿玛) / mat-paraḥ－我的奉献者 / aham－我 / dvija-deva-devaḥ－布茹阿玛纳的崇拜者或布茹阿玛纳的主人

译文 在两种能量(灵性和无生命的物质能量)展示中，拥有生命力的生物体(蔬菜、青草、树木和植物)，高于无生命的物质(石头、土等)。比不动的植物和蔬菜高级的是能动的蠕虫和蛇。智力得到发展的动物高于蠕虫和蛇。比动物高级的是人类，比人类高级的是鬼魂，因为他们没有肉身。比鬼魂高级的是音乐歌舞仙，而神秘仙比他们都高级。比神秘仙高级的是克音纳尔，比他们高级的是恶魔。半神人比恶魔高级，在半神人中，天帝因铎地位最高。比因铎地位高的是达克沙王等主布茹阿玛亲生的儿子，但在布茹阿玛的儿子中，地位最高的是主希瓦。由于主希瓦是主布茹阿玛的儿子，布茹阿玛被认为更高级，但布茹阿玛还是低于我——至尊人格首神。我喜爱布茹阿玛纳，所以布茹阿玛纳最优秀杰出。

要旨 这节诗中说布茹阿玛纳(brāhmaṇa，婆罗门)的地位甚至高于至尊主。要了解的是：政府应该在布茹阿玛纳的指导下运作。瑞沙巴戴瓦虽然推荐祂的长子巴茹阿特当世界帝王，但为了完美地统治世界，还是要他听从布茹阿玛纳的指示。至尊主作为布茹阿玛纳的主人(brahmaṇya-deva)受到崇拜。至尊主极喜爱奉献者——布茹阿玛纳。这并非指世袭布茹阿玛纳，而是指真正有资格的布茹阿玛纳。布茹阿玛纳应该具有第24节诗中所谈到的八种品质，如：控制心念(śama)、控制感官(dama)、诚实(satya)和忍受(titikṣā)等。布茹阿玛纳应该总是受到崇拜。统治者应该在他们的指导下履行自己的职责，统治国民。不幸的是，在这个喀历(Kali)年代中，执政者并非由很有智慧的人选举出，也不在有资格的布茹阿玛纳的指导下执政。正因为如此，整个局面混乱一团。人民大众应该受到培养奎师那意识的教育，以便能够按照民主程序选出像巴茹阿特王那样一流的奉献者领导政府。如果国家领袖由有资格的布茹阿玛纳指导，一切就圆满了。

这节诗间接地谈到了进化程序。生命由物质进化而来的现代进化论，在这节诗中得到某种程度的支持，因为诗中说，生物体从比无生命的物质高级的蔬菜、青草、植物和树木向上进化(bhūteṣu vīrudbhyaḥ)。换句话说，物质也具有以蔬菜的形式展示生命的力量。从这个意义上说，生命从物质展示出来，但物质也由生命展示出。正如奎师那在《博伽梵歌》中说："我是灵性和物质世界的源头。一切都来自我(ahaṁ sarvasya prabhavo mattaḥ sarvaṁ pravartate)。"

世上有灵性和物质两种能量，原本都来自奎师那。奎师那是至尊生物。尽管据说在物质世界里生命力产自物质，但必须明白，是至尊生物最初生产出物质的。《喀塔奥义书》(Kaṭha Upaniṣad)第2篇第2章的第13节诗中说：祂是永恒中最主要的永恒，生物中至尊的生物(nityo nityānāṁ cetanaś cetanānām)。结论是：物质和灵性的一切都产自至尊神。从进化的角度看，生物达到布茹阿玛纳的层面时便达到了完美。布茹阿玛纳是崇拜至尊布茹阿曼(梵)的人，而至尊布茹阿曼崇拜布茹阿玛纳。换句话说，奉献者是至尊主的下属，至尊主要确保祂的奉献者得到满足。布茹阿玛纳被称为最优秀的再生者(dvija-deva)，而至尊主被称为最优秀的再生者的主人(dvija-deva-de-va)——布茹阿玛纳的主人。

《永恒的柴坦亚经》中篇第19章中也解释进化程序说，有动与不动的两种生物体。在能动的生物体中有飞禽、走兽、水生物和人类等，其中人类最高级，但数量很少。在少量的人类中，有野蛮人(mleccha)、菩林达人(Pulinda)、包达人(bauddha)和沙巴茹阿人(śabara)等许多低等人类。进化到足以接受韦达原则的人更高级。在接受通常被称为社会四阶层和灵性四阶段制度(现被称为印度教体系)的韦达原则的人之中，只有少数人在真正遵守这些原则。在真正遵守韦达原则的人当中，大多数人都在为升上更高的地位而从事功利性活动或虔诚活动。在千万人中，也许只有一个人力求达到完美(manu-ṣyāṇāṁ sahasreṣu kaścid yatati siddhaye)。在许多执著于功利性活动的人当中，也许有一个人有哲学倾向，而这样的人高于功利性活动者。在达到完美的人中，很难有一个人真正了解我(yatatām api sid-dhānāṁ kaścin māṁ vetti tattvataḥ)。在许多喜欢哲学思辨的人当中，也许有一个人摆脱物质束缚；而在千百万解脱的哲学思辨者中，也许有一个人成为奎师那的奉献者。

第23节

न ब्राह्मणैस्तुलये भूतमन्यत्
पश्यामि विप्राः किमतः परं तु ।
यस्मिन्नृभिः प्रहुतं श्रद्धयाह-
मश्नामि कामं न तथाग्निहोत्रे ॥२३॥

na brāhmaṇais tulaye bhūtam anyat
paśyāmi viprāḥ kim ataḥ paraṁ tu
yasmin nṛbhiḥ prahutaṁ śraddhayāham
aśnāmi kāmaṁ na tathāgni-hotre

na－不／brāhmaṇaiḥ－与布茹阿玛纳／tulaye－我认为与之同等／bhūtam－生物／anyat－其他／paśyāmi－我能看见／viprāḥ－众布茹阿玛纳啊！／kim －任何东西／ataḥ－对布茹阿玛纳／param－高于／tu－肯定地／yasmin－透过……的／nṛbhiḥ－被人们／prahutam－在正确举行祭典后供奉的食物／śraddhayā－怀着信心和

爱 / aham－我 / aśnāmi－吃 / kāmam－心满意足 / na－不 / tathā－以那种方式 / agni-hotre－在火祭中

译文 尊敬的布茹阿玛纳啊！我认为，这世上没人等同于或高于布茹阿玛纳。我找不到能比上他们的人。当人们按照韦达原则举行仪式后了解我的想法时，他们怀着信心和爱透过布茹阿玛纳的嘴向我供奉食物。当食物以此方式供奉给我时，我心满意足地进食。事实上，以那种方式供奉的食物比在火祭中供奉的食物更令我满意。

要旨 按照韦达制度，祭祀后要邀请布茹阿玛纳进食供奉过的食物。布茹阿玛纳进食时，被视为是至尊主本人在吃。因此，没人能与有资格的布茹阿玛纳相比。进化的完美境界是提升到布茹阿玛纳的层面上。不以布茹阿玛纳的文化或指导为基础的文明，无疑是注定遭殃的文明。如今的人类文明以感官享乐为基础，致使越来越多的人对不同的事物上瘾，却没人尊重布茹阿玛纳文化。邪恶的文明必然包含可怕的活动(ugra-karma)，发展大工业是为了满足人们无尽的贪图享乐的欲望，结果却使人们备受政府苛捐杂税的烦扰。人们没有宗教心，不举行《博伽梵歌》中推荐的祭祀。《博伽梵歌》中说：举行祭祀使天空云朵聚集，进而降雨(yajñād bhavati parjanyaḥ)。而有充沛的雨水，就会五谷丰登。人类社会应该在布茹阿玛纳的指导下遵守《博伽梵歌》中教导的原则。这样做，人民将十分幸福。当人和动物都有足够的粮食可吃(annād bhavanti bhūtāni)，他们就会长得强壮，从而使内心安宁、大脑平静。这样，他们就可以在使生物达到最终目的地的灵性生活中向前迈进。

第 24 节

धृता तनूरुशती मे पुराणी
येनेह सत्त्वं परमं पवित्रम् ।

शमो दमः सत्यमनुग्रहश्च
तपस्तितिक्षानुभवश्च यत्र ॥२४॥

dhṛtā tanūr uśatī me purāṇī
yeneha sattvaṁ paramaṁ pavitram
śamo damaḥ satyam anugrahaś ca
tapas titikṣānubhavaś ca yatra

dhṛtā－靠超然的教育维持 / tanūḥ－躯体 / uśatī－免于物质污染 / me－我的 / purāṇī－永恒的 / yena－有……的 / iha－在这个物质世界中 / sattvam－善良属性 / paramam－至高的 / pavitram－变纯洁 / śamaḥ－心念的控制 / damaḥ－感官的控制 / satyam－诚实 / anugrahaḥ－仁慈 / ca－和 / tapaḥ－苦修 / titikṣā－忍受 / anubhavaḥ－了悟神与生物体 / ca－和 / yatra－……之内

译文　韦达经是我永恒超然的声音化身。因此，韦达经是以话语呈现的绝对真理(śabda-brahma)。在这个世界里，布茹阿玛纳认真仔细地学习所有的韦达经，而由于他们理解韦达结论，他们也被视为是韦达人格化身。布茹阿玛纳处在至高无上的超然善良属性层面上，因此稳定地处在控制内心、控制感官和诚实的状态中。他们讲述韦达经的原意；出于仁慈，他们给所有受制约的灵魂宣讲韦达经的效用和目的。他们练习苦修和忍受，了悟生物和至尊主的地位。这是布茹阿玛纳的八种品质。因此在众生中，没有谁高于布茹阿玛纳。

要旨　这是对布茹阿玛纳的真实写照。布茹阿玛纳是靠控制内心和感官理解了韦达结论的人。他讲述所有韦达经的真正说法。正如《博伽梵歌》中证实说：研习韦达经的目的是要知道我(vedaiś ca sarvair aham eva vedyaḥ)。通过学习所有的韦达经，人应该了解圣主奎师那的超然地位。真正理解了韦达经精华的人可以传播真理。他对因为没有奎师那意识而在这受制约的世界里遭受三种苦的受制约的灵魂们满怀同情。布茹阿玛纳应该怜悯人民大众，为提升他们而传播发展奎师那意识的知识。至尊人格首神圣奎师那本人从灵性王国降临这个宇宙，教导受制约的灵魂有关灵性生活的价值。祂努力劝他们皈依祂。布茹阿玛纳做的是同样的事。他们在理解韦达指示后，协助至尊主解救受制约的灵魂。至尊主深爱布茹阿玛纳，因为他们具有高度的善良型(sattva-guṇa)品质，并致力于为这个物质世界里全体受制约的灵魂谋福利的活动。

第25节

मत्तोऽप्यनन्तात्परतः परस्मात्
स्वर्गापवर्गाधिपतेर्न किञ्चित् ।
येषां किमु स्यादितरेण तेषा-
मकिञ्चनानां मयि भक्तिभाजाम् ॥२५॥

matto 'py anantāt parataḥ parasmāt
svargāpavargādhipater na kiñcit
yeṣāṁ kim u syād itareṇa teṣām
akiñcanānāṁ mayi bhakti-bhājām

mattaḥ－从我／api－甚至／anantāt－无限的力量与财富／parataḥ parasmāt－高于最高者／svarga-apavarga-adhipateḥ－可以赐予在天堂王国中能得到或靠解脱，甚或物质安适享受后解脱得到的快乐／na－不／kiñcit－任何东西／yeṣām－……的／kim－有什么用／u－噢／syāt－能有／itareṇa－与任何其他／teṣām－他们的／akiñcanānām－没有需要或没有财产／mayi－向我／bhakti-bhājām－做奉爱服务

译文　我绝对富有、全能，高于主布茹阿玛和天帝因铎。我还是天堂王国内能得到的一切快乐及解脱的赐予者。尽管如此，布茹阿玛纳们不向我要求物质的安逸。他们十分纯洁，一无所求，只是忙于为我做奉爱服务。他们有何必要向任何人要求物质利益？

要旨　这节诗中说明完美的布茹阿玛纳品质是：始终致力于为至尊主做奉爱服务，因此既没有物质所求，也不占有物质的一切(akiñcanānāṁ mayi bhakti-bhājām)。在《永恒的柴坦亚经》中，柴坦亚·玛哈帕布解释渴望回归家园、回到首神身边的纯粹外士纳瓦的状态说：真正想要回归家园、回到首神身边的人，不想要得到物质的安逸(niṣkiñcanasya bhagavad-bhajanonmukhasya)。圣柴坦亚·玛哈帕布劝告说：通过与女人交往得到的感官享乐，以及物质财富，比毒药还危险(sandarśanaṁ viṣayināṁ atha yoṣitāṁ ca hā hanta hanta viṣa-bhakṣaṇato 'py asādhu)。那些是纯粹奉献者的布茹阿玛纳总是忙于为至尊主服务，没有要得到物质利益的欲望。布茹阿玛纳不会为了物质的舒适而去崇拜主布茹阿玛(Brahmā)、天帝因铎(Indra)或主希瓦(Śiva)。他们甚至不会为得到物质利益而向至尊主提出请求，因此结论是：布茹阿玛纳是这个世界中最高等的生物。对此，圣卡皮拉(Śrī Kapiladeva)也在《圣典博伽瓦谭》中证实说：

tasmān mayy arpitāśeṣa-
　kriyārthātmā nirantaraḥ
mayy arpitātmanaḥ puṁso
　mayi sannyasta-karmaṇaḥ
na paśyāmi paraṁ bhūtam
　akartuḥ sama-darśanāt

“纯粹的奉献者除我以外，对什么都不感兴趣，因此终日为我而忙碌，把一切，包括他的生命都献给我。所以，我找不到比他更伟大的人。”

布茹阿玛纳始终忙于用他们的身体、话语和内心为至尊主服务。世上没人高于那些把自己完全奉献给至尊主的布茹阿玛纳。

第 26 节

सर्वाणि मद्धिष्ण्यतया भवद्भि-
　श्चराणि भूतानि सुता ध्रुवाणि ।

सम्भावितव्यानि पदे पदे वो
विविक्तदृग्भिस्तदु हार्हणं मे ॥२६॥

sarvāṇi mad-dhiṣṇyatayā bhavadbhiś
carāṇi bhūtāni sutā dhruvāṇi
sambhāvitavyāni pade pade vo
vivikta-dṛgbhis tad u hārhaṇaṁ me

sarvāṇi—所有 / mat-dhiṣṇyatayā—因为是我所在的地方 / bhavad-bhiḥ—被你们 / carāṇi—动的 / bhūtāni—生物体 / sutāḥ—我亲爱的儿子 / dhruvāṇi—不动的 / sambhāvitavyāni—应受尊敬 / pade pade—时时刻刻 / vaḥ—被你们 / vivikta-dṛgbhiḥ—拥有(至尊人格首神以祂的超灵形象无所不在)的洞察力和理解 / tat u—间接地 / ha—无疑地 / arhaṇam—致以敬意 / me—向我

译文　我亲爱的儿子们，你们不该忌妒任何生物体，无论是动或不动的。在知道我就在他们体内的情况下，你们该随时向众生致以敬意。这样做，你们就是在向我致敬。

要旨　这节诗中用“拥有洞察力和理解(vivikta-dṛgbhiḥ)”一词表明“没有忌妒”。至尊人格首神以超灵(Paramātmā)的形式住在所有的生物体内。《布茹阿玛·萨密塔》(Brahma-saṁhitā)中证实说：至尊主进入宇宙，也进入原子中(aṇḍāntara-sthaṁ paramāṇu-cayāntara-stham)。至尊主以嘎尔博达卡沙依·维施努(Garbhodakaśāyī Viṣṇu)和祺柔达卡沙依·维施努(Kṣīrodakaśāyī Viṣṇu)的形象住在这个宇宙中。祂也处在每一个原子内。按照韦达文献的说明：一切都在至尊主的控制之下(īśāvāsyam idaṁ sarvam)。至尊主无所不在，祂所在的地方就是祂的庙宇。我们甚至在离神庙还有一定距离的地方就向神庙致以敬意了，那么众生应该得到同样的尊敬。这不同于认为一切都是神的泛神论观点。神无所不在，因此一切都与神有关。我们不该像愚蠢的“贫穷的纳茹阿亚纳(daridra-nārāyaṇa)”崇拜者那样，对穷人和富人作区分。主纳茹阿亚纳既住在富人体内也住在穷人体内。人不该以为纳茹阿亚纳只处在穷人体内。祂无所不在。进步的奉献者会向众生，甚至猫和狗，致以敬意。

vidyā-vinaya-sampanne
brāhmaṇe gavi hastini
śuni caiva śva-pāke ca
paṇḍitāḥ sama-darśinaḥ

“谦卑的圣人凭真正的知识，用平等的眼光看待乳牛、大象、狗和吃狗肉的人(不属于社会四阶层的人)，以及博学、温和的布茹阿玛纳。”我们不该把“平等看待(sama-darśinaḥ)”误解为是个体灵魂与至尊主一样。两者之间永远有区别。每一个人都不同于至尊主。以“洞察力(vivikta-dṛk)”和“平等的眼光(sama-dṛk)”为由，将个体生物与至尊主画等号是错误的。至尊主虽然同意住在所有的地方，但地位永远至高无上。圣玛德瓦查尔亚引述《莲花往世书》(Padma Purāṇa)中的诗说：“目光锐利且没有忌妒心的人，能够看到至尊主与众生是分开的，尽管祂住在每一个生物体的体内。”玛德瓦查尔亚进一步引述《莲花往世书》中的诗文道：

upapādayet parātmānaṁ
jīvebhyo yaḥ pade pade
bhedenaiva na caitasmāt
priyo viṣṇos tu kaścana

“至尊主很喜爱看到生物永远不同于至尊主的人。”《莲花往世书》中还说：“主维施努很喜爱宣讲生物与至尊主是分开的人。”

第 27 节

मनोवचोदृक्करणेहितस्य
साक्षात्कृतं मे परिबर्हणं हि ।

विना पुमान् येन महाविमोहात्
कृतान्तपाशान्न विमोक्तुमीशेत् ॥२७॥

mano-vaco-dṛk-karaṇehitasya
sākṣāt-kṛtaṁ me paribarhaṇaṁ hi
vinā pumān yena mahā-vimohāt
kṛtānta-pāśān na vimoktum īśet

manaḥ－心 / vacaḥ－话语 / dṛk－视力 / karaṇa－感官的 / īhitasya－一切活动(为维持躯体、交际、友谊等)的 / sākṣāt-kṛtam－直接献给 / me－我的 / paribarhaṇam－崇拜 / hi－因为 / vinā－没有 / pumān－任何人 / yena－……的 / mahā-vimohāt－从巨大的错觉 / kṛtānta-pāśāt－正如阎罗王收紧的索套 / na－不 / vimoktum－变得自由 / īśet－能够

译文 心、视力、话语，以及所有收集知识的感官和工作感官该从事的真正活动，就是只为我做服务。生物除非这样用他的感官，否则不可能摆脱物质存在的巨大束缚，而那束缚就像阎罗王收紧的索套。

要旨 正如《纳茹阿达·潘查茹阿陀》(Nārada-pañcarātra)中说:

sarvopādhi-vinirmuktaṁ
tat-paratvena nirmalam
hṛṣīkeṇa hṛṣīkeśa-
sevanaṁ bhaktir ucyate

“奉爱服务意味着把我们所有的感官都用于侍奉感官的主人——至尊人格首神。个体灵魂为至尊主做服务时，将附带产生两个结果，一是使人去除所有的物质称号，另一个是仅仅通过为至尊主服务，感官便得到净化。”

这是对奉爱(bhakti)的结论。主瑞沙巴戴瓦一直在强调奉爱服务，现在则总结说：所有的感官都该用于为至尊主做服务。我们有

五个获取知识的感官和五个工作感官。应该把这十个感官和内心都完全用于侍奉至尊主。不这样用所有的感官，人就无法摆脱错觉能量玛亚的钳制。

第 28 节

श्रीशुक उवाच
एवमनुशास्यात्मजान् स्वयमनुशिष्टानपि लोकानुशासनार्थं महानु-
भावः परमसुहृद्भगवानृषभापदेश उपशमशीलानामुपरतकर्मणां महा-
मुनीनां भक्तिज्ञानवैराग्यलक्षणं पारमहंस्यधर्ममुपशिक्षमाणः स्वतनय-
शतज्येष्ठं परमभागवतं भगवज्जनपरायणं भरतं धरणिपालनायाभि-
षिच्य स्वयं भवन एवोर्वरितशरीरमात्रपरिग्रह उन्मत्त इव गगन-
परिधानः प्रकीर्णकेश आत्मन्यारोपिताहवनीयो ब्रह्मावर्तात्प्रवव्राज ॥२८॥

śrī-śuka uvāca
evam anuśāsyātmajān svayam anuśiṣṭān api lokānuśāsanārthaṁ
mahānubhāvaḥ parama-suhṛd bhagavān ṛṣabhāpadeśa upaśama-śīlānām
uparata-karmaṇāṁ mahā-munīnāṁ bhakti-jñāna-vairāgya-lakṣaṇaṁ
pāramahaṁsya-dharmam upaśikṣamāṇaḥ sva-tanaya-śata-jyeṣṭhaṁ
parama-bhāgavataṁ bhagavaj-jana-parāyaṇaṁ bharataṁ dharaṇi-
pālanāyābhiṣicya svayaṁ bhavana evorvarita-śarīra-mātra-parigraha
unmatta iva gagana-paridhānaḥ prakīrṇa-keśa ātmany āropitāhavanīyo
brahmāvartāt pravavrāja

śrī-śukaḥ uvāca一圣舒卡戴瓦·哥斯瓦米说 / evam一以这种方式 / anuśāsya一教导之后 / ātma-jān一祂的儿子们 / svayam一亲自 / anuśiṣṭān一高度教育栽培 / api一虽然 / loka-anuśāsana-artham一专门教导人们 / mahā-anubhāvaḥ一伟大的人物 / parama-suhṛt一众生的最高祝愿者 / bhagavān一至尊人格首神 / ṛṣabha-apadeśaḥ一以瑞沙巴戴瓦闻名于世 / upaśama-śīlānām一对物质享乐没有渴望的人的 / upara-ta-karmaṇām一对功利性活动不再有兴趣的 / mahā-munīnām一托钵僧 / bhakti一奉爱服务 / jñāna一完美的知识 / vairāgya一超脱 / lakṣa-ṇam一以……为特征 / pāramahaṁsya一人类中最好的 / dharmam一职

责 / upaśikṣamāṇaḥ－教导 / sva-tanaya－祂的儿子们的 / śata－一百个 / jyeṣṭham－最年长 / parama-bhāgavatam－至尊主最崇高的奉献者 / bhagavat-jana-parāyaṇam－至尊主的奉献者(布茹阿玛纳或外士纳瓦)的追随者 / bharatam－巴茹阿特王 / dharaṇi-pāla-nāya－为了统治世界 / abhiṣicya－登上王位 / svayam－亲自 / bhava-ne－在家 / eva－虽然 / urvarita－继续留在 / śarīra-mātra－只有身体 / parigrahaḥ－接受 / unmattaḥ－疯子 / iva－完全像 / gagana-paridhānaḥ－将天空当做祂的衣服 / prakīrṇa-keśaḥ－有一头乱发 / ātmani－在祂之中 / āropi-ta－保持 / āhavanīyaḥ－祭祀之火 / brahmā-vartāt－从一个名叫布茹阿玛瓦尔塔的地方 / pravavrāja－开始到全世界旅行

译文 舒卡戴瓦·哥斯瓦米说：众生伟大的祝愿者——至尊主瑞沙巴戴瓦，就这样教导祂的儿子们。尽管他们得到完美的教育和栽培，祂还是为树立榜样而教导他们，以示范作父亲的该如何在退出家庭生活前教导儿子。不再受功利性活动的束缚且在征服了一切物质欲望后做奉爱服务的托钵僧，也从这些教导中得到指示。主瑞沙巴戴瓦教导祂一百个儿子，其中长子巴茹阿特是非常进步的奉献者、外士纳瓦的追随者。为了统治全世界，至尊主让祂的长子登上王位。那之后，主瑞沙巴戴瓦虽然仍住在家中，但却像疯子一样活着，整天赤身露体、披头散发。接着，至尊主把祭祀之火装在自己体内，离开布茹阿玛瓦尔塔到全世界旅行。

要旨 事实上，主瑞沙巴戴瓦对祂儿子的教导并非只是专门给祂儿子的，因为他们已经受到教育，具有高度进步的知识。这些教导是给予那些想要成为进步奉献者的托钵僧的。走在奉爱服务的路途上的托钵僧(sannyāsī)，必须遵守主瑞沙巴戴瓦的教导。主瑞沙巴戴瓦退出家庭生活后，甚至还在与家人一起时就像个赤裸的疯子一样生活了。

第 29 节

**जडान्धमूकबधिरपिशाचोन्मादकवदवधूतवेषोऽभिभाष्यमाणोऽपि ज-
नानां गृहीतमौनव्रतस्तूष्णीं बभूव ॥२९॥**

jaḍāndha-mūka-badhira-piśāconmādakavad-avadhūta-
veṣo 'bhibhāṣyamāṇo 'pi janānāṁ gṛhīta-mauna-vratas tūṣṇīṁ babhūva.

jaḍa—无所事事 / andha—瞎子 / mūka—哑巴 / badhira—聋子 / piśāca—鬼魂 / unmādaka—疯子 / vat—如同 / avadhūta-veṣaḥ—显得像个阿瓦杜塔(对物质世界毫不关心的人) / abhibhāṣyamāṇaḥ—这样被称为(聋子、哑巴和瞎子) / api—虽然 / janānām—被人们 / gṛhīta—当做 / mauna—沉默的 / vrataḥ—誓言 / tūṣṇīm babhūva—祂保持沉默

译文　在接受阿瓦杜塔的特征，也就是完全不在乎物质世界的伟大、圣洁之人所应有的特征后，主瑞沙巴戴瓦在穿越人类社会时恰似一个又瞎又聋又哑的人、一块闲置的石头、一个鬼魂或精神失常的人。尽管人们用这些名称呼叫祂，但他始终保持沉默，不与任何人说话。

要旨　“阿瓦杜塔(avadhūta)”一词是指不在意社会习俗，尤其是社会四阶层和灵性四阶段传统的人。但这样的一个人应该全神贯注于自己的内心，满足于与他冥想的至尊人格首神在一起。换句话说，超越社会四阶层和灵性四阶段制度的规定的人，被称为阿瓦杜塔。这样的人已经超越了玛亚的钳制，与社会完全分开，独立生活。

第 30 节

**तत्र तत्र पुरग्रामाकरखेटवाटखर्वटशिबिरव्रजघोषसार्थगिरिवनाश्रमादि-
ष्वनुपथमवनिचरापसदैः परिभूयमानो मक्षिकाभिरिव वनगजस्तर्जन-
ताडनावमेहनष्ठीवनग्रावशकृद्रजःप्रक्षेपपूतिवातदुरुक्तैस्तदविगणयन्-
नेवासत्संस्थान एतस्मिन्देहोपलक्षणे सदपदेश उभयानुभवस्वरूपेण**

स्वमहिमावस्थानेनासमारोपिताहंममाभिमानत्वादविखण्डितमनाः पृथिवीमेकचरः परिबभ्राम ॥३०॥

tatra tatra pura-grāmākara-kheṭa-vāṭa-kharvaṭa-śibira-vraja-ghoṣa-sārtha-giri-vanāśramādiṣv anupatham avanicarāpasadaiḥ paribhūyamāno makṣikābhir iva vana-gajas tarjana-tāḍanāvamehana-ṣṭhīvana-grāva-śakṛd-rajaḥ-prakṣepa-pūti-vāta-duruktais tad avigaṇayann evāsat-saṁsthāna etasmin dehopalakṣaṇe sad-apadeśa ubhayānubhava-svarūpeṇa sva-mahimāvasthānenāsamāropitāham-mamābhimānatvād avikhaṇḍita-manāḥ pṛthivīm eka-caraḥ paribabhrāma.

tatra tatra—到处 / pura—城市 / grāma—乡村 / ākara—矿山 / kheṭa—农田 / vāṭa—花园 / kharvaṭa—山谷中的村庄 / śibira—军营 / vraja—牛圈 / ghoṣa—牧人的住所 / sārtha—朝圣者的休憩所 / giri—山丘 / vana—森林 / āśrama—隐士的居所 / ādiṣu—等等 / anupatham—当祂经过 / avanicara-apasadaiḥ—被不良分子、拙劣之人 / pari-bhūyamānaḥ—被围绕 / makṣikābhiḥ—被苍蝇 / iva—如同 / vana-gajaḥ—来自森林的大象 / tarjana—被威胁 / tāḍana—殴打 / avamehana—往身上撒尿 / ṣṭhīvana—往身上吐痰 / grāva-śakṛt—石头和粪便 / rajaḥ—尘土 / prakṣepa—投掷 / pūti-vāta—在面前放屁 / duruktaiḥ—和用粗俗的话语 / tat—那个 / avigaṇayan—不在乎 / eva—因此 / asatsaṁsthāne—绅士不适宜居住的地方 / etasmin—在这个 / deha-upalakṣaṇe—以物质躯体的形式 / sat-apadeśe—被说成是真的 / ubhaya-anubhava-svarūpeṇa—通过正确地了解身体和灵魂 / sva-mahima—在祂自身的光荣中 / avasthānena—被置于 / asamāropita-aham-mama-abhi-mānatvāt—因为不接受“我和我的”的错误概念 / avikhaṇ- ḍita-manāḥ—内心不受干扰 / pṛthivīm—全世界 / eka-caraḥ—独自 / pariba-bhrāma—祂漫游

译文 瑞沙巴戴瓦开始行走穿越城市、村庄、矿山、乡间、山谷、花园、军营、牛圈、牧人的家、客栈、山丘、森

林和隐居所。祂所到之处，所有的拙劣之人就会围着他，仿佛苍蝇围着来自森林的大象的身体打转。祂总是受到威胁、殴打，那些人向祂身上撒尿、吐痰。他们有时向祂投石头、粪便和尘土，有时在祂面前放屁。他们还谩骂祂，给祂制造大量的麻烦。然而，祂根本不在乎这一切，因为祂知道物质躯体最终的结局不过如此。祂处在灵性的层面上，在祂灵性的荣光中根本不在意这些物质的侮辱。换句话说，祂没有躯体化的概念，完全明白物质和灵性是分开的。这样，在不对任何人愤怒的情况下，祂独自走遍世界。

要旨　纳若塔玛·达斯·塔库尔(Narottama dāsa Ṭhākura)说：人一旦认清物质的躯体和世界是短暂的，就不再关心躯体的痛苦和满足了(deha-smṛti nāhi yāra, saṁsāra bandhana kāhāṅ tāra)。圣奎师那在《博伽梵歌》中忠告说：

mātrā-sparśās tu kaunteya
śétoṣṇa-sukha-duḥkha-dāḥ
āgamāpāyino 'nityās
tāṁs titikṣasva bhārata

"琨缇的儿子啊！正如冬季和夏季轮流到来，短暂的痛苦和快乐时来时去。巴茹阿特的后裔啊！它们来自感官的感觉，人必须学习忍受这一切，不受干扰。"

至于瑞沙巴戴瓦，前面已经解释过，祂超然的躯体不可思议(idaṁ śarīraṁ mama durvibhāvyam)。祂根本没有物质的躯体，因此能忍受社会中的不良分子以向祂投掷石块和尘土并殴打祂等形式对祂进行的各种骚扰。祂的身体是超然的，所以没有丝毫痛苦。祂总是处在祂灵性的极乐状态中。正如《博伽梵歌》第18章的第61节诗所说：

īśvaraḥ sarva-bhūtānāṁ
hṛd-deśe 'rjuna tiṣṭhati
bhrāmayan sarva-bhūtāni
yantrārūḍhāni māyayā

“阿尔诸纳啊！每个生物都坐在一台由物质能量制成的机器上，至尊主处在他们心中，指导他们周游四方。”

既然至尊主处在每一个生物体的心中，祂也一定处在猪和狗的心中。我们不该认为，既然在猪和狗这些物质躯体中的生物住在肮脏不洁的地方，至尊人格首神也就以祂超灵的形式住在肮脏的地方。主瑞沙巴戴瓦虽然受到世上不良分子的虐待，但却不受影响。正因为如此，这节诗中说：祂处在祂自己的荣光中(sva-mahima-avasthānena)。”祂从不会因为受到上述的多种侮辱而悲伤。

第 31 节

अतिसुकुमारकरचरणोरःस्थलविपुलबाह्वंसगलवदनाद्यवयव विन्यासः प्रकृतिसुन्दरस्वभावहाससुमुखो नवनलिनदलायमानशिशिरतारारुणायतनयनरुचिरः सदृशसुभगकपोलकर्णकण्ठनासो विगूढस्मितवदनमहोत्सवेन पुरवनितानां मनसि कुसुमशरासनमुपदधानः परागवलम्बमानकुटिलजटिलकपिशकेशभूरिभारोऽवधूतमलिननिजशरीरेण ग्रहगृहीत इवादृश्यत ॥३१॥

ati-sukumāra-kara-caraṇoraḥ-sthala-vipula-bāhv-aṁsa-gala-vadanādy-avayava-vinyāsaḥ prakṛti-sundara-svabhāva-hāsa-sumukho nava-nalina-dalāyamāna-śiśira-tārāruṇāyata-nayana-ruciraḥ sadṛśa-subhaga-kapola-karṇa-kaṇṭha-nāso vigūḍha-smita-vadana-mahotsavena pura-vanitānāṁ manasi kusuma-śarāsanam upadadhānaḥ parāg-avalambamāna-kuṭila-jaṭila-kapiśa-keśa-bhūri-bhāro 'vadhūta-malina-nija-śarīreṇa graha-gṛhīta ivādṛśyata

ati-su-kumāra－很精美 / kara－手 / caraṇa－脚 / uraḥ-sthala－胸 / vipula－长 / bāhu－手臂 / aṁsa－肩膀 / gala－脖子 / vadana－脸 / ādi－等等 / avayava－四肢 / vinyāsaḥ－恰当地处在 / prakṛti－以自然的 / sundara－可爱的 / sva-bhāva－自然的 / hāsa－微笑着 / su-mukhaḥ－祂美丽的嘴 / nava-nalina-dalāyamāna－显得如刚绽放的莲花

瓣 / śiśira－带走所有的不幸 / tāra－虹膜 / aruṇa－带红色的 / āyata－张开 / nayana－用眼睛 / rucirah－可爱地 / sadṛśa－如此的 / subhaga－美丽 / kapola－前额 / karṇa－耳朵 / kaṇṭha－脖子 / nāsaḥ－祂的鼻子 / vigūḍha-smita－以温和的微笑 / vadana－以祂的脸 / mahā-utsavena－看上去像节日 / pura-vanitānām－结婚妇女的 / manasi－在内心 / kusuma-śarāsanam－丘比特 / upadadhānaḥ－唤醒 / parāk－四周 / avalambamāna－散布 / kuṭila－卷曲 / jaṭila－纠结的 / kapiśa－棕色 / keśa－头发的 / bhūri-bhāraḥ－大量的 / avadhūta－疏忽 / malina－肮脏 / nija-śarīreṇa－凭祂的身体 / graha-gṛhītaḥ－被鬼魂附体 / iva－正如 / adṛśyata－祂出现

译文 主瑞沙巴戴瓦的手、脚和胸部都很长。祂的肩膀、脸庞和四肢都长得很精美、匀称。祂自然的微笑美丽地修饰着他的嘴，如清晨沾着露水刚绽放的莲花瓣一样舒展、微红的大眼睛使他显得愈加可爱。祂眼睛的虹膜是如此令人赏心悦目，以至能去除每一个看到祂的人的一切烦恼。祂的前额、耳朵、脖子、鼻子和所有其他特征都十分俊美。祂温和的微笑使祂的脸庞始终显得很美，甚至吸引已婚妇女的心，使她们仿佛被丘比特的箭射中一般。祂有一头浓密、卷曲纠结且呈深棕色的头发，但因为全身很脏、披头散发而凌乱不堪。祂看去像是被鬼魂附体的人。

要旨 尽管主瑞沙巴戴瓦的身体完全没得到照顾，但祂超然的相貌是如此有魅力，就连已婚妇女都受祂的吸引。祂的美和身体的脏组合在一起，使祂健美的身躯看似被鬼魂附体了一样。

第 32 节

यर्हि वाव स भगवान्लोकमिमं योगस्याद्धा प्रतीपमिवाचक्षाणस्तत्-
प्रतिक्रियाकर्म बीभत्सितमिति व्रतमाजगरमास्थितः शयान एवाश्नाति
पिबति खादत्यवमेहति हदति स्म चेष्टमान उच्चरित आदिग्धोद्देशः ॥३२॥

yarhi vāva sa bhagavān lokam imaṁ yogasyāddhā pratīpam
ivācakṣāṇas tat-pratikriyā-karma bībhatsitam iti vratam ājagaram-
āsthitaḥ śayāna evāśnāti pibati khādaty avamehati hadati sma
ceṣṭamāna uccarita ādigdhoddeśaḥ

yarhi vāva—当 / saḥ—祂 / bhagavān—至尊人格首神 / lokam——般大众 / imam—这个 / yogasya—练瑜伽 / addhā—直接的 / pratīpam—充满敌意 / iva—如同 / ācakṣāṇaḥ—看到 / tat—……的 / pratikriyā—为对抗 / karma—活动 / bībhatsitam—可恶的 / iti—因此 / vratam—行为 / ājagaram——条(始终在同一个地方的)蟒蛇 / āsthitaḥ—接受 / śayānaḥ—躺下 / eva—的确 / aśnāti—吃 / pibati—喝 / khādati—咀嚼 / avamehati—撒尿 / hadati—排便 / sma—如此 / ceṣṭamānaḥ—打滚 / uccarite—在粪便和尿液中 / ādigdha-uddeśaḥ—祂的身体因此被弄脏

译文 主瑞沙巴戴瓦看到一般大众对祂练神秘瑜伽很反感时，便为减少他们的敌对情绪而像蟒蛇般行事。为此，祂停留在一个地方并躺下，躺着吃喝，排泄粪便和尿液，并在其中打滚。事实上，祂使全身上下粘满自己的粪便和尿液，以使反对他的人们不会前来打扰他。

要旨 人的命运使人哪怕是处在一个地方都得享受注定的快乐，承受注定的痛苦。这是经典(śāstra)的训示。人处在灵性的状态中时，也许会停留在一个地方，但至尊控制者会为他提供他所需要的一切。人除非为了传教，否则没有必要到全世界旅行。人可以停留在一个地方，根据当地的时间和环境做奉爱服务。当瑞沙巴戴瓦看到祂周游世界给自己带来烦扰，便决定像蟒蛇一样在一个地方躺下。祂就这样在同一个地方吃喝，排泄粪便和尿液，浑身污迹斑斑，以使人们不再来打扰祂。

第 33 节

तस्य ह यः पुरीषसुरभिसौगन्ध्यवायुस्तं देशं दशयोजनं समन्तात् सुरभिं चकार ॥३३॥

tasya ha yaḥ purīṣa-surabhi-saugandhya-vāyus taṁ deśaṁ daśa-yojanaṁ samantāt surabhiṁ cakāra

tasya—祂的 / ha—的确 / yaḥ—……的 / purīṣa—粪便的 / surabhi—以气味 / saugandhya—有一种好闻的香气 / vāyuḥ—空气 / tam—那个 / deśam—地方 / daśa——直到十 / yojanam—八英里 / samantāt—四周 / surabhim—芳香的 / cakāra—使得

译文 由于主瑞沙巴戴瓦保持那种状态，人们便不来打扰祂，但祂的粪便和尿液并未散发出难闻的气味。相反，它们的气味是那么芳香，使乡间方圆八十英里都弥漫着怡人的香气。

要旨 从这一点我们自然可以认为，主瑞沙巴戴瓦处在超然极乐的状态中。祂的粪便和尿液是香的，完全不同于物质的粪便和尿液。即使在物质世界里，乳牛的粪便被公认为是纯净的，有抗菌、防腐作用。人们即使把牛粪堆成堆，都不会有打扰人的不好的气味散发出来。以此我们可以设想，在灵性世界里，粪便和尿液都散发出怡人的香气。事实上，主瑞沙巴戴瓦的粪便和尿液使整个环境都变得令人十分愉快。

第 34 节

एवं गोमृगकाकचर्यया व्रजंस्तिष्ठन्नासीनः शयानः काकमृगगोचरितः पिबति खादत्यवमेहति स्म ॥३४॥

evaṁ go-mṛga-kāka-caryayā vrajaṁs tiṣṭhann āsīnaḥ śayānaḥ kāka-mṛga-go-caritaḥ pibati khādaty avamehati sma

evam—因此 / go—牛的 / mṛga—鹿 / kāka—乌鸦 / caryayā一……活动的 / vrajan一移动 / tiṣṭhan一站着 / āsīnaḥ一坐 / śayānaḥ一躺下 / kāka-mṛga-go-caritaḥ一行为就像乌鸦、鹿和乳牛 / pibati一喝 / khādati一吃 / avamehati一小便 / sma一祂这样做

译文 就这样、主瑞沙巴戴瓦模仿乳牛、鹿和乌鸦的行为。祂有时移动或行走，有时在一处坐下，有时躺下，行为就像乳牛、鹿和乌鸦一样。祂这样吃、喝、拉、撒，以此方式蒙蔽众人。

要旨 作为至尊人格首神，主瑞沙巴戴瓦拥有超然、灵性的身体。大众因为无法欣赏祂的行为和对神秘瑜伽的实践而开始打扰祂。为了蒙蔽他们，祂像乳牛、鹿和乌鸦一样行事。

第 35 节

**इति नानायोगचर्याचरणो भगवान् कैवल्यपतिर्ऋषभोऽविरतपरम-
महानन्दानुभव आत्मनि सर्वेषां भूतानामात्मभूते भगवति वासुदेव
आत्मनोऽव्यवधानानन्तरोदरभावेन सिद्धसमस्तार्थपरिपूर्णो योगैश्व-
र्याणि वैहायसमनोजवान्तर्धानपरकायप्रवेशदूरग्रहणादीनि यदृच्छयोप-
गतानि नाञ्जसा नृप हृदयेनाभ्यनन्दत् ॥३५॥**

iti nānā-yoga-caryācarano bhagavān kaivalya-patir ṛṣabho 'virata-paramamahānandānubhava ātmani sarveṣāṁ bhūtānām ātma-bhūte bhagavati vāsudeva ātmano 'vyavadhānānanta-rodara-bhāvena siddha-samastārthaparipūrṇo yogaiśvaryāṇi vaihāyasa-mano-javāntardhāna-parakāyapraveśa-dūra-grahaṇādīni yadṛcchayopagatāni nāñjasā nṛpa hṛdayenābhyanandat

iti一因此 / nānā一各式各样的 / yoga一神秘瑜伽的 / caryā一实行 / ācaraṇaḥ一练习 / bhagavān一至尊人格首神 / kaivalya-patiḥ一一元论的主人或融入至尊主存在之解脱的赐予者 / ṛṣabhaḥ一主瑞沙巴 / avirata一不停地 / parama一至高的 / mahā一伟大的 / ānanda-anubhavaḥ一感到超然极乐 / ātmani一在至尊灵魂中 / sarveṣām一所有

的 / bhūtānām－生物体 / ātma-bhūte－位于心中 / bhagavati－向至尊人格首神 / vāsudeve－瓦苏戴瓦的儿子奎师那 / ātmanaḥ－祂自己的 / avyavadhāna－由于本质上没有区别 / ananta－无限的 / rodara－如哭泣、大笑和颤抖 / bhāvena－以爱的征象 / siddha－绝对的完美 / samasta－所有的 / artha－以令人向往的财富 / paripūrṇaḥ－充满 / yoga-aiśvaryāṇi－神秘力量 / vaihāyasa－在空中飞翔 / manaḥ-java－以心念的速度旅行 / antardhāna－隐迹的能力 / parakāya-praveśa－进入他人体内的能力 / dūra-grahaṇa－千里眼的能力 / ādīni－以及其他 / yadṛcchayā－毫无困难、自动地 / upagatāni－获得 / na－没有 / añjasā－直接 / nṛpa－帕瑞克西特王啊！ / hṛdayena－在心中 / abhyanandat－接收

译文　帕瑞克西特王啊！为给所有的瑜伽师示范练神秘瑜伽的过程，主奎师那的部分扩展——主瑞沙巴戴瓦，从事这些神奇的活动。祂其实是解脱的主人，完全沉浸在以千倍速度增强着的超然极乐中。主奎师那——瓦苏戴瓦的儿子华苏戴瓦，是主瑞沙巴戴瓦的源头。祂们的身体构造没有区别，所以主瑞沙巴戴瓦展现出哭泣、大笑和颤抖等爱的征象。祂总是全神贯注于超然的爱之中。因此，所有的神秘力量，包括以心念的速度在外太空旅行的能力，显现和隐迹，进入他人体内和千里眼，等等，都自动靠近祂。祂虽然可以做到这些，但并不运用这些力量。

要旨　《永恒的柴坦亚经》中说：

kṛṣṇa-bhakta—niṣkāma, ataeva 'śānta'
bhukti-mukti-siddhi-kāmī—sakali 'aśānta'

其中梵文“商塔(śānta)”一词的意思是“完全平静”。除非人的欲望得到满足，否则人不可能平静。每一个人都为实现自己的灵性或物质志向及愿望而努力。在物质世界里的人是没有平静(aśānta)的人，因为他们有太多的欲望要满足。但纯粹奉献者没有欲望。纯粹奉献者清除了所有种类的物质欲望(anyābhilāṣitā-śūnya)。然而，功利性活动者(karmī)却因为试图进行感官享乐而欲壑难填。他们无论是过去、现在或未来，都不会有一生是平静的。同样，哲学思辨者(jñānī)也一直渴望得到解脱，试图与至尊者合一。瑜伽师(yogī)则追求变得如一颗粒子般小(aṇimā)、比一根羽毛还轻(laghimā)、可以随心所欲地隔空取物(prāpti)等许多神秘力量(siddhi)。但奉献者因为完全依靠主奎师那的仁慈，所以对这些没有丝毫的兴趣。奎师那是尤给士瓦尔(yogeśvara)——一切神秘力量的拥有者，是阿特玛茹阿玛(ātmārāma)——完全自给自足的。这节诗中解释了瑜伽神秘力量(yoga-siddhi)。有瑜伽神秘力量的人，可以在不借助机器的情况下在外太空飞行，可以用心念的速度旅行。这意味着，瑜伽师想要去这个宇宙内甚或是这个宇宙外的什么地方，都能立刻做到。我们无法估量心念的速度，因为在一秒钟之内，心念就可以到好几百万英里的地方去。瑜伽师有时可以在自己的身体运作不正常时进入其他人的身体，按照自己的意愿行事。当躯体太老旧时，精通瑜伽的瑜伽师就可以找一个年轻、运作正常的躯体。瑜伽师在离弃他老旧的躯体后，进入那个年轻的躯体，按照自己的意愿行事。作为主华苏戴瓦(Vāsudeva)的完整扩展，主瑞沙巴戴瓦拥有所有这一切瑜伽神秘力量，但祂满足于祂对主奎师那的热爱之情。这热爱之情会展示出哭泣、大笑和颤抖等心醉神迷的征象。

到此为止，结束了巴克提韦丹塔对《圣典博伽瓦谭》第5篇第5章“主瑞沙巴戴瓦给祂儿子的教导”所作的阐释。

第六章

主瑞沙巴戴瓦的活动

这一章告诉我们，主瑞沙巴戴瓦(Ṛṣabhadeva)是如何离开祂的躯体的。祂不依恋自己的躯体，甚至当它在森林大火中被点燃时也无动于衷。当功利性活动的种子被知识之火烧毁时，灵性特性和神秘力量就自动得以展示，但奉爱瑜伽(bhakti-yoga)不受神秘力量的影响。普通的瑜伽师(yogī)一旦对神秘力量着迷，他的进步就停止不前，因此完美的瑜伽师不欢迎神秘力量。由于内心静不下来、不可靠，必须始终将其置于控制之下，就连高级瑜伽师骚巴瑞(Saubhari)的心都给他找麻烦，使他失去了他的瑜伽神秘力量。躁动不安的心甚至能使很高级的瑜伽师坠落。内心是如此的不安宁，它甚至引诱完美的瑜伽师被感官所控制。因此，主瑞沙巴戴瓦为教导全体瑜伽行者而展示了离开躯体的过程。在南印度旅行时，主瑞沙巴戴瓦途经卡尔纳塔(Karṇāṭa)、康卡(Koṅka)、温卡(Veṅka)和库塔卡(Kuṭaka)等省，到了库塔卡查拉(Kuṭakācala)附近。那里突然燃起森林大火，主瑞沙巴戴瓦的躯体被烧成灰烬。康卡、温卡和库塔卡的君王阿尔哈特(Arhat)得知了主瑞沙巴戴瓦作为解脱的灵魂所从事的娱乐活动。他后来被错觉能量所钳制，在那种状态下提出了耆那教的基本原则。但主瑞沙巴戴瓦提出的宗教原则可以使人摆脱物质的束缚，祂还阻止了所有种类的不敬神的活动。在这个地球上，被称为巴茹阿特·瓦尔沙(Bhārata-varṣa)的地方曾是极为虔诚的大地，因为至尊主曾经化身显现在那里。

主瑞沙巴戴瓦忽视所谓的瑜伽师们渴望的一切神秘力量。由于奉爱服务的美好，奉献者对所谓的神秘力量一点都不感兴趣。一切神秘力量的主人——主奎师那，能代表祂的奉献者展示所有的力量。奉爱服务比神秘力量更珍贵。有些奉献者有时被误导追求解脱和神秘力量，至尊主会给予这些奉献者他们想要的，但他们得不到最重要的奉爱服务的机会。不想要解脱和神秘力量的奉献者，才必能得到为至尊主做奉爱服务的机会。

第 1 节

राजोवाच

न नूनं भगव आत्मारामाणां योगसमीरितज्ञानावभर्जितकर्मबीजाना-
मैश्वर्याणि पुनः क्लेशदानि भवितुमर्हन्ति यदृच्छयोपगतानि ॥ १॥

rājovāca
na nūnaṁ bhagava ātmārāmāṇāṁ yoga-samīrita-jñānāvabharjita-karma-
bījānām aiśvaryāṇi punaḥ kleśadāni bhavitum arhanti yadṛc-
chayopagatāni.

rājā uvāca—帕瑞克西特王问 / na—不 / nūnam—确实地 / bhagavaḥ—最有力量的舒卡戴瓦·哥斯瓦米啊！ / ātmārāmāṇām—只做奉爱服务的纯粹奉献者的 / yoga-samīrita—靠练瑜伽得到 / jñāna—凭知识 / avabharjita—燃烧 / karma-bījānām—功利性活动的种子的 / aiśvaryāṇi—神秘力量 / punaḥ—再一次 / kleśadāni—痛苦的根源 / bhavitum—而变成 / arhanti—能够 / yadṛcchayā—自动地 / upagatāni—得到

译文 帕瑞克西特王询问舒卡戴瓦·哥斯瓦米道：亲爱的阁下，内心十分纯净的人，靠练奉爱瑜伽得到知识，对功利性活动的依恋被彻底烧成灰烬。对这样的人来说，神秘瑜伽的力量自动展现。它们并不引起痛苦。既然这样，瑞沙巴戴瓦为何要忽视它们？

要旨 纯粹奉献者一直不断地忙于为至尊人格首神服务。做奉爱服务所需要的一切自动到来，尽管那看上去像是神秘瑜伽力量的结果。有的瑜伽师靠变出一块金子来炫耀自己有的一点点瑜伽力量。一小块金子使愚蠢之人着迷，结果那瑜伽师便得到许多愿意把他这个小人物当做至尊人格首神的追随者。这种瑜师师也许会宣传自己是巴嘎万(Bhagavān)，但奉献者不必展示这种神秘的奇迹。他甚至不练神秘瑜伽，就在全世界得到更大量的财富。考虑到当时的环境，主瑞沙巴戴瓦拒绝展示神秘的瑜伽神通。为此，帕瑞克西特王询问到，既然奉献者根本就不受神秘瑜伽力量的打扰，主瑞沙巴戴瓦为什么不接受它们。物质的财富从不会使奉献者感到忧伤或满足。他所考虑的是如何取悦至尊人格首神。如果凭借至尊主的恩赐，奉献者获得特别的财富，他就会利用这机会为至尊主服务。他不受财富的打扰。

第2节

ऋषिरुवाच
सत्यमुक्तं किन्त्विह वा एके न मनसोऽद्धा विश्रम्भमनवस्थानस्य
शठकिरात इव सङ्गच्छन्ते ॥ २ ॥

ṛṣir uvāca
satyam uktaṁ kintv iha vā eke na manaso 'ddhā viśrambham
anavasthānasya śaṭha-kirāta iva saṅgacchante.

ṛṣiḥ uvāca－舒卡戴瓦·哥斯瓦米说 / satyam－正确的事情 / uktam－说了 / kintu－但 / iha－在这物质世界 / vā－(两者中)任一方的 / eke－一些 / na－不 / manasaḥ－心的 / addhā－直接地 / viśrambham－忠实的 / anavasthānasya－不稳定的 / śaṭha－很熟练的 / kirātaḥ－猎人 / iva－正如 / saṅgacchante－变成

译文　圣舒卡戴瓦·哥斯瓦米回答道：我亲爱的君王，你说得对。然而，经验丰富的猎人在俘获动物后并不信任它们，因为它们有可能逃跑。同样，在灵性生活中十分进步的人，并不信任内心。事实上，他们总是保持警惕，留神观察内心的活动。

要旨 在《博伽梵歌》(Bhagavad-gītā)第18章的第5节诗中，主奎师那说：

yajña-dāna-tapaḥ-karma
na tyājyaṁ kāryam eva tat
yajño dānaṁ tapaś caiva
pāvanāni manīṣiṇām

“必须进行祭祀、施舍和苦行，不要停止。事实上，祭祀、施舍和苦行甚至净化伟大的灵魂。”

人即使退出社会，当了托钵僧，都不该放弃吟诵、吟唱哈瑞-奎师那(Hare Kṛṣṇa)这一伟大的曼陀(mantra)。弃绝并不意味着人必须放弃举行集体歌唱神的圣名祭祀(saṅkīrtana-yajña)。同样，人不该放弃施舍或苦修(tapasya)。必须严格奉行控制内心和感官的瑜伽体系。主瑞沙巴戴瓦表现了人能从事何等艰巨的苦行，为世人树立了榜样。

第3节

तथा चोक्तम्—
न कुर्यात्कर्हिचित्सख्यं मनसि ह्यनवस्थिते ।
यद्विश्रम्भाच्चिराच्चीर्णं चस्कन्द तप ऐश्वरम् ॥ ३ ॥

tathā coktam——
na kuryāt karhicit sakhyaṁ
manasi hy anavasthite
yad-viśrambhāc cirāc cīrṇaṁ
caskanda tapa aiśvaram

tathā—因此 / ca—和 / uktam—据说 / na—从不 / kuryāt—应该做 / karhicit—在任何时候或与任何人 / sakhyam—友谊 / manasi—在

心中 / hi－无疑地 / anavasthite－静不下来的 / yat－……的 / viśrambhāt－由于过度信任 / cirāt－很长一段时间 / cīrṇam－练习 / caskanda－变得心神不宁 / tapaḥ－苦修 / aiśvaram－主希瓦及大圣人骚巴瑞等伟大的人物

译文　所有学识渊博的学者都谈自己的看法。“总静不下来”是内心的本性，人不该与其做朋友。如果完全信赖内心，它就会随时欺骗我们。就连主希瓦看到主奎师那的牟黑妮形象后都变得激动不已；骚巴瑞·牟尼也从完美的瑜伽成熟阶段坠落了。

要旨　要在灵性生活中努力取得进步，首先要做的是控制内心和感官。正如圣主奎师那在《博伽梵歌》第15章的第7节诗中说：

mamaivāṁśo jīva-loke
jīva-bhūtaḥ sanātanaḥ
manaḥ ṣaṣṭhānīndriyāṇi
prakṛti-sthāni karṣati

“在这个受制约的世界里的众生，都是我永恒的碎片部分。受制约的生活使他们与包括内心在内的六种感官苦苦争斗。”生物虽然是至尊主不可缺少的一部分，因此是超然的，但他们还是在这个物质世界里受苦，因为内心和感官的缘故而挣扎生存。要回避这种为生存而挣扎的错误做法，在这个物质世界变得快乐，就必须控制内心和感官，不执著物质的情况。人永远都不该忽视苦修，应该总是从事苦修。主瑞沙巴戴瓦亲自示范我们如何做到这一点。《圣典博伽瓦谭》第9篇第19章的第17节诗尤其说道：

mātrā svasrā duhitrā vā
nāviviktāsano bhavet
balavān indriya-grāmo
vidvāṁsam api karṣati

“人不该允许自己与自己的母亲、姐妹或女儿坐在同一个座位上，因为感官是如此强劲，甚至有高等知识的人都可能受到性的吸引。”

居士(gṛhastha)、退出家庭生活的人(vānaprastha)、托钵僧(sannyāsī)和贞守生(brahmacārī)，在与女性交往时都该十分小心。男人被禁止在偏颇的地方与甚至是自己母亲、姐妹或女儿的女性独处。在我们的奎师那意识运动中，我们很难与我们协会的女性成员隔离，尤其是在西方国家。我们因此而间或受到批评，但我们还是给每一个人提供吟诵、吟唱哈瑞·奎师那这一伟大的曼陀的机会，从而在灵性上取得进步。如果我们严格遵守不冒犯地吟诵、吟唱哈瑞·奎师那曼陀的原则，凭借圣哈瑞达斯·塔库尔(Śrīla Haridāsa Ṭhā-kura)的仁慈，我们就会得到拯救而不受女人的吸引。但如果我们不十分严格地吟诵、吟唱哈瑞·奎师那这一伟大的曼陀，我们随时都可能成为女人的牺牲品。

第 4 节

नित्यं ददाति कामस्य च्छिद्रं तमनु येऽरयः ।
योगिनः कृतमैत्रस्य पत्युर्जायेव पुंश्चली ॥ ४ ॥

nityaṁ dadāti kāmasya
cchidraṁ tam anu ye 'rayaḥ
yoginaḥ kṛta-maitrasya
patyur jāyeva puṁścalī

nityam—总是 / dadāti—给 / kāmasya—贪图享乐的欲望 / chidram—便利 / tam—那个(贪图享乐的欲望) / anu—跟着 / ye—那些 / arayaḥ—敌人 / yoginaḥ—瑜伽师或努力追求灵性进步的人的 / kṛta-maitrasya—信任心念了 / patyuḥ—丈夫的 / jāyā iva—像妻子 / puṁścalī—不贞节或容易被其他男人带走的

译文　不贞节的妇女很容易被其情夫带走，有时会发生她丈夫被她情夫残忍杀害的事件。瑜伽师如果给他的内心以机会，而不抑制它，他的心就会给色欲、愤怒和贪婪等敌人提供方便，它们无疑就会毁掉瑜伽师。

要旨　这节诗中的梵文"不贞节(puṁścalī)"一词是指很容易就被男人带走的女人。这种女人从不可信。不幸的是，在如今这个年代中，女人从不受到控制。按照经典(śāstra)的指示，永远都不该让女人自由行事。女人在幼年时必须受到父亲的严格照管；在年轻时代必须受到她丈夫的严格照管；在老年时必须得到年长的儿子的照管。如果让她自主，允许她不受限制地与男人混在一起，她就会被糟踏。一个失去贞节的女人，甚至有可能在情夫的操纵下杀害自己的丈夫。这节诗中之所以举这个例子，是因为瑜伽师要想脱离物质处境，就必须总是控制住自己的心。圣巴克提希丹塔·萨茹阿斯瓦提·塔库尔(Śrīla Bhaktisiddhānta Sarasvatī Ṭhākura)曾经说，我们在早晨第一件该做的事就是用鞋子抽打自己的内心一百下；在上床睡觉前要用扫把柄抽打内心一百次。这样，我们的心就能保持在被控制的状态下。不受控制的内心和不贞节的妻子一样。不贞节的妻子能随时杀死自己的丈夫；不受控制的内心伴随着色欲、愤怒、贪婪、疯狂、忌妒和错觉，无疑都能杀死瑜伽师。当瑜伽师被自己的内心所控制时，他就坠入物质的制约中。人应该十分小心自己的内心，就像丈夫小心不贞节的妻子一样。

第5节

कामो मन्युर्मदो लोभः शोकमोहभयादयः ।
कर्मबन्धश्च यन्मूलः स्वीकुर्यात्को नु तद् बुधः ॥५॥

kāmo manyur mado lobhaḥ
śoka-moha-bhayādayaḥ

karma-bandhaś ca yan-mūlaḥ
svīkuryāt ko nu tad budhaḥ

kāmaḥ—贪图享乐的欲望 / manyuḥ—愤怒 / madaḥ—骄傲 / lobhaḥ—贪婪 / śoka—悲伤 / moha—错觉 / bhaya—恐惧 / ādayaḥ—所有这些一起 / karma-bandhaḥ—被功利性活动束缚 / ca—和 / yat-mūlaḥ—根源于 / svīkuryāt—会接受 / kaḥ—……的 / nu—确实地 / tat—心念 / budhaḥ—如果一个人是博学的

译文 内心是导致贪图享乐的欲望、愤怒、骄傲、贪婪、悲伤、错觉和恐惧的根源，而这些结合在一起构成功利性活动的束缚。有哪个博学之人会信任内心呢？

要旨 内心是物质束缚的根源。它有愤怒、骄傲、贪婪、悲伤、错觉和恐惧等许多敌人相随。控制内心的最佳方法是使其始终具有奎师那意识(sa vai manaḥ kṛṣṇa-padāravindayoḥ)。既然跟随内心的上述这一切造成物质的束缚，我们就该非常谨慎，不要信任内心。

第6节

**अथैवमखिललोकपालललामोऽपि विलक्षणैर्जडवदवधूतवेषभाषा-
चरितैरविलक्षितभगवत्प्रभावो योगिनां साम्परायविधिमनुशिक्षयन्
स्वकलेवरं जिहासुरात्मन्यात्मानमसंव्यवहितमनर्थान्तरभावेनान्वीक्ष-
माण उपरतानुवृत्तिरुपरराम ॥ ६ ॥**

athaivam akhila-loka-pāla-lalāmo 'pi vilakṣaṇair jaḍavad avadhūta-veṣa-bhāṣā-caritair avilakṣita-bhagavat-prabhāvo yogināṁ sāmparāya-vidhim anuśikṣayan sva-kalevaraṁ jihāsur ātmany ātmānam asaṁvyavahitam anarthāntara-bhāvenānvīkṣamāṇa uparatānuvṛttir upararāma.

atha—之后 / evam—用这种方法 / akhila-loka-pāla-lalāmaḥ—宇宙中所有君王的领袖 / api—虽然 / vilakṣaṇaiḥ—各式各样的 / jaḍa-vat—好似愚钝 / avadhūta-veṣa-bhāṣā-caritaiḥ—凭阿瓦杜塔的穿着、言

语及特征 / avilakṣita-bhagavat-prabhāvaḥ－隐藏至尊人格首神的财富(假装自己是个普通人) / yoginām－瑜伽师的 / sāmparāya-vidhim－放弃这个物质躯体的方法 / anuśikṣayan－教导 / sva-kalevaram－祂本人全然非物质的躯体 / jihāsuḥ－像普通人一样渴望放弃 / ātmani－向存在中的第一人华苏戴瓦 / ātmānam－祂自己(主维施努被赋予力量的化身瑞沙巴戴瓦) / asaṁvyavahitam－毫无错觉能量的干预 / anartha-antara-bhāvena－处在维施努状态中的祂 / anvīkṣamāṇaḥ－总是看见 / uparata-anuvṛttiḥ－好像放弃其物质躯体的 / upararāma－停止当这个星球君主的娱乐活动

译文 主瑞沙巴戴瓦是这个宇宙中所有君王和帝王的领袖，但却像个阿瓦杜塔一样穿着、说话。祂行事就像是祂很愚钝并受物质的束缚，因此没人能注意到祂神性的富裕。祂之所以采取这种行为，是为了教导瑜伽师如何放弃躯体。尽管如此，祂仍保持祂作为主华苏戴瓦——奎师那的完整扩展的原本状态。在始终保持那种状态的情况下，祂停止了在这个物质世界里作为主瑞沙巴戴瓦所从事的娱乐活动。人如果能像主瑞沙巴戴瓦学习放弃其精微躯体，就不会再有机会接受一个物质躯体。

要旨 正如主奎师那在《博伽梵歌》中所说：

janma karma ca me divyam
evaṁ yo vetti tattvataḥ
tyaktvā dehaṁ punar janma
naiti mām eti so 'rjuna

“阿尔诸纳啊！谁能了解我显现和活动的超然本质，谁就在离开躯体后到达我永恒的住所，不再投生于这个物质世界。”

我们只要使自己当至尊主永恒的仆人，就可能达到诗中的境界。我们必须了解自己的原本状态和地位，以及至尊主的原本状态和地位。两者的身份都同样是灵性的。我们只要保持至尊主仆人的身份，就可以避免再次投生在这个物质世界里。我们如果保持自己的灵性健康状态，始终想着自己是至尊主永恒的仆人，就能在放弃物质躯体时获得成功。

第7节

तस्य ह वा एवं मुक्तलिङ्गस्य भगवत ऋषभस्य योगमायावासनया
देह इमां जगतीमभिमानाभासेन सङ्क्रममाणः कोङ्कवेङ्ककुटकान्दक्षि-
णकर्णाटकान्देशान् यदृच्छयोपगतः कुटकाचलोपवन आस्य कृताश्म-
कवल उन्माद इव मुक्तमूर्धजोऽसंवीत एव विचचार ॥ ७ ॥

tasya ha vā evaṁ mukta-liṅgasya bhagavata ṛṣabhasya yogamāyā-vāsanayā deha imāṁ jagatīm abhimānābhāsena saṅkramamāṇaḥ koṅka-veṅka-kuṭakān dakṣiṇa-karṇāṭakān deśān yadṛcchayopagataḥ kuṭakācalopavana āsya kṛtāśma-kavala unmāda iva mukta-mūrdhajo 'saṁvīta eva vicacāra.

tasya—祂的(主瑞沙巴戴瓦的) / ha vā—好似 / evam—因此 / mukta-liṅgasya—没有对粗糙和精微躯体认同的 / bhagavataḥ—至尊人格首神的 / ṛṣabhasya—主瑞沙巴戴瓦的 / yoga-māyā-vāsanayā—利用尤嘎玛亚的作用从事娱乐活动 / dehaḥ—躯体 / imām—这个 / jagatīm—地球 / abhimāna-ābhāsena—怀着与由物质元素构成的躯体相认同的概念 / saṅkramamāṇaḥ—旅行 / koṅka-veṅka-kuṭakān—康卡、温卡和库塔卡 / dakṣiṇa—在南印度 / karṇāṭakān—在卡尔纳塔省 / deśān—所有的国家 / yadṛcchayā—自愿地 / upagataḥ—抵达 / kuṭakā-cala-upavane—靠近库塔卡查拉附近的森林 / āsya—嘴里 / kṛta-aśma-kavalaḥ—把石头放进满里 / unmādaḥ iva—像个疯子 / mukta-mūrdhajaḥ—披头散发 / asaṁvītaḥ—赤裸 / eva—只是 / vicacāra—游荡

译文 主瑞沙巴戴瓦其实并没有物质躯体，但尤嘎玛亚使祂认为自己的躯体是物质的。所以，由于祂扮演一个普通人的角色，祂放弃与祂身体认同的心态。遵循这一原则，祂

开始在全世界流浪。在旅行期间，祂来到南印度境内卡尔纳塔省，行经康卡、温卡和库塔卡。祂并没计划按这条路线旅行，但祂到了库塔卡查拉附近并进入那里的森林。祂将石头放进嘴里，开始如一个疯子般全身赤裸、披头散发地在森林中游荡。

第 8 节

अथ समीरवेगविधूतवेणुविकर्षणजातोग्रदावानलस्तद्वनमालेलिहानः सह तेन ददाह ॥८॥

atha samīra-vega-vidhūta-veṇu-vikarṣaṇa-jātogra-dāvānalas tad vanam ālelihānaḥ saha tena dadāha.

atha－之后 / samīra-vega－凭借风的力量 / vidhūta－随风摆动 / veṇu－竹子的 / vikarṣaṇa－因为摩擦 / jāta－产生 / ugra－猛烈的 / dāva-analaḥ－森林大火 / tat－那个 / vanam－库塔卡查拉附近的森林 / ālelihānaḥ－将四周吞灭 / saha－用 / tena－那个身体 / dadāha－烧成灰烬

译文　就在祂游荡期间，一场森林野火延烧开来。这场火由竹子彼此摩擦引起，风使火势蔓延开来。在那场大火中，库塔卡查拉附近的整座森林和主瑞沙巴戴瓦的身体都被烧成了灰烬。

要旨　这样的森林大火可以烧毁动物们的外在躯体，但主瑞沙巴戴瓦并没有被烧到，尽管表面看来是如此。主瑞沙巴戴瓦是森林中所有生物体的超灵，祂的灵魂永远都不会被火烧毁。正如《博伽梵歌》中说明的：火永远烧不毁灵魂(adāhyo 'yam)。由于主瑞沙巴戴瓦的临在，森林里的全体动物都摆脱物质牢笼，获得解脱。

第 9 节

यस्य किलानुचरितमुपाकर्ण्य कोङ्कवेङ्ककुटकानां राजार्हन्नामोपशिक्ष्य कलावधर्म उत्कृष्यमाणे भवितव्येन विमोहितः स्वधर्मपथमकुतोभय-मपहाय कुपथपाखण्डमसमञ्जसं निजमनीषया मन्दः सम्प्रवर्तयिष्यते ॥९॥

yasya kilānucaritam upākarṇya koṅka-veṅka-kuṭakānāṁ rājārhan-nāmopaśikṣya kalāv adharma utkṛṣyamāṇe bhavitavyena vimohitaḥ sva-dharma-patham akuto-bhayam apahāya kupatha-pākhaṇḍam asamañjasaṁ nija-manīṣayā mandaḥ sampravartayiṣyate.

yasya一(主瑞沙巴戴瓦)的 / kila anucaritam一以超越社会四阶层和灵性四阶段制度的至尊天鹅身份从事娱乐活动 / upākarṇya一听到 / koṅka-veṅka-kuṭakānām一康卡、温卡和库塔卡的 / rājā一君王 / arhat-nāma一名叫阿尔哈特(现称为耆纳) / upaśikṣya一模仿主瑞沙巴戴瓦从事的至尊天鹅的活动 / kalau一在喀历年代 / adharme utkṛṣyamāṇe一由于非宗教生活的增加 / bhavitavyena一将要发生的 / vimohitaḥ一迷惑 / sva-dharma-patham一宗教之途 / akutaḥ-bhayam一能免于各种可怕的危险 / apahāya一停止(如清洁，诚实，感官和心念的控制，单纯，宗教原则以及实际运用知识……等的实践) / kupatha-pākhaṇḍam一无神论的错误之途 / asamañjasam一不适当的或违反韦达经典的 / nija-manīṣayā一以他自己创造力丰富的头脑 / mandaḥ一最愚蠢的 / sampravartayiṣyate一将会介绍

译文 舒卡戴瓦·哥斯瓦米继续对帕瑞克西特王说：我亲爱的君王，康卡、温卡和库塔卡的君王阿尔哈特，听到瑞沙巴戴瓦的活动后仿效瑞沙巴戴瓦的原则制定了一套新宗教。受迷惑的阿尔哈特王利用喀历年代——罪恶活动的年代，抛弃使人免于危险的韦达原则，杜撰了一套违背韦达经教导的新宗教系统(那就是耆纳教的开始)。许多其他所谓的宗教都跟随这套无神论系统。

要旨　圣主奎师那降临这个地球时，有个名叫彭铎卡(Pauṇḍraka)的人模仿四臂纳茹阿亚纳(Nārāyaṇa)，宣称自己是至尊人格首神。他想要与主奎师那竞争。同样，康卡和温卡省的君王像至尊天鹅(paramahaṁsa，最高级的托钵僧)般行事并模仿主瑞沙巴戴瓦。他推行一套宗教制度，利用这个喀历(Kali)年代里人们的堕落情况。韦达文献中说，这个年代里的人将更倾向于把随便什么人当做至尊主，并接受违背韦达原则的任何宗教体系。这个喀历年代里的人被描述为是“懒惰、被误导”(mandāḥ sumanda-matayaḥ)。他们一般都没有灵性文化，所以极为堕落。正因为如此，他们会接受任何一个宗教体系。由于他们的不幸，他们忘记韦达原则。追随这个年代里的非韦达原则，他们以为自己是至尊主，并因而在全世界传播无神论的哲学。

第 10 节

येन ह वाव कलौ मनुजापसदा देवमायामोहिताः स्वविधिनियोग-शौचचारित्रविहीना देवहेलनान्यपव्रतानि निजनिजेच्छया गृह्णाना अ-स्नानानाचमनाशौचकेशोल्लुञ्चनादीनि कलिनाधर्मबहुलेनोपहतधियो ब्रह्मब्राह्मणयज्ञपुरुषलोकविदूषकाः प्रायेण भविष्यन्ति ॥१०॥

yena ha vāva kalau manujāpasadā deva-māyā-mohitāḥ sva-vidhi-niyoga-śauca-cāritra-vihīnā deva-helanāny apavratāni nija-nijecchayā gṛhṇānā asnānānācamanāśauca-keśolluñcanādīni kalinādharma-bahulenopahata-dhiyo brahma-brāhmaṇa-yajña-puruṣa-loka-vidūṣakāḥ prāyeṇa bhaviṣyanti.

yena—所谓宗教系统……的 / ha vāva—无疑地 / kalau—在这个喀历年代中 / manuja-apasadāḥ—最受谴责的人 / deva-māyā-mohitāḥ—受至尊人格首神的外在能量(错觉能量)的迷惑 / sva-vidhi-niyoga-śauca-cāritra-vihīnāḥ—没有按人的生命职责所该表现出的品格、清洁和规范守则 / deva-helanāni—对至尊人格首神的忽视 / apavratāni—不虔诚的誓言 / nija-nija-icchayā—凭他们自己的渴望 / gṛhṇānāḥ—接

受 / asnāna-anācamana-aśauca-keśa-ulluñcana-ādīni一不沐浴、不洗嘴巴、不洁、拔除头发等杜撰的宗教原则 / kalinā一被喀历年代 / adharma-bahulena一充满反宗教的 / upahata-dhiyaḥ一纯净的意识被摧毁的 / brahma-brāhmaṇa-yajña-puruṣa-loka-vidūṣakāḥ一亵渎韦达经、严谨的布茹阿玛纳、至尊人格首神和奉献者 / prāyeṇa一几乎全面地 / bhaviṣyanti一将变成

译文 最低等并被至尊主错觉能量所迷惑的人，将抛弃原本的社会四阶层和灵性四阶段制度，以及它的规范原则。他们将不再一天沐浴三次及崇拜至尊主。不爱清洁并忽视至尊主的他们，将会接受荒谬的原则。不经常沐浴或清洗他们的嘴，他们就总是处在不洁的状态中，就会做出拔除自己的毛发等事情。追随杜撰出的宗教，将使他们变得人多势众。在喀历年代期间，人们更喜欢非宗教系统，因此自然会亵渎韦达权威、韦达权威的追随者、布茹阿玛纳，以及至尊人格首神和奉献者。

要旨 如今西方国家中的嬉皮士们就很符合这节诗文的描述。他们没有责任感、没有纪律。他们不洗澡，亵渎标准的韦达知识。他们杜撰出一套新的生活方式和宗教。如今有许多嬉皮士群体，但原本都起源于模仿主瑞沙巴戴瓦的活动的阿尔哈特王。阿尔哈特王不顾曾处在至尊天鹅阶段的主瑞沙巴戴瓦虽然如疯子般行事，但提起粪便和尿液却散发香气，甚至使方圆几十英里的乡间都气味怡人的事实。阿尔哈特王的追随者们后来被称为耆纳教徒，有了许多追随者，尤其是嬉皮士们。这些追随者多多少少是假象宗(Mā-yāvāda)哲学的分支，因为他们都认为自己是至尊人格首神。这种人不尊重韦达原则的真正信奉者——理想的布茹阿玛纳，也不尊重至尊人格首神——至尊梵(Supreme Brahman)。由于这个喀历年代的影响，他们有杜撰假宗教体系的倾向。

第 11 节

ते च ह्यर्वाक्तनया निजलोकयात्रयान्धपरम्परयाश्वस्तास्तमस्यन्धे स्वयमेव प्रपतिष्यन्ति ॥११॥

te ca hy arvāktanayā nija-loka-yātrayāndha-paramparayāśvastās tamasy andhe svayam eva prapatiṣyanti.

te－不遵守韦达原则的人 / ca－和 / hi－无疑地 / arvāktanayā－偏离永恒的韦达宗教原则 / nija-loka-yātrayā－靠他们自己杜撰的修行方式 / andha-paramparayā－盲从、愚昧的人的传承 / āśvastāḥ－受到鼓励 / tamasi－在愚昧的黑暗中 / andhe－盲目 / svayam eva－他们自己 / prapatiṣyanti－将坠入

译文　低级之人因为十足的愚昧而推行不符合韦达原则的宗教。他们听任自己内心杜撰出的想法，不自觉地坠入存在中最黑暗的区域。

要旨　就有关这一内容，请参看《博伽梵歌》的第16章的第16节和23节诗。那里描述了恶魔的坠落。

第 12 节

अयमवतारो रजसोपप्लुतकैवल्योपशिक्षणार्थः ॥१२॥

ayam avatāro rajasopapluta-kaivalyopaśikṣaṇārthaḥ

ayam avatāraḥ－这个化身(主瑞沙巴戴瓦) / rajasā－被激情属性 / upapluta－征服 / kaivalya-upaśikṣaṇa-arthaḥ－为教导人们解脱之道

译文　在喀历年代中，人们被激情和愚昧属性所征服。主瑞沙巴戴瓦化身前来，就是为把他们从错觉能量玛亚的钳制中拯救出来。

要旨 《圣典博伽瓦谭》第12篇的第3章中预言了喀历年代的征象，预言了堕落灵魂的行为举止将是什么样子。他们将留很长的头发并认为自己很美(lāvaṇyaṁ keśa-dhāraṇam)，或者像耆纳教徒那样拔掉自己的毛发。他们将甚至保持肮脏的状态，不清洗自己的嘴巴。耆纳教徒说主瑞沙巴戴瓦是他们最初的教师。这种人如果认真跟随瑞沙巴戴瓦，就该遵守祂的教导。在这一篇的第5章中，瑞沙巴戴瓦教导祂一百个儿子，使他们借以摆脱玛亚的钳制。真正跟随瑞沙巴戴瓦的人，无疑将从玛亚的钳制中被拯救出来，回归家园，回到首神身边。严格遵守瑞沙巴戴瓦在第5章中给予的教导，无疑将获得解脱。主瑞沙巴戴瓦化身前来，就是为了拯救这些堕落的灵魂。

第 13 节

तस्यानुगुणान् श्लोकान् गायन्ति—
अहो भुवः सप्तसमुद्रवत्या
द्वीपेषु वर्षेष्वधिपुण्यमेतत् ।
गायन्ति यत्रत्यजना मुरारेः
कर्माणि भद्राण्यवतारवन्ति ॥१३॥

tasyānuguṇān ślokān gāyanti—
aho bhuvaḥ sapta-samudravatyā
dvīpeṣu varṣeṣv adhipuṇyam etat
gāyanti yatratya-janā murāreḥ
karmāṇi bhadrāṇy avatāravanti

tasya—祂的(主瑞沙巴戴瓦的) / anuguṇān—遵守解脱的教导 / ślokān—诗节 / gāyanti—歌颂 / aho—啊 / bhuvaḥ—这个地球的 / sapta-samudra-vatyāḥ—有七大洋 / dvīpeṣu—在岛屿之间 / varṣeṣu—在陆地之间 / adhipuṇyam—比任何其他岛屿都虔诚 / etat—这个(巴茹阿特瓦尔沙) / gāyanti—歌颂关于 / yatratya-janāḥ—这片土地上的居

民 / murāreḥ—至尊人格首神穆茹阿瑞的 / karmāṇi—活动 / bhadrāṇi—绝对吉祥 / avatāravanti—以主瑞沙巴戴瓦等许多化身

译文　博学的学者们这样咏唱主瑞沙巴戴瓦的超然品质道："啊！这地球星球上有七大洋，以及许多岛屿和陆地，其中巴茹阿特大地被认为是最虔诚的地方。巴茹阿特大地上的人习惯赞美至尊人格首神以主瑞沙巴戴瓦等化身从事的活动。所有这些活动对造福人类来说都很吉祥。"

要旨　圣柴坦亚·玛哈帕布说：

bhārata-bhūmite haila manuṣya-janma yāra
janma sārthaka kari' kara para-upakāra

正如这节诗中所说，巴茹阿特·瓦尔沙是最虔诚的大地。韦达文献的信奉者们了解至尊人格首神不同的化身，他们有幸可以按照韦达文献的指示赞美至尊主。认识到人生之光荣的人，应该承担起在全世界宣传人生的重要性这一使命。这是柴坦亚·玛哈帕布的使命。梵文"比任何其他岛屿都虔诚(adhipuṇyam)"是指，全世界无疑有许多其他虔诚的人，但巴茹阿特大地(Bhārata-varṣa)上的人更虔诚。正因为如此，他们适合为全人类的利益在全世界传播奎师那意识。圣玛德瓦查尔亚(Śrīla Madhvācārya)也赞赏巴茹阿特·瓦尔沙这片大地说：在巴茹阿特大地上尤其能找到虔诚(viśeṣād bhārate puṇyam)。整个世界都没有考虑为至尊者做奉爱服务——巴嘎瓦德·巴克缇(bhagavad-bhakti)，但巴茹阿特大地的人民却很容易明白为至尊主做的奉爱服务。所以，巴茹阿特大地的居民都能够依靠为至尊主做奉爱服务完美自己的人生，随后为全人类的利益将这教导传遍全世界。

第 14 节

अहो नु वंशो यशसावदातः
प्रैयव्रतो यत्र पुमान् पुराणः ।

कृतावतारः पुरुषः स आद्य-
श्चचार धर्मं यदकर्महेतुम् ॥१४॥

aho nu vaṁśo yaśasāvadātaḥ
praiyavrato yatra pumān purāṇaḥ
kṛtāvatāraḥ puruṣaḥ sa ādyaś
cacāra dharmaṁ yad akarma-hetum

aho—啊 / nu—的确 / vaṁśaḥ—王朝 / yaśasā—闻名于世 / avadātaḥ—绝对纯洁 / praiyavrataḥ—与普瑞亚瓦塔王有关 / yatra—在那方面 / pumān—至尊人 / purāṇaḥ—最初的 / kṛta-avatāraḥ—以化身降临 / puruṣaḥ—至尊人格首神 / saḥ—祂 / ādyaḥ—最初的人 / cacāra—执行 / dharmam—宗教原则 / yat—自……的 / akarma-hetum—功利性活动结束的原因

译文 “啊！对纯洁而著名的普瑞亚瓦塔王朝，我该说些什么。在那王朝中，至尊人——存在中的第一位人格首神，化身降临并贯彻执行能使人摆脱功利性活动结果的宗教原则。

要旨 至尊主以化身的形式降临在人类社会中的许多王朝中。主奎师那显现在雅杜(Yadu)王朝中，主茹阿玛禅铎(Rāmacandra)显现在依克施瓦库(Ikṣvāku)或称为茹阿古(Raghu)的王朝中。同样，主瑞沙巴戴瓦在普瑞亚瓦塔(Priyavrata)王的王朝中显现。所有这些王朝都威名远扬，其中普瑞亚瓦塔的王朝最著名。

第15节

को न्वस्य काष्ठामपरोऽनुगच्छेन्
मनोरथेनाप्यभवस्य योगी ।
यो योगमायाः स्पृहयत्युदस्ता
ह्यसत्तया येन कृतप्रयत्नाः ॥१५॥

ko nv asya kāṣṭhām aparo 'nugacchen
mano-rathenāpy abhavasya yogī
yo yoga-māyāḥ spṛhayaty udastā
hy asattayā yena kṛta-prayatnāḥ

kaḥ—谁 / nu—的确 / asya—主瑞沙巴戴瓦的 / kāṣṭhām—榜样 / aparaḥ—其他 / anugacchet—可以追随 / manaḥ-rathena—用心念 / api—甚至 / abhavasya—未出生者的 / yogī—神秘主义者 / yaḥ—谁 / yoga-māyāḥ—瑜伽神通 / spṛhayati—渴望 / udastāḥ—被瑞沙巴戴瓦拒绝 / hi—无疑地 / asattayā—由于没有实质 / yena—被瑞沙巴戴瓦……的 / kṛta-prayatnāḥ—虽然渴望做服务

译文 “有哪位神秘瑜伽师能赶上主瑞沙巴戴瓦树立的榜样，哪怕是在心中这样想？主瑞沙巴戴瓦摒弃其他瑜伽师所渴望得到的各种瑜伽神通。有哪位瑜伽师可以与主瑞沙巴戴瓦相比？”

要旨 瑜伽师一般都想要得到瑜伽神通，例如：能变得如一粒原子般小(aṇimā)、比一根羽毛还轻(laghimā)、比最重的东西还重(mahimā)、拥有心想事成的力量(prākāmya)、可以随心所欲地隔空取物(prāpti)、凭意愿造出神奇的东西或毁灭东西(īśitva)、控制所有的物质元素(vaśitva)，以及可以使自己变形，甚至变出异想天开的形状(kāmāva-sāyitā)等。但主瑞沙巴戴瓦从不向往这些物质事物。这类神通(sid-dhi)都是由至尊主的错觉能量呈现的。瑜伽体系的真正目的是得到至尊人格首神莲花足的仁慈和庇护，但至尊主的错觉能量遮盖了这一目的，使所谓的瑜伽师们被可以变得如一粒原子般小、比一根羽毛还轻，以及可以随心所欲地隔空取物等看似是物质成就的神通所诱惑。正因为如此，普通瑜伽师无法与至尊人格首神瑞沙巴戴瓦相提并论。

第 16 节

इति ह स्म सकलवेदलोकदेवब्राह्मणगवां परमगुरोर्भगवत ऋषभाख्यस्य विशुद्धाचरितमीरितं पुंसां समस्तदुश्चरिताभिहरणं परममहामङ्गलायनमिदमनुश्रद्धयोपचितयानुशृणोत्याश्रावयति वावहितो भगवति तस्मिन् वासुदेव एकान्ततो भक्तिरनयोरपि समनुवर्तते ॥१६॥

iti ha sma sakala-veda-loka-deva-brāhmaṇa-gavāṁ parama-guror bhagavata ṛṣabhākhyasya viśuddhācaritam īritaṁ puṁsāṁ samasta-duścaritābhiharaṇaṁ parama-mahā-maṅgalāyanam idam anuśraddhayopacitayānuśṛṇoty āśrāvayati vāvahito bhagavati tasmin vāsudeva ekāntato bhaktir anayor api samanuvartate.

iti－因此 / ha sma－的确 / sakala－全部 / veda－知识的 / loka－一般大众的 / deva－半神人的 / brāhmaṇa－布茹阿玛纳的 / gavām－乳牛的 / parama－至高的 / guroḥ－老师 / bhagavataḥ－至尊人格首神 / ṛṣabha-ākhyasya－被称为主瑞沙巴戴瓦 / viśuddha－纯洁的 / ācaritam－活动 / īritam－现在解释 / puṁsām－每一个生物体的 / samasta－所有 / duścarita－罪恶活动 / abhiharaṇam－毁坏 / parama－最重要的 / mahā－伟大的 / maṅgala－吉祥的 / ayanam－庇护所 / idam－这个 / anuśraddhayā－满怀信心地 / upacitayā－增加 / anuśṛṇoti－从权威处聆听 / āśrāvayati－跟其他人说 / vā－或者 / avahitaḥ－专注地 / bhagavati－至尊人格首神 / tasmin－向祂 / vāsudeve－向主华苏戴瓦(主奎师那) / eka-antataḥ－坚定不移地 / bhaktiḥ－奉爱 / anayoḥ－双方(聆听者和讲述者)的 / api－无疑地 / samanuvartate－确实开始

译文 舒卡戴瓦·哥斯瓦米继续说：主瑞沙巴戴瓦是一切韦达知识、人类、半神人、乳牛和布茹阿玛纳的主人。我已解释过祂所从事的纯洁、超然的活动，那些活动能消除(聆听和复述它们之人的)罪恶。对主瑞沙巴戴瓦娱乐活动的这段叙述，是一切吉祥事物的宝库。专注地聆听或讲述它们并跟随前辈灵性导师的人，无疑将获得在至尊人格首神——主华苏戴瓦的莲花足旁做纯粹奉爱服务的机会。

要旨 主瑞沙巴戴瓦的教导适用于所有年代中的人；既适合萨提亚年代(Satya-yuga)、特瑞塔年代(Tretā-yuga)和杜瓦帕尔年代(Dvāpara-yuga)里的人，更适合喀历年代(Kali-yuga)中的人。这些教导是如此强大有力，甚至在这个喀历年代中，可以使仅仅解释这些教导、跟随灵性导师(ācārya)或专注地聆听这些教导的人达到完美的境界——上升到为主华苏戴瓦(Vāsudeva)做纯粹奉爱服务的层面。《圣典博伽瓦谭》中记载了至尊人格首神和祂奉献者的娱乐活动，以使朗诵和聆听这一切的人得到净化。要经常参加《博伽瓦谭》的课并为纯粹奉献者做服务(nityaṁ bhāgavata-sevayā)。重要的原则是，奉献者应该坚持不懈地阅读、讲述和聆听《圣典博伽瓦谭》，有可能的话，一天二十四小时持续不断地这样做。对此，圣柴坦亚·玛哈帕布推荐道：要始终歌唱至尊主的圣名(kīrtanīyaḥ sadā hariḥ)。人应该要么吟诵、吟唱哈瑞·奎师那这一伟大的曼陀，要么阅读《圣典博伽瓦谭》，从而努力了解显现为主瑞沙巴戴瓦、主卡皮拉和主奎师那的至尊主所具有的特性和给予的教导。这可以使人完全清楚至尊人格首神的超然本性。正如《博伽梵歌》中说明的，了解至尊主显现和活动的超然本性的人，摆脱物质束缚，回到首神身边。

第 17 节

यस्यामेव कवय आत्मानमविरतं विविधवृजिनसंसारपरितापोपत-
प्यमानमनुसवनं स्नापयन्तस्तयैव परया निर्वृत्या ह्यपवर्गमात्यन्तिकं
परमपुरुषार्थमपि स्वयमासादितं नो एवाद्रियन्ते भगवदीयत्वेनैव प-
रिसमाप्तसर्वार्थाः ॥१७॥

yasyām eva kavaya ātmānam aviratam vividha-vṛjina-saṁsāra-
paritāpopatapyamānam anusavanaṁ snāpayantas tayaiva parayā nirvṛtyā
hy apavargam ātyantikaṁ parama-puruṣārtham api svayam āsāditaṁ no
evādriyante bhagavadīyatvenaiva parisamāpta-sarvārthāḥ.

yasyām eva—(奎师那意识或奉爱服务的甘露)中 / kavayaḥ—博学之士或哲学家在灵性生命上的提升 / ātmānam—自我 / aviratam—不断地 / vividha—各种各样的 / vṛjina—充满罪恶 / saṁsāra—在物质存在中 / paritāpa—从悲惨的状况中 / upatapyamānam—受苦 / anusava-nam—没有止息 / snāpayantaḥ—沉浸 / tayā—凭那个 / eva—无疑地 / parayā—超然的 / nirvṛtyā—与快乐 / hi—无疑地 / apavargam—解脱 / ātyantikam—不间断的 / parama-puruṣa-artham—全体人类成就中最高的成就 / api—虽然 / svayam—自己 / āsāditam—获得 / no—没有 / eva—无疑地 / ādriyante—努力达到 / bhagavadīyatvena eva—因为与至尊人格首神的关系 / parisamāpta-sarva-arthāḥ—已去除一切物质欲望的人

译文 奉献者为摆脱物质存在里的各种苦难而总是使自己沉浸在奉爱服务中。靠这样做，奉献者享受至高无上的快乐，解脱的人格化身也前来侍奉他们。然而，他们不接受那服务，哪怕是至尊人格首神亲自给予的都不接受。对奉献者来说，解脱毫无价值，因为得到为至尊主做超然爱心服务的机会，他们就得到了值得向往的一切，超越了一切物质欲望。

要旨 对想要摆脱物质存在苦难的人来说，为至尊主做奉爱服务是最高的成就。正如《博伽梵歌》中所说，人不会认为还有比这更高的成就(yaṁ labdhvā cāparaṁ lābhaṁ manyate nādhikaṁ tataḥ)。人得到为至尊主做奉爱服务的机会时，无异于得到了至尊主本人，于是不再想要任何物质的事物。解脱(Mukti)的意思是，摆脱物质存在。彼尔瓦蒙嘎拉·塔库尔(Bilvamaṅgala Ṭhākura)说：纯粹奉献者不会为解脱而做额外的努力，因为解脱已经双手合十地站在他面前准备侍奉他了(muktiḥ mukulitāñjaliḥ sevate 'smān)。对奉献者来说，解脱并不是很大的成就。解脱意味着处在自己原本的状态中。每一个生物原本都是至尊主的仆人。所以当生物为至尊主做爱心服务时，他已经获得了解脱。正因为如此，奉献者并不向往解脱，哪怕是至尊主本人给予的都不想要。

第 18 节

राजन् पतिर्गुरुरलं भवतां यदूनां
दैवं प्रियः कुलपतिः क्व च किङ्करो वः ।
अस्त्वेवमङ्ग भगवान् भजतां मुकुन्दो
मुक्तिं ददाति कर्हिचित्स्म न भक्तियोगम् ॥१८॥

rājan patir gurur alaṁ bhavatāṁ yadūnāṁ
daivaṁ priyaḥ kula-patiḥ kva ca kiṅkaro vaḥ
astv evam aṅga bhagavān bhajatāṁ mukundo
muktiṁ dadāti karhicit sma na bhakti-yogam

rājan－我亲爱的君王啊！ / patiḥ－维系者 / guruḥ－灵性导师 / alam－无疑地 / bhavatām－你的 / yadūnām－雅杜王朝 / daivam－可崇拜的神像 / priyaḥ－十分亲爱的朋友 / kula-patiḥ－王朝的主人 / kva ca－甚至有时 / kiṅkaraḥ－仆人 / vaḥ－你们(潘达瓦五兄弟)的 / astu－可以肯定 / evam－因此 / aṅga－君王啊！ / bhagavān－至尊人格首神 / bhajatām－投身于服务的奉献者 / mukundaḥ－至尊主——至尊人格首神 / muktim－解脱 / dadāti－解救 / karhicit－任何时候 / sma－的确 / na－不 / bhakti-yogam－奉爱服务

译文　舒卡戴瓦·哥斯瓦米继续道：我亲爱的君王，至尊人穆琨达其实是潘达瓦兄弟和雅杜王朝全体成员的维护者。祂是你的灵性导师、可崇拜的神明、朋友和你活动的指导者。不仅如此，祂有时还如信使或仆人般侍奉你的家人。这意味着祂就像普通仆人一样在工作。那些争取至尊主恩惠以从祂那里得到解脱的人，很容易就能得到那结果，但却极不容易得到直接侍奉至尊主的机会。

要旨 舒卡戴瓦·哥斯瓦米(Śukadeva Gosvāmī)在教导帕瑞克西特王时，认为君王有可能会想到不同的王朝所具有的荣耀，因此鼓励君王是明智的做法。至尊主化身为主瑞沙巴戴瓦降临的普瑞亚瓦塔王的王朝尤其光荣。同样，杜茹瓦王(Mahārāja Dhruva)的父亲乌塔纳帕德王(Uttānapāda Mahārāja)的家族，也因为普瑞图王(Pṛthu)诞生其中而很光荣。茹阿古王的王朝因为主茹阿玛禅铎显现其中而光荣。至于雅杜和库茹(Kuru)王朝，它们虽然同时存在，但雅杜王朝因为主奎师那显现其中而更加光荣。帕瑞克西特王(Mahārāja Parīkṣit)也许会认为库茹王朝没有其他王朝幸运，因为至尊主，无论是主奎师那、主茹阿玛禅铎、主瑞沙巴戴瓦还是普瑞图王，都没有显现其中。为此，舒卡戴瓦·哥斯瓦米在这节诗文中鼓励帕瑞克西特王。

库茹王朝也许被视为是更光荣的王朝，因为其中有像潘达瓦(Pāṇḍavas)五兄弟那样的奉献者；他们为至尊主做纯粹的奉爱服务。尽管主奎师那没显现在库茹王朝中，但潘达瓦五兄弟为祂所做的奉爱服务使祂感到对他们那么有责任和义务，以至像潘达瓦五兄弟的家庭维护者和灵性导师那样为人处世。主奎师那虽然在雅杜王朝中显现，但却对潘达瓦五兄弟更具深情。主奎师那用祂的行动证明，在库茹王朝和雅杜王朝之间，祂更偏向于库茹王朝。事实上，主奎师那感到欠潘达瓦们为祂做奉爱服务的情，因此有时充当他们的信使；祂指导他们渡过了许多困难处境。所以，帕瑞克西特王不必因为主奎师那没在他的家族中显现而感到难过。至尊人格首神总是偏爱祂纯粹的奉献者，以祂的行动证明，解脱对奉献者来说并不重要。主奎师那很轻易地就给人以解脱，但却不轻易地给人以成为祂奉献者的便利条件(muktiṁ dadāti karhicit sma na bhakti-yogam)。无论是直接还是间接的证据都证明，奉爱瑜伽——奉爱服务是生物与至尊主建立最重要关系的基础。它比解脱更高级。对至尊主的纯粹奉献者来说，解脱是自然而然就能得到的。

第 19 节

नित्यानुभूतनिजलाभनिवृत्ततृष्णः
श्रेयस्यतद्रचनया चिरसुप्तबुद्धेः ।
लोकस्य यः करुणयाभयमात्मलोक-
माख्यान्नमो भगवते ऋषभाय तस्मै ॥१९॥

nityānubhūta-nija-lābha-nivṛtta-tṛṣṇaḥ
śreyasy atad-racanayā cira-supta-buddheḥ
lokasya yaḥ karuṇayābhayam ātma-lokam
ākhyān namo bhagavate ṛṣabhāya tasmai

nitya-anubhūta一因为对祂的真实身份始终很清楚 / nija-lābha-nivṛtta-tṛṣṇaḥ一内心满足、无其他愿望要实现的祂 / śreyasi一生命真正的利益中 / a-tat-racanayā一由于错误地与这个躯体认同而大量从事物质活动 / cira一很长一段时间 / supta一沉睡 / buddheḥ一智慧……的 / lokasya一人的 / yaḥ一……的(主瑞沙巴戴瓦) / karuṇa-yā一出于祂没有缘故的仁慈 / abhayam一无畏 / ātma-lokam一自我的真实身份 / ākhyāt一教导 / namaḥ一恭敬的顶礼 / bhagavate一向至尊人格首神 / ṛṣabhāya一向主瑞沙巴戴瓦 / tasmai一向祂

译文　至尊人格首神——主瑞沙巴戴瓦，很清楚祂自己的真实身份，因此内心满足，不想从外在得到满足。祂自身圆满，所以根本不需要向往成功。那些持躯体化生命概念且不必要地制造一种物质氛围的人，永远不知道自己的真正利

益。主瑞沙巴戴瓦出于祂没有缘故的仁慈，教导人们自我真正的身份，以及生命的目标。为此，我们恭敬地向显现为主瑞沙巴戴瓦的至尊主顶礼。

要旨 这节诗文是这一章对主瑞沙巴戴瓦的活动的描述所作的总结。作为至尊人格首神本人，主瑞沙巴戴瓦自身圆满。我们生物作为至尊主不可缺少的一部分，应该遵循主瑞沙巴戴瓦的指示，变得在自我中感到满足。我们不该因为持有躯体化的概念而制造不必要的需求。人一旦认清自我，就会因为处在原本的灵性状态中而感到心满意足。正如《博伽梵歌》中确认说："这样处在超然境界中的人，立刻觉悟至尊梵，变得充满喜悦。他永不悲伤，不再想得到什么(brahma-bhūtaḥ prasannātmā na śocati na kāṅkṣati)。"这是全体生物的目标。哪怕人还在这个物质世界，他也能仅仅通过遵守《博伽梵歌》和《圣典博伽瓦谭》中记载的至尊主给予的教导而变得心满意足，不再有渴望和悲伤。通过自我觉悟得到的满足被称为斯瓦茹帕南达(svarūpānanda)。受制约的灵魂永恒地在黑暗中沉睡，不了解自己的真正利益。他只是试图靠做一些物质性的调整变得快乐，但这是不可能的。正因为如此，《圣典博伽瓦谭》中说：由于十足的愚昧，受制约的灵魂不知道他真正的自我利益是托庇于主维施努的莲花足(na te viduḥ svārtha-gatiṁ hi viṣṇum)。为变得快乐而调整物质环境是白费力气。事实上，那根本就不可能。主瑞沙巴戴瓦通过祂本人的行为及教导教育受制约的灵魂，展示人应该如何通过以自己的灵性身份活动而感到满足。

到此为止，结束了巴克提韦丹塔对《圣典博伽瓦谭》第5篇第6章"主瑞沙巴戴瓦的活动"所作的阐释。

第七章
巴茹阿特王的活动

这一章讲述的是世界帝王巴茹阿特王(Bharata Mahārāja)的活动。巴茹阿特王举行各种韦达祭祀仪式，通过以不同的形式崇拜至尊主，取悦至尊主。在适当的时候，他离开家住到哈尔德瓦尔(Hardwar)，在那里做奉爱服务。按照父亲主瑞沙巴戴瓦(Ṛṣabhadeva)的命令，巴茹阿特王娶了维施瓦茹帕(Viśvarūpa)的女儿潘查嘉妮(Pañcajanī)。这以后，他平静地统治着整个世界。这个星球以前被称为阿佳纳巴(Ajanābha)，自巴茹阿特王统治后被称为巴茹阿特・瓦尔沙(Bhārata-varṣa)。巴茹阿特王与潘查嘉妮一起生了五个儿子，分别给他们起名为：苏玛提(Sumati)、茹阿施陀布瑞塔(Rāṣṭrabhṛta)、苏达尔珊(Su-darśana)、阿瓦茹阿纳(Āvaraṇa)和杜么茹阿凯图(Dhūmraketu)。巴茹阿特王极其严格地贯彻执行宗教原则，以他父亲为榜样，因此很成功地统治着国民。由于他举行各种祭祀(yajña)取悦至尊主，他自己也感到很满足。他因为内心平静，所以一直增加为主华苏戴瓦(Vā-sudeva)所做的奉爱服务。巴茹阿特王不但能理解纳茹阿达(Nārada)那样的圣洁之人所教导的原则，以圣人们为学习的榜样，而且始终在心中铭记主华苏戴瓦。他履行过作为君王的责任后，把王国分给他的五个儿子，随后离开家，去到一个名叫普拉哈灵修所的地方。在那里，他吃森林中的蔬菜和水果，用可以得到的一切崇拜主华苏戴瓦。他就这样增强他对华苏戴瓦的奉爱之情，自然而然地开始进一步领悟他超然、极乐的生活。由于他处在高度进步的灵性状态中，他的身体有时会出现极度爱神的人会出现的八种超然的变化(aṣṭa-sāttvika)，如心醉神迷的哭泣和身体颤抖等。从经典中了解，巴茹阿特王用《瑞歌・韦达》(Ṛg Veda)中提到的一些赞美诗(mantra)崇拜至尊主。那些赞美诗通常被称为嘎雅垂·曼陀(Gāyatrī mantra)，赞美的是在太阳中的至尊主纳茹阿亚纳(Nārāyaṇa)。

第 1 节

श्रीशुक उवाच
भरतस्तु महाभागवतो यदा भगवतावनितलपरिपालनाय सञ्चिन्तित-
तस्तदनुशासनपरः पञ्चजनीं विश्वरूपदुहितरमुपयेमे ॥ १ ॥

śrī-śuka uvāca
bharatas tu mahā-bhāgavato yadā bhagavatāvani-tala-paripālanāya
sañcintitas tad-anuśāsana-paraḥ pañcajanīṁ viśvarūpa-duhitaram
upayeme.

śrī-śukaḥ uvāca—舒卡戴瓦·哥斯瓦米说 / bharataḥ—巴茹阿特王 / tu—但是 / mahā-bhāgavataḥ—至尊主最崇高的奉献者 / yadā—当……时 / bhagavatā—按照他父亲主瑞沙巴戴瓦的命令 / avani-tala—地球表面 / paripālanāya—为了统治 / sañcintitaḥ—下定决心 / tat-anuśāsana-paraḥ—统治地球 / pañcajanīm—潘查嘉妮 / viśvarūpa-duhitaram—维施瓦茹帕的女儿 / upayeme—结婚

译文 舒卡戴瓦·哥斯瓦米对帕瑞克西特王继续说：我亲爱的君王，巴茹阿特王是最优秀的奉献者。他父亲已决定立他为王，他尊从父亲的命令统治地球。巴茹阿特王统治整个地球时，按父亲的嘱咐娶维施瓦茹帕的女儿潘查嘉妮为妻。

第 2 节

तस्यामु ह वा आत्मजान् कार्त्स्न्येनानुरूपानात्मनः पञ्च जनयामास
भूतादिरिव भूतसूक्ष्माणि सुमतिं राष्ट्रभृतं सुदर्शनमावरणं धूम्रकेतुमिति ॥ २ ॥

tasyām u ha vā ātmajān kārtsnyenānurūpān ātmanaḥ pañca janayām āsa
bhūtādir iva bhūta-sūkṣmāṇi sumatiṁ rāṣṭrabhṛtaṁ sudarśanam

āvaraṇaṁ dhūmraketum iti.

tasyām－在她子宫中 / u ha vā－的确 / ātma-jān－儿子 / kārtsnyena－完全地 / anurūpān－正如 / ātmanaḥ－他自己 / pañca－五个 / janayām āsa－生了 / bhūta-ādiḥ iva－像假我 / bhūta-sūkṣmāṇi－感官认知的五个精微对象 / su-matim－苏玛提 / rāṣṭra-bhṛtam－茹阿施陀布瑞塔 / su-darśanam－苏达尔珊 / āvaraṇam－阿瓦茹阿纳 / dhūmra-ketum－杜么茹阿凯图 / iti－因此

译文　正如错误的自我意识造就出精微的感官对象，巴茹阿特在他妻子潘查嘉妮的子宫中制造了五个儿子。他们的名字分别是：苏玛提、茹阿施陀布瑞塔、苏达尔珊、阿瓦茹阿纳和杜么茹阿凯图。

第 3 节

अजनाभं नामैतद्वर्षं भारतमिति यत आरभ्य व्यपदिशन्ति ॥३॥

ajanābhaṁ nāmaitad varṣaṁ bhāratam iti yata ārabhya vyapadiśanti.

ajanābham－阿佳纳巴 / nāma－名为 / etat－这个 / varṣam－岛 / bhāratam－巴茹阿特 / iti－因此 / yataḥ－……的 / ārabhya－开始 / vyapadiśanti－他们颂扬

译文　这个星球以前被称为阿佳纳巴大地，但自从巴茹阿特王统治后，便被称为巴茹阿特大地了。

要旨　这个星球以前因为纳比(Nābhi)王的统治而被称为阿佳纳巴，自巴茹阿特王统治后，便以巴茹阿特大地闻名于世。

第 4 节

स बहुविन्महीपतिः पितृपितामहवदुरुवत्सलतया स्वे स्वे कर्मणि
वर्तमानाः प्रजाः स्वधर्ममनुवर्तमानः पर्यपालयत् ॥४॥

sa bahuvin mahī-patiḥ pitṛ-pitāmahavad uru-vatsalatayā sve sve karmaṇi vartamānāḥ prajāḥ sva-dharmam anuvartamānaḥ paryapālayat.

saḥ—那个君王(巴茹阿特王) / bahu-vit—博学 / mahī-patiḥ—地球的统治者 / pitṛ—父亲 / pitāmaha—祖父 / vat—完全像 / uru-vatsa-latayā—拥有爱护国民的品质 / sve sve—在他们各自的 / karmaṇi—职责 / varta-mānāḥ—使得 / prajāḥ—国民 / sva-dharmam anuvartamānaḥ—坚守各自的职责 / paryapālayat—统治

译文 巴茹阿特王是这个地球上的一位极其博学且经验丰富的君王。他履行自己的职责，完美地统治着国民。他像他的父亲和祖父一样对国民充满深情。他统治地球，使国民都各自履行自己的职责。

要旨 执政首脑通过让国民充分履行各自的规定职责来统治国民这一点最重要。国民中有的是布茹阿玛纳(brāhmaṇa, 婆罗门)，有的是查锤亚(kṣatriya, 刹帝利)，有的是外夏(vaiśya, 吠舍)和庶铎(śūdra, 首陀罗)。政府的职责是确保国民按照这些物质划分行事，以取得灵性的进步。在任何情况下都不该有人闲着没事做。在物质的旅途上，人必须以布茹阿玛纳、查锤亚、外夏或庶铎的身份工作；在灵性的旅途上，每一个人都该按照自己所处的贞守生(brahmacārī)、居士(gṛhastha)、退出家庭生活(vānaprastha)或托钵僧(sannyāsī)的阶段行事。尽管以前的执政体制是君主制，但所有的君王都对国民很亲切，同时严格监督他们履行各自的规定职责。正因为如此，以前的社会管理很平顺。

第5节

ईजे च भगवन्तं यज्ञक्रतुरूपं क्रतुभिरुच्चावचैः श्रद्धयाहृताग्निहोत्रदर्श-पूर्णमासचातुर्मास्यपशुसोमानां प्रकृतिविकृतिभिरनुसवनं चातुर्होत्र-विधिना ॥५॥

īje ca bhagavantaṁ yajña-kratu-rūpaṁ kratubhir uccāvacaiḥ
śraddhayāhṛtāgnihotra-darśa-pūrṇamāsa-cāturmāsya-paśu-somānāṁ
prakṛti-vikṛtibhir anusavanaṁ cāturhotra-vidhinā.

īje—崇拜 / ca—也 / bhagavantam—至尊人格首神 / yajña-kratu-rūpam—有用动物祭祀和不用动物祭祀的形式 / kratubhiḥ—靠那样的祭祀 / uccāvacaiḥ—非常盛大和非常小 / śraddhayā—满怀信心的 / āhṛta—被举行 / agni-hotra—火祭的 / darśa—达尔沙祭祀的 / pūrṇa-māsa—普尔纳玛祭祀的 / cāturmāsya—四个月祭祀的 / paśu-somānām—献祭动物和月露的祭祀 / prakṛti—靠完整地举行 / vikṛtibhiḥ—靠部分举行 / anusavanam—几乎总是 / cātuḥ-hotra-vidhinā—靠由四种祭司指导的祭祀规定原则

译文　巴茹阿特王满怀信心地举行各种祭祀，这些祭祀分别是：火祭、新月和满月时举行的祭祀、四个月的苦行、献祭动物的祭祀，以及献祭月露的祭祀。这些祭祀有时做得很完整，有时只做一部分。但无论如何，在所有的祭祀中，由四个祭司指导的祭祀规定都得到严格的执行。巴茹阿特王就以此方式崇拜至尊人格首神。

要旨　以前在举行祭祀时会献祭猪和牛等动物，以测试祭祀执行的正确性；否则就没必要杀动物。事实上，被供奉到祭祀之火中的动物得到一个更年轻、充满活力的身体。祭祀时一般都是将年老的动物供奉到祭祀之火中，随后那动物会以一个年轻的身体再次出现。然而，有些仪式不要求献祭动物。如今这个年代禁止献祭动物。正如圣柴坦亚 · 玛哈帕布(Śrī Caitanya Mahāprabhu)说：

aśvamedhaṁ gavālambhaṁ
　sannyāsaṁ pala-paitṛkam
devareṇa sutotpattiṁ
　kalau pañca vivarjayet

“在这个喀历年代中，有五种活动受到禁止，它们分别是，在祭祀中献祭马匹，在祭祀中供奉乳牛，当托钵僧，给祖先供奉肉，以及与自己兄弟的妻子生孩子。”这个年代因为缺乏经验丰富的布茹阿玛纳或能够承担责任的祭司(ṛtvijaḥ)，所以不可能举行这些祭祀。在没有上述条件的情况下，经典推荐集体歌唱神的圣名祭祀(saṅkīrtana-yajña)。智者通过集体歌唱神的圣名，崇拜不断歌唱奎师那圣名的首神化身(yajñaiḥ saṅkīrtana-prāyair yajanti hi sumedhasaḥ)。毕竟，举行祭祀是为了取悦至尊人格首神。应该是为了让至尊主高兴而从事这样的活动(yajñārtha-karma)。在这个喀历年代中，应该通过举行集体歌唱哈瑞·奎师那曼陀(Hare Kṛṣṇa mantra)的方式崇拜至尊主的化身圣柴坦亚·玛哈帕布。有智慧的人都接受这一方式。经典中说，智者通过集体歌唱神的圣名，崇拜不断歌唱奎师那圣名的首神化身(yajñaiḥ saṅkīrtana-prayair yajanti hi sumedhasaḥ)，其中梵文su-medhasaḥ指的是脑组织质地十分优良的智者。

第6节

सम्प्रचरत्सु नानायागेषु विरचिताङ्गक्रियेष्वपूर्वं यत्तत्क्रियाफलं ध-र्माख्यं परे ब्रह्मणि यज्ञपुरुषे सर्वदेवतालिङ्गानां मन्त्राणामर्थनियाम-कतया साक्षात्कर्तरि परदेवतायां भगवति वासुदेव एव भावयमान आत्मनैपुण्यमृदितकषायो हविःष्वध्वर्युभिर्गृह्यमाणेषु स यजमानो यज्ञभाजो देवांस्तान् पुरुषावयवेष्वभ्यध्यायत् ॥ ६ ॥

sampracaratsu nānā-yāgeṣu viracitāṅga-kriyeṣv apūrvaṁ yat tat kriyā-phalaṁ dharmākhyaṁ pare brahmaṇi yajña-puruṣe sarva-devatā-liṅgānāṁ mantrāṇām artha-niyāma-katayā sākṣāt-kartari para-devatāyāṁ bhagavati vāsudeva eva bhāvayamāna ātma-naipuṇya-mṛdita-kaṣāyo haviḥṣv adhvaryubhir gṛhyamāṇeṣu sa yajamāno yajña-bhājo devāṁs tān puruṣāvayaveṣv abhyadhyāyat.

sampracaratsu－开始举行时 / nānā-yāgeṣu－各种不同的祭祀 / viracita-aṅga-kriyeṣu－举行补充仪式……的 / apūrvam－尚未展示的 /

yat－无论什么 / tat－那个 / kriyā-phalam－那样祭祀的结果 / dharma-ākhyam－以宗教之名 / pare－向超然存在 / brahmaṇi－至尊主 / yajña-puruṣe－所有祭祀的享受者 / sarva-devatā-liṅgānām－展示全体半神人的 / mantrāṇām－韦达赞歌的 / artha-niyāma-katayā－由于是所有物体的控制者 / sākṣāt-kartari－直接实行者 / para-devatāyām－全体半神人的来源 / bhagavati－至尊人格首神 / vāsudeve－向奎师那 / eva－无疑地 / bhāvayamānaḥ－总想着 / ātma-naipuṇya-mṛdita-kaṣā-yaḥ－靠这样想免于所有的色欲及愤怒 / haviḥṣu－在祭祀中供奉的祭品 / adhvaryubhiḥ－当精通《阿塔尔瓦·韦达》提到的祭祀的祭司们……时 / gṛhyamāṇeṣu－拿 / saḥ－巴茹阿特王 / yajamānaḥ－献祭者 / yajña-bhājaḥ－祭祀结果的领受者 / devān－全体半神人 / tān－他们 / puruṣa-avayaveṣu－作为至尊人格首神哥文达身上的四肢和各个部位 / abhyadhyāyat－他想

译文　在对各种祭祀做了准备后，巴茹阿特王以宗教的名义将结果献给至尊人格首神华苏戴瓦。换句话说，他为了使主华苏戴瓦——奎师那满意而举行祭祀。巴茹阿特王认为，既然半神人们是华苏戴瓦身体的各个部分，华苏戴瓦便控制着韦达赞歌中介绍的那些半神人。这样想使巴茹阿特王免于执著、色欲和贪婪等一切物质污染。在祭司们即将把祭品供奉到火中时，巴茹阿特王清楚地明白，给不同半神人的供奉，只不过是给至尊主的各个肢体供奉。例如：因铎是至尊人格首神的手臂，太阳神苏尔亚是祂的眼睛。因此巴茹阿特王认为，献给各个半神人的祭品，其实是供奉给了主华苏戴瓦的各部分肢体。

要旨　至尊人格首神说，人在还没做与聆听和吟诵、吟唱有关神的一切(śravaṇaṁ kīrtanam)的纯粹奉爱服务之前，必须履行自己的规定职责。人们也许会问，既然巴茹阿特王是优秀的奉献者，他为什么要举行那么多实际上是为功利性活动者(karmī)设计的祭祀呢？事实上，他只是在执行主华苏戴瓦的命令。正如主奎师那在《博伽梵歌》(Bhagavad-gītā)中所说：“抛弃一切种类的宗教，只向我皈依(sarva dharmān parityajya mām ekaṁ śaraṇaṁ vraja)。”我们无论做什么，都该一直不断地铭记华苏戴瓦。人们一般都只愿意向不同的半神人致以敬意，但巴茹阿特王只想要取悦主华苏戴瓦。就如《博伽梵歌》中所说：完全意识到我的人知道我是一切祭祀和苦行的最终受益者，是一切星球和半神人的至尊主(bhoktāraṁ yajña-tapasāṁ sarva-loka-maheśvaram)。举行一个祭祀也许是为了满足某个半神人，但当祭祀供奉给祭祀的主人(yajña-puruṣa)——主纳茹阿亚纳时，所有的半神人都得到了满足。举行各种祭祀(yajña)的目的是为了满足至尊主。人可以以各种半神人的名义举行祭祀或直接将祭品供奉给至尊主。如果我们直接给至尊人格首神供奉祭品，半神人就会自动得到满足。给树根浇水，树干、树枝、水果和鲜花自动得到滋养。人在向不同的半神人供奉祭祀时应该记住，半神人只不过是至尊者身体的不同部位。如果我们崇拜一个人的手，就要使那个人本身高兴。我们在给一个人的腿按摩时，并不是真在侍奉腿，而是侍奉拥有腿的人。全体半神人都是至尊主身体的各个部分，我们为他们提供服务时，其实是在侍奉至尊主本人。《布茹阿玛·萨密塔》(Brahma-saṁhitā)中谈到对半神人的崇拜，但那些诗(śloka)其实都提倡崇拜至尊人格首神哥文达(Govinda)。例如：《布茹阿玛·萨密塔》第5章的第44节诗这样提到对杜尔嘎(Durgā)女神的崇拜说：

sṛṣṭi-sthiti-pralaya-sādhana-śaktir ekā
chāyeva yasya bhuvanāni vibharti durgā
icchānurūpam api yasya ca ceṣṭate sā
govindam ādi-puruṣaṁ tam ahaṁ bhajāmi

遵照圣奎师那的命令，杜尔嘎女神创造、维系和毁灭。就有关这一说明，主奎师那在《博伽梵歌》中也证实说：“琨缇的儿子啊！物质自然是我的一种能量，在我的指挥下活动，产生动与不动的一切(mayādhyakṣeṇa prakṛtiḥ sūyate sa-carācaram)。”

我们应该带着这样的理解崇拜半神人。因为杜尔嘎女神使主奎师那满意，所以我们该向杜尔嘎女神致以敬意。由于主希瓦(Śiva)不是别人，而是主奎师那的作用体，我们该向主希瓦致敬。同样道理，我们应该向布茹阿玛(Brahmā)、火神阿格尼(Agni)和太阳神苏尔亚(Sūrya)致敬。有许多给不同半神人的供奉，但我们应该始终铭记，这些供奉通常都是为了满足至尊人格首神而设。巴茹阿特王并不渴望从半神人那里得到某种利益。他的目的是取悦至尊主。《玛哈巴茹阿特》(Mahābhārata)中说，在千百个主维施努的名字中，雅格亚这个名字是指，祭祀的享受者、举行者和祭祀本身都是至尊主(yajña-bhug yajña-kṛd yajñaḥ)。至尊主是一切的完成者，但由于愚昧，生物以为自己是行为者。我们只要还认为自己是行为者，就被活动所束缚(karma-bandha)。如果我们为雅格亚、奎师那做事，我们就不受活动的束缚。《博伽梵歌》第3章的第9节诗中说："应该把活动当祭祀献给维施努，否则活动就会把人捆绑在物质世界里(yajñārthāt karmaṇo 'nyatra loko 'yaṁ karma-bandhanaḥ)。”

按照巴茹阿特王的教导，我们不该为满足个人而做事，相反应该为取悦至尊人格首神而做事。对此，《博伽梵歌》第17章的第28节诗中也说：

aśraddhayā hutaṁ dattaṁ
　tapas taptaṁ kṛtaṁ ca yat
asad ity ucyate pārtha
　na ca tat pretya no iha

“普瑞塔的儿子啊！在对至尊者没有信心的情况下所进行的任何祭祀、施舍和苦行，都称为阿萨特。它们是不持久的，对今生和来世都没有用。”

像安巴瑞施王那样的君王，以及许多其他是至尊主纯粹奉献者的圣君(rājarṣi)，都一直不断地为至尊主做服务，以此度过他们的时光。一个纯粹奉献者透过其他人做某项服务时不该受到批评，因为他活动是为了取悦至尊主。例如：一个奉献者也许有一个祭司在举行某种功利性祭祀(karma-kāṇḍa)，而那位祭司也许不是纯粹的外士纳瓦(Vaiṣṇava)，但由于那位奉献者这么做是为了取悦至尊主，他不该受到批评。这节诗文中的梵文“尚未展示的(apūrva)”一词非常重要。我们从事虔诚或不虔诚的活动时，不会立刻产生结果，因此便等待未来展现出的结果。这称为尚未展示的(apūrva)。就连那些执著于韦达仪式的韦达经的信奉者(smārta)都接受这种“结果将在未来展示”的事实。纯粹奉献者只是为取悦至尊人格首神而活动，因此他们活动的结果是灵性、永恒的。它们与功利性活动者(karmī)得到的那些短暂结果不同。对此，《博伽梵歌》第4章的第23节诗证实说：

gata-saṅgasya muktasya
  jñānāvasthita-cetasaḥ
yajñāyācarataḥ karma
  samagraṁ pravilīyate

“完全处在超然知识层面上的人，不受物质自然三种属性的影响，其活动全部融入超然真理。”

奉献者永远免于物质的污染。他完全处在知识的层面上，所以他举行祭祀是为了取悦至尊人格首神。

第7节

एवं कर्मविशुद्ध्या विशुद्धसत्त्वस्यान्तर्हृदयाकाशशरीरे ब्रह्मणि भगवति वासुदेवे महापुरुषरूपोपलक्षणे श्रीवत्सकौस्तुभवनमालारिदरगदादि-भिरुपलक्षिते निजपुरुषहृल्लिखितेनात्मनि पुरुषरूपेण विरोचमान उच्चै-स्तरां भक्तिरनुदिनमेधमानरयाजायत ॥ ७ ॥

evaṁ karma-viśuddhyā viśuddha-sattvasyāntar-hṛdayākāśa-śarīre
brahmaṇi bhagavati vāsudeve mahā-puruṣa-rūpopalakṣaṇe śrīvatsa-

kaustubha-vana-mālāri-dara-gadādibhir upalakṣite nija-puruṣa-hṛl-likhitenātmani puruṣa-rūpeṇa virocamāna uccaistarāṁ bhaktir anudinam edhamāna-rayājāyata.

evam—因此 / karma-viśuddhyā—通过献出一切为至尊人格首神服务且不想享受自己虔诚活动的结果 / viśuddha-sattvasya—存在完全被净化了的巴茹阿特王的 / antaḥ-hṛdaya-ākāśa-śarīre—瑜伽师冥想的在内心的超灵 / brahmaṇi—知识思辨者所崇拜的不具人格特征的梵当中 / bhagavati—向至尊人格首神 / vāsudeve—瓦苏戴瓦的儿子主奎师那 / mahā-puruṣa—至尊人的 / rūpa—……的形象 / upalakṣaṇe—有……特征 / śrīvatsa—至尊主胸前的标记 / kaustubha—至尊主的考斯图巴珠宝 / vana-mālā—鲜花花环 / ari-dara—以飞轮和海螺 / gadā-ādibhiḥ—以大头棒和其他标志 / upalakṣite—被辨别 / nija-puruṣa-hṛt-likhitena—如雕刻般铭记在祂奉献者的心中 / ātmani—在他心中 / puruṣa-rūpeṇa—凭祂的个人形象 / virocamāne—闪耀着 / uccaista-rām—在很高的层次 / bhaktiḥ—奉爱服务 / anudinam—日复一日 / edhamāna—增加着 / rayā—拥有力量 / ajāyata—显示

译文　巴茹阿特王的心就这样靠举行祭祀仪式得到净化，一尘不染。他为华苏戴瓦——主奎师那所做的奉爱服务，一天天增多。主奎师那——瓦苏戴瓦的儿子，是存在中的第一位人格首神，展示为超灵和不具人格特征的梵。瑜伽师冥想处在心脏这一局部区域的超灵；知识思辨者将不具人格特征的梵当做至尊绝对真理崇拜；奉献者崇拜至尊人格首神华苏戴瓦。启示经典对祂超然的身体作出描述。祂的身体有施瑞瓦特萨标志、考斯图巴珠宝和鲜花花环作装饰，祂手中分别持有海螺、飞轮、大头棒和莲花。像纳茹阿达那样的奉献者总是在心中想着祂。

要旨　主华苏戴瓦——瓦苏戴瓦的儿子圣奎师那，是至尊人格首神。祂以超灵的特征展现在瑜伽师(yogi)心中；而知识思辨者

(jñānī)则崇拜祂不具人格特征的梵光(Brahman)。经典中描述至尊主的超灵形象有四只手臂，手中分别持有飞轮、海螺、莲花和大头棒。《圣典博伽瓦谭》第2篇第2章的第8节诗中确认说：

kecit sva-dehāntar-hṛdayāvakāśe
prādeśa-mātraṁ puruṣaṁ vasantam
catur-bhujaṁ kañja-rathāṅga-śaṅkha-
gadā-dharaṁ dhāraṇayā smaranti

“其他人冥想人格首神居住在人体的心脏部位，身长只有八英寸，四只手分别拿着莲花、飞轮、海螺和大头棒。”

超灵(Paramātmā)处在众生的心脏部位，四只手中分别持有象征性的武器。想着自己心中超灵的全体奉献者，像崇拜庙里的神像一样崇拜至尊人格首神。他们也了解至尊主身体放射出的不具人格特征的梵光。

第 8 节

एवं वर्षायुतसहस्रपर्यन्तावसितकर्मनिर्वाणावसरोऽधिभुज्यमानं स्व-तनयेभ्यो रिक्थं पितृपैतामहं यथादायं विभज्य स्वयं सकलसम्पन्-निकेतात्स्वनिकेतात्पुलहाश्रमं प्रवव्राज ॥ ८ ॥

evaṁ varṣāyuta-sahasra-paryantāvasita-karma-nirvāṇāvasaro 'dhibhujyamānaṁ sva-tanayebhyo rikthaṁ pitṛ-paitāmahaṁ yathā-dāyaṁ vibhajya svayaṁ sakala-sampan-niketāt sva-niketāt pulahāśramaṁ pravavrāja.

evam－如此一直从事 / varṣa-ayuta-sahasra－一千万年 / paryan-ta－直到 / avasita-karma-nirvāṇa-avasaraḥ－确定结束享受王室财富的时间到了的巴茹阿特王 / adhibhujyamānam－在那段时期以这种方式被享受 / sva-tanayebhyaḥ－向他自己的儿子们 / riktham－财富 / pitṛ-paitāma-ham－从他父亲及祖先那里得到的 / yathā-dāyam－按照玛努

制定的有关继承权的法律 / vibhajya－划分 / svayam－亲自 / sakala-sampat－所有种类的财富的 / niketāt－住所 / sva-niketāt－从他父亲家 / pulaha-āśramam pravavrāja－他去了位于哈尔德瓦尔的普拉哈灵修所(在那里可以找到沙拉卦玛-希拉)

译文　命运决定巴茹阿特王享受物质财富的时间是一千万年。当那段时间结束时，他退出家庭生活，把从祖先那里得到的财产分发给他的儿子们。他离开父亲留给他的家——所有财富的宝库，启程前往位于哈尔德瓦尔的普拉哈灵修所，那里可以找到沙拉卦玛·希拉。

要旨　按照玛努制定的有关继承权的法律(dāya-bhāk)继承了地产的人，必须把它交给自己的下一代。巴茹阿特王正确地做到了这一点。他先是享受他父亲的财产达一千万年之久，然后在退休时把那财产分发给他的儿子们，自己则离开家去了普拉哈灵修所(Pu-laha-āśrama)。

第9节

यत्र ह वाव भगवान् हरिरद्यापि तत्रत्यानां निजजनानां वात्सल्येन सन्निधाप्यत इच्छारूपेण ॥ ९ ॥

yatra ha vāva bhagavān harir adyāpi tatratyānāṁ nija-janānāṁ vātsalyena sannidhāpyata icchā-rūpeṇa.

yatra－那里 / ha vāva－无疑地 / bhagavān－至尊人格首神 / hariḥ－至尊主 / adya-api－甚至今天 / tatratyānām－住在那个地方 / nija-janā-nām－为祂自己的奉献者 / vātsalyena－出于祂超然的情感 / sannidhāpyate－变成可见 / icchā-rūpeṇa－按照奉献者的愿望

译文　在普拉哈灵修所，至尊人格首神哈尔依出于对祂奉献者的超然深情，展现在祂奉献者面前，满足祂奉献者的心愿。

要旨 至尊主永远以各种超然的形象存在着。正如《布茹阿玛·萨密塔》第5章的第39节诗说：

rāmādi-mūrtiṣu kalā-niyamena tiṣṭhan
nānāvatāram akarod bhuvaneṣu kintu
kṛṣṇaḥ svayaṁ samabhavat paramaḥ pumān yo
govindam ādi-puruṣaṁ tam ahaṁ bhajāmi

至尊主以祂本人的形象——至尊人格首神奎师那的形象存在着，同时由主茹阿玛(Rāma)、巴拉戴瓦(Baladeva)、桑卡尔珊(Saṅkarṣaṇa)、纳茹阿亚纳(Nārāyaṇa)和玛哈·维施努(Mahā-Viṣṇu)等祂的扩展相伴。奉献者按照他们的意愿崇拜所有这些形象，而至尊主则出于祂的深情以神像(arcā-vigraha)的形式展现祂自己，或有时为了报答奉献者的深情及对奉献者的深爱，亲自出现在祂奉献者面前。奉献者总是全心全意地为至尊主做爱心服务，而至尊主则按照奉献者的意愿让奉献者看到祂。祂也许以主茹阿玛、主奎师那的形象出现，也许以主尼尔星哈(Nṛsiṁhadeva)等形象出现，以此方式与祂的奉献者进行爱的交流。

第 10 节

यत्राश्रमपदान्युभयतो नाभिभिर्दृषच्चक्रैश्चक्रनदी नाम सरित्प्रवरा सर्वतः पवित्रीकरोति ॥१०॥

yatrāśrama-padāny ubhayato nābhibhir dṛṣac-cakraiś cakra-nadī nāma sarit-pravarā sarvataḥ pavitrī-karoti.

yatra－那里／āśrama-padāni－所有僻静之地／ubhayataḥ－在上面或底部／nābhibhiḥ－像肚脐一样的符号／dṛṣat－可见的／cakraiḥ－用圆圈／cakra-nadī－查夸纳迪河(通常称为甘达克伊河)／nāma－名为／sarit-pravarā－最重要的河流／sarvataḥ－到处／pavitrī-karoti－使圣洁

译文　普拉哈灵修所中有所有河流中最好的甘达克伊河。沙拉卦玛·希拉——小卵石状的大理石，净化所有那些地方。每一个卵石状的大理石上面和底部都有像肚脐一样的圆圈。

要旨　沙拉卦玛·希拉(Śālagrāma-śilā)是一种上下都有圆圈痕迹的小卵石，在甘达克伊河(Gaṇḍakī-nadī)中可以找到它们。这条河的河水流经哪里，哪里就立刻被圣化。

第 11 节

तस्मिन् वाव किल स एकलः पुलहाश्रमोपवने विविधकुसुमकिसलयतुलसिकाम्बुभिः कन्दमूलफलोपहारैश्च समीहमानो भगवत आराधनं विविक्त उपरतविषयाभिलाष उपभृतोपशमः परां निर्वृतिमवाप ॥११॥

tasmin vāva kila sa ekalaḥ pulahāśramopavane vividha-kusuma-kisalaya-tulasikāmbubhiḥ kanda-mūla-phalopahāraiś ca samīhamāno bhagavata ārādhanaṁ vivikta uparata-viṣayābhilāṣa upabhṛtopaśamaḥ parāṁ nirvṛtim avāpa.

tasmin—在那个灵修所 / vāva kila—的确 / saḥ—巴茹阿特王 / ekalaḥ—独自、单独 / pulaha-āśrama-upavane—在位于普拉哈灵修所的花园 / vividha-kusuma-kisalaya-tulasikā-ambubhiḥ—用各种花、嫩枝、图拉西叶和水 / kanda-mūla-phala-upahāraiḥ—靠献上根茎、球茎和水果 / ca—和 / samīhamānaḥ—举行 / bhagavataḥ—至尊人格首神的 / ārādhanam—崇拜 / viviktaḥ—净化 / uparata—免于 / viṣaya-abhilāṣaḥ—贪图物质感官享乐 / upabhṛta—增加 / upaśamaḥ—平静 / parām—超然 / nirvṛtim—满足 / avāpa—他得到

译文　巴茹阿特王独自居住在普拉哈灵修所的花园中。他不仅采集各种鲜花、嫩枝和图拉西叶，还收集甘达克伊河水，以及各种根茎、水果和球茎。他把这些供奉给至尊人格

首神华苏戴瓦，崇拜祂，并保持知足的状态。他的心因此而不受污染，没有丝毫物质享乐的欲望。他在这种稳定的状态中感到心满意足，专注于做奉爱服务。

要旨 人人都在追求内心的平静。这种状态只有在人彻底清除物质感官享乐的欲望并为至尊主做奉爱服务时才能达到。正如《博伽梵歌》中所说：人如果怀着奉爱之心给我供奉一片叶、一朵花、一个水果或一些水，我将会接受(patraṁ puṣpaṁ phalaṁ toyaṁ yo me bhaktyā prayacchati)。崇拜至尊主所需的花费一点都不昂贵。人可以向至尊主供奉一片叶、一朵花、一点水果和一些水。当人怀着爱和奉爱之情供奉这一切时，至尊主就会接受。这样做可以使人清除物质欲望。人只要还有物质欲望，就无法快乐；而一旦为至尊主做奉爱服务，他的内心就得到净化，去除一切物质欲望。这使他变得心满意足。

sa vai puṁsāṁ paro dharmo
  yato bhaktir adhokṣaje
ahaituky apratihatā
  yayātmā suprasīdati
vāsudeve bhagavati
  bhakti-yogaḥ prayojitaḥ
janayaty āśu vairāgyaṁ
  jñānaṁ ca yad ahaitukam

“能让人为超然的至尊主做奉爱服务的职责，才是全人类最崇高的职责(达尔玛)。要想彻底满足自我，就必须毫无自私动机、连续不断地做这样的奉爱服务。”

“通过为人格首神圣奎师那做奉爱服务，人立刻不明原因地获得知识，不再依恋这个世界。”(《圣典博伽瓦谭》1.2 6-7)

以上这些是最高级的韦达文献《圣典博伽瓦谭》所给予的教导。我们也许无法去普拉哈灵性所，但无论我们身在何处，我们都可以按照上述方法快乐地为至尊主做奉爱服务。

第 12 节

**तयेत्थमविरतपुरुषपरिचर्यया भगवति प्रवर्धमानानुरागभरद्रुतहृदय-
शैथिल्यः प्रहर्षवेगेनात्मन्युद्भिद्यमानरोमपुलककुलक औत्कण्ठ्य-
प्रवृत्तप्रणयबाष्पनिरुद्धावलोकनयन एवं निजरमणारुणचरणारविन्दा-
नुध्यानपरिचितभक्तियोगेन परिप्लुतपरमाह्लादगम्भीरहृदयह्रदावगाढ-
धिषणस्तामपि क्रियमाणां भगवत्सपर्यां न सस्मार ॥१२॥**

tayettham avirata-puruṣa-paricaryayā bhagavati pravardhamānā-nurāga-bhara-druta-hṛdaya-śaithilyaḥ praharṣa-vegenātmany udbhidyamāna-roma-pulaka-kulaka autkaṇṭhya-pravṛtta-praṇaya-bāṣpa-niruddhāvaloka-nayana evaṁ nija-ramaṇāruṇa-caraṇāravindānudhyāna-paricita-bhakti-yogena paripluta-paramāhlāda-gambhīra-hṛdaya-hradāvagāḍha-dhiṣaṇas tām api kriyamāṇāṁ bhagavat-saparyāṁ na sasmāra.

tayā－凭那样 / ittham－用这种方式 / avirata－持续地 / puruṣa－至尊主的 / paricaryayā－靠服务 / bhagavati－向至尊人格首神 / pravardha-māna－持续增加 / anurāga－执著的 / bhara－被装载 / druta－融化 / hṛdaya－心 / śaithilyaḥ－松懈 / praharṣa-vegena－靠超然的心醉神迷的力量 / ātmani－在他身上 / udbhidyamāna-roma-pulaka-kulakaḥ－毛发直竖 / autkaṇṭhya－因为强烈的渴望 / pravṛtta－产生 / praṇaya-bāṣpa-nirud-dha-avaloka-nayanaḥ－使眼中流出爱的泪水，遮住了视线 / evam－因此 / nija-ramaṇa-aruṇa-caraṇa-aravinda－在至尊主的红色莲花足上 / anu-dhyāna－靠冥想 / paricita－增加 / bhakti-yogena－靠奉爱服务 / pariplu-ta－散布各处 / parama－最高的 / āhlāda－灵性极乐的 / gambhīra－非常深 / hṛdaya-hrada－在如同湖泊的心中 / avagāḍha－沉浸 / dhiṣaṇaḥ－智慧……的 / tām－那个 / api－虽然 / kriyamāṇām－实行 / bhagavat－至尊人格首神的 / saparyām－崇拜 / na－不 / sasmāra－记得

译文　这位最崇高的奉献者——巴茹阿特王，就这样一直不断地忙于为至尊主服务。他对华苏戴瓦——奎师那的

爱，自然越来越强烈，融化了他的心。结果，他逐渐失去了对规定职责的执著。他的身体展现出所有心醉神迷的特征，毛发直竖，泪水涌流，以至无法视物。于是，他只有一直不断地冥想至尊主淡红色的莲花足。那时他的心恰似填满了如痴如醉的爱水的湖泊。当他的思绪沉浸在那湖水中时，他甚至忘了为至尊主做规定的服务。

要旨 当人真正进步到处在对奎师那如痴如醉的爱中时，他的身体就会展现出八种超然的极乐征象。那些是奉献者为至尊人格首神做爱心服务达到完美的境界时所具有的表现。由于巴茹阿特王一直不断地在做奉爱服务，他的身体展现出如痴如醉的爱所具有的一切征象。

第 13 节

इत्थं धृतभगवद्व्रत ऐणेयाजिनवाससानुसवनाभिषेकार्द्रकपिशकुटिल-जटाकलापेन च विरोचमानः सूर्यर्चा भगवन्तं हिरण्मयं पुरुषमुज्जिहाने सूर्यमण्डलेऽभ्युपतिष्ठन्नेतदु होवाच ॥१३॥

ittharn dhṛta-bhagavad-vrata aiṇeyājina-vāsasānusavanābhiṣekārdra-kapiśa-kuṭila-jaṭā-kalāpena ca virocamānaḥ sūryarcā bhagavantaṁ hiraṇmayaṁ puruṣam ujjihāne sūrya-maṇḍale 'bhyupatiṣṭhann etad u hovāca.

ittham—这样 / dhṛta-bhagavat-vrataḥ—发誓为至尊人格首神服务 / aiṇeya-ajina-vāsasa—穿鹿皮衣 / anusavana—一天三次 / abhiṣe-ka—因沐浴 / ardra—湿 / kapiśa—黄褐色的 / kuṭila-jaṭā—卷曲缠在一起的头发的 / kalāpena—一束束 / ca—和 / virocamānaḥ—被装饰得很华丽 / sūryarcā—靠吟诵赞美主纳茹阿亚纳在太阳中的扩展的韦达赞歌 / bhagavantam—向至尊人格首神 / hiraṇmayam—肤色如同黄金色的至尊主 / puruṣam—至尊人格首神 / ujjihāne—当升起 / sūrya-maṇḍale—太阳星球 / abhyupatiṣṭhan—崇拜 / etat—这个 / u ha—无疑地 / uvāca—他朗诵

译文　巴茹阿特王看起来十分俊美。他长着一头浓密的卷发，因一天三次的沐浴而总是湿漉漉的。他身裹一块鹿皮，崇拜身体由金色光芒组成、居住在太阳中的主纳茹阿亚纳。巴茹阿特王通过吟诵《瑞歌·韦达》中的赞歌崇拜主纳茹阿亚纳。他在太阳升起时朗诵如下诗文。

要旨　太阳上的主宰神明是黑冉玛亚(Hiraṇmaya)——主纳茹阿亚纳。人们通过吟诵嘎雅垂·曼陀(Gāyatrī mantra)崇拜祂，即：让我们冥想神性的太阳那值得崇拜的光芒，它激励我们的冥想(oṁ bhūr bhuvaḥ svaḥ tat savitur vareṇyaṁ bhargo devasya dhīmahi)。《瑞歌·韦达》(Ṛg Veda)中还有其他的崇拜祂的赞美诗，例如：人应该总是冥想坐在太阳上祂的莲花中的纳茹阿亚纳(dhyeyaḥ sadā savitṛ-maṇḍala-madhya-vartī)。主纳茹阿亚纳居住在太阳上，祂有着金色的肤色。

第 14 节

परोरजः सवितुर्जातवेदो
　देवस्य भर्गो मनसेदं जजान ।
सुरेतसादः पुनराविश्य चष्टे
　हंसं गृध्राणं नृषद्रिङ्गिरामिमः ॥१४॥

paro-rajaḥ savitur jāta-vedo
　devasya bhargo manasedaṁ jajāna
suretasādaḥ punar āviśya caṣṭe
　haṁsaṁ gṛdhrāṇaṁ nṛṣad-riṅgirām imaḥ

paraḥ-rajaḥ—超越激情属性(处在纯粹的善良属性中) / savituḥ—照亮整个宇宙的人的 / jāta-vedaḥ—满足奉献者一切愿望的 / devasya—至尊主的 / bhargaḥ—自放光芒 / manasā—仅仅靠冥思苦想 / idam—这个宇宙 / jajāna—创造 / su-retasā—凭灵性的力量 / adaḥ—这个被创造的世界 / punaḥ—再次 / āviśya—进入 / caṣṭe—看见或维

持 / haṁsam－生物体 / gṛdhrāṇam－想要的物质享乐 / nṛṣat－对智力 / riṅgirām－对使……运行的人 / imaḥ－让我致以敬礼

译文 “至尊人格首神处在纯粹的善良属性中。祂照亮整个宇宙，给予祂的奉献者所有的祝福。至尊主用祂自己的灵性力量创造了这个宇宙。祂凭着祂的意愿以超灵的形象进入这宇宙。祂凭借祂不同的力量，维系着想要进行物质享乐的众生。让我恭恭敬敬地向至尊主顶礼，祂是智慧的赐予者。”

要旨 太阳的主宰神明是纳茹阿亚纳的另一个扩展，他照亮了整个宇宙。至尊主以超灵的形式进入每一个生物体的心中，给予他们智慧，满足他们的物质欲望。就有关这一点，《博伽梵歌》中也证实说：“我在众生的心中(sarvasya cāhaṁ hṛdi sanniviṣṭaḥ)。”

作为超灵，至尊主进入众生的心中。正如《布茹阿玛·萨密塔》第5章的第35节诗中说：“祂进入宇宙，也进入每一个原子(aṇ-ḍāntara-stha-paramāṇu-cayāntara-stham)。”在《瑞歌·韦达》中，崇拜太阳的主宰神明的赞美诗是：人应该总是冥想坐在太阳上祂的莲花中的纳茹阿亚(dhyeyaḥ sadā savitṛ-maṇḍala-madhya-varti nārāyaṇaḥ sa-rasijāsana-sanniviṣṭaḥ)。纳茹阿亚纳坐在太阳上祂的莲花中，众生都该在太阳升起时通过吟诵、吟唱这首赞美诗(mantra)得到纳茹阿亚纳的庇护。按照现代科学的说法，物质世界都依靠太阳的光芒。由于有阳光，所有的星球才转动，蔬菜才生长。我们还得到资讯说，月光帮助蔬菜和草药的生长。事实上，是太阳上的纳茹阿亚纳维系着整个宇宙，因此应该通过吟诵、吟唱嘎亚垂·曼陀和《瑞歌·韦达》中的赞美诗崇拜纳茹阿亚纳。

到此为止，结束了巴克提韦丹塔(Bhaktivedanta)对《圣典博伽瓦谭》第5篇第7章“巴茹阿特王的活动”所作的阐释。

第八章

对巴茹阿特王品质的描述

巴茹阿特王(Bharata Mahārāja)所处的灵性层面虽然已经很高，但却因为依恋一头小鹿而坠落。一天，巴茹阿特王像往常一样在甘达克伊(Gaṇḍakī)河中沐浴并吟诵曼陀(mantra)。他看到，一头怀孕的母鹿来到河边饮水，突然传来一声狮子的大吼，母鹿被吓得立刻流产，生下它的小鹿仔。它随后过河，但过河后便死去。巴茹阿特王很同情失去母亲的小鹿，把它从河中救起，带它到自己住的灵修所(āśrama)，柔情地照顾它。他逐渐对小鹿产生了依恋之情，总是充满深情地想着它。小鹿在渐渐长大的过程中，一直陪伴在巴茹阿特王身边，而君王也随时在照顾它。逐渐地，巴茹阿特王变得全神贯注地想着这头鹿，以致内心不再安宁。随着他越来越依恋小鹿，他做奉爱服务的劲头松懈下来。他虽然能放弃他富有的王国，但却依恋上一头鹿，结果从他练神秘瑜伽的层面上坠落。一天，因为小鹿不在住所中，巴茹阿特王变得焦虑不安，于是去寻找它。在寻找的过程中，巴茹阿特王悲叹小鹿的失踪，最后跌倒死去。由于他一心一意地想着那头小鹿，他在来生便自然投生到一头鹿的子宫中。然而，他因为在灵性上十分进步，所以哪怕是在一头鹿的躯体中，都没有忘记他前世的活动。他明白自己是如何从他崇高的地位上坠落下来的，于是离开他的鹿妈妈，再次去到普拉哈灵性所(Pulaha-āśrama)。他在一头鹿的形体中终结了他的功利性活动，在死亡时从鹿的躯体中被释放出来。

第 1 节

श्रीशुक उवाच
एकदा तु महानद्यां कृताभिषेकनैयमिकावश्यको ब्रह्माक्षरमभिगृणानो
मुहूर्तत्रयमुदकान्त उपविवेश ॥ १ ॥

śrī-śuka uvāca
ekadā tu mahā-nadyāṁ kṛtābhiṣeka-naiyamikāvaśyako
brahmākṣaram abhigṛṇāno muhūrta-trayam udakānta upaviveśa.

śrī-śukaḥ uvāca—圣舒卡戴瓦·哥斯瓦米说 / ekadā—从前 / tu—但是 / mahā-nadyām—在一条名叫甘达克伊的非凡的河中 / kṛta-abhiṣeka-naiyamika-avaśyakaḥ—在结束排泄粪便、尿液以及刷牙后沐浴等一天内照顾物质躯体的责任后 / brahma-akṣaram—欧么(om) / abhigṛṇānaḥ—吟诵 / muhūrta-trayam—三分钟 / udaka-ante—在河岸边 / upaviveśa—他坐下

译文 圣舒卡戴瓦·哥斯瓦米继续道：我亲爱的君王，一天，巴茹阿特王在清晨排泄大小便并沐浴后，在甘达克伊河边坐下，几分钟后开始吟诵以欧么卡尔为开端的曼陀。

第2节

तत्र तदा राजन् हरिणी पिपासया जलाशयाभ्याशमेकैवोपजगाम ॥ २ ॥

tatra tadā rājan hariṇī pipāsayā jalāśayābhyāśam ekaivopajagāma.

tatra—在河岸边 / tadā—那时 / rājan—君王啊！ / hariṇī—一头雌鹿 / pipāsayā—由于口渴 / jalāśaya-abhyāśam—河流附近 / eka—一个 / eva—无疑地 / upajagāma—到达

译文 君王啊！巴茹阿特王在河边坐着时，一头母鹿因为极度的口渴来到那河岸边。

第3节

तया पेपीयमान उदके तावदेवाविदूरेण नदतो मृगपतेरुन्नादो लो-
कभयङ्कर उदपतत् ॥ ३ ॥

tayā pepīyamāna udake tāvad evāvidūreṇa nadato mṛga-pater
unnādo loka-bhayaṅkara udapatat.

tayā—被雌鹿 / pepīyamāne—正被心满意足地饮用 / udake—水 / tāvat eva—就在那时 / avidūreṇa—很近 / nadataḥ—吼叫 / mṛga-pateḥ—一头狮子的 / unnādaḥ—巨大的声音 / loka-bhayam-kara—令众生胆战心惊 / udapatat—出现

译文　就在那母鹿心满意足地饮水时，一头狮子靠近前来并大声吼叫。吼叫声使每一个生物体都胆战心惊，那母鹿也听到了。

第4节

तमुपश्रुत्य सा मृगवधूः प्रकृतिविक्लवा चकितनिरीक्षणा सुतरामपि हरिभयाभिनिवेशव्यग्रहृदया पारिप्लवदृष्टिरगततृषा भयात्सहसैवोच्च-क्राम ॥४॥

tam upaśrutya sā mṛga-vadhūḥ prakṛti-viklavā cakita-nirīkṣaṇā
sutarām api hari-bhayābhiniveśa-vyagra-hṛdayā pāriplava-dṛṣṭir
agata-tṛṣā bhayāt sahasaivoccakrāma.

tam upaśrutya—听见那巨大的声音 / sā—那 / mṛga-vadhūḥ—一头鹿的妻子 / prakṛti-viklavā—本性一直害怕被杀害 / cakita-nirīkṣaṇā—东张西望 / sutarām api—几乎立即 / hari—狮子的 / bhaya—恐惧的 / abhiniveśa—被……的入口 / vyagra-hṛdayā—心中焦虑不安 / pāriplava-dṛṣṭiḥ—眼睛四处张望的 / agata-tṛṣā—还没喝够 / bhayāt—出于恐惧 / sahasā—突然间 / eva—肯定地 / uccakrāma—跳过河

译文　母鹿本性就总是怕被其他生物体所杀，因此一直疑心重重地东瞧西望。它听到狮子狂暴的吼叫声时深受刺激，眼睛不安地四处张望，尽管并没有喝够水，但还是突然纵身跳到了河对岸。

第 5 节

तस्या उत्पतन्त्या अन्तर्वत्न्या उरुभयावगलितो योनिनिर्गतो गर्भः स्रोतसि निपपात ॥ ५ ॥

tasyā utpatantyā antarvatnyā uru-bhayāvagalito yoni-nirgato garbhaḥ srotasi nipapāta.

tasyāḥ—它的 / utpatantyāḥ—纵身跃起 / antarvatnyāḥ—子宫内怀着 / uru-bhaya—由于巨大的恐惧 / avagalitaḥ—滑出来 / yoni-nirgataḥ—从子宫中出来 / garbhaḥ—幼仔 / srotasi—在流水中 / nipapāta—坠入

译文 母鹿怀孕了，当它出于恐惧而跳跃时，它怀的小鹿从它子宫中掉进了河水。

要旨 女性在体验欣喜若狂的情感或恐惧时，都随时有可能流产。因此怀孕的女性应该避免所有这些外在的影响。

第 6 节

तत्प्रसवोत्सर्पणभयखेदातुरा स्वगणेन वियुज्यमाना कस्याञ्चिद्दर्यां कृष्णसारसती निपपाताथ च ममार ॥ ६ ॥

tat-prasavotsarpaṇa-bhaya-khedāturā sva-gaṇena viyujyamānā kasyāñcid daryāṁ kṛṣṇa-sārasatī nipapātātha ca mamāra.

tat-prasava—因为那个(小鹿)的早产 / utsarpaṇa—因为跳跃过河 / bhaya—和因为恐惧 / kheda—精疲力竭 / āturā—承受 / sva-gaṇena—自鹿群 / viyujyamānā—被分离 / kasyāñcit—在一个 / daryām—山洞 / kṛṣṇa-sārasatī—黑色雌鹿 / nipapāta—跌进 / atha—因此 / ca—和 / mamāra—死去

译文 因为与它的鹿群分开及流产的痛苦，黑色母鹿过河后极为忧伤。事实上，它跌进一个山洞中立刻死去。

第 7 节

**तं त्वेणकुणकं कृपणं स्रोतसानूह्यमानमभिवीक्ष्यापविद्धं बन्धुरिवानु-
कम्पया राजर्षिर्भरत आदाय मृतमातरमित्याश्रमपदमनयत् ॥ ७ ॥**

taṁ tv eṇa-kuṇakaṁ kṛpaṇaṁ srotasānūhyamānam
abhivīkṣyāpaviddhaṁ bandhur ivānukampayā rājarṣir bharata
ādāya mṛta-mātaram ity āśrama-padam anayat.

tam－那个 / tu－但是 / eṇa-kuṇakam－小鹿 / kṛpaṇam－无助的 / srotasā－被……的波浪 / anūhyamānam－漂流 / abhivīkṣya－看见 / apaviddham－跟同类分开 / bandhuḥ iva－如同一个朋友 / anukampayā－同情地 / rāja-ṛṣiḥ bharataḥ－伟大、神圣的巴茹阿特王 / ādāya－拿 / mṛta-mātaram－失去它母亲的 / iti－如此想着 / āśrama-padam－去灵修地　/ anayat－带着

译文　伟大的巴茹阿特王坐在河岸边时，看到失去母亲的小鹿顺着河水向下漂流。这使他产生巨大的同情。他如同真诚的朋友般从浪涛中托起幼小的鹿，把失去母亲的它带回自己的灵修地。

要旨　大自然的法律以我们不知道的精微方式运作着。巴茹阿特王本是在奉爱服务中十分进步的伟大君王，几乎达到了为至尊主做纯粹爱心服务的层面；但即使这样，他还是坠落到了物质层面。正因为如此，《博伽梵歌》(Bhagavad-gītā)中提醒我们说：

yaṁ hi na vyathayanty ete
puruṣaṁ puruṣarṣabha
sama-duḥkha-sukhaṁ dhīraṁ
so 'mṛtatvāya kalpate

“最优秀的人(阿尔诸纳)啊！不受苦乐打扰而始终保持稳定的人，肯定有资格获得解脱。”(《博伽梵歌》2.15)

必须小心翼翼地灵修，才能获得灵性的拯救，摆脱物质束缚。

否则，一不小心就会使人再次坠入物质存在。研究巴茹阿特王的活动，可以使我们学习到彻底摆脱一切物质执著的技术。正如后面的诗文将要揭示的，巴茹阿特王因为对这头婴儿鹿过于同情而使自己最终得到了一个鹿的躯体。我们应该通过把他人从物质的层面提升到灵性层面来展现我们的同情心；否则，我们自己的灵性进步就会随时遭到破坏，使自己坠落到物质的层面。巴茹阿特王对那头小鹿的同情，是他坠入物质世界的开始。

第 8 节

**तस्य ह वा एणकुणक उच्चैरेतस्मिन् कृतनिजाभिमानस्याहरहस्तत्-
पोषणपालनलालनप्रीणनानुध्यानेनात्मनियमाः सहयमाः पुरुषपरिच-
र्यादय एकैकशः कतिपयेनाहर्गणेन वियुज्यमानाः किल सर्व एवोद-
वसन् ॥ ८ ॥**

tasya ha vā eṇa-kuṇaka uccair etasmin ṛta-nijābhimānasyāhar-ahas
tat-poṣaṇa-pālana-lālana-prīṇanānudhyānenātma-niyamāḥ saha-
yamāḥ puruṣa-paricaryādaya ekaikaśaḥ katipayenāhar-gaṇena
viyujyamānāḥ kila sarva evodavasan.

tasya—那个君主的 / ha vā—确实地 / eṇa-kuṇake—在小鹿 / uccaiḥ—大量地 / etasmin—在此 / kṛta-nija-abhimānasya—将小鹿视为他自己的儿子 / ahaḥ-ahaḥ—每天 / tat-poṣaṇa—照顾小鹿 / pālana—保护使免于危险 / lālana—养它或亲吻它以示爱心等 / prīṇana—关爱地抚摸它 / anudhyānena—因这样的眷恋 / ātma-niyamāḥ—照顾自己躯体的活动 / saha-yamāḥ—以及非暴力、忍耐和单纯等灵性品质 / puruṣa-paricaryā-ādayaḥ—崇拜至尊人格首神及执行其他职责 / eka-ekaśaḥ—每天 / katipayena—只有少数 / ahaḥ-gaṇena—几天的时间 / viyujyamānāḥ—被放弃 / kila—确实地 / sarve—所有的 / eva—无疑地 / udavasan—化为乌有

译文　巴茹阿特王对小鹿逐渐产生了深厚的感情。他用青草喂养它，总是保护它免遭老虎和其他动物的攻击。小鹿感到痒时，他就抚弄它，这样一直努力让它感到舒适。他有时还会出于爱亲吻小鹿。充满爱心地养育小鹿，使巴茹阿特王忘记要为取得灵性生活的进步而照规范原则做，逐渐忘了崇拜至尊人格首神。几天后，他完全忘了与灵性进步有关的一切。

要旨　从这里我们可以了解到，我们该如何小心地靠遵守规范守则并有规律地吟诵哈瑞·奎师那这一伟大的曼陀(Hare Kṛṣṇa mahā-mantra)履行我们的规定职责。玩忽职守将最终导致我们的坠落。我们必须清晨早起，沐浴，参加吉祥的崇拜仪式(maṅgala-ārati)，崇拜神像，吟诵、吟唱哈瑞·奎师那曼陀，学习韦达文献并遵守前辈灵性导师们制定的各项原则。偏离这一程序就会使我们坠落，哪怕我们已经非常进步也不例外。正如《博伽梵歌》第18章的第5节诗说：

yajña-dāna-tapaḥ-karma
na tyājyaṁ kāryam eva tat
yajño dānaṁ tapaś caiva
pāvanāni manīṣiṇām

“必须进行祭祀、施舍和苦行，不要停止。事实上，祭祀、施舍和苦行甚至净化伟大的灵魂。”人即使进入弃绝阶段，也不要停止遵守规范原则。不仅应该崇拜神像，用时间和生命侍奉奎师那，还应该遵守苦修的规范原则。不能停止做这些。人不该以为自己仅仅因为当了托钵僧就很进步。要想在灵性上取得进步，就必须仔细研究巴茹阿特王的活动。

第 9 节

अहो बतायं हरिणकुणकः कृपण ईश्वररथचरणपरिभ्रमणरयेण स्व-
गणसुहृद्बन्धुभ्यः परिवर्जितः शरणं च मोपसादितो मामेव मातापितरौ

भ्रातृज्ञातीन् यौथिकांश्चैवोपेयाय नान्यं कञ्चन वेद मय्यतिविस्रब्धश्चात एव मया मत्परायणस्य पोषणपालनप्रीणनलालनमनसूयुनानुष्ठेयं शरण्योपेक्षादोषविदुषा ॥ ९ ॥

aho batāyaṁ hariṇa-kuṇakaḥ kṛpaṇa īśvara-ratha-caraṇa-
paribhramaṇa-rayeṇa sva-gaṇa-suhṛd-bandhubhyaḥ parivarjitaḥ
śaraṇaṁ ca mopasādito mām eva mātā-pitarau bhrātṛ-jñātīn
yauthikāṁś caivopeyāya nānyaṁ kañcana veda mayy ati-visrabdhaś
cāta eva mayā mat-parāyaṇasya poṣaṇa-pālana-prīṇana-lālanam
anasūyunānuṣṭheyaṁ śaraṇyopekṣā-doṣa-viduṣā.

aho bata－唉 / ayam－这个 / hariṇa-kuṇakaḥ－小鹿 / kṛp－无助的 / īśvara-ratha-caraṇa-paribhramaṇa-rayeṇa－因为至尊人格首神战车之轮般的时间威力等代理 / sva-gaṇa－自己的亲戚 / suhṛt－和朋友 / bandhubhyaḥ－亲戚 / parivarjitaḥ－剥夺 / śaraṇam－庇护 / ca－和 / mā－我 / upasāditaḥ－得到了 / mām－我 / eva－唯一 / mātā-pitarau－父亲和母亲 / bhrātṛ-jñātīn－兄弟和亲属 / yauthikān－属于鹿群 / ca－同时 / eva－肯定地 / upeyāya－得到了 / na－没 / anyam－其他任何人 / kañcana－某人 / veda－它知道 / mayi－对我 / ati－极大的 / visrabdhaḥ－有信心 / ca－和 / ataḥ eva－因此 / mayā－被我 / mat-parāyaṇasya－如此依靠我的一个人的 / poṣaṇa-pālana-prīṇana-lālanam－扶养、爱抚和保护 / anasūyunā－无丝毫不情愿的 / anuṣṭheyam－实行 / śaraṇya－寻求庇护的 / upekṣā－忽视的 / doṣa-viduṣā－知道错误的

译文 伟大的巴茹阿特王开始想：唉，这个无力照顾自己的小鹿，因为至尊人格首神的代理——时间的威力，现在失去了它的亲戚和朋友，托庇于我。它除了我谁都不知道，如同我是它的父母、兄弟和亲戚。这头鹿这样想，对我充满信心。它除了我谁都不认识；因此，我不该产生怨恨心，认为我会为这头鹿毁了自己的福利。我无疑该养育、保护、爱

抚它，使它高兴。当它托庇于我时，我怎能忽视它呢？尽管这头鹿干扰了我的灵性生活，但我知道不该忽视请求保护的无助之人。那将是大错特错的。

要旨 有高度的灵性意识或奎师那意识的人，对在物质世界里受苦的众生自然充满同情。这种进步之人自然会想着正在受苦的大众。然而，如果不了解堕落灵魂遭受的物质痛苦，仅仅像巴茹阿特王一样同情他人躯体的舒适与否，这样的同情就会导致我们自己的坠落。人如果真同情堕落、受苦的人类，就该努力将人们从物质意识的层面提升到灵性意识的层面。至于那头小鹿，巴茹阿特王十分同情它，但却忘了自己不可能将它提升到灵性意识的层面，因为它毕竟只是个动物。为照顾一头动物而牺牲自己遵守的规范原则，对巴茹阿特王来说十分危险。我们应该遵守《博伽梵歌》中宣布的原则，即：不受苦乐打扰而始终保持稳定(yaṁ hi na vyathayanty ete puruṣaṁ puruṣarṣabha)。至于物质躯体，我们不能为他人做什么。但凭借奎师那的恩典，我们如果自己遵守规范原则，也许就可以把他人提升到灵性意识的层面上。如果我们自己停止从事灵性活动，而只是考虑他人躯体的舒适，我们就会坠入危险的状态。

第 10 节

नूनं ह्यार्याः साधव उपशमशीलाः कृपणसुहृद एवंविधार्थे स्वार्थानपि गुरुतरानुपेक्षन्ते ॥१०॥

nūnaṁ hy āryāḥ sādhava upaśama-śīlāḥ kṛpaṇa-suhṛda evaṁ-vidhārthe svārthān api gurutarān upekṣante.

nūnam—确实地 / hi—无疑地 / āryāḥ—那些进步文明的人 / sādhavaḥ—神圣的人 / upaśama-śīlāḥ—即使处在弃绝阶层 / kṛpaṇa-suhṛdaḥ—无助者的朋友 / evaṁ-vidha-arthe—实行这样的原则 / svaarthān api－甚至他们个人的利益 / guru-tarān－非常重要 / upekṣante－忽视

译文 哪怕是在弃绝阶层的人，如果很进步也必会对受苦的生物体感到同情。人无疑该为保护投靠他的人而忽视自己个人的利益，尽管那也许很重要。

要旨 错觉能量玛亚(Māyā)十分强大。在博爱、利他主义和共产主义的旗帜下，人们会对全世界受苦的人感到同情。博爱主义者和利他主义者认识不到，要改善人们的物质状况是不可能的事。更高的监督者已经按照一个生物从事过的活动(karma)决定了他的物质状况。那是无法改变的。我们唯一能使受苦的生物得到利益的做法是，努力提升他们的灵性意识。物质的舒适程度既不能增加，也不能减少。正因为如此，《圣典博伽瓦谭》(Śrīmad-Bhāgavatam)中说："至于产自感官享受的快乐，它会在一定的时候自动到来，就像我们虽然都不希望受苦，但却不可避免地会受苦一样(tal labhyate duḥkhavad anyataḥ sukham)。"物质的快乐和痛苦不需要努力就能得到。人不该烦恼去从事物质活动。如果他充满同情心或能为他人做善事，就该努力提升他人的奎师那意识。这样，凭借至尊主的仁慈，大家都取得灵性的进步。巴茹阿特王是为了教育我们才这样做的。我们应该十分谨慎不被所谓的以躯体考量为前题的福利活动所误导。我们无论如何都不要放弃得到主维施努(Viṣṇu)恩惠的利益。人们一般不知道这一点或忘记了这一点，因此牺牲自己原本的利益——得到主维施努的恩惠，为躯体的舒适而从事慈善活动。

第 11 节

इति कृतानुषङ्ग आसनशयनाटनस्नानाशनादिषु सह मृगजहुना स्ने-
हानुबद्धहृदय आसीत् ॥११॥

iti kṛtānuṣaṅga āsana-śayanāṭana-snānāśanādiṣu saha mṛga-
jahunā snehānubaddha-hṛdaya āsīt.

iti－因此 / kṛta-anuṣaṅgaḥ－发展出依恋之情 / āsana－坐着 / śayana－躺下 / aṭana－走路 / snāna－沐浴 / āśana-ādiṣu－吃东西时等 / saha mṛga-jahunā－跟小鹿 / sneha-anubaddha－沉迷于依恋之情 / hṛdayaḥ－他的心 / āsīt－变成

译文　出于对小鹿的喜爱之情，巴茹阿特王与它一起躺下、散步、沐浴，甚至一起进食。对小鹿的情感就这样捆绑了他的心。

第12节

**कुशकुसुमसमित्पलाशफलमूलोदकान्याहरिष्यमाणो वृकसालावृका-
दिभ्यो भयमाशंसमानो यदा सह हरिणकुणकेन वनं समाविशति ॥१२॥**

kuśa-kusuma-samit-palāśa-phala-mūlodakāny āhariṣyamāṇo
vṛkasālā-vṛkādibhyo bhayam āśaṁsamāno yadā saha hariṇa-
kuṇakena vanaṁ samāviśati.

kuśa－祭祀仪式时用的一种草 / kusuma－鲜花 / samit－木柴 / palāśa－叶子 / phala-mūla－水果和根茎类 / udakāni－和水 / āhariṣya-māṇaḥ－想要去收集 / vṛkasālā-vṛka－从狼和狗 / ādibhyaḥ－以及老虎等其他动物 / bhayam－恐惧 / āśaṁsamānaḥ－怀疑 / yadā－当……时 / saha－跟随 / hariṇa-kuṇakena－小鹿 / vanam－森林 / samāviśa-ti－进入

译文　当巴茹阿特王想要进入森林采集库沙草、鲜花、木柴、叶子、水果、根茎和水时，他害怕狗、豺狼、老虎和其他凶猛的野兽可能会杀了小鹿，所以进入森林时总带着它。

要旨　这里描述了巴茹阿特王对小鹿的情感是如何增强的。就连巴茹阿特王这样得到了对至尊人格首神的爱的情感的崇高人物，都因为对一头动物产生情感而坠落。因此我们将看到，他不得不在来生接受了一个鹿的躯体。既然连巴茹阿特王都得到这样的结果，对那些在灵性上并不进步，但却依恋上猫和狗的人，我们能说什么呢？由于他们深爱他们的猫和狗，他们除非明显地增强对至尊人格首神的爱和深情，否则来世就不得不接受猫和狗一类的躯体。我们除非增强对至尊主的信心，否则就会依恋许多其他的事物。那是使我们受物质束缚的原因。

第 13 节

पथिषु च मुग्धभावेन तत्र तत्र विषक्तमतिप्रणयभरहृदयः कार्पण्यात्
स्कन्धेनोद्वहति एवमुत्सङ्ग उरसि चाधायोपलालयन्मुदं परमामवाप ॥१३॥

pathiṣu ca mugdha-bhāvena tatra tatra viṣakta-mati-praṇaya-bhara-hṛdayaḥ kārpaṇyāt skandhenodvahati evam utsaṅga urasi cādhāyopalālayan mudaṁ paramām avāpa.

pathiṣu—在森林小径上 / ca—也 / mugdha-bhāvena—被小鹿孩子般的行为 / tatra tatra—这里和那里 / viṣakta-mati—被迷住 / praṇaya—爱 / bhara—充满 / hṛdayaḥ—心……的 / kārpaṇyāt—因为依恋和爱 / skandhena—在肩上 / udvahati—扛着 / evam—用这种方式 / utsaṅge—有时在腿上 / urasi—睡觉时在胸前 / ca—也 / ādhāya—保持 / upalālayan—抚摸 / mudam—愉悦 / paramām—无比的 / avāpa—他感到

译文 进入森林时，小鹿幼稚的举动在巴茹阿特王看来十分可爱。巴茹阿特王甚至钟爱地把小鹿扛在自己的肩膀上，带着它走。他心中洋溢着对小鹿深情的爱，以至有时让小鹿卧在自己的膝头；睡觉时把它放在自己的胸膛上。巴茹阿特王就这样在宠爱小鹿的过程中感受到巨大的乐趣。

要旨 巴茹阿特王离开他的家、妻子、孩子和王国等一切，到森林中灵修，但因为依恋一头无足轻重的小鹿而再次成为物质情感的受害者。既然这样，他断绝与家人的关系有什么用呢？认真想要在灵性生活中取得进步的人应该十分小心，除了依恋奎师那外，不要依恋任何事物。为了传教，我们有时接受许多物质事物，但应该记住一切都是为了侍奉奎师那。我们如果记住这一点，就不会有机会成为物质活动的受害者。

第 14 节

क्रियायां निर्वर्त्यमानायामन्तरालेऽप्युत्थायोत्थाय यदैनमभिचक्षीत तर्हि वाव स वर्षपतिः प्रकृतिस्थेन मनसा तस्मा आशिष आशास्ते स्वस्ति स्ताद्वत्स ते सर्वत इति ॥१४॥

kriyāyāṁ nirvartyamānāyām antarāle 'py utthāyotthāya yadainam abhicakṣīta tarhi vāva sa varṣa-patiḥ prakṛti-sthena manasā tasmā āśiṣa āśāste svasti stād vatsa te sarvata iti.

kriyāyām一崇拜神或举行祭祀仪式活动 / nirvartyamānāyām一甚至没完成 / antarāle一在……过程中间或 / api一虽然 / utthāya utthāya一不断起身 / yadā一当……时 / enam一小鹿 / abhicakṣīta一会看到 / tarhi vāva一那时 / saḥ一他 / varṣa-patiḥ一巴茹阿特王 / prakṛti-sthena一高兴 / manasā一内心 / tasmai一向牠 / āśiṣaḥ āśāste一赐予祝福 / svasti一绝对吉祥 / stāt一愿 / vatsa一我亲爱的小鹿啊！ / te一向你 / sarvataḥ一所有方面 / iti一因此

译文　巴茹阿特王在崇拜至尊主或做某种仪式时，虽然活动还在进行，也会间或起身去看小鹿在哪里。他这样寻找它，当看到小鹿舒服自在时，他的心就会感到很满足，就会祝福小鹿说：“我亲爱的小家伙，愿你在所有的方面都快乐。”

要旨　巴茹阿特王因为强烈地依恋一头鹿而无法专注地崇拜至尊主或完成他在做的仪式。他虽然在崇拜神像，但内心却因为无节制的情感而静不下来。他在试图冥想时，却想着那头小鹿，想知道它去了哪里。换句话说，如果一个人的思想没有集中于崇拜至尊主，那他的崇拜只不过是表演而已，不会有任何利益。事实上，巴茹阿特王会间或起身去看小鹿，就已经表明他从灵性的层面坠落了。

第 15 节

अन्यदा भृशमुद्विग्नमना नष्टद्रविण इव कृपणः सकरुणमतितर्षेण हरिणकुणकविरहविह्वलहृदयसन्तापस्तमेवानुशोचन् किल कश्मलं महदभिरम्भित इति होवाच ॥१५॥

anyadā bhṛśam udvigna-manā naṣṭa-draviṇa iva kṛpaṇaḥ
sakaruṇam ati-tarṣeṇa hariṇa-kuṇaka-viraha-vihvala-hṛdaya-
santāpas tam evānuśocan kila kaśmalaṁ mahad abhirambhita iti
hovāca.

anyadā—有时(没见到小鹿) / bhṛśam—非常 / udvigna-manāḥ—心神不安 / naṣṭa-draviṇaḥ—失去他的财富的 / iva—像 / kṛpaṇaḥ—吝啬鬼 / sa-karuṇam—凄惨地 / ati-tarṣeṇa—满心焦虑 / hariṇa-kuṇaka—与小鹿 / viraha—因分开 / vihvala—焦虑 / hṛdaya—内心 / santāpaḥ—苦恼……的 / tam—那小鹿 / eva—只有 / anuśocan—不断想到 / kila—无疑地 / kaśmalam—迷茫 / mahat—非常地 / abhirambhitaḥ—获得 / iti—因此 / ha—无疑地 / uvāca—说

译文 巴茹阿特王如果有时看不到小鹿，就会心神不安；就会像得到一些钱财后又失去它们，从而变得闷闷不乐的吝啬鬼一样。小鹿不知去向时，他就会满心焦虑，因为与小鹿的分离而悲伤。他就这样变得迷茫，自言自语地说了如下一番话。

要旨 一个穷人如果丢失了一些钱或金子，就会立刻变得心烦意乱。同样，巴茹阿特王在看不到小鹿时，心中就会烦躁不安。

这个例子表明我们的依恋之情会有怎样的变化。如果我们的依恋之情转向为至尊主的服务，我们就取得灵性的进步。圣茹帕·哥斯瓦米(Śrīla Rūpa Gosvāmī)向至尊主祈祷说，希望能像年轻的男女自然受彼此的吸引一样，自然受到为至尊主服务的吸引。圣柴坦亚·玛哈帕布(Śrī Caitanya Mahāprabhu)在纵身跳进大海或夜晚因感到与至尊主的分离而哭喊时，展现了这种对至尊主的依恋之情。但如果我们的依恋之情不是针对至尊主，而是转向物质事物，我们就会从灵性的层面上坠落。

第 16 节

अपि बत स वै कृपण एणबालको मृतहरिणीसुतोऽहो ममानार्यस्य शठकिरातमतेरकृतसुकृतस्य कृतविस्रम्भ आत्मप्रत्ययेन तदविगणयन् सुजन इवागमिष्यति ॥१६॥

api bata sa vai kṛpaṇa eṇa-bālako mṛta-hariṇī-suto 'ho
mamānāryasya śaṭha-kirāta-mater akṛta-sukṛtasya kṛta-visrambha
ātma-pratyayena tad avigaṇayan sujana ivāgamiṣyati.

api—的确 / bata—唉 / saḥ—那小鹿 / vai—无疑地 / kṛpaṇaḥ—受委屈的 / eṇa-bālakaḥ—小鹿 / mṛta-hariṇī-sutaḥ—死去的雌鹿的孩子 / aho—噢 / mama—对我 / anāryasya—行为最不良的 / śaṭha——个骗子的 / kirāta—或者一个未开化的土著人的 / matu—心……的 / akṛta-nsukṛtasya—没有虔诚活动的 / kṛta-visrambhaḥ—把所有的信心寄托于 / ātma-pratyayena—靠设想我像它自己 / tat avigaṇayan—没想到所有这些事 / su-janaḥ iva—像完美的绅士 / agamiṣyati—它将再次回来

译文　巴茹阿特王心想：唉，这小鹿现在是无助的。我此刻也很不幸，我的心就像狡猾的猎手，因为它总是充斥着欺骗的倾向和残忍。小鹿信赖我，正如一个自然喜欢做好事的善良之人，忘记奸诈朋友的不良品行而去信赖他。尽管我的行为说明我是不可靠的，这头鹿还会回来将它的信心放在我身上吗？

要旨 巴茹阿特王非常高尚，因此当小鹿不在他身边时，他就会认为自己不配给予它保护。由于他对那头动物的依恋，他以为那动物就像他本人一样高尚。按照逻辑，每个人都根据自己的状态去想别人(ātmavan manyate jagat)。正因为如此，巴茹阿特王觉得那头鹿离开他，是因为他的疏忽；而那动物因为有一颗高尚的心，所以会再回到他身边。

第 17 节

अपि क्षेमेणास्मिन्नाश्रमोपवने शष्पाणि चरन्तं देवगुप्तं द्रक्ष्यामि ॥१७॥

api kṣemeṇāsminn āśramopavane śaṣpāṇi carantaṁ deva-guptaṁ drak-ṣyāmi.

api－也许 / kṣemeṇa－因为老虎或其他动物不在而无惧 / asmin－在这个 / āśrama-upavane－隐居处的花园 / śaṣpāṇi carantam－漫步和吃柔软的青草 / deva-guptam－受半神人的保护 / drakṣyāmi－我将看到

译文 唉，我还有可能再次看到这动物受到至尊主的保护，不怕老虎和其他动物吗？我还会看到它在花园中漫步，啃吃柔软的青草吗？

要旨 巴茹阿特王认为，那动物是因为对他给予的保护感到失望而离开他去寻求半神人的保护。无论如何，他热切地盼望能再次看到那动物在他灵修的地方啃吃柔软的青草，不畏惧老虎和其他动物。巴茹阿特王心中唯一想的就是那头鹿，以及如何保护它不受不吉祥事物的干扰。从物质主义的角度看，这种想法也许很值得赞赏，但从灵性的角度看，君王实际上已经从他崇高的灵性状态和地位坠落，毫无必要地依恋上一头动物。他本人的这种降级，使他今后不得不接受一个动物的躯体。

第 18 节

अपि च न वृकः सालावृकोऽन्यतमो वा नैकचर एकचरो वा भक्षयति ॥१८॥

api ca na vṛkaḥ sālā-vṛko 'nyatamo vā naika-cara eka-caro vā bhakṣayati.

api ca—或者 / na—不 / vṛkaḥ—一匹狼 / sālā-vṛkaḥ—一条狗 / anyatamaḥ—许多中的任何一个 / vā—或者 / na-eka-caraḥ—成群的野猪 / eka-caraḥ—独自漫步的老虎 / vā—或者 / bhakṣayati—正在吃(可怜的动物)

译文　我不知道，但那小鹿也许会被狼或狗吃掉，或者被成群的野猪、独行的老虎吃掉。

要旨　老虎从不成群结队地在森林中游荡，每一只老虎都独自行动，但森林野猪会成群结队地行动。同样，狼、狗和家养的猪也成群结队地活动。巴茹阿特王心想，那小鹿已被森林中某些凶猛的野兽杀害了。

第 19 节

निम्लोचति ह भगवान् सकलजगत्क्षेमोदयस्त्रय्यात्माद्यापि मम न मृगवधून्यास आगच्छति ॥१९॥

nimlocati ha bhagavān sakala-jagat-kṣemodayas trayy-ātmādyāpi mama na mṛga-vadhū-nyāsa āgacchati.

nimlocati—沉落 / ha—唉 / bhagavān—以太阳为代表的至尊人格首神 / sakala-jagat—全宇宙的 / kṣema-udayaḥ—增加吉祥事物的…… / trayī-ātmā—由三部韦达组成的 / adya api—直至现在 / mama—我的 / na—没有 / mṛga-vadhū-nyāsaḥ—被它妈妈托付于我的小鹿 / āgacchati—回来

译文 唉，当太阳升起时，所有吉祥的事物开始展现。不幸的是，它们不对我展示。太阳神是韦达经的人格化身，但我丧失了所有的韦达原则。太阳神此刻沉落，但那自从母亲死去就信任我的可怜动物还没回来。

要旨 在《布茹阿玛·萨密塔》(Brahma-saṁhitā)第5章的第52节诗中，太阳被描述为是至尊人格首神的眼睛：

yac-cakṣur eṣa savitā sakala-grahāṇāṁ
rājā samasta-sura-mūrtir aśeṣa-tejāḥ
yasyājñayā bhramati sambhṛta-kāla-cakro
govindam ādi-puruṣaṁ tam ahaṁ bhajāmi

太阳升起时，人应该以嘎雅垂(Gāyatrī)为开始，吟诵韦达赞歌(mantra)。太阳是至尊主眼睛的象征。巴茹阿特王悲叹太阳快要落山了，那可怜动物的失踪令他找不到丝毫吉祥的征象。巴茹阿特王认为自己是最不幸的人，因为那动物的失踪使他感到即使太阳还在，也没有什么是吉祥的。

第20节

अपि स्विदकृतसुकृतमागत्य मां सुखयिष्यति हरिणराजकुमारो विविधरुचिरदर्शनीयनिजमृगदारकविनोदैरसन्तोषं स्वानामपनुदन् ॥२०॥

api svid akṛta-sukṛtam āgatya māṁ sukhayiṣyati
hariṇa-rāja-kumāro
vividha-rucira-darśanīya-nija-mṛga-dāraka-vinodair asantoṣaṁ
svānām apanudan.

api svit—它是否会 / akṛta-sukṛtam—从没施行过任何虔诚活动的 / āgatya—回来 / mām—到我 / sukhayiṣyati—给予欢乐 / hariṇa-rāja-kumāraḥ—因为受到我照顾亲生儿子般照顾而像王子一样的小

鹿 / vividha－各种各样的 / rucira－令人十分赏心悦目 / darśanīya－看起来 / nija－自己的 / mṛga-dāraka－适合于小鹿 / vinodaiḥ－靠讨喜的活动 / asantoṣam－不愉快 / svānām－它同类的 / apanudan－驱散

译文 那头鹿好似王子。它何时会返回？何时才会再次表演它那些令人赏心悦目的活动？何时才会再次抚慰我这颗受伤的心？我无疑不具有丝毫功德，否则那头鹿现在就回来了。

要旨 君王因为对小鹿的强烈情感而将它视为是王子。梵文称这为错觉(moha)。那头鹿的失踪，使君王把它当成自己的儿子一样称呼它。人可以用任何称呼来呼叫自己深爱的人。

第 21 节

क्ष्वेलिकायां मां मृषासमाधिनामीलितदृशं प्रेमसंरम्भेण चकितचकित आगत्य पृषदपरुषविषाणाग्रेण लुठति ॥२१॥

kṣvelikāyāṁ māṁ mṛṣā-samādhināmīlita-dṛśaṁ prema-saṁrambheṇa cakita-cakita āgatya pṛṣad-aparuṣa-viṣāṇāgreṇa luṭhati.

kṣvelikāyām－玩耍时 / mām－向我 / mṛṣā－假装 / samādhinā－冥想状态 / āmīlita-dṛśam－眼睛闭起 / prema-saṁrambheṇa－出于爱的愤怒 / cakita-cakitaḥ－和恐惧 / āgatya－来 / pṛṣat－像水滴 / aparuṣa－十分柔软 / viṣāṇa－角的 / agreṇa－以……的尖端 / luṭhati－触碰我的身体

译文 唉，那小鹿曾跟我玩耍；看我闭起眼睛假装冥想时，它会出于爱的愤怒围着我转，会害怕地用它柔软如水滴感的犄角尖触碰我。

要旨 巴茹阿特王现在认为他的冥想是假的了。他在冥想时，实际上想的是他的小鹿。当那小鹿用它的犄角顶他时，他感到很开心。君王在假装冥想时，其实想的是那头动物，而这是他坠落的征象。

第22节

आसादितहविषि बर्हिषि दूषिते मयोपालब्धो भीतभीतः सपद्युपरत-
रास ऋषिकुमारवदवहितकरणकलाप आस्ते ॥२२॥

āsādita-haviṣi barhiṣi dūṣite mayopālabdho bhīta-bhītaḥ sapady
uparata-rāsa ṛṣi-kumāravad avahita-karaṇa-kalāpa āste.

āsādita－放置 / haviṣi－在祭祀中供俸的所有材料 / barhiṣi－在库沙草上 / dūṣite－当被污染时 / mayā upālabdhaḥ－被我责骂 / bhīta- bhītaḥ－非常害怕 / sapadi－马上 / uparata-rāsaḥ－停止它的玩耍 / ṛṣi- kumāravat－就像一个圣洁之人的儿子或门徒 / avahita－完全约束 / karaṇa-kalāpaḥ－所有感官 / āste－坐下

译文 当我把所有祭祀用材料放在库沙草上时，那玩耍着的小鹿就会用它的牙齿触碰库沙草，使其被污染。当我推开它以示惩戒时，它就会像圣洁之人的儿子一样，立刻变得害怕，坐下来一动不动，停止玩耍。

要旨 巴茹阿特王一直不断地想着那头鹿的各种活动，忘记这种冥想和注意力的转移正扼杀他在灵性上的进步。

第23节

किं वा अरे आचरितं तपस्तपस्विन्यानया यदियमवनिः सविनय-
कृष्णसारतनयतनुतरसुभगशिवतमाखरखुरपदपङ्क्तिभिर्द्रविणविधुरातु-
रस्य कृपणस्य मम द्रविणपदवीं सूचयन्त्यात्मानं च सर्वतः कृत-
कौतुकं द्विजानां स्वर्गापवर्गकामानां देवयजनं करोति ॥२३॥

kiṁ vā are ācaritaṁ tapas tapasvinyānayā yad iyam avaniḥ
savinaya-kṛṣṇa-sāra-tanaya-tanutara-subhaga-śivatamākhara-khura-
pada-paṅktibhir draviṇa-vidhurāturasya kṛpaṇasya mama
draviṇa-padavīṁ sūcayanty ātmānaṁ ca sarvataḥ kṛta-kautukaṁ
dvijānāṁ svargāpavarga-kāmānāṁ deva-yajanaṁ karoti.

kim vā－什么 / are－啊！ / ācaritam－实行 / tapaḥ－苦行 / tapas-vinyā－凭最幸运的 / anayā－这个地球星球 / yat－自从 / iyam－这个 / avaniḥ－地球 / sa-vinaya－非常温和且举止良好的 / kṛṣṇa-sāra-tanaya－黑鹿的孩子的 / tanutara－小 / subhaga－漂亮 / śiva-tama－最吉祥的 / akhara－柔软 / khura－蹄子的 / pada-paṅktibhiḥ－靠一连串的标记 / draviṇa-vidhura-āturasya－因失去财富而十分悲痛的 / kṛpa- ṇasya－最不快乐的生物体 / mama－为我 / draviṇa-padavīm－得到那财富的方法 / sūcayanti－指出 / ātmānam－她自己的身体 / ca－和 / sarvataḥ－各方面 / kṛta-kautukam－装饰 / dvijānām－布茹阿玛纳们的 / svarga-apavarga-kāmānām－想要去天堂星球或解脱的 / deva-yaja- nam－一个举行崇拜半神人祭祀的地方 / karoti－使得

译文　巴茹阿特王像个狂人般这样说完话后，就起身出去。看到小鹿在地上留下的足迹，他出于爱赞美那些蹄印道：不幸的巴茹阿特啊！与这个地球星球所从事的苦行比起来，你所从事的苦修微不足道。由于地球从事的艰巨苦行，那鹿儿微小、美丽、最吉祥、柔软的足迹印在这幸运星球的表面。这一连串的足印显示给我这样一个失去小鹿就如同丧失亲人的人看，那小鹿是如何穿越森林，而我如何能重获我失去的财产的。这些足印使这片土地成为适合要去天堂星球或解脱的布茹阿玛纳主持崇拜半神人祭祀的场所。

要旨　据说当一个人在情网中陷得过深时，就会忘记自己和他人，忘记该如何行事和说话。据说有一个男人在得到一个天生是瞎子的儿子时，出于对他孩子的深厚情感，给孩子起名为“长着莲花眼的人(Padmalocana)”。这是盲目的爱所导致的状况。巴茹阿特王因为对那头鹿的物质的爱而逐渐陷入这种状况。韦达经中说：

yasmin deśe mṛgaḥ kṛṣṇas
tasmin dharmānn ivodhata

“黑鹿的蹄印清晰可见的那片大地，被理解为是适合举行宗教仪式的地方。”

第 24 节

अपि स्विदसौ भगवानुडुपतिरेनं मृगपतिभयान्मृतमातरं मृगबालकं स्वाश्रमपरिभ्रष्टमनुकम्पया कृपणजनवत्सलः परिपाति ॥२४॥

api svid asau bhagavān uḍu-patir enaṁ mṛga-pati-bhayān mṛta-mātaraṁ mṛga-bālakaṁ svāśrama-paribhraṣṭam anukampayā kṛpaṇa-jana-vatsalaḥ paripāti.

api svit—会不会 / asau—那个 / bhagavān—最有力量的 / uḍu-patiḥ—月亮 / enam—这个 / mṛga-pati-bhayāt—由于对狮子的恐惧 / mṛta-mātaram—失去它母亲的 / mṛga-bālakam—一头鹿的儿子 / sva-āśrama-paribhraṣṭam—离家迷路的 / anukampayā—出于同情 / kṛpaṇa-jana-vatsalaḥ—对不快乐的人非常仁慈的(月亮) / paripāti—现在正保护着牠

译文 巴茹阿特王继续如同疯子般说话。看到升起在他头上方的月亮上像鹿一样的阴影，他说：那个对不幸之人如此仁慈的月亮，在知道我的鹿儿离家迷路并失去母亲后，也能对它仁慈吗？这月亮接近鹿儿给它庇护，以保护它不受狮子的可怕攻击。

第 25 节

किं वात्मजविश्लेषज्वरदवदहनशिखाभिरुपतप्यमानहृदयस्थलनलिनीकं मामुपसृतमृगीतनयं शिशिरशान्तानुरागगुणितनिजवदनसलिलामृतमय-गभस्तिभिः स्वधयतीति च ॥२५॥

kiṁ vātmaja-viśleṣa-jvara-dava-dahana-śikhābhir upatapyamāna-hṛdaya-sthala-nalinīkaṁ mām upasṛta-mṛgī-tanayaṁ śiśira-śāntānurāga-guṇita-nija-vadana-salilāmṛtamaya-gabhastibhiḥ svadhayatīti ca.

kim vā—或者有可能 / ātma-ja—与儿子 / viśleṣa—因为分离 / jvara—灼热 / dava-dahana—森林之火的 / śikhābhiḥ—被火焰 / upatapyamāna—正被烧着 / hṛdaya—心 / sthala-nalinīkam—与一朵红莲花相比 / mām—向我 / upasṛta-mṛgī-tanayam—小鹿如此柔顺的 / śiśira-śānta—如此平静和冷静的 / anurāga—出自爱 / guṇita—流动着 / nija- vadana-salila—它嘴里的水 / amṛta-maya—如甘露般美好 / gabhasti- bhiḥ—借着月光 / svadhayati—令我快乐 / iti—如此 / ca—和

译文　感受到月光后，巴茹阿特王继续像个疯狂之人般说道：那母鹿的儿子对我如此顺从，而我又那么爱它；与它分开，我感到如同与我亲生的儿子分开一样。这分离的烧灼感使我像被森林之火烧着一样痛苦。我这恰似大地上的百合花一样的心，此刻正猛烈地燃烧着。看到我如此忧伤，月亮必定将它闪亮的甘露泼向我，正如一个朋友向另一个发高烧的朋友身上洒水一样。月亮就这样带给我快乐。

要旨　根据韦达医学典籍《阿尤尔·韦达》中的说法，如果一个人正在发高烧，其他人就该用水漱口，然后喷洒他。这样做可以退烧。巴茹阿特王虽然因为与他所谓的儿子——小鹿分离而很难过，但认为月亮正从嘴里向他喷洒漱口水，以降低他因为与小鹿分离而引起的高热。

第 26 节

एवमघटमानमनोरथाकुलहृदयो मृगदारकाभासेन स्वारब्धकर्मणा योगारम्भणतो विभ्रंशितः स योगतापसो भगवदाराधनलक्षणाच्च क-थमितरथा जात्यन्तर एणकुणक आसङ्गः साक्षान्निःश्रेयसप्रतिपक्षतया

प्राक्परित्यक्तदुस्त्यजहृदयाभिजातस्य तस्यैवमन्तरायविहतयोगारम्भ-णस्य राजर्षेर्भरतस्य तावन्मृगार्भकपोषणपालनप्रीणनलालनानुषङ्गेणा-विगणयत आत्मानमहिरिवाखुबिलं दुरतिक्रमः कालः करालरभस आपद्यत ॥२६॥

evam aghaṭamāna-manorathākula-hṛdayo mṛga-dārakābhāsena svārabdha-karmaṇā yogārambhaṇato vibhraṁśitaḥ sa yoga-tāpaso bhagavad-ārādhana-lakṣaṇāc ca katham itarathā jāty-antara eṇa-kuṇaka āsaṅgaḥ sākṣān niḥśreyasa-pratipakṣatayā prāk- parityakta-dustyaja-hṛdayābhijātasya tasyaivam antarāya-vihata-yogārambhaṇasya rājarṣer bharatasya tāvan mṛgārbhaka-poṣaṇa-pālana-prīṇana-lālanānuṣaṅgeṇāvigaṇayata ātmānam ahir ivākhu-bilaṁ duratikramaḥ kālaḥ karāla-rabhasa āpadyata.

evam—就这样 / aghaṭamāna—无法被达到 / manaḥ-ratha—被如同内心战车的欲望 / ākula—悲痛 / hṛdayaḥ—心的…… / mṛga-dāraka-ābhāsena—像一头鹿的儿子 / sva-ārabdha-karmaṇā—以他未见的功利性活动的不良结果 / yoga-ārambhaṇataḥ—从事瑜伽的活动中 / vi-bhraṁśitaḥ—坠落 / saḥ—他(巴茹阿特王) / yoga-tāpasaḥ—从事神秘瑜伽和苦修的活动 / bhagavat-ārādhana-lakṣaṇāt—从献给至尊人格首神的奉爱服务活动中 / ca—和 / katham itarathā—否则 / jāti-antare—属于一个不同种类的物种 / eṇa-kuṇake—对小鹿的身躯 / āsaṅgaḥ—如此宠爱依恋 / sākṣāt—直接 / niḥśreyasa—达到生命最终的目标 / pra-tipakṣatayā—有着阻碍的特性 / prāk—以前……的 / parityakta—放弃 / dustyaja—虽然很难放弃 / hṛdaya-abhijātasya—由自己的心生出的儿子们 / tasya—他的 / evam—因此 / antarāya—被那个阻碍 / viha-ta—阻碍住 / yoga-ārambhaṇasya—神秘瑜伽之途……的 / rāja-ṛṣeḥ—伟大神圣的君王的 / bharatasya—巴茹阿特王的 / tāvat—就这样 / mṛga-arbhaka—一头鹿的儿子 / poṣaṇa—抚养 / pālana—保护 / prīṇa-na—让它开心 / lālana—爱抚 / anuṣaṅgeṇa—因一直专注于 / aviganạ-yataḥ—忽视 / ātmānam—他自己的灵魂 / ahiḥ iva—像一条毒蛇 /

ākhu-bilam—老鼠洞 / duratikramaḥ—不能超越的 / kālaḥ—最终的死亡 / karāla—可怕的 / rabhasaḥ—迅速地 / āpadyata—到达

译文 舒卡戴瓦·哥斯瓦米继续道：亲爱的君王，巴茹阿特王就这样被那以鹿的形象展现的无法战胜的欲望所征服。他过去从事功利性活动的结果，使他从神秘瑜伽、苦修和崇拜至尊人格首神的层面上坠落。如果不是因为他过去从事的功利性活动，他怎么可能在认为自己的儿子和家人是他灵性生活路途上的绊脚石，因而离开他们后，却受一头鹿的吸引？他怎么可能对一头鹿表现出这样无法控制的情感呢？这无疑是由他过去的活动造成的。君王是那么专心于宠爱和养育那头小鹿，以致自己从灵性活动的层面上坠落。在适当的时候,被比喻为是进入老鼠钻的洞的毒蛇——不可征服的死亡，出现在他面前。

要旨 正如在后面的诗文中将看到的，巴茹阿特王在死亡时因为被一头鹿所吸引而被迫接受一个鹿的躯体。就有关这一点，人们也许会问：一个奉献者怎么会受到他过去的错误行为和罪恶活动的影响呢？《布茹阿玛·萨密塔》中说：“对那些做奉爱服务(bhakti- bhajana)的人来说，过去活动的结果不再起作用(karmāṇi nirdahati kintu ca bhakti-bhājām)。”根据这种说法，巴茹阿特王不会因为他过去的罪行而受到惩罚。结论必然是，巴茹阿特王有目的地变得过于依恋一头鹿，从而忽视了他在灵性上的进步。为了立刻纠正他的错误，他在短时间内得到一个鹿的躯体。这只是为了更增强他做成熟的奉爱服务的愿望。

尽管巴茹阿特王得到一个动物的躯体，但他并没有忘记他过去有意识地犯错时发生了什么。他非常渴望摆脱鹿的躯体，而这表明他对奉爱服务的情感更加强烈，以至他来世在一个布茹阿玛纳(brāh-maṇa)的躯体中很快就达到了完美。正因为如此，我们在我们的“回归首神杂志”中声明：像住在温达文(Vṛndāvana)的哥斯瓦米(gosvāmī)那样的奉献者，有时会故意从事某种罪恶活动，以便投生在那片土地上的狗、猴子和乌龟的躯体中。他们就这样在低等生命形式中度过一小段时间，然后放弃那些动物的躯体，再次被提升到灵性世界。这样的惩罚只是很短的一段时间，并非由过去的业报所致。它看似由过去的业报所致，但其实是给奉献者提供纠正的机会，将其带入纯粹奉爱服务的境界。

第 27 节

**तदानीमपि पार्श्ववर्तिनमात्मजमिवानुशोचन्तमभिवीक्षमाणो मृग एवा-
भिनिवेशितमना विसृज्य लोकमिमं सह मृगेण कलेवरं मृतमनु न
मृतजन्मानुस्मृतिरितरवन्मृगशरीरमवाप ॥२७॥**

tadānīm api pārśva-vartinam ātmajam ivānuśocantam
abhivīkṣamāṇo mṛga evābhiniveśita-manā visṛjya lokam imaṁ saha
mṛgeṇa kalevaraṁ mṛtam anu na mṛta-janmānusmṛtir itaravan
mṛga-śarīram avāpa.

tadānīm—那时 / api—的确 / pārśva-vartinam—在他死亡时守在一旁 / ātma-jam—他自己的儿子 / iva—像 / anuśocantam—哀悼着 / abhi-vīkṣamāṇaḥ—看着 / mṛge—在鹿身上 / eva—肯定地 / abhiniveśita-manāḥ—他的心专注 / visṛjya—放弃 / lokam—世界 / imam—这个 / saha—与 / mṛgeṇa—鹿 / kalevaram—他的身体 / mṛtam—死亡 / anu—随即 / na—没有 / mṛta—毁坏 / janma-anusmṛtiḥ—对他死前事情的记忆 / itara-vat—如同其他人 / mṛga-śarīram—一头鹿的躯体 / avāpa—得到

译文 死亡之际，君王看到小鹿就像他的亲生子一样坐在他身边，为他的死而悲伤。事实上，君王的心专注在小鹿身上，因此就像那些没有奎师那意识的人一样离开了这个世界、小鹿和他的物质躯体，得到一个鹿的躯体。然而，存在着一个有利条件，即：他虽然失去了人体，得到一个鹿的躯体，但并未忘记他前世的事。

要旨　巴茹阿特王虽然得到一个鹿的躯体，但却不同于其他人因为死时的心理状态而得到不同的躯体。死亡后，其他人忘记在过去生世中发生的一切，但巴茹阿特王并没忘记。《博伽梵歌》第8章的第6节诗说：

yaṁ yaṁ vāpi smaran bhāvaṁ
tyajaty ante kalevaram
taṁ tam evaiti kaunteya
sadā tad-bhāva-bhāvitaḥ

"人在离开躯体时无论记起什么情形，就必会到达那情景。"

人在离开他现有的躯体后，根据他死亡时内心的状态得到另一个躯体。人在死亡时总是想着他活着时全神贯注想着的人或事。按照这一定律，巴茹阿特王因为总想着那小鹿并忘记崇拜至尊主，所以在死后得到了一个鹿的躯体。然而，由于他已经被提升到奉爱服务的最高层面，他并没忘记前世从事过的活动。这特殊的祝福拯救他免于进一步的坠落。他过去所做的奉爱服务使他下决心甚至在鹿的躯体中就完成他未完成的奉爱服务。正因为如此，这节诗文中说：尽管他死了(mṛtam)，但后来(anu)，他并没有像其他人那样忘记自己前生的事(na mṛta janmānusmṛtir itaravat)。正如《布茹阿玛·萨密塔》中说：对那些做奉爱服务的人来说，过去活动的结果不再起作用(karmāṇi nirdahati kintu ca bhakti-bhājām)。这节诗的内容证明，凭借至尊主的恩典，奉献者永远不被击败。奉献者因为有意不做奉爱服务而受到短时间的惩罚，但还会重新恢复做奉爱服务，回归家园，回到首神身边。

第28节

**तत्रापि ह वा आत्मनो मृगत्वकारणं भगवदाराधनसमीहानुभावेनानु-
स्मृत्य भृशमनुतप्यमान आह ॥२८॥**

tatrāpi ha vā ātmano mṛgatva-kāraṇaṁ bhagavad-ārādhana-
samīhānubhāvenānusmṛtya bhṛśam anutapyamāna āha.

tatra api—在那一生中 / ha vā—确实地 / ātmanaḥ—他自己的 / mṛgatva-kāraṇam—获得鹿的躯体的原因 / bhagavat-ārādhana-samīhā—过去奉爱服务活动的 / anubhāvena—因而 / anusmṛtya—记得 / bhṛ-śam—总是 / anutapya-mānaḥ—后悔着 / āha—说

译文 尽管巴茹阿特王在鹿的躯体中，但由于他前世所做的严格的奉爱服务，他能够明白自己在现有这个躯体中的原因。他考虑自己的前世和今生，时常后悔自己做的事，于是以如下方式说了一番话。

要旨 这是给奉献者的特许。即使他得到非人类的躯体，但凭借至尊人格首神的恩典，他要么因为记着自己的前生，要么由于自然的原因，仍会在奉爱服务的路途上继续向前。普通人很难记起自己前世从事过的活动，但巴茹阿特王却因为他前世举行过的盛大祭祀及所做过的奉爱服务而能够记住他前世的活动。

第 29 节

**अहो कष्टं भ्रष्टोऽहमात्मवतामनुपथाद्यद्विमुक्तसमस्तसङ्गस्य विविक्त-
पुण्यारण्यशरणस्यात्मवत आत्मनि सर्वेषामात्मनां भगवति वासुदेवे
तदनुश्रवणमननसङ्कीर्तनाराधनानुस्मरणाभियोगेनाशून्यसकलयामेन
कालेन समावेशितं समाहितं कात्स्न्र्येन मनस्तत्तु पुनर्ममाबुधस्यारान्
मृगसुतमनु परिसुस्राव ॥२९॥**

aho kaṣṭaṁ bhraṣṭo 'ham ātmavatām anupathād yad-vimukta-
samasta-saṅgasya vivikta-puṇyāraṇya-śaraṇasyātmavata ātmani
sarveṣām ātmanāṁ bhagavati vāsudeve tad-anuśravaṇa-manana-
saṅkīrtanārādhanānusmaraṇābhiyogenāśūnya-sakala-yāmena
kālena samāveśitaṁ samāhitaṁ kārtsnyena manas tat tu punar
mamābudhasyārān mṛga-sutam anu parisusrāva.

aho kaṣṭam－多悲惨的生活啊！ / bhraṣṭaḥ－坠落 / aham－我(是) / ātma-vatām－已达到完美的伟大奉献者的 / anupathāt－自……的生活方式 / yat－……的 / vimukta-samasta-saṅgasya－虽然已与我真正的儿子及家庭断绝联系 / vivikta－僻静的 / puṇya-araṇya－一个神圣的森林的 / śaraṇasya－托庇……的 / ātma-vataḥ－已经完美地处于超然层面的人的 / ātmani－在超灵中 / sarveṣām－所有的 / ātmanām－生物体 / bhagavati－向至尊人格首神 / vāsudeve－主华苏戴瓦 / tat－祂的 / anuśravaṇa－不断地聆听 / manana－想着 / saṅkīrtana－吟诵(吟唱) / ārādhana－崇拜 / anusmaraṇa－不断地记忆 / abhiyogena－全神贯注于 / aśūnya－充满 / sakala-yāmena－无时无刻地 / kālena－以时间 / samāveśitam－完全建立 / samāhitam－固定 / kārtsnyena－整个地 / manaḥ－心在那种情况中 / tat－那个心 / tu－但 / punaḥ－又 / mama－我的 / abudhasya－一个大笨蛋 / ārāt－从遥远的距离 / mṛga-sutam－一头鹿的儿子 / anu－被……影响 / parisu- srāva－坠入

译文　巴茹阿特王在鹿的躯体中悲叹道：多不幸啊！我从觉悟自我的路途上坠落了。为在灵性生活中取得进步，我离弃真正的妻儿和家庭，住进森林中一个僻静的圣地。我控制自我、认识自我，一直不断地做奉爱服务，聆听、思考、吟诵、崇拜和记忆至尊人格首神华苏戴瓦。我曾在自己的努力中获得成功，直到我的心始终专注于做奉爱服务。但我本人的愚蠢使我的心这次又受到鹿的吸引。现在我得到一个鹿的躯体，坠落远离了虔诚实践之途。

要旨　巴茹阿特王因为曾严格地做奉爱服务而能记住他前世的活动，以及如何被提升到灵性的层面，如何由于自己的愚蠢而依恋上一头无足轻重的鹿，从而沦落到接受了一个鹿的躯体。这事件对每一个奉献者都是深刻的教训。如果我们误用自己的地位，认为自己在全心全意地做奉爱服务，所以可以做自己喜欢的事，那我们就得承受巴茹阿特王受过的那种苦，被判接受一个不利于我们做奉爱服务的躯体。只有人体生命能够做奉爱服务，但如果我们为感官享乐而自愿放弃这机会，我们就必然会得到惩罚。这惩罚与其他普通的物质主义者所承受的惩罚不同。凭至尊主的恩典，奉献者受到的惩罚使他更渴望得到主华苏戴瓦(Vāsudeva)的莲花足。他这种强烈的愿望，使他在下一生回归家园。以下这句梵文诗句完整地描述奉爱服务说：一直不断地做奉爱服务，聆听、思考、吟诵、崇拜和记忆至尊人格首神(tad-anuśravaṇa-manana-saṅkīrtanārādhanānusmaranābhiyogena)。就有关一直不断地聆听和吟诵、吟唱至尊主的荣耀，《博伽梵歌》中介绍说：这些伟大的灵魂总是歌颂我的荣耀，以巨大的决心去努力(satataṁ kīrtayanto māṁ yatantaś ca dṛḍha-vratāḥ)。培养奎师那意识的人要十分小心，不要浪费片刻的时间，而要时时刻刻歌唱和记忆至尊人格首神及祂的活动。主奎师那透过祂的活动和祂奉献者们的活动，教导我们该如何小心谨慎地做奉爱服务。透过巴茹阿特王的例子，奎师那教导我们在奉爱服务的过程中必须谨小慎微。如果我们想要让我们的思想完全专注于奉爱服务，我们就必须让它们始终忙于做奉爱服务。至于国际奎师那意识协会的成员，他们献出自己的一切推动这场奎师那意识运动。尽管如此，他们还是要从巴茹阿特王的生活中接受教训，应该小心谨慎，监督自己不把一分一秒浪费在说废话、睡觉或贪吃上。吃并不受到禁止，但如果我们太贪吃，就必然会睡超过所需的量，接着就想要进行感官享乐，从而使自己降级到低等的生命形式中。这将使我们的灵性进步在一段时间内暂时受阻。最好是接受圣茹帕·哥斯瓦米的忠告，即：把我们人生的每一刻都用来做奉爱服务，而不是做别的(avyartha-kālatvam)。这对想要回归家园，回到首神身边的人来说是最安全的状态。

第30节

इत्येवं निगूढनिर्वेदो विसृज्य मृगीं मातरं पुनर्भगवत्क्षेत्रमुपशम-शीलमुनिगणदयितं शालग्रामं पुलस्त्यपुलहाश्रमं कालञ्जरात्प्रत्याजगाम ॥३०॥

ity evaṁ nigūḍha-nirvedo visṛjya mṛgīṁ mātaraṁ punar
bhagavat-kṣetram upaśama-śīla-muni-gaṇa-dayitaṁ śālagrāmaṁ
pulastya-pulahāśramaṁ kālañjarāt pratyājagāma.

iti一如此 / evam一在这样 / nigūḍha一隐藏 / nirvedaḥ一完全脱离物质活动 / visṛjya一放弃 / mṛgīm一鹿 / mātaram一它母亲 / punaḥ一再次 / bhagavat-kṣetram一至尊主受崇拜的地方 / upaśama-śīla一完全去除了对一切物质事物的依恋 / muni-gaṇa-dayitam一伟大神圣的居民很喜爱的 / śālagrāmam一名叫沙拉卦玛的村庄 / pulastya-pulaha-āś-ramam一到由普拉斯提亚和普拉哈这些大圣人领导的灵修地 / kālañ- jarāt一从卡兰嘉尔山(他自一头鹿的子宫中生出的地方) / pratyājagā- ma一他回来

译文　巴茹阿特王虽然接受了一个鹿的躯体，但一直不断的忏悔使他完全去除了对一切物质事物的依恋。他没有向任何人吐露这些事，而是离开他的出生地卡兰嘉尔山及他的鹿妈妈，再次向沙拉卦玛森林及普拉斯提亚和普拉哈的灵修地进发。

要旨　巴茹阿特王凭借华苏戴瓦的恩典记得自己的前世，这一点非常重要。他抓紧时间立刻回到普拉哈灵修地(Pulaha-āśrama)中被称为沙拉瓜玛(Śālagrāma)的村庄。联谊非常重要。因此，国际奎师那意识协会努力使每一个加入协会的人变得完美。协会成员始终记住，这协会不是免费旅馆。所有的成员都应该小心谨慎地履行自己的灵性职责，以使来到协会的人很自然就成为奉献者，能够在这一生就回到首神身边。尽管巴茹阿特王得到一个鹿的身体，但他再次离开了他的家；他的家这一次是在卡兰嘉尔(Kālañjara)山中。人不该依恋自己的出生地和家庭，应该托庇于与奉献者的联谊，培养奎师那意识。

第31节

तस्मिन्नपि कालं प्रतीक्षमाणः सङ्गाच्च भृशमुद्विग्न आत्मसहचरः शुष्कपर्णतृणवीरुधा वर्तमानो मृगत्वनिमित्तावसानमेव गणयन्मृगशरीरं तीर्थोदकक्लिन्नमुत्ससर्ज ॥३१॥

tasminn api kālaṁ pratīkṣamāṇaḥ saṅgāc ca bhṛśam udvigna
ātma-sahacaraḥ śuṣka-parṇa-tṛṇa-vīrudhā vartamāno
mṛgatva-nimittāvasānam eva gaṇayan mṛga-śarīraṁ
tīrthodaka-klinnam ut-sasarja.

tasmin api—在那灵修所(普拉哈灵修所) / kālam—在这处在鹿之躯体中的一生的最后时期 / pratīkṣamāṇaḥ——直等待 / saṅgāt—从接触 / ca—和 / bhṛśam—不断地 / udvignaḥ—充满焦虑 / ātma-sahaca- raḥ—只以超灵为唯一的陪伴(人不该认为自己是孤独的) / śuṣka- parṇa-tṛṇa-vīrudhā—靠只吃枯叶和草 / vartamānaḥ—存活 / mṛgatva-nimitta—鹿的躯体的原因的 / avasānam—结束 / eva—只有 / gaṇayan—考虑着 / mṛga-śarīram——一头鹿的躯体 / tīrtha-udaka-klinnam—在那圣地之水中沐浴 / utsasarja—放弃

译文 伟大的巴茹阿特王留在那灵修所中，小心谨慎地不使自己堕落为不良联谊的受害者。他没有向任何人揭示自己的过去，而是留在灵修所中，只吃干树叶。他因为与超灵有联系，所以并不是完全孤独的。他就这样等待在鹿的躯体经历死亡。沐浴在那圣地之水中，他彻底放弃了那个躯体。

要旨 像温达文(Vṛndāvana)、哈尔德瓦尔(Hardwar)、帕亚哥

(Prayāga)和佳干纳特·普瑞(Jagannātha Purī)那样的圣地，都是让人做奉爱服务的地方；尤其是温达文，其地位最崇高，是渴望回到首神身边、回到外琨塔(Vaikuṇṭha)星球的主奎师那的奉献者们最喜欢的圣地。温达文有许多奉献者定期在雅沐娜(Yamunā)河中沐浴，而这净化物质世界给予的一切污染。靠一直不断地吟诵、吟唱和聆听至尊主的圣名及娱乐活动，人无疑就会变得纯净，有资格解脱。然而，如果人有意识地沦落为感官享乐的受害者，那他就得受惩罚，像巴茹阿特王那样至少有一生是这种状况。

到此为止，结束了巴克提韦丹塔对《圣典博伽瓦谭》第5篇第8章“对巴茹阿特王品质的描述”所作的阐释。

第九章

佳德·巴茹阿特的高尚品德

这一章讲述的是，巴茹阿特王(Bharata Mahārāja)得到了一个布茹阿玛纳(brāhmaṇa)的身体。他在这个身体中始终保持像一个愚笨的聋哑人一样行事，甚至当他被当做祭品被带到卡莉(Kālī)女神面前时，他都一直保持沉默，从不反抗。他在放弃鹿的躯体后，投生到一个布茹阿玛纳最年轻的妻子的子宫中。在这一生，他依然能记起他在以前生世里从事的活动。为了避免社会的影响，他保持又聋又哑的状态，十分小心不要再次坠落。他不与任何不是奉献者的人混在一起。所有的奉献者都应该采用这种做法。圣柴坦亚·玛哈帕布(Śrī Caitanya Mahāprabhu)忠告说：人应该严格避免与非奉献者为伴(asat-saṅga-tyāga-ei vaiṣṇava-ācāra)，哪怕他们是自己的家人也不例外。巴茹阿特王在布茹阿玛纳的躯体中时，他的邻居们都以为他是个白痴，但他一直在内心歌唱和铭记至尊人格首神华苏戴瓦(Vāsudeva)。尽管他父亲想教育他，通过给他圣线净化他成为布茹阿玛纳，但他始终保持一种状态，使他的父母认为他是白痴，对教化不感兴趣。然而，他虽然并没有经过那些正式的教化仪式，但事实上一直保持充满奎师那意识的状态。由于他的沉默，有些禽兽不如的人就开始用许多方法侮辱他，他都予以忍受。他父母去世后，他的后母和同父异母兄弟们就开始虐待他，给他吃最糟的食物，但他还是不在乎，完全沉浸在奎师那意识中。一天夜晚，他的同父异母兄弟和后母命令他看守田地，结果他被一群匪徒绑架，试图杀死他，把他当祭品献祭给卡莉女神。当土匪们把巴茹阿特王带到卡莉女神的神像面前，举起刀要杀他时，卡莉女神因为他们这样虐待奉献者而变得震惊、愤怒。她立刻从神像出来，自己拿起砍刀，杀死了所有在场的匪徒。尽管至尊人格首神的纯粹奉献者在受到非奉献者虐待时可能保持沉默，但在至尊人格首神的安排下，虐待奉献者的恶棍和匪徒最终都会受到惩罚。

第1—2节

श्रीशुक उवाच

अथ कस्यचिद् द्विजवरस्याङ्गिरःप्रवरस्य शमदमतपःस्वाध्यायाध्य-
यनत्यागसन्तोषतितिक्षाप्रश्रय विद्यानसूयात्मज्ञानानन्दयुक्तस्यात्म-
सदृशश्रुतशीलाचाररूपौदार्यगुणा नव सोदर्या अङ्गजा बभूवुर्मिथुनं च
यवीयस्यां भार्यायाम् ॥१॥ यस्तु तत्र पुमांस्तं परमभागवतं राजर्षि-
प्रवरं भरतमुत्सृष्टमृगशरीरं चरमशरीरेण विप्रत्वं गतमाहुः ॥२॥

śrī-śuka uvāca
atha kasyacid dvija-varasyāṅgiraḥ-pravarasya śama-dama-tapaḥ-
svādhyāyādhyayana-tyāga-santoṣa-titikṣā-praśraya-vidyānasūyātma-
jñānānanda-yuktasyātma-sadṛśa-śruta-śīlācāra-rūpaudārya-guṇā nava
sodaryā aṅgajā babhūvur mithunaṁ ca yavīyasyāṁ bhāryāyām. yas
tu tatra pumāṁs taṁ parama-bhāgavataṁ rājarṣi-pravaraṁ bharatam
utsṛṣṭa-mṛga-śarīraṁ carama-śarīreṇa vipratvaṁ gatam āhuḥ.

śrī-śukaḥ uvāca—舒卡戴瓦·哥斯瓦米继续说 / atha—之后 / kasyacit——些的 / dvija-varasya—布茹阿玛纳 / aṅgiraḥ-pravarasya—属于伟大神圣的安给茹阿传承 / śama—对心念的控制 / dama—对感官的控制 / tapaḥ—练习苦行 / svādhyāya—背诵韦达文献 / adhyayana—研读 / tyāga—弃绝 / santoṣa—知足 / titikṣā—忍受 / praśraya—十分温和 / vidyā—知识 / anasūya—没有忌妒 / ātma-jñāna-ānanda—满足于对自我的认识 / yuktasya—具备……资格的人 / ātma-sadṛśa—就像他一样 / śruta—在教育方面 / śīla—性格上 / ācāra—举止方面 / rūpa—美貌方面 / audārya—胸襟方面 / guṇāḥ—拥有所有这些特质 / nava sa-udaryāḥ—生自同一个子宫的九个兄弟 / aṅga-jāḥ—儿子们 / babhūvuḥ一出生 / mithunam一一对双胞胎兄妹 / ca一和 / yavīyasyām一在最年轻的 / bhāryāyām一妻子 / yaḥ一……的 / tu一但 / tatra一那里 / pumān一男孩 / tam一他 / parama-bhāgavatam一最优秀的奉献者 / rāja-ṛṣi一神圣君王的 / pravaram一最受尊敬的 / bharatam一巴茹阿特王 / utsṛṣṭa一放弃 了 / mṛga-śarīram一鹿的躯体 / carama-śarīreṇa一以最后的躯体 / vipratvam一成为布茹阿玛纳 / gatam一获得 / āhuḥ一他们说

译文　圣舒卡戴瓦·哥斯瓦米继续道：我亲爱的君王，巴茹阿特王放弃鹿的躯体后，投生在一个非常纯洁的布茹阿玛纳家中。这个属于安给茹阿传承的布茹阿玛纳完全具有布茹阿玛纳的资格。他能够控制他的心和感官，而且研读了所有的韦达文献及其他附属文献。他乐善好施，总是知足、忍受、很温和、博学且非暴力。他觉悟了自我，为至尊主做奉爱服务。他总是处在心醉神迷的状态中。他与第一位妻子生了九个同样有资格的儿子，与第二位妻子生了一对双胞胎兄妹，其中男孩就是最优秀的奉献者和从前的圣君巴茹阿特王。我接下来讲述的，就是他放弃鹿的躯体后投生的故事。

要旨　巴茹阿特王是伟大的奉献者，但没有在一生中彻底获得成功。《博伽梵歌》(Bhagavad-gītā)中说：在一生中没完成奉爱职责的奉献者，会得到机会出生在完全有资格的布茹阿玛纳家中或富有的查锤亚(kṣatriya)、外夏(vaiśya)的家中(śucīnāṁ śrīmatāṁ gehe)。巴茹阿特王是在瑞沙巴王(Mahārāja Ṛṣabha)这个富有的查锤亚家庭中出生的第一个儿子，但因为故意忽视自己的灵性职责，过于依恋一头无足轻重的小鹿，所以被迫当了一头鹿的儿子。然而，由于他站在奉献者这一牢固的地位上，他具有记住过去生世的天赋。因为后悔，他独自住到森林中，始终想着奎师那。接着，他被赐予一个机会，投生在一位十分优秀的布茹阿玛纳的家庭中。

第 3 节

तत्रापि स्वजनसङ्गाच्च भृशमुद्विजमानो भगवतः कर्मबन्धविध्वंसन-श्रवणस्मरणगुणविवरणचरणारविन्दयुगलं मनसा विदधदात्मनः प्रतिघातमाशङ्कमानो भगवदनुग्रहेणानुस्मृतस्वपूर्वजन्मावलिरात्मान-मुन्मत्तजडान्धबधिरस्वरूपेण दर्शयामास लोकस्य ॥ ३ ॥

tatrāpi svajana-saṅgāc ca bhṛśam udvijamāno bhagavataḥ karma-bandha-vidhvaṁsana-śravaṇa-smaraṇa-guṇa-vivaraṇa-caraṇāravinda-yugalaṁ manasā vidadhad ātmanaḥ pratighātam āśaṅkamāno bhagavad-anugraheṇānusmṛta-sva-pūrva-janmāvalir ātmānam unmatta-jaḍāndha-badhira-svarūpeṇa darśayām āsa lokasya.

tatra api—这一世投生当布茹阿玛纳仍然…… / sva-jana-saṅgāt—从与亲戚和朋友的联系 / ca—和 / bhṛśam—非常 / udvijamānaḥ——直害怕他会再次坠落 / bhagavataḥ—至尊人格首神的 / karma-bandha—功利性活动结果的束缚 / vidhvaṁsana—摧毁 / śravaṇa—聆听 / smaraṇa—记得 / guṇa-vivaraṇa—聆听对至尊主品质的描述 / caraṇa-aravinda—莲花足 / yugalam—两个 / manasā—用心念 / vidadhat—总想到 / ātmanaḥ—他的灵魂的 / pratighātam—奉爱服务之途上的阻碍 / āśaṅkamānaḥ—总是害怕 / bhagavat-anugraheṇa—靠至尊人格首神特殊的仁慈 / anusmṛta—记得 / sva-pūrva—他自己先前的 / janma-āvaliḥ——连串前世 / ātmānam—他自己 / unmatta—发疯 / jaḍa—白痴 / andha—瞎子 / badhira—和聋子 / svarūpeṇa—与这些特征 / darśayām āsa—他显出 / lokasya—对一般大众

译文 由于至尊主仁慈的优待，巴茹阿特王可以记住他前世的事情。他虽然得到一个布茹阿玛纳的躯体，但还是很害怕他那些不是奉献者的亲戚和朋友。他因为害怕自己再次坠落，所以总是很小心这样的交往。于是，在众人面前，他让自己显得像是个疯子、白痴、瞎子和聋子，以使他人不想对他说话。他就这样保护自己免于不良联谊。他在心中总想着至尊主的莲花足，歌唱至尊主的荣耀，而这样做使人不受功利性活动结果的束缚。他就这样使自己避遭与非奉献者交往的侵害。

要旨　因为与自然属性接触而从事的各种活动，束缚着每一个生物体。正如《博伽梵歌》第13章的第22节诗中所说："这是他与物质自然接触的缘故。他就这样在不同的物种中遭遇善恶(kāraṇaṁ guṇa-saṅgo 'sya sad-asad-yoni-janmasu)。"我们从事过的活动，使我们得到八百四十万种生命形式中不同的躯体。经典中说，我们在物质自然三种属性的污染和影响下活动，更高的管理者按照我们的活动给予我们某种类型的躯体(karmaṇā daiva-netreṇa)。这称为功利性活动结果的束缚(karma-bandha)。要摆脱这一束缚就必须做奉爱服务，而这样做的人，才不会受物质自然属性的影响。《博伽梵歌》第14章的第26节诗中说：

mām ca yo 'vyabhicāreṇa
bhakti-yogena sevate
sa guṇān samatītyaitān
brahma-bhūyāya kalpate

"在任何情况下都全心全意地做奉爱服务，就能立刻超越物质自然属性，达到梵的层面。"要免遭物质属性的侵害，就必须做奉爱服务，聆听、歌唱和记忆主维施努的荣耀(śravaṇaṁ kīrtanaṁ viṣṇoḥ)。这是生活的完美境界。当巴茹阿特王投生为一个布茹阿玛纳时，他对布茹阿玛纳的职责并不是很感兴趣，而是在心中保持纯粹奉献者的状态，始终想着至尊主的莲花足。正如《博伽梵歌》中建议：永远想着我，崇拜我，向我致敬，成为我的奉献者(man-manā bhava mad-bhakto mad-yājī māṁ namaskuru)。这是能使人从生死轮回的险境中被拯救出来的唯一方法。

第 4 节

तस्यापि ह वा आत्मजस्य विप्रः पुत्रस्नेहानुबद्धमना आसमावर्तनात् संस्कारान् यथोपदेशं विदधान उपनीतस्य च पुनः शौचाचमनादीन् कर्मनियमाननभिप्रेतानपि समशिक्षयदनुशिष्टेन हि भाव्यं पितुः पुत्रेणेति ॥४॥

tasyāpi ha vā ātmajasya vipraḥ putra-snehānubaddha-manā āsamāvartanāt saṁskārān yathopadeśaṁ vidadhāna upanītasya ca punaḥ śaucācamanādīn karma-niyamān anabhipretān api samaśikṣayad anuśiṣṭena hi bhāvyaṁ pituḥ putreṇeti.

tasya—他的 / api ha vā—肯定地 / ātma-jasya—他儿子的 / vipraḥ—佳德·巴茹阿特(疯狂的巴茹阿特)的布茹阿玛纳父亲 / putra-sneha-anubaddha-manāḥ—由于眷恋儿子而…… / ā-sama-āvartanāt—直到贞守生灵修阶段为止 / saṁskārān—净化仪式 / yathā-upadeśam—经典规定的 / vidadhānaḥ—执行 / upanītasya—有圣线的人的 / ca—和 / punaḥ—再次 / śauca-ācamana-ādīn—练习保持嘴、腿以及手等的清洁 / karma-niyamān—功利性活动的规则 / anabhipretān api—虽然佳德·巴茹阿特不想要 / samaśikṣayat—教导 / anuśiṣṭena—教导遵守规则 / hi—的确 / bhāvyam—应该 / pituḥ—从父亲 / putreṇa—儿子 / iti—因此

译文 那布茹阿玛纳父亲的心中总是对他儿子佳德·巴茹阿特(巴茹阿特王)充满深情，所以一直很依恋他。佳德·巴茹阿特因为不适合进入居士生活，所以只是执行贞守生灵修阶段该执行的净化程序。尽管佳德·巴茹阿特不愿意接受他父亲的教导，但他的布茹阿玛纳父亲认为父亲就该教导儿子，于是还是教导他该如何保持清洁，如何清洗。

要旨 佳德·巴茹阿特(Jaḍa Bharata)是巴茹阿特王所住的一个布茹阿玛纳躯体。他装作是又聋又哑又瞎的白痴，但内心却始

终保持警醒的状态。他很清楚功利性活动的结果，以及奉爱服务的结果。在布茹阿玛纳的躯体中，巴茹阿特王内心专注于奉爱服务，因此根本不需要遵守功利性活动的规定。正如《圣典博伽瓦谭》(Śrīmad-Bhāgavatam)第1篇第2章的第13节诗中确认说：人应该取悦至尊人格首神哈尔依(svanuṣṭhitasya dharmasya saṁsiddhir hari-toṣaṇam)。那是遵守功利性活动的规定所能达到的完美境界。除此之外，《圣典博伽瓦谭》第1篇第2章的第8节诗中还说：

dharmaḥ svanuṣṭhitaḥ puṁsāṁ
viṣvaksena-kathāsu yaḥ
notpādayed yadi ratiṁ
śrama eva hi kevalam

“如果人们按各自的状况所从事的职业活动并没有使他们受人格首神信息的吸引，那么从事这些活动就是徒劳无益的。”人在没发展奎师那意识之前才需要从事这些功利性活动；一旦发展了奎师那意识，就没必要再遵守韦达经中谈论功利性活动的部分所给予的规定。圣玛达文铎·普瑞(Śrīla Mādhavendra Purī)说：“功利性活动的规定们啊！请原谅我。我全身心投入地做奉爱服务，因此无法遵守这些规定。”他表达了想要坐在一棵树下，一直不断地吟诵哈瑞·奎师那(Hare Kṛṣṇa)这个伟大的曼陀的愿望。他因此而没有执行所有的规范原则。同样，哈瑞达斯·塔库尔(Haridāsa Ṭhākura)出生在一个穆斯林的家中。他从小就没有受过从事功利性活动的训练，但由于他总是吟诵至尊主的圣名，圣柴坦亚·玛哈帕布承认他是吟诵圣名的导师(nāmācārya)。身为佳德·巴茹阿特，巴茹阿特王总是在心中做奉爱服务。尽管他父亲想要他遵守规范原则，但他因为连续三生都这么做了，所以不想再继续这样做。

第5节

स चापि तदु ह पितृसन्निधावेवासध्रीचीनमिव स्म करोति छन्दां-स्यध्यापयिष्यन् सह व्याहृतिभिः सप्रणवशिरस्त्रिपदीं सावित्रीं ग्रैष्म-वासन्तिकान्मासानधीयानमप्यसमवेतरूपं ग्राहयामास ॥ ५ ॥

sa cāpi tad u ha pitṛ-sannidhāv evāsadhrīcīnam iva sma karoti chandāṁsy adhyāpayiṣyan saha vyāhṛtibhiḥ sapraṇava-śiras tripadīṁ sāvitrīṁ graiṣma-vāsantikān māsān adhīyānam apy asamaveta-rūpaṁ grāhayām āsa.

saḥ—他(佳德·巴茹阿特) / ca—也 / api—的确 / tat u ha—他父亲所教导的 / pitṛ-sannidhau—在他父亲面前 / eva—甚至 / asadhrīcīnam iva—他像是无法明白任何事一样不正确地…… / sma karoti—曾经做 / chandāṁsi adhyāpayiṣyan—想要在以刷瓦纳月为开始的几个月(也就是在四个月雨季期间)教他吟诵韦达赞歌 / saha—以及 / vyāhṛtibhiḥ—吟诵天堂星球的名称(bhuh、bhuvah、svah) / sa-praṇa-va-śiraḥ—以欧么卡尔(oṁkāra)为开始 / tri-padīm—由三段组成的 / sāvitrīm—嘎雅垂·曼陀 / graiṣma-vāsan—以春季的第二个月(Caitra)为开始(5月15日)的四个月 / māsān—几个月 / adhīyānam api—虽然致力于教导 / asamaveta-rūpam—未完成的 / grāhayām āsa—他让他学

译文　尽管佳德·巴茹阿特的父亲给予佳德·巴茹阿特有关韦达知识的正确教导，但他在父亲面前表现得就像个白痴。他之所以那样做，是要让他父亲知道，他不适合受教育，从而放弃进一步教育他的努力。他总是反其道而行之。尽管教他在排便后要洗手，他却偏在排便前洗手。然而，他父亲还是要在春季和夏季期间给予他韦达教导，试图教他背诵以欧么卡尔(oṁkāra)音节为开始的嘎雅垂·曼陀。但四个月后，父亲的努力依旧以失败而告终。

第 6 节

**एवं स्वतनुज आत्मन्यनुरागावेशितचित्तः शौचाध्ययनव्रतनियमगु-
र्वनलशुश्रूषणाद्यौपकुर्वाणककर्माण्यनभियुक्तान्यपि समनुशिष्टेन भाव्य-
मित्यसदाग्रहः पुत्रमनुशास्य स्वयं तावदनधिगतमनोरथः कालेनाप्रम-
त्तेन स्वयं गृह एव प्रमत्त उपसंहृतः ॥ ६ ॥**

evaṁ sva-tanuja ātmany anurāgāveśita-cittaḥ śaucādhyayana-vrata-
niyama-gurv-anala-śuśrūṣaṇādy-aupakurvāṇaka-karmāṇy
anabhiyuktāny api samanuśiṣṭena bhāvyam ity asad-āgrahaḥ putram
anuśāsya svayaṁ tāvad anadhigata-manorathaḥ kālenāpramattena
svayaṁ gṛha eva pramatta upasaṁhṛtaḥ.

evam—如此 / sva—自己的 / tanu-je—对他儿子佳德·巴茹阿特 / ātmani—把他视为是自己的 / anurāga-āveśita-cittaḥ—沉浸在对儿子的爱中的布茹阿玛纳 / śauca—清洁 / adhyayana—研读韦达文献 / vrata—遵守所有的誓言 / niyama—规范守则 / guru—灵性导师的 / anala—火的 / śuśrūṣaṇa-ādi—服务等 / aupakurvāṇaka—贞守生灵性阶段 / karmāṇi—所有的活动 / anabhiyuktāni api—虽然不被他儿子所喜爱 / samanuśiṣṭena—充分指导 / bhāvyam—应该 / iti—如此 / asat-āgrahaḥ—不恰当的顽固 / putram—他儿子 / anuśāsya—教导 / svayam—他自己 / tāvat—就这样 / anadhigata-manorathaḥ—未达到他的愿望 / kālena—被时间的影响 / apramattena—未被遗忘的 / svayam—他自己 / gṛhe—对他的家 / eva—肯定地 / pramattaḥ—极为依恋 / upasaṁhṛtaḥ—死去

译文　佳德·巴茹阿特的布茹阿玛纳父亲把儿子视为心肝宝贝，所以极为依恋他。他认为给儿子正确的教育是明智的做法，于是一直专注于这种不成功的努力。他努力教他儿子贞守生该遵守的规范原则，包括履行韦达誓言、清洁、学习韦达经、规定的方法、侍奉灵性导师，以及供奉火祭的方法。他尽自己最大的能力这样教导他儿子，但他所有的努力都以失败告终。他的心愿是他儿子能成为博学的学者，但他所有的努力都不成功。这位布茹阿玛纳像其他人一样依恋他的家，忘了自己有一天会死。然而，死亡并没有遗忘他。时间一到，死亡便出现，把他带走了。

要旨 太依恋家庭生活并忘记死亡将会来把他们带走的人，变得执著，无法完成他们做人的职责。人生的职责是彻底解决自己在物质存在中的生老病死问题，但人们不关心这些根本的问题，相反执著家庭事务和责任。尽管他们遗忘了死亡，但死亡并没有忘记他们。他们将会被突然踢出平静的家庭生活。人也许忘了自己必然会死，但死亡从不忘记。死亡总是准时到来。佳德·巴茹阿特的布茹阿玛纳父亲，想要教他儿子作一个贞守生(brahma-carya)，但因为他儿子不愿意学习韦达知识而没有如愿以偿。佳德·巴茹阿特只想着通过做聆听、歌唱和记忆主维施努的荣耀的奉爱服务(śravaṇaṁ kīrtanaṁ viṣṇoḥ)，回归家园，回到首神身边。他不在乎他父亲给予他的韦达教导。人一旦全神贯注于为至尊主做服务，就不需要再遵守韦达经(Vedas)给予的规定了。当然，对普通人来说，遵守韦达原则十分重要。谁都不该不遵守。然而，当人达到纯粹奉爱服务的层面时，遵守韦达原则就不是很重要的事情了。主奎师那(Kṛṣṇa)建议阿尔诸纳(Arjuna)要上升到超越韦达原则的超然层面上(nistraiguṇya)时说：

traiguṇya-viṣayā vedā
nistraiguṇyo bhavārjuna
nirdvandvo nitya-sattva-stho
niryoga-kṣema ātmavān

“韦达经论述的主要是物质自然的三种属性。阿尔诸纳啊！超越这三种属性，摆脱一切相对性，不为利益和安全焦虑，稳定地处在觉悟自我的层面上。”(《博伽梵歌》2.45)

第 7 节

अथ यवीयसी द्विजसती स्वगर्भजातं मिथुनं सपत्न्या उपन्यस्य स्वयमनुसंस्थया पतिलोकमगात् ॥ ७ ॥

atha yavīyasī dvija-satī sva-garbha-jātaṁ mithunaṁ sapatnyā
upanyasya svayam anusaṁsthayā patilokam agāt.

atha—那之后 / yavīyasī—最年轻的 / dvija-satī—布茹阿玛纳的妻子 / sva-garbha-jātam—从她的子宫生出 / mithunam—双胞胎 / sapat-nyai—长妻 / upanyasya—托付 / svayam—亲自 / anusaṁsthayā—靠跟随她丈夫 / pati-lokam—名叫帕提珞卡的星球 / agāt—前去

译文　那之后，布茹阿玛纳的第二位妻子把她生的双胞胎男孩和女孩托付给他的第一位妻子后，便自愿随丈夫赴死，去到帕提珞卡。

第 8 节

पितर्युपरते भ्रातर एनमतत्प्रभावविदस्त्रय्यां विद्यायामेव पर्यवसितमतयो न परविद्यायां जडमतिरिति भ्रातुरनुशासननिर्बन्धान्न्यवृत्सन्त ॥ ८ ॥

pitary uparate bhrātara enam atat-prabhāva-vidas trayyāṁ
vidyāyām eva paryavasita-matayo na para-vidyāyāṁ jaḍa-matir iti
bhrātur anuśāsana-nirbandhān nyavṛtsanta.

pitari uparate—父亲死后 / bhrātaraḥ—同父异母兄弟们 / enam—向这个巴茹阿特(佳德·巴茹阿特) / a-tat-prabhāva-vidaḥ—不了解他崇高的地位 / trayyām—三部韦达经的 / vidyāyām—就物质仪式的知识而论 / eva—确实地 / paryavasita—确定 / matayaḥ—心念……的 / na—不 / para-vidyāyām—于灵性生活的超然知识(奉爱服务) / jaḍa-matiḥ—智力迟钝 / iti—因此 / bhrātuḥ—他们的兄弟(佳德·巴茹阿特) / anuśāsana-nirbandhāt—努力教导 / nyavṛtsanta—放弃

译文 父亲死后，佳德·巴茹阿特的九个同父异母兄弟，认为佳德·巴茹阿特很愚笨，于是放弃父亲想要给予佳德·巴茹阿特完整教育的努力。他们都精通《瑞歌·韦达》、《萨玛·韦达》和《亚诸尔·韦达》这三部鼓励功利性活动的韦达经。那九个兄弟一点都没有关于为至尊主做奉爱服务的灵性知识，因此无法了解佳德·巴茹阿特的崇高地位和状态。

第9—10节

स च प्राकृतैर्द्विपदपशुभिरुन्मत्तजडबधिरमूकेत्यभिभाष्यमाणो यदा तदनुरूपाणि प्रभाषते कर्माणि च कार्यमाणः परेच्छया करोति विष्टितो वेतनतो वा याच्ञया यदृच्छया वोपसादितमल्पं बहु मृष्टं कदन्नं वाभ्यवहरति परं नेन्द्रियप्रीतिनिमित्तम् । नित्यनिवृत्तनिमित्तस्वसिद्धविशुद्धानुभवानन्दस्वात्मलाभाधिगमः सुखदुःखयोर्द्वन्द्वनिमित्तयोरसम्भावितदेहाभिमानः ॥ ९ ॥ शीतोष्णवातवर्षेषु वृष इवानावृताङ्गः पीनः संहननाङ्गः स्थण्डिलसंवेशनानुन्मर्दनामज्जनरजसा महामणिरिवानभिव्यक्तब्रह्मवर्चसः कुपटावृतकटिरुपवीतेनोरुमषिणा द्विजातिरिति ब्रह्मबन्धुरिति संज्ञयातज्ज्ञजनावमतो विचचार ॥१०॥

sa ca prākṛtair dvipada-paśubhir unmatta-jaḍa-badhira-mūkety abhibhāṣyamāṇo yadā tad-anurūpāṇi prabhāṣate karmāṇi ca kāryamāṇaḥ parecchayā karoti viṣṭito vetanato vā yācñayā yadṛcchayā vopasāditam alpaṁ bahu mṛṣṭaṁ kadannaṁ vābhyavaharati paraṁ nendriya-prīti-nimittam, nitya-nivṛtta-nimitta-sva-siddha-viśuddhānubhavānanda-svātma-lābhādhigamaḥ sukha-duḥkhayor dvandva-nimittayor asambhāvita-dehābhimānaḥ. śītoṣṇa-vāta-varṣeṣu vṛṣa ivānāvṛtāṅgaḥ pīnaḥ saṁhananāṅgaḥ sthaṇḍila-saṁveśanānunmardanāmajjana-rajasā mahāmaṇir ivānabhivyakta-brahma-varcasaḥ kupaṭāvṛta-kaṭir upavītenoru-maṣiṇā dvijātir iti brahma-bandhur iti saṁjñayātaj-jñajanāvamato vicacāra.

saḥ ca－他也 / prākṛtaiḥ－被没有接触灵性知识的普通人 / dvi-pada-paśubhiḥ－只不过是有两条腿的动物的 / unmatta－发疯 / jaḍa－愚钝 / badhira－聋的 / mūka－哑的 / iti－因此 / abhibhāṣyamāṇaḥ－被说成 / yadā－当 / tat-anurūpāṇi－适合回答他们的话语 / prabhāṣa-te－他曾说 / karmāṇi－活动 / ca－也 / kāryamāṇaḥ－因其做 / para-icchayā－按照其他人命令 / karoti－他习惯 / viṣṭitaḥ－被迫 / vetana-taḥ－或以一些报酬 / vā－(两者中的)一个 / yācñayā－靠乞讨 / yadṛ-cchayā－自动到来 / vā－或者 / upasāditam－得到 / alpam－非常少量 / bahu－大量 / mṛṣṭam－非常美味 / kat-annam－不新鲜、没味道的食物 / vā－或 / abhyavaharati－他曾吃 / param－只有 / na－不 / indriya-prīti-nimittam－为感官满足 / nitya－永久地 / nivṛtta－停止 / nimitta－功利性活动 / sva-siddha－靠自我实现 / viśuddha－超然的 / anubhava-ānanda－极乐的感觉 / sva-ātma-lābha-adhigamaḥ－获得了有关自我的知识 / sukha-duḥkhayoḥ－在快乐和痛苦时 / dvandva-nimit-tayoḥ－相对性的原因 / asambhāvita-deha-abhimānaḥ－不跟躯体认同 / śīta－在冬季 / uṣṇa－在夏季 / vāta－在风中 / varṣeṣu－在雨中 / vṛṣaḥ－一头公牛 / iva－像 / anāvṛta-aṅgaḥ－未遮蔽的身体 / pī-naḥ－非常强壮 / saṁhanana-aṅgaḥ－四肢很结实的 / sthaṇḍila-saṁveśa-na－由于躺在地上 / anunmardana－没有按摩 / amajjana－没有沐浴 / rajasā－被泥土 / mahā-maṇiḥ－非常珍贵的宝石 / iva－像 / ana-bhivyakta－未显露的 / brahma-varcasaḥ－灵性光芒 / ku-paṭa-āvṛta－被肮脏的布覆盖住 / kaṭiḥ－腰布……的 / upavītena－与一条神圣的线 / uru-maṣiṇā－因尘垢而很黑的 / dvi-jātiḥ－出生在布茹阿玛纳的家中 / iti－因此(出于蔑视而说) / brahma-bandhuḥ－布茹阿玛纳的朋友 / iti－因此 / saṁjñayā－用这样的名字 / a-tat-jña-jana－被不了解他真正地位的人 / avamataḥ－被鄙视 / vicacāra－他四处游荡

译文　堕落之人实际上不比动物强。唯一的区别是：动

物有四条腿，这种人有两条腿。这些两条腿的动物般的人时常称佳德·巴茹阿特是疯子、白痴、聋子和哑巴。他们虐待他，而佳德·巴茹阿特的举止对他们来说就像是又聋又瞎又傻的疯子。他不抗议或试图说服他们他并非如此。其他人让他做什么，他就按他们的意愿做。有关食物，无论是他乞讨得来或作为报酬得来的，无论是少量、美味、不新鲜还是没味道的，只要给他，他都接受并吃下去。他从不为感官享乐而进食，因为他已去除那种导致人接受美味或不美味食物的躯体化的概念。他完全沉浸在做奉爱服务的超然意识状态中，因此不受躯体化概念产生的相对性的影响。事实上，他的身体健壮如牛，他的四肢肌肉发达。他根本不在乎冬天或夏天，刮风或下雨，在任何时候都不遮盖他的身体。他躺在地上，从不沐浴或往身上涂油。正如珍贵宝石的光芒被泥土所遮盖，由于他的身体很脏，他的灵性光芒和知识都被盖住了。他只穿戴一条肮脏的腰布和他那呈黑色的圣线。了解到他出生在布茹阿玛纳家庭，人们都用“不称职的布茹阿玛纳子孙”等名字骂他。他就这样在备受物质主义者侮辱和冷落的情况下四处游荡。

要旨 圣纳若塔玛·达斯·塔库尔(Śrīla Narottama dāsa Ṭhākura)说：不想维护身体、不为保持身体健康而焦虑并在任何情况下都知足的人，无疑要么是疯子，要么是已经解脱了(deha-smṛti nāhi yāra, saṁsāra-bandhana kāhāṅ tāra)。事实上，巴茹阿特王在他当佳德·巴茹阿特的那一生，就已经完全摆脱了物质的相对性。他是至尊天鹅(paramahaṁsa)，因此不在乎躯体舒适与否。

第 11 节

यदा तु परत आहारं कर्मवेतनत ईहमानः स्वभ्रातृभिरपि केदारकर्मणि
निरूपितस्तदपि करोति किन्तु न समं विषमं न्यूनमधिकमिति वेद
कणपिण्याकफलीकरणकुल्माषस्थालीपुरीषादीन्यप्यमृतवदभ्यवहरति ॥११॥

yadā tu parata āhāraṁ karma-vetanata īhamānaḥ sva-bhrātṛbhir api kedāra-karmaṇi nirūpitas tad api karoti kintu na samaṁ viṣamaṁ nyūnam adhikam iti veda kaṇa-piṇyāka-phalī-karaṇa-kulmāṣa-sthālīpurīṣādīny apy amṛtavad abhyavaharati.

yadā－当……时 / tu－但是 / parataḥ－从其他的 / āhāram－食物 / karma-vetanataḥ－作为工作的报酬 / īhamānaḥ－寻找 / sva-bhrātṛbhiḥ api－甚至被他自己同父异母的兄弟们 / kedāra-karmaṇi－在农田里工作 / nirūpitaḥ－从事 / tat api－在那时也 / karoti－他曾做 / kintu－但是 / na－不 / samam－平坦 / viṣamam－不平坦 / nyūnam－缺少 / adhikam－隆起的 / iti－因此 / veda－他知道 / kaṇa－碎米 / piṇyāka－油渣饼 / phalī-karaṇa－谷壳 / kulmāṣa－有蛀虫的谷物 / sthālī-purīṣa-ādīni－粘在锅里烧焦了的米等 / api－甚至 / amṛta-vat－像甘露 / abhyavaharati－曾经吃

译文　佳德·巴茹阿特曾只为得到食物而工作。他同父异母的兄弟利用这一点让他在农田里工作，以换取一些食物，但他实际上并不很懂务农。他不知道该把泥土铺撒在哪里，该把哪里的地铲平或使其隆起。他兄弟常给他碎米、油渣饼、谷壳、有蛀虫的谷物和粘在锅里烧焦了的食物，但他像接受甘露般高兴地接受这一切。他不存丝毫怨恨，很高兴地把它们吃下去。

要旨　《博伽梵歌》第2章的第15节诗中描述处在至尊天鹅层面的人是：不受苦乐打扰而始终保持稳定的人，肯定有资格获得解脱(sama-duḥkha-sukhaṁ dhīraṁ so 'mṛtatvāya kalpate)。巴茹阿特王下决心要结束他在这个物质世界里的事务，所以一点都不在乎其中的相对性。他充满奎师那意识，完全不在意善恶、苦乐。正如《永恒的柴坦亚经》末篇第4章的第176节诗所说：

'dvaite' bhadrābhadra-jñāna, saba-'manodharma'
'ei bhāla, ei manda',—saba 'bhrama'

“在物质世界里，好与坏的概念都是心里想出来的。因此，说‘这好，那坏’本身就是个错误。”必须明白，在相对的物质世界里想这好或那坏，只不过是内心的杜撰而已。然而，人不该模仿这样的意识状态；人应该真正处在灵性的中立层面上。

第 12 节

**अथ कदाचित्कश्चिद् वृषलपतिर्भद्रकाल्यै पुरुषपशुमालभतापत्य-
कामः ॥१२॥**

atha kadācit kaścid vṛṣala-patir bhadra-kālyai puruṣa-paśum
ālabhatāpatya-kāmaḥ.

atha—此后 / kadācit—一次 / kaścit—某个 / vṛṣala-patiḥ—掠夺他人财物的庶铎首领 / bhadra-kālyai—向名叫芭朵·卡莉的女神 / puruṣa-paśum—一个人形动物 / ālabhata—开始献祭 / apatya-kāmaḥ—想要个儿子

译文 一次，一个来自庶铎家庭的土匪首领想要崇拜芭朵·卡莉女神，以期得到一个儿子，他用的方法是向芭朵·卡莉女神献祭一个被视为是不比动物强的愚钝之人。

要旨 像庶铎(śūdra)那样的低等人为实现物质愿望，都崇拜卡莉(Kālī)女神——芭朵·卡莉(Bhadra Kālī)。为达到这一目的，他们有时在神像面前杀人。他们一般会选一个比较愚笨的人；换句话说，一个有着人形的动物。

第 13 节

**तस्य ह दैवमुक्तस्य पशोः पदवीं तदनुचराः परिधावन्तो निशि नि-
शीथसमये तमसावृतायामनधिगतपशव आकस्मिकेन विधिना के-
दारान् वीरासनेन मृगवराहादिभ्यः संरक्षमाणमङ्गिरःप्रवरसुतमपश्यन् ॥१३॥**

tasya ha daiva-muktasya paśoḥ padavīṁ tad-anucarāḥ paridhāvanto niśi niśītha-samaye tamasāvṛtāyām anadhigata-paśava ākasmikena vidhinā kedārān vīrāsanena mṛga-varāhādibhyaḥ saṁrakṣamāṇam aṅgiraḥ-pravara-sutam apaśyan.

tasya—土匪首领的 / ha—无疑地 / daiva-muktasya—意外地让他逃走 / paśoḥ—人兽的 / padavīm—小路 / tat-anucarāḥ—他的追随者或助手们 / paridhāvantaḥ—四处搜寻 / niśi—在晚上 / niśītha-samaye—在午夜 / tamasā āvṛtāyām—被黑暗覆盖着 / anadhigata-paśavaḥ—没有抓到人兽 / ākasmikena vidhinā—凭着不可预测的天意 / kedārān—田野 / vīra-āsanena—一个在高处的座位 / mṛga-varāha-ādibhyaḥ—免于鹿、野猪等 / saṁrakṣamāṇam—保护 / aṅgiraḥ-pravara-sutam—出生在安给茹阿家族中的布茹阿玛纳儿子 / apaśyan—他们找到

译文 土匪首领抓了这样一个“人兽”要做祭祀，但那人逃走了，他于是命令手下去找到那人。他们四处奔走，但却找不到他。他们在漆黑的夜晚四处找寻，走到一处稻田，在那里看到安给茹阿家的崇高儿子(佳德·巴茹阿特)；他正坐在一个高处，守卫稻田，以防止鹿和野猪的入侵。

第 14 节

अथ त एनमनवद्यलक्षणमवमृश्य भर्तृकर्मनिष्पत्तिं मन्यमाना बद्ध्वा रशनया चण्डिकागृहमुपनिन्युर्मुदा विकसितवदनाः ॥१४॥

atha ta enam anavadya-lakṣaṇam avamṛśya bhartṛ-karma-niṣpattiṁ manyamānā baddhvā raśanayā caṇḍikā-gṛham upaninyur mudā vikasita-vadanāḥ.

atha—之后 / te—他们(土匪首领的仆人们) / enam—这个(佳德·巴茹阿特) / anavadya-lakṣaṇam—因为有如同公牛般壮硕的身躯及又聋又哑的样子而具备像只愚蠢动物的特质 / avamṛśya—认定 / bhartṛ-karma-niṣpattim—完成他们主人交办的事 / manyamānāḥ—了

解 / baddhvā 一紧紧地捆绑 / raśanayā 一用绳子 / caṇḍikā-gṛham 一去卡莉女神的庙宇 / upaninyuḥ 一带 / mudā 一欢天喜地地 / vikasita-vadanāḥ 一脸发亮地

译文 土匪首领的随从和仆人们认为佳德·巴茹阿特很符合“人兽”的条件，是献祭的最佳人选。他们脸上露出愉快的神情，用绳子把佳德·巴茹阿特绑起来，带他去了卡莉女神的庙。

要旨 在印度的一些地方，至今仍有把“人兽”献祭给卡莉女神的做法。但只有庶铎和土匪们才这样做。他们为了成功地抢劫钱财而把“人兽”献祭给卡莉女神。值得注意的是，他们从不把有智慧的人献祭给女神。在布茹阿玛纳躯体中的巴茹阿特王，表面看去显得又聋又哑，实际上却是这个世界中最有智慧的人。但他把自己完全交给至尊人格首神，所以继续保持那种状态，没有因为要被带到神像面前宰杀而进行反抗。我们从前面的诗文中了解到，他很强壮，完全能轻易地做到不让自己被绳子绑起来，但他什么都没做。他只是依靠至尊人格首神对他的保护。圣巴克提维诺德·塔库尔(Śrīla Bhaktivinoda Ṭhākura)这样描述对至尊主的皈依说：

mārabi rākhabi—yo icchā tohārā
nitya-dāsa-prati tuyā adhikārā

“我的主，我现在投靠、服从您。我是您永恒的仆人，如果你愿意，你可以杀死我，也可以保护我。无论如何，我把自己完全交给您了。”

第 15 节

अथ पणयस्तं स्वविधिनाभिषिच्याहतेन वाससाच्छाद्य भूषणालेप-
स्रक्तिलकादिभिरुपस्कृतं भुक्तवन्तं धूपदीपमाल्यलाजकिसलयाङ्कुर-

फलोपहारोपेतया वैशससंस्थया महता गीतस्तुतिमृदङ्गपणवघोषेण च पुरुषपशुं भद्रकाल्याः पुरत उपवेशयामासुः ॥१५॥

atha paṇayas taṁ sva-vidhinābhiṣicyāhatena vāsasācchādya bhūṣaṇālepa-srak-tilakādibhir upaskṛtaṁ bhuktavantaṁ dhūpa-dīpa-mālya-lāja-kisalayāṅkura-phalopahāropetayā vaiśasa-saṁsthayā mahatā gīta-stuti-mṛdaṅga-paṇava-ghoṣeṇa ca puruṣa-paśuṁ bhadra-kālyāḥ purata upaveśayām āsuḥ.

atha—之后 / paṇayaḥ—所有的土匪 / tam—他(佳德·巴茹阿特) / sva-vidhinā—按他们自己定的仪式规则 / abhiṣicya—沐浴 / ahatena—用新的 / vāsasā—衣服 / ācchādya—覆盖 / bhūṣaṇa—装饰品 / ālepa—往身上涂抹檀香浆 / srak—花环 / tilaka-ādibhiḥ—和身上的标志等 / upaskṛtam—全部装饰 / bhuktavantam—让他吃 / dhūpa—用香 / dīpa—灯 / mālya—花环 / lāja—烘烤过的谷物 / kisalaya-aṅkura—嫩枝和新芽 / phala—水果 / upahāra—其他小物品 / upetayā—完全装备 / vaiśasa-saṁsthayā—为祭祀做的完整安排 / mahatā—非常 / gīta-stuti—歌曲和祈祷的 / mṛdaṅga—大鼓的 / paṇava—军号的 / ghoṣeṇa—凭振动 / ca—也 / puruṣa-paśum—人兽 / bhadra-kālyāḥ—卡莉女神的 / purataḥ—在……的面前 / upaveśayām āsuḥ—让他坐下

译文 这以后，全体土匪按照他们构想出的杀死“人兽”的仪式，给佳德·巴茹阿特沐浴、穿新衣、佩戴适合打扮动物的装饰品，往他身上涂抹香油，用提拉克、檀香浆和花环打扮他。他们给他吃丰盛的食物，随后把他带到卡莉女神的面前，向女神供奉香、灯、花环、烘烤后的谷物、刚长出的嫩枝、新芽、水果和鲜花。他们就这样在杀死“人兽”之前崇拜神像，唱歌、祈祷、打鼓并吹号。接着，他们让佳德·巴茹阿特坐在神像面前。

要旨 在这节诗文中，“按他们自己定的仪式规则(sva-vidhinā)”一句十分重要。韦达经典(śāstra)中的指示是，要按照规范原则做一切，但这节诗文中描述，强盗和土匪们自己设计出一套杀害“人兽”的程序。专门给受愚昧属性控制的人看的经典中做出指示说，可以在卡莉女神面前献祭一头山羊或水牛那样的动物，但并没有提到杀人，无论那人有多愚笨。这种做法是土匪们自己编出来的，因此诗文中用了“按他们自己定的仪式规则”一句。即使是现在，也有许多祭祀是不遵循韦达经典的指示做的。例如：加尔各答的一个屠宰场，最近就被宣传为是一座卡莉女神的庙宇。食肉者们愚蠢地在这类肉店中买肉，以为在其中卖的肉不同于普通的肉，而是卡莉女神食用过的(prasāda)。经典中之所以谈到在卡莉女神面前献祭山羊一类的动物，只是为了让吃肉的人知道杀动物是要承担责任的，警告人们不要吃屠宰场提供的肉。受制约的灵魂天生喜好性生活和吃肉，因此经典中对他们作出一些让步。这样做的目的其实是为了终结那些令人憎恶的活动。为此，经典中给出一些规范原则，以使食肉者和追求性生活的人能逐渐矫正自己的行为。

第 16 节

अथ वृषलराजपणिः पुरुषपशोरसृगासवेन देवीं भद्रकालीं यक्ष्यमाण-
स्तदभिमन्त्रितमसिमतिकरालनिशितमुपाददे ॥१६॥

atha vṛṣala-rāja-paṇiḥ puruṣa-paśor asṛg-āsavena devīṁ bhadra-kālīṁ yakṣyamāṇas tad-abhimantritam asim ati-karāla-niśitam upādade.

atha—随后 / vṛṣala-rāja-paṇiḥ—土匪中所谓的祭司 / puruṣa-paśoḥ—将要被献祭的人兽(佳德·巴茹阿特)的 / asṛk-āsavena—用血作酒 / devīm—给女神 / bhadra-kālīm—卡莉女神 / yakṣyamāṇaḥ—想要供奉 / tat-abhimantritam—靠吟诵芭朵·卡莉赞歌将其圣化 / asim—刀子 / ati-karāla—非常可怕的 / niśitam—锋利的 / upādade—他拿起

译文 这时，担任祭司长的一个土匪准备把他们认为是“人兽”的佳德·巴茹阿特的血当做酒供奉给卡莉女神喝。为此，他拿起一把十分锋利的可怕的尖刀，通过吟诵芭朵·卡莉的曼陀圣化它，然后举刀向佳德·巴茹阿特刺去。

第 17 节

इति तेषां वृषलानां रजस्तमःप्रकृतीनां धनमदरजउत्सिक्तमनसां भगवत्कलावीरकुलं कदर्थीकृत्योत्पथेन स्वैरं विहरतां हिंसाविहाराणां कर्मातिदारुणं यद् ब्रह्मभूतस्य साक्षाद् ब्रह्मर्षिसुतस्य निर्वैरस्य सर्व-भूतसुहृदः सूनायामप्यननुमतमालम्भनं तदुपलभ्य ब्रह्मतेजसाति-दुर्विषहेण दन्दह्यमानेन वपुषा सहसोच्चचाट सैव देवी भद्रकाली ॥१७॥

iti teṣāṁ vṛṣalānāṁ rajas-tamaḥ-prakṛtīnāṁ dhana-mada-raja-utsikta-manasāṁ bhagavat-kalā-vīra-kulaṁ kadarthī-kṛtyotpathena svairaṁ viharatāṁ hiṁsā-vihārāṇāṁ karmāti-dāruṇaṁ yad brahma-bhūtasya sākṣād brahmarṣi-sutasya nirvairasya sarva-bhūta-suhṛdaḥ sūnāyām apy ananumatam ālambhanaṁ tad upalabhya brahma-tejasāti-durviṣahena dandahyamānena vapuṣā sahasoccacāṭa saiva devī bhadra-kālī.

iti－因此 / teṣām－他们的 / vṛṣalānām－摧毁一切宗教原则的庶铎 / rajaḥ－在激情属性的影响下 / tamaḥ－在愚昧属性的影响下 / prakṛtīnām－本性……的 / dhana-mada－以迷恋物质财富的形式 / rajaḥ－被激情属性 / utsikta－骄傲自大 / manasām－心念……的 / bhagavat-kalā－至尊人格首神完整扩展的扩展 / vīra-kulam－一群高尚的人(布茹阿玛纳) / kat-arthī-kṛtya－不尊敬 / utpathena－走向歧途 / svairam－独立地 / viharatām－正进行的 / hiṁsā-vihārāṇām－习惯用暴力对付他人的 / karma－活动 / ati-dāruṇam－十分可怕的 / yat－……的 / brahma-bhūtasya－一个出生在布茹阿玛纳家庭并觉悟了自我的人 / sākṣāt－直接地 / brahma-ṛṣi-sutasya－一个具有高度灵性意识的布茹阿玛纳的儿子的 / nirvairasya－没有敌人的 / sarva-bhūta-suhṛdaḥ－友好地看待众生 / sūnāyām－在最后的时刻 / api－即使 / ananumatam－没有被法律批准 / ālambhanam－违背至尊主的意愿 / tat－那个 / upalabhya－意识到 / brahma-tejasā－以灵性极乐之光 / ati-durviṣaheṇa－太刺眼而不能忍受 / dandahyamānena－燃烧 / vapuṣā－以一个身躯 / sahasā－突然间 / uccacāṭa－破裂(神像) / sā－她 / eva－确实地 / devī－女神 / bhadra-kālī－芭朵·卡莉

译文 安排崇拜卡莉女神的全体恶棍和盗贼，都是心智低下，被激情和愚昧属性束缚的人。他们都被发财的欲望所征服，所以竟胆大妄为地违背韦达经的指示，以致准备杀死觉悟了自我的灵魂——出生在布茹阿玛纳家庭中的佳德·巴茹阿特。这些土匪心怀恶意地把他带到卡莉·女神面前献祭。这种人总是沉溺于心怀恶意的活动，因此竟敢去杀佳德·巴茹阿特。佳德·巴茹阿特是众生最好的朋友。他不是任何人的敌人；他总是全神贯注地冥想至尊人格首神。他由一个优秀的布茹阿玛纳父亲所生，哪怕他有可能是敌人或好斗之人，杀他都是犯禁。无论如何都没理由杀佳德·巴茹阿特，卡莉女神不能容忍这一行为。她立刻明白这些罪恶的土匪就要杀害至尊主的一位伟大的奉献者了，于是神像突然爆裂开来，卡莉女神本人以燃烧着强烈刺眼光芒的身躯从裂成碎片的神像中显现。

要旨 按照韦达训喻，只可以杀侵犯者。如果有人怀着杀人动机前来，我们就可以立刻采取行动，为自卫杀死对方。经典中还说，可以杀死前来纵火烧房或玷污、绑架自己妻子的人。主茹阿玛禅铎(Rāmacandra)因为茹阿瓦纳(Rāvaṇa)绑架了祂的妻子悉塔女神(Sītādevī)而杀了茹阿瓦纳的全家。除上述原因外，经典并没有准许为其他目的而杀人。经典只准许那些吃肉的人可以杀死动物，然后献祭给作为至尊人格首神扩展的半神人们。这是对肉食者的一种限制。换句话说，对动物的宰杀也受到韦达经(Veda)中给出的规定的限制。考虑到这些，根本没有理由杀害出生在一个值得尊敬、崇高的布茹阿玛纳家庭中的佳德·巴茹阿特。他是觉悟了神的灵魂、众生的祝愿者。韦达经绝没允许恶棍和盗贼们对佳达·巴茹阿特的杀害。因此，芭朵·卡莉女神从神像中现身，保护至尊主的奉献者。圣维施瓦纳特·查夸瓦尔提·塔库尔(Śrīla Viśvanātha Cakravartī Ṭhākura)解释说：是佳德·巴茹阿特这样的奉献者放射出的梵光使神像裂开的。只有受激情和愚昧属性控制的盗贼和恶棍，以及因物质财富而疯狂的人，才在卡莉女神面前杀人献祭。这种做法并未得到韦达训喻的批准。如今，疯狂追求物质财富的一代狂妄自大的人，在全世界开设了成千上万的屠宰场。这样的活动永远得不到奉爱宗(Bhāgavata school)的支持。

第 18 节

भृशममर्षरोषावेशरभसविलसितभ्रुकुटिविटपकुटिल दंष्ट्रारुणेक्षणाटोपा-
तिभयानकवदना हन्तुकामेवेदं महाट्टहासमतिसंरम्भेण विमुञ्चन्ती तत
उत्पत्य पापीयसां दुष्टानां तेनैवासिना विवृक्णशीर्ष्णां गलात्स्रवन्त-
मसृगासवमत्युष्णं सह गणेन निपीयातिपानमदविह्वलोच्चैस्तरां स्व-
पार्षदैः सह जगौ ननर्त च विजहार च शिरःकन्दुकलीलया ॥१८॥

bhṛśam amarṣa-roṣāveśa-rabhasa-vilasita-bhru-kuṭi-viṭapa-kuṭila-
daṁṣṭrāruṇekṣaṇāṭopāti-bhayānaka-vadanā hantu-kāmevedaṁ
mahāṭṭa-hāsam ati-saṁrambheṇa vimuñcantī tata utpatya
pāpīyasāṁ duṣṭānāṁ tenaivāsinā vivṛkṇa-śīrṣṇāṁ galāt sravantam
asṛg-āsavam atyuṣṇaṁ saha gaṇena nipīyāti-pāna-mada-
vihvaloccaistarāṁ sva-pārṣadaiḥ saha jagau nanarta ca vijahāra ca
śiraḥ-kanduka-līlayā.

bhṛśam－极度地 / amarṣa－由于无法忍受对……的冒犯 / roṣa－在愤怒中 / āveśa－她完全投入 / rabhasa-vilasita－靠……力量扩展 / bhru-kuṭi－她眉毛的 / viṭapa－分叉 / kuṭila－弯曲的 / daṁṣṭra－獠牙 / aruṇa-īkṣaṇa－发红的眼睛的 / āṭopa－膨胀 / ati－非常 / bhayānaka—可怕的 / vadanā—有着一张脸 / hantu-kāmā—想要摧毁 / iva—看似 / idam—这个宇宙 / mahā-aṭṭa-hāsam—骇人的笑声 / ati—非常 / saṁrambheṇa—由于愤怒 / vimuñcantī—从一个固定位置上移动 / tataḥ—从神坛 / utpatya—走向前 / pāpīyasām—所有罪恶的 / duṣṭānām—严重冒犯的人 / tena eva asinā—以同一把刀 / vivṛkṇa—分开 / śīrṣṇām—头颅……的 / galāt—从脖子 / sravantam—流出 / asṛk-āsavam—如酒精饮料般的血 / ati-uṣṇam—很热 / saha—与 / gaṇena—她的同伴们 / nipīya—喝着 / ati-pāna—由于喝那么多 / mada—醉了 / vihvalā—沉溺于 / uccaiḥ-tarām—很大声地 / sva-pārṣadaiḥ—她的同伴们 / saha—与 / jagau—唱歌 / nanarta—跳舞 / ca—和 / vijahāra—玩耍 / ca—还有 / śiraḥ-kanduka—把头颅当球 / līlayā—以游戏消遣

译文 由于无法忍受这样的罪行，勃然大怒的卡莉女神怒目圆睁、露出她可怕、弯曲的獠牙。她发红的眼睛闪闪发光，展现可怕的特征。她恐怖的形体看似准备摧毁整个创造。她从神坛上跳下后，立刻用恶棍和盗贼们打算用来杀佳德·巴茹阿特的那把刀将他们全部斩首，随后开始喝从恶棍及盗贼们那些失去头颅的脖子里涌流出的热血，仿佛这血就是酒。事实上，她与女巫及女性恶魔等她的同伴们一起喝饮这酒。他们喝这热血酒精喝醉了，于是全体开始大声唱歌、跳舞，好像准备毁灭整个宇宙。同时，他们开始玩耍恶棍和盗贼们的头颅，把它们像球一样抛来抛去。

要旨 这节诗文的内容证明，卡莉女神的信奉者根本得不到她的优待。卡莉女神的工作是杀死和惩罚恶魔。卡莉(杜尔嘎)女神砍下许多恶魔、土匪和危害社会的人的头颅。不培养奎师那意识的愚蠢之人，试图以向卡女神供奉许多令人恶心的东西的方式取悦她，但最终，在这种崇拜过程中只要有一点点不妥，女神就会以夺取崇拜者性命的方式惩罚他们。邪恶之人崇拜卡莉女神以得到某种物质利益，但他们打着崇拜的名义所从事的罪恶活动得不到原谅。在神像面前献祭人或动物尤其是被禁止的。

第 19 节

एवमेव खलु महदभिचारातिक्रमः कार्त्स्न्येनात्मने फलति ॥१९॥

evam eva khalu mahad-abhicārāti-kramaḥ kārtsnyenātmane phalati.

evam eva—就这样 / khalu—的确 / mahat—对伟大的人物 / abhi-cāra—以忌妒的方式 / ati-kramaḥ—罪过 / kārtsnyena—总是 / ātma-ne—对自身 / phalati—导致这后果

译文　心怀恶意之人在伟大的人物面前犯罪，就总是受到上述谈到的方式的惩罚。

第 20 节

न वा एतद्विष्णुदत्त महदद्भुतं यदसम्भ्रमः स्वशिरश्छेदन आपतितेऽपि विमुक्तदेहाद्यात्मभावसुदृढहृदयग्रन्थीनां सर्वसत्त्वसुहृदात्मनां निर्वैराणां साक्षाद्भगवतानिमिषारिवरायुधेनाप्रमत्तेन तैस्तैर्भावैः परिरक्ष्यमाणानां तत्पादमूलमकुतश्चिद्भयमुपसृतानां भागवतपरमहंसानाम् ॥२०॥

na vā etad viṣṇudatta mahad-adbhutaṁ yad asambhramaḥ sva-śiraś- chedana āpatite 'pi vimukta-dehādy-ātma-bhāva-sudṛḍha-hṛdaya- granthīnāṁ sarva-sattva-suhṛd-ātmanāṁ nirvairāṇāṁ sākṣād bhagavatānimiṣāri-varāyudhenāpramattena tais tair bhāvaiḥ parirakṣyamāṇānāṁ tat-pāda-mūlam akutaścid-bhayam upasṛtānāṁ bhāgavata-paramahaṁsānām.

na—不 / vā—或者 / etat—这个 / viṣṇu-datta—受主维施努保护的帕瑞克西特王啊！ / mahat—一个伟大的 / adbhutam—神奇的事情 / yat—……的 / asambhramaḥ—毫无困惑 / sva-śiraḥ-chedane—当斩首时 / āpatite—就要发生 / api—即使 / vimukta—完全摆脱 / dehaādi-ātma-bhāva一错误的躯体化生命概念 / su-dṛḍha一非常牢固和紧密的 / hṛdaya-granthīnām一那些有心结的 / sarva-sattva-suhṛt-ātmanām一心中总是为众生祝愿的人们的 / nirvairāṇām一没有将任何人当敌人的 / sākṣāt一直接地 / bhagavatā一被至尊人格首神 / animiṣa一不可征服的时间 / ari-vara一最好的武器(飞轮) / āyudhena一被持有武器的祂 / apramattena一从不受打扰 / taiḥ taiḥ一被不同的 / bhāvaiḥ一至尊人格首神的心态 / parirakṣyamāṇānām一被保护的人们的 / tat-pāda-mūlam一于至尊人格首神的莲花足 / akutaścit bhayam一没有任何恐惧 / upasṛtānām一已经完全托庇 / bhāgavata一至尊主的奉献者的 / parama-haṁsānām一最崇高的解脱之人的

译文 舒卡戴瓦·哥斯瓦米接着对帕瑞克西特王说：维施努达塔啊！谁已经知道灵魂与躯体是分着的，已经解开心中的死结，总是为众生谋福利并从不想伤害众生，谁就始终受到至尊人格首神的保护。至尊人格首神手持祂的飞轮(苏达尔珊·查夸)，以至尊时间的形式杀死恶魔，保护祂的奉献者。奉献者总是托庇于至尊主的莲花足。因此无论何时，哪怕受到被斩首的威胁，他们都泰然处之。对他们来说，那一点儿都不令人惊恐。

要旨 这里说的是至尊人格首神的纯粹奉献者所具有的一些崇高品质。首先，奉献者对自己的灵性身份坚信不移。他从不与躯体认同，而是坚信灵性的灵魂不同于物质躯体。他因此毫无畏惧，哪怕生命受到威胁也不害怕。他甚至不把与他为敌的人当敌人对待。奉献者总是完全依靠至尊人格首神，至尊主则总是渴望在所有的情况下给予祂的奉献者以全面的保护。

到此为止，结束了巴克提韦丹塔对《圣典博伽瓦谭》第5篇第9章“佳德·巴茹阿特的高尚品德”所作的阐释。

第十章

佳德·巴茹阿特与茹阿胡嘎纳王的对话

这一章谈的是，巴茹阿特王(Bharata Mahārāja)——现在的佳德·巴茹阿特(Jaḍa Bharata)，被辛杜和骚维茹阿的统治者茹阿胡嘎纳王(Rahūgaṇa)所接受。君王曾强迫佳德·巴茹阿特抬他的轿子，并因为他抬得不对而责骂他。君王的轿子需要多一个轿夫，在寻找的过程中，主轿夫发现佳德·巴茹阿特像是最适合的人选，于是强迫他抬轿子。佳德·巴茹阿特并没反对这傲慢的命令，而是谦卑地接受了抬轿子的工作。但在抬的过程中，他十分小心地不要踩到任何蚂蚁，所以只要看到路上有一只蚂蚁，就会停下来等蚂蚁过去。这使他无法与其他轿夫步调一致。坐在轿子上的君王很受打扰，于是用尖酸刻薄的话责骂他，但根本没有躯体化概念的佳德·巴茹阿特并不还嘴，而是继续抬轿子。当他一如既往地行事时，君王威胁要惩罚他。受到君王的威胁，佳德·巴茹阿特开始说话。他反对君王用尖酸刻薄的话责骂他；听了佳德·巴茹阿特的教导后，君王真正的知识被唤醒。他的头脑一旦清醒过来，便明白自己冒犯了一位伟大、博学的圣洁之人。于是，他极为恭顺地赞美佳德·巴茹阿特，请求他的原谅，并说他想要了解佳德·巴茹阿特所用的哲学词语中更深刻的含义。他承认，冒犯纯粹奉献者莲花足的人，无疑会受到主希瓦(Śiva)的三叉戟的惩罚。

第 1 节

श्रीशुक उवाच
अथ सिन्धुसौवीरपते रहूगणस्य व्रजत इक्षुमत्यास्तटे तत्कुलपतिना
शिबिकावाहपुरुषान्वेषणसमये दैवेनोपसादितः स द्विजवर उपलब्ध

एष पीवा युवा संहननाङ्गो गोखरवद् धुरं वोढुमलमिति पूर्वविष्टि-गृहीतैः सह गृहीतः प्रसभमतदर्ह उवाह शिबिकां स महानुभावः ॥१॥

śrī-śuka uvāca

atha sindhu-sauvīra-pate rahūgaṇasya vrajata ikṣumatyās taṭe tat-kula-patinā śibikā-vāha-puruṣānveṣaṇa-samaye daivenopasāditaḥ sa dvija-vara upalabdha eṣa pīvā yuvā saṁhananāṅgo go-kharavad dhuraṁ voḍhum alam iti pūrva-viṣṭi-gṛhītaiḥ saha gṛhītaḥ prasabham atad-arha uvāha śibikāṁ sa mahānubhāvaḥ.

śrī-śukaḥ uvāca—舒卡戴瓦·哥斯瓦米继续道 / atha—如此 / sindhu-sauvīra-pateḥ—辛杜和骚维茹阿州的统治者的 / rahū-gaṇasya—名叫茹阿胡嘎纳的君王 / vrajataḥ—在去(卡皮拉灵修所)时 / ikṣu-matyāḥ taṭe—在一条名叫伊克舒玛提的河岸边 / tat-kula-patinā—被轿夫的主人 / śibikā-vāha—当一个轿夫 / puruṣa-anveṣaṇa-samaye—就在寻找一个人时 / daivena—正巧 / upasāditaḥ—使靠近 / saḥ—那 / dvija-varaḥ—布茹阿玛纳的儿子佳德·巴茹阿特 / upalabdhaḥ—得到 / eṣaḥ—这个人 / pīvā—非常强壮结实 / yuvā—年轻 / saṁhanana-aṅgaḥ—拥有结实的四肢 / go-khara-vat—像一头牛或驴 / dhuram—重担 / voḍhum—扛 / alam—可以 / iti—如此想 / pūrva-viṣṭi-gṛhītaiḥ—其他之前被迫做这份工作的人 / saha—与 / gṛhītaḥ—被带走 / prasa-bham—强迫 / a-tat-arhaḥ—虽然不适合抬轿子 / uvāha—抬 / śibi-kām—轿子 / saḥ—他 / mahā-anubhāvaḥ—伟大的灵魂

译文 舒卡戴瓦·哥斯瓦米继续说：我亲爱的君王，这以后，统治辛杜和骚维茹阿的茹阿胡嘎纳王要去卡皮拉灵修所。当君王的轿子抵达伊克舒玛提河岸边时，轿夫们需要多一个人来帮他们抬轿子。就在他们开始找人之际，他们碰巧遇到了佳德·巴茹阿特。他们认为佳德·巴茹阿特实际上非常年轻、强壮、四肢结实，像牛马一样的他相当适合扛重担。尽管伟大的灵魂佳德·巴茹阿特并不适合做这种工作，但这样考虑事情的他们还是毫不犹豫地强迫他抬轿子。

第 2 节

यदा हि द्विजवरस्येषुमात्रावलोकानुगतेर्न समाहिता पुरुषगतिस्तदा विषमगतां स्वशिबिकां रहूगण उपधार्य पुरुषानधिवहत आह हे वोढारः साध्वतिक्रमत किमिति विषममुह्यते यानमिति ॥२॥

yadā hi dvija-varasyeṣu-mātrāvalokānugater na samāhitā puruṣa-gatis
tadā viṣama-gatāṁ sva-śibikāṁ rahūgaṇa upadhārya puruṣān adhivahata
āha he voḍhāraḥ sādhv atikramata kim iti viṣamam uhyate yānam iti.

yadā—当……时 / hi—肯定地 / dvija-varasya—佳德·巴茹阿特的 / iṣu-mātra—前方一箭之距(三英尺) / avaloka-anugateḥ—扫视过才移动 / na samāhitā—不协调 / puruṣa-gatiḥ—轿夫们的步调 / tadā—就在那时 / viṣama-gatām—变得不平衡 / sva-śibikām—他的轿子 / rahūgaṇaḥ—茹阿胡嘎纳王 / upadhārya—了解 / puruṣān—向那些人 / adhivahataḥ—抬轿子的 / āha—说 / he—嘿 / voḍhāraḥ—轿夫们 / sādhu atikramata—请走得平稳些以免晃动 / kim iti—为什么理由 / viṣamam—不平稳 / uhyate—正被抬 / yānam—轿子 / iti—如此

译文 然而，佳德·巴茹阿特的非暴力意识使他抬轿子抬得很不稳。他在向前迈步时，先要检查他面前三英尺的范围内是否有蚂蚁会被踩到。为此，他无法跟其他轿夫步调一致，轿子因而摇晃、震动不已。茹阿胡嘎纳王立刻问轿夫们：“你们这轿子抬得为什么不平稳？最好抬稳些。”

要旨 佳德·巴茹阿特虽然被迫抬轿子，但对路上爬行的可怜的蚂蚁很同情。至尊主的奉献者即使在最令人苦恼的情况下，也不会忘记自己该做的奉爱服务，以及有助于他人的活动。佳德·巴茹阿特是个有资格的布茹阿玛纳，具有高度进步的灵性知识，但却被迫抬轿子。他对此并不在意。然而走在路上时，他并没有忘记自己有义务避免伤害哪怕是一只蚂蚁。外士纳瓦(Vaiṣṇava)从不心怀恶意或在不必要的情况下从事暴力行为。路上当时有许多蚂蚁，佳德·巴茹阿特小心行走，看前方三英尺的距离是否有蚂蚁，如果没有，他才会把抬起的脚踩到地上。外士纳瓦对众生总是满怀怜悯之情。主卡皮拉戴瓦(Kapiladeva)在祂的数论瑜伽(sāṅkhya-yoga)中解释说：生物以不同的身体形象出现(suhṛdaḥ sarva-dehinām)。不是外士纳瓦的人认为，只有人类社会才值得他们的同情，但主奎师那说祂是所有物种的至尊父亲。为此，外士纳瓦小心地不要毫无必要地杀死任何生物体，使其不能寿终正寝。所有的生物体都得在各自不同种类的物质躯体中被囚禁一定的时间。他们在被提升到另一个躯体内之前，必须在被指定的一个躯体中住满一段时间。杀害动物或其他生物体，是在被害生物体完成他在某个躯体中被囚禁期限的过程中设置障碍。因此，人不该为自己的感官享乐杀害其他生物的躯体，这么做是有罪的。

第3节

अथ त ईश्वरवचः सोपालम्भमुपाकर्ण्योपायतुरीयाच्छङ्कितमनसस्तं विज्ञापयां बभूवुः ॥३॥

atha ta īśvara-vacaḥ sopālambham upākarṇyopāya-turīyāc chaṅkita-manasas taṁ vijñāpayāṁ babhūvuḥ.

atha—因此 / te—他们(轿夫们) / īśvara-vacaḥ—主人茹阿胡嘎纳王的话 / sa-upālambham—以责备的语气 / upākarṇya—听见 / upāya—方法 / turīyāt—从第四个 / śaṅkita-manasaḥ—内心惧怕的 / tam—他(君王) / vijñāpayām babhūvuḥ—告知

译文 轿夫们听到茹阿胡嘎纳王威胁的话语，都十分害怕被他惩罚，于是向他请求。

要旨 按照政治学理论，当君王的人有时努力安抚他的国民，有时训斥他们，有时嘲弄他们，有时则给于他们奖赏。君王就这样统治他的国民。轿夫们知道君王生气了，而他将会鞭打他们。

第 4 节

**न वयं नरदेव प्रमत्ता भवन्नियमानुपथाः साध्वेव वहामः । अय-
मधुनैव नियुक्तोऽपि न द्रुतं व्रजति नानेन सह वोढुमु ह वयं पारयाम
इति ॥४॥**

na vayaṁ nara-deva pramattā bhavan-niyamānupathāḥ sādhv eva vahāmaḥ. ayam adhunaiva niyukto 'pi na drutaṁ vrajati nānena saha voḍhum u ha vayaṁ pārayāma iti

na—不 / vayam—我们 / nara-deva—人类中的主人啊！(君王应该被视为是至尊人格首神的代表) / pramattāḥ—忽视我们的职责 / bhavat-niyama-anupathāḥ——直都很遵守您的命令的 / sādhu—恰当地 / eva—肯定地 / vahāmaḥ—我们正扛着 / ayam—这个人 / adhunā—才刚刚 / eva—的确 / niyuktaḥ—加入与我们一起工作 / api—虽然 / na—不 / drutam—很快 / vrajati—工作 / na—不 / anena—他 / saha—与 / voḍhum—抬 / u ha—啊！ / vayam—我们 / pārayāmaḥ—能够 / iti—因此

译文　君主啊！请了解，我们一点儿都没有忽视履行我们的职责。我们按照您的意愿忠心耿耿地抬轿子，但这个新加入进来抬轿子的人走不快，所以我们无法跟他一起抬轿子。

要旨　其他的轿夫都是庶铎(śūdra)，但佳德·巴茹阿特不仅是高阶层的布茹阿玛纳，而且还是伟大的奉献者。庶铎们不同情其他生物体，但外士纳瓦无法像庶铎一样行事。每当一个庶铎和一位布茹阿玛纳奉献者一起做一件事情时，就必然会有不协调之处。庶铎们在抬轿子时根本不在乎路上的蚂蚁，但佳德·巴茹阿特无法像庶铎一样做事，困境因此而产生。

第 5 节

**सांसर्गिको दोष एव नूनमेकस्यापि सर्वेषां सांसर्गिकाणां भवितु-
मर्हतीति निश्चित्य निशम्य कृपणवचो राजा रहूगण उपासितवृद्धोऽपि**

निसर्गेण बलात्कृत ईषदुत्थितमन्युरविस्पष्टब्रह्मतेजसं जातवेदसमिव रजसावृतमतिराह ॥ ५ ॥

sāṁsargiko doṣa eva nūnam ekasyāpi sarveṣāṁ sāṁsargikāṇāṁ
bhavitum arhatīti niścitya niśamya kṛpaṇa-vaco rājā rahūgaṇa upāsita-
vṛddho 'pi nisargeṇa balāt kṛta īṣad-utthita-manyur avispaṣṭa-brahma-
tejasaṁ jāta-vedasam iva rajasāvṛta-matir āha.

sāṁsargikaḥ—因为亲密的交往 / doṣaḥ—过错 / eva—的确 / nūnam—无疑地 / ekasya—一个的 / api—虽然 / sarveṣām—所有其他的 / sāṁsargikāṇām—与他有关的人 / bhavitum—变成 / arhati—可以 / iti—因此 / niścitya—察明 / niśamya—通过听 / kṛpaṇa-vacaḥ—很怕被处罚的可怜仆人的话 / rājā—君王 / rahūgaṇaḥ—茹阿胡嘎纳 / upāsita-vṛddhaḥ—曾侍奉和聆听许多前辈圣人 / api—尽管 / nisargeṇa—以他作为君王的天性 / balāt—强迫的 / kṛtaḥ—做 / īṣat—轻微的 / utthita—觉醒 / manyuḥ—愤怒……的 / avispaṣṭa—不明显可见的 / brahma-tejasam—他的(佳德·巴茹阿特的)灵性光辉 / jāta-vedasam—被韦达祭祀仪式之灰覆盖住的火 / iva—如同 / rajasā āvṛta—被激情属性覆盖 / matiḥ—内心……的 / āha—说

译文 茹阿胡嘎纳王能明白害怕受到惩罚的轿夫们所说的话，也能理解仅仅有一个人犯错，轿子就无法保持平稳。清楚这一事实并听了轿夫们的申述，君王有些生气，尽管他精通政治学，而且很精明强干。他的怒气产自他身为君王的天性。事实上，茹阿胡嘎纳王的心受到激情属性的蒙蔽。为此，他对身体放射出的梵光如火被灰烬遮住一样不明显的佳德·巴茹阿特，说了这样一番话。

要旨 这节诗文解释了激情属性(rajo-guṇa)和善良属性(sattva-guṇa)之间的区别。君王虽然非常公正并精通政治学和政府管理，但还是受激情属性的影响，所以受到轻微的刺激就愤怒起来。然而，佳德·巴茹阿特虽然因为假装聋哑人而承受各种不公平的对待，但却靠他灵性进步的力量保持沉默。尽管如此，他放射出的梵光(brahma-tejaḥ)，在他身上还是隐约可见。

第 6 节

**अहो कष्टं भ्रातर्व्यक्तमुरुपरिश्रान्तो दीर्घमध्वानमेक एव ऊहिवान्
सुचिरं नातिपीवा न संहननाङ्गो जरसा चोपद्रुतो भवान् सखे नो ए-
वापर एते सङ्घट्टिन इति बहुविप्रलब्धोऽप्यविद्यया रचितद्रव्यगुण-
कर्माशयस्वचरमकलेवरेऽवस्तुनि संस्थानविशेषेऽहं ममेत्यनध्यारोपित-
मिथ्याप्रत्ययो ब्रह्मभूतस्तूष्णीं शिबिकां पूर्ववदुवाह ॥ ६ ॥**

aho kaṣṭaṁ bhrātar vyaktam uru-pariśrānto dīrgham adhvānam eka eva ūhivān suciraṁ nāti-pīvā na saṁhananāṅgo jarasā copadruto bhavān sakhe no evāpara ete saṅghaṭṭina iti bahu-vipralabdho 'py avidyayā racita-dravya-guṇa-karmāśaya-sva-carama-kalevare 'vastuni saṁsthāna-viśeṣe 'haṁ mamety anadhyāropita-mithyā-pratyayo brahma-bhūtas tūṣṇīṁ śibikāṁ pūrvavad uvāha.

aho—唉！ / kaṣṭam—多令人讨厌啊！ / bhrātaḥ—我亲爱的兄弟 / vyaktam—清楚地 / uru—非常 / pariśrāntaḥ—疲乏的 / dīrgham—一条很长的 / adhvānam—路途 / ekaḥ—独自 / eva—肯定地 / ūhivān—你已经抬了 / su-ciram—很长一段时间 / na—不 / ati-pīvā—很健壮结实 / na—也不 / saṁhanana-aṅgaḥ—拥有一个结实、有耐力的身体 / jarasā—因年岁高 / ca—也 / upadrutaḥ—昏乱 / bhavān—你自己 / sakhe—我的朋友 / no eva—不确定地 / apare—其他 / ete—所有这些 / saṅghaṭṭinaḥ—合作伙伴 / iti—如此 / bahu—非常 / vipralabdhaḥ—挖苦地批评 / api—虽然 / avidyayā—以无知 / racita—制造 / dravya-guṇa-karma-āśaya—在物质元素、物质品质、过去活动的结果及欲望的结合中 / sva-carama-kalevare—在这由精微元素(心、智和假我)驱动的躯体中 / avastuni—在这类物质事物中 / saṁsthāna-viśeṣe—

有种特别的倾向 / aham mama — 我和我的 / iti — 这样 / anadhyāropita — 不包含 / mithyā — 虚假的 / pratyayaḥ — 信仰 / brahma-bhūtaḥ — 觉悟了自我并处在绝对真理层面上的人 / tūṣṇīm — 在沉默中 / śibikām — 轿子 / pūrva-vat — 像从前 / uvāha — 抬

译文 茹阿胡嘎纳王对佳德 · 巴茹阿特说：我亲爱的兄弟，这多令人讨厌啊!你因为长时间在没人帮助的情况下独自抬这轿子走了那么长的路，所以一定很累了。此外，由于你年岁已高，你已经行动困难。亲爱的朋友，我看你身体不是很结实、强壮。你的轿夫同伴不跟你合作吗？君王就这样用挖苦的话指责佳德 · 巴茹阿特。但尽管受到这样的指责，佳德 · 巴茹阿特并没有从躯体化概念的层面上作出反应。他已经得到了他的灵性身份，所以知道他不是这个躯体。他既不肥不瘦，也与由五种粗糙元素和三种精微元素组成的物质躯体无关。他与物质躯体及其上的手脚无关。换句话说，他完全认识到他的灵性身份。因此，君王这番讽刺挖苦的话对他根本没有影响。他一声不吭地继续像先前那样抬轿子。

要旨 佳德 · 巴茹阿特是彻底解脱了的灵魂。甚至在土匪们想要杀害他的躯体时，他都不在乎。他知道他无疑并不是这个躯体。即使他的躯体被杀，他也不在乎，因为他完全相信《博伽梵歌》第2章的第20节诗中所说，当躯体被杀时，他作为灵魂不被杀(na hanyate hanyamāne śarīre)。他知道尽管他不反抗，但至尊人格首神的代理人无法容忍土匪们的非正义行为。结果靠奎师那的仁慈，他得到拯救，而土匪们全都被杀死。在抬轿子的过程中，他也知道他不是这个躯体。这个躯体非常强壮、结实和健康，完全有能力抬轿子。由于他没有躯体化的概念，君王尖酸刻薄的话语对他不产生丝毫的影响。这躯体由生物的活动(karma)造成，物质自然为特定种类的躯体提供建材。被躯体包裹的灵魂不同于躯体的结构，所以对躯体有利或有害的一切并不影响灵性的灵魂。韦达教导说：灵性的灵魂永远不受物质安排的影响(asaṅgo hy ayaṁ puruṣaḥ)。

第 7 节

अथ पुनः स्वशिबिकायां विषमगतायां प्रकुपित उवाच रहूगणः
किमिदमरे त्वं जीवन्मृतो मां कदर्थीकृत्य भर्तृशासनमतिचरसि प्रम-
त्तस्य च ते करोमि चिकित्सां दण्डपाणिरिव जनताया यथा प्रकृतिं
स्वां भजिष्यस इति ॥ ७ ॥

atha punaḥ sva-śibikāyāṁ viṣama-gatāyāṁ prakupita uvāca rahūgaṇaḥ
kim idam are tvaṁ jīvan-mṛto māṁ kadarthī-kṛtya bhartṛ-śāsanam
aticarasi pramattasya ca te karomi cikitsāṁ daṇḍa-pāṇir iva janatāyā
yathā prakṛtiṁ svāṁ bhajiṣyasa iti.

atha一那之后 / punaḥ一又 / sva-śibikāyām一在他自己的轿子中 / viṣama-gatāyām一因佳德·巴茹阿特没好好走而使……不平稳地被抬着 / prakupitaḥ一变得勃然大怒 / uvāca一说 / rahūgaṇaḥ一茹阿胡嘎纳王 / kim idam一这是怎么回事 / are一唉！笨蛋 / tvam一你 / jīvat一活着 / mṛtaḥ一死 / mām一我 / kat-arthī-kṛtya一漠视 / bhartṛ-śāsanam一被主人惩罚 / aticarasi一你们正违犯 / pramattasya一几乎疯狂的 / ca一也 / te一你们的 / karomi一我将要做 / cikitsām一适当的处置 / daṇḍa-pāṇiḥ iva一像阎罗王 / janatāyāḥ一一般大众的 / yathā一以便 / prakṛtim一自然的状态 / svām一你自己的 / bhajiṣyase一你将恢复 / iti一如此

译文 那之后，当君王看到他的轿子还是被轿夫抬的晃动不已时，他变得很愤怒并说：你这无赖在做什么？你是活死人啊？难道不知道我是你的主人吗？你漠视我，不执行我的命令。为这种抗旨行为，我现在就要像掌管死亡并惩罚罪恶之人的阎罗王一样惩罚你。我要给你适当的处置，好让你清醒过来，做正确的事。

第 8 节

एवं बह्वबद्धमपि भाषमाणं नरदेवाभिमानं रजसा तमसानुविद्धेन मदेन तिरस्कृताशेषभगवत्प्रियनिकेतं पण्डितमानिनं स भगवान् ब्राह्मणो ब्रह्मभूतसर्वभूतसुहृदात्मा योगेश्वरचर्यायां नातिव्युत्पन्नमतिं स्मयमान इव विगतस्मय इदमाह ॥ ८ ॥

evaṁ bahv abaddham api bhāṣamāṇaṁ nara-devābhimānaṁ rajasā tamasānuviddhena madena tiraskṛtāśeṣa-bhagavat-priya-niketaṁ paṇḍita-māninaṁ sa bhagavān brāhmaṇo brahma-bhūta-sarva-bhūta-suhṛd-ātmā yogeśvara-caryāyāṁ nāti-vyutpanna-matiṁ smayamāna iva vigata-smaya idam āha.

evam—就这样 / bahu—多么 / abaddham—愚蠢的 / api—虽然 / bhāṣamāṇam—说着 / nara-deva-abhimānam—认为自己是统治者的茹阿胡嘎纳王 / rajasā—受物质激情属性影响 / tamasā—也受愚昧属性影响 / anuviddhena—被增加 / madena—被疯狂 / tiraskṛta—斥责的 / aśeṣa—数不清的 / bhagavat-priya-niketam—至尊主的奉献者 / paṇḍita-māninam—认为自己是很博学的学者 / saḥ—那个 / bhagavān—灵性上最强大的(佳德 · 巴茹阿特) / brāhmaṇaḥ—完全够资格的布茹阿玛纳 / brahma-bhūta—完全觉悟了自我 / sarva-bhūta-suhṛt-ātmā—因此是众生的朋友的 / yoga-īśvara—最高级的神秘瑜伽师的 / caryāyām—以这样的态度 / na ati-vyutpanna-matim—向事实上没经验的茹阿胡嘎纳王 / smayamānaḥ—浅浅地微笑着 / iva—如同 / vigata-smayaḥ—解除所有物质傲慢的 / idam—这样 / āha—说

译文 认为自己是君王的茹阿胡嘎纳王持有的是躯体化的概念，受物质自然激情和愚昧属性的影响。疯狂使他毫无必要地用自相矛盾的话语责骂佳德 · 巴茹阿特。佳德 · 巴茹阿特是最高级的奉献者，至尊人格首神所珍视的住所。尽管君王以为自己很博学，但却既不知道处在做奉爱服务层面上的高级奉献者的状态，也不了解他的特点。佳德 · 巴茹阿特是至尊人格首神的住所；他总是在心中携带着至尊主的形象。他是众生亲爱的朋友，没有丝毫躯体化的概念。因此，他微笑着说了如下一番话。

要旨 这节诗文让人看到持有躯体化概念的人和超越躯体化概念的人之间的区别。因为持有躯体化的概念，茹阿胡嘎纳王认为自己是君王，于是便以各种难听的话责骂佳德·巴茹阿特。由于觉悟了自我，佳德·巴茹阿特完全处在超然的层面上，一点儿都不愤怒，相反微笑着开始教导茹阿胡嘎纳王。高度进步的外士纳瓦奉献者是众生的朋友，所以也是敌视他的人的朋友。事实上，他不把任何人当敌人(suhṛdaḥ sarva-dehinām)。外士纳瓦有时表面上对非奉献者发怒，但这对非奉献者有好处。韦达文献中记载了好几个这样的事例。一次，纳茹阿达(Nārada)对库维尔(Kuvera)的两个儿子纳拉库瓦尔(Nalakūvara)和玛尼贵瓦(Maṇigrīva)发怒，通过把他们两人变成树木惩戒他们，使他们两人后来获得圣主奎师那的释放。奉献者处在绝对的层面上，无论是发怒还是高兴都没有区别，因为在两种情况下都是在给予祝福。

第9节

ब्राह्मण उवाच
त्वयोदितं व्यक्तमविप्रलब्धं
भर्तुः स मे स्याद्यदि वीर भारः ।
गन्तुर्यदि स्यादधिगम्यमध्वा
पीवेति राशौ न विदां प्रवादः ॥ ९ ॥

brāhmaṇa uvāca
tvayoditaṁ vyaktam avipralabdhaṁ
bhartuḥ sa me syād yadi vīra bhāraḥ
gantur yadi syād adhigamyam adhvā
pīveti rāśau na vidāṁ pravādaḥ

brāhmaṇaḥ uvāca—博学的布茹阿玛纳(佳德·巴茹阿特)说 / tvayā—被你 / uditam—说明 / vyaktam—很清楚 / avipralabdham—没矛盾 / bhartuḥ—轿夫的(躯体) / saḥ—那 / me—我的 / syāt—应该是 / yadi—如果 / vīra—大英雄(茹阿胡嘎纳王)啊! / bhāraḥ—重负 / gantuḥ—搬运者的(也是身体) / yadi—如果 / syāt—曾是 / adhigamyam—想达到的目标 / adhvā—途径 / pīvā—很结实和强壮 / iti—因此 / rāśau—在躯体内 / na—不 / vidām—觉悟了自我的人的 / pravādaḥ—讨论的话题

译文 伟大的佳德·巴茹阿特·布茹阿玛纳说：我亲爱的君王和英雄，你用讽刺挖苦的方式所说的一切其实都是真实的，不仅仅是责骂，因为躯体确实是轿夫。躯体所承载的重负不属于我，因为我是灵性的灵魂。你的话语中并没有矛盾之处，因为我不同于我的躯体。我不是轿夫；这躯体才是。当然，正如你所示意的，我并没有吃力地抬这轿子，因为我与躯体是分开的。你说我不结实、强壮，这些话语挺适合那些不知道躯体与灵魂之区别的人。这躯体或胖或瘦，但有学问的人不会对灵性的灵魂说这些。作为灵性的灵魂，我既不胖也不瘦，因此当你说我不是很壮时，你说对了。而且，如果这个旅程的目标和到达目标的途径与我有关的话，我就会有很多麻烦，但因为它们与我无关，而是与我的躯体有关，所以我本人没有丝毫麻烦。

要旨 《博伽梵歌》中说，有高度灵性知识的人不受物质躯体苦乐的打扰。物质躯体与灵性的灵魂完全是分开的，躯体的苦乐根本就属多余。苦修、苦行是为了了解躯体与灵魂之间的区别，以及灵魂怎么能不受躯体苦乐的打扰。佳德·巴茹阿特其实处在觉悟了自我的层面上，完全不关心躯体概念，因此立刻抓住机会告诉君王说，君王针对他的躯体所说的自相矛盾的话，实际上并不适用于他这个灵性的灵魂。

第 10 节

स्थौल्यं कार्श्यं व्याधय आधयश्च
क्षुत्तृड्भयं कलिरिच्छा जरा च ।
निद्रा रतिर्मन्युरहं मदः शुचो
देहेन जातस्य हि मे न सन्ति ॥१०॥

sthaulyaṁ kārśyaṁ vyādhaya ādhayaś ca
kṣut tṛḍ bhayaṁ kalir icchā jarā ca
nidrā ratir manyur ahaṁ madaḥ śuco
dehena jātasya hi me na santi

sthaulyam—非常结实强壮 / kārśyam—很瘦弱 / vyādhayaḥ—疾病等身体的痛苦 / ādhayaḥ—心的痛苦 / ca—和 / kṣut tṛṭ bhayam—饥饿、口渴和恐惧 / kaliḥ—两人间的口角 / icchā—欲望 / jarā—老年 / ca—和 / nidrā—睡眠 / ratiḥ—执著于感官满足 / manyuḥ—愤怒 / aham—错误认同(躯体化的生命概念) / madaḥ—错觉 / śucaḥ—悲伤 / dehena—跟这个躯体 / jātasya—投生的生物的 / hi—无疑地 / me—我的 / na—不 / santi—存在

译文　胖、瘦、躯体和心理的痛苦，口渴、饥饿、恐惧、意见不和，向往物质快乐、老年、睡眠、依恋物质拥有，愤怒、悲伤、错觉及将自我与躯体认同，都是灵性的灵魂被物质覆盖后的变化。专注于物质躯体概念的人受这些影响，但我没有丝毫躯体化的概念。因此，我既不胖不瘦，也不是你所提到的任何样子。

要旨　圣纳若塔玛·达斯·塔库尔(Śrīla Narottama dāsa Ṭhākura)说：灵性进步的人与躯体及躯体的活动与报应都无关(deha-smṛti nāhi yāra, saṁsāra-bandhana kāhāṅ tāra)。当人明白到自己不是躯体，因此既不胖也不瘦时，就达到了灵性觉悟的最高层面。没有灵性觉悟的人就会被躯体概念捆绑在物质世界里。如今，所有的人都怀着

躯体化的概念而辛苦工作。正因为如此，经典中把这个喀历年代里的人都称为两条腿的动物(dvipada-paśu)。没人能在由这种动物经营的文明中感到快乐。我们的奎师那意识运动努力把堕落的人类社会提升到有灵性理解的状态。人们虽然不可能像佳德·巴茹阿特那样立刻觉悟自我，但正如《圣典博伽瓦谭》第1篇第2章的第18节诗中说：经常参加《博伽瓦谭》的课，并为纯粹奉献者做服务，就能消除心中几乎所有的物质污染(naṣṭa-prāyeṣv abhadreṣu nityaṁ bhā-gavata-sevayā)。靠传播奉爱服务的原则，我们便能将人类社会提升到完美的层面。人们不再受躯体化概念的影响时，就能进步到为至尊主做奉爱服务的阶段。《圣典博伽瓦谭》第1篇第2章的第18节诗说：

naṣṭa-prāyeṣv abhadreṣu
  nityaṁ bhāgavata-sevayā
bhagavaty uttamaśloke
  bhaktir bhavati naiṣṭhikī

"经常参加《博伽瓦谭》的课，并为纯粹奉献者做服务，就能消除心中几乎所有的物质污染；为超然赞歌颂扬的人格首神做爱心服务，就会像无法改变的事实一样被确定下来。"我们越超越躯体化的概念，就越能稳定地为至尊主做奉爱服务，从而感到越来越快乐和平静。就有关这一点，圣玛德瓦查尔亚(Śrīla Madhvācārya)说，太受物质污染的人始终把持躯体化的概念，关心各种躯体征像；但没有躯体化概念的人甚至在物质环境中都可以在没有躯体的情况下活着。

第 11 节

जीवन्मृतत्वं नियमेन राज-
  नाद्यन्तवद्यद्विकृतस्य दृष्टम् ।
स्वस्वाम्यभावो ध्रुव ईड्य यत्र
  तर्ह्युच्यतेऽसौ विधिकृत्ययोगः ॥११॥

jīvan-mṛtatvaṁ niyamena rājan
ādyantavad yad vikṛtasya dṛṣṭam
sva-svāmya-bhāvo dhruva īḍya yatra
tarhy ucyate 'sau vidhikṛtya-yogaḥ

jīvat-mṛtatvam一活死人的特质 / niyamena一靠自然定律 / rājan一君王啊！ / ādi-anta-vat一物质性的每件事物都有生死 / yat一因为 / vikṛtasya一会改变的事物(如身体)的 / dṛṣṭam一被看到 / sva-svāmya-bhāvaḥ一主仆的状态 / dhruvaḥ一不改变的 / īḍya一受到崇拜的您啊！ / yatra一……的 / tarhi一然后 / ucyate一据说 / asau一那 / vidhi-kṛtya-yogaḥ一适当的命令和职责

译文 我亲爱的君王，你毫无必要地说我是活死人。就有关这一点，我唯一能说的是，这是无处不在的事实，因为物质的一切都有开始和结束。至于你认为自己是君王和主人，因此试图命令我，这也不对，因为这些地位都是短暂的。今天你是君王，我是你的仆人，但明天地位有可能就变了，也许你是我的仆人，我是你的主人。这些都是由天意安排的短暂情况。

要旨 躯体化的概念是使人在物质存在中受苦的根本原因。尤其是在喀历年代中，人们没有受过灵性的教育，以致甚至无法了解躯体每时每刻都在变化，而最终的变化被称为死亡。人在今生也许是个国王，但根据其活动和报应(karma)，来生也许就会当一条狗。灵性的灵魂被物质自然迫使着处于一种深度睡眠的状态中。他被置于一种处境，然后被转入另一种处境。在没有认识自我、没有知识的情况下，受制约的生活一直持续下去，使生物错误地声称自己是一个国王、一个仆人、一只猫或一条狗。这些只不过都是由更高的安排所引起的各种变化而已。人不该被这种短暂的躯体化的概念所误导。事实上，在这个物质世界里没人是主人，因为大家都在物质自然的控制下，而物质自然则受至尊人格首神的控制。所以，至尊人格首神奎师那才是至高无上的主人。正如《永恒的柴坦亚经》中解释说：唯一的主人是奎师那，其他人都是祂的仆人(ekale īśvara kṛṣṇa, āra saba bhṛtya)。遗忘我们与至尊人格首神的关系使我们在这个物质世界中受苦。

第 12 节

विशेषबुद्धेर्विवरं मनाक्च
पश्याम यन्न व्यवहारतोऽन्यत् ।
क ईश्वरस्तत्र किमीशितव्यं
तथापि राजन् करवाम किं ते ॥१२॥

viśeṣa-buddher vivaraṁ manāk ca
paśyāma yan na vyavahārato 'nyat
ka īśvaras tatra kim īśitavyaṁ
tathāpi rājan karavāma kiṁ te

viśeṣa-buddheḥ－主仆之间区别之概念的 / vivaram－余地 / manāk－一点 / ca－也 / paśyāmaḥ－我看到 / yat－……的 / na－不 / vyavahārataḥ－暂时的用法或习俗 / anyat－除了 / kaḥ－谁 / īśvaraḥ－主人 / tatra－在这 / kim－谁 / īśitavyam－应该控制 / tathāpi－然而 / rājan－君王啊！(如果你还认为你是主人而我是仆人) / karavāma－我可以做 / kim－什么 / te－为你

译文 我亲爱的君王，如果你还认为你是君王，我是你的仆人，你就命令我，而我会执行你的命令。我接着会说，这区别是短暂的，而它只是习俗而已。除此之外，我看不到任何其他理由。既然那样，谁是主人，谁是仆人？ 每一个人都受物质自然法律的控制；所以没人是主人，也没人是仆人。然而，如果你认为你是主人，而我是仆人，我将接受这一点。请命令我。我能为你做什么？

要旨 《圣典博伽瓦谭》(Śrīmad-Bhāgavatam)中说：人以为“我是这个躯体；从躯体关系的角度看，他是我的主人，他是我的仆人，她是我妻子，而他是我儿子(ahaṁ mameti)。”躯体不可避免的变化及物质自然的安排，使所有这些概念都是短暂的。我们像被海浪卷到一起的漂浮的稻草般聚在一起，而稻草将不可避免地被浪涛拍散。在这个物质世界里，众生都在无知的海浪中漂浮。正如巴克提维诺德·塔库尔(Bhaktivinoda Ṭhākura)所描述的：

(miche) māyāra vaśe, yāccha bhese',
khāccha hābuḍubu, bhāi
(jīva) kṛṣṇa-dāsa, ei viśvāsa,
karle ta' āra duḥkha nāi

圣巴克提维诺德·塔库尔说明：所有的男人和女人都如同稻草般在物质自然的浪涛中漂浮。如果他们最终明白到自己是奎师那永恒的仆人，他们就会结束这种漂浮的状态。正如《博伽梵歌》中所说：与激情属性接触产生物质欲望，物质欲望继而转为愤怒(kāma eṣa krodha eṣa rajo-guṇa-samudbhavaḥ)。由于受激情属性的影响，我们想要得到许多东西；而按照我们的欲望或焦虑，以及至尊主的命令，物质自然给予我们某种类型的躯体。我们时而扮演主人的角色，时而扮演仆人的角色，就像演员在导演的指挥下在舞台上演戏一样。我们应该趁我们在人体生命形式中时结束这种愚蠢的舞台表演；应该回复我们原本的状态——具有奎师那意识的状态。现在，真正的主人是物质自然。至尊主说：我这由物质自然三种属性组成的神性能量难以克服(daivī hy eṣā guṇa-mayī mama māyā duratyayā)。在物质自然的魔力驱使下，我们变换仆人和主人的角色，但如果我们同意接受至尊人格首神的指挥，当祂永恒的仆人，就可以结束现在这种短暂的处境。

第 13 节

उन्मत्तमत्तजडवत्स्वसंस्थां
गतस्य मे वीर चिकित्सितेन ।
अर्थः कियान् भवता शिक्षितेन
स्तब्धप्रमत्तस्य च पिष्टपेषः ॥१३॥

unmatta-matta-jaḍavat sva-saṁsthāṁ
gatasya me vīra cikitsitena
arthaḥ kiyān bhavatā śikṣitena
stabdha-pramattasya ca piṣṭapeṣaḥ

unmatta一发狂 / matta一酒鬼 / jaḍa-vat一像个笨蛋 / sva-saṁsthām一处在我真正原本的状态中 / gatasya一达到……的人的 / me一我的 / vīra一君王啊！ / cikitsitena一被你的惩罚 / arthaḥ一意义或目的 / kiyān一什么 / bhavatā一被你 / śikṣitena一被教导 / stabdha一愚钝的 / pramattasya一疯子的 / ca一也 / piṣṭa-peṣaḥ一像磨面粉一样

译文 我亲爱的君王，你刚说："你这无赖，你这愚蠢、发狂的家伙！我要惩罚你，好让你清醒过来。"就这一点而言，我要说，我虽然像傻子、聋子和瞎子一样地活着，但实际上却是觉悟了自我的人。惩罚我会使你得到什么？即使你的推测是事实，我是个疯子，那你的惩罚也会像鞭打一匹死马一样徒劳无功。惩罚疯子并不能治愈他的疯病。

要旨 这个物质世界里的每一个人，都在从物质处境中得到的错误印象的影响下像疯子一样工作。例如：小偷虽然知道偷窃不好，知道随后就会受到君王或神的惩罚，而且看到过其他窃贼被警察抓住并受到惩罚，但还是要再三行窃。鬼迷心窍地以为偷窃将会使他快乐。这是疯狂的征象。尽管一再受到惩罚，窃贼们还是无法戒除偷窃的习惯，因此惩罚是没用的。

第 14 节

श्रीशुक उवाच
एतावदनुवादपरिभाषया प्रत्युदीर्य मुनिवर उपशमशील उपरताना-
त्म्यनिमित्त उपभोगेन कर्मारब्धं व्यपनयन् राजयानमपि तथोवाह ॥१४॥

śrī-śuka uvāca
etāvad anuvāda-paribhāṣayā pratyudīrya muni-vara upaśama-śīla
uparatānātmya-nimitta upabhogena karmārabdhaṁ vyapanayan rāja-
yānam api tathovāha.

śrī-śukaḥ uvāca—舒卡戴瓦·哥斯瓦米继续道 / etāvat—那么多 / anuvāda-paribhāṣayā—通过解释国王之前说过的话 / pratyudīrya—逐一地给予回答 / muni-varaḥ—伟大的圣者佳德·巴茹阿特 / upaśama-śīlaḥ—天性平静的 / uparata—停止 / anātmya—跟灵魂无关的东西 / nimittaḥ—与灵魂无关的事物认同的原因(愚昧)的 / upabhogena—通过接受自己的报应 / karma-ārabdham—已承受报应 / vyapanayan—结束 / rāja-yānam—君王的轿子 / api—再次 / tathā—依旧 / uvāha—继续抬

译文 舒卡戴瓦·哥斯瓦米说：帕瑞克西特王啊！当茹阿胡嘎纳王用刺耳的话责骂崇高的奉献者佳德·巴茹阿特时，那平静、圣洁的人都忍受下来并给予正确的回答。无知来自躯体化的概念，佳德·巴茹阿特不受这错误概念的影响。他因为天性谦恭而从不认为自己是伟大的奉献者，而且接受自己过去活动的苦果。他如普通人般心想，他正通过抬轿子去除过去不端行为所招致的恶报。这样想着，他开始像先前一样抬轿子。

要旨 至尊主的崇高奉献者从不认为自己是至尊天鹅(paramahaṁsa)或解脱之人。他总是保持至尊主的谦卑仆人的状态，在所有的逆境中都同意承受自己前世从事活动的苦果。他从不指责是至尊主把他置于苦境。这些都是崇高奉献者的表现。奉献者在逆境中受苦时总是想，那逆境是至尊主给予他的特殊照顾(tat te 'nukampāṁ susamīkṣyamāṇaḥ)。他从不对他的主人生气，总是满足于他的主人给予他的一切。他不管怎样都会继续履行他做奉爱服务的职责。这样一个人保证会被提升回家园，回到首神的身边。正如《圣典博伽瓦谭》(Śrīmad-Bhāgavatam)第10篇第14章的第8节诗所说：

tat te 'nukampāṁ susamīkṣamāṇo
bhuñjāna evātma-kṛtaṁ vipākam
hṛd-vāg-vapurbhir vidadhan namas te
jīveta yo mukti-pade sa dāya-bhāk

“我亲爱的主，谁一直等待您赐予没有缘故的仁慈，继续承受自己过去恶行造成的苦果，并发自内心、恭恭敬敬地向您顶礼，谁必有资格获得解脱，因为那已成为他合法的权利。”

第15节

**स चापि पाण्डवेय सिन्धुसौवीरपतिस्तत्त्वजिज्ञासायां सम्यक्श्रद्धयाधि-
कृताधिकारस्तद् धृदयग्रन्थिमोचनं द्विजवच आश्रुत्य बहुयोगग्रन्थ-
सम्मतं त्वरयावरुह्य शिरसा पादमूलमुपसृतः क्षमापयन् विगतनृप-
देवस्मय उवाच ॥१५॥**

sa cāpi pāṇḍaveya sindhu-sauvīra-patis tattva-jijñāsāyāṁ samyak-śraddhayādhikṛtādhikāras tad dhṛdaya-granthi-mocanaṁ dvija-vaca āśrutya bahu-yoga-grantha-sammataṁ tvarayāvaruhya śirasā pāda-mūlam upasṛtaḥ kṣamāpayan vigata-nṛpa-deva-smaya uvāca.

saḥ一他(茹阿胡嘎纳王) / ca一也 / api一的确 / pāṇḍaveya一潘杜王朝最优秀的人(帕瑞克西特王)啊！ / sindhu-sauvīra-patiḥ一辛杜和骚维茹阿之地的君王 / tattva-jijñāsāyām一询问绝对真理 / samyak-śraddhayā一凭由完全控制感官和心念构成的信心 / adhikṛta-adhikā-raḥ一获得适当的资格的 / tat一那 / hṛdaya-granthi一心中错误概念的

结 / mocanam—消除……的 / dvija-vacaḥ—布茹阿玛纳(佳德·巴茹阿特)的话 / āśrutya—听到 / bahu-yoga-grantha-sammatam—被所有瑜伽程序和其经典所认可 / tvarayā—非常匆忙地 / avaruhya—(从轿子)下来 / śirasā—用头 / pāda-mūlam—在莲花足前 / upasṛtaḥ—五体投地的致以敬意 / kṣamāpayan—为他的冒犯争取原谅 / vigata-nṛpa-deva-smayaḥ—放弃因身为君王而认为自己是值得崇拜的错误傲慢 / uvāca—说

译文 舒卡戴瓦·哥斯瓦米继续道：潘杜王朝最优秀的人(帕瑞克西特王)啊！辛杜和骚维茹阿国的君王(茹阿胡嘎纳王)谈论绝对真理时满怀信心。这样具备资格后，他聆听佳德·巴茹阿特对所有经典认可的有关神秘瑜伽程序进行哲学性阐述，那阐述打开他心中的结，从而消除了自己是君王的物质概念。他立刻从他的轿子上下来，直挺挺地扑倒在地，以此方式向佳德·巴茹阿特顶礼，请他原谅自己用侮辱性的话语冒犯伟大的布茹阿玛纳。他随后这样祈祷。

要旨 在《博伽梵歌》第4章的第2节诗中，主奎师那说：

evaṁ paramparā-prāptam
imaṁ rājarṣayo viduḥ
sa kāleneha mahatā
yogo naṣṭaḥ parantapa

“这门至高无上的科学就这样通过师徒传承世代相传，神圣的君王都经这渠道了解它。然而，由于传承随时光的流逝而中断，这门科学看似失传了。”

师徒传承的教导使君王们同时也都是伟大圣洁的人(rāja-ṛṣis)。他们以前都能明白有关生命的哲学，知道该如何训练国民提升到同样的水平。换句话说，他们知道如何把国民从生死的束缚中解救出去。达沙茹阿特王(Mahārāja Daśaratha)在统治阿尤迪亚(Ayodhyā)

时，大圣人维施瓦弥陀(Viśvāmitra)有一天来访，要带主茹阿玛禅铎(Rāmacandra)和拉玙施曼(Rāmacandra)一起到森林中去杀恶魔。当圣洁之人维施瓦弥陀来到达沙茹阿特王的王宫时，君王迎接并询问这位圣人，他在努力战胜生死轮回的过程中一切是否顺利(aihiṣṭaṁ yat tat punar janma jayāya)。整个韦达文明的进程都以这一点为基础。我们必须了解该如何战胜生死轮回。茹阿胡嘎纳王也了解人生的目的，所以当佳德·巴茹阿特对他讲述人生哲学时，他立刻感到很欣赏。这是韦达社会的基础。精通韦达知识之目的的博学学者、布茹阿玛纳、圣哲贤人，就有关如何利益人民大众的问题，给君王提出建议和忠告；君王们与圣洁之人合作，就会使人民大众受益，使一切都圆满。茹阿胡嘎纳王已经达到了解人生价值的层面，因此后悔用挖苦的话侮辱佳德·巴茹阿特，于是立刻从轿子上下来，扑倒在佳德·巴茹阿特的莲花足旁，请求他的原谅并希望进一步聆听他讲述有关“询问绝对真理(brahma jijñāsā)”的人生价值。如今的政府高级官员们，对人生的价值一无所知，当圣洁之人努力传播韦达知识时，所谓的行政官们不但不致以敬意，反而试图阻止这种灵性的宣传。因此可以说，过去由高贵君王统治的王国恰似天堂，而现代政府统治的国家如同地狱。

第 16 节

कस्त्वं निगूढश्चरसि द्विजानां
बिभर्षि सूत्रं कतमोऽवधूतः ।
कस्यासि कुत्रत्य इहापि कस्मात्
क्षेमाय नश्चेदसि नोत शुक्लः ॥१६॥

kas tvaṁ nigūḍhaś carasi dvijānāṁ
bibharṣi sūtraṁ katamo 'vadhūtaḥ
kasyāsi kutratya ihāpi kasmāt
kṣemāya naś ced asi nota śuklaḥ

kaḥ tvam－你是谁 / nigūḍhaḥ－隐藏 / carasi－你行走在这世上 / dvijānām－在布茹阿玛纳或圣人间 / bibharṣi－您也穿戴着 / sūtram－属于一流布茹阿玛纳的圣线 / katamaḥ－……的 / avadhūtaḥ－高度进步的人 / kasya asi－您是谁(谁的门徒或儿子) / kutratyaḥ－从哪里 / iha api－此地 / kasmāt－为何目的 / kṣemāya－为了……好处 / naḥ－我们的 / cet－如果 / asi－你是 / na uta－是否 / śuklaḥ－纯粹善良属性的人格化身(卡皮拉戴瓦)

译文　茹阿胡纳嘎王说：布茹阿玛纳啊！看来您深藏自己的真实身份行走在这世间，不为人知。您是谁？是博学的布茹阿玛纳和圣洁之人吗？我看您戴着圣线。您是像达塔垂亚那些崇高、解脱的圣人之一，还是高度进步、博学的学者？我可以问您是谁的门徒吗？您住哪里？为什么到这里来？您的使命是来这里为我们做善事吗？请让我了解您是谁。

要旨　茹阿胡嘎纳王能明白佳德·巴茹阿特要么是师徒传承中的布茹阿玛纳，要么是出生在布茹阿玛纳家族中的布茹阿玛纳，因此很渴望进一步得到韦达知识的启发。正如韦达经中说：要想达到人生的完美境界，就必须找一位灵性导师(tad vijñānārthaṁ sa gurum evābhigacchet)。茹阿胡嘎纳王将佳德·巴茹阿特接受为是灵性导师(guru)，但灵性导师必须用灵性生活中的进步知识证明自己的地位，而不是靠佩戴一条圣线作证。茹阿胡嘎纳王询问佳德·巴茹阿特他属于哪个家庭也很重要。按照世袭和师徒传承划分，世上有两类家族。每一种途径都能使人得到知识。梵文“纯粹的、白色的(śuklaḥ)”是指处在善良属性层面上的人。人要想得到灵性的知识，就必须拜一位来自师徒传承或博学的布茹阿玛纳家庭中的有资格的布茹阿玛纳当灵性导师(brāhmaṇa-guru)。

第 17 节

नाहं विशङ्के सुरराजवज्रान्
न त्र्यक्षशूलान्न यमस्य दण्डात् ।
नाग्न्यर्कसोमानिलवित्तपास्त्रा-
च्छङ्के भृशं ब्रह्मकुलावमानात् ॥१७॥

nāhaṁ viśaṅke sura-rāja-vajrān
na tryakṣa-śūlān na yamasya daṇḍāt
nāgny-arka-somānila-vittapāstrāc
chaṅke bhṛśaṁ brahma-kulāvamānāt

na—不 / aham—我 / viśaṅke—害怕 / sura-rāja-vajrāt—来自天帝因铎的霹雳 / na—也不 / tryakṣa-śūlāt—主希瓦锐利的三叉戟 / na—也不 / yamasya—死亡监管者阎罗王的 / daṇḍāt—来自……的惩罚 / na—也不 / agni—火的 / arka—太阳炽热的火焰的 / soma—月亮的 / anila—风的 / vitta-pa—天堂星球的司库库维尔的 / astrāt—来自……的武器 / śaṅke—我害怕 / bhṛśam—非常 / brahma-kula—布茹阿玛纳们 / avamānāt—由于冒犯

译文 亲爱的先生，我根本不怕天帝因铎的霹雳，也不怕主希瓦那弯曲、锐利的三叉戟。我不在乎死亡的监管者阎罗王的惩罚，也不惧怕烈火、骄阳、月亮、风或库维尔的武器。但我却怕冒犯布茹阿玛纳；非常怕。

要旨 当柴坦亚·玛哈帕布在帕亚哥的达沙施瓦梅达·嘎塔教导茹帕·哥斯瓦米时，祂明确指出了冒犯外士纳瓦的严重性。祂把对外士纳瓦的冒犯(vaiṣṇava-aparādha)比作是疯狂的大象(hātī mātā)。疯狂的大象进入花园后将摧毁所有的果实和鲜花。同样道理，冒犯外士纳瓦的人毁坏他所有的灵性资产。茹阿胡嘎纳王清楚，冒犯布茹阿玛纳是十分危险的，因此坦率地承认了自己的错误。世上有许多危险的事物，其中包括霹雳、烈火、阎罗王(Yamarāja)的惩罚及主希瓦(Śiva)的三叉戟的惩罚等。然而，它们的严重程度都比不上冒犯像佳德·巴茹阿特那样的布茹阿玛纳。正因为如此，茹阿胡嘎纳王立刻从他的轿子上下来，直挺挺地扑倒在布茹阿玛纳·佳德·巴茹阿特的莲花足旁，请求他的原谅。

第 18 节

तद् ब्रूह्यसङ्गो जडवन्निगूढ-
विज्ञानवीर्यो विचरस्यपारः ।
वचांसि योगग्रथितानि साधो
न नः क्षमन्ते मनसापि भेत्तुम् ॥१८॥

tad brūhy asaṅgo jaḍavan nigūḍha-
vijñāna-vīryo vicarasy apāraḥ
vacāṁsi yoga-grathitāni sādho
na naḥ kṣamante manasāpi bhettum

tat－之后 / brūhi－请说 / asaṅgaḥ－不与物质世界往来的 / jaḍa-vat－表现得像聋子和哑巴 / nigūḍha－完全隐藏 / vijñāna-vīryaḥ－因精通灵性科学而强有力的 / vicarasi－您正行走 / apāraḥ－拥有无限灵性光芒的 / vacāṁsi－您说的话 / yoga-grathitāni－含有神秘瑜伽的完整意义 / sādho－伟大圣洁的人啊！ / na－不 / naḥ－我们的 / kṣa-mante－能够 / manasā api－甚至靠心念 / bhettum－通过分析研究了解

译文 我亲爱的先生，看来您掩藏了自己非凡的灵性知识。事实上，您断绝一切物质交往，全神贯注地想着至尊主。因此您在灵性知识方面取得无限的进步。请告诉我，你为什么像个白痴一样四处游荡。伟大、圣洁的人啊！您谈了经瑜伽程序检验过的话语，但我们无法明白您所说的，因此请仁慈地给予解释。

要旨 像佳德·巴茹阿特那样的圣洁之人不谈普通事，而他们所说的都得到伟大的瑜伽师(yogī)和灵性进步之人的证实。这是普通人与圣洁之人的区别。聆听者也必须进步到能了解像佳德·巴茹阿特这样灵性进步的崇高之人的话语。《博伽梵歌》当时是说给阿尔诸纳听的，并没有给别人讲。主奎师那之所以特别选择给阿尔诸纳(Arjuna)传授灵性知识，因为阿尔诸纳是优秀的奉献者、奎师那的密友。同样，伟大的人物都对进步之人讲非凡的哲学，而不对庶铎(śūdra)、外夏(vaiśya)、妇女或愚蠢之人讲。给普通人讲非凡的哲学教导有时是在冒很大的风险。然而，圣柴坦亚·玛哈帕布为了喀历年代里堕落灵魂的利益，还是给了我们一个很好的方法，即：吟诵、吟唱哈瑞·奎师那曼陀(Hare Kṛṣṇa mantra)。人民大众，哪怕是庶铎或层次更低的人，都能因为吟诵、吟唱这首哈瑞·奎师那曼陀而得到净化。随后，他们便可以理解《博伽梵歌》和《圣典博伽瓦谭》中崇高的哲学说明。正因为如此，为了人民大众的利益，我们奎师那意识运动鼓励大家吟诵、吟唱哈瑞·奎师那这一伟大的曼陀。当人们逐渐变得净化时，再教导他们《博伽梵歌》和《圣典博伽瓦谭》的课程。尽管女人、庶铎和高阶层家庭中不合格的子孙(dvija-bandhu)等持物质主义观点的人，无法理解灵性高度进步的话语，但还是可以托庇于外士纳瓦，因为外士纳瓦知道如何用《博伽梵歌》和《圣典博伽瓦谭》中讲述的崇高主题启发甚至是庶铎那样的人。

第19节

अहं च योगेश्वरमात्मतत्त्व-
विदां मुनीनां परमं गुरुं वै ।
प्रष्टुं प्रवृत्तः किमिहारणं तत्
साक्षाद्धरिं ज्ञानकलावतीर्णम् ॥१९॥

ahaṁ ca yogeśvaram ātma-tattva-
vidāṁ munīnāṁ paramaṁ guruṁ vai
praṣṭuṁ pravṛttaḥ kim ihāraṇaṁ tat
sākṣād dhariṁ jñāna-kalāvatīrṇam

aham－我 / ca－和 / yoga-īśvaram－所有神秘力量的主人 / ātma-tattva-vidām－精通灵性科学的专家的 / munīnām－如此圣洁之人的 / paramam－最好的 / gurum－导师 / vai－确实地 / praṣṭum－询问 / pravṛttaḥ－从事 / kim－什么 / iha－在这个世界 / araṇam－最安全的庇难所 / tat－……的 / sākṣāt harim－至尊人格首神直接的 / jñāna-kalā-avatīrṇam－以卡皮拉戴瓦为名的完整扩展降临为完整知识的化身

译文　我认为阁下您就是神秘力量最崇高的控制者。您精通灵性科学。您在所有博学的圣人中最崇高。您为全体人类社会的利益而降临，前来给予灵性的知识；您是神的化身、知识的完整扩展——卡皮拉戴瓦的直接代表。因此我请问您，灵性导师啊！哪里是这世界中最安全的庇难所？

要旨　正如奎师那在《博伽梵歌》第6章的第47节诗中证实说：

yogīnām api sarveṣāṁ
mad-gatenāntarātmanā
śraddhāvān bhajate yo māṁ
sa me yuktatamo mataḥ

“在所有的瑜伽师中，谁信心坚定地总在内心想着我，为我做超然的爱心服务，谁就通过瑜伽与我最紧密地连在一起，就是最高级的瑜伽师。这就是我的看法。”

佳德·巴茹阿特是一位完美的瑜伽师。他以前是巴茹阿特王(Bharata Mahārāja)，现在是博学圣人中最崇高的人物及一切神秘力量的主人。佳德·巴茹阿特虽然是普通的生物，但获得至尊人格首神卡皮拉戴瓦(Kapiladeva)所赐予的一切知识，因此可以直接被视为是至尊人格首神。正如圣维施瓦纳特·查夸瓦尔提·塔库尔在给灵性导师写的一首诗中确认：灵性导师是至尊主最信赖的仆人，因此要像尊敬至尊主一样地尊敬他，这一点得到所有启示经典的确认(sākṣād-dharitvena samasta-śāstraiḥ)。像佳德·巴茹阿特那样崇高的人物因为通过把知识给予他人而充分代表至尊主，所以与至尊人格首神一样。佳德·巴茹阿特之所以在此被接受为是至尊人格首神的直接代表，是因为他在代表至尊主传授知识。茹阿胡嘎纳王因此得出结论应该向佳德·巴茹阿特询问有关灵性的科学(ātma-tattva)。要想达到人生的完美境界，就必须找一位灵性导师(tad vijñānārthaṁ sa gurum evābhigacchet)。这节诗里也证实了这条韦达训喻。人如果对灵性科学知识(brahma jijñāsā)有兴趣，就必须接近一个像佳德·巴茹阿特那样的灵性导师。

第 20 节

स वै भवाँल्लोकनिरीक्षणार्थ-
मव्यक्तलिङ्गो विचरत्यपि स्वित् ।
योगेश्वराणां गतिमन्धबुद्धिः
कथं विचक्षीत गृहानुबन्धः ॥२०॥

sa vai bhavāl̐ loka-nirīkṣaṇārtham
avyakta-liṅgo vicaraty api svit
yogeśvarāṇāṁ gatim andha-buddhiḥ
kathaṁ vicakṣīta gṛhānubandhaḥ

saḥ—至尊人格首神或祂的化身卡皮拉戴瓦 / vai—真正地 / bhavān—您阁下 / loka-nirīkṣaṇa-artham—只是为了研究这世上的人的特点 / avyakta-liṅgaḥ—未展示出您的真实身份 / vicarati—在这世上

旅行 / api svit－是否 / yoga-īśvarāṇām－在所有高级的瑜伽师中 / gatim－个性或实际行为 / andha-buddhiḥ－十分迷茫且对灵性知识一无所知 / katham－如何 / vicakṣīta－能知道 / gṛha-anubandhaḥ－因依恋家庭生活或尘世活动而受束缚的我

译文　阁下您就是卡皮拉戴瓦的直接代表、至尊人格首神的化身，这难道不是事实吗？ 为检测人们，看谁才是真正的人，而谁不是，您以聋哑人的面目示人。您不就是这样在地球表面行进的吗？我非常依恋家庭生活、尘世的活动，对灵性知识一无所知。但我现在就在您面前，请求您的启蒙。我怎样才能在灵性生活中取得进步？

要旨　尽管茹阿胡嘎纳王扮演君王的角色，但佳德·巴茹阿特告诉君王他并非君王，而佳德·巴茹阿特王也不聋不哑。这些称号只不过是对灵性灵魂的覆盖。我们都必须了解这知识。《博伽梵歌》第2章的第13节诗中说：就像灵魂在这个物质躯体中经历童年、青年和老年的变化一样……(dehino 'smin yathā dehe)。每一个生物都被囚禁在躯体中。物质躯体与灵魂从不一样，所以躯体的活动都不过是幻象而已。与佳德·巴茹阿特这样的圣人(sādhu)联谊，使茹阿胡嘎纳王认识到，他作为君王的活动只不过是幻象而已。为此，他愿意从佳德·巴茹阿特那里接受知识，而这是他达到完美境界的开端。要想达到人生的完美境界，就必须找一位灵性导师(tad vijñānārthaṁ sa gurum evābhigacchet)。茹阿胡嘎纳王很好奇地想要了解人生的价值和灵性科学，像他那样的人必须接近一位像佳德·巴茹阿特那样的圣人。《圣典博伽瓦谭》第11篇第3章的第21节诗中说：因此，想要得到真正快乐的人，必须寻找一位灵性导师(tasmād guruṁ prapadyeta jijñāsuḥ śreya uttamam)。人必须拜一位像佳德·巴茹阿特那样的灵性导师、一位至尊人格首神的代表，向他询问有关人生的目标。

第 21 节

दृष्टः श्रमः कर्मत आत्मनो वै
भर्तुर्गन्तुर्भवतश्चानुमन्ये ।
यथासतोदानयनाद्यभावात्
समूल इष्टो व्यवहारमार्गः ॥२१॥

dṛṣṭaḥ śramaḥ karmata ātmano vai
bhartur gantur bhavataś cānumanye
yathāsatodānayanādy-abhāvāt
samūla iṣṭo vyavahāra-mārgaḥ

dṛṣṭaḥ－被每个人所体验的 / śramaḥ－疲劳 / karmataḥ－因为以某种方法行事 / ātmanaḥ－灵魂的 / vai－确实地 / bhartuḥ－抬轿之人的 / gantuḥ－行走之人的 / bhavataḥ－您自己的 / ca－和 / anuman-ye－我猜 / yatha－正如 / asatā－与某种非事实 / uda-ānayana-ādi－打水等这类工作的 / abhāvāt－因为没有 / sa-mūlaḥ－以证据为基础 / iṣṭaḥ－尊敬 / vyavahāra-mārgaḥ－现象

译文 您刚才说："劳作并不使我感到累。"尽管灵魂不同于物质躯体，但物质躯体的劳作导致疲劳，而显得像是灵魂的疲劳。当您抬轿子时，对灵魂来说无疑是劳作。这是我的推测。您还说，以主人和仆人的身份所从事的表面活动并非真实；然而，它虽然在现象世界中不真实，但现象世界的产物却能真正影响事物。那是显而易见并可体验到的。因此，尽管物质活动并不永恒，但也不能说它们不是真的。

要旨 这里说的是非人格神主义假象宗(Māyāvāda)哲学与外士纳瓦注重实效的哲学所谈论的内容。假象宗哲学解释这现象世界是假的，但外士纳瓦哲学不同意这一观点。他们知道现象世界是短暂的展示，但并不是假的。我们夜晚做梦时看到的一切无疑是假的，但恶梦无疑会影响做梦的人。灵魂实际上不累，但人只要还专注于错觉性的躯体化概念，就会受到这种虚假梦境的影响。做梦时无法避免实际体验，受制约的灵魂被迫承受他的梦境给他带来的痛苦。水罐是用土做的，是短暂的存在；事实上并没有水罐，只有土而已。但是，只要水罐能盛水，我们就可以用那种方式利用它。不能说它绝对是假的。

第22节

स्थाल्यग्नितापात्पयसोऽभिताप-
स्तत्तापतस्तण्डुलगर्भरन्धिः ।
देहेन्द्रियास्वाशयसन्निकर्षात्
तत्संसृतिः पुरुषस्यानुरोधात् ॥२२॥

sthāly-agni-tāpāt payaso 'bhitāpas
tat-tāpatas taṇḍula-garbha-randhiḥ
dehendriyāsvāśaya-sannikarṣāt
tat-saṁsṛtiḥ puruṣasyānurodhāt

sthāli—在煮锅上 / agni-tāpāt—由于火的热 / payasaḥ—盛在锅中的牛奶 / abhitāpaḥ—变热 / tat-tāpataḥ—因为牛奶变热 / taṇḍula-garbha-randhiḥ—牛奶中的米粒会被煮熟 / deha-indriya-asvāśaya—躯体的感官 / sannikarṣāt—因为与……接触 / tat-saṁsṛtiḥ—疲劳和其他痛苦的体验 / puruṣasya—灵魂的 / anurodhāt—因为很依恋躯体、感官和心智而屈从于

译文　茹阿胡嘎纳王继续说：我亲爱的先生，您说对躯体胖瘦等的形容并不是灵魂的特性。那样说不对，因为灵魂无疑感受得到苦乐的区别。您可以把盛放牛奶和米的锅放在火上，牛奶和米自然会相继变热。同样道理，躯体的苦乐会影响到感官、心智和灵魂。灵魂不可能完全不受这种状况的影响。

要旨 茹阿胡嘎纳王提出的这个论点从实际的角度看没有错，但它产自于对躯体化概念的执著。可以说，坐在车上的人无疑不同于他所乘坐的车，但如果车辆被损坏，车辆的拥有者如果太过依恋他的车，就会感到痛苦。事实上，损坏的是车，而与车辆的拥有者无关，但车辆拥有者因为将自己与车认同，就会感受到与它有关的苦乐。车辆拥有者如果不依恋那辆车，就可以避免这种受制约的状态，就不会因为车辆的损坏与否而感到高兴或痛苦。同样，灵魂与物质躯体和感官无关，但由于愚昧无知，他将自我与躯体认同，并因为躯体的满足或疼痛而感到高兴或痛苦。

第23节

शास्ताभिगोप्ता नृपतिः प्रजानां
यः किङ्करो वै न पिनष्टि पिष्टम् ।
स्वधर्ममाराधनमच्युतस्य
यदीहमानो विजहात्यघौघम् ॥२३॥

śāstābhigoptā nṛpatiḥ prajānāṁ
yaḥ kiṅkaro vai na pinaṣṭi piṣṭam
sva-dharmam ārādhanam acyutasya
yad īhamāno vijahāty aghaugham

śāstā—统治者 / abhigoptā—居民的祝愿者(正如父亲是自己的孩子的祝愿者) / nṛ-patiḥ—君王 / prajānām—国民的 / yaḥ—……的人 / kiṅkaraḥ—命令的执行者 / vai—确实 / na—不 / pinaṣṭi piṣṭam—研磨已经研磨好的 / sva-dharmam—自己的职责 / ārādhanam—崇拜 / acyutasya—至尊人格首神的 / yat—……的 / īhamānaḥ—履行 / vijahāti—他们摆脱 / agha-ogham—一切种类的罪恶活动和错误行为

译文 亲爱的先生，您刚才说，君臣或主仆之间的关系并非永恒，但尽管这种关系是短暂的，当一个人站在君王的位置上时，他的责任就是统治国民，惩罚那些违反法律的人。通过惩罚，他教育臣民遵守国家法律。此外，您说惩罚一个聋哑人如同咀嚼已咀嚼过的东西或研磨已变成浆液的东西；换句话说是徒劳无功。但如果一个人按至尊主的命令履行其职责，他的罪恶活动无疑就会减少。所以，如果人被迫履行其职责，他就会因为能以那种方式消除他所有的罪恶活动而从中受益。

要旨 茹阿胡纳嘎王提出的这个论点无疑非常实际。在《纯粹奉爱服务的甘露之洋》第1篇第2章的第4节诗中，圣茹帕·哥斯瓦米说：人无论如何都要培养奎师那意识——做奉爱服务(tasmāt kenāpy upāyena manaḥ kṛṣṇe niveśayet)。事实上，每一个生物都是主奎师那永恒的仆人，但由于遗忘，生物将自己当做错觉能量玛亚(māyā)的仆人那样行事。人只要还为玛亚服务，就无法快乐。我们开展奎师那意识运动的目的是，让人们为主奎师那做服务。那将帮助人清除一切物质污染和罪恶活动。对此，《博伽梵歌》第4章的第10节诗中确认说：摆脱了执著、愤怒和恐惧(vīta-rāga-bhaya-krodhāḥ)。变得不执著物质活动，将使我们去除恐惧和愤怒。苦行和苦修使人净化，有资格回归家园，回到首神身边。君王的职责是，以让他国民能具有奎师那意识的方式统治国民。这对众生都很有益。如果君王或总统不让人们为至尊主服务，而是进行感官享乐，那就很不幸了；这样的活动无疑对谁都毫无益处。茹阿胡嘎纳王想让佳德·巴茹阿特为他抬轿子，那对君王来说是一种感官享乐。但人如果在为至尊主服务的过程中当一名轿夫，那就必然是有益的。在如今这个无神论的文明中，如果一个总统能让他的人民以某种方式做奉爱服务或唤醒奎师那意识，他就为他的国民做了最好的服务。

第 24 节

तन्मे भवान्नरदेवाभिमान-
मदेन तुच्छीकृतसत्तमस्य ।
कृषीष्ट मैत्रीदृशमार्तबन्धो
यथा तरे सदवध्यानमंहः ॥२४॥

tan me bhavān nara-devābhimāna-
madena tucchīkṛta-sattamasya
kṛṣīṣṭa maitrī-dṛśam ārta-bandho
yathā tare sad-avadhyānam aṁhaḥ

tat—因此 / me—向我 / bhavān—阁下您 / nara-deva-abhimāna-madena—因拥有君王的躯体而骄傲到疯狂的程度 / tucchīkṛta—羞辱……的 / sat-tamasya—在人类之中最优秀的您 / kṛṣīṣṭa—仁慈地展示 / maitrī-dṛśam—您对我如朋友般没有缘故的仁慈 / ārta-bandho—所有痛苦者最好的朋友啊！ / yathā—以便 / tare—我可以摆脱 / sat-avadhyānam—忽视像您一样伟大的人物 / aṁhaḥ—罪恶

译文 您说的一切对我来说都显得互相矛盾。痛苦者最好的朋友啊！我因羞辱您而极大地冒犯了您。拥有君王的躯体使我被虚假名望冲昏了头，变得狂妄自大。这无疑让我成为冒犯者。为此我祈求您，请出于您没有缘故的仁慈看我一眼。如果您这么做，我就能免遭因为羞辱您这一恶行而产生的报应。

要旨 圣柴坦亚·玛哈帕布曾经说：冒犯奉献者将使冒犯者停止继续从事灵性活动。冒犯奉献者被视为是疯狂大象的进攻。一头疯狂的大象可以摧毁人费尽精力修整的一整座花园。人也许已经达到奉爱服务的最高层面，但如果他以某种形式冒犯了外士纳瓦，他就会从那个层面上坠落。茹阿胡嘎纳王在不知情的情况下冒犯了佳德·巴茹阿特，但他明智地请求佳德·巴茹阿特的原谅。这是可以使人从冒犯外士纳瓦的险境中得到拯救的方法。奎师那总是很单纯，而且本性仁慈。如果冒犯了外士纳瓦的莲花足，就必须立刻向所冒犯的奉献者道歉，以使自己的灵性进步不受阻碍。

第 25 节

न विक्रिया विश्वसुहृत्सखस्य
साम्येन वीताभिमतेस्तवापि ।
महद्विमानात्स्वकृताद्धि मादृङ्
नङ्क्ष्यत्यदूरादपि शूलपाणिः ॥२५॥

na vikriyā viśva-suhṛt-sakhasya
sāmyena vītābhimates tavāpi
mahad-vimānāt sva-kṛtād dhi mādṛṅ
naṅkṣyaty adūrād api śūlapāṇiḥ

na－不 / vikriyā－物质性的转变 / viśva-suhṛt－众生的朋友——至尊人格首神的 / sakhasya－您这个朋友的 / sāmyena－由于平静 / vīta-abhimateḥ－已去除躯体化生命概念的 / tava－您的 / api－确实地 / mahat-vimānāt－羞辱一位伟大的奉献者的 / sva-kṛtāt－从我自己的活动 / hi－无疑地 / mādṛk－像我这样的人 / naṅkṣyati－将被击败 / adūrāt－迅速 / api－肯定地 / śūla-pāṇiḥ－即使如主希瓦(舒拉帕尼)般强壮

译文　我亲爱的主人啊！您是至尊人格首神的朋友，而祂是一切众生的朋友。因此，您平等对待众生，毫无躯体的概念。我虽然因为羞辱您而犯了罪，但却知道，我所施加的羞辱并未使您产生丝毫的得失感。您的决心毫不动摇，但我却犯了罪。为此，我即便如希瓦般强壮，也会因冒犯外士纳瓦的莲花足而立刻被击败。

要旨 茹阿胡嘎纳王非常明智，意识到侮辱外士纳瓦所产生的不幸后果，因此很渴望得到佳德·巴茹阿特的原谅。所有的人都应该接受茹阿胡嘎纳王的教训，小心谨慎地不要冒犯外士纳瓦的莲花足。在《柴坦亚·巴嘎瓦特》(Caitanya-bhāgavata)中，圣温达文·达斯·塔库尔(Śrīla Vṛndāvana dāsa Ṭhākura)说

śūlapāṇi-sama yadi bhakta-nindā kare
bhāgavata pramāṇa—tathāpi śīghra mare
hena vaiṣṇavere ninde sarvajña ha-i
se janera adhaḥ-pāta sarva-śāstre ka-i

“人即使像手持三叉戟的主希瓦那样强壮，如果试图侮辱外士纳瓦，也会从他的灵性地位上坠落。这是所有韦达文献的定论。”

vaiṣṇavera nindā karibeka yāra gaṇa
tāra rakṣā sāmarthya nāhika kona jana
śūlapāṇi-sama yadi vaiṣṇavere ninde
tathāpiha nāśa yāya—kahe śāstra-vṛnde
ihā nā māniyā ye sujana nindā kare
janme janme se pāpiṣṭha daiva-doṣe mare

“亵渎外士纳瓦的人得不到任何人的保护。即使一个人强壮如主希瓦，如果他亵渎外士纳瓦，他也必然遭毁灭。这是所有经典的定论。如果有谁不在乎经典的定论，胆敢亵渎外士纳瓦，那他就会因此而生生世世地受苦。”

到此为止，结束了巴克提韦丹塔对《圣典博伽瓦谭》第5篇第10章“佳德·巴茹阿特与茹阿胡嘎纳王的对话”所作的阐释。

第十一章

佳德·巴茹阿特教导茹阿胡嘎纳王

这一章中记载的是佳德·巴茹阿特(Jaḍa Bharata)布茹阿玛纳(brāhmaṇa)给予茹阿胡嘎纳王(Mahārāja Rahūgaṇa)的详细教导。他告诉君王："你并没有太多的经验，但却因为对自己有的知识感到骄傲而显出很博学的样子。事实上，在超然层面上的人并不在乎那些牺牲灵性进步的社会行为。社会行为属于为获得物质利益而从事的功利性活动的范畴(karma-kāṇḍa)。没人能靠从事这些活动取得灵性的进步。受制约的灵魂始终在物质自然属性的控制中，所以总想着物质利益，以及吉祥或不吉祥的物质事物。换句话说，作为感官之首的心，一生复一生地专注于物质活动。这使生物不断得到不同的躯体，承受物质环境之苦。社会行为是心智杜撰的产物。如果人的心专注于这些活动，他就必定会继续处在物质世界受制约的状态中。根据不同的说法，内心活动主要有十一或十二种，从这些活动可以转化出成千上万种念头。没有奎师那意识的人受制于所有这些心智杜撰，从而被物质能量所支配。不再进行心智杜撰的生物，恢复纯粹灵魂的状态，免除物质污染。世上有两种灵魂——个体灵魂(jīvātmā)和至尊灵魂(Paramātmā)。至尊灵魂的最高展现是主华苏戴瓦(Vāsudeva)——奎师那(Kṛṣṇa)。祂进入每一个生物体的心中，控制着生物的各种活动。因此，祂是众生至尊的保护者。人一旦断绝与普通人的有害联谊，就能明白至尊灵魂，以及个体灵魂在与祂的关系中的地位。这样，人就有资格跨越无知的海洋了。执著于至尊主的外在能量，是导致灵魂过受制约生活的原因。人必须克服这些心智杜撰；除非这样做，否则他无法摆脱物质存在导致的苦恼。心智杜撰虽然毫无价值，但其影响却很可怕。谁都不该忽视对内心思想的控制。如果忽视，心念就会变得如此强壮，以致使人立刻忘记自己真正的地位和状态。人一旦忘记自己是奎师那永恒的仆人，为奎师那服务是唯一的职责，就会被物质自然判决去侍奉感官对象。要靠为至尊人格首神和祂的奉献者服务(guru-kṛṣṇa-prasāde pāya bhakti-latā-bīja)，用奉爱服务这把利剑消除心智杜撰。

第 1 节

ब्राह्मण उवाच
अकोविदः कोविदवादवादान्
वदस्यथो नातिविदां वरिष्ठः ।
न सूरयो हि व्यवहारमेनं
तत्त्वावमर्शेन सहामनन्ति ॥ १ ॥

brāhmaṇa uvāca
akovidaḥ kovida-vāda-vādān
vadasy atho nāti-vidāṁ variṣṭhaḥ
na sūrayo hi vyavahāram enaṁ
tattvāvamarśena sahāmananti

brāhmaṇaḥ uvāca－布茹阿玛纳说 / akovidaḥ－没有经验 / kovida-vāda-vādān－经验丰富之人用的言语 / vadasi－你讲的话 / atho－因此 / na－不 / ati-vidām－那些经验丰富之人的 / variṣṭhaḥ－最重要 / na－不 / sūrayaḥ－这样有智慧的人 / hi－确实 / vyavahāram－尘世的社会行为 / enam－这 / tattva－真理的 / avamarśena－靠智慧做出的良好判断 / saha－和 / āmananti－讨论

译文 佳德·巴茹阿特·布茹阿玛纳说：我亲爱的君王，你虽然一点儿都没经验，但却试图像个经验丰富的人一样讲话。为此，你不可能被视为是有经验之人。经验丰富之人不会以你那种方式谈论主人和仆人之间的关系，或者物质苦乐的关系。这些都只不过是外在的活动而已。了解绝对真理的经验丰富的进步之人，不会以这种方式说话。

要旨　在《博伽梵歌》(Bhagavad-gītā)第2章的第11节诗中，奎师那也曾用类似的话语批评阿尔诸纳(Arjuna)说："你一面说着有学问的话，一面为不值得悲伤的事情而悲伤(aśocyān anvaśocas tvaṁ prajñā-vādāṁś ca bhāṣase)。"同样，普通大众中有99.9%的人都试图像经验丰富的顾问一样说话，但其实根本没有灵性知识，所以像是幼稚的孩子般在胡说八道。正因为如此，根本没必要重视他们说的话。我们应该从奎师那或祂的奉献者那里学习。如果人以这种经验——灵性知识为基础说话，那他的话语就有价值。如今，整个世界充满了愚蠢之人。《博伽梵歌》把这些人描述为是愚蠢的人(mū-ḍha)。他们试图统治人类社会，但由于没有灵性知识，使整个世界都处在混乱的状态中。要想摆脱这些痛苦的情况，人必须变得具有奎师那意识，从佳德·巴茹阿特那样崇高的人物，以及主奎师那(Kṛṣṇa)和卡皮拉戴瓦(Kapiladeva)那里学习。这是解决物质生活问题的唯一方式。

第2节

तथैव राजन्नुरुगार्हमेध-
　　वितानविद्योरुविजृम्भितेषु ।
न वेदवादेषु हि तत्त्ववादः
　　प्रायेण शुद्धो नु चकास्ति साधुः ॥२॥

tathaiva rājann uru-gārhamedha-
　vitāna-vidyoru-vijṛmbhiteṣu
na veda-vādeṣu hi tattva-vādaḥ
　prāyeṇa śuddho nu cakāsti sādhuḥ

tathā一因此 / eva一的确 / rājan一君王啊！ / uru-gārha-medha一与物质居士生活有关的仪式 / vitāna-vidyā一在讲述……的知识中 /

uru－极大地 / vijṛmbhiteṣu－有兴趣的人当中 / na－不 / veda-vādeṣu－讲述韦达经的说法的 / hi－确实 / tattva-vādaḥ－灵性科学 / prāyeṇa－几乎总是 / śuddhaḥ－免于一切污染的活动 / nu－的确 / cakāsti－显现 / sādhuḥ－在奉爱服务中进步的人

译文 我亲爱的君王，对有关主仆、君臣等之间关系的谈论，都不过是对物质活动的谈论。对韦达经中解释的物质活动感兴趣的人，热衷于从事物质性的祭祀并对他们所从事的物质活动充满信心。这种人无疑不会取得灵性的进步。

要旨 这节诗文中的梵文“讲述韦达经的说法(veda-vāda)”和“灵性科学(tattva-vāda)两个词非常重要。按照《博伽梵歌》中的说法，只执著于韦达经中的华丽辞藻，却不明白韦达经(Veda)或《韦丹塔经》(Vedanta-sutra)的目的的人，被称为“执著于韦达经中的华丽辞藻的人(veda-vāda-ratāḥ)”。

yām imāṁ puṣpitāṁ vācaṁ
pravadanty avipaścitaḥ
veda-vāda-ratāḥ pārtha
nānyad astīti vādinaḥ
kāmātmānaḥ svarga-parā
janma-karma-phala-pradām
kriyā-viśeṣa-bahulāṁ
bhogaiśvarya-gatiṁ prati

“普瑞塔的儿子啊！知识浅薄的人过分执著韦达经的华丽辞藻。这些辞藻推荐人们从事各种功利性活动，以便获得权利、高贵的出身或升向天堂星球等。他们追求感官享乐和富裕的生活，因此就说这些是最重要的。”(《博伽梵歌》2.42-43)

韦达经中华丽辞藻的信奉者一般都喜欢按韦达训喻举行祭祀(karma-kāṇḍa)，借此被提升到高等星系去。他们一般练四个月苦行(Cāturmāsya)。做四个月苦行祭祀的人会变得虔诚(akṣayyaṁ ha vai cāturmāsya-yājinaḥ sukṛtaṁ bhavati)，而靠变得虔诚，人可以被提升到高等星系中(ūrdhvaṁ gacchanti sattva-sthāḥ)。一些信奉韦达经的人依恋韦达经中讲述功利性活动的部分(karma-kāṇḍa)，以便得到提升，过更高水准的生活；其他人则议论说，这不是韦达经的目的。正如今生所体验的一切将销毁过去活动的报应，生物在天堂星球享受的一切将耗尽虔诚活动的结果(tad yathaiveha karma jitaḥ lokaḥ kṣīyate evam evam utra puṇya jitaḥ lokaḥ kṣīyate)。在这个世界中，有些人可能被高升，结果投生到高贵的家庭中，受到很好的教育，长相美丽或很富有。这些都是前生从事虔诚活动而在今生所得到的礼物。但随着积累的功德被耗尽，这些结果也有结束的一天。如果我们执著这些虔诚活动，我们就有可能在来世得到各种尘世中的便利条件，有可能投生到天堂星球。但这一切最终都会结束。《博伽梵歌》第9章的第21节诗中说，人在耗尽自己虔诚活动的结果后重新回到这个终有一死的星球来(kṣīṇe puṇye martya-lokaṁ viśanti)。按照韦达训喻，让人从事虔诚活动并非韦达经真正的目的。《博伽梵歌》中解释韦达经的真正目的是：让人了解至尊人格首神奎师那(vedaiś ca sarvair aham eva vedyaḥ)。韦达训喻盲目的信奉者(veda-vādī)并没有真正高级的知识，而追求靠知识思辨了解梵(jñāna-kāṇḍa)的人也不完美。只有当人上升到愿意崇拜至尊人格首神(upāsanā)的层面上时，他才是完美的。经典中说，在所有的崇拜中，对主维施努的崇拜最崇高(ārādhanānāṁ sarveṣāṁ viṣṇor ārādhanaṁ param)。韦达经中无疑谈了对各种半神人的崇拜和祭祀的举行，但由于崇拜者不知道最高的目标是维施努(na te viduḥ svārtha-gatiṁ hi viṣṇum)，所以这种崇拜是低级的崇拜。人升上崇拜维施努的层面——奉爱瑜伽(bhakti-yoga)的层面时，才达到人生的完美境界；否则，正如《博伽梵歌》中指出，人只不过是韦达训喻盲目的信奉者，而不是了解绝对真理的人(tattva-vādī)。韦达训喻盲目的信奉者除非成为了解绝对真理的人，否则无法清除所有的物质污染。绝对真理从三个方面被体验到，正如经典中说，博学的超然主义者了解绝对真理，把这没有相对性的实体称为梵、超灵或人格首神(brahmeti paramātmeti bhagavān iti śabdyate)。上升到了解绝对真理的层面的人，必崇拜至尊人格首神巴嘎万(Bhagavān)、维施努和祂的扩展，否则就还没达到完美。经过许许多多次生死后，一个真正处在知识层面上的人就会皈依奎师那(bahūnāṁ janmanām ante jñānavān māṁ prapadyate)。结论是，知识欠缺的无知之人无法了解至尊人格首神(Bhagavān)、超灵(Paramātmā)或梵(Brahman)，但学习韦达经并了解绝对真理——至尊人格首神后，人就处在完美知识的层面上了。

第3节

न तस्य तत्त्वग्रहणाय साक्षाद्
वरीयसीरपि वाचः समासन् ।
स्वप्ने निरुक्त्या गृहमेधिसौख्यं
न यस्य हेयानुमितं स्वयं स्यात् ॥ ३ ॥

na tasya tattva-grahaṇāya sākṣād
varīyasīr api vācaḥ samāsan
svapne niruktyā gṛhamedhi-saukhyaṁ
na yasya heyānumitaṁ svayaṁ syāt

na—不 / tasya—他(研习韦达经典的学生)的 / tattva-grahaṇāya—为了接受韦达知识的真正目的 / sākṣāt—直接地 / varīyasīḥ—非常崇高 / api—虽然 / vācaḥ—韦达经典的话语 / samāsan—足以变成 / svapne—在一个梦中 / niruktyā—靠例子 / gṛha-medhi-saukhyam—这物质世界中的快乐 / na—不 / yasya—……的他的 / heya-anumitam—判定为是低等的 / svayam—自动地 / syāt—变成

译文 人自然知道梦是不真实且不重要的；同样，人最终会认识到，这一生或下一世及这个星球或高等星球上的物质快乐都微不足道。对认识到这一点的人来说，韦达经虽然是卓越的知识源泉，但却不足以带给人有关真相的直接知识。

要旨　在《博伽梵歌》第2章的第45节诗中，奎师那忠告阿尔诸纳要超越受物质自然三种属性驱动的活动(traiguṇya-viṣayā vedā nistraiguṇyo bhavārjuna)。研究韦达经的目的是超越物质自然三种属性的活动。当然，在物质世界中，善良属性被视为是最好的，人可以靠处在善良属性(sattva-guṇa)的层面上被提升到高等星系中。然而，那并不完美。人必须得出就连善良属性也不好的结论。人可能会梦到自己当了国王，而且有个由妻子儿女组成的美好家庭，但梦一旦结束，他立刻就得出“那是假的”的结论。同样，对想要得到灵性拯救的人来说，所有种类的物质快乐都不值得要。没有得出“自己与各种物质快乐都无关”的结论的人，无法达到了解绝对真理的层面(tattva jñāna)。功利性活动者(karmī)、知识思辨者(jñānī)和瑜伽师(yogī)，都追求某种物质的提高。功利性活动者为享受躯体的舒适而夜以继日地工作，知识思辨者只是推测该如何摆脱业报的束缚，融入梵光。瑜伽师对获得物质神通上瘾。他们都努力在物质上变得完美，但奉献者靠做奉爱服务很容易就上升到超越物质自然属性(nirguṇa)的层面。所以对奉献者来说，功利性活动、知识思辨和瑜伽的结果实在是微不足道。正因为如此，只有奉献者才处在了解绝对真理的层面上，其他人则不能。当然，知识思辨者的状态比功利性活动者的状态强，但那并不足够。知识思辨者必须真正解脱后才有可能做奉爱服务(mad-bhaktiṁ labhate parām)。

第4节

यावन्मनो रजसा पूरुषस्य
सत्त्वेन वा तमसा वानुरुद्धम् ।

चेतोभिराकूतिभिरातनोति
निरङ्कुशं कुशलं चेतरं वा ॥ ४ ॥

yāvan mano rajasā pūruṣasya
sattvena vā tamasā vānuruddham
cetobhir ākūtibhir ātanoti
niraṅkuśaṁ kuśalaṁ cetaraṁ vā

yāvat—只要 / manaḥ—内心 / rajasā—被激情属性 / pūruṣasya—生物体的 / sattvena—被善良属性 / vā—或者 / tamasā—被愚昧属性 / vā—或者 / anuruddham—控制 / cetobhiḥ—靠获取知识的感官 / ākūtibhiḥ—靠行动的感官 / ātanoti—扩展 / niraṅkuśam—像一头不受三叉戟控制的大象一样独立 / kuśalam—吉祥 / ca—还有 / itaram—非吉祥的活动——罪恶活动 / vā—或者

译文 人的内心只要被物质自然属性(善良、激情和愚昧)所污染，就会恰似独立而不受控制的大象。它唯一做的是靠运用感官扩展虔诚和罪恶活动的范围。结果是：生物因为物质活动而留在这个物质世界里享乐或受苦。

要旨 《永恒的柴坦亚经》中说：物质层面上的虔诚和不虔诚的活动都违反奉爱服务的原则。奉爱服务意味着摆脱物质束缚——解脱(mukti)，但虔诚和不虔诚活动的结果都使人被束缚在这个物质世界里。如果人心受到韦达经中谈到的虔诚和不虔诚活动的蛊惑，人就会永恒地留在无知的黑暗中，无法达到绝对的层面。改变意识，使其从受愚昧属性影响的状态转变到受激情属性影响的状态，或者从受激情属性影响的状态转变到受善良属性影响的状态，并不真正解决问题。正如《博伽梵歌》第14章的第26节诗中说：在任何情况下都全心全意地做奉爱服务，就能立即超越物质自然属性，达到梵的层面(sa guṇān samatītyaitān brahma-bhūyāya kalpate)。人必须上升到超然的层面，否则人生的使命永远都实现不了。

第 5 节

स वासनात्मा विषयोपरक्तो
गुणप्रवाहो विकृतः षोडशात्मा ।
बिभ्रत्पृथङ्नामभि रूपभेद-
मन्तर्बहिष्ट्वं च पुरैस्तनोति ॥५॥

sa vāsanātmā viṣayoparakto
guṇa-pravāho vikṛtaḥ ṣoḍaśātmā
bibhrat pṛthaṅ-nāmabhi rūpa-bhedam
antar-bahiṣṭvaṁ ca purais tanoti

saḥ一那 / vāsanā一天生具有许多欲望 / ātmā一心 / viṣaya-uparak-taḥ一依恋物质快乐——感官享乐 / guṇa-pravāhaḥ一受物质自然三种属性的驱使 / vikṛtaḥ一因贪图享乐的欲望等而改变 / ṣoḍaśa-ātmā一十六种物质元素(五种粗糙元素、十个感官和心)之首 / bibhrat一徘徊 / pṛthak-nāmabhiḥ一用不同的名称 / rūpa-bhedam一以不同的形式 / antaḥ-bahiṣṭvam一最上等或最下等的品质 / ca一和 / puraiḥ一以不同种类的躯体 / tanoti一展现

译文　始终想着从事虔诚和不虔诚活动的心，自然受贪欲及愤怒的控制，就这样受到物质感官享乐的吸引。换句话说，内心受善良、激情和愚昧属性的影响。物质世界里有十一个感官和五种物质元素，在这十六种元素中，心最重要。所以，是内心导致人在半神人、人类、动物和飞禽等不同种类的躯体中投生。内心状态的高低，决定它接受高等或低等的物质躯体。

要旨　内心被各种物质属性污染，使生物在八百四十万种生命形式中轮回。是内心使灵魂受制于虔诚和不虔诚的活动。物质存在的连续性恰似物质自然的浪涛般一浪接一浪。就有关这一点，圣巴克提维诺德·塔库尔说：“亲爱的兄弟，灵性的灵魂完全受玛亚的控制，你被它的浪涛带走(māyāra vaśe, yāccha bhese', khāccha hābuḍubu, bhāi)。”对此，《博伽梵歌》中也证实说：

prakṛteḥ kriyamāṇāni
guṇaiḥ karmāṇi sarvaśaḥ
ahaṅkāra-vimūḍhātmā
kartāham iti manyate

“灵魂受假我的迷惑，以为是自己在活动，却不知道，其实是物质自然的三种属性在活动。”

物质存在意味着完全受物质自然的控制。我们的心是接收物质自然命令的接收中心。生物就这样生生世世地被一个接一个不同的躯体带走。

kṛṣṇa bhuli' sei jīva anādi-bahirmukha
ataeva māyā tāre deya saṁsāra-duḥkha

（《永恒的柴坦亚经》中篇20.117）

生物因为遗忘奎师那而使自己受物质自然法律的束缚。

第6节

दुःखं सुखं व्यतिरिक्तं च तीव्रं
कालोपपन्नं फलमाव्यनक्ति ।
आलिङ्ग्य मायारचितान्तरात्मा
स्वदेहिनं संसृतिचक्रकूटः ॥ ६ ॥

duḥkhaṁ sukhaṁ vyatiriktaṁ ca tīvraṁ
kālopapannaṁ phalam āvyanakti
āliṅgya māyā-racitāntarātmā
sva-dehinaṁ saṁsṛti-cakra-kūṭaḥ

duḥkham—不虔诚活动导致的不快乐 / sukham—虔诚活动带来的快乐 / vyatiriktam—错觉 / ca—也 / tīvram—非常严格 / kāla-upapannam—最终获得 / phalam—报应 / āvyanakti—创造 / āliṅgya—拥抱 / māyā-racita—被物质自然创造 / antaḥ-ātmā—内心 / sva-dehinam—生

物本身 / saṁsṛti—物质存在的作用与反作用的 / cakra-kūṭaḥ—欺骗生物进入…… 之轮中的

译文　物质主义者的心裹着灵魂，把它带到不同的生命种类中。这称为持续不断的物质存在。是心导致生物享受物质的快乐或遭受物质的痛苦。在这种迷茫的状态下，内心进一步杜撰出虔诚和不虔诚的活动，以及它们的报应，从而使灵魂受到制约。

要旨　在物质自然影响下的心理活动使人在物质世界里感受快乐和痛苦。由于被错觉能量蒙蔽，生物在各种名称下永恒持续地过着受制约的生活。这样的生物被称为“永恒受制约的(nitya-baddha)”。总之，心是导致生物过受制约生活的原因，所以整个瑜伽程序都是为了控制心和感官。如果能控制住心念，感官就自动受到控制，使灵魂摆脱虔诚活动和非虔诚活动的反作用。如果使内心专注于主奎师那的莲花足(sa vai manaḥ kṛṣṇa-padāravindayoḥ)，感官自动就会为至尊主做服务，生物自然变得具有奎师那意识。正如《博伽梵歌》中所证实的，人一旦一直不断地想着奎师那，就成为完美的瑜伽师(yogināṁ api sarveṣāṁ mad-gatenāntarātmanā)。我们现在的状态是，内心(antarātmā)受制于物质自然。对此，这节诗中说：最强大的心包裹着灵魂，将他置于物质存在的波涛中(māyā-racitān-tarātmā sva-dehinaṁ saṁsṛti-cakra-kūṭaḥ)。

第 7 节

तावानयं व्यवहारः सदाविः
क्षेत्रज्ञसाक्ष्यो भवति स्थूलसूक्ष्मः ।
तस्मान्मनो लिङ्गमदो वदन्ति
गुणागुणत्वस्य परावरस्य ॥ ७ ॥

tāvān ayaṁ vyavahāraḥ sadāviḥ
kṣetrajña-sākṣyo bhavati sthūla-sūkṣmaḥ

tasmān mano liṅgam ado vadanti
guṇāguṇatvasya parāvarasya

tāvān－直到那时 / ayam－这个 / vyavahāraḥ－编造的称呼(胖瘦或半神人、人类等) / sadā－总是 / āviḥ－展现 / kṣetra-jña－生物体的 / sākṣyaḥ－宣称 / bhavati－是 / sthūla-sūkṣmaḥ－肥胖和瘦小的 / tasmāt－因此 / manaḥ－心念 / liṅgam－原因 / adaḥ－这 / vadanti－他们说 / guṇa-aguṇatvasya－专注于物质属性或没有物质属性 / para-avarasya－以及较低和较高生命状态的

译文 是心念使得这个物质世界里的生物在不同的物种中游荡，从而使生物在人类、半神人、胖人和瘦人等各种形体中经历尘世事务。博学的学者说：躯体的外形、束缚和解脱，都是由心造成的。

要旨 内心可以导致人受束缚，也可以使人获得解脱。这节诗中把心说成是“超越物质的(para-avara)”；内心如果为至尊主做服务(sa vai manaḥ kṛṣṇa-padāravindayoḥ)，就被说成是超然的(para)。内心忙于物质感官享乐时，就被说成是物质的(avara)。在我们现在受制约的状态中，尽管我们的心完全专注于物质的感官享乐，但却可以透过奉爱服务的程序得到净化，并被带回原本的奎师那意识状态。我们经常举安巴瑞施王(Ambarīṣa Mahārāja)的例子说，他总是用心想着至尊主奎师那的莲花足，用他的话语描述至尊主的荣耀(sa vai manaḥ kṛṣṇa-padāravindayor vacāṁsi vaikuṇṭha-guṇānuvarṇane)。必须通过培养奎师那意识控制我们的心。舌头可以用于传播奎师那的信息、荣耀至尊主或吃给奎师那供奉过的食物(prasāda)。当人用舌头为至尊主做服务时，其他感官就能得到净化(sevonmukhe hi jihvā-dau)。《纳茹阿达·潘查茹阿陀》(Nārada-pañcarātra)中说：内心和感官被净化时，生物的整个生存都得到净化，生物便不再注重各种称号(sarvopādhi-vinirmuktaṁ tat-paratvena nirmalam)。那时，生物不再

考虑自己是人、半神人、猫、狗、印度人或穆斯林等。感官和内心被净化后，人就会全心全意地为奎师那做服务，就能获得解脱，回归家园，回到首神身边。

第8节

गुणानुरक्तं व्यसनाय जन्तोः
　क्षेमाय नैर्गुण्यमथो मनः स्यात् ।
यथा प्रदीपो घृतवर्तिमश्नन्
　शिखाः सधूमा भजति ह्यन्यदा स्वम् ।
पदं तथा गुणकर्मानुबद्धं
　वृत्तीर्मनः श्रयतेऽन्यत्र तत्त्वम् ॥ ८ ॥

guṇānuraktaṁ vyasanāya jantoḥ
　kṣemāya nairguṇyam atho manaḥ syāt
yathā pradīpo ghṛta-vartim aśnan
　śikhāḥ sadhūmā bhajati hy anyadā svam
padaṁ tathā guṇa-karmānubaddhaṁ
　vṛttīr manaḥ śrayate 'nyatra tattvam

guṇa-anuraktam－由于执著物质自然属性 / vyasanāya－使受物质存在的制约 / jantoḥ－生物的 / kṣemāya－为了终极的利益 / nairguṇyam－不受物质自然属性的影响 / atho－如此 / manaḥ－心念 / syāt－变成 / yathā－正如 / pradīpaḥ－一盏油灯 / ghṛta-vartim－在净化奶油中的灯芯 / aśnan－燃烧 / śikhāḥ－火焰 / sadhūmāḥ－和烟 / bhajati－享受 / hi－肯定地 / anyadā－否则 / svam－它原本的 / padam－状态 / tathā－所以 / guṇa-karma-anubaddham－受物质自然属性及物质活动报应的束缚 / vṛttīḥ－各种状态 / manaḥ－心 / śrayate－托庇于 / anyatra－否则 / tattvam－它原本的状态

译文　生物体的心专注于物质世界的感官享乐时，就会使生物过受制约的生活，在物质环境中受苦。然而，心一旦不依恋物质享乐，就会使人解脱。当灯火没有正常地燃烧灯芯时，灯就会熏黑，但当灯油被填满且灯火燃烧正常时，油灯就发出明亮的光芒。同样，当内心专注于物质感官享乐时，它导致痛苦；而它一旦不再执著物质的感官享乐，就会带给人原本的奎师那意识的光明。

要旨 因此结论是：心既可以导致物质存在，也可以使人解脱。是生物体的心使生物在这个物质世界里受苦，所以要正确地训练内心或去除内心的物质执著，使其为至尊主服务。这称为灵性活动。正如《博伽梵歌》中确认说：

māṁ ca yo 'vyabhicāreṇa
bhakti-yogena sevate
sa guṇān samatītyaitān
brahma-bhūyāya kalpate

“在任何情况下都全心全意地做奉爱服务，就能立刻超越物质自然属性，达到梵的层面。”（《博伽梵歌》14.26)

我们应该使内心从事充满奎师那意识的活动。那将会使我们解脱，让我们返回家园，回到至尊主的身边。然而，如果我们继续让自己的内心从事感官享乐的物质活动，它就会使我们继续受捆绑，使我们继续留在这个物质世界里的不同的躯体中，承受我们从事的各种活动所造成的苦果。

第 9 节

एकादशासन्मनसो हि वृत्तय
आकूतयः पञ्च धियोऽभिमानः ।
मात्राणि कर्माणि पुरं च तासां
वदन्ति हैकादश वीर भूमीः ॥९॥

ekādaśāsan manaso hi vṛttaya
ākūtayaḥ pañca dhiyo 'bhimānaḥ

mātrāṇi karmāṇi puraṁ ca tāsāṁ
vadanti haikādaśa vīra bhūmīḥ

ekādaśa－十一个 / āsan－有 / manasaḥ－心的 / hi－无疑地 / vṛttayaḥ－活动 / ākūtayaḥ－活动的感官 / pañca－五个 / dhiyaḥ－获取知识的感官 / abhimānaḥ－错误的自我意识 / mātrāṇi－不同的感官对象 / karmāṇi－各种物质活动 / puram ca－及躯体、社会、国家、家庭或出生地 / tāsām－这些功能的 / vadanti－他们说 / ha－啊！ / ekādaśa－十一个 / vīra－英雄啊！ / bhūmīḥ－活动领域

译文　躯体有五个工作的感官和五个获取知识的感官，还有错误的自我意识。因此，心的作用有十一个。英雄啊！博学的学者认为，感官对象(如声音和触碰物)，器官的运作(如排泄)，以及不同的躯体、社会、友谊和性格，都是内心的活动领域。

要旨　内心控制着五个获取知识的感官和五个工作感官。每一个感官都有它自己的活动领域。在所有的情况下，内心都是控制者。错误的自我意识使人认为自己是躯体，以“我的身体，我的房子，我的家庭，我的社会和我的国家……”为中心考虑问题。这些错误的认同是错误的自我意识的扩张。生物因此而认为自己是这或是那，使自己被捆绑在物质存在中。

第 10 节

गन्धाकृतिस्पर्शरसश्रवांसि
विसर्गरत्यर्त्यभिजल्पशिल्पाः ।
एकादशं स्वीकरणं ममेति
शय्यामहं द्वादशमेक आहुः ॥१०॥

gandhākṛti-sparśa-rasa-śravāṁsi
visarga-raty-arty-abhijalpa-śilpāḥ

ekādaśaṁ svīkaraṇaṁ mameti
śayyām ahaṁ dvādaśam eka āhuḥ

gandha－气味／ākṛti－形象／sparśa－触碰物／rasa－滋味／śravāṁsi－以及声音／visarga－排泄／rati－性交／arti－运动／abhijalpa－说话／śilpāḥ－抓取或释放／ekādaśam－第十一个／svīkaraṇam－接受为／mama－我的／iti－因此／śayyām－这个躯体／aham－我／dvādaśam－第十二个／eke－某些／āhuḥ－说过

译文 声音、触碰、形象、滋味和气味，是五个获取知识的感官的对象。说话、接触、运动、排泄和性交，是五个工作感官的内容。此外，还有另一个作用会使人心想，这是我的躯体，这是我的社会，这是我的家庭，这是我的国家，等等。内心的这第十一个作用被称为错误的自我意识。按照某些哲学家的说法，这是第十二个作用，而它的活动领域是躯体。

要旨 十一个感官分别有它们各自的作用对象。我们透过鼻子闻，透过眼睛看，透过耳朵听，这样获取知识。同样，我们还有手、腿、生殖器、肛门和嘴巴这些工作的感官(karmendriya)。错误的自我意识扩展时，就会使人想“这是我的身体、家庭、社会和国家”，等等。

第 11 节

द्रव्यस्वभावाशयकर्मकालै-
रेकादशामी मनसो विकाराः ।
सहस्रशः शतशः कोटिशश्च
क्षेत्रज्ञतो न मिथो न स्वतः स्युः ॥११॥

dravya-svabhāvāśaya-karma-kālair
ekādaśāmī manaso vikārāḥ

sahasraśaḥ śataśaḥ koṭiśaś ca
kṣetrajñato na mitho na svataḥ syuḥ

dravya－由于物质的物体 / sva-bhāva－由于作为发展起因的自然 / āśaya－由于文化 / karma－由于报应 / kālaiḥ－由于时间 / ekādaśa－十一个 / amī－所有这些 / manasaḥ－心的 / vikārāḥ－转变 / sahasraśaḥ－成千的 / śataśaḥ－成百的 / koṭiśaḥ ca－和成百万的 / kṣetra-jñataḥ－从最初的至尊人格首神 / na－不 / mithaḥ－彼此 / na－也不 / svataḥ－从他们自己 / syuḥ－是

译文　物质元素、自然界、最初的原因、文化、命运和时间因素，都是物质的原因。受到这些物质原因的刺激，十一个作用转变为几百个作用，随后变成几千个作用，接着是百万个作用。但所有这些变化并非仅仅由彼此的组合导致，而是在至尊人格首神的指导下发生。

要旨　我们不该认为物质的粗糙和精微元素彼此间的相互影响，都是内心和意识独自作用的结果。它们都在至尊人格首神的指挥下运作。在《博伽梵歌》第15章的第15节诗中，奎师那说：至尊主处在众生的心中(sarvasya cāhaṁ hṛdi sanniviṣṭo mattaḥ smṛtir jñānam apohanaṁ ca)。正如这节诗文中所说，是超灵这位场所的知悉者(kṣetrajña)在指导一切。生物也是场所的知悉者(kṣetrajña)，但至高无上的场所知悉者是至尊人格首神。祂是见证者和发布命令的人。一切在祂的指挥下发生。生物不同的倾向都由他自己的天性或他的期望造就而成；至尊人格首神透过物质自然这一代理训练他。躯体、自然和物质元素都在至尊人格首神的指挥下运作，而并非自动运作。大自然并不是独立运作也并非自动运作。正如《博伽梵歌》中确认说，是至尊人格首神在自然的背后指挥着一切。

mayādhyakṣeṇa prakṛtiḥ
sūyate sa-carācaram

hetunānena kaunteya
jagad viparivartate

“琨缇的儿子啊！物质自然是我的一种能量，在我的指挥下活动，产生动与不动的一切。在物质自然的控制下，这个展示被再三地创造和毁灭。”(《博伽梵歌》9.10)

第 12 节

क्षेत्रज्ञ एता मनसो विभूती-
जीवस्य मायारचितस्य नित्याः ।
आविर्हिताः क्वापि तिरोहिताश्च
शुद्धो विचष्टे ह्यविशुद्धकर्तुः ॥१२॥

kṣetrajña etā manaso vibhūtīr
jīvasya māyā-racitasya nityāḥ
āvirhitāḥ kvāpi tirohitāś ca
śuddho vicaṣṭe hy aviśuddha-kartuḥ

kṣetra-jñaḥ—个体灵魂 / etāḥ—所有这些 / manasaḥ—心的 / vibhūtīḥ—各种活动 / jīvasya—生物体的 / māyā-racitasya—被外在物质能量创造 / nityāḥ—自无法追溯的时间起 / āvirhitāḥ—有时展现 / kvāpi—在某处 / tirohitāḥ ca—以及不展现 / śuddhaḥ—纯净的 / vicaṣṭe—看到这些 / hi—肯定地 / aviśuddha—不纯净的 / kartuḥ—行为者的

译文 外在能量使没有奎师那意识的个体灵魂心中制造出许多想法和活动。它们自无法追溯的时候起就已存在。它们时而在清醒时展现，时而在睡梦中展现，但在深度睡眠(无意识)或出神的状态中消失。在此生得到解脱的人，能够清楚地看到这些。

要旨 正如《博伽梵歌》中所说：“巴茹阿特的后裔啊！你应该明白：我也是躯体的知悉者，是每一个躯体的知悉者(kṣetrajñaṁ cāpi māṁ viddhi sarva-kṣetreṣu bhārata)。”场所的知悉者(kṣetra-jña)——生物，有两种：一种是普通的个体灵魂，另一种是至尊灵魂。普通的个体灵魂对自己所在的躯体有一定程度的了解，但至尊灵魂——超灵(Paramātmā)，知道所有躯体的情况。个体灵魂处在局部区域，至尊者——超灵无所不在。这节诗中所用的梵文“躯体的知悉者(kṣetrajña)”指的是普通的个体灵魂，而不是至尊灵魂。普通的个体灵魂分两类，一类是永恒受制约的(nitya-baddha)，另一类是永恒解脱的(nitya-mukta)。永恒解脱的灵魂住在灵性世界(Vaikuṇ-ṭha jagat)，从不坠入物质世界。在物质世界里的灵魂是永恒受制约的灵魂(nitya-baddha)。由于内心是导致生物受制约的原因，永恒受制约的灵魂可以靠控制内心变得解脱。当内心受到训练而灵魂不再受其控制时，灵魂甚至在这个物质世界里就可以解脱。灵魂解脱后，便被称为解脱了的灵魂(jīvan-mukta)。解脱了的灵魂知道自己受到制约，因此努力净化自己，争取回归家园，回到首神身边。永恒受制约的灵魂之所以永恒地受制约，是因为他受内心的控制。受制约的状态和解脱的状态，分别被比喻为是深度睡眠、无意识的状态和清醒的状态。处在深度睡眠和无意识状态中的灵魂是永恒受制约的，而那些清醒地认识到自己永恒是至尊人格首神奎师那的仆人的人，即使在这个物质世界里也忙于为奎师那服务。正如圣茹帕·哥斯瓦米(Śrīla Rūpa Gosvāmī)说：为奎师那做服务的人即使显得是这个物质世界里受制约的灵魂，实际上也是解脱的(īhā yasya harer dāsye)；一个人如果唯一做的事就是侍奉奎师那，那他在任何情况下都被视为是解脱的(jīvan-muktaḥ sa ucyate)。

第 13—14 节

क्षेत्रज्ञ आत्मा पुरुषः पुराणः
साक्षात्स्वयं ज्योतिरजः परेशः ।

नारायणो भगवान् वासुदेवः
स्वमाययात्मन्यवधीयमानः ॥१३॥

यथानिलः स्थावरजङ्गमाना-
मात्मस्वरूपेण निविष्ट ईशेत् ।
एवं परो भगवान् वासुदेवः
क्षेत्रज्ञ आत्मेदमनुप्रविष्टः ॥१४॥

kṣetrajña ātmā puruṣaḥ purāṇaḥ
sākṣāt svayaṁ jyotir ajaḥ pareśaḥ
nārāyaṇo bhagavān vāsudevaḥ
sva-māyayātmany avadhīyamānaḥ

yathānilaḥ sthāvara-jaṅgamānām
ātma-svarūpeṇa niviṣṭa īśet
evaṁ paro bhagavān vāsudevaḥ
kṣetrajña ātmedam anupraviṣṭaḥ

kṣetra-jñaḥ－场所的知悉者(在此指至尊人格首神)／ātmā－无所不在／puruṣaḥ－不受限制、拥有无限力量的控制者／purāṇaḥ－最初的／sākṣāt－靠从权威处聆听和凭直接感受可以感知到的／sva-yam－个人的／jyotiḥ－展现祂身体的光芒(梵光)／ajaḥ－从不经历出生的过程／pareśaḥ－至尊人格首神／nārāyaṇaḥ－所有生物体的栖息地／bhagavān－拥有全部六种财富的人格首神／vāsudevaḥ－展示和未展示的万事万物的庇护所／sva-māyayā－靠祂自己的力量／ātma-ni－在祂之中或普通生物体的体内／avadhīyamānaḥ－作为控制者存在／yathā－正如／anilaḥ－气／sthāvara－不动的生物体的／jaṅgamā-nām－及动的生物体的／ātma-svarūpeṇa－凭祂的超灵扩展／niviṣ-ṭaḥ－进入／īśet－控制／evam－如此／paraḥ－超然的／bhagavān－至尊人格首神／vāsudevaḥ－万事万物的庇护者／kṣetra-jñaḥ－叫做场所知悉者／ātmā－生命力／idam－这物质世界／anupraviṣṭaḥ－进入

译文 场所的知悉者分两类：(前面解释的)生物和(下面要解释的)至尊人格首神。至尊人格首神是创造无所不在的原因。祂自身圆满，不依靠他人。聆听和直接感受是感知、了解祂的方法。祂自放光明，不经历生老病死。祂是以主布茹阿玛为开始的全体半神人的控制者。祂名叫纳茹阿亚纳，是这个物质世界毁灭后生物的避难所。祂充满辉煌的财富，是一切物质的安放地。祂为此被称为至尊人格首神华苏戴瓦。祂凭自己的力量处在众生的心中，正如在动与不动的所有生物体内的气或生命力一样。祂就这样控制躯体。至尊人格首神以祂的这部分特征，进入所有的躯体并控制它们。

要旨 《博伽梵歌》中确认这一点说："我在众生心中。记忆、知识和遗忘都来自我(sarvasya cāhaṁ hṛdi sanniviṣṭo mattaḥ smṛtir jñānam apohanaṁ ca)。处在众生心中的至尊生物(Paramātmā)，控制着每一个生物体。祂是创造这个物质世界的主宰(puruṣa)——主宰化身(puruṣa-avatāra)。第一位主宰化身是玛哈·维施努(Mahā-Viṣṇu)，而玛哈·维施努是至尊人格首神奎师那完整扩展的完整扩展。奎师那的第一个扩展是巴拉戴瓦(Baladeva)，接下来的扩展是华苏戴瓦、桑卡尔珊、阿尼茹达和帕杜么纳。华苏戴瓦是梵光(brahmajyoti)的源头，梵光是华苏戴瓦身体放射出的光芒。

yasya prabhā prabhavato jagad-aṇḍa-koṭi-
koṭiṣv aśeṣa-vasudhādi-vibhūti-bhinnam
tad brahma niṣkalam anantam aśeṣa-bhūtaṁ
govindam ādi-puruṣaṁ tam ahaṁ bhajāmi

"我崇拜哥文达——天生具有强大力量的首位至尊主。祂超然的形象放射出的耀眼光芒是不具人格特征的梵(Brahman)。梵是绝对、完整、无限的，并在千百万的宇宙中展现出数不胜数、各种各样、其上有不同财富的星球。"(《布茹阿玛·萨密塔》5.40)所以，至尊人格首神在《博伽梵歌》中说：

maуā tatam idaṁ sarvaṁ
jagad avyakta-mūrtinā
mat-sthāni sarva-bhūtāni
na cāhaṁ teṣv avasthitaḥ

“我以不展示的形象遍布整个宇宙。众生都在我之中，我却不在他们中。”(《博伽梵歌》9.4)

这就是奎师那的完整扩展华苏戴瓦(Vāsudeva)、桑卡尔珊(Saṅkarṣaṇa)、帕杜么纳(Pradyumna)和阿尼茹达(Aniruddha)无所不在的状态。

第 15 节

न यावदेतां तनुभृन्नरेन्द्र
विधूय मायां वयुनोदयेन ।
विमुक्तसङ्गो जितषट्सपत्नो
वेदात्मतत्त्वं भ्रमतीह तावत् ॥१५॥

na yāvad etāṁ tanu-bhṛn narendra
vidhūya māyāṁ vayunodayena
vimukta-saṅgo jita-ṣaṭ-sapatno
vedātma-tattvaṁ bhramatīha tāvat

na－不 / yāvat－只要 / etām－这 / tanu-bhṛt－接受了物质躯体的 / narendra－君王啊！ / vidhūya māyām－清除物质世界的污染 / vayunā udayena－凭借由良好的联谊和研读韦达文献唤醒的超然知识 / vimukta-saṅgaḥ－摆脱一切物质影响 / jita-ṣaṭ-sapatnaḥ－征服六个敌人(五个获取知识的感官和心) / veda－知道 / ātma-tattvam－灵性真理 / bhramati－他游荡 / iha－在这物质世界中 / tāvat－直到那时

译文 亲爱的茹阿胡嘎纳王，受制约的灵魂只要接受物质躯体，不去除物质享乐的污染，只要不战胜他的六个敌人，靠唤醒他的灵性知识达到认识自我的层面，他就得在这个物质世界里不同的地方和物种中游荡。

要旨 内心专注于物质概念的人认为他属于某个国家、家庭、城市或教派。这些都是名称(upādhi)，人应该变得不受这些名称的制约(sarvopādhi-vinirmuktam)。人只要还受这些名称的约束，就不得不继续过物质存在中的受制约生活。人体生命形式就是专为清除这些错误概念而设。不清除这些概念，人就不得不经历生死轮回，并因而承受物质环境中的一切痛苦。

第 16 节

न यावदेतन्मन आत्मलिङ्गं
संसारतापावपनं जनस्य ।
यच्छोकमोहामयरागलोभ-
वैरानुबन्धं ममतां विधत्ते ॥१६॥

na yāvad etan mana ātma-liṅgaṁ
saṁsāra-tāpāvapanaṁ janasya
yac choka-mohāmaya-rāga-lobha-
vairānubandhaṁ mamatāṁ vidhatte

na—不 / yāvat—只要 / etat—这 / manaḥ—心 / ātma-liṅgam—作为灵魂的错误认同 / saṁsāra-tāpa—这物质世界中的痛苦的 / āvapanam—成长之地 / janasya—生物的 / yat—……的 / śoka—悲伤的 / moha—错觉的 / āmaya—疾病的 / rāga—执著的 / lobha—贪婪的 / vaira—敌意的 / anubandham—结果 / mamatām—拥有感 / vidhatte—给予

译文 灵魂的错误认同——心，是物质世界里一切苦难的根源。受制约的生物只要不知道这一事实，就得接受物质躯体的痛苦状况，以不同的状态在这个宇宙中游荡。疾病、悲伤、错觉、执著、贪婪和敌意对内心的影响，使它在这个物质世界里制造束缚和虚假的亲密感。

要旨　心是造成物质束缚的原因，也是获得解脱的原因。不纯净的心会想：“我是这个躯体。”内心纯净时，生物知道他不是这个躯体。正因为如此，内心被认为是一切物质称号的根源。除非生物远离这个物质世界的接触和污染，否则内心就会专注于出生、死亡、疾病、错觉、执著、贪婪和敌意这些物质事物，使生物受到制约，承受物质的痛苦。

第 17 节

भ्रातृव्यमेनं तददभ्रवीर्य-
　　मुपेक्षयाध्येधितमप्रमत्तः ।
गुरोर्हरेश्चरणोपासनास्त्रो
　　जहि व्यलीकं स्वयमात्ममोषम् ॥१७॥

bhrātṛvyam enaṁ tad adabhra-vīryam
　upekṣayādhyedhitam apramattaḥ
guror hareś caraṇopāsanāstro
　jahi vyalīkaṁ svayam ātma-moṣam

bhrātṛvyam－难以克服的敌人 / enam－这心 / tat－那 / adabhra-vīryam－极为有力量 / upekṣayā－因为忽视 / adhyedhitam－不必要地增加力量 / apramattaḥ－不受迷惑的 / guroḥ－灵性导师的 / hareḥ－至尊人格首神的 / caraṇa－莲花足的 / upāsanā-astraḥ－运用崇拜这一武器 / jahi－征服 / vyalīkam－虚假的 / svayam－个人的 / ātma-moṣam－遮蔽生物体原本状态的

译文　这不受控制的心是生物最大的敌人。人如果忽视它或给它机会，它就会越来越强大，成为胜者。它虽然并不是实体，但却极为强大，遮蔽灵魂的原本状态。君王啊！请努力用为灵性导师和至尊人格首神的莲花足做服务这一武器征服内心。要小心谨慎地做。

要旨　有一个很容易征服内心的方法，那就是不听从它。内心总是告诉我们要做这做那，我们应该很老练地不理睬内心给予的命令。逐渐地，内心就被训练成服从灵魂下的命令。人不该听从内心给予的命令。圣巴克提希丹塔·萨茹阿斯瓦提·塔库尔(Śrīla Bhaktisiddhānta Sarasvatī Ṭhākura)曾说：要控制内心，人应该在醒来后用鞋子抽打他许多次，睡觉前再抽打他多次。这样做，人就可以控制内心了。这是所有经典(śāstra)的指示。不这样做的人注定会听从内心发出的命令。另一个真正的程序是严格执行灵性导师的命令，为至尊主做服务。这样做，内心自然受到控制。圣柴坦亚·玛哈帕布教导圣茹帕·哥斯瓦米说：

brahmāṇḍa bhramite kona bhāgyavān jīva
guru-kṛṣṇa-prasāde pāya bhakti-latā-bīja

接到凭灵性导师和至尊人格首神奎师那的仁慈赐予的奉爱服务的种子时，真正的生活就展开了。遵守灵性导师命令的人，靠奎师那的仁慈不再侍奉他的心。

到此为止，结束了巴克提韦丹塔对《圣典博伽瓦谭》第5篇第11章“佳德·巴茹阿特教导茹阿胡嘎纳王”所作的阐释。

第十二章

茹阿胡嘎纳王与佳德·巴茹阿特的对话

茹阿胡嘎纳王(Mahārāja Rahūgaṇa)对他得到的知识仍有疑惑，所以要求佳德·巴茹阿特(Jaḍa Bharata)布茹阿玛纳重复他的教导，进一步解释他不能理解的概念。在这一章中，茹阿胡嘎纳王恭敬地向隐藏起真实身份的佳德·巴茹阿特顶礼。君王通过听他讲的话能了解他具有的灵性知识非常高深，很后悔自己冒犯了他。茹阿胡嘎纳王被愚昧之蛇所咬，是佳德·巴茹阿特甘露般的话语治好了他。接着，他因为对谈论的主题有疑惑，于是便一个问题接一个问题地加以询问。他首先想得到赦免，免遭因冒犯佳德·巴茹阿特的莲花足而会受到的惩罚。

茹阿胡嘎纳王对自己无法领会佳德·巴茹阿特的教导感到不快；物质主义者无法理解这意义深刻的教导。为此，佳德·巴茹阿特更明确地重复他的教导。他说：地球表面所有动与不动的生物体，都只不过是土不同形式的转化而已。君王为他拥有君王的躯体而骄傲，但那躯体只不过是土的另一种转化而已。虚假的荣耀感导致君王对待轿夫们就像主人对待仆人一样无礼；他实际上对其他生物体很不仁慈。因此，茹阿胡嘎纳王并不适合给国民以保护。而且，他因为愚昧，所以不能被算作是高级哲学家。物质世界里的一切只不过是土的转化而已，尽管转变出的不同事物有不同的名字。事实上是同一个元素多样化的转变，最终一切多样化都瓦解为原子。这个物质世界里没有什么是永恒的。事物的多样化和他们的差异都只是心智杜撰出的产物。绝对真理超越幻象，以三方面的特征展现，即：不具人格特征的梵(Brahman)、处在局部区域的超灵(Paramātmā)和至尊人格首神。对绝对真理的最终认识是被奉献者称为华苏戴瓦(Vāsudeva)的至尊人格首神。人除非把纯粹奉献者足上的尘土放到自己头上，从而得到祝福，否则无法成为至尊人格首神的奉献者。

佳德·巴茹阿特也谈了自己的前世，并告诉君王说，凭借至尊主的恩典，他还记得自己在前世发生的一切。佳德·巴茹阿特因为前世犯的错误而变得小心谨慎，所以假装是聋哑人，以避免与物质世界混在一起。与物质自然属性的接触影响非常强大。只有与奉献者联谊才能避免与物质主义者的不良联谊。与奉献者联谊使人得到做九种奉爱服务的机会(śravaṇaṁ kīrtanaṁ viṣṇoḥ smaraṇaṁ pāda-sevanam arcanaṁ vandanaṁ dāsyaṁ sakhyam ātma-nivedanam)。所以，与奉献者的联谊能使人避免与物质接触，从而跨越无知的海洋，回归家园，回到首神身边。

第 1 节

रहूगण उवाच
नमो नमः कारणविग्रहाय
स्वरूपतुच्छीकृतविग्रहाय ।
नमोऽवधूत द्विजबन्धुलिङ्ग-
निगूढनित्यानुभवाय तुभ्यम् ॥१॥

rahūgaṇa uvāca
namo namaḥ kāraṇa-vigrahāya
svarūpa-tucchīkṛta-vigrahāya
namo 'vadhūta dvija-bandhu-liṅga-
nigūḍha-nityānubhavāya tubhyam

rahūgaṇaḥ uvāca—茹阿胡嘎纳王说 / namaḥ—我最恭敬的顶礼 / namaḥ—敬礼 / kāraṇa-vigrahāya—对躯体来自至尊人(一切原因的起因)的人 / svarūpa-tucchīkṛta-vigrahāya—凭展现他真实的自我而完全去除经典中所有矛盾之处的 / namaḥ—尊敬的顶拜 / avadhūta—一切

神秘力量的主人啊！ / dvija-bandhu-liṅga－借出生在布茹阿玛纳家庭但却不履行布茹阿玛纳职责的人的特征 / nigūḍha－掩饰 / nitya-anubhavāya－向永恒觉悟了自我的他 / tubhyam－向你

译文　茹阿胡嘎纳王说：最崇高的人啊！您无异于至尊人格首神。凭您真实自我的影响力，经典中一切种类的矛盾都得以去除。您伪装成出生在布茹阿玛纳家庭但却不履行布茹阿玛纳职责的人，隐藏起自己超然极乐的状态。我恭敬地向您敬礼。

要旨　从《布茹阿玛·萨密塔》(Brahma-saṁhitā)中我们了解到，至尊人格首神是一切原因的起因(sarva-kāraṇa-kāraṇam)。瑞沙巴戴瓦(Ṛṣabhadeva)是作为一切原因之起因的至尊人格首神的直接化身，而现在以佳德·巴茹阿特·布茹阿玛纳身份行事的祂儿子巴茹阿特王(Bharata Mahārāja)，从祂——一切原因的起因那里得到躯体。正因为如此，这节诗中称佳德·巴茹阿特是“躯体来自至尊人(一切原因的起因)的人(kāraṇa-vigrahāya)。

第2节

ज्वरामयार्तस्य यथागदं सत्
निदाघदग्धस्य यथा हिमाम्भः ।
कुदेहमानाहिविदष्टदृष्टेः
ब्रह्मन् वचस्तेऽमृतमौषधं मे ॥ २॥

jvarāmayārtasya yathāgadaṁ sat
nidāgha-dagdhasya yathā himāmbhaḥ
kudeha-mānāhi-vidaṣṭa-dṛṣṭeḥ
brahman vacas te 'mṛtam auṣadhaṁ me

jvara－发烧的 / āmaya－被疾病 / ārtasya－痛苦之人的 / yathā－就如同 / agadam－药物 / sat－合适 / nidāgha-dagdhasya－被太阳的灼

热烤焦之人的 / yathā—就如同 / hima-ambhaḥ—非常冷的水 / ku-deha—在这个由物质构成并充满粪便和尿液等脏物的躯体内 / māna—骄傲的 / ahi—被毒蛇 / vidaṣṭa—咬 / dṛṣṭeḥ—视力……的 / brahman—最优秀的布茹阿玛纳啊！ / vacaḥ—话语 / te—您的 / amṛtam—甘露 / auṣadham—药物 / me—为我

译文 最优秀的布茹阿玛纳啊！我的身体满是污垢，我的视力被骄傲的毒蛇所咬，我持有的物质概念使我生病。您甘露般的教导对受这种发烧之苦的人来说是最合适的药物。它们对由灼热产生的烤焦感来说是冷却之水。

要旨 受制约的灵魂有一个充满骨头、血液、尿液和粪便等脏东西的躯体。这个世界中最有智慧的人都认为自己是血液、骨头、尿液和粪便的组合体。如果是这样，为什么不能用这些那么容易得到的材料制造出有智慧的人呢？整个世界都在躯体化概念的影响下运作，制造出一个不适合绅士淑女居住的地狱般的环境。佳德·巴茹阿特给茹阿胡嘎纳的教导非常珍贵。它们恰似能解救被毒蛇咬了的人的解药。对正在承受令人枯萎的高热之苦的人来说，韦达教导就像甘美、清凉的水一样。

第 3 节

तस्माद्भवन्तं मम संशयार्थं
प्रक्ष्यामि पश्चादधुना सुबोधम् ।
अध्यात्मयोगग्रथितं तवोक्त-
माख्याहि कौतूहलचेतसो मे ॥ ३ ॥

tasmād bhavantaṁ mama saṁśayārthaṁ
prakṣyāmi paścād adhunā subodham
adhyātma-yoga-grathitaṁ tavoktam
ākhyāhi kautūhala-cetaso me

tasmāt一因此 / bhavantam一向您 / mama一我的 / saṁśaya-artham一我不很清楚的事 / prakṣyāmi一我将提出 / paścāt一稍后 / adhunā一现在 / su-bodham一以至于可以清楚地被了解 / adhyātma-yoga一觉悟自我的神秘教导的 / grathitam一由……构成 / tava一您的 / uktam一言论 / ākhyāhi一请再解释一次 / kautūhala-cetasaḥ一内心特别想了解这些声明的奥秘 / me一对我

译文　我稍后会提出我对某个主题所具有的疑问。现在你给我的这些使人觉悟自我的神秘瑜伽教导，显得很难理解。请以简单的方式重复它们，使我能理解。我很好奇，所以想要清楚地了解这一切。

要旨　韦达文献的教导是：有智慧的人必须很好奇地想深入了解超然的科学。为此，人必须拜一位灵性导师(tasmād guruṁ prapadyeta jijñāsuḥ śreya uttamam)。尽管佳德·巴茹阿特给茹阿胡嘎纳王解释了一切，但看来茹阿胡嘎纳王的智力不足以透彻地理解这些教导。他因此而要求给予进一步的解释。正如《博伽梵歌》(Bhagavad-gītā)中说：“为理解真理而向一位灵性导师皈依，以服从的态度向他请教，为他服务(tad viddhi praṇipātena paripraśnena sevayā)。”学生必须拜一位灵性导师，全心投靠他(praṇipātena)，必须为理解灵性导师的教导(paripraśnena)而向导师提问。学生不该只是投靠灵性导师，还应该为他做爱心服务(sevayā)，以使灵性导师高兴，更清楚地向学生解释超然的主题。学生如果真诚地想要深入学习韦达教导，就不该以挑战的姿态出现在灵性导师面前。

第 4 节

यदाह योगेश्वर दृश्यमानं
क्रियाफलं सद्व्यवहारमूलम् ।

न ह्यञ्जसा तत्त्वविमर्शनाय
भवानमुष्मिन् भ्रमते मनो मे ॥ ४ ॥

yad āha yogeśvara dṛśyamānaṁ
kriyā-phalaṁ sad-vyavahāra-mūlam
na hy añjasā tattva-vimarśanāya
bhavān amuṣmin bhramate mano me

yat－……的 / āha－说过 / yoga-īśvara－神秘力量的主人啊！ / dṛśyamānam－被清楚地看到 / kriyā-phalam－感到疲累等身体劳作的结果 / sat－存在着 / vyavahāra-mūlam－仅仅以习惯为基础 / na－不 / hi－肯定地 / añjasā－总的来说或事实上 / tattva-vimarśanāya－通过询问了解真理 / bhavān－您阁下 / amuṣmin－在那个解释中 / bhramate－感到困惑的 / manaḥ－心 / me－我的

译文 瑜伽力量的主人啊！您说身体四处移动所导致的疲劳可被直接感受到，但实际上并不存在累。它只不过是习惯性的概念而已。靠这样的询问和回答，没人能得到有关绝对真理的结论。您给予的这个说明使我感到有些心乱。

要旨 就有关躯体化概念的询问和回答非常表面化，根本不构成有关绝对真理的知识。有关绝对真理的知识完全不同于对躯体苦乐的表面化了解。在《博伽梵歌》中，主奎师那告诉阿尔诸纳(Arjuna)，对与躯体有关的苦乐体验是短暂的，它们来来去去，人不该受它们的打扰，而应该忍受，继续追求灵性觉悟。

第 5—6 节

ब्राह्मण उवाच
अयं जनो नाम चलन् पृथिव्यां
यः पार्थिवः पार्थिव कस्य हेतोः ।

तस्यापि चाङ्घ्र्योरधि गुल्फजङ्घा-
जानूरुमध्योरशिरोधरांसाः ॥५॥
अंसेऽधि दार्वी शिबिका च यस्यां
सौवीरराजेत्यपदेश आस्ते ।
यस्मिन् भवान् रूढनिजाभिमानो
राजास्मि सिन्धुष्विति दुर्मदान्धः ॥६॥

brāhmaṇa uvāca
ayaṁ jano nāma calan pṛthivyāṁ
yaḥ pārthivaḥ pārthiva kasya hetoḥ
tasyāpi cāṅghryor adhi gulpha-jaṅghā-
jānūru-madhyora-śirodharāṁsāḥ
aṁse 'dhi dārvī śibikā ca yasyāṁ
sauvīra-rājety apadeśa āste
yasmin bhavān rūḍha-nijābhimāno
rājāsmi sindhuṣv iti durmadāndhaḥ

brāhmaṇaḥ uvāca一布茹阿玛纳说 / ayam一这个 / janaḥ一人 / nāma一作为……闻名于世 / calan一移动 / pṛthivyām一在地球上 / yaḥ一……的 / pārthivaḥ一土的一种变化 / pārthiva一同样有着土成分的躯体的君王啊！ / kasya一为了 / hetoḥ一理由 / tasya api一他的也是 / ca一和 / aṅghryoḥ一脚 / adhi一以上 / gulpha一足踝 / jaṅghā一小腿 / jānu一膝盖 / uru一大腿 / madhyora一腰 / śiraḥ-dhara一颈 / aṁsāḥ一肩膀 / aṁse一肩 / adhi一在……之上 / dārvī一用木头做成 / śibikā一轿子 / ca一和 / yasyām一……的 / sauvīra-rājā一骚维茹阿的国王 / iti一因此 / apadeśaḥ一以……为名 / āste一有 / yasmin一……的 / bhavān一您阁下 / rūḍha一强加于 / nija-abhimānaḥ一充满虚荣自大的心 / rājā asmi一我是君王 / sindhuṣu一在辛度国 / iti一如此 / durmada-andhaḥ一完全被虚荣心所迷惑

译文 觉悟了自我的佳德·巴茹阿特·布茹阿玛纳说：各种物质的排列组合，构成各种形象和土的变化。因为某种原因，这些在地球表面移动的形体被称为轿夫，那些不移动的物质变化是石头般粗糙的物体。无论如何，物质躯体是由土和石头构成的由脚、足踝、小腿、膝盖、大腿、躯干、喉咙和头组成的形象。在肩膀上的是木制的轿子，轿子里是所谓的骚维茹阿国的君王。君王的躯体只不过是土的另一种变化，但在那躯体中住的是您阁下，错误地想着您是骚维茹阿国的君王。

要旨 分析轿夫和坐轿子的人的躯体后，佳德·巴茹阿特总结说，真正的生命力是生物。生物是主维施努(Viṣṇu)的子女，在这个物质世界里动与不动的生物体中，真正的本源是主维施努。一切因祂的临在而运转，有作用与反作用。谁了解主维施努是一切的根源，谁就被认为是完美地处在知识的层面上。茹阿胡嘎纳王虽然为自己当了君王而错误地骄傲，但其实并没有知识。正因为如此，他才训斥轿夫们，包括觉悟了自我的佳德·巴茹阿特·布茹阿玛纳。这是佳德·巴茹阿特给予君王的第一条批评。君王竟然认为一切都是物质的，胆敢在愚昧、浅薄的基础上与一位博学的布茹阿玛纳交谈。茹阿胡嘎纳王争办说，生物住在躯体中，当躯体累了时，躯体中的生物也必然受苦。下面的诗文中清楚地解释说，生物并不会因为躯体累而感到痛苦。圣维施瓦纳特·查夸瓦尔提(Śrīla Viśvanātha Cakravartī)举了一个孩子用沉重的装饰品打扮自己的例子说：虽然孩子的身体很娇嫩，但他并不感到累，他的父母也不认为该把装饰品从他身上取下来。生物与躯体的苦乐无关。这些都是心智杜撰出来的。智者将会找到一切的起源。物质的变换组合在尘世的交往中也许是事实，但生命力——灵魂，其实与那些都无关。持有物质的躯体化概念并十分关心躯体的人，虚构出“贫穷的纳茹阿亚纳(daridra-nārāyaṇa)”的概念。然而，灵魂或超灵并不会因为从躯体的角度看是贫穷的，就真变穷了。这些都是物质之人的说辞。灵魂和超灵永远与躯体的苦乐无关。

第 7 节

शोच्यानिमांस्त्वमधिकष्टदीनान्
विष्टया निगृह्णन्निरनुग्रहोऽसि ।
जनस्य गोप्तास्मि विकत्थमानो
न शोभसे वृद्धसभासु धृष्टः ॥७॥

śocyān imāṁs tvam adhikaṣṭa-dīnān
viṣṭyā nigṛhṇan niranugraho 'si
janasya goptāsmi vikatthamāno
na śobhase vṛddha-sabhāsu dhṛṣṭaḥ

śocyān—可悲的 / imān—所有这些 / tvam—你 / adhi-kaṣṭa-dīnān—因贫穷而受更多痛苦的可怜之人 / viṣṭyā—强迫性地 / nigṛhṇan—抓住 / niranugrahaḥ asi—在你心中没有仁慈 / janasya—一般大众的 / goptā asmi—我是保护者(国王) / vikatthamānaḥ—自夸着 / na śobhase—你会被看不起 / vṛddha-sabhāsu—在有学问的人当中 / dhṛṣṭaḥ—只不过是无礼的

译文　但事实是，这些免费为你抬轿的无辜之人，无疑正因为这种不公平而在受苦。你强迫他们为你抬轿，致使他们的处境很可悲。这证明你残忍、刻薄，但虚假的声望却使你认为自己在保护国民。这很滑稽。你是那么愚蠢，有进步知识的人根本不会把你尊为是重要人物。

要旨　茹阿胡嘎纳王为自己是个君王而骄傲，觉得自己有权利按照自己的喜好控制国民。他其实是在不付钱的情况下让人给他抬轿子，以此毫无原因地给人制造麻烦。尽管如此，君王仍认为自己是国民的保护者。事实上，君王本应该是至尊人格首神的代表，并因此而被称为是“人类中的至尊主(nara-devatā)”。然而，当君王认为自己是一国之君，所以可以为自己进行感官享乐而利用国民时，他就错了。博学的学者们不赞赏这种态度。根据韦达原则，博学的圣人、布茹阿玛纳和学者们应该给君王当顾问，按照宗教经典(dharma-śāstra)的训喻给君王提出建议和忠告。君王的职责是遵循这些教导。学者们不赞赏君王利用大众的努力为自己谋福利的做法；相反，他的职责应该是保护国民。君王不该成为剥削国民为自己谋福利的恶棍。

《圣典博伽瓦谭》(Śrīmad-Bhāgavatam)中说，在喀历年代(Kali-yuga)里，政府首脑将是掠夺者和盗贼。这些掠夺者和盗贼靠强迫或诈骗的方式夺取民众的钱财。正因为如此，《圣典博伽瓦谭》中说：这些残酷的统治者的行为将不输于强盗(rājanyair nirghṛṇair dasyu-dharmabhiḥ)。随着喀历年代向前推进，这些特点已越来越清晰可见。我们无疑可以想象，到喀历年代的尾声时，人类文明将有多么堕落。事实上，那时将不再有能够了解神以及我们与祂的关系的头脑清醒之人。换句话说，人类将如同动物一般。那时，为了重组人类社会，主奎师那将以考克依化身(Kalki avatāra)前来，杀死所有的无神论者，因为真正的保护者最终是维施努(Viṣṇu)——奎师那(Kṛṣṇa)。

当所谓的君王或政府首脑们管理失当时，至尊主就化身前来，整顿秩序。正如奎师那在《博伽梵歌》中说：巴茹阿特的后裔啊！每当宗教衰退，反宗教盛行，我就会亲自降临(yadā yadā hi dharmasya glānir bhavati bhārata)。这当然要用很多年的时间，但原则就是如此。当君王或政府首脑不遵循正确的原则时，大自然就会以战争、饥荒等形式施以惩罚。因此，政府首脑如果不清楚人生的目标，就不该承担统治人民的重担。事实上，一切的至尊拥有者是主维施努。祂是众生的维护者。君王、父亲和守护者，都只不过是主维施努的代表，经祂授权负责管理和维持各项事物。所以，国家首脑的职责是，以使国民最终了解人生目标的方式保护人民大众。不幸的是，愚蠢的政府首脑和人民大众都不知道人生的最终目标是了解和接近主维施努(na te viduḥ svārtha-gatiṁ hi viṣṇum)。没有这一知识的人都处在愚昧无知的状态中，整个社会挤满了骗子和被骗之人。

第 8 节

यदा क्षितावेव चराचरस्य
विदाम निष्ठां प्रभवं च नित्यम् ।
तन्नामतोऽन्यद्व्यवहारमूलं
निरूप्यतां सत्क्रिययानुमेयम् ॥ ८ ॥

yadā kṣitāv eva carācarasya
vidāma niṣṭhāṁ prabhavaṁ ca nityam
tan nāmato 'nyad vyavahāra-mūlaṁ
nirūpyatāṁ sat-kriyayānumeyam

yadā—因此 / kṣitau—在地球上 / eva—无疑地 / cara-acarasya—可移动或不可移动的不同躯体的 / vidāma—我们知道 / niṣṭhām—毁灭 / prabhavam—出现 / ca—和 / nityam—按照自然定律有规律地 / tat—那 / nāmataḥ—仅以名称 / anyat—其他 / vyavahāra-mūlam—物质活动的起因 / nirūpyatām—弄清楚 / sat-kriyayā—通过实际活动 / anumeyam—被推论

译文 在地球表面上的我们，都是形象各异的生物体，有些可移动，有些不可移动。我们都进入存在，停留一段时间后被毁灭，躯体再次与土混合。我们都不过是土的不同形式的变化而已。各种躯体和能力仅仅是土的变化以不同的名称存在着，因为一切产自于土，瓦解后又重归于土。换句话说，我们现在不过是尘土，将来也不过是尘土。人人都能明白这一点。

要旨 《布茹阿玛经》中说：tad-ananyatvam ārabhambhaṇa-śab-dādibhyaḥ(2.1.14)。这个宇宙展示是物质与灵魂的组合，但根本原因是至尊梵(Brahman)——至尊人格首神。所以《圣典博伽瓦谭》中说：人格首神至尊主本身就是这宇宙(idaṁ hi viśvaṁ bhagavān iveta-raḥ)。整个宇宙展示只不过是至尊人格首神的能量的一种变化而已。然而，由于错觉能量的影响，没人能察知神与物质世界并无不同。事实上，这个物质世界只不过是祂不同能量的转化而已(parā-sya śaktir vividhaiva śrūyate)。对此，韦达经中还有其他的说法说：物质和灵性都与至尊梵——至尊人格首神没有区别(sarvaṁ khalv idaṁ brahma)。在《博伽梵歌》中，圣主奎师那证实这一说明道：八种元素组成祂分离出的物质能量(me bhinnā prakṛtir aṣṭadhā)。物质能量是奎师那的能量，但与祂是分开的。灵性能量也是祂的能量，但没有与祂分开。当物质能量被用于为至尊灵魂服务时，所谓的物质能量也就转化为灵性能量，正如把铁棒放在火上烧之后变成火一样。当我们通过分析研究了解到至尊人格首神是一切原因的起因时，我们的知识就完整了。

仅仅了解不同能量的转化只是有一部分知识。我们必须了解最初的原因。要享受物质生活的人不知道人生的最终目标是了解和接近主维施努(na te viduḥ svārtha gatiṁ hi viṣṇum)。这类人不想了解那发散出一切的源头，对这类人的了解，永远都不是完整的知识。这个现象世界中的一切，都是由至尊人格首神的至尊能量产出的。土散发出的芳香被用于生产出不同的气味，用于实现不同的目的，但香气的源头是土，不是别的。用土制成的水罐可以在一段时间里被用来盛水，但那罐子最终不是别的，而是土。因此，水罐和用来制作它的原材料——土，没有区别。那只不过是能量的不同转化而已。原因或最初的原材料原本都是至尊人格首神，各种变化都只是副产品。《昌窦给亚奥义书》(Chāndogya Upaniṣad)中说：土的各种变化只不过是名称，只有土本身才是真实存在(yathā saumy ekena mṛt-piṇḍena sarvaṁ mṛnmayaṁ vijñātaṁ syād vācārambhaṇaṁ vikāro nāmadheyaṁ mṛttikety eva satyam)。人如果研究土，自然就会明白土的副产品。为此，韦达经中指示说：人只要了解最初的原因奎师那——一切原因的起因，自然就会明白其他的一切，尽管那看起来千变万化(yasmin vijñāte sarvam evaṁ vijñātaṁ bhavati，《蒙达卡奥义书》1.3)。通过了解各种变化的根本原因，人就能了解一切。如果我们了解奎师那——一切的最初原因，我们就不需要另外研究各种次要的变化了。正因为如此，《圣典博伽瓦谭》一开篇就说：我冥想绝对真理(satyaṁ paraṁ dhīmahi)。我们必须把注意力集中在了解最高真理奎师那——华苏戴瓦(Vāsudeva)上。梵文华苏戴瓦是指一切原因的起因至尊人格首神。至尊主在《博伽梵歌》中说：众生都在我之中，我却不在他们中(mat-sthāni sarva-bhūtāni na cāhaṁ teṣv avasthitaḥ)。这是对现象哲学和实体哲学的总结。现象世界依靠实体的存在而存在；同样，一切存在都依靠至尊主的力量，尽管我们因为愚昧无知而察觉不到至尊主是无所不在的。

第 9 节

एवं निरुक्तं क्षितिशब्दवृत्त-
मसन्निधानात्परमाणवो ये ।
अविद्यया मनसा कल्पितास्ते
येषां समूहेन कृतो विशेषः ॥ ९ ॥

evaṁ niruktaṁ kṣiti-śabda-vṛttam
asan nidhānāt paramāṇavo ye
avidyayā manasā kalpitās te
yeṣāṁ samūhena kṛto viśeṣaḥ

evam—因此 / niruktam—错误地描述 / kṣiti-śabda—“地球”这个词的 / vṛttam—存在 / asat—不真实的 / nidhānāt—从……的分

解 / parama-aṇavaḥ－原子微粒 / ye－所有……的 / avidyayā－因为智力欠佳 / manasā－在心中 / kalpitāḥ－想象 / te－他们 / yeṣām－……的 / samūhena－借由……的聚集体 / kṛtaḥ－做出 / viśeṣaḥ－特点

译文　有人也许会说，多样化产自地球本身。然而，尽管宇宙也许短暂地显得像是真实存在，但最终并非真实存在。地球原本由原子微粒组合而成，但这些微粒只暂时存在。事实上，原子并非宇宙的起因，尽管有些哲学家以为如此。在这个物质世界里发现的多样化，并非只是原子排列组合的结果。

要旨　信奉原子理论的人，认为是原子中的质子和电子以某种方式的组合使得这个物质存在得以展现。然而，科学家无法找到原子本身存在的原因。在这种情况下，我们无法接受原子是宇宙起因的理论。这种理论是由无知之人提出的。真正的信息是，至尊主才是宇宙展示的真正起因。《圣典博伽瓦谭》中说：祂是宇宙展示创造、维系和毁灭的最初原因(janmādy asya yataḥ)。正如至尊主在《博伽梵歌》中说明的：我是灵性世界和物质世界的源头(ahaṁ sar-vasya prabhavo mattaḥ sarvaṁ pravartate)。奎师那是最初的原因。祂是一切原因的起因(sarva-kāraṇa-kāraṇam)。奎师那是物质能量——原子的起因。《博伽梵歌》第7章的第4节诗说：

bhūmir āpo 'nalo vāyuḥ
khaṁ mano buddhir eva ca
ahaṅkāra itīyaṁ me
bhinnā prakṛtir aṣṭadhā

“土、水、火、气、空间、心、智力和假我这八种元素，组成我分离出的物质能量。”

最初的原因是至尊人格首神；只有处在无知的愚昧状态中的人，才试图靠提出不同的理论找到其他原因。

第 10 节

एवं कृशं स्थूलमणुर्बृहद्य-
दसच्च सज्जीवमजीवमन्यत् ।
द्रव्यस्वभावाशयकालकर्म-
नाम्नाजयावेहि कृतं द्वितीयम् ॥१०॥

evaṁ kṛśaṁ sthūlam aṇur bṛhad yad
asac ca saj jīvam ajīvam anyat
dravya-svabhāvāśaya-kāla-karma-
nāmnājayāvehi kṛtaṁ dvitīyam

evam－因此 / kṛśam－消瘦或矮小 / sthūlam－肥胖 / aṇuḥ－微小 / bṛhat－巨大 / yat－……的 / asat－暂时的 / ca－和 / sat－存在着 / jīvam－生物体 / ajīvam－无生命的物质 / anyat－其他原因 / dravya－现象 / sva-bhāva－自然 / āśaya－倾向 / kāla－时间 / karma－活动 / nāmnā－只是以这些称呼 / ajayā－靠物质自然 / avehi－你应该了解 / kṛtam－完成 / dvitīyam－二元性

译文　由于这宇宙最终并非真实存在，它其中的不足、差异、肥胖、消瘦、微小、巨大、结果、原因、生命表征和物质原料，统统是想象。它们都是用同样的物质——土，所制成的罐子，但名字各异。差异表现为实体、性质、倾向、时间和活动。你该知道，所有这些都只不过是物质自然机械性的展示。

要旨　这个物质世界里的短暂展示和多样化，都只不过是物质自然在各种情况下制造出的产品(prakṛteḥ kriyamāṇa-ni guṇaiḥ karmāṇi sarvaśaḥ)。物质自然的作用和反作用，有时被我们视为是我们人类的科学创造、发明，因此我们想要把这些归功于自己，但却无视神的存在。就有关这一点，《博伽梵歌》中说：灵魂受假我的迷惑，以为是自己在活动(ahaṅkāra-vimūḍhātmā kartāham iti manyate)。

生物因为被至尊主的外在错觉能量蒙蔽，所以试图把物质世界里的各种创造归功于自己。事实上，所有这一切都是由至尊人格首神的能量所发动的物质力量自动创造出来的。因此，至尊人是最初的原因。正如《布茹阿玛·萨密塔》中说：

īśvaraḥ paramaḥ kṛṣṇaḥ
sac-cid-ānanda-vigrahaḥ
anādir ādir govindaḥ
sarva-kāraṇa-kāraṇam

祂是一切原因的起因，最初的原因。就有关这一点，圣玛德瓦查尔亚(Śrīla Madhvācārya)说：除了维施努，一切都由祂的能量(prakrti)制成；维施努是祂能量的依靠和支撑，是一切事物最终的依靠和支撑，因此一切言语都只适用于祂(evaṁ sarvaṁ tathā prakṛtvayai kalpitaṁ viṣṇor anyat. evaṁ prakṛtyādhāraḥ svayam ananyādhāro viṣṇur eva ataḥ sarva-śabdāś ca tasminn eva)。事实上，主维施努才是最初的原因，但由于无知，人们以为物质是一切的原因。

rājā goptāśrayo bhūmiḥ
śaraṇaṁ ceti laukikaḥ
vyavahāro na tat satyaṁ
tayor brahmāśrayo vibhuḥ

人们在短暂或表浅的层面上考虑事情，但那其实并非真相。众生真正的保护人是梵——至尊者，而不是国王。

goptrī ca tasya prakṛtis
tasyā viṣṇuḥ svayaṁ prabhuḥ
tava goptrī tu pṛthivī
na tvaṁ goptā kṣiteḥ smṛtaḥ
ataḥ sarvāśrayaiś caiva
goptā ca harir īśvaraḥ
sarva-śabdābhidheyaś ca

śabda-vṛtter hi kāraṇam
sarvāntaraḥ sarva-bahir
eka eva janārdanaḥ

这两节诗的大意是：真正的女摄政王是物质自然，但维施努是她的主人。祂是一切的主人。主佳纳尔丹(Janārdana)从外在和内在给予指导。祂是一切话语功能的起因，也是一切声音所表达的意思的原因。

śirasodhāratā yadvad
grīvāyās tadvad eva tu
āśrayatvaṁ ca goptṛtvam
anyeṣām upacārataḥ

主维施努是整个创造停留其上的基地(brahmaṇo hi pratiṣṭhāham)。一切都以梵为根基。所有的宇宙都停留在梵光中(brahmajyoti)，而所有的星球都栖息在宇宙大气中。每一个星球上都有海洋、山丘和国家，而每一个星球都给那么多的生物体以庇护。他们都站在土展示出的脚、腿、躯干和肩膀上，但这一切最终其实都栖息在至尊人格首神的能量上。正因为如此，祂最终被称为一切原因的起因(sarva-kāraṇa-kāraṇam)。

第 11 节

ज्ञानं विशुद्धं परमार्थमेक-
मनन्तरं त्वबहिर्ब्रह्म सत्यम् ।
प्रत्यक्प्रशान्तं भगवच्छब्दसंज्ञं
यद्वासुदेवं कवयो वदन्ति ॥११॥

jñānaṁ viśuddhaṁ paramārtham ekam
anantaraṁ tv abahir brahma satyam
pratyak praśāntaṁ bhagavac-chabda-saṁjñaṁ
yad vāsudevaṁ kavayo vadanti

jñānam－至高无上的知识 / viśuddham－未受污染 / parama-artham－给予生命最终的目标 / ekam－使一致 / anantaram－没有内部、完整的 / tu－也 / abahiḥ－没有外部 / brahma－至尊 / satyam－绝对真理 / pratyak－内部 / praśāntam－受到瑜伽师崇拜的平静的至尊主 / bhagavat-śabda-saṁjñam－从更高的意义上称为巴嘎万——一切财富的拥有者 / yat－那 / vāsudevam－瓦苏戴瓦的儿子——主奎师那 / kavayaḥ－博学的学者 / vadanti－说

译文 那什么是最终的真理呢？回答是，没有相对性的知识是最终的真理。祂绝无物质属性的污染。祂给我们以解脱。祂独一无二、无所不在且超越想象。对那知识的基本认识是梵。接着，是由瑜伽师无怨无悔地为看到祂而努力所觉悟到的超灵。这是觉悟的第二个阶段。最后，对同一个最高知识的完整觉悟，是认识到至尊人。所有博学的学者都将至尊人描述为是华苏戴瓦、梵的根源及超灵等。

要旨 《永恒的柴坦亚经》中说：绝对真理不具人格特征的梵光由至尊人格首神身体放射出的光芒构成(yad advaitaṁ brahmopa-niṣadi tad apy asya tanu-bhā)；个体灵魂(ātmā)和超灵(antaryāmī)都不过是至尊人格首神的扩展(ya ātmāntaryāmī puruṣa iti so 'syāṁśa-vibha-vaḥ)；华苏戴瓦被描述为是至尊人格首神且完全具有六种财富，而圣柴坦亚·玛哈帕布与祂没有区别(sad-aiśvaryaiḥ pūrṇo ya iha bhaga-vān sa svayam ayam)。《博伽梵歌》第7章的第19节诗中说：博学学者和伟大的哲学家在经过许许多多生世后承认这一点(vāsudevaḥ sar-vam iti sa mahātmā sudurlabhaḥ)。博学之人能了解华苏戴瓦——奎师那最终是梵和超灵的源头，因此是一切原因的起因(sarva-kāraṇa-kā-raṇam)。对此，《圣典博伽瓦谭》中确认说：真正的绝对真理(tattva)是至尊人格首神巴嘎万(Bhagavān)，但由于对绝对真理不完整的认识，人们有时把同一位维施努描述为是不具人格特征的梵

(Brahman)，或处在局部区域的超灵(Paramātmā)。

vadanti tat tattva-vidas
tattvaṁ yaj jñānam advayam
brahmeti paramātmeti
bhagavān iti śabdyate

“博学的超然主义者了解绝对真理，把这没有相对性的实体称为梵、超灵或人格首神。”(《圣典博伽瓦谭》1.2.11)

《圣典博伽瓦谭》一开篇就说：我们冥想至尊真理(satyaṁ paraṁ dhīmahi)。这节诗文中解释至尊真理说，绝对真理没有物质的污染，是超越物质属性的(jñānaṁ viśuddhaṁ satyam)。祂赐予人所有的灵性成就，把人从这个物质世界拯救出去。这位至尊绝对真理就是奎师那——华苏戴瓦。奎师那没有内在自我与外在躯体的区别。祂是完整的整体(pūrṇa)。祂不像我们有躯体与灵魂之间的区别。所谓的学者们不知道奎师那的原本地位，有时误导大众说，内在的奎师那与外在的奎师那不同。奎师那说“永远想着我、崇拜我，想我致敬，成为我的奉献者(man-manā bhava mad-bhakto mad-yājī māṁ na-maskuru)”，所谓的学者们就对读者说，我们要皈依的不是奎师那那个人，而是内在的奎师那。所谓的学者——假象宗人士(Māyā-vādī)，无法用他们那点儿可怜的知识了解奎师那。因此，人应该找一位了解奎师那的权威人士。灵性导师真正看到了奎师那，因而能正确地描述祂。

tad viddhi praṇipātena
paripraśnena sevayā
upadekṣyanti te jñānaṁ
jñāninas tattva-darśinaḥ

“为理解真理而向一位灵性导师皈依，以服从的态度向他请教，为他服务。觉悟了自我的灵魂看到了真理，因此可以把知识传授给你。”(《博伽梵歌》4.34)不找一位权威人士，就无法了解奎师那。

第 12 节

रहूगणैतत्तपसा न याति
न चेज्यया निर्वपणाद् गृहाद्वा ।
न च्छन्दसा नैव जलाग्निसूर्यै-
र्विना महत्पादरजोऽभिषेकम् ॥१२॥

rahūgaṇaitat tapasā na yāti
na cejyayā nirvapaṇād gṛhād vā
na cchandasā naiva jalāgni-sūryair
vinā mahat-pāda-rajo-'bhiṣekam

rahūgaṇa—茹阿胡嘎纳王啊！/ etat—这知识 / tapasā—靠艰巨的苦行 / na yāti—不会揭示 / na—不 / ca—也 / ijyayā—通过非凡的安排崇拜神像 / nirvapaṇāt—或靠中止所有物质职责后当托钵僧 / gṛ-hāt—靠理想的家庭生活 / vā—或者 / na—也不 / chandasā—靠奉行独身禁欲生活或研读韦达文献 / na eva—也不 / jala-agni-sūryaiḥ—靠使自己留在水中、烈火中或烈日下等艰巨的苦行 / vinā—没有 / ma-hat—伟大奉献者的 / pāda-rajaḥ—莲花足上的尘土 / abhiṣekam—涂遍全身

译文 我亲爱的茹阿胡嘎纳王，人除非有机会将伟大奉献者莲花足上的尘土涂遍全身，否则无法领悟绝对真理。仅仅靠过独身禁欲的生活，严格遵守居士生活的规范守则，退出家庭生活，当托钵僧，或者从事在冬季使自己浸泡在水中、夏季头顶烈日坐在火圈中的苦行，根本无法认识到绝对真理。还有许多其他帮助了解绝对真理的程序，但绝对真理只向得到优秀奉献者仁慈的人揭示祂自己。

要旨　纯粹的奉献者可以把使人获得超然极乐的真正知识给予任何人。只靠遵循韦达经(Veda)的知识，无法使人达到灵性生活的完美境界(vedeṣu durlabham adurlabham ātma-bhaktau)。人必须接近一位纯粹的奉献者(anyābhilāṣitā-śūnyaṁ jñāna-karmādy-anāvṛtam)。凭借这样一位奉献者的仁慈，我们可以了解绝对真理奎师那，以及我们与祂的关系。有些物质主义者认为，仅仅靠从事虔诚活动并留在家中，就可以了解绝对真理。这节诗文否认了这一点。也没人能只靠遵守禁欲(brahmacarya)的规范原则了解绝对真理。只有为纯粹奉献者做服务，才确保人了解绝对真理。

第 13 节

यत्रोत्तमश्लोकगुणानुवादः
　प्रस्तूयते ग्राम्यकथाविघातः ।
निषेव्यमाणोऽनुदिनं मुमुक्षो-
　र्मतिं सतीं यच्छति वासुदेवे ॥१३॥

yatrottamaśloka-guṇānuvādaḥ
　prastūyate grāmya-kathā-vighātaḥ
niṣevyamāṇo 'nudinaṁ mumukṣor
　matiṁ satīṁ yacchati vāsudeve

yatra—有(优秀奉献者在)的地方 / uttama-śloka-guṇa-anuvādaḥ—谈论至尊人格首神的娱乐活动和光荣 / prastūyate—被呈现 / grāmya-kathā-vighātaḥ—因为没机会谈及事俗事物 / niṣevyamāṇaḥ—被极为认真地聆听着 / anudinam—日复一日 / mumukṣoḥ—非常认真地想要摆脱物质纠缠的人的 / matim—冥想 / satīm—单纯和简单 / yacchati—被转向 / vāsudeve—向主华苏戴瓦的莲花足

译文　谁是这样的纯粹奉献者呢？纯粹奉献者聚在一起时从不谈论政治和社会等物质性话题。纯粹奉献者相聚时只谈至尊人格首神的品质、形象和娱乐活动。他们全神贯注地赞美和崇拜祂。纯粹奉献者联谊时，只要一直不断尊敬地聆听这类主题，甚至能使想要融入绝对真理存在的人抛弃这想法，逐渐变得喜爱为华苏戴瓦做服务。

要旨 这节诗文中描述了纯粹奉献者表现出的特征。纯粹奉献者对物质的话题从不感兴趣。圣柴坦亚·玛哈帕布曾严禁祂的奉献者谈论尘世的内容。人不该放纵自己没必要地谈论物质世界的消息(grāmya-vārtā nā kahibe)。我们不该以这种方式浪费时间。这是奉献者的生活中极为重要的特色。奉献者除了侍奉至尊人格首神奎师那，没有其他的雄心。开展这场奎师那意识运动是为了使人们一天二十四小时地沉浸于为奎师那服务和赞美祂的荣耀。我们这个协会的学生从清晨五点到晚上十点都在忙于培养奎师那意识。他们其实没机会讨论政治、社会和最近发生的事件，以此毫无必要地浪费时间。这些都将以它们的方式发生。奉献者唯一考虑的是积极、认真地为奎师那做服务。

第 14 节

अहं पुरा भरतो नाम राजा
विमुक्तदृष्टश्रुतसङ्गबन्धः ।
आराधनं भगवत ईहमानो
मृगोऽभवं मृगसङ्गाद्धतार्थः ॥१४॥

aham purā bharato nāma rājā
vimukta-dṛṣṭa-śruta-saṅga-bandhaḥ
ārādhanaṁ bhagavata īhamāno
mṛgo 'bhavaṁ mṛga-saṅgād dhatārthaḥ

aham一我 / purā一从前(在我的前两世中) / bharataḥ nāma rājā一名叫巴茹阿特的君王 / vimukta一自……解脱 / dṛṣṭa-śruta一靠亲自体

验或从韦达经得来的知识 / saṅga-bandhaḥ－被交往所束缚 / ārādhanam－崇拜 / bhagavataḥ－至尊人格首神华苏戴瓦的 / īhamānaḥ－总是从事 / mṛgaḥ abhavam－我变成一头鹿 / mṛga-saṅgāt－由于我与一头鹿的亲密交往 / hata-arthaḥ－忽视了奉爱服务的原则

译文 我前生以巴茹阿特王著称，靠由直接体验完全远离物质活动并通过间接体验了解韦达经的知识而达到完美的境界。我全身心投入地侍奉至尊主；但由于自己的不幸，我对一头小鹿产生了深厚的情感，以致忽略了自己的灵性责任。由于我对小鹿的一往情深，我在来世不得不接受一个鹿的躯体。

要旨 这里谈到的事变意义重大。前一节诗文中说，人除非有机会将伟大奉献者莲花足上的尘土撒到自己头上，否则无法领悟绝对真理(vinā mahat-pāda-rajo-'bhiṣekam)。始终执行灵性导师训示的人不存在坠落的问题。愚蠢的门徒一旦试图超过他的灵性导师，野心勃勃地要占据灵性导师的位置，他就立刻坠落。凭借灵性导师的仁慈，我们得到奎师那的祝福；没有灵性导师的仁慈，我们无法取得进步(yasya prasādād bhagavat-prasādo yasyāprasādān na gatiḥ kuto 'pi)。门徒如果以为灵性导师是普通人，就必会失去继续进步的机会。巴茹阿特王虽然过着严谨的奉爱服务生活，但在变得过度依恋一头鹿的时候没有去请教一位灵性导师，因此强烈地依恋上一头鹿，忘了从事他的日常灵性活动，结果从他的灵性层面上坠落下来。

第 15 节

सा मां स्मृतिर्मृगदेहेऽपि वीर
कृष्णार्चनप्रभवा नो जहाति ।
अथो अहं जनसङ्गादसङ्गो
विशङ्कमानोऽविवृतश्चरामि ॥१५॥

sā māṁ smṛtir mṛga-dehe 'pi vīra
kṛṣṇārcana-prabhavā no jahāti
atho ahaṁ jana-saṅgād asaṅgo
viśaṅkamāno 'vivṛtaś carāmi

sā—那 / mām—我 / smṛtiḥ—我前世活动的记忆 / mṛga-dehe—在一头鹿的躯体中 / api—虽然 / vīra—伟大的英雄啊！ / kṛṣṇa-arcana-prabhavā—由于真诚地为奎师那做服务而出现的 / no jahāti—没离开 / atho—因此 / aham—我 / jana-saṅgāt—与普通人的交往 / asaṅgaḥ—完全脱离 / viśaṅkamānaḥ—害怕 / avivṛtaḥ—不被他人察觉 / carāmi—我四处走

译文 亲爱的英雄君王，由于我过去为至尊主所做的真诚服务，我能甚至在鹿的躯体中记住我过去生活中的一切。我因为意识到前世的坠落，所以总是使自己远离与普通人的交往。由于对物质主义者的不良交往感到害怕，我在不引起他人注意的情况下独自游荡。

要旨 《博伽梵歌》中说：在奉爱之途上哪怕前进一点点，都能使人得到保护(svalpam apy asya dharmasya)。从人类生活到动物生活无疑是很大程度的坠落，但就巴茹阿特王或任何其他奉献者而言，为至尊主所做的奉爱服务永远都不会化为乌有。正如《博伽梵歌》中说：人在离开躯体时无论记起什么情形，就必会到达那情景(yaṁ yaṁ vāpi smaran bhāvaṁ tyajaty ante kalevaram)。按照自然法律的规定，死亡时内心专注于某个念头或思想。这也许使人投生为动物，但对奉献者来说没有损失。巴茹阿特王虽然接受了一个鹿的躯体，但并没有忘记他的身份，因此在鹿的躯体中非常谨慎地铭记自己坠落的原因。结果，他被给予机会投生到一个很纯洁的布茹阿玛纳的家中。所以，他为至尊主所做的服务从未化为乌有。

第 16 节

तस्मान्नरोऽसङ्गसुसङ्गजात-
ज्ञानासिनेहैव विवृक्णमोहः ।
हरिं तदीहाकथनश्रुताभ्यां
लब्धस्मृतिर्यात्यतिपारमध्वनः ॥१६॥

tasmān naro 'saṅga-susaṅga-jāta-
jñānāsinehaiva vivṛkṇa-mohaḥ
hariṁ tad-īhā-kathana-śrutābhyāṁ
labdha-smṛtir yāty atipāram adhvanaḥ

tasmāt—为了这个理由 / naraḥ—每个人 / asaṅga—凭脱离与世人的交往 / su-saṅga—凭与奉献者的联谊 / jāta—产生 / jñāna-asinā—靠知识宝刀 / iha—在这物质世界 / eva—甚至 / vivṛkṇa-mohaḥ—错觉完全被砍成碎片的 / harim—至尊人格首神 / tad-īhā—祂的活动的 / ka-thana-śrutābhyām—靠聆听和吟唱两个程序 / labdha-smṛtiḥ—唤醒失去的意识 / yāti—达到 / atipāram—终点 / adhvanaḥ—在回归家园、回归首神的路途上

译文 仅仅靠与崇高奉献者的联谊，谁都能达到知识的完美境界，用知识宝刀将这物质世界里的错觉性联谊砍成碎片。通过与奉献者的联谊，人可以靠聆听和吟唱为至尊主服务，从而唤醒沉睡的奎师那意识。坚持不懈地培养奎师那意识，甚至在这一生就回归家园，回到首神身边。

要旨 要从物质束缚中得到解放，人必须与奉献者联谊，停止与世俗之人交往。就有关这一点，谈了该做什么，不该做什么。与奉献者交往使人发展沉睡在心中的奎师那意识。这场奎师那意识运动的目的旨在给予每一个人这样的机会。我们为所有认真培养奎

师那意识的人提供庇护。我们安排他们的食宿，以使他们能平静地培养奎师那意识，甚至在这一生就回归家园，回到首神身边。

到此为止，结束了巴克提韦丹塔对《圣典博伽瓦谭》第5篇第12章“茹阿胡嘎纳王与佳德·巴茹阿特的对话”所作的阐释。

第十三章

茹阿胡嘎纳王与佳德·巴茹阿特的进一步谈论

佳德·巴茹阿特·布茹阿玛纳对茹阿胡嘎纳王很仁慈，为使他不再依恋物质世界，将物质世界比喻为森林。他解释说，这物质世界好似一大片森林，人们因为过物质性的生活而被束缚在其中。这片森林中有强盗(六个感官)，以及豺狼、狗和狮子等总是渴望喝一家之主血液的肉食性动物(妻子、孩子和其他亲戚)。森林中的强盗和渴望喝鲜血的肉食性动物联合起来剥削这个物质世界里的人的精力。这片森林中还有被杂草遮盖着的黑洞，进入这片森林中的人有可能坠入其中。进入这片森林并被许多物质事物迷住的人，与这个物质世界、社会、友谊、爱和家庭认同。他在迷路不知往哪里走且备受飞禽、野兽打扰的情况下，成为多种欲望的受害者。人就这样在森林中苦苦挣扎，到处游荡，迷恋短暂的快乐，因所谓的痛苦而悲伤。这片森林中所谓的苦乐其实都只是让人在受苦。他有时被蛇(沉睡)咬，因而失去意识，对履行自己的职责感到困惑、迷茫；有时受不是自己妻子的女人吸引，想要与之享受婚外情。他受到各种疾病、悲伤、冬季和夏季的攻击，在物质世界这片森林中承受物质存在的痛苦。期望得到快乐的生物不断改变自己的处境，但事实上，在这个物质世界里的物质主义者永远都不快乐。他因为一直不断地从事物质性的活动而心烦意乱，忘记自己总有一天会面临死亡。他虽然苦难深重，但在物质错觉能量的迷惑下，仍继续渴望物质快乐。他就这样完全忘了他与至尊人格首神的关系。

聆听佳德·巴茹阿特讲述的这一切，使茹阿胡嘎纳王恢复了他的奎师那意识，以这种方式得到与佳德·巴茹阿特联谊的好处。他能明白自己曾受错觉的蒙蔽，乞求佳德·巴茹阿特原谅他的无礼。上述这一切是舒卡戴瓦·哥斯瓦米(Śukadeva Gosvāmī)给帕瑞克西特王(Mahārāja Parīkṣit)讲述的内容。

第 1 节

ब्राह्मण उवाच
दुरत्ययेऽध्वन्यजया निवेशितो
रजस्तमःसत्त्वविभक्तकर्मदृक् ।
स एष सार्थोऽर्थपरः परिभ्रमन्
भवाटवीं याति न शर्म विन्दति ॥ १ ॥

brāhmaṇa uvāca
duratyaye 'dhvany ajayā niveśito
rajas-tamaḥ-sattva-vibhakta-karmadṛk
sa eṣa sārtho 'rtha-paraḥ paribhraman
bhavāṭavīṁ yāti na śarma vindati

brāhmaṇaḥ uvāca—布茹阿玛纳·佳德·巴茹阿特继续道 / duratyaye—很难跨越的 / adhvani—在功利性活动这条路上(这一生从事活动并因这些活动而在下一世造出一个身躯，就这样不断经历生死) / ajayā—被至尊人格首神的外在能量玛亚 / niveśitaḥ—导致进入 / rajaḥ-tamaḥ-sattva-vibhakta-karma-dṛk—只看到善良型、激情型和愚昧型三类功利性活动及其结果这些眼前利益的受制约的灵魂 / saḥ—他 / eṣaḥ—这 / sa-arthaḥ—错误寻求感官享乐的生物体 / artha-paraḥ—热衷于攫取财富 / paribhraman—四处游荡 / bhava-aṭavīm—名叫巴瓦(生死轮回)的森林 / yāti—进入 / na—不 / śarma—快乐 / vindati—得到

译文 彻底觉悟了梵的佳德·巴茹阿特继续道：我亲爱的茹阿胡嘎纳王，物质世界之途对生物来说极其难走，在这条路上游荡的生物承受生死轮回。在物质自然三种属性(善

良、激情和愚昧)的迷惑下被物质世界钳制的生物，受物质自然魔力的控制，只能看到活动的三种结果，它们分别是吉祥、不吉祥和混合型的。生物因此而执著于宗教、经济发展、感官享乐及解脱的一元论理论(融入至尊者)。他如同为获利而进入森林找寻物品的商人般夜以继日地辛苦工作。但是，他在这个物质世界里无法获得真正的快乐。

要旨　我们可以很容易就明白，走感官享乐之途是多么地寸步难行。不了解什么是感官享乐之途的人就会陷入重复出生，接受一个又一个不同躯体的境况，从而备受物质存在之苦。生物在这一生也许认为自己很高兴当一个美国人、印度人、英国人或德国人，但却不得不在来世接受八百四十万种生命形式中的另一种躯体。按照他的业报，他必须立刻接受下一个躯体。生物将被迫接受某种躯体，反抗都没有用，严格的自然法律就是这样。生物因为对他永恒的极乐生活一无所知，所以被在错觉能量玛亚(māyā)的魔力控制下从事的物质活动所吸引。他虽然在这个世界里永远都体验不到快乐，但却为追求快乐而辛苦工作。这称为错觉。

第2节

यस्यामिमे षण्नरदेव दस्यवः
सार्थं विलुम्पन्ति कुनायकं बलात् ।
गोमायवो यत्र हरन्ति सार्थिकं
प्रमत्तमाविश्य यथोरणं वृकाः ॥ २ ॥

yasyām ime ṣaṇ nara-deva dasyavaḥ
sārthaṁ vilumpanti kunāyakaṁ balāt
gomāyavo yatra haranti sārthikaṁ
pramattam āviśya yathoraṇaṁ vṛkāḥ

yasyām—(物质存在的森林中)之中 / ime—这些 / ṣaṭ—六个 / nara-deva—君王啊！ / dasyavaḥ—盗贼 / sa-artham—对错误概念有兴

趣的受制约的灵魂 / vilumpanti－经常掠夺所有的财物 / ku-nāyakam－总是被所谓的灵性导师误导 / balāt－强迫性地 / gomāyavaḥ－像狐狸一样 / yatra－在……的森林 / haranti－他们拿走 / sa-arthikam－为维持生命而追求物质利益的受制约的灵魂 / pramattam－不了解自身利益的疯狂之人 / āviśya－进入内心 / yathā－就像 / uraṇam－受到细心保护的羔羊 / vṛkāḥ－老虎

译文 茹阿胡嘎纳王啊！在这物质存在的森林里，有六个极强大的盗贼。当受制约的灵魂进入森林寻求某种物质收益时，这六个强盗误导他，使这受制约的商人不知该如何花他的钱，然后便夺走它。正如老虎、豺狼和森林中其他凶残的动物伺机夺取牧羊人看管的羔羊，妻子和孩子进入商人的心，变着花样地大肆掠夺。

要旨 森林中有许多强盗、土匪、豺狼和老虎。豺狼被比喻为是一个人的妻子和孩子。豺狼在沉寂的黑夜中大声嚎叫，人的妻子和孩子也如同豺狼般在这个物质世界里喊叫。孩子叫喊道："父亲，这个没有了，给我这个。我是你心爱的儿子。"妻子说道："我是你心爱的妻子。请给我这个。我现在就需要这个。"人就这样在森林中遭到强盗的掠夺。不知道人生目的的人一直被误导。生命的目标其实是维施努(na te viduḥ svārtha-gatiṁ hi viṣṇum)。人们都在为赚钱而辛苦工作，但没人知道自我的真正利益实际上是为至尊人格首神服务。因此，人们不把辛苦所得的钱花在培养奎师那意识方面，而是浪费在夜总会、妓院、酒、屠宰场等方面。从事罪恶活动使人深陷轮回，不得不一个接一个地接受不同的躯体，就这样承受无尽的痛苦，永远得不到快乐。

第 3 节

प्रभूतवीरुत्तृणगुल्मगह्वरे
कठोरदंशैर्मशकैरुपद्रुतः ।

क्वचित्तु गन्धर्वपुरं प्रपश्यति
क्वचित्क्वचिच्चाशुरयोल्मुकग्रहम् ॥ ३ ॥

prabhūta-vīrut-tṛṇa-gulma-gahvare
kaṭhora-daṁśair maśakair upadrutaḥ
kvacit tu gandharva-puraṁ prapaśyati
kvacit kvacic cāśu-rayolmuka-graham

prabhūta－大量的 / vīrut－匍匐植物的 / tṛṇa－各种草的 / gulma－灌木丛的 / gahvare－在树荫处 / kaṭhora－残忍 / daṁśaiḥ－被咬 / maśakaiḥ－被蚊子 / upadrutaḥ－打扰 / kvacit－有时 / tu－但是 / gandharva-puram－由歌仙创造的虚幻的宫殿 / prapaśyati－他看到 / kvacit－而有时 / kvacit－有时 / ca－和 / āśu-raya－迅速 / ulmuka－像流星 / graham－恶魔

译文　这森林中有由灌木丛、草丛和匍匐植物丛构成的浓密阴影。在这些阴影中，受制约的灵魂总是被蚊子(嫉妒之人)残酷、刺痛的叮咬所打扰。在森林中，他有时看到虚幻的宫殿，有时因为看到如空中流星般一闪即过的魔鬼或鬼魂而感到困惑。

要旨　物质主义的家庭生活，其实是功利性活动的无底洞。人们为养家而做不同的工作或贸易。尽管有的人有时为去高等星系而举行盛大的仪式，但除此之外，每一个人都靠自己的职业和工作赚取维持生活的钱。在这样做的过程中，人们必然会遇到许多令人讨厌的人，那些人的所作所为被比喻为是蚊子的叮咬。这制造了许多令人不快的情况。即使深陷这些烦恼，即使知道自己做不到，但人们还是继续梦想自己将会盖起一座豪宅，永远地居住在其中。这节诗文中把黄金比喻为是如同空中的流星般快速经过的魔鬼，一闪而过便不知去向。功利性活动者(karmī)一般都很喜欢金子或金钱，但他们在此却被比喻为是鬼魂和女巫。

第 4 节

निवासतोयद्रविणात्मबुद्धि-
स्ततस्ततो धावति भो अटव्याम् ।
क्वचिच्च वात्योत्थितपांसुधूम्रा
दिशो न जानाति रजस्वलाक्षः ॥ ४ ॥

nivāsa-toya-draviṇātma-buddhis
tatas tato dhāvati bho aṭavyām
kvacic ca vātyotthita-pāṁsu-dhūmrā
diśo na jānāti rajas-valākṣaḥ

nivāsa—居住地 / toya—水 / draviṇa—财富 / ātma-buddhiḥ—认为这些物质事物是自我的…… / tataḥ tataḥ—到处 / dhāvati—他跑 / bhoḥ—君王啊！ / aṭavyām—在物质存在的森林之途上 / kvacit ca—且有时 / vātyā—被旋风 / utthita—卷起 / pāṁsu—被尘上 / dhūmrāḥ—呈现烟雾蒙蒙的状态 / diśaḥ—方向 / na—不 / jānāti—知道 / rajaḥ-vala-akṣaḥ—眼睛被风吹起的尘土蒙住的或被来月经的妻子诱惑的……

译文 我亲爱的君王，走在物质世界森林中的商人，其智力受到家庭、财产和亲属等等的欺骗，为寻求成功而四处奔忙。他的眼睛有时被旋风卷起的尘土蒙住，即：色欲使他被妻子的美所诱惑，尤其在她的月经期。他的眼睛就此到了瞎的程度，看不见所走的方向或在做的事。

要旨 经典中说：妻子是使居士生活具有吸引力的原因，因为居士生活以性生活为中心展开(yan maithunādi-gṛhamedhi-sukhaṁ hi tuccham)。物质主义者把妻子当做生活的中心，为她而夜以继日地辛苦工作。他在物质生活中的唯一享乐是性生活，因此受女朋友或妻子们的吸引。他不能在没有性生活的情况下工作。在这种情况下，妻子被比喻为是具有强大力量的旋风，尤其在她的月经期更是如此。严格遵守居士生活规范守则的人每个月只过一次性生活，时间是在妻子月经结束时。人如果寻找过性生活的机会，他的眼睛就会被他妻子的美所征服。因此说，旋风卷起的尘土蒙住了他的眼睛。这种好色之人不知道他从事的所有物质活动都受到不同半神人，尤其是太阳神的监视，都被记载下来以准备他的下一个躯体。谈占星学计算的经典称为《发光天体学》(jyoti-śāstra)。由于物质世界里的光芒(jyoti)来自不同的恒星与行星，有关放光天体的科学便称为《发光天体学》。通过占星学计算，我们可以知道我们的未来。换句话说，太阳和月亮等所有的发光体，都见证着受制约灵魂的活动。他因此而被给予一个特定的躯体。眼睛被旋风卷起的尘土或物质存在蒙蔽的好色之人，根本不知道自己的活动被日月星辰看到并记录下来的事实。正因为如此，受制约的灵魂为满足自己的贪图物质享乐的欲望而犯下各种罪行。

第 5 节

अदृश्यझिल्लीस्वनकर्णशूल
उलूकवाग्भिर्व्यथितान्तरात्मा ।
अपुण्यवृक्षान् श्रयते क्षुधार्दितो
मरीचितोयान्यभिधावति क्वचित् ॥५॥

adṛśya-jhillī-svana-karṇa-śūla
ulūka-vāgbhir vyathitāntarātmā
apuṇya-vṛkṣān śrayate kṣudhārdito
marīci-toyāny abhidhāvati kvacit

adṛśya一看不见的 / jhillī一蟋蟀或一种蜜蜂的 / svana一被……的声音 / karṇa-śūla一耳朵被干扰的 / ulūka一猫头鹰的 / vāgbhiḥ一被声音震荡 / vyathita一异常纷乱 / antaḥ-ātmā一心……的 / apuṇya-vṛkṣān一不结果实或花朵的不虔诚的树 / śrayate一他托庇于 / kṣudha一由于饥饿 / arditaḥ一受苦 / marīci-toyāni一海市蜃楼 / abhidhāvati一他追寻 / kvacit一有时

译文 在物质世界森林里游荡的受制约的灵魂，有时听到一个无形的蟋蟀发出刺耳的声音，使耳朵很难受；有时心被猫头鹰的叫声刺痛，那叫声就是他敌人说出的尖酸的话语。他有时在一棵没有果实或鲜花的树下栖身；而他之所以找这样的树，是太贪婪所致；他因此而受苦。他需要水，但却被海市蜃楼迷惑，去追寻水的幻影。

要旨 《圣典博伽瓦谭》(Śrīmad-Bhāgavatam)中说，奉爱哲学是专为彻底去除了嫉妒的人准备的(paramo nirmatsarāṇām)。物质世界充满了嫉妒、心怀恶意的人。即使在自己人当中也有许多背后诽谤的事情发生，这被比喻为是森林中蟋蟀的叫声。人看不到那只蟋蟀，但却能听到它发出的声音，并因而受到伤害。人一旦开始培养奎师那意识，就总是听到亲戚们说的令人不快的话语。这是物质世界的本性；人无法避免嫉妒之人在背后诽谤给自己造成的内心的苦恼。人有时因为感到受到极大的伤害，就去寻求罪恶之人的帮助，但那人起不到帮助的作用，因为他自己本身就没有智慧。生物因此而感到沮丧。这就像努力追赶沙漠中的海市蜃楼，期望能从中找到水一样。从事这种活动得不到任何实际的结果。在错觉能量的误导下，受制约的灵魂以那么多的形式承受各种痛苦。

第6节

क्वचिद्वितोयाः सरितोऽभियाति
परस्परं चालषते निरन्धः ।
आसाद्य दावं क्वचिदग्नितप्तो
निर्विद्यते क्व च यक्षैर्हृतासुः ॥ ६ ॥

kvacid vitoyāḥ sarito 'bhiyāti
parasparaṁ cālaṣate nirandhaḥ
āsādya dāvaṁ kvacid agni-tapto
nirvidyate kva ca yakṣair hṛtāsuḥ

kvacit—有时 / vitoyāḥ—水很浅的 / saritaḥ—河流 / abhiyāti—他沐浴或跳进 / parasparam—彼此 / ca—和 / ālaṣate—想要 / nirandhaḥ—没有贮存食物 / āsādya—体验到 / dāvam—在家庭生活的森林烈火中 / kvacit—有时 / agni-taptaḥ—被火烧灼 / nirvidyate—沮丧的 / kva—某个地方 / ca—和 / yakṣaiḥ—被流氓般及盗贼般的君王 / hṛta—拿走 / asuḥ—视同生命的财富

译文　受制约的灵魂有时纵身跳进河流的浅滩，或因缺乏粮食而去向不愿意布施的人乞讨食物。他有时备受如森林烈火般灼热的居士生活的煎熬，有时因他视如生命的财产被君王以苛捐杂税的名义夺走而感到悲痛。

要旨　人在骄阳下暴晒感到灼热难耐时，有时就会跳进河水中以期得到缓解。但如果河流几乎干枯，河水太浅的话，跳进去的人就有可能骨折。受制约的灵魂总是经历痛苦的处境，有时在努力得到朋友们的帮助时，就会像跳进几乎干枯的河水中。这样做除了使他骨折外，没任何好处。有时，因为没食物吃，受制约的灵魂去找其他人，结果他找的人不是自己也没得吃，就是不愿意布施。

一个人有时生活在被比喻为是森林大火的居士生活中(saṁsāra-dāvānala-līḍha-loka)。当人被政府的苛捐杂税剥削得喘不过气时，就会感到很悲伤。沉重的赋税迫使人隐瞒自己的收入，但即使这么做，政府官员通常非常警觉和强大，可以把人的钱全部拿走，受制约的灵魂因此而非常难过。

人们试图在物质世界里变得快乐，但这就像要在森林大火中得到快乐。森林大火会自动燃起，不需要有人去点燃。同样道理，没人想要在家庭生活或尘世生活中不快乐，但自然法律把不快和痛苦强加在众生身上。靠他人养活自己是很丢人的事，因此按照韦达体制，除了庶铎(śūdra)，每个人都该独立生活。只有庶铎没有能力独立生活。他们为维生必须侍奉他人。在这个喀历(Kali)年代中，每个人都依靠他人的仁慈维生，因此经典(śāstra)里说，所有的人都是庶铎(kalau śūdra-sambhavāḥ)。《圣典博伽瓦谭》第12篇中说：喀历年代的政府将在不给国民任何利益的情况下征税；这个年代中将会有降雨不足产生的粮食匮乏问题，政府的苛捐杂税将使国民十分苦恼(anāvṛṣṭyā vinaṅkṣyanti durbhikṣa-kara-pīḍitāḥ)。国民在彻底绝望后，将放弃为过平静生活而做的努力，离开他们的家园到森林去。

第7节

शूरैर्हृतस्वः क्व च निर्विण्णचेताः
शोचन् विमुह्यन्नुपयाति कश्मलम् ।
क्वचिच्च गन्धर्वपुरं प्रविष्टः
प्रमोदते निर्वृतवन्मुहूर्तम् ॥ ७ ॥

śūrair hṛta-svaḥ kva ca nirviṇṇa-cetāḥ
śocan vimuhyann upayāti kaśmalam
kvacic ca gandharva-puraṁ praviṣṭaḥ
pramodate nirvṛtavan muhūrtam

śūraiḥ—被力量强大的敌人 / hṛta-svaḥ—所有财富被窃取的 / kva ca—有时 / nirviṇṇa-cetāḥ—内心阴郁、委屈 / śocan—极度悲伤 / vimuhyan—变得困惑 / upayāti—达到 / kaśmalam—不省人事 / kvacit—有时 / ca—也 / gandharva-puram—森林中的海市蜃楼 / praviṣṭaḥ—已进入 / pramodate—他享受 / nirvṛta-vat—完全像个已获得成功的人 / muhūrtam——瞬间而已

译文 人有时被比他地位高、更有权势的人打败或掠夺而失去他拥有的一切，因此变得阴郁，痛惜自己的损失，甚至昏倒不省人事。他有时幻想自己很富有，有座大宫殿，自己可以称心如意地与家人幸福地生活其间。他想着如果这成为可能，自己就会心满意足，但这所谓的快乐转瞬即失。

要旨　这节诗中的“森林中的海市蜃楼(gandharva-puram)”一句非常重要。森林中有时会出现一座很大的城堡，这称为空中楼阁。这座城堡实际上并不存在，只不过是幻象而已。在物质世界的森林中，受制约的灵魂有时盘算着要有大城堡和摩天大楼，并为得到这些而浪费他的精力，希望与自己的家人永远平静地住在里面。然而，大自然的法律不允许事情这样发生。当他进入这样的城堡时，在很短的时间里他以为自己很快乐，尽管他的快乐并不持久。他的快乐也许持续几年的时间，但由于城堡的主人死亡时必须离开城堡，最终还是失去了一切。这就是尘世的定律。诗人维迪亚帕提(Vidyāpati)描述这样的快乐是看到沙漠中的一滴水所感受到的快乐。骄阳把沙漠晒得滚烫，要想降低沙漠的温度，就需要大量的水——千百万加仑的水。一滴水有什么用？水无疑很有用，但一滴水无法降低沙漠的热度。在这个物质世界里，每个人都雄心勃勃，但热度使人枯萎，想象一座空中城堡有什么用？正因为如此，维迪亚帕提歌唱道：家庭生活、朋友和社会所给予人的快乐，被比喻为是灼热沙漠中的一滴水(tāṭala saikate, vāri-bindu-sama, suta-mita-ramaṇi-samāje)。整个物质世界都为获得快乐而努力，因为快乐本是生物的权利。不幸的是，由于坠入物质世界，生物只能为生存而苦苦挣扎。人即使快乐一段时间，一个极为强大的敌人就会夺走一切。大商人突然变成街头穷人的事例很多。但物质存在的本质是：愚蠢之人受尘世事务的吸引，忘了他们的真正责任是认识自我。

第 8 节

चलन् क्वचित्कण्टकशर्कराङ्घ्रि-
　　र्नगारुरुक्षुर्विमना इवास्ते ।
पदे पदेऽभ्यन्तरवह्निनार्दितः
　　कौटुम्बिकः क्रुध्यति वै जनाय ॥ ८ ॥

calan kvacit kaṇṭaka-śarkarāṅghrir
nagārurukṣur vimanā ivāste
pade pade 'bhyantara-vahninārditaḥ
kauṭumbikaḥ krudhyati vai janāya

calan—徘徊 / kvacit—有时 / kaṇṭaka-śarkara—被荆棘或碎石子刺到 / aṅghriḥ—脚……的 / naga—山丘 / āruruksuḥ—想要爬的人 / vimanāḥ—失望 / iva—像 / āste—变得 / pade pade—一步一步地 / abhyantara—在胃里 / vahninā—被强烈的食欲之火 / arditaḥ—很疲劳、委屈 / kauṭumbikaḥ—跟家人一起生活的人 / krudhyati—发怒 / vai—无疑地 / janāya—对家人

译文 身处森林中的商人有时想要翻山越岭，但由于鞋子破损，脚被碎石子和山上的荆棘刺破，从而感到很痛苦。极度依恋家庭的人有时饥饿难耐，这种痛苦使他对家人发怒。

要旨 野心勃勃、受制约的灵魂，想要与他的家人一起在物质世界里非常快乐地生活，但他被比喻为是在森林中旅行想要攀爬布满荆棘和小石子的山坡。正如前一节诗所说，从社会、友情和爱情中得到的快乐如同灼热的沙漠中的一滴水。人也许想要成为社会中伟大而有力的人物，但这就像攀爬布满荆棘的山坡。圣维施瓦纳特·查夸瓦尔提·塔库尔(Śrīla Viśvanātha Cakravartī Ṭhākura)将人的家庭比喻为是高山，期望与家人一起生活而变得快乐的努力则恰似饥饿之人攀爬布满荆棘的高山。几乎有99.9%的人在家庭生活中并不快乐，尽管他们都努力满足自己的家人。在西方国家中，由于对家庭成员的不满，人们实际上没有家庭生活。离婚事件比比皆是，孩子因为不满而离开他们父母的保护。尤其是在这个喀历年代中，家庭生活越来越少。每个人都变得很自私，而那是自然定律。人即使有足够的钱维持一家人的生活，但家里的每一个人都不快乐。因此按照社会四阶层和灵性四阶段制度(varṇāśrama)，人到中年后就该

退出家庭生活(pañcāśordhvaṁ vanaṁ vrajet)，应该在五十岁时自愿退出家庭生活，到温达文(Vṛndāvana)或一座森林去。对此，圣帕拉德王(Śrīla Prahlāda Mahārāja)建议说：

tat sādhu manye 'sura-varya dehināṁ
sadā samudvigna-dhiyām asad-grahāt
hitvātma-pātaṁ gṛham andha-kūpaṁ
vanaṁ gato yad dharim āśrayeta

“啊，最大的恶魔，恶魔之王！至于我从我灵性导师那里学的是，接受了短暂躯体和家庭生活的人，因为坠入一口没有水而只有痛苦的黑井中，必定焦虑万分。应该摆脱这种状态，到森林(vana)中去。更明确地说，应该去只存在奎师那意识的温达文去，以托庇于至尊人格首神。”

从一个森林转到另一个森林没有好处。我们必须去温达文森林，托庇于哥文达(Govinda)。那才会令人快乐。国际奎师那意识协会为此而兴建了奎师那·巴拉茹阿玛(Kṛṣṇa-Balarāma)庙，邀请它自己的成员及外人来这里，平静地住在灵性的氛围中。那将帮助人提升到超然的世界，回归家园，回到首神身边。

这节诗文中的另一个句子也很重要，即：“这种痛苦使他对家人发怒(kauṭumbikaḥ krudhyati vai janāya)。”当人心受到各种各样的打扰时，他就会满足于对他可怜的妻子和孩子发怒。妻子和孩子自然依靠他这个一家之主，但他因为没能力正常地维持家庭生活，心理上就很痛苦，就会毫无必要地训斥家人。正如《圣典博伽瓦谭》中说：因为失去妻子和财产，人们将会逃到森林和山里去(ācchinna-dāra-draviṇā yāsyanti giri-kānanam)。由于对家庭生活感到厌烦，人们就以离婚或其他方式离开家。既然要离开，为什么不自愿离开呢？有步骤地分离比被迫分离强。被迫分离时没人会高兴；但在双方同意的情况下按照“人到一定年龄后必须离开家庭事务，完全依靠奎师那”的韦达训示离开，就可以使人生获得成功。

第 9 节

क्वचिन्निगीर्णोऽजगराहिना जनो
नावैति किञ्चिद्विपिनेऽपविद्धः ।
दष्टः स्म शेते क्व च दन्दशूकै-
रन्धोऽन्धकूपे पतितस्तमिस्रे ॥ ९ ॥

kvacin nigīrṇo 'jagarāhinā jano
nāvaiti kiñcid vipine 'paviddhaḥ
daṣṭaḥ sma śete kva ca danda-śūkair
andho 'ndha-kūpe patitas tamisre

kvacit—有时 / nigīrṇaḥ—被吞食着 / ajagara-ahinā—被巨蟒 / janaḥ—受制约的灵魂 / na—不 / avaiti—了解 / kiñcit—任何事 / vipine—在森林中 / apaviddhaḥ—被苦难之箭刺穿 / daṣṭaḥ—被咬着 / sma—确实地 / śete—躺下 / kva ca—有时 / danda-śūkaiḥ—被其他种类的蛇 / andhaḥ—盲目的 / andha-kūpe—在黑井里 / patitaḥ—坠入 / tamisre—地狱般的生活状态中

译文 在物质森林中受制约的灵魂有时遭巨蟒吞食或被压碎。那时，他便如死人般躺在森林中，失去意识和知识。他有时被其他毒蛇咬，在中毒昏迷的情况下坠入地狱般的黑井中，了无获救的希望。

要旨 人被蛇咬而失去意识时，无法明白身体之外发生的事情。这种无意识状态是深度睡眠的状态。同样，受制约的灵魂实际上是睡在错觉能量的大腿上。巴克提维诺德·塔库尔(Bhaktivinoda Ṭhākura)歌唱道：“生物啊！你在错觉能量的大腿上要睡多久啊(kota nidrā yāo māyā-piśācīra kole)？”人们不明白，他们因为没有灵性生活的知识，所以实际上正在这个物质世界里沉睡。正因为如此，柴坦亚·玛哈帕布说：

enechi auṣadhi māyā nāśibāra lāgi'
hari-nāma-mahā-mantra lao tumi māgi'

“我带药来使所有的生物从长久的睡眠状态中醒来。请接受至尊主的圣名——哈瑞·奎师那这一伟大的曼陀(Hare Kṛṣṇa mahā-mantra)，清醒过来。”《喀塔奥义书》第1篇第3章的第14节诗(Kaṭha Upaniṣad)中也说：“生物啊！你在这物质世界中沉睡。请起床，善用你的人体生命(uttiṣṭha jāgrata prāpya varān nibodhata)。”睡眠状态意味着失去所有的知识。《博伽梵歌》第2章的第69节诗中也说：“众生的黑夜是自我控制的人清醒之时(yā niśā sarva-bhūtānāṁ tasyāṁ jāgarti saṁyamī)。”就连在高等星球的生物，也都受错觉能量魔力的控制。没人真正对生活的真实价值感兴趣。睡眠状态被称为时间因素(kāla-sarpa)，它将受制约的灵魂留在愚昧的状态中，使其失去纯净的意识。森林中有许多井口被遮住的井，掉进去的人没机会获救。在森林中睡觉时，人时常会被某些动物咬，尤其是蛇。

第10节

कर्हि स्म चित्क्षुद्ररसान् विचिन्वं-
स्तन्मक्षिकाभिर्व्यथितो विमानः ।
तत्रातिकृच्छ्रात्प्रतिलब्धमानो
बलाद्विलुम्पन्त्यथ तं ततोऽन्ये ॥१०॥

karhi sma cit kṣudra-rasān vicinvaṁs
tan-makṣikābhir vyathito vimānaḥ
tatrāti-kṛcchrāt pratilabdhamāno
balād vilumpanty atha taṁ tato 'nye

karhi sma cit—有时 / kṣudra—微不足道的 / rasān—性享乐 / vicinvan—寻找 / tat—女人的 / makṣikābhiḥ—被蜜蜂、丈夫或家人 / vyathitaḥ—很委屈 / vimānaḥ—羞辱 / tatra—在那之中 / ati—非常 /

kṛcchrāt—因为需要花大量的钱而是困难的 / pratilabdhamānaḥ—得到性享乐 / balāt—强迫地 / vilumpanti—绑架 / atha—之后 / tam—感官享乐的对象(女人) / tataḥ—从他那里 / anye—另一个浪荡子

译文 有时，为了一点微不足道的性享乐，人就去寻找放荡的女子，为此而受到那种女子的男性家属的羞辱和责骂。这就像是要从蜂窝中取蜜，结果遭到群蜂的围攻。有时，在花费了大量的金钱后，人为享受一些额外的感官享乐而得到另一个女子。不幸的是，感官享乐对象——女人，又被其他的浪荡子拐走或绑架。

要旨 人们经常去森林从蜂巢中采蜜，有时遭到蜜蜂的攻击和惩罚。在人类社会中，没有奎师那意识的人仅仅为了性生活这种“蜂蜜”而留在物质生活的森林中。这类浪荡子绝不满足于只有一位妻子。他们想得到更多的女人。他们天天费尽心机地试图引诱女人；有时为了尝试这类“蜂蜜”的滋味而遭到女人男性家属的痛打和辱骂。人也许靠行贿收买另一个女人以供他享受，但另一个浪荡子有可能绑架她或靠许以她更好的条件拐走她。物质世界的森林里一直有这种对女人的狩猎，有些合法，有些不合法。因此，奎师那意识运动禁止奉献者们过非法的性生活。这使他们避免了许多困境。人应该满足于与一位妇女在一起，与她正式结婚。与妻子在一起，他可以满足他的色欲，但却不在社会中制造麻烦并因而受到惩罚。

第 11 节

क्वचिच्च शीतातपवातवर्ष-
प्रतिक्रियां कर्तुमनीश आस्ते ।
क्वचिन्मिथो विपणन् यच्च किञ्चिद्
विद्वेषमृच्छत्युत वित्तशाठ्यात् ॥११॥

kvacic ca śītātapa-vāta-varṣa-
pratikriyāṁ kartum anīśa āste
kvacin mitho vipaṇan yac ca kiñcid
vidveṣam ṛcchaty uta vitta-śāṭhyāt

kvacit—有时 / ca—也 / śīta-ātapa-vāta-varṣa—严寒、酷暑、狂风和暴雨的 / pratikriyām—对抗 / kartum—做 / anīśaḥ—不能够 / āste—持续在痛苦中 / kvacit—有时 / mithaḥ—彼此 / vipaṇan—卖 / yat ca—无论什么 / kiñcit——点点 / vidveṣam—彼此的敌意 / ṛcchati—获得 / uta—如此说来 / vitta-śāṭhyāt—只是为了钱而彼此欺骗

译文　人有时忙于对抗严寒、酷暑、狂风、暴雨等自然灾害，在无力对抗时就会感到痛苦。他有时在做生意时一再被骗。就这样，欺骗制造人彼此之间的敌意。

要旨　努力抵消物质自然的猛攻造成的影响。这是为生存而苦苦挣扎的一个例子。这在社会中制造敌意，使社会充满了嫉妒之人。人们彼此嫉妒、心怀敌意，而这就是物质世界的状况。奎师那意识运动的目的是创造没有嫉妒和敌意的氛围。当然，不可能每个人都变得具有奎师那意识，但奎师那意识运动可以创造一个没有嫉妒和敌意的理想社会。

第 12 节

क्वचित्क्वचित्क्षीणधनस्तु तस्मिन्
शय्यासनस्थानविहारहीनः ।
याचन् परादप्रतिलब्धकामः
पारक्यदृष्टिर्लभतेऽवमानम् ॥१२॥

kvacit kvacit kṣīṇa-dhanas tu tasmin
śayyāsana-sthāna-vihāra-hīnaḥ
yācan parād apratilabdha-kāmaḥ
pārakya-dṛṣṭir labhate 'vamānam

kvacit kvacit—有时 / kṣīṇa-dhanaḥ—失去所有的钱财 / tu—但是 / tasmin—在那森林中 / śayyā—可躺下的床铺的 / āsana—座位的 / sthāna—居所的 / vihāra—与家人享乐的 / hīnaḥ—失去……的 / yācan—乞讨着 / parāt—从其他人(朋友和亲戚)那里 / apratilabdha-kāmaḥ—没满足他的愿望 / pārakya-dṛṣṭiḥ—开始贪图他人的钱财 / labhate—他得到 / avamānam—不名誉

译文 在物质存在的森林之途上，人有时没钱，因而既没有适合的家、床铺或坐的地方，也没有适当的家庭享乐可言。为此，他去向他人乞讨，但当乞讨不如愿时，他就要去借或偷他人的钱财，受到社会其他人士的羞辱。

要旨 乞讨、借贷或偷盗在这个物质世界里很盛行。人穷困时就会乞讨、借贷或偷盗。乞讨不成就借。付不出钱就偷，被抓住时便受到羞辱。这就是物质存在的定律。没人能十分诚实地住在这世界里，人于是试图靠欺骗、乞讨、借贷或偷盗等手段满足自己的感官。就这样，这个物质世界里没人能平静的生活。

第 13 节

अन्योन्यवित्तव्यतिषङ्गवृद्ध-
वैरानुबन्धो विवहन्मिथश्च ।
अध्वन्यमुष्मिन्नुरुकृच्छ्रवित्त-
बाधोपसर्गैर्विहरन् विपन्नः ॥१३॥

anyonya-vitta-vyatiṣaṅga-vṛddha-
vairānubandho vivahan mithaś ca
adhvany amuṣminn uru-kṛcchra-vitta-
bādhopasargair viharan vipannaḥ

anyonya—彼此 / vitta-vyatiṣaṅga—金钱交易 / vṛddha—增加 / vaira-anubandhaḥ—被敌意所妨碍 / vivahan—有时结婚 / mithaḥ—彼

此 / ca－和 / adhvani－在物质存在之途上 / amuṣmin－那 / uru-kṛcchra－因为非常困难 / vitta-bādha－因金钱的匮乏 / upasargaiḥ－因疾病 / viharan－游荡 / vipannaḥ－变得十分困窘

译文　金钱交易使人之间的关系变得紧绷并以产生敌意为结局。并肩行走在物质发展之途上的夫妻，有时要为维系他们的关系而辛勤工作，有时因为缺钱或生病而处境窘迫，几近死亡。

要旨　在物质世界里，人与人之间，社团与社团之间，国与国之间，都在进行各种各样的交易，但逐渐都以两方面产生敌意为结局。同样，物质能量的强大影响力有时给家庭经济情况制造逆境，让人生病或在经济上变得很窘迫等，使夫妻间的关系变得紧张。现代绝大多数国家都在经济上得到发展，但彼此间的生意往来使彼此的关系变得紧张。两国之间最终开战，战乱的结果导致全世界的毁灭，人民苦难深重。

第 14 节

तांस्तान् विपन्नान् स हि तत्र तत्र
विहाय जातं परिगृह्य सार्थः ।
आवर्ततेऽद्यापि न कश्चिदत्र
वीराध्वनः पारमुपैति योगम् ॥१४॥

tāṁs tān vipannān sa hi tatra tatra
vihāya jātaṁ parigṛhya sārthaḥ
āvartate 'dyāpi na kaścid atra
vīrādhvanaḥ pāram upaiti yogam

tān tān－他们所有的 / vipannān－在各方面窘迫 / saḥ－生物体 / hi－无疑地 / tatra tatra－到处 / vihāya－放弃 / jātam－ 刚出生的 / parigṛhya－拿着 / sa-arthaḥ－寻找自己利益的生物 / āvartate－在

森林中徘徊 / adya api—甚至到现在 / na—不 / kaścit—他们中的任何一个 / atra—在这森林里 / vīra—英雄啊！ / adhvanaḥ—物质生活之途的 / pāram—终点 / upaiti—得到 / yogam—为至尊人格首神做奉爱服务的程序

译文 我亲爱的君王，在物质生活的森林旅途上，人会经历失去父母等亲人的悲痛，也会依恋自己那些刚出生的孩子。他就这样在物质发展之途上徘徊，最终陷入窘境。然而，没人了解该如何摆脱这处境，甚至到死都不了解。

要旨 在这个物质世界里，家庭生活是对过性生活的一种社会性安排(yan maithunādi-gṛhamedhi-sukham)。父母通过过性生活生孩子，孩子长大结婚，也同样过性生活。父母将会死亡，孩子将结婚生子。这样的事情以同样的方式世世代代地发生，没人从物质生活的窘境中得解脱。没人接受知识和弃绝的灵性程序，这程序以奉爱瑜伽(bhakti-yoga)为顶峰。真正的人生是为了获取知识(jñāna)和达到弃绝(vairāgya)的状态。这些可以使人上升到做奉爱服务的层面。不幸的是，这个年代里的人回避与解脱之人交往、联谊(sādhu-saṅga)，继续按陈规过他们的家庭生活，就这样因为金钱和性的变化而陷入窘境。

第 15 节

मनस्विनो निर्जितदिग्गजेन्द्रा
ममेति सर्वे भुवि बद्धवैराः ।
मृधे शयीरन्न तु तद् व्रजन्ति
यन्न्यस्तदण्डो गतवैरोऽभियाति ॥१५॥

manasvino nirjita-dig-gajendrā
mameti sarve bhuvi baddha-vairāḥ
mṛdhe śayīran na tu tad vrajanti
yan nyasta-daṇḍo gata-vairo 'bhiyāti

manasvinaḥ—很伟大的英雄(心智思辨者) / nirjita-dik-gajendrāḥ—征服了许多其他如大象般有力的英雄的 / mama—我的(我的土地、国家、家庭、社区和宗教) / iti—因此 / sarve—所有(政治、社会和宗教的大领袖们) / bhuvi—在这个世界里 / baddha-vairāḥ—彼此之间产生了敌意的 / mṛdhe—在战场 / śayīran—死在沙场上 / na—不 / tu—但是 / tat—至尊人格首神的住所 / vrajanti—靠近 / yat—……的 / nyasta-daṇḍaḥ—托钵僧 / gata-vairaḥ—全世界没有敌人的 / abhi-yāti—达到那样的完美

译文 古往今来，有许多征服了自己对手的政治和社会英雄，因为无知而相信土地属于他们并为此彼此征战，战死沙场。他们无法走上那些弃绝者走的灵性之途。他们虽然是大英雄、政治领袖，但却不能走灵性觉悟之途。

要旨 大政治领袖也许能战胜与自己同样有影响力的政敌，但不幸却征服不了他们强健的感官——始终伴随着他们的敌人。他们无法征服自己身边的敌人，就试图征服其他敌人，最终死于为生存的奋争中。他们不走灵性觉悟之途，不愿成为托钵僧(sannyāsī)。这些大领袖们有时穿上托钵僧的服装，称自己是伟大的灵魂(mahatma)，但他们唯一做的事是征服他们的政敌。由于“这是我的土地和家园”的错觉糟踏了他们的一生，他们无法在灵性上取得进步，摆脱错觉能量玛亚的钳制，得到解脱。

第 16 节

प्रसज्जति क्वापि लताभुजाश्रय-
स्तदाश्रयाव्यक्तपदद्विजस्पृहः ।
क्वचित्कदाचिद्धरिचक्रतस्त्रसन्
सख्यं विधत्ते बककङ्कगृध्रैः ॥१६॥

prasajjati kvāpi latā-bhujāśrayas
tad-āśrayāvyakta-pada-dvija-spṛhaḥ
kvacit kadācid dhari-cakratas trasan
sakhyaṁ vidhatte baka-kaṅka-gṛdhraiḥ

prasajjati－变得越来越依恋 / kvāpi－有时 / latā-bhuja-āśrayaḥ－托庇于手臂柔软如蔓藤的娇妻的 / tat-āśraya－被这种匍匐植物的庇护的 / avyakta-pada－含糊地哼唱着的 / dvija-spṛhaḥ－想要听鸟叫 / kvacit－有时 / kadācit－某地 / hari-cakrataḥ trasan－对狮子的吼叫声感到害怕 / sakhyam－友谊 / vidhatte－结交 / baka-kaṅka-gṛdhraiḥ－与鹤、鹭和秃鹰

译文 在物质存在森林中的生物，有时托庇于匍匐植物，想要听在那些匍匐植物中栖息的鸟儿的啁啾声。因为害怕森林中狮子的吼叫，他与鹤、苍鹭及秃鹰交朋友。

要旨 物质世界的森林中有许多飞禽、走兽、树木和匍匐植物。生物有时想托庇于匍匐植物的保护；换句话说，想在他妻子如蔓藤般的臂膀的拥抱中获得快乐。在匍匐植物丛中有许多唧喳叫的鸟儿，而这说明他想靠听他妻子的甜言蜜语满足自己。到晚年时，他有时会害怕被比喻为是狮吼的正逼近的死亡。为了从狮子的攻击中脱身，他托庇于一些假斯瓦米(svāmī)、瑜伽师(yogī)、化身，以及伪装者和骗子。就这样，在错觉能量的误导下，他糟蹋了他的一生。经典中说：不托庇于至尊人格首神，没人能从逼近的死亡危险中脱身(hariṁ vinā mṛtiṁ na taranti)。梵文“哈尔依(hari)”既指狮子，也指至尊主。要想从死亡的狮子——哈尔依的手中得到拯救，人必须托庇于至尊人格首神——至尊的哈尔依。知识贫乏的人为从死亡的钳制中获得拯救，托庇于不是奉献者的骗子和伪装者。在这个物质世界森林中，人首先想要十分快乐地被他妻子那如匍匐植物般的臂膀所保护，听她的甜言蜜语。接着，他有时会托庇于像鹤、

苍鹭和秃鹰那样的所谓的灵性导师及圣人。他就这样以这两种方式受到欺骗，但却不托庇于至尊主。

第 17 节

तैर्वञ्चितो हंसकुलं समाविशन्-
नरोचयन् शीलमुपैति वानरान् ।
तज्ञातिरासेन सुनिर्वृतेन्द्रियः
परस्परोद्वीक्षणविस्मृतावधिः ॥१७॥

tair vañcito haṁsa-kulaṁ samāviśann
arocayan śīlam upaiti vānarān
taj-jāti-rāsena sunirvṛtendriyaḥ
parasparodvīkṣaṇa-vismṛtāvadhiḥ

taiḥ—被他们(骗子、伪装者、所谓的瑜伽师、斯瓦米、化身和灵性导师) / vañcitaḥ—被欺骗 / haṁsa-kulam—伟大的奉献者(至尊天鹅)的联谊 / samāviśan—接触 / arocayan—不满足于 / śīlam—他们的行为 / upaiti—接近 / vānarān—猴子(没有好品格的浪荡子) / tat-jāti-rāsena—通过与这种浪荡子一起进行感官享乐 / sunirvṛta-indriyaḥ—对得到感官享乐的机会感到很满足的 / paraspara—彼此之间 / udvīkṣaṇa—因为看到脸 / vismṛta—已经遗忘了的 / avadhiḥ—生命的终点

译文　在物质世界森林中的生物被他们欺骗后，便尝试停止与这些所谓的瑜伽师、斯瓦米和化身们交往，前来与真正的奉献者联谊，但却因自身的不幸而不能遵守灵性导师或进步奉献者的指示。为此，他离弃他们的陪伴，再次恢复与那些只对感官享乐和女人感兴趣的“猴子”们交往，从与这些感官享乐者的联谊、性享乐和麻醉自我的活动中获取满足感。他就这样因为沉溺于酒色而毁了自己的人生。看其他感官享乐者的脸，使他变得健忘，从而接近死亡。

要旨 愚蠢之人有时对不良的联谊感到厌倦，于是来与奉献者和布茹阿玛纳联谊，从灵性导师那里得到启迪。他听灵性导师的忠告和建议，努力遵守规范守则，但不幸无法按灵性导师的指示做。他因此而放弃奉献者的陪伴，去与那些只对性、酒和毒品感兴趣的猴子般的人交往。那些所谓的灵性主义者被比喻为是猴子。猴子们因为喜欢在森林中裸露身体、摘水果，所以有时看似圣人(sā-dhu)，但他们唯一的愿望是与许多母猴子在一起享受性生活。所谓的灵性主义者们有时为追求灵性生活来与奎师那意识运动的奉献者交往，但却无法遵守规范原则，无法真正走灵性生活之途。因此，他们离开奉献者的联谊，去与被比作猴子的感官享乐者交往，再次恢复过他们纵情声色的生活。他们因为看到彼此的脸而感到满足。他们就这样度过他们的一生，直到死亡。

第 18 节

द्रुमेषु रंस्यन् सुतदारवत्सलो
व्यवायदीनो विवशः स्वबन्धने ।
क्वचित्प्रमादाद्गिरिकन्दरे पतन्
वल्लीं गृहीत्वा गजभीत आस्थितः ॥१८॥

drumeṣu raṁsyan suta-dāra-vatsalo
vyavāya-dīno vivaśaḥ sva-bandhane
kvacit pramādād giri-kandare patan
vallīṁ gṛhītvā gaja-bhīta āsthitaḥ

drumeṣu－在树上(或在如树木般矗立的房子，而这树上的猴子从一个分枝跳到另一个分枝) / raṁsyan－享受着 / suta-dāra-vatsalaḥ－依恋着孩子与妻子 / vyavāya-dīnaḥ－因为被性欲驱使着做事而内心贫乏的 / vivaśaḥ－不能放弃 / sva-bandhane－被束缚在自己活动的报应中 / kvacit－有时 / pramādāt－出于对即将到来的死亡的恐惧 / giri-kandare－在一个山洞中 / patan－坠落 / vallīm－蔓藤的枝

干 / gṛhītvā－抓住 / gaja-bhītaḥ－害怕死亡这只大象 / āsthitaḥ－保持那种状态

译文　当人变得完全像个在树枝间跳来荡去的猴子时，他便停留在除了性没有任何收益的居士生活之树上，从此被他的妻子踢打，遭遇如同公驴。无力争取释放的他，就留在那种绝望的处境中。他有时被不治之症所降服，恰似掉进山洞中；他害怕如同在山洞尽头的大象般的死亡，在那种无依无靠的情况下，紧紧抓住一根曼藤或嫩枝不放。

要旨　这里描述了居士生活的危险状况。居士生活中充满痛苦，唯一的魅力是与妻子过的性生活，而妻子不断地折磨他，就像母驴在与公驴交媾时会踢公驴一样。无节制的性生活使他成为许多不治之症的受害者。那时，由于害怕如大象般的死亡，他像猴子一样紧紧抓住树的嫩枝和树枝。

第 19 节

अतः कथञ्चित्स विमुक्त आपदः
　पुनश्च सार्थं प्रविशत्यरिन्दम ।
अध्वन्यमुष्मिन्नजया निवेशितो
　भ्रमञ्जनोऽद्यापि न वेद कश्चन ॥१९॥

ataḥ kathañcit sa vimukta āpadaḥ
　punaś ca sārthaṁ praviśaty arindama
adhvany amuṣminn ajayā niveśito
　bhramañ jano 'dyāpi na veda kaścana

ataḥ－从这个 / kathañcit－以某种方式 / saḥ－他 / vimuktaḥ－摆脱 / āpadaḥ－危险 / punaḥ ca－再次 / sa-artham－对那种生活感兴趣 / praviśati－开始 / arim-dama－君王、杀敌者啊！ / adhvani－在享乐之途上 / amuṣmin－那 / ajayā－在错觉能量的影响下 / niveśitaḥ－

专注于 / bhraman－游荡 / janaḥ－受制约的灵魂 / adya api－甚至到死亡时 / na veda－不了解 / kaścana－任何事情

译文 杀敌者——茹阿胡嘎纳王啊！受制约的灵魂如果以某种方式摆脱他的危险处境，就会再次回到他的家享受性生活，因为那就是执著的形式。他就这样被至尊主物质能量的魔力控制着，继续在物质存在的森林中游荡，甚至到死都找不到他真正的利益。

要旨 这就是物质生活的方式；人一旦受性的吸引，就被以许多形式纠缠其中，无法了解人生的真正目的。因此，《圣典博伽瓦谭》第7篇第5章的第31节诗中说：人们一般都不了解生命的最终目的(na te viduḥ svārtha-gatiṁ hi viṣṇum)。正如韦达经中说：灵性进步之人只看主维施努的莲花足(oṁ tad viṣṇoḥ paramaṁ padaṁ sadā paśyanti sūrayaḥ)。但受制约的灵魂对恢复他与维施努的关系不感兴趣，而是受物质活动的诱惑，在所谓领导者的误导下永远受束缚。

第20节

रहूगण त्वमपि ह्यध्वनोऽस्य
सन्न्यस्तदण्डः कृतभूतमैत्रः ।
असज्जितात्मा हरिसेवया शितं
ज्ञानासिमादाय तरातिपारम् ॥२०॥

rahūgaṇa tvam api hy adhvano 'sya
sannyasta-daṇḍaḥ kṛta-bhūta-maitraḥ
asaj-jitātmā hari-sevayā śitaṁ
jñānāsim ādāya tarāti-pāram

rahūgaṇa－茹阿胡嘎纳王啊！ / tvam－你 / api－也 / hi－肯定地 / adhvanaḥ－物质存在之途的 / asya－这 / sannyasta-daṇḍaḥ－放弃国王惩罚罪犯的权杖 / kṛta-bhūta-maitraḥ－变得对众生友善 / asatjita-ātmā一心不受物质生活快乐的吸引的 / hari-sevayā一借由对至尊主的爱心服务 / śitam一磨利 / jñāna-asim一知识宝刀 / ādāya一拿在手中 / tara一跨越 / ati-pāram一向灵性存在的最高目标

译文　亲爱的茹阿胡嘎纳王，你因为行走在受物质快乐吸引的路途上，也成了外在能量的受害者。为使你有可能成为平等、友好地对待众生，我现在劝你放弃你的王位，以及惩罚罪犯的权杖。不再受感官对象的吸引，拿起被奉爱服务磨利的知识宝刀。那样，你就能砍断错觉能量坚固的结，跨越无知之洋到彼岸去。

要旨　在《博伽梵歌》中，主奎师那将物质世界比喻为是一棵错觉之树，说人必须砍倒它，使自己获得自由。

na rūpam asyeha tathopalabhyate
nānto na cādir na ca sampratiṣṭhā
aśvattham enaṁ suvirūḍha-mūlam
asaṅga-śastreṇa dṛḍhena chittvā

tataḥ padaṁ tat parimārgitavyaṁ
yasmin gatā na nivartanti bhūyaḥ
tam eva cādyaṁ puruṣaṁ prapadye
yataḥ pravṛttiḥ prasṛtā purāṇī

“在这个世界中无法感知这棵树的真正形象。没人能了解它从哪里开始，在哪里结束，根基在哪里。但是，必须下决心用超脱这一武器把这棵根深蒂固的树砍倒，然后寻找那去后永不再回的地方，在那里皈依至尊人格首神——万物从祂开始并自远古以来不断扩展着。”（《博伽梵歌》15.3—4）

第21节

राजोवाच
अहो नृजन्माखिलजन्मशोभनं
किं जन्मभिस्त्वपरैरप्यमुष्मिन् ।

न यद् धृषीकेशयशःकृतात्मनां
महात्मनां वः प्रचुरः समागमः ॥२१॥

rājovāca
aho nṛ-janmākhila-janma-śobhanaṁ
kiṁ janmabhis tv aparair apy amuṣmin
na yad dhṛṣīkeśa-yaśaḥ-kṛtātmanāṁ
mahātmanāṁ vaḥ pracuraḥ samāgamaḥ

rājā uvāca－茹阿胡嘎纳王说 / aho－唉！ / nṛ-janma－投生为人的你 / akhila-janma-śobhanam－最优秀的物种 / kim－有什么用 / janmabhiḥ－在天堂星球的半神人等较高的物种中投生 / tu－但是 / aparaiḥ－没有更优于 / api－确实地 / amuṣmin－在下一生 / na－没有 / yat－……的 / hṛṣīkeśa-yaśaḥ－借着至尊人格首神慧希凯施——所有感官的主人的荣耀 / kṛta-atmanām－心地纯洁的人的 / mahā-ātmanām－确实是伟大的灵魂 / vaḥ－我们的 / pracuraḥ－丰富的 / samāgamaḥ－联谊

译文　茹阿胡嘎纳王说：人体生命是最佳的生命形式。哪怕是投生为天堂星球中的半神人，都不如在这地球上投生为人光荣。半神人崇高的地位有什么用？在天堂星球上，极其丰富的物质舒适设施使人没可能与奉献者交往、联谊。

要旨　投生为人是觉悟自我的一大良机。生物也许可以在高等星系的半神人中投生，但大量的物质舒适条件，使人无法从物质束缚中获得释放。即使在这个地球上，那些很富有的人一般都不关心培养奎师那意识。真正有志于摆脱物质钳制的智者，必与纯粹奉献者联谊。这种联谊可以使人逐渐不再受金钱和女人的吸引。金钱和女人是使人产生物质执著的根本。为此，圣柴坦亚·玛哈帕布(Śrī Caitanya Mahāprabhu)忠告那些真诚想要回到首神身边的人放弃金钱和女人，以使自己适合回归神的王国。人可以把金钱和女人全部用来为至尊主服务，能够这样用他们的人可以摆脱物质的束缚。《圣典博伽瓦谭》第3篇第25章的第25节诗中说：在与纯粹奉献者联谊的过程中，谈论至尊人格首神的娱乐时光和活动，能使耳朵及心感到极为快乐与满足(satāṁ prasaṅgān mama vīrya-saṁvido bhavanti hṛt-karṇa-rasāyanāḥ kathāḥ)。只有在与奉献者的联谊过程中，人才能欣赏到至尊人格首神的荣耀。与奉献者哪怕联谊片刻，都能使人成功地回归首神。

第22节

न ह्यद्भुतं त्वच्चरणाब्जरेणुभि-
हतांहसो भक्तिरधोक्षजेऽमला ।
मौहूर्तिकाद्यस्य समागमाच्च मे
दुस्तर्कमूलोऽपहतोऽविवेकः ॥२२॥

na hy adbhutaṁ tvac-caraṇābja-reṇubhir
hatāṁhaso bhaktir adhokṣaje 'malā
mauhūrtikād yasya samāgamāc ca me
dustarka-mūlo 'pahato 'vivekaḥ

na—不／hi—无疑地／adbhutam—美好的／tvat-caraṇa-abja-reṇubhiḥ—被您莲花足上的尘土／hata-aṁhasaḥ—完全免于恶报的／bhaktiḥ—爱及奉献／adhokṣaje—向处在经验知识领域之外的至尊人格首神／amalā—完全免于所有的物质污染／mauhūrtikāt—短暂的／yasya—……的／samāgamāt—靠拜访和联谊／ca—也／me—我的／dustarka—谬误论点的／mūlaḥ—根源／apahataḥ—完全消失／avivekaḥ—没有区分

译文　仅仅被您莲花足上的尘土覆盖，人就立刻到达为至尊主阿窦克沙佳做纯粹奉爱服务的层面。尽管就连布茹阿玛那样伟大的半神人都得不到这结果，但它却一点都不令人惊讶。只是与您联谊片刻，我就已彻底去除了争辩心、虚荣心和分别心，而它们是在物质世界受束缚的根源。我现在不再有这些问题了。

要旨 与纯粹奉献者联谊无疑使人摆脱物质的钳制。这无疑也是茹阿胡嘎纳王与佳德·巴茹阿特联谊后的事实，这联谊使茹阿胡嘎纳王立刻去除了因物质联谊所造成的疑虑。纯粹奉献者对他们的学生所说的一切都是那么有说服力，以至再迟钝的学生也能立刻被他们讲述的灵性知识所启发。

第23节

नमो महद्भ्योऽस्तु नमः शिशुभ्यो
नमो युवभ्यो नम आवटुभ्यः ।
ये ब्राह्मणा गामवधूतलिङ्गा-
श्चरन्ति तेभ्यः शिवमस्तु राज्ञाम् ॥२३॥

namo mahadbhyo 'stu namaḥ śiśubhyo
namo yuvabhyo nama āvaṭubhyaḥ
ye brāhmaṇā gām avadhūta-liṅgāś
caranti tebhyaḥ śivam astu rājñām

namaḥ—所有顶礼 / mahadbhyaḥ—向伟大的人物们 / astu—但愿 / namaḥ—我的顶礼 / śiśubhyaḥ—向那些以男孩形象显现的伟大人物们 / namaḥ—恭敬的顶礼 / yuvabhyaḥ—向那些以少年形象显现的人 / namaḥ—恭敬的顶礼 / ā-vaṭubhyaḥ—向那些以孩童形象显现的人 / ye—所有……的人 / brāhmaṇāḥ—因得到超然知识的启发而觉悟了自我的 / gām—地球 / avadhūta-liṅgāḥ—以不同的装束掩藏自己身份的 / caranti—他们穿越 / tebhyaḥ—从他们 / śivam astu—愿吉祥如意 / rājñām—向(总是非常骄傲自大的）王朝或君王

译文 我恭敬地向所有行走在地球表面的伟大人物们顶礼，无论他们的外形是孩子、少年、阿瓦杜塔，还是优秀的布茹阿玛纳。即使他们以不同的装束掩藏自己，我都要向他们全体致以敬意。凭借他们的仁慈，愿总是在冒犯他们的王朝能有好运。

要旨　茹阿胡嘎纳王很后悔强迫佳德·巴茹阿特为他抬轿子，因此开始向所有的布茹阿玛纳、觉悟了自我的人祈祷，即使他们有时装作是孩子或用不同的装束掩藏起自己。四位库玛尔兄弟(Kumāra)装扮成五岁的幼儿在全世界旅行；同样，有许多了解梵(Brahman)的人——布茹阿玛纳(brāhmaṇa)，扮装成年轻人、孩子或阿瓦杜塔(avadhūta)，在地球上到处旅行。由于对自己的地位感到骄傲，王室成员通常总会冒犯伟大的人物。为此，茹阿胡嘎纳王开始恭敬地向全体伟大的圣人们敬礼，以使王朝不致滑向地狱。至尊人格首神不原谅冒犯伟大人物的人，尽管伟大的人物本身并不认为被冒犯了。杜尔瓦萨(Durvāsā)冒犯安巴瑞施王(Mahārāja Ambarīṣa)后甚至去找主维施努请求原谅，但主维施努不原谅他，因此他必须扑倒在安巴瑞西王的莲花足旁，尽管安巴茹施王是君王和居士(kṣatriya-gṛhastha)。我们应该十分小心不要冒犯外士纳瓦和布茹阿玛纳。

第24节

श्रीशुक उवाच

इत्येवमुत्तरामातः स वै ब्रह्मर्षिसुतः सिन्धुपतय आत्मसतत्त्वं वि-
गणयतः परानुभावः परमकारुणिकतयोपदिश्य रहूगणेन सकरुण-
मभिवन्दितचरण आपूर्णार्णव इव निभृतकरणोर्म्याशयो धरणिमिमां
विचचार ॥२४॥

śrī-śuka uvāca

ity evam uttarā-mātaḥ sa vai brahmarṣi-sutaḥ sindhu-pataya ātma-satattvaṁ vigaṇayataḥ parānubhāvaḥ parama-kāruṇikatayopadiśya rahūgaṇena sakaruṇam abhivandita-caraṇa āpūrṇārṇava iva nibhṛta-karaṇormy-āśayo dharaṇim imāṁ vicacāra.

śrī-śukaḥ uvāca－圣舒卡戴瓦·哥斯瓦米说 / iti evam－就这样 / uttarā-mātaḥ－母亲乌塔茹阿的儿子——帕瑞克西特王啊！ / saḥ－那位布茹阿玛纳 / vai－的确 / brahma-ṛṣi-sutaḥ－知识渊博的布茹阿玛纳的儿子——佳德·巴茹阿特 / sindhu-pataye－向辛度的国王 / ātma-sa-tattvam－灵魂的原本状态 / vigaṇayataḥ－虽然羞辱了佳德·巴茹阿特 / para-anubhāvaḥ－灵性觉悟很高的 / parama-kāruṇikatayā－凭他对堕落的灵魂非常仁慈的美德 / upadiśya－教导 / rahūgaṇena－被茹阿胡嘎纳王 / sa-karuṇam－可怜地 / abhivandita-caraṇaḥ－莲花足受到崇拜的 / āpūrṇa-arṇavaḥ iva－像大海 / nibhṛta－十分宁静 / kara-ṇa－感官的 / ūrmi－波澜 / āśayaḥ－拥有其中……的心 / dharaṇim－地球 / imām－这 / vicacāra－继续游荡

译文 圣舒卡戴瓦·哥斯瓦米继续说：亲爱的君王，乌塔茹阿母亲的儿子啊！佳德·巴茹阿特虽然因茹阿胡嘎纳王以命令他抬轿子的方式侮辱了他，而心中泛起些许不满的波澜，但却忽视这情绪，使自己的心重新平静下来，仿佛海洋般宁静。尽管茹阿胡嘎纳王羞辱他，但他是伟大的至尊天鹅——奉献者。作为一名外士纳瓦，他的心自然极为仁慈，于是告知君王有关灵魂的原本状态。茹阿胡嘎纳王在他莲花足旁可怜地请求原谅，使他当时就忘了受到的羞辱。这以后，他又开始像从前一样在地球各处游荡。

要旨 在《圣典博伽瓦谭》第3篇第25章的第21节诗中，卡皮拉戴瓦(Kapiladeva)描述伟大人物的表现说：他忍受、仁慈，友好对待众生(titikṣavaḥ kāruṇikāḥ suhṛdaḥ sarva-dehinām)。圣洁的奉献者无疑都很宽容、忍受，是众生的朋友，从不与他人为敌。纯粹的奉献者具有圣洁之人(sādhu)的一切品质。佳德·巴茹阿特就是这方面的一个典范。由于有物质躯体，佳德·巴茹阿特在被茹阿胡嘎纳王羞辱时心中无疑泛起波澜，但君王一旦谦卑地归顺，他就原谅了君王。每一个想回到首神身边的人都该像茹阿胡嘎纳王一样归顺，请求有可能冒犯过的外士纳瓦的原谅。外士纳瓦的心一般都很柔软。因此，冒犯外士纳瓦的人如果马上归顺外士纳瓦的莲花足，就可以立刻清除冒犯得到的报应；如果不这样做，报应就还在，而结果不会令人很愉快。

第25节

**सौवीरपतिरपि सुजनसमवगतपरमात्मसतत्त्व आत्मन्यविद्याध्यारो-
पितां च देहात्ममतिं विससर्ज । एवं हि नृप भगवदाश्रिताश्रितानु-
भावः ॥२५॥**

sauvīra-patir api sujana-samavagata-paramātma-satattva ātmany avidyādhyāropitāṁ ca dehātma-matiṁ visasarja evaṁ hi nṛpa bhagavad-āśritāśritānubhāvaḥ.

sauvīra-patiḥ—骚维茹阿国的君王 / api—无疑地 / su-jana—从一个崇高的人 / samavagata—已经完全了解了 / paramātma-sa-tattvaḥ—有关灵魂以及超灵原本状态的真相 / ātmani—在他自己之中 / avi-dyā—因无知 / adhyāropitām—错误地归咎于 / ca—和 / deha—在躯体中 / ātma-matim—自我的观念 / visasarja—完全放弃 / evam—因此 / hi—肯定地 / nṛpa—君王啊！ / bhagavat-āśrita-āśrita-anubhāvaḥ—托庇于自己也托庇于师徒传承中的灵性导师的结果(肯定会摆脱持躯体化的生命概念的无知状态)

译文　骚维茹阿国的君王茹阿胡嘎纳，接受伟大的奉献者佳德·巴茹阿特的教导后，完全了解了灵魂和超灵的原本状态。他因此而彻底放弃躯体化的概念。我亲爱的君王，谁托庇于至尊主仆人的仆人，谁就必会因为能轻易地放弃躯体化的概念而受到赞扬。

要旨　正如《永恒的柴坦亚经》中篇第22章第54节诗中说：

"sādhu-saṅga", "sādhu-saṅga"—sarva-śāstre kaya
lava-mātra sādhu-saṅge sarva-siddhi haya

托庇于纯粹奉献者的人得到一切完美，哪怕是一次短暂的联谊。这是事实！圣洁的人是至尊主纯粹的奉献者。我们的实际体验是，我们的灵性导师先灌输给我们有关奎师那意识的教导，使我们至少现在能走在培养奎师那意识的旅途上，能够理解哲学。正因为如此，现在有许多奉献者致力于拓展这场奎师那意识运动。整个世界都围绕着躯体化的概念运作，所以必须有奉献者在全世界帮助人们去除错误的躯体化概念，让他们全心培养奎师那意识。

第 26 节

राजोवाच
यो ह वा इह बहुविदा महाभागवत त्वयाभिहितः परोक्षेण वचसा
जीवलोकभवाध्वा स ह्यार्यमनीषया कल्पितविषयो नाञ्जसाव्युत्पन्न-
लोकसमधिगमः । अथ तदेवैतद् दुरवगमं समवेतानुकल्पेन निर्दिश्य-
तामिति ॥२६॥

rājovāca
yo ha vā iha bahu-vidā mahā-bhāgavata tvayābhihitaḥ parokṣeṇa vacasā
jīva-loka-bhavādhvā sa hy ārya-manīṣayā kalpita-viṣayo
nāñjasāvyutpanna-loka-samadhigamaḥ atha tad evaitad duravagamaṁ
samavetānukalpena nirdiśyatām iti

rājā uvāca—帕瑞克西特王说 / yaḥ—……的 / ha—无疑地 / vā—或者 / iha—在这讲述中 / bahu-vidā—精通超然知识 / mahā-bhāgavata—伟大的奉献者圣人啊！ / tvayā—被你 / abhihitaḥ—描述 / parokṣeṇa—比喻地 / vacasā—凭言语 / jīva-loka-bhava-adhvā—受制约的灵魂在物质存在中所走的路 / saḥ—那 / hi—确实地 / ārya-manīṣayā—凭高级奉献者的智力 / kalpita-viṣayaḥ—比喻性的内容 / na—不 / añjasā—直接地 / avyutpanna-loka—非常有经验或有智慧之人的 /

samadhigamaḥ－全面了解 / atha－因此 / tat eva－因而 / etat－这件事 / duravagamam－很难了解的 / samaveta-anukalpena－靠代替这寓言的直接意思 / nirdiśyatām－愿……被讲述 / iti－这样

译文　帕瑞克西特王对舒卡戴瓦·哥斯瓦米说：亲爱的阁下，伟大的奉献者圣人啊！您是全知的。您生动地描述了受制约灵魂的状态，他被比喻为是森林中的商人。从这些教导中，智者能明白，持有躯体化概念的人的感官，恰似那森林中的恶棍和盗贼，而他的妻子和孩子就如同豺狼和其他残暴的野兽。但对缺乏智慧的人来说，要了解这寓言故事的涵意则并非易事，因为要阐释寓言的准确含义很困难。为此我请求您阁下说明直接的意思。

要旨　《圣典博伽瓦谭》中用比喻的形式讲述了许多故事和事件。缺乏智慧的人也许无法理解这种比喻性的叙述，所以作学生的有责任拜一位真正的灵性导师，听他给予直接的解释。

到此为止，结束了巴克提韦丹塔对《圣典博伽瓦谭》第5篇第13章“茹阿胡嘎纳王与佳德·巴茹阿特的进一步谈论”所作的阐释。

第十四章

物质世界是享乐的大森林

这一章解释了物质存在森林的真正含义究竟是什么。商人们有时进森林去收集一些珍贵、罕见的东西，然后到城市里去卖个好价钱，但在森林中总是会遇到很多危险。当纯洁的灵魂想停止侍奉至尊主，自己去享受物质世界时，主奎师那无疑就会给他机会进入物质世界。正如《对神的爱所引发的转变》(Prema-vivarta)中说：遗忘了奎师那的生物从无法追溯的时候起受到外在能量的吸引(kṛṣṇa-ba-hirmukha hañā bhoga vāñchā kare)。这就是纯洁的灵性灵魂坠入物质世界的原因。由于生物的活动受物质自然三种属性的影响，生物在不同的物种中的地位各不相同，有时是天堂星球中的半神人，有时是低等星球中最微不足道的生物体。就有关这一点，圣纳若塔玛·达斯·塔库尔(Śrīla Narottama dāsa Ṭhākura)说：生物经历各种物种(nānā yoni sadā phire)，被迫吃和享受令人恶心的东西(kardarya bha-kṣaṇa kare)，就这样糟踏他整个的一生(tāra janma adhaḥ-pāte yāya)。没有绝对仁慈的外士纳瓦(Vaiṣṇava)的保护，受制约的灵魂就无法挣脱错觉能量玛亚(māyā)的钳制。

正如《博伽梵歌》(Bhagavad-gītā)中说：受制约的生活使他们与包括心在内的六种感官苦苦争斗(manaḥ ṣaṣṭhānīndriyāṇi prakṛti-sthāni karṣati)。生物用他的内心和五个获取知识的感官，在物质存在中苦苦挣扎。这些感官被比喻为是森林中的土匪和强盗。它们拿走一个人的知识，把他置于无知之网中。所以说感官就像夺取人的灵性知识的土匪和强盗。除此之外，还有如森林中凶猛野兽般的妻子、孩子和其他家人。这类野兽专吃人肉。生物允许豺狼和狐狸(妻子和孩子)攻击自己，使自己真正的灵性生活毁于一旦。在物质生活的森林中，所有的人都像蚊子一样忌妒，各种老鼠也总是给人制造麻烦。物质世界里的每一个生物都被置于许多难以对付的处境中，身边都是忌妒之人和使人心神不宁的动物，使其总是遭许多其他生物体的掠夺和啃咬。但尽管有这些烦恼，他还是不想放弃家庭生活，怀着能在将来变得快乐的希望继续从事他的功利性活动。他就这样被越来越紧地捆绑在活动的结果中，被迫从事不虔诚的活动。尽管受制约的灵魂的活动在白天有太阳看到，夜晚有月亮看到，其他半神人也见证着，但他就是要认为他为感官享乐而做的一切人不知鬼不觉。有时当他被发现时，他便短暂地放弃一切，但由于太依恋躯体，他在能达到完美前就先放弃他的弃绝精神，重蹈覆辙。

这个物质世界里有许多忌妒之人，有被比喻为是猫头鹰的政府税收机构，有发出噪声的看不见的蟋蟀。受制约的灵魂无疑受到物质自然代理们极大的骚扰，但因不良的联谊而失去智慧的他，在为摆脱物质存在打扰的努力中，又沦为只能表演一些魔术，但却不懂奉爱服务的所谓瑜伽师、圣人(sādhu)和化身的受害者。受制约的灵魂有时失去他所有的金钱，因此就刻薄对待家人。尽管受制约的灵魂生生世世渴望得到真正的快乐，但这个物质世界里却没有丝毫真正的快乐。为维持政府开销而强收各种苛捐杂税的政府官员恰似食肉魔(Rākṣasa)，使辛苦工作的受制约的灵魂十分难过、悲伤。

功利性活动之途通向很难攀爬的高山，受制约的灵魂有时想要翻越这些高山，但却永远都不能如愿以偿，因此变得越来越忿忿不平和失望、沮丧。在物质生活和经济上陷入窘境后，受制约的灵魂便无端地责骂他的家人。生活在物质环境中有四项主要的需求，其中睡眠被比喻为是蟒蛇。熟睡时，受制约的灵魂完全忘记自己的真实存在，也感觉不到物质生活的苦难。有时，因为需要用钱，受制约的灵魂去偷去骗，尽管甚至表面看来正在为灵性进步而与奉献者交往。他唯一该做的本是挣脱玛亚的钳制，但由于不正确的指导，他越来越深地陷入物质交往中。这个物质世界不过是个令人尴尬为难的地方，由愉快、痛苦、执著、敌意和忌妒为表现形式的苦难组成。总之，充满了痛苦和磨难。因依恋妻子和性生活而失去智慧的人，整个意识都受到污染，所以只想着与女人交往。像蛇一样的时间因素夺走每一个生物体的生命，包括主布茹阿玛(Brahmā)和微不足道的小蚂蚁。受制约的灵魂有时试图从不可阻挡的时间流逝中拯救自己，于是就去托庇于假救星。不幸的是，假救星甚至救不了他自己，还怎么可能保护他人？假救星们不在乎要从有资格的布茹阿玛纳(brāhmaṇa，婆罗门)和韦达源头那里接受真正的知识。他们唯一做的是沉溺于性生活，并鼓吹说，甚至连寡妇都该性解放。因此说他们与森林中的猴子没有两样。就这样，圣舒卡戴瓦·哥斯瓦米(Śrīla Śukadeva Gosvāmī)给帕瑞克西特王(Mahārāja Parīkṣit)解释了物质森林及其中的艰难路途。

第 1 节

स होवाच

स एष देहात्ममानिनां सत्त्वादिगुणविशेषविकल्पितकुशलाकुशल-
समवहारविनिर्मितविविध देहावलिभिर्वियोगसंयोगाद्यनादिसंसारानुभ-
वस्य द्वारभूतेन षडिन्द्रियवर्गेण तस्मिन्दुर्गाध्ववदसुगमेऽध्वन्यापतित
ईश्वरस्य भगवतो विष्णोर्वशवर्तिन्या मायया जीवलोकोऽयं यथा व-
णिक्सार्थोऽर्थपरः स्वदेहनिष्पादितकर्मानुभवः श्मशानवदशिवतमायां
संसाराटव्यां गतो नाद्यापि विफलबहुप्रतियोगेहस्तत्तापोपशमनीं ह-
रिगुरुचरणारविन्दमधुकरानुपदवीमवरुन्धे ॥ १ ॥

sa hovāca

sa eṣa dehātma-māninām sattvādi-guṇa-viśeṣa-vikalpita-kuśalāku-śala-
samavahāra-vinirmita-vividha-dehāvalibhir viyoga-saṁyogādy-anādi-
saṁsārānubhavasya dvāra-bhūtena ṣaḍ-indriya-vargeṇa tasmin
durgādhvavad asugame 'dhvany āpatita īśvarasya bhagavato viṣṇor vaśa-
vartinyā māyayā jīva-loko 'yaṁ yathā vaṇik-sārtho 'rtha-paraḥ sva-deha-

niṣpādita-karmānubhavaḥ śmaśānavad aśivatamāyāṁ saṁsārāṭavyāṁ gato nādyāpi viphala-bahu-pratiyogehas tat-tāpopaśamanīṁ hari-guru-caraṇāravinda-madhukarānupadavīm avarundhe.

saḥ—觉悟了自我的奉献者(圣舒卡戴瓦·哥斯瓦米) / ha—确实地 / uvāca—说 / saḥ—他(受制约的灵魂) / eṣaḥ—这一个 / deha-ātma-māninām—那些愚蠢地将躯体当做自我的人的 / sattva-ādi—善良、激情和愚昧的 / guṇa—被属性 / viśeṣa—特定的 / vikalpita—错误地构成 / kuśala—有时被有利的活动 / akuśala—有时被特别不利的活动 / samavahāra—被两者的混合 / vinirmita—获得 / vividha—各种种类 / deha-āvalibhiḥ—被一连串的躯体 / viyoga-saṁyoga-ādi—表现为放弃一种躯体后接受另一种躯体 / anādi-saṁsāra-anubhavasya—对没有开始的转世过程的察觉的 / dvāra-bhūtena—作为门户而存在 / ṣaṭ-indriya-vargeṇa—透过(内心及眼、耳、舌、鼻和皮肤等五个获取知识的感官)这六个感官 / tasmin—在那之上 / durga-adhva-vat—像一条很难走的路 / asugame—难以穿越的 / adhvani—在森林路途上 / āpatitaḥ—发生 / īśvarasya—控制者的 / bhagavataḥ—至尊人格首神 / viṣṇoḥ—主维施努的 / vaśa-vartinyā—在……的控制下行动 / māyayā—被物质能量 / jīva-lokaḥ—受制约的生物 / ayam—这个 / yathā—正如 / vaṇik—一个商人 / sa-arthaḥ—追求财富和感官对象 / artha-paraḥ—很依恋金钱的 / sva-deha-niṣpādita—用他自己的躯体从事 / karma—活动的成果 / anubhavaḥ—经验……的 / śmaśāna-vat aśivatamāyām—像一个不祥的墓地 / saṁsāra-aṭavyām—在物质生活的森林中 / gataḥ—已进入 / na—不 / adya api—直至现在 / viphala—不成功 / bahu-pratiyoga—到处是困难和各种悲惨的情况 / īhaḥ—物质世界的活动…… / tat-tāpa-upaśa-manīm—平息这物质生活森林中的苦恼 / hari-guru-caraṇa-aravinda—向至尊主和祂奉献者的莲花足 / madhukara-anupadavīm—跟随依恋……的熊蜂般的奉献者所走的路 / avarundhe—得到

译文 帕瑞克西特王问舒卡戴瓦·哥斯瓦米有关物质森林的直接意思是什么，舒卡戴瓦·哥斯瓦米回答道：亲爱的君王，商人总是对赚钱感兴趣。他有时到森林去收购些木头和土等廉价的物品，再到城里以高价卖出。同样，受制约的灵魂因为贪婪而为些许物质利益进入这个物质世界。他逐渐进入森林的最深处，却不真正了解如何出去。进入物质世界的纯洁灵魂，变得被主维施努控制的外在能量所创造的物质环境制约，从而受到外在能量玛亚女神的控制。他在森林中独自生活，困惑不已，得不到那些总是为至尊主服务的奉献者的联谊。一旦持有躯体化的概念，他就得在物质能量的影响及物质属性(善良、激情和愚昧)的驱使下一个接一个地接受不同种类的躯体。就这样，受制约的灵魂有时升上天堂星球，有时去到地球星球，有时下降到低等星球和低等物种中，因各种物质躯体而一直不断地受苦。这些苦恼和疼痛有时混在一起，时而剧烈、严重，时而舒缓。这些躯体状况都由受制约灵魂的起心动念所致。他用他的心和五个感官获取知识，而这些致使他得到不同的躯体，遇到不同的情况。生物试图利用受外在能量玛亚控制着的感官，但却使自己备受物质存在的苦。他其实在寻求脱困，但通常都受到挫折，尽管有时在经历巨大的困苦后有所缓解。在这种为生存而苦苦挣扎的情况下，他无法得到如雄蜂般忙于侍奉主维施努的莲花足的纯粹奉献者们的庇护。

要旨 这段诗文中最重要的信息是："跟随依恋至尊主和祂奉献者的莲花足的雄蜂般的奉献者所走的路(hari-guru-caraṇa-aravinda-madhukara-anupadavīm)。"受制约的灵魂在这个物质世界中苦苦挣扎，但通常受到挫折，尽管有时在经历巨大的困苦后有所缓解。受制约的灵魂总体而言从不快乐，他只是在为生存而苦苦挣扎。事实上，他唯一该做的是接受一位灵性导师(guru)；他必须透过灵性导师接受至尊主的莲花足。对此，圣柴坦亚·玛哈帕布(Śrī Caitanya

Mahāprabhu)解释说：凭借灵性导师和奎师那的仁慈，人可以得到奉爱服务的种子(guru-kṛṣṇa-prasāde pāya bhakti-latā-bīja)。在物质世界的森林或城市中为生存而苦苦挣扎的人们，并没有在真正地享受生活。他们只不过是在承受各种由愉快和痛苦所导致的苦恼而已。痛苦总是不吉祥的，所以他们试图减轻这些痛苦，但却因无知而做不到。韦达经(Veda)对这些人说明道：为了达到人生的完美境界和了解生物的原本真正的状态及地位，就必须接近一位灵性导师(tad-vijñānārthaṁ sa gurum evābhigacchet)。当生物迷失在物质世界的森林中，为生存而苦苦挣扎时，他首先该做的是找一位总是在侍奉至尊人格首神维施努(Viṣṇu)莲花足的真正的灵性导师。总之，如果他真渴望从为生存而苦苦挣扎的状态中被解放出来，他就必须找一位真正的灵性导师，在他的莲花足旁接受训示。这样做可以使他摆脱苦苦挣扎的状态。

由于这里把物质世界比喻为是一座森林，人们也许会辩论说，喀历年代(Kali-yuga)的现代文明主要是在城市中。然而，大型城市就像一座大树林。事实上，城市生活比在森林中生活还要危险。如果一个人第一次进入一座没有朋友、没人保护的城市，住在那里就比住在森林中还要困难得多。地球上由许多大城市，人无论到哪里，都能看到人们一天二十四小时地在为生存而苦苦挣扎。他们以七十到八十英里的时速开快车来来去去，这只是为生存而苦苦挣扎的一组镜头。人不得不每天清晨早起，以极快的速度开车旅行。路上总有出车祸的危险，人必须非常小心。坐在车里的人充满焦虑，他的挣扎一点儿都不吉祥。除了人类，猫、狗等其他物种也夜以继日地为生存而苦苦挣扎。为生存而苦苦挣扎的状态就这样持续着，受制约的灵魂从一种状态改变到另一种状态。有一段时间他是一个幼儿，但他不得不成为一个少年；从少年，他必须换到一个青年人的躯体中，然后从青年到中年，到老年。最后，当躯体不再能工作时，他就不得不接受另一个不同物种的新躯体。离开躯体被称为是死亡，接受另一个躯体被称为是出生。人体给生物提供一个托庇于一位真正灵性导师的机会，生物可以透过他接近至尊主。这场奎师那意识运动给人类社会中被愚蠢领导误导的全体成员一个机会。如果不接受至尊主的纯粹奉献者，就没人能从这充满痛苦的为生存而苦苦挣扎的状态中挣脱出去。在物质的层面上为从一种状态改变成另一种状态的努力，并不能使人真正改善为生存而苦苦挣扎的状态。唯一的选择是真正灵性导师的莲花组足，透过灵性导师，人可以得到至尊主的莲花足。

第2节

यस्यामु ह वा एते षडिन्द्रियनामानः कर्मणा दस्यव एव ते । तद्यथा पुरुषस्य धनं यत्किञ्चिद्धर्मौपयिकं बहुकृच्छ्राधिगतं साक्षात्परमपुरुषा-राधनलक्षणो योऽसौ धर्मस्तं तु साम्पराय उदाहरन्ति । तद्धर्म्यं धनं दर्शनस्पर्शनश्रवणास्वादनावघ्राणसङ्कल्पव्यवसायगृहग्राम्योपभोगेन कुनाथस्याजितात्मनो यथा सार्थस्य विलुम्पन्ति ॥ २॥

yasyām u ha vā ete ṣaḍ-indriya-nāmānaḥ karmaṇā dasyava eva te. tad yathā puruṣasya dhanaṁ yat kiñcid dharmaupayikaṁ bahu-kṛcchrādhigataṁ sākṣāt parama-puruṣārādhana-lakṣaṇo yo 'sau dharmas taṁ tu sāmparāya udāharanti. tad-dharmyaṁ dhanaṁ darśana-sparśana-śravaṇāsvādanāvaghrāṇa-saṅkalpa-vyavasāya-gṛha-grāmyopabhogena kunāthasyājitātmano yathā sārthasya vilum-panti.

yasyām—其中……的 / u ha—无疑地 / vā—或者 / ete—所有这些 / ṣaṭ-indriya-nāmānaḥ—被称为六个感官(心和五个获取知识的感官) / karmaṇā—被他们的活动 / dasyavaḥ—盗贼 / eva—无疑地 / te—他们 / tat—那 / yathā—正如 / puruṣasya——个人的 / dhanam—财富 / yat—无论如何 / kiñcit—某事 / dharma-aupayikam—有助于宗教原则的贯彻执行 / bahu-kṛcchra-adhigatam—在大量劳作之后赚取 /

sākṣāt—直接地 / parama-puruṣa-ārādhana-lakṣaṇaḥ—特点是靠举行祭祀等崇拜至尊主 / yaḥ—……的 / asau—那 / dharmaḥ—宗教原则 / tam—那 / tu—但是 / sāmparāye—为了生物死后的利益 / udāharanti—智者声明 / tat-dharmyam—宗教的(有关社会四阶层和灵性四阶段制度的实行) / dhanam—财富 / darśana—靠观看 / sparśana—靠触碰 / śravaṇa—靠听 / āsvādana—靠品尝 / avaghrāṇa—靠嗅闻 / saṅkalpa—靠决心 / vyavasāya—凭一个结论 / gṛha—在物质的家中 / grāmya-upabhogena—被感官享乐 / kunāthasya—被误导的受制约灵魂的 / ajita-ātmanaḥ—不控制自己的人 / yathā—就像 / sārthasya—对感官享乐有兴趣的生物的 / vilumpanti—它们盗取

译文 在物质存在的森林中，不受控制的感官恰似盗贼。受制约的灵魂也许为增强奎师那意识赚取一些金钱，但不幸的是，不受控制的感官通过感官享乐盗走他的钱财。之所以说感官是盗贼，是因为它们使人为了不必要地观看、嗅闻、品尝、触碰、听、欲望和意愿而花费他的钱财。受制约的灵魂就这样被迫满足他的感官，挥霍尽他的钱财。获取这钱财的目的其实是要贯彻执行宗教原则，但它们却被正在盗窃的感官所窃取。

要旨 前世的所作所为决定这一生人所追求的知识和财富(pūrva jamnārjitā vidyā pūrva janmārjitaṁ dhanaṁ agre dhāvati dhāvati)。遵守社会四阶层和灵性四阶段制度(varṇāśrama-dharma)的原则，可以使人在物质世界里获得富有、博学、美丽或出生高贵等相对较好的处境；而如果有人具备这些条件，就该知道，这些都是专为让人增强奎师那意识而给的。不幸的是，被误导的人误用他得到的更好的处境进行感官享乐。因此，不受控制的感官被认为是掠夺者。人靠贯彻执行宗教原则所获得的良好处境，被如同掠夺者的感官夺走，就这样糟蹋了得到的良好条件。在遵守社会四阶层和灵性四阶段制度的情况下执行宗教原则，使人处在相对安逸的状态中。人可以很容易地用他拥有的一切进一步增强他的奎师那意识。要了解，我们不该把在这个物质世界里得到的资产和机会浪费在感官享乐上，而是该用于增强奎师那意识。为此，这场奎师那意识运动教导人们，用具体的方法控制心和五个获取知识的感官。人应该稍微练习一下苦行，不要把钱财用在与有规律地做奉爱服务的生活无关的事物上。感官要求看美丽的事物，我们就该把钱用于装饰庙里的神像。同样，舌头必须品尝为神像购买并给神像供奉过的优质美味的食物。鼻子可以被用来嗅闻给神像供奉过的鲜花，听力可以用于聆听哈瑞·奎师那曼陀(Hare Kṛṣṇa mantra)的声音震荡。这样，感官就可以在被控制的情况下用于提高奎师那意识，使人得到的良好处境不被以非法性生活、吃肉、麻醉自我和赌博等为表现形式的物质感官享乐所糟蹋。如果以开车、去夜总会和在餐厅品尝令人作呕的食物的方式糟蹋富有的处境，如掠夺者般的感官就会夺走受制约的灵魂在经历巨大的困境后得到的一切资产。

第 3 节

अथ च यत्र कौटुम्बिका दारापत्यादयो नाम्ना कर्मणा वृकसृगाला एवानिच्छतोऽपि कदर्यस्य कुटुम्बिन उरणकवत्संरक्ष्यमाणं मिषतोऽपि हरन्ति ॥ ३ ॥

atha ca yatra kauṭumbikā dārāpatyādayo nāmnā karmaṇā vṛka-sṛgālā
evānicchato 'pi kadaryasya kuṭumbina uraṇakavat saṁrakṣyamāṇaṁ
miṣato 'pi haranti.

atha—就这样 / ca—也 / yatra—其中……的 / kauṭumbikāḥ—家人 / dāra-apatya-ādayaḥ—从妻子和孩子开始 / nāmnā—名叫 / karmaṇā—通过他们的行为 / vṛka-sṛgālāḥ—老虎和豺狼 / eva—肯定地 / anicchataḥ—不想花钱的人的 / api—肯定地 / kadaryasya—太吝啬的 / kuṭumbinaḥ—被家庭成员围绕的 / uraṇaka-vat—像只羊 / saṁrakṣyamāṇam－虽然被保护 / miṣataḥ－监视……的人的 / api－甚至 / haranti－他们强行拿走

译文 亲爱的君王，这个物质世界中的家庭成员以妻子和孩子之名出现，但他们的所作所为其实恰似豺狼虎豹。牧人尽全力保护他的羊群，但老虎和狐狸还是要抢走它们。同样道理，吝啬之人虽然谨小慎微地守护他的金钱，但他家人还是会抢走他所有的财产，他即使再警觉也无济于事。

要旨 有一首印度诗歌唱道：妻子白天似女巫，夜晚如同母老虎，唯一做的是夜以继日地吸丈夫的血(din kā dakinī rāt kā bāghinī pālak pālak rahu cuse)。白天有家庭开销，丈夫用血汗换来的金钱就这样被夺走。夜晚的性享乐，使丈夫的血以精液的形式被排出。当丈夫的就这样白天、黑夜地流血不止，但他却如此疯狂，竟然小心谨慎地供养着她。同样，孩子也像老虎、豺狼和狐狸。就像老虎、豺狼和狐狸夺走牧人警惕照管着的羊羔一样，孩子们夺走父亲精心管理的钱财。就这样，被称为妻子和孩子的家人实际上不过是掠夺者。

第 4 节

यथा ह्यनुवत्सरं कृष्यमाणमप्यदग्धबीजं क्षेत्रं पुनरेवावपनकाले गुल्म-तृणवीरुद्भिर्गह्वरमिव भवत्येवमेव गृहाश्रमः कर्मक्षेत्रं यस्मिन्न हि क-र्माण्युत्सीदन्ति यदयं कामकरण्ड एष आवसथः ॥ ४ ॥

yathā hy anuvatsaraṁ kṛṣyamāṇam apy adagdha-bījaṁ kṣetraṁ punar evāvapana-kāle gulma-tṛṇa-vīrudbhir gahvaram iva bhavaty evam eva gṛhāśramaḥ karma-kṣetraṁ yasmin na hi karmāṇy utsīdanti yad ayaṁ kāma-karaṇḍa eṣa āvasathaḥ.

yathā－就像 / hi－肯定地 / anuvatsaram－每年 / kṛṣyamāṇam－被犁 / api－虽然 / adagdha-bījam－种子没被烧的 / kṣetram－田地 /

punaḥ－再次 / eva－肯定地 / āvapana-kāle－在播种之时 / gulma－被灌木丛 / tṛṇa－被草 / vīrudbhiḥ－被藤蔓 / gahvaram iva－像树荫处 / bhavati－变成 / evam－因此 / eva－肯定地 / gṛha-āśramaḥ－家庭生活 / karma-kṣetram－活动的场所 / yasmin－其中……的 / na－不 / hi－无疑地 / karmāṇi utsīdanti－功利性活动消失了 / yat－因此 / ayam－这 / kāma-karaṇḍaḥ－功利性欲望的仓库 / eṣaḥ－这 / āvasathaḥ－住处

译文　农夫每年都犁他的田地，将所有的杂草连根翻起。尽管如此，杂草的种子依旧在土中，无法被烧尽，于是再次与播种的庄稼一起在田中长出。哪怕在深犁地后，杂草还是生长茂密。同样道理，家庭生活是功利性活动的场所。除非彻底烧毁享受家庭生活的欲望，否则它会一再滋长。即使把樟脑从罐子中取出，罐子里还是留有樟脑的味道。不消灭欲望的种子，就消除不了功利性活动。

要旨　人除非把欲望完全转向为至尊人格首神做服务，否则过家庭生活的欲望会继续留在心中，哪怕一个人当了托钵僧(sannyāsi)也不例外。在我们国际奎师那意识协会中，有时会有人感情用事地当了托钵僧，但由于他的欲望并没有被彻底烧毁，他再次还俗过家庭生活，甚至不惜为此而身败名裂。当然，全心全意地为至尊主做奉爱服务时，这些强烈的欲望就会被彻底烧尽。

第5节

तत्र गतो दंशमशकसमापसदैर्मनुजैः शलभशकुन्ततस्करमूषकादिभिरुपरुध्यमानबहिःप्राणः क्वचित्परिवर्तमानोऽस्मिन्नध्वन्यविद्याकामकर्मभिरुपरक्तमनसानुपपन्नार्थं नरलोकं गन्धर्वनगरमुपपन्नमिति मिथ्यादृष्टिरनुपश्यति ॥ ५ ॥

tatra gato daṁśa-maśaka-samāpasadair manujaiḥ śalabha-śakunta-taskara-mūṣakādibhir uparudhyamāna-bahiḥ-prāṇaḥ kvacit parivartamāno 'sminn adhvany avidyā-kāma-karmabhir uparakta-manasānupapannārthaṁ nara-lokaṁ gandharva-nagaram upapannam iti mithyā-dṛṣṭir anupaśyati.

tatra—对那家庭生活 / gataḥ—走了 / daṁśa—牛虻 / maśaka—蚊子 / sama—同等于 / apasadaiḥ—低等的 / manu-jaiḥ—被人 / śalabha—蝗虫 / śakunta—猛禽 / taskara—盗贼 / mūṣaka-ādibhiḥ—被老鼠等 / uparudhyamāna—被骚扰着 / bahiḥ-prāṇaḥ—以财富等形式表现的外在生命之气 / kvacit—有时 / parivartamānaḥ—游荡 / asmin—在这 / adhvani—物质存在之途 / avidyā-kāma—被愚昧与贪婪 / karmabhiḥ—而且被功利性活动 / uparakta-manasā—由于内心受到……的影响 / anupapanna-artham—在其中永远得不到想要的结果 / nara-lokam—这个物质世界 / gandharva-nagaram—虚幻的城市 / upapannam—存在着 / iti—看做 / mithyā-dṛṣṭiḥ—错误地看问题的他 / anupaśyati—观察者

译文 因为依恋物质财富和拥有，过居士生活的受制约的灵魂有时要承受牛虻(有意困扰他人的人)和蚊子的打扰，蝗虫、猛禽和老鼠(卑鄙小人)也时常骚扰他。然而，他还是在物质存在之途上继续游荡下去。愚昧无知使他变得贪图物质享乐，忙于功利性活动。尽管物质世界短暂得就像千变万化的幻景和空中楼阁，但全神贯注于这些活动却使他把它看做永恒的。

要旨 纳若塔玛·达斯·塔库尔作了如下这首诗歌：

ahaṅkāre matta hañā, nitāi-pada pāsariyā,
asatyere satya kari māni

由于遗忘主尼提阿南达(Nityānanda)的莲花足，因为钱财和其他财富等物质拥有而骄傲，人便错误地以为，短暂的物质世界是真实存在。这是物质疾病。生物是永恒、极乐的，但尽管身处痛苦的物质环境中，他却因为无知而以为物质世界是真实存在。

第 6 节

**तत्र च क्वचिदातपोदकनिभान् विषयानुपधावति पानभोजनव्यवाया-
दिव्यसनलोलुपः ॥ ६ ॥**

tatra ca kvacid ātapodaka-nibhān viṣayān upadhāvati pāna-bhojana-vyavāyādi-vyasana-lolupaḥ.

tatra—那里(像是幽灵住的地方) / ca—也 / kvacit—有时 / ātapa-udaka-nibhān—像沙漠里海市蜃楼中的水 / viṣayān—感官享乐的对象 / upadhāvati—追逐 / pāna—对喝 / bhojana—对吃 / vyavāya—对性生活 / ādi—等等 / vyasana—在上瘾的情况下 / lolupaḥ—一个浪荡子

译文 有时，受制约的灵魂在这空中楼阁中吃、喝并享受性生活。由于过度依恋这些活动，他像鹿追逐沙漠中的海市蜃楼一样追逐感官对象。

要旨 有两个世界——灵性世界和物质世界。物质世界像沙漠中的海市蜃楼般虚幻。在沙漠中，动物以为它们看到了水，但其实并没有水。同样，如动物般的人试图在物质生活的沙漠中找到平静。不同的经典(śāstra)中一再重复说：这个物质世界里没有快乐。而且，即使我们同意在没有快乐的情况下生活，我们也不被允许这样做。在《博伽梵歌》中，主奎师那说：物质世界不仅充满痛苦(duḥkhālayam)，而且是短暂的(aśāśvatam)。哪怕我们受尽痛苦也要住在这里，物质自然都不会允许我们这样做，而会强迫我们更换躯体，进入另一个充满痛苦的环境。

第 7 节

**क्वचिच्चाशेषदोषनिषदनं पुरीषविशेषं तद्वर्णगुणनिर्मितमतिः सुवर्ण-
मुपादित्सत्यग्निकामकातर इवोल्मुकपिशाचम् ॥ ७ ॥**

kvacic cāśeṣa-doṣa-niṣadanaṁ purīṣa-viśeṣaṁ tad-varṇa-guṇa-nirmita-matiḥ suvarṇam upāditsaty agni-kāma-kātara ivolmuka-piśācam.

kvacit—有时 / ca—也 / aśeṣa—无限制的 / doṣa—错误的 / niṣadanam—……的来源 / purīṣa—粪便的 / viśeṣam—特殊的种类 / tat-varṇa-guṇa—颜色与激情属性(红色)一样的 / nirmita-matiḥ—心专注于……的生物 / suvarṇam—金子 / upāditsati—想得到 / agni-kāma—被想得到火的欲望 / kātaraḥ—困扰的 / iva—如同 / ulmuka-piśācam—有时被误认为是鬼的俗称鬼火的磷光

译文 受制约的生物有时对被称为金子的黄色粪便着迷，努力追寻它。那金子是物质富裕和忌妒的根源，可以使人买到非法的性生活、赌博、肉食和酒醉。内心被激情属性征服的人，受黄金色泽的吸引，如同在森林中受寒冷之苦的人被沼泽地中的磷光所迷惑，在以为它是火光的情况下朝它奔去。

要旨 帕瑞克西特王曾命令喀历年代(Kali-yuga)离开他的王国，住到有妓院、卖酒的商店、屠宰场和赌场的地方去。但喀历年代请求帕瑞克西特王给他一个有这四种场所的地方，帕瑞克西特王于是给了他一个有金子储备的地方。有金子的地方就有这四种罪恶活动，因此按照灵性的生活原则，应该尽量避开金子。有金子就必有非法性生活、吃肉、赌博和酒醉。西方世界里的人因为有大量的金子，所以成为这四项罪恶的受害者。金子的颜色很耀眼，物质主义者很受它耀眼的黄色的吸引。然而，金子其实是一种类型的粪便。肝脏不好的人排泄出的粪便一般呈黄色。这种粪便的颜色吸引物质主义者，恰似鬼火吸引需要热的人。

第 8 节

अथ कदाचिन्निवासपानीयद्रविणाद्यनेकात्मोपजीवनाभिनिवेश एतस्यां संसाराटव्यामितस्ततः परिधावति ॥ ८ ॥

atha kadācin nivāsa-pānīya-draviṇādy-anekātmopajīvanābhiniveśa
etasyāṁ saṁsārāṭavyām itas tataḥ paridhāvati.

atha—就这样 / kadācit—有时 / nivāsa—住处 / pānīya—水 / draviṇa—财富 / ādi—等等 / aneka—许多事物 / ātma-upajīvana—被认为是维生所需的 / abhiniveśaḥ—完全专注的人 / etasyām—在这 / saṁsā-ra-aṭavyām—像大森林的物质世界 / itaḥ tataḥ—到处 / paridhāvati—东奔西走

译文　受制约的灵魂有时专注于寻找住处，得到水和财富的供应，以维护他的躯体。专注于获取各种生活所需使他忘了一切，在物质存在的森林中奔跑不停。

要旨　正如一开始谈到的，一个穷商人到森林中去收集一些便宜的货物，然后带回到城里去赚取利润。他一门心思地想要维护身体，以致忘了他与奎师那原本有的关系，而只追求躯体的舒适。受制约的灵魂就此只忙于从事物质活动。由于不知道生命的目的，物质主义者永恒地在物质存在中游荡，为得到生活所需而苦苦争斗。由于不了解生命的目的，哪怕他得到足够的生活所需，他也还是会编造出一些需要，因而变得越来越受束缚。他在心中编造出许多念头，让他感觉他需要越来越舒适的设施。物质主义者不知道物质自然行事的秘密。对此，《博伽梵歌》第3章的第27节诗确认说：

prakṛteḥ kriyamāṇāni
　guṇaiḥ karmāṇi sarvaśaḥ
ahaṅkāra-vimūḍhātmā
　kartāham iti manyate

“灵魂受假我的迷惑，以为是自己在活动，却不知道，其实是物质自然的三种属性在活动。”贪图物质享乐的欲望使生物产生某种心理状态，让他需要享受这个物质世界。他就这样受到捆绑，进入不同的躯体，在其中受苦。

第9节

क्वचिच्च वात्यौपम्यया प्रमदयारोहमारोपितस्तत्कालरजसा रजनीभूत इवासाधुमर्यादो रजस्वलाक्षोऽपि दिग्देवता अतिरजस्वलमतिर्न विजानाति ॥ ९ ॥

kvacic ca vātyaupamyayā pramadayāroham āropitas tat-kāla-rajasā rajanī-bhūta ivāsādhu-maryādo rajas-valākṣo 'pi dig-devatā atirajas-vala-matir na vijānāti.

kvacit—有时 / ca—也 / vātyā aupamyayā—比作一阵旋风 / pramadayā—被美丽的女人 / āroham āropitaḥ—为性享乐而举起放在大腿上 / tat-kāla-rajasā—那时被性冲动 / rajanī-bhūtaḥ—夜晚的黑暗 / iva—如同 / asādhu-maryādaḥ—没有对更高的见证者有适当尊敬的 / rajaḥ-vala-akṣaḥ—因强烈的色欲而盲目 / api—无疑地 / dik-devatāḥ—掌管太阳和月亮等不同方向的半神人 / atirajaḥ-vala-matiḥ—心被性欲征服的人 / na vijānāti—他不知道(周围的见证者在记录他无耻的性行为)

译文 有时，仿佛被旋风卷起的尘土弄瞎了眼睛，受制约的灵魂看到被称为帕玛达的异性美。如此被迷惑的他投进女人的怀抱；那时，他良好的判断力便被情欲所战胜。色欲就此使他变得近乎盲目，做出违反控制性生活的规范守则的事。他不知道，不同的半神人都在见证他违反原则的行为。他在漆黑的夜晚享受非法性生活，看不到未来的惩罚正等待着他。

要旨 《博伽梵歌》第7章的第11节诗中说：巴茹阿特族的主人(阿尔诸纳)啊！我是不违反宗教原则的性生活(dharmāviruddho bhūteṣu kāmo 'smi bharatarṣabha)。性生活不是为了享乐，而是为了生孩子。为了家庭、社会和世界的利益而生一个好孩子，就可以享受性生活，否则就会违反宗教生活的规范原则。物质主义者不相信物质自然已经安排好了一切，不知道举头三尺有神明，做坏事时都有不同的半神人在见证着。享受非法性生活的人因为色欲使其盲目，便以为没人看到他，但至尊人格首神的代理们在监视着整个过程。这样做的人因此受到各种惩罚。在如今的喀历年代中有许多非法性生活所导致的怀孕，接着是女人去做人工流产。至尊人格首神的代理们都见证着这些罪恶活动，做这种事情的男男女女今后都会受到物质自然严密法律的惩罚(daivī hy eṣā guṇa-mayī mama māyā duratya-yā)。非法性生活永远得不到原谅，放纵自己从事这些活动的人生生世世受到惩罚。正如《博伽梵歌》第16章第20节诗确认说：

āsurīṁ yonim āpannā
mūḍhā janmani janmani
mām aprāpyaiva kaunteya
tato yānty adhamāṁ gatim

"琨缇的儿子啊！这类人在邪恶的物种中反复投生，永远接近不了我。逐渐地，他们坠入最令人憎恶的生存状态中。"

至尊人格首神不允许任何人做出违反物质自然严密法律的事，因此过非法性生活的人将一生复一生地受到惩罚。非法性生活导致怀孕，而这种不想有的怀孕导致人工流产。所有与这些罪恶有牵连的人来生都会以同样的方式受到惩罚，即：在来生也进入一个母亲的子宫，以人工流产的方式被杀害。人使自己保持在奎师那意识的超然层面上就可以避免这些事情，就不会从事罪恶活动。色欲所导致的非法性生活是最重的罪。人一旦与激情属性接触，就会生生世世地受苦。

第 10 节

कचित्सकृदवगतविषयवैतथ्यः स्वयं पराभिध्यानेन विभ्रंशितस्मृति-
स्तयैव मरीचितोयप्रायांस्तानेवाभिधावति ॥१०॥

kvacit sakṛd avagata-viṣaya-vaitathyaḥ svayaṁ parābhidhyānena
vibhraṁśita-smṛtis tayaiva marīci-toya-prāyāṁs tān evābhidhāvati.

kvacit—有时 / sakṛt—有一回 / avagata-viṣaya-vaitathyaḥ—意识到进行物质感官享乐的无益 / svayam—他自己 / para-abhidhyānena—被躯体化的自我概念 / vibhraṁśita—破坏 / smṛtiḥ—……的记忆 / tayā—被那 / eva—无疑地 / marīci-toya—海市蜃楼中的水 / prāyān—类似于 / tān—那些感官对象 / eva—肯定地 / abhidhāvati—追逐

译文 受制约的灵魂有时亲自体验到物质世界里感官享乐的无益，有时认为物质享乐充满了痛苦。然而，强烈的躯体化概念使他的记忆遭到破坏，如同动物在沙漠中追逐海市蜃楼般，他一再地追求物质享乐。

要旨 躯体化的概念是物质生活中的主要疾病。由于在物质活动中一再受挫，受制约的灵魂暂时认为物质享乐是无益的，但他还会再次尝试做同样的事。人因为与奉献者联谊，有可能相信物质活动的徒劳无功，但却无法停止他从事的活动，尽管他很想回归家园，回到首神身边。在这类情况下，处在众生心中的至尊人格首神就会慈悲地拿走这种奉献者的一切物质拥有。正如《圣典博伽瓦谭》中说明：主奎师那说，当祂尤其喜爱的奉献者过于依恋物质拥有时，祂就会拿走那个奉献者的一切(yasyāham anugṛhṇāmi hariṣye tad-dhanaṁ śanaiḥ)。当一切都被拿走时，那奉献者就会感到无助，在社会、友情和爱情等各方面受到挫折，感到家人不再关心他，于是全心全意地投靠至尊主的莲花足。这是至尊主给因为持有强烈的躯体化概念而无法完全投靠祂的奉献者的特殊恩典。正如《永恒的柴坦亚经》中篇第22章的第39节诗解释的：至尊主心想，我既然这么聪明，为什么要给这个傻瓜物质的财富呢(āmi-vijña, ei mūrkhe 'viṣaya' kene diba)。至尊主了解那些犹豫为祂做服务的奉献者，明白他们是不知道该不该再次恢复过物质生活；而这样的奉献者在重复尝试并失败后，就会全心全意地投靠至尊主的莲花足。于是，至尊主就会指导这样的奉献者，而奉献者在得到快乐后就再也不想去从事物质活动了。

第 11 节

क्वचिदुलूकझिल्लीस्वनवदतिपरुषरभसाटोपं प्रत्यक्षं परोक्षं वा रिपुराज-कुलनिर्भर्त्सितेनातिव्यथितकर्णमूलहृदयः ॥११॥

kvacid ulūka-jhillī-svanavad ati-paruṣa-rabhasāṭopaṁ pratyakṣaṁ
parokṣaṁ vā ripu-rāja-kula-nirbhartsitenāti-vyathita-karṇa-mūla-hṛdayaḥ.

kvacit－有时 / ulūka－猫头鹰的 / jhillī－和蟋蟀 / svana-vat－恰似不能忍受的声音 / ati-paruṣa－异常刺耳 / rabhasa－凭坚韧不拔 / āṭopam－烦乱 / pratyakṣam－直接地 / parokṣam－间接地 / vā－或 / ripu－敌人的 / rāja-kula－及政府公务员 / nirbhartsitena－被训斥 / ati-vyathita－非常委屈的 / karṇa-mūla-hṛdayaḥ－耳朵和心……的

译文　敌人及政府公务员当他的面或在他背后对他的辱骂，使受制约的灵魂有时感到忿忿不平。那时，他的心和耳朵就感到很难过。这样的辱骂可以被比作是猫头鹰和蟋蟀发出的声音。

要旨　这个物质世界里有不同类型的敌人。政府公务员因为某人没有付收入所得税而训斥、辱骂他。这样的训斥和辱骂无论是直接还是间接的，都使人难过。受制约的灵魂有时想要避免遭到斥责，但很不幸地避免不了。

第 12 节

स यदा दुग्धपूर्वसुकृतस्तदा कारस्करकाकतुण्डाद्यपुण्यद्रुमलता-विषोदपानवदुभयार्थशून्यद्रविणान् जीवन्मृतान् स्वयं जीवन्म्रियमाण उपधावति ॥१२॥

sa yadā dugdha-pūrva-sukṛtas tadā kāraskara-kākatuṇḍādy-apuṇya-druma-latā-viṣoda-pānavad ubhayārtha-śūnya-draviṇān jīvan-mṛtān svayaṁ jīvan-mriyamāṇa upadhāvati.

saḥ一那受制约的灵魂 / yadā一当……时 / dugdha一用尽 / pūrva一先前的 / sukṛtaḥ一虔诚活动 / tadā一那时 / kāraskara-kākatuṇ-ḍa-ādi一有毒的草药和沉香木等 / apuṇya-druma-latā一不虔诚的树木和匍匐植物 / viṣa-uda-pāna-vat一像充满毒液的井 / ubhaya-artha-śū-nya一不能在今生或来世给予幸福的 / draviṇān一那些拥有钱财的 / jīvat-mṛtān一行尸走肉的…… / svayam一他自己 / jīvat一活着 / mriya-māṇaḥ一死的 / upadhāvati一为了获取物质利益而接近……

译文 受制约的灵魂前世所从事过的虔诚活动，使他在今生得到物质的便利条件，但当功德用尽时，他就托庇于在今生或来世都无法帮到他的钱财。为此，他去接近那些拥有这些的行尸走肉。这种人被比作是不虔诚的树木、匍匐植物和充满毒液的井。

要旨 因为前世从事虔诚活动而得到的钱财，不该被误用在感官享乐上。以感官享乐的方式享受它们，恰似享受毒树上的果实。这样的活动无论是在今生或来世都不会给受制约的灵魂以帮助。但是，人如果在灵性导师的正确指导下，用他拥有的一切为至尊主服务，他就会在今生和来世都得到幸福。他除非这么做，否则就是在吃禁果，就会失去他的乐园。正因为如此，圣主奎师那建议人应该把自己拥有的一切献给祂：

yat karoṣi yad aśnāsi
yaj juhoṣi dadāsi yat
yat tapasyasi kaunteya
tat kuruṣva mad-arpaṇam

“琨缇的儿子啊！无论你做什么，吃什么，供奉或施舍什么，从事什么苦行，都应该把它们当做给我的供奉去做。”（《博伽梵歌》9.27)人如果有奎师那意识，就会把他靠前世的虔诚活动得到的物质财富，全部用于为今生和来世谋福利。人不该试图拥有超过自己所需的钱财。如果得到超过需要的量，就该把剩余的部分全部用于为至尊主的服务。那将使受制约的灵魂、整个世界和奎师那都高兴，而这才是生命的目标。

第13节

एकदासत्प्रसङ्गान्निकृतमतिर्व्युदकस्रोतःस्खलनवदुभयतोऽपि दुःखदं पाखण्डमभियाति ॥१३॥

ekadāsat-prasaṅgān nikṛta-matir vyudaka-srotaḥ-skhalanavad
ubhayato ’pi duḥkhadaṁ pākhaṇḍam abhiyāti.

ekadā一有时 / asat-prasaṅgāt一通过与反对韦达原则并捏造不同宗教之途的非奉献者的联谊 / nikṛta-matiḥ一智慧被导向蔑视至尊人格首神权威的恶劣状态的 / vyudaka-srotaḥ一到水浅的河中 / skhala na-vat一像跳进 / ubhayataḥ一从两方面 / api一虽然 / duḥkha-dam一给予痛苦 / pākhaṇḍam一无神论之途 / abhiyāti一他接近

译文　有时，为了减轻这个物质世界森林中的痛苦，受制约的灵魂从无神论者那里接受廉价的祝福，随后在与他们交往的过程中失去所有的智慧。这恰似纵身跳进河流的浅滩，唯一的结果是撞破自己的头，不但不能缓解遭受到的酷热之苦，反而是以两种方式受苦。被误导的受制约灵魂也去找传播违反韦达经原则的理论的所谓圣人和斯瓦米。从他们那里，无论是现在或将来，他都得不到利益。

要旨　世上总有编造自己的一套灵修方式的骗子们。而为得到某种物质利益，受制约的灵魂便去找这类假托钵僧(sannyāsī)和瑜伽师(yogī)，以得到廉价的祝福；但实际上，无论是从灵性方面还是物质方面都得不到任何好处。在这个年代中，有许多骗子表演一些戏法和魔术，甚至变出金子来，使他们的追随者感到神奇，继而把他们视为神。这类欺骗在喀历年代中层出不穷。维施瓦纳特·查夸瓦尔提·塔库尔(Viśvanātha Cakravartī Ṭhākura)描述什么样的人才是真正的灵性导师(guru)说：

saṁsāra-dāvānala-līḍha-loka-
trāṇāya kāruṇya-ghanāghanatvam
prāptasya kalyāṇa-guṇārṇavasya
vande guroḥ śrī-caraṇāravindam

“灵性导师从仁慈之洋得到祝福。正如云朵在森林大火的上空降下雨水，扑灭大火，灵性导师通过扑灭物质存在的熊熊烈火拯救受物质痛苦折磨的世界。我向这样的灵性导师的莲花足致以虔诚的顶礼，他是吉祥品质的海洋。”人应该拜一位能够扑灭这物质世界的烈火(为生存而苦苦挣扎)的灵性导师。人们想要被骗，于是去找那些玩花招的瑜伽师和斯瓦米(svāmī)，但那些花招并不能缓解物质生存的痛苦。如果靠是否能变出金子来评判一个人是否是神，那为什么不接受奎师那——整个宇宙的拥有者？宇宙中有无数吨的金子。正如前面谈到过的，金子的颜色被比喻为是鬼火或黄色的粪便，因此人不该被变出金子的导师所诱惑，而该真诚地找一位像佳德·巴茹阿特(Jaḍa Bharata)那样的奉献者。佳德·巴茹阿特给茹阿胡嘎纳王(Rahūgaṇa Mahārāja)的教导是那么出色，使君王去除了躯体化的概念。拜一个假灵性导师不能使人变得快乐。应该按照《圣典博伽瓦谭》第11篇第3章的第21节诗的推荐接受灵性导师，即：应该找一位真正的灵性导师，向他询问生命最高的利益(tasmād guruṁ prapadyeta jijñāsuḥ śreya uttamam)。这样的灵性导师被描述为是精通韦达经典超然知识并实际了解至尊人格首神的人(śābde pare ca niṣṇātam)。这样的灵性导师不变金子，也不玩文字游戏。他精通韦达知识的结论(vedaiś ca sarvair aham eva vedyaḥ)。他没有丝毫的物质沾染，全心全意地为奎师那做服务。人如果能得到这样一位灵性导师莲花足上的尘土，他的生命就会成功、圆满。否则，他在今生和来世都会被挫败。

第 14 节

यदा तु परबाधयान्ध आत्मने नोपनमति तदा हि पितृपुत्रबर्हिष्मतः
पितृपुत्रान् वा स खलु भक्षयति ॥१४॥

yadā tu para-bādhayāndha ātmane nopanamati tadā hi pitṛ-putra-
barhiṣmataḥ pitṛ-putrān vā sa khalu bhakṣayati.

yadā—当……时 / tu—但(因为不幸) / para-bādhayā—尽管剥削所有其他生物体 / andhaḥ—盲目的 / ātmane—为自己 / na upanamati—不归他拥有 / tadā—那时 / hi—无疑地 / pitṛ-putra—父亲或儿子的 / barhiṣmataḥ—如一根草般微小 / pitṛ-putrān—父亲或儿子 / vā—或者 / saḥ—他(受制约的灵魂) / khalu—的确 / bhakṣayati—给……找麻烦

译文　在这个物质世界里，当受制约的灵魂无法维持自己的生活时，除了剥削、利用他人，他还试图利用自己的父亲或儿子，拿走亲属的所有物，哪怕微不足道的小东西。他如果从父亲、儿子或其他亲属那里得不到什么，就给他们制造各种麻烦。

要旨　我们有一次亲眼看到一个痛苦忧伤的男人为自己的生计而偷了他女儿的首饰。正如有句英文谚语说，“情出无奈，罪可赦免”。受制约的灵魂有需求时就会忘了自己与家人的关系，而去剥削自己的父亲或儿子。我们从《圣典博伽瓦谭》中也看到，在这个喀历年代中很快就会发生这样的事，即：为了微不足道的一点小钱，亲人之间将会互相残杀。没有奎师那意识，人们将逐渐堕落到地狱般的处境中，在那里从事令人作呕的活动。

第 15 节

क्वचिदासाद्य गृहं दाववत्प्रियार्थविधुरमसुखोदर्कं शोकाग्निना दह्यमानो भृशं निर्वेदमुपगच्छति ॥१५॥

kvacid āsādya gṛhaṁ dāvavat priyārtha-vidhuram asukhodarkaṁ
śokāgninā dahyamāno bhṛśaṁ nirvedam upagacchati.

kvacit—有时 / āsādya—体验着 / gṛham—家庭生活 / dāva-vat—恰似森林大火 / priya-artha-vidhuram—没有任何有益的目标 / asukha-udarkam—只有造成越来越多的不快乐 / śoka-agninā—被悲伤之火 / dahyamānaḥ—被焚烧着 / bhṛśam—很大 / nirvedam—失望 / upagacchati—他得到

译文 在这个世界里，家庭生活恰似森林大火，其中没有丝毫快乐，而且逐渐使人变得越来越不快乐。居士生活中不存在有利于永久快乐的条件。受制约的灵魂因为陷入家庭生活而遭到悲伤之火的焚烧。他有时悲叹自己很不幸，有时责备自己之所以受苦，是因为前世没从事虔诚活动。

要旨 在赞颂灵性导师的八节诗(Gurv-aṣṭaka)中，圣维施瓦纳特·查夸瓦尔提·塔库尔歌唱道：

saṁsāra-dāvānala-līḍha-loka-
trāṇāya kāruṇya-ghanāghanatvam

这个物质世界里的生活恰似熊熊燃烧的森林大火。没人到森林中去点火，但火还是燃烧起来。同样，物质世界里人人都想快乐，但物质生活的痛苦状态却一直在加剧。被笼罩在物质存在大火中的人有时责备自己，但却因为持有躯体化的概念而无法摆脱束缚，结果越来越痛苦。

第 16 节

क्वचित्कालविषमितराजकुलरक्षसापहृतप्रियतमधनासुः प्रमृतक इव विगतजीवलक्षण आस्ते ॥१६॥

kvacit kāla-viṣa-mita-rāja-kula-rakṣasāpahṛta-priyatama-dhanāsuḥ pramṛtaka iva vigata-jīva-lakṣaṇa āste.

kvacit－有时 / kāla-viṣa-mita－被时间扭曲 / rāja-kula－政府人员 / rakṣasā－被像食肉者一样的人 / apahṛta－被夺走 / priya-tama－最珍贵的 / dhana－以财富的形式 / asuḥ－生命之气……的 / pra-mṛtakaḥ－死的 / iva－如同 / vigata-jīva-lakṣaṇaḥ－失去所有生命的征象 / āste－他保持

译文　政府人员总是像食人魔一样。他们有时与受制约的灵魂作对，夺走他积累的所有财产。由于失去毕生累积的财富，受制约的灵魂失去一切生活的热情。事实上，那情形就像是他失去了生命一样。

要旨　梵文“政府人员就像食人魔(rāja-kula-rakṣasā)”一句非常重要。《圣典博伽瓦谭》是五千年前编纂的，而那时就把政府工作人员比喻为是肉食性的恶魔(Rākṣasa)。政府工作人员要跟一个人作对，那个人就会失去他长期以来苦心经营的所有财产。事实上，没人愿意付所得税，就连政府工作人员自己都尽量避免交这些税。但景气不好时，人们被迫要缴所得税，就会使缴税之人变得很郁闷。

第 17 节

कदाचिन्मनोरथोपगतपितृपितामहाद्यसत्सदिति स्वप्ननिर्वृतिलक्षण-मनुभवति ॥१७॥

kadācin manorathopagata-pitṛ-pitāmahādy asat sad iti svapna-nirvṛti-lakṣaṇam anubhavati.

kadācit－有时 / manoratha-upagata－经由心智杜撰得到的 / pitṛ－父亲 / pitā-maha-ādi－或祖父和其他人 / asat－虽然死亡时间很久(而且虽然没人知道灵魂已走) / sat－父亲或祖父再次回来 / iti－如此想着 / svapna-nirvṛti-lakṣaṇam－在梦中得到的快乐 / anubhavati－受制约的灵魂感受到

译文 受制约的灵魂有时想象他父亲或祖父以他儿子或孙子的形式再次前来，以此方式感受梦幻般的快乐。受制约的灵魂有时就通过这种心智杜撰得到满足。

要旨 由于对至尊主的真实存在一无所知，受制约的灵魂便想象许多事。功利性活动的影响使人像被流水冲到一起的稻草一样，成为父亲、儿子和祖父等一家人。下一刻，流水又把稻草冲得四下散开，彼此失去联系。在受制约的生活中，生物短暂地与许多其他受制约的灵魂聚在一起组成家庭，物质的情感是如此强烈，甚至在父亲或祖父去世后，人还可以靠想他们以不同的形象转世回到家中的方式得到满足。这样的情况有时会发生，但不管怎样，受制约的灵魂喜欢靠这种自编的想法得到满足。

第 18 节

**क्वचिद् गृहाश्रमकर्मचोदनातिभरगिरिमारुरुक्षमाणो लोकव्यसनकर्षित-
मनाः कण्टकशर्कराक्षेत्रं प्रविशन्निव सीदति ॥१८॥**

kvacid gṛhāśrama-karma-codanāti-bhara-girim āruruksạmāṇo loka-
vyasana-karṣita-manāḥ kaṇṭaka-śarkarā-kṣetraṁ praviśann iva sīdati.

kvacit－有时 / gṛha-āśrama－在居士生活中 / karma-codana－功利性活动的规则的 / ati-bhara-girim－高山 / āruruksạmāṇaḥ－想要攀登 / loka－物质的 / vyasana－追求 / karṣita-manāḥ－心受到……的吸引的 / kaṇṭaka-śarkarā-kṣetram－被荆棘和尖利的碎石覆盖的地面 / praviśan－进入 / iva－如同 / sīdati－他悲叹

译文 在居士生活中，规定人要举行很多祭祀，从事很多功利性活动，尤其是为儿女举行的婚姻仪式，以及圣线授予仪式。这些都是居士该履行的职责，而举行仪式的规模要很大，困难度很高，被比喻为是人在依恋物质活动时必须要跨越的高山。需要跨越这些祭祀仪式高山的人，无疑会感到像在爬山时被有刺的植物刺到，被小石子扎到一样痛。受制约的灵魂就这样无止境地受苦。

要旨　要想保持在社会中的名望，就要举办许多社交性聚会。不同的国家和社会中有不同的节日和仪式。在印度，父亲有责任安排孩子的婚姻大事。他这样做后，就完成了他的家庭责任。安排婚礼非常困难，尤其是在如今这个年代。如今没人能举行适当的祭祀仪式，也没人有足够的钱付儿女的婚礼花费。因此，居士们面对这些社交性的责任感到很苦恼，就像被荆棘刺到，被碎石伤到一样。然而，物质的执著就是这么强烈，以致人们再痛苦也无法放弃。所以，在《圣典博伽瓦谭》第7篇第5章的第5节诗中，帕拉德王(Prahlāda Mahārāja)说：

hitvātma-pātaṁ gṛham andha-kūpaṁ
vanaṁ gato yad dharim āśrayeta

“应该摆脱这种状态，到森林(vana)中去。更明确地说，应该到只存在奎师那意识的温达文去，以托庇于至尊人格首神。”

所谓舒适的家庭生活状态被比喻为是原野上的一口黑井。人如果坠入一口被草覆盖住的黑井，哪怕再喊救命，也会失去性命。正因为如此，具有高度灵性觉悟的灵性主义者们建议，人不该进入居士生活(gṛhastha-āśrama)。最好是准备自己，过独身禁欲的贞守生生活(brahmacarya-āśrama)，受训练苦修，毕生当一位纯粹的贞守生，以使自己不被物质性居士生活的荆棘刺到。在过居士生活时，人不得不接受朋友和亲属的邀请参加仪式典礼，或自己举行仪式典礼。这样做会使人对这类事着迷，尽管自己并没有足够的资源可以继续做下去。人要想维持居士生活状态，就必须辛苦地工作赚钱，使自己深陷物质生活，承受荆棘刺痛之苦。

第 19 节

क्वचिच्च दुःसहेन कायाभ्यन्तरवह्निना गृहीतसारः स्वकुटुम्बाय क्रुध्यति ॥१९॥

kvacic ca duḥsahena kāyābhyantara-vahninā gṛhīta-sāraḥ sva-kuṭumbāya krudhyati.

kvacit ca一而且有时 / duḥsahena一无法承受的 / kāya-abhyantara-vahninā一由于躯体中的饥渴之火 / gṛhīta-sāraḥ一失去了耐心的 / sva-kuṭumbāya一向他自己的家人 / krudhyati一他变得愤怒

译文　有时，躯体的饥渴使受制约的灵魂备受打扰，以致失去耐心，对自己心爱的儿女和妻子发怒，并因为对他们不和善而更感痛苦。

要旨　圣维迪亚帕提·塔库尔(Śrīla Vidyāpati Ṭhākura)歌唱道：

tātala saikate,　　vāri-bindu-sama,
suta-mita-ramaṇī-samāje

家庭生活的快乐被比喻为是沙漠中的一滴水。没人能在家庭生活中获得快乐。尽管按照韦达文明，人不能放弃家庭生活的责任，但人们如今以离婚的方式放弃家庭生活。之所以这样，是因为他们体验到家庭生活的痛苦状态。这种痛苦使人有时变得对自己深爱的儿女和妻子很冷酷。这只不过是物质生活森林大火的一部分而已。

第 20 节

स एव पुनर्निद्राजगरगृहीतोऽन्धे तमसि मग्नः शून्यारण्य इव शेते नान्यत्किञ्चन वेद शव इवापविद्धः ॥२०॥

sa eva punar nidrājagara-gṛhīto 'ndhe tamasi magnaḥ śūnyāraṇya iva śete nānyat-kiñcana veda śava ivāpaviddhaḥ.

saḥ一那受制约的灵魂 / eva一无疑地 / punaḥ一再次 / nidrāajagara—被沉睡这一蟒蛇 / gṛhītaḥ—被吞没 / andhe—在黑暗中 / tamasi—在愚昧中 / magnaḥ—沉溺于 / śūnya-araṇye—在孤立的森林中 / iva—如同 / śete—他躺下 / na—不 / anyat—其他 / kiñcana—任何事 / veda—知道 / śavaḥ—死尸 / iva—如同 / apaviddhaḥ—扔掉

译文　舒卡戴瓦·哥斯瓦米继续对帕瑞克西特王说：我亲爱的君王，睡眠恰似蟒蛇。在物质生活森林中游荡的人，总是被睡眠这一蟒蛇所吞没。被这蟒蛇咬到的他们，始终停留在愚昧的黑暗中，像是被扔进密林深处的死尸。这使受制约的灵魂无法了解生命中究竟发生着什么。

要旨　物质生活意味着始终忙于吃、睡、防卫和交配。在这些活动中，睡眠被看得很重。在睡觉时，生物完全忘记生命的目标和要做什么。为获得灵性觉悟，人应该努力尽量少睡。温达文的哥斯瓦米们（Gosvāmī）几乎不怎么睡。当然，他们为身体的需要会睡一会儿，但仅仅两个小时而已，有时甚至不睡。他们总是在忙着培养灵性的意识。我们应该向哥斯瓦米们学习，努力减少从事与吃、睡、防卫和过性生活有关的活动（nidrāhāra-vihārakādi-vijitau）。

第21节

**कदाचिद्भग्नमानदंष्ट्रो दुर्जनदन्दशूकैरलब्धनिद्राक्षणो व्यथितहृदयेना-
नुक्षीयमाणविज्ञानोऽन्धकूपेऽन्धवत्पतति ॥२१॥**

kadācid bhagna-māna-daṁṣṭro durjana-danda-śūkair alabdha-nidrā-
kṣaṇo vyathita-hṛdayenānukṣīyamāṇa-vijñāno 'ndha-kūpe 'ndhavat patati.

kadācit—有时 / bhagna-māna-daṁṣṭraḥ—骄傲之齿断掉的 / durjana-danda-śūkaiḥ—被比做是毒蛇的邪恶之人的心怀恶意的活动 / alabdha-nidrā-kṣaṇaḥ—没机会睡觉的…… / vyathita-hṛdayena—被躁动不安的心 / anukṣīyamāṇa—逐渐被减少 / vijñānaḥ—真正意识……的 /

andha-kūpe—在漆黑的井中 / andha-vat—像错觉 / patati—他跌入

译文 在物质世界的森林中，受制约的灵魂有时遭到心怀恶意的敌人的扑咬，这些敌人被比作是毒蛇及其他动物。陷入敌人设计的骗局中，受制约的灵魂从他有名望的地位上坠下。他因为焦虑而甚至无法正常入睡，从此变得越来越不开心，逐渐失去他的智力和觉察力。在那种状态中，他几乎总是像跌入愚昧黑井中的盲人。

第22节

कर्हि स्म चित्काममधुलवान् विचिन्वन् यदा परदारपरद्रव्याण्यवरु-न्धानो राज्ञा स्वामिभिर्वा निहतः पतत्यपारे निरये ॥२२॥

karhi sma cit kāma-madhu-lavān vicinvan yadā para-dāra-para-dravyāṇy avarundhāno rājñā svāmibhir vā nihataḥ pataty apāre niraye.

karhi sma cit—有时 / kāma-madhu-lavān—感官享乐的点滴蜜糖 / vicinvan—追寻 / yadā—当……时 / para-dāra—他人的妻子或不是他妻子的女人 / para-dravyāṇi—他人的钱财 / avarundhānaḥ—当做自己的财产 / rājñā—被政府 / svāmibhiḥ vā —被女人的丈夫或亲戚 / nihataḥ—残酷拷打 / patati—他跌倒 / apāre—进入深不可测的 / niraye—地狱般的生活状况(政府为惩罚强奸、绑架或偷盗他人财物等犯罪活动所设的监狱)

译文 受制约的灵魂有时受来自感官享乐的点滴快乐的吸引，因而过非法性生活或偷窃他人的财产。那时，他也许会被政府逮捕，也许遭到女子的丈夫或保护者的惩戒。就这样，为了一点点物质满足，他坠入地狱般的境况，因强奸、绑架、偷盗等罪行被放进监狱。

要旨 物质生活是这样的：由于沉溺于非法性生活、赌博、吃肉及吸毒喝酒等活动，受制约的灵魂总是处在危险的处境中。吃肉、喝酒和吸毒使感官越来越受到刺激，受制约的灵魂于是成为女人的受害者。要保持与女人的关系，就需要钱，于是就用乞讨、借贷或偷窃的方式想方设法弄到钱。事实上，他犯下令人憎恶的罪行，使他今生和来世都得受苦。因此，无论是想要追求灵性生活还是已经走在灵性觉悟路途上的人，都必须停止过非法性生活。许多奉献者因为过非法性生活堕落了，为此偷钱，甚至从令人高度尊敬的弃绝阶层坠落。随后，为了生活，他们接受卑下的工作，成为乞丐。因此经典中说：物质主义生活以合法或非法的性生活为基础(yan maithunādi-gṛhamedhi-sukhaṁ hi tuccham)。性生活甚至对沉溺于居士生活的人都充满危险。人无论是过婚姻内的合法性生活，还是没得到许可的非法性生活，都会给自己带来巨大的烦恼和麻烦。沉迷于性生活后，各种痛苦接踵而来(bahu-duḥkha-bhāk)，使人在物质生活中越来越痛苦。吝啬之人无法善用他的财富；同样，物质主义者误用人生。他不用人生争取灵性解放，而是用物质躯体进行感官享乐。正因为如此，他被称为吝啬鬼。

第 23 节

अथ च तस्मादुभयथापि हि कर्मास्मिन्नात्मनः संसारावपनमुदाहरन्ति ॥२३॥

atha ca tasmād ubhayathāpi hi karmāsminn ātmanaḥ saṁsārāvapanam udāharanti.

atha—现在 / ca—和 / tasmāt—由于这 / ubhayathā api—在今生和来世都 / hi—无疑地 / karma—功利性活动 / asmin—在这感官享乐之途上 / ātmanaḥ—生物体的 / saṁsāra—物质生活的 / āvapanam—耕作之地或来源 / udāharanti—韦达知识的权威人士说

译文 为此，博学的学者和超然主义者谴责物质主义的功利性活动之途，因为那是今生和来世的物质痛苦的根源及滋生地。

要旨 由于不知道人生的价值，功利性活动者(karmī)制造使自己在这一生和来世都痛苦的处境。不幸的是，功利性活动者非常执著物质的感官享乐，他们察觉不到这一生或下一世物质生活的痛苦状态。正因为如此，韦达经的训喻是，人应该唤醒灵性意识，为得到至尊人格首神的恩典而做一切。在《博伽梵歌》第9章的第27节诗中，至尊主亲口说：

yat karoṣi yad aśnāsi
yaj juhoṣi dadāsi yat
yat tapasyasi kaunteya
tat kuruṣva mad-arpaṇam

“琨缇的儿子啊！无论你做什么，吃什么，供奉或施舍什么，从事什么苦行，都应该把它们当做给我的供奉去做。”

我们应该为实现至尊人格首神的使命做一切，不该为感官享乐而从事活动。至尊主在《博伽梵歌》中告诉我们所有有关生命目标的信息，并在结尾部分要求人们皈依祂。人们一般都不喜欢这要求，但经过许多生世培养起灵性知识的人，最终就会投靠至尊主的莲花足(bahūnāṁ janmanāṁ ante jñānavān māṁ prapadyate)。

第 24 节

मुक्तस्ततो यदि बन्धाद्देवदत्त उपाच्छिनत्ति तस्मादपि विष्णुमित्र इ-त्यनवस्थितिः ॥२४॥

muktas tato yadi bandhād devadatta upācchinatti tasmād api viṣṇumitra ity anavasthitiḥ.

muktaḥ—摆脱 / tataḥ—从那 / yadi—如果 / bandhāt—政府的监禁或被女人保护者的殴打 / deva-dattaḥ—名叫戴瓦达塔的人 / upācchinatti—从他那里拿走钱 / tasmāt—从名叫戴瓦达塔的人那里 / api—再次 / viṣṇu-mitraḥ—名叫维施努弥陀的人 / iti—如此 / anavas-thitiḥ—钱财从一只手转到另一只手中，不会留在同一处

译文 受制约的灵魂以偷盗或欺骗的方式得到他人的钱财后，将其据为己有并逃避惩罚。接着，另一个名叫戴瓦达塔的人再把钱财从他那里骗走。同样，名叫维施努弥陀的人又把钱财从戴瓦达塔那里偷走。总之，钱无论如何并不停留在一处，而是从一只手转入另一只手。最终没人能享受那钱财，它属于至尊人格首神。

要旨 钱财来自幸运女神拉珂施蜜(Lakṣmī)，而幸运女神属至尊人格首神纳茹阿亚纳(Nārāyaṇa)所有。幸运女神除了在纳茹阿亚纳的身边，无法留在其他任何一个地方很长时间，为此得名“静不下来(Cañcalā)”。没有她丈夫纳茹阿亚纳的陪伴，她无法平静。例如，拉珂施蜜有一次被物质主义者茹阿瓦纳(Rāvaṇa)截走，他绑架了属于主茹阿玛的幸运女神悉塔(Sītā)，结果得到全家及所有的财产和王国全被毁灭的结局。幸运女神悉塔得救回到主茹阿玛的身边。一切财富都属于奎师那。正如《博伽梵歌》第5章的第29节诗中说：

bhoktāraṁ yajña-tapasāṁ
sarva-loka-maheśvaram

“完全意识到我的人知道我是一切祭祀和苦行的最终受益者，是一切星球和半神人的至尊主。”

愚蠢的物质主义者以欺骗、偷盗等各种方式获取金钱，但却无法保佑它。无论如何，它必须被花掉。人们为拿到钱而互相欺骗；因此，拥有拉珂施蜜(钱)最好的方式是，让她留在至尊主纳茹阿亚纳的身边。这是奎师那意识运动的重点。我们崇拜拉珂施蜜(茹阿妲茹阿妮, Rādhārāṇī)和纳茹阿亚纳(奎师那)。我们从不同的来源收

集钱，但钱只属于茹阿妲和奎师那(拉珂施蜜·纳茹阿亚纳)，并不属于任何其他人。如果把钱用于侍奉拉珂施蜜·纳茹阿亚纳，奉献者自然就会生活得很富有。然而，如果有人想要像茹阿瓦纳那样享受幸运女神拉珂施蜜，他就会被自然法律击败，他所拥有的一切就都会被夺走。死亡最终会夺走一切，而死亡是奎师那的代表。

第25节

**क्वचिच्च शीतवाताद्यनेकाधिदैविकभौतिकात्मीयानां दशानां प्रतिनिवा-
रणेऽकल्पो दुरन्तचिन्तया विषण्ण आस्ते ॥२५॥**

kvacic ca śīta-vātādy-anekādhidaivika-bhautikātmīyānāṁ daśānāṁ pratinivāraṇe 'kalpo duranta-cintayā viṣaṇṇa āste.

kvacit—有时 / ca—也 / śīta-vāta-ādi—如凛冽的寒风 / aneka—各种各样的 / adhidaivika—由半神人造成 / bhautika—由其他生物体造成 / ātmīyānām—由躯体和心念造成 / daśānām—悲惨状况的 / prati-nivāraṇe—在抵抗中 / akalpaḥ—不能 / duranta—非常严厉 / cintayā—被焦虑 / viṣaṇṇaḥ—阴郁的 / āste—他保持

译文 由于无力保护自己免遭物质存在的三种苦，受制约的灵魂变得极为阴郁，悲伤度日。这三种苦分别是：由半神人掌握的自然灾害之苦(寒风和酷热等)，其他生物体给予的痛苦，以及自己的身心引起的痛苦。

要旨 所谓快乐的物质主义者要一直承受三种苦，它们分别是：由半神人造成的痛苦(adhidaivika)、自己的身心造成的痛苦(adhyātmika)和其他生物体造成的痛苦(adhibhautika)。事实上，没人能对抗或抵消这三种苦。这三种苦有时一起发起攻击，有时分别来袭。这使生物充满焦虑、恐惧，担心受这样或那样的苦。受制约的灵魂必定受这三种苦中的至少一种苦。没人能避免。

第 26 节

**क्वचिन्मिथो व्यवहरन् यत्किञ्चिद्धनमन्येभ्यो वा काकिणिकामात्रम-
प्यपहरन् यत्किञ्चिद्वा विद्वेषमेति वित्तशाठ्यात् ॥२६॥**

kvacin mitho vyavaharan yat kiñcid dhanam anyebhyo vā kākiṇikā-mātram apy apaharan yat kiñcid vā vidveṣam eti vitta-śāṭhyāt.

kvacit—有时 / mithaḥ—跟另一个 / vyavaharan—交易 / yat kiñcit—无论多少量 / dhanam—金钱 / anyebhyaḥ—从其他人 / vā—或者 / kākiṇikā-mātram—极少量 / api—肯定地 / apaharan—靠欺骗拿走 / yat kiñcit—无论量有多少 / vā—或者 / vidveṣam eti—树敌 / vitta-śāṭhyāt—由于欺骗

译文　至于对钱财的处置，人们只要彼此有一点点欺骗，就会成为敌人。

要旨　这称为“物质存在森林的大火(saṁsāra-dāvānala)”。甚至在两个人之间的普通交易中都必定会有欺骗，因为受制约的灵魂都有四项缺陷，即：容易被迷惑，犯错，知识不完善，有欺骗的倾向。人除非摆脱物质制约，否则必定有这四项缺陷。因此，每个人都有欺骗的倾向，而这种倾向被用于金钱交易或买卖中。两个朋友在没做买卖之前也许一起生活得很平静，可一旦有金钱往来，马上就会因为彼此的欺骗倾向而成为敌人。哲学家指控经济学家是骗子，经济学家在哲学家与金钱发生关系时也许指控哲学家是骗子。无论如何，这就是物质生活的状况。人也许讲一套很高深的哲学，但当他需要金钱时，他就成了骗子。在这个物质世界里，所谓的科学家、哲学家和经济学家都只不过是形形色色的骗子而已。说科学家们是骗子，是因为他们经常以科学为名造假。他们提出去月球，但实际上用大量的金钱做实验，欺骗全世界的人民大众。他们做不了任何有用的事。人除非能找到一个超越四种基本缺陷的人，否则不要接受他们的建议，成为物质处境的受害者。最佳的方法是接受圣奎师那或祂真正代表的劝告和教导，这样可以使人今生和来世都快乐。

第 27 节

अध्वन्यमुष्मिन्निम उपसर्गास्तथा सुखदुःखरागद्वेषभयाभिमान-प्रमादोन्मादशोकमोहलोभ मात्सर्येर्ष्यावमानक्षुत्पिपासाधिव्याधिजन्म-जरामरणादयः ॥२७॥

adhvany amuṣminn ima upasargās tathā sukha-duḥkha-rāga-dveṣa-bhayābhimāna-pramādonmāda-śoka-moha-lobha-mātsaryerṣyāva-māna-kṣut-pipāsādhi-vyādhi-janma-jarā-maraṇādayaḥ.

adhvani一在物质生活之途上 / amuṣmin一在那……之上 / ime一所有这些 / upasargāḥ一永远有的困难 / tathā一也这么多 / sukha一所谓的快乐 / duḥkha一不快乐 / rāga一执著 / dveṣa一憎恨 / bhaya一恐惧 / abhimāna一虚荣 / pramāda一错觉 / unmāda一疯狂 / śoka一悲伤 / moha一迷惑 / lobha一贪婪 / mātsarya一忌妒 / īrṣya一敌意 / avamāna一侮辱 / kṣut一饥饿 / pipāsā一口渴 / ādhi一苦难 / vyādhi一疾病 / janma一出生 / jarā一老年 / maraṇa一死亡 / ādayaḥ一等等

译文 正如我刚提到的，这物质生活中存在着许多困难，而所有这些困难都无法克服。此外，还有产自所谓的快乐、忧伤、执著、憎恨、恐惧、虚荣、错觉、疯狂、悲伤、迷惑、贪婪、忌妒、敌意、侮辱、饥饿、口渴、苦难、疾病、出生、老年和死亡的困境。所有这些结合在一起，除了使持物质主义观念的受制约的灵魂痛苦外，没别的。

要旨 受制约的灵魂为在这个世界里享受感官享乐而不得不接受所有这些情况。尽管人们宣称自己是伟大的科学家、经济学家、哲学家、政治家和社会学家，但他们其实除了无赖什么都不是，因此在《博伽梵歌》中被称为粗俗的愚氓(mūḍha)和最低贱的人(narādhama)：

na māṁ duṣkṛtino mūḍhāḥ
  prapadyante narādhamāḥ
māyayāpahṛta-jñānā
  āsuraṁ bhāvam āśritāḥ

“邪恶之徒不皈依我。他们分别是：粗俗的愚氓，最低贱的人，被错觉窃取了知识的人，以及有不信神的恶魔本性的人。”(《博伽梵歌》7.15)

所有这些物质主义者因为他们的愚昧而被《博伽梵歌》称为最低贱的人。他们虽然得到能使他们摆脱物质束缚的人体生命，但却不这么做，而是使自己进一步深陷物质的痛苦状态。正因为如此，经典中称他们是最低贱的人。人们也许会问，科学家、哲学家、经济学家和数学家是否也都是最低贱的人，至尊人格首神回答说：他们也是，因为他们没有真正的知识。他们只是对他们得到的虚假名望和地位感到骄傲，但却不知道如何挣脱物质处境，恢复他们的灵性生活和知识，因此只是在为追求所谓的快乐而浪费时间和精力。这些都是恶魔的品质。《博伽梵歌》中说：当人具有所有这些恶魔品质时，他就成为愚蠢的人(mūḍha)，并因此忌妒至尊人格首神。这使他一生复一生地投生在恶魔的家庭中，从一个恶魔的躯体转入另一个恶魔的躯体。他就这样完全忘记与奎师那的关系，生生世世留在令人憎恶的受制约的环境中当最低贱的人。

第28节

क्वापि देवमायया स्त्रिया भुजलतोपगूढः प्रस्कन्नविवेकविज्ञानो यद्-विहारगृहारम्भाकुलहृदयस्तदाश्रयावसक्तसुतदुहितृकलत्रभाषितावलो-कविचेष्टितापहृतहृदय आत्मानमजितात्मापारेऽन्धे तमसि प्रहिणोति ॥२८॥

kvāpi deva-māyayā striyā bhuja-latopagūḍhaḥ praskanna-viveka-vijñāno yad-vihāra-gṛhārambhākula-hṛdayas tad-āśrayāvasakta-suta-duhitṛ-kalatra-bhāṣitāvaloka-viceṣṭitāpahṛta-hṛdaya ātmānam ajitātmāpāre 'ndhe tamasi prahiṇoti.

kvāpi—某处 / deva-māyayā—被错觉能量的影响 / striyā—以女朋友或妻子的形式 / bhuja-latā—被比作森林中柔软蔓藤的美丽手臂 / upagūḍhaḥ—被紧紧地拥抱 / praskanna—失去 / viveka—所有智慧 / vijñānaḥ—科学知识 / yat-vihāra—为妻子的享受 / gṛha-ārambha—去找一栋房子或公寓 / ākula-hṛdayaḥ—全神贯注于 / tat—那栋房子的 / āśraya-avasakta—受到……的保护的 / suta—儿子们的 / duhitṛ—女儿们的 / kalatra—妻子的 / bhāṣita-avaloka—被谈话及他们迷人的瞥视 / viceṣṭita—被活动 / apahṛta-hṛdayaḥ—心被夺走的 / ātmānam—他自己 / ajita—没有控制的 / ātmā—自我……的 / apāre—在无限的 / andhe—漆黑 / tamasi—在地狱般的生活中 / prahiṇoti—他将自己抛入

译文 受制约的灵魂有时受错觉的人格化身(妻子或女朋友)的吸引，急切地想得到女子的拥抱，从而失去他的智力和有关生命目标的知识。那时，他不再努力灵修，而是过度依恋自己的妻子或女朋友，试图为她提供舒适的住房。他在那房子的庇护下再次变得极为忙碌，着迷于他妻子和孩子们的谈话、瞥视和活动。他就这样失去他的奎师那意识，纵身跳入物质存在的浓密黑暗中。

要旨 受制约的灵魂被他心爱的妻子拥抱时，便忘了与奎师那意识有关的一切。他越依恋自己的妻子，就被越深地缠在家庭生活中。俗话说，情人眼里出西施。这种吸引力被称为“错觉能量的影响(deva-māyā)”。异性相吸是导致互相受束缚的原因。事实上，双方都是至尊主的高等能量(parā prakṛti)，而且实际上都是女性能量(prakṛti)。但由于双方都想要享受对方，所以有时都被说成是男性(puruṣa)。双方其实都不是男性，只是表面上是男性而已。男人和女人一旦结合，就都变得依恋家庭、住房、土地、朋友和金钱。这使他们都深陷物质存在的罗网。“被比喻为是如匍匐植物一样美丽的臂膀拥抱(bhuja-latā-upagūḍha)”一句，描述了受制约灵魂被捆绑在这个物质世界里的状态。性生活的产物——儿女，必定随之而来。物质存在就是这样。

第29节

कदाचिदीश्वरस्य भगवतो विष्णोश्चक्रात्परमाण्वादिद्विपरार्धापवर्ग-कालोपलक्षणात्परिवर्तितेन वयसा रंहसा हरत आब्रह्मतृणस्तम्बादीनां भूतानामनिमिषतो मिषतां वित्रस्तहृदयस्तमेवेश्वरं कालचक्रनिजायुधं साक्षाद्भगवन्तं यज्ञपुरुषमनादृत्य पाखण्डदेवताः कङ्कगृध्रबकवटप्राया आर्यसमयपरिहृताः साङ्केत्येनाभिधत्ते ॥२९॥

kadācid īśvarasya bhagavato viṣṇoś cakrāt paramāṇv-ādi-dvi-parārdhāpavarga-kālopalakṣaṇāt parivartitena vayasā raṁhasā harata ābrahma-tṛṇa-stambādīnāṁ bhūtānām animiṣato miṣatāṁ vitrasta-hṛdayas tam eveśvaraṁ kāla-cakra-nijāyudhaṁ sākṣād bhagavantaṁ yajña-puruṣam anādṛtya pākhaṇḍa-devatāḥ kaṅka-gṛdhra-baka-vaṭa-prāyā ārya-samaya-parihṛtāḥ sāṅketyenābhidhatte.

kadācit—有时／īśvarasya—至尊主的／bhagavataḥ—至尊人格首神的／viṣṇoḥ—主维施努的／cakrāt—从飞轮／paramāṇu-ādi—从以极微小的原子为单位计算的时间开始／dvi-parārdha—布茹阿玛的有生之年／apavarga—结束／kāla—时间的／upalakṣaṇāt—有……的征兆／parivartitena—旋转／vayasā—以年龄顺序／raṁhasā—快速地／harataḥ—带走／ā-brahma—从主布茹阿玛开始／tṛṇa-stamba-ādīnām—下至小草／bhūtānām—众生的／animiṣataḥ—没有眨眼(必会发生)／miṣatām—在生物体的眼前(他们无法阻止)／vitrasta-hṛdayaḥ—心中感到害怕／tam—祂／eva—无疑地／īśvaram—至尊主／kāla-cakra-nija-āyudham—私人武器是时间之轮的／sākṣāt—直接地／bhagavantam—至尊人格首神／yajña-puruṣam—接受所有种类的祭祀仪式的／anādṛtya—不在乎／pākhaṇḍa-devatāḥ—捏造神的化身(人造的神或半

神人）/ kaṅka一鹫 / gṛdhra一秃鹰 / baka一鹭 / vaṭa-prāyāḥ一像乌鸦 / ārya-samaya-parihṛtāḥ一被雅利安人接受的权威韦达经典所拒绝的 / sāṅketyena一杜撰的或按经典的标准是没有权威性的 / abhidhatte一他视为是可以崇拜的

译文 主奎师那用的私人武器，是名叫哈尔依的飞轮。这飞轮是时间之轮。它从原子向上展开，直至布茹阿玛死亡之际，控制着一切活动。它一直不停地旋转，消耗着从主布茹阿玛下至一根微不足道的小草的众生的生命。生物体就这样从幼年、童年、少年到成年，最后接近生命的终点。要阻止这时间之轮的转动根本没可能。它是至尊人格首神的私人武器，所以十分严格。受制约的灵魂有时因害怕死亡的接近而想崇拜能救他摆脱迫在眉睫的危险之人，但却不在乎有不倦的时间因素当武器的至尊人格首神。相反，受制约的灵魂托庇于未经授权的经典中所描述的人造神。这类“神”恰似鹫、秃鹰、鹭和乌鸦。韦达经典根本没提到他们。迫在眉睫的死亡如同狮子发起的进攻，无论是秃鹰、鹫、乌鸦还是鹭，都无法救人免于这样的进攻。托庇于未经授权的人造神的人，无法从死亡的钳制中得到拯救。

要旨 经典中说：得不到至尊人格首神哈尔依恩赐的人，无法逃出残酷的死亡之手(hariṁ vinā mṛtiṁ na taranti)。《博伽梵歌》中说，皈依奎师那的人能从物质自然的残酷之手被拯救出来(mām eva ye prapadyante māyām etāṁ taranti te)。然而，受制约的灵魂有时想要托庇于半神人、人造神、冒充的化身、假斯瓦米和假瑜伽师。所有这些骗子都声称自己遵守宗教原则，这在喀历年代中很流行。世上有许多无神论者或冒犯者(pāṣaṇḍī)，冒充神的化身，但却完全不符合经典的描述。然而，愚蠢的人们却跟随他们。至尊人格首神奎师那为世人留下了《圣典博伽瓦谭》和《博伽梵歌》。无赖们不按照这些权威的经典所给予的指示做，而是托庇于人编造的典籍，试图与主奎师那竞争。这是在人类社会中想要提升灵性意识时会遇到的最大的危难。奎师那意识运动尽全力带领人们恢复最纯洁的奎师那意识，但欺骗人的假化身和无神论者们为数众多，以致使我们有时感到困惑，不知该怎么进一步推展这场运动。无论如何，我们都不能接受在这里被描述为是乌鸦、秃鹰、鹫和鹭的所谓化身、神明、伪装者和骗子们所提出的未经授权的法门。

第30节

यदा पाखण्डिभिरात्मवञ्चितैस्तैरुरु वञ्चितो ब्रह्मकुलं समावसंस्तेषां शीलमुपनयनादिश्रौतस्मार्तकर्मानुष्ठानेन भगवतो यज्ञपुरुषस्याराधनमेव तदरोचयन् शूद्रकुलं भजते निगमाचारेऽशुद्धितो यस्य मिथुनीभावः कुटुम्बभरणं यथा वानरजातेः ॥३०॥

yadā pākhaṇḍibhir ātma-vañcitais tair uru vañcito brahma-kulaṁ samāvasaṁs teṣāṁ śīlam upanayanādi-śrauta-smārta-karmānuṣṭhā-nena bhagavato yajña-puruṣasyārādhanam eva tad arocayan śūdra-kulaṁ bhajate nigamācāre 'śuddhito yasya mithunī-bhāvaḥ kuṭumba-bharaṇaṁ yathā vānara-jāteḥ.

yadā一当……时 / pākhaṇḍibhiḥ一被无神论者 / ātma-vañcitaiḥ一他们自己被欺骗的 / taiḥ一被他们 / uru一越来越多 / vañcitaḥ一受骗 / brahma-kulam一严格遵守韦达文化的真正的布茹阿玛纳 / samā-vasan一为灵性进步而与他们联谊 / teṣām一他们的(严格遵守韦达原则的布茹阿玛纳) / śīlam一良好品德 / upanayana-ādi一始于授予圣线或训练受制约的灵魂有资格成为真正的布茹阿玛纳 / śrauta一按照韦达原则 / smārta一根据源自韦达经的权威经典 / karma-anuṣṭhāne-na一活动的进行 / bhagavataḥ一至尊人格首神的 / yajña-puruṣasya一被韦达宗教仪式崇拜的 / ārādhanam一崇拜祂的程序 / eva一肯定地 / tat arocayan一因对不讲道德的人来说太难以实行而在其中找不到快乐 / śūdra-kulam一庶铎的社会 / bhajate一他转向 / nigama-ācāre一在以

韦达原则为标准的行为中 / aśuddhitaḥ－没有净化 / yasya－……的 / mithunī-bhāvaḥ－性享乐或物质享乐主义的生活方式 / kuṭumba-bharaṇam－家庭的维系 / yathā－正如 / vānara-jāteḥ－猴子社会的或猴子的后裔

译文 伪装的斯瓦米、瑜伽师和不信至尊人格首神的“化身”们，被称为无神论者或冒犯者。他们因为不知道灵性进步的真正途径而坠落、受骗，去寻求他们庇护的人也无疑受骗上当。这样受骗的人有时会托庇于真正信奉韦达原则的人(布茹阿玛纳或具有奎师那意识的人)，这些人教导人们按照韦达规定崇拜至尊人格首神。然而，由于无法严格遵守这些原则，无赖们又再次堕落，在精通安排性享乐的庶铎中寻求庇护。在猴子等动物中，性生活占重要地位，这种追求性享乐的人可以被称为猴子的后裔。

要旨 生物经过从水生物到陆地动物的进化，最终得到人体。物质自然三种属性在进化的整个过程中都起作用。那些透过善良属性(sattva-guṇa)得到人体的生物，在当人之前所住的最后一个动物躯体是乳牛之躯。那些透过激情属性(rajo-guṇa)得到人体的生物，在当人之前所住的最后一个动物躯体是狮子的躯体。那些透过愚昧属性(tamo-guṇa)得到人体的生物，在当人之前所住的最后一个动物躯体是猴子的躯体。在这个年代中，那些从猴子的躯体中转入人体的人，被达尔文等人类学家视为是猴子的后代。我们在这节诗文中得到的信息是，只对性生活感兴趣的人实际上不比猴子强。猴子很精通性享乐，人们有时将猴子的性腺移植到人身上，以便人可以在老年时仍享受性生活。现代文明就是这样“进步”的。印度有许多猴子被抓住送到欧洲，把它们的性腺移植到老年人身上。由猴子进化来的猴子后裔们，喜欢通过性生活扩大他们的“贵族”家庭。韦达经中也有一部分内容专门介绍如何增进性生活，如何提升到高等星系当半神人，在那里享受性生活。半神人们也很喜欢性生活，因为那是物质享乐的基本内容。

受制约的灵魂先去找所谓的斯瓦米、瑜伽师和假化身，以期摆脱物质痛苦，结果被他们所骗。受制约的灵魂对他们感到不满时，就来找努力使人们最终挣脱物质束缚的奉献者和纯洁的布茹阿玛纳。然而，不讲道德的受制约的灵魂无法严格遵守不过非法性生活、不喝酒(吸毒)、不赌博和不吃肉的戒律，于是再次坠落，托庇于如同猴子一样的人。在奎师那意识运动中，这些猴子般的学生因为无法遵守严格的规范原则，有时堕落，试图建立以性生活为基础的关系。这证明这类人是达尔文确认的猴子的后代。正因为如此，这节诗中明确地说：如同猴子的后裔(yathā vānara jāteḥ)。

第 31 节

**तत्रापि निरवरोधः स्वैरेण विहरन्नतिकृपणबुद्धिरन्योन्यमुखनिरीक्षणा-
दिना ग्राम्यकर्मणैव विस्मृतकालावधिः ॥३१॥**

tatrāpi niravarodhaḥ svaireṇa viharann ati-kṛpaṇa-buddhir anyonya-
mukha-nirīkṣaṇādinā grāmya-karmaṇaiva vismṛta-kālāvadhiḥ.

tatra api—在那种情况(传自猴子的人类社会)中 / niravarodhaḥ—毫不犹豫 / svaireṇa—独立地、不管生命的目的 / viharan—像猴子一样享乐 / ati-kṛpaṇa-buddhiḥ—因不善用自己的资产而智力迟钝 / anyonya—彼此 / mukha-nirīkṣaṇa-ādinā—通过看见脸(男人看到女人美丽的脸庞或女人看到男人健壮的体格时总渴望得到对方) / grāmya-karmaṇā—靠为感官享乐而从事的物质活动 / eva—只有 / vismṛta—忘记 / kāla-avadhiḥ—有限的寿命(这之后，人的进化可能会下降或提升)

译文　猴子的后裔们就这样混在一起，他们通常被称为庶铎。他们不知道生命的目的，毫不犹豫、无拘无束地生活和行事。他们仅仅看到对方那使自己想起感官享乐的面孔就受到蛊惑。他们总是忙于为得到感官享乐而从事的物质活动，为得到物质利益而辛苦工作。这使他们彻底忘记，他们短暂的寿命有一天就会结束，而他们将在进化循环中被降级。

要旨 物质主义者因为具有猴子般的智力，所以有时被称为庶铎(śūdra)或猴子的后裔。他们既不在乎进化程序是如何进行的，也不想知道他们短暂的人生结束后有什么样的事情会发生在他们身上。这是庶铎的态度。圣柴坦亚·玛哈帕布的使命——这场奎师那意识运动，努力把庶铎提升到布茹阿玛纳(brāhmaṇa)的层面上，使他们了解人生的真正目的。不幸的是，由于太依恋感官享乐，物质主义者不但不真诚帮助这场运动，有些人相反试图压制它。打扰布茹阿玛纳的活动是庶铎的一个活动内容。猴子的后代完全忘了自己必定会死；他们对自己拥有的科学知识和物质文明进步感到很自豪。梵文“为感官享乐而从事的物质活动(grāmya-karmaṇā)”一句是指仅仅为增加身体的舒适而从事的活动。如今，全体人类社会都致力于改善经济状况，增加躯体的舒适度，既不关心人死后会发生什么，也不相信灵魂的轮回。我们只要科学地研究进化理论就会了解，人生是个转折点；从这一点出发，人可以走晋升之途，也可以走降级之途。正如《博伽梵歌》第9章的第25节诗中说：

yānti deva-vratā devān
pitṝn yānti pitṛ-vratāḥ
bhūtāni yānti bhūtejyā
yānti mad-yājino 'pi mām

“崇拜半神人的人，将在半神人中投生；崇拜祖先的人，到祖先那里去；崇拜鬼魂和精灵的人，在那些生物体中投生；崇拜我的人，将与我生活在一起。”

我们在今生必须为来世做准备。受激情属性控制的人，一般只关心提升到天堂星系；有些不知不觉地就被降级到低等的动物形体中。受善良属性影响的人可以致力于做奉爱服务，之后回归家园，回到首神身边(yānti mad-yājino 'pi mām)。那是人生的真正目的。这场奎师那意识运动努力将有智慧的人提升到做奉爱服务的层面上。人应该一心一意地为回归家园、回到首神身边而努力，不该浪费时间尝试在物质生活中得到更好的地位和条件。这样就会解决所有的问题。正如《圣典博伽瓦谭》第1篇第2章的第17节诗说：

śṛṇvatāṁ sva-kathāḥ kṛṣṇaḥ
puṇya-śravaṇa-kīrtanaḥ
hṛdy antaḥ-stho hy abhadrāṇi
vidhunoti su-hṛt-satām

“作为众生心中的超灵、诚实奉献者的恩人，人格首神圣奎师那会把渴望聆听祂信息的奉献者心中的感官享乐欲望清除掉。正确地聆听和歌唱祂的信息是虔诚活动。”

我们只要遵守规范守则，像布茹阿玛纳一样行事，吟诵、吟唱哈瑞·奎师那曼陀(Hare Kṛṣṇa mantra)，阅读《博伽梵歌》和《圣典博伽瓦谭》，就可以清除低等属性(激情和愚昧属性)的影响，去除这些属性造成的贪婪，达到内心十分平静的状态。这样，我们就可以了解至尊人格首神，以及自己与祂的关系，从而被提升到最高的完美境界(siddhiṁ paramāṁ gatāḥ)。

第 32 节

क्वचिद् द्रुमवदैहिकार्थेषु गृहेषु रंस्यन् यथा वानरः सुतदारवत्सलो व्यवायक्षणः ॥३२॥

kvacid drumavad aihikārtheṣu gṛheṣu raṁsyan yathā vānaraḥ suta-dāra-vatsalo vyavāya-kṣaṇaḥ.

kvacit－有时 / druma-vat－像树(如同猴子从一棵树跳到另一棵树上，受制约的灵魂从一个躯体投生到另一个躯体中) / aihikaarthesu—仅仅为了得到尘世的舒适 / gṛheṣu—在房子中(或躯体中) / raṁsyan—高兴(在可能是动物、人类或半神人的一个又一个躯体中) / yathā—就像 / vānaraḥ—猴子 / suta-dāra-vatsalaḥ—非常爱孩子和妻子 / vyavāya-kṣaṇaḥ—把空闲时间花在性享乐上的

译文 正如猴子从一棵树跳到另一棵树上，受制约的灵魂从一个躯体跳进另一个躯体。正如猴子最后被猎人捕获，无法挣脱捆绑，受制约的灵魂因为着迷于短暂的性享乐而执著于各种不同的躯体，被囚禁在家庭生活中。家庭生活为受制约的灵魂提供短暂性享乐的节庆，使他根本无法摆脱物质的钳制。

要旨 《圣典博伽瓦谭》第11篇第9章的第29节诗中说：吃、睡、交配和防卫这些躯体需求，在任何物种中都很容易得到(viṣayaḥ khalu sarvataḥ syāt)。这节诗文中说，猴子(vānara)十分喜欢性生活。每一个猴子都至少有二十几个母猴做妻子，它从一棵树跳到另一棵树上去追求母猴，然后立刻忙着与之性交。猴子就这样从一棵树跳到另一棵树上与它的妻子们享受性生活。同样，受制约的灵魂从一个躯体转入另一个躯体，忙着过性生活。这使他彻底忘记自己该如何挣脱物质的牢笼。猴子有时被猎人捕获，卖给医生，因为它的腺体可以被移植到其他"猴子"身上，增进他们的性能力。人们为了赚钱和改善性生活做这类交易。

第33节

एवमध्वन्यवरुन्धानो मृत्युगजभयात्तमसि गिरिकन्दरप्राये ॥३३॥

evam adhvany avarundhāno mṛtyu-gaja-bhayāt tamasi giri-kandara-prāye.

evam—就这样 / adhvani—在感官享乐之途上 / avarundhānaḥ—他因受限制而忘记生命真正的目的 / mṛtyu-gaja-bhayāt—出于对死亡

大象的恐惧 / tamasi－在黑暗中 / giri-kandara-prāye－类似山中的黑暗洞穴

译文　在这个物质世界里，当受制约的灵魂忘记他与至尊人格首神的关系，不在乎奎师那意识时，他就只是忙于各种有害和罪恶的活动，从而受三种苦的控制。出于对死亡大象的恐惧，他坠入山洞中的黑暗。

要旨　人人都惧怕死亡；一个物质主义者无论有多强壮，一旦生病和变老，就必然接到死亡的警告。受制约的灵魂接到死亡警告后变得情绪低沉。他的害怕被比喻为是进入漆黑的山洞中的感受，死亡被比喻为是一头巨象。

第 34 节

क्वचिच्छीतवाताद्यनेकदैविकभौतिकात्मीयानां दुःखानां प्रतिनिवारणे ऽकल्पो दुरन्तविषयविषण्ण आस्ते ॥३४॥

kvacic chīta-vātādy-aneka-daivika-bhautikātmīyānāṁ duḥkhānāṁ pratinivāraṇe 'kalpo duranta-viṣaya-viṣaṇṇa āste.

kvacit－有时 / śīta-vāta-ādi－严寒和强风等 / aneka－许多 / daivika－半神人或超出我们控制之外的力量给予的 / bhautika－其他生物体给予的 / ātmīyānām－受制约的物质躯体及心念给予的 / duḥkhānām－许多痛苦 / pratinivāraṇe－对抗 / akalpaḥ－不能 / duranta－无法克服的 / viṣaya－与感官享乐的接触 / viṣaṇṇaḥ－阴郁 / āste－他保持

译文　受制约的灵魂不仅遭受由严寒和强风等自然灾害引起的许多躯体的痛苦，还因为其他生物体的活动及自己的身心而受苦。当他由于无法对抗或抵消这些苦而深陷在痛苦的状态中时，他自然就会因为想要享受物质设施但却办不到而变得极为阴郁。

第35节

क्वचिन्मिथो व्यवहरन् यत्किञ्चिद्धनमुपयाति वित्तशाठ्येन ॥३५॥

kvacin mitho vyavaharan yat kiñcid dhanam upayāti vitta-śāṭhyena.

kvacit－某时或某地 / mithaḥ vyavaharan－彼此交易 / yat－不论什么 / kiñcit－一点儿 / dhanam－物质利润或钱财 / upayāti－他取得 / vitta-śāṭhyena－用骗取某人钱财的方式

译文 受制约的灵魂有时彼此做金钱交易，但却因欺骗而反目成仇。哪怕是为了微薄的利润，受制约的灵魂都宁愿中断友谊，不惜与对方为敌。

要旨 正如《圣典博伽瓦谭》第5篇第5章的第8节诗说：

puṁsaḥ striyā mithunī-bhāvam etaṁ
tayor mitho hṛdaya-granthim āhuḥ
ato gṛha-kṣetra-sutāpta-vittair
janasya moho 'yam ahaṁ mameti

“异性相吸是物质存在的基本原理。基于这种把男女的心系在一起的错误概念，人依恋他的躯体、家庭、地产、孩子、亲戚和钱财。就这样，人增强他对生命的错误概念，以‘我和我的’为中心思考问题。”

猴子般的受制约的灵魂先是喜欢性，一旦与对方真正发生了性关系就变得更加依恋，接着产生想要有住房、家、食物、朋友和钱财等物质舒适条件的欲望。为得到这一切，他必须欺骗他人，甚至在最亲密的朋友间制造敌意。这种敌意有时甚至在受制约的灵魂与其父亲或灵性导师之间产生。人除非坚持不懈地遵守规范原则，否则就有可能做出伤害他人的事情，哪怕是加入了奎师那意识运动的人也不例外。为此，我们忠告我们的学生要严格遵守规范原则；否则，这场提升全人类的最重要的运动就会因它的成员之间的争执而受到损害。真诚想要推动这场奎师那意识运动的人，应该记住这一点，严格遵守规范原则，以使自己的内心不受干扰。

第 36 节

क्वचित्क्षीणधनः शय्यासनाशनाद्युपभोगविहीनो यावदप्रतिलब्धमनोरथोपगतादानेऽवसितमतिस्ततस्ततोऽवमानादीनि जनादभिलभते ॥३६॥

kvacit kṣīṇa-dhanaḥ śayyāsanāśanādy-upabhoga-vihīno yāvad apratilabdha-manorathopagatādāne 'vasita-matis tatas tato 'vamānādīni janād abhilabhate.

kvacit－有时 / kṣīṇa-dhanaḥ－没有足够的钱 / śayyā-āsana-aśana-ādi－睡觉、坐或吃饭的地方 / upabhoga－物质享受的 / vihīnaḥ－失去 / yāvat－只要 / apratilabdha－没达到 / manoratha－因他的欲望 / upagata－得到 / ādāne－用不正当的手段获取 / avasita-matiḥ－意志坚定 / tataḥ－由于那个 / tataḥ－从那 / avamāna-ādīni－羞辱和惩罚 / janāt－从一般大众 / abhilabhate－他得到

译文　有时因为没钱，受制约的灵魂付不起房租，有时甚至连一席之地和其他生活用品都没有。换句话说，他穷困潦倒。当他无法以诚实的手段得到生活必需品时，他就决定用不正当的手段侵占他人的财产，在还是得不到他想要的事物时，唯一得到的就是他人的羞辱，因而变得消极、阴郁。

要旨　俗话说：“需求”大于法律。当受制约的灵魂需要用钱购买生活的必需品时，就会不惜采取乞讨、借贷或偷窃等一切手段。这使他不但没得到自己想要的，反而受到侮辱和惩罚。人除非有系统、有组织地做事，否则用不正当的手段积累不起钱财。但人

即使靠不正当的手段获取了钱财，也无法避免受到政府的惩罚或大众的羞辱。重要人物盗用和侵占金钱被抓住并关进监狱的事屡见不鲜。而且，即使有人能逃避坐牢的惩罚，也逃脱不了通过物质自然代理执法的至尊人格首神给予的惩罚。对此，《博伽梵歌》第7章的第14节中解释说：我这由物质自然三种属性组成的神性能量难以克服(daivī hy eṣā guṇa-mayī mama māyā duratyayā)。物质自然非常严厉。她不原谅任何人。不在乎物质自然的人从事各种各样的罪恶活动，结果使自己受苦。

第 37 节

एवं वित्तव्यतिषङ्गविवृद्धवैरानुबन्धोऽपि पूर्ववासनया मिथ उद्वह-त्यथापवहति ॥३७॥

evaṁ vitta-vyatiṣaṅga-vivṛddha-vairānubandho 'pi pūrva-vāsanayā mitha udvahaty athāpavahati.

evam－就这样 / vitta-vyatiṣaṅga－因金钱交易 / vivṛddha－增加 / vaira-anubandhaḥ－有着充满敌意的关系 / api－虽然 / pūrva-vāsana-yā－被先前不虔诚活动的结果 / mithaḥ－与彼此 / udvahati－以儿女婚姻的方式结合 / atha－之后 / apavahati－他们放弃婚姻或离婚

译文 人们为了不断满足自己的欲望，有时竟与是自己敌人的人联姻。不幸的是，这样的婚姻维持不了多久，最后双方以离婚或其他形式分开。

要旨 正如前面说明的，每一个受制约的灵魂都有欺骗的倾向，这种倾向甚至被用在婚姻中。在这个物质世界里，受制约的灵魂彼此忌妒，没有一处例外。人们一段时间里也许是朋友，但最终会变成敌人，为金钱而争斗。他们有时联姻，然后又以离婚等方式分开。总之，团结、联合从不是永恒的。欺骗的倾向使双方总是互相忌妒。即使在培养奎师那意识的人之间，也会因为物质习性突出而产生敌意，彼此分开。

第 38 节

**एतस्मिन् संसाराध्वनि नानाक्लेशोपसर्गबाधित आपन्नविपन्नो यत्र य-
स्तमु ह वावेतरस्तत्र विसृज्य जातं जातमुपादाय शोचन्मुह्यन् बि-
भ्यद्विवदन् क्रन्दन् संहृष्यन् गायन्नह्यमानः साधुवर्जितो नैवावर्तते
ऽद्यापि यत आरब्ध एष नरलोकसार्थो यमध्वनः पारमुपदिशन्ति ॥३८॥**

etasmin saṁsārādhvani nānā-kleśopasarga-bādhita āpanna-vipanno yatra yas tam u ha vāvetaras tatra visṛjya jātaṁ jātam upādāya śocan muhyan bibhyad-vivadan krandan saṁhṛṣyan gāyan nahyamānaḥ sādhu-varjito naivāvartate 'dyāpi yata ārabdha eṣa nara-loka-sārtho yam adhvânaḥ pāram upadiśanti.

etasmin—在这……上 / saṁsāra—痛苦状况的 / adhvani—路途 / nānā—各种 / kleśa—被痛苦 / upasarga—被物质存在的麻烦 / bādhi-taḥ—打扰 / āpanna—有时得到 / vipannaḥ—有时失去 / yatra—……的人 / yaḥ—谁 / tam—他 / u ha vāva—或 / itaraḥ—其他人 / tatra—因此 / visṛjya—放弃 / jātam jātam—刚出生 / upādāya—接受 / śocan—哀痛 / muhyan—迷茫 / bibhyat—恐惧 / vivadan—有时大声喊叫 / kran-dan—有时哭 / saṁhṛṣyan—有时高兴 / gāyan—唱着歌 / nahyamā-naḥ—被束缚 / sādhu-varjitaḥ—远离圣洁之人 / na—不 / eva—无疑 / āvartate—达到 / adya api—甚至直至今日 / yataḥ—……的人 / ārabdhaḥ—开始 / eṣaḥ—这 / nara-loka—物质世界的 / sa-arthaḥ—利己的生物 / yam—……的人(至尊人格首神) / adhvanaḥ—物质存在之途的 / pāram—另一端 / upadiśanti—圣洁之人指出

译文　物质世界之途上充满物质痛苦，各种麻烦都在打扰受制约的灵魂。他得失都有。但无论如何，这条路上充满危险。死亡或其他情况有时使受制约的灵魂与其父亲分开，被抛开的他逐渐依恋起他孩子等其他人。就这样，受制约的灵魂时常感到迷茫和恐惧，有时甚至会因害怕而大声哭叫。他有时会很高兴能供养家庭，有时为因极度高兴而唱些旋律优美的歌。他就这样被束缚，忘记他从无法追溯的时候起就与至尊人格首神分开了。他因此而在物质存在的险途上旅行，一点都不快乐。觉悟了自我的人为摆脱这危险的物质存在而只托庇于至尊人格首神。不走奉爱之途的人，无法摆脱物质存在的钳制。结论是：没人能在物质生活中获得快乐；人必须开始培养奎师那意识。

要旨 通过认真仔细地分析物质主义的生活方式，任何头脑清醒的人都明白，这个世界里没有丝毫快乐可言。然而，由于从无法追溯的时候起，受制约的灵魂就一直走在危险之途上，不与圣洁之人交往、联谊，所以一直在错觉的影响下想要享受这个物质世界。物质能量有时会给受制约的灵魂一个获得所谓快乐的机会，但他实际上不断地受物质自然的惩罚。因此《永恒的柴坦亚经》中篇第20章的第118节诗中说：君王用不断地将罪犯按进水中、拉出水面的方式惩罚他(daṇḍya-jane rājā yena nadīte cubāya)。物质主义生活意味着持续的不快乐，但有时我们把不快乐之间出现的短暂间断当做是快乐。罪犯有时被不断地按到水中很长时间，然后再拖出。这些其实都是惩罚的手段，但罪犯被拖出水面时，他会感到能喘一口气的“舒服”。这就是受制约灵魂的处境。正因为如此，所有的经典都忠告人们要与奉献者和圣洁的人联谊。

'sādhu-saṅga', 'sādhu-saṅga'—sarva-śāstre kaya
lava-mātra sādhu-saṅge sarva-siddhi haya

(《永恒的柴坦亚经》中篇22.54)

诗的大意是：与奉献者哪怕联谊片刻，都能使受制约的灵魂从这痛苦的状态中解脱出去。因此，这场奎师那意识运动努力为人们提供与圣洁之人联谊的机会。为给予坠落了的受制约的灵魂以机会，奎师那意识协会中的全体成员自己首先必须成为完美的圣洁之人(sādhu)。这是最佳的慈善和博爱。

第 39 节

यदिदं योगानुशासनं न वा एतदवरुन्धते यन्न्यस्तदण्डा मुनय उपशमशीला उपरतात्मानः समवगच्छन्ति ॥३९॥

yad idaṁ yogānuśāsanaṁ na vā etad avarundhate yan nyasta-daṇḍā munaya upaśama-śīlā uparatātmānaḥ samavagacchanti.

yat－……的 / idam－至尊人格首神的这个最高住所 / yoga-anu-śāsanam－只有借由实际做奉爱服务才能达到 / na－不 / vā－(两者中的)一个 / etat－这解脱之途 / avarundhate－得到 / yat－因此 / nyasta-daṇḍāḥ－停止忌妒他人的人 / munayaḥ－圣洁之人 / upaśama-śīlāḥ－现在处于最平静状态中的人 / uparata-ātmānaḥ－控制住心和感官的 / samavagacchanti－非常容易得到

译文　作为众生朋友的圣洁之人内心平静。他们控制自己的感官和心念，轻松地走上解脱之途——回到首神身边的路途。由于不幸和执著于痛苦的物质处境，物质主义者无法与他们交往、联谊。

要旨　伟大的圣人佳德 · 巴茹阿特(Jaḍa Bharata)既描述了痛苦的状态，也介绍了摆脱这种状态的方法。从这种状态中解脱出去的唯一方法是与奉献者交往、联谊，而这种联谊非常容易。不幸之人虽然也得到这机会，但却因为太不幸而不能托庇于纯粹的奉献者，结果使自己继续不断地受苦。然而，这场奎师那意识运动坚持认为，每一个人都可以通过采用吟诵、吟唱哈瑞 · 奎师那这首伟大的曼陀的方法走上这条解脱之途。奎师那意识的传播者们挨家挨户地告诉人们，如何能从物质生活的痛苦状态中被拯救出去。正如圣柴坦亚·玛哈帕布说明的：依靠奎师那和灵性导师的仁慈，人可以得到奉爱服务的种子(guru-kṛṣṇa-prasāde pāya bhakti-latā-bīja)。人如果稍微有些智慧，就可以培养奎师那意识，摆脱物质生活的痛苦状态。

第 40 节

यदपि दिगिभजयिनो यज्विनो ये वै राजर्षयः किं तु परं मृधे शयी-
रन्नस्यामेव ममेयमिति कृतवैरानुबन्धायां विसृज्य स्वयमुपसंहृताः ॥४०॥

yad api dig-ibha-jayino yajvino ye vai rājarṣayaḥ kiṁ tu paraṁ mṛdhe
śayīrann asyām eva mameyam iti kṛta-vairānubandhāyāṁ visṛjya svayam
upasaṁhṛtāḥ.

yat api—虽然 / dik-ibha-jayinaḥ—在四面八方都获胜的 / yajvinaḥ—精通举行盛大的祭祀 / ye—所有……的 / vai—的确 / rāja-ṛṣayaḥ—非常伟大圣洁的君王 / kim tu—但是 / param—只有这地球 / mṛdhe—作战中 / śayīran—躺下 / asyām—在这(地球)……上 / eva—确实地 / mama—我的 / iyam—这个 / iti—那样考虑着 / kṛta—在……上被创造 / vaira-anu-bandhāyām—与其他人的敌对关系 / visṛ-jya—放弃 / svayam—他自己的生命 / upasaṁhṛtāḥ—被杀

译文 世上有许多伟大圣洁的君王；他们精通举行祭祀仪式，有能力征服其他王国。然而，他们虽然很强大，但却无法达到为至尊人格首神做爱心服务的层面。这原因是：他们甚至无法克服“我是这个躯体，这是我的财产”的错误意识。为此，他们毕生只是在与其他跟他们竞争的君王为敌，与他们开战，到死都没有履行人生的真正使命。

要旨 对受制约的灵魂来说，人生真正的使命是，重建被遗忘了的、与至尊人格首神的关系，并致力于做奉爱服务，以使自己能恢复奎师那意识。人无论其身份地位如何，都可以一边履行自己的规定职责，一边发展奎师那意识；只要与代表奎师那并能教授培养奎师那意识这门科学的奉献者联谊就行，而不必停止履行自己作为布茹阿玛纳(brāhmaṇa)、查锤亚(kṣatriya)、外夏(vaiśya)或庶铎(śūdra)等的职责。遗憾的是，物质世界里的大政治家和领袖们只是在制造敌意，但对灵性进步却丝毫没兴趣。普通人也许很喜欢物质进步，但他因为与自己的物质躯体认同，并认为与它有关的一切都归他所有，所以最终会遭到挫败。这是无知。事实上，他不拥有任何东西，甚至他的躯体。生物所从事的活动(karma)，使其得到特定的躯体，如果他不用他得到的躯体取悦至尊人格首神，他所从事的一切活动就都会以失败告终。人生真正的目的是《圣典博伽瓦谭》第1篇第2章的13节诗说明的：

ataḥ pumbhir dvija-śreṣṭhā
varṇāśrama-vibhāgaśaḥ
svanuṣṭhitasya dharmasya
saṁsiddhir hari-toṣaṇam

“再生者中最优秀的人啊！结论是，履行按社会阶层和灵性阶段制度规定给自己的职责，所能获得的最高完美成就，就是取悦人格首神。”

人从事什么活动并不重要，重要的是他如果能让至尊主满意，他的人生就成功了。

第 41 节

कर्मवल्लीमवलम्ब्य तत आपदः कथञ्चिन्नरकाद्विमुक्तः पुनरप्येवं संसाराध्वनि वर्तमानो नरलोकसार्थमुपयाति एवमुपरि गतोऽपि ॥४१॥

karma-vallīm avalambya tata āpadaḥ kathañcin narakād vimuktaḥ punar apy evaṁ saṁsārādhvani vartamāno nara-loka-sārtham upayāti evam upari gato 'pi.

karma-vallīm—功利性活动的蔓藤 / avalambya—托庇于 / tataḥ—从那 / āpadaḥ—危险或悲惨的状况 / kathañcit—以某种方式 / naraka̅t—从地狱般的生存状况 / vimuktaḥ—被释放 / punaḥ api—再次 / evam—就这样 / saṁsāra-adhvani—在物质存在之途上 / vartamānaḥ—存在着 / nara-loka-sa-artham—利己的物质活动的领域 / upayāti—他进入 / evam—如此 / upari—在较高处(高等星系) / gataḥ api—虽然提升

译文 当受制约的灵魂将功利性活动的蔓藤作为庇护时，他也许靠从事虔诚活动被提升到高等星系，摆脱地狱般的处境，但不幸的是，他无法永远留在那里。他在耗尽他的功德后，就不得不返回低等星系。他就这样不断地上去下来。

要旨 就有关这一点，圣柴坦亚·玛哈帕布说：

brahmāṇḍa bhramite kona bhāgyavān jīva
guru-kṛṣṇa-prasāde pāya bhakti-latā-bīja

生物除非得到纯粹奉献者的庇护，否则从宇宙创造之际到其毁灭之时，即使游荡千百万年，都不能从物质存在之途上走出去。正如猴子托庇于榕树的树枝并认为自己很享受，受制约的灵魂在不了解人生真正利益的情况下，托庇于功利性活动之途(karma-kāṇḍa)。从事这些活动使他有时被升上天堂星系，有时再次降到地球上。这种情况被圣柴坦亚·玛哈帕布描述为是“在这个宇宙中游荡(brahmāṇḍa bhramite)”。然而，如果凭借奎师那的恩典，人足够幸运能受到灵性导师的保护，他就可以靠奎师那和灵性导师的仁慈学到为至尊主做奉爱服务的方法。这样，他就会得到提示该如何摆脱在物质世界里不断挣扎着上上下下的状态。正因为如此，韦达训喻是，人应该拜一位灵性导师。韦达经中声明：要想达到人生的完美境界，就必须找一位灵性导师(tad-vijñānārthaṁ sa gurum evābhigacchet)。同样，在《博伽梵歌》第4章的第34节诗中，至尊人格首神忠告道：

tad viddhi praṇipātena
paripraśnena sevayā
upadekṣyanti te jñānaṁ
jñāninas tattva-darśinaḥ

“为理解真理而向一位灵性导师皈依，以服从的态度向他请教，为他服务。觉悟了自我的灵魂看到了真理，因此可以把知识传授给你。”《圣典博伽瓦谭》第11篇第3章的第21节诗给予类似的建议说：

tasmād guruṁ prapadyeta
jijñāsuḥ śreya uttamam
śābde pare ca niṣṇātaṁ
brahmaṇy upaśamāśrayam

“真诚想要获得真正快乐的人，必须找到一位真正的灵性导师，通过得到他的启迪托庇于他。灵性导师的资格是：必须通过研究领悟了经典的结论，并能使他人确信这些结论。这些抛弃一切物质考量而只托庇于至尊人格首神的卓越人物，被理解为是真正的灵性导师。”同样，伟大的奉献者维施瓦纳特·查夸瓦尔提也忠告说：“凭借灵性导师的仁慈，我们得到奎师那的仁慈(yasya prasādād bhagavat-prasādaḥ)”。圣柴坦亚·玛哈帕布也说：靠灵性导师和奎师那的仁慈，人得到奉爱服务蔓藤的种子(guru-kṛṣṇa-prasāde pāya bhakti-latā-bīja)。这是实质。我们必须上升到奎师那意识的层面；为此，我们必须托庇于纯粹的奉献者。只有这样，我们才能摆脱物质的钳制。

第 42 节

तस्येदमुपगायन्ति—
आर्षभस्येह राजर्षेर्मनसापि महात्मनः ।
नानुवर्त्मार्हति नृपो मक्षिकेव गरुत्मतः ॥४२॥

tasyedam upagāyanti——
ārṣabhasyeha rājarṣer
manasāpi mahātmanaḥ
nānuvartmārhati nṛpo
makṣikeva garutmataḥ

tasya—佳德·巴茹阿特的 / idam—这赞美 / upagāyanti—他们唱 / ārṣabhasya—瑞沙巴戴瓦之子的 / iha—这里 / rāja-ṛṣeḥ—伟大圣君的 / manasā api—甚至被心 / mahā-ātmanaḥ—伟大的人物佳德·巴茹阿特的 / na—不 / anuvartma arhati—能去遵循这条途径 / nṛpaḥ—任何君王 / makṣikā—一只苍蝇 / iva—如同 / garutmataḥ—至尊人格首神的坐骑嘎茹达的

译文 舒卡戴瓦·哥斯瓦米概述了佳德·巴茹阿特的教导后说：亲爱的帕瑞克西特王，佳德·巴茹阿特所指明的路，如同至尊主的坐骑嘎茹达所飞行的途径，普通君王们与之相比恰似苍蝇。苍蝇无法飞嘎茹达飞行的路线；迄今为止，没有哪个大君王和得胜的领袖，可以走上这条奉爱服务之途，连想都不敢想。

要旨 正如奎师那在《博伽梵歌》第7章的第3节诗中说：

manuṣyāṇāṁ sahasreṣu
kaścid yatati siddhaye
yatatām api siddhānāṁ
kaścin māṁ vetti tattvataḥ

“在千万人中，也许只有一个人力求达到完美，而在达到完美的人中，很难有一个人真正了解我。”奉爱服务之途非常难走，甚至对征服了许多敌人的大君王来说都很困难。这些君王虽然在战场上是得胜者，但却无法征服躯体化的概念。有许多大领袖、瑜伽师、斯瓦米和所谓的化身都沉迷于主观推测，并宣传自己是完美的人物，但最终却无法有成功的人生。奉爱服务之途无疑很难走，但如果有人真想要跟随奉爱服务的权威人士(mahājana)走这条路，那它就会变得很容易走。在这个年代中，为拯救所有堕落灵魂而显现的圣柴坦亚·玛哈帕布，指明了一条路。这条路是如此容易走，每个人都可以靠吟诵、吟唱至尊主的圣名走在其上。

harer nāma harer nāma
harer nāmaiva kevalam
kalau nāsty eva nāsty eva
nāsty eva gatir anyathā

“在这纷争、虚伪的年代中，得救的唯一方法是吟诵、吟唱至尊主的圣名，别无他法，别无他法，别无他法。”我们很高兴这场奎师那意识运动开通了这条路，有那么多欧洲和美国的青年男女认真地接受这门哲学，逐渐变得完美。

第 43 节

यो दुस्त्यजान्दारसुतान् सुहृद्राज्यं हृदिस्पृशः ।
जहौ युवैव मलवदुत्तमश्लोकलालसः ॥४३॥

yo dustyajān dāra-sutān
suhṛd rājyaṁ hṛdi-spṛśaḥ
jahau yuvaiva malavad
uttamaśloka-lālasaḥ

yaḥ—佳德·巴茹阿特以前是瑞沙巴戴瓦王之子巴茹阿特王 / dustyajān—很难放弃 / dāra-sutān—妻子儿女或最富有的家庭生活 / suhṛt—朋友及祝愿者 / rājyam—扩展到全世界的王国 / hṛdi-spṛśaḥ—处在内心深处的 / jahau—他放弃 / yuvā eva—甚至年轻时 / mala-vat—像粪便 / uttama-śloka-lālasaḥ—那么喜欢侍奉被称为乌塔玛施珞卡的至尊人格首神的

译文　伟大的巴茹阿特王因为喜欢侍奉至尊人格首神乌塔玛施珞卡，在他血气方刚之时就离弃了一切，包括他的妻子、孩子、好朋友和庞大的帝国。尽管这一切很难让人割舍，但巴茹阿特王是那么崇高，离弃他们就像排便后离开粪便一样。这就是他陛下的非凡之所在。

要旨 神的名字是奎师那(Kṛṣṇa)，因为祂是那么有魅力，以至纯粹奉献者可以为祂而放弃这个物质世界里的一切。巴茹阿特王(Mahārāja Bharata)是一位理想的君王，曾是全世界的指导者和帝王。他拥有物质世界所有的财富，但奎师那是如此有吸引力，祂把巴茹阿特王的注意力从其全部的物质拥有那里吸引到祂身上。但后来不知怎的，君王又对一头小鹿产生了感情，于是从他的地位上坠落，不得不在来世接受了一个鹿的躯体。凭借奎师那给予他的巨大仁慈，他没忘记他前世的情况，能明白自己为何坠落。因此，巴茹阿特王在来世作为佳德·巴茹阿特，把自己伪装成聋哑人，小心翼翼地不再浪费自己的精力，以便全神贯注于他的奉爱服务。我们必须从伟大的巴茹阿特王的例子中吸取教训，谨慎地培养奎师那意识的。一点点的粗心大意，都会给我们的奉爱服务造成障碍。当然，为至尊人格首神所做的任何服务都不会失去(svalpam apy asya dhar-masya trāyate mahato bhayāt)。真诚地做的奉爱服务，哪怕只有一点点，都会成为永恒的灵性资产。正如《圣典博伽瓦谭》第1篇第5章的第17节诗说：

tyaktvā sva-dharmaṁ caraṇāmbujaṁ harer
bhajann apakvo 'tha patet tato yadi
yatra kva vābhadram abhūd amuṣya kiṁ
ko vārtha āpto 'bhajatāṁ sva-dharmataḥ

“放弃俗世的职责转而为至尊主做奉爱服务的人，在不成熟的阶段也许间或会堕落，但那并不影响他最终获得成功。然而一个非奉献者，即使他全心全意履行他的职责，也不会有任何收获。”因为某种原因受到奎师那吸引的人，无论做过什么奉爱服务，都会成为他永恒的灵性资产。即使因为不成熟或不良联谊堕落了，他的奉爱资产也永远都不会失去。例如阿佳弥勒(Ajāmila)、巴茹阿特王等，这方面的例子有很多。这场奎师那意识运动给所有的人至少有一段时间做奉爱服务的机会。一点点服务都将推动人向前迈进，从而使自己的人生获得成功。

至尊主在这节诗文中被称为是乌塔玛施珞卡(Uttamaśloka)。梵文“乌塔玛(Uttama)”的意思是“最佳的”，“施珞卡(śloka)”的意思是“名望”。主奎师那绝对拥有六种财富，其中一项就是名望。《维施努往世书》第6篇第5章的第47节诗中说：至尊人格首神巴嘎瓦的定义是，完全拥有力量、名望、富有 知识、美丽和弃绝这六种财富的人(Aiśvaryasya samagrasya vīryasya yaśasaḥ śriyaḥ)。奎师那的名望仍在扩大。我们靠不断拓展这场奎师那意识运动传播奎师那的荣耀。库茹柴陀(Kurukṣetra)战争之后五千年来，奎师那的名望仍在全世界持续扩大。这个世界里所有重要的人物都听说过奎师那，尤其是现在奎师那意识运动的扩展，更是使越来越多的人听说了奎师那。就连不喜欢我们、想要压制这一运动的人，都以某种方式在吟诵哈瑞・奎师那。他们说：“哈瑞・奎师那的人应该受到惩罚。”这种愚蠢之人没认识到这场运动的真正价值。但事实是，甚至他们在批评时都得到吟诵哈瑞・奎师那的机会，而这就是这场运动的成功之所在。

第 44 节

यो दुस्त्यजान् क्षितिसुतस्वजनार्थदारान्
प्रार्थ्यां श्रियं सुरवरैः सदयावलोकाम् ।
नैच्छन्नृपस्तदुचितं महतां मधुद्विट्-
सेवानुरक्तमनसामभवोऽपि फल्गुः ॥४४॥

yo dustyajān kṣiti-suta-svajanārtha-dārān
prārthyāṁ śriyaṁ sura-varaiḥ sadayāvalokām
naicchan nṛpas tad-ucitaṁ mahatāṁ madhudviṭ-
sevānurakta-manasām abhavo 'pi phalguḥ

yaḥ—……的人 / dustyajān—很难放弃 / kṣiti—地球 / suta—孩子 / sva-jana-artha-dārān—亲戚、钱财和美丽的妻子 / prārthyām—想要的 / śriyam—幸运女神 / sura-varaiḥ—被半神人中最好的 / sa-daya-avalokām—……的仁慈的瞥视 / na—不 / aicchat—想要的 / nṛpaḥ—君王 / tat-ucitam—这相当适合他 / mahatām—伟大人物的(伟大的灵魂的) / madhu-dviṭ—杀死玛杜魔的主奎师那的 / sevā-anurakta—受爱心服务的吸引 / manasām—内心……的人的 / abhavaḥ api—甚至解脱 / phalguḥ—微不足道

译文 舒卡戴瓦·哥斯瓦米继续道：亲爱的君王，巴茹阿特王的活动精彩奇妙。他放弃对他人来说极难放弃的一切，包括他的王国、妻子和家庭。他的财富曾如此庞大，以至半神人都羡慕不已，而他却放弃了一切。像他这样的卓越人物相当适合当伟大的奉献者。他太依恋至尊人格首神奎师那的美丽、富有、名望、知识、力量和弃绝，甚至可以抛弃其他的一切。奎师那魅力无穷，使人可以为了祂放弃一切想要的事物。事实上，对于一心向往为至尊主做爱心服务的人来说，就连解脱都微不足道。

要旨 这节诗文证实奎师那绝对有魅力这一点。巴茹阿特王曾如此依恋奎师那，以至放弃了他所有的物质拥有。物质主义者一般都受这些物质资产的吸引。

ato gṛha-kṣetra-sutāpta-vittair
janasya moho 'yam ahaṁ mameti

(《圣典博伽瓦谭》5.5.8)

“人依恋他的躯体、家庭、地产、孩子、亲戚和钱财，就这样，人增强他对生命的错误概念，以‘我和我的’为中心思考问题。”受物质事物的吸引无疑由错觉所致，没有好处，它们使受制约的灵魂分心。人如果完全被《圣典博伽瓦谭》第10篇中描述的奎

师那的力量、美丽和娱乐活动所吸引，他的人生就成功了。假象宗人士(Māyāvādī)受融入至尊主存在的吸引，但奎师那比那更有魅力。梵文“解脱(abhavaḥ)”的意思是“不再投生在这个物质世界里”。奉献者根本不在乎是不是会再次投生，而是只满足于在任何情况下都能为至尊主做服务。那才是真正的解脱(mukti)。

īhā yasya harer dāsye
karmaṇā manasā girā
nikhilāsv apy avasthāsu
jīvan-muktaḥ sa ucyate

“用身体、心智和话语为奎师那服务的人是解脱之人，哪怕在这个物质世界里也如此。”(《奉爱服务的纯粹甘露之洋》1.2.187)总想要侍奉奎师那的人致力于用各种方法使人们相信，存在着至尊人格首神，而那位至尊人格首神就是奎师那。那就是他的雄心。无论是身在天堂还是地狱，对他来说都不重要。这称为“那么喜欢侍奉被称为乌塔玛施珞卡的至尊人格首神(uttamaśloka-lālasa)”。

第 45 节

यज्ञाय धर्मपतये विधिनैपुणाय
योगाय साङ्ख्यशिरसे प्रकृतीश्वराय ।
नारायणाय हरये नम इत्युदारं
हास्यन्मृगत्वमपि यः समुदाजहार ॥४५॥

yajñāya dharma-pataye vidhi-naipuṇāya
yogāya sāṅkhya-śirase prakṛtīśvarāya
nārāyaṇāya haraye nama ity udāraṁ
hāsyan mṛgatvam api yaḥ samudājahāra

yajñāya—向享有一切盛大祭祀结果的至尊人格首神 / dharma-pataye—向宗教原则的主人或推广者 / vidhi-naipuṇāya—赐予奉献者智

力以严格遵循规定原则的 / yogāya－神秘瑜伽的具体体现 / sāṅ-khya-śirase－教导数论哲学的 / prakṛti-īśvarāya－这个宇宙展示的最高控制者 / nārāyaṇāya－无数生物的庇护所(nara的意思是生物体，ayana意思是庇护处） / haraye－向被称为哈尔依的至尊人格首神 / namaḥ－虔敬的顶礼 / iti－如此 udāram－很大声 / hāsyan－微笑着 / mṛgatvam api－虽然在鹿的躯体中 / yaḥ－……的人 / samudāja-hāra－吟唱

译文 即使在鹿的躯体中，巴茹阿特王都没忘记至尊人格首神。因此，当他放弃鹿的躯体时，他大声祈祷说："至尊人格首神是祭祀的具体体现。祂赐予祭祀活动的结果。祂是宗教体制的维护者，神秘瑜伽的具体体现，一切知识的源头，整个创造的控制者，处在众生体内的超灵。祂美丽而魅力无穷。我在离开这个躯体之际向祂敬礼，希望自己能永远为祂做超然的爱心服务。"巴茹阿特王在说出这一切的同时，离开了他的躯体。

要旨 整个韦达经(Veda)都是为了让人了解功利性活动(karma)、知识思辨(jñāna)和神秘瑜伽(yoga)。我们无论按哪种获取灵性觉悟的方法灵修，最终目标都是至尊人格首神纳茹阿亚纳。生物凭借奉爱服务与祂永恒相连。正如《圣典博伽瓦谭》中说：人生最高的完美境界是，在死亡时能记住纳茹阿亚纳(ante nārāyaṇa-smṛtiḥ)。巴茹阿特王虽然不得不接受鹿的躯体，但在当鹿那一生死亡时却能记住纳茹阿亚纳，使他在来世投生到一个布茹阿玛纳家庭中当一名完美的奉献者。这证实了《博伽梵歌》第6章的第41节诗中的说明，即：从觉悟自我之途上坠落的人，来世投生在布茹阿玛纳家庭或富贵的人家中。巴茹阿特王出生在王室家庭中，后来因为忽视自己的灵修而投生为一头鹿。但他因为在鹿的躯体中小心谨慎，所以在来世以佳德·巴茹阿特的身份出生在一个布茹阿玛纳家庭中。在这一生中，他保持完美的奎师那意识，并以教导茹阿胡嘎纳王为开始，直接传播奎师那意识的福音。就有关这一点，梵文"神秘瑜伽

的具体体现（yogāya）”一词意义重大。正如玛德瓦查尔亚(Madhvācārya)所说：练八部瑜伽(aṣṭāṅga-yoga)的目的，是要与至尊人格首神连接。练瑜伽不是为了表演一些物质的技巧和神通。

第 46 节

य इदं भागवतसभाजितावदातगुणकर्मणो राजर्षेर्भरतस्यानुचरितं स्वस्त्ययनमायुष्यं धन्यं यशस्यं स्वर्ग्यापवर्ग्यं वानुशृणोत्याख्यास्यत्यभिनन्दति च सर्वा एवाशिष आत्मन आशास्ते न काञ्चन परत इति ॥४६॥

ya idaṁ bhāgavata-sabhājitāvadāta-guṇa-karmaṇo rājarṣer bharatasyānucaritaṁ svasty-ayanam āyuṣyaṁ dhanyaṁ yaśasyaṁ svargyāpavargyaṁ vānuśṛṇoty ākhyāsyaty abhinandati ca sarvā evāśiṣa ātmana āśāste na kāñcana parata iti.

yaḥ—任何……人 / idam—这个 / bhāgavata—被崇高的奉献者 / sabhājita—十分崇拜 / avadāta—纯洁的 / guṇa—品质……的 / karmaṇaḥ—和活动 / rāja-ṛṣeḥ—伟大圣君的 / bharatasya—巴茹阿特王的 / anucaritam—叙述 / svasti-ayanam—吉祥的居所 / āyuṣyam—延长人的寿命的 / dhanyam—增加人的财富的 / yaśasyam—赐予名望 / svargya—允许进入高等星系(功利性活动者的目标) / apavargyam—使人摆脱这个物质世界并融入至尊者(哲学思辨者的目标) / vā—或者 / anuśṛṇoti—一直聆听，沿着奉爱服务之途 / ākhyāsyati—为他人的利益而描述 / abhinandati—赞美奉献者和至尊主的特质 / ca—以及 / sarvāḥ—所有 / eva—肯定地 / āśiṣaḥ—祝福 / ātmanaḥ—为他自己 / āśāste—他达到 / na—不 / kāñcana—任何事 / parataḥ—从其他任何人 / iti—如此

译文　奉献者喜欢经常聆听、咏唱并谈论巴茹阿特王的纯洁特质，赞美他的活动。恭顺地聆听并吟诵、吟唱有关绝对吉祥的巴茹阿特王的一切，无疑可以延长人的寿命，增加

人的物质财富。人可以因而变得极为著名，轻易被提升上天堂星球，或得到融入至尊主存在的解脱。仅仅靠聆听和赞美巴茹阿特王的活动，可以使人获得想要的一切，从而实现人所有的物质和灵性愿望。人不必为获得这一切而去向他人请求，因为仅仅靠研究巴茹阿特王的生活，就能使人得到值得向往的一切。

要旨 这第14章中总结了物质存在的森林。其中梵文“bhavāṭavī”是指物质存在之途。到物质存在森林中试图为感官享乐而赚钱的生物被比喻为是商人。六个掠夺者说的是眼、耳、鼻、舌、触觉感官和心。糟糕的领袖使人们转移智力的集中点。智力本该用来培养奎师那意识，但物质存在使我们分心用智力去试图得到物质的便利条件。一切都属于至尊人格首神奎师那，但由于我们有扭曲的内心和污染的感官，我们侵吞至尊主的财产，用它们满足自己的感官。我们的家庭成员被比作是豺狼虎豹，我们的物质欲望则是杂草和蔓藤。我们快乐的家被比喻为是山洞，我们的敌人是蚊子和毒蛇。老鼠、野兽和秃鹰用来形容那些盗走我们财产的盗贼，空中楼阁或海市蜃楼(gandharva-pura)是指一直在变更的躯体和住家。鬼火是我们所依恋的黄金和它的颜色，物质的住所和钱财是我们用来进行物质享乐的原材料。我们对妻子的依恋被比作旋风，性生活过程中盲目的激情体验是沙尘暴。半神人们控制着不同的方向，我们的敌人在我们背后说的坏话被比喻为是蟋蟀的叫声。猫头鹰说的是那些直接侮辱我们的人，不虔诚的树木是指不敬神的人。干枯的河代表在今生和来世给我们找麻烦的无神论者，食肉的恶魔比喻的是政府官员，有刺的荆棘表示物质生活的障碍。在性生活中感受的些许体验比喻的是我们要享受他人妻子的欲望，苍蝇用来比喻丈夫和公婆等妇女的守护者。匍匐植物代表一般的女性。狮子说的是时间之轮，苍鹭、乌鸦和秃鹰指的是假冒的斯瓦米、瑜伽师和化身们。所有这些人根本无法给人以解救。完美的布茹阿玛纳被比喻为是天鹅，而把时间都浪费在吃、睡、交配和防卫这些活动上的庶铎被形容为是猴子。猴子在其上跳跃的树木指的是我们的家庭，大象被比喻为是最终的死亡。这一章中就这样描述了构成物质存在的所有成分。

到此为止，结束了巴克提韦丹塔对《圣典博伽瓦谭》第5篇第14章“物质世界是享乐的大森林”所作的阐释。

第十五章

普瑞亚瓦塔王后代的光荣

这一章描述的是巴茹阿特王(Bharata Mahārāja)的后代和许多其他的君王。巴茹阿特王的儿子名叫苏玛提(Sumati)。他走瑞沙巴戴瓦(Ṛṣabhadeva)指引的解脱之途。有些人误以为苏玛提是佛祖(Buddha)的直接化身。苏玛提的儿子是戴瓦塔吉特(Devatājit)，戴瓦塔吉特的儿子是戴瓦丢么纳(Devadyumna)。戴瓦丢么纳的儿子是帕茹阿梅施提(Parameṣṭhī)，帕茹阿梅施提的儿子是帕提哈(Pratīha)。帕提哈是主维施努(Viṣṇu)杰出的奉献者，他有三个儿子，分别名叫帕提哈尔塔(Pratihartā)、帕斯透塔(Prastotā)和乌德嘎塔(Udgātā)。帕提哈尔塔的两个儿子名叫阿佳(Aja)和布玛(Bhūmā)。布玛的儿子是乌德基塔(Udgītha)，乌德基塔的儿子是帕斯塔瓦(Prastāva)，帕斯塔瓦的儿子叫维布(Vibhu)。维布的儿子是普瑞图申纳(Pṛthuṣeṇa)，普瑞图申纳的儿子是纳克塔(Nakta)。纳克塔的妻子杜茹缇(Druti)为他生下著名而圣洁的君王嘎雅(Gaya)。嘎亚王其实是主维施努的部分化身，由于他是主维施努的卓越奉献者，他被冠以玛哈菩茹沙(伟大的人物)的称号。嘎亚王有祺陀茹阿塔(Citraratha)、苏玛提(Sumati)和阿瓦柔达纳(Avarodhana)三个儿子。祺陀茹阿塔的儿子是帝王萨么茹阿特(Samrāṭ)，萨么茹阿特的儿子叫玛瑞祺(Marīci)。玛瑞祺的儿子是彬杜(Bindu)，彬杜的儿子是玛杜(Madhu)，而玛杜的儿子是维茹阿布茹阿塔(Vīravrata)。维茹阿布茹阿塔有两个儿子，分别名叫曼图(Manthu)和帕曼图(Pramanthu)。曼图的儿子是宝瓦纳(Bhauvana)，宝瓦纳的儿子叫特瓦施塔(Tvaṣṭā)，特瓦施塔的儿子是给整个王朝增添荣耀的维茹阿佳(Viraja)。维茹阿佳有一百个儿子和一个女儿。在所有这些孩子中，名叫沙塔吉特(Śatajit)的儿子变得十分著名。

第 1 节

श्रीशुक उवाच
भरतस्यात्मजः सुमतिर्नामाभिहितो यमु ह वाव केचित्पाखण्डिन
ऋषभपदवीमनुवर्तमानं चानार्या अवेदसमाम्नातां देवतां स्वमनीषया
पापीयस्या कलौ कल्पयिष्यन्ति ॥ १ ॥

śrī-śuka uvāca
bharatasyātmajaḥ sumatir nāmābhihito yam u ha vāva kecit
pākhaṇḍina ṛṣabha-padavīm anuvartamānaṁ cānāryā aveda-
samāmnātāṁ devatāṁ sva-manīṣayā pāpīyasyā kalau kalpayiṣyanti.

śrī-śukaḥ uvāca一圣舒卡戴瓦·哥斯瓦米继续道 / bharatasya一巴茹阿特王的 / ātma-jaḥ一儿子 / sumatiḥ nāma-abhihitaḥ一名叫苏玛提 / yam一……的人 / u ha vāva一确实地 / kecit一有些 / pākhaṇḍi-naḥ一无神论者、没有韦达知识的人 / ṛṣabha-padavīm一瑞沙巴戴瓦王的途径 / anuvartamānam一遵循 / ca一和 / anāryāḥ一不属于严格遵守韦达原则的阿尔延(雅利安)人 / aveda-samāmnātām一在韦达经中没被列举的 / devatām一视为是佛祖或类似佛祖的神明 / sva-manīṣayā一凭他们自己的主观推测 / pāpīyasyā一最邪恶的 / kalau一在这个喀历年代中 / kalpayiṣyanti一将会想象

译文 圣舒卡戴瓦·哥斯瓦米继续说：巴茹阿特王的儿子苏玛提仿效瑞沙巴戴瓦，但有些肆无忌惮的人却推测他是佛祖本人。这些其实是无神论者且品德败坏的人，以想象和无耻的方式用韦达原则支持他们的活动。为此，这些罪恶之人把苏玛提当佛祖，并大肆宣传，让大众都信奉苏玛提制定的原则。他们就这样被他们内心杜撰出的理论所迷惑。

要旨 阿尔延(Āryan, 雅利安)人严格遵循韦达原则。但在这个喀历(Kali)年代中出现了一个名叫阿尔亚·萨玛佳(ārya-samāja)的团体，这个团体对经师徒传承(paramparā)传递的韦达经(Veda)的重

要性一无所知。他们的领袖人物诽谤所有真正的灵性导师(ācārya)，标榜自己才是韦达原则真正的信奉者。这些不遵循韦达原则的领袖人物最近被称为阿尔亚·萨玛佳或耆纳教徒。他们不仅不遵循韦达原则，而且与佛祖毫无关系。他们模仿苏玛提的所作所为，甚至声称自己是瑞沙巴戴瓦的后裔。由于他们对韦达经的真正教导一无所知，外士纳瓦(Vaiṣṇava)奉献者们都小心避免与他们接触。在《博伽梵歌》(Bhagavad-gītā)第15章的第15节诗中，奎师那说："研习韦达经的目的是要知道我(vedaiś ca sarvair aham eva vedyaḥ)。"这是所有韦达文献的指示。谁不了解主奎师那的伟大，谁就不能被接受为是雅利安人(阿尔延人)。主奎师那的化身佛祖采用特定的方式传播奉爱宗(bhāgavata-dharma)的哲学。佛祖几乎是专门给无神论者传教，而无神论者不想要神，所以佛祖就说没有神。但如果他的追随者按他教的方法做，就会得到利益。因此他是用哄骗的方式在传教，尽管他自己就是神的一个化身，但却说不存在神。

第2节

तस्माद् वृद्धसेनायां देवताजिन्नाम पुत्रोऽभवत् ॥ २॥

tasmād vṛddhasenāyāṁ devatājin-nāma putro 'bhavat.

tasmāt－从苏玛提 / vṛddha-senāyām－在他名叫维妲森娜的妻子的子宫中 / devatājit-nāma－名叫戴瓦塔吉特 / putraḥ－一个儿子 / abhavat－出生

译文　苏玛提与他妻子维妲森娜生了个儿子，名叫戴瓦塔吉特。

第3节

अथासुर्यां तत्तनयो देवद्युम्नस्ततो धेनुमत्यां सुतः परमेष्ठी तस्य सुव-
र्चलायां प्रतीह उपजातः ॥ ३॥

athāsuryāṁ tat-tanayo devadyumnas tato dhenumatyāṁ sutaḥ
parameṣṭhī tasya suvarcalāyāṁ pratīha upajātaḥ.

atha－那以后／āsuryām－在他名叫阿苏蕊的妻子的子宫中／tat-tanayaḥ－戴瓦塔吉特的一个儿子／deva-dyumnaḥ－名叫戴瓦丢么纳／tataḥ－从戴瓦丢么纳／dhenu-matyām－在戴瓦丢么纳的妻子戴努玛缇的子宫中／sutaḥ－一个儿子／parameṣṭhī－名叫帕茹阿梅施提／tasya－帕茹阿梅施提的／suvarcalāyām－在他名叫苏娃尔查拉的妻子体内／pratīhaḥ－名叫帕提哈的儿子／upajātaḥ－出生

译文 那以后，戴瓦塔吉特与他妻子阿苏蕊生下儿子戴瓦丢么纳。戴瓦丢么纳与他妻子戴努玛缇生下儿子帕茹阿梅施提。帕茹阿梅施提与他妻子苏娃尔查拉生下儿子帕提哈。

第 4 节

य आत्मविद्यामाख्याय स्वयं संशुद्धो महापुरुषमनुसस्मार ॥ ४ ॥

ya ātma-vidyām ākhyāya svayaṁ saṁśuddho mahā-puruṣam
anusasmāra.

yaḥ－……的(帕提哈王)／ātma-vidyām ākhyāya－在教导许多人关于觉悟自我后／svayam－亲自／saṁśuddhaḥ－在自我觉悟方面很进步且净化的／mahā-puruṣam－至尊人格首神维施努／anusasmāra－完美地了解且始终记住

译文 帕提哈王亲自宣传觉悟自我的原则。这不仅使他得到净化，而且使他成为至尊人主维施努优秀的奉献者，直接觉悟了至尊主。

要旨 梵文“完美地了解且始终记住（anusasmāra）”一词非常重要。神意识并不是虚构或编造出来的。纯洁而进步的奉献者如实地了解神，帕提哈王就是如此，而且他因为直接觉悟到主维施努，所以宣传自我觉悟之途，成为传道者。真正的传道者不是伪装者，而必须自己先如实地认识主维施努。正如《博伽梵歌》中所说："觉悟了自我的灵魂看到了真理，因此可以把知识传授给你(upadekṣyanti te jñānaṁ jñāninas tattva-darśinaḥ)。"梵文"看到了真理的人(tattva-darśī)"是指对至尊人格首神有了完全正确认识的人。这样的人可以成为灵性导师(guru)，把外士纳瓦(Vaiṣṇava)哲学传遍全世界。帕提哈王是真正的传道者、传教士和灵性导师的典范。

第5节

प्रतीहात्सुवर्चलायां प्रतिहर्त्रादयस्त्रय आसन्निज्याकोविदाः सूनवः प्र-
तिहर्तुः स्तुत्यामजभूमानावजनिषाताम् ॥५॥

pratīhāt suvarcalāyāṁ pratihartrādayas traya āsann ijyā-kovidāḥ
sūnavaḥ pratihartuḥ stutyām aja-bhūmānāv ajaniṣātām.

pratīhāt—从帕提哈王 / suvarcalāyām—在他名叫苏娃尔查拉的妻子的子宫中 / pratihartṛ-ādayaḥ trayaḥ—帕提哈尔塔、帕斯透塔和乌德嘎塔三个儿子 / āsan—出生 / ijyā-kovidāḥ—都非常精通韦达仪式的 / sūnavaḥ—儿子们 / pratihartuḥ—从帕提哈尔塔 / stutyām—在他妻子丝图缇的子宫中 / aja-bhūmānau—阿佳和布玛两个儿子 / ajani-ṣātām—出生

译文　帕提哈与他妻子苏娃尔查拉生了三个儿子，分别名叫帕提哈尔塔、帕斯透塔和乌德嘎塔。这三个儿子都很精通举行韦达仪式。帕提哈尔塔与他妻子丝图缇生了两个儿子，名叫阿佳和布玛。

第6节

भूम्न ऋषिकुल्यायामुद्गीथस्ततः प्रस्तावो देवकुल्यायां प्रस्तावान्नियु-
त्सायां हृदयज आसीद्विभुर्विभो रत्यां च पृथुषेणस्तस्मान्नक्त आकूत्यां

जज्ञे नक्ताद् द्रुतिपुत्रो गयो राजर्षिप्रवर उदारश्रवा अजायत साक्षाद् भगवतो विष्णोर्जगद्रिरक्षिषया गृहीतसत्त्वस्य कलात्मवत्त्वादिलक्षणेन महापुरुषतां प्राप्तः ॥ ६ ॥

bhūmna ṛṣikulyāyām udgīthas tataḥ prastāvo devakulyāyāṁ
prastāvān niyutsāyāṁ hṛdayaja āsīd vibhur vibho ratyāṁ ca
pṛthuṣeṇas tasmān nakta ākūtyāṁ jajñe naktād druti-putro gayo
rājarṣi-pravara udāra-śravā ajāyata sākṣād bhagavato viṣṇor jagad-
rirakṣiṣayā gṛhīta-sattvasya kalātmavattvādi-lakṣaṇena mahā-
puruṣatāṁ prāptaḥ.

bhūmnaḥ一从布玛王／ṛṣi-kulyāyām一在他妻子蕊西库莉雅的子宫中／udgīthaḥ一名叫乌德基塔的儿子／tataḥ一再从乌德基塔王／prastāvaḥ一名叫帕斯塔瓦的儿子／deva-kulyāyām一他名叫黛娃库莉雅的妻子／prastāvāt一从帕斯塔瓦王／niyutsāyām一在他的妻子妮优特萨体内／hṛdaya-jaḥ一儿子／āsīt一生出／vibhuḥ一名叫维布／vibhoḥ一从维布王／ratyām一在他妻子茹阿缇体内／ca一也／pṛthu-ṣeṇaḥ一名叫普瑞图申纳／tasmāt一从他(普瑞图申纳王)／naktaḥ一名叫纳克塔的儿子／ākūtyām一在他名叫阿库缇的妻子体内／jajñe一生出／naktāt一从纳克塔王／druti-putraḥ一在杜茹缇子宫中的一个儿子／gayaḥ一名叫嘎雅王／rāja-ṛṣi-pravaraḥ一在圣洁的君王中最崇高／udāra-śravāḥ一以十分虔诚的君王著名于世／ajāyata一出生／sāk-ṣāt bhagavataḥ一直接从至尊人格首神的／viṣṇoḥ一主维施努的／jagat-rirak-ṣiṣayā一为了给予整个世界以保护／gṛhīta一得到／sattvasya一在纯粹的善良属性中／kalā-ātma-vattva-ādi一作为至尊主直接化身的／lakṣaṇena一以……为特征／mahā-puruṣatām一身为人类社会领袖的最首要的特质(就像众生的领袖主维施努)／prāptaḥ一达到

译文　布玛王与他妻子蕊西库莉雅生下儿子乌德基塔。乌德基塔与他妻子黛娃库莉雅生下儿子帕斯塔瓦，帕斯塔瓦与他妻子妮优特萨生下儿子维布。在妻子茹阿缇的子宫中，维布使她怀孕生下儿子普瑞图申纳。普瑞图申纳经他妻子阿库缇的子宫生下儿子纳克塔。纳克塔的妻子是杜茹缇，她和纳克塔生下伟大的君王嘎雅。嘎雅很著名且虔诚，是最优秀的圣君。主维施努和祂为保护宇宙而发散出的扩展们，始终处在名为维舒达·萨特瓦的超然善良属性中。作为主维施努的直接扩展，嘎雅王也总是处在超然善良属性的层面上。正因为如此，嘎雅王被赋予了完善的超然知识，并因而被称为伟大的人物(玛哈菩茹沙)。

要旨 从这节诗文中看出，神的化身有很多种。有些是主维施努的直接扩展，有些是直接扩展们不可缺少的一部分。至尊人格首神的直接化身被称为阿么沙(aṁśa)或斯瓦么沙(svāṁśa)，而祂们的化身称为卡拉(kalā)。在卡拉中有普通生物(vibhinnāṁśa-jīva)。他们属于普通个体灵魂的范畴(jīva-tattva)。主维施努的直接扩展都属于维施努范畴(viṣṇu-tattva)，有时被称为玛哈菩茹沙(Mahāpuru-ṣa)。奎师那的另一个名字就是玛哈菩茹沙，祂的奉献者有时被称为玛哈·袍茹西卡(mahā-pauruṣika)——玛哈菩茹沙的崇拜者。

第7节

स वै स्वधर्मेण प्रजापालनपोषणप्रीणनोपलालनानुशासनलक्षणेनेज्या-
दिना च भगवति महापुरुषे परावरे ब्रह्मणि सर्वात्मनार्पितपरमार्थ-
लक्षणेन ब्रह्मविच्चरणानुसेवयापादितभगवद्भक्तियोगेन चाभीक्ष्णशः
परिभावितातिशुद्धमतिरुपरतानात्म्य आत्मनि स्वयमुपलभ्यमान-
ब्रह्मात्मानुभवोऽपि निरभिमान एवावनिमजूगुपत् ॥ ७ ॥

sa vai sva-dharmeṇa prajā-pālana-poṣaṇa-prīṇanopalālanānuśāsana-
lakṣaṇenejyādinā ca bhagavati mahā-puruṣe parāvare brahmaṇi
sarvātmanārpita-paramārtha-lakṣaṇena brahmavic-
caraṇānusevayāpādita-bhagavad-bhakti-yogena cābhīkṣṇaśaḥ
paribhāvitāti-śuddha-matir uparatānātmya ātmani svayam
upalabhyamāna-brahmātmānubhavo 'pi nirabhimāna evāvanim
ajūgupat.

saḥ－那位嘎雅王 / vai－的确 / sva-dharmeṇa－以他自己的职责 / prajā-pālana－保护臣民的 / poṣaṇa－喂养他们的 / prīṇana－在所有方面让他们开心的 / upalālana－把他们当儿子对待的 / anuśāsana－有时因为他们的过错而责罚他们的 / lakṣaṇena－以一个君王的特征 / ijyā-ādinā－通过举行韦达经推荐的仪式 / ca－也 / bhagavati－向至尊人格首神维施努 / mahā-puruṣe－众生的领袖 / para-avare－所有生物体(上自主布茹阿玛，下至渺小的蚂蚁)的来源 / brahmaṇi－向至尊梵——至尊人格首神华苏戴瓦 / sarva-ātmanā－在各方面 / arpita－投靠了的 / parama-artha-lakṣaṇena－表现出……的灵性征象 / brahma-vit－觉悟了自我且圣洁的奉献者的 / caraṇa-anusevayā－靠侍奉……的莲花足 / āpādita－达到 / bhagavat-bhakti-yogena－通过为至尊主做奉爱服务 / ca－也 / abhīkṣṇaśaḥ－不间断地 / paribhāvita－充满 / ati-śuddha-matiḥ－完全纯净的意识(彻底认清躯体和心是与灵魂分开的) / uparata-anātmye－不与物质事物认同 / ātmani－在他自己中 / svayam－亲自 / upalabhyamāna－被觉悟到 / brahma-ātma-anubha-vaḥ－觉悟到自己是至尊灵性的能量 / api－虽然 / nirabhimānaḥ－没有虚假的名望 / eva－就这样 / avanim－整个世界 / ajūgupat－严格按照韦达原则统治

译文 嘎雅王给国民以全面的保护和安全感，使他们的个人财产不受不良分子的侵害。他还确保全体国民有足够的粮食可吃(这称为poṣaṇa)。他有时会为了使国民高兴而亲自分发礼物(这称为prīṇana)，有时召集会议，说甜蜜的话语满足国民(这称为upalālana)。他还给予国民有益的教导，告诉他们如何成为一流的国民(这称为anuśāsana)。这些都是嘎雅王当统治者时所做的事。除此之外，嘎雅王是严格遵守居士规范守则的居士。他举行祭祀，是至尊人格首神纯粹的奉献者。他被称为伟大的人物(玛哈菩茹沙)是因为，作为君王，他为国民提供所有的便利条件；作为居士，他履行所有的责任，

使自己最终成为至尊主严格的奉献者。作为奉献者，他随时准备向其他奉献者致敬，并致力于为至尊主做奉爱服务。这是奉爱瑜伽的方法。从事这些超然的活动，使嘎雅王始终没有躯体化的观念。他完全沉浸在梵觉中，因此总是满心欢喜，从没体验过物质性的悲伤。尽管他在所有的方面都很完美，但他却既不骄傲，也不渴望当统治者。

要旨　主奎师那在《博伽梵歌》中说明，祂降临地球时有两件事要做，那就是：保护忠诚的奉献者，消灭恶魔(paritrāṇāya sādhūnāṁ vināśāya ca duṣkṛtām)。君王因为是至尊人格首神的代表，所以有时被称为出现在人类中的神(nara-deva)。按照韦达训喻，他在物质的层面上受到像崇拜神一样的崇拜。作为至尊主的代表，君王有责任以理想的方式保护国民，使他们不为粮食和安全焦虑，从而高高兴兴地生活。君王要为国民的利益提供一切，为此就会征税。否则，如果在不为国民谋福利的情况下征税，君王就要为国民从事的罪恶活动承担责任。在喀历年代中，由于君王本身成为喀历年代影响的对象，君主制便被废除。从《茹阿玛亚纳》(Rāmāyaṇa)中我们看到，毕彼沙纳(Bibhīṣaṇa)成为主茹阿玛禅铎(Rā-macandra)的朋友时发誓，如果他意外或自愿地中断他与主茹阿玛禅铎之间的友谊，他就会在喀历年代中当一名布茹阿玛纳或君王。在这个年代中，正如毕彼沙纳指出的，布茹阿玛纳和君王都很卑鄙、无耻。事实上，这个年代中根本没有真正的君王或布茹阿玛纳，而这使整个世界一片混乱，危难重重。与现在的标准相比，嘎雅王是主维施努真正的代表，因此被称为玛哈菩茹沙。

第 8 节

तस्येमां गाथां पाण्डवेय पुराविद उपगायन्ति ॥ ८ ॥

tasyemāṁ gāthāṁ pāṇḍaveya purāvida upagāyanti.

tasya－嘎雅王的 / imām－这些 / gāthām－赞美诗 / pāṇḍaveya－帕瑞克西特王啊！ / purā-vidaḥ－精通往世书记载的历史事件的博学之人 / upagāyanti－歌颂

译文 我亲爱的帕瑞克西特王啊！精通往世书记载之历史事件的博学学者们都如下颂扬嘎雅王。

要旨 历史文献记载的事件表明，古代崇高的君王是现代统治者们该学习的榜样和优秀典范。现在的统治者应该以嘎雅王、尤帝士提尔王(Yudhiṣṭhira)和普瑞图王(Pṛthu)为榜样统治国民，使大众快乐。如今的政府征收税金，但却不努力从文化、宗教、社会或政治等各方面改善国民的生活状况。韦达经不推荐这样的做法。

第9节

गयं नृपः कः प्रतियाति कर्मभि-
　　र्यज्वाभिमानी बहुविद्धर्मगोप्ता ।
समागतश्रीः सदसस्पतिः सतां
　　सत्सेवकोऽन्यो भगवत्कलामृते ॥ ९ ॥

gayaṁ nṛpaḥ kaḥ pratiyāti karmabhir
　　yajvābhimānī bahuvid dharma-goptā
samāgata-śrīḥ sadasas-patiḥ satāṁ
　　sat-sevako 'nyo bhagavat-kalām ṛte

gayam－嘎雅王 / nṛpaḥ－君王 / kaḥ－谁 / pratiyāti－比得上……的 / karmabhiḥ－通过举行仪式典礼 / yajvā－举行所有祭祀的 / abhimānī－在全世界受到广泛地推崇 / bahu-vit－精通韦达文献的结论 / dharma-goptā－确保每一个人履行职责 / samāgata-śrīḥ－拥有所有种类的财富 / sadasaḥ-patiḥ satām－伟大人物的领袖 / sat-sevakaḥ－奉献者的仆人 / anyaḥ－其他任何人 / bhagavat-kalām－至尊人格首神的完整化身 / ṛte－除此之外

译文　伟大的嘎雅王经常举行各种韦达仪式。他具有高度的智慧，精通对韦达文献的研究。他维护宗教原则，拥有一切种类的财富。他是绅士的领袖，奉献者的仆人；是至尊人格首神具备全部资格的完整扩展。因此，有谁能在举行盛大的仪式典礼方面比得上他？

第 10 节

यमभ्यषिञ्चन् परया मुदा सतीः
सत्याशिषो दक्षकन्याः सरिद्भिः ।
यस्य प्रजानां दुदुहे धराशिषो
निराशिषो गुणवत्सस्नुतोधाः ॥१०॥

yam abhyaṣiñcan parayā mudā satīḥ
satyāśiṣo dakṣa-kanyāḥ saridbhiḥ
yasya prajānāṁ duduhe dharāśiṣo
nirāśiṣo guṇa-vatsa-snutodhāḥ

yam—……的人 / abhyaṣiñcan—为……沐浴 / parayā—极为 / mudā—满意 / satīḥ—对自己的丈夫都深爱、贞节 / satya—真诚的 / āśiṣaḥ—……的祝福 / dakṣa-kanyāḥ—达克沙王的女儿 / saridbhiḥ—用圣水 / yasya—……的 / prajānām—国民的 / duduhe—满足 / dharā—地球星球 / āśiṣaḥ—一切愿望的 / nirāśiṣaḥ—虽然本人没有欲望 / guṇa-vatsa-snuta-udhāḥ—变形为一头乳牛的地球看到嘎雅王统治国民的品质后流出乳汁

译文　刷妲、麦特蕊和妲雅等，都是达克沙王贞洁、诚实的女儿。她们的祝福永远有效，而她们用圣水为嘎雅王沐浴。事实上，她们对嘎雅王极为满意。地球星球的人格化身以乳牛的形象到来，她看到嘎雅王所有的美好品质后恰似看到她的牛犊，于是送上大量的牛奶。换句话说，嘎雅王能从地球那里获取所有的利益，以此满足他国民的愿望。但他本人却没有欲望。

要旨 嘎雅王所统治的地球被比作是乳牛，他用以统治和保护国民的美好品质被比作是牛犊。乳牛看到自己的牛犊就会流出奶水，同样，地球作为乳牛满足嘎雅王所有的愿望，使他能利用地球所有的资源为他的国民谋福利。他之所以能这么做，是因为达克沙真诚的女儿们用圣化的水为他沐浴过。君王或统治者除非得到权威人士的祝福，否则无法令人满意地统治国民。品质优秀的统治者可以使他的国民非常快乐，培养好品质。

第 11 节

छन्दांस्यकामस्य च यस्य कामान्
दुदूहुराजह्रुरथो बलिं नृपाः ।
प्रत्यञ्चिता युधि धर्मेण विप्रा
यदाशिषां षष्ठमंशं परेत्य ॥११॥

chandāṁsy akāmasya ca yasya kāmān
dudūhur ājahrur atho baliṁ nṛpāḥ
pratyañcitā yudhi dharmeṇa viprā
yadāśiṣāṁ ṣaṣṭham aṁśaṁ paretya

chandāṁsi—韦达经所有不同的部分 / akāmasya—没有感官享乐欲望之人的 / ca—也 / yasya—……的 / kāmān—所有值得想要的对象 / dudūhuḥ—臣服 / ājahruḥ—送 / atho—如此 / balim—礼物 / nṛpāḥ—全体君王 / pratyañcitāḥ—对与他作战感到满意 / yudhi—在战争中 / dharmeṇa—以宗教原则 / viprāḥ—全体布茹阿玛纳 / yadā—当……时 / āśiṣām—祝福的 / ṣaṣṭham aṁśam—六分之一 / paretya—来生

译文 嘎雅王虽然没有个人要进行感官享乐的欲望，但他所有的愿望都通过举行韦达仪式得以实现。嘎雅王所要与之作战的所有君王，都被迫在遵循宗教原则的基础上作战。

他们对他作战时的表现感到高兴，向他献上各种礼物。同样，嘎雅王王国中的全体布茹阿玛纳，对他所展现的慷慨施舍都很满意，因此将他们虔诚活动的六分之一的结果献给他，以使他在来生受益。

要旨　作为查锤亚(kṣatriya)——世界帝王，嘎亚王有时必须与附属国的君王作战，以维护他的政权，但附属国的君王们并未因此而对他感到不满，因为他们知道他是为维护宗教原则而战。所以，他们接受他们附属国的地位，向他进贡各种礼物。同样，举行韦达仪式的布茹阿玛纳们也都对他这个君王极为满意，欣然同意把他们从事的虔诚活动的六分之一结果分给他，以利他的来生。就这样，嘎亚王的正确管理，使布茹阿玛纳和查锤亚们都对他很满意。换句话说，嘎亚王靠作战满足了查锤亚君王们，靠仁爱取悦了布茹阿玛纳。同时，他用和善的话语和充满感情的交往鼓励了外夏(vaiśya)，通过连续举行祭祀使庶铎得到大量的食物和施舍物。就这样，嘎雅王使全体国民都很满意。当布茹阿玛纳和圣洁之人受到尊重时，他们就会把他们虔诚活动的一部分分给尊敬他们、为他们服务的人。因此，正如《博伽梵歌》第4章的第34节诗中忠告说：为理解真理而向一位灵性导师皈依，以服从的态度向他请教，为他服务(tad viddhi praṇipātena paripraśnena sevayā)。

第 12 节

यस्याध्वरे भगवानध्वरात्मा
　　मघोनि माद्यत्युरुसोमपीथे ।
श्रद्धाविशुद्धाचलभक्तियोग-
　　समर्पितेज्याफलमाजहार ॥१२॥

yasyādhvare bhagavān adhvarātmā
　　maghoni mādyaty uru-soma-pīthe

śraddhā-viśuddhācala-bhakti-yoga-
samarpitejyā-phalam ājahāra

yasya—(嘎雅王)……的 / adhvare—在他举行的各种祭祀中 / bhagavān—至尊人格首神 / adhvara-ātmā——切祭祀至高无上的享受者(yajna-purusa) / maghoni—当天帝因铎……时 / mādyati—大醉 / uru—大量地 / soma-pīthe—饮用名叫索玛的醉人饮料 / śraddhā—靠奉爱 / viśuddha—净化的 / acala—以及稳定 / bhakti-yoga—靠奉爱服务 / samarpita—献上 / ijyā—崇拜的 / phalam—结果 / ājahāra—亲自接受

译文 嘎雅王在举行祭祀时，提供大量名叫索玛的酒类饮品。因铎王时常来参加，在豪饮索玛·茹阿萨后变得酩酊大醉。至尊人格首神主维施努(祭祀的主宰)也驾临现场，亲自接受怀着纯粹、坚定的奉爱之心向祂献上的一切祭祀。

要旨 嘎雅王做事如此圆满，使得以天帝因铎(Indra)为首的全体半神人都感到满意。主维施努也亲临祭祀现场接受供奉。嘎雅王虽然无欲无求，但还是从半神人及至尊主本人那里得到了所有的祝福。

第 13 节

यत्प्रीणनाद्बर्हिषि देवतिर्यङ्-
मनुष्यवीरुत्तृणमाविरिञ्चात् ।
प्रीयेत सद्यः स ह विश्वजीवः
प्रीतः स्वयं प्रीतिमगाद्गयस्य ॥१३॥

yat-prīṇanād barhiṣi deva-tiryaṅ-
manuṣya-vīrut-tṛṇam āviriñcāt
prīyeta sadyaḥ sa ha viśva-jīvaḥ
prītaḥ svayaṁ prītim agād gayasya

yat-prīṇanāt－由于取悦了至尊人格首神 / barhiṣi－在祭祀场所中 / deva-tiryak－半神人和较低等的动物 / manuṣya－人类社会 / vī-rut－植物和树木 / tṛṇam－草 / ā-viriñcāt－始于主布茹阿玛 / prīye-ta－感到满意 / sadyaḥ－马上 / saḥ－那位至尊人格首神 / ha－确实地 / viśva-jīvaḥ－维持整个宇宙生物体 / prītaḥ－虽然自然感到满足 / svayam－亲自 / prītim－满意 / agāt－他得到 / gayasya－嘎雅王的

译文　至尊主对一个人的所作所为满意时，以主布茹阿玛为首的全体半神人、人类、动物、飞禽、蜂类、匍匐植物、树木、草和其他生物体，自然就都会感到满意。至尊人格首神是众生的超灵，祂本性是绝对高兴的。尽管如此，祂驾临嘎雅王的祭祀现场并宣布："我十分满意。"

要旨　这节诗文中明确说明，仅仅靠使至尊人格首神满意，就满足了全体半神人和所有其他生物体。给树根浇水，树干、嫩枝、鲜花和叶子就都得到滋养。至尊主虽然自给自足、永远快乐，但却因为对嘎雅王的所作所为极为满意而亲临祭祀现场说："我十分满意。"因此有谁能与嘎雅王相比？

第 14－15 节

गयाद्गयन्त्यां चित्ररथः सुगतिरवरोधन इति त्रयः पुत्रा बभूवु-
श्चित्ररथादूर्णायां सम्राडजनिष्ट ॥१४॥ तत उत्कलायां मरीचिर्मरीचे-
र्बिन्दुमत्यां बिन्दुमानुदपद्यत तस्मात्सरघायां मधुर्नामाभवन्मधोः सु-
मनसि वीरव्रतस्ततो भोजायां मन्थुप्रमन्थू जज्ञाते मन्थोः सत्यायां
भौवनस्ततो दूषणायां त्वष्टाजनिष्ट त्वष्टुर्विरोचनायां विरजो विरजस्य
शतजित्प्रवरं पुत्रशतं कन्या च विषूच्यां किल जातम् ॥१५॥

gayād gayantyāṁ citrarathaḥ sugatir avarodhana iti trayaḥ
putrā babhūvuś citrarathād ūrṇāyāṁ samrāḍ ajaniṣṭa. tata utkalāyāṁ
marīcir marīcer bindumatyāṁ bindum ānudapadyata tasmāt

saraghāyāṁ madhur nāmābhavan madhoḥ sumanasi vīravratas tato
bhojāyāṁ manthu-pramanthū jajñāte manthoḥ satyāyāṁ bhauvanas
tato dūṣaṇāyāṁ tvaṣṭājaniṣṭa tvaṣṭur virocanāyāṁ virajo virajasya
śatajit-pravaraṁ putra-śataṁ kanyā ca viṣūcyāṁ kila jātam.

gayāt—从嘎雅王 / gayantyām—在他名叫嘎央缇的妻子 / citra-rathaḥ—名叫祺陀茹阿塔 / sugatiḥ—名叫苏嘎提 / avarodhanaḥ—名叫阿瓦柔达纳 / iti—如此 / trayaḥ—三个 / putrāḥ—儿子 / babhūvuḥ—出生 / citrarathāt—从祺陀茹阿塔 / ūrṇāyām—在乌尔娜的子宫中 / samrāṭ—名叫萨么茹阿特 / ajaniṣṭa—出生 / tataḥ—从他 / utkalāyām—在他名叫乌特卡拉的妻子体内 / marīciḥ—名叫玛瑞祺 / marīceḥ—从玛瑞祺 / bindu-matyām—在他妻子彬杜玛缇的子宫中 / bindum—名叫彬杜的儿子 / ānudapadyata—出生 / tasmāt—从他 / saraghāyām—在他妻子萨茹阿嘎体内 / madhuḥ—玛杜 / nāma—名叫 / abhavat—出生 / madhoḥ—从玛杜 / sumanasi—在他妻子苏玛娜的子宫中 / vīra-vrataḥ—名叫维茹阿布茹阿塔的儿子 / tataḥ—从维茹阿布茹阿塔 / bhojāyām—在他妻子博嘉的子宫中 / manthu-pramanthū—名叫曼图和帕曼图的两个儿子 / jajñāte—出生 / manthoḥ—从曼图 / satyāyām—在他的妻子萨缇雅体内 / bhauvanaḥ—名叫宝瓦纳的儿子 / tataḥ—从他 / dūṣaṇāyām—在他妻子杜莎娜的子宫中 / tvaṣṭā—名叫特瓦施塔的儿子 / ajaniṣṭa—出生 / tvaṣṭuḥ—从特瓦施塔 / virocanāyām—在他名叫维若查娜的妻子 / virajaḥ—名叫维茹阿佳的儿子 / virajasya—维茹阿佳王的 / śatajit-pravaram—以沙塔吉特为首 / putra-śatam—一百个儿子 / kanyā—一个女儿 / ca—也 / viṣūcyām—在他妻子维舒祺体内 / kila—确实地 / jātam—出生

译文 嘎雅王与他妻子嘎央缇生了祺陀茹阿塔、苏嘎提和阿瓦柔达纳三个儿子。祺陀茹阿塔与他妻子乌尔娜生了儿子萨么茹阿特。萨么茹阿特使他妻子乌特卡拉怀孕，生下儿子玛瑞祺。玛瑞祺使妻子彬杜玛缇受孕，生下儿子彬杜。彬杜与他妻子萨茹阿嘎生了儿子玛杜。玛杜使妻子苏玛娜怀孕，生下儿子维茹阿布茹阿塔。维茹阿布茹阿塔使妻子博嘉受孕，生下曼图和帕曼图两个儿子。曼图与他妻子萨缇雅生下儿子宝瓦纳，而宝瓦纳与妻子杜莎娜生下儿子特瓦施塔。特瓦施塔使他妻子维若查娜怀孕，生下儿子维茹阿佳。维茹阿佳的妻子是维舒祺，她给维茹阿佳生了一百个儿子和一个女儿。在所有这一百个儿子中，名叫沙塔吉特的儿子最突出。

第 16 节

तत्रायं श्लोकः—
प्रैयव्रतं वंशमिमं विरजश्चरमोद्भवः ।
अकरोदत्यलं कीर्त्या विष्णुः सुरगणं यथा ॥१६॥

tatrāyaṁ ślokaḥ——
praiyavratam vaṁśam imaṁ
virajaś caramodbhavaḥ
akarod aty-alaṁ kīrtyā
viṣṇuḥ sura-gaṇaṁ yathā

tatra－与之有关 / ayam ślokaḥ－有这样一首著名的诗文 / praiya-vratam－来自普瑞亚瓦塔王 / vaṁśam－王朝 / imam－这个 / vira-jaḥ－维茹阿佳王 / carama-udbhavaḥ－(以沙塔吉特为首的)一百个儿子的源头 / akarot－装饰 / ati-alam－极大地 / kīrtyā－被他的名声 / viṣṇuḥ－至尊人格首神主维施努 / sura-gaṇam－半神人 / yathā－就像

译文　有一节描述维茹阿佳王的著名诗文说：“维茹阿佳王因为其崇高品质和远扬的威名而成为普瑞亚瓦塔王王朝的珠宝；正如主维施努用祂超然的力量装饰并保佑着半神人们。”

要旨　在一个花园中，开满鲜花的树因为其上芳香四溢的鲜花而获得美名。同样，如果一个家庭出了一位名人，那他就被比喻为是森林中一朵芳香的鲜花。整个家庭因为有他而在历史上变得著名。主奎师那在雅杜(Yadu)王朝中显现，使雅杜王朝的成员(Yādava)永垂青史。维茹阿佳王的出现，使普瑞亚瓦塔王(Mahārāja Priyavrata)的家族威名永留。

到此为止，结束了巴克提韦丹塔对《圣典博伽瓦谭》第5篇第15章“普瑞亚瓦塔王后代的光荣”所作的阐释。

第十六章

对章布岛的描述

舒卡戴瓦·哥斯瓦米(Śukadeva Gosvāmī)在讲述普瑞亚瓦塔王(Mahārāja Priyavrata)及他后代的优秀品质时，也描述了梅茹(Meru)山和名叫布·曼达拉(Bhū-maṇḍala)的星系。布·曼达拉恰似一朵莲花，它的七个岛屿被比作莲花的轮生体，而名叫章布岛的地方就处在那轮生体的中心。章布岛上有名叫苏梅茹的高山，由纯金构成。这座山的高度是六十七万二千英里，其中有十二万八千英里在地下。这座山的山峰宽度是二十五万六千英里，底座是十二万八千英里。这座山中之王苏梅茹，是地球星球的支柱。

在名叫伊拉威塔·瓦尔沙(Ilāvṛta-varṣa)的大地南面，有名叫黑玛万(Himavān)、黑玛库塔(Hemakūṭa)和尼沙达(Niṣadha)三座山脉，北面有尼拉(Nīla)、施维塔(Śveta)和顺嘎万(Śṛṅgavan)三座山脉。同样，在东面和西面分别有玛利亚万(Mālyavān)和甘达玛丹(Gandhamādana)两座巨大的山脉。在苏梅茹山的四周有四座分别名叫曼达尔(Mandara)、梅茹曼达尔(Merumandara)、苏帕尔施瓦(Supārśva)和库穆达(Kumuda)四座山脉，每一座都有八万英里长，八万英里高。这四座山上有榕树，也有充满牛奶、蜂蜜、蔗糖汁和纯净水的湖泊。这些湖可以满足所有的愿望。山上还有分别名叫南达纳(Nandana)、祺陀茹阿塔(Citraratha)、外布茹阿佳卡(Vaibhrājaka)和萨尔瓦透巴铎(Sarvatobhadra)的花园。在苏帕尔施瓦山的一边有一棵从树洞中不断流出蜂蜜的卡当芭树，在库穆达山上有一棵名叫沙塔瓦勒沙(Śatavalśa)的榕树，从榕树的那些树根中持续流出牛奶、酸奶(优酪乳)和许多其他令人向往的东西。苏梅茹山周围有库冉嘎(Kuraṅga)、库茹阿尔(Kurara)、库苏么巴(Kusumbha)、外康卡 (Vaikaṅka)和特瑞库塔(Trikūṭa)等二十座山脉像莲花轮生体上的一根细线环绕着它。苏梅茹山的东面有名叫佳塔尔(Jaṭhara)和戴瓦库塔(Devakūṭa)的山脉，西面有帕瓦纳(Pavana)和帕瑞亚陀(Pāriyātra)山脉，南面有凯拉萨(Kailāsa)和卡茹阿维尔(Karavīra)山脉，北面有特瑞施润嘎(Triśṛṅga)和玛卡尔(Makara)山脉。这八座山脉的宽度和高度都大约是一万六千英里，长十四万四千英里。苏梅茹山的山顶是主布茹阿玛(Brahmā)的居住地——布茹阿玛城(Brahmapurī)。它呈四方形，每一边的边长都是八万英里。在布茹阿玛城周围的是，天帝因铎和七位其他的半神人居住的城市。这些城市的面积都是布茹阿玛城面积的四分之一。

第 1 节

राजोवाच
उक्तस्त्वया भूमण्डलायामविशेषो यावदादित्यस्तपति यत्र चासौ
ज्योतिषां गणैश्चन्द्रमा वा सह दृश्यते ॥ १ ॥

rājovāca
uktas tvayā bhū-maṇḍalāyāma-viśeṣo yāvad ādityas tapati yatra
cāsau jyotiṣāṁ gaṇaiś candramā vā saha dṛśyate.

rājā uvāca—帕瑞克西特王说 / uktaḥ—已经说过 / tvayā—被你 / bhū-maṇḍala—名叫布·曼达拉的星系 / āyāma-viśeṣaḥ—特定的半径长度 / yāvat—如……般遥远 / ādityaḥ—太阳 / tapati—发热 / yatra—无论在哪里 / ca—也 / asau—那 / jyotiṣām—天体的 / gaṇaiḥ—与一大群 / candramā—月亮 / vā—其中之一的 / saha—与 / dṛśyate—被看见

译文 帕瑞克西特王对舒卡戴瓦·哥斯瓦米说：布茹阿玛纳啊！您告诉过我，布·曼达拉的范围大到太阳发散的光和热所能波及的范围，大到月亮和所有的天体能被看到的程度。

要旨　这节诗中说明，被称为布·曼达拉(Bhū-maṇḍala)的星系的范围大到太阳能照到的范围。按照现代科学的说法，太阳与地球的距离是九千三百万英里。如果我们按照这一现代信息计算，九千三百万英里可以被认为是布·曼达拉的半径。在嘎雅垂·曼陀(Gāyatrī mantra)中，我们吟诵oṁ bhūr bhuvaḥ svaḥ，其中梵文布尔(bhūr)指的就是布·曼达拉。阳光普照布·曼达拉(tat savitur vareṇyam)，因此太阳值得我们崇拜。其他被称为纳克沙陀(nakṣatra)的天体，并不是现代天文学家猜想的太阳。从《博伽梵歌》(Bhagavad-gītā)第10章的第21节诗中我们了解到：其他天体与月亮类似(nakṣatrāṇām ahaṁ śaśī)。它们都像月亮一样反射太阳的光芒。我们可以明白，除了现代著名的天文学理论对星系位置的描述，在《圣典博伽瓦谭》(Śrīmad- Bhāgavatam)被编纂出以前很久，就已经有了对天空及其各星系的研究。舒卡戴瓦·哥斯瓦米解释了各个星球的位置，这说明这些资讯在舒卡戴瓦·哥斯瓦米给帕瑞克西特王讲述前很久就已经存在。生活在韦达时代的圣人们都知道各星系所处的位置。

第2节

तत्रापि प्रियव्रतरथचरणपरिखातैः सप्तभिः सप्त सिन्धव उपक्लृप्ता यत एतस्याः सप्तद्वीपविशेषविकल्पस्त्वया भगवन् खलु सूचित एतदेवा-खिलमहं मानतो लक्षणतश्च सर्वं विजिज्ञासामि ॥ २ ॥

tatrāpi priyavrata-ratha-caraṇa-parikhātaiḥ saptabhiḥ sapta
sindhava upakḷptā yata etasyāḥ sapta-dvīpa-viśeṣa-vikalpas tvayā
bhagavan khalu sūcita etad evākhilam ahaṁ mānato lakṣaṇataś ca
sarvaṁ vi-jijñāsāmi.

tatra api—在这个布·曼达拉上 / priyavrata-ratha-caraṇa-parikhā-taiḥ—被普瑞亚瓦塔王在跟着太阳围绕苏梅茹山巡行时用战车车轮划出的沟渠 / saptabhiḥ—被七个 / sapta—七 / sindhavaḥ—海洋 / upakḷptāḥ—制造 / yataḥ—因为……的 / etasyāḥ—这个布·曼达拉的 /

sapta-dvīpa－七个岛屿的 / viśeṣa-vikalpaḥ－构造方式 / tvayā－被你 / bhagavan－伟大的圣人啊！ / khalu－的确 / sūcitaḥ－描述 / etat－这个 / eva－肯定地 / akhilam－整个主题 / aham－我 / mānataḥ－从测量的角度 / lakṣaṇataḥ－和从特征 / ca－还有 / sarvam－所有的事 / vijijñāsāmi－想要知道

译文 亲爱的导师，普瑞亚瓦塔王的战车滚动的车轮，划出七道沟渠，制造了七大洋。这七大洋将布·曼达拉划分为七个岛屿。您大概讲了它们的面积、名字和特色。我现在想要详细了解它们。请满足我的愿望。

第 3 节

भगवतो गुणमये स्थूलरूप आवेशितं मनो ह्यगुणेऽपि सूक्ष्मतम आत्मज्योतिषि परे ब्रह्मणि भगवति वासुदेवाख्ये क्षममावेशितुं तदु हैतद् गुरोऽर्हस्यनुवर्णयितुमिति ॥ ३ ॥

bhagavato guṇamaye sthūla-rūpa āveśitaṁ mano hy aguṇe 'pi
sūkṣmatama ātma-jyotiṣi pare brahmaṇi bhagavati vāsudevākhye
kṣamam āveśituṁ tad u haitad guro 'rhasy anuvarṇayitum iti.

bhagavataḥ－至尊人格首神的 / guṇa-maye－由物质自然三种属性构成的外在特征中 / sthūla-rūpe－粗糙的形象 / āveśitam－进入 / manaḥ－心 / hi－的确 / aguṇe－超然的 / api－虽然 / sūkṣmatame－以祂处在心中的微小的超灵形象 / ātma-jyotiṣi－充满梵光的 / pare－至尊的 / brahmaṇi－灵性生物 / bhagavati－至尊人格首神 / vāsudeva-ākhye－被称为华苏戴瓦 / kṣamam－适当的 / āveśitum－吸收 / tat－那 / u ha－确实地 / etat－这 / guro－我亲爱的灵性导师啊！ / arhasi anuvarṇayitum－请真实地描述 / iti－如此

译文 当人把注意力固定在至尊人格首神那粗糙的宇宙形象——由物质自然属性构成的外在特征上时，内心就被提升到纯粹善良属性的层面。在那超然的状态中，人可以了解至尊人格首神华苏戴瓦，祂的精微形象放射出光芒并超越物质自然属性。灵性导师啊！请生动地描述那覆盖着整个宇宙的形象如何能被感知到。

要旨　舒卡戴瓦·哥斯瓦米(Śukadeva Gosvāmī)作为帕瑞克西特王(Mahārāja Parīkṣit)的灵性导师，已经建议他要冥想至尊主的宇宙形象，因此他按灵性导师的建议一直在想那个形象。宇宙形象无疑是物质的，但因为一切都是至尊人格首神能量的扩展，所以最终没有什么是物质的。正因为如此，帕瑞克西特王的心中充满了灵性意识。圣茹帕·哥斯瓦米(Śrīla Rūpa Gosvāmī)曾经说：

prāpañcikatayā buddhyā
hari-sambandhi-vastunaḥ
mumukṣubhiḥ parityāgo
vairāgyaṁ phalgu kathyate

一切，哪怕是物质的，都与至尊人格首神有关连，所以应该用一切为至尊主做服务。圣巴克提希丹塔·萨茹阿斯瓦提·塔库尔(Śrīla Bhaktisiddhānta Sarasvatī Ṭhākura)这样解释茹帕·哥斯瓦米的这节诗道：

hari-sevāya yāhā haya anukūla
viṣaya baliyā tāhāra tyāge haya bhula

“人不该放弃任何与至尊人格首神有关的事物，认为它是物质的或可以用于物质的感官享乐。”就连感官得到净化后都是灵性的。帕瑞克西特王在想至尊主的宇宙形象时，内心无疑处在超然的状态中。因此，尽管他似乎没理由关心宇宙的详细资讯，但由于他想着宇宙与至尊主的关系，那么这种地理学知识就不是物质的，而是超然的。《圣典博伽瓦谭》第1篇第5章的第20节诗记载，纳茹阿达·牟尼(Nārada Muni)说：至尊人格首神虽然看似有别于整个宇宙，但其实这宇宙也是至尊人格首神(idaṁ hi viśvaṁ bhagavān ivetaraḥ)。所以，尽管帕瑞克西特王没必要了解这宇宙的地理学知识，但由于他把整个宇宙作为至尊主能量的一个扩展去想，那地理学知识也就是灵性和超然的了。

我们的传教工作也如此，我们要处理那么多的钱财，有那么多的书籍买进、卖出，但由于这一切都与奎师那意识运动有关，就永远不该把它们视为是物质的。全神贯注地思考对这一切的管理，并不意味着没有奎师那意识了。如果一个人严格遵守每天吟诵十六圈哈瑞·奎师那曼陀的规范原则，那他为开展奎师那意识运动而与物质世界打交道，就无异于培养奎师那意识的灵修活动。

第4节

ऋषिरुवाच
न वै महाराज भगवतो मायागुणविभूतेः काष्ठां मनसा वचसा वा-
धिगन्तुमलं विबुधायुषापि पुरुषस्तस्मात्प्राधान्येनैव भूगोलकविशेषं
नामरूपमानलक्षणतो व्याख्यास्यामः ॥ ४ ॥

ṛṣir uvāca
na vai mahārāja bhagavato māyā-guṇa-vibhūteḥ kāṣṭhāṁ manasā
vacasā vādhigantum alaṁ vibudhāyuṣāpi puruṣas tasmāt
prādhān-yenaiva bhū-golaka-viśeṣaṁ nāma-rūpa-māna-lakṣaṇato
vyākhyāsyāmaḥ.

ṛṣiḥ uvāca－圣舒卡戴瓦·哥斯瓦米继续道 / na－不 / vai－的确 / mahā-rāja－伟大的君王啊！ / bhagavataḥ－至尊人格首神的 / māyā-guṇa-vibhūteḥ－物质能量属性的变化的 / kāṣṭhām－尽头 / manasā－用内心 / vacasā－用言语 / vā－其中之一 / adhigantum－完全了解 / alam－能够 / vibudha-āyuṣā－像布茹阿玛那样长的寿命 / api－甚至 / puruṣaḥ－一个人 / tasmāt－因此 / prādhānyena－凭大概描述主要的地方 / eva－无疑地 / bhū-golaka-viśeṣam－对布珞卡的特别描述 / nāma-rūpa－名字和形状 / māna－面积 / lakṣaṇataḥ－根据表征 / vyākhyāsyāmaḥ－我将试着解释

译文　伟大的圣人舒卡戴瓦·哥斯瓦米说：我亲爱的君王，至尊人格首神扩展出无限的物质能量。尽管这物质世界是物质自然属性(善良、激情和愚昧)的变化，但没人能完美地解释它。在物质世界里没人完美，即使有布茹阿玛那样长的寿命也不完美，而不完美的人无法正确无误地描述这物质宇宙，即便不断地推测也做不到。君王啊！但我将努力给你解释像布珞卡那样的主要地区，告诉你它们的名字、形状、面积和各种表征。

要旨　物质世界虽然只不过是至尊人格首神创造的四分之一部分，但已经辽阔到没人能知道或描述它的地步，即使有像布茹阿玛那样寿命长达千百万年的资格，也做不到这一点。现代科学家和天文学家试图解释宇宙的状况和空间的辽阔无垠，其中有些人相信所有发光的天体都是不同的太阳。但我们从《博伽梵歌》中了解到：所有这些星星(nakṣatras)都像月亮一样反射阳光。它们不是自放光明的发光体。布珞卡(Bhūloka)被解释为是太阳放射的光和热所波及的外天空的一部分。因此自然可以得出的结论是：这个宇宙大到容纳了所有闪闪发光的天体，大到远远超出我们所能看到的程度。圣舒卡戴瓦·哥斯瓦米承认，根本无法详细描述这庞大的物质宇宙。但他还是要尽可能地把他从师徒传承接收到的知识传授给君王。我们应该得出结论，人如果连至尊人格首神的物质扩展都无法了解清楚，就更不要说估量祂扩展出的灵性世界了。《布茹阿玛·萨密塔》(Brahma-saṁhitā)第5章的第33节诗证实这一点说：

advaitam acyutam anādim ananta-rūpam
ādyaṁ purāṇa-puruṣaṁ nava-yauvanaṁ ca

没人能估量至尊人格首神哥文达扩展的极限，就连像布茹阿玛那样完美的人物都不能，更不要说那些感官和所用的工具都不完美的小小科学家们了，他们甚至无法给我们提供这一个宇宙的资讯。

因此，我们应该满足于舒卡戴瓦·哥斯瓦米那样的韦达权威人士所讲述的知识。

第5节

यो वायं द्वीपः कुवलयकमलकोशाभ्यन्तरकोशो नियुतयोजनविशालः समवर्तुलो यथा पुष्करपत्रम् ॥ ५ ॥

yo vāyaṁ dvīpaḥ kuvalaya-kamala-kośābhyantara-kośo
niyuta-yojana-viśālaḥ samavartulo yathā puṣkara-patram.

yaḥ—……的 / vā—任一的 / ayam—这个 / dvīpaḥ—岛屿 / kuvalaya—布珞卡 / kamala-kośa—莲花的轮生体的 / abhyantara—内部 / kośaḥ—轮生体 / niyuta-yojana-viśālaḥ—八百万英里(一百万尤佳纳)宽 / samavartulaḥ—圆形或长和宽一样的面积 / yathā—如同 / puṣkara-patram——片莲花叶

译文 名叫布·曼达拉的星系看似一朵莲花，它的七个岛屿恰似那朵莲花的轮生体。地处轮生体中心、名叫章布岛的岛屿，长和宽各八百万英里，像一片莲花叶一样是圆形的。

第6节

यस्मिन्नव वर्षाणि नवयोजनसहस्रायामान्यष्टभिर्मर्यादागिरिभिः सुवि-भक्तानि भवन्ति ॥ ६ ॥

yasmin nava varṣāṇi nava-yojana-sahasrāyāmāny aṣṭabhir
maryādā-giribhiḥ suvibhaktāni bhavanti.

yasmin—在那个章布岛上 / nava—九个 / varṣāṇi—大地的划分 / nava-yojana-sahasra—七万二千英里(九千尤佳纳)长 / āyāmāni—测量 / aṣṭabhiḥ—由八个 / maryādā—标明界线 / giribhiḥ—被山 / suvibhaktāni—巧妙地一个个分开 / bhavanti—是

译文　章布岛中划分有九片大地，每一片大地的长度都是七万二千英里。有八座山脉作为分界线，把这些大地巧妙地分开。

要旨　《风神往世书》(Vāyu Purāṇa)中对以喜马拉雅山脉为开始的各个山脉所处的位置进行了描述。对此，圣维施瓦纳特·查夸瓦尔提·塔库尔(Śrīla Viśvanātha Cakravartī Ṭhākura)作了引述：

dhanurvat saṁsthite jñeye dve varṣe dakṣiṇottare; dīrghāṇi tatra catvāri caturasram ilāvṛtam iti dakṣiṇottare bhāratottara-kuru-varṣe catvāri kiṁpuruṣa-harivarṣa-ramyaka-hiraṇmayāni varṣāṇi nīla-niṣadhayos tiraścinībhūya samudra-praviṣṭayoḥ saṁlagnatvam aṅgīkṛtya bhadrāśva- ketumālayor api dhanur-ākṛtitvam; atas tayor dairghyata eva madhye saṅkucitatvena nava-sahasrāyāmatvam; ilāvṛtasya tu meroḥ sakāśāt catur-dikṣu nava-sahasrāyama-tvaṁ saṁbhavet vastutas tv ilāvṛta- bhadrāśva-ketumālānāṁ catus-triṁśat-sahasrāyāmatvaṁ jñeyam.

第 7 节

एषां मध्ये इलावृतं नामाभ्यन्तरवर्षं यस्य नाभ्यामवस्थितः सर्वतः सौवर्णः कुलगिरिराजो मेरुर्द्वीपायामसमुन्नाहः कर्णिकाभूतः कुवलय-कमलस्य मूर्धनि द्वात्रिंशत्सहस्रयोजनविततो मूले षोडशसहस्रं ताव-तान्तर्भूम्यां प्रविष्टः ॥ ७ ॥

eṣāṁ madhye ilāvṛtaṁ nāmābhyantara-varṣaṁ yasya nābhyām
avasthitaḥ sarvataḥ sauvarṇaḥ kula-giri-rājo merur dvīpāyāma-
samunnāhaḥ karṇikā-bhūtaḥ kuvalaya-kamalasya mūrdhani
dvā-triṁśat sahasra-yojana-vitato mūle ṣoḍaśa-sahasraṁ tāvat
āntar-bhūmyāṁ praviṣṭaḥ.

eṣām—章布岛上所有这些地区 / madhye—其中 / ilāvṛtam nāma—名叫伊拉威塔的大地 / abhyantara-varṣam—内部区域 / yasya—……的 / nābhyām—在中心 / avasthitaḥ—处在 / sarvataḥ—全部 / sauvarṇaḥ—用金子制成 / kula-giri-rājaḥ—名山中最著名的 / meruḥ—梅茹山 / dvīpa- āyāma-samunnāhaḥ—高度与章布岛的宽度一样的 /

karṇikā-bhūtaḥ—作为……的果被 / kuvalaya—这星系的 / kamalasya—像一朵莲花 / mūrdhani—在顶端 / dvā-triṁśat—三十二 / sahasra—千 / yojana—一个尤佳纳(等于八英里) / vitataḥ—扩展 / mūle—在基底部 / ṣoḍaśa-sahasram—十二万八千英里(一万六千尤佳纳) / tāvat—那么多 / āntaḥ-bhūmyām—地底下 / praviṣṭaḥ—进入

译文 在这些地域的中间，是处在莲花轮生体中心的、名叫伊拉威塔的大地。在伊拉威塔大地上是由黄金构成的苏梅茹山。苏梅茹山恰似莲花般的布·曼达拉星系的果被，它的高度与章布岛的宽度一样，也就是说有八十万英里；其中，有十二万八千英里在地下，因此在地表上的高度是六十七万二千英里。这座山的山峰宽度是二十五万六千英里，底座是十二万八千英里。

第8节

उत्तरोत्तरेणेलावृतं नीलः श्वेतः शृङ्गवानिति त्रयो रम्यकहिरण्मय-
कुरूणां वर्षाणां मर्यादागिरयः प्रागायता उभयतः क्षारोदावधयो द्वि-
सहस्रपृथव एकैकशः पूर्वस्मात्पूर्वस्मादुत्तर उत्तरो दशांशाधिकांशेन
दैर्घ्य एव ह्रसन्ति ॥८॥

uttarottareṇelāvṛtaṁ nīlaḥ śvetaḥ śṛṅgavān iti trayo ramyaka-
hiraṇmaya-kurūṇāṁ varṣāṇāṁ maryādā-girayaḥ prāg-āyatā
ubhayataḥ kṣārodāvadhayo dvi-sahasra-pṛthava ekaikaśaḥ
pūrvasmāt pūrvasmād uttara uttaro daśāṁśādhikāṁśena dairghya
eva hrasanti.

uttara-uttareṇa ilāvṛtam—伊拉威塔大地的北面再往北面 / nīlaḥ—尼拉 / śvetaḥ—施威塔 / śṛṅgavān—顺嘎万 / iti—如此 / trayaḥ—三座山 / ramyaka—茹阿弥亚克 / hiraṇmaya—黑冉玛亚 / kurūṇām—库茹区域的 / varṣāṇām—大地的 / maryādā-girayaḥ—标示分界线的山 / prāk-āyatāḥ—延伸至东边 / ubhayataḥ—到东面和西面 / kṣāroda—盐水海洋 / avadhayaḥ—延伸至 / dvi-sahasra-pṛthavaḥ—一万六千英里(两

千尤佳纳)宽的 / eka-ekaśaḥ—一个接一个 / pūrvasmāt—比前者 / pūrvasmāt—比前者 / uttaraḥ—更往北 / uttaraḥ—更往北 / daśa-aṁśa-adhika-aṁśena—以前者的十分之一 / dairghyaḥ—长度 / eva—的确 / hrasanti—变短

译文　就在伊拉威塔大地的北面并再往北去，一座接一座地有三座山脉，分别叫做尼拉、施维塔和顺嘎万。它们作为分界线标志，将茹阿弥亚克、黑冉玛亚和库茹三片大地分开。这些山脉的宽度为一万六千英里，纵长则是从东盐水海岸到西盐水海岸。从南到北，每一座山的长度都是前一座山长度的十分之一，但山的高度都一样。

要旨　就有关这一点，玛德瓦查尔亚(Madhvācārya)引述《布茹阿曼达往世书》(Brahmāṇḍa Purāṇa)说：

yathā bhāgavate tūktaṁ
  bhauvanaṁ kośa-lakṣaṇam
tasyāvirodhato yojyam
  anya-granthāntare sthitam

maṇḍode puraṇaṁ caiva
  vyatyāsaṁ kṣīra-sāgare
rāhu-soma-ravīṇāṁ ca
  maṇḍalād dvi-guṇoktitām
vinaiva sarvam unneyaṁ
  yojanābhedato 'tra tu

从这些诗文看，除太阳和月亮之外，有一个看不见的、名叫茹阿胡(Rāhu)的星球。茹阿胡星球的移动造成了日蚀和月蚀。我们猜测，试图去月亮的现代考察队错误地去了茹阿胡星球。

第9节

एवं दक्षिणेनेलावृतं निषधो हेमकूटो हिमालय इति प्रागायता यथा नीलादयोऽयुतयोजनोत्सेधा हरिवर्षकिम्पुरुषभारतानां यथासङ्ख्यम् ॥ ९ ॥

evaṁ dakṣiṇenelāvṛtaṁ niṣadho hemakūṭo himālaya iti prāg-āyatā
yathā nīlādayo ’yuta-yojanotsedhā hari-varṣa-kimpuruṣa-
bhāratānāṁ yathā-saṅkhyam.

evam—如此 / dakṣiṇena—往南边 / ilāvṛtam—伊拉威塔大地的 / niṣadhaḥ hema-kūṭaḥ himālayaḥ—分别名叫尼沙达、黑玛库塔和喜马拉雅三座山脉 / iti—如此 / prāk-āyatāḥ—向东延伸 / yathā—就像 / nīla-ādayaḥ—以尼拉为首的山脉 / ayuta-yojana-utsedhāḥ—八万英里(一万尤佳纳)高 / -varṣa—名叫哈瑞大地的区域 / kimpuruṣa—名叫克音菩茹沙的区域 / bhāratānām—名叫巴茹阿特的区域 / yathā-saṅkhyam—根据数字

译文　同样，伊拉威塔大地的南面，也有从东到西的三座巨大的山脉。由北向南，这三座巨大的山脉分别名叫尼沙达、黑玛库塔和喜马拉雅。它们每一个的高度都是八万英里，作为边界线的标志，划分出被称为哈瑞、克音菩茹沙和巴茹阿特(印度)的三片大地。

第 10 节

तथैवेलावृतमपरेण पूर्वेण च माल्यवद्गन्धमादनावानीलनिषधायतौ द्विसहस्रं पप्रथतुः केतुमालभद्राश्वयोः सीमानं विदधाते ॥१०॥

tathaivelāvṛtam apareṇa pūrveṇa ca mālyavad-gandhamādanāv
ānīla-niṣadhāyatau dvi-sahasraṁ paprathatuḥ ketumāla-
bhadrāśvayoḥ sīmānaṁ vidadhāte.

tathā eva—完全就像那个 / ilāvṛtam apareṇa—在伊拉威塔大地的西面 / pūrveṇa ca—而且在东面 / mālyavad-gandha-mādanau—在西面玛利亚万和在东面甘达玛丹的划界山脉 / ā-nīla-niṣadha-āyatau—北到尼拉山脉，南到尼沙达山脉 / dvi-sahasram—一万六千英里(两千尤佳纳) / paprathatuḥ—它们延伸 / ketumāla-bhadrāśvayoḥ—名叫凯图玛拉和巴铎施瓦的两片大地 / sīmānam—边界 / vidadhāte—建立

译文 在伊拉威塔的东面和西面也有两座分别名叫玛利亚万和甘达玛丹的巨大山脉。这两座高度为一万六千英里的巨大山脉从北面的尼拉山一直沿绵到南面的尼沙达山。它们标明了伊拉威塔大地的边界，以及名叫凯图玛拉和巴铎施瓦大地的边界。

要旨 这个宇宙中有许许多多的山脉，即使在这个地球星球上也有很多。我们并不认为所有的山脉都被实际测量过。在从墨西哥到委内瑞拉首都的行程中，我们亲眼看到有许许多多山脉；我们怀疑这些山脉的长、宽、高都被准确地测量过。因此，正如舒卡戴瓦·哥斯瓦米在《圣典博伽瓦谭》中指出，我们不该试图仅仅靠自己的推测去了解宇宙中巨大山脉的体积。舒卡戴瓦·哥斯瓦米已经说明，人即使有像布茹阿玛(Brahmā)那样长的寿命，也很难做出这样的测量。我们应该满足于舒卡戴瓦·哥斯瓦米那样的权威人士所作的说明，欣赏至尊人格首神的外在能量竟然能展示出这么神奇的宇宙。至于这里谈到的八万英里或八十万英里等数据，因为是舒卡戴瓦·哥斯瓦米说的，所以应该认为是正确的。我们具有的那一点点经验性的知识，根本无法证明或反驳《圣典博伽瓦谭》中的说明，因此应该只是听从权威人士的说明。能够欣赏至尊人格首神广大的能量，将对我们有利。

第 11 节

मन्दरो मेरुमन्दरः सुपार्श्वः कुमुद इत्ययुतयोजनविस्तारोन्नाहा मेरो-
श्चतुर्दिशमवष्टम्भगिरय उपक्लृप्ताः ॥११॥

mandaro merumandaraḥ supārśvaḥ kumuda ity ayuta-yojana-
vistāronnāhā meroś catur-diśam avaṣṭambha-giraya upakḷptāḥ.

mandaraḥ—名叫曼达尔的山 / meru-mandaraḥ—名叫梅茹曼达尔的山 / supārśvaḥ—名叫苏帕尔施瓦的山 / kumudaḥ—名叫库穆达的山 / iti—如此 / ayuta-yojana-vistāra-unnāhāḥ—高度和宽度为八万英里

(一万尤佳纳)的 / meroḥ－苏梅茹的 / catuḥ-diśam－四面 / avaṣṭam-bha-girayaḥ－像苏梅茹山的腰带的山脉 / upakḷptāḥ－位于

译文 在名叫苏梅茹巨山的四面，有恰似它腰带的被称为曼达尔、梅茹曼达尔、苏帕尔施瓦和库穆达的四座山脉。这四座山脉的长度和高度都有八万英里。

第 12 节

चतुर्ष्वेतेषु चूतजम्बूकदम्बन्यग्रोधाश्चत्वारः पादपप्रवराः पर्वतकेतव इवाधिसहस्रयोजनोन्नाहास्तावद्विटपविततयः शतयोजनपरिणाहाः ॥१२॥

caturṣv eteṣu cūta-jambū-kadamba-nyagrodhāś catvāraḥ pādapa-pravarāḥ parvata-ketava ivādhi-sahasra-yojanonnāhās tāvad viṭapa-vitatayaḥ śata-yojana-pariṇāhāḥ.

caturṣu－在四座……之上 / eteṣu－在始于曼达尔的这些山脉上 / cūta-jambū-kadamba－芒果树、番樱桃树和卡当芭树的 / nyagro-dhāḥ－以及榕树 / catvāraḥ－四种 / pādapa-pravarāḥ－树中最好的 / parvata-ketavaḥ－在山上的旗杆 / iva－如同 / adhi－在……上yojana-unnāhāḥ－八千英里(一千尤佳纳)高 / tāvat－也这么多 / viṭapa-vitatayaḥ－树枝的长度 / śata-yojana－八百英里(一百尤佳纳) / pariṇāhāḥ－宽

译文 一棵芒果树、一棵番樱桃树、一棵卡当芭树和一棵榕树像四根旗杆般分别长在那四座山的山峰上。那些树的宽度都是八百英里，高度都有八千八百英里，树枝伸展的范围半径就有八千八百英里长。

第 13－14 节

ह्रदाश्चत्वारः पयोमध्विक्षुरसमृष्टजला यदुपस्पर्शिन उपदेवगणा योगैश्वर्याणि स्वाभाविकानि भरतर्षभ धारयन्ति ॥१३॥ देवोद्यानानि च भवन्ति चत्वारि नन्दनं चैत्ररथं वैभ्राजकं सर्वतोभद्रमिति ॥१४॥

hradāś catvāraḥ payo-madhv-ikṣurasa-mṛṣṭa-jalā yad-upasparśina upadeva-gaṇā yogaiśvaryāṇi svābhāvikāni bharatarṣabha dhārayanti. devodyānāni ca bhavanti catvāri nandanaṁ caitrarathaṁ vaibhrājakaṁ sarvatobhadram iti.

hradāḥ—湖 / catvāraḥ—四个 / payaḥ—牛奶 / madhu—蜂蜜 / ikṣu-rasa—甘蔗汁 / mṛṣṭa-jalāḥ—充满了纯净水 / yat—……的 / upasparśinaḥ—使用这些液体的 / upadeva-gaṇāḥ—半神人 / yoga- aiśvaryāṇi—所有的神秘瑜伽力量 / svābhāvikāni—天生具有 / bharata-ṛṣabha—巴茹阿特王朝中最杰出的人啊！ / dhārayanti—拥有 / deva-udyānāni—天堂花园 / ca—也 / bhavanti—有 / catvāri—四个 / nanda-nam—南丹花园的 / caitra-ratham—柴陀茹阿塔花园 / vaibhrājakam—外布茹阿佳卡花园 / sarvataḥ-bhadram—萨尔瓦透巴铎花园 / iti—如此

译文　啊！帕瑞克西特王，巴茹阿特王朝中最杰出的人！在这四座山的中间有四个大湖。第一个湖的湖水味道如同牛奶，第二个湖的湖水味道恰似蜂蜜，第三个湖的湖水味道仿佛甘蔗汁，而第四个湖中充满了纯净水。又被称为半神人的天堂生物体神秘仙、查茹阿纳和歌仙们，都享受这四个湖的湖水，因此自然拥有能变得比最小的还小、比最大的还大等瑜伽神通。那里还有四个天堂花园，分别名叫南丹、柴陀茹阿塔、外布茹阿佳卡和萨尔瓦透巴铎。

第 15 节

येष्वमरपरिवृढाः सह सुरललनाललामयूथपतय उपदेवगणैरुपगीय-मानमहिमानः किल विहरन्ति ॥१५॥

yeṣv amara-parivṛḍhāḥ saha sura-lalanā-lalāma-yūtha-pataya upadeva-gaṇair upagīyamāna-mahimānaḥ kila viharanti.

yeṣu—其中……的 / amara-parivṛḍhāḥ—半神人中最优秀的 / saha—和 / sura-lalanā—所有高级半神人和级别较低的半神人的妻子

的 / lalāma—恰似装饰品的女人的 / yūtha-patayaḥ—丈夫 / upadeva-gaṇaiḥ—被级别低的半神人(歌仙) / upagīyamāna—被歌唱 / mahimā-naḥ—荣耀……的 / kila—的确 / viharanti—他们享乐

译文 最优秀的半神人与他们那些为天堂之美增添光彩的妻子们，成群结队地到那些花园中去享乐；与此同时，歌仙、乐仙等比他们级别低些的半神人，便在一旁歌唱他们的荣耀。

第 16 节

मन्दरोत्सङ्ग एकादशशतयोजनोत्तुङ्गदेवचूतशिरसो गिरिशिखर-स्थूलानि फलान्यमृतकल्पानि पतन्ति ॥१६॥

mandarotsaṅga ekādaśa-śata-yojanottuṅga-devacūta-śiraso
giri-śikhara-sthūlāni phalāny amṛta-kalpāni patanti.

mandara-utsaṅge—在曼达尔山较低的斜坡上 / ekādaśa-śata-yojana- uttuṅga—八千八百英里(一千一百尤佳纳)高 / devacūta-śirasaḥ—从一棵名叫戴瓦楚塔的芒果树尖上 / giri-śikhara-sthūlāni—如山峰般大的 / phalāni—水果 / amṛta-kalpāni—如甘露般甜 / patanti—落下

译文 在曼达尔山较低的斜坡上长着一棵名叫戴瓦楚塔的芒果树。它有八千八百英里高，树上的芒果都如山峰般大，似甘露般甜。它们从树尖上落下，供天堂居民享用。

要旨 据《风神往世书》(Vāyu Purāṇa)记载，博学的大圣人们这样赞美这棵树道：

aratnīnāṁ śatāny aṣṭāv
eka-ṣaṣṭy-adhikāni ca
phala-pramāṇam ākhyātam
ṛṣibhis tattva-darśibhiḥ

第 17 节

तेषां विशीर्यमाणानामतिमधुरसुरभिसुगन्धिबहुलारुणरसोदेनारुणोदा नाम नदी मन्दरगिरिशिखरान्निपतन्ती पूर्वेणेलावृतमुपप्लावयति ॥१७॥

teṣāṁ viśīryamāṇānām ati-madhura-surabhi-sugandhi-bahulāruṇa-rasodenāruṇodā nāma nadī mandara-giri-śikharān nipatantī pūr-veṇelāvṛtam upaplāvayati.

teṣām－所有芒果的 / viśīryamāṇānām－因为从树上落下而裂开 / ati-madhura－非常甜 / surabhi－芳香的 / sugandhi－带着其他香味 / bahula－大量的 / aruṇa-rasa-udena－以淡红色的果汁 / aruṇodā－阿茹诺达 / nāma－名叫 / nadī－河流 / mandara-giri-śikharāt－从曼达尔山顶 / nipatantī－落下 / pūrveṇa－在东部 / ilāvṛtam－穿越伊拉威塔大地 / upaplāvayati－流淌

译文　这些固体的果实从那么高的树上落下后便爆裂开，其中甜美、芬芳的汁液流淌出来，与其他气味混合后更加香气四溢。那果汁从山上如瀑布般流泻下来，形成一条名叫阿茹诺达的河流，欢快地流淌着穿越伊拉威塔的东部。

第 18 节

यदुपजोषणाद्भवान्या अनुचरीणां पुण्यजनवधूनामवयवस्पर्शसुगन्ध-वातो दशयोजनं समन्तादनुवासयति ॥१८॥

yad-upajoṣaṇād bhavānyā anucarīṇāṁ puṇya-jana-vadhūnām avayava-sparśa-sugandha-vāto daśa-yojanaṁ samantād anuvāsayati.

yat－……的 / upajoṣaṇāt－因为使用芳香的水 / bhavānyāḥ－主希瓦的妻子芭娃妮的 / anucarīṇām－女仆的 / puṇya-jana-vadhūnām－是最虔诚的夜叉的妻子的 / avayava－身体四肢的 / sparśa－从接触 / sugandha-vātaḥ－带香气的风 / daśa-yojanam－一直到八十英里(十尤佳纳) / samantāt－四周 / anuvāsayati－使芳香

译文 夜叉们众多虔诚的妻子，作为主希瓦之妻芭娃妮的女仆协助她。她们因为饮用阿茹诺达河中的水，身体变得香喷喷的。空气携带那香气，使方圆八十英里的整个区域都是香的。

第 19 节

एवं जम्बूफलानामत्युच्चनिपातविशीर्णानामनस्थिप्रायाणामिभकाय-निभानां रसेन जम्बू नाम नदी मेरुमन्दरशिखरादयुतयोजनादवनितले निपतन्ती दक्षिणेनात्मानं यावदिलावृतमुपस्यन्दयति ॥१९॥

evaṁ jambū-phalānām atyucca-nipāta-viśīrṇānām
anasthi-prāyāṇām ibha-kāya-nibhānāṁ rasena jambū nāma nadī
meru-mandara- śikharād ayuta-yojanād avani-tale nipatantī
dakṣiṇenātmānaṁ yāvad ilāvṛtam upasyandayati.

evam一同样 / jambū-phalānām一名叫番樱桃的果实的 / ati-ucca-nipāta一由于从高处落下 / viśīrṇānām一碎掉的 / anasthi-prāyāṇām一有非常小的种子 / ibha-kāya-nibhānām一如大象般大的 / rasena一被果汁 / jambū nāma nadī一名叫章布的河 / meru-mandara-śikharāt一从梅茹曼达尔山顶 / ayuta-yojanāt一八万英里(一万尤佳纳)高 / avani-tale一在地上 / nipatantī一落下 / dakṣiṇena一在南部 / ātmānam一它自己 / yāvat一整个 / ilāvṛtam一伊拉威塔大地 / upasyandayati一流经

译文 同样，番樱桃树那些充满粘浆果肉但种子却很小的果实，也从高处落下摔碎。那些果实如大象般大，其中流出的果汁形成一条名叫章布的河。这条河从有八万英里高的梅茹曼达尔山的山顶流下，在伊拉威塔的南部流淌，果汁灌溉整片伊拉威塔大地。

要旨 我们只能想象那如大象般大，但核却极小的果实所流出的果汁有多少。爆裂开的番樱桃果流出的果汁所形成的瀑布灌溉了伊拉威塔(Ilāvṛta)大地。下一节诗将解释，那果汁制造出无限量的金子。

第 20—21 节

तावदुभयोरपि रोधसोर्या मृत्तिका तद्रसेनानुविध्यमाना वाय्वर्कसंयोग-विपाकेन सदामरलोकाभरणं जाम्बूनदं नाम सुवर्णं भवति ॥२०॥ यदु ह वाव विबुधादयः सह युवतिभिर्मुकुटकटककटिसूत्राद्याभरणरूपेण खलु धारयन्ति ॥२१॥

tāvad ubhayor api rodhasor yā mṛttikā tad-rasenānuvidhyamānā
vāyv-arka-saṁyoga-vipākena sadāmara-lokābharaṇaṁ
jāmbū-nadaṁ nāma suvarṇaṁ bhavati. yad u ha vāva vibudhādayaḥ
saha yuvatibhir mukuṭa-kaṭaka-kaṭi-sūtrādy-ābharaṇa-rūpeṇa
khalu dhārayanti.

tāvat—完全地 / ubhayoḥ api—两者的 / rodhasoḥ—河岸的 / yā—……的 / mṛttikā—泥土 / tat-rasena—跟河中的番樱桃果汁 / anuvidhyamānā—充满 / vāyu-arka-saṁyoga-vipākena—由于与空气和阳光的一种化学反应 / sadā—总是 / amara-loka-ābharaṇam—被用来做半神人、天堂星球居民的装饰品 / jāmbū-nadam nāma—叫做章布·纳达 / suvarṇam—金子 / bhavati—变成 / yat—……的 / u ha vāva—的确 / vibudha-ādayaḥ—伟大的半神人 / saha—与 / yuvatibhiḥ—他们永保青春的妻子 / mukuṭa—王冠 / kaṭaka—手镯 / kaṭi-sūtra—腰带 / ādi—等等 / ābharaṇa—所有种类的装饰的 / rūpeṇa—以……的形式 / khalu—确实 / dhārayanti—他们拥有

译文　章布·纳迪河两岸的泥土被流动的果汁浸湿，随后又被空气和阳光风干和吸干，盛产大量名叫章布·纳达的金子。天堂居民用这金子打造各式各样的装饰品。正因为如此，所有天堂星球的居民及他们那些充满青春活力的妻子，身上都戴满了金制头盔、手镯和腰带等，以此为乐，享受生活。

要旨 由于至尊人格首神的安排，有些星球的河流在河两岸产出金子。这个地球上贫穷、可怜的居民因为没知识，便受能变出少量金子的所谓的巴嘎万的诱惑。但我们知道，在这个物质世界的高等星系上，章布·纳迪(Jambū-nadī)河两岸的泥土与番樱桃果汁混合，在阳光和空气的作用下产生化学反应，自动产出大量的金子。那里的男人和女人都用各式各样的金首饰打扮自己，看上去很漂亮。不幸的是，我们这个地球严重缺乏金子，以致世界各国政府要储备金子，发行纸币以作流通。但由于那种货币并没有金子作后盾，他们所发行的纸币毫无价值。尽管如此，这个地球上的人们还是为这种物质进步感到骄傲。如今，少女和女士们用的装饰品已由金制的改为塑料制的了；同样，金制器皿也由塑胶器皿所代替。然而，人们还是很自豪他们拥有的物质财富。正因为如此，《圣典博伽瓦谭》第1篇第1章的第10节诗描述这个年代的人"懒惰、喜欢争斗、被误导、不幸，而且总是心烦意乱(mandāḥ sumanda-matayo manda- bhāgyā hy upadrutāḥ)"。换句话说，他们对至尊人格首神的财富的了解出奇地缓慢和迟钝。之所以说他们被误导、不幸，是因为他们的知识是那么的残缺不全，以致竟然把能变出一点点金子的骗子当做神。他们不拥有金子，所以实际上极为贫穷，因此被视为是不幸的。

这些不幸之人有时想被提升到天堂星球，以享受这节诗中所描述的幸运处境，但至尊主的纯粹奉献者对这种富裕毫无兴趣。事实上，奉献者有时将金子的颜色比作闪亮的金色粪便。圣柴坦亚·玛哈帕布教导奉献者不要受金制装饰品和打扮漂亮的女人的诱惑。祂说：奉献者不该被金子、美女或有许多追随者的名声所引诱(na dhanaṁ na janaṁ na sundarīm)。为此，圣柴坦亚·玛哈帕布秘密地祈祷道："我的主啊！请给予我为您做奉爱服务的赐福。除此之外，我什么都不要(mama janmani janmanīśvare bhavatād bhaktir ahaitukī tvayi)。”奉献者可以祈祷从这个物质世界被解救出去。那是他唯一的渴望：

ayi nanda-tanuja kiṅkaraṁ
　patitaṁ māṁ viṣame bhavāmbudhau
kṛpayā tava pāda-paṅkaja-
　sthita-dhūlī-sadṛśaṁ vicintaya

谦卑的奉献者只向至尊主祈祷说："请将我从这充满各种物质财富的物质世界中提起，让我留在您莲花足的保护下。"

圣纳若塔玛·达斯·塔库尔(Narottama dāsa Ṭhākura)祈祷道：

hā hā prabhu nanda-suta, vṛṣabhānu-sutā-yuta,
karuṇā karaha ei-bāra
narottama-dāsa kaya, nā ṭheliha rāṅgā-pāya,
tomā vine ke āche āmāra

"啊！我的主，南达王的儿子！您现在与您的伴侣圣茹阿妲茹阿妮(Śrīmatī Rādhārāṇī)——维沙巴努(Vṛṣabhānu)的女儿一起站在我面前。请接受我是您莲花足上的一粒尘埃。别将我踢开，因为我没有其他的保护。"

同样，帕博达南达·萨茹阿斯瓦提(Prabodhānanda Sarasvatī)也指出，用金制头盔和其他装饰品打扮自己的半神人们，其地位和状态不过是千变万化的幻景而已(tri-daśa-pūr ākāśa-puṣpāyate)。奉献者从不受这类财富的引诱。他只渴望成为至尊主莲花足上的一粒尘埃。

第 22 节

यस्तु महाकदम्बः सुपार्श्वनिरूढो यास्तस्य कोटरेभ्यो विनिःसृताः पञ्चायामपरिणाहाः पञ्च मधुधाराः सुपार्श्वशिखरात्पतन्त्योऽपरेणात्मानमिलावृतमनुमोदयन्ति ॥२२॥

yas tu mahā-kadambaḥ supārśva-nirūḍho yās tasya koṭarebhyo viniḥsṛtāḥ pañcāyāma-pariṇāhāḥ pañca madhu-dhārāḥ supārśva-śikharāt patantyo 'pareṇātmānam ilāvṛtam anumodayanti.

yaḥ—……的 / tu—但是 / mahā-kadambaḥ—名叫大卡当芭的树 / supārśva-nirūḍhaḥ—站在名叫苏帕尔施瓦的山腰 / yāḥ—……的 / tasya—那个的 / koṭarebhyaḥ—从洞中 / viniḥsṛtāḥ—流淌 / pañca—五 / āyāma—维亚玛(一单位约八英尺) / pariṇāhāḥ—……的宽度 / pañca—五 / madhu-dhārāḥ—蜂蜜的河流 / supārśva-śikharāt—从苏帕尔施瓦山顶 / patantyaḥ—流下 / apareṇa—在苏梅茹山西侧 / ātmānam—整个 / ilāvṛtam—伊拉威塔大地 / anumodayanti—使芳香

译文 苏帕尔施瓦山的山腰上站立着一棵名叫大卡当芭的极为著名的大树。从这棵树的树洞中流出五条蜂蜜河，每一条都有五个维亚玛宽。流动的蜂蜜从苏帕尔施瓦山上不停地倾泻下来，从西面开始向伊拉威塔大地四处流淌。这使整个大地都渗透着怡人的香气。

要旨 一个人向身体两侧平伸手臂后两只手之间的距离就成为一个维亚玛(vyāma)。这相当于八英尺宽。因此，每条河都大约是四十英尺宽，五条河总共有两百英尺宽。

第23节

या ह्युपयुञ्जानानां मुखनिर्वासितो वायुः समन्ताच्छतयोजनमनुवासयति ॥२३॥

yā hy upayuñjānānāṁ mukha-nirvāsito vāyuḥ samantāc chata-yojanam anuvāsayati.

yāḥ—(那些蜂蜜河)……的 / hi—的确 / upayuñjānānām—那些饮用……的人 / mukha-nirvāsitaḥ vāyuḥ—嘴里发出的气味 / saman- tāt—四周 / śata-yojanam—达到八百英里(一百尤佳纳) / anuvāsaya- ti—使气味香甜

译文 空气携带着从喝了那蜂蜜的人嘴里散发出的香气，使方圆八百英里的范围内都芳香四溢。

第 24 节

एवं कुमुदनिरूढो यः शतवल्शो नाम वटस्तस्य स्कन्धेभ्यो नीचीनाः पयोदधिमधुघृतगुडान्नाद्यम्बरशय्यासनाभरणादयः सर्व एव कामदुघा नदाः कुमुदाग्रात्पतन्तस्तमुत्तरेणेलावृतमुपयोजयन्ति ॥२४॥

evaṁ kumuda-nirūḍho yaḥ śatavalśo nāma vaṭas tasya skandhebhyo nīcīnāḥ payo-dadhi-madhu-ghṛta-guḍānnādy-ambara-śayyāsanābharaṇādayaḥ sarva eva kāma-dughā nadāḥ kumudāgrāt patantas tam uttareṇelāvṛtam upayojayanti.

evam—如此 / kumuda-nirūḍhaḥ—一直长在库穆达山 / yaḥ—那 / śata-valśaḥ nāma—名叫沙塔瓦勒沙的树(因为有上百枝树干) / vaṭaḥ—一棵榕树 / tasya—它的 / skandhebhyaḥ—从粗大的树枝 / nīcīnāḥ—流下 / payaḥ—牛奶 / dadhi—酸奶(优酪乳) / madhu—蜂蜜 / ghṛta—纯净的奶油 / guḍa—糖浆 / anna—粮食 / ādi—等等 / ambara—衣服 / śayyā—寝具 / āsana—坐席 / ābharaṇa-ādayaḥ—装饰品等 / sarve—一切 / eva—肯定地 / kāma-dughāḥ—满足所有的愿望 / nadāḥ—大河 / kumuda-agrāt—从库穆达山顶 / patantaḥ—流 / tam—向那 / uttareṇa—在北面 / ilāvṛtam—名叫伊拉威塔的大地 / upayojayanti—给予快乐

译文　同样，库穆达山上有一棵巨大的榕树，它因为有一百个主要的枝干而被称为沙塔瓦勒沙。从那些枝干上长出许许多多的根，许多河流从根里流出。这些河流从山顶上流下，流到伊拉威塔大地的北面，使住在那里的生物体受益。由于有这些流动的河，那里所有的人都得到充分的牛奶、酸奶(优酪乳)、蜂蜜、纯净的奶油、糖浆、粮食、衣服、寝具、坐席及装饰品的供给。人们为过繁荣昌盛的生活所需要的一切都得到充足的供应，因此十分快乐。

要旨　人类的繁荣昌盛并不依靠既没文化也没知识却只有摩天大楼和在高速公路上不断飞驰的车流的邪恶文明。大自然的产物很充足。当有大量的牛奶、酸奶(优酪乳)、蜂蜜、粮食、纯净奶油、糖浆、布料、莎丽、寝具、座席和装饰品可以提供时，居民们实际上就是富有的。当河水充分灌溉大地时，这一切就得以产出，就不会有匮乏。但正如韦达文献中的说明，这一切的充足供给有赖于祭祀的举行。

annād bhavanti bhūtāni
parjanyād anna-sambhavaḥ
yajñād bhavati parjanyo
yajñaḥ karma-samudbhavaḥ

"众生的躯体靠五谷滋养，五谷靠雨水生长。雨水因祭祀的举行而降，祭祀则来自规定职责。"(《博伽梵歌》3.14)人们如果充满奎师那意识地遵循这些原则，人类社会就将繁荣、昌盛，人们就会在今生和来世都快乐。

第 25 节

यानुपजुषाणानां न कदाचिदपि प्रजानां वलीपलितक्लमस्वेददौर्गन्ध्य-जरामयमृत्युशीतोष्ण वैवर्ण्योपसर्गादयस्तापविशेषा भवन्ति यावज्जीवं सुखं निरतिशयमेव ॥२५॥

yān upajuṣāṇānāṁ na kadācid api prajānāṁ valī-palita-klama-sveda-daurgandhya-jarāmaya-mṛtyu-śītoṣṇa-vaivarṇyopasargādayas tāpa-viśeṣā bhavanti yāvaj jīvaṁ sukhaṁ niratiśayam eva.

yān－(产自上述所言的流动之河的所有产物)……的 / upajuṣāṇānām－完全利用……的人的 / na－不 / kadācit－任何时候 / api－无疑地 / prajānām－居民的 / valī－皱纹 / palita－灰发 / klama－疲劳 / sveda－汗水 / daurgandhya－因为不洁的汗水所发出难闻的气味 / jarā－老年 / āmaya－疾病 / mṛtyu－早逝 / śīta－严寒 / uṣṇa－酷热 / vaivarṇya－身体光泽的消失 / upasarga－烦恼 / ādayaḥ－等等 / tāpa－痛苦的 / viśeṣāḥ－种种 / bhavanti－是 / yāvat－只要 / jīvam－生活 / sukham－快乐 / niratiśayam－无限 / eva－只有

译文　物质世界中能享受这些河流中的产物的居民，身上没有皱纹，也没有灰发。他们从不感到累，流出的汗液也不会使他们的身体有难闻的气味。他们不受老年、疾病或过早死亡等痛苦的折磨，不受严寒或酷热之苦，他们的身体也不会失去光泽。他们都十分快乐地生活着，直到死亡都没有焦虑。

要旨　这节诗暗示了人类社会甚至在这个物质世界中就能达到的完美境界。大量供给牛奶、酸奶(优酪乳)、蜂蜜、纯净奶油、糖浆、粮食、装饰品、寝具和座席等，可以改善这个物质世界的痛苦处境。这是人类文明。农产品业可以大量生产粮食，安排保护乳牛可以大量提供牛奶、酸奶(优酪乳)和纯净奶油。保护森林可以得到大量的蜂蜜。不幸的是，在现代文明中，人们忙着屠杀提供牛奶、酸奶(优酪乳)和纯净奶油的乳牛，大量砍伐可以提供蜂蜜的树木，以开设生产螺母、螺栓、汽车和酒品的工厂代替农业发展。在这种情况下，人们怎么可能快乐？他们必定承受物质主义带来的一切痛苦和不幸。他们的身体上逐渐爬满皱纹，逐渐退化直至变得几乎像是个侏儒一样。吃各种令人作呕的东西使他们流出的汗液极其肮脏，散发出臭味。这不是人类文明。人们如果真想在这一生得到快乐，想要为来世做最好的准备，就必须接受韦达文明。在韦达文明中，上述一切所需都得到充分的供给。

第 26 节

कुरङ्गकुररकुसुम्भवैकङ्कत्रिकूटशिशिरपतङ्गरुचकनिषध शिनीवास-
कपिलशङ्खवैदूर्यजारुधिहंसऋषभनागकालञ्जरनारदादयो विंशतिगिरयो
मेरोः कर्णिकाया इव केसरभूता मूलदेशे परित उपक्लृप्ताः ॥२६॥

kuraṅga-kurara-kusumbha-vaikaṅka-trikūṭa-śiśira-pataṅga-rucaka-niṣadha-śinīvāsa-kapila-śaṅkha-vaidūrya-jārudhi-haṁsa-ṛṣabha-nāga-kālañjara-nāradādayo viṁśati-girayo meroḥ karṇikāyā iva kesara-bhūtā mūla-deśe parita upakḷptāḥ.

kuraṅga一库冉嘎 / kurara一库茹阿尔 / kusumbha-vaikaṅka-trikūṭa-śiśira-pataṅga-rucaka-niṣadha-śinīvāsa-kapila-śaṅkha-vaidūrya-jārudhi-haṁsa-ṛṣabha-nāga-kālañjara-nārada一群山的名字 / ādayaḥ一等等 / viṁśati-girayaḥ一二十座山 / meroḥ一苏梅茹山的 / karṇikāyāḥ一莲花的轮生体的 / iva一如同 / kesara-bhūtāḥ一像花蕊 / mūla-deśe一在底部 / paritaḥ一围绕 / upakḷptāḥ一由至尊人格首神安排

译文 梅茹山脚下有其他山脉，被美丽地安置为环绕着山脚，恰似一圈细丝环绕着一朵莲花的轮生体。它们的名字分别是：库冉嘎、库茹阿尔、库孙巴、外康塔、特瑞库塔、希西尔、帕谭嘎、茹查卡、尼沙达、希尼瓦斯、卡皮拉、珊卡、外杜尔亚、佳茹迪、汉萨、瑞沙巴、纳嘎、卡兰佳尔和纳茹阿达。

第 27 节

जठरदेवकूटौ मेरुं पूर्वेणाष्टादशयोजनसहस्रमुदगायतौ द्विसहस्रं पृथु-तुङ्गौ भवतः । एवमपरेण पवनपारियात्रौ दक्षिणेन कैलासकरवीरौ प्रागायतावेवमुत्तरतस्त्रिशृङ्गमकरावष्टभिरेतैः परिसृतोऽग्निरिव परित-श्चकास्ति काञ्चनगिरिः ॥२७॥

jaṭhara-devakūṭau meruṁ pūrveṇāṣṭādaśa-yojana-sahasram udagāyatau dvi-sahasraṁ pṛthu-tuṅgau bhavataḥ, evam apareṇa pavana-pāriyātrau dakṣiṇena kailāsa-karavīrau prāg-āyatāv evam uttaratas triśṛṅga-makarāv aṣṭabhir etaiḥ parisṛto 'gnir iva paritaś cakāsti kāñcana-giriḥ.

jaṭhara-devakūṭau一名叫佳塔尔和戴瓦库塔的两座山脉 / me-rum一苏梅茹山 / pūrveṇa一在东面 / aṣṭādaśa-yojana-sahasram一十四万四千英里(一万八千尤佳纳) / udagāyatau一从北到南延伸 / dvi-sahas-ram一一万六千英里(两千尤佳纳) / pṛthu-tuṅgau一宽度和高度 / bhavataḥ一有 / evam一相似地 / apareṇa一在西面 / pavana- pāriyātrau一名叫帕瓦纳和帕瑞亚陀的两座山脉 / dakṣiṇena一在南面 / kailāsa-karavīrau－名叫凯拉斯和卡茹阿维尔的两座山脉 / prāk-āyatau－东西延伸 / evam－同样地 / uttarataḥ－在北面 / triśṛṅga- makarau－名叫特瑞顺嘎和玛卡尔的两座山脉 / aṣṭabhiḥ etaiḥ－被这八座山脉 / parisṛtaḥ－环绕 / agniḥ iva－像火 / paritaḥ－四处 / cakāsti－灿烂地闪耀 / kāñcana-giriḥ－名叫苏梅茹或梅茹的金山

译文 在苏梅茹山的东面有名叫佳塔尔和戴瓦库塔的两座山脉，分别向北方和南方延伸十四万四千英里。同样，在苏梅茹山的西面有名叫帕瓦纳和帕瑞亚陀的两座山脉，也分别向北方和南方延伸同等的长度。在苏梅茹山的南面有名叫凯拉斯和卡茹阿维尔的两座山脉，分别向东方和西方延伸十四万四千英里；在苏梅茹山的北面则有名叫特瑞顺嘎和玛卡尔的两座山脉，也分别向东方和西方延伸同样的长度。所有这些山脉的宽度和高度都是一万六千英里。闪耀着烈火般灿烂光芒的金山苏梅茹就被这八座山脉环绕着。

第 28 节

मेरोर्मूर्धनि भगवत आत्मयोनेर्मध्यत उपक्लृप्तां पुरीमयुतयोजनसाहस्रीं समचतुरस्रां शातकौम्भीं वदन्ति ॥२८॥

meror mūrdhani bhagavata ātma-yoner madhyata upakḷptāṁ purīm ayuta-yojana-sāhasrīṁ sama-caturasrāṁ śātakaumbhīṁ vadanti.

meroḥ－苏梅茹山的 / mūrdhani－在顶部 / bhagavataḥ－最强有力的生物体的 / ātma-yoneḥ－主布茹阿玛的 / madhyataḥ－在中间 / upakḷptām－处在 / purīm－大城镇 / ayuta-yojana－八万英里(一万尤佳纳) / sāhasrīm－一千 / sama-caturasrām－各边等长的 / śāta-kaumbhīm－由纯金构成 / vadanti－伟大博学的圣人说

译文 在梅茹山顶的正中间是主布茹阿玛住的城镇，四周的周边都有八千万英里长。它整个是由金子打造的，所以被博学的学者和圣人们称为金山。

第 29 节

तामनुपरितो लोकपालानामष्टानां यथादिशं यथारूपं तुरीयमानेन पुरो ऽष्टावुपक्लृप्ताः ॥२९॥

tām anuparito loka-pālānām aṣṭānāṁ yathā-diśaṁ yathā-rūpaṁ turīya-mānena puro 'ṣṭāv upakḷptāḥ.

tām—那非凡的布茹阿玛城 / anuparitaḥ—围绕 / loka-pālānām—行星的管理者的 / aṣṭānām—八个 / yathā-diśam—根据方向 / yathā-rūpam—与布茹阿玛城完全相似 / turīya-mānena—只有四分之一大小 / puraḥ—城镇 / aṣṭau—八 / upakḷptāḥ—位于

译文 布茹阿玛城的四周是以天帝因铎为首的八位管理星系的重要主管的住所。这些住所与布茹阿玛城相似，但大小只有布茹阿玛城的四分之一。

要旨 圣维施瓦纳特·查夸瓦尔提·塔库尔(Śrīla Viśvanātha Cakravartī Ṭhākura)证实说：主布茹阿玛的城镇和以天帝因铎(Indra)为首的八位下级行政官员的星系在其他往世书中都有描述。

merau nava-pūrāṇi syur
manovaty amarāvatī
tejovatī saṁyamanī
tathā kṛṣṇāṅganā parā
śraddhāvatī gandhavatī
tathā cānyā mahodayā
yaśovatī ca brahmendra
bahyādīnāṁ yathā-kramam

布茹阿玛的城镇被称为玛诺瓦提(Manovatī)，天帝因铎和火神阿格尼(Agni)等半神人的住处分别称为阿玛尔瓦提(Amarāvatī)、忒州瓦提(Tejovatī)、萨弥亚玛尼(Saṁyamanī)、奎师南嘎纳(Kṛṣṇāṅganā)、刷达瓦提(Śraddhāvatī)、甘达瓦提(Gandhavatī)、玛胡达亚(Mahodayā)

和雅首瓦提(Yaśovatī)。布茹阿玛居住的城镇位于中央，其他八座城镇围绕在它周围。

到此为止，结束了巴克提韦丹塔对《圣典博伽瓦谭》第5篇第16章“对章布岛的描述”所作的阐释。

第十七章

恒河的降临

第十七章描述了恒河的源头，以及它是如何流进伊拉威塔大地(Ilāvṛta-varṣa)并在其中流淌的。这一章还讲述了主希瓦(Śiva)向至尊人格首神维施努的四个扩展中的主桑卡尔珊(Saṅkarṣaṇa)献上的祈祷。一次，主维施努在巴利王(Bali Mahārāja)举行祭祀时去找他。至尊主化身为侏儒瓦玛纳(Vāmana)或称特瑞维夸玛(Trivikrama)的形象出现在巴利王面前，请求君王布施给祂可跨出三步那么大面积的土地。主瓦玛纳跨出两步就覆盖了所有三个星系，并用祂左脚的大拇趾刺穿了宇宙的覆盖层。原因之洋中的几滴水从这个漏洞中流进宇宙，落到主希瓦的头上，在他头上停留了一千个年代循环。这些水滴就是神圣的恒河水。恒河水首先流到坐落在主维施努脚底的天堂星球。恒河有许多名称，例如：芭格伊茹阿缇(Bhāgīrathī)和嘉娜薇(Jāhnavī)等。它净化了杜茹瓦星球(Dhruvaloka，北极星)和七位圣人的星球，因为杜茹瓦(Dhruva)和这些圣人唯一的愿望是为至尊主的莲花足做服务。

从至尊主的莲花足流下的恒河倾泻到天堂星球，尤其是月亮，随后流到坐落在梅茹(Meru)山顶上的布茹阿玛居住的城(Brahmapurī)。在那里，恒河分为四支，分别称为悉塔(Sītā)、阿拉卡南妲(Alakanandā)、查克舒(Cakṣu)和芭朵(Bhadrā)，随后分别向下流淌，进入盐水海洋。名叫悉塔的分支流经晒卡尔山(Śekhara-parvata)和甘达玛丹山(Gandhamādana-parvata)，之后流入巴铎施瓦大地(Bhadrāśva-varṣa)，在那里与西面的盐水海洋汇合。名叫查克舒的分支流泻到玛利亚万山(Mālyavān-giri)，在抵达凯图玛拉大地(Ketumāla-varṣa)后，流入西面的盐水海洋。芭朵支流倾泻到梅茹山和库穆达山(Kumuda)上，在抵达库茹地区(Kuru-deśa)之前还流经尼拉(Nīla)、施维塔(Śveta)及顺嘎万(Śṛṅgavān)山脉，并在那里流入北面的盐水海洋。名叫阿拉卡南妲(Alakanandā)的支流流经布茹阿玛拉亚(Brahmālaya)后穿越包括黑玛库塔(Hemakūṭa)和喜马库塔山(Himakūṭa)在内的许多山脉，抵达巴茹阿特大地(Bhārata-varṣa)，从那里流入南面的盐水海洋。在九片辽阔的大地上还流淌着许多其他的河流及它们的分支。

名叫巴茹阿特·瓦尔沙(Bhārata-varṣa)的辽阔大地是从事功利性活动的领域，其他八片大地则专为让人享受天堂般舒适条件而设。在这八个美丽的地区中，天堂居民们享受各种水平的物质舒适设施和娱乐。至尊人格首神的不同化身们分别在章布兑帕(Jambūdvīpa)的九片大地中赐予祂的仁慈。

在伊拉威塔大地中，主希瓦是唯一的男性居民。他在那里与他那位由众多女仆陪伴着的妻子芭娃妮(Bhavānī)生活在一起。如果有任何一个其他男性进入那个区域，芭娃妮就会诅咒他变成女人。主希瓦通过向主桑卡尔珊献上各种祈祷崇拜祂，其中的一段祷告是："我亲爱的至尊主，请将您所有的奉献者从物质生活中释放出去，将所有的非奉献者捆绑在物质世界里。没有您的仁慈，没人能从物质的存在中被释放出去。"

第 1 节

श्रीशुक उवाच

तत्र भगवतः साक्षाद्यज्ञलिङ्गस्य विष्णोर्विक्रमतो वामपादाङ्गुष्ठनख-
निर्भिन्नोर्ध्वाण्डकटाहविवरेणान्तःप्रविष्टा या बाह्यजलधारा तच्चरण-
पङ्कजावनेजनारुणकिञ्जल्कोपरञ्जिताखिलजगदघ मलापहोपस्पर्शना-
मला साक्षाद्भगवत्पदीत्यनुपलक्षितवचोऽभिधीयमानातिमहता कालेन
युगसहस्रोपलक्षणेन दिवो मूर्धन्यवततार यत्तद्विष्णुपदमाहुः ॥१॥

śrī-śuka uvāca
tatra bhagavataḥ sākṣād yajña-liṅgasya viṣṇor vikramato vāma-pādāṅguṣṭha-nakha-nirbhinnordhvāṇḍa-kaṭāha-vivareṇāntaḥ-praviṣṭā yā bāhya-jala-dhārā tac-caraṇa-paṅkajāvanejanāruṇa-kiñjalkoparañjitākhila-jagad-agha-malāpahopasparśanāmalā sākṣād bhagavat-padīty anupalakṣita-vaco 'bhidhīyamānāti-mahatā kālena yuga-sahasropalakṣaṇena divo mūrdhany avatatāra yat tad viṣṇu-padam āhuḥ.

śrī-śukaḥ uvāca一圣舒卡戴瓦·哥斯瓦米说／tatra一那时／bhagava-taḥ一至尊人格首神的化身的／sākṣāt一直接地／yajña-liṅga-sya一一切祭祀的享受者／viṣṇoḥ一主维施努的／vikramataḥ一当祂跨第二步时／vāma-pāda一祂左脚的／aṅguṣṭha一大脚趾的／nakha一被指甲／nirbhinna一刺穿／ūrdhva一上面的／aṇḍa-kaṭāha一宇宙之壳(以土、水、火……等七层元素组成)／vivareṇa一穿过洞／antaḥ-praviṣṭā一进入了宇宙／yā一……的／bāhya-jala-dhārā一来自宇宙之外原因之洋的水流／tat一祂的／caraṇa-paṅkaja一莲花足的／avaneja-na一因为洗涤／aruṇa-kiñjalka一被粉红色的粉末／uparañjitā一被上色／akhila-jagat一整个世界的／agha-mala一罪恶活动／apahā一摧毁／upasparśana一触碰……的／amalā一纯净／sākṣāt一直接地／bhagavat-padī一源自至尊人格首神的莲花足／iti一如此／anupalakṣi-ta一叙述／vacaḥ一以……为名／abhidhīyamānā一被称为／ati-mahatā kālena一很久之后／yuga-sahasra-upalakṣaṇena一一千个年代循环组成／divaḥ一天空的／mūrdhani一在最高的(杜茹瓦星球)／avatatāra一降临／yat一……的／tat一那／viṣṇu-padam一主维施努的莲花足／āhuḥ一他们称为

译文　舒卡戴瓦·哥斯瓦米说：我亲爱的君王，一切祭祀的享受者——主维施努，以瓦玛纳戴瓦的形象出现在巴利王的祭祀场上。祂随后伸展自己的左脚直抵宇宙之壳，用祂大脚趾的趾甲将宇宙之壳刺穿一个洞。原因之洋的纯净水便

透过那个洞，以恒河的形式进入这个宇宙。在洗涤过至尊主那涂抹着红粉的莲花足后，恒河水变成十分美丽的粉红色。尽管所有的生物体都可以靠触碰超然的恒河水，立刻净化心中的物质污染，但恒河水永远保持纯净。由于恒河在降临这个宇宙内之前直接触碰过至尊主的莲花足，她被称为维施努帕迪。之后，她又得到了嘉娜薇及芭格茹阿缇等名字。一千个年代循环之后，恒河水降临到这个宇宙中的最高星球——杜茹瓦星球(北极星)上。因此，所有博学的圣人和学者颂扬杜茹瓦星球是维施努帕达——处在主维施努的莲花足上。

要旨　在这节诗中，舒卡戴瓦·哥斯瓦米(Śukadeva Gosvāmī)描述了恒河的荣耀。恒河之水被称为“罪恶众生的拯救者(patita-pāvanī)”。事实证明，经常在恒河中沐浴的人内在及外在都得到净化。从外在，他的身体对所有种类的疾病都具有免疫力；从内在，他逐渐培养起对至尊人格首神的奉爱心态。在全印度有成千上万的人居住在恒河岸边，人们靠经常于恒河之水中沐浴而无疑在灵性及物质方面都得到了净化。包括商卡尔查尔亚(Śaṅkarācārya)在内的许多圣人，都撰写赞美恒河的祈祷诗，印度大地本身因为有恒河，以及雅沐娜(Yamunā)、哥妲娃蕊(Godāvarī)、卡薇瑞(Kāverī)、奎师娜(Kṛṣṇā)及纳尔玛妲(Narmadā)等这样的河流在流淌而变得光荣。住在这些河流附近的人，其灵性意识自然得到提升。圣玛德瓦查尔亚(Śrīla Madhvācārya)说：

vārāhe vāma-pādaṁ tu
tad-anyeṣu tu dakṣiṇam
pādaṁ kalpeṣu bhagavān
ujjahāra trivikramaḥ

主瓦玛纳以右脚站立，抬起并伸长祂的左腿，左脚直达宇宙之壳，因此以从事三项英雄举措的化身特瑞维夸玛(Trivikrama)闻名于世。

第2节

यत्र ह वाव वीरव्रत औत्तानपादिः परमभागवतोऽस्मत्कुलदेवता-चरणारविन्दोदकमिति यामनुसवनमुत्कृष्यमाणभगवद्भक्तियोगेन दृढं क्लिद्यमानान्तर्हृदय औत्कण्ठ्यविवशामीलितलोचनयुगलकुड्मल-विगलितामलबाष्प कलयाभिव्यज्यमानरोमपुलककुलकोऽधुनापि परमादरेण शिरसा बिभर्ति ॥ २ ॥

yatra ha vāva vīra-vrata auttānapādiḥ parama-bhāgavato 'smat-kula-devatā-caraṇāravindodakam iti yām anusavanam utkṛṣyamāṇa-bhagavad-bhakti-yogena dṛḍhaṁ klidyamānāntar-hṛdaya autkaṇṭhya-vivaśāmīlita-locana-yugala-kuḍmala-vigalitāmala-bāṣpa-kalayābhivyajyamāna-roma-pulaka-kulako 'dhunāpi paramādareṇa śirasā bibharti.

yatra ha vāva—在杜茹瓦星球 / vīra-vrataḥ—坚定的决心 / auttāna-pādiḥ—乌塔纳帕德王著名的儿子 / parama-bhāgavataḥ—最崇高的奉献者 / asmat—我们的 / kula-devatā—家族神像的 / caraṇa-aravinda—莲花足的 / udakam—在水中 / iti—如此 / yām—……的 / anusava-nam—不断地 / utkṛṣyamāṇa—被增加 / bhagavat-bhakti-yogena—靠为至尊主做的奉爱服务 / dṛḍham—大量地 / klidyamāna-antaḥ-hṛdayaḥ—在他内心深处被软化 / autkaṇṭhya—无比渴望地 / vivaśa—不由自主地 / amīlita—微微张开 / locana—眼睛的 / yugala—一双 / kuḍmala—从花般的 / vigalita—散发着 / amala—未受污染的 / bāṣpa-kalayā—带着泪水 / abhivyajyamāna—表现出 / roma-pulaka-kulakaḥ—展现出心醉神迷征象的 / adhunā api—甚至现在 / parama-ādareṇa—满怀敬意 / śirasā—用头 / bibharti—他怀着

译文　乌塔纳帕德王著名的儿子杜茹瓦王，决心坚定地为至尊主做奉爱服务，因此以至尊主最崇高的奉献者著称。住在他自己的星球上的杜茹瓦王，得知神圣的恒河水洗涤过主维施努的莲花足，便在恒河水降临的当天怀着巨大的奉爱之情，将那水洒在自己头上。由于他一直不断地在内心深处极为虔诚地想着主奎师那，他沉浸在如痴如醉的思念渴望中，泪水从他半睁的眼里涌出，全身毛发直竖。

要旨　当人坚定不移地为至尊人格首神做奉爱服务时，他被描述为是下定了决心(vīra-vrata)。这样的奉献者在做奉爱服务的过程中，心醉神迷的状态会越来越强烈、越来越频繁。因此，他一旦想起主维施努，就会热泪盈眶。这是伟大的奉献者(mahā-bhāga-vata)的征象。杜茹瓦王始终保持在奉爱的如痴如醉状态中，圣柴坦亚·玛哈帕布(Śrī Caitanya Mahāprabhu)住在佳嘎纳特·普瑞(Jagannātha Purī)时，为我们示范了超然的心醉神迷的具体表现。《永恒的柴坦亚经》(Caitanya-caritāmṛta)中满载对祂在那里从事的娱乐活动的描述。

第3节

ततः सप्त ऋषयस्तत्प्रभावाभिज्ञा यां ननु तपस आत्यन्तिकी सिद्धिरेतावती भगवति सर्वात्मनि वासुदेवेऽनुपरतभक्तियोगलाभेनैवोपेक्षितान्यार्थात्मगतयो मुक्तिमिवागतां मुमुक्षव इव सबहुमानमद्यापि जटाजूटैरुद्वहन्ति ॥ ३ ॥

tataḥ sapta ṛṣayas tat prabhāvābhijñā yāṁ nanu tapasa ātyantikī siddhir etāvatī bhagavati sarvātmani vāsudeve 'nuparata-bhakti-yoga-lābhenaivopekṣitānyārthātma-gatayo muktim ivāgatāṁ mumukṣava iva sabahu-mānam adyāpi jaṭā-jūṭair udvahanti.

tataḥ—之后 / sapta ṛṣayaḥ—(以玛瑞祺为首的)七位伟大的圣人 / tat prabhāva-abhijñāḥ—清楚了解恒河影响力的 / yām—这恒河水 / nanu—确实地 / tapasaḥ—我们苦修的 / ātyantikī—最终的 / siddhiḥ—完美 / etāvatī—这么多 / bhagavati—至尊人格首神 / sarva-ātmani—在无所不在的……中 / vāsudeve—奎师那 / anuparata—不断地 / bhakti-yoga—奉爱服务的神秘程序的 / lābhena—仅仅靠达到这一层面 / eva—无疑地 / upekṣita—忽视 / anya—其他 / artha-ātma-gatayaḥ—所有达到完美境界的方法(即：笃信宗教、经济发展、感官享乐以及解脱) / muktim—从物质束缚中解脱 / iva—如同 / āgatām—获得 / mumukṣavaḥ—想要解脱的人 / iva—如同 / sa-bahu-mānam—很光荣地 / adya api—甚至现在 / jaṭā-jūṭaiḥ—束起的头发 / udvahanti—他们携带着

译文 七位伟大的圣人(玛瑞祺、瓦希施塔和阿特瑞等)住在处于杜茹瓦星球下方的星球上。他们清楚地了解恒河水的影响力，所以一直到现在还将恒河水保存在他们束起的头发上。他们断定，这是无价的财富、一切苦修的完美境界，以及过超然生活的最佳方法。在获得不断为至尊人格首神做奉爱服务的恩惠后，他们不再理会笃信宗教、经济发展、感官享乐，甚至融入至尊者存在等所有其他有益的程序。正如练知识思辨瑜伽的瑜伽师认为，融入至尊主的存在是最高的事实，这七位崇高的人物公认，做奉爱服务是生命的完美境界。

要旨 超然主义者主要分两类：非人格神主义者(nirviśeṣa-vādīs)或奉献者(bhaktas)。非人格神主义者不接受生命的灵性多样化。他们想要融入至尊主的梵光(brahmajyoti)存在。然而，奉献者想要参加至尊主的超然活动。在高等星系中最高的星球是杜茹瓦珞卡(Dhruvaloka)，在杜茹瓦珞卡之下是以玛瑞祺(Marīci)、瓦希施塔(Vasiṣṭha)和阿特瑞(Atri)为首的圣人们居住的七个星球。所有这些圣人都把奉爱服务视为是生命的最高完美境界。因此，他们都用自己的头顶着恒河之水。这节诗证明：对达到纯粹奉爱服务层面的人来说，其他的一切都不重要，哪怕是所谓的解脱(kaivalya)都不重要。圣施瑞达尔 · 斯瓦米(Śrīla Śrīdhara Svāmī)说：只有达到为至尊主做纯粹奉爱服务的状态，人才能认清其他的一切活动并

不重要，从而停止去做。就有关这一点，帕博达南达·萨茹阿斯瓦提(Prabodhānanda Sarasvatī)证实说：

kaivalyaṁ narakāyate tri-daśa-pūr ākāśa-puṣpāyate
durdāntendriya-kāla-sarpa-paṭalī protkhāta-daṁṣṭrāyate
viśvaṁ pūrṇa-sukhāyate vidhi-mahendrādiś ca kīṭāyate
yat kāruṇya-kaṭākṣa-vaibhavavatāṁ taṁ gauram eva stumaḥ

（《柴坦亚·昌铎姆瑞塔》Caitanya-candrāmṛta 5）

圣柴坦亚·玛哈帕布完美地阐述并宣传奉爱瑜伽(bhakti-yoga)的程序。因此，对托庇于圣柴坦亚·玛哈帕布莲花足的人来说，非人格神主义者(Māyāvādī)认为的与至尊者合一(kaivalya)的最高境界是地狱般的处境，更不要说功利性活动者(karmī)所向往的被提升到天堂星球了。奉献者认为这类目标都是毫无价值的千变万化的幻景。世上还有努力控制自己感官的瑜伽师，但他们如果不进步到做奉爱服务的阶段，就永远都无法取得成功。感官被比喻为是毒蛇，但奉献者用于为至尊主做服务的感官则恰似被拔除毒牙的毒蛇。瑜伽师(yogī)努力抑制自己的感官，但就连维施瓦弥陀(Viśvāmitra)那样优秀的神秘主义者最后都以失败而告终。维施瓦弥陀在冥想的过程中受到天堂女子梅娜卡(Menakā)的诱惑，结果被自己的感官所征服。梅娜卡因此而生下莎琨塔拉(Śakuntalā)。所以说，这世界中最明智的人是奉爱瑜伽师(bhakti-yogī)。对此，主奎师那在《博伽梵歌》(Bhagavad-gītā)第6章的第47节诗中证实说：

yogināṁ api sarveṣāṁ
mad-gatenāntarātmanā
śraddhāvān bhajate yo māṁ
sa me yuktatamo mataḥ

“在所有的瑜伽师中，谁信心坚定地总在内心想着我，为我做超然的奉爱服务，谁就通过瑜伽与我最紧密的连在一起，就是最高级的瑜伽师。这就是我的看法。”

第 4 节

**ततोऽनेकसहस्रकोटिविमानानीकसङ्कुलदेवयानेनावतरन्तीन्दु मण्डल-
मावार्य ब्रह्मसदने निपतति ॥ ४ ॥**

tato 'neka-sahasra-koṭi-vimānānīka-saṅkula-deva-yānenāvatar-
antīndu maṇḍalam āvārya brahma-sadane nipatati.

tataḥ—在净化了七位圣人住的七个行星后 / aneka—许多 / sahasra—数千的 / koṭi—百万的 / vimāna-anīka—成群的飞机 / saṅkula—充满 / deva-yānena—通过半神人的太空通道 / avatarantī—下降 / indu-maṇḍalam—月亮星球 / āvārya—倾泻 / brahma-sadane—到坐落在梅茹山顶上的主布茹阿玛的住所 / nipatati—落下

译文　恒河在净化了杜茹瓦星球(北极星)附近的七个星球后，由亿万架天堂飞机承载着穿越半神人的太空通道，倾泻在月亮上，并最终抵达坐落在梅茹山顶上的主布茹阿玛住所。

要旨　我们应该始终记住，恒河来自宇宙之壳外面的原因之洋。原因之洋的水经主瓦玛纳戴瓦(Vāmanadeva)在宇宙之壳上制造的洞渗漏进宇宙时，先向下流到杜茹瓦珞卡(北极星)，随后流到杜茹瓦珞卡之下的七个星球。接着，它被无数的天堂飞机带到月亮，然后落到梅茹山(Sumeru-parvata)的山顶上。恒河之水就这样抵达较低的星球，以及喜马拉雅山脉的山峰上，从那里流向哈尔德瓦尔(Hardwar)，流遍印度平原，净化整个大地。这里解释了恒河是如何从宇宙的顶部到达各个星球的。天堂飞机将恒河之水从七圣人的星球带往其他星球。现代所谓的进步科学家们试图到高等星球上去，但同时体验到自己的能力及地球上具有的能量都不足。他们如果真是有能力的科学家，就可以亲自坐飞机去其他星球，但他们做不到。他们现在放弃登月计划，试图去其他星球，但都没有成功。

第 5 节

तत्र चतुर्धा भिद्यमाना चतुर्भिर्नामभिश्चतुर्दिशमभिस्पन्दन्ती नदनदी-पतिमेवाभिनिविशति सीतालकनन्दा चक्षुर्भद्रेति ॥ ५ ॥

tatra caturdhā bhidyamānā caturbhir nāmabhiś catur-diśam abhispandantī nada-nadī-patim evābhiniviśati sītālakanandā cakṣur bhadreti.

tatra—那里(在梅茹山顶上) / caturdhā—成为四支 / bhidyamānā—被分 / caturbhiḥ—以四个 / nāmabhiḥ—名字 / catuḥ-diśam—四个方向(东南西北) / abhispandantī—涌流 / nada-nadī-patim—所有大河的蓄水库(海洋) / eva—无疑地 / abhiniviśati—进入 / sītā-alakanandā—悉塔和阿拉卡南妲 / cakṣuḥ—查克舒 / bhadrā—芭朵 / iti—以这些为名

译文 在梅茹山顶上，恒河分为四支，分别向(东南西北)不同的方向涌流。这些分别被称为悉塔、阿拉卡南妲、查克舒及芭朵的支流，向下流入海洋。

第 6 节

सीता तु ब्रह्मसदनात्केसराचलादिगिरिशिखरेभ्योऽधोऽधः प्रस्रवन्ती गन्धमादनमूर्धसु पतित्वान्तरेण भद्राश्ववर्षं प्राच्यां दिशि क्षारसमुद्र-मभिप्रविशति ॥ ६ ॥

sītā tu brahma-sadanāt kesarācalādi-giri-śikharebhyo 'dho 'dhaḥ prasravantī gandhamādana-mūrdhasu patitvāntareṇa bhadrāśva-varṣaṁ prācyāṁ diśi kṣāra-samudram abhipraviśati.

sītā—名叫悉塔的分支 / tu—肯定地 / brahma-sadanāt—从布茹阿玛城 / kesarācala-ādi—凯萨茹阿查拉和其他大山的 / giri—丘陵 / śikharebhyaḥ—从……的顶端 / adhaḥ adhaḥ—向下的 / prasravantī—流着 / gandhamādana—甘达玛丹山的 / mūrdhasu—在顶部 / patitvā—落

下 / antareṇa—在……里面 / bhadrāśva-varṣam—称为巴铎施瓦省 / prācyām—在西方 / diśi—方向 / kṣāra-samudram—盐水海洋 / abhipra-viśati—进入

译文　名叫悉塔的恒河分支穿过坐落在梅茹山顶的布茹阿玛城，向下奔流到处在附近且几乎与梅茹山同高的凯萨茹阿查拉群山的山峰上。这些山恰似围绕着梅茹山的一圈细丝。从凯萨茹阿查拉群山上，恒河落到甘达玛丹山的山峰，之后流入巴铎施瓦大地，最终抵达位于西面的盐水海洋。

第7节

एवं माल्यवच्छिखरान्निष्पतन्ती ततोऽनुपरतवेगा केतुमालमभि चक्षुः प्रतीच्यां दिशि सरित्पतिं प्रविशति ॥ ७ ॥

evaṁ mālyavac-chikharān niṣpatantī tato 'nuparata-vegā
ketumālam abhi cakṣuḥ pratīcyāṁ diśi sarit-patiṁ praviśati.

evam—就这样 / mālyavat-śikharāt—从玛利亚万山的顶部 / niṣpa-tantī—落下 / tataḥ—之后 / anuparata-vegā—迅速不断地 / ketumālam abhi—到名叫凯图玛拉的大地上 / cakṣuḥ—名叫查克舒的分支 / pra-tīcyām—在西方 / diśi—方向 / sarit-patim—海洋 / praviśati—进入

译文　被称为查克舒的恒河支流向下流泻到玛利亚万山的峰顶，从那里倾泻到凯图玛拉大地上。这支恒河不间断地穿越凯图玛拉大地，以此方式也抵达位于西面的盐水海洋。

第8节

भद्रा चोत्तरतो मेरुशिरसो निपतिता गिरिशिखराद्गिरिशिखरमतिहाय शृङ्गवतः शृङ्गादवस्यन्दमाना उत्तरांस्तु कुरूनभित उदीच्यां दिशि जलधिमभिप्रविशति ॥ ८ ॥

bhadrā cottarato meru-śiraso nipatitā giri-śikharād giri-śikharam atihāya śṛṅgavataḥ śṛṅgād avasyandamānā uttarāṁs tu kurūn abhita udīcyāṁ diśi jaladhim abhipraviśati.

bhadrā—名叫芭朵的支流 / ca—也 / uttarataḥ—向北面 / meru-śirasaḥ—从梅茹山顶 / nipatitā—落到 / giri-śikharāt—从库穆达山峰 / giri-śikharam—到尼拉山峰 / atihāya—似没有触碰般流过 / śṛṅgavataḥ—顺嘎万山的 / śṛṅgāt—从山顶 / avasyandamānā—流下 / uttarān—北面 / tu—但是 / kurūn—名叫库茹的大地 / abhitaḥ—四面八方 / udīcyām—在北面 / diśi—方向 / jaladhim—盐水海洋 / abhipraviśati—进入

译文 名叫芭朵的恒河支流流向梅茹山的北面，逐一地落到库穆达山、尼拉山、施维塔山及顺嘎万山的山顶上。她接着向下奔流进入库茹地区，在穿越那片大地后，流入地处北面的盐水海洋。

第 9 节

तथैवालकनन्दा दक्षिणेन ब्रह्मसदनाद्बहूनि गिरिकूटान्यतिक्रम्य हेमकूटाद्धैमकूटान्यतिरभसतररंहसा लुठयन्ती भारतमभिवर्षं दक्षिणस्यां दिशि जलधिमभिप्रविशति यस्यां स्नानार्थं चागच्छतः पुंसः पदे पदेऽश्वमेधराजसूयादीनां फलं न दुर्लभमिति ॥ ९ ॥

tathaivālakanandā dakṣiṇena brahma-sadanād bahūni giri-kūṭāny atikramya hemakūṭād dhaimakūṭāny ati-rabhasatara-raṁhasā luṭhayantī bhāratam abhivarṣaṁ dakṣiṇasyāṁ diśi jaladhim abhipraviśati yasyāṁ snānārthaṁ cāgacchataḥ puṁsaḥ pade pade 'śvamedha-rājasūyādīnāṁ phalaṁ na durlabham iti.

tathā eva—同样地 / alakanandā—名叫阿拉卡南妲的支流 / dakṣiṇena—从南面 / brahma-sadanāt—从名叫布茹阿玛城的城市 / bahūni—许多 / giri-kūṭāni—山顶 / atikramya—横穿 / hemakūṭāt—从黑玛

库塔山 / haimakūṭāni—和喜玛库塔 / ati-rabhasatara—更强劲地 / raṁ-hasā—以强大的力量 / luṭha yantī—掠夺 / bhāratam abhivarṣam—在巴茹阿特大地的四面八方 / dakṣiṇasyām—在南面 / diśi—方向 / jala-dhim—盐水海洋 / abhipraviśati—进入 / yasyām—其中……的 / snāna-artham—为了沐浴 / ca—和 / āgacchataḥ—来……的 / puṁsaḥ—一个人 / pade pade—在每一步 / aśvamedha-rājasūya-ādīnām—马祭和茹阿佳苏亚祭祀等盛大祭祀的 / phalam—结果 / na—不 / durlabham—很难获得 / iti—如此

译文 同样，被称为阿拉卡南妲的恒河支流，从布茹阿玛城的南面越过坐落在不同大地上的高山的山顶，强劲地往黑玛库塔和喜马库塔的山峰上倾泻。恒河倾泻到这些山峰上后，扑向巴茹阿特大地。之后，恒河流入处在南面的盐水海洋。到这条河中沐浴的人很幸运。对他们来说，要获得举行盛大的茹阿佳苏亚祭祀及马祭的全部成果并不是很困难。

要旨 这支恒河流入孟加拉湾盐水海洋的地方，被称为恒河与孟加拉湾汇合之处(Gaṅgā-sāgara)。直到如今，在一月至二月期间(Makara-saṅkrānti)，仍有成千上万的人去那里沐浴，希望以此得到解脱。这节诗文中证实，他们确实能以这样的方式得到解脱。在任何时候到恒河中沐浴的人，都不难得到举行马祭(Aśvamedha)和茹阿佳苏亚祭祀(Rājasūya yajña)等盛大祭祀的结果。印度绝大多数人至今仍喜欢到恒河中沐浴，印度境内有许多可以让他们这么做的地方。在帕亚嘎(Prayāga)或称为阿拉哈巴德(Allahabad)的地方，有成千上万的人会在一月期间聚集到恒河与雅沐娜河(Yamu-nā)汇合的地方去沐浴。之后，许多人再去恒河流入孟加拉湾的地方去沐浴。因此，对印度人来说，他们有着得天独厚的便利条件，可以在许多朝圣之地去恒河中沐浴。

第 10 节

अन्ये च नदा नद्यश्च वर्षे वर्षे सन्ति बहुशो मेर्वादिगिरिदुहितरः शतशः ॥१०॥

anye ca nadā nadyaś ca varṣe varṣe santi bahuśo merv-ādi-giri-duhitaraḥ śataśaḥ.

anye—许多其他 / ca—还 / nadāḥ—河流 / nadyaḥ—小河 / ca—还有 / varṣe varṣe—在每片大地上 / santi—是 / bahuśaḥ—许多种类的 / meru-ādi-giri-duhitaraḥ—源自以梅茹山为首的山丘的女儿们 / śataśaḥ—数百的

译文 从梅茹山顶上还流下许多其他大大小小的河流。这些河流就像梅茹山的女儿们，分为成百上千条支流在各个大地上流动。

第 11 节

तत्रापि भारतमेव वर्षं कर्मक्षेत्रमन्यान्यष्ट वर्षाणि स्वर्गिणां पुण्यशेषोपभोगस्थानानि भौमानि स्वर्गपदानि व्यपदिशन्ति ॥११॥

tatrāpi bhāratam eva varṣaṁ karma-kṣetram anyāny aṣṭa varṣāṇi svargiṇāṁ puṇya-śeṣopabhoga-sthānāni bhaumāni svarga-padāni vyapadiśanti.

tatra api—其中 / bhāratam—巴茹阿特 / eva—肯定地 / varṣam—这片土地 / karma-kṣetram—活动的区域 / anyāni—其他的 / aṣṭa varṣā-ṇi—八片大地 / svargiṇām—因为从事格外虔诚的活动而被提升到天堂星球的生物体的 / puṇya—虔诚活动的结果的 / śeṣa—剩余的 / upabhoga-sthānāni—进行物质享乐的地方 / bhaumāni svarga-padāni—如同地球上的天堂之地 / vyapadiśanti—他们指出

译文 在九片大地中，被称为巴茹阿特·瓦尔沙的大地被理解为是从事功利性活动的区域。博学的学者及圣洁之人宣告，其他八片大地专为高度进步的虔诚之人而准备。他们从天堂星球返回后，在这八片地球大地上享受他们剩余的虔诚活动的结果。

要旨 天堂般的享乐之地分三类，它们分别是：天上的天堂星球，地球星球上天堂般的地方，以及比地球低的区域内具有的天堂般的地方(bila)。在这三类天堂般的享乐之地(bhauma-svarga-padani)中，地球层面的天堂般的地方存在于巴茹阿特大地(Bhārata-varṣa)之外的八片大地上。在《博伽梵歌》第9章的第21节诗中，奎师那说：人们在耗尽自己的虔诚活动的结果后重新回到这个地球(kṣīṇe puṇye martya-lokaṁ viśanti)。就这样，积累了虔诚活动结果的人，被提升到天堂星球，然后再次坠回到地球星球。这过程被说成是在宇宙中上上下下地游荡(brahmāṇḍa bhramaṇa)。明智之人，也就是那些还没失去其智慧的人，不让自己卷入这种上上下下游荡的过程。他们采纳为至尊主做奉爱服务的方法，以使自己能最终穿透这个宇宙之壳，进入灵性王国，住进众多的外琨塔星球(Vaikuṇṭhaloka)中的一个星球；或者，去更高的奎师那星球(Kṛṣṇaloka)——哥珞卡·温达文(Goloka Vṛndāvana)。奉献者永远都不卷入上升到天堂星球，然后再坠回地球的过程。正因为如此，圣柴坦亚·玛哈帕布说：

ei rūpe brahmāṇḍa bhramite kona bhāgyavān jīva
guru-kṛṣṇa-prasāde pāya bhakti-latā-bīja

在宇宙各处游荡的众生中，最幸运的生物体是那些与至尊人格首神的代表接触上并得到做奉爱服务机会的生物体。真诚寻求奎师那恩典的人，就会与奎师那的一位真正的代表——灵性导师接触上。假象宗人士(Māyāvādī)喜欢主观臆测，功利性活动者(karmī)想要享受他们活动的结果；这些人都不能成为真正的灵性导师(guru)。灵性导师必须是奎师那的直接代表，不加任何更改地传播奎师那的教导。因此，只有最幸运的人才能与真正的灵性导师取得联系。正如韦达文献中所证实的：要想了解灵性世界中的一切，就必须去找一位灵性导师(tad-vijñānārthaṁ sa gurum evābhigacchet)。对此，《圣典博伽瓦谭》(Śrīmad-Bhāgavatam)中也确认说：十分渴望了解灵性世界中活动的人，必须找到一位灵性导师——奎师那真正的代表(tasmād guruṁ prapadyeta jijñāsuḥ śreya uttamam)。因此，从所有的角度看，灵性导师(guru)一词都是指奎师那真正的代表，而不是其他人。《莲花往世书》(Padma Purāṇa)中说：不是外士纳瓦(Vaiṣṇava)，不是奎师那的代表，就不能当灵性导师(avaiṣ-ṇavo gurur na syāt)。就连最有资格的布茹阿玛纳(brāhmaṇa, 婆罗门)，如果不是奎师那的代表都不能当灵性导师。布茹阿玛纳应该具备六种吉祥的品质，即：应该是十分博学的学者(paṭhana)、极具资格的教师(pāṭhana)；应该精通于崇拜至尊主或半神人们(yaja-na)，并指导他人执行这种崇拜仪式(yājana)；使自己具备资格，配接受他人的布施(pratigraha)，并以施舍之心分发得到的财产(dā-na)。尽管如此，就连这样一位拥有这些品质的布茹阿玛纳，如果不是奎师那的代表(gurur na syāt)，也不能当灵性导师。然而，外士纳瓦——至尊人格首神维施努的真正代表，哪怕是出生在吃狗肉者的家庭中(śva-paca)，都有资格当灵性导师(vaiṣṇavaḥ śva-paco guruḥ)。在三类天堂般的星球(svarga-loka)中，名叫宝玛的天堂般的地方(bhauma-svarga)有时被认为是巴茹阿特大地上被称为喀什米尔的地方。这个区域内无疑有供物质感官享乐的良好设施，但那不是纯粹的超然主义者该关心的事。茹帕·哥斯瓦米(Rūpa Gosvāmī)描述纯粹超然主义者从事的活动说：

anyābhilāṣitā-śūnyaṁ
jñāna-karmādy-anāvṛtam
ānukūlyena kṛṣṇānu-
śīlanaṁ bhaktir uttamā

“人应该怀着善意为至尊主奎师那做超然的爱心服务，而不想要通过从事功利性活动或哲学思辨得到物质的利益。那称为奉爱服务。”只是为了取悦奎师那而全身心地为奎师那做奉爱服务的人，对这三类天堂般的地方不感兴趣；它们分别是：高等星系中的天堂之地(divya-svarga)，地球上天堂般的地方(bhauma-svarga)及地球以下区域内的天堂般的地方(bila-svarga)。

第12节

एषु पुरुषाणामयुतपुरुषायुर्वर्षाणां देवकल्पानां नागायुतप्राणानां वज्र-संहननबलवयोमोदप्रमुदितमहासौरतमिथुनव्यवायापवर्ग वर्षधृतैकगर्भ-कलत्राणां तत्र तु त्रेतायुगसमः कालो वर्तते ॥१२॥

eṣu puruṣāṇām ayuta-puruṣāyur-varṣāṇāṁ deva-kalpānāṁ
nāgāyuta-prāṇānāṁ vajra-saṁhanana-bala-vayo-moda-pramudita-
mahā-saurata-mithuna-vyavāyāpavarga-varṣa-dhṛtaika-garbha-
kalatrāṇāṁ tatra tu tretā-yuga-samaḥ kālo vartate.

eṣu—在这些(八片)大地上 / puruṣāṇām—所有的人的 / ayuta—一万 / puruṣa—以人类的时间计算 / āyuḥ-varṣāṇām—寿命……的那些 / deva-kalpānām—像半神人的 / nāga-ayuta-prāṇānām—有着一万头大象的力气 / vajra-saṁhanana—凭着如霹雳般结实的身体 / bala—靠身体的气力 / vayaḥ—凭年轻 / moda—通过大量的感官享乐 / pramu-dita—兴奋的 / mahā-saurata—大量性生活的 / mithuna—男人与女人的结合 / vyavāya-apavarga—在他们性享乐的末期 / varṣa—在最后一年 / dhṛta-eka-garbha—怀有一个孩子的 / kalatrāṇām—那些有妻子的 / tatra—那里 / tu—但是 / tretā-yuga-samaḥ—完全像特瑞塔年代(没有苦难之时) / kālaḥ—时光 / vartate—存在

译文　在这八片大地上，人类按地球上的时间计算生活一万年，所有的居民都几乎像是半神人。他们拥有一万头大象的体力。事实上，他们的身体如霹雳般结实。他们人生的青春期非常愉快，男人和女人长时间极为满足地享受性结合。感官享乐许许多多年之后，当妻子的在生命的最后一年怀上一个孩子。就这样，这些天堂般的地区为居民提供的享乐标准，与生活在特瑞塔年代中的人类享受的标准一样。

要旨 四个年代分别是：萨提亚年代(Satya-yuga, 金年代)、特瑞塔年代(Tretā-yuga, 银年代)、杜瓦帕尔年代(Dvāpara-yuga, 铜年代)和喀历年代(Kali-yuga, 铁年代)。在第一个年代——萨提亚年代中，人们十分虔诚。所有的人都为了灵性理解和对神的认识而练神秘瑜伽。由于大家都总是处在全神贯注冥想神的状态——萨玛迪(samādhi)状态中，没人对物质的感官享乐感兴趣。在特瑞塔年代中，人们在不经历苦难的情况下享受感官的满足。物质痛苦始于杜瓦帕尔年代，但苦难的程度还不是很强烈。真正强烈的物质痛苦从进入喀历年代开始。

这节诗文中的另一个要点是，在地球上八片天堂般的大地上，尽管男人和女人享受性的乐趣，但却没有怀孕的问题。怀孕只有在低等水平的生活中才有。例如，像狗和猪那样的动物一年怀孕两次，每一次都至少生半打的子女。在像蛇那样更低等的物种中，一次就生几百个子女。这节诗告诉我们，在比我们高等的生命形式中，怀孕只是一生一次的事情。人们还是会享受性生活，但没有怀孕的问题。在灵性世界中，人们因为具有崇高的奉爱之情，所以不是很受性生活的吸引。灵性世界里几乎没有性生活，但即使偶尔发生，也根本没有怀孕的问题。然而在地球上的巴茹阿特大地上，人类就有怀孕的问题，尽管人们倾向于避免生孩子。在这个罪恶的喀历年代中，人们甚至杀死子宫中的孩子。这是最堕落的行为；它只能使从事它的人永久地处在痛苦的物质状况中。

第 13 节

यत्र ह देवपतयः स्वैः स्वैर्गणनायकैर्विहितमहार्हणाः सर्वर्तुकुसुम-स्तबकफलकिसलयश्रियानम्यमानविटपलताविटपिभिरुपशुम्भमान-रुचिरकाननाश्रमायतनवर्षगिरिद्रोणीषु तथा चामलजलाशयेषु विकच-विविधनववनरुहामोदमुदितराजहंसजलकुक्कुटकारण्डव सारसचक्रवा-कादिभिर्मधुकरनिकराकृतिभिरुपकूजितेषु जलक्रीडादिभिर्विचित्रविनोदैः सुललितसुरसुन्दरीणां कामकलिलविलासहासलीलावलोकाकृष्टमनो-दृष्टयः स्वैरं विहरन्ति ॥१३॥

yatra ha deva-patayaḥ svaiḥ svair gaṇa-nāyakair vihita-mahārhaṇāḥ sarvartu-kusuma-stabaka-phala-kisalaya-śriyānamyamāna-viṭapa-latā-viṭapibhir upaśumbhamāna-rucira-kānanāśramāyatana-varṣa-giri-droṇīṣu tathā cāmala-jalāśayeṣu vikaca-vividha-nava-vanaruhāmoda-mudita-rāja-haṁsa-jala-kukkuṭa-kāraṇḍava-sārasa-cakravākādibhir madhukara-nikarākṛtibhir upakūjiteṣu jala-krīḍādibhir vicitra-vinodaiḥ sulalita-sura-sundarīṇāṁ kāma-kalila-vilāsa-hāsa-līlāvalokākṛṣṭa-mano-dṛṣṭayaḥ svairaṁ viharanti.

yatra ha一在那八片大地上 / deva-patayaḥ一主因铎等半神人的领袖 / svaiḥ svaiḥ一凭他们各自的 / gaṇa-nāyakaiḥ一仆人的领袖 / vihi-ta一充满 / mahā-arhaṇāḥ一如檀香浆和花环等贵重的礼物 / sarva-ṛtu一在所有的季节 / kusuma-stabaka一一束束鲜花的 / phala一果实的 / kisalaya-śriyā一靠嫩芽等的富有 / ānamyamāna一弯下 / viṭapa一枝干……的 / latā一和藤蔓 / viṭapibhiḥ一被许多树 / upaśumbhamāna一被装饰得满满的 / rucira一美丽的 / kānana一花园 / āśrama-āyatana一及许多僻静的住所 / varṣa-giri-droṇīṣu一划分出不同大地之界线的山谷 / tathā一以及 / ca一还有 / amala-jala-āśayeṣu一在清澈的湖中 / vi-kaca一刚结出果实 / vividha一种种 / nava-vanaruha-āmoda一被莲花的香气 / mudita一激动兴奋 / rāja-haṁsa一大天鹅 / jala-kukkuṭa一水禽 / kāraṇḍava一一种鸭子 / sārasa一鹤 / cakravāka-ādibhiḥ一由名叫查夸瓦卡等的鸟 / madhukara-nikara-ākṛtibhiḥ一被蜜蜂 / upakūjiteṣu一回

响的 / jala-krīḍā-ādibhiḥ－水上游戏等 / vicitra－各种 / vinodaiḥ－通过娱乐 / su-lalita－有吸引力的 / sura-sundarīṇām－天堂女士的 / kāma－性欲 / kalila－来自 / vilāsa－娱乐 / hāsa－微笑着 / līlā-avaloka－靠玩笑的瞥视 / ākṛṣṭa-manaḥ－心受……的吸引的 / dṛṣṭayaḥ－眼睛受到……的吸引 / svairam－无拘无束地 / viharanti－嬉戏着

译文 在那些大地上，每一片大地都有许多长满了季节性鲜花和果实的花果园，以及装饰美丽的僻静住所。在高山划分出的那些大地的边界之间横卧着许多浩渺的湖泊，湖水清澈，长满了刚盛开的莲花。莲花的香气使天鹅、鸭子、水鸡、鹤等水鸟变得激动兴奋；空中回荡着蜜蜂嗡嗡的叫声。那些大地上的居民都是半神人中的重要领袖。他们总是由各自的仆人伴随着到湖畔的花园中去享受生活。在那种愉快的处境中，半神人的妻子们就会玩笑着对她们的丈夫微笑，春情激荡地看着丈夫。他们的仆人一直不断地给半神人和他们的妻子供上檀香浆及鲜花花环。八片天堂般大地上的全体居民就这样享乐，受到异性活动的吸引。

要旨 这里描述的是低等天堂之地。那里清澈的湖泊中满是刚绽放的莲花；那里的花果园长满了水果、鲜花，有着各种飞禽和嗡嗡叫的蜜蜂。那里的居民就在令人愉快的环境中享受生活。在那种环境中，他们与他们美丽非凡、始终春情激荡的妻子们一起享受生活。尽管如此，正如下面诗文中解释的，他们都是至尊人格首神的奉献者。我们这片大地上的居民，总是向往那种天堂般的享乐，可一旦以某种方式得到酒色等类似的消遣，就完全忘了要为至尊主服务。然而天堂星球中的居民们虽然享受高等感官享乐，但从不会忘记他们是至尊人的永恒仆人这一地位和状态。

第 14 节

**नवस्वपि वर्षेषु भगवान्नारायणो महापुरुषः पुरुषाणां तदनुग्रहाया-
त्मतत्त्वव्यूहेनात्मनाद्यापि सन्निधीयते ॥१४॥**

navasv api varṣeṣu bhagavān nārāyaṇo mahā-puruṣaḥ puruṣāṇāṁ
tad-anugrahāyātma-tattva-vyūhenātmanādyāpi sannidhīyate.

navasu－在这九个 / api－肯定地 / varṣeṣu－大地 / bhagavān－至尊人格首神 / nārāyaṇaḥ－主维施努 / mahā-puruṣaḥ－至尊人 / puruṣā-ṇām－向祂众多的奉献者 / tat-anugrahāya－为表示祂的仁慈 / ātma-tattva-vyūhena－透过祂的华苏戴瓦、桑卡尔珊、帕杜么纳和阿尼如达这四个一组的扩展 / ātmanā－亲自 / adya api－直到现在 / sanni-dhīyate－为接受祂奉献者的服务而接近他们

译文　被称为纳茹阿亚纳的至尊人格首神，为向这九片大地上的祂的奉献者表示仁慈，扩展出华苏戴瓦、桑卡尔珊、帕杜么纳和阿尼如达这四个一组的主要扩展，以此方式保持与祂奉献者的近距离接触，接受他们所做的服务。

要旨　就有关这一点，维施瓦纳特·查夸瓦尔提·塔库尔(Viśvanātha Cakravartī Ṭhākura)告诉我们：半神人崇拜至尊主不同的神像形象 (arcā-vigraha)，因为除非在灵性世界中，人们无法直接崇拜至尊人格首神本人。在物质世界里，人们总是崇拜庙宇里的神像(arcā-vigraha)。神像与神本人没有区别，因此应该明白，那些尽自己的所能以华丽、富有的方式在庙里崇拜神像的人，哪怕是在这个星球上，都毫无疑问地与至尊人格首神有着直接的联系。经典(śāstra)中命令说：“不该将庙宇中的神像视为是石头或金属，也不该认为灵性导师是普通人(arcye viṣṇau śilā-dhīr guruṣu nara-matiḥ)。”人应该严格执行经典中的命令，在不冒犯地情况下崇拜神像——至尊人格首神。灵性导师是至尊主的直接代表，不该认为他是普通人。只有避免冒犯神像和灵性导师，人才能在灵性生

活中取得进步，增强奎师那意识。

就有关这一点，《拉古 · 巴嘎瓦塔姆瑞塔》(Laghu-bhāgavatāmṛ-ta)内有如下的诗文说：

pādme tu parama-vyomnaḥ
pūrvādye dik-catuṣṭaye
vāsudevādayo vyūhaś
catvāraḥ kathitāḥ kramāt

tathā pāda-vibhūtau ca
nivasanti kramādi me
jalāvṛti-stha-vaikuṇṭha-
sthita vedavatī-pure

satyordhve vaiṣṇave loke
nityākhye dvārakā-pure
śuddhodād uttare śveta-
dvīpe cairāvatī-pure

kṣīrāmbudhi-sthitānte
kroḍa-paryaṅka-dhāmani
sātvatīye kvacit tantre
nava vyūhāḥ prakīrtitāḥ

catvāro vāsudevādyā
nārāyaṇa-nṛsiṁhakau

hayagrīvo mahā-kroḍo
brahmā ceti navoditāḥ
tatra brahmā tu vijñeyaḥ
pūrvokta-vidhayā hariḥ

“《莲花往世书》中说，在灵性世界里，至尊主扩展自己到所有的方向，以华苏戴瓦(Vāsudeva)、桑卡尔珊(Saṅkarṣaṇa)、帕杜么纳(Pradyumna)和阿尼如达(Aniruddha)的形象受到崇拜。同一位神在这个只有祂创造的四分之一的物质世界里用神像代表祂。华苏戴瓦、桑卡尔珊、帕杜么纳和阿尼如达也出现在这个物质世界的四个方向内。”这个物质世界中有一个被水覆盖的外琨塔星球，主华苏戴瓦就住在那个星球上被称为韦达瓦提(Vedavatī)的地方。在萨提亚珞卡(Satyaloka)上方有一个名叫维施努珞卡(Viṣṇuloka)的星球，主桑卡尔珊就在那里。同样，帕杜么纳是杜瓦尔卡城(Dvārakā-purī)的主宰。在名叫施维塔兑帕(Śvetadvīpa)的岛屿上有一个牛奶汪洋，在那汪洋之中有个名叫艾茹阿瓦提·普茹阿(Airāvatī-pura)的地方；在那里，阿尼如达躺在阿南达(Ananta)身上。在一些萨特瓦塔·坦陀(sātvata-tantra)中，有对九片大地(varṣa)及每一片大地上崇拜的主要神像的描述，这些神像分别是：(1)华苏戴瓦，(2)桑卡尔珊，(3)帕杜么纳，(4)阿尼如达，(5)纳茹阿亚纳(Nārāyaṇa)，(6) 尼尔星哈(Nṛsiṁha)，(7)哈亚贵瓦(Hayagrīva)，(8)玛哈瓦茹阿哈(Mahāvarāha)，(9)布茹阿玛(Brahmā)。这里提到的主布茹阿玛是至尊人格首神——哈尔依(Hari)本人。当没有合适的人选担当主布茹阿玛的管理职位时，至尊主本人就会当主布茹阿玛(tatra brah-mā tu vijñeyaḥ pūrvokta-vidhayā hariḥ)。

第 15 节

इलावृते तु भगवान् भव एक एव पुमान्न ह्यन्यस्तत्रापरो निर्विशति
भवान्याः शापनिमित्तज्ञो यत्प्रवेक्ष्यतः स्त्रीभावस्तत्पश्चाद्वक्ष्यामि ॥१५॥

ilāvṛte tu bhagavān bhava eka eva pumān na hy anyas tatrāparo
nirviśati bhavānyāḥ śāpa-nimitta-jño yat-pravekṣyataḥ strī-bhāvas
tat paścād vakṣyāmi.

ilāvṛte—在名叫伊拉威塔·瓦尔沙的这片大地上 / tu—但是 / bhagavān—最强大有力的 / bhavaḥ—主希瓦 / eka—唯一 / eva—肯定地 / pumān—男人 / na—不 / hi—肯定地 / anyaḥ—任何其他的 / tatra—有 / aparaḥ—此外 / nirviśati—进入 / bhavānyāḥ śāpa-nimitta-jñaḥ—知道主希瓦的妻子芭娃妮诅咒的原因的 / yat-pravekṣyataḥ—强行进入这片土

地的人的 / strī-bhāvaḥ — 转变为女人 / tat — 那 / paś-cāt — 稍后 / vakṣyāmi — 我将解释

译文 舒卡戴瓦·哥斯瓦米说：在被称为伊拉威塔·瓦尔沙的辽阔大地上，唯一的男人是最强大有力的半神人主希瓦。主希瓦的妻子杜尔嘎不喜欢任何其他男人进入那地区。如果有哪个愚蠢的男人胆敢进入，她便立刻把他转变为女人。我稍后(在第九篇中)会解释这一点。

第 16 节

भवानीनाथैः स्त्रीगणार्बुदसहस्रैरवरुध्यमानो भगवतश्चतुर्मूर्तेर्महापुरुषस्य तुरीयां तामसीं मूर्तिं प्रकृतिमात्मनः सङ्कर्षणसंज्ञामात्मसमाधिरूपेण सन्निधाप्यैतदभिगृणन् भव उपधावति ॥१६॥

bhavānī-nāthaiḥ strī-gaṇārbuda-sahasrair avarudhyamāno
bhagavataś catur-mūrter mahā-puruṣasya turīyāṁ tāmasīṁ mūrtiṁ
prakṛtim ātmanaḥ saṅkarṣaṇa-saṁjñām ātma-samādhi-rūpeṇa
sannidhāpyaitad abhigṛṇan bhava upadhāvati.

bhavānī-nāthaiḥ — 在芭娃妮的陪伴下 / strī-gaṇa — 女人的 / arbuda-sahasraiḥ — 由百亿的 / avarudhyamānaḥ — 总是被侍奉 / bhagavataḥ catuḥ-mūrteḥ — 扩展出四个形象的至尊人格首神 / mahā-puruṣasya — 至尊人的 / turīyām — 第四个扩展 / tāmasīm — 与愚昧属性有关 / mūrtim — 形象 / prakṛtim — 为源头 / ātmanaḥ — 自己(主希瓦)的 / saṅkarṣaṇa-saṁjñām — 称为桑卡尔珊 / ātma-samādhi-rūpeṇa — 靠专注地冥想祂 / sannidhāpya — 带祂靠近 / etat — 这 / abhigṛṇan — 清楚地吟唱 / bhavaḥ — 主希瓦 / upadhāvati — 崇拜

译文 在伊拉威塔大地上，主希瓦总是由杜尔嘎女神上百亿的女仆簇拥、侍奉着。至尊主的四个一组的扩展由华苏戴瓦、帕杜么纳、阿尼如达和桑卡尔珊组成。第四个扩展桑卡尔珊无疑是超然的，但由于祂在物质世界里从事的毁灭性活动是愚昧型的，祂被称为塔玛西，意思是“至尊主在愚昧属性中的形象”。主希瓦知道桑卡尔珊是他本人存在的源头，因此总是通过吟诵、吟唱如下的曼陀全神贯注地冥想着祂。

要旨 我们有时看到主希瓦(Śiva)正在冥想的画像。这节诗解释说，主希瓦总是在出神地冥想主桑卡尔珊。主希瓦负责物质世界的毁灭工作。主布茹阿玛创造物质世界，主维施努维系它，而主希瓦毁灭它。由于毁灭是愚昧型的活动，主希瓦和他崇拜的神像——桑卡尔珊，便从技术的角度被称为塔玛西(tāmasī)。主希瓦是愚昧属性(tamo-guṇa)的化身。然而，主希瓦和桑卡尔珊实际上始终具有知识并处在超然的状态中，所以与物质自然的善良、激情和愚昧属性无关。但由于他们的活动牵涉到愚昧属性，他们有时被称为塔玛西。

第17节

श्रीभगवानुवाच
ॐ नमो भगवते महापुरुषाय सर्वगुणसङ्ख्यानायानन्तायाव्यक्ताय
नम इति ॥१७॥

śrī-bhagavān uvāca
oṁ namo bhagavate mahā-puruṣāya sarva-guṇa-saṅkhyānāyānan-
tāyāvyaktāya nama iti.

śrī-bhagavān uvāca一最强有力的主希瓦说 / om namo bhagavate一至尊人格首神啊！我向您致以虔敬的顶礼 / mahā-puruṣāya一是至尊人的 / sarva-guṇa-saṅkhyānāya一所有超然品质的宝库 / anantāya一无限的 / avyaktāya一没在物质世界中展示的 / namaḥ一我虔敬的顶礼 / iti一因此

译文 最强有力的主希瓦说：至尊人格首神啊！我向您扩展出的主桑卡尔珊致以虔敬的顶礼。您是一切超然品质的宝库。您虽然无限，但却不向非奉献者展示。

第 18 节

भजे भजन्यारणपादपङ्कजं
भगस्य कृत्स्नस्य परं परायणम् ।
भक्तेष्वलं भावितभूतभावनं
भवापहं त्वा भवभावमीश्वरम् ॥१८॥

bhaje bhajanyāraṇa-pāda-paṅkajaṁ
bhagasya kṛtsnasya paraṁ parāyaṇam
bhakteṣv alaṁ bhāvita-bhūta-bhāvanaṁ
bhavāpahaṁ tvā bhava-bhāvam īśvaram

bhaje—我崇拜 / bhajanya—值得受崇拜的至尊主啊！ / araṇa-pāda-paṅkajam—其莲花足保护祂的奉献者免于一切可怕情况的…… / bhagasya—财富的 / kṛtsnasya—各种(富有、名望、力量、知识、美丽及弃绝) / param—最好的 / parāyaṇam—最终的庇护 / bhakteṣu—对奉献者 / alam—无价之宝 / bhāvita-bhūta-bhāvanam—为了满足祂的奉献者而展示祂各种形象的 / bhava-apaham—终止奉献者生死轮回的 / tvā—向您 / bhava-bhāvam—是物质创造的起源的 / īśvaram—至尊人格首神

译文 我的主人啊！您是至尊人格首神、一切财富的宝库，因此您是唯一值得受崇拜的人。您那双牢靠的莲花足，是您全体奉献者唯一能受到保护的根源；您通过以不同的形象展示自己以满足您的奉献者。我的主人啊！您将您的奉献者救出物质存在的钳制。然而，非奉献者却因您的意愿留在物质存在中。请接受我作您永恒的仆人。

第 19 节

न यस्य मायागुणचित्तवृत्तिभि-
निरीक्षतो ह्यण्वपि दृष्टिरज्यते ।
ईशे यथा नोऽजितमन्युरंहसां
कस्तं न मन्येत जिगीषुरात्मनः ॥१९॥

na yasya māyā-guṇa-citta-vṛttibhir
nirīkṣato hy aṇv api dṛṣṭir ajyate
īśe yathā no 'jita-manyu-raṁhasāṁ
kas taṁ na manyeta jigīṣur ātmanaḥ

na—从不 / yasya—……的 / māyā—错觉能量的 / guṇa—在质上 / citta—心的 / vṛttibhiḥ—被……的活动(思考、感觉和意愿) / nirīkṣataḥ—在扫视的祂的 / hi—肯定地 / aṇu——点点 / api—甚至 / dṛṣṭiḥ—视觉 / ajyate—受影响 / īśe—为了规范化 / yathā—如同 / naḥ—我们的 / ajita—尚未战胜的 / manyu—愤怒的 / raṁhasām—力量 / kaḥ—……的人 / tam—向祂(至尊主) / na—不 / manyeta—将崇拜 / jigīṣuḥ—想要战胜 / ātmanaḥ—感官

译文 我们无法控制我们愤怒的力量，因此当我们看到物质事物时，我们无法避免地感到受其吸引或排斥它们。但至尊主从不受影响。祂虽然为创造、维系和毁灭物质世界而扫视它，但却丝毫不受影响。为此，想要战胜感官力量的人，必须托庇于至尊主的莲花足。这样才能得胜。

要旨 至尊人格首神永远具备不可思议的力量。祂虽然靠扫视物质能量使创造得以发生，但却不受物质自然属性的影响。由于至尊人格首神永恒地处在超然的状态中，当祂出现在这个物质世界中时，物质自然属性影响不了祂。为此，至尊主被称为是超然的存在。想要得到保护，不受物质自然的影响，就必须托庇于祂。

第20节

असदृशो यः प्रतिभाति मायया
क्षीबेव मध्वासवताम्रलोचनः ।
न नागवध्वोऽर्हण ईशिरे ह्रिया
यत्पादयोः स्पर्शनधर्षितेन्द्रियाः ॥२०॥

asad-dṛśo yaḥ pratibhāti māyayā
kṣībeva madhv-āsava-tāmra-locanaḥ
na nāga-vadhvo 'rhaṇa īśire hriyā
yat-pādayoḥ sparśana-dharṣitendriyāḥ

asat-dṛśaḥ—对一个视觉受污染的人 / yaḥ—……的 / pratibhāti—出现 / māyayā—玛亚的影响 / kṣībaḥ—酒醉或愤怒的人 / iva—如同 / madhu—被蜂蜜 / āsava—和酒 / tāmra-locanaḥ—像红铜一样红的眼睛 / na—不 / naga-vadhvaḥ—蛇魔的妻子们 / arhaṇe—在崇拜 / īśire—无法继续 / hriyā—因为害羞 / yat-pādayoḥ—莲花足……的 / sparśana—因触碰 / dharṣita—激动 / indriyāḥ—感官……的

译文 对用不纯洁的眼光看事物的人来说，至尊主的眼睛像是那些任意喝进使人迷醉的饮料之人的眼睛。这样被迷惑后，这种愚蠢之人便对至尊主感到愤怒；而由于他们愤怒的心态，他们看至尊主就是愤怒的、极为可怕的。但是，这只不过是错觉而已。当蛇魔的妻子们因触碰至尊主的莲花足而感到激动时，她们因为害羞而无法继续崇拜至尊主。然而，至尊主在任何情况下都很平静，并没有因为她们的触碰而激动不安。所以有谁会不崇拜至尊人格首神呢？

要旨 哪怕在有导致激动的原因存在时都始终保持平静的人，被称为平静之人(dhīra)。至尊人格首神因为总处在超然的状态中，所以从不受任何事物的打扰，始终平静。因此，想要变得平静(dhīra)的人，必须托庇于至尊主的莲花足。在《博伽梵歌》第2章的第13节诗中，奎师那说：清醒、平静之人在所有的环境中都永不被迷惑(dhīras tatra na muhyati)。帕拉德王(Prahlāda Mahārāja)是平静之人的完美典范。当至尊主为杀死黑冉亚卡希普(Hiraṇyakaśipu)以尼尔星哈(Nṛsiṁhadeva)的可怕形象显现时，帕拉德并没有变得激动不安。他十分镇定、平静；相反，其他人，甚至包括主布茹阿玛在内，都被至尊主的外貌吓呆了。

第21节

यमाहुरस्य स्थितिजन्मसंयमं
त्रिभिर्विहीनं यमनन्तमृषयः ।
न वेद सिद्धार्थमिव क्वचित्स्थितं
भूमण्डलं मूर्धसहस्रधामसु ॥२१॥

yam āhur asya sthiti-janma-saṁyamaṁ
tribhir vihīnaṁ yam anantam ṛṣayaḥ
na veda siddhārtham iva kvacit sthitaṁ
bhū-maṇḍalaṁ mūrdha-sahasra-dhāmasu

yam—……的人 / āhuḥ—他们说 / asya—物质世界的 / sthiti—维系 / janma—创造 / saṁyamam—毁灭 / tribhiḥ—这三个 / vihīnam—没有 / yam—……的 / anantam—无限的 / ṛṣayaḥ—所有伟大的圣人 / na—不 / veda—感觉 / siddha-artham—一粒芥末子 / iva—如同 / kvacit—哪里 / sthitam—处于 / bhū-maṇḍalam—宇宙 / mūrdha-sahasra-dhāmasu—在至尊主成百上千的头顶上

译文 主希瓦继续道：所有伟大的圣人都承认至尊主是创造、维系和毁灭的根源，尽管祂事实上并未卷入这些活动。为此，至尊主被称为是无限的。至尊主虽然用祂的蛇沙化身的头顶着所有的宇宙，但每一个宇宙在祂的感觉中还没有一粒芥末子重。所以有哪个想要达到完美的人会不崇拜至尊主？

要旨 被称为蛇沙(Śeṣa)或阿南达(Ananta)的至尊人格首神的化身，具有无限的力量、名望、富有、知识、美丽和弃绝。正如这节诗所描述的，阿南达的力量是如此之大，以至可以用祂众多的头顶着无数的宇宙。祂的形象是有着千万个头的蛇的形象，由于祂的力量是无限的，尽管所有的宇宙都在祂众多的头上，祂感觉那些宇宙并不比芥末子重。我们可以想象，在一条蛇头上的一粒芥末子有多么地微不足道。就有关这一点，建议读者参考《永恒的柴坦亚经》首篇第5章的第117—125节诗。那里说：主维施努的阿南达·蛇沙的巨蛇化身，用祂众多的头支撑所有的宇宙。按我们的计算，一个宇宙也许非常、非常重，但由于至尊主是无限的(ananta)，祂感觉所有的宇宙还不如一粒芥末子重。

第22—23节

यस्याद्य आसीद्गुणविग्रहो महान्
विज्ञानधिष्ण्यो भगवानजः किल ।
यत्सम्भवोऽहं त्रिवृता स्वतेजसा
वैकारिकं तामसमैन्द्रियं सृजे ॥२२॥

एते वयं यस्य वशे महात्मनः
स्थिताः शकुन्ता इव सूत्रयन्त्रिताः ।
महानहं वैकृततामसेन्द्रियाः
सृजाम सर्वे यदनुग्रहादिदम् ॥२३॥

yasyādya āsīd guṇa-vigraho mahān
vijñāna-dhiṣṇyo bhagavān ajaḥ kila
yat-sambhavo 'haṁ tri-vṛtā sva-tejasā
vaikārikaṁ tāmasam aindriyaṁ sṛje

ete vayaṁ yasya vaśe mahātmanaḥ
sthitāḥ śakuntā iva sūtra-yantritāḥ

mahān ahaṁ vaikṛta-tāmasendriyāḥ
sṛjāma sarve yad-anugrahād idam

yasya一从……的 / ādyaḥ一开始 / āsīt一有 / guṇa-vigrahaḥ一物质属性的化身 / mahān一总体物质能量 / vijñāna一完整知识的 / dhiṣṇyaḥ一储藏所 / bhagavān一最强大有力的 / ajaḥ一主布茹阿玛 / kila一肯定地 / yat一由……的 / sambhavaḥ一出生 / aham一我 / tri-vṛtā一根据三种自然属性而有的三种变化 / sva-tejasā一凭我的物质力量 / vaikārikam一所有的半神人 / tāmasam一物质元素 / aindriyam一感官 / sṛje一我创造 / ete一所有这些 / vayam一我们 / yasya一……的 / vaśe一在……控制下 / mahā-ātmanaḥ一伟大的人物 / sthitāḥ一处于 / śakuntāḥ一老鹰 / iva一如同 / sūtra-yantritāḥ一被绳子所捆绑 / mahān一总体物质能量(mahat-tattva) / aham一我 / vaikṛta一半神人 / tāmasa一五种物质元素 / indriyāḥ一感官 / sṛjāmaḥ一我们创造 / sarve一我们全体 / yat一……人的 / anugrahāt一凭仁慈 / idam一这个物质世界

译文　主布茹阿玛从至尊人格首神体内展示出来，他的身体由整体物质能量构成，是物质自然的激情属性所主宰的智慧的储藏所。从主布茹阿玛，我本人作为错误的自我意识(假我)的代表降生，被称为茹铎。我凭拥有的力量创造了所有其他的半神人、五种元素和感官。因此，我崇拜至尊人格首神，祂比我们都伟大，所有的半神人、物质元素和感官，甚至主布茹阿玛及我本人，都受祂的控制，恰似飞鸟们被一根绳子所捆绑。我们只有凭借至尊主的恩典，才能创造、维系和毁灭这个物质世界。所以，我向这位至尊生物致以虔敬的顶礼。

要旨　这段诗文对创造进行了总结。桑卡尔珊扩展出玛哈·维施努(Mahā-Viṣṇu)，玛哈·维施努扩展出嘎尔博达卡沙依·维施努

(Garbhodakaśāyī Viṣṇu)。由嘎尔博达卡沙依·维施努生出的主布茹阿玛是主希瓦的父亲，而主希瓦使半神人们逐一展示出来。主布茹阿玛、主希瓦和主维施努是物质自然属性的不同化身。主维施努事实上超越所有的物质属性，但祂为维系物质宇宙而接受善良属性的控制(sattva-guṇa)。主布茹阿玛产自物质能量总体(mahat-tattva)。他创造整个宇宙，主维施努负责维系它，主希瓦负责毁灭它。至尊人格首神控制着所有最重要的半神人，尤其是主布茹阿玛和主希瓦，就像飞鸟的主人通过用绳子捆绑它来控制它一样。老鹰有时就是这样受到控制。

第24节

यन्निर्मितां कर्ह्यपि कर्मपर्वणीं
मायां जनोऽयं गुणसर्गमोहितः ।
न वेद निस्तारणयोगमञ्जसा
तस्मै नमस्ते विलयोदयात्मने ॥२४॥

yan-nirmitāṁ karhy api karma-parvaṇīṁ
māyāṁ jano 'yaṁ guṇa-sarga-mohitaḥ
na veda nistāraṇa-yogam añjasā
tasmai namas te vilayodayātmane

yat－由……的人／nirmitām－创造／karhi api－任何时候／karma-parvaṇīm－束紧功利性活动之结的／māyām－错觉能量／janaḥ－一个人／ayam－这个／guṇa-sarga-mohitaḥ－被物质自然的三种属性迷惑／na－不／veda－知道／nistāraṇa-yogam－摆脱物质纠缠的程序／añjasā－不久／tasmai－向祂(至尊者)／namaḥ－虔敬的顶礼／te－向您／vilaya-udaya-ātmane－一切在……之内被毁灭并再次从……展示出来

译文 至尊人格首神的错觉能量将所有我们这些受制约

的灵魂捆绑在这物质世界中。因此，没有得到祂的恩宠，像我们这样的人无法了解该如何摆脱那错觉能量。让我恭恭敬敬地向至尊主顶礼，祂是创造和毁灭的起因。

要旨 奎师那在《博伽梵歌》第7章的第14节诗中明确地说：

daivī hy eṣā guṇa-mayī
mama māyā duratyayā
mām eva ye prapadyante
māyām etāṁ taranti te

“我这由物质自然三种属性组成的神性能量难以克服。但是，皈依我的人却能轻易地跨越它。”在至尊主错觉能量的控制下活动的全体受制约的灵魂，都认为他们套着的躯体就是自我，因此在物质宇宙各处不断地游荡，在不同的物种中投生，制造出越来越多的问题。他们有时对总是有问题感到厌烦，寻求能够摆脱这种束缚的程序和方法。不幸的是，这种所谓的调查研究工作并没有注意到至尊人格首神和祂的错觉能量，以致他们的工作只是在黑暗中摸索，永远找不到出路。所谓的科学家们及高级研究员们试图以荒唐的方法找出生命的原因，根本不注意生命已经被生产出来的事实。如果他们只是发现了生命的化学组合的话，他们有何功劳可言？他们发现的所有化学品，都不过是土、水、火、气和空间这五种物质元素的转化而已。正如《博伽梵歌》第2章的第20节诗中所说，生物永远不是被制造出来的(na jāyate mriyate vā kadācin)。物质世界中有五种粗糙的物质元素、三种精微的物质元素(心、智和自我意识)，以及永恒的生物。生物想要某种类型的躯体，物质自然于是便按照至尊人格首神的命令制造他想要的那种躯体。那躯体不是别的，只不过是至尊主操作的一种机器而已。至尊主给予生物某种如机器般的躯体，生物必须按照功利性活动的法则去工作。这节诗中说：错觉能量束紧功利性活动之结(karma-pamanīṁ māyām)。生物坐在一架机器上(躯体)，按照至尊主的命令操作那机器。这是灵魂从一个躯体转入另一个躯体的秘密。生物就这样被束缚在这个物质世界里的功利性活动中。正如《博伽梵歌》中所说：生物与包括心在内的六种感官苦苦争斗(manaḥ ṣaṣṭhānīndriyāṇi prakṛti-sthāni karṣati)。

在一切创造和毁灭的活动中，生物被捆绑在由错觉能量玛亚(māyā)执行的功利性活动里。他完全就像由至尊人格首神操作的电脑一样。所谓的科学家们说，大自然独立行事，但他们甚至无法解释大自然是什么。大自然不是别的，而是由至尊人格首神操作的机器。人一旦了解那位操作者，他生命中的问题便迎刃而解。正如奎师那在《博伽梵歌》第7章的第19节诗中说：

bahūnāṁ janmanām ante
jñānavān māṁ prapadyate
vāsudevaḥ sarvam iti
sa mahātmā sudurlabhaḥ

“经过许许多多次生死后，真正处在知识层面上的人就会皈依我，知道我是一切原因的起因，是一切。这样的灵魂伟大而又罕见。”因此，明智之人投靠至尊人格首神，从而摆脱错觉能量玛亚的钳制。

到此为止，结束了巴克提韦丹塔对《圣典博伽瓦谭》第5篇第17章“恒河的降临”所作的阐释。

第十八章
章布岛居民向至尊主献上的祈祷

在这一章中，舒卡戴瓦·哥斯瓦米(Śukadeva Gosvāmī)描述了章布岛(Jambūdvīpa)上不同的大地(varṣa)，以及在每一片大地上崇拜的至尊主的化身。统治着巴铎施瓦大地(Bhadrāśva-varṣa)的是巴铎刷瓦(Bhadraśravā)。他和他的众多仆人总是崇拜至尊主名叫哈亚贵瓦(Hayagrīva)的化身。在每一个“一千个年代循环(kalpa)”的末期，恶魔阿格亚纳(Ajñāna)就会偷取韦达知识。那时，主哈亚贵瓦就会显现，保护这知识，随后把它交给主布茹阿玛。在名叫哈瑞·瓦尔沙(Hari-varṣa)的大地上，崇高的奉献者帕拉德王(Prahlāda Mahārāja)崇拜主尼尔星哈戴瓦(Nṛsiṁhadeva)。《圣典博伽瓦谭》(Śrīmad-Bhāgavatam)的第七篇中描述了主尼尔星哈戴瓦的显现。哈瑞大地上的居民们以帕拉德王为榜样，总是崇拜主尼尔星哈戴瓦，从祂那里得到可以为祂做爱心服务的赐福。在名叫凯图玛拉·瓦尔沙(Ketumāla-varṣa)的辽阔大地上，至尊人格首神慧希凯施(Hṛṣīkeśa)以丘比特的形象显现。幸运女神和住在那里的半神人们日日夜夜忙着为祂做服务。主慧希凯施把自己展示为十六个部分，是一切激励、力量和影响的源泉。受制约的生物体具有“始终恐惧”的缺陷，但仅仅靠至尊人格首神的仁慈，他就能去除物质生活中的这种缺陷。正因为如此，只有至尊主才真正配得上“主人”的称号。在名叫茹阿弥亚克·瓦尔沙(Ramyaka-varṣa)的大地上，玛努(Manu)和那里的全体居民至今都在崇拜至尊主的玛茨亚戴瓦化身(Matsyadeva, 鱼化身)，祂的形象是纯粹善良型的。祂统治并维系着整个宇宙，因此是以天帝因铎(Indra)为首的全体半神人的主管。在黑冉玛亚大地(Hiraṇmaya-varṣa)上，至尊主维施努以乌龟的形象(Kūrma mūrti)居住在那里，受到阿尔亚玛(Aryamā)及其他全体居民的崇拜。同样，被称为乌塔茹阿库茹·瓦尔沙(Uttarakuru-varṣa)的辽阔大地上，圣主哈尔依(Śrī Hari)化身为雄猪的形象，以那个形象接受住在那里的全体居民的崇拜。

与至尊主的奉献者交往、联谊的奉献者们，能够完全领悟这一章所承载的全部信息。为此，经典(śāstra)推荐人们要与奉献者交往、联谊。这比住在恒河岸边还要好。纯粹奉献者心中具有一切美好的情感和半神人所具有的吉祥品质。但非奉献者心中没有任何好品质，因为这种人只对至尊主的外在、错觉能量着迷。向奉献者学习的人应该知道，至尊人格首神是唯一值得崇拜的神。每一个人都应该接受这一忠告，崇拜至尊主。正如《博伽梵歌》(Bhagavad-gītā)第15章的第15节诗中说：研究所有韦达文献的目的是崇拜至尊人格首神奎师那(vedaiś ca sarvair aham eva vedyaḥ)。应该明白：如果一个人研究所有的韦达文献后仍未唤醒心中沉睡的对至尊主的爱，那他就是在做无用功；他只不过是在浪费自己的时间而已。由于没有对至尊人格首神的依恋，他便继续依恋这个物质世界里的家庭生活。因此，这一章要学习的内容是：人应该摆脱家庭生活，完全托庇于至尊主的莲花足。

第 1 节

श्रीशुक उवाच
तथा च भद्रश्रवा नाम धर्मसुतस्तत्कुलपतयः पुरुषा भद्राश्ववर्षे
साक्षाद्भगवतो वासुदेवस्य प्रियां तनुं धर्ममयीं हयशीर्षाभिधानां पर-
मेण समाधिना सन्निधाप्येदमभिगृणन्त उपधावन्ति ॥ १ ॥

śrī-śuka uvāca
tathā ca bhadraśravā nāma dharma-sutas tat-kula-patayaḥ puruṣā
bhadrāśva-varṣe sākṣād bhagavato vāsudevasya priyāṁ tanuṁ

dharmamayīṁ hayaśīrṣābhidhānāṁ parameṇa samādhinā
sannidhāpyedam abhigṛṇanta upadhāvanti.

śrī-śukaḥ uvāca—舒卡戴瓦·哥斯瓦米说 / tathā ca—同样地(就像主希瓦在伊拉威塔大地崇拜主桑卡尔珊一样) / bhadra-śravā—巴铎刷瓦 / nāma—名叫 / dharma-sutaḥ—达尔玛茹阿佳之子 / tat—他的 / kula-patayaḥ—王朝的领袖 / puruṣāḥ—所有的居民 / bhadrāśva-varṣe—在名叫巴铎施瓦·瓦尔沙的大地上 / sākṣāt—直接地 / bhagava-taḥ—至尊人格首神的 / vāsudevasya—主华苏戴瓦的 / priyām tanum—非常珍爱的形象 / dharma-mayīm——切宗教原则的指导者 / hayaśīr-ṣa-abhidhānām—名叫哈亚希尔沙(又叫哈亚贵瓦)的至尊主的化身 / parameṇa samādhinā—以最高形式的全神贯注 / sannidhāpya—接近 / idam—这 / abhigṛṇantaḥ—吟唱 / upadhāvanti—他们崇拜

译文　圣舒卡戴瓦·哥斯瓦米说：达尔玛茹阿佳的儿子巴铎刷瓦，统治着名叫巴铎施瓦·瓦尔沙的大地。正如主希瓦在伊拉威塔大地上崇拜主桑卡尔珊，巴铎刷瓦在他信赖的仆人们及他统治地区的全体居民的陪同下，崇拜主华苏戴瓦的完整扩展哈亚希尔沙(哈亚贵瓦)。奉献者们十分珍爱主哈亚希尔沙，祂是一切宗教原则的指导者。巴铎刷瓦和他的同伴们稳处在极度全神贯注的状态中，向至尊主致以虔敬的顶礼并吟唱如下的赞歌，小心谨慎地发出每一个音节。

第2节

भद्रश्रवस ऊचुः
ॐ नमो भगवते धर्मायात्मविशोधनाय नम इति ॥२॥

bhadraśravasa ūcuḥ
oṁ namo bhagavate dharmāyātma-viśodhanāya nama iti.

bhadraśravasaḥ ūcuḥ—巴铎刷瓦王及他信赖的同伴说 / om—至尊主啊！ / namaḥ—虔敬的顶礼 / bhagavate—向至尊人格首神 / dharmāya－一切宗教原则的泉源 / ātma-viśodhanāya－净化我们的物质污染的 / namaḥ－我们的顶礼 / iti－如此

译文 巴铎刷瓦王和他信赖的同伴们这样祈祷道：我们向至尊人格首神致以虔敬的顶礼，祂是一切宗教原则的泉源，净化这个物质世界里受制约灵魂的心。我们一再向祂致以我们虔敬的顶礼。

要旨 愚蠢的物质主义者不知道自己如何受到控制，并在每一个阶段都受到物质自然法律的制裁。他们以为自己在物质生活受制约的状态中很快乐，不知道重复生老病死的目的究竟为何。正因为如此，在《博伽梵歌》第7章的第15节诗中，主奎师那把这种物质主义者描述为是恶棍、无赖(mūḍha)说：粗俗的愚氓、最低贱的人等邪恶之徒不皈依我(na māṁ duṣkṛtino mūḍhāḥ prapadyante narādhamāḥ)。这些愚氓不知道，他们如果想要净化自己，就必须靠苦修崇拜主华苏戴瓦(奎师那)。人生的目的就是要净化自我。这一生不是为盲目地进行感官享乐而有的，住在人体中的生物必须致力于培养奎师那意识，以净化自己的存在(tapo divyaṁ putrakā yena sattvaṁ śuddhyet)。这是瑞沙巴戴瓦王(Ṛṣabhadeva)给他儿子们的指示。在人体生命中，人必须经历所有种类的苦修，以净化自己的存在。达到这种状态的人，获得永恒、极乐的生活，这种生活超越物质快乐，而且永恒持续(yasmād brahma-saukhyaṁ tv anantam)。我们都在寻求快乐，但由于我们的无知和愚蠢，我们无法了解什么才是真正无拘无束、不受阻碍的快乐。无拘无束、不受阻碍的快乐，是灵性的快乐(brahma-saukhya)。我们在这个物质世界里虽然得到一些所谓的快乐，但那快乐是短暂的。愚蠢的物质主义者无法明白这一点。为此，帕拉德王指出，这些恶棍、无赖只是为得到短暂的物质快乐而付出巨大的努力，结果使自己生生世世做徒劳的挣扎。

第 3 节

अहो विचित्रं भगवद्विचेष्टितं
घ्नन्तं जनोऽयं हि मिषन्न पश्यति ।
ध्यायन्नसद्यर्हि विकर्म सेवितुं
निर्हृत्य पुत्रं पितरं जिजीविषति ॥ ३ ॥

aho vicitraṁ bhagavad-viceṣṭitaṁ
ghnantaṁ jano 'yaṁ hi miṣan na paśyati
dhyāyann asad yarhi vikarma sevituṁ
nirhṛtya putraṁ pitaraṁ jijīviṣati

aho—唉！ / vicitram—令人惊讶的 / bhagavat-viceṣṭitam—至尊主的娱乐活动 / ghnantam—死亡 / janaḥ—一个人 / ayam—这 / hi—无疑地 / miṣan—虽然看见 / na paśyati—没有看见 / dhyāyan—想着 / asat—物质快乐 / yarhi—因为 / vikarma—被禁止的活动 / sevitum—享受 / nirhṛtya—烧着 / putram—儿子们 / pitaram—父亲 / jijīviṣati—想长寿

译文　唉！愚蠢的物质主义者注意不到死亡逼进的巨大危险，这太令人惊讶了！他虽知道死亡必将到来，但却麻木不仁，不在意。如果他父亲死去，他就想享受父亲的财产；如果他儿子死去，他也想享受儿子的拥有。无论哪种情况发生，他都毫不在意，只是试图用得到的钱财享受物质快乐。

要旨　物质快乐意味着拥有良好的设施和便利条件可以从事吃、睡、防卫和性交这些活动。在这个世界里，物质主义者只为了这四项主要的感官享乐而活着，不在乎死亡逼进的危险。父亲死后，作儿子的就试图继承他的钱财，将其用于感官享乐。同样，死了儿子的人试图享受儿子的拥有。有时，死去儿子的父亲甚至享受他儿子那成为寡妇的妻子。物质主义者就是这样为人处事。正因为如此，舒卡戴瓦·哥斯瓦米说：“凭至尊人格首神的意愿，这些物质的快乐消遣被安排、处理得多精彩啊！”换句话说，物质主义者想要从事各种罪恶活动，但没有至尊人格首神的批准，没人能做任何事。至尊人格首神为什么允许人从事罪恶活动呢？至尊主并不想要任何生物犯罪，祂透过生物的良知请求他不要作恶。但当人坚持要作恶时，至尊主就允许他做他自己要承担后果的事情(mattaḥ smṛtir jñānam apohanaṁ ca)。没有至尊主的批准，没人能做任何事，但至尊主是如此仁慈，甚至当受制约的灵魂坚持要做某件事情时，至尊主准许他做自己要承担后果的事。

按照圣维施瓦纳特·查夸瓦尔提·塔库尔(Śrīla Viśvanātha Cakravartī Ṭhākura)的说法，在这个宇宙的其他星系中和其他大地上，尤其是斯瓦尔嘎珞卡(Svargaloka)，总是儿子为父亲送终。然而，在这个地球星球上，经常是白发人送黑发人，儿子比父亲早死，作为物质主义者的父亲便高兴地享受他儿子的拥有。做父亲的和当儿子的都看不清真相，即：两者都在等待着死亡的到来。当死亡来临时，他们为物质享乐而制定的所有计划都会落空。

第 4 节

वदन्ति विश्वं कवयः स्म नश्वरं
पश्यन्ति चाध्यात्मविदो विपश्चितः ।
तथापि मुह्यन्ति तवाज मायया
सुविस्मितं कृत्यमजं नतोऽस्मि तम् ॥ ४ ॥

vadanti viśvaṁ kavayaḥ sma naśvaraṁ
paśyanti cādhyātmavido vipaścitaḥ
tathāpi muhyanti tavāja māyayā
suvismitaṁ kṛtyam ajaṁ nato 'smi tam

vadanti—他们具有权威地说 / viśvam—整个物质创造 / kavayaḥ—伟大博学的圣者 / sma—无疑地 / naśvaram—短暂易毁灭 / paśyanti—他们在全神贯注的出神状态中看见 / ca—也 / adhyātma-vidaḥ—已经认识到灵性知识的 / vipaścitaḥ—非常博学的学者 / tathā api—仍然 / muhyanti—变得迷惑 / tava—您的 / aja—不经出生就存在的人啊！ / māyayā—被错觉能量 / su-vismitam—最神奇 / kṛtyam—活动 / ajam—向不经出生就存在的至尊者 / nataḥ asmi—我献上我的顶礼 / tam—向祂

译文　不经出生就存在的人啊！具有高度灵性知识的博学的韦达学者们，无疑知道这物质世界短暂易毁灭，其他的逻辑学家和哲学家对此也很清楚。他们在全神贯注的出神状态中认识到这世界的真实状态，也向他人宣讲真相。但就连他们，有时都被您的错觉能量所迷惑。这是您本人神奇的娱乐活动。因此我能了解，您的错觉能量极为巧妙。我恭恭敬敬地向您致敬。

要旨　至尊人格首神的错觉能量不仅作用于这个物质世界里受制约的灵魂，有时也作用于那些靠实际觉悟清楚地了解这物质世界本质的最高级的博学学者。人一旦认为"我是这个物质躯体(ahaṁ mameti)，与这个物质躯体有关的一切都是我的"，他就在错觉之中了(moha)。物质能量所制造的这种错觉，专门作用于受制约的灵魂，但有时也作用于解脱的灵魂。解脱的灵魂是指那些对这个物质世界有足够的了解，并因此而不执著于躯体化的生命概念的人。然而，由于长久地与物质自然属性的接触，就连解脱的灵魂有时都不注意使自己保持在超然的状态中而受到错觉能量的蛊惑。为此，主奎师那在《博伽梵歌》第7章的第14节诗中说：皈依我的人才能轻易地克服物质能量的影响(mām eva ye prapadyante māyām etāṁ taranti te)。所以，没人该认为自己是不受错觉能量玛亚(māyā)影响的解脱之人。所有的人都应该小心谨慎地通过严格遵守规范原则做奉爱服务。这将使他稳定地留在至尊主的莲花足旁。否则，一点点的粗心大意都会导致浩劫。我们已经看到了巴茹阿特王(Mahārāja Bharata)的例子。巴茹阿特王无疑是一位非凡的奉献者，但因为稍微把注意力转向一头小鹿而不得不再经受两次出生的痛苦，一生是当一头鹿，另一生是当布茹阿玛纳(brāhmaṇa,婆罗门)，名叫佳德·巴茹阿特(Jaḍa Bharata)。那之后，他才得以解脱，回归家园，回到首神身边。

至尊主总是准备原谅祂的奉献者，但如果奉献者利用至尊主的宽宏大量，有意识地再三犯错，至尊主无疑就会惩罚他，让他跌进错觉能量的钳制中。换句话说，靠研究韦达经得到的理论性知识，并不足以保护人不受玛亚的钳制。人必须通过做奉爱服务紧紧地依靠在至尊主的莲花足旁。这样才是安全的。

第5节

विश्वोद्भवस्थाननिरोधकर्म ते
हृकर्तुरङ्गीकृतमप्यपावृतः ।
युक्तं न चित्रं त्वयि कार्यकारणे
सर्वात्मनि व्यतिरिक्ते च वस्तुतः ॥५॥

viśvodbhava-sthāna-nirodha-karma te
hy akartur aṅgīkṛtam apy apāvṛtaḥ
yuktaṁ na citraṁ tvayi kārya-kāraṇe
sarvātmani vyatirikte ca vastutaḥ

viśva－整个宇宙的 / udbhava－创造的 / sthāna－维系的 / nirodha－毁灭的 / karma－这些活动 / te－您的(亲爱的至尊主啊！) / hi－确实地 / akartuḥ－不卷入 / aṅgīkṛtam－仍在韦达文献中被接受 / api－虽然 / apāvṛtaḥ－不受所有这些活动的影响 / yuktam－适当的 / na－不 / citram－神奇的 / tvayi－在您之中 / kārya-kāraṇe－一切结果的起因 / sarva-ātmani－在所有方面 / vyatirikte－分开 / ca－也 / vastutaḥ－原本的本质

译文　至尊主啊！尽管您根本不卷入对这个物质世界的创造、维系和毁灭，不受这些活动的影响，但一切都因您而发生。我们对此并不奇怪，因为您不可思议的能量使您具有完美的资格，成为一切原因的起因。您虽然与万物是分开的，但却是一切事物中活跃的要素。所以我们能够认识到，万事万物因您不可思议的能量而发生。

第6节

वेदान् युगान्ते तमसा तिरस्कृतान्
रसातलाद्यो नृतुरङ्गविग्रहः ।
प्रत्याददे वै कवयेऽभियाचते
तस्मै नमस्तेऽवितथेहिताय इति ॥६॥

vedān yugānte tamasā tiraskṛtān
rasātalād yo nṛ-turaṅga-vigrahaḥ
pratyādade vai kavaye 'bhiyācate
tasmai namas te 'vitathehitāya iti

vedān—四部韦达经 / yuga-ante—在年代循环结束时 / tamasā—被愚昧的人格化身这一恶魔 / tiraskṛtān—偷走 / rasātalāt—从最低等的星系(茹阿萨塔拉) / yaḥ—……的(至尊人格首神) / nṛ-turaṅga-vigrahaḥ—以半马半人的形象 / pratyādade—还给 / vai—确实地 / kavaye—对最高级的诗人(主布茹阿玛) / abhiyā-cate—当他要求他们时 / tasmai—向祂(哈亚贵瓦) / namaḥ—我虔敬的顶礼 / te—向您 / avitatha-īhitāya—万事如意的 / iti—如此

译文　在年代循环结束时，愚昧的人格化身变出一个恶魔形象，偷走所有的韦达经，把它们带到茹阿萨塔拉星球。然而，至尊主以祂哈亚贵瓦的形象收回韦达经，在主布茹阿玛为它们而祈求时，把它们还给他。我恭恭敬敬地向至尊主致敬，祂决定做的事从不落空。

要旨 韦达知识虽然是不朽的，但在这个物质世界里有时展示，有时不展示。当这个物质世界里的人完全被愚昧所控制时，韦达知识便消失了。然而，主哈亚贵瓦或主玛茨亚总是保护韦达知识，在适当的时候再次通过主布茹阿玛这一媒介把知识传播出去。布茹阿玛是值得至尊主信赖的代表。因此，当他再次询问韦达知识这一珍宝时，至尊主便满足他的愿望。

第7节

हरिवर्षे चापि भगवान्नरहरिरूपेणास्ते । तद्रूपग्रहणनिमित्तमुत्तरत्राभिधास्ये । तद्दयितं रूपं महापुरुषगुणभाजनो महाभागवतो दैत्यदानवकुलतीर्थीकरणशीलाचरितः प्रह्लादोऽव्यवधानानन्यभक्तियोगेन सह तद्वर्षपुरुषैरुपास्ते इदं चोदाहरति ॥ ७ ॥

hari-varṣe cāpi bhagavān nara-hari-rūpeṇāste, tad-rūpa-grahaṇa-nimittam uttaratrābhidhāsye, tad dayitaṁ rūpaṁ mahā-puruṣa-guṇa-bhājano mahā-bhāgavato daitya-dānava-kula-tīrthīkaraṇa-śīlā-caritaḥ prahlādo 'vyavadhānānanya-bhakti-yogena saha tad-varṣa-puruṣair upāste idaṁ codāharati.

hari-varṣe一名叫哈瑞·瓦尔沙的大地上 / ca一也 / api一确实地 / bhagavān一至尊人格首神 / nara-hari-rūpeṇa一祂的尼尔星哈戴瓦形象 / āste一位于 / tat-rūpa-grahaṇa-nimittam一主奎师那以尼尔星哈的形象出现的理由 / uttaratra一在稍后的章节 / abhidhāsye一我将会讲述 / tat一那 / dayitam一最令人愉悦的 / rūpam一至尊主的形象 / mahā-puruṣa-guṇa-bhājanaḥ一集所有伟大人物的美好品质于一身的帕拉德王 / mahā-bhāgavataḥ一最优秀的奉献者 / daitya-dānava-kula-tīrthī-karaṇa-śīlā-caritaḥ一活动与品格如此杰出以至于拯救了所有出生在他家族中的恶魔的 / prahlādaḥ一帕拉德王 / avyavadhāna-ananya-bhakti-yogena一以永不间断及目标一致的奉爱服务 / saha一和 / tat-varṣa-puruṣaiḥ—哈瑞大地上的居民 / upāste—献上顶礼以及崇拜 / idam—这 / ca—和 / udāharati—吟唱

译文　舒卡戴瓦·哥斯瓦米继续道：我亲爱的君王，主尼尔星哈戴瓦住在名叫哈瑞·瓦尔沙的大地上。我稍后(第七篇)将为你讲述帕拉德王是如何使至尊主呈现尼尔星哈戴瓦的形象的。至尊主最优秀的奉献者帕拉德王，集所有伟大人物的美好品质于一身。他的品德及活动拯救了他的恶魔家族中所有堕落的成员。这位崇高的人物——帕拉德王，十分喜爱主尼尔星哈戴瓦，因此与他的仆人及哈瑞大地的全体居民一道，通过吟唱如下的赞歌崇拜主尼尔星哈戴瓦。

要旨　佳亚戴瓦·哥斯瓦米(Jayadeva Gosvāmī)崇拜主奎师那(凯沙瓦)的化身的十节赞美诗中，每一节都含有至尊主不同的名字。例如：keśava dhṛta-nara-hari-rūpa jaya jagad-īśa hare，keśava dhṛta-mīna-śarīra jaya jagad-īśa hare，以及keśava dhṛta-vāmana-rūpa jaya jagad-īśa hare。梵文jagad-īśa指的是所有宇宙的拥有者。祂原本的形象是主奎师那的两臂形象，即：手持笛子站着并在照管乳牛的形象。正如《布茹阿玛·萨密塔》(Brahma-saṁhitā)中说：

cintāmaṇi-prakara-sadmasu kalpa-vṛkṣa-
lakṣāvṛteṣu surabhīr abhipālayantam
lakṣmī-sahasra-śata-sambhrama-sevyamānaṁ
govindam ādi-puruṣaṁ tam ahaṁ bhajāmi

(《布茹阿玛·萨密塔》5.29)

“我崇拜哥文达(Govinda)，原始至尊主，第一位祖先。祂在用灵性宝石建造且有亿万棵如愿树环绕的住所中照管乳牛，满足所有的愿望。成千上万的幸运女神怀着巨大的敬爱之情一直在侍奉祂。”从这节诗我们得知，哥文达——奎师那(Kṛṣṇa)，是存在中的第一个人(ādi-puruṣathe)。至尊主有无数的化身，恰似流动的河水中有无数的波涛，但祂原本的形象是奎师那——凯沙瓦(Keśava)。

舒卡戴瓦·哥斯瓦米因帕拉德王而谈起尼尔星哈。帕拉德王被他强大的父亲黑冉亚卡希普(Hiraṇyakaśipu)恶魔置于巨大的危难中。帕拉德王在他面前显得很无助，于是呼唤至尊主，至尊主立刻以半人半狮的形象——尼尔星哈戴瓦出现，去杀死那巨大的恶魔。奎师那虽然是存在中的第一个人、独一无二，但为满足祂的奉献者或执行特殊的使命，采用不同的形象出现。因此，佳亚戴瓦·哥斯瓦米总是重复存在中的第一位人格首神凯沙瓦的名字，在他的祈祷中描述了至尊主为实现不同的目的而显现出的不同化身。

第 8 节

ॐ नमो भगवते नरसिंहाय नमस्तेजस्तेजसे आविराविर्भव वज्रनख वज्रदंष्ट्र कर्माशयान् रन्धय रन्धय तमो ग्रस ग्रस ॐ स्वाहा । अभयमभयमात्मनि भूयिष्ठा ॐ क्ष्रौम् ॥८॥

oṁ namo bhagavate narasiṁhāya namas tejas-tejase āvir-āvirbhava vajra-nakha vajra-daṁṣṭra karmāśayān randhaya randhaya tamo grasa grasa oṁ svāhā, abhayam abhayam ātmani bhūyiṣṭhā oṁ kṣraum.

om—主啊！/namaḥ—我虔敬的顶礼/bhagavate—向至尊人格首神/nara-siṁhāya—名叫主尼尔星哈/namaḥ—顶礼/tejaḥ-tejase—一切力量的力量/āviḥ-āvirbhava—请全然地展示/vajra-nakha—有着如霹雳般指甲的您啊！/vajra-daṁṣṭra—有着如霹雳般牙齿的您啊！/karma-āśayān—想要靠从事物质活动变得快乐的邪恶欲望/randhaya randhaya—仁慈地消灭/tamaḥ—物质世界里的愚昧/grasa—仁慈地去除/grasa—仁慈地去除/om—我的主啊！/svāhā—

虔敬的顶礼 / abhayam－无畏 / abhayam－无畏 / ātmani－在我心中 / bhūyiṣṭhāḥ－请您出现 / om－主啊！ / kṣraum－献给主尼尔星哈祈祷文的种子音节(bija)

译文 我向主尼尔星哈戴瓦——一切力量的泉源，致以我虔敬的顶礼。我那有着如霹雳般指甲和牙齿的至尊主啊！请消灭我们想要在这个物质世界里从事功利性活动的欲望吧。请出现在我们心中，去除我们的愚昧，使我们能凭借您的仁慈，在这个物质世界里为生存而挣扎时不再感到恐惧。

要旨 在《圣典博伽瓦谭》(Śrīmad-Bhāgavatam)第4篇第22章的第39节诗中，萨纳特·库玛尔(Sanat-kumāra)对普瑞图王(Mahārāja Pṛthu)这样说：

yat-pāda-paṅkaja-palāśa-vilāsa-bhaktyā
karmāśayaṁ grathitam udgrathayanti santaḥ
tadvan na rikta-matayo yatayo 'pi ruddha-
srotogaṇās tam araṇaṁ bhaja vāsudevam

“始终忙于为至尊主莲花足的足尖服务的奉献者，能轻而易举地打开要从事功利性活动的顽石般的欲望之结。要解开这个结极为困难，思辨者及瑜伽师等非奉献者虽然竭力阻止感官享乐的汹涌波涛，但却做不到。因此，你得到建议要为瓦苏戴瓦的儿子奎师那做奉爱服务。”

这个物质世界里的每一个生物体都有要享受物质直到心满意足为止的强烈欲望。为达到这一目的，受制约的灵魂必须接受一个又一个的躯体，而这使他继续保有顽固的功利性欲望。人在没达到完全无欲的状态时，无法停止生死轮回。正因为如此，圣茹帕·哥斯瓦米(Śrīla Rūpa Gosvāmī)这样描述纯粹的奉爱服务(bhakti)说：

anyābhilāṣitā-śūnyaṁ
jñāna-karmādy-anāvṛtam

ānukūlyena kṛṣṇānu-
śīlanaṁ bhaktir uttamā

“人应该怀着善意为至尊主奎师那做超然的爱心服务，而不想要通过从事功利性活动或哲学思辨得到物质的利益。那称为纯粹的奉爱服务。”人除非彻底清除由愚昧的浓密黑暗导致的一切物质欲望，否则无法全心全意地为至尊主做奉爱服务。因此，我们应该总是向主尼尔星哈戴瓦祈祷，祂杀死了物质欲望的人格化身黑冉亚卡希普。梵文“黑冉亚(Hiraṇya)”的意思是“黄金”，“卡希普(kaśipu)”的意思是“软垫或软床”。物质主义者总是想要让身体感到舒适，并为此需要大量的黄金。所以，黑冉亚卡希普是过物质主义生活的典型代表，并因此而给最优秀的奉献者帕拉德王制造了巨大的困扰，直到主尼尔星哈戴瓦杀死他。渴望清除物质欲望的奉献者应该像帕拉德王在这节诗中祈祷的那样，恭恭敬敬地向尼尔星哈戴瓦献上他的祈祷。

第 9 节

स्वस्त्यस्तु विश्वस्य खलः प्रसीदतां
ध्यायन्तु भूतानि शिवं मिथो धिया ।
मनश्च भद्रं भजतादधोक्षजे
आवेश्यतां नो मतिरप्यहैतुकी ॥ ९ ॥

svasty astu viśvasya khalaḥ prasīdatāṁ
dhyāyantu bhūtāni śivaṁ mitho dhiyā
manaś ca bhadraṁ bhajatād adhokṣaje
āveśyatāṁ no matir apy ahaitukī

svasti－吉祥 / astu－愿 / viśvasya－整个宇宙的 / khalaḥ－怀有敌意的人(几乎每一个人) / prasīdatām－愿他们得到抚慰 / dhyāyantu－让他们思考 / bhūtāni－众生 / śivam－吉祥 / mithaḥ－彼此 /

dhiyā－用他们的智力 / manaḥ－心 / ca－和 / bhadram－平静 / bhajatāt－让它体验 / adhokṣaje－超越心智及感官知觉的至尊人格首神 / āveśyatām－愿全神贯注 / naḥ－我们的 / matiḥ－智力 / api－确实地 / ahaitukī－毫无动机

译文　愿整个宇宙拥有好运，愿所有忌妒之人得到抚慰。愿众生靠练奉爱瑜伽变得平静，因为做奉爱服务会使他们思考彼此的幸福安康。为此，让我们都致力于侍奉至尊超然的存在——圣主奎师那，总是全神贯注地想着祂。

要旨　以下这节诗对外士纳瓦(Vaiṣṇava)作了描述：

vāñchā-kalpa-tarubhyaś ca
kṛpā-sindhubhya eva ca
patitānāṁ pāvanebhyo
vaiṣṇavebhyo namo namaḥ

恰似如愿树般，外士纳瓦可以满足托庇于他的莲花足的人具有的一切心愿。帕拉德王是一位典型的外士纳瓦。他不为自己祈祷，而是为包括绅士、忌妒之人，甚至恶意伤人的人等一切众生祈祷。他总是为他父亲黑冉亚卡希普那种恶意伤人的人的福利着想。帕拉德王不为自己要求什么，相反祈求至尊主原谅他邪恶的父亲。这是外士纳瓦的心态，他们总是想着整个宇宙的福利。

《圣典博伽瓦谭》和为至尊主做奉爱服务的职责(bhāgavata-dharma)，专为毫无忌妒之心的人(parama-nirmatsarāṇām)而准备。因此，帕拉德王在这节诗中祈祷说："愿所有的忌妒之人得到抚慰(khalaḥ prasīdatām)"。物质世界里充满了忌妒之人，但人如果去除忌妒心，就会在他的社会交往中变得心胸开阔，就能为他人的福利着想。

培养奎师那意识并全心全意地为至尊主做奉爱服务的人，将清除心中所有的忌妒和恶意(manaś ca bhadraṁ bhajatād adhokṣaje)。

为此，我们应该祈求主尼尔星哈戴瓦在我们的心中就座。我们应该祈祷：“请主尼尔星哈坐在我的心中，杀死我所有的不良习性和倾向。让我的心变清洁，以使我能平静地崇拜至尊主并给整个世界带去和平(bahir nṛsiṁho hṛdaye nṛsiṁhaḥ)。”

就有关这一点，圣维施瓦纳特·查夸瓦尔提·塔库尔为我们写了一个很好的评注。人们在向至尊人格首神祈祷时，总是要求祂给予某种赐福。就连纯粹的(niṣkāma)奉献者都为得到某种赐福而祈祷，正如圣主柴坦亚·玛哈帕布通过祂的“八条训诫(Śikṣāṣṭa-ka)”的第5条教导说：

ayi nanda-tanuja kiṅkaraṁ
  patitaṁ māṁ viṣame bhavāmbudhau
kṛpayā tava pāda-paṅkaja-
  sthita-dhūlī-sadṛśaṁ vicintaya

“南达王的儿子(奎师那)啊！我是您永恒的仆人，但不知怎的，我坠入了生死苦海。请将我从这生死苦海中救起，并将我如一粒原子般放在您的莲花足旁。”主柴坦亚在另一段祈祷中说：一生复一生，请让我怀着纯洁的爱心为您圣上的莲花足做奉爱服务(mama janmani janmanīśvare bhavatād bhaktir ahaitukī tvayi)。当帕拉德王吟诵oṁ namo bhagavate narasiṁhāya这句赞美诗时，他祈祷至尊主给予祝福；但他因为是崇高的外士纳瓦，所以根本不想为他个人的感官享乐要什么。他在祈祷中表达的第一个愿望是：“愿整个宇宙拥有好运(svasty astu viśvasya)”就这样，帕拉德王请求至尊主对众生仁慈，包括他父亲——最邪恶的人。按照查纳克亚·潘迪特(Cāṇakya Paṇḍita)的说法，世上有两类忌妒的生物体，即：蛇，以及黑冉亚卡希普那样的人；他们生性忌妒众生，甚至包括自己的父亲或儿子。黑冉亚卡希普忌妒他的小儿子帕拉德，但帕拉德王为他父亲的利益着想而请求赐福。黑冉亚卡希普十分忌妒奉献者，但帕拉德希望他父亲及其他像他父亲一样的恶魔能依靠至尊主的恩典，去除他们忌妒的本性，停止伤害奉献者(khalaḥ prasīdatām)。困难之处在于：忌妒的生物体(khala)很难因他人的抚慰而平静下来。蛇这种忌妒的生物体，可以仅仅靠曼陀(mantra)的声音震荡或一种特别的草药的作用平静下来(mantrauṣadhi-vaśaḥ sarpaḥ khalakena nivāryate)。然而，任何方式都无法使忌妒之人平静下来。为此，帕拉德王祈祷说：愿所有忌妒之人的内心得到改变，从而可以去想他人的福利。

如果奎师那意识运动在全世界开展起来，如果靠主奎师那的恩典，人们都接受它，忌妒之人的思想就会转变，大家就都将为他人的福利着想。因此，帕拉德王祈祷说：愿大家都为他人的福利着想(śivaṁ mitho dhiyā)。在物质活动中，每一个人都忌妒他人，但在为奎师那做奉爱服务的活动中，人们彼此之间没有忌妒，每个人都为他人的福利着想。正因为如此，帕拉德王祈祷，愿众生靠全神贯注于奎师那的莲花足而变得和善(bhajatād adhokṣaje)。《圣典博伽瓦谭》的另一处指出：事实上，他(安巴瑞施王)的注意力完全专注于主奎师那的一双莲花足上(sa vai manaḥ kṛṣṇa-padāra-vindayoḥ)。正如主奎师那在《博伽梵歌》第18章的第65节诗中忠告说，人应该一直不断地想着祂的莲花足(man-manā bhava mad-bhaktaḥ)。这样做无疑将使人的内心得到净化(ceto-darpaṇa-mārjanam)。物质主义者总想着感官享乐，但帕拉德王祈祷，至尊主的仁慈将改变他们的内心，使他们停止去想感官享乐。他们如果总想着奎师那，一切就将保持良好的状态。有些人争辩道，如果每个人都那样想着奎师那，整个宇宙就会因为大家都回归家园，回到首神身边而变成空的。然而，圣维施瓦纳特·查夸瓦尔提·塔库尔说：这是不可能的，因为生物体的数量数不胜数。如果一批生物体靠奎师那意识运动真正得到拯救，另外一批生物体就会充满整个宇宙。

第 10 节

मागारदारात्मजवित्तबन्धुषु
सङ्गो यदि स्याद्भगवत्प्रियेषु नः ।
यः प्राणवृत्त्या परितुष्ट आत्मवान्
सिद्ध्यत्यदूरान्न तथेन्द्रियप्रियः ॥१०॥

māgāra-dārātmaja-vitta-bandhuṣu
saṅgo yadi syād bhagavat-priyeṣu naḥ
yaḥ prāṇa-vṛttyā parituṣṭa ātmavān
siddhyaty adūrān na tathendriya-priyaḥ

mā—不 / agāra—房子 / dāra—妻子 / ātma-ja—孩子 / vitta—银行存款 / bandhuṣu—在朋友和亲戚中 / saṅgaḥ—交往或依恋 / yadi—如果 / syāt—必有 / bhagavat-priyeṣu—深爱至尊人格首神的人当中 / naḥ—我们的 / yaḥ—……的人 / prāṇa-vṛttyā—基本的生活所需 / parituṣṭaḥ—满足于 / ātma-vān—控制住心念并觉悟了自我的 / siddhyati—成功了 / adūrāt—很快 / na—不 / tathā—那么多 / indriya-priyaḥ—依恋感官享乐之人

译文 我亲爱的至尊主，我们祈祷，愿我们永不受由住家、妻子、孩子、朋友、银行存款和亲戚等构成的家庭生活之牢狱的吸引。如果我们确实有依恋之情，那就依恋奉献者，奉献者唯一亲爱的朋友就是奎师那。真正觉悟了自我并控制住自己心念的人，完全满足于只得到维生所需要的一切。他不为使感官满意而努力。这种人的奎师那意识迅速增强；相反，太依恋物质事物的其他人却发现，要取得进步极为困难。

要旨 当圣奎师那·柴坦亚·玛哈帕布(Śrī Kṛṣṇa Caitanya Mahāprabhu)被要求解释，有奎师那意识之人(外士纳瓦)的职责是什么时，祂立刻回答：外士纳瓦首先要做的是，停止与非奉献者及太依恋、妻子、孩子和银行存款的人联谊(asat-saṅga-tyāga-ei vaiṣṇava-ācāra)。帕拉德王还向人格首神祈祷，愿他自己能避免与依恋物质主义生活方式的非奉献者交往。他祈祷，如果他必须依恋某人，那就愿他只依恋奉献者。

奉献者不喜欢为感官享乐而毫不必要地增加需求。当然，人只要还住在这个物质世界里，就必然有一个物质躯体，就必须为做奉爱服务而照顾这个躯体。吃给奎师那供奉过的素食(kṛṣṇa-prasāda)，就可以轻易地维持身体健康。正如主奎师那在《博伽梵歌》第9章的第26节诗中说：

patraṁ puṣpaṁ phalaṁ toyaṁ
yo me bhaktyā prayacchati
tad ahaṁ bhakty-upahṛtam
aśnāmi prayatātmanaḥ

“人如果怀着奉爱之心给我供奉一片叶、一朵花、一个水果或一些水，我将会接受。”为什么要为满足舌头而毫无必要地增加菜单上的品种呢？奉献者应该吃得尽量简单。否则，对物质事物的依恋会逐渐增加，而由于感官很强劲，它们会很快要求越来越多的享受。这样，人生真正的使命——增强奎师那意识，就会落空。

第 11 节

यत्सङ्गलब्धं निजवीर्यवैभवं
तीर्थं मुहुः संस्पृशतां हि मानसम् ।
हरत्यजोऽन्तः श्रुतिभिर्गतोऽङ्गजं
को वै न सेवेत मुकुन्दविक्रमम् ॥११॥

yat-saṅga-labdhaṁ nija-vīrya-vaibhavaṁ
tīrthaṁ muhuḥ saṁspṛśatāṁ hi mānasam
haraty ajo 'ntaḥ śrutibhir gato 'ṅgajaṁ
ko vai na seveta mukunda-vikramam

yat—……的(奉献者) / saṅga-labdham—靠联谊达到 / nija-vīrya-vaibhavam—影响力不凡的 / tīrtham—恒河等圣地 / muhuḥ—重复地 / saṁspṛśatām—那些触碰的 / hi—无疑地 / mānasam—心中的污垢 / harati—消除 / ajaḥ—不经出生就存在的至尊者 / antaḥ—内心深处 / śrutibhiḥ—通过耳朵 / gataḥ—进入 / aṅga-jam—污垢或身体的污染 / kaḥ—谁 / vai—确实地 / na—不 / seveta—愿意服务 / mukunda-vikramam—至尊人格首神穆昆达的辉煌活动

译文 靠与那些把至尊人格首神穆昆达视为一切的人联谊，人可以聆听到至尊主强有力的活动，并很快理解它们。穆昆达的活动如此有力，仅仅聆听它们就能使人立刻与至尊主本人交往。对极其渴望并一直不断聆听对至尊主强大活动的描述的人来说，绝对真理——人格首神，以声音震荡的形式进入他的心，清除其中所有的污染。可是，在恒河中沐浴以减少躯体污染这一方法，以及朝拜圣地的方法，只能在长时间这样做后净化内心。因此，明智之人怎么会不靠与奉献者的联谊尽速完善自己的人生？

要旨 在恒河中沐浴无疑可以治愈人患有的许多身体传染病，却无法清除依恋物质的内心，而这样的内心在物质存在中制造出各种各样的污染。但是，靠聆听至尊主的活动直接与祂联谊而清除了心中污垢的人，会很快具有奎师那意识。对此，苏塔·哥斯瓦米(Sūta Gosvāmī)在《圣典博伽瓦谭》第1篇第2章的第17节诗中证实说：

śṛṇvatāṁ sva-kathāḥ kṛṣṇaḥ
puṇya-śravaṇa-kīrtanaḥ
hṛdy antaḥ-stho hy abhadrāṇi
vidhunoti suhṛt-satām

“作为众生心中的超灵、诚实奉献者的恩人，人格首神圣奎师那会把渴望聆听祂信息的奉献者心中的感官享乐欲望清除掉。

正确地聆听和歌唱祂的信息是虔诚活动。”当有人聆听对至尊主活动的讲述时，处在众生心中的至尊主就会非常高兴，亲自清除聆听者心中的污垢。祂清洗掉这些人心中的一切污垢(hṛdy antaḥ-stho hy abhadrāṇi vidhunoti)。物质存在是由心中的污垢导致的。人如果能净化自己的心，就立刻恢复他原本具有奎师那意识的状态，他的人生从此成功。正因为如此，在奉爱传承中的所有伟大的圣人，都强烈地推荐聆听这一方法。圣柴坦亚·玛哈帕布推行了集体吟唱哈瑞·奎师那这一伟大曼陀的方法，给所有的人以机会聆听奎师那的圣名，因为仅仅聆听哈瑞·奎师那　哈瑞·奎师那　奎师那·奎师那　哈瑞·哈瑞/哈瑞·茹阿玛　哈瑞·茹阿玛　茹阿玛·茹阿玛　哈瑞·哈瑞(Hare Kṛṣṇa, Hare Kṛṣṇa, Kṛṣṇa Kṛṣṇa, Hare Hare/ Hare Rāma, Hare Rāma, Rāma Rāma, Hare Hare)，人就得到净化(ceto-darpaṇa-mārjanam)。为此，我们的奎师那意识运动主要致力于在全世界吟唱哈瑞·奎师那这一伟大的曼陀(Hare Kṛṣṇa)。

吟诵、吟唱哈瑞·奎师那使人的心被净化后，人就逐渐上升到奎师那意识的层面，随后就可以读懂《博伽梵歌》、《圣典博伽瓦谭》、《永恒的柴坦亚经》及《奉爱的甘露》等著作了。这样做使人变得越来越减少物质的污染。正如《圣典博伽瓦谭》第1篇第2章的第18节诗中所说：

naṣṭa-prāyeṣv abhadreṣu
nityaṁ bhāgavata-sevayā
bhagavaty uttama-śloke
bhaktir bhavati naiṣṭhikī

“经常参加《博伽瓦谭》的课，并为纯粹奉献者做服务，就能消除心中几乎所有的物质污染；为超然赞歌颂扬的人格首神做爱心服务，就会像无法改变的事实一样被确定下来。”所以，仅仅聆听至尊主强有力的活动，奉献者心中的物质污染就几乎被彻底清除，作为至尊主不可缺少的一部分的他是至尊主永恒仆人的这一真相就会展示出来。奉献者在致力于做奉爱服务的过程中，会逐渐克服物质自然的激情属性及愚昧属性的影响，随后只在善良属性的层面上行事。那时，他变得快乐，在奎师那意识逐渐增强的过程中不断进步。

所有伟大的灵性导师都强力推荐要给予人们聆听有关至尊主一切的机会。这样，他们人生的成功就有了保障。我们越彻底地去除我们心中物质执著的污垢，就越会依恋奎师那的名字、形象、与祂有关的一切及活动。这是奎师那意识运动总的实质。

第12节

यस्यास्ति भक्तिर्भगवत्यकिञ्चना
सर्वैर्गुणैस्तत्र समासते सुराः ।
हरावभक्तस्य कुतो महद्गुणा
मनोरथेनासति धावतो बहिः ॥१२॥

yasyāsti bhaktir bhagavaty akiñcanā
sarvair guṇais tatra samāsate surāḥ
harāv abhaktasya kuto mahad-guṇā
manorathenāsati dhāvato bahiḥ

yasya—……的 / asti—有 / bhaktiḥ—奉爱服务 / bhagavati—向至尊人格首神 / akiñcanā—没有任何动机 / sarvaiḥ—与全部 / guṇaiḥ—好的品质 / tatra—那里(在那人身上) / samāsate—居住 / surāḥ—所有的半神人 / harau—向至尊人格首神 / abhaktasya—不做奉爱服务的人的 / kutaḥ—哪里 / mahat-guṇāḥ—美好的品质 / manorathena—靠主观臆测 / asati—在短暂的物质世界里 / dhāvataḥ—跑着的人 / bahiḥ—外在

译文 培养出对至尊人格首神华苏戴瓦纯粹奉爱之心的人，身上将展示出全体半神人所具有的宗教、知识和弃绝等崇高品质。相反，不做奉爱服务却从事物质活动的人，不具备好品质。哪怕他精于练神秘瑜伽，或者努力诚实地维护他的家庭、供养他的亲属，他都必然会受他主观臆测的驱使，忙于侍奉至尊主的外在能量。这种人怎么可能有什么好品质？

要旨　正如下一节诗所解释的，奎师那是全体生物的源头。对此，在《博伽梵歌》第15章的第7节诗中，奎师那证实说：

mamaivāṁśo jīva-loke
jīva-bhūtaḥ sanātanaḥ
manaḥ ṣaṣṭhānīndriyāṇi
prakṛti-sthāni karṣati

“在这个受制约的世界里的众生，都是我永恒的碎片部分。受制约的生活使他们与包括心在内的六种感官苦苦争斗。”所有的生物都是奎师那不可缺少的一部分，因此当他们原本的奎师那意识复苏时，他们就会少量地拥有奎师那所有的美好品质。当人致力于做九项奉爱服务时(śravaṇaṁ kīrtanaṁ viṣṇoḥ smaraṇaṁ pāda-sevanam/ arcanaṁ vandanaṁ dāsyaṁ sakhyam ātma-nivedanam)，人的心就变得净化，人就立刻明白自己与奎师那的关系，他原本的奎师那意识就得以复苏。

《永恒的柴坦亚经》首篇第8章中描述了奉献者的一些品质。例如：圣潘迪特·哈瑞达斯(Śrī Paṇḍita Haridāsa)被描述为是忍受、平静、宽大、深沉和行为极为端正的奉献者。此外，他说话非常甜美，他的作为令人愉快；他总是有耐心、尊重众生，总是为众生的利益而工作；他从不口是心非，完全回避邪恶的活动。这些都是奎师那原本就有的品质，成为奉献者的人也自然而然展示出这些品质。《永恒的柴坦亚经》的作者圣奎师那达斯·卡维茹阿佳(Śrī Kṛṣṇadāsa Kavirāja)说：所有美好的品质都在外士纳瓦身上展现出来，靠观察一个人身上是否出现这些美好的品质，就可以区分他是外士纳瓦奉献者还是非奉献者。奎师那达斯·卡维茹阿佳列举了一个外士纳瓦所能展现出的二十六项美好品质，即：(1)善待众生；(2)从不与人为敌；(3)诚实、说真话；(4)平等待人；(5)别人在他身上找不出缺点；(6)宽宏大量；(7)很温和；(8)始终保持清洁；(9)没有拥有感；(10)为众生的利益而工作；(11)很平静；(12)总是投靠奎师那；(13)没有物质欲望；(14)很温顺；(15)坚定不移；(16)控制自己的感官；(17)不吃超过所需的量；(18)不受至尊主错觉能量的影响；(19)对所有的人表示敬意；(20)不求他人对自己的尊重；(21)很深沉、认真；(22)慈悲为怀；(23)友好亲切；(24)富有诗意；(25)精明强干；(26)沉默。

第 13 节

हरिर्हि साक्षाद्भगवान् शरीरिणा-
मात्मा झषाणामिव तोयमीप्सितम् ।
हित्वा महांस्तं यदि सज्जते गृहे
तदा महत्त्वं वयसा दम्पतीनाम् ॥१३॥

harir hi sākṣād bhagavān śarīriṇām
ātmā jhaṣāṇām iva toyam īpsitam
hitvā mahāṁs taṁ yadi sajjate gṛhe
tadā mahattvaṁ vayasā dampatīnām

hariḥ－至尊主 / hi－无疑地 / sākṣāt－直接地 / bhagavān－至尊人格首神 / śarīriṇām－所有接受了物质躯体的生物的 / ātmā－生命和灵魂 / jhaṣāṇām－水生物的 / iva－如同 / toyam－浩瀚的水 / īpsitam－想要 / hitvā－放弃 / mahān－伟大的人物 / tam－祂 / yadi－如果 / sajjate－变得依恋 / gṛhe－家庭生活 / tadā－那时 / mahattvam－出众 / vayasā－年轻的 / dam-patīnām－夫妻的

译文 正如水生物总想要留在浩瀚的水中，所有受制约的生物自然都想留在至尊主的广大存在中。因此，如果有人因为物质算计而变得十分出众，从而忘记托庇于至尊灵魂，相反依恋起物质的家庭生活，那他的出众便好似一对年轻、低水平的夫妻。太依恋物质生活的人失去所有美好的灵性品质。

要旨 鳄鱼虽然是凶猛的动物，但只要冒险走出水面到陆地上，就因为无法展示其原有的力量而显得无能为力。同样，无所不在的超灵(Paramātmā)是众生的源头，所有的生物都是祂不可缺少的一部分；所以当生物保持与无所不在的人格首神华苏戴瓦(Vāsudeva)的联系时，他就会展示出他的灵性力量，恰似鳄鱼在水中才可以展现出它强大的力量。换句话说，生物在灵性世界或从事灵性活动时，他的优秀之处才能被感知到。许多居士虽然受到韦达知识方面的良好教育，但却变得依恋家庭生活。他们因为缺乏灵性的力量，所以在此被比作是出水的鳄鱼。他们就像年轻、未受过教育的夫妇互相赞赏对方的优秀，被他们短暂的英俊和美貌所吸引。只有层次低、不具备资格的人才赞赏这类优秀。

因此，每一个人都该追求得到至尊灵魂——众生源头的庇护。谁都不该把时间浪费在物质主义家庭生活的所谓快乐中。在韦达文明中，只允许人过这种不健全的生活到五十岁，人到时必须停止过家庭生活，要么进入为培养灵性知识而退出家庭生活的阶段(vānaprastha)，要么进入彻底弃绝的托钵僧阶段(sannyāsa)，完全托庇于至尊人格首神。

第 14 节

तस्माद्रजोरागविषादमन्यु-
मानस्पृहाभयदैन्याधिमूलम् ।

हित्वा गृहं संसृतिचक्रवालं
नृसिंहपादं भजताकुतोभयमिति ॥१४॥

tasmād rajo-rāga-viṣāda-manyu-
māna-spṛhā-bhayadainyādhimūlam
hitvā gṛhaṁ saṁsṛti-cakravālaṁ
nṛsiṁha-pādaṁ bhajatākutobhayam iti

tasmāt－因此 / rajaḥ－激情或物质欲望的 / rāga－依恋物质事物 / viṣāda－然后失望 / manyu－愤怒 / māna-spṛhā－想要在社会中受到尊敬 / bhaya－恐惧 / dainya－贫穷的 / adhimūlam－根本原因 / hitvā－放弃 / gṛham－家庭生活 / saṁsṛti-cakravālam－重复生死的轮回 / nṛsiṁha-pādam－主尼尔星哈戴瓦的莲花足 / bhajata－崇拜 / akutaḥ-bhayam－绝无安全、没有恐惧 / iti－如此

译文 所以，恶魔们啊！放弃所谓的家庭生活之乐，只托庇于主尼尔星哈戴瓦的莲花足，它们真正使人感到安全、没有恐惧。被束缚在家庭生活中，是物质执著、欲壑难填、阴郁、愤怒、绝望、恐惧和想要获得虚假荣誉的根源，所有这一切都导致人反复地轮回生死。

第 15 节

केतुमालेऽपि भगवान् कामदेवस्वरूपेण लक्ष्म्याः प्रियचिकीर्षया प्रजापतेर्दुहितॄणां पुत्राणां तद्वर्षपतीनां पुरुषायुषाहोरात्रपरिसङ्ख्यानानां यासां गर्भा महापुरुषमहास्त्रतेजसोद्वेजितमनसां विध्वस्ता व्यसवः संवत्सरान्ते विनिपतन्ति ॥१५॥

ketumāle 'pi bhagavān kāmadeva-svarūpeṇa lakṣmyāḥ priya-cikīrṣayā prajāpater duhitṝṇāṁ putrāṇāṁ tad-varṣa-patīnāṁ puruṣāyuṣāho-rātra-parisaṅkhyānānāṁ yāsāṁ garbhā mahā- puruṣa-mahāstra-tejasodvejita-manasāṁ vidhvastā vyasavaḥ saṁvatsarānte vinipatanti.

ketumāle—在被称为凯图玛拉·瓦尔沙的大地上 / api—也 / bhagavān—至尊人格首神主维施努 / kāmadeva-svarūpeṇa—以卡玛戴瓦(丘比特或帕杜么纳)的形象 / lakṣmyāḥ—幸运女神的 / priya-cikīrṣayā—想要使……满足 / prajāpateḥ—生物体祖先的 / duhitṝṇām—女儿们的 / putrāṇām—儿子们的 / tat-varṣa-patīnām—那土地的统治者 / puruṣa-āyuṣā—在人体的寿命中(大概一百年) / ahaḥ-rātra—白天和夜晚 / parisaṅkhyānānām—数量相等的 / yāsām—(女儿们)……的 / garbhāḥ—胎儿 / mahā-puruṣa—至尊人格首神的 / mahā-astra—强大武器(飞轮)的 / tejasā—被光芒 / udvejita-manasām—激动不安 / vidhvastāḥ—毁坏 / vyasavaḥ—死的 / saṁvatsara-ante—在一年的年末 / vinipa-tanti—掉下

译文　舒卡戴瓦·哥斯瓦米继续道：在被称为凯图玛拉·瓦尔沙的大地上，主维施努仅仅为满足祂的奉献者而以卡玛戴瓦的形象居住在那里。这也包括了幸运女神拉珂施蜜、生物体祖先萨么瓦特萨尔及他的儿女们。生物体祖先的女儿们被视为是控制夜晚的神明，他的儿子们被视为是控制白昼的神明。生物体祖先的子女共有三万六千个，每一个代表人体寿命的每一个白天或夜晚。在每一年的年末，生物体祖先的女儿们就会因为看到至尊人格首神那放射出耀眼光芒的飞轮而变得激动不安，导致流产。

要旨　这位显现为奎师那的儿子名叫帕杜么纳(Pradyumna)的卡玛戴瓦(Kāmadeva)，属于维施努范畴(viṣṇu-tattva)。就有关为什么是这样的问题，玛德瓦查尔亚引述《布茹阿曼达往世书》(Brahmāṇḍa Purāṇa)的内容解释道：他崇拜处在卡玛戴瓦体内的维施努(kāmadeva-sthitaṁ viṣṇum upāste)。尽管这个卡玛戴瓦属于维施努范畴，但祂的身体不是灵性的而是物质的。主维施努作为帕杜么纳或卡玛戴瓦接受一个物质躯体，但祂从事的活动依然是灵性的。祂接受一个灵性之躯还是物质之躯并没有造成什么区别，因为祂可以在任何存在状况中以灵性的方式行事。假象宗(Māyāvādī)哲学家甚至把主奎师那的身体看做是物质的，但他们的看法并不能妨碍至尊主从事灵性活动。

第 16 节

अतीव सुललितगतिविलासविलसितरुचिरहासलेशावलोकलीलया किञ्चिदुत्तम्भितसुन्दरभ्रूमण्डलसुभगवदनारविन्दश्रिया रमां रमयन्-निन्द्रियाणि रमयते ॥१६॥

atīva sulalita-gati-vilāsa-vilasita-rucira-hāsa-leśāvaloka-līlayā
kiñcid-uttambhita-sundara-bhrū-maṇḍala-subhaga-vadanāravinda-
śriyā ramāṁ ramayann indriyāṇi ramayate.

atīva—非常 / su-lalita—美丽的 / gati—动作 / vilāsa—通过娱乐 / vilasita—展示 / rucira—令人愉悦 / hāsa-leśa—浅浅地微笑 / avaloka-līlayā—用玩笑地瞥视 / kiñcit-uttambhita—轻轻挑起 / sundara—美丽的 / bhrū-maṇḍala—用眉毛 / subhaga—吉祥 / vadana-aravinda-śriyā—祂如莲花般美丽的脸庞 / ramām—幸运女神 / ramayan—令……开心 / indriyāṇi—所有的感官 / ramayate—祂使……满足

译文 在凯图玛拉大地上，主卡玛戴瓦(帕杜么纳)的动作优雅万分。祂的微笑极美。祂以轻挑双眉和玩笑地瞥视增添祂脸庞的美丽时，使幸运女神心满意足。祂就这样享受祂超然的感官。

第 17 节

तद्भगवतो मायामयं रूपं परमसमाधियोगेन रमा देवी संवत्सरस्य रात्रिषु प्रजापतेर्दुहितृभिरुपेताहःसु च तद्भर्तृभिरुपास्ते इदं चोदाहरति ॥१७॥

tad bhagavato māyāmayaṁ rūpaṁ parama-samādhi-yogena ramā
devī saṁvatsarasya rātriṣu prajāpater duhitṛbhir upetāhaḥsu ca tad-
bhartṛbhir upāste idaṁ codāharati.

tat—那 / bhagavataḥ—至尊人格首神的 / māyā-mayam—对奉献者充满了感情 / rūpam—形象 / parama—最高的 / samādhi-yogena—靠全神贯注地侍奉至尊主 / ramā—幸运女神 / devī—神性的女士 / saṁvatsarasya—名叫萨么瓦特萨尔 / rātriṣu—在晚间 / prajāpateḥ—生物体祖先的 / duhitṛbhiḥ—与……的女儿们 / upeta—结合 / ahaḥsu—在白天期间 / ca—也 / tat-bhartṛbhiḥ—跟丈夫们 / upāste—崇拜 / idam—这 / ca—也 / udāharati—吟唱

译文　幸运女神拉珂施蜜白天由生物体祖先的儿子(控制白昼的神明)陪伴，夜晚由他的女儿(控制夜晚的神明)陪伴，在被称为萨么瓦特萨尔的时期内，崇拜至尊主最仁慈的形象卡玛戴瓦。完全沉浸在奉爱服务中的她，吟唱如下的赞歌。

要旨　我们不该按照假象宗人士的解释去解读这节诗文中所用的梵文“māyāmayam”一词；其中“玛亚(māyā)”既有“深情”的意思，也有“错觉”的意思。当母亲满怀柔情地与孩子打交道时，就说她是māyāmaya。至尊主维施努无论以什么形象显现，总是对祂的奉献者们温柔、亲切，充满深情。所以，这节诗中用的māyāmayam表明的是“对奉献者充满深情”的意思。对此，圣吉瓦·哥斯瓦米(Śrīla Jīva Gosvāmī)写道：māyāmayam的意思也可以是“极为仁慈(kṛpā-pracuram)”。同样，圣维尔茹阿格瓦(Śrīla Vīrarā-ghava)说：人在因为有亲密的关系而充满深情时，就被描述为是“māyāmaya”(māyā-pracuranātmīya-saṅkalpena parigṛhītam ity arthaḥ jñāna-paryāyo'tra māyā-śabdaḥ)。圣维施瓦纳特·查夸瓦尔提·塔库尔通过把māyāmayam一词分为māyā和āmayam解释说：这些词指出，由于生物被错觉性的疾病包裹，至尊主总是渴望把祂的奉献者救出玛亚(māyā)的钳制，帮他治愈由错觉能量导致的疾病。

第 18 节

ॐ ह्रां ह्रीं ह्रूं ॐ नमो भगवते हृषीकेशाय सर्वगुणविशेषैर्विलक्षितात्मने आकूतीनां चित्तीनां चेतसां विशेषाणां चाधिपतये षोडशकलाय च्छन्दोमयायान्नमयायामृतमयाय सर्वमयाय सहसे ओजसे बलाय कान्ताय कामाय नमस्ते उभयत्र भूयात् ॥१८॥

oṁ hrāṁ hrīṁ hrūṁ oṁ namo bhagavate hṛṣīkeśāya sarva-guṇa-viśeṣair vilakṣitātmane ākūtīnāṁ cittīnāṁ cetasāṁ viśeṣāṇāṁ cādhipataye ṣoḍaśa-kalāya cchando-mayāyānna-mayāyāmṛta-mayāya sarva-mayāya sahase ojase balāya kāntāya kāmāya namas te ubhayatra bhūyāt.

om一主啊！ / hrām hrīm hrūm一为了成功所吟唱的赞歌的种子音节 / om一主啊！ / namaḥ一虔敬的顶礼 / bhagavate一向至尊人格首神的莲花足 / hṛṣīkeśāya一向感官的主慧希凯施 / sarva-guṇa一与一切超然的品质 / viśeṣaiḥ一与所有种类的 / vilakṣita一特别的注意到 / ātmane一向所有生物体的灵魂 / ākūtīnām一所有种类活动的 / cittīnām一所有种类知识的 / cetasām一决心及精神上的努力等内心功能的 / viśeṣāṇām一他们个别的对象 / ca一和 / adhipataye一向主人 / ṣoḍaśa-kalāya一一部分是创造的十六种原材料(五个感官对象和包含心在内的十一个感官)的…… / chandaḥ-mayāya一向一切祭祀仪式的享受者 / anna-mayāya一通过提供生活所需维持众生的 / amṛta-mayā-ya一赐予不朽生命的 / sarva-mayāya一无所不在的 / sahase一强大有力的 / ojase一提供感官力量的 / balāya一提供身体力量的 / kāntāya一众生的至尊丈夫或主人 / kāmāya一为奉献者提供一切所需的 / namaḥ一虔敬的顶礼 / te一向您 / ubhayatra一一直(在白天和黑夜或今生和来生) / bhūyāt一祝一切好运

译文 让我恭敬地顶拜至尊人格首神主慧希凯施——我所有感官的控制者及一切的源头。作为控制身体和心智一切活动的至尊主人，祂是一切活动结果的享受者。五个感官对象及包括心在内的十一个感官，都是祂的部分展示。祂提供生活所需的一切，而那些都是祂的能量，因此与祂没有区别。祂还是每一个生物体的体力和心力的来源，而这些也无异于祂。事实上，祂是众生的丈夫，他们生存所需的提供者。所有韦达经的目的就是要人崇拜祂。所以，让我们大家向祂致以我们虔敬的顶礼。愿祂在我们的今生和来世一直提携我们。

要旨　这节诗文中的māyāmaya一词，就有关至尊主如何出于祂的仁慈以各种方式扩展自己这一点作了进一步的解释。至尊主的能量被以各种方式所了解(parāsya śaktir vividhaiva śrūyate)。祂在这段诗文中被描述为是一切的最初源头，甚至包括我们的躯体、感官、心、活动、力量、体力、心力和为保障生活所需所下的决心等。事实上，我们可以从一切当中察觉至尊主的能量。正如《博伽梵歌》第7章的第8节诗中所说：水的滋味也是奎师那(raso 'ham apsu kaunteya)。奎师那是我们赖以维生所需一切的充满活力的本源。

这首向至尊主致以敬礼的诗文由幸运女神茹阿玛(Ramā)所作，其中充满了灵性的力量。大家都该在灵性导师的指导下吟诵、吟唱这首赞美诗，从而成为至尊主完美的奉献者。人们可以为彻底摆脱物质束缚而吟诵、吟唱这首赞美诗，并可以于获得解脱后在灵性世界外琨塔(Vaikuṇṭhaloka)中崇拜至尊主时继续吟诵、吟唱它。当然，所有的赞美诗都是为今生和来世赞颂至尊主所作，正如奎师那本人在《博伽梵歌》第9章的第14节诗中证实说：

satataṁ kīrtayanto māṁ
　yatantaś ca dṛḍha-vratāḥ
namasyantaś ca māṁ bhaktyā
　nitya-yuktā upāsate

“这些伟大的灵魂总是歌颂我的荣耀，以巨大的决心去努力。他们向我顶礼，一直怀着爱心崇拜我。”在今生和来世都吟诵、吟唱伟大的赞歌(mahā-mantra)或其他赞歌的人，被称为“一直崇拜至尊主的人(nitya-yuktopāsaka)”。

第19节

स्त्रियो व्रतैस्त्वा हृषीकेश्वरं स्वतो
ह्याराध्य लोके पतिमाशासतेऽन्यम् ।
तासां न ते वै परिपान्त्यपत्यं
प्रियं धनायूंषि यतोऽस्वतन्त्राः ॥१९॥

striyo vratais tvā hṛṣīkeśvaraṁ svato
hy ārādhya loke patim āśāsate 'nyam
tāsāṁ na te vai paripānty apatyaṁ
priyaṁ dhanāyūṁṣi yato 'sva-tantrāḥ

striyaḥ—所有女士们 / vrataiḥ—靠断食及遵守其他誓言 / tvā—您 / hṛṣīkeśvaram—至尊人格首神——感官的主人 / svataḥ—自愿地 / hi—无疑地 / ārādhya—崇拜 / loke—在世上 / patim——个丈夫 / āśāsate—要求 / anyam—另一个 / tāsām—所有这些女人的 / na—不 / te—丈夫们 / vai—确实地 / paripānti—能够保护 / apatyam—孩子们 / priyam—非常爱的 / dhana—财富 / āyūṁṣi—或寿命 / yataḥ—因为 / asva-tantrāḥ—依靠

译文 我亲爱的夫君，您无疑是控制所有感官的完全独立的主人。因此，所有因为想得到一个丈夫以满足她们感官而靠严格遵守誓言崇拜您的女人，必定是受到错觉的控制。她们不知道，这样一个丈夫其实既无法保护她们或她们的孩子，也保护不了她们的财产或生命，因为他自己都受制于时间、功利性活动的结果及物质自然属性，而这一切都由您掌控。

要旨　幸运女神在这段诗文中向为得到有个好丈夫的赐福而崇拜至尊主的女性表示同情。尽管这类女性以为得到孩子、财富、长寿和她们喜爱的一切就可以快乐，但她们并不能如愿以偿。在这个物质世界里，所谓的丈夫处在至尊人格首神的控制之下。世上有无数实例表明，受自己从事过的功利性活动结果制约的丈夫，既不能维护他的妻子，以及妻子的孩子和钱财，也不能维持他的寿命。事实上，全体女性真正的丈夫是奎师那——至高无上的丈夫。牧牛姑娘(gopī)都是解脱的灵魂，所以明白这一事实。正因为如此，她们拒绝她们在物质世界里的丈夫，把奎师那视为她们真正的丈夫。奎师那不仅是牧牛姑娘们的丈夫，也是全体生物的丈夫。大家应该十分清楚，奎师那是全体生物真正的丈夫。《博伽梵歌》中把所有的生物描述为是帕奎提(prakṛti)——女性，而不是菩茹沙(puruṣa)——男性。《博伽梵歌》第10章的第12节诗中只把奎师那表述为是菩茹沙：

paraṁ brahma paraṁ dhāma
pavitraṁ paramaṁ bhavān
puruṣaṁ śāśvataṁ divyam
ādi-devam ajaṁ vibhum

“您是至尊人格首神，终极的住所，至纯至粹者，绝对真理。您是永恒、超然的第一人，您不经出生就存在，最伟大。”

奎师那是最初的男性(puruṣa)，所有的生物都是女性(prakṛti)。因此，奎师那是享受者，而所有的生物本是为供祂享乐而存在。所以，为得到保护而寻求物质世界里的丈夫的女性，以及想要当丈夫的人，都在错觉的控制下。当丈夫意味着通过提供钱财和保护很好地供养妻子和孩子。然而，物质世界里的丈夫做不到这一点，因为他自己都受他从事过的功利性活动结果的制约。他过去从事过的功利性活动决定了他的处境(karmaṇā-daiva-netreṇa)。因此，如果有人自负地以为他能保护他的妻子，那他就处在错觉的控制下。奎师那是唯一的丈夫，所以这个物质世界里的夫妻关系不是绝对的。由于我们有结婚的愿望，奎师那就仁慈地允许所谓的丈夫拥有一个妻子，妻子拥有一个所谓的丈夫，以相互满足对方。《至尊奥义书》(Īśopaniṣad)中说：至尊主定额供给每个生物体所需的一切(tena tyaktena bhuñjīthā)。但事实上，生物都是女性(prakṛti)，奎师那是唯一的丈夫。

ekale īśvara kṛṣṇa, āra saba bhṛtya
yāre yaiche nācāya, se taiche kare nṛtya

奎师那是每一个生物原本的主人或丈夫，其他当了所谓丈夫或妻子的生物体，都在按照祂的意愿跳舞。所谓的丈夫也许为感官享乐而与他的妻子结合，但他的感官受感官的主人慧希凯施(Hṛṣīkeśa)的掌控，因此慧希凯施——奎师那，才是真正的丈夫。

第20节

स वै पतिः स्यादकुतोभयः स्वयं
समन्ततः पाति भयातुरं जनम् ।
स एक एवेतरथा मिथो भयं
नैवात्मलाभादधि मन्यते परम् ॥२०॥

sa vai patiḥ syād akutobhayaḥ svayaṁ
samantataḥ pāti bhayāturaṁ janam
sa eka evetarathā mitho bhayaṁ
naivātmalābhād adhi manyate param

saḥ—他 / vai—确实地 / patiḥ——个丈夫 / syāt—会是 / akutaḥ-bhayaḥ—不对任何人感到恐惧的 / svayam—自足的 / samantataḥ—全面地 / pāti—维持 / bhaya-āturam—非常害怕的 / janam——个人 / saḥ—因此他 / ekaḥ——个 / eva—唯一 / itarathā—否则 / mithaḥ—从另一个 / bhayam—害怕 / na—不 / eva—确实 / ātma-lābhāt—比得到您 / adhi—更伟大 / manyate—被接受 / param—其他东西

译文　事实上，只有永无惧怕相反却给予所有害怕之人以全面保护的祂，才能当丈夫和保护者。因此，我的夫君，您是唯一的丈夫，除您之外，没人能声称拥有这个地位。如果您不是唯一的丈夫，您就会害怕其他人了。所以，精通所有韦达文献的人公认，只有您圣上才是众生的主人。他们认为您才是最好的丈夫和保护者，没人能比。

要旨　这段诗文中明确地解释了丈夫或保护者这些名称的含义。人们都想当丈夫、保护者、管理者或政治领袖，但却不知道这较高的地位真正意味着什么。全世界，事实上是全宇宙，有许多人都在一段时间内声称自己是丈夫、政治领袖或保护者，但在适当的时候，至尊主一旦想要罢免他们，他们的职业生涯就立刻结束。因此，真正有学问且在灵性生活中十分进步的人，除了至尊人格首神外，不接受别的领袖、丈夫或供养者。

主奎师那本人在《博伽梵歌》第18章的第66节诗中声明道："我将把你从所有的恶报中解救出来(ahaṁ tvāṁ sarva-pāpebhyo mokṣayiṣyāmi)。"奎师那不惧怕任何人，相反所有的生物都惧怕奎师那。正因为如此，祂可以给予从属祂的生物以真正的保护。所谓的领袖们或独裁者们因为完全处在物质自然的控制之下，所以永远都不能给予他人全面的保护，尽管他们出于虚荣自称自己有这种能力。人们不知道，真正进步的生活由接受至尊人格首神为主人构成(na te viduḥ svārtha-gatiṁ hi viṣṇum)。所有的政治领袖、丈夫和保护者与其靠自称自己是全能的来欺骗自己和他人，不如参加奎师那意识运动，并为拓展这场运动而努力，以使每个人都能学会如何投靠至尊丈夫奎师那。

第21节

या तस्य ते पादसरोरुहार्हणं
निकामयेत्साखिलकामलम्पटा ।

तदेव रासीप्सितमीप्सितोऽर्चितो
यद्भग्नयाञ्चा भगवन् प्रतप्यते ॥२१॥

yā tasya te pāda-saroruhārhaṇaṁ
nikāmayet sākhila-kāma-lampaṭā
tad eva rāsīpsitam īpsito 'rcito
yad-bhagna-yācñā bhagavan pratapyate

yā—……的女人 / tasya—祂的 / te—您的 / pāda-saroruha—莲花足的 / arhaṇam—崇拜 / nikāmayet—极其想要 / sā—这样的女人 / akhila-kāma-lampaṭā—虽然持有各种物质欲望 / tat—那 / eva—只有 / rāsi—您赐予 / īpsitam——些其他的祝福 / īpsitaḥ—为了某事而接近 / arcitaḥ—崇拜 / yat—从……中 / bhagna-yācñā—因为想要得到您莲花足以外的物质事物而变得心碎的人 / bhagavan—我的夫君啊！ / pratapyate—受苦的

译文 我亲爱的夫君，您自然会满足怀着纯洁的爱崇拜您莲花足的女人的一切愿望。然而，如果一个女人为实现某种目的而崇拜您的莲花足，您也会很快满足她的愿望，但她最后就会变得伤心欲绝、悲叹不已。所以，人不需要为得到某种物质利益而崇拜您的莲花足。

要旨 圣茹帕·哥斯瓦米(Śrīla Rūpa Gosvāmī)描述纯粹的奉爱服务说：人不该为满足物质欲望——成功地从事功利性活动或心智思辨，去崇拜至尊人格首神(anyābhilāṣitā-śūnyaṁ jñāna-karmādy-anāvṛtam)。侍奉至尊主的莲花足意味着完全按照祂的愿望为祂做服务。正因为如此，初习奉献者被命令要严格按照灵性导师和经典(śāstra)给予的规范守则崇拜至尊主。这样做奉爱服务将使他逐渐依恋上奎师那，当他沉睡着的对奎师那原本就有的爱展示出来时，他就会不由自主地想要为至尊主服务，心中没有任何动机。这种状态是生物与至尊主关系的完美状态。这时，至尊主就会在祂奉献者并没提出要求的情况下关照祂奉献者的生活和安全。在《博伽梵歌》第9章的第22节诗中，奎师那承诺说：

ananyāś cintayanto māṁ
ye janāḥ paryupāsate
teṣāṁ nityābhiyuktānāṁ
yoga-kṣemaṁ vahāmy aham

“但是，对一直怀着专一的奉爱之心崇拜我并冥想我超然形象的人来说，他们缺少什么，我就给他们什么；他们拥有什么，我替他们保存什么。”至尊主亲自照顾全心全意为祂做奉爱服务的人。他拥有什么，至尊主就给予保护；他需要什么，至尊主就为他提供。既然这样，人为什么要为得到某些物质事物去打扰至尊主呢？类似这样的祈祷是没有必要的。

圣维施瓦纳特·查夸瓦尔提·塔库尔解释说，即使一个奉献者希望至尊主满足他的某个愿望，也不该认为那个奉献者是带有某种动机地在做服务(sakāma-bhakta)。在《博伽梵歌》第7章的第16节诗中，奎师那说：

catur-vidhā bhajante māṁ
janāḥ sukṛtino 'rjuna
ārto jijñāsur arthārthī
jñānī ca bharatarṣabha

“巴茹阿特族中最优秀的人啊！有四种虔诚的人开始为我做奉爱服务。他们是：痛苦的人，追求财富的人，好奇爱问的人和追求绝对真理知识的人。”去找至尊人格首神帮助解除痛苦或赚些钱的痛苦之人(ārta)和追求物质利益的人(arthārthī)，不算带有某种动机的奉献者(sakāma-bhakta)，尽管表面上显得是。作为初习奉献者，他们只不过是无知而已。至尊主后来在《博伽梵歌》中说，他们都是心胸开阔的灵魂(udārāḥ sarva evaite)。尽管奉献者一开始也许内心藏有某种欲望，但这种欲望在适当的时候就会消失。正因为如此，《圣典博伽瓦谭》中命令说：

akāmaḥ sarva-kāmo vā
moksa-kāma udāra-dhīḥ
tīvreṇa bhakti-yogena
yajeta puruṣaṁ param

“有高度智慧的人，无论内心是充满各种物质欲望，是根本没有物质欲望，还是想要得到解脱，都必须用尽所有的方法崇拜至尊的整体——人格首神。”(《圣典博伽瓦谭》2.3.10)

一个人即使想要得到某种物质的事物，也应该只向至尊主祈求，以期实现愿望。为实现自己的欲望而去找半神人的人，被认为是失去理智的人(naṣṭa-buddhi)。在《博伽梵歌》第7章的第20节诗中，主奎师那说：

kāmais tais tair hṛta-jñānāḥ
prapadyante 'nya-devatāḥ
taṁ taṁ niyamam āsthāya
prakṛtyā niyatāḥ svayā

“被物质欲望偷去智力的人皈依半神人，按自己的本性遵守特定的崇拜规则。”

幸运女神根据自己的亲身体验忠告带着物质欲望去找至尊主的人说：至尊主是卡玛戴瓦，所以没必要为物质的所得去求祂。她说：大家应该不带丝毫动机地单纯只为祂做服务。由于至尊人格首神就坐在每个人的心中，祂知道每个人的所思所想，在适当的时候就会满足所有这些愿望。因此，让我们全心全意地为至尊主做服务，不用我们的物质请求去打扰祂吧！

第22节

मत्प्राप्तयेऽजेशसुरासुरादय-
स्तप्यन्त उग्रं तप ऐन्द्रिये धियः ।

ऋते भवत्पादपरायणान्न मां
विन्दन्त्यहं त्वद्धृदया यतोऽजित ॥२२॥

mat-prāptaye 'jeśa-surāsurādayas
tapyanta ugraṁ tapa aindriye dhiyaḥ
ṛte bhavat-pāda-parāyaṇān na mām
vindanty ahaṁ tvad-dhṛdayā yato 'jita

mat-prāptaye—为了得到我的仁慈 / aja—主布茹阿玛 / īśa—主希瓦 / sura—以天帝因铎、昌铎和瓦茹纳为首的其他半神人 / asura-ādayaḥ—还有恶魔 / tapyante—经历 / ugram—艰难的 / tapaḥ—苦行 / aindriye dhiyaḥ——门心思地追求更好的感官享乐的 / ṛte—除非 / bhavat-pāda-parāyaṇāt——心一意、永不间断地侍奉至尊主莲花足的人 / na—不 / mām—我 / vindanti—得到 / aham—我 / tvat—在您之中 / hṛdayāḥ—内心……的 / yataḥ—因此 / ajita—不可战胜的人啊！

译文　不可战胜的至尊主啊！当主布茹阿玛、主希瓦，以及其他半神人和恶魔一门心思想得到物质享乐时，他们就从事艰难的苦行，以得到我的赐福。但除非是始终致力于侍奉您莲花足的人，否则无论谁有多了不起，我都不施恩于他。由于我心中始终想着您，所以除了奉献者，我无法向任何人施予恩惠。

要旨　在这节诗文中，幸运女神拉珂施蜜黛薇(Lakṣmīdevī)明确地说，她不帮助那些物质主义者。尽管一个物质主义者有时在其他物质主义者看来变得很富有，但他的钱财由幸运女神的物质性扩展杜尔嘎女神(Durgādevī)赐予，而并非由拉珂施蜜黛薇本人赐予。为得到物质财富而崇拜杜尔嘎女神的人吟诵、吟唱这样的曼陀道："值得崇拜的母亲杜尔嘎女神啊！请赐予我钱财、力量、名望和一位贤妻……(dhanaṁ dehi rūpaṁ dehi rupavati bharyam dehi)"

取悦杜尔嘎女神可以使人得到这类赐福，但由于它们是短暂的，其结果只不过是梦幻般的快乐(māyā-sukha)。正如帕拉德王所说：为物质利益而辛苦工作的人是愚蠢的无赖(vimūḍha)，因为这样的快乐不会持久(māyā-sukhāya bharam udvahato vimūḍhān)。另一方面，像帕拉德和杜茹瓦王(Dhruva Mahārāja)那样的奉献者们也得到惊人的物质财富，但他们得到的财富带给他们的却不是梦幻般的快乐(māyā-sukha)。奉献者获得的无比巨大的财富，是住在纳茹阿亚纳心中的幸运女神直接给予的礼物。

通过向杜尔嘎女神祈祷得到的物质财富是短暂的。正如《博伽梵歌》第7章的第23节诗中说：智力欠佳的人崇拜半神人，他们得到的成果有限而短暂(antavat tu phalaṁ teṣāṁ tad bhavaty alpa-medhasām)。我们实际看到，巴克提希丹塔·萨茹阿斯瓦提·塔库尔(Bhaktisiddhānta Sarasvatī Ṭhākura)的一个门徒试图享受他灵性导师的财产，灵性导师出于对他的仁慈把短暂的财产给了他，但却没给他将柴坦亚·玛哈帕布的教导传遍全世界的力量。"传教的力量"这一特殊的仁慈，只会赐给那些只想为灵性导师服务而不想从灵性导师那里得到任何物质事物的奉献者。恶魔茹阿瓦纳(Rāva-ṇa)的事例就说明了这一点。尽管茹阿瓦纳企图绑架主茹阿玛禅铎(Rāmacandra)照管的幸运女神悉塔黛薇(Sītādevī)，但却做不到。他绑架的悉塔女神并非本尊，而是玛亚——杜尔嘎女神的扩展。结果，茹阿瓦纳不但没有得到真正的幸运女神的恩宠，反而因杜尔嘎的力量而致使全家覆灭(sṛṣṭi-sthiti-pralaya-sādhana-śaktir ekā)。

第23节

स त्वं ममाप्यच्युत शीर्ष्णि वन्दितं
कराम्बुजं यत्त्वदधायि सात्वताम् ।

बिभर्षि मां लक्ष्म वरेण्य मायया
क ईश्वरस्येहितमूहितुं विभुरिति ॥२३॥

sa tvaṁ mamāpy acyuta śīrṣṇi vanditaṁ
karāmbujaṁ yat tvad-adhāyi sātvatām
bibharṣi māṁ lakṣma vareṇya māyayā
ka īśvarasyehitam ūhituṁ vibhur iti

saḥ—那 / tvam—您 / mama—我的 / api—也 / acyuta—绝对可靠的人啊！ / śīrṣṇi—在头上 / vanditam—崇拜 / kara-ambujam—您的莲花手 / yat—……的 / tvat—被您 / adhāyi—放置 / sātvatām—奉献者的头上 / bibharṣi—您带着 / mām—我 / lakṣma—作为您胸膛上的标志 / vareṇya—值得崇拜的人啊！ / māyayā—使人迷惑 / kaḥ—谁 / īśvarasya—至高无上的控制者的 / īhitam—欲望 / ūhitum—通过道理和辩论去了解 / vibhuḥ—能够 / iti—如此

译文　绝对可靠的人啊！您的莲花手掌是一切祝福的源头，您纯粹的奉献者因此都崇拜它，而您极为仁慈地将您的手放在他们头上。我期望您也能将您的手放在我头上，因为尽管您胸膛上已经印有我的金色标志，但我认为这荣誉并不真实。您向您的奉献者展示真正的仁慈，而不是向我。当然，您是至尊绝对的控制者，没人能了解您的想法。

要旨　在经典的许多地方都描述至尊人格首神对祂的奉献者比对祂那位始终留在祂胸膛上的妻子还要好。《圣典博伽瓦谭》第11篇第14章的第15节诗中说：

na tathā me priyatama
ātma-yonir na śaṅkaraḥ
na ca saṅkarṣaṇo na śrīr
naivātmā ca yathā bhavān

奎师那在这节诗中明确地说：比较主布茹阿玛、主希瓦、主桑卡尔珊(创造的源头)、幸运女神或甚至祂自己，祂更喜爱祂的奉献者。在《圣典博伽瓦谭》第10篇第9章的第20节诗中，舒卡戴瓦·哥斯瓦米说：

nemam viriñco na bhavo
na śrīr apy aṅga saṁśrayā
prasādaṁ lebhire gopī
yat tat prāpa vimuktidāt

能够赐予人以解脱的至尊主，向牧牛姑娘们展示了更多的仁慈，而不是主布茹阿玛、主希瓦或甚至幸运女神；幸运女神是祂自己的妻子，与祂的身体密不可分。《圣典博伽瓦谭》第10篇第47章的第60节诗中也说：

nāyaṁ śriyo 'ṅga u nitānta-rateḥ prasādaḥ
svar-yoṣitāṁ nalina-gandha-rucāṁ kuto 'nyāḥ
rāsotsave 'sya bhuja-daṇḍa-gṛhīta-kaṇṭha-
labdhāśiṣāṁ ya udagād vraja-sundarīṇām

“牧牛姑娘们从至尊主那里得到的赐福，不是幸运女神拉珂施蜜黛薇或天堂星球中最美丽的舞女所能得到的。在跳茹阿萨舞时，至尊主通过把祂的手臂搭在牧牛姑娘们的肩膀上，并与她们每一个人单独跳舞，向最幸运的她们展示了祂的恩宠。没人能与得到至尊主无缘故的仁慈的牧牛姑娘相比。”

《永恒的柴坦亚经》中说，不追随牧牛姑娘的人，得不到至尊人格首神真正的恩宠。就连幸运女神即使苦行、苦修了那么多年，也无法得到牧牛姑娘们得到的那种恩宠。《永恒的柴坦亚经》中篇第9章的第111—131节诗记载，圣主柴坦亚·玛哈帕布在与维延卡塔·巴塔(Vyeṅkaṭa Bhaṭṭa)讨论这一点时问他说：“你的值得崇拜的幸运女神拉珂施蜜总是留在纳茹阿亚纳的胸膛上，她无疑是创造中最贞洁的女子。然而，我的圣主奎师那只不过是照顾乳牛的牧牛童，拉珂施蜜这样一位贞洁的妻子，为什么要与我的至尊主交往、联谊？为了与奎师那来往，拉珂施蜜放弃了外琨塔(Vaikuṇṭha)中所有超然的快乐，发誓长时间地遵守规范原则，从事无尽的苦行。”

维延卡塔·巴塔回答说：“主奎师那和主纳茹阿亚纳是同一个人，但奎师那的娱乐活动因为含有嬉戏的性质使人品味起来更有滋味。对奎师那的能量们(śakti)来说，它们更令人愉快。既然奎师那和纳茹阿亚纳是同一个人，拉珂施蜜与奎师那交往、联谊并没有打破她保持贞洁的誓言。相反，幸运女神想要与主奎师那交往很有趣。幸运女神认为她与奎师那的关系不但不会破坏她保持贞洁的誓言，反而能让她享受到跳茹阿萨舞的利益。她想要享受与奎师那在一起的快乐有什么错？你为何要对此开玩笑？”

主柴坦亚·玛哈帕布回答道：“我知道幸运女神没有错，但她还是无法参加跳茹阿萨舞。我们从启示经典中得知这一点。韦达知识的权威人士们在丹达卡冉亚(Daṇḍakāraṇya)遇到主茹阿玛禅铎，他们凭苦修而被允许参加跳茹阿萨舞。但你能告诉我，幸运女神为什么得不到这样的机会吗？”

对这一问题，维延卡塔·巴塔回答说：“我理解不了这事件的奥秘。我是一个普通的生物。我的智力有限，心里也始终很乱，因此怎么能明白至尊主的娱乐活动呢？它们的含义比百万的海洋加起来还要深。”

主柴坦亚回答道：“主奎师那有一项特殊的品质，那就是：祂用祂个人恋爱的甜美滋味吸引众人的心。靠追随居住在名叫布茹阿佳星球(Vrajaloka)或哥珞卡·温达文(Goloka Vṛndāvana)的居民，人可以得到圣奎师那莲花足的庇护。然而，那个星球上的居民不知道主奎师那是至尊人格首神。由于不知道奎师那是至尊主，南达王(Nanda Mahārāja)、雅首达黛薇(Yaśodādevī)和牧牛姑娘们便把奎师那当做自己心爱的儿子或恋人一样对待祂。雅首达妈妈把祂当做自己的儿子，有时将祂绑在研磨机上。奎师那的牧牛童朋友们认为祂是普通男孩，跳到祂的肩膀上。在哥珞卡·温达文，人们除了爱奎师那，没有其他愿望。”

结论是：人除非完全得到布茹阿佳布弥居民的喜爱，否则无法与奎师那交往、联谊。因此，如果有人想要让奎师那亲自拯救他，就必须侍奉至尊主纯粹的奉献者——温达文的居民。

第 24 节

रम्यके च भगवतः प्रियतमं मात्स्यमवताररूपं तद्वर्षपुरुषस्य मनोः प्राक्प्रदर्शितं स इदानीमपि महता भक्तियोगेनाराधयतीदं चोदाहरति ॥२४॥

ramyake ca bhagavataḥ priyatamaṁ mātsyam avatāra-rupaṁ tad-varṣa-puruṣasya manoḥ prāk-pradarśitaṁ sa idānīm api mahatā bhakti-yogenārādhayatīdaṁ codāharati.

ramyake ca－同样在茹阿弥亚克大地上 / bhagavataḥ－至尊人格首神的 / priya-tamam－最重要的 / mātsyam－鱼 / avatāra-rūpam－化身的形象 / tat-varṣa-puruṣasya－那块大地上的统治者的 / manoḥ－玛努 / prāk－先前的(在查克舒沙·曼万塔尔末期) / pradarśitam－显示 / saḥ－那位玛努 / idānīm api－甚至直到现在 / mahatā bhakti-yogena－靠卓越的奉爱服务 / ārādhayati－崇拜至尊人格首神 / idam－这 / ca－和 / udāharati－吟唱

译文 舒卡戴瓦·哥斯瓦米继续说：在外瓦斯瓦塔·玛努统治的茹阿弥亚克大地上，至尊人格首神显现为在最后一个玛努时期末(查克舒沙·曼万塔尔)出现的主玛茨亚的形象。外瓦斯瓦塔·玛努现在正通过做纯粹的奉爱服务崇拜至尊主，并吟唱如下的赞歌。

第 25 节

**ॐ नमो भगवते मुख्यतमाय नमः सत्त्वाय प्राणायौजसे सहसे ब-
लाय महामत्स्याय नम इति ॥२५॥**

oṁ namo bhagavate mukhyatamāya namaḥ sattvāya prāṇāyaujase
sahase balāya mahā-matsyāya nama iti.

om—我的主啊！/ namaḥ—虔敬的顶礼 / bhagavate—向至尊人格首神 / mukhya-tamāya—显现的第一个化身 / namaḥ—我虔敬的顶礼 / sattvāya—向纯粹的超然存在 / prāṇāya—生命的源头 / ojase—感官力量的来源 / sahase—一切心智力量的源头 / balāya—躯体力量的源头 / mahā-matsyāya—向巨大的鱼化身 / namaḥ—虔敬的顶礼 / iti—如此

译文　我向至尊人格首神致以虔敬的顶礼，祂是完全超然的。祂是一切生命、体力、心力和感知力的来源。以巨大的鱼化身玛茨亚闻名于世的祂，在所有化身中第一个显现。我再次向祂致以我的敬意。

要旨　圣佳亚戴瓦·哥斯瓦米(Śrīla Jayadeva Gosvāmī)歌唱道：

pralayo payodhi-jale dhṛtavān asi vedaṁ
vihita-vahitra-caritram akhedam
keśava dhṛta-mīna-śarīra jaya jagad-īśa hare

在宇宙创造后不久，整个宇宙就洪水泛滥。那时，主奎师那(凯沙瓦)化身为一条巨鱼保护韦达经。正因为如此，玛努称主玛茨亚(Matsya)为显现的第一个化身(mukhyatama)。鱼一般被认为是愚昧属性和激情属性混合的产物，但我们必须了解，至尊人格首神的每一个化身都是完全超然的。至尊主原本超然的品质永远都不会有丝毫的退化。正因为如此，这段诗文中用了梵文“向纯粹的超然存在(sattvāya)”一词，意思是在超然层面上的纯粹善良属性。至尊主有许多化身，例如：雄猪化身(Varāha mūrti)、龟化身(Kūrma mūrti)和马化身(Hayagrīva mūrti)等。尽管如此，我们从不该以为祂的这些化身是物质的。祂们永远处在纯粹超然的层面上(śuddha-sattva)。

第 26 节

अन्तर्बहिश्चाखिललोकपालकै-
रदृष्टरूपो विचरस्युरुस्वनः ।
स ईश्वरस्त्वं य इदं वशेऽनयन्
नाम्ना यथा दारुमयीं नरः स्त्रियम् ॥२६॥

antar bahiś cākhila-loka-pālakair
adṛṣṭa-rūpo vicarasy uru-svanaḥ
sa īśvaras tvaṁ ya idaṁ vaśe 'nayan
nāmnā yathā dārumayīṁ naraḥ striyam

antaḥ—在……之内 / bahiḥ—在……之外 / ca—也 / akhila-loka-pālakaiḥ—被不同的星球、社会和王国等的领袖们 / adṛṣṭa-rūpaḥ—不被看到 / vicarasi—您漫游 / uru—非常伟大 / svanaḥ—声音(韦达赞歌)的 / saḥ—祂 / īśvaraḥ—至尊控制者 / tvam—您 / yaḥ—……的人 / idam—这 / vaśe anayat—控制住的 / nāmnā—以布茹阿玛纳、查锤亚、外夏和庶铎等不同的名字 / yathā—完全就像 / dārumayīm—用木头做的 / naraḥ—一个人 / striyam—一个木偶

译文 我亲爱的主，正如操纵木偶的人控制着他的跳舞木偶，以及当丈夫的控制他妻子，您圣上控制着布茹阿玛纳、查锤亚、外夏和庶铎等宇宙内的众生。尽管您作为至尊的见证者和指挥官处在众生的心中，同时又在他们之外，但所谓的社会、团体和国家的领袖们却认识不到您。只有那些听到韦达赞歌的人才能欣赏您。

要旨 至尊人格首神遍布一切事物的内在和外在(antarbahiḥ)。人必须克服由至尊主外在能量所造成的迷惑，认识到至尊主存在于一切事物的内在和外在。在《圣典博伽瓦谭》第1篇第8章的第19节诗中，圣琨缇黛薇(Śrīmatī Kuntīdevī)解释奎师那的显现“恰似穿上戏服的演员(naṭo nāṭyadharo yathā)”。在《博伽梵歌》第18章的第61节诗中，奎师那说：“阿尔诸纳啊！至尊主处在每个生物体的心中(īśvaraḥ sama-bhūtānāṁ hṛd-deśe 'rjuna tiṣṭhati)”。至尊主在每个生物体的心中及外在；在心中，祂是超灵，是忠告者和见证者的化身。尽管神就处在众生的心中，愚蠢的人却还是说：“我看不到神。请给我看祂。”

众生都在至尊人格首神的控制之下，恰似操纵木偶的人控制之下的跳舞木偶或由丈夫控制着的女人。女人之所以被比喻为是木偶(dārumayī)，是因为她并不独立。她应该总是在男人的照管下生活。尽管如此，有一类妇女出于虚荣而想要保持独立的状态。不要说女人了，所有的生物体都属于女性(prakṛti)，因此要依靠至尊主才行。正如奎师那本人在《博伽梵歌》中解释：除此之外，我还有一种高等能量，由剥削低等能量的生物组成(apareyam itas tv anyāṁ prakṛtiṁ viddhi me parām)。生物永远都不是独立的。在所有的情况下，他都得依靠至尊主的仁慈。至尊主制定了人类社会的阶级制度，将人类社会分为布茹阿玛纳(brāhmaṇa)、查锤亚(kṣatriya)、外夏(vaiśya)和庶铎(śūdra)，命令他们遵守自己所在阶层的规范守则。人类社会中所有阶层的成员就这样始终处在至尊主的控制之下。尽管如此，有些人还是要愚蠢地否认神的存在。

觉悟自我意味着了解自己在与至尊主的关系中所处的从属地位。有这种知识的人投靠、服从至尊人格首神，从而获得自由，摆脱物质能量的钳制。换句话说，人除非投靠至尊主的莲花足，否则物质能量就会变着花样地继续控制他。在物质世界里的生物体，没谁能说自己不受控制。超越这个物质存在的至尊主纳茹阿亚纳控制着所有的生物体。就有关这一点，韦达曼陀这样证实说：创造之前只有纳茹阿亚纳(eko ha vai nārāyaṇa āsīt)。愚蠢之人以为纳茹阿亚纳处在普通物质存在的层面上。他们因为认识不到生物原本的自然状态，所以杜撰出“贫穷的纳茹阿亚纳(daridra-nārāyaṇa)”、“托钵僧·纳茹阿亚纳(svāmi-nārāyaṇa)”或“虚假的纳茹阿亚纳(mithyā-nārāyaṇa)”等名称。但是，纳茹阿亚纳实际上是众生的至尊控制者。这种理解是对自我的认识。

第 27 节

यं लोकपालाः किल मत्सरज्वरा
हित्वा यतन्तोऽपि पृथक्समेत्य च ।
पातुं न शेकुर्द्विपदश्चतुष्पदः
सरीसृपं स्थाणु यदत्र दृश्यते ॥२७॥

yaṁ loka-pālāḥ kila matsara-jvarā
hitvā yatanto 'pi pṛthak sametya ca
pātuṁ na śekur dvi-padaś catuṣ-padaḥ
sarīsṛpaṁ sthāṇu yad atra dṛśyate

yam－谁(您)/loka-pālāḥ－以主布茹阿玛为开始的宇宙中伟大的领袖/kila－更何况其他人/matsara-jvarāḥ－遭受妒火之苦的/hitvā－不予理会/yatantaḥ－努力/api－虽然/pṛthak－分别地/sametya－集体地/ca－也/pātum－保护/na－不/śekuḥ－能/dvi-padaḥ－两只脚的/catuḥ-padaḥ－四只脚的/sarīsṛpam－爬虫类/sthāṇu－不动的/yat－无论什么/atra－在这个物质世界中/dṛśyate－可见的

译文 我的主，从主布茹阿玛和其他半神人等宇宙中伟大的领袖，下到这个世界的政治领袖，都忌妒您的权威。但没有您的帮助，他们无论是独自还是集体，都无法维系这宇宙中数不胜数的众生。您其实独自维系着所有的人类、植物、爬虫类、飞禽、山脉，以及像乳牛和驴那样的动物等这个物质世界里可见的一切。

要旨　与神的力量抗衡，是物质主义者喜欢做的事。当所谓的科学家试图在他们的实验室里制造生物体时，他们唯一的目的就是要否定至尊人格首神的天才和能力。这称为错觉。这种错觉甚至也存在于主布茹阿玛、主希瓦和其他伟大的半神人们居住的高等星系中。在这个世界里，人们虽然在自己所有的努力中都遭遇失败，但还是虚荣地骄傲自大。当奎师那意识运动的成员去找那些声称要帮助穷人的所谓慈善家时，那些人说："当我在给大量挨饿的人提供食物时，你们只不过是在浪费你们的时间。"不幸的是，他们那点儿可怜的努力，无论是个人的还是集体的，都解决不了任何人的问题。

有时，所谓的斯瓦米们(svāmī)很渴望为穷人提供食物，以为他们是至尊主的乞丐化身(daridra-nārāyaṇa)。他们更喜欢侍奉他们虚构出的至尊主的乞丐化身，而不愿侍奉原本的至尊纳茹阿亚纳。他们说："不要鼓励人为主纳茹阿亚纳服务。最好是去侍奉在世上挨饿的人。"不幸的是，这样的物质主义者，无论是个人还是以联合国为形式的集体，都无法实现他们的计划。真相是：至尊人格首神独自抚养着亿万的人类、动物、飞鸟和树木，事实上是所有的生物体。至尊主独自一人为所有其他的生物提供生活所需(eko bahūnāṁ yo vidadhāti kāmān)。尽管挑战至尊人格首神纳茹阿亚纳的权威是恶魔(asura)做的事，但奉献者(sura)有时也被错觉能量所迷惑，错误地声称自己是整个宇宙的维系者。《圣典博伽瓦谭》第10篇中就描述了这样的事例，舒卡戴瓦·哥斯瓦米在那一篇中讲述了主布茹阿玛和天帝因铎变得骄傲，最后被奎师那教训的事。

第 28 节

भवान् युगान्तार्णव ऊर्मिमालिनि
क्षोणीमिमामोषधिवीरुधां निधिम् ।
मया सहोरु क्रमतेऽज ओजसा
तस्मै जगत्प्राणगणात्मने नम इति ॥२८॥

bhavān yugāntārṇava ūrmi-mālini
kṣoṇīm imām oṣadhi-vīrudhāṁ nidhim
mayā sahoru kramate 'ja ojasā
tasmai jagat-prāṇa-gaṇātmane nama iti

bhavān－主人！ / yuga-anta-arṇave－在年代循环结束时的毁灭之水中 / ūrmi-mālini－一排一排的大浪 / kṣoṇīm－地球星球 / imām－这个 / oṣadhi-vīrudhām－所有种类的草药和医药的 / nidhim－仓库 / mayā－我 / saha－与 / uru－伟大的 / kramate－您游动 / aja－不经出生就存在的人啊！ / ojasā－迅速地 / tasmai－向祂 / jagat－整个宇宙的 / prāṇa-gaṇa-ātmane－生命的最初来源 / namaḥ－我虔敬的顶礼 / iti－如此

译文 全能的主啊！在年代循环结束时，这个作为各种草药、医药和树木之源的地球星球曾被毁灭之水完全淹没。那时，您保护了我和地球，并飞快地在海上游动。不经出生就存在的人啊！您是整个宇宙创造的真正维系者，因此是众生的来源。我向您致以虔敬的顶礼。

要旨 忌妒之人无法欣赏至尊主创造、维系和毁灭宇宙的作为有多么神奇，但至尊主的奉献者却很清楚这一切。奉献者可以看到至尊主是怎样在物质自然奇妙的运作中进行幕后操作的。在《博伽梵歌》第9章的第10节诗中，至尊主说：

mayādhyakṣeṇa prakṛtiḥ
sūyate sa-carācaram

hetunānena kaunteya
jagad viparivartate

“琨缇的儿子啊！物质自然是我的一种能量，在我的指挥下活动，产生动与不动的一切。在物质自然的控制下，这个展示被再三地创造和毁灭。”大自然一切神奇的变化都在至尊人格首神的指挥下发生。忌妒之人无法看到这一点，但奉献者哪怕是身份再卑微、再没受过教育，都知道在大自然一切活动的背后，有至尊生物在操纵。

第 29 节

हिरण्मयेऽपि भगवान्निवसति कूर्मतनुं बिभ्राणस्तस्य तत्प्रियतमां तनुमर्यमा सह वर्षपुरुषैः पितृगणाधिपतिरुपधावति मन्त्रमिमं चानु-जपति ॥२९॥

hiraṇmaye 'pi bhagavān nivasati kūrma-tanuṁ bibhrāṇas tasya tat priyatamāṁ tanum aryamā saha varṣa-puruṣaiḥ pitṛ-gaṇādhipatir upadhāvati mantram imaṁ cānujapati.

hiraṇmaye—在黑冉玛亚大地上 / api—确实地 / bhagavān—至尊人格首神 / nivasati—居住 / kūrma-tanum—乌龟的身体 / bibhrāṇaḥ—展示 / tasya—至尊人格首神的 / tat—那 / priya-tamām—最可爱的 / tanum—身体 / aryamā—黑冉玛亚大地上居民的领袖阿尔亚玛 / saha—与 / varṣa-puruṣaiḥ—那片大地上的人 / pitṛ-gaṇa-adhipatiḥ—祖先的领袖的 / upadhāvati—充满爱心地崇拜 / mantram—赞歌 / imam—这 / ca—也 / anujapati—吟唱

译文　舒卡戴瓦·哥斯瓦米继续道：在黑冉玛亚大地上，至尊主维施努以乌龟的形象居住着。这最可爱的美丽形象，在那里受到黑冉玛亚居民的领袖阿尔亚玛及那片大地上的其他居民通过做奉爱服务一直不断的崇拜。他们吟唱如下的赞歌。

要旨 这段诗文中的梵文“最亲爱的(priyatama)”一词十分重要。每一个奉献者都有自己认为是最可爱的至尊主的特定形象。有些人因为有不敬神的心态，所以认为至尊主的乌龟、雄猪和鱼化身不是很美。他们不知道，至尊主的任何形象都永远充满了人格首神的财富。既然无限的美是至尊主的一项财富，那祂所有的化身也非常的美，并受到奉献者的赞赏。然而，非奉献者认为主奎师那的化身是普通的物质产物，因此作出美与不美的区分。不同的奉献者崇拜至尊主不同的形象，因为他们有各自喜欢看的至尊主的形象。正如《布茹阿玛·萨密塔》(Brahma-saṁhitā)中说：“我崇拜至尊人格首神哥文达(奎师那)。祂是存在中的第一个人。祂绝对，没有开始存在的时间，永不坠落。祂虽然扩展出无数的形象，但仍是那同一个原本、最古老而永远像个青少年的人。至尊主这些永恒、极乐和知识的形象就连最优秀的韦达学者也无法了解，但祂总在纯粹的奉献者面前展示自己(advaitam acyu-tam anādim ananta-rūpam ādyaṁ purāṇa-puruṣaṁ nava-yauvanaṁ ca)。”至尊主十分美丽的形象总是风华正茂、朝气蓬勃。崇拜至尊主特定形象的真诚仆人们，看那个特定形象永远十分美丽、年轻，因而一直不断地为祂做奉爱服务。

第30节

ॐ नमो भगवते अकूपाराय सर्वसत्त्वगुणविशेषणायानुपलक्षित-
स्थानाय नमो वर्ष्मणे नमो भूम्ने नमो नमोऽवस्थानाय नमस्ते ॥३०॥

oṁ namo bhagavate akūpārāya sarva-sattva-guṇa-viśeṣaṇāyānu-
palakṣita-sthānāya namo varṣmaṇe namo bhūmne namo
namo 'vasthānāya namas te.

om—我的主啊！/ namaḥ—虔敬的顶礼 / bhagavate—向您——至尊人格首神 / akūpārāya—在一个乌龟的形象中 / sarva-sattva-guṇaviśeṣaṇāya—形象由超然的善良属性组成的 / anupalakṣita-sthānāya—向您——无人能辨明您的位置 / namaḥ—我虔敬的顶礼 / varṣmaṇe—向虽然最老但不受时间影响的您 / namaḥ—我虔敬的顶礼 / bhūmne—对可以去任何地方的伟大的人 / namaḥ namaḥ—再三地顶礼 / avasthānāya——切的庇护者 / namaḥ—虔敬的顶礼 / te—向您

译文　我的主啊！我向化身为乌龟的您致以虔敬的顶礼。您是一切超然品质的宝库；由于完全不受物质沾染，您完美地处在纯粹善良属性中。您在水中游来游去，但没人能辨明您的位置。所以，我向您致以虔敬的顶礼。您地位超然，因此不受过去、现在和未来的限制。作为万事万物的栖息地，您无所不在，为此我再三恭敬地顶拜您。

要旨　《布茹阿玛·萨密塔》中说：至尊主永远住在灵性世界最高的星球哥珞卡中(goloka eva nivasaty akhilātma-bhūtaḥ)。祂同时又无所不在。只有充满一切财富的至尊人格首神才有可能集所有的矛盾于一身。奎师那在《博伽梵歌》第18章的第61节诗中证实至尊主的无所不在性说：阿尔诸纳啊！至尊主处在每个生物体的心中(īśvaraḥ sarva-bhūtānāṁ hṛd-deśe 'rjuna tiṣṭhati)。至尊主在《博伽梵歌》第15章的第15节诗中说："我在众生的心中。记忆、知识和遗忘都来自我(sarvasya cāhaṁ hṛdi sanniviṣṭo mattaḥ smṛtir jñānam apohanaṁ ca)。"尽管至尊主无所不在，但普通的眼睛却看不到祂。正如阿尔亚玛所说：没人能找出至尊主究竟在哪里(anupala-kṣita-sthāna)。这是至尊人格首神的伟大之处。

第 31 节

यद्रूपमेतन्निजमाययार्पित-
मर्थस्वरूपं बहुरूपरूपितम् ।

सङ्ख्या न यस्यास्त्ययथोपलम्भनात्
तस्मै नमस्तेऽव्यपदेशरूपिणे ॥३१॥

yad-rūpam etan nija-māyayārpitam
artha-svarūpaṁ bahu-rūpa-rūpitam
saṅkhyā na yasyāsty ayathopalambhanāt
tasmai namas te 'vyapadeśa-rūpiṇe

yat一……的 / rūpam一形象 / etat一这 / nija-māyayā arpitam一以您个人的力量展示 / artha-svarūpam一这整个可见的宇宙展示 / bahurūpa-rūpitam一以各种不同的形象展示 / saṅkhyā一衡量 / na一不 / yasya一……的 / asti一有 / ayathā一错误地 / upalambhanāt一从感知 / tasmai一向祂(至尊主) / namaḥ一我虔敬的顶礼 / te一向您 / avyapadeśa一不能靠主观推测确定 / rūpiṇe一真正形象……的

译文　我亲爱的主，这可见的宇宙展示是您本人创造能力的展现。既然这宇宙展示中的各种无数的形象都只不过是您外在能量的展现，这个宇宙形象也必定不是您真正的形象。除了具有超然意识的奉献者，没人能感知到您真正的形象。因此，我向您致以我虔敬的顶礼。

要旨　假象宗(Māyāvādī)哲学家以为至尊主的宇宙形象是真实的，而祂的个人形象是幻象。靠举一个简单的例子，我们就能明白他们的错误。火由三种因素构成，即：火的能量——热和光，以及火本身。谁都能明白，火本身是真实存在的实体，而光和热只不过是火的能量而已。光和热是火散发出的无形的能量，从那个意义上说，它们并不真实。只有火有形象，因此它是光和热的真实形象。奎师那在《博伽梵歌》第9章的第4节诗中说："我以不展示的形象遍布整个宇宙(mayā tatam idaṁ sarvaṁ jagad avyakta-mūrtinā)。"因此，认为至尊主不具人格特征的概念，就像对火散发的光和热的形象的认识。至尊主在《博伽梵歌》中还说：整个物质存在都依靠奎师那的物质、灵性或边缘能量，但由于祂的形象不在祂能量的扩展中，祂本人并未出现(mat-sthāni sarva-bhūtāni na cāhaṁ teṣv avasthitaḥ)。至尊主能量的不可思议的扩展术语称为acintya-śakti。正因为如此，人如果不成为至尊主的奉献者，就无法了解祂的形象。

第 32 节

जरायुजं स्वेदजमण्डजोद्भिदं
　चराचरं देवर्षिपितृभूतमैन्द्रियम् ।
द्यौः खं क्षितिः शैलसरित्समुद्र-
　द्वीपग्रहर्क्षेत्यभिधेय एकः ॥३२॥

jarāyujaṁ svedajam aṇḍajodbhidaṁ
　carācaraṁ devarṣi-pitṛ-bhūtam aindriyam
dyauḥ khaṁ kṣitiḥ śaila-sarit-samudra-
　dvīpa-graharkṣety abhidheya ekaḥ

jarāyu-jam—从子宫中诞生的 / sveda-jam—从汗液中诞生的 / aṇḍa-ja—从蛋中生出的 / udbhidam—从土壤中出生的 / cara-acaram—动的与不动的 / deva—半神人 / ṛṣi—伟大的圣人 / pitṛ—祖先星球的居民 / bhūtam—空气、火、水和土等物质元素 / aindriyam—所有的感官 / dyauḥ—高等星系 / kham—天空 / kṣitiḥ—地球星球 / śaila—丘陵和山脉 / sarit—河流 / samudra—海洋 / dvīpa—岛屿 / graha-ṛkṣa—天体和星球 / iti—如此 / abhidheyaḥ—以各种名称 / ekaḥ—一个

译文 我亲爱的主，您以无数的形式展示您不同的能量，分别有：从子宫中、蛋中和汗液中诞生的生物体；从土壤中长出的植物和树木；包括半神人、博学的圣人和祖先在内的动与不动的生物体；作为外太空，包括天堂星球在内的高等星系，及上有丘陵、河流、海洋和岛屿的地球星球。事

实上，所有的天体和星球都只不过是您不同能量的展示，但最初您只是独自一人，因此存在中除您之外没别的。所以，这整个宇宙展示并非虚幻，而只不过是您不可思议的能量的短暂展示而已。

要旨 这段诗文彻底驳斥了“灵性——梵是真实的，而展示了的五彩缤纷的物质世界是假的(brahma satyaṁ jagan mithyā)”这一理论。没有什么是假的。只有永久和短暂的区别，但永久和短暂的事物都是真实存在。例如：一个人生气了一阵子，没人能说他曾经有的愤怒是假的。它只不过是短暂的而已。我们日常生活中所体验到的一切都有同样的特性，即：短暂但真实。

这段诗文中清楚地描述了来自各种源头的不同种类的生物体。有些产自子宫，有些来自人类的汗液(某些昆虫)，有些从蛋中孵出，有些从土壤中发芽长出。生物根据他们过去从事过的活动(karma)，投生在不同的环境中。包裹生物的躯体虽然是物质的，但从不是假的。没人会同意“既然一个人的物质躯体是假的，谋杀就不产生影响”这种论点。我们短暂的躯体是按我们过去从事的活动给我们的，我们必须留在给予我们的躯体中承受痛苦或享乐。不能说我们的躯体是假的，它们只不过是短暂的而已。换句话说，至尊主的能量与至尊主本人一样永恒，尽管祂的能量有时展示，有时不展示。正如韦达经(Vedas)中总结说：“一切都是布茹阿曼(Brahman)——梵(sarvaṁ khalv idaṁ brahma)。”

第 33 节

यस्मिन्नसङ्ख्येयविशेषनाम-
रूपाकृतौ कविभिः कल्पितेयम् ।
सङ्ख्या यया तत्त्वदृशापनीयते
तस्मै नमः साङ्ख्यनिदर्शनाय ते इति ॥३३॥

yasminn asaṅkhyeya-viśeṣa-nāma-
rūpākṛtau kavibhiḥ kalpiteyam
saṅkhyā yayā tattva-dṛśāpanīyate
tasmai namaḥ sāṅkhya-nidarśanāya te iti

yasmin－在您(至尊人格首神) / asaṅkhyeya－无数的 / viśeṣa－特别的 / nāma－名字 / rūpa－形象 / ākṛtau－拥有身体特征 / kavibhiḥ－被伟大的博学之人 / kalpitā－想象 / iyam－这 / saṅkhyā－数字 / yayā－被……的人 / tattva－真相的 / dṛśā－以知识 / apanīyate－被摘取出 / tasmai－向衪 / namaḥ－虔敬的顶礼 / sāṅkhya-nidarśanāya－是数论哲学的讲述者的 / te－向您 / iti－如此

译文　我的主啊！您的名字、形象和身体特征都以无数的形式扩展着。没人能准确地断定究竟有多少形式的存在。尽管如此，您本人通过您化身出的博学学者卡皮拉戴瓦，分析宇宙展示包含有二十四种元素。所以，如果有人对能让人列举出绝对真理的各种范畴的数论哲学感兴趣，他就必须聆听您的教导。不幸的是，非奉献者们只计算不同的元素，但却对您的真实形象一无所知。我向您致以虔诚的敬意。

要旨　千百万年来，历代哲学家和科学家都一直在尝试研究整个宇宙的情况，以各种方式加以说明和计算。然而，所谓的科学家或哲学家推测性的调查研究工作，总是在他死亡时被中断，而大自然的法律在根本不考虑他的工作的情况下继续运作下去。

亿万年来，物质创造中的一切一直在不断变化着，直到整个宇宙瓦解并保持在不展示的状态中。尽管物质的本质决定了不断的变化和毁灭永恒地进行下去(bhūtvā bhūtvā pralīyate)，但唯物主义科学家依然想要在不了解大自然的背后操纵者至尊人格首神的情况下研究自然定律。正如奎师那在《博伽梵歌》第9章的第10节诗中说：

mayādhyakṣeṇa prakṛtiḥ
sūyate sa-carācaram
hetunānena kaunteya
jagad viparivartate

“琨缇的儿子啊！物质自然是我的一种能量，在我的指挥下活动，产生动与不动的一切。在物质自然的控制下，这个展示被再三地创造和毁灭。”

物质创造现在正处在展示的阶段，但它最终将会被毁灭，亿万年保持在静止的状态中。随后，它将再次被创造。这就是大自然的定律。

第 34 节

उत्तरेषु च कुरुषु भगवान् यज्ञपुरुषः कृतवराहरूप आस्ते तं तु देवी हैषा भूः सह कुरुभिरस्खलितभक्तियोगेनोपधावति इमां च परमामुपनिषदमावर्तयति ॥३४॥

uttareṣu ca kuruṣu bhagavān yajña-puruṣaḥ kṛta-varāha-rūpa āste
taṁ tu devī haiṣā bhūḥ saha kurubhir askhalita-bhakti-
yogenopadhāvati imāṁ ca paramām upaniṣadam āvartayati.

uttareṣu—在北部 / ca—也 / kuruṣu—名叫库茹的大地 / bhagavān—至尊人格首神 / yajña-puruṣaḥ—接受一切祭祀结果的 / kṛta-varāha-rūpaḥ—一头雄猪的形象 / āste—永久存在 / tam—祂 / tu—无疑地 / devī—女神 / ha—无疑地 / eṣā—这 / bhūḥ—地球星球 / saha—以及 / kurubhiḥ—库茹大地上的居民 / askhalita—永不中断地 / bhakti-yogena—通过奉爱服务 / upadhāvati—崇拜 / imām—这 / ca—也 / paramām upaniṣadam—至高无上的奥义书(能使人接近至尊主的程序) / āvartayati—为了实践的目的一次又一次地吟唱

译文 舒卡戴瓦·哥斯瓦米说：亲爱的君王，至尊主以祂那接受所有祭祀供品的雄猪形象，住在章布岛的北部。在那片被称为乌塔茹阿库茹·瓦尔沙的大地上，地球母亲和所有其他居民都不断重复地吟唱奥义书中的赞歌，以这种坚定不移地做奉爱服务的形式崇拜祂。

第 35 节

ॐ नमो भगवते मन्त्रतत्त्वलिङ्गाय यज्ञक्रतवे महाध्वरावयवाय महा-पुरुषाय नमः कर्मशुक्लाय त्रियुगाय नमस्ते ॥३५॥

oṁ namo bhagavate mantra-tattva-liṅgāya yajña-kratave mahā-dhvarāvayavāya mahā-puruṣāya namaḥ karma-śuklāya tri-yugāya namas te.

om—主啊！ / namaḥ—虔敬的顶礼 / bhagavate—向至尊人格首神 / mantra-tattva-liṅgāya—透过各种赞歌被真实了解的 / yajña—以动物祭祀的形式 / kratave—和动物祭祀 / mahā-dhvara—伟大的祭祀 / avayavāya—四肢和躯体部分……的 / mahā-puruṣāya—向至尊人 / namaḥ—虔敬的顶礼 / karma-śuklāya—净化生物体功利性活动的 / triyugāya—向充满了六种财富和在三个年代(第四个年代中掩饰身份)出现的至尊人格首神 / namaḥ—我虔敬的顶礼 / te—向您

译文　(他们吟唱道：)至尊主啊！我们向如巨人般的您致以虔敬的顶礼。仅仅靠吟诵、吟唱赞歌，我们就能完全了解您。您是雅格亚(祭祀)，您是克茹阿图(仪式)。因此，一切祭祀的仪式典礼都是您超然身躯的一部分，而您是一切祭祀的唯一享受者。您的形体由超然的善良属性构成。您被称为特瑞·尤嘎，这既因为您在喀历年代中以隐藏身份的化身显现，也因为您总是完全拥有三对财富。

要旨　往世书(purāṇa)、《玛哈巴茹阿特》(Mahābhārata)、《圣典博伽瓦谭》和奥义书(Upaniṣad)等韦达文献的许多地方确认说，圣柴坦亚·玛哈帕布(Śrī Caitanya Mahāprabhu)是为这个喀历

(Kali)年代而来的化身。《永恒的柴坦亚经》中篇第6章的第99节诗中总结祂的显现说：

kali-yuge līlāvatāra nā kare bhagavān
ataeva 'tri-yuga' kari' kahi tāra nāma

在这个喀历年代中，至尊人格首神不以展示娱乐活动的化身(līlāvatāra)显现，所以被称为特瑞·尤嘎(tri-yuga)。与其他化身不同，圣主柴坦亚·玛哈帕布在这个喀历年代中以至尊主奉献者的身份显现。因此，祂被称为隐藏身份的化身(channāvatāra)。

第 36 节

यस्य स्वरूपं कवयो विपश्चितो
गुणेषु दारुष्विव जातवेदसम् ।
मथ्नन्ति मथ्ना मनसा दिदृक्षवो
गूढं क्रियार्थैर्नम ईरितात्मने ॥३६॥

yasya svarūpaṁ kavayo vipaścito
guṇeṣu dāruṣv iva jāta-vedasam
mathnanti mathnā manasā didṛkṣavo
gūḍhaṁ kriyārthair nama īritātmane

yasya—……的 / sva-rūpam—形象 / kavayaḥ—伟大博学的圣人 / vipaścitaḥ—精通绝对真理 / guṇeṣu—在由自然三种属性组成的物质展示中 / dāruṣu—在木头中 / iva—正如 / jāta—展示 / vedasam—火 / mathnanti—搅动 / mathnā—用一块生火的木柴 / manasā—被心 / didṛkṣavaḥ—爱打听的 / gūḍham—隐藏 / kriyā-arthaiḥ—被功利性活动和其结果 / namaḥ—虔敬的顶礼 / īrita-ātmane—向展示了的至尊主

译文　靠熟练地操作点火的木头，伟大的圣洁之人可以使潜伏在木柴中的火燃烧起来。同样，我的至尊主啊！那些精通如何了解绝对真理的人努力在一切中，甚至在他们自己体内，看到您。尽管如此，您继续掩藏起自己。用牵涉到身心活动的间接方式无法了解您。您是自我展示的，所以只有当您看到有谁一心一意地寻找您时，您才会向那人揭示您自己。为此，我向您致以我虔诚的敬意。

要旨　梵文“kriyārthaiḥ”一词的意思是“通过举行祭祀仪式满足半神人”。“vipaścitaḥ”一词的意思在《泰提瑞亚奥义书》(Taittirīya Upaniṣad)中的解释是：至尊绝对的梵是永恒和灵性的具体体现，祂超越物质的时间、地点和感官的知觉范畴；觉悟到至尊梵既在灵性天空，同时又在生物体心中的人，与超灵有着爱的关系，而这种关系满足个体灵魂的所有灵性愿望(satyaṁ jñānam anantaṁ brahma. yo veda nihitaṁ guhāyāṁ parame vyoman. so 'śnute sarvān kāmān saha brahmaṇā vipaściteti)。正如奎师那在《博伽梵歌》第7章的第19节诗中声明：“经过许许多多次生死后，真正处在知识层面上的人就会皈依我(bahūnāṁ janmanām ante jñānavān māṁ prapadyate)。”当人了解至尊主处在每一个生物体的心中并真正看到至尊主无所不在时，他就具有了完美的知识。梵文“jāta-vedaḥ”的意思是“摩擦木柴生火”。在韦达时代，博学的圣人从木柴中取火。“Jāta-vedaḥ”还指消化我们进食的一切并产生食欲的胃火。《水塔刷塔尔奥义书》(Śvetāśvatara Upaniṣad)中解释梵文“gūḍha”一词说：至尊人格首神要靠吟诵、吟唱韦达赞歌去了解(eko devaḥ sarva-bhūteṣu gūḍhaḥ)；祂无所不在，也在众生的心中(sarva-vyāpī sarva-bhūtāntar-ātmā)；祂见证着生物的一切活动(karmādhyakṣaḥ sarva-bhūtādhivāsaḥ)；至尊主虽然既是见证者，又是生命力，但却超越所有的物质属性(sākṣī cetā kevalo nirguṇaś ca)。

第 37 节

द्रव्यक्रियाहेत्वयनेशकर्तृभि-
मायागुणैर्वस्तुनिरीक्षितात्मने ।
अन्वीक्षयाङ्गातिशयात्मबुद्धिभि-
र्निरस्तमायाकृतये नमो नमः ॥३७॥

dravya-kriyā-hetv-ayaneśa-kartṛbhir
māyā-guṇair vastu-nirīkṣitātmane
anvīkṣayāṅgātiśayātma-buddhibhir
nirasta-māyākṛtaye namo namaḥ

dravya—被感官享乐的对象 / kriyā—感官的活动 / hetu—控制感官活动的神明 / ayana—躯体 / īśa—支配一切的时间 / kartṛbhiḥ—被错误的自我意识 / māyā-guṇaiḥ—被物质自然属性 / vastu—作为事实 / nirīkṣita—被察觉 / ātmane—向至尊灵魂 / anvīkṣayā—通过仔细地思考 / aṅga—按不同步骤练瑜伽 / atiśaya-ātma-buddhibhiḥ—被那些智力变得稳定的人 / nirasta—完全免于 / māyā—错觉能量 / ākṛtaye—……的形象 / namaḥ—所有虔敬的顶礼 / namaḥ—虔敬的顶礼

译文 物质享乐对象(声音、形象、滋味、触碰物和气味)，感官活动，感官活动的控制者(半神人)，躯体，永恒的时间和错误的自我意识，都是您物质能量的创造物。靠完美地练神秘瑜伽而智力变得稳定的人，能看到这些元素都是您外在能量活动的结果。他们还能看到一切的背后都有您作为超灵的超然形象。因此，我再三虔诚地向您致敬。

要旨 物质享乐对象，感官活动，对感官满足的依恋，躯体，错误的自我意识等，都是至尊主外在能量玛亚(māyā)的产物。生物是所有这些活动的幕后操纵者，而超灵是生物的指导者。生物并不是一切的一切，他受超灵的指挥。对此，奎师那在《博伽梵歌》第15章的第15节诗中证实说：

sarvasya cāhaṁ hṛdi sanniviṣṭo
　mattaḥ smṛtir jñānam apohanaṁ ca

“我在众生的心中。记忆、知识和遗忘都来自我。”生物依靠超灵的指导。在灵性知识方面取得进步的人或精通练神秘瑜伽(yama、niyama和āsana等)的人，都能了解以超灵形象或至尊人格首神形象存在的绝对真理。至尊主是大自然中发生的一切的最初原因，所以被描述为是“一切原因的起因(sarva-kāraṇa-kāraṇam)”。在我们的物质眼睛所能看见的一切的背后有某种原因，而能看到主奎师那是一切原因的最初原因的人，能真正看到真相。奎师那——充满知识和极乐的永恒形象(sac-cid-ānanda-vigraha)，是一切原因的起因，正如祂本人在《博伽梵歌》第9章的第10节诗中证实说：

mayādhyakṣeṇa prakṛtiḥ
　sūyate sa-carācaram
hetunānena kaunteya
　jagad viparivartate

“琨缇的儿子啊！物质自然是我的一种能量，在我的指挥下活动，产生动与不动的一切。在物质自然的控制下，这个展示被再三地创造和毁灭。”

第 38 节

करोति विश्वस्थितिसंयमोदयं
　यस्येप्सितं नेप्सितमीक्षितुर्गुणैः ।
माया यथायो भ्रमते तदाश्रयं
　ग्राव्णो नमस्ते गुणकर्मसाक्षिणे ॥३८॥

karoti viśva-sthiti-saṁyamodayaṁ
　yasyepsitaṁ nepsitam īkṣitur guṇaiḥ
māyā yathāyo bhramate tad-āśrayaṁ
　grāvṇo namas te guṇa-karma-sākṣiṇe

karoti－从事 / viśva－宇宙的 / sthiti－维系 / saṁyama－结束 / udayam－创造 / yasya－……的 / īpsitam－想要 / na－不 / īpsitam－想要 / īkṣituḥ－扫视的人的 / guṇaiḥ－用物质自然属性 / māyā－物质能量 / yathā－正如 / ayaḥ－铁 / bhramate－移动 / tat-āśrayam－放在那附近 / grāvṇaḥ－一块磁石 / namaḥ－我虔敬的顶礼 / te－向您 / guṇa-karma-sākṣiṇe－物质自然作用与反作用的见证者

译文 至尊主啊！您虽然并不想创造、维系或毁灭这个物质世界，但却为了受制约的灵魂而用您的创造能量从事这些活动。恰似一块铁在吸铁石的影响下移动，当您扫视整个物质自然时，无生命的物质动了起来。

要旨 人们有时会问，至尊主为什么创造了这个使陷入其中的生物备受痛苦的物质世界？对此，这段诗文中回答道：至尊人格首神并不只是为了让生物受苦而创造这个物质世界。至尊主创造这个世界的唯一原因是，受制约的灵魂想享受它。

大自然的运作并不是自动进行的。正如磁石吸着一块铁到处移动，仅仅是由于至尊主扫视物质能量后，物质能量才以神奇的方式活动起来。唯物主义科学家和所谓的数论(Sāṅkhya)哲学家不信神，因此以为物质自然在不受管理的情况下自动运作。但那不是事实。《永恒的柴坦亚经》首篇第6章的第18—19节诗中解释物质世界的创造说：

yadyapi sāṅkhya māne 'pradhāna'—kāraṇa
jaḍa ha-ite kabhu nahe jagat-sṛjana
nija-sṛṣṭi-śakti prabhu sañcāre pradhāne
īśvarera śaktye tabe haye ta' nirmāṇe

“持无神论观点的数论哲学家以为，是总体物质能量导致了宇宙展示，但他们错了。无生命的物质没有移动的力量，因此无法独立行事。至尊主将祂本人的创造力量注入物质原料中。那之后，物质凭借至尊主的力量移动并相互作用。”海浪借着气流移动，空气由空间制造，空间产自物质自然三种属性的搅动，而至尊主对总体物质能量的扫视导致了物质自然三种属性的相互作用。因此，至尊人格首神是大自然中所有事变的幕后操纵者，正如《博伽梵歌》中证实说：“物质自然是我的一种能量，在我的指挥下活动(mayādhyakṣeṇa prakṛtiḥ sūyate sa-carācaram)。”就有关这一点，《永恒的柴坦亚经》首篇第5章的第59—61节诗中进一步解释说：

jagat-kāraṇa nahe prakṛti jaḍa-rūpā
śakti sañcāriyā tāre kṛṣṇa kare kṛpā

kṛṣṇa-śaktye prakṛti haya gauṇa kāraṇa
agni-śaktye lauha yaiche karaye jāraṇa

ataeva kṛṣṇa mūla-jagat-kāraṇa
prakṛti—kāraṇa yaiche ajā-gala-stana

“物质自然(prakṛti)呆滞、无生命，因此不可能是创造物质世界的真正原因。主奎师那通过将祂的能量注入呆滞、无生命的物质自然表示祂的仁慈。这样，物质自然凭借主奎师那的能量成为次要原因，恰似铁块靠火的能量变红发热。所以，主奎师那是宇宙展示的最初原因。物质自然就像山羊脖子上的乳头状凸起，因为那些凸起并不能流出奶汁。”因此，唯物主义科学家和哲学家认为物质可以独立动起来的观点是极其错误的。

第 39 节

प्रमथ्य दैत्यं प्रतिवारणं मृधे
यो मां रसाया जगदादिसूकरः ।
कृत्वाग्रदंष्ट्रे निरगादुदन्वतः
क्रीडन्निवेभः प्रणतास्मि तं विभुमिति ॥३९॥

pramathya daityaṁ prativāraṇaṁ mṛdhe
yo māṁ rasāyā jagad-ādi-sūkaraḥ
kṛtvāgra-daṁṣṭre niragād udanvataḥ
krīḍann ivebhaḥ praṇatāsmi taṁ vibhum iti

pramathya—杀了之后 / daityam—恶魔 / prativāraṇam—最可怕的敌手 / mṛdhe—在作战中 / yaḥ—……的祂 / mām—我(地球) / rasāyāḥ—掉落到宇宙的底部 / jagat—在这物质世界中 / ādi-sūkaraḥ—最初一头雄猪的形象 / kṛtvā—维持它 / agra-daṁṣṭre—在獠牙尖 / niragāt—从水中出来 / udanvataḥ—从嘎尔博达卡汪洋 / krīḍan—玩着 / iva—如同 / ibhaḥ—大象 / praṇatā asmi—我顶礼 / tam—向祂 / vibhum—至尊主 / iti—如此

译文 我的至尊主，作为这宇宙中最初的雄猪，您与大恶魔黑冉亚克沙作战并杀了他。随后，如同在水中运动的大象采摘一朵莲花般，您用您的獠牙尖从嘎尔博达卡汪洋中举起我(地球)。我顶拜您。

到此为止，结束了巴克提韦丹塔对《圣典博伽瓦谭》第5篇第18章“章布岛居民向至尊主献上的祈祷”所作的阐释。

第十九章

对章布岛的进一步描述

这一章描述了巴茹阿特大地(Bhārata-varṣa)的光荣，也描述了主茹阿玛禅铎(Rāmacandra)在称为克音菩茹沙(Kimpuruṣa-varṣa)大地上是任何受到崇拜的。克音菩茹沙大地上的居民十分幸运，因为他们与主茹阿玛禅铎忠心耿耿的仆人哈努曼(Hanumān)一起崇拜至尊主。主茹阿玛禅铎是降临执行保护奉献者、消灭恶徒之使命的首神化身(paritrāṇāya sādhūnāṁ vināśāya ca duṣkṛtām)。主茹阿玛禅铎展示了至尊人格首神的一个化身的真正目的，奉献者们抓住机会向祂献上爱心服务。人应该全心全意地投靠、服从至尊主，忘记自己所谓的物质快乐、财富和教育，那一切对取悦至尊主来说毫无用处。唯有投靠、服从至尊主的做法能够取悦至尊主。

当半神人中的圣人纳茹阿达(Devarṣi Nārada)降临指导萨尔瓦尼·玛努(Sārvaṇi Manu)时，他描述了巴茹阿特大地(现印度)的富有。萨尔瓦尼·玛努和巴茹阿特大地上的居民们致力于为至尊人格首神做奉爱服务，而至尊人格首神是创造、维系和毁灭的根源，始终受到觉悟了自我的灵魂的崇拜。名叫巴茹阿特·瓦尔沙的大地上像其他辽阔的大地一样有许多河流和山脉，但这片大地所具有的特殊重要性在于，它有社会四阶层和灵性四阶段这一韦达制度(varṇāśrama-dharma)。此外，纳茹阿达·牟尼的看法是，尽管在执行社会四阶层和灵性四阶段制度的过程中会有短暂的干扰，但随时都能恢复对这一制度的贯彻执行。坚持贯彻执行社会四阶层和灵性四阶段制度，将把人逐渐提升到灵性的层面，使人摆脱物质的束缚。遵守社会四阶层和灵性四阶段的原则，使人得到与奉献者交往、联谊的机会。这样的交往和联谊，将逐渐唤醒沉睡在人们心中的、为至尊人格首神做服务的倾向，使人停止从事所有构成罪恶生活的基本活动。这样，人就得到为至尊主华苏戴瓦(Vāsudeva)献上纯粹奉爱服务的机会。巴茹阿特大地上的居民因为有这样的机会而甚至得到天堂星球居民的赞美。就连居住在这个宇宙最高的星球布茹阿玛珞卡(Brahmaloka)上的居民，都津津有味地谈论巴茹阿特大地的地位。

这个宇宙中所有受制约的生物，都逐渐在不同的星球和物种中进化。因此，正如圣典《博伽梵歌》中确认的，在物质世界中从最高等的星球到最低等的星球，都是有生死轮回的痛苦之地(ābrahma-bhuvanāl lokāḥ punar āvartino 'rjuna)，所以生物有可能进化到布茹阿玛星球上，但之后还得下降到地球上。住在巴茹阿特大地上的人如果严格遵守社会四阶层和灵性四阶段制度，发展沉睡在他们心中的奎师那意识，死后就不需要回这个物质世界了。无论在什么地方，只要不能听到觉悟了自我的灵魂讲述至尊人格首神，哪怕是布茹阿玛星球，都并非很适合生物居住。投生在巴茹阿特大地上当人的生物，如果不抓住机会争取灵性上的提升，他的情况无疑就是最不幸的。在名叫巴茹阿特 · 瓦尔沙的大地上，哪怕一个人是为实现自己的某种物质欲望而当奉献者(sarva-kāma-bhakta)，他也将通过与奉献者的联谊去除所有的物质欲望，最终成为纯粹奉献者，轻松地回归家园，回到首神身边。

在这一章即将结束时，圣舒卡戴瓦 · 哥斯瓦米(Śrī Śukadeva Gosvāmī)给帕瑞克西特王(Mahārāja Parīkṣit)描述了章布岛(Jambūdvīpa)的八个附属小岛。

第 1 节

श्रीशुक उवाच
किम्पुरुषे वर्षे भगवन्तमादिपुरुषं लक्ष्मणाग्रजं सीताभिरामं रामं

तच्चरणसन्निकर्षाभिरतः परमभागवतो हनुमान् सह किम्पुरुषैरविरत-भक्तिरुपास्ते ॥१॥

śrī-śuka uvāca
kimpuruṣe varṣe bhagavantam ādi-puruṣaṁ lakṣmaṇāgrajaṁ
sītābhirāmaṁ rāmaṁ tac-caraṇa-sannikarṣābhirataḥ parama-
bhāgavato hanumān saha kimpuruṣair avirata-bhaktir upāste.

śrī-śukaḥ uvāca－圣舒卡戴瓦·哥斯瓦米继续道 / kimpuruṣe varṣe－名叫克音菩茹沙的大地 / bhagavantam－至尊人格首神 / ādi-puruṣam－所有原因的最初起因 / lakṣmaṇa-agra-jam－拉珂施曼的哥哥 / sītā-abhirāmam－使悉塔母亲非常愉快的，或是悉塔女神的丈夫的 / rāmam－主茹阿玛禅铎 / tat-caraṇa-sannikarṣa-abhirataḥ－总是在主茹阿玛禅铎的莲花足旁做服务的人 / parama-bhāgavataḥ－在整个宇宙中受到赞扬的伟大奉献者 / hanumān－圣哈努曼 / saha－和 / kimpuruṣaiḥ－克音菩茹沙大地上的居民 / avirata－继续不断的 / bhaktiḥ－拥有奉爱服务的 / upāste－崇拜

译文　圣舒卡戴瓦·哥斯瓦米说：我亲爱的君王，在克音菩茹沙大地上的伟大奉献者哈努曼，总是与那片大地的居民一起，为拉珂施曼的哥哥及悉塔女神的丈夫——主茹阿玛禅铎做奉爱服务。

第2节

आर्ष्टिषेणेन सह गन्धर्वैरनुगीयमानां परमकल्याणीं भर्तृभगवत्कथां समुपशृणोति स्वयं चेदं गायति ॥२॥

ārṣṭiṣeṇena saha gandharvair anugīyamānāṁ parama-kalyāṇīṁ
bhartṛ-bhagavat-kathāṁ samupaśṛṇoti svayaṁ cedaṁ gāyati.

ārṣṭi-ṣeṇena－克音菩茹沙大地上的首要人物阿尔施提申纳 / saha－和 / gandharvaiḥ－被一群歌仙 / anugīyamānām－被歌唱 /

parama-kalyāṇīm一最吉祥的 / bhartṛ-bhagavat-kathām一他主人(至尊人格首神)的荣耀 / samupaśṛṇoti一他全神贯注地聆听 / svayam ca一而且亲自 / idam一这 / gāyati一吟唱

译文 一大群歌仙一直在歌唱主茹阿玛禅铎的荣耀。那歌唱始终无比吉祥。哈努曼与克音菩茹沙大地上的首要人物阿尔施提申纳，一直全神贯注地聆听那些荣耀。哈努曼吟唱如下的赞歌。

要旨 众多的往世书中记载着对主茹阿玛禅铎的两种不同的看法。对此，《拉格·巴嘎瓦塔姆瑞塔》(Laghu-bhāgavatāmṛta)第5章第34—36节诗中记载的对玛努(Manu)化身的描述证实了这一点：

vāsudevādi-rūpāṇām
  avatārāḥ prakīrtitāḥ
viṣṇu-dharmottare rāma-
  lakṣmaṇādyāḥ kramādamī
pādme tu rāmo bhagavān
  nārāyaṇa itīritaḥ
śeṣaś cakraṁ ca śaṅkhaś ca
  kramāt syur lakṣmaṇādayaḥ
madhya-deśa-sthitāyodhyā-
  pure 'sya vasatiḥ smṛtā
mahā-vaikuṇṭhaloke ca
  rāghavedrasya kīrtitā

《维施努·达尔摩塔茹阿》(Viṣṇu-dharmottara)中描述说：主茹阿玛禅铎和祂的兄弟拉珂施曼(Lakṣmaṇa)、巴茹阿特(Bharata)及沙陀格纳(Śatrughna)，分别是华苏戴瓦(Vāsudeva)、桑卡尔珊(Saṅkar-ṣaṇa)、帕杜么纳(Pradyumna)和阿尼如达(Aniruddha)的化身。但《莲花往世书》(Padma Purāṇa)中说：主茹阿玛禅铎是纳茹阿亚纳的一个化身，另外的三位兄弟是蛇沙(Śeṣa)、飞轮(Cakra)和海螺(Śaṅkha)的化身。因此，圣巴拉戴瓦·维迪亚布善(Śrīla Baladeva Vidyābhūṣaṇa)总结说：不同的年代循环中可以有不同的情况(tad idaṁ kalpa-bhedenaiva sambhāvyam)。换句话说，这些看法彼此之间并不矛盾。在某些年代中，主茹阿玛禅铎和祂的兄弟们是华苏戴瓦、桑卡尔珊、帕杜么纳和阿尼如达化身显现的，在另外的年代中祂们是纳茹阿亚纳、蛇沙、飞轮和海螺化身显现的。主茹阿玛禅铎在这个星球上的住所是阿尤迪亚(Ayodhyā)。阿尤迪亚城至今仍坐落在北方邦(Uttar Pradesh)北面的菲萨巴德(Faizabad)行政区。

第 3 节

ॐ नमो भगवते उत्तमश्लोकाय नम आर्यलक्षणशीलव्रताय नम उपशिक्षितात्मन उपासितलोकाय नमः साधुवादनिकषणाय नमो ब्रह्मण्यदेवाय महापुरुषाय महाराजाय नम इति ॥ ३ ॥

oṁ namo bhagavate uttamaślokāya nama ārya-lakṣaṇa-śīla-vratāya
nama upaśikṣitātmana uopāsita-lokāya namaḥ sādhu-vāda-
nikaṣaṇāya namo brahmaṇya-devāya mahā-puruṣāya mahā-rājāya
nama iti.

om—我的主啊！ / namaḥ—我虔敬的顶礼 / bhagavate—向至尊人格首神 / uttama-ślokāya——直受到精选的诗歌赞美的 / namaḥ—我虔敬的顶礼 / ārya-lakṣaṇa-śīla-vratāya—拥有进步之人所有美好品质的 / namaḥ—我虔敬的顶礼 / upaśikṣita-ātmane—向控制住感官的您 / upāsita-lokāya—被所有不同等级的生物体记忆与崇拜的 / namaḥ—我虔敬的顶礼 / sādhu-vāda-nikaṣaṇāya—向(能检测圣人的优良品质的试金石般的)至尊主 / namaḥ—我虔敬的顶礼 / brahmaṇya-devāya—被最有资格的布茹阿玛纳崇拜的 / mahā-puruṣāya—向作为物质创造之因而受到菩茹沙赞歌赞美的至尊主 / mahā-rājāya—向至

高无上的君王或王中之王 / namaḥ－我虔敬的顶礼 / iti－如此

译文 让我通过吟诵种子音节“欧么卡尔”取悦您圣上。我恭敬地向在崇高人物中最高尚的人格首神致以敬意。您圣上是进步之人(雅利安)具有的美好品质的宝库。您的品性和行为始终如一，您总是控制您的感官和心念。您像普通人般行事，展示了模范的品格，以身作则教导他人该如何行为。世上有用来检测金子质量的试金石，而您就像试金石般能查明一切优良品质。最杰出的奉献者——布茹阿玛纳，都崇拜您。您——至尊人，是王中之王，因此我向您致以虔敬的顶礼。

第 4 节

यत्तद्विशुद्धानुभवमात्रमेकं
स्वतेजसा ध्वस्तगुणव्यवस्थम् ।
प्रत्यक्प्रशान्तं सुधियोपलम्भनं
ह्यनामरूपं निरहं प्रपद्ये ॥ ४ ॥

yat tad viśuddhānubhava-mātram ekaṁ
sva-tejasā dhvasta-guṇa-vyavastham
pratyak praśāntaṁ sudhiyopalambhanaṁ
hy anāma-rūpaṁ nirahaṁ prapadye

yat－……的 / tat－对那至尊真理 / viśuddha－超然的纯洁，未被物质自然污染的 / anubhava－体验 / mātram－那永恒、知识、极乐的超然身体 / ekam－一个 / sva-tejasā－以祂自己的灵性力量 / dhvasta－被击败 / guṇa-vyavastham－物质自然属性的影响 / pratyak－超然的，不被物质之眼所见的 / praśāntam－不受物质刺激的干扰的 / sudhiyā－通过奎师那意识或未被物质欲望、功利性活动和思辨性哲学污染的纯粹意识 / upalambhanam－可以被达到的 / hi－确实地 / anāma-rūpam－没有物质的名字和形象 / niraham－没有物质

性的自我意识 / prapadye—让我献上最虔敬的顶礼

译文 纯净的形象(永恒、知识和极乐的形象)不受物质自然属性污染的至尊主,可以被纯净的意识感知到。在《韦丹塔经》中,祂被描述为是独一无二的。由于祂的灵性力量,祂不受物质自然污染的触碰;由于祂不是物质视力所能看到的对象,祂被称为是超然的。祂既不从事物质活动,也没有物质的形象或名字。只有在纯粹的意识状态——奎师那意识状态中,人才能感知到至尊主的超然形象。让我们牢固地稳处在主茹阿玛禅铎的莲花足旁,并让我们向那双超然的莲花足致以虔敬的顶礼。

要旨 正如《布茹阿玛·萨密塔》(Brahma-saṁhitā)第5章的第39节诗中说,至尊人格首神奎师那以祂的各种扩展显现:

rāmādi-mūrtiṣu kalā-niyamena tiṣṭhan
nānāvatāram akarod bhuvaneṣu kintu
kṛṣṇaḥ svayaṁ samabhavat paramaḥ pumān yo
govindam ādi-puruṣaṁ tam ahaṁ bhajāmi

“我崇拜至尊人格首神哥文达(Govinda),祂总是以茹阿玛、尼尔星哈(Nṛsiṁha)和许多次一级的化身显现,但其实是被称为奎师那的最初的人格首神;祂也亲自降临。”至尊神奎师那扩展出众多的维施努形象,祂们都属于维施努范畴(viṣṇu-tattva),主茹阿玛禅铎就是其中的一位。我们知道,维施努范畴的化身都乘坐超然的巨鸟嘎茹达(Garuḍa)降临。因此,我们也许会因为主茹阿玛禅铎的坐骑是哈努曼而不是嘎茹达,因为主茹阿玛禅铎没有手持海螺(śaṅkha)、飞轮(cakra)、大头棒(gadā)和莲花(padma)的四只手臂,而质疑祂是否属于维施努范畴。为此,这节诗澄清事实说,茹阿玛禅铎与主奎师那一样(rāmādi-mūrtiṣu kalā)。尽管奎师那是存在中的首位至尊人格首神,但茹阿玛禅铎与祂没有区别。茹阿玛禅铎不受物质自然属性的影响,因此从不受那些属性的干扰(praśānta)。

人除非对至尊人格首神充满爱，否则无法欣赏主茹阿玛禅铎的超然性；人无法用物质的眼睛看到祂。像茹阿瓦纳(Rāvaṇa)那样的恶魔因为没有灵性的视力而把茹阿玛禅铎看成是普通的查锤亚(kṣatriya)君王，所以试图绑架主茹阿玛禅铎永恒的伴侣悉塔女神(Sītādevī)。然而，茹阿瓦纳无法带走原本的悉塔女神。茹阿瓦纳的手一旦快触碰到她，她马上给了他一个物质形体，而自己以原本的形象保持在他的视域之外。因此这节诗中的"不被物质之眼所见、不受物质刺激干扰的(pratyak praśāntam)"一句子是指，主茹阿玛禅铎与祂的能量——幸运女神悉塔，使自己保持远离物质能量的影响。

《喀塔奥义书》第1篇第2章的第23节诗中说：只有当感官通过做奉爱服务被净化后才能看到祂(yam evaiṣa vṛṇute tena labhyaḥ-labhyaḥ)。只有全神贯注做奉爱服务的人，才能看到至尊主——超灵(Paramātmā)——人格首神。正如《布茹阿玛·萨密塔》第5章的第38节诗中说：

premāñjana-cchurita-bhakti-vilocanena
santaḥ sadaiva hṛdayeṣu vilokayanti
yaṁ śyāmasundaram acintya-guṇa-svarūpaṁ
govindam ādi-puruṣaṁ tam ahaṁ bhajāmi

"我崇拜原始的至尊主哥文达，双眼涂着爱膏的奉献者们始终能看到祂，看到祂以夏玛孙达尔的永恒形象处在祂奉献者的心中。"同样，《昌窦给亚奥义书》(Chāndogya Upaniṣad)中说，etās tisro devatā anena jīvena。在这句诗中，梵文anena一词被用于区分普通灵魂(ātmā)和超灵(Paramātmā)这两类不同的个体；tisro devatā是指生物体的躯体由火、土和水这三种物质元素制成。个体灵魂(jīvātmā)进入物质躯体后受其影响并得到物质的名称，超灵虽然进入这样的生物体心中，但丝毫不受个体灵魂之躯体的影响。超灵因为与物质没有关连而在此被描述为是“没有物质的名字、形象及物质性的自我意识(anāma-rūpaṁ niraham)”。超灵没有物质的身份，但个体灵魂有。个体灵魂也许介绍自己是印度人、美国人、德国人等，但超灵没有这样的物质称号，所以没有物质的名字。个体灵魂不同于他的名字，但超灵不一样；祂的名字和祂本人是一体的。这就是梵文niraham的意思，即：“没有物质的称号”。这个梵文词的意思不能被扭曲为是超灵没有身份(ahaṅkāra)的意思。祂有祂作为至尊者超然的身份。以上是圣吉瓦·哥斯瓦米(Śrīla Jīva Gosvāmī)给予的解释。按照维施瓦纳特·查夸瓦尔提·塔库尔(Viśvanātha Cakravartī Ṭhākura)给予的另一个解释，梵文niraham的意思是nirniścayena aham。梵文niraham的意思不是说至尊主没有身份。相反，梵文aham 一词强调表明，祂有祂自己的身份，因为nir不仅是否定的意思，也有强调确定的意思。

第5节

मर्त्यावतारस्त्विह मर्त्यशिक्षणं
रक्षोवधायैव न केवलं विभोः ।
कुतोऽन्यथा स्याद्रमतः स्व आत्मनः
सीताकृतानि व्यसनानीश्वरस्य ॥५॥

martyāvatāras tv iha martya-śikṣaṇaṁ
rakṣo-vadhāyaiva na kevalaṁ vibhoḥ
kuto 'nyathā syād ramataḥ sva ātmanaḥ
sītā-kṛtāni vyasanānīśvarasya

martya—作为人类 / avatāraḥ—……的化身 / tu—然而 / iha—在物质世界里 / martya-śikṣaṇam—为教导众生，尤其是人类 / rakṣaḥ-vadhāya—为杀死恶魔茹阿瓦纳 / eva—肯定地 / na—不 / kevalam—只是 / vibhoḥ—至尊人格首神的 / kutaḥ—从哪里 / anyathā—否则 /

syāt－会有 / ramataḥ－享乐之人的 / sve－在祂自己之中 / ātmanaḥ－宇宙的灵性身份 / sītā－主茹阿玛禅铎的妻子的 / kṛtāni－因分离之情而表现出 / vyasanāni－所有的痛苦 / īśvarasya－至尊人格首神的

译文 食人魔的首领茹阿瓦纳，命中注定除了人，谁都杀不死他。为此，至尊人格首神——主茹阿玛禅铎，以人类的形象显现。然而，主茹阿玛禅铎的使命并不仅仅是杀茹阿瓦纳，他还要教导终有一死的凡人，以性生活为中心或以自己妻子为中心的物质快乐，是众多痛苦的根源。祂是自给自足的至尊人格首神，对祂来说没有需要悲伤的事。既然如此，还有什么原因能使祂因为悉塔母亲的被绑架而历经磨难？

要旨 当至尊主以人类的形象显现在这个宇宙中时，祂要实现两个目的，也就是《博伽梵歌》中说的：消灭恶魔和保护奉献者(paritrāṇāya sādhūnāṁ vināśāya ca duṣkṛtām)。从保护奉献者这方面说，至尊主不仅通过祂个人的出现令他们满意，而且还教导他们，使他们不从奉爱服务的路途上坠落。主茹阿玛禅铎以身作则教导奉献者们，最好不要进入婚姻生活，因为众多的烦恼无疑就会随之而来。正如《圣典博伽瓦谭》(Śrīmad-Bhāgavatam)第7篇第9章的第45节诗说：

yan maithunādi-gṛhamedhi-sukhaṁ hi tucchaṁ
kaṇḍūyanena karayor iva duḥkha-duḥkham
tṛpyanti neha kṛpaṇā bahu-duḥkha-bhājaḥ
kaṇḍūtivan manasijaṁ viṣaheta-dhīraḥ

那些没有进步的灵性知识，因此与布茹阿玛纳的本性相反的人(kṛpaṇa)，一般是过有特权享受性生活的家庭生活。就这样，他们重复享受性生活，虽然随着那性生活而来的是许多烦恼。这是对奉献者们的警告。为教导奉献者及人类社会中的一般大众，主茹阿玛禅铎给人们看，祂虽然是至尊人格首神本人，但却因为结婚而经历了一系列磨难。当然，主茹阿玛禅铎经历这些苦行是为了教育我们；祂本人其实没有任何理由为任何事而悲伤。

至尊主通过祂的显现所给予的另一方面的教导是，接受了妻子的人必须当一个忠诚的丈夫，给予妻子全面的保护。人类社会中真正的人分为两类，一类是严格遵守宗教原则的人，另一类是奉献者。主茹阿玛禅铎想通过祂个人的例子教导这两类人，该如何彻底贯彻宗教系统中的纪律，如何成为一名可爱并忠于职守的丈夫。否则祂没理由经历那些显而易见的磨难。严格遵守宗教原则的人一定不要忽视为全面保护妻子而提供所有的条件。为此，人也许会承受某种痛苦，但人必须忍受。那是忠诚的丈夫应尽的责任。主茹阿玛禅铎以身作则证明了这一点。主茹阿玛禅铎可以用祂的快乐能量展示出成千上万的悉塔，但为了给人们看忠诚丈夫的职责是什么，祂不仅从茹阿瓦纳的魔掌中营救出悉塔，而且还杀死了茹阿瓦纳和他全家人。

主茹阿玛禅铎给予的另一方面的教导是，尽管至尊人格首神主维施努和祂的奉献者们表面看来是在承受物质的苦难，但他们其实与这些苦难无关。他们在所有的情况下都是解脱之人(mukta-puruṣa)。因此，《柴坦亚·巴嘎瓦塔》(Caitanya-bhāgavata)中说：

yata dekha vaiṣṇavera vyavahāra duḥkha
niścaya jāniha tāhā paramānanda-sukha

外士纳瓦因为做奉爱服务而总是稳定地处在超然的极乐中。尽管他也许显得是在受物质的痛苦，但他的状态其实被称为是在分离状态(viraha)下的超然极乐。恋人分开时所感受到的情感其实是很快乐的，尽管显得很痛苦。因此，主茹阿玛禅铎与悉塔女神的离别，以及祂们为此承受的磨难，只不过是超然极乐的另一种展示。这是圣维施瓦纳特·查夸瓦尔提·塔库尔的看法。

第6节

न वै स आत्मात्मवतां सुहृत्तमः
　　सक्तस्त्रिलोक्यां भगवान् वासुदेवः ।
न स्त्रीकृतं कश्मलमश्नुवीत
　　न लक्ष्मणं चापि विहातुमर्हति ॥ ६ ॥

na vai sa ātmātmavatāṁ suhṛttamaḥ
　saktas tri-lokyāṁ bhagavān vāsudevaḥ
na strī-kṛtaṁ kaśmalam aśnuvīta
　na lakṣmaṇaṁ cāpi vihātum arhati

na—不 / vai—确实地 / saḥ—祂 / ātmā—至尊灵魂 / ātmavatām—觉悟了自我的灵魂的 / suhṛt-tamaḥ—最好的朋友 / saktaḥ—依恋 / tri-lokyām—这三个世界中的一切 / bhagavān—至尊人格首神 / vāsu-devaḥ—无所不在的至尊主 / na—不 / strī kṛtam—因为祂的妻子而遭受 / kaśmalam—分离之苦 / aśnuvīta—会得到 / na—不 / lakṣmaṇam—祂的弟弟拉珂施曼 / ca—也 / api—无疑地 / vihātum—放弃 / arha-ti—能够

译文　圣主茹阿玛禅铎是至尊人格首神华苏戴瓦，因此不依恋这个物质世界里的任何人事物。祂是所有觉悟了自我的灵魂最心爱的超灵，是他们最亲密的朋友。祂绝对拥有一切财富。所以，祂不可能因为与妻子分离而受苦，也不可能离弃祂的妻子和弟弟拉珂施曼；离弃哪一个都绝对不可能。

要旨　在解释至尊人格首神的特性时我们说，祂绝对拥有富有、声望、力量、知识、美丽和弃绝这六种财富。之所以说祂弃绝，是因为祂不执著这个物质世界里的任何事物；祂特别依恋灵性世界及那里的生物。物质世界里的事情在杜尔嘎女神的指挥下发生(sṛṣṭi-sthiti-pralaya-sādhana-śaktir ekā/ chāyeva yasya bhuvanāni bibharti durgā)。一切都按照以杜尔嘎为代表的物质能量的严格规定发生着，因此至尊主完全不接触，也不需要关心物质世界里的一切。悉塔女神属于灵性世界。同样，茹阿玛禅铎的弟弟主拉珂施曼是桑卡尔珊的展示，而主茹阿玛禅铎是至尊人格首神华苏戴瓦本人。

至尊主在质上始终是灵性的；祂喜爱总是在为祂做超然爱心服务的仆人们。祂不仅喜爱具有布茹阿玛纳品质的人，更喜爱通过实际做奉爱服务认识到绝对真理的人。事实上，祂从不喜欢任何物质的品质。祂虽然是所有生物的至尊灵魂，但却特别展示给那些觉悟了自我的灵魂看，祂尤其得到祂超然奉献者们发自内心的喜爱。主茹阿玛禅铎降临世间，还教导人类社会当一个忠于职守的君王该是怎样的。为此，祂表面上放弃了悉塔母亲和拉珂施曼的陪伴。然而事实上，祂无法舍弃祂们。所以，人应该从觉悟了自我的灵魂那里了解有关主茹阿玛禅铎的活动，这样才能理解至尊主的超然活动。

第 7 节

न जन्म नूनं महतो न सौभगं
　न वाङ् न बुद्धिर्नाकृतिस्तोषहेतुः ।
तैर्यद्विसृष्टानपि नो वनौकस-
　श्चकार सख्ये बत लक्ष्मणाग्रजः ॥ ७ ॥

na janma nūnaṁ mahato na saubhagaṁ
　na vāṅ na buddhir nākṛtis toṣa-hetuḥ
tair yad visṛṣṭān api no vanaukasaś
　cakāra sakhye bata lakṣmaṇāgrajaḥ

na－不 / janma－出生在一个很高贵的家庭中 / nūnam－确实地 / mahataḥ－至尊人格首神的 / na－也不 / saubhagam－非常幸运 / na－也不 / vāk－优雅的言谈举止 / na－也不 / buddhiḥ－敏锐

的智力 / na－也不 / ākṛtiḥ－身体外貌 / toṣa-hetuḥ－取悦至尊主的原因 / taiḥ－以上述所有这些品质 / yat－因为 / visṛṣṭān－拒绝接受 / api－虽然 / naḥ－我们 / vana-okasaḥ－森林中的居民 / cakāra－接受 / sakhye－友谊 / bata－唉！ / lakṣmaṇa-agra-jaḥ－拉珂施曼的哥哥主茹阿玛禅铎

译文 人不可能基于出生在贵族家庭、长相美丽、有雄辩的口才或敏锐的智力，以及出生在较高级的种族或国家等物质品质，与至尊主茹阿玛禅铎建立友好的关系。所有这些资格实际上都不是与圣主茹阿玛禅铎建立友谊的必备条件。否则，就我们这些没有高贵出身的森林中的野蛮居民，既没有美丽的外貌，也不能像绅士般说话，主茹阿玛禅铎怎么可能还把我们接受为是祂的朋友呢？

要旨 圣琨缇黛薇(Śrīmatī Kuntīdevī)在向奎师那祈祷表达她的情感时，称奎师那是akiñcana-gocara，其中梵文字的前缀a的意思是“不”，而kiñcana的意思是“这个物质世界的某物”。人们也许对自己的名望、地位、物质钱财、美丽、受过的教育等感到很自豪，但这些虽然在物质交易中无疑都是良好的资格，在获得至尊人格首神的友谊方面却不是必需条件。拥有所有这些物质资格的人应该成为奉献者，而他真成为奉献者时，就可以正确地运用这些资格。对高贵的出身、富有、受过教育和自身的美丽感到骄傲的人(janmaiśvarya-śruta-śrī)，很不幸根本不在乎发展自身的奎师那意识，而至尊人格首神也不在乎所有这些物质资格。只有奉爱之心才能赢得至尊主(bhaktyā mām abhijānāti)。奉爱之情及想要侍奉至尊人格首神的真诚愿望，是获得至尊主喜爱的唯一资格。茹帕·哥斯瓦米还说过，赢得神的喜爱所要付出的代价很简单，其实就是真诚地渴望得到它(laulyam ekaṁ mūlyam)。《柴坦亚·巴嘎瓦塔》中说：

kholāvecā sevakera dekha bhāgya-sīmā
brahmā śiva kāṅde yāra dekhiyā mahimā
dhane jane pāṇḍitye kṛṣere nāhi pāi
kevala bhaktira vaśa caitanya-gosāñi

“看着奉献者考拉维查(Kholāvecā)鸿运当头，主布茹阿玛和希瓦因为看到他的非凡之处而挥洒热泪。任何数量的钱财、追随者或学问都无法使人得到奎师那。只有纯粹的奉爱之情才能控制圣柴坦亚·玛哈帕布。”圣主柴坦亚·玛哈帕布有一位名叫考拉维查·施瑞达尔(Kholāvecā Śrīdhara)的十分真诚的奉献者。他唯一的生计是卖用香蕉树皮做的罐子。他无论赚多少钱，都用一半的收入崇拜恒河母亲，用另一半维持生活。他的整个生活状态是那么贫穷，以致住在屋顶上有许多漏洞的茅草棚里。他买不起黄铜器皿，因此用铁罐盛水喝。尽管如此，他却是柴坦亚·玛哈帕布的一名优秀的奉献者。他是毫无物质资产的穷人能成为至尊主最崇高的奉献者的典范。结论是：人不可能靠物质富有得到主奎师那或主柴坦亚的莲花足的庇护；那只有靠纯粹的奉爱服务才能得到。

anyābhilāṣitā-śūnyaṁ
jñāna-karmādy-anāvṛtam
ānukūlyena kṛṣṇānu-
śīlanaṁ bhaktir uttamā

“人应该怀着善意为至尊主奎师那做超然的爱心服务，而不想要通过从事功利性活动或哲学思辨得到物质的利益。那称为纯粹的奉爱服务。”

第 8 节

सुरोऽसुरो वाप्यथ वानरो नरः
सर्वात्मना यः सुकृतज्ञमुत्तमम् ।

भजेत रामं मनुजाकृतिं हरिं
य उत्तराननयत्कोसलान्दिवमिति ॥८॥

suro 'suro vāpy atha vānaro naraḥ
sarvātmanā yaḥ sukṛtajñam uttamam
bhajeta rāmaṁ manujākṛtiṁ hariṁ
ya uttarān anayat kosalān divam iti

suraḥ—半神人 / asuraḥ—恶魔 / vā api—或者 / atha—因此 / vā—或者 / anaraḥ—除了人类(鸟、兽、动物等) / naraḥ——个人 / sarva-ātmanā—全心全意地 / yaḥ—……的 / su-kṛtajñam—容易使其有感恩之心 / uttamam—最高尚的 / bhajeta—应该崇拜 / rāmam—主茹阿玛禅铎 / manuja-ākṛtim—以人的形象显现 / harim—至尊人格首神 / yaḥ—……的 / uttarān—北印度的 / anayat—带回 / kosalān—寇萨拉国——阿尤迪亚的居民 / divam—到灵性世界外琨塔 / iti—因此

译文 所以，无论是半神人还是恶魔，是人还是鸟兽等生物体，大家都该崇拜主茹阿玛禅铎——以人的形象显现在这地球上的至尊人格首神。崇拜至尊主不需要从事艰巨的苦行或苦修，因为祂接受祂奉献者所做的甚至很微小的服务。祂因此而感到满意，而祂一旦满意，奉献者就成功了。事实上，主茹阿玛禅铎将阿尤迪亚所有的奉献者都带回了家园，回到首神身边(外琨塔)。

要旨 圣主茹阿玛禅铎对祂的奉献者极其亲切和仁慈，任何生物体，无论是人还是其他物种的生物体，只要做一点点服务就很容易令祂满意。这是崇拜主茹阿玛禅铎所具有的特殊好处，崇拜圣主柴坦亚·玛哈帕布也具有同样的利益。主奎师那和主茹阿玛禅铎因为显现为查锤亚(刹帝利)，所以有时通过杀恶魔(asura)展示祂们的仁慈，但圣主柴坦亚·玛哈帕布甚至把对神的爱无条件地赐给恶魔。至尊人格首神的所有化身，尤其是主茹阿玛禅铎、

主奎师那和后来的圣主柴坦亚 · 玛哈帕布，都拯救了出现在祂们面前的众多生物，事实上几乎是所有的。正因为如此，圣柴坦亚 · 玛哈帕布展示了六臂形象(ṣaḍ-bhūja-mūrti)，这形象由主茹阿玛禅铎、主奎师那和圣主柴坦亚 · 玛哈帕布组合在一起。崇拜由茹阿玛禅铎的两条手臂、奎师那的两条手臂和圣柴坦亚 · 玛哈帕布的两条手臂组成的至尊主的六臂形象，能使人实现人生的最高目的。

第 9 节

भारतेऽपि वर्षे भगवान्नरनारायणाख्य आकल्पान्तमुपचितधर्मज्ञान-वैराग्यैश्वर्योपशमोपरमात्मोपलम्भनमनुग्रहायात्मवतामनुकम्पया तपो ऽव्यक्तगतिश्चरति ॥ ९ ॥

bhārate 'pi varṣe bhagavān nara-nārāyaṇākhya ākalpāntam upacita-
dharma-jñāna-vairāgyaiśvaryopaśamoparamātmopalam-bhanam
anugrahāyātmavatām anukampayā tapo 'vyakta-gatiś carati.

bhārate—在巴茹阿特 / api—也 / varṣe—大地 / bhagavān—至尊人格首神 / nara-nārāyaṇa-ākhyaḥ—名叫纳茹阿 · 纳茹阿亚纳 / ā-kalpa-antam—直到这个年代循环结束 / upacita—增加 / dharma—宗教 / jñāna—知识 / vairāgya—弃绝或不依恋 / aiśvarya—神秘的财富 / upaśama—感官的控制 / uparama—毫无错误的自我意识 / ātma-upa-lambhanam—觉悟自我 / anugrahāya—赐予仁慈 / ātma-vatām—向对觉悟自我有兴趣的人 / anukampayā—凭借没有缘故的仁慈 / tapaḥ—苦行 / avyakta-gatiḥ—其荣耀不可思议的…… / carati—执行

译文　(舒卡戴瓦 · 哥斯瓦米继续道：)至尊人格首神的荣耀不可思议。祂以纳茹阿 · 纳茹阿亚纳的形象显现在巴茹阿特 · 瓦尔沙大地上。在被称为巴德瑞卡的灵修地，通过教导祂的奉献者有关宗教、知识、弃绝、灵性力量、感官控制和消除错误的自我意识，赐予他们恩惠。祂拥有丰富的灵性财富，但还是从事苦行，直到这个年代循环结束之际。这是觉悟自我的程序。

要旨 在印度的人可以去参拜位于巴德瑞卡灵修地(Badarikāśrama)的纳茹阿·纳茹阿亚纳(Nara-Nārāyaṇa)神庙，以了解至尊人格首神是如何以祂的纳茹阿·纳茹阿亚纳化身从事苦行，教导世人觉悟自我的。仅仅靠专注于主观臆侧和从事物质活动，人无法认识自我；必须很认真地想要认识自我并练习苦修。不幸的是，这个喀历(Kali)年代里的人甚至不知道苦行、苦修的意思。考虑到这些情况，至尊主以圣柴坦亚·玛哈帕布的身份显现，赐予堕落的灵魂以最容易的认识自我的方法，及清洁心镜上的尘埃的技术(ceto-darpaṇa-mārjanam)。这个方法十分简单。任何人都可以吟诵、吟唱至尊主的圣名的荣耀(kṛṣṇa-saṅkīrtana)：哈瑞·奎师那 哈瑞·奎师那 奎师那·奎师那 哈瑞·哈瑞/哈瑞·茹阿玛 哈瑞·茹阿玛 茹阿玛·茹阿玛 哈瑞·哈瑞(Hare Kṛṣṇa, Hare Kṛṣṇa, Kṛṣṇa Kṛṣṇa, Hare Hare/ Hare Rāma, Hare Rāma, Rāma Rāma, Hare Hare)。这个年代里有各种形式的所谓进步的科学知识，如人类学、弗洛伊德学说、民族主义和工业主义等，但如果我们在它们的指导下辛苦努力，而不采用纳茹阿·纳茹阿亚纳教导的灵修程序，我们就会浪费自己人类生命中的宝贵时间，无疑就会被误导、受骗上当。

第 10 节

तं भगवान्नारदो वर्णाश्रमवतीभिर्भारतीभिः प्रजाभिर्भगवत्प्रोक्ताभ्यां साङ्ख्ययोगाभ्यां भगवदनुभावोपवर्णनं सावर्णेरुपदेक्ष्यमाणः परम-भक्तिभावेनोपसरति इदं चाभिगृणाति ॥१०॥

tam̐ bhagavān nārado varṇāśramavatībhir bhāratībhiḥ prajābhir bhagavat-proktābhyām̐ sāṅkhya-yogābhyām̐ bhagavad-anubhāvopavarṇanam̐ sāvarṇer upadekṣyamāṇaḥ parama-bhakti-bhāvenopasarati idam̐ cābhigṛṇāti.

tam—祂纳茹阿·纳茹阿亚纳 / bhagavān—最强有力的圣洁之人 / nāradaḥ—伟大的圣人纳茹阿达 / varṇa-āśrama-vatībhiḥ—被社会四阶层及灵性四阶段制度的遵循者…… / bhāratībhiḥ—巴茹阿特大地(印度)的 / prajābhiḥ—是……的居民 / bhagavat-proktābhyām—由至尊人格首神阐述 / sāṅkhya—通过数论瑜伽系统(对物质能量的分析研究) / yogābhyām—靠练习瑜伽 / bhagavat-anubhāva-upavarṇanam—描述觉悟神的程序的 / sāvarṇeḥ—向萨瓦尔尼·玛努 / upadekṣyamāṇaḥ—传授 / parama-bhakti-bhāvena—在怀着对至尊主如痴如醉的爱做奉爱服务的过程中 / upasarati—侍奉至尊主 / idam—这 / ca—和 / abhigṛṇāti—吟唱

译文　巴嘎万·纳茹阿达在他的著作《纳茹阿达·潘查茹阿陀》中，极为生动地讲述了该如何努力以达到生命的最终目标，即：通过培养知识和练神秘瑜伽获得奉爱之情。他还描述了至尊人格首神的荣耀。伟大的圣人纳茹阿达将这超然文献的教义传授给萨瓦尔尼·玛努，以教导那些在巴茹阿特大地上严格遵守社会四阶层和灵性四阶段制度的居民如何达到为至尊主做奉爱服务的阶段。为此，纳茹阿达·牟尼与巴茹阿特大地上的其他居民一起，总是忙于为纳茹阿·纳茹阿亚纳服务。他吟唱如下的赞歌。

要旨　圣柴坦亚·玛哈帕布明确声明：

bhārata-bhūmite haila manuṣya-janma yāra
janma sārthaka kari' kara para-upakāra

在巴茹阿特(印度)大地上，人能够获得人生真正的成功，真正实现人生的使命，因为在这片大地上，人生的目标和获得成功的方法都显而易见。人们应该利用巴茹阿特大地提供的机会，这机会是专为遵守社会四阶层和灵性四阶段制度原则的人提供的。我们如果不通过接受社会四阶层(布茹阿玛纳、查锤亚、外夏和庶铎)和灵性四阶段(贞守生、居士、退出家庭生活和托钵僧)制度遵守原则，人生就没可能成功。不幸的是，如今喀历年代的影响使这一切丧失殆尽。巴茹阿特大地上的居民逐渐堕落为肉食者(mleccha)和不可触碰的野蛮人(yavana)。他们这样还怎么教导其他人呢？因此，正如圣柴坦亚·玛哈帕布所宣布的，开展这场奎师那意识运动不仅是为了巴茹阿特大地上的居民，而且也是为了全世界的人民。时间还是有的，如果巴茹阿特大地上的居民认真参加这场奎师那意识运动，整个世界就会从正滑向地狱的情况中得到拯救。这场奎师那意识运动同时遵循“庙宇崇拜法(pañcarātrika-vidhi)”及“以吟诵(吟唱)和聆听为开始的九项奉爱服务(bhāgavata-vidhi)”这两个程序，以使人们可以充分利用这场运动，令自己的人生获得成功。

第 11 节

ॐ नमो भगवते उपशमशीलायोपरतानात्म्याय नमोऽकिञ्चनवित्ताय ऋषिऋषभाय नरनारायणाय परमहंसपरमगुरवे आत्मारामाधिपतये नमो नम इति ॥११॥

oṁ namo bhagavate upaśama-śīlāyoparatānātmyāya namo 'kiñcana-vittāya ṛṣi-ṛṣabhāya nara-nārāyaṇāya paramahaṁsa-parama-gurave ātmārāmādhipataye namo nama iti.

om—至尊主啊！/ namaḥ—我虔敬的顶礼 / bhagavate—向至尊人格首神 / upaśama-śīlāya—控制住感官的 / uparata-anātmyāya—对这物质世界没有依恋 / namaḥ—我虔敬的顶礼 / akiñcana-vittāya—向没

有物质资产之人唯一拥有的资产——至尊人格首神 / ṛṣi-ṛṣabhāya－最卓越的圣洁之人 / nara-nārāyaṇāya－纳茹阿 · 纳茹阿亚纳 / parama-haṁsa-parama-gurave－所有解脱之人(至尊天鹅)的最崇高的灵性导师 / ātmārāma-adhipataye－觉悟了自我的人中最优秀的 / namaḥ namaḥ－我一次又一次虔敬的顶礼 / iti－如此

译文　让我恭恭敬敬地顶拜纳茹阿 · 纳茹阿亚纳——最卓越的圣洁之人——至尊人格首神。祂最自控，最了解自我；祂没有虚荣，是毫无物质拥有之人的资产。祂是全体最崇高的人——至尊天鹅的灵性导师，是觉悟了自我的人的主人。让我向祂的莲花足致以虔敬的顶礼。

第 12 节

गायति चेदम्
कर्तास्य सर्गादिषु यो न बध्यते
न हन्यते देहगतोऽपि दैहिकैः ।
द्रष्टुर्न दृग्यस्य गुणैर्विदूष्यते
तस्मै नमोऽसक्तविविक्तसाक्षिणे ॥१२॥

gāyati cedam——
kartāsya sargādiṣu yo na badhyate
na hanyate deha-gato 'pi daihikaiḥ
draṣṭur na dṛg yasya guṇair vidūṣyate
tasmai namo 'sakta-vivikta-sākṣiṇe

gāyati－他唱 / ca－和 / idam－这 / kartā－执行者 / asya－这个宇宙展示的 / sarga-ādiṣu－创造、维系和毁灭的 / yaḥ－……的人 / na badhyate－不执著于当创造者、主人或所有者 / na－不 / hanyate－受害 / deha-gataḥ api－虽然以人类的形象显现 / daihikaiḥ－被饥饿、口渴和疲劳等躯体之苦 / draṣṭuḥ－作为一切之观看者的祂的 /

na－不 / dṛk－视力 / yasya－……的 / guṇaiḥ－被物质特性 / vidūṣyate－被污染 / tasmai－向祂 / namaḥ－我虔敬的顶礼 / asakta－向不执著的至尊人 / vivikta－不受影响 / sākṣiṇe－一切的见证者

译文 最强有力的、品德高尚的圣人纳茹阿达，还通过吟唱如下的赞歌崇拜纳茹阿·纳茹阿亚纳说：至尊人格首神虽然是这可见的宇宙展示创造、维系和毁灭的控制者，但却毫无虚荣心。尽管对愚蠢之人来说，祂看似接受了一个像我们一样的物质躯体，但祂却不受饥饿、口渴和疲劳等躯体之苦的影响。尽管祂是看着一切的见证者，但祂的感官却不被祂所看到的一切所污染。让我恭恭敬敬地顶拜那不执著的人、世界的纯洁见证者、至尊灵魂、人格首神。

要旨 至尊人格首神奎师那被描述为是有着永恒、超然极乐和充满知识的身体的人(sac-cid-ānanda-vigraha)。这节诗文对祂作了更全面的描述。奎师那是整个宇宙展示的创造者，但却不依恋它。如果我们建造了一座摩天大楼，我们就会很依恋它，但奎师那是如此弃绝，尽管祂创造了一切，但却不依恋任何事物(na badhyate)。而且，尽管奎师那具有永恒、极乐和充满知识的超然身躯，但却从不受生活中的饥饿、口渴或劳累等躯体需要(daihika)的打扰(na hanyate deha-gato 'pi daihikaiḥ)。不仅如此，尽管一切都归奎师那所有，祂看到一切、无所不在，但由于祂的身体是超然的，祂超越看、看的对象和看的过程。当我们看到某人漂亮时，我们就受到吸引。男人看到美女就立刻受到吸引，而女人一看到英俊的男人也自然受到吸引。但是，奎师那超越所有这些缺陷。尽管祂是一切的观看者，但祂的视力并不受祂所看到的物质事物的污染(na dṛg yasya guṇair vidūṣyate)。因此，祂虽然是见证者和观看者，但却远离祂看到的一切的影响。祂始终保持不执著、不依恋和远离的状态，只当一个见证者。

第 13 节

इदं हि योगेश्वर योगनैपुणं
　हिरण्यगर्भो भगवाञ्जगाद यत् ।
यदन्तकाले त्वयि निर्गुणे मनो
　भक्त्या दधीतोज्झितदुष्कलेवरः ॥१३॥

idaṁ hi yogeśvara yoga-naipuṇaṁ
　hiraṇyagarbho bhagavāñ jagāda yat
yad anta-kāle tvayi nirguṇe mano
　bhaktyā dadhītojjhita-duṣkalevaraḥ

idam－这 / hi－无疑地 / yoga-īśvara－啊！我的至尊主，所有神秘力量的主人！ / yoga-naipuṇam－执行瑜伽原则的专门程序 / hiraṇya-garbhaḥ－主布茹阿玛 / bhagavān－最强有力的 / jagāda－说 / yat－……的 / yat－……的 / anta-kāle－在死亡之际 / tvayi－在您 / nirguṇe－超然 / manaḥ－心 / bhaktyā－用奉爱的态度 / dadhīta－应该把……置于 / ujjhita-duṣkalevaraḥ－已放弃他与物质躯体的认同

译文　啊！我的主，所有神秘瑜伽的主人！这是对觉悟了自我的主布茹阿玛所讲述的瑜伽程序的解释。死亡之际，所有的瑜伽师都靠把他们的心专注于您的莲花足而毅然决然地放弃物质躯体。那是瑜伽的完美境界。

要旨　圣玛德瓦查尔亚(Śrīla Madhvācārya)说：

yasya samyag bhagavati
　jñānaṁ bhaktis tathaiva ca
niścintas tasya mokṣaḥ syāt
　sarva-pāpa-kṛto 'pi tu

“对于为了解至尊人格首神的原本地位而毕生认真练习做奉爱服务的人来说，从这个物质世界解脱出去是必然的事，哪怕他以前曾沉溺于罪恶的习惯。”对此，《博伽梵歌》也证实说：

api cet su-durācāro
　bhajate mām ananya-bhāk
sādhur eva sa mantavyaḥ
　samyag vyavasito hi saḥ

“一个人即使从事过最令人憎恶的活动，但如果做奉爱服务，也就被认为是圣洁的，因为他下的决心是正确的。”(《博伽梵歌》9.30)人生唯一的目的是能够全神贯注地想着奎师那，以及祂的形象、娱乐时光、活动和品质。如果人能够这样一天二十四小时地想着奎师那，他就已经解脱了(svarūpeṇa vyavasthitiḥ)。与专注于物质思想和活动的物质主义者相反，奉献者总是全神贯注地想着奎师那和奎师那的活动。因此，他们已经处在解脱的层面上。在死亡时，人必须全神贯注地想着奎师那。这样做，他无疑将回归家园，回到首神身边。

第 14 节

यथैहिकामुष्मिककामलम्पटः
　सुतेषु दारेषु धनेषु चिन्तयन् ।
शङ्केत विद्वान् कुकलेवरात्ययाद्
　यस्तस्य यत्नः श्रम एव केवलम् ॥१४॥

yathaihikāmuṣmika-kāma-lampaṭaḥ
　suteṣu dāreṣu dhaneṣu cintayan
śaṅketa vidvān kukalevarātyayād
　yas tasya yatnaḥ śrama eva kevalam

yathā—当……时 / aihika—现在 / amuṣmika—将来 / kāma-lampaṭaḥ—充满躯体享乐的强烈欲望的人 / suteṣu—孩子们 / dāreṣu—妻子 / dhaneṣu—钱财 / cintayan—想着 / śaṅketa—害怕 / vidvān—具有进步的灵性知识的人 / ku-kalevara—这个充满了粪便和尿液的躯体的 / atyayāt—因为失去 / yaḥ—任何人 / tasya—他的 / yatnaḥ－努力 / śramaḥ－浪费时间和精力 / eva－无疑地 / kevalam－只有

译文　物质主义者一般都很依恋他们现有的躯体舒适，以及他们今后期望得到的躯体舒适。他们为此总是一门心思地想着他们的妻子、孩子和钱财，害怕放弃他们那充满了粪便和尿液的躯体。然而，如果一个培养奎师那意识的人也害怕放弃他的躯体，那么费力学习经典有什么用？不过是在浪费时间罢了。

要旨　死亡时，物质主义者想的是他的妻子和孩子。他一门心思地想着他们今后将如何生活，如何在自己离开后照顾他们。就这样，他从没准备放弃他的躯体，而是想要继续在躯体中生活，以侍奉他的社会、家庭和朋友等。因此，人必须靠练神秘瑜伽变得不再执著与躯体有关的关系。如果即使练奉爱瑜伽(bhaktiyoga)，学习所有的韦达文献，人还是害怕放弃他那给他制造所有痛苦的拙劣躯体，那他为在灵性生活中取得进步所做的一切努力有什么用？练瑜伽成功的秘密在于，变得不再依恋物质的躯体及与那躯体有关的一切。圣纳若塔玛·达斯·塔库尔说：练习使自己不再为躯体所需而焦虑的人，不再过受制约的生活(deha-smṛti nāhi yāra, saṁsāra-bandhana kāhāṅ tāra)。这样的人不再受制约。有奎师那意识的人必须全心全意地履行他做奉爱服务的职责，不存有丝毫的物质执著。这样，他的解脱就有了保障。

第 15 节

तन्नः प्रभो त्वं कुकलेवरार्पितां
त्वन्माययाहंममतामधोक्षज ।
भिन्द्याम येनाशु वयं सुदुर्भिदां
विधेहि योगं त्वयि नः स्वभावमिति ॥१५॥

tan naḥ prabho tvaṁ kukalevarārpitāṁ
tvan-māyayāhaṁ-mamatām adhokṣaja
bhindyāma yenāśu vayaṁ sudurbhidāṁ
vidhehi yogaṁ tvayi naḥ svabhāvam iti

tat－因此 / naḥ－我们的 / prabho－我的主啊！ / tvam－您 / kukalevara-arpitām－将……加在这个充满粪便和尿液的躯体上 / tvat-māyayā－被您的错觉能量 / aham-mamatām－“我和我的”之观念 / adhokṣaja－啊，超然者！ / bhindyāma－能放弃 / yena－……的 / āśu－非常快 / vayam－我们 / sudurbhidām－很难放弃的 / vidhehi－请赐予 / yogam－神秘程序 / tvayi－向您 / naḥ－我们的 / svabhāvam－以内心稳定为征象的 / iti－如此

译文 因此，啊，至尊主！啊，超然者！请赐予我们练奉爱瑜伽的力量，以此帮助我们，使我们能控制我们飞扬的思绪，让它们萦系于您。我们都受您错觉能量的影响，所以很依恋这个充满粪便和尿液的躯体，以及与躯体有关的一切。除了做奉爱服务，没别的方法可以去除这执著。因此请将这祝福赐予我们。

要旨 至尊主在《博伽梵歌》中忠告说：永远想着我，崇拜我，向我致敬，成为我的奉献者(man-manā bhava mad-bhakto mad-yājī māṁ namaskuru)。完美的瑜伽体系由总是想着奎师那，总是致力于做奉爱服务，总是崇拜奎师那和总是向祂致以敬礼构成。我们除非练这套瑜伽，否则无法放弃对这个充满粪便和尿液的臭皮囊的错觉性依恋。瑜伽的完美境界包括去除对这个躯体及与躯体有关的一切的依恋，转而依恋奎师那。我们十分留恋物质享乐，但当我们把同样的依恋之情转向奎师那时，我们就走在了解脱之途上。人必须练这套瑜伽，而不是别的。

第 16 节

भारतेऽप्यस्मिन् वर्षे सरिच्छैलाः सन्ति बहवो मलयो मङ्गलप्रस्थो मैनाकस्त्रिकूट ऋषभः कूटकः कोल्लकः सह्यो देवगिरिर्ऋष्यमूकः श्री-शैलो वेङ्कटो महेन्द्रो वारिधारो विन्ध्यः शुक्तिमानृक्षगिरिः पारियात्रो द्रोणश्चित्रकूटो गोवर्धनो रैवतकः ककुभो नीलो गोकामुख इन्द्रकीलः कामगिरिरिति चान्ये च शतसहस्रशः शैलास्तेषां नितम्बप्रभवा नदा नद्यश्च सन्त्यसङ्ख्याताः ॥१६॥

bhārate 'py asmin varṣe saric-chailāḥ santi bahavo malayo maṅgala-prastho mainākas trikūṭa ṛṣabhaḥ kūṭakaḥ kollakaḥ sahyo devagirir ṛṣyamūkaḥ śrī-śailo veṅkaṭo mahendro vāridhāro vindhyaḥ śuktimān ṛkṣagiriḥ pāriyātro droṇaś citrakūṭo govardhano raivatakaḥ kakubho nīlo gokāmukha indrakīlaḥ kāmagirir iti cānye ca śata-sahasraśaḥ śailās teṣāṁ nitamba-prabhavā nadā nadyaś ca santy asaṅkhyātāḥ.

bhārate—在巴茹阿特大地上 / api—也 / asmin—在这 / varṣe—土地 / sarit—河流 / śailāḥ—山脉 / santi—有 / bahavaḥ—许多 / malayaḥ—玛拉亚 / maṅgala-prasthaḥ—曼嘎拉·帕斯塔 / maināḳaḥ—麦纳卡 / tri-kūṭaḥ—特瑞库塔 / ṛṣabhaḥ—瑞沙巴 / kūṭakaḥ—库塔卡 / kollakaḥ—考拉卡 / sahyaḥ—萨赫亚 / devagiriḥ—戴瓦给瑞 / ṛṣya-mūkaḥ—瑞夏穆卡 / śrī-śailaḥ—施瑞·晒拉 / veṅkaṭaḥ—温卡塔 / mahendraḥ—玛汉铎 / vāri-dhāraḥ—瓦瑞达尔 / vindhyaḥ—温迪亚 / śuktimān—舒克提曼 / ṛkṣa-giriḥ—瑞克沙给瑞 / pāriyātraḥ—帕瑞亚陀 / droṇaḥ—朵纳 / citra-kūṭaḥ—祺陀库塔 / govardhanaḥ—哥瓦尔丹 / raivatakaḥ—茹艾瓦塔卡 / kakubhaḥ—卡库巴 / nīlaḥ—尼拉 / gokāmukhaḥ—哥卡穆卡 / indrakīlaḥ—因铎克伊拉 / kāma-giriḥ—卡玛给瑞 / iti—如此 / ca—和 / anye—其他的 / ca—也 / śata-sahasraśaḥ—成百上千的 / śailāḥ—山 / teṣām—它们的 / nitamba-prabhavāḥ—斜坡生出 / nadāḥ—大河 / nadyaḥ—小河 / ca—和 / santi—有 / asaṅ-khyātāḥ—数不清的

译文 在被称为巴茹阿特·瓦尔沙和伊拉威塔·瓦尔沙的大地上，有许多山脉及河流。有些山脉被称为玛拉亚、曼嘎拉·帕斯塔、麦纳卡、特瑞库塔、瑞沙巴、库塔卡、考拉卡、萨赫亚、戴瓦给瑞、瑞夏穆卡、施瑞·晒拉、温卡塔、玛汉铎、瓦瑞达尔、温迪亚、舒克提曼、瑞克沙给瑞、帕瑞亚陀、朵纳、祺陀库塔、哥瓦尔丹、茹艾瓦塔卡、卡库巴、尼拉、哥卡穆卡、因铎克伊拉和卡玛给瑞。除了这些，还有许多山丘，大大小小的河流从它们的斜坡上向下流淌。

第 17—18 节

एतासामपो भारत्यः प्रजा नामभिरेव पुनन्तीनामात्मना चोपस्पृशन्ति ॥१७॥ चन्द्रवसा ताम्रपर्णी अवटोदा कृतमाला वैहायसी कावेरी वेणी पयस्विनी शर्करावर्ता तुङ्गभद्रा कृष्णावेण्या भीमरथी गोदावरी निर्विन्ध्या पयोष्णी तापी रेवा सुरसा नर्मदा चर्मण्वती सिन्धुरन्धः शोणश्च नदौ महानदी वेदस्मृतिर्ऋषिकुल्या त्रिसामा कौशिकी मन्दाकिनी यमुना सरस्वती दृषद्वती गोमती सरयू रोधस्वती सप्तवती सुषोमा शतद्रूश्चन्द्रभागा मरुद्वृधा वितस्ता असिक्नी विश्वेति महानद्यः ॥१८॥

etāsām apo bhāratyaḥ prajā nāmabhir eva punantīnām ātmanā copaspṛśanti. candravasā tāmraparṇī avaṭodā kṛtamālā vaihāyasī kāverī veṇī payasvinī śarkarāvartā tuṅgabhadrā kṛṣṇāveṇyā bhīmarathī godāvarī nirvindhyā payoṣṇī tāpī revā surasā narmadā carmaṇvatī sindhur andhaḥ śoṇaś ca nadau mahānadī vedasmṛtir ṛṣikulyā trisāmā kauśikī mandākinī yamunā sarasvatī dṛṣadvatī gomatī sarayū rodhasvatī saptavatī suṣomā śatadrūś candrabhāgā marudvṛdhā vitastā asiknī viśveti mahā-nadyaḥ.

etāsām—所有这些的 / apaḥ—水 / bhāratyaḥ—巴茹阿特大地(印度)的 / prajāḥ—居民 / nāmabhiḥ—以……为名 / eva—只有 / punantī-nām—正在净化 / ātmanā—在心中 / ca—也 / upaspṛśanti—触碰 / candra-vasā—昌铎瓦萨 / tāmra-parṇī—唐茹阿帕尔尼 / avaṭodā—阿瓦投达 / kṛta-mālā—奎塔玛拉 / vaihāyasī—外哈亚西 / kāverī—卡维

瑞 / veṇī—维尼 / payasvinī—帕亚斯维尼 / śarkarāvartā—沙尔卡茹阿瓦尔塔 / tuṅga-bhadrā—屯嘎巴铎 / kṛṣṇā-veṇyā—奎师纳温雅 / bhīmarathī—彼玛茹阿提 / godāvarī—哥达瓦瑞 / nirvindhyā—尼尔温迪亚 / payoṣṇī—帕尤施尼 / tāpī—塔琵 / revā—瑞瓦 / surasā—苏茹阿萨 / narmadā—纳尔玛达 / carmaṇvatī—查尔曼瓦提 / sindhuḥ—辛度 / andhaḥ—安达 / śoṇaḥ—绍纳 / ca—以及 / nadau—两条河 / mahānadī—玛哈纳迪 / veda-smṛtiḥ—维达斯姆瑞提 / ṛṣi-kulyā—瑞希库利亚 / tri-sāmā—特瑞萨玛 / kauśikī—考希克伊 / mandākinī—曼达克尼 / yamunā—雅沐娜 / sarasvatī—萨茹阿斯瓦缇 / dṛṣadvatī—德瑞沙德瓦缇 / gomatī—哥玛缇 / sarayū—萨茹阿尤 / rodhasvatī—柔达斯瓦缇 / saptavatī—萨普塔瓦缇 / suṣomā—苏绍玛 / śata-drūḥ—沙塔杜茹 / candrabhāgā—昌铎巴嘎 / marudvṛdhā—玛茹德维达 / vitastā—维塔斯塔 / asiknī—阿西克尼 / viśvā—维施瓦 / iti—如此 / mahā-nadyaḥ—大河

译文 有两条河——布茹阿玛普陀及绍纳，被说成是主要的河流(纳达)。除此之外还有许多其他十分重要、著名的大河，它们分别是：昌铎瓦萨、唐茹阿帕尔尼、阿瓦投达、奎塔玛拉、外哈亚西、卡维瑞、维尼、帕亚斯维尼、沙尔卡茹阿瓦尔塔、屯嘎巴铎、奎师纳温雅、彼玛茹阿提、哥达瓦瑞、尼尔温迪亚、帕尤施尼、塔琵、瑞瓦、苏茹阿萨、纳尔玛达、查尔曼瓦提、玛哈纳迪、维达斯姆瑞提、瑞希库利亚、特瑞萨玛、考希克伊、曼达克尼、雅沐娜、萨茹阿斯瓦缇、德瑞沙德瓦缇、哥玛缇、萨茹阿尤、柔达斯瓦缇、萨普塔瓦缇、苏绍玛、沙塔杜茹、昌铎巴嘎、玛杜德维达、维塔斯塔、阿西克尼和维施瓦。巴茹阿特大地上的居民因为总是记忆这些河流而得到净化。他们有时吟唱赞颂这些河流的赞歌，有时直接到那些河流那里去触碰它们并在其中沐浴。巴茹阿特大地的居民就这样得到净化。

要旨 所有这些河流都是超然的。因此，人可以靠记忆它们、触碰它们或在其中沐浴得到净化。这种做法延续至今。

第19节

अस्मिन्नेव वर्षे पुरुषैर्लब्धजन्मभिः शुक्ललोहितकृष्णवर्णेन स्वारब्धेन कर्मणा दिव्यमानुषनारकगतयो बह्व्य आत्मन आनुपूर्व्येण सर्वा ह्येव सर्वेषां विधीयन्ते यथावर्णविधानमपवर्गश्चापि भवति ॥१९॥

asminn eva varṣe puruṣair labdha-janmabhiḥ śukla-lohita-kṛṣṇa-varṇena svārabdhena karmaṇā divya-mānuṣa-nāraka-gatayo bahvya ātmana ānupūrvyeṇa sarvā hy eva sarveṣāṁ vidhīyante yathā-varṇa-vidhānam apavargaś cāpi bhavati.

asmin eva varṣe—在这片大地(巴茹阿特大地) / puruṣaiḥ—被人们 / labdha-janmabhiḥ—投生的 / śukla—善良属性的 / lohita—激情属性的 / kṛṣṇa—愚昧属性的 / varṇena—按照划分 / sva—被他自己 / ārabdhena—开始 / karmaṇā—被活动 / divya—神性的 / mānuṣa—人 / nāraka—地狱般的 / gatayaḥ—目标 / bahvyaḥ—许多 / ātmanaḥ—他自己的 / ānupūrvyeṇa—按照之前的所做所为 / sarvāḥ——切 / hi—无疑地 / eva—确实地 / sarveṣām—他们所有的 / vidhīyante—被分派 / yathā-varṇa-vidhānam—就不同社会阶级来说 / apavargaḥ—解脱之道 / ca—和 / api—也 / bhavati—是可能的

译文 出生在这片大地上的人，被按照各自所受的物质自然的善良、激情和愚昧属性的影响区分开来。在巴茹阿特大地上投生的生物都按照他们自己过去的业报出生，因此他们中有些生来是崇高的人物，有些是普通人，而有些则极为令人厌恶。如果灵性导师查明一个人的状态，并正确地训练他按照社会四阶层和灵性四阶段的划分为主维施努做服务，那他的人生就完美了。

要旨 为得到进一步的资讯，我们应该参考《博伽梵歌》第14章的第18节诗和第18章的第42—45节诗。圣茹阿玛努佳查尔亚(Rāmānujācārya)在他的著作《韦丹塔·桑卦哈》(Vedānta-saṅgraha)中写道：

> evaṁ-vidha-parābhakti-svarūpa-jñāna-viśeṣasyotpādakaḥ pūrvoktāharahar pacīyamāna-jñāna-pūrvaka-karmānugṛhīta-bhakti-yoga eva; yathoktaṁ bhagavatā parāśareṇa—varṇāśrameti. nikhila-jagad-uddhāraṇāyāvanitale 'vatīrṇaṁ para-brahma-bhūtaḥ puruṣottamaḥ svayam etad uktavān—"svakarma-nirataḥ siddhiṁ yathā vindati tac chṛṇu" "yataḥ pravṛttir bhūtānāṁ yena sarvam idaṁ tatam / svakarmaṇā tam abhyarcya siddhiṁ vindati mānavaḥ"

大圣人帕茹阿沙尔·牟尼(Parāśara Muni)引述《维施努往世书》(Viṣṇu Purāṇa)评论说：

> varṇāśramācāravatā
> puruṣeṇa paraḥ pumān
> viṣṇur ārādhyate panthā
> nānyat tat-toṣa-kāraṇam

“要通过正确地履行社会四阶层(varṇa)和灵性四阶段(āśrama)制度中规定的职责崇拜至尊人格首神主维施努。只有这种做法会使至尊主满意。”在巴茹阿特大地上，也许更容易采用社会四阶层和灵性四阶段制度。如今，巴茹阿特大地上的一些具有恶魔品性的人，完全忽视这一制度。现在没有机构教导人们如何成为布茹阿玛纳(brāhmaṇa，婆罗门)、查锤亚(kṣatriya，刹帝利)、外夏(vaiśya，吠舍)和庶铎(śūdra，首陀罗)，以及贞守生(brahmacārīs)、居士(gṛhasthas)、退出家庭生活者(vānaprastha)和托钵僧(sannyāsī)，这些恶魔就想要无阶级的社会，而这导致了社会的混乱状态。不具资格的人打着非宗教政府的名义取得最高管理的职位。没人受到训练去按照社会四阶层和灵性四阶段制度做事，因此人们逐渐堕落，沦落为过起动物般的生活。人生真正的目的是解脱，但不幸的是，一般大众没有得到争取解脱的机会，就这样糟蹋了他们的人体生命。在全世界展开奎师那意识运动，是为了重建社会四阶层和灵性四阶段制度，从而拯救人类社会沦落为过地狱般的生活。

第 20 节

योऽसौ भगवति सर्वभूतात्मन्यनात्म्येऽनिरुक्तेऽनिलयने परमात्मनि वासुदेवेऽनन्यनिमित्तभक्तियोगलक्षणो नानागतिनिमित्ताविद्याग्रन्थि-रन्धनद्वारेण यदा हि महापुरुषपुरुषप्रसङ्गः ॥२०॥

yo 'sau bhagavati sarva-bhūtātmany anātmye 'nirukte 'nilayane paramātmani vāsudeve 'nanya-nimitta-bhakti-yoga-lakṣaṇo nānā-gati-nimittāvidyā-granthi-randhana-dvāreṇa yadā hi mahā-puruṣa-puruṣa-prasangaḥ.

yaḥ—任何……的人 / asau—那 / bhagavati—向至尊人格首神 / sarva-bhūta-ātmani—所有生物体的超灵 / anātmye—不依恋 / aniru-kte—超越心智和言语的 / anilayane—不依靠其他任何东西 / parama-ātmani—向至尊灵魂 / vāsudeve—瓦苏戴瓦的儿子——主华苏戴瓦 / ananya—没有任何其他的 / nimitta—原因 / bhakti-yoga-lakṣaṇaḥ—有纯粹奉爱之情的征象 / nānā-gati—各种目的地的 / nimitta—原因 / avidyā-granthi—愚昧之结 / randhana—斩断……的 / dvāreṇa—用……方法 / yadā—当……时 / hi—确实地 / mahā-puruṣa—至尊人格首神的 / puruṣa—跟奉献者 / prasaṅgaḥ—密切的交往

译文 经过许多生世后，当人的虔诚活动结出成熟的果实时，人得到一个与纯粹奉献者交往、联谊的机会。那时，人就能斩断捆绑他的愚昧之结，而他之所以遭捆绑，是因为从事各种功利性活动。与纯粹奉献者联谊使人逐渐开始为主华苏戴瓦做服务。主华苏戴瓦超然，不依恋物质世界，超越心智和言语，而且独立于一切。奉爱瑜伽——为主华苏戴瓦做奉爱服务，是解脱的真正途径。

要旨　对梵(Brahman)的认识是解脱的开始，对超灵(Paramātmā)的认识是进一步向解脱的境界迈进。但当人了解自己是至尊人格首神永恒的仆人(muktir hitvānyathā rūpaṁ svarūpeṇa vyavasthitiḥ)时，才获得真正的解脱。在物质世界里，由于持有躯体化的生命概念，所有的人都朝错误的方向努力。人有了灵性的认识(brahma-bhūta)时，就会明白他不是这个躯体，在躯体化的生命概念的影响下努力是被误导了，是在做无用功。这时，他的奉爱服务就开始了。正如奎师那在《博伽梵歌》第18章的第54节诗说：

brahma-bhūtaḥ prasannātmā
na śocati na kāṅkṣati
samaḥ sarveṣu bhūteṣu
mad-bhaktiṁ labhate parām

“这样处在超然境界中的人，立即觉悟至尊梵，变得充满喜悦。他永不悲伤，不再想得到什么。他平等对待众生。在这种情况下，他达到为我做奉爱服务的境界。”奉爱服务是真正的解脱。当人被至尊人格首神的美丽所吸引时，他就会一心扑在至尊主的莲花足上，对无助于他认识自我的内容不再感兴趣。换句话说，他完全失去了从事物质活动的兴趣。《泰提瑞亚奥义书》第2章的第7节诗中说：当生物彻底明白他的快乐要依靠以喜乐(ānanda)为基础原则的对灵性自我的认识时，他就会过上灵性、喜悦的生活；当他永恒地处在为至尊主服务的状态中时，除了至尊主，他便再也不认其他主人(eṣa hy evānandayati. yadā hy evaiṣa etasmin na dṛśye 'nātmye anirukte 'nilayane 'bhayaṁ pratiṣṭhāṁ vindate 'tha so 'bhayaṁ gato bhavati)。

第 21 节

एतदेव हि देवा गायन्ति—
अहो अमीषां किमकारि शोभनं
प्रसन्न एषां स्विदुत स्वयं हरिः ।
यैर्जन्म लब्धं नृषु भारताजिरे
मुकुन्दसेवौपयिकं स्पृहा हि नः ॥२१॥

etad eva hi devā gāyanti——
aho amīṣāṁ kim akāri śobhanaṁ
prasanna eṣāṁ svid uta svayaṁ hariḥ
yair janma labdhaṁ nṛṣu bhāratājire
mukunda-sevaupayikaṁ spṛhā hi naḥ

etat－这 / eva－确实地 / hi－肯定地 / devāḥ－所有的半神人 / gāyanti－吟唱 / aho－啊！ / amīṣām－巴茹阿特大地上这些居民的 / kim－什么 / akāri－被做 / śobhanam－虔诚、美好的活动 / prasannaḥ－满意的 / eṣām－向他们 / svit－或者 / uta－据说 / svayam－亲自地 / hariḥ－至尊人格首神 / yaiḥ－被……的人 / janma－出生 / labdham－获得 / nṛṣu－在人类社会中 / bhārata-ajire－在巴茹阿特大地的庭院中 / mukunda－能赐予解脱的至尊人格首神 / sevā-aupayikam－服务的方法的 / spṛhā－想要 / hi－确实地 / naḥ－我们的

译文 由于人体生命是最适合于灵性觉悟的状态，天堂中所有的半神人都这样说：这些人能投生在巴茹阿特大地上真是太好了！他们必定在前世从事过苦修的虔诚活动；或者，至尊人格首神本人必定对他们很满意。否则，他们怎么能以那么多方式做奉爱服务呢？我们半神人只能渴望投生在巴茹阿特大地上当人，以便做奉爱服务，但这些人已经在那里做了。

要旨 《永恒的柴坦亚经》首篇第9章的第41节诗中，进一步解释这一事实真相说：

bhārata-bhūmite haila manuṣya-janma yāra
janma sārthaka kari' kara para-upakāra

“在印度(巴茹阿特·瓦尔沙)这片大地上投生为人的生物，应该不仅使自己有一个成功的人生，而且为其他人的利益而工作。”

印度——巴茹阿特大地，有许多做奉爱服务的便利条件。在巴茹阿特·瓦尔沙，不仅所有的灵性导师们(ācāryas)都贡献出他们的经验，圣柴坦亚·玛哈帕布还亲自显现，教导那里的人们如何在灵性生活中取得进步，坚定不移地为至尊主做奉爱服务。从各方面看，巴茹阿特大地都是能使人轻易了解奉爱服务的程序并采用它以使自己人生成功的特殊之地。人如果通过做奉爱服务使自己有一个成功的人生，然后向世界其他地区的人宣传奉爱服务，全世界的人就都将得到真正的利益。.

第 22 节

किं दुष्करैर्नः क्रतुभिस्तपोव्रतै-
दानादिभिर्वा द्युजयेन फल्गुना ।
न यत्र नारायणपादपङ्कज-
स्मृतिः प्रमुष्टातिशयेन्द्रियोत्सवात् ॥२२॥

kiṁ duṣkarair naḥ kratubhis tapo-vratair
dānādibhir vā dyujayena phalgunā
na yatra nārāyaṇa-pāda-paṅkaja-
smṛtiḥ pramuṣṭātiśayendriyotsavāt

kim一有什么价值 / duṣkaraiḥ一非常难以执行 / naḥ一我们的 / kratubhiḥ一靠祭祀的举行 / tapaḥ一靠苦行 / vrataiḥ一誓言 / dāna-ādibhiḥ一靠布施等 / vā一或者 / dyujayena一到天堂王国 / phalgunā一是不重要的 / na一不 / yatra一那里 / nārāyaṇa-pāda-paṅkaja一主纳茹阿亚纳的莲花足的 / smṛtiḥ一记忆 / pramuṣṭa一失去 / atiśaya一过度的 / indriya-utsavāt一由于物质感官享乐

译文 半神人们继续道：在完成了举行韦达祭祀仪式这一艰巨的任务，以及历经苦行、遵守誓言和布施等活动后，我们得到当天堂居民的这一位置。但这成就有什么价值？我们在此无疑是忙于物质的感官享乐，因此很难记住主纳茹阿亚纳的莲花足。事实上，由于过度进行感官享乐，我们几乎忘了祂的莲花足。

要旨 巴茹阿特大地的地位是如此崇高，以至投生在那里的人不仅能到达天堂星球，而且还可以直接回归家园，回到首神身边。正如奎师那在《博伽梵歌》第9章的第25节诗中说：

yānti deva-vratā devān
pitṝn yānti pitṛ-vratāḥ
bhūtāni yānti bhūtejyā
yānti mad-yājino 'pi mām

“崇拜半神人的人，将在半神人中投生；崇拜祖先的人，到祖先那里去；崇拜鬼魂和精灵的人，在那些生物体中投生；崇拜我的人，将与我生活在一起。”巴茹阿特大地上的人们，一般都按韦达原则举行能使他们被提升到天堂星球的盛大祭祀。然而，取得这样巨大的成就有什么用呢？《博伽梵歌》第9章的第21节诗中说：在耗尽自己举行祭祀、布施和从事其他虔诚活动的结果后，生物必须返回这个较低的星球，重新感受生与死的痛苦(kṣīṇe puṇye martya-lokaṁ viśanti)。然而，变得具有奎师那意识的人可以回到奎师那身边(yānti-mad-yājino 'pi mām)。正因为如此，就连半神人都后悔被提升到了天堂星系。天堂星球的居民们后悔他们不能利用投生到巴茹阿特大地上的好处，反而使自己受到高水平的感官享乐的蛊惑，从而在死亡时想不起主纳茹阿亚纳的莲花足。结论是：投生在巴茹阿特大地上的人，必须遵照至尊人格首神亲自给予的指示做，去到那永不回来的地方(yad gatvā na nivartante tad dhāma paramaṁ mama)。人应该努力返回家园——外琨塔(Vaikuṇṭha)星球，甚至是最高的外琨塔星球——哥珞卡·温达文(Goloka Vṛndāvana)，回到首神身边，与至尊人格首神一起在那里过永恒、充满知识和极乐的生活。

第23节

कल्पायुषां स्थानजयात्पुनर्भवात्
क्षणायुषां भारतभूजयो वरम् ।
क्षणेन मर्त्येन कृतं मनस्विनः
सन्न्यस्य संयान्त्यभयं पदं हरेः ॥२३॥

kalpāyuṣāṁ sthānajayāt punar-bhavāt
kṣaṇāyuṣāṁ bhārata-bhūjayo varam
kṣaṇena martyena kṛtaṁ manasvinaḥ
sannyasya saṁyānty abhayaṁ padaṁ hareḥ

kalpa-āyuṣām—像主布茹阿玛那样寿命为一万年之久的人的 / sthāna-jayāt—与到那地方或星系的成就相比 / punaḥ-bhavāt—可能生、死或变老的 / kṣaṇa-āyuṣām—寿命只有一百年的人的 / bhārata-bhū-jayaḥ—在巴茹阿特大地上的出生 / varam—更有价值 / kṣaṇena—那么短的生命中 / martyena—被躯体 / kṛtam—举行的活动 / manasvinaḥ—那些真正了解生命价值的人 / sannyasya—托庇于奎师那的莲花足 / saṁyānti—他们达到 / abhayam—没有焦虑的地方 / padam—住所 / hareḥ—至尊人格首神的

译文 在巴茹阿特大地上过短暂的一生，要比在布茹阿玛星球上得到亿万年的寿命强，因为即使一个人真的被提升到布茹阿玛星球，他也必须重复生死。尽管在较低的星球巴茹阿特大地上一生的寿命很短，但住在那里的人甚至在这短暂的一生中就可以靠托庇于至尊主的莲花足提升自己，使自己充满奎师那意识，达到最高的完美境界，从而到外琨塔星球去。那里既没有焦虑，也没有在物质躯体中重复出生的事。

要旨 主柴坦亚·玛哈帕布给予的说明进一步证实了这一点：

bhārata-bhūmite haila manuṣya-janma yāra
janma sārthaka kari' kara para-upakāra

投生在巴茹阿特大地上的人，有充分的机会学习奎师那在《博伽梵歌》中直接给予的教导，从而下定决心究竟要用自己的人体生命做什么。人无疑应该放弃所有其他的建议，只投靠、服从奎师那。这么做之后，奎师那将立刻负责掌管投靠祂的人的一切，解除他过去从事罪恶活动所得到的恶报(ahaṁ tvāṁ sarva-pāpebhyo mokṣayiṣyāmi mā śucaḥ)。所以，人应该采用培养奎师那意识的程序，按照奎师那本人告诉我们的去做，即"永远想着我，崇拜我，向我致敬，成为我的奉献者(man-manā bhava mad-bhakto mad-yājī māṁ namaskuru)。这很容易，哪怕孩子都能做。为什么不走这条路？人应该努力完全按照奎师那的指示做，使自己完全具备资格被提升到神的王国(tyaktvā dehaṁ punar janma naiti mām eti so'rjuna)。人应该直接去找奎师那，致力于为祂做奉爱服务。这是给巴茹阿特大地的居民提供的最佳机会。有资格回归家园，回到首神身边的人，不再有善报或恶报。

第24节

न यत्र वैकुण्ठकथासुधापगा
न साधवो भागवतास्तदाश्रयाः ।
न यत्र यज्ञेशमखा महोत्सवाः
सुरेशलोकोऽपि न वै स सेव्यताम् ॥२४॥

na yatra vaikuṇṭha-kathā-sudhāpagā
na sādhavo bhāgavatās tadāśrayāḥ
na yatra yajñeśa-makhā mahotsavāḥ
sureśa-loko 'pi na vai sa sevyatām

na—不 / yatra—……的地方 / vaikuṇṭha-kathā-sudhā-āpagāḥ—谈论与被称为外琨塔(驱除焦虑的人)的至尊人格首神有关的一切的甘露河 / na—也不 / sādhavaḥ—奉献者 / bhāgavatāḥ—总是侍奉至尊主 / tat-āśrayāḥ—受到至尊人格首神庇护的 / na—也不 / yatra—……的地方 / yajña-īśa-makhāḥ—为祭祀之主所做的奉爱服务 / mahā-utsavāḥ—节庆般的 / sureśa-lokaḥ—天堂居民居住的地方 / api—虽然 / na—不 / vai—无疑地 / saḥ—那 / sevyatām—常去

译文　如果一个地方没有谈论有关至尊主活动内容的纯净恒河在流淌，如果那里没有奉献者在这虔诚的河岸边做服务，或者如果那里没有为取悦至尊主而举行的集体歌唱神的圣名祭祀节日(经典专门推荐，集体歌唱神的圣名是这个年代该举行的祭祀)，那么即使那里是最高的星系，智者也不会有兴趣。

要旨　圣柴坦亚·玛哈帕布显现在巴茹阿特大地上，尤其是孟加拉境内纳迪亚行政区中的纳瓦兑帕(Navadvīpa)。因此结论是：正如圣巴克提维诺德·塔库尔(Śrīla Bhaktivinoda Ṭhākura)所说，这个宇宙中的这个地球是最佳星球，这个星球上的巴茹阿特大地最杰出，这片大地上的孟加拉更好，孟加拉的纳迪亚行政区就更好，而纳迪亚地区之内的纳瓦兑帕是最佳之地，因为圣柴坦亚·玛哈帕布在那里显现，开始举行集体吟唱哈瑞·奎师那这一伟大赞歌(Hare Kṛṣṇa mahā-mantra)的祭祀。经典(śāstra)推荐道：

kṛṣṇa-varṇaṁ tviṣākṛṣṇaṁ
sāṅgopāṅgāstra-pārṣadam
yajñaiḥ saṅkīrtana-prāyair
yajanti hi sumedhasaḥ

圣主柴坦亚·玛哈帕布总是由圣尼提阿南达(Śrī Nityānanda)、圣嘎达达尔(Śrī Gadādhara)和圣阿兑塔(Śrī Advaita)这些祂十分亲密的同伴，以及施瑞瓦斯(Śrīvāsa)等许多奉献者陪伴着。他们总是在歌唱至尊主的圣名，总是在讲述主奎师那。所以，他们所在的地方是全宇宙中最好的地方。奎师那意识运动在主柴坦亚·玛哈帕布的显现地玛亚普尔(Māyāpur)设立中心，为人们提供大好的机会去那里，按照这节诗的推荐举行集体歌唱神的圣名的连续不断的节日(yajñeśa-makhā mahotsavāḥ)，向几百万挨饿的人们布施给神供奉过的食物(prasāda)，以使他们获得灵性的解放。这是奎师那意识运动的使命。对此，《柴坦亚·巴嘎瓦塔》中证实说："哪怕是天堂星系，如果那里没有广为传播至尊人格首神的荣耀，没有至尊主纯粹的奉献者，没有传播奎师那意识的节日，人就不该想要被提升到那里去。留在至少可以记住至尊主莲花足的母亲狭窄、密封的子宫中，都比住在没机会想起祂莲花足的地方强。我祈求不要让我投生到那种被诅咒的地方去。"同样，在《永恒的柴坦亚经》中，奎师那达斯·喀维茹阿佳·哥斯瓦米(Kṛṣṇadāsa Kavirāja Gosvāmī)说：由于圣主柴坦亚·玛哈帕布是集体歌唱神的圣名运动的发起者，任何为取悦祂而歌唱神的圣名的人都极为光荣。这样的人具有完美的智慧，而其他人则处在物质存在的愚昧状态中。在韦达文献中提到的所有祭祀中，集体歌唱神的圣名祭祀(saṅkīrtana-yajña)最崇高。哪怕是举行一百场马祭(aśvamedha-yajña)都无法与集体歌唱神的圣名祭祀相比。按照《永恒的柴坦亚经》的作者的说法，将集体歌唱神的圣名祭祀与其他祭祀作比较的人，是不信奉正统宗教的人(pāṣaṇḍī)，应该受到阎罗王(Yamarāja)的惩罚。有许多假象宗人士(Māyāvādī)认为，举行集体歌唱神的圣名的祭祀是一种虔诚活动，与举行马祭和从事其他虔诚活动类似，但这是对圣名的冒犯(nāma-aparādha)。不管假象宗人士怎么想，吟诵、吟唱纳茹阿亚纳的圣名永远都不等同于歌唱其他人的名字。

第 25 节

प्राप्ता नृजातिं त्विह ये च जन्तवो
ज्ञानक्रियाद्रव्यकलापसम्भृताम् ।
न वै यतेरन्नपुनर्भवाय ते
भूयो वनौका इव यान्ति बन्धनम् ॥२५॥

prāptā nṛ-jātiṁ tv iha ye ca jantavo
jñāna-kriyā-dravya-kalāpa-sambhṛtām
na vai yaterann apunar-bhavāya te
bhūyo vanaukā iva yānti bandhanam

prāptāḥ－已经得到的 / nṛ-jātim－在人类社会投生 / tu－无疑地 / iha－在巴茹阿特这片大地上 / ye－那些……的人 / ca－也 / jantavaḥ－生物体 / jñāna－与知识 / kriyā－与活动 / dravya－成分的 / kalāpa－以一堆 / sambhṛtām－完全的 / na－不 / vai－无疑地 / yateran－努力 / apunaḥ-bhavāya－为了不朽的地位 / te－这样的人 / bhūyaḥ－再次 / vanaukāḥ－鸟 / iva－如同 / yānti－去 / bandhanam－受到束缚

译文　巴茹阿特大地提供了做奉爱服务的适宜土壤和环境，可以使人清除心智思辨和功利性活动的结果。如果生物在巴茹阿特大地上得到一个人体，而它有着用来做集体歌唱神的圣名祭祀的敏锐感官，但却不抓住这一机会做奉爱服务，那他无疑就像被放回森林的鸟兽般粗心大意，结果再次被猎人所俘获。

要旨　在巴茹阿特大地上，人可以很容易举行含有聆听和吟诵、吟唱维施努(śravaṇaṁ kīrtanaṁ viṣṇoḥ)等内容的集体歌唱神的圣名祭祀，或者做记忆、祈祷、崇拜神像、当神的仆人、将神视为是自己最好的朋友及把一切交给神(smaraṇaṁ vandanaṁ arcanaṁ dāsyaṁ sakhyam and ātma-nivedanam)等其他几项奉爱服务。在巴茹阿特大地上，人们有机会参拜许多圣地，尤其是主柴坦亚的显现地纳瓦兑帕和主奎师那的显现地温达文(Vṛndāvana)，那里有许多除了做奉爱服务毫无其他愿望的纯粹奉献者(anyābhilāṣitā-śūnyaṁ jñāna-karmādy-anāvṛtam)。这样做可以使人摆脱物质的束缚。知识思辨(jñāna)和功利性活动(karma)之途，对人不是很有帮助。虔诚活动可以使人提升到高等星系，知识思辨可以让人融入梵光，但那些都不是真正的利益，因为哪怕是融入梵光，人都不得不从那种解脱的状态中坠落下来，所以从天堂王国坠落是必然的。人应该为回归家园，回到首神身边而努力(yānti mad-yājino 'pi mām)。否则，人的生活和丛林里鸟兽的生活没有区别。鸟兽也有自由，但由于它们的低等出生，他们不会利用它们的自由。投生在巴茹阿特大地上当人的生物，应该利用为他提供的所有便利条件，成为完全得到知识启明的奉献者，回归家园，回到首神身边。这是奎师那意识运动的主要内容。巴茹阿特大地境外的其他大地上有供物质享乐的便利条件，但却没有让人培养奎师那意识的相同条件。正因为如此，圣柴坦亚·玛哈帕布建议说，投生在巴茹阿特大地上的人，必须认清自己是奎师那不可缺少的一部分，而且必须在自己发展了奎师那意识后，把这知识传遍全世界。

第 26 节

यैः श्रद्धया बर्हिषि भागशो हवि-
निरुप्तमिष्टं विधिमन्त्रवस्तुतः ।
एकः पृथङ्नामभिराहुतो मुदा
गृह्णाति पूर्णः स्वयमाशिषां प्रभुः ॥२६॥

yaiḥ śraddhayā barhiṣi bhāgaśo havir
niruptam iṣṭaṁ vidhi-mantra-vastutaḥ
ekaḥ pṛthaṅ-nāmabhir āhuto mudā
gṛhṇāti pūrṇaḥ svayam āśiṣāṁ prabhuḥ

yaiḥ－被(巴茹阿特大地的居民)……的 / śraddhayā－信仰和信心 / barhiṣi－韦达祭祀仪式的举行 / bhāgaśaḥ－被划分 / haviḥ－供奉祭品 / niruptam－献上 / iṣṭam－对想要崇拜的神像 / vidhi－按适当的方式 / mantra－通过朗诵赞歌 / vastutaḥ－用适合的祭品 / ekaḥ－那位至尊人格首神 / pṛthak－分开的 / nāmabhiḥ－以名字 / āhutaḥ－名叫 / mudā－极乐地 / gṛhṇāti－祂接受 / pūrṇaḥ－自身圆满的至尊主 / svayam－亲自 / āśiṣām－一切祝福的 / prabhuḥ－赐福者

译文　巴茹阿特大地上有许多半神人的崇拜者；像天帝因铎、月亮神昌铎和太阳神苏尔亚等不同的半神人都是由至尊主委任的，他们都得到不同形式的崇拜。崇拜者们向半神人供奉祭品，认为半神人是至尊主这个整体的部分。因此，至尊人格首神接受这些供奉，并通过满足崇拜者的愿望和志向逐渐提升他们到真正做奉爱服务的层面。至尊主是完整的，因此即使崇拜者们只崇拜祂超然身体的一部分，祂也将他们想要的赐福给予他们。

要旨　《博伽梵歌》第9章的第13节诗记载，主奎师那说：

mahātmānas tu māṁ pārtha
daivīṁ prakṛtim āśritāḥ
bhajanty ananya-manaso
jñātvā bhūtādim avyayam

“普瑞塔的儿子啊！不受蒙蔽的伟大灵魂，受神性自然的保护。他们因为知道我是至尊人格首神，是存在中的第一位生物，是无穷无尽的，所以全身心投入地做奉爱服务。” 进步的奉献者玛哈特玛(Mahātmā)，只崇拜至尊人格首神。但其他有时也被称为伟大灵魂的人(mahātmā)，要么按一元论的观点崇拜至尊主，要么把任何形象都当做至尊主加以崇拜(ekatvena pṛthaktvena)。换句话说，他们把半神人当做是奎师那身体的不同部分，为得到各种利益而崇拜半神人。奎师那虽然把半神人的奉献者想要的结果给予他们，但《博伽梵歌》中说他们不是很有智慧(hṛta-jñānah)。奎师那并不想要人通过崇拜祂身体的不同部位间接地崇拜祂，而是希望人们怀着奉爱之情直接崇拜祂。因此，正如《圣典博伽瓦谭》中所说，奉献者靠坚定地做奉爱服务直接崇拜奎师那(tīvreṇa bhakti-yogena yajeta puruṣaṁ param)，就会很快被提升到超然的层面上。然而，由于至尊主是一切祝福最高的赐予者，所以崇拜代表至尊主不同部位的半神人的奉献者们也会得到他们想要的祝福。对至尊主来说，赐予任何人想要的任何祝福一点都不困难。

第27节

सत्यं दिशत्यर्थितमर्थितो नृणां
नैवार्थदो यत्पुनरर्थिता यतः ।
स्वयं विधत्ते भजतामनिच्छता-
मिच्छापिधानं निजपादपल्लवम् ॥२७॥

satyaṁ diśaty arthitam arthito nṛṇāṁ
naivārthado yat punar arthitā yataḥ
svayaṁ vidhatte bhajatām anicchatām
icchāpidhānaṁ nija-pāda-pallavam

satyam—无疑地 / diśati—祂提供 / arthitam—祈求之物 / arthitaḥ—被祈求 / nṛṇām—被人们 / na—不 / eva—确实地 / artha-daḥ—赐予祝福的人 / yat—……的 / punaḥ—再次 / arthitā—请求祝福 / yataḥ—从……的 / svayam—亲自 / vidhatte—祂给予 / bhajatām—向那些侍奉祂的人 / anicchatām—虽然没有想要它 / icchā-pidhānam—包含了所有可欲求的一切 / nija-pāda-pallavam—祂自己的莲花足

译文 至尊人格首神满足那些怀着物质动机去接近祂的人的愿望，但却不把令那些奉献者会再次有更多要求的祝福赐予他。至尊主很乐意让奉献者托庇在祂自己的莲花足旁，哪怕这人并没想这样做；那种庇护将会满足这人所有的欲望。这就是至尊人格首神的特殊仁慈。

要旨　前一节诗中所谈到的奉献者怀着物质的动机去找至尊人格首神，但这节诗解释这类奉献者是如何得到拯救，去除那些欲望的。《圣典博伽瓦谭》第2篇第3章的第10节诗中忠告说：

akāmaḥ sarva-kāmo vā
　moksa-kāma udāra-dhīḥ
tīvreṇa bhakti-yogena
　yajeta puruṣaṁ param

"有高度智慧的人，无论内心是充满各种物质欲望，是根本没有物质欲望，还是想要得到解脱，都必须用尽所有的方法崇拜至尊的整体——人格首神。"这样，不仅奉献者的欲望得以实现，他终有一天还会变得除了侍奉至尊主的莲花足外没有其他欲望。怀着某种动机为至尊主做服务的人，被称为萨卡玛·巴克塔(sakāma-bhakta)，不带丝毫动机地侍奉至尊主的人梵文称为阿卡玛·巴克塔(akāma-bhakta)。奎师那极为仁慈，祂把萨卡玛·巴克塔转变为阿卡玛·巴克塔。没有物质动机的纯粹奉献者——阿卡玛·巴克塔，只满足于侍奉至尊主的莲花足。对此，《博伽梵歌》第6章的第22节诗确认说：致力于侍奉至尊主莲花足的人，不再有任何其他愿望(yaṁ labdhvā cāparaṁ lābhaṁ manyate nādhikaṁ tataḥ)。这是奉爱服务的最高阶段。至尊主是如此仁慈，甚至对有物质动机的奉献者都很亲切；祂以使那样的奉献者有一天会成为无物质动机的奉献者的方式满足他。例如：杜茹瓦王(Dhruva Mahārāja)先是怀着要得到一个比他父亲的王国更好的王国的欲望当奉献者，但最终成为一位无物质动机的奉献者，对至尊主说："我亲爱的主，仅仅侍奉您的莲花足，我就很满足了。我不想要物质的利益(svāmin kṛtārtho'smi varaṁ na yāce)。"我们有时看到小孩子吃脏东西，父母拿走孩子手中的脏东西，给他一些甜品吃。向往物质利益的奉献者被比喻为是这样的孩子。至尊主极为仁慈；祂拿走他们的物质欲望，给予他们更高的赐福。因此，哪怕有物质动机的人都不该崇拜其他人，而应该只崇拜至尊人格首神。人必须全心全意地为至尊主做奉爱服务，这样做不仅能满足他所有的愿望，而且最后还能回归家园，回到首神身边。对此，《永恒的柴坦亚经》中篇第22章的第37—39节诗和第41节诗作出如下的解释：

奉献者也许除了侍奉至尊主的莲花足外还有其他愿望(anyakāmī)，但如果他为主奎师那做服务(yadi kare kṛṣṇera bhajana)，奎师那就会让他托庇在自己的莲花足旁，尽管他并没想这么做(nā māgiteha kṛṣṇa tāre dena sva-caraṇa)。至尊主说(kṛṣṇa kahe)：“他在为我做服务(āmā bhaje)，但想要得到物质的感官享乐(mage viṣaya-sukha)。这种奉献者就像不要求甘露反要求毒药的人(amṛta chāḍi' viṣa māge)。那是他愚蠢(ei baḍa mūrkha)。但我有经验(ami-vijña)，我为什么要给这种愚蠢之人以物质享乐这种脏东西(ei mūrkhe 'viṣaya' kene diba)？用我的莲花足给他以庇护更好(sva-caraṇa-mṛta)。我要让他忘掉所有的物质欲望('viṣaya' bhulāiba)。”如果一个人为感官享乐而为至尊主服务(kāma lāgi' kṛṣṇa bhaje)，结果就会是，最终获得对侍奉至尊主莲花足的美好体验(paya kṛṣṇa-rase)。他随后便放弃所有的物质欲望并想要成为至尊主永恒的仆人(kāma chāḍi' 'da' haite haya abhilāṣe)。

第28节

यद्यत्र नः स्वर्गसुखावशेषितं
स्विष्टस्य सूक्तस्य कृतस्य शोभनम् ।
तेनाजनाभे स्मृतिमज्जन्म नः स्याद्
वर्षे हरिर्यद्भजतां शं तनोति ॥२८॥

yady atra naḥ svarga-sukhāvaśeṣitaṁ
svisṭasya sūktasya kṛtasya śobhanam
tenājanābhe smṛtimaj janma naḥ syād
varṣe harir yad-bhajatāṁ śaṁ tanoti

yadi—如果 / atra—在这个天堂星球 / naḥ—我们的 / svarga-sukha-avaśeṣitam—在享尽天堂般的快乐后剩余的 / su-iṣṭasya—一个完美祭祀的 / su-uktasya—勤奋研习韦达经的 / kṛtasya—善行的 / śobhanam—功德 / tena—被这种功德 / ajanābhe—在巴茹阿特大地上 / smṛti-mat janma—使人能记住至尊主莲花足的投生 / naḥ—我们的 / syāt—愿 / varṣe—在大地上 / hariḥ—至尊人格首神 / yat—其中 / bhajatām—奉献者的 / śam tanoti—增加吉祥

译文　我们现在住在天堂星系中，这无疑是我们举行祭祀仪式、从事虔诚活动和研习韦达经的结果。但我们在这里的生活总有一天会结束。我们祈祷：那时，如果我们还剩下一些从事虔诚活动所积累的功德，愿我们再次投生到巴茹阿特大地上当人，以便能记住至尊主的莲花足。至尊主是如此仁慈，祂亲自降临巴茹阿特大地，使居住其中的人们有更多的好运。

要旨　投生到天堂无疑是从事虔诚活动的结果，但生物必然会从那些星球坠落回地球。正如《博伽梵歌》中所说，即使是半神人也不得不在用完他们的虔诚活动的结果后返回地球(kṣīṇe puṇye martya-lokaṁ viśanti)。然而，半神人们想，如果他们虔诚活动的结果还剩下一点点的话，他们要到巴茹阿特大地上来。换句话说，要想投生到巴茹阿特大地上，人必须从事比当半神人更多的虔诚活动。在巴茹阿特大地上，人自然就意识到奎师那的存在，如果更进一步地发展奎师那意识，无疑就能凭奎师那的恩赐变得具有完美的奎师那意识而增加自己的好运，轻易地回归家园，回到首神身边。韦达文献的许多其他地方说，就连半神人们都想来到巴茹阿特大地。愚蠢之人也许想靠从事虔诚活动被提升到天堂星球，但天堂星球中的半神人却想来到巴茹阿特·瓦尔沙，在这片大地上得到可以使其很容易用来培养奎师那意识的躯体。正因为如此，圣柴坦亚·玛哈帕布一再重复说：

bhārata-bhūmite haila manuṣya-janma yāra
janma sārthaka kari' kara para-upakāra

在巴茹阿特大地上出生的人，拥有发展奎师那意识的特权。因此，那些已经出生在巴茹阿特大地的人，应该从经典(śāstra)和灵性导师(guru)那些学习知识，充分利用圣柴坦亚·玛哈帕布的仁慈，以获得完美的奎师那意识。靠完美的奎师那意识，人可以回归家园，回到首神身边(yānti mad-yājino 'pi mām)。为此，这场奎师那意识运动通过在世界各地开设越来越多的中心，向人类社会提供这一便利条件，以使人们能与奎师那意识运动中的纯粹奉献者联谊，了解培养奎师那意识这门科学，最终回归家园，回到首神身边。

第29—30节

श्रीशुक उवाच
जम्बूद्वीपस्य च राजन्नुपद्वीपानष्टौ हैक उपदिशन्ति सगरात्मजै-
रश्वान्वेषण इमां महीं परितो निखनद्भिरुपकल्पितान् ॥२९॥ तद्यथा
स्वर्णप्रस्थश्चन्द्रशुक्ल आवर्तनो रमणको मन्दरहरिणः पाञ्चजन्यः सिं-
हलो लङ्केति ॥३०॥

śrī-śuka uvāca
jambūdvīpasya ca rājann upadvīpān aṣṭau haika upadiśanti
sagarātmajair aśvānveṣaṇa imāṁ mahīṁ parito nikhanadbhir
upakalpitān. tad yathā svarṇaprasthaś candraśukla āvartano
ramaṇako mandarahariṇaḥ pāñcajanyaḥ siṁhalo laṅketi.

śrī-śukaḥ uvāca—圣舒卡戴瓦·哥斯瓦米继续道 / jambūdvīpa-sya—章布岛的 / ca—也 / rājan—君王啊！ / upadvīpān aṣṭau—八个附属岛屿 / ha—无疑 / eke—有些 / upadiśanti—博学的学者们描述 / sagara-ātma-jaiḥ—被萨嘎尔王的儿子们 / aśva-anveṣaṇe—试着去寻找他们失去的马匹时 / imām—这 / mahīm——片大地 / paritaḥ—四处 / nikhanadbhiḥ—挖掘 / upakalpitān—创造 / tat—那 / yathā—如下 / svarṇa-prasthaḥ—斯瓦尔纳帕斯塔 / candra-śuklaḥ—禅铎舒克拉 / āvartanaḥ—阿瓦尔塔纳 / ramaṇakaḥ—茹阿玛纳卡 / mandara-hariṇaḥ—曼达尔·哈瑞纳 / pāñcajanyaḥ—潘查占亚 / siṁhalaḥ—辛哈拉 / laṅkā—兰卡 / iti—如此

译文　圣舒卡戴瓦·哥斯瓦米说：我亲爱的君王，按照一些博学学者的意见，有八个小一些的岛屿环绕着章布岛。当萨嘎尔王在全世界寻找他们失去的马匹时，他们挖掘地球，结果就有了八个邻接的岛屿。这些岛屿的名字分别是：斯瓦尔纳帕斯塔、禅铎舒克拉、阿瓦尔塔纳、茹阿玛纳卡、曼达尔·哈瑞纳、潘查占亚、辛哈拉和兰卡。

要旨　就有关半神人们的愿望，《库尔玛往世书》有这样的说明：

anadhikāriṇo devāḥ
svarga-sthā bhāratodbhavam
vāñchanty ātma-vimokṣārtha-
mudrekārthe 'dhikāriṇaḥ

半神人们虽然在天堂星球中处在崇高的地位上，但他们却想降到地球上的巴茹阿特大地上。这说明：就连半神人都没资格住在巴茹阿特大地。因此，如果已经在巴茹阿特大地出生的人像猫狗一样生活，不充分利用他们出生在这片大地上的便利条件，他们无疑是不幸的。

第 31 节

एवं तव भारतोत्तम जम्बूद्वीपवर्षविभागो यथोपदेशमुपवर्णित इति ॥३१॥

evaṁ tava bhāratottama jambūdvīpa-varṣa-vibhāgo yathopadeśam upavarṇita iti.

evam—如此 / tava—向你 / bhārata-uttama—巴茹阿特最优秀的后裔啊！ / jambūdvīpa-varṣa-vibhāgaḥ—章布岛的划分 / yathā-upadeśam—如实地把权威人士对我的教导 / upavarṇitaḥ—解释 / iti—如此

译文 我亲爱的君王帕瑞克西特，巴茹阿特王最优秀的后裔啊！我按照我本人得到的教导给你描述了巴茹阿特大地上的岛屿，以及与它邻接的岛屿。这些都是构成章布岛的岛屿。

到此为止，结束了巴克提韦丹塔对《圣典博伽瓦谭》第5篇第19章“对章布岛的进一步描述”所作的阐释。

第二十章

研究宇宙的构造

这一章中从描述普拉克沙岛屿(Plakṣadvīpa)开始，描述了各种不同的岛屿及环绕着它们的海洋，并讲解了名叫珞卡珞喀山脉地处的位置及体积。普拉克沙岛比章布岛(Jambūdvīpa)宽两倍，由甘蔗汁的汪洋环绕着。这个岛的主人名叫伊德玛吉瓦(Idhmajihva)，是普瑞亚瓦塔王(Mahārāja Priyavrata)的一个儿子。该岛屿被分为七个区域，每一个区域中都有一座大山和一条大河。

这一章中描述的第二座岛屿名叫沙勒玛利岛(Śālmalīdvīpa)。它的宽度是普拉克沙岛的两倍，为三百二十万英里，由酒的汪洋环绕着。掌管这个岛的是普瑞亚瓦塔王的另一个儿子雅格亚巴胡(Yajñabāhu)。这个岛像普拉克沙岛一样也被分为七个区域，每一个区域中有一座大山及一条大河。这个岛上的居民崇拜至尊人格首神的昌铎特玛(Candrātmā)形象。

由纯净奶油之洋环绕着的第三个岛屿——库沙岛(Kuśadvīpa)，也划分出七个区域。掌管它的是普瑞亚瓦塔王的另一个儿子黑冉亚瑞塔，居住其上的居民们都崇拜至尊人格首神的火神阿格尼(Agni)形象。这个岛宽六百四十万英里，是沙勒玛利岛宽的两倍。

第四个岛屿——克容查岛(Krauñcadvīpa)，一千二百八十英里宽，由牛奶海洋环绕，也像其他岛屿一样被划分为七个区域，每一个区域中有一座大山及一条大河。这个岛屿的主人是普瑞亚瓦塔王的另一个儿子贵塔普瑞施塔(Ghṛtapṛṣṭha)。岛上的居民崇拜至尊人格首神的水的形象。

第五个岛屿——沙卡岛(Śākadvīpa)，宽度为二千五百六十万英里，被酸奶(优酪乳)的汪洋环绕着。这岛上的统治者是普瑞亚瓦塔的另一个儿子梅达提缇(Medhātithi)。沙卡岛也像其他岛屿一样被划分为七个区域，每一个区域中有一座大山及一条大河。岛上的居民崇拜至尊人格首神的风(Vāyu)的形象。

第六个岛屿——菩施卡尔岛(Puṣkaradvīpa)，宽度是前一个岛的两倍，由纯净水的汪洋环绕着。岛的主人是普瑞亚瓦塔的另一个儿子维提皓陀(Vītihotra)。这个岛被一座名叫玛纳索塔尔(Mānasottara)的巨大山脉分为两部分。岛上的居民崇拜至尊人格首神的另一个形象——斯瓦阳布(Svayambhū)形象。在菩施卡尔岛之外有两片辽阔的大地，一片终年阳光普照，另一片则总是处在黑暗中。它们之间由一座名叫珞卡珞喀的山脉分隔开，这座山脉与宇宙边缘的距离是十亿英里。主纳茹阿亚纳住在那座山上，在那里展现了祂的财富。珞卡珞喀山之外的区域被称为阿珞卡大地(Aloka-varṣa)，在阿珞卡大地之外是想要解脱之人的净土。

从垂直的角度看，太阳星球就处在宇宙的中央，在布尔珞卡(Bhūrloka)和布瓦尔珞卡(Bhuvarloka)之间被称为外太空(Antarikṣa)的空间内。太阳和宇宙周边的距离是二十亿英里。太阳因为进入宇宙并划分天空而被称为玛尔坦达(Mārtaṇḍa)，因为产自物质能量总体(mahat-tattva)——黑冉亚嘎尔巴，所以又被称为黑冉亚嘎尔巴(Hiraṇyagarbha)。

第 1 节

श्रीशुक उवाच
अतः परं प्लक्षादीनां प्रमाणलक्षणसंस्थानतो वर्षविभाग उपवर्ण्यते ॥ १ ॥

śrī-śuka uvāca
ataḥ paraṁ plakṣādīnāṁ pramāṇa-lakṣaṇa-saṁsthānato varṣa-vibhāga upavarṇyate.

śrī-śukaḥ uvāca－舒卡戴瓦·哥斯瓦米说 / ataḥ param－这之后 / plakṣa-ādīnām－普拉克沙岛及其他的 / pramāṇa-lakṣaṇa-saṁsthān－从尺寸特征和外形的角度 / varṣa-vibhāgaḥ－这岛屿的划分 / upavarṇya-te－被叙述

译文 伟大的圣人舒卡戴瓦·哥斯瓦米说：我将从普拉克沙岛屿开始，描述六个岛屿的长宽高、特征和外形。

第2节

जम्बूद्वीपोऽयं यावत्प्रमाणविस्तारस्तावता क्षारोदधिना परिवेष्टितो यथा मेरुर्जम्ब्वाख्येन लवणोदधिरपि ततो द्विगुणविशालेन प्लक्षा-ख्येन परिक्षिप्तो यथा परिखा बाह्योपवनेन। प्लक्षो जम्बूप्रमाणो द्वी-पाख्याकरो हिरण्मय उत्थितो यत्राग्निरुपास्ते सप्तजिह्वस्तस्याधिपतिः प्रियव्रतात्मज इध्मजिह्वः स्वं द्वीपं सप्तवर्षाणि विभज्य सप्तवर्षनामभ्य आत्मजेभ्य आकलय्य स्वयमात्मयोगेनोपरराम ॥२॥

jambūdvīpo 'yaṁ yāvat-pramāṇa-vistāras tāvatā kṣārodadhinā pariveṣṭito yathā merur jambv-ākhyena lavaṇodadhir api tato dvi-guṇa-viśālena plakṣākhyena parikṣipto yathā parikhā bāhyopavanena, plakṣo jambū-pramāṇo dvīpākhyākaro hiraṇmaya utthito yatrāgnir upāste sapta-jihvas tasyādhipatiḥ priyavratātmaja idhmajihvaḥ svaṁ dvīpaṁ sapta-varṣāṇi vibhajya sapta-varṣa-nāmabhya ātmajebhya ākalayya svayam ātma-yogenopararāma.

jambū-dvīpaḥ—名叫章布的岛屿 / ayam—这 / yāvat-pramāṇa-vistā-raḥ—与其宽度一样长，即八十万英里(十万尤佳纳) / tāvatā—这么多 / kṣāra-udadhinā—被盐水海洋 / pariveṣṭitaḥ—围绕 / yathā—正如 / meruḥ—苏梅茹山 / jambū-ākhyena—被这称为章布的岛屿 / lavaṇa-udadhiḥ—盐水海洋 / api—无疑地 / tataḥ—之后 / dvi-guṇa-viśālena—两倍宽的 / plakṣa-ākhyena—被称为普拉克沙的岛屿 / parik-ṣiptaḥ—围绕 / yathā—如同 / parikhā—护城河 / bāhya—外围 / upavanena—被一座花园般的森林 / plakṣaḥ—一棵普拉克沙树 / jambū-pramāṇaḥ—与章布树同高 / dvīpa-ākhyā-karaḥ—这个岛因此而得名 / hiraṇmayaḥ—壮丽辉煌的 / utthitaḥ—升起 / yatra—那里 / agniḥ—一堆火 / upāste—位于 / sapta-jihvaḥ—有七个火焰 / tasya—那个岛屿的 / adhipatiḥ—君王或主人 / priyavrata-ātmajaḥ—普瑞亚瓦塔王的儿子 /

idhma-jihvaḥ—名叫伊德玛吉瓦 / svam—自己的 / dvī-pam—岛 / sapta—七片 / varṣāṇi—大地 / vibhajya—分为 / sapta-varṣa-nāmabhyaḥ—七片大地以他们的名字命名 / ātmajebhyaḥ—对他自己的儿子 / ākalayya—给予 / svayam—亲自 / ātma-yogena—通过为至尊主做奉爱服务 / upararāma—他退出一切物质活动

译文 就像苏梅茹山被章布岛环绕，章布岛也由盐水海洋环绕着。章布岛的宽度为八十万英里，盐水海洋的宽度与它相同。正如有些由护城河环绕的城堡外围还环绕着花园般的森林，围绕着章布岛的盐水海洋本身由普拉克沙岛环绕着。普拉克沙岛的宽度是盐水海洋的两倍，也就是一百六十万英里。普拉克沙岛上有一棵像金子般闪耀的树，树高与章布岛上的章布树一样。树根旁有一堆有着七个火焰的大火。普拉克沙岛因这棵普拉克沙树而得名。掌管普拉克沙岛的，是普瑞亚瓦塔王的一个儿子伊德玛吉瓦。普瑞亚瓦塔王用他七个儿子的名字给七个岛屿命名，并在把这些岛屿分给儿子们后退出活跃的家庭生活，致力于为至尊主做奉爱服务。

第3—4节

शिवं यवसं सुभद्रं शान्तं क्षेममममृतमभयमिति वर्षाणि तेषु गिरयो नद्यश्च सप्तैवाभिज्ञाताः ॥ ३ ॥ मणिकूटो वज्रकूट इन्द्रसेनो ज्योतिष्मान् सुपर्णो हिरण्यष्ठीवो मेघमाल इति सेतुशैलाः । अरुणा नृम्णाङ्गिरसी सावित्री सुप्तभाता ऋतम्भरा सत्यम्भरा इति महानद्यः । यासां जलोपस्पर्शनविधूतरजस्तमसो हंसपतङ्गोर्ध्वायनसत्याङ्गसंज्ञाश्चत्वारो वर्णाः सहस्रायुषो विबुधोपमसन्दर्शनप्रजननाः स्वर्गद्वारं त्रय्या विद्यया भगवन्तं त्रयीमयं सूर्यमात्मानं यजन्ते ॥ ४ ॥

śivaṁ yavasaṁ subhadraṁ śāntaṁ kṣemam amṛtam abhayam iti varṣāṇi teṣu girayo nadyaś ca saptaivābhijñātāḥ. maṇikūṭo vajrakūṭa indraseno jyotiṣmān suparṇo hiraṇyaṣṭhīvo meghamāla iti setu-śailāḥ, aruṇā nṛmṇāṅgirasī sāvitrī suptabhātā ṛtambharā satyambharā iti mahā-nadyaḥ, yāsāṁ jalopasparśana-vidhūta-rajas-tamaso haṁsa-pataṅgordhvāyana-satyāṅga-saṁjñāś catvāro varṇāḥ sahasrāyuṣo vibudhopama-sandarśana-prajananāḥ svarga-dvāraṁ trayyā vidyayā bhagavantaṁ trayīmayaṁ sūryam ātmānaṁ yajante.

śivam—希瓦 / yavasam—雅瓦萨 / subhadram—苏巴铎 / śāntam—商塔 / kṣemam—克晒玛 / amṛtam—阿姆瑞塔 / abhayam—阿巴亚 / iti—如此 / varṣāṇi—按照七个儿子命名的大地 / teṣu—在它们之上 / girayaḥ—山 / nadyaḥ ca—及河流 / sapta—七个 / eva—确实地 / abhijñātāḥ—被了解 / maṇi-kūṭaḥ—玛尼库塔 / vajra-kūṭaḥ—瓦爪库塔 / indra-senaḥ—因铎森纳 / jyotiṣmān—玖提施曼 / suparṇaḥ—苏帕尔纳 / hiraṇya-ṣṭhīvaḥ—黑冉亚施提瓦 / megha-mālaḥ—梅嘎玛拉 / iti—如此 / setu-śailāḥ—山脉标示了大地的界线 / aruṇā—阿茹纳 / nṛmṇā—尼瑞么纳 / āṅgirasī—安给茹阿西 / sāvitrī—萨维特瑞 / suptabhātā—苏普塔巴塔 / ṛtambharā—瑞唐巴尔 / satyambharā—萨缇央巴尔 / iti—如此 / mahā-nadyaḥ—非常宽的河流 / yāsām—……的 / jala-upasparśana—仅仅靠触碰水 / vidhūta—清除 / rajaḥ-tamasaḥ—……的激情和愚昧属性 / haṁsa—汉萨 / pataṅga—帕谭嘎 / ūrdhvāyana—乌尔德瓦亚纳 / satyāṅga—萨提央嘎 / saṁjñāḥ—名叫 / catvāraḥ—四个 / varṇāḥ—人的阶层或划分 / sahasra-āyuṣaḥ—活一千年 / vibudhaupama—与半神人差不多 / sandarśana—有非常美丽的形体 / prajananāḥ—而且在生孩子这方面 / svarga-dvāram—去往天堂星球的通道 / trayyā vidyayā—凭着按照韦达原则所举行的祭祀 / bhagavan-tam—至尊人格首神 / trayī-mayam—在韦达经中确立的 / sūryam ātmānam—以太阳神为代表的超灵 / yajante—他们崇拜

译文 七个岛屿按他那七个儿子的名字命名分别是：希瓦、雅瓦萨、苏巴铎、商塔、克晒玛、阿姆瑞塔和阿巴亚。在那七片大地上有七个高山和七条河流。高山分别名叫玛尼库塔、瓦爪库塔、因铎森纳、玖提施曼、苏帕尔纳、黑冉亚施提瓦和梅嘎玛拉。河流分别名叫阿茹纳、尼瑞么纳、安给茹阿西、萨维特瑞、苏普塔巴塔、瑞唐巴尔和萨缇央巴尔。触碰那些河流或在河水中沐浴的人，能立刻清除物质污染。住在普拉克沙岛上的汉萨、帕谭嘎、乌尔德瓦亚纳及萨提央嘎这四个阶层的居民，都以此方式净化自己。普拉克沙岛上的居民寿命是一千年。他们像半神人一样美，也像半神人一样生孩子。靠完整地举行韦达经中提到的祭祀仪式，并靠崇拜以太阳神为代表的至尊人格首神，他们到天堂星球太阳上去。

要旨 按照一般人的理解，宇宙中原本有三位神明，他们分别是：主布茹阿玛(Lord Brahmā)、主维施努(Lord Viṣṇu)和主希瓦(Lord Śiva)。而且，人们因为缺乏知识而认为主维施努并不比主布茹阿玛或主希瓦强。然而，这种结论是错误的。韦达经(Vedas)中说：iṣṭāpūrtaṁ bahudhā jāyamānaṁ viśvaṁ bibharti bhuvanasya nābhiḥ tad evāgnis tad vāyus tat sūryas tad u candramāḥ agniḥ sarvadaivataḥ。这意思是：至尊主接受并享受所有韦达祭祀仪式的结果，维系整个创造，为众生提供所需(eko bahūnāṁ yo vidadhāti kāmān)，而且是一切创造的核心人物；这位至尊主就是主维施努。主维施努扩展出火神阿格尼(Agni)、风神瓦尤(Vāyu)、太阳神(Sūrya)和月亮神(Candra)等半神人，这些半神人只不过是主维施努身体的各个部分。在圣典《博伽梵歌》第9章的第23节诗中，主奎师那说：

ye 'py anya-devatā-bhaktā
yajante śraddhayānvitāḥ
te 'pi mām eva kaunteya
yajanty avidhi-pūrvakam

“琨缇的儿子啊！半神人的奉献者满怀信心崇拜半神人，但实际上崇拜的只是我。然而，他们崇拜的方式错了。”换句话说，如果崇拜半神人的人不知道半神人与至尊人格首神的关系，他所进行的崇拜就是非正规的。奎师那在《博伽梵歌》第9章的第24节诗中说："我是一切祭祀唯一的享受者(ahaṁ hi sarva-yajñānāṁ bhoktā ca prabhur eva ca)。"

有人也许会争辩说：半神人的名字就是主维施努不同的名字，所以半神人与主维施努同等重要。但是，这并不是一个合理的结论，因为它与韦达文献所讲的内容相抵触。韦达经中宣布：

> candramā manaso jātaś cakṣoḥ sūryo ajāyata; śrotrādayaś ca prāṇaś ca mukhād agnir ajāyata; nārāyaṇād brahmā, nārāyaṇād rudro jāyate, nārāyaṇāt prajāpatiḥ jāyate, nārāyaṇād indro jāyate, nārāyaṇād aṣṭau vasavo jāyante, nārāyaṇād ekādaśa rudrā jāyante.

"月亮神昌铎(Candra)来自纳茹阿亚纳(Nārāyaṇa)的内心，太阳神来自祂的眼睛。控制听和生命之气的神明来自纳茹阿亚纳，控制火的神明产自祂的嘴。生物体祖先(Prajāpati)——主布茹阿玛，来自纳茹阿亚纳，天帝因铎来自纳茹阿亚纳，八位瓦苏(Vasu)，主希瓦的十一位扩展，以及十二位阿迪提亚(Āditya)也都来自纳茹阿亚纳。"韦达文献(smṛti)中也说：

brahmā śambhus tathaivārkaś
candramāś ca śatakratuḥ
evam ādyās tathaivānye
yuktā vaiṣṇava-tejasā
jagat-kāryāvasāne tu
viyujyante ca tejasā
vitejaś ca te sarve
pañcatvam upayānti te

"布茹阿玛、商布(Śambhu)、苏尔亚和因铎都只不过是至尊人格首神的力量产生出的人物；其他在此没提到名字的半神人也如此。当宇宙展示被毁灭时，这些纳茹阿亚纳的力量的不同展示就会融入纳茹阿亚纳。换句话说，所有这些半神人都会死去。他们的生命力被收回，他们将融入纳茹阿亚纳。”

因此应该得出结论：主维施努才是至尊人格首神，而主布茹阿玛或主希瓦不是。正如政府官员虽然其实只是一个部门的管理者，但有时被视为是代表整个政府，半神人被维施努委任做事，得到祂给予的力量，代表祂行事，尽管他们并不像祂一样强大有力。所有的半神人都必须按照维施努的命令工作。因此经典中说， 唯一的主人是主奎师那——维施努(ekale īśvara kṛṣṇa, āra saba bhṛtya)，其他人物都是完全照祂命令行事的恭顺的仆人。《博伽梵歌》第9章的第25节诗中也解释了主维施努和半神人之间的区别：

yānti deva-vratā devān
pitṝn yānti pitṛ-vratāḥ
bhūtāni yānti bhūtejyā
yānti mad-yājino 'pi mām

诗中说，崇拜半神人的人将去半神人所在的星球，而崇拜主奎师那和主维施努的人去灵性星球外琨塔(Vaikuṇṭha)。这些就是韦达文献的说明。因此，认为主维施努等同于半神人的观点与经典的说法相抵触。半神人不是至高无上的。半神人的崇高地位都仰赖主纳茹阿亚纳(维施努——奎师那)的仁慈。

第5节

प्रत्नस्य विष्णो रूपं यत्सत्यस्यर्तस्य ब्रह्मणः ।
अमृतस्य च मृत्योश्च सूर्यमात्मानमीमहीति ॥५॥

pratnasya viṣṇo rūpaṁ yat
satyasyartasya brahmaṇaḥ
amṛtasya ca mṛtyoś ca
sūryam ātmānam īmahīti

pratnasya—最年长的人的 / viṣṇoḥ—主维施努 / rūpam—形象 / yat—……的 / satyasya—绝对真理的 / ṛtasya—宗教原则的 / brahmaṇaḥ—至尊梵的 / amṛtasya—吉祥结果的 / ca—和 / mṛtyoḥ—死亡的(不吉祥的结果) / ca—和 / sūryam—太阳神 / ātmānam—超灵或所有灵魂的源头 / īmahi—我们为托庇而接近 / iti—如此

译文 (普拉克沙大地的居民为崇拜至尊主吟诵的赞歌是：)让我们托庇于太阳神，他是无所不在并在所有人中最年长的至尊人格首神主维施努的一个展示。维施努是唯一值得崇拜的至尊主。祂是韦达经，是宗教，是一切吉祥与不祥结果的源头。

要旨 《博伽梵歌》中确认说，主维施努甚至是死亡的至尊控制者(mṛtyuḥ sarva-haraś cāham)。吉祥与不吉祥这两种活动，也都受主维施努的控制。不吉祥的活动被说成是站在主维施努的背面，而吉祥活动则站在祂的面前。吉祥与不吉祥的活动在世界各地发生着，主维施努是这两种活动的控制者。就有关这一点，圣玛德瓦查尔亚(Śrīla Madhvācārya)说：

sūrya-somāgni-vārīśa-
vidhātṛṣu yathā-kramam
plakṣādi-dvīpa-saṁsthāsu
sthitaṁ harim upāsate

创造中有许许多多陆地、原野、山脉和海洋，至尊人格首神以祂不同的形象在所有的地方受到崇拜。

圣维尔茹阿嘎瓦·阿查尔亚(Śrīla Vīrarāghava Ācārya)解释《圣典博伽瓦谭》的这节诗说：宇宙展示的最初原因必定是最年长的人，因此必定超越物质的变化。祂是一切吉祥活动的享受者，是受制约生活及解脱的原因。太阳神苏尔亚属于非常强大有力的个体生物(jīva)，是至尊人身体的一部分的代表。我们自然都归强有力的生物体的管理，因此可以崇拜作为至尊人格首神强大代表的生物体——各种半神人。这节赞美诗(mantra)虽然推荐崇拜太阳神，但不是把他当做至尊人格首神去崇拜，而是把他当做至尊人格首神强有力的代表去崇拜。

《喀塔奥义书》(Kaṭha Upaniṣad)第1篇第3章的第1节诗说：

ṛtaṁ pibantau sukṛtasya loke
guhāṁ praviṣṭau parame parārdhe
chāyātapau brahmavido vadanti
pañcāgnayo ye ca tri-ṇāciketāḥ

"纳祺凯塔啊！维施努扩展出的超灵和微小生物都处在这躯体的心脏洞穴内。进入那洞穴的生物，依靠生命之气中最重要的气，享受活动的结果，而超灵以见证者的身份行事，使生物能够享受那些结果。精通有关梵(Brahman)的知识的人，以及谨慎遵守韦达规定的居士们说，两者之间的区别恰似太阳与影子的区别。"

《水塔刷塔尔奥义书》(Śvetāśvatara Upaniṣad)第6章的第16节诗中说：

sa viśvakṛd viśvavidātmayoniḥ
jñaḥ kālākāro guṇī sarvavid yaḥ
pradhāna-kṣetrajña-patir guṇeśaḥ
saṁsāra-mokṣa-sthiti-bandha-hetuḥ

"至尊主——这个宇宙展示的创造者，了解祂创造中每一个角落的一切事物。祂是创造的原因，在祂之前没有原因。祂是超灵，一切超然品质的主人。就有关生物在这个宇宙展示里是受物质存在的制约还是从束缚中被释放这一点，祂是控制者。"

同样，《泰提瑞亚奥义书》(Taittirīya Upaniṣad)第2章的第8节诗说：

bhīṣāsmād vātaḥ pavate
bhīṣodeti sūryaḥ

bhīṣāsmād agniś candraś ca
mṛtyur dhāvati pañcamaḥ

"风因为害怕至尊梵而吹，太阳因为害怕祂而有规律地升起和降落，火因为害怕祂而燃烧。仅仅因为害怕祂，死神和天帝因铎才履行他们各自的职责。"

正如这一章中所描述的，以普拉克沙岛为开始的五个岛屿上的居民分别崇拜太阳神、月亮神、火神、风神和主布茹阿玛。然而，尽管他们崇拜这五位半神人，但正如这节诗中的"所有人中最年长的主维施努的形象(pratnasya viṣṇo rūpam)"一句所指出，他们实际上是在崇拜众生的超灵。维施努是至尊梵(brahma)及吉祥(amṛta)与不吉祥的(mṛtyu)一切的起源。祂处在众生，包括全体半神人的心中。如《博伽梵歌》第7章的第20节诗中所说：被物质欲望毁坏了理智的人投靠半神人(kāmais tais tair hṛta-jñānāḥ prapadyante 'nya devatāḥ)。因具有贪图物质享乐的欲望而变得几乎盲目的人，被推荐为实现他们的物质欲望而去崇拜半神人。但事实上，他们那些欲望并非由物质世界里的半神人给予实现。半神人所做的一切都要有主维施努的批准。太贪图物质享乐的人不崇拜众生的超灵主维施努，而是崇拜各种各样的半神人，但最终受到崇拜的还是主维施努，因为祂也是全体半神人的超灵。

第6节

प्लक्षादिषु पञ्चसु पुरुषाणामायुरिन्द्रियमोजः सहो बलं बुद्धिर्विक्रम
इति च सर्वेषामौत्पत्तिकी सिद्धिरविशेषेण वर्तते ॥ ६ ॥

plakṣādiṣu pañcasu puruṣāṇām āyur indriyam ojaḥ saho balaṁ
buddhir vikrama iti ca sarveṣām autpattikī siddhir aviśeṣeṇa vartate.

plakṣa-ādiṣu－在以普拉克沙为首的岛屿上 / pañcasu－五个 / puruṣāṇām－居民的 / āyuḥ－长寿 / indriyam－健全的感官 / ojaḥ－力

气 / sahaḥ—心力 / balam—体力 / buddhiḥ—智力 / vikramaḥ—勇气 / iti—如此 / ca—也 / sarveṣām—他们全体的 / autpattikī—天生的 / siddhiḥ—完美 / aviśeṣeṇa—没有区别 / vartate—存在

译文 君王啊！以普拉克沙岛为首的五个岛上的全体居民都同样自然地展现了长寿、感知能力、身心的力量，以及智力和勇气。

第7节

प्लक्षः स्वसमानेनेक्षुरसोदेनावृतो यथा तथा द्वीपोऽपि शाल्मलो द्विगुणविशालः समानेन सुरोदेनावृतः परिवृङ्क्ते ॥ ७ ॥

plakṣaḥ sva-samānenekṣu-rasodenāvṛto yathā tathā dvīpo 'pi
śālmalo dvi-guṇa-viśālaḥ samānena surodenāvṛtaḥ parivṛṅkte.

plakṣaḥ—被称为普拉克沙岛的大地 / sva-samānena—等宽 / ikṣu-rasa—甘蔗汁 / udena—被……的汪洋 / āvṛtaḥ—环绕 / yathā—就像 / tathā—同样地 / dvīpaḥ—另一个岛 / api—也 / śālmalaḥ—称为沙勒玛利 / dvi-guṇa-viśālaḥ—两倍大 / samānena—等宽 / surā-udena—被酒之洋 / āvṛtaḥ—环绕 / parivṛṅkte—存在

译文 普拉克沙岛由甘蔗汁汪洋环绕着，汪洋与岛一样宽。在那汪洋之外的是另一个比普拉克沙岛宽两倍的沙勒玛利岛(三百二十万英里)，由与沙勒玛利岛同宽、名叫苏茹阿萨嘎尔的大洋环绕，那汪洋的液体滋味像酒一样。

第8节

यत्र ह वै शाल्मली प्लक्षायामा यस्यां वाव किल निलयमाहुर्भगवतश्छन्दःस्तुतः पतत्त्रिराजस्य सा द्वीपहूतये उपलक्ष्यते ॥ ८ ॥

yatra ha vai śālmalī plakṣāyāmā yasyāṁ vāva kila nilayam āhur
bhagavataś chandaḥ-stutaḥ patattri-rājasya sā dvīpa-hūtaye
upalakṣyate.

yatra－那里 / ha vai－无疑地 / śālmalī－一棵沙勒玛利树 / plakṣa-āyāmā－像普拉克沙树一样大(八百英里宽、八千八百英里高) / yasyām－其中……的 / vāva kila－确实地 / nilayam－休憩地或住所 / āhuḥ－他们说 / bhagavataḥ－最强有力的 / chandaḥ-stutaḥ－用韦达式祈祷崇拜至尊主的 / patattri-rājasya－主维施努的坐骑——嘎茹达的 / sā－那树 / dvīpa-hūtaye－给岛命名 / upalakṣyate－被区分

译文 在沙勒玛利岛上有一棵沙勒玛利树，岛就是用它的名字命名的。那棵树的宽度和高度与普拉克沙树一样；换句话说是八百英里宽，八千八百英里高。博学的学者说，这棵巨大的树是主维施努的坐骑——鸟王嘎茹达的住所。在那棵树上，嘎茹达向主维施努献上牠的韦达式祈祷。

第 9 节

तदद्वीपाधिपतिः प्रियव्रतात्मजो यज्ञबाहुः स्वसुतेभ्यः सप्तभ्यस्तन्नामानि सप्तवर्षाणि व्यभजत्सुरोचनं सौमनस्यं रमणकं देववर्षं पारिभद्रमाप्यायनमविज्ञातमिति ॥ ९ ॥

tad-dvīpādhipatiḥ priyavratātmajo yajñabāhuḥ sva-sutebhyaḥ
saptabhyas tan-nāmāni sapta-varṣāṇi vyabhajat surocanaṁ
saumanasyaṁ ramaṇakaṁ deva-varṣaṁ pāribhadram āpyāyanam
avijñātam iti.

tat-dvīpa-adhipatiḥ－那岛的主人 / priyavrata-ātmajaḥ－普瑞亚瓦塔王的儿子 / yajña-bāhuḥ－名叫雅格亚巴胡 / sva-sutebhyaḥ－向他的儿子们 / saptabhyaḥ－数量为七 / tat-nāmāni－按照他们的名字命名 / sapta-varṣāṇi－七块大地 / vyabhajat－分成 / surocanam－苏柔禅 / saumanasyam－骚玛纳夏 / ramaṇakam－茹阿玛纳卡 / deva-varṣam－戴瓦·瓦尔沙 / pāribhadram－帕瑞巴铎 / āpyāyanam－阿琶雅亚纳 / avijñātam－阿维格亚塔 / iti－如此

译文 普瑞亚瓦塔王的儿子雅格亚巴胡，掌管沙勒玛利岛，后来把岛分为七块大地，分别给了他的七个儿子。这七个区域以他儿子们的名字命名，分别是：苏柔禅、骚玛纳夏、茹阿玛纳卡、戴瓦·瓦尔沙、帕瑞巴铎、阿琵雅亚纳和阿维格亚塔。

第 10 节

तेषु वर्षाद्रयो नद्यश्च सप्तैवाभिज्ञाताः स्वरसः शतशृङ्गो वामदेवः कुन्दो मुकुन्दः पुष्पवर्षः सहस्रश्रुतिरिति । अनुमतिः सिनीवाली सरस्वती कुहू रजनी नन्दा राकेति ॥१०॥

teṣu varṣādrayo nadyaś ca saptaivābhijñātāḥ svarasaḥ śataśṛṅgo vāmadevaḥ kundo mukundaḥ puṣpa-varṣaḥ sahasra-śrutir iti, anumatiḥ sinīvālī sarasvatī kuhū rajanī nandā rāketi.

teṣu—在那些大地上 / varṣa-adrayaḥ—山 / nadyaḥ ca—还有河流 / sapta eva—数量为七 / abhijñātāḥ—被了解 / svarasaḥ—斯瓦尔萨 / śata-śṛṅgaḥ—沙塔顺嘎 / vāma-devaḥ—瓦玛戴瓦 / kundaḥ—昆达 / mukundaḥ—穆昆达 / puṣpa-varṣaḥ—普施帕·瓦尔沙 / sahasra-śrutiḥ—萨哈刷·施茹缇 / iti—如此 / anumatiḥ—阿努玛缇 / sinīvālī—悉尼瓦丽 / sarasvatī—萨茹阿斯瓦缇 / kuhū—库瑚 / rajanī—茹阿佳尼 / nandā—南达 / rākā—茹阿卡 / iti—如此

译文 在那些大地上有七座大山和七条河流。大山的名称分别是：斯瓦尔萨、沙塔顺嘎、瓦玛戴瓦、昆达、穆昆达、普施帕·瓦尔沙和萨哈刷·施茹缇。七条河流的名字分别是：阿努玛缇、悉尼瓦丽、萨茹阿斯瓦缇、库瑚、茹阿佳尼、南达及茹阿卡。它们至今尚存。

第 11 节

तद्वर्षपुरुषाः श्रुतधरवीर्यधरवसुन्धरेषन्धरसंज्ञा भगवन्तं वेदमयं सोममात्मानं वेदेन यजन्ते ॥११॥

tad-varṣa-puruṣāḥ śrutadhara-vīryadhara-vasundhareṣandhara-saṁjñā bhagavantaṁ vedamayaṁ somam ātmānaṁ vedena yajante.

tat-varṣa-puruṣāḥ－那些大地上的居民 / śrutadhara－施茹塔达尔 / vīryadhara－维尔亚达尔 / vasundhara－瓦孙达尔 / iṣandhara－伊商达尔 / saṁjñāḥ－称为 / bhagavantam－至尊人格首神 / veda-mayam－精通韦达知识 / somam ātmānam－以名叫索玛的生物体为代表 / vedena－通过遵守韦达规范原则 / yajante－他们崇拜

译文　那些岛上的居民严格遵守社会四阶层和灵性四阶段制度，他们分别被称为施茹塔达尔、维尔亚达尔、瓦孙达尔和伊商达尔。全体居民都崇拜至尊人格首神的扩展——月亮神索玛。

第 12 节

स्वगोभिः पितृदेवेभ्यो विभजन् कृष्णशुक्लयोः ।
प्रजानां सर्वासां राजान्धः सोमो न आस्त्विति ॥१२॥

sva-gobhiḥ pitṛ-devebhyo
vibhajan kṛṣṇa-śuklayoḥ
prajānāṁ sarvāsāṁ rājā-
ndhaḥ somo na āstv iti

sva-gobhiḥ－被他自己散发的光芒 / pitṛ-devebhyaḥ－向祖先和半神人 / vibhajan－分成 / kṛṣṇa-śuklayoḥ－两个时期(两个星期为一期)，黑暗与光明 / prajānām－居民的 / sarvāsām－全体的 / rājā－君王 / andhaḥ－粮食 / somaḥ－月亮神 / naḥ－对我们 / āstu－让他继续善待 / iti－如此

译文　(沙勒玛利岛上的居民这样崇拜月亮神说：)月亮神用他的光芒将一个月分为舒克拉和奎师那两个时期(两个星期为一期)，以便向祖先和半神人分发粮食。时间由月亮神划分，他是宇宙全体居民的君王。为此我们祈祷，愿他继续当我们的君王和领袖。我们向他致以我们虔敬的顶礼。

第 13 节

एवं सुरोदाद्बहिस्तद्द्विगुणः समानेनावृतो घृतोदेन यथापूर्वः कुश-
द्वीपो यस्मिन् कुशस्तम्बो देवकृतस्तद्द्वीपाख्याकरो ज्वलन इवापरः
स्वशष्परोचिषा दिशो विराजयति ॥१३॥

evaṁ surodād bahis tad-dvi-guṇaḥ samānenāvṛto ghṛtodena yathā-pūrvaḥ kuśa-dvīpo yasmin kuśa-stambo deva-kṛtas tad-dvīpākhyākaro jvalana ivāparaḥ sva-śaṣpa-rociṣā diśo virājayati.

evam—如此 / surodāt—从酒的汪洋 / bahiḥ—……之外 / tat-dvi-guṇaḥ—两倍 / samānena—等宽 / āvṛtaḥ—环绕 / ghṛta-udena—纯净奶油的汪洋 / yathā-pūrvaḥ—如前面的沙勒玛利岛 / kuśa-dvīpa—名叫库沙的岛屿 / yasmin—其中……的 / kuśa-stambaḥ—库沙草 / deva-kṛtaḥ—因至尊人格首神的至尊意愿而创造 / tat-dvīpa-ākhyā-karaḥ—给岛屿命名 / jvalanaḥ—火 / iva—就像 / aparaḥ—另一个 / sva-śaṣpa-rociṣā—被萌芽嫩草的光芒 / diśaḥ—四面八方 / virājayati—照亮

译文 在酒的汪洋之外是另一个岛屿，名叫库沙岛，宽六百四十万英里，是酒的汪洋的两倍宽。正如沙勒玛利岛由酒的汪洋环绕着，库沙岛由与岛同宽的纯净奶油之洋环绕着。库沙岛上有库沙草的丛林，岛因此而得名。这种由半神人按照至尊主的意愿创造出的草，看似火的第二种形象，但有着柔和、怡人的火焰。它放射出的朝气蓬勃的光芒照亮四面八方。

要旨 从这段诗文的描述中，我们可以有依据地猜测月亮上的光芒的性质。如太阳般，月亮上也必定光芒四射，因为没有光芒就无法照明。然而，月亮上的光芒与太阳上的不同，必定是柔和、怡人的。这是我们所相信的。现代理论的“月亮上满是尘土”，得不到《圣典博伽瓦谭》(Śrīmad-Bhāgavatam)诗篇的认同。就有关这节诗，圣维施瓦纳特·查夸瓦尔提·塔库尔(Śrīla Viśvanātha Cakravartī Ṭhākura)说道：库沙草光芒四射，但它的光芒很柔和、怡人(suśaṣpāṇi sukomala-śikhās teṣāṁ rociṣā)。这使我们多少可以想象一下月亮上的光芒。

第 14 节

तद्द्वीपपतिः प्रैयव्रतो राजन् हिरण्यरेता नाम स्वं द्वीपं सप्तभ्यः स्वपुत्रेभ्यो यथाभागं विभज्य स्वयं तप आतिष्ठत वसुवसुदानदृढरुचिनाभिगुप्तस्तुत्यव्रतविविक्तवामदेवनामभ्यः ॥१४॥

tad-dvīpa-patiḥ praiyavrato rājan hiraṇyaretā nāma svaṁ dvīpaṁ saptabhyaḥ sva-putrebhyo yathā-bhāgaṁ vibhajya svayaṁ tapa ātiṣṭhata vasu-vasudāna-dṛḍharuci-nābhigupta-stutyavrata-vivikta-vāmadeva-nāmabhyaḥ.

tat-dvīpa-patiḥ—那个岛的主人 / praiyavrataḥ—普瑞亚瓦塔王的儿子 / rājan—君王啊！ / hiraṇyaretā—黑冉亚瑞塔 / nāma—名叫 / svam—他自己的 / dvīpam—岛屿 / saptabhyaḥ—向七个 / sva-putrebhyaḥ—他自己的儿子们 / yathā-bhāgam—按照划分 / vibhajya—分为 / svayam—他自己 / tapaḥ ātiṣṭhata—苦修 / vasu—向瓦苏 / vasudāna—瓦苏达纳 / dṛḍharuci—德瑞达茹祺 / nābhi-gupta—纳比古普塔 / stutya-vrata—斯图缇亚布阿塔 / vivikta—维韦克塔 / vāma-deva—瓦玛戴瓦 / nāmabhyaḥ—名叫

译文　君王啊！普瑞亚瓦塔王的另一个儿子黑冉亚瑞塔，是这个岛屿的君王。他将岛分为七个部分，按他七个儿子所具有的继承权传给他们。之后，君王退出家庭生活去苦修。他那七个儿子的名字分别是：瓦苏、瓦苏达纳、德瑞达茹祺、斯图缇亚布阿塔、纳比古普塔、维韦克塔和瓦玛戴瓦。

第 15 节

तेषां वर्षेषु सीमागिरयो नद्यश्चाभिज्ञाताः सप्त सप्तैव चक्रश्चतुःशृङ्गः कपिलश्चित्रकूटो देवानीक ऊर्ध्वरोमा द्रविण इति रसकुल्या मधु-कुल्या मित्रविन्दा श्रुतविन्दा देवगर्भा घृतच्युता मन्त्रमालेति ॥१५॥

teṣāṁ varṣeṣu sīmā-girayo nadyaś cābhijñātāḥ sapta saptaiva cakraś catuḥśṛṅgaḥ kapilaś citrakūṭo devānīka ūrdhvaromā draviṇa iti rasakulyā madhukulyā mitravindā śrutavindā devagarbhā ghṛtacyutā mantramāleti.

teṣām－所有这些儿子们 / varṣeṣu－在这大地上 / sīmā-girayaḥ－作为分界的山脉 / nadyaḥ ca－还有河流 / abhijñātāḥ－名叫 / sapta－七 / sapta－七 / eva－无疑地 / cakraḥ－查夸 / catuḥ-śṛṅgaḥ－查图顺嘎 / kapilaḥ－卡皮拉 / citra-kūṭaḥ－祺陀库塔 / devānīkaḥ－戴瓦尼卡 / ūrdhva-romā－乌德尔瓦柔玛 / draviṇaḥ－铎维纳 / iti－如此 / rasa-kulyā－茹阿玛库丽亚 / madhu-kulyā－玛杜库丽亚 / mitra-vindā－弥陀温达 / śruta-vindā－施茹塔温达 / deva-garbhā－戴瓦嘎尔巴 / ghṛta-cyutā－贵塔秋塔 / mantra-mālā－曼陀玛拉 / iti－如此

译文 在那七个岛屿上有作为分界线的七座山脉，分别名叫：查夸、查图顺嘎、卡皮拉、祺陀库塔、戴瓦尼卡、乌尔德瓦柔玛和铎维纳。那里还有七条河流，分别叫：茹阿玛库丽亚、玛杜库丽亚、弥陀温达、施茹塔温达、戴瓦嘎尔巴、贵塔秋塔和曼陀玛拉。

第 16 节

यासां पयोभिः कुशद्वीपौकसः कुशलकोविदाभियुक्तकुलकसंज्ञा भगवन्तं जातवेदसरूपिणं कर्मकौशलेन यजन्ते ॥१६॥

yāsāṁ payobhiḥ kuśadvīpaukasaḥ kuśala-kovidābhiyukta-kulaka-saṁjñā bhagavantaṁ jātaveda-sarūpiṇaṁ karma-kauśalena yajante.

yāsām—……的 / payobhiḥ—被水 / kuśa-dvīpa-okasaḥ—库沙岛的居民 / kuśala—库沙拉 / kovida—寇维达 / abhiyukta—阿比尤克塔 / kulaka—库拉卡 / saṁjñāḥ—名叫 / bhagavantam—向至尊人格首神 / jātaveda—火神 / sa-rūpiṇam—展示……的形象 / karma-kauśalena—借由精通祭祀仪式 / yajante—他们崇拜

译文　库沙岛上的居民以库沙拉、寇维达、阿比尤克塔和库拉卡闻名于世，那分别就像布茹阿玛纳、查锤亚、外夏和庶铎一样。他们全都靠在那些河流中沐浴净化自己。他们精通按照韦达经典的训谕举行祭祀仪式，以这种形式崇拜以火神形象出现的至尊主。

第 17 节

परस्य ब्रह्मणः साक्षाज्ज्ञातवेदोऽसि हव्यवाट् ।
देवानां पुरुषाङ्गानां यज्ञेन पुरुषं यजेति ॥१७॥

parasya brahmaṇaḥ sākṣāj
jāta-vedo 'si havyavāṭ
devānāṁ puruṣāṅgānāṁ
yajñena puruṣaṁ yajeti

parasya—至尊的 / brahmaṇaḥ—梵 / sākṣāt—直接地 / jāta-vedaḥ—火神啊！ / asi—您是 / havyavāṭ—谷物和纯净奶油等韦达供品的传送者 / devānām—全体半神人的 / puruṣa-aṅgānām—是至尊人的肢体的 / yajñena—靠举行祭祀仪式 / puruṣam—对至尊人 / yaja—请传送祭品 / iti—如此

译文　（库沙岛上的居民吟唱这样的赞歌崇拜火神说：）火神啊！您是至尊人格首神哈尔依的一部分，您将所有的祭品带给祂。为此，我们请求您把我们供奉给半神人的祭品献给至尊人格首神，因为祂才是真正的享受者。

要旨 半神人是仆人，负责协助至尊人格首神。人如果崇拜半神人，半神人作为至尊人的仆人，就会像征收税款的人把从国民那里征收的税金带到政府国库去一样，把祭品带给至尊主。半神人不能自己接受祭品，而是把祭品带给至尊人格首神。正如圣维施瓦纳特·查夸瓦尔提·塔库尔所说：由于灵性导师是至尊人格首神的代表，他把供奉给他的一切都带给至尊主(yasya prasādād bhagavat-prasādaḥ)。同样，全体半神人作为至尊主忠心耿耿的仆人，将祭祀举行过程中供奉的一切献给至尊主。带着这样的理解崇拜半神人是没有错误的，但如果以为半神人独立于至尊人格首神而存在且与至尊主平等，就被说成是失去了智力(kāmais tais tair hṛta jñānāḥ)。认为半神人本身是真正的赐福者的想法，是错误的想法。

第 18 节

तथा घृतोदाद्बहिः क्रौञ्चद्वीपो द्विगुणः स्वमानेन क्षीरोदेन परित उप-
कॢप्तो वृतो यथा कुशद्वीपो घृतोदेन यस्मिन् क्रौञ्चो नाम पर्वतराजो
द्वीपनामनिर्वर्तक आस्ते ॥१८॥

tathā ghṛtodād bahiḥ krauñcadvīpo dvi-guṇaḥ sva-mānena
kṣīrodena parita upakḷpto vṛto yathā kuśadvīpo ghṛtodena yasmin
krauñco nāma parvata-rājo dvīpa-nāma-nirvartaka āste.

tathā—同样地 / ghṛta-udāt—从纯净奶油之洋 / bahiḥ—之外 / krauñca-dvīpaḥ—另一个名叫克容查的岛屿 / dvi-guṇaḥ—两倍大 / svamānena—同样面积 / kṣīra-udena—被牛奶之洋 / paritaḥ—四周 / upakḷptaḥ—环绕 / vṛtaḥ—环绕 / yathā—如同 / kuśa-dvīpaḥ—名叫库沙的岛屿 / ghṛta-udena—被纯净奶油之洋 / yasmin—其中……的 / krauñcaḥ nāma—名叫克容查 / parvata-rājaḥ—山之王 / dvīpa-nāma—岛的名字 / nirvartakaḥ—引起 / āste—存在

译文　在纯净奶油之洋以外，是另一个名叫克容查的岛屿。它有一千二百八十万英里宽，是纯净奶油之洋的两倍宽。正如库沙岛由纯净奶油之洋环绕着，克容查岛由与岛同宽的牛奶之洋环绕着。克容查岛上有一座名叫克容查的巨山，岛就因此而得名。

第 19 节

योऽसौ गुहप्रहरणोन्मथितनितम्बकुञ्जोऽपि क्षीरोदेनासिच्यमानो भगवता वरुणेनाभिगुप्तो विभयो बभूव ॥१९॥

yo 'sau guha-praharaṇonmathita-nitamba-kuñjo 'pi kṣīrodenā-sicyamāno bhagavatā varuṇenābhigupto vibhayo babhūva.

yaḥ—……的 / asau—那(山) / guha-praharaṇa—被主希瓦的儿子卡尔提凯亚的武器 / unmathita—摇动 / nitamba-kuñjaḥ—斜坡上的树和蔬菜的 / api—虽然 / kṣīra-udena—被牛奶之洋 / āsicyamānaḥ—总是沐浴在 / bhagavatā—被强大有力的 / varuṇena—名叫瓦茹纳的半神人 / abhiguptaḥ—保护 / vibhayaḥ babhūva—变得不惧怕

译文　尽管克容查山斜坡上生长的树木和蔬菜遭到卡尔提凯亚武器的攻击和毁坏，巨山并不惧怕，因为它总是沐浴在环绕着它的牛奶之洋中，并且受到水神瓦茹纳的保护。

第 20 节

तस्मिन्नपि प्रैयव्रतो घृतपृष्ठो नामाधिपतिः स्वे द्वीपे वर्षाणि सप्त विभज्य तेषु पुत्रनामसु सप्त रिक्थादान् वर्षपान्निवेश्य स्वयं भगवान् भगवतः परमकल्याणयशस आत्मभूतस्य हरेश्चरणारविन्दमुपजगाम ॥२०॥

tasminn api praiyavrato ghṛtapṛṣṭho nāmādhipatiḥ sve dvīpe varṣāṇi sapta vibhajya teṣu putra-nāmasu sapta rikthādān varṣapān niveśya svayaṁ bhagavān bhagavataḥ parama-kalyāṇa-yaśasa ātma-bhūtasya hareś caraṇāravindam upajagāma.

tasmin—在那岛上 / api—也 / praiyavrataḥ—普瑞亚瓦塔王的儿子 / ghṛta-pṛṣṭhaḥ—贵塔普瑞施塔 / nāma—名叫 / adhipatiḥ—那岛的君王 / sve—他自己的 / dvīpe—在岛上 / varṣāṇi—大地 / sapta—七个 / vibhajya—分作 / teṣu—在每一个之上 / putra-nāmasu—以他儿子的名字命名 / sapta—七个 / rikthā-dān—儿子们 / varṣa-pān—大地的主人 / niveśya—任命 / svayam—他自己 / bhagavān—非常强大 / bhagavataḥ—至尊人格首神的 / parama-kalyāṇa-yaśasaḥ—荣耀如此吉祥的 / ātma-bhūtasya—所有灵魂之魂 / hareḥ caraṇa-aravindam—至尊主的莲花足 / upajagāma—托庇于

译文 这个岛上的统治者是普瑞亚瓦塔王的另一个儿子。他名叫贵塔普瑞施塔，是十分博学的学者。他也把自己的岛屿分给了他的七个儿子。贵塔普瑞施塔将岛屿分为七部分并按他儿子的名字命名后，完全退出家庭生活，托庇在具有一切吉祥品质、是所有灵魂之魂的至尊主的莲花足旁，从而达到了完美。

第21节

आमो मधुरुहो मेघपृष्ठः सुधामा भ्राजिष्ठो लोहितार्णो वनस्पतिरिति घृतपृष्ठसुतास्तेषां वर्षगिरयः सप्त सप्तैव नद्यश्चाभिख्याताः शुक्लो वर्धमानो भोजन उपबर्हिणो नन्दो नन्दनः सर्वतोभद्र इति अभया अमृतौघा आर्यका तीर्थवती रूपवती पवित्रवती शुक्लेति ॥२१॥

āmo madhuruho meghapṛṣṭhaḥ sudhāmā bhrājiṣṭho lohitārṇo vanaspatir iti ghṛtapṛṣṭha-sutās teṣāṁ varṣa-girayaḥ sapta saptaiva nadyaś cābhikhyātāḥ śuklo vardhamāno bhojana upabarhiṇo nando nandanaḥ sarvatobhadra iti abhayā amṛtaughā āryakā tīrthavatī rūpavatī pavitravatī śukleti.

āmaḥ—阿玛 / madhu-ruhaḥ—玛杜茹哈 / megha-pṛṣṭhaḥ—美嘎普瑞施塔 / sudhāmā—苏达玛 / bhrājiṣṭhaḥ—布茹阿基施塔 / lohitārṇaḥ— 珞黑塔尔纳 / vanaspatiḥ—瓦纳斯帕提 / iti—如此 / ghṛtapṛṣṭha-sutāḥ—贵塔普瑞施塔的儿子们 / teṣām—那些儿子们的 / varṣa-girayaḥ—大地上作为边界的山脉 / sapta—七 / eva—也 / nadyaḥ—河流 / ca—和 / abhikhyātāḥ—著名 / śuklaḥ vardhamānaḥ—舒克拉和瓦尔达玛纳 / bhojanaḥ—博佳纳 / upabarhiṇaḥ—乌帕巴尔黑纳 / nandaḥ—南达 / nandanaḥ—南丹 / sarvataḥ-bhadraḥ—萨尔瓦投巴铎 / iti—如此 / abhayā—阿巴亚 / amṛtaughā—阿姆瑞涛嘎 / āryakā—阿尔亚卡 / tīrthavatī—提尔塔瓦缇 / rūpavatī—茹帕瓦缇 / pavitrava-tī—帕维陀瓦缇 / śuklā—舒克拉 / iti—如此

译文　贵塔普瑞施塔王的七个儿子分别名叫阿玛、玛杜茹哈、美嘎普瑞施塔、苏达玛、布茹阿基施塔、珞黑塔尔纳和瓦纳斯帕提。在他们的岛屿上有七座大山，作为分界线划分出七片大地，而且还有七条河流。大山的名字是舒克拉、瓦尔达玛纳、博佳纳、乌帕巴尔黑纳、南达、南丹和萨尔瓦投巴铎。河流的名字分别是：阿巴亚、阿姆瑞涛嘎、阿尔亚卡、提尔塔瓦缇、茹帕瓦缇、帕维陀瓦缇和舒克拉。

第 22 节

यासामम्भः पवित्रममलमुपयुञ्जानाः पुरुषऋषभद्रविणदेवकसंज्ञा वर्ष-पुरुषा आपोमयं देवमपां पूर्णेनाञ्जलिना यजन्ते ॥२२॥

yāsām ambhaḥ pavitram amalam upayuñjānāḥ puruṣa-ṛṣabha-draviṇa-devaka-saṁjñā varṣa-puruṣā āpomayaṁ devam apāṁ pūrṇenāñjalinā yajante.

yāsām—所有河流的 / ambhaḥ—水 / pavitram—非常神圣的 / amalam—非常干净 / upayuñjānāḥ—使用 / puruṣa—菩茹沙 / ṛṣabha—

瑞沙巴 / draviṇa－铎维纳 / devaka－戴瓦卡 / saṁjñāḥ－为名 / varṣa-puruṣāḥ－那些大地上的居民 / āpaḥ-mayam－水神瓦茹纳 / devam－作为值得崇拜的神像 / apām－水的 / pūrṇena－盛满的 / añjalinā－双手捧着 / yajante－崇拜

译文 克容查岛上的居民分为四个阶层，分别称为菩茹沙、瑞沙巴、铎维纳和戴瓦卡。他们以手捧那些圣河中的水献给形象由水构成的水神瓦茹纳之莲花足的方式，崇拜至尊人格首神。

要旨 维施瓦纳特·查夸瓦尔提·塔库尔说：克容查岛上不同地区的居民双手捧着圣河中的水，供奉给用石头或铁制成的神像。

第 23 节

आपः पुरुषवीर्याः स्थ पुनन्तीर्भूर्भुवःसुवः ।
ता नः पुनीतामीवघ्नीः स्पृशतामात्मना भुव इति ॥२३॥

āpaḥ puruṣa-vīryāḥ stha
punantīr bhūr-bhuvaḥ-suvaḥ
tā naḥ punītāmīva-ghnīḥ
spṛśatām ātmanā bhuva iti

āpaḥ－水啊！ / puruṣa-vīryāḥ－具有至尊人格首神的能量 / stha－您是 / punantīḥ－使圣洁 / bhūḥ－名叫布胡的星系 / bhuvaḥ－布瓦哈星系的 / suvaḥ－斯瓦哈星系的 / tāḥ－那水 / naḥ－我们的 / punīta－净化 / amīva-ghnīḥ－摧毁罪恶的 / spṛśatām－触碰的人 / ātmanā－靠您的原本状态 / bhuvaḥ－身体 / iti－如此

译文 （克容查岛上的居民崇拜时吟唱的赞歌是：）河流的水啊！您从至尊人格首神那里得到能量，从而净化被称为布珞卡、布瓦尔珞卡和斯瓦尔珞卡的三个星系。您靠您的原本状态带走罪恶，而那正是我们触碰您的原因。请继续净化我们。

要旨　在《博伽梵歌》第7章的第4节诗中，奎师那说：

bhūmir āpo 'nalo vāyuḥ
khaṁ mano buddhir eva ca
ahaṅkāra itīyaṁ me
bhinnā prakṛtir aṣṭadhā

“土、水、火、气、空间、心、智力和假我这八种元素，组成我分离出的物质能量。”

正如太阳的能量光和热在全宇宙内起作用，使一切运作起来，至尊主的能量在整个创造中发挥作用。经典(śāstra)中谈到的特殊河流，也是至尊人格首神的能量，有规律地在其中沐浴的人都得到净化。我们实际看到，许多人仅仅在恒河中沐浴，就治愈了他们的疾病。同样，克容查岛上的居民靠在岛上的河水中沐浴净化自己。

第 24 节

एवं पुरस्तात्क्षीरोदात्परित उपवेशितः शाकद्वीपो द्वात्रिंशल्लक्षयोजनायामः समानेन च दधिमण्डोदेन परीतो यस्मिन् शाको नाम महीरुहः स्वक्षेत्रव्यपदेशको यस्य ह महासुरभिगन्धस्तं द्वीपमनुवासयति ॥२४॥

evaṁ purastāt kṣīrodāt parita upaveśitaḥ śākadvīpo dvātriṁśal-lakṣa-yojanāyāmaḥ samānena ca dadhi-maṇḍodena parīto yasmin śāko nāma mahīruhaḥ sva-kṣetra-vyapadeśako yasya ha mahā-surabhi-gandhas taṁ dvīpam anuvāsayati.

evam一如此 / purastāt一之外 / kṣīra-udāt一从牛奶之洋 / paritaḥ一四周 / upaveśitaḥ一位于 / śāka-dvīpaḥ一另一个名叫沙卡的岛 / dvā-triṁśat一三十二 / lakṣa一十万 / yojana一尤佳纳 / āyāmaḥ一宽度

为 / samānena－等长 / ca－和 / dadhi-maṇḍa-udena－被搅拌过的酸奶之洋 / parītaḥ－环绕 / yasmin－在……的大地上 / śākaḥ－沙卡 / nāma－名叫 / mahīruhaḥ－一棵无花果树 / sva-kṣetra-vyapadeśa-kaḥ－赋予岛它的名字 / yasya－……的 / ha－确实地 / mahā-sura-bhi－浓郁芳香的 / gandhaḥ－香气 / tam dvīpam－那岛 / anuvāsayati－使芳香

译文 在牛奶之洋以外是另一个名叫沙卡岛的岛屿，它的宽度为二千五百六十万英里。正如克容查岛由它自己的牛奶之洋环绕，沙卡岛由与它同宽的酸奶之洋环绕。在沙卡岛上有一棵巨大的沙卡树，岛因此而得名。这棵树非常香。事实上，它使整个岛屿都弥漫着香气。

第25节

तस्यापि प्रैयव्रत एवाधिपतिर्नाम्ना मेधातिथिः सोऽपि विभज्य सप्त वर्षाणि पुत्रनामानि तेषु स्वात्मजान् पुरोजवमनोजवपवमानधूम्रानीक-चित्ररेफबहुरूपविश्वधारसंज्ञान्निधाप्याधिपतीन् स्वयं भगवत्यनन्त आवेशितमतिस्तपोवनं प्रविवेश ॥२५॥

tasyāpi praiyavrata evādhipatir nāmnā medhātithiḥ so 'pi vibhajya
sapta varṣāṇi putra-nāmāni teṣu svātmajān purojava-manojava-
pavamāna-dhūmrānīka-citrarepha-bahurūpa-viśvadhāra-saṁjñān
nidhāpyādhipatīn svayaṁ bhagavaty ananta ā-veśita-matis
tapovanaṁ praviveśa.

tasya api－那座岛同样地 / praiyavrataḥ－普瑞亚瓦塔王的一个儿子 / eva－无疑地 / adhipatiḥ－统治者 / nāmnā－以……为名 / medhā-tithiḥ－梅达提缇 / saḥ api－他也 / vibhajya－划分 / sapta varṣāṇi－这岛的七个区域 / putra-nāmāni－以他儿子的名字命名 / teṣu－在它们 / sva-ātmajān－他自己的儿子 / purojava－菩柔佳瓦 / manojava－玛诺佳瓦 / pavamāna－帕瓦玛纳 / dhūmrānīka－杜么茹阿尼卡 / citra-repha－祺陀瑞帕 / bahu-rūpa－巴胡茹帕 / viśvadhāra－维施瓦达

尔 / saṁjñān—以此为名 / nidhāpya—树立为 / adhipatīn—统治者 / svayam—他自己 / bhagavati—于至尊人格首神 / anante—于无限的 / āveśita-matiḥ—注意力专注于……的 / tapaḥ-vanam—在适合冥想的森林中 / praviveśa—他进入

译文 这岛上的统治者是普瑞亚瓦塔的另一个名叫梅达提缇的儿子。他也把他的岛屿分为七部分，以七个儿子的名字命名，让他们去统治。他那些儿子的名字分别是：菩柔佳瓦、玛诺佳瓦、帕瓦玛纳、杜么茹阿尼卡、祺陀瑞帕、巴胡茹帕和维施瓦达尔。梅达提缇将岛屿划分并交给他那些儿子统治后便退位，进入一个适合冥想的森林，全神贯注于至尊人格首神的莲花足。

第 26 节

एतेषां वर्षमर्यादागिरयो नद्यश्च सप्त सप्तैव ईशान उरुशृङ्गो बलभद्रः शतकेसरः सहस्रस्रोतो देवपालो महानस इति अनघायुर्दा उभयस्पृ-ष्टिरपराजिता पञ्चपदी सहस्रस्रुतिर्निजधृतिरिति ॥२६॥

eteṣāṁ varṣa-maryādā-girayo nadyaś ca sapta saptaiva īśāna
uruśṛṅgo balabhadraḥ śatakesaraḥ sahasrasroto devapālo mahānasa
iti anaghāyurdā ubhayaspṛṣṭir aparājitā pañcapadī sahasrasrutir
nijadhṛtir iti.

eteṣām—所有这些划分的 / varṣa-maryādā—作为边界线 / girayaḥ—山脉 / nadyaḥ ca—以及河流 / sapta—七 / sapta—七 / eva—确实地 / īśānaḥ—伊沙纳 / uruśṛṅgaḥ—乌茹顺嘎 / bala-bhadraḥ—巴拉巴铎 / śata-kesaraḥ—沙塔凯萨尔 / sahasra-srotaḥ—萨哈刷叟塔 / deva-pālaḥ—戴瓦帕拉 / mahānasaḥ—玛哈纳萨 / iti—如此 / anaghā—阿纳嘎 / āyurdā—阿尤尔达 / ubhayaspṛṣṭiḥ—乌巴亚斯普瑞施缇 / aparājitā—阿帕茹阿基塔 / pañcapadī—潘查帕迪 / sahasra-srutiḥ—萨哈刷·舒茹缇 / nija-dhṛtiḥ—尼佳德瑞缇 / iti—如此

译文 这些大地上也有七座作为边界的山脉和七条河流。山脉分别名叫伊沙纳、乌茹顺嘎、巴拉巴铎、沙塔凯萨尔、萨哈刷叟塔、戴瓦帕拉和玛哈纳萨。河流分别是：阿纳嘎、阿尤尔达、乌巴亚斯普瑞施缇、阿帕茹阿基塔、潘查帕迪、萨哈刷·舒茹缇以及尼佳德瑞缇。

第 27 节

तद्वर्षपुरुषा ऋतव्रतसत्यव्रतदानव्रतानुव्रतनामानो भगवन्तं वाय्वा-त्मकं प्राणायामविधूतरजस्तमसः परमसमाधिना यजन्ते ॥२७॥

tad-varṣa-puruṣā ṛtavrata-satyavrata-dānavratānuvrata-nāmāno bhagavantaṁ vāyv-ātmakaṁ prāṇāyāma-vidhūta-rajas-tamasaḥ parama-samādhinā yajante.

tat-varṣa-puruṣāḥ一那些大地上的居民 / ṛta-vrata一瑞塔布阿塔 / satya-vrata一萨缇亚布阿塔 / dāna-vrata一达纳布阿塔 / anuvrata一阿努布阿塔 / nāmānaḥ一有四个名字 / bhagavantam一至尊人格首神 / vāyu-ātmakam一以风神瓦尤为代表 / prāṇāyāma一靠练习使身体内的气有规律地运行 / vidhūta一清除 / rajaḥ-tamasaḥ一……的激情和愚昧 / parama一崇高的 / samādhinā一全神贯注的状态 / yajante一他们崇拜

译文 那些岛上的居民也分类似布茹阿玛纳、查锤亚、外夏和庶铎四个阶层，但名称分别是瑞塔布阿塔、萨缇亚布阿塔、达纳布阿塔和阿努布阿塔。他们练习控制呼吸和神秘瑜伽，在全神贯注的状态中崇拜至尊主的风神瓦尤形象。

第 28 节

अन्तःप्रविश्य भूतानि यो बिभर्त्यात्मकेतुभिः ।
अन्तर्यामीश्वरः साक्षात्पातु नो यद्वशे स्फुटम् ॥२८॥

antaḥ-praviśya bhūtāni
yo bibharty ātma-ketubhiḥ
antaryāmīśvaraḥ sākṣāt
pātu no yad-vaśe sphuṭam

antaḥ-praviśya—进入……内 / bhūtāni—众生 / yaḥ—……的 / bibharti—维持 / ātma-ketubhiḥ—借由内在之气(上行和下行气等)的运行 / antaryāmī—内在的超灵 / īśvaraḥ—至尊人 / sākṣāt—直接地 / pātu—请维系 / naḥ—我们 / yat-vaśe—在……的控制下 / sphuṭam—宇宙展示

译文 (沙卡岛上的居民这样崇拜至尊人格首神的风神瓦尤形象说：)至尊人啊！您以超灵的形式处在生物体体内，指导上行气等各种气的运行，以此维系众生。啊，至尊主！众生的超灵！使一切得以存在的宇宙展示的控制者！愿您在所有的险境中保护我们。

要旨 瑜伽师(yogī)靠名叫帕纳亚玛(prāṇāyāma)的神秘瑜伽练习，控制体内的各种气，以此保持身体的健康。瑜伽师靠这种方式达到全神贯注的出神状态，努力观看处在自己内心深处的超灵。呼吸练习是使人达到全神贯注的出神状态(samādhi)的方法，让练习的人可以集中全部的注意力观看处在心中的超灵——至尊主。

第29节

एवमेव दधिमण्डोदात्परतः पुष्करद्वीपस्ततो द्विगुणायामः समन्तत उपकल्पितः समानेन स्वादूदकेन समुद्रेण बहिरावृतो यस्मिन् बृहत्-पुष्करं ज्वलनशिखामलकनकपत्रायुतायुतं भगवतः कमलासनस्या-ध्यासनं परिकल्पितम् ॥२९॥

evam eva dadhi-maṇḍodāt parataḥ puṣkaradvīpas tato dvi-guṇāyāmaḥ samantata upakalpitaḥ samānena svādūdakena samudreṇa bahir āvṛto yasmin bṛhat-puṣkaraṁ jvalana-śikhāmala-kanaka-patrāyutāyutaṁ bhagavataḥ kamalāsanasyādhyāsanaṁ parikalpitam.

evam eva一如此 / dadhi-maṇḍa-udāt一酸奶之洋 / parataḥ一在……之外 / puṣkara-dvīpaḥ一另一个名叫菩施卡尔的岛屿 / tataḥ一比那个(沙卡岛) / dvi-guṇa-āyāmaḥ一……的两倍宽 / samantataḥ一四面八方 / upakalpitaḥ一环绕 / samānena一等宽 / svādu-udakena一有甜味的水 / samudreṇa一被一片汪洋 / bahiḥ一外面 / āvṛtaḥ一环绕 / yas-min一其中……的 / bṛhat一非常大 / puṣkaram一莲花 / jvalana-śikhā一像熊熊烈火的火焰 / amala一纯粹的 / kanaka一金子 / patra一叶子 / ayuta-ayutam一拥有一亿 / bhagavataḥ一非常强大有力 / kamala āsanasya一坐在莲花座上的主布茹阿玛的 / adhyāsanam一座位 / parikalpitam一被认为

译文 在酸奶汪洋之外是另一个名叫菩施卡尔的岛屿，宽度为五千一百二十万英里，是酸奶汪洋的两倍宽。它由与它同宽的一个汪洋环绕着，那汪洋中的水的滋味极为甘甜。在菩施卡尔岛上有一朵长着一亿个纯金花瓣的巨大莲花，放射出火焰般的光芒。那莲花被视为是主布茹阿玛的座位；主布茹阿玛是最强有力的生物体，因此有时也被称为巴嘎万。

第30节

तद्द्वीपमध्ये मानसोत्तरनामैक एवार्वाचीनपराचीनवर्षयोर्मर्यादाचलो ऽयुतयोजनोच्छ्रायायामो यत्र तु चतसृषु दिक्षु चत्वारि पुराणि लोकपालानामिन्द्रादीनां यदुपरिष्टात्सूर्यरथस्य मेरुं परिभ्रमतः संवत्सरात्मकं चक्रं देवानामहोरात्राभ्यां परिभ्रमति ॥३०॥

tad-dvīpa-madhye mānasottara-nāmaika evārvācīna-parācīna-varṣayor maryādācalo 'yuta-yojanocchrāyāyāmo yatra tu catasṛṣu diksu catvāri purāṇi loka-pālānām indrādīnāṁ yad-upariṣṭāt sūrya-rathasya meruṁ paribhramataḥ saṁvatsarātmakaṁ cakraṁ devānām aho-rātrābhyāṁ paribhramati.

tat-dvīpa-madhye—那岛上 / mānasottara—玛纳索塔尔 / nāma—名叫 / ekaḥ—一个 / eva—确实地 / arvācīna—在这边 / parācīna—以及……之外 / varṣayoḥ—大地的 / maryādā—标出界线 / acalaḥ—一座大山 / ayuta—一万 / yojana—八英里 / ucchrāya-āyāmaḥ—……的高和宽 / yatra—那里 / tu—但是 / catasṛṣu—在四个 / dikṣu—方向 / catvāri—四个 / purāṇi—城市 / loka-pālānām—星系的掌管者们的 / indra-ādīnām—以因铎为首 / yat—……的 / upariṣṭāt—在顶端 / sūrya-rathasya—太阳神的战车的 / merum—梅茹山 / paribhramataḥ—巡行时 / saṁvatsara-ātmakam—由一个萨么瓦特萨尔组成 / cakram—车轮或轨道 / devānām—半神人的 / ahaḥ-rātrābhyām—由白天和夜晚 / paribhramati—围绕着……巡行

译文　岛的正中央有一座名叫玛纳索塔尔的巨大山脉，作为分界的地标将岛屿分为内岛和外岛。山脉的宽度和高度都是八万英里。那座山的四面是像因铎那样的半神人居住的地方。太阳神的战车载着太阳，沿被称为萨么瓦特萨尔的轨道，绕着梅茹山在山顶上巡行。太阳在北面巡行的途径称为乌塔茹阿亚纳，在南面巡行的途径称为达克西纳亚纳。一面代表半神人的白天，一面代表他们的夜晚。

要旨　《布茹阿玛·萨密塔》(Brahma-saṁhitā)第5章的第52节诗中证实太阳的运行说：太阳遵照至尊人格首神的命令在自己的轨道上运行(yasyājñāya bhramati saṁbhṛta-kāla-cakraḥ)。太阳环绕苏梅茹山(Mount Sumeru)运行，六个月在它的北面，六个月在它的南面。这加起来是高等星系中的半神人一天一夜的寿命。

第 31 节

तद्द्वीपस्याप्यधिपतिः प्रैयव्रतो वीतिहोत्रो नामैतस्यात्मजौ रमणक-धातकिनामानौ वर्षपती नियुज्य स स्वयं पूर्वजवद्भगवत्कर्मशील एवास्ते ॥३१॥

tad-dvīpasyāpy adhipatiḥ praiyavrato vītihotro nāmaitasyātmajau
ramaṇaka-dhātaki-nāmānau varṣa-patī niyujya sa svayaṁ
pūrvajavad-bhagavat-karma-śīla evāste.

tat-dvīpasya—那岛的 / api—也 / adhipatiḥ—统治者 / praiyavrataḥ—普瑞亚瓦塔王的一个儿子 / vītihotraḥ nāma—名叫维提皓陀 / etasya—他的 / ātma-jau—向两个儿子 / ramaṇaka—茹阿玛纳卡 / dhātaki—和达塔克伊 / nāmānau—称为 / varṣa-patī—两片大地上的统治者 / niyujya—任命 / saḥ svayam—他自己 / pūrvaja-vat—像他的其他兄弟 / bhagavat-karma-śīlaḥ—专心致力于满足至尊人格首神的活动 / eva—确实地 / āste—保持

译文 这座岛屿的统治者是普瑞亚瓦塔王的名叫维提皓陀的儿子。他有茹阿玛纳卡和达塔克伊两个儿子。他把岛屿的两边分别传给他这两个儿子，随后自己便像哥哥梅达提缇一样，致力于从事为至尊人格首神做服务的活动。

第 32 节

तद्वर्षपुरुषा भगवन्तं ब्रह्मरूपिणं सकर्मकेण कर्मणाराधयन्तीदं चोदा-हरन्ति ॥३२॥

tad-varṣa-puruṣā bhagavantaṁ brahma-rūpiṇaṁ sakarmakeṇa
karmaṇārādhayantīdaṁ codāharanti.

tat-varṣa-puruṣāḥ—那岛的居民 / bhagavantam—至尊人格首神 / brahma-rūpiṇam—显现为坐在莲花上的主布茹阿玛 / sa-karmakeṇa—

为实现物质欲望 / karmaṇā — 通过按照韦达经举行祭祀活动 / ārādhayanti — 崇拜 / idam — 这个 / ca — 和 / udāharanti — 他们吟唱

译文　这片大地上的居民为实现物质欲望而崇拜以主布茹阿玛为代表的至尊人格首神。他们向至尊主献上如下的祈祷。

第33节

यत्तत्कर्ममयं लिङ्गं ब्रह्मलिङ्गं जनोऽर्चयेत् ।
एकान्तमद्वयं शान्तं तस्मै भगवते नम इति ॥३३॥

yat tat karmamayaṁ liṅgaṁ
brahma-liṅgaṁ jano 'rcayet
ekāntam advayaṁ śāntaṁ
tasmai bhagavate nama iti

yat — ……的 / tat — 那 / karma-mayam — 靠韦达祭祀可以得到 / liṅgam — 形象 / brahma-liṅgam — 让人觉悟到至尊梵 / janaḥ — 一个人 / arcayet — 必须崇拜 / ekāntam — 对独一无二的至尊者满怀信心的 / advayam — 没有差别 / śāntam — 平静的 / tasmai — 向他 / bhagavate — 最强有力的 / namaḥ — 我们的敬意 / iti — 如此

译文　由于靠举行祭祀仪式，人有可能达到主布茹阿玛的地位，而且举行韦达仪式时所吟唱的赞歌来自主布茹阿玛，主布茹阿玛便被称为卡尔玛·玛亚——祭祀仪式的形象。他对至尊人格首神全心奉献、忠心耿耿，因此从一个意义上说，他无异于至尊主。尽管如此，人还是应该以二元论说明的方式崇拜他，而不是按一元论的理解崇拜他。人应该永远当至尊主的仆人，至尊主是最值得崇拜的神明。所以，我们恭恭敬敬地顶拜主布茹阿玛——展示了的韦达知识的形象。

要旨 在这段诗文中，“靠韦达祭祀可以得到(karma-mayam)”一句十分重要。韦达经中说：“严格遵守社会四阶层和灵性四阶段制度的原则至少一百世的人，将被赐予主布茹阿玛这一职位的奖赏(svadharma-niṣṭhaḥ śata janmabhiḥ pumān viriñcatām eti)。”还有一点也很重要，那就是：尽管主布茹阿玛极其强大有力，但他从不认为自己与至尊人格首神一样；他总是很清楚自己是至尊主的永恒的仆人。由于至尊主和祂的仆人在质上都是灵性的，布茹阿玛在此便被称为巴嘎万(bhagavān)。巴嘎万是至尊人格首神奎师那，但如果严格的奉献者充满信心地侍奉祂，韦达文献的含义便向他揭示。为此，布茹阿玛被说成是整个形象由韦达知识构成(brahma-liṅga)。

第 34 节

ततः परस्ताल्लोकालोकनामाचलो लोकालोकयोरन्तराले परित उप-
क्षिप्तः ॥३४॥

tataḥ parastāl lokāloka-nāmācalo lokālokayor antarāle parita
upakṣiptaḥ.

tataḥ—从那甜水汪洋 / parastāt—在……之外 / lokāloka-nāma—名叫珞卡珞卡 / acalaḥ——座山脉 / loka-alokayoḥ antarāle—在充满阳光和没有阳光的区域间 / paritaḥ—四周 / upakṣiptaḥ—存在

译文 在甜水汪洋之外并将它完全围住的，是名叫珞卡珞卡的山脉。它将充满阳光的区域和太阳照不到的区域分开。

第 35 节

यावन्मानसोत्तरमेर्वोरन्तरं तावती भूमिः काञ्चन्यन्यादर्शतलोपमा
यस्यां प्रहितः पदार्थो न कथञ्चित्पुनः प्रत्युपलभ्यते तस्मात्सर्वसत्त्व-
परिहृतासीत् ॥३५॥

yāvan mānasottara-mervor antaraṁ tāvatī bhūmiḥ kāñcany
anyādarśa-talopamā yasyāṁ prahitaḥ padārtho na kathañcit punaḥ
pratyupalabhyate tasmāt sarva-sattva-parihṛtāsīt.

yāvat—像……一样多 / mānasottara-mervoḥ antaram—玛纳索塔尔山脉与梅茹山(从苏梅茹山的中间开始)之间的大地 / tāvatī—那么多 / bhūmiḥ—大地 / kāñcanī—用金子制成 / anyā—另一个 / ādarśa-tala-upamā—地面像镜子表面的 / yasyām—在……之上 / prahitaḥ—掉落 / padārthaḥ——件物品 / na—不 / kathañcit—以任何方法 / punaḥ—再一次 / pratyupalabhyate—被发现 / tasmāt—因此 / sarva-sattva—被众生 / parihṛtā—离弃 / āsīt—是

译文 甜水汪洋之外是与苏梅茹山正中间和玛纳索塔尔山脉之间的区域一样宽的一片大地。在那片大地上有许多生物体。在那片大地之外，延伸到珞卡珞卡山脉，是另一片纯金制的大地。由于那片地的表面是金色的，像镜子一样反射光芒，任何一件物品掉到那片大地上，就再也无法被看到了。因此，所有的生物体都离弃了那片金地。

第 36 节

**लोकालोक इति समाख्या यदनेनाचलेन लोकालोकस्यान्तर्वर्तिनाव-
स्थाप्यते ॥३६॥**

lokāloka iti samākhyā yad anenācalena lokālokasyāntarvartināvasthāpyate.

loka—有光线(或有居民) / alokaḥ—没有光线(或没有居民) / iti—就这样 / samākhyā—称呼 / yat—……的 / anena—被这 / acalena—山脉 / loka—生物体居住的大地的 / alokasya—以及没有生物体居住的大地的 / antarvartinā—在中间的 / avasthāpyate—被建立

译文 在有生物体居住的大地和没生物体居住的大地之间耸立着一座将两片大地分开的巨大山脉，那山脉因此以珞卡珞卡而闻名。

第37节

स लोकत्रयान्ते परित ईश्वरेण विहितो यस्मात्सूर्यादीनां ध्रुवापवर्गाणां ज्योतिर्गणानां गभस्तयोऽर्वाचीनांस्त्रीँल्लोकानावितन्वाना न कदाचित् पराचीना भवितुमुत्सहन्ते तावदुन्नहनायामः ॥३७॥

sa loka-trayānte parita īśvareṇa vihito yasmāt sūryādīnāṁ dhruvāpavargāṇāṁ jyotir-gaṇānāṁ gabhastayo 'rvācīnāṁs trīṁl lokān āvitanvānā na kadācit parācīnā bhavitum utsahante tāvad unnahanāyāmaḥ.

saḥ—那山脉 / loka-traya-ante—在三个珞卡(布尔珞卡、布瓦尔珞卡、斯瓦尔珞卡)的外围 / paritaḥ—四周 / īśvareṇa—被至尊人格首神奎师那 / vihitaḥ—创造 / yasmāt—从……的 / sūrya-ādīnām—太阳星球的 / dhruva-apavargāṇām—向上到杜茹瓦星球及其他次等发光体 / jyotiḥ-gaṇānām—所有发光体的 / gabhastayaḥ—光芒 / arvācīnān—在这一面 / trīn—三个 / lokān—星系 / āvitanvānāḥ—遍布各处 / na—不 / kadācit—在任何时候 / parācīnāḥ—在那山脉之外 / bhavitum—是 / utsahante—能够 / tāvat—那么多 / unnahana-āyāmaḥ—山的高度

译文 凭奎师那的至尊意愿，名叫珞卡珞卡的山脉被当做布尔珞卡、布瓦尔珞卡和斯瓦尔珞卡这三个世界的最外围的边界安置在那里，以控制射向整个宇宙的太阳光线。所有的发光体，从太阳上至杜茹瓦星球，都向三个世界放射着它们的光芒，但被局限在由这座山脉构成的边界内。由于它极高，甚至高过杜茹瓦星球，它挡住了发光体放射的光芒，使光线永远都照射不到它之外的地区。

要旨 当我们说三个世界(loka-traya)时，我们是指将宇宙作出划分的布胡(Bhūḥ)、布瓦哈(Bhuvaḥ)和斯瓦哈(Svaḥ)这三个主要的星系。环绕这三个星系的是东、西、北、南、东北、东南、西北和西南这八个方向。设立珞卡珞卡山当做所有星球的最外围边界，是为了让太阳和其他发光体放射的光芒能平均地射向宇宙各处。

对太阳光芒如何普照宇宙中不同星系的生动描述十分科学。舒卡戴瓦·哥斯瓦米(Śukadeva Gosvāmī)按照从他前辈那里听到的内容，给帕瑞克西特王(Mahārāja Parīkṣit)讲解这些宇宙事务。舒卡戴瓦·哥斯瓦米虽然在五千年前讲述这些事实，但这知识在他讲解前早就已经存在，他是通过师徒传承接收到这知识的。这知识因为透过师徒传承接收，所以很完美。相反，现代科学知识的历史只有几百年而已。因此，即使现代科学家不接受《圣典博伽瓦谭》描述的其他事实，他们又怎能否认存在时间长得超出他们能想象的范畴的天文学计算这类事物呢？《圣典博伽瓦谭》中记载了那么多的信息。然而，现代科学家们却没有对其他星系的信息。事实上，科学家们连我们现在所居住的星球都所知甚少。

第 38 节

एतावाँल्लोकविन्यासो मानलक्षणसंस्थाभिर्विचिन्तितः कविभिः स तु
पञ्चाशत्कोटिगणितस्य भूगोलस्य तुरीयभागोऽयं लोकालोकाचलः ॥३८॥

etāvāl̐ loka-vinyāso māna-lakṣaṇa-saṁsthābhir vicintitaḥ kavibhiḥ
sa tu pañcāśat-koṭi-gaṇitasya bhū-golasya turīya-bhāgo 'yaṁ
lokālokācalaḥ.

etāvān—这么多 / loka-vinyāsaḥ—行星不同的位置 / māna—以及长宽高 / lakṣaṇa—特征 / saṁsthābhiḥ—及他们不同的情况 / vicintitaḥ—以科学性的推算建立 / kavibhiḥ—被博学的学者 / saḥ—那 / tu—但是 / pañcāśat-koṭi—四十亿英里 / gaṇitasya—被测量为是……

的 / bhū-golasya—名叫布格拉卡星系的 / turīya-bhāgaḥ—四分之一 / ayam—这 / lokāloka-acalaḥ—名叫珞卡珞卡的山

译文 没有犯错、错觉和欺骗倾向的博学学者，就这样描述星系及它们各自的特征、长宽高和所在的位置。他们经过深入研究确立的真相是，苏梅茹山和被称为珞卡珞卡的山脉之间的距离为十亿英宇宙里——直径的四分之一。

要旨 圣维施瓦纳特·查夸瓦尔提·塔库尔给予的珞卡珞卡山脉所在地的准确的天文学信息包括：太阳球体的运行，以及太阳与宇宙周边的距离。然而，《玖提尔·韦达》(Jyotir Veda)讲解天文学计算所用的梵文术语很难翻译成英文和中文。因此，为了满足读者的好奇心，我们引述圣维施瓦纳特·查夸瓦尔提·塔库尔所写的梵文原文，其中记载了对宇宙时间的准确计算：

sa tu lokālokas tu bhū-golakasya bhū-sambandhāṇḍa-golakasyety arthaḥ; sūryasy eva bhuvo 'py aṇḍa-golakayor madhya-vartitvāt khagolam iva bhū-golam api pañcāśat-koṭi-yojana-pramāṇaṁ tasya turīya-bhāgaḥ sārdha-dvādaśa-koṭi-yojana-vistārocchrāya ity arthaḥ bhūs tu catus-triṁśal-lakṣonapañcāśat-koṭi-pramāṇā jñeyā; yathā meru-madhyān mānasottara-madhya-paryantaṁ sārdha-sapta-pañcāśal-lakṣottara-koṭi-yojana-pramāṇam; mānasottara-madhyāt svādūdaka-samudra-paryantaṁ ṣaṇ-ṇavati-lakṣa-yojana-pramāṇaṁ tataḥ kāñcanī-bhūmiḥ sārdha-sapta-pañcāśal-lakṣottara-koṭi-yojana-pramāṇā evam ekato meru-lokālokayor antarālam ekādaśa-śal lakṣādhika-catuṣ-koṭi-parimitam anyato 'pi tathatyeto lokālokāl loka-paryantaṁ sthānaṁ dvāviṁśati-lakṣottarāṣṭa-koṭi-parimitaṁ lokālokād bahir apy ekataḥ etāvad eva anyato 'py etāvad eva yad vakṣyate, yo 'ntar-vistāra etena hy aloka-parimāṇaṁ ca vyākhyātaṁ yad-bahir lokālokācalād ity ekato lokālokaḥ sārdha-dvādaśa-koṭi-yojana-parimāṇaḥ anyato 'pi sa tathety evaṁ catus-triṁśal-lakṣonapañcāśat-koṭi-pramāṇā bhūḥ sābdhi-dvīpa-parvatā jñeyā; ata evāṇḍa-golakāt sarvato dikṣu sapta-daśa-lakṣa-yojanāvakāśe vartamāne sati pṛthivyāḥ śeṣa-nāgena dhāraṇaṁ dig-gajaiś ca niścalī-karaṇaṁ sārthakaṁ bhaved anyathā tu vyākhyāntare pañcāśat-koṭi-pramāṇatvād aṇḍa-golaka-lagnatve tat tat sarvam akiñcit-karaṁ syāt cākṣuṣe manvantare cākasmāt majjanaṁ śrī-varāha-devenotthāpanaṁ ca durghaṭaṁ syād ity adikaṁ vivecanīyam.

第 39 节

तदुपरिष्टाच्चतसृष्वाशास्वात्मयोनिनाखिलजगद्गुरुणाधिनिवेशिता ये द्विरदपतय ऋषभः पुष्करचूडो वामनोऽपराजित इति सकललोक-स्थितिहेतवः ॥३९॥

tad-upariṣṭāc catasṛṣv āśāsvātma-yoninākhila-jagad-guruṇādhiniveśitā ye dvirada-pataya ṛṣabhaḥ puṣkaracūḍo vāmano 'parājita iti sakala-loka-sthiti-hetavaḥ.

tat-upariṣṭāt－在珞卡珞卡山顶 / catasṛṣu āśāsu－在四个方向 / ātma-yoninā－被主布茹阿玛 / akhila-jagat-guruṇā－整个宇宙的灵性导师 / adhiniveśitāḥ－确立 / ye－所有这些 / dvirada-patayaḥ－最杰出的大象 / ṛṣabhaḥ－瑞沙巴 / puṣkara-cūḍaḥ－菩施卡尔楚达 / vāmanaḥ－瓦玛纳 / aparājitaḥ－阿帕茹阿基塔 / iti－如此 / sakala-loka-sthiti-hetavaḥ－维系宇宙内不同行星的原因

译文　在珞卡珞卡山脉的顶端，有四头最杰出的大象，由整个宇宙最高的灵性导师主布茹阿玛把它们安置在四个方位。那些大象的名字分别是：瑞沙巴、菩施卡尔楚达、瓦玛纳和阿帕茹阿基塔。它们负责维护宇宙的星系。

第 40 节

तेषां स्वविभूतीनां लोकपालानां च विविधवीर्योपबृंहणाय भगवान् परममहापुरुषो महाविभूतिपतिरन्तर्याम्यात्मनो विशुद्धसत्त्वं धर्मज्ञान-वैराग्यैश्वर्याद्यष्टमहासिद्ध्युपलक्षणं विष्वक्सेनादिभिः स्वपार्षदप्रवरैः परिवारितो निजवरायुधोपशोभितैर्निजभुजदण्डैः सन्धारयमाणस्तस्मिन् गिरिवरे समन्तात्सकललोकस्वस्तय आस्ते ॥४०॥

teṣāṁ sva-vibhūtīnāṁ loka-pālānāṁ ca vividha-vīryopabṛṁhaṇāya
bhagavān parama-mahā-puruṣo mahā-vibhūti-patir antaryāmy
ātmano viśuddha-sattvaṁ dharma-jñāna-vairāgyaiśvaryādy-aṣṭa-
mahā-siddhy-upalakṣaṇaṁ viṣvaksenādibhiḥ sva-pārṣada-pravaraiḥ
parivārito nija-varāyudhopaśobhitair nija-bhuja-daṇḍaiḥ
sandhārayamāṇas tasmin giri-vare samantāt sakala-loka-svastaya āste.

teṣām—所有他们的 / sva-vibhūtīnām—是他的个人扩展和助手的 / loka-pālānām—被委任照料宇宙事物 / ca—和 / vividha—各种 / vīrya-upabṛṁhaṇāya—为了扩展力量 / bhagavān—至尊人格首神 / para-ma-mahā-puruṣaḥ——切种类财富的至尊主人——至尊人格首神 / mahā-vibhūti-patiḥ——切不可思议力量的主人 / antaryāmī—超灵 / ātmanaḥ—祂自己的 / viśuddha-sattvam—没有被物质自然属性污染的 / dharma-jñāna-vairāgya—宗教、纯粹的知识以及弃绝的 / aiśvarya-ādi—所有种类财富的 / aṣṭa—八 / mahā-siddhi—以及非凡的神通 / upalakṣaṇam—有……的特质 / viṣvaksena-ādibhiḥ—以祂那名叫维施瓦克森纳的扩展及其他扩展 / sva-pārṣada-pravaraiḥ—个人最好的助手 / parivāritaḥ—环绕 / nija—祂自己的 / vara-āyudha—以不同种类的武器 / upaśobhitaiḥ—被装饰着 / nija—自己的 / bhuja-daṇḍaiḥ—有结实的手臂 / sandhārayamāṇaḥ—展示这个形象 / tasmin—在那 / giri-vare—大山 / samantāt—四周 / sakala-loka-svastaye—为了所有星系的利益 / āste—存在

译文 至尊人格首神是一切超然财富的主人，是灵性天空的主人。祂是至尊人、至尊人格首神，以及每一个生物体心中的超灵。以天帝因铎为首的半神人们，被委任照料物质世界的事务。为利益住在不同星球上的众生，增强那些大象和半神人们的力量，至尊主以一个不受物质自然属性污染的灵性身体在那山脉的顶端展示祂自己。祂由维施瓦克森纳等祂的个人扩展和助手围绕着，展现了祂所有的完美财富，如宗教、知识，以及能变得如一颗粒子般小，比一根羽毛还

轻和可以变得比最重的东西还重等神秘力量。祂姿态优美地坐在那里，四只手中分别持有不同的武器作装饰。

第 41 节

आकल्पमेवं वेषं गत एष भगवानात्मयोगमायया विरचितविविध-लोकयात्रागोपीयायेत्यर्थः ॥४१॥

ākalpam evaṁ veṣaṁ gata eṣa bhagavān ātma-yogamāyayā viracita-vividha-loka-yātrā-gopīyāyety arthaḥ.

ā-kalpam－整个创造期间 / evam－如此 / veṣam－出现 / gataḥ－接受 / eṣaḥ－这 / bhagavān－至尊人格首神 / ātma-yoga-māyayā－以祂自己的灵性力量 / viracita－使完备 / vividha-loka-yātrā－不同星系的生活所需 / gopīyāya－只是为了维持 / iti－如此 / arthaḥ－目的

译文 纳茹阿亚纳和维施努等至尊人格首神的各种形象，都以不同的武器作装饰。至尊主展示所有那些形象，以维系由祂的内在力量尤嘎玛亚创造的各种星球。

要旨 在《博伽梵歌》第4章的第6节诗中，主奎师那说：我透过我的内在能量显现(sambhavāmy ātma-māyayā)，其中梵文"ātma-māyā"是指至尊主的个人力量尤嘎玛亚(yogamāyā)。至尊人格首神用祂的尤嘎玛亚创造灵性世界和物质世界后，通过扩展出维施努形象和半神人等不同种类的人物，亲自维系它们。祂不仅从始至终都在维系物质创造，还亲自维系着整个灵性世界。

第 42 节

योऽन्तर्विस्तार एतेन ह्यलोकपरिमाणं च व्याख्यातं यद्बहिर्लोकालोकाचलात् । ततः परस्ताद्योगेश्वरगतिं विशुद्धामुदाहरन्ति ॥४२॥

yo 'ntar-vistāra etena hy aloka-parimāṇaṁ ca vyākhyātaṁ yad bahir lokālokācalāt, tataḥ parastād yogeśvara-gatiṁ viśuddhām udāharanti.

yaḥ—……的 / antaḥ-vistāraḥ—珞卡珞卡山内部的距离 / etena—以这 / hi—确实地 / aloka-parimāṇam—阿珞卡大地的宽度 / ca—和 / vyākhyātam—描述 / yat—……的 / bahiḥ—外部 / lokāloka-acalāt—珞卡珞卡山脉之外 / tataḥ—那 / parastāt—在……之外 / yogeśvara-gatim—在穿越宇宙覆盖达到尤给施瓦尔(奎师那)的路途上 / viśud-dhām—没有物质污染 / udāharanti—他们说

译文 我亲爱的君王，珞卡珞卡山脉之外是被称为阿珞卡的大地，宽度与山脉内的大地一样，换句话说是十亿英里。阿珞卡大地之外，就是向往摆脱物质世界之人的目的地。它不在物质自然属性管辖的范围内，因此是完全纯净的。主奎师那曾带阿尔诸纳穿越这地方，去带回布茹阿玛纳的儿子们。

第 43 节

अण्डमध्यगतः सूर्यो द्यावाभूम्योर्यदन्तरम् ।
सूर्याण्डगोलयोर्मध्ये कोट्यः स्युः पञ्चविंशतिः ॥४३॥

aṇḍa-madhya-gataḥ sūryo
dyāv-ābhūmyor yad antaram
sūryāṇḍa-golayor madhye
koṭyaḥ syuḥ pañca-viṁśatiḥ

aṇḍa-madhya-gataḥ—处于宇宙的正中心 / sūryaḥ—太阳球体 / dyāv-ābhūmyoḥ—布尔星球和布瓦尔星球这两个星球 / yat—……的 / antaram—在……之间 / sūrya—太阳的 / aṇḍa-golayoḥ—以及宇宙的球体 / madhye—在中央 / koṭyaḥ—数千万 / syuḥ—是 / pañca-viṁśatiḥ—二十五

译文　太阳就处在宇宙的正中心，在布尔星球和布瓦尔星球之间被称为外太空的区域。太阳和宇宙周边的距离是二十亿英里。

要旨　梵文“寇提(koṭi)”的意思是一千万，一个“尤佳纳(yojana)是八英里。宇宙的直径是四十亿英里。因此，既然太阳在宇宙的中央，太阳与宇宙周边的距离就是二十亿英里。

第 44 节

मृतेऽण्ड एष एतस्मिन् यदभूत्ततो मार्तण्ड इति व्यपदेशः । हिर-ण्यगर्भ इति यद्धिरण्याण्डसमुद्भवः ॥४४॥

mṛte 'ṇḍa eṣa etasmin yad abhūt tato mārtaṇḍa iti vyapadeśaḥ,
hiraṇyagarbha iti yad dhiraṇyāṇḍa-samudbhavaḥ.

mṛte－死 / aṇḍe－在球体内 / eṣaḥ－这 / etasmin－在这 / yat－……的 / abhūt－在创造时亲自进入 / tataḥ－从那 / mārtaṇḍa－玛尔坦达 / iti－如此 / vyapadeśaḥ－称呼 / hiraṇya-garbhaḥ－名叫黑冉亚嘎尔巴 / iti－如此 / yat－因为 / hiraṇya-aṇḍa-samudbhavaḥ－他的物质躯体是黑冉亚嘎尔巴创造的

译文　太阳神也被称为众生物质躯体的总体——外茹阿佳。由于他在创造时进入宇宙这无生命的蛋中，他又被称为玛尔坦达。他还因为从黑冉亚嘎尔巴(主布茹阿玛)那里得到他的物质躯体而被称为黑冉亚嘎尔巴。

要旨　只有灵性上高度进步的生物，才能担任主布茹阿玛的职位。在找不到这样的生物时，至尊人格首神维施努就会亲自扩展出一个主布茹阿玛。这种情况极为罕见。所以，布茹阿玛的职位共有两类生物担任，有时由普通生物担任，另一些时候由至尊人格首神亲自担任。这段诗文中所说的布茹阿玛是普通生物。

无论布茹阿玛由至尊人格首神亲自担任，还是由普通生物担任，他都被称为是外茹阿佳·布茹阿玛(Vairāja Brahmā)和黑冉亚嘎尔巴·布茹阿玛。因此，太阳神也被接受为是外茹阿佳。

第45节

सूर्येण हि विभज्यन्ते दिशः खं द्यौर्मही भिदा ।
स्वर्गापवर्गौ नरका रसौकांसि च सर्वशः ॥४५॥

sūryeṇa hi vibhajyante
diśaḥ khaṁ dyaur mahī bhidā
svargāpavargau narakā
rasaukāṁsi ca sarvaśaḥ

sūryeṇa一被在太阳星球上的太阳神 / hi一确实地 / vibhajyante一被分 / diśaḥ一方向 / kham一天空 / dyauḥ一天堂星球 / mahī一地球星球 / bhidā一其他区域 / svarga一天堂星球 / apavargau一还有解脱之地 / narakāḥ一地狱星球 / rasaukāṁsi一就像阿塔拉星球 / ca一也 / sarvaśaḥ一所有

译文 君王啊！太阳神和太阳星球划分宇宙的所有方向。而且正是由于太阳的存在，我们能了解什么是天空、高等星球、这个世界和低等星球。也正是因为有太阳，我们才能了解哪个地方是为物质享乐而设，哪个地方是解脱之地，哪里是地下和地狱区域。

第46节

देवतिर्यङ्मनुष्याणां सरीसृपसवीरुधाम् ।
सर्वजीवनिकायानां सूर्य आत्मा दृगीश्वरः ॥४६॥

deva-tiryaṅ-manuṣyāṇāṁ
sarīsṛpa-savīrudhām
sarva-jīva-nikāyānāṁ
sūrya ātmā dṛg-īśvaraḥ

deva—半神人的 / tiryak—低等动物 / manuṣyāṇām—和人类 / sarīsṛpa—昆虫及蛇类 / sa-vīrudhām—以及植物和树木 / sarva-jīva-nikāyānām—所有物种的 / sūryaḥ—太阳神 / ātmā—生命和灵魂 / dṛk—眼睛的 / īśvaraḥ—人格首神

译文 所有的生物体，包括半神人、人类、动物、飞禽、昆虫、爬行动物、匍匐植物和树木在内，都依靠太阳神给予的太阳星球放射的光和热。此外，由于太阳的存在，众生都能看。正因为如此，他被称为掌管视力的人格首神德瑞格·伊士瓦尔。

要旨 就有关这一点，圣维施瓦纳特·查夸瓦尔提·塔库尔说：这个宇宙中真正的生命及众生之魂是太阳(sūrya ātmā ātmatvenopāsyaḥ)。正因为如此，他值得受到崇拜(upāsya)。我们通过吟诵嘎雅垂·曼陀oṁ bhūr bhuvaḥ svaḥ tat savitur vareṇyaṁ bhargo devasya dhīmahi崇拜太阳神。太阳神苏尔亚是这个宇宙的生命和灵魂，正如至尊人格首神是整个创造的生命和灵魂一样，无数宇宙中的每一个宇宙内都有一个作为生命和灵魂的太阳神。我们得到的信息是：外茹阿佳——黑冉亚嘎尔巴，进入巨大、不活跃并被称为太阳的物质星球。这说明所谓的科学家们持有的“太阳上无人居住”的理论是错的。《博伽梵歌》中也说，奎师那先教导太阳神《博伽梵歌》(imaṁ vivasvate yogaṁ proktavān aham avyayam)。所以，太阳上并非是空的，有生物居住其上，而主宰神明就是外茹阿佳——维瓦斯万(Vivasvān)。太阳与地球的区别是：太阳是火元素构成的星球，但住在那里的生物体都有适合毫无困难地居住在那里的躯体。

到此为止，结束了巴克提韦丹塔对《圣典博伽瓦谭》第5篇第20章“研究宇宙的构造”所作的阐释。

第二十一章
太阳的运行

这一章告诉我们太阳的运行。太阳并非固定不动，而是像其他星球一样在移动。太阳的移动决定了白天和黑夜的时间长短。太阳运行到赤道的北边时，就会在白天缓慢移动，在夜晚快速移动，以此加长白天的时间，缩短夜晚的时间。同样道理，太阳运行到赤道的南边时，情况则完全相反，使白天的时间缩短，夜晚的时间加长。当太阳进入巨蟹座(Karkaṭa-rāśi)，接着向狮子座(Siṁha-rāśi)移动，随后继续向前穿过射手座(Dhanuḥ-rāśi)时，它运行的路线被称为向南方运行的路线(Dakṣiṇāyana)。当太阳进入摩羯座(Makara-rāśi)，接着运行穿过宝瓶座(Kumbharāśi)，随后继续向前穿过双子座(Mithuna-rāśi)时，它运行的路线被称为向北方运行的路线(Uttarāyaṇa)。当太阳在白羊座内(Meṣa-rāśi)和天秤座(Tulā-rāśi)内时，白天和夜晚的时间长度一样。

在玛纳索塔尔(Mānasottara)山脉上是四位半神人居住的地方。面向苏梅茹山的东面，是天帝因铎(Indra)居住的地方，名叫戴瓦达尼(Devadhānī)；面向苏梅茹山的南面是掌管死亡的神明阎罗王居住的地方，名叫萨么亚玛尼(Saṁyamanī)。同样，面向苏梅茹山的西面是水神瓦茹纳(Varuṇa)的驻地，名叫尼么珞查尼(Nimlocanī)；而面向苏梅茹山的北面是月亮神生活的地方，名叫维巴瓦瑞(Vibhāvarī)。太阳的运行使所有这些地方都有黎明、正午、黄昏和午夜。与太阳升起之地完全反方向地方的人，看到的将是太阳落下、从视野中消失的景象。同样，与经历午夜的地方完全反方向的地方，经历的是正午时分。同样，在以月亮和其他发光体为首的其他星球上，都有日升和日落。

时间之轮(kāla-cakra)被安置在太阳神的车轮上。太阳神战车的轮子被称为萨么瓦特萨尔(Saṁvatsara)。拉着承载太阳的战车的七匹马，分别名叫嘎雅垂(Gāyatrī)、布瑞哈提(Bṛhati)、乌施尼克(Uṣṇik)、扎嘎提(Jagatī)、特瑞施图普(Triṣṭup)、阿努施图普(Anuṣṭup)和潘克提(Paṅkti)。它们被半神人阿茹纳戴瓦(Aruṇadeva)套在一个宽度为七百二十万英里(九十万尤佳纳)的轭上。战车就这样承载着阿迪缇亚戴瓦(Ādityadeva)——太阳神。总是在太阳神前方向他祈祷的六万名圣人被称为瓦利克伊力雅(Vālikhilya)。有十四位歌仙(Gandharva)、天堂舞女(Apsarā)和其他半神人，被分成七组，每个月都举行崇拜仪式活动，通过按照太阳神的不同名字崇拜他崇拜超灵。就这样，太阳神以每个瞬间运行一万六千零四英里的速度，在宇宙中运行七亿六千零八十万英里(九千五百一十尤佳纳)的距离。

第 1 节

श्रीशुक उवाच
एतावानेव भूवलयस्य सन्निवेशः प्रमाणलक्षणतो व्याख्यातः ॥१॥

śrī-śuka uvāca
etāvān eva bhū-valayasya sanniveśaḥ pramāṇa-lakṣaṇato vyākhyātaḥ.

śrī-śukaḥ uvāca－圣舒卡戴瓦·哥斯瓦米说 / etāvān－如此多的 / eva－肯定地 / bhū-valayasya sanniveśaḥ－整个宇宙的安排 / pramāṇa-lakṣaṇataḥ－按照测量(直径四十亿英里)及特征 / vyākhyātaḥ－估算

译文 舒卡戴瓦·哥斯瓦米说：亲爱的君王，到此为止，我按照博学学者们的估算，给你描述了直径有四十亿英里的宇宙，以及它的特征。

第 2 节

**एतेन हि दिवो मण्डलमानं तद्विद उपदिशन्ति यथा द्विदलयोर्निष्पा-
वादीनां ते अन्तरेणान्तरिक्षं तदुभयसन्धितम् ॥ २ ॥**

etena hi divo maṇḍala-mānaṁ tad-vida upadiśanti yathā dvi-
dalayor niṣpāvādīnāṁ te antareṇāntarikṣaṁ tad-ubhaya-sandhitam.

etena－依照这个计算 / hi－的确 / divaḥ－高等星系的 / maṇḍa-la-mānam－球体的尺寸 / tat-vidaḥ－了解它的专家 / upadiśanti－指导 / yathā－就像 / dvi-dalayoḥ－在两半中 / niṣpāva-ādīnām－如麦粒等的五谷 / te－两个部分的 / antareṇa－介于……的空间 / antarik-ṣam－外太空 / tat－被二者 / ubhaya－在两边 / sandhitam－两个部分连接的地方

译文　正如一颗麦粒可以分为两半，人可以靠了解下部的大小来估计上部的大小；所以经验丰富的地理学家指导说，人可以通过弄清宇宙的下半部分的大小，了解它上半部分的大小。在地球星球和天堂星球之间的天空被称为外太空。它介于地球星球的顶部和天堂星球的底部之间。

第 3 节

**यन्मध्यगतो भगवांस्तपतां पतिस्तपन आतपेन त्रिलोकीं प्रतपत्यव-
भासयत्यात्मभासा स एष उदगयनदक्षिणायनवैषुवतसंज्ञाभिर्मान्द्य-
शैघ्र्यसमानाभिर्गतिभिरारोहणावरोहणसमानस्थानेषु यथासवनमभिप-
द्यमानो मकरादिषु राशिष्वहोरात्राणि दीर्घह्रस्वसमानानि विधत्ते ॥ ३ ॥**

yan-madhya-gato bhagavāṁs tapatāṁ patis tapana ātapena tri-lokīṁ
pratapaty avabhāsayaty ātma-bhāsā sa eṣa udagayana-dakṣiṇāyana-
vaiṣuvata-saṁjñābhir māndya-śaighrya-samānābhir gatibhir
ārohaṇāvarohaṇa-samāna-sthāneṣu yathā-savanam abhipadyamāno
makarādiṣu rāśiṣv aho-rātrāṇi dīrgha-hrasva-samānāni vidhatte.

yat—……(中间的空间)的 / madhya-gataḥ—正中央的 / bhagavān—最有力量的 / tapatām patiḥ—所有放射出热量的星球之首 / tapanaḥ—太阳 / ātapena—凭热能 / tri-lokīm—三个世界 / pratapati—使……变热 / avabhāsayati—照明 / ātma-bhāsā—靠自己的光芒 / saḥ—那 / eṣaḥ—太阳星球 / udagayana—经过赤道北方的 / dakṣiṇa-ayana—经过赤道南方的 / vaiṣuvata—穿越赤道时 / saṁjñā-bhiḥ—以不同的名称 / māndya—缓慢地 / śaighrya—快速地 / samānā-bhiḥ—平缓地 / gatibhiḥ—运行 / ārohaṇa—上升 / avarohaṇa—下降 / samāna—仍保留在中间 / sthāneṣu—位于 / yathā-savanam—按照至尊人格首神的命令 / abhipadyamānaḥ—运行 / makara-ādiṣu—以摩羯座为首 / rāśiṣu—在不同星座 / ahaḥ-rātrāṇi—白昼和黑夜 / dīrgha—长 / hrasva—短 / samānāni——样长 / vidhatte—使

译文 处在外太空正中央的，是月亮等放射出热量的一切星球之王——最富有的太阳。太阳凭它发射出的热，提高宇宙的温度，维持宇宙的正常秩序。它还给予光，帮助众生看。它按照至尊人格首神的命令，或慢或快或平缓地经过北方、南方或在赤道上运行。根据它是上升、下降还是经过赤道，它相应地与黄道带上以摩羯宫为首的各种宫接触，使白昼和黑夜的时间长短不等或一样长。

要旨 主布茹阿玛(Brahmā)在他的《布茹阿玛·萨密塔》(Brahma-saṁhitā)第5章的第52节诗中祈祷道：

yac cakṣur eṣa savitā sakala-grahāṇāṁ
rājā samasta-sura-mūrtir aśeṣa-tejāḥ
yasyājñayā bhramati sambhṛta-kāla-cakro
govindam ādi-puruṣaṁ tam ahaṁ bhajāmi

"我崇拜哥文达(Govinda)，存在中的第一位至尊主——至尊人格首神；就连被视为是祂眼睛的太阳都受祂的控制，在永恒时间的固定轨道上运行。太阳是所有星系之王，拥有以光和热为表现形式的无限力量。”尽管太阳被描述为是巴嘎万(bhagavān)——最强有力的，尽管它在这个宇宙中确实最强大有力，它还是得执行哥文达(奎师那)的命令。太阳神在给他规定的轨道上行进甚至不能偏离一英寸。因此，在生活的每一个领域中，至尊人格首神的最高命令都得到贯彻执行。整个物质自然都在执行祂的命令。但我们愚蠢地只看到物质自然的活动，却不了解至高无上的命令，以及发出这些命令的至尊人。正如《博伽梵歌》(Bhagavad-gītā)中证实的：物质自然执行至尊主的命令(mayādhyakṣeṇa prakṛtiḥ)，有条理地维系着一切。

第 4 节

यदा मेषतुलयोर्वर्तते तदाहोरात्राणि समानानि भवन्ति यदा वृषभादिषु पञ्चसु च राशिषु चरति तदाहान्येव वर्धन्ते ह्रसति च मासि मास्येकैका घटिका रात्रिषु ॥ ४ ॥

yadā meṣa-tulayor vartate tadāho-rātrāṇi samānāni bhavanti yadā vṛṣabhādiṣu pañcasu ca rāśiṣu carati tadāhāny eva vardhante hrasati ca māsi māsy ekaikā ghaṭikā rātriṣu.

yadā—当……时 / meṣa-tulayoḥ—白羊座和天秤座 / vartate—太阳存在 / tadā—在那时 / ahaḥ-rātrāṇi—白昼和黑夜 / samānāni—一样长 / bhavanti—是 / yadā—当……时 / vṛṣabha-ādiṣu—金牛座和双子座为首 / pañcasu—五个 / ca—也 / rāśiṣu—星座 / carati—运行 / tadā—那时 / ahāni—白昼 / eva—肯定地 / vardhante—延长 / hrasati—减少 / ca—和 / māsi māsi—每个月 / eka-ekā——— / ghaṭikā—半小时 / rātriṣu—夜晚的

译文　太阳经过白羊座和天秤座时，白昼和黑夜的时间一样长。当它经过以金牛座为首的五个星座时，白昼的时间加长(到巨蟹座为止)，随后它通过每个月减少半个小时的方式逐渐减少白昼的长度，直到白昼和黑夜的时间再次一样长(太阳在天秤座)。

第5节

यदा वृश्चिकादिषु पञ्चसु वर्तते तदाहोरात्राणि विपर्ययाणि भवन्ति ॥५॥

yadā vṛścikādiṣu pañcasu vartate tadāho-rātrāṇi viparyayāṇi bhavanti.

yadā—当……时 / vṛścika-ādiṣu—以天蝎座为首 / pañcasu—五 / vartate—保持 / tadā—在那时 / ahaḥ-rātrāṇi—白昼和黑夜 / viparyayāṇi—相反(白昼减少黑夜加长) / bhavanti—是

译文 当太阳经过以天蝎座为开端的五个星座时，白昼的时间缩短(到摩羯座为止)，然后是月复一月地加长，直到白昼和黑夜的时间变得一样长(太阳在白羊座)。

第6节

यावद्दक्षिणायनमहानि वर्धन्ते यावदुदगयनं रात्रयः ॥६॥

yāvad dakṣiṇāyanam ahāni vardhante yāvad udagayanaṁ rātrayaḥ.

yāvat—直到 / dakṣiṇa-ayanam—太阳向南方运行 / ahāni—白昼 / vardhante—加长 / yāvat—直到 / udagayanam—太阳向北方运行 / rātrayaḥ—夜晚

译文 直到太阳向南方运行为止，白昼的时间都是逐渐加长的；直到它向北方运行为止，夜晚的时间都是逐渐加长的。

第7节

एवं नव कोटय एकपञ्चाशल्लक्षाणि योजनानां मानसोत्तरगिरि-परिवर्तनस्योपदिशन्ति तस्मिन्नैन्द्रीं पुरीं पूर्वस्मान्मेरोर्देवधानीं नाम दक्षिणतो याम्यां संयमनीं नाम पश्चाद्वारुणीं निम्लोचनीं नाम उत्त-

रतः सौम्यां विभावरीं नाम तासूदयमध्याह्नास्तमयनिशीथानीति भूतानां प्रवृत्तिनिवृत्तिनिमित्तानि समयविशेषेण मेरोश्चतुर्दिशम् ॥ ७ ॥

evaṁ nava koṭaya eka-pañcāśal-lakṣāṇi yojanānāṁ mānasottara-giri-parivartanasyopadiśanti tasminn aindrīṁ purīṁ pūrvasmān meror devadhānīṁ nāma dakṣiṇato yāmyāṁ saṁyamanīṁ nāma paścād vāruṇīṁ nimlocanīṁ nāma uttarataḥ saumyāṁ vibhāvarīṁ nāma tāsūdaya-madhyāhnāstamaya-niśīthānīti bhūtānāṁ pravṛtti-nivṛtti-nimittāni samaya-viśeṣeṇa meroś catur-diśam.

evam－接着 / nava－九 / koṭayaḥ－一千万 / eka-pañcāśat－五十一 / lakṣāṇi－十万 / yojanānām－尤佳纳的 / mānasottara-giri－玛纳索塔尔山脉的 / parivartanasya－绕行的 / upadiśanti－他们(博学之人)教导 / tasmin－在那(玛纳索塔尔山) / aindrīm－天帝因铎的 / purīm－城市 / pūrvasmāt－东方 / meroḥ－苏梅茹山的 / devadhānīm－戴瓦达尼 / nāma－名叫 / dakṣiṇataḥ－南方 / yāmyām－阎罗王的 / saṁyama-nīm－萨么亚玛尼 / nāma－名叫 / paścāt－西方 / vāruṇīm－瓦茹纳的 / nimlocanīm－尼么珞查尼 / nāma－名叫 / uttarataḥ－北方 / sau-myām－月亮的 / vibhāvarīm－维巴瓦瑞 / nāma－名叫 / tāsu－在所有的 / udaya－升起 / madhyāhna－正午 / astamaya－黄昏 / niśīthāni－午夜 / iti－因而 / bhūtānām－众生的 / pravṛtti－活动的 / nivṛtti－停止活动 / nimittāni－原因 / samaya-viśeṣeṇa－在特定的时间 / meroḥ－苏梅茹山的 / catuḥ-diśam－四个方向

译文 舒卡戴瓦·哥斯瓦米继续道：亲爱的君王，正如前面说明的，博学之人说，太阳在围成一圈、周长是七亿六千零八十万英里的玛纳索塔尔山脉上绕行。在玛纳索塔尔山上，正对苏梅茹山的东面，是名叫戴瓦达尼的地方，归天帝因铎所有；在南面是名叫萨么亚玛尼的地方，归阎罗王所有；在西面是名叫尼么珞查尼的地方，归水神瓦茹纳所有；在北面是名叫维巴瓦瑞的地方，归月亮神所有。这些地方在特定的时间都有黎明、正午、黄昏和午夜，使众生履行他们的各种职责，也使他们停止从事履行职责的活动。

第8—9节

तत्रत्यानां दिवसमध्यङ्गत एव सदादित्यस्तपति सव्येनाचलं दक्षिणेन करोति ॥८॥ यत्रोदेति तस्य ह समानसूत्रनिपाते निम्लोचति यत्र क्वचन स्यन्देनाभितपति तस्य हैष समानसूत्रनिपाते प्रस्वापयति तत्र गतं न पश्यन्ति ये तं समनुपश्येरन् ॥९॥

tatratyānāṁ divasa-madhyaṅgata eva sadādityas tapati savyenācalaṁ dakṣiṇena karoti. yatrodeti tasya ha samāna-sūtra-nipāte nimlocati yatra kvacana syandenābhitapati tasya haiṣa samāna-sūtra-nipāte prasvāpayati tatra gataṁ na paśyanti ye taṁ samanupaśyeran.

tatratyānām—对住在苏梅茹山上的生物体 / divasa-madhyaṅga-taḥ—像是在正午 / eva—的确 / sadā—总是 / ādityaḥ—太阳 / tapati—使……变热 / savyena—左侧 / acalam—苏梅茹山 / dakṣiṇena—右侧(往右边吹的风迫使太阳往右边移动)) / karoti—运行 / yatra—……的地方 / udeti—升起 / tasya—那位置的 / ha—肯定地 / samāna-sūtranipāte—正对面直径的另一端 / nimlocati—太阳落下 / yatra—……的地方 / kvacana—某个地方 / syandena—流汗 / abhitapati—(在正午)发热 / tasya—……的 / ha—肯定地 / eṣaḥ—这(太阳) / samāna-sūtranipāte—正对面直径的另一端 / prasvāpayati—太阳使……睡觉(午夜) / tatra—那 / gatam—去 / na paśyanti—看不见 / ye—……的 / tam—日落 / samanupaśyeran—看见

译文 住在苏梅茹山上的生物体始终感到很温暖，就像是在正午，因为对他们来说，总是艳阳高照。尽管太阳顺着逆时针方向运行，面向所有的星座，使苏梅茹山在它的左侧，但达克西纳瓦尔塔风的吹动也会影响它按顺时针方向运行，使苏梅茹山在它的右侧。住在与首先看到太阳升起的人居住的国度完全正对面的直径另一端国度中的人，看到的是太阳落下。如果当太阳在正午时从其所在的位置划一条垂直的线，处在线的另一端国度的人就正在经历午夜。同样，住在正看到太阳落下的国家里的人，与住在完全正对面的直径另一端国家里的人所看到的太阳情况完全不同。

第 10 节

यदा चैन्द्र्याः पुर्याः प्रचलते पञ्चदशघटिकाभिर्याम्यां सपादकोटि-द्वयं योजनानां सार्धद्वादशलक्षाणि साधिकानि चोपयाति ॥१०॥

yadā caindryāḥ puryāḥ pracalate pañcadaśa-ghaṭikābhir yāmyāṁ sapāda-koṭi-dvayaṁ yojanānāṁ sārdha-dvādaśa-lakṣāṇi sādhikāni copayāti.

yadā—当……时 / ca—和 / aindryāḥ—因铎的 / puryāḥ—从住所 / pracalate—运行 / pañcadaśa—十五 / ghaṭikābhiḥ—半小时(事实上是二十四分钟) / yāmyām—到阎罗王的住所 / sapāda-koṭi-dvayam—二千二百五十万 / yojanānām—尤佳纳 / sārdha—和一半 / dvādaśa-lakṣāṇi—一百二十万 / sādhikāni—再加二万五千 / ca—和 / upayāti—他经过

译文 当太阳从因铎的住所戴瓦达尼运行到阎罗王的住所萨么亚玛尼时，它在六个小时内运行一亿九千零二十万英里。

要旨 由梵文sādhikāni所指明的距离是二十万英里，也就是两万五千尤佳纳 (pañca-viṁ śati-sahasrādhikāni)。这个数字加上二千二百五十万尤佳纳，再加上一百二十五万尤佳纳，就是太阳在两个半神人居住的城市间运行的距离，总长度为二千三百七十七万五千尤佳纳——一亿九千零二十万英里。太阳运行轨道的总长度是这个长度的四倍，即：九千五百一十万尤佳纳(七亿六千零八拾万英里)。

第 11 节

एवं ततो वारुणीं सौम्यामैन्द्रीं च पुनस्तथान्ये च ग्रहाः सोमादयो नक्षत्रैः सह ज्योतिश्चक्रे समभ्युद्यन्ति सह वा निम्लोचन्ति ॥११॥

evaṁ tato vāruṇīṁ saumyām aindrīṁ ca punas tathānye ca grahāḥ somādayo nakṣatraiḥ saha jyotiś-cakre samabhyudyanti saha vā nimlo-canti.

evam－这样 / tataḥ－从那里 / vāruṇīm－到水神瓦茹纳的住所 / saumyām－到月神的住所 / aindrīṁ ca－回到因铎的住所 / punaḥ－再次 / tathā－所有……也 / anye－其他 / ca－也 / grahāḥ－星球 / soma-ādayaḥ－以月亮为首 / nakṣatraiḥ－所有的星球 / saha－和 / jyotiḥ-cakre－在天堂范围内 / samabhyudyanti－升起 / saha－连同 / vā－或者 / nimlocanti－落下

译文 太阳从阎罗王的住所运行到水神瓦茹纳的住所尼么珞查尼，从那里去到月亮神的住所维巴瓦瑞，然后再回到因铎的住所。月亮与其他的恒星和行星以同样的方式在天空中变得可见，落下，再次不可见。

要旨 奎师那在《博伽梵歌》第10章的第21节诗中说：“我是群星中的月亮(nakṣatrāṇām ahaṁ śaśī)。”这说明月亮与其他星星类似。韦达文献告诉我们，在这个宇宙中有一个移动的太阳。西方理论认为天空中发亮的星体都是不同的太阳，但韦达文献中并没有这样的记载。我们也不能以为这些发光体都是其他宇宙的太阳，因为每一个宇宙都被各种不同的元素层覆盖着。因此，即使众多的宇宙聚集在一起，我们在一个宇宙中也看不到其他的宇宙。换句话说，我们所看到的一切都在这个宇宙内。每一个宇宙中有一个主布茹阿玛，其他的星球上还有其他半神人，但一个宇宙中只有一个太阳。

第 12 节

एवं मुहूर्तेन चतुस्त्रिंशल्लक्षयोजनान्यष्टशताधिकानि सौरो रथस्त्रयीमयो ऽसौ चतसृषु परिवर्तते पुरीषु ॥१२॥

evaṁ muhūrtena catus-triṁśal-lakṣa-yojanāny aṣṭa-śatādhikāni sauro rathas trayīmayo 'sau catasṛṣu parivartate purīṣu.

evam—如此 / muhūrtena—在一个穆呼尔塔(四十八分钟)中 / catuḥ-triṁśat—三十四 / lakṣa—十万 / yojanāni—尤佳纳 / aṣṭa-śatādhi-kāni—增加八百 / sauraḥ rathaḥ—太阳神的战车 / trayī-mayaḥ—靠吟诵嘎雅垂赞歌(oṁ bhūr bhuvaḥ svaḥ tat savitur……)崇拜的 / asau—那 / catasṛṣu—到四个 / parivartate—他运行 / purīṣu—经过不同的住所

译文 就这样，受到人们靠吟诵oṁ bhūr bhuvaḥ svaḥ崇拜的太阳神的战车，以每四十八分钟行驶二千七百二十万六千四百英里的速度驶过上述提到的四处住所。

第 13 节

यस्यैकं चक्रं द्वादशारं षण्णेमि त्रिणाभि संवत्सरात्मकं समामनन्ति तस्याक्षो मेरोर्मूर्धनि कृतो मानसोत्तरे कृतेतरभागो यत्र प्रोतं रविरथ-चक्रं तैलयन्त्रचक्रवद् भ्रमन्मानसोत्तरगिरौ परिभ्रमति ॥१३॥

yasyaikaṁ cakraṁ dvādaśāraṁ ṣaṇ-nemi tri-ṇābhi saṁvatsarātmakaṁ samāmananti tasyākṣo meror mūrdhani kṛto mānasottare kṛtetara-bhāgo yatra protaṁ ravi-ratha-cakraṁ taila-yantra-cakravad bhraman mānasottara-girau paribhramati.

yasya—……的 / ekam—一 / cakram—车轮 / dvādaśa—十二 / aram—轮辐 / ṣaṭ—六 / nemi—轮网 / tri-ṇābhi—轮毂的三个部分 / saṁvatsara-ātmakam—以萨么瓦特萨尔为本质 / samāmananti—他们详细地描述 / tasya—太阳神的战车 / akṣaḥ—轮轴 / meroḥ—苏梅茹山的 / mūrdhani—顶上 / kṛtaḥ—固定 / mānasottare—在玛纳索塔尔山

上 / kṛta－固定 / itara-bhāgaḥ－另一端 / yatra－那里 / protam－固定 / ravi-ratha-cakram－太阳神的车轮 / taila-yantra-cakra-vat－像榨油机的轮子一样 / bhramat－运行 / mānasottara-girau－在玛纳索塔尔山上 / paribhramati－运行

译文 太阳神的战车只有一个车轮，名叫萨么瓦特萨尔。那车轮的十二根轮辐计算着十二个月，六个季节是轮网的各个部分，三个以四个月为一期是轮毂的三个部分。承载着车轮的车轴一端架在苏梅茹山顶上，另一端架在玛纳索塔尔山上。安在车轴最外端的轮子像一个榨油机的轮子一样，一直不停地在玛纳索塔尔山上滚动。

第 14 节

तस्मिन्नक्षे कृतमूलो द्वितीयोऽक्षस्तुर्यमानेन सम्मितस्तैलयन्त्राक्षवद् ध्रुवे कृतोपरिभागः ॥१४॥

tasminn akṣe kṛtamūlo dvitīyo 'kṣas turyamānena sammitas taila-yantrākṣavad dhruve kṛtopari-bhāgaḥ.

tasmin akṣe－在那车轴上 / kṛta-mūlaḥ－基础固定……的 / dvitīyaḥ－第二个 / akṣaḥ－车轴 / turyamānena－四分之一 / sammitaḥ－长度 / taila-yantra-akṣa-vat－就像一个榨油机的车轴 / dhruve－北极星(杜茹瓦星) / kṛta－拴在 / upari-bhāgaḥ－上半部分

译文 就像在一个榨油机中，这第一个轴与第二个长度为它四分之一的轴(三千一百五十万英里)连在一起。这第二根轴的上端用一根风制的绳子拴在北极星(杜茹瓦星)上。

第 15 节

रथनीडस्तु षट्त्रिंशल्लक्षयोजनायतस्तत्तुरीयभागविशालस्तावान् रवि-रथयुगो यत्र हयाश्छन्दोनामानः सप्तारुणयोजिता वहन्ति देवमा-दित्यम् ॥१५॥

ratha-nīḍas tu ṣaṭ-triṁśal-lakṣa-yojanāyatas tat-turīya-bhāga-viśālas tāvān ravi-ratha-yugo yatra hayāś chando- nāmānaḥ saptāruṇa-yojitā vahanti devam ādityam.

ratha-nīḍaḥ—战车的内部 / tu—但是 / ṣaṭ-triṁśat-lakṣa-yojana-āyataḥ—二千八百八十万英里长(三百六十万尤佳纳长) / tat-turīya-bhāga—那长度的四分之一(七百二十万英里) / viśālaḥ—宽度 / tāvān—一样长 / ravi-ratha-yugaḥ—套在马身上的轭 / yatra—在…… / hayāḥ—马匹 / chandaḥ-nāmānaḥ—以不同的韦达韵律命名 / sapta—七 / aruṇa-yojitāḥ—被阿茹纳戴瓦套着 / vahanti—承载 / devam—半神人 / ādityam—太阳神

译文　我亲爱的君王，太阳神战车的车箱有二千八百八十万英里长，它的宽度是长度的四分之一(七百二十万英里)。拉战车的七匹马都以嘎雅垂和其他韦达韵律命名。它们被阿茹纳戴瓦套在一个宽度为七百二十万英里的轭上。这辆战车一直承载着太阳神。

要旨　《维施努往世书》(Viṣṇu Purāṇa)中说：

gāyatrī ca bṛhaty uṣṇig
jagatī triṣṭup eva ca
anuṣṭup paṅktir ity uktāś
chandāṁsi harayo raveḥ

拉着太阳神的战车的七匹马分别名叫嘎雅垂(Gāyatrī)、布瑞哈提(Bṛhati)、乌施尼克(Uṣṇik)、扎嘎提(Jagatī)、特瑞施图普(Triṣṭup)、阿努施图普(Anuṣṭup)和潘克提(Paṅkti)。这七匹马都以韦达诗歌的这些不同韵律的名字命名。

第 16 节

पुरस्तात्सवितुररुणः पश्चाच्च नियुक्तः सौत्ये कर्मणि किलास्ते ॥१६॥

purastāt savitur aruṇaḥ paścāc ca niyuktaḥ sautye karmaṇi kilāste.

purastāt—在……前面 / savituḥ—太阳神的 / aruṇaḥ—名叫阿茹纳的半神人 / paścāt—向后看 / ca—和 / niyuktaḥ—做 / sautye—驾驭者的 / karmaṇi—工作 / kila—肯定地 / āste—保持

译文 阿茹纳戴瓦虽然坐在太阳神的前面，驾驭战车并控制着马匹，但他却向后看着太阳神。

要旨 《风神往世书》(Vāyu Purāṇa)中描述这些马匹的状态说：

saptāśva-rūpa-cchandāṁsī
vahante vāmato ravim
cakra-pakṣa-nibaddhāni
cakre vākṣaḥ samāhitaḥ

阿茹纳戴瓦虽然在前座驾驭马匹，但却从左侧转头向后看着太阳神。

第17节

तथा वालिखिल्या ऋषयोऽङ्गुष्ठपर्वमात्राः षष्टिसहस्राणि पुरतः सूर्यं सूक्तवाकाय नियुक्ताः संस्तुवन्ति ॥१७॥

tathā vālikhilyā ṛṣayo 'ṅguṣṭha-parva-mātrāḥ ṣaṣṭi-sahasrāṇi
purataḥ sūryaṁ sūkta-vākāya niyuktāḥ saṁstuvanti.

tathā—有 / vālikhilyāḥ—名叫瓦利克力雅 / ṛṣayaḥ—伟大的圣人 / aṅguṣṭha-parva-mātrāḥ—拇指般大小的 / ṣaṣṭi-sahasrāṇi—六万个 / purataḥ—在……的前面 / sūryam—太阳神 / su-ukta-vākāya—富于表达力地 / niyuktāḥ—从事…… / saṁstuvanti—献上祷文

译文 有六万个只有拇指大小、名叫瓦利克力雅的圣人，在太阳神面前富于表达力地歌颂他。

第 18 节

**तथान्ये च ऋषयो गन्धर्वाप्सरसो नागा ग्रामण्यो यातुधाना देवा इ-
त्येकैकशो गणाः सप्त चतुर्दश मासि मासि भगवन्तं सूर्यमात्मानं
नानानामानं पृथङ्नानानामानः पृथक्कर्मभिर्द्वन्द्वश उपासते ॥१८॥**

tathānye ca ṛṣayo gandharvāpsaraso nāgā grāmaṇyo yātudhānā devā ity ekaikaśo gaṇāḥ sapta caturdaśa māsi māsi bhagavantaṁ sūryam ātmānaṁ nānā-nāmānaṁ pṛthaṅ-nānā-nāmānaḥ pṛthak-karmabhir dvandvaśa upāsate.

tathā一同样地 / anye一其他 / ca一也 / ṛṣayaḥ一圣人们 / gandharva-apsarasaḥ一歌仙和天堂社交女郎 / nāgāḥ一纳嘎蛇 / grāmaṇyaḥ一夜叉 / yātudhānāḥ一食人魔 / devāḥ一半神人们 / iti一如此 / eka-ekaśaḥ一一个接一个地 / gaṇāḥ一成群 / sapta一七 / caturdaśa一共十四个 / māsi māsi一每个月 / bhagavantam一向最有力量的半神人 / sūryam一太阳神 / ātmānam一宇宙的生命 / nānā一各种 / nāmānam一拥有……名字的 / pṛthak一不同的 / nānā-nāmānaḥ一拥有不同的名字 / pṛthak一分别 / karmabhiḥ一靠举行祭祀仪式 / dvandvaśaḥ一二人一组 / upāsate一崇拜

译文 同样，成双成对的十四位其他有不同名字的圣人、歌仙、天堂社交女郎、蛇神、夜叉、食人魔和半神人们，一直不断地举行祭祀仪式，崇拜至尊主的代表——最强有力且有许多名字的太阳神苏尔亚戴瓦。

要旨 《维施努往世书》(Viṣṇu Purāṇa)中说：

stuvanti munayaḥ sūryaṁ
gandharvair gīyate puraḥ
nṛtyanto 'psaraso yānti
sūryasyānu niśācarāḥ

vahanti pannagā yakṣaiḥ
kriyate 'bhiṣusaṅgrahaḥ

vālikhilyās tathaivainaṁ
parivārya samāsate

so 'yaṁ sapta-gaṇaḥ sūrya-
maṇḍale muni-sattama
himoṣṇa vāri-vṛṣṭīṇāṁ
hetutve samayaṁ gataḥ

诗的大意是：为崇拜最强有力的半神人苏尔亚，歌仙们(Gandharvas)在他面前歌唱，天堂舞女们(Apsarās)在车前跳舞，尼沙查茹阿们(Niśācaras)跟随着战车，蛇魔们(Pannagas)装饰战车，夜叉们(Yakṣas)护卫战车；被称为瓦利克力雅的圣人们围绕着太阳神，向他祷告。有十四个同伴分成七组，安排在宇宙各地适当的时间内定期下雪、散热和降雨。

第19节

**लक्षोत्तरं सार्धनवकोटियोजनपरिमण्डलं भूवलयस्य क्षणेन सगव्यूत्-
युत्तरं द्विसहस्रयोजनानि स भुङ्क्ते ॥१९॥**

lakṣottaraṁ sārdha-nava-koṭi-yojana-parimaṇḍalaṁ bhū-valayasya kṣaṇena sagavyūty-uttaraṁ dvi-sahasra-yojanāni sa bhuṅkte.

lakṣa-uttaram—增加十万 / sārdha—和五百万 / nava-koṭi-yojana—九千万尤佳纳的 / parimaṇḍalam—圆周 / bhū-valayasya—地球区域的 / kṣaṇena—在一刻内 / sagavyūti-uttaram—增加四英里 / dvi-sahas-ra-yojanāni—二千尤佳纳 / saḥ—太阳神 / bhuṅkte—经过

译文 我亲爱的君王，太阳神以每片刻运行一万六千零四英里的速度，在他那经过布·曼达拉的运行轨道上运行七亿六千零八十万英里(九千五百一十万尤佳纳)的距离。

到此为止，结束了巴克提韦丹塔对《圣典博伽瓦谭》第5篇第21章“太阳的运行”所作的阐释。

第二十二章

各星球的运行轨道

这一章讲述了各个星球的运行轨道。根据月亮和其他星球的移动，宇宙中所有的居民的处境都有吉祥和不吉祥的时刻。这被称为天体的影响。

控制整个宇宙事务，尤其是热和光及季节转换等的太阳神，被视为是主纳茹阿亚纳(Nārāyaṇa)的一个扩展。他代表《瑞歌·韦达》(Ṛg-Veda)、《亚诸尔·韦达》(Yajur-Veda)和《萨玛·韦达》(Sāma-Veda)这三部韦达经，因此被称为特茹阿依玛亚(Trayīmaya)，它是主纳茹阿亚纳的一个形象。太阳神有时还被称为苏尔亚·纳茹阿亚纳(Sūrya Nārāyaṇa)。太阳神在十二个区域内扩展自己，以此控制六个季节的转换，制造冬季、夏季、雨季等。遵循社会四阶层和灵性四阶段(varṇāśrama)制度的哈塔或八部瑜伽的瑜伽师(yogī)及举行火祭的功利性活动者(karmī)，都为了获得各自的利益崇拜苏尔亚·纳茹阿亚纳。半神人苏尔亚总是保持与至尊人格首神纳茹阿亚纳的接触。太阳处在布珞卡(Bhūloka)和布瓦尔珞卡(Bhuvarloka)之间，也就是宇宙中央的外太空内，在以十二个宫(星座)为代表的黄道带这一时间循环的轨道上运行，按照它进入的宫(星座)而有不同的称呼。按照月历，每一个月都分为两个十四日。同样，按照阳历，一个月等于太阳在一个星座中停留的时间；两个月构成一个季节，一年有十二个月。整个天空被分为两半，每一半代表太阳在六个月内行进的一条路线(ayana)。太阳的运行有时缓慢，有时飞速，有时中速。它就这样在由天堂星球、地球星球和外太空构成的三个世界中运行。至于这些运行轨道，博学的学者们将它们划分为萨么瓦特萨尔(Saṁvatsara)、帕瑞瓦特萨尔(Parivatsara)、伊达瓦特萨尔(Iḍāvatsara)、阿努瓦特萨尔(Anuvatsara)和瓦特萨尔(Vatsara)进行谈论。

月亮处在阳光之上的八十万英里处。天堂星球和祖先星球(Pitṛloka)上的白天和夜晚都按照月缺期和月渐圆期计算。月亮上方一百六十万英里处有许多星星；在这些星星的上方是金星(Śukra-graha)，它对全宇宙居民的影响总是吉祥的。在金星上方一百六十万英里处的是水星(Budha-graha)，其影响有时吉祥，有时不吉祥。水星上方一百六十万英里处是火星(Aṅgāraka)，它产生的影响几乎总是不利的。在火星上方一百六十万英里处有木星(Bṛhaspatigraha)，它对有资格的布茹阿玛纳(brāhmaṇa)总是很有利。木星上方一百六十万英里有土星(Śanaiścara)，它的影响总是很不吉祥。在土星上方一百六十万英里处的是七个一组的天体，由总是想着整个宇宙利益的七位伟大的圣人居住。这七颗星星绕着主维施努居住其中的北极星(Dhruvaloka)运行。

第 1 节

राजोवाच

यदेतद्भगवत आदित्यस्य मेरुं ध्रुवं च प्रदक्षिणेन परिक्रामतो राशी-
नामभिमुखं प्रचलितं चाप्रदक्षिणं भगवतोपवर्णितममुष्य वयं कथ-
मनुमिमीमहीति ॥१॥

rājovāca
yad etad bhagavata ādityasya meruṁ dhruvaṁ ca pradakṣiṇena
parikrāmato rāśīnām abhimukhaṁ pracalitaṁ cāpradakṣiṇaṁ
bhagavatopavarṇitam amuṣya vayaṁ katham anumimīmahīti.

rājā uvāca一君王(帕瑞克西特王)询问道 / yat一……的 / etat一这 / bhagavataḥ一最强大的 / ādityasya一太阳的(苏尔亚纳茹阿亚纳) / merum一苏梅茹山 / dhruvam ca一和北极星 / pradakṣiṇena一始终在右侧 / parikrāmataḥ一绕行的 / rāśīnām一不同的星座 / abhimukham—面向 / pracalitam—移动 / ca—和 / apradakṣiṇam—在左侧 / bhagavatā—被阁下您 / upavarṇitam—描述 / amuṣya—……的 / vayam—我们(聆听) / katham—如何 / anumimīmahi—能靠论证和推论加以接受 / iti—如此

译文　帕瑞克西特王向舒卡戴瓦·哥斯瓦米询问道：我亲爱的阁下，您所确认的事实是：最强大的太阳神绕着北极星运行并保持北极星和苏梅茹山始终在他右侧；然而同时，太阳神的脸又面向黄道带的十二宫，使苏梅茹山和北极星都在他的左侧。我们怎么才能合理地接受太阳神沿着特定的轨道运行而苏梅茹山和北极星同时在他左右侧这一事实呢？

第2节

स होवाच
यथा कुलालचक्रेण भ्रमता सह भ्रमतां तदाश्रयाणां पिपीलिकादीनां
गतिरन्यैव प्रदेशान्तरेष्वप्युपलभ्यमानत्वादेवं नक्षत्रराशिभिरुपलक्षितेन
कालचक्रेण ध्रुवं मेरुं च प्रदक्षिणेन परिधावता सह परिधावमानानां
तदाश्रयाणां सूर्यादीनां ग्रहाणां गतिरन्यैव नक्षत्रान्तरे राश्यन्तरे चोप-
लभ्यमानत्वात् ॥ २ ॥

sa hovāca
yathā kulāla-cakreṇa bhramatā saha bhramatāṁ tad-āśrayāṇāṁ
pipīlikādīnāṁ gatir anyaiva pradeśāntareṣv apy upalabhyamānatvād
evaṁ nakṣatra-rāśibhir upalakṣitena kāla-cakreṇa dhruvaṁ meruṁ
ca pradakṣiṇena paridhāvatā saha paridhāvamānānāṁ tad-āśrayāṇāṁ
sūryādīnāṁ grahāṇāṁ gatir anyaiva nakṣatrāntare rāśy-antare
copalabhyamānatvāt.

saḥ—圣舒卡戴瓦·哥斯瓦米 / ha—明确地 / uvāca—回答道 / yathā—正如 / kulāla-cakreṇa—制作陶器用的横式转盘 / bhramatā—转动 / saha—和 / bhramatām—……转动的 / tat-āśrayāṇām—处在那(转

盘上)的 / pipīlika-ādīnām—小蚂蚁们的 / gatiḥ—移动 / anyā—其他 / eva—肯定地 / pradeśa-antareṣu—不同的位置 / api—也 / upalabhyamā-natvāt—由于体验到 / evam—同样地 / nakṣatra-rāśibhiḥ—被行星和星座 / upalakṣitena—被看见 / kāla-cakreṇa—时间的巨轮 / dhruvam—名叫杜茹瓦珞卡的星球 / merum—苏梅茹山 / ca—和 / pradakṣiṇena—在右侧 / paridhāvatā—绕行 / saha—和 / paridhāvamānānām—……转动的 / tat-āśrayāṇām—庇护所是时间之轮的 / sūrya-ādīnām—以太阳为首 / grahāṇām—行星的 / gatiḥ—转动 / anyā—其他 / eva—肯定地 / nakṣatra-antare—不同的星星 / rāśi-antare—不同的星座 / ca—和 / upalabhyamānatvāt—由于被看到

译文 圣舒卡戴瓦·哥斯瓦米明确地回答道：当制作陶器用的横式转盘转动，而在那大转盘上的小蚂蚁们也在随之移动时，人可以看到，它们的移动与转盘的转动不同，因为它们显得有时像是在转盘的一个部位上，有时又在另一个部位上。同样，十二宫和星座随着时间之轮转动，苏梅茹山和北极星在它们的右侧；如蚂蚁般的太阳和其他行星与它们一起移动。然而，太阳和其他行星在不同的时间、不同的宫和星座中被看到。这表明，它们的运行不同于黄道带和时间之轮的运行。

第3节

स एष भगवानादिपुरुष एव साक्षान्नारायणो लोकानां स्वस्तय आ-त्मानं त्रयीमयं कर्मविशुद्धिनिमित्तं कविभिरपि च वेदेन विजिज्ञास्य-मानो द्वादशधा विभज्य षट्सु वसन्तादिष्वृतुषु यथोपजोषमृतुगुणान् विदधाति ॥ ३ ॥

sa eṣa bhagavān ādi-puruṣa eva sākṣān nārāyaṇo lokānāṁ svastaya ātmānaṁ trayīmayaṁ karma-viśuddhi-nimittaṁ kavibhir api ca vedena vijijñāsyamāno dvādaśadhā vibhajya ṣaṭsu vasantādiṣv ṛtuṣu yathopa-joṣam ṛtu-guṇān vidadhāti.

saḥ一那 / eṣaḥ一这 / bhagavān一最有力者 / ādi-puruṣaḥ一存在中的第一个人 / eva一肯定地 / sākṣāt一直接地 / nārāyaṇaḥ一至尊人格首神纳茹阿亚纳 / lokānām一所有星球的 / svastaye一为了……的利益 / ātmānam一祂自己 / trayī-mayam一由三部韦达经(《萨玛》、《亚注尔》和《瑞歌》)构成 / karma-viśuddhi一净化功利性活动的 / nimittam一原因 / kavibhiḥ一被伟大的圣人 / api一也 / ca一和 / vedena一被韦达知识 / vijijñāsyamānaḥ一被询问 / dvādaśa-dhā一分为十二个部分 / vibhajya一划分 / ṣaṭsu一为六个 / vasanta-ādiṣu一以春天为开始 / ṛtuṣu一季节 / yathā-upajoṣam一按照过去活动的享受 / ṛtu-guṇān一不同季节的特质 / vidadhāti一祂安排

译文　至尊人格首神纳茹阿亚纳是宇宙展示的最初原因。当精通韦达知识的伟大的圣人们向至尊人献上祈祷时，祂便以太阳的形式降临这个物质世界，以利益所有的行星并净化功利性活动。祂将自己分为十二个部分，并创造了以春天为开始的季节形式。祂就这样创造了冷热等季节性的特质。

第 4 节

तमेतमिह पुरुषास्त्रय्या विद्यया वर्णाश्रमाचारानुपथा उच्चावचैः कर्मभि-
राम्नातैर्योगवितानैश्च श्रद्धया यजन्तोऽञ्जसा श्रेयः समधिगच्छन्ति ॥ ४ ॥

tam etam iha puruṣās trayyā vidyayā varṇāśramācārānupathā
uccāvacaiḥ karmabhir āmnātair yoga-vitānaiś ca śraddhayā
yajanto 'ñjasā śreyaḥ samadhigacchanti.

tam一祂(至尊人格首神) / etam一这 / iha一在这个必有死亡的世界里 / puruṣāḥ一所有的人 / trayyā一有三个部分 / vidyayā一被韦达知识 / varṇa-āśrama-ācāra一社会四阶层和灵性四阶段制度的实行 / anu-pathāḥ一追随 / ucca-avacaiḥ一根据社会的不同阶层(布茹阿玛纳、查锤亚、外夏和庶铎)从事更高或更低的 / karmabhiḥ一以各自的活

动 / āmnātaiḥ—传承下去 / yoga-vitānaiḥ—通过冥想及其他瑜伽程序 / ca—和 / śraddhayā—满怀信心 / yajantaḥ—崇拜 / añjasā—轻而易举地 / śreyaḥ—生命的最高目标 / samadhigacchanti—他们达到

译文 人们通常根据社会四阶层和灵性四阶段制度，崇拜以太阳神出现的至尊人格首神纳茹阿亚纳。他们根据三部韦达经中推荐的火祭、更高或更低形式的功利性仪式典礼，以及神秘瑜伽程序，将至尊人视为超灵满怀信心地加以崇拜。这使他们很容易达到生命的最高目标。

第5节

अथ स एष आत्मा लोकानां द्यावापृथिव्योरन्तरेण नभोवलयस्य कालचक्रगतो द्वादश मासान् भुङ्क्ते राशिसंज्ञान् संवत्सरावयवान्मासः पक्षद्वयं दिवा नक्तं चेति सपादर्क्षद्वयमुपदिशन्ति यावता षष्ठमंशं भुञ्जीत स वै ऋतुरित्युपदिश्यते संवत्सरावयवः ॥५॥

atha sa eṣa ātmā lokānāṁ dyāv-āpṛthivyor antareṇa nabho-valayasya kālacakra-gato dvādaśa māsān bhuṅkte rāśi-saṁjñān saṁvatsarāvayavān māsaḥ pakṣa-dvayaṁ divā naktaṁ ceti sapādarkṣa-dvayam upadiśanti yāvatā ṣaṣṭham aṁśaṁ bhuñjīta sa vai ṛtur ity upadiśyate saṁvatsarāvayavaḥ.

atha—因此 / saḥ—祂 / eṣaḥ—这 / ātmā—生命力 / lokānām—三个世界的 / dyāv-ā-pṛthivyoḥ antareṇa—介于宇宙上部和下部之间 / na-bhaḥ-valayasya—外太空的 / kāla-cakra-gataḥ—处在时间之轮上 / dvādaśa māsān—十二个月 / bhuṅkte—经过 / rāśi-saṁjñān—以不同的星座命名 / saṁvatsara-avayavān—一整年的各个部分 / māsaḥ—一个月 / pakṣa-dvayam—二个星期 / divā—一天 / naktam ca—和一夜 / iti—如此 / sapāda-ṛkṣa-dvayam—按占星学计算为二又四分之一的星座 / upadiśanti—他们教导 / yāvatā—依相同的时间 / ṣaṣṭham aṁśam—……轨道的六分之一 / bhuñjīta—穿过 / saḥ—那部分 / vai—确实 / ṛtuḥ—

一个季节 / iti—如此 / upadiśyate—被教导 / saṁvatsara-avayavaḥ—一年的一部分

译文　太阳神就是纳茹阿亚纳——维施努，是一切世界之魂。他处在介于宇宙上部和下部之间的外太空中。随着时间之轮转过十二个月，太阳分别到达黄道带中的十二个宫，以十二宫命名。那十二个月的总和被称为一整年(萨么瓦特萨尔)。按照月球的运转计算，两个星期一次的月亮渐圆和两个星期一次的月亮渐亏，是一个月。而这样长的一段时间是祖先星球上的一个白昼和夜晚。按照占星学计算，一个月等于二又四分之一的星座。太阳运行两个月的时间，一个季节便过去了，因此季节变更被视为是年之整体的一部分。

第6节

अथ च यावतार्धेन नभोवीथ्यां प्रचरति तं कालमयनमाचक्षते ॥ ६ ॥

atha ca yāvatārdhena nabho-vīthyāṁ pracarati taṁ kālam ayanam ācakṣate.

atha—现在 / ca—也 / yāvatā—以同样长的 / ardhena——半 / nabhaḥ-vīthyām—在外太空中 / pracarati—太阳运行 / tam—那 / kālam—时间 / ayanam—阿亚纳 / ācakṣate—称为

译文　太阳在外太空旋转运行半圈的时间称为阿亚纳，即它(在北方或南方)运行的期间。

第7节

अथ च यावन्नभोमण्डलं सह द्यावापृथिव्योर्मण्डलाभ्यां कार्त्स्न्येन स ह भुञ्जीत तं कालं संवत्सरं परिवत्सरमिडावत्सरमनुवत्सरं वत्सर-मिति भानोर्मान्द्यशैघ्र्यसमगतिभिः समामनन्ति ॥ ७ ॥

atha ca yāvan nabho-maṇḍalaṁ saha dyāv-āpṛthivyor maṇḍalābhyāṁ kārtsnyena sa ha bhuñjīta taṁ kālaṁ saṁvatsaraṁ parivatsaraṁ

iḍāvatsaram anuvatsaraṁ vatsaram iti bhānor māndya-śaighrya-
sama-gatibhiḥ samāmananti.

atha－现在 / ca－也 / yāvat－与……一样长 / nabhaḥ-maṇḍalam－介于宇宙上部和下部之间的外太空 / saha－连同 / dyau－宇宙上部的 / āpṛthivyoḥ－宇宙下部的 / maṇḍalābhyām－天体 / kārtsnyena－整个 / saḥ－他 / ha－确实地 / bhuñjīta－穿过 / tam－那 / kālam－时间 / saṁvatsaram－萨么瓦特萨尔 / parivatsaram－帕瑞瓦特萨尔 / iḍāvatsaram－伊达瓦特萨尔 / anuvatsaram－阿努瓦特萨尔 / vatsaram－瓦特萨尔 / iti－如此 / bhānoḥ－太阳的 / māndya－慢 / śaighrya－快 / sama－同等的 / gatibhiḥ－以……速度 / samāmananti－博学的学者描述

译文 太阳神有慢、中和快三种行进速度。博学的学者用五个名词来谈论他在天堂星球、地球和太空中以这三种速度旅行一趟所花的时间，它们分别是：萨么瓦特萨尔、帕瑞瓦特萨尔、伊达瓦特萨尔、阿努瓦特萨尔和瓦特萨尔。

要旨 按太阳的运行进行天文学计算，每一年比阴历多六天，按照月亮的运行计算，每一年比阳历少六天。因此，太阳和月亮的运行使阳历年与阴历年之间相差十二天。随着萨么瓦特萨尔、帕瑞瓦特萨尔、伊达瓦特萨尔、阿努瓦特萨尔和瓦特萨尔时间的过去，每五年就多出两个月。这组成第六个萨么瓦特萨尔，但由于这个萨么瓦特萨尔是多出来的，阳历便按照上述五个名字的时间进行计算。

第 8 节

**एवं चन्द्रमा अर्कगभस्तिभ्य उपरिष्टाल्लक्षयोजनत उपलभ्यमानो
ऽर्कस्य संवत्सरभुक्तिं पक्षाभ्यां मासभुक्तिं सपादर्क्षाभ्यां दिनेनैव पक्ष-
भुक्तिमग्रचारी द्रुततरगमनो भुङ्क्ते ॥८॥**

evaṁ candramā arka-gabhastibhya upariṣṭāl lakṣa-yojanata
upalabhyamāno 'rkasya saṁvatsara-bhuktiṁ pakṣābhyāṁ māsa-
bhuktiṁ sapādarkṣābhyāṁ dinenaiva pakṣa-bhuktim agracārī
drutatara-gamano bhuṅkte.

evam－如此 / candramā－月球 / arka-gabhastibhyaḥ－从阳光 / upariṣṭāt－在……之上 / lakṣa-yojanataḥ－八十万英里(十万尤佳纳) / upalabhyamānaḥ－位于 / arkasya－太阳球体的 / saṁvatsara-bhuktim－一年的享乐 / pakṣābhyām－有四个星期 / māsa-bhuktim－一个月 / sapāda-ṛkṣābhyām－在两天和四分之一天内 / dinena－用一天 / eva－只 / pakṣa-bhuktim－用两个星期 / agracārī－快速运行 / druta-tara-gamanaḥ－更快地穿过 / bhuṅkte－经过

译文　月亮在阳光上方八十万英里处，以比太阳快的速度运行。它用一次月圆月损共四个星期的时间，走完太阳在一个萨么瓦特萨尔所走的距离；用两天再加四分之一天的时间运行太阳用一个月所运行的距离；用一天运行太阳用两个星期运行的距离。

要旨　我们看到经典中说月亮在太阳光线上方八十万英里(十万尤佳纳)处时，便很惊疑现代天空旅行是否真能够上到月球去。既然月亮离地球那么远，“太空船怎么可能到那里去？”就成了令人怀疑的秘密。现代科学的计算结果一直在变，所以科学家们实际上并不确定了解了真相。我们必须接受韦达文献中的计算。这些韦达计算结果稳定不变；天文学计算结果很久以前就给出了，记载在韦达文献中，直到今日仍是准确的。韦达计算结果和现代计算结果究竟哪一个更准确，也许对他人来说始终是个谜，但我们认为韦达计算结果是准确的。

第 9 节

**अथ चापूर्यमाणाभिश्च कलाभिरमराणां क्षीयमाणाभिश्च कलाभिः पि-
तृणामहोरात्राणि पूर्वपक्षापरपक्षाभ्यां वितन्वानः सर्वजीवनिवहप्राणो
जीवश्चैकमेकं नक्षत्रं त्रिंशता मुहूर्तैर्भुङ्क्ते ॥ ९ ॥**

atha cāpūryamāṇābhiś ca kalābhir amarāṇāṁ kṣīyamāṇābhiś ca
kalābhiḥ pitṝṇām aho-rātrāṇi pūrva-pakṣāpara-pakṣābhyāṁ
vitanvānaḥ sarva-jīva-nivaha-prāṇo jīvaś caikam ekaṁ nakṣatraṁ
triṁśatā muhūrtair bhuṅkte.

atha—因此 / ca—也 / āpūryamāṇābhiḥ—逐渐增大 / ca—和 / kalābhiḥ—通过一部分月亮 / amarāṇām—半神人的 / kṣīyamāṇābhiḥ—通过逐渐减少 / ca—和 / kalābhiḥ—通过一部分月亮 / pitṝṇām—居住在祖先星球上的居民的 / ahaḥ-rātrāṇi—夜晚和白天 / pūrva-pakṣa-apara-pakṣābhyām—月盈月亏期间 / vitanvānaḥ—派发 / sarva-jīva-nivaha—众生的 / prāṇaḥ—生命 / jīvaḥ—众生的领袖 / ca—也 / ekam ekam—一个接一个 / nakṣatram—一个星座 / triṁśatā—以三十个 / muhūrtaiḥ—穆乎尔塔 / bhuṅkte—经过

译文 月亮渐圆时，它发光的部分每天都在增大，以此为半神人们制造白天，为祖先们制造夜晚。而在月亏时，它导致了半神人的夜晚和祖先的白天。月亮就这样在三十个穆乎尔塔(一整天)中经过每一个星座。由于是月亮放射出影响庄稼生长所需的甘露般的清凉，月亮神便被视为是众生的生命，被称为是宇宙内众生的领袖人物吉瓦。

第10节

य एष षोडशकलः पुरुषो भगवान्मनोमयोऽन्नमयोऽमृतमयो देवपितृ-मनुष्यभूतपशुपक्षिसरीसृपवीरुधां प्राणाप्यायनशीलत्वात्सर्वमय इति वर्णयन्ति ॥१०॥

ya eṣa ṣoḍaśa-kalaḥ puruṣo bhagavān manomayo 'nnamayo 'mṛtamayo
deva-pitṛ-manuṣya-bhūta-paśu-pakṣi-sarīsṛpa-vīrudhāṁ prāṇāpy
āyana-śīlatvāt sarvamaya iti varṇayanti.

yaḥ－那／eṣaḥ－这／ṣoḍaśa-kalaḥ－拥有全部十六部分(满月)／puruṣaḥ－人／bhagavān－从至尊人格首神那里获得了巨大的力量／manaḥ-mayaḥ－控制心智的神明／anna-mayaḥ－谷物的力量泉源／amṛta-mayaḥ－生命实质的源头／deva－众半神人的／pitṛ－祖先星球的居民的／manuṣya－所有人类／bhūta－众生／paśu－动物的／pakṣi－鸟类的／sarīsṛpa－爬行动物的／vīrudhām－所有草药和植物的／prāṇa－生命之气／api－肯定地／āyana-śīlatvāt－因为使……清凉／sarva-mayaḥ－无所不在／iti－如此／varṇayanti－博学的学者描述

译文　月亮充满一切潜力，因此代表至尊人格首神的影响力。月亮是控制每一个人心智的神明，所以月亮神被称为玛诺玛亚。他还被称为安纳玛亚，是因为他给所有的草药和植物以力量。他因为是众生的活力之源，所以还被称为阿姆瑞塔玛亚。对半神人、祖先、人类、鸟兽、爬行动物、树木、植物和所有其他生物体来说，月亮是很令人愉悦的。月亮的出现令众生满意。为此，月亮又被称为萨尔瓦玛亚(无所不在)。

第 11 节

तत उपरिष्टाद् द्विलक्षयोजनतो नक्षत्राणि मेरुं दक्षिणेनैव कालायन
ईश्वरयोजितानि सहाभिजिताष्टाविंशतिः ॥११॥

tata upariṣṭād dvi-lakṣa-yojanato nakṣatrāṇi meruṁ dakṣiṇenaiva
kālāyana īśvara-yojitāni sahābhijitāṣṭā-viṁśatiḥ.

tataḥ－从月亮／upariṣṭāt－在……之上／dvi-lakṣa-yojanataḥ－一百六十万英里(二十万尤佳纳)／nakṣatrāṇi－许多天体／merum－苏梅茹山／dakṣiṇena eva－在右侧／kāla-ayane－在时间之轮上／īśvara-yojitāni－被至尊人格首神固定在／saha－和／abhijitā－名叫阿比基特的星星／aṣṭā-viṁśatiḥ－二十八

译文 月亮上方一百六十万英里处有许多天体。凭至尊人格首神的意愿，它们被固定在时间之轮上，因此以苏梅茹山在它们右侧的方向旋转着。它们运行的方式都与太阳不同。宇宙中有以阿比基特为首的二十八个重要天体。

要旨 这里谈到的天体在月亮上方一百六十万英里处，因此是在地球上方的四百万英里处。

第12节

तत उपरिष्टादुशना द्विलक्षयोजनत उपलभ्यते पुरतः पश्चात्सहैव वार्कस्य शैघ्र्यमान्द्यसाम्याभिर्गतिभिरर्कवच्चरति लोकानां नित्यदानुकूल एव प्रायेण वर्षयंश्चारेणानुमीयते स वृष्टिविष्टम्भग्रहोपशमनः ॥१२॥

tata upariṣṭād uśanā dvi-lakṣa-yojanata upalabhyateurataḥ paścāt
sahaiva vārkasya śaighrya-māndya-sāmyābhir gatibhir arkavac
carati lokānāṁ nityadānukūla eva prāyeṇa varṣayaṁś
cāreṇānumīyate sa vṛṣṭi-viṣṭambha-grahopaśamanaḥ.

tataḥ—从这群天体 / upariṣṭāt—……之上 / uśanā—金星 / dvi-lakṣa-yojanataḥ—一百六十万英里(二十万尤佳纳) / upalabhyate—被感觉到 / purataḥ—在……之前 / paścāt—在……之后 / saha—和……一致 / eva—确实地 / vā—和 / arkasya—太阳的 / śaighrya—快速地 / māndya—缓慢 / sāmyābhiḥ—同等 / gatibhiḥ—运行 / arkavat—正像太阳 / carati—运转 / lokānām—宇宙中所有星球的 / nityadā—不断地 / anukūlaḥ—提供有利条件 / eva—确实 / prāyeṇa—几乎总是 / varṣayan—导致降雨 / cāreṇa—通过使云朵充满 / anumīyate—被察觉到 / saḥ—它(金星) / vṛṣṭi-viṣṭambha—阻碍降雨 / graha-upaśamanaḥ—抵消……的星球产生的影响

译文 在这群天体上方一百六十万英里处有金星，它的步调，也就是运行的慢、中、快速度几乎与太阳完全一致。

金星有时落在太阳之后，有时在太阳之前，有时则与它同步。金星抵消阻碍降雨的星球所产生的影响，所以它的出现导致降雨。为此，它对这个宇宙中的众生很有利。博学的学者们都公认这一点。

第 13 节

उशनसा बुधो व्याख्यातस्तत उपरिष्टाद् द्विलक्षयोजनतो बुधः सो-
मसुत उपलभ्यमानः प्रायेण शुभकृद्यदार्काद्व्यतिरिच्येत तदातिवाता-
भ्रप्रायानावृष्ट्यादिभयमाशंसते ॥१३॥

uśanasā budho vyākhyātas tata upariṣṭād dvi-lakṣa-yojanato
budhaḥ soma-suta upalabhyamānaḥ prāyeṇa śubha-kṛd yadārkād
vyatiricyeta tadātivātābhra-prāyānāvṛṣṭy-ādi-bhayam āśaṁsate.

uśanasā－和金星 / budhaḥ－水星 / vyākhyātaḥ－解释 / tataḥ－从那(金星) / upariṣṭāt－在……之上 / dvi-lakṣa-yojanataḥ－一百六十万英里(二十万尤佳纳) / budhaḥ－水星 / soma-sutaḥ－月亮之子 / upalabhyamānaḥ－位于 / prāyeṇa－几乎总是 / śubha-kṛt－对宇宙居民来说很吉祥 / yadā－当……时 / arkāt－从太阳 / vyatiricyeta－分开 / tadā－在那时 / ativāta－龙卷风和其他恶劣的影响 / abhra－云朵 / prāya－几乎总是 / anāvṛṣṭi-ādi－如降雨量不足 / bhayam－可怕的情况 / āśaṁsate－扩展

译文　水星因为有时运行在太阳之后、有时在太阳前面、有时则与太阳同步，所以被说成是类似于金星。它处在金星上方一百六十万英里处，地球上方七百二十万英里处。作为月亮之子的水星，对宇宙居民来说几乎总是很吉祥。但当它不与太阳同步运行时，它就会导致龙卷风、尘土、不规则的降雨和无水的云朵，就这样因为它引起的降雨量不足或过量而制造出可怕的情况。

第 14 节

अत ऊर्ध्वमङ्गारकोऽपि योजनलक्षद्वितय उपलभ्यमानस्त्रिभिस्त्रिभिः पक्षैरेकैकशो राशीन्द्वादशानुभुङ्क्ते यदि न वक्रेणाभिवर्तते प्रायेणाशुभ-ग्रहोऽघशंसः ॥१४॥

ata ūrdhvam aṅgārako 'pi yojana-lakṣa-dvitaya upalabhyamānas
tribhis tribhiḥ pakṣair ekaikaśo rāśīn dvādaśānubhuṅkte yadi na
vakreṇābhivartate prāyeṇāśubha-graho 'gha-śaṁsaḥ.

ataḥ－从这个 / ūrdhvam－在……之上 / aṅgārakaḥ－火星 / api－也 / yojana-lakṣa-dvitaye－一百六十万英里的距离 / upalabhyamānaḥ－位于 / tribhiḥ tribhiḥ－以每三个 / pakṣaiḥ－二周 / eka-ekaśaḥ－逐一地 / rāśīn－宫 / dvādaśa－十二 / anubhuṅkte－穿越 / yadi－如果 / na－不 / vakreṇa－以曲线 / abhivartate－接近 / prāyeṇa－几乎总是 / aśubha-grahaḥ－不吉祥的星球 / agha-śaṁsaḥ－制造不利

译文 在水星上方一百六十万英里或地球上方八百八十万英里处有火星。这个行星除非逆行时，否则就会在六个星期中经过一个宫，然后一个一个地经过黄道带的十二个宫。在降雨及其他方面，它都几乎总是给予不好的影响，制造不利的情况。

第 15 节

तत उपरिष्टाद् द्विलक्षयोजनान्तरगता भगवान् बृहस्पतिरेकैकस्मिन् राशौ परिवत्सरं परिवत्सरं चरति यदि न वक्रः स्यात्प्रायेणानुकूलो ब्राह्मणकुलस्य ॥१५॥

tata upariṣṭād dvi-lakṣa-yojanāntara-gatā bhagavān bṛhaspatir
ekaikasmin rāśau parivatsaraṁ parivatsaraṁ carati yadi na vakraḥ
syāt prāyeṇānukūlo brāhmaṇa-kulasya.

tataḥ－那(火星) / upariṣṭāt－在……之上 / dvi-lakṣa-yojana-antara-gatāḥ－一百六十万英里的距离 / bhagavān－最有力量的星球 / bṛhaspa-tiḥ－木星 / eka-ekasmin－逐一地 / rāśau－宫 / parivatsaram parivatsaram－用帕瑞瓦特萨尔这段时间 / carati－运行 / yadi－如果 / na－不 / vakraḥ－逆行的 / syāt－变成 / prāyeṇa－几乎总是 / anukūlaḥ－非常有利 / brāhmaṇa-kulasya－对宇宙中的布茹阿玛纳

译文　在火星上方一百六十万英里处或地球上方一千零四十万英里处有木星。它用帕瑞瓦特萨尔这段时间运行经过黄道带中的一个宫。木星除非逆行，否则就会非常有利于这个宇宙中的布茹阿玛纳。

第 16 节

तत उपरिष्टाद्योजनलक्षद्वयात्प्रतीयमानः शनैश्चर एकैकस्मिन् राशौ त्रिंशन्मासान् विलम्बमानः सर्वानेवानुपर्येति तावद्भिरनुवत्सरैः प्रायेण हि सर्वेषामशान्तिकरः ॥१६॥

tata upariṣṭād yojana-lakṣa-dvayāt pratīyamānaḥ śanaiścara
ekaikasmin rāśau triṁśan māsān vilambamānaḥ sarvān evānuparyeti
tāvadbhir anuvatsaraiḥ prāyeṇa hi sarveṣām aśāntikaraḥ.

tataḥ－那(木星) / upariṣṭāt－在……之上 / yojana-lakṣa-dvayāt－相距一百六十万英里 / pratīyamānaḥ－位于 / śanaiścaraḥ－土星 / ekaekasmin－逐一地 / rāśau－黄道带 / triṁśat māsān－每一个用三十个月 / vilam-bamānaḥ－逗留 / sarvān－黄道带的十二个宫 / eva－肯定地 / anuparyeti－穿越 / tāvadbhiḥ－被如此多的 / anuvatsaraiḥ－阿努瓦特萨尔 / prāyeṇa－几乎总是 / hi－确实 / sarveṣām－对众生 / aśāntikaraḥ－制造麻烦

译文　在木星上方一百六十万英里或地球上方一千二百万英里处有土星。它用三十个月运行经过黄道带中的一个宫，用三十个阿努瓦特萨尔长的时间运行黄道带一圈。这星球对宇宙的情况来说总是很不吉祥。

第 17 节

तत उत्तरस्माद‍ृषय एकादशलक्षयोजनान्तर उपलभ्यन्ते य एव लोकानां शमनुभावयन्तो भगवतो विष्णोर्यत्परमं पदं प्रदक्षिणं प्रक्रमन्ति ॥१७॥

tata uttarasmād ṛṣaya ekādaśa-lakṣa-yojanāntara upalabhyante ya eva lokānāṁ śam anubhāvayanto bhagavato viṣṇor yat paramaṁ padaṁ pradakṣiṇaṁ prakramanti.

tataḥ—土星 / uttarasmāt—在……之上 / ṛṣayaḥ—伟大的圣人们 / ekādaśa-lakṣa-yojana-antare—相距八百八十万英里(一百一十万尤佳纳) / upalabhyante—位于 / ye—他们全体 / eva—的确 / lokānām—为宇宙居民 / śam—好运 / anubhāvayantaḥ—总是想着 / bhagavataḥ—至尊人格首神的 / viṣṇoḥ—主维施努 / yat—……的 / paramam padam—至高无上的住所 / pradakṣiṇam—位于右侧 / prakramanti—围绕

译文 在土星上方八百八十万英里或地球上方二千零八十万英里处有七圣人。他们总是想着宇宙居民的福利。他们围绕主维施努的至高住所北极星巡行。

要旨 圣玛德瓦查尔亚(Śrīla Madhvācārya)引述《布茹阿曼达往世书》(Brahmāṇḍa Purāṇa)中的诗文如下：

jñānānandātmano viṣṇuḥ
śiśumāra-vapuṣy atha
ūrdhva-lokeṣu sa vyāpta
ādityādyās tad-āśritā

意思是：作为知识与超然极乐之源头的主维施努(Viṣṇu)，在处在宇宙最上层的第七个天堂中展现出海豚(Śiśumāra)的形象；以太阳为开始的所有其他星球，都在这个海豚星系的庇护下得以存在。

到此为止，结束了巴克提韦丹塔对《圣典博伽瓦谭》第5篇第22章“各星球的运行轨道”所作的阐释。

第二十三章

海豚星系

这一章描述了所有的星系是如何托庇于北极星(Dhruvaloka)的，并说所有这些星系的总体就是至尊人格首神外在身体的一个海豚(Śiśumāra)形象的扩展。主维施努(Viṣṇu)在这个宇宙中的住所北极星——杜茹瓦珞卡(Dhruvaloka)，处在七星上方一千零四十万英里(一百三十万尤佳纳)的地方。在北极星星系中有火神(Agni)、天帝因铎(Indra)、祖先(Prajāpati)、喀夏帕(Kaśyapa)和达尔玛(Dharma)住的星球，所有这些人物都很尊敬住在北极星上的伟大奉献者杜茹瓦(Dhruva)。恰似被拴在一根枢轴上的公牛绕着枢轴转，所有的星系都被永恒时间推动着，以北极星为中心沿各自的轨道运转。崇拜至尊主宇宙形象(virāṭ-puruṣa)的人，想象这整个的星球旋转系统恰似名叫海豚的动物。这个想象的海豚形象是至尊主的另一个形象。海豚形象的头部向下，身体像一条盘绕着的蛇。在它的尾部顶端的是北极星，在它的尾部是祖先、火神、因铎和达尔玛，在尾根部的是达塔(Dhātā)和维达塔(Vidhātā)。在它的腰部是七位伟大的圣人。海豚的整个身体面朝它的右侧，看似星星卷成的一个圈。在这个圈的右边是从阿比基特(Abhijit)到普纳尔瓦苏(Punarvasu)共十四个重要的天体，左边是从普夏(Puṣyā)到乌塔茹阿沙达(Uttarāṣāḍhā)的另外十四个重要的天体。名叫普纳尔瓦苏和普夏的天体分别在海豚臀部的左右侧，阿尔铎(Ārdrā)和阿施雷沙(Aśleṣā)分处在它的左右脚部。其他天体也按照韦达天文学的计算分别固定在海豚星系的两侧。瑜伽师(yogī)为集中他们的注意力而崇拜术语称为是昆达利尼·查夸(kuṇḍalini-cakra)的海豚星系。

第1节

श्रीशुक उवाच
अथ तस्मात्परतस्त्रयोदशलक्षयोजनान्तरतो यत्तद्विष्णोः परमं पद-
मभिवदन्ति यत्र ह महाभागवतो ध्रुव औत्तानपादिरग्निनेन्द्रेण प्रजाप-
तिना कश्यपेन धर्मेण च समकालयुग्भिः सबहुमानं दक्षिणतः क्रिय-
माण इदानीमपि कल्पजीविनामाजीव्य उपास्ते तस्येहानुभाव उपव-
र्णितः ॥१॥

śrī-śuka uvāca
atha tasmāt paratas trayodaśa-lakṣa-yojanāntarato yat tad viṣṇoḥ
paramaṁ padam abhivadanti yatra ha mahā-bhāgavato dhruva
auttānapādir agninendreṇa prajāpatinā kaśyapena dharmeṇa ca
samakāla-yugbhiḥ sabahu-mānaṁ dakṣiṇataḥ kriyamāṇa idānīm api
kalpa-jīvinām ājīvya upāste tasyehānubhāva upavarṇitaḥ.

śrī-śukaḥ uvāca—圣舒卡戴瓦·哥斯瓦米说 / atha—那时 / tasmāt—七圣人的星球 / parataḥ—在……之上 / trayodaśa-lakṣa-yojana-an-tarataḥ—一千零四十万英里(一百三十万尤佳纳) / yat—……的 / tat—那 / viṣṇoḥ paramam padam—主维施努至高无上的住所或主维施努的莲花足 / abhivadanti—《瑞歌·韦达》赞歌 / yatra—……的 / ha—确实 / mahā-bhāgavataḥ—伟大的奉献者 / dhruvaḥ—杜茹瓦王 / auttānapādiḥ—乌塔纳帕德王的儿子 / agninā—被火神 / indreṇa—被天帝因铎 / prajāpatinā—被生物体祖先 / kaśyapena—被喀夏帕 / dharmeṇa—被达尔玛茹阿佳 / ca—和 / samakāla-yugbhiḥ—当时从事……的 / sa-bahu-mānam—总是尊敬地 / dakṣiṇataḥ—在右侧 / kriyamā-ṇaḥ—被绕拜 / idānīm—现在 / api—甚至 / kalpa-jīvinām—直到创造结束时存在的生物的 / ājīvyaḥ—生命之源 / upāste—保持 / tasya—他的 / iha—这里 / anubhāvaḥ—在做奉爱服务方面很伟大 / upavarṇitaḥ—已经叙述过(在第4篇)

译文 舒卡戴瓦·哥斯瓦米继续说：我亲爱的君王，在七圣人的星球上方一千零四十万英里处，有个被博学的学者们描述为是主维施努居所的地方。乌塔纳帕德王的儿子——非凡的奉献者杜茹瓦王，至今仍作为众生的生命之源居住在那里，直到创造的结束。火神阿格尼、天帝因铎、生物体祖先、喀夏帕和达尔玛，都聚在那里向他致以敬意和恭敬地敬礼。他们以顺时针方向绕拜他。有关杜茹瓦王的光荣活动，我已经叙述过。

第2节

स हि सर्वेषां ज्योतिर्गणानां ग्रहनक्षत्रादीनामनिमिषेणाव्यक्तरंहसा भगवता कालेन भ्राम्यमाणानां स्थाणुरिवावष्टम्भ ईश्वरेण विहितः शश्वदवभासते ॥ २ ॥

sa hi sarveṣāṁ jyotir-gaṇānāṁ graha-nakṣatrādīnām
animiṣeṇāvyakta-raṁhasā bhagavatā kālena bhrāmyamāṇānāṁ
sthāṇur ivāvaṣṭambha īśvareṇa vihitaḥ śaśvad avabhāsate.

saḥ一杜茹瓦王所在的星球 / hi一确实 / sarveṣām一所有的 / jyotiḥ-gaṇānām一发光体 / graha-nakṣatra-ādīnām一行星和恒星等 / animiṣeṇa一不休不眠的 / avyakta一不可思议地 / raṁhasā一力量……的 / bhagavatā一最强大 / kālena一被时间因素 / bhrāmyamāṇānām一使运转 / sthāṇuḥ iva一像一根柱子 / avaṣṭambhaḥ一轴心 / īśvareṇa一凭至尊人格首神的意愿 / vihitaḥ一确立 / śaśvat一不断地 / avabhāsate一闪亮着

译文　凭至尊人格首神的至尊意愿，杜茹瓦王所在的星球——北极星，作为所有恒星与行星的中轴一直闪亮着。不休不眠、无形无象且最强大的时间力量，使这些发光体不停地以北极星为中心运行。

要旨　这节诗文中明确地说，无论是恒星或行星——所有的发光体，都在至尊时间力量的影响下沿各自的轨道运转。时间因素是至尊人格首神的另一个特征。众生都受时间因素的影响，但至尊人格首神对祂的奉献者杜茹瓦王(Mahārāja Dhruva)是那么亲切和深爱，以至把所有的发光体都置于杜茹瓦所在的星球的控制下，并安排时间因素也在他的指挥下或以与他合作的方式工作。事实上，所有的一切都凭至尊人格首神的意愿，按祂的指挥做好了，但为了使祂的奉献者杜茹瓦成为这个宇宙中最重要的人，至尊主将时间因素的活动置于杜茹瓦的控制下。

第3节

यथा मेढीस्तम्भ आक्रमणपशवः संयोजितास्त्रिभिस्त्रिभिः सवनैर्यथा-स्थानं मण्डलानि चरन्त्येवं भगणा ग्रहादय एतस्मिन्नन्तर्बहिर्योगेन कालचक्र आयोजिता ध्रुवमेवावलम्ब्य वायुनोदीर्यमाणा आकल्पान्तं परिचङ्‌क्रमन्ति नभसि यथा मेघाः श्येनादयो वायुवशाः कर्मसार-थयः परिवर्तन्ते एवं ज्योतिर्गणाः प्रकृतिपुरुषसंयोगानुगृहीताः कर्म-निर्मितगतयो भुवि न पतन्ति ॥ ३ ॥

yathā meḍhīstambha ākramaṇa-paśavaḥ saṁyojitās tribhis tribhiḥ savanair yathā-sthānaṁ maṇḍalāni caranty evaṁ bhagaṇā grahādaya etasminn antar-bahir-yogena kāla-cakra āyojitā dhruvam evāvalambya vāyunodīryamāṇā ākalpāntaṁ paricaṅ kramanti nabhasi yathā meghāḥ śyenādayo vāyu-vaśāḥ karma-sārathayaḥ parivartante evaṁ jyotirgaṇāḥ prakṛti-puruṣa-saṁyogānugṛhītāḥ karma-nirmita-gatayo bhuvi na patanti.

yathā—正如 / meḍhīstambhe—在枢轴上 / ākramaṇa-paśavaḥ—打谷场的公牛 / saṁyojitāḥ—被套上轭 / tribhiḥ tribhiḥ—被三个 / sava-naiḥ—行走 / yathā-sthānam—在它们各自的位置上 / maṇḍalāni—轨道 / caranti—旅行 / evam—以同样的方式 / bha-gaṇāḥ—如太阳、月亮、金星、水星、火星和木星等发光体 / graha-ādayaḥ—不同的星球 / etasmin—在这 / antaḥ-bahiḥ-yogena—通过与内圈或外圈连接 / kāla-cakre—在永恒的时间之轮上 / āyojitāḥ—固定 / dhruvam—北极

星(杜茹瓦珞卡) / eva－肯定地 / avalambya－得到……的支持 / vāyunā－被风 / udīryamāṇāḥ－推动着 / ā-kalpa-antam－直到创造结束 / paricaṅ kramanti－围绕着 / nabhasi－在天空 / yathā－正如 / meghāḥ－含大量水气的云 / śyena-ādayaḥ－如巨大的谢纳鹰 / vāyu-vaśāḥ－被空气控制 / karma-sārathayaḥ－他们从事过的活动的结果是他们战车的驾驭者的 / parivartante－来来往往 / evam－以……方式 / jyotiḥ-gaṇāḥ－天空中的发光体、行星和恒星 / prakṛti－物质自然的 / puruṣa－和至尊人物奎师那的 / saṁyoga-anugṛhītāḥ－由联合的力量支持 / karma-nirmita－由他们过去从事的功利性活动引起 / gatayaḥ－……的运转 / bhuvi－在地面 / na－不 / patanti－降落

译文 当公牛被用轭套在一起拴在打谷场中心的柱子上打谷时，它们在各自的位置上不偏不倚地绕着柱子行走；其中一头公牛最靠近柱子，另一头在中间，第三头走在外侧。同样，所有的行星和成千上万的天体，都以杜茹瓦王住的北极星为中心，在他们各自或高或低的轨道上旋转运行。至尊人格首神根据他们功利性活动的结果，把他们拴在物质自然的机器上。他们被风推动着环绕北极星运行，而且会继续这样下去直到创造结束。这些星球飘浮在广大天空的空气中，恰似含有几百公吨水的云朵飘浮在空气中，或巨大的谢纳鹰由于过去的活动结果而一直在高空中飞翔，没机会降落在地面。

要旨 按照这节诗的描述，由于重力法则或现代科学家们所说的类似定律，空中有成千上万的天体和太阳、月亮、金星、水星、火星和木星等星球在运行，却没有相撞在一起。这些恒星和行星都是至尊人格首神奎师那(哥文达)的仆人，他们按照祂的命令坐在自己的战车上，沿着各自的轨道运行。他们运行的轨道被比作是物质自然给予操作恒星和行星的神明们所用的机器，他们以围绕由伟大的奉献者杜茹瓦王居住的北极星旋转运行的方式执

行至尊主的命令。对此，《布茹阿玛·萨密塔》(Brahma-saṁhitā)第5章的第52节诗中确认说：

yac-cakṣur eṣa savitā sakala-grahāṇāṁ
rājā samasta-sura-mūrtir aśeṣa-tejāḥ
yasyājñayā bhramati sambhṛta-kāla-cakro
govindam ādi-puruṣaṁ tam ahaṁ bhajāmi

"我崇拜哥文达(Govinda)，存在中的第一位至尊主——至尊人格首神；就连被视为是祂眼睛的太阳都受祂的控制，在永恒时间的固定轨道上运行。太阳是所有星系之王，拥有以光和热为表现形式的无限力量。"《布茹阿玛·萨密塔》的这节诗证明，哪怕是最大、最强有力的星球——太阳，都得服从至尊人格首神的命令，在固定的轨道(kāla-cakra)上运行。这与地心引力或物质科学家想象杜撰出来的任何定律都无关。

唯物主义科学家们想避开至尊人格首神管理的政府，因此想象出他们认为星球运行的各种条件。但事实上，唯一的条件是至尊人格首神的命令。所有星球上的主管神明都是人，至尊人格首神也是人。至尊人物给祂的下属——有着不同名字的半神人发布命令，让他们贯彻执行祂的至尊意愿。对此，奎师那在《博伽梵歌》第9章的第10节诗中也证实说：

mayādhyakṣeṇa prakṛtiḥ
sūyate sa-carācaram
hetunānena kaunteya
jagad viparivartate

"琨缇的儿子啊！物质自然是我的一种能量，在我的指挥下活动，产生动与不动的一切。在物质自然的控制下，这个展示被再三地创造和毁灭。"

不同星球的运行轨道类似众生坐在其中的机身，两者都是至尊人格首神控制的机器。正如奎师那在《博伽梵歌》第18章的第61节诗中说：

īśvaraḥ sarva-bhūtānāṁ
hṛd-deśe 'rjuna tiṣṭhati
bhrāmayan sarva-bhūtāni
yantrārūḍhāni māyayā

“阿尔诸纳啊！每个生物都坐在一台由物质能量制成的机器上，至尊主处在他们心中，指导他们周游四方。”物质自然给予的机器，无论是躯体还是运行轨道(kāla-cakra)，都按照至尊人格首神发布的命令工作。物质自然配合至尊人格首神一起工作，维系这个巨大的宇宙；不仅是这个宇宙，还有在它之外的千百万个宇宙。

这节诗文中也回答了众多的恒星与行星是如何飘浮在空中的问题；其实并非重力定律所致，相反是空气的操作使它们能够飘浮在空中。由于有空气的操作，巨大、沉重的云朵得以飘浮在空中，巨鹰得以在空中飞翔。747喷气式飞机等现代飞机以类似的方式运作，即：靠控制气流在高空飞翔，抵抗坠落地面的倾向。对空气的调节之所以成为可能，是靠遵循男性(puruṣa)与女性(prakṛti)合作的原则。靠被视为是女性的物质自然与男性的至尊人格首神的合作，宇宙的一切事务都有序发展，进展顺利。就有关物质自然帕奎缇(prakṛti)，《布茹阿玛·萨密塔》第5章的第44节诗中也描述说：

sṛṣṭi-sthiti-pralaya-sādhana-śaktir ekā
chāyeva yasya bhuvanāni bibharti durgā
icchānurūpam api yasya ca ceṣṭate sā
govindam ādi-puruṣaṁ tam ahaṁ bhajāmi

“作为灵性能量(cit)的影子的物质自然——外在能量玛亚(māyā)，被人们称为杜尔嘎(Durgā)加以崇拜。她是这个物质世界的创造、维护和毁灭的代办人。我崇拜存在中的第一位主哥文达，杜尔嘎按照祂的意愿行事。”至尊主的外在能量——物质自然，又称为杜尔嘎——保护这个庞大的宇宙堡垒的女性能量。梵文“杜尔嘎(Durgā)”一词也有“堡垒”的意思。这个宇宙恰似一个巨大的堡垒，所有受制约的灵魂都被留在其中，除非凭至尊人格首神的仁慈获得释放，否则不得离开。至尊主本人在《博伽梵歌》第4章的第9节诗中声明说：

janma karma ca me divyam
evaṁ yo vetti tattvataḥ
tyaktvā dehaṁ punar janma
naiti mām eti so 'rjuna

“阿尔诸纳啊！谁能了解我显现和活动的超然本质，谁就在离开躯体后到达我永恒的住所，不再投生于这个物质世界。”因此，仅仅靠奎师那意识，靠至尊人格首神的仁慈，人就能获得解脱；换句话说，就能从这个宇宙的巨大堡垒中被释放出去，到灵性世界去。

另一个重点是，就连掌管最了不起的星球的神明们，都是因为在前世从事过极有价值的虔诚活动，才被赐予他们现有的崇高地位。对此，这节诗中用梵文“过去从事过的功利性活动决定他们的运行(karma-nirmita-gatayaḥ)”一句加以说明。例如：就像我们前面谈论过的，月亮神被称为吉瓦(jīva)，以表明他是与我们一样的普通生物，但由于他从事过的虔诚活动，他被指定担任月亮神的职位。同样，被指定担任各种不同职务的全体半神人，都因为从事过非凡的虔诚活动，做出过巨大的贡献，才分别担任掌管月亮、地球和金星等星球的职位。只有掌管太阳的神明苏尔亚·纳茹阿亚纳(Sūrya Nārāyaṇa)，是至尊人格首神的一个化身。杜茹瓦王——掌管北极星的神明，也是普通生物。因此，世上有两种生物，一种是至尊生物——至尊人格首神，一种是普通生物吉瓦(nityo nityānāṁ cetanaś cetanānām《喀塔奥义书》2.2.13))。所有的半神人都在为至尊主做服务，只有靠这样的安排，宇宙中的一切才有序进行。

就有关这节诗中谈到的巨鹰，据经典记载，有一种鹰是那么地大，甚至能捕食一头大象。它们飞得那么高，甚至能从一个星球飞到另一个星球。它们从一个星球起飞，降落在另一个星球。它们在飞翔的途中所下的蛋，在空中坠落的过程中就已经孵化出子女了。梵文中称这种鹰叫谢纳(śyena)。当然，我们在现在的环境中看不到这类巨鸟，但至少知道老鹰可以抓起猴子，把它们摔死后吃它们。同样道理，我们可以明白，世上有极为庞大的飞鸟可以捕捉大象，杀死并吃掉它们。

老鹰和云朵这两个例子足以证明，可以靠调节气流实现飞翔和飘浮在空中的目的。同样，由于物质自然按照至尊主的命令调节空气气流，众多的星球才得以飘浮在空中。人们可以说这些调节是重力定律的延续，但无论如何，人必须接受这些定律、法则都是由至尊人格首神制定的这一事实。所谓的科学家们对那些定律、法则没有丝毫的控制力。那些科学家们可以不诚实、错误地宣称没有神，但那不是事实。

第 4 节

केचनैतज्ज्योतिरनीकं शिशुमारसंस्थानेन भगवतो वासुदेवस्य योग-धारणायामनुवर्णयन्ति ॥ ४ ॥

kecanaitaj jyotir-anīkaṁ śiśumāra-saṁsthānena bhagavato
vāsudevasya yoga-dhāraṇāyām anuvarṇayanti.

kecana－有一些大瑜伽师或博学的星象学家 / etat－这 / jyotiḥ-anīkam－恒星和行星的巨轮 / śiśumāra-saṁsthānena－想象这个巨轮恰似海豚 / bhagavataḥ－至尊人格首神的 / vāsudevasya－主华苏戴瓦(瓦苏戴瓦的儿子)——奎师那 / yoga-dhāraṇāyām－专注于崇拜 / anuvarṇayanti－描述

译文 由恒星和行星构成的这架庞大的机器，形象好似水中的海豚。它有时也被视为是奎师那的化身华苏戴瓦。大瑜伽师们都冥想华苏戴瓦的这个形象，因为它实际上是可以看见的。

要旨 对至尊主本人的形象感到不适应的瑜伽师等超然主义者，更愿意想象至尊主的宇宙形象(virāṭ-puruṣa)——那种很庞大的形象。为此，有些瑜伽师冥思苦想着这个想象的海豚以真海豚在水中游泳的方式在空中游泳。他们把它当做至尊人格首神巨大的宇宙形象去冥想。

第5节

यस्य पुच्छाग्रेऽवाक्शिरसः कुण्डलीभूतदेहस्य ध्रुव उपकल्पितस्तस्य लाङ्गूले प्रजापतिरग्निरिन्द्रो धर्म इति पुच्छमूले धाता विधाता च कट्यां सप्तर्षयः । तस्य दक्षिणावर्तकुण्डलीभूतशरीरस्य यान्युदगयनानि दक्षिणपार्श्वे तु नक्षत्राण्युपकल्पयन्ति दक्षिणायनानि तु सव्ये । यथा शिशुमारस्य कुण्डलाभोगसन्निवेशस्य पार्श्वयोरुभयोरप्यवयवाः समसङ्ख्या भवन्ति । पृष्ठे त्वजवीथी आकाशगङ्गा चोदरतः ॥५॥

yasya pucchāgre 'vākśirasaḥ kuṇḍalī-bhūta-dehasya dhruva upakalpitas tasya lāṅgūle prajāpatir agnir indro dharma iti puccha-mūle dhātā vidhātā ca kaṭyāṁ saptarṣayaḥ, tasya dakṣiṇāvarta-kuṇḍalī-bhūta-śarīrasya yāny udagayanāni dakṣiṇa-pārśve tu nakṣatrāṇy upakalpayanti dakṣiṇāyanāni tu savye, yathā śiśumārasya kuṇḍalā-bhoga-sanniveśasya pārśvayor ubhayor apy avayavāḥ samasaṅkhyā bhavanti, pṛṣṭhe tv ajavīthī ākāśa-gaṅgā codarataḥ.

yasya—……的 / puccha-agre—在尾尖 / avākśirasaḥ—头向下 / kuṇḍalī-bhūta-dehasya—身体盘绕着的 / dhruvaḥ—北极星上的杜茹瓦王 / upakalpitaḥ—处在 / tasya—……的 / lāṅgūle—在尾巴上 / prajāpatiḥ—生物体祖先的 / agniḥ—火神阿格尼 / indraḥ—天帝因

铎 / dharmaḥ—达尔玛 / iti—如此 / puccha-mūle—尾根部 / dhātā vidhātā—达塔和维达塔的半神人 / ca—和 / kaṭyām—在臀部 / sapta-ṛṣayaḥ—七圣人 / tasya—……的 / dakṣiṇa-āvarta-kuṇḍalī-bhūta-śarīrasya—躯体向右方卷成圈的 / yāni—……的 / udagayanāni—标示着北线 / dakṣiṇa-pārśve—在右侧 / tu—但是 / nakṣatrāṇi—星座 / upakalpayanti—坐落着 / dakṣiṇa-āyanāni—从普夏到乌塔茹阿沙达共十四个恒星标示着北线 / tu—但是 / savye—在左侧 / yathā—就像 / śiśumārasya—海豚的 / kuṇḍalā-bhoga-sanniveśasya—躯体卷成圈的 / pārśvayoḥ—在侧面 / ubhayoḥ—二者 / api—肯定地 / avayavāḥ—肢体 / samasaṅkhyāḥ—同等数量的(十四个) / bhavanti—是 / pṛṣṭhe—在背后 / tu—当然 / ajavīthī—标示着南线的头三颗星球(穆拉、普尔瓦沙达和乌塔茹阿沙达) / ākāśa-gaṅgā—空中的恒河(天河) / ca—也 / udarataḥ—在腹部

译文 这个海豚的形象是头向下，身体盘绕着的。在它尾尖上的是北极星；在它尾巴上的是担任生物体祖先、火神阿格尼、天帝因铎和宗教之神达尔玛的半神人居住的星球；在牠尾根部的是达塔和维达塔半神人居住的星球。瓦希施塔和安给茹阿等七圣人，大约在海豚的臀部。在海豚盘绕着的身体的右侧，坐落着从天琴座到普纳尔瓦苏共十四个星座；它的左侧从普夏到乌塔茹阿沙达共有十四个恒星。这海豚的身体因为左右两侧各有同等数量的天体占据着而保持平衡的状态。海豚的背部有一群名叫阿佳维缇的天体，在它的腹部是在空中流动的恒河(天河)。

第6节

पुनर्वसुपुष्यौ दक्षिणवामयोः श्रोण्योरार्द्राश्लेषे च दक्षिणवामयोः प-श्चिमयोः पादयोरभिजिदुत्तराषाढे दक्षिणवामयोर्नासिकयोर्यथासङ्ख्यं श्रवणपूर्वाषाढे दक्षिणवामयोर्लोचनयोर्धनिष्ठा मूलं च दक्षिणवामयोः कर्णयोर्मघादीन्यष्ट नक्षत्राणि दक्षिणायनानि वामपार्श्ववङ्क्रिषु युञ्जीत

तथैव मृगशीर्षादीन्युदगयनानि दक्षिणपार्श्ववङ्क्रिषु प्रातिलोम्येन प्रयुञ्जीत शतभिषाज्येष्ठे स्कन्धयोर्दक्षिणवामयोर्न्यसेत् ॥ ६ ॥

punarvasu-puṣyau dakṣiṇa-vāmayoḥ śroṇyor ārdrāśleṣe ca dakṣiṇa-vāmayoḥ paścimayoḥ pādayor abhijid-uttarāṣāḍhe dakṣiṇa-vāmayor nāsikayor yathā-saṅkhyaṁ śravaṇa-pūrvāṣāḍhe dakṣiṇa-vāmayor locanayor dhaniṣṭhā mūlaṁ ca dakṣiṇa-vāmayoḥ karṇayor maghādīny aṣṭa nakṣatrāṇi dakṣiṇāyanāni vāma-pārśva- vaṅkriṣu yuñjīta tathaiva mṛga-śīrṣādīny udagayanāni dakṣiṇa- pārśva-vaṅkriṣu prātilomyena prayuñjīta śatabhiṣā-jyeṣṭhe skandhayor dakṣiṇa-vāmayor nyaset.

punarvasu－名叫普纳尔瓦苏的恒星 / puṣyau－及普夏恒星 / dakṣiṇa-vāmayoḥ－在左右侧 / śroṇyoḥ－腰部 / ārdrā－阿尔铎恒星 / aśleṣe－阿施雷沙恒星 / ca－和 / dakṣiṇa-vāmayoḥ－在左右侧 / paścimayoḥ－在……的后面 / pādayoḥ－脚部 / abhijit-uttarāṣāḍhe－名叫阿比基特和乌塔茹阿沙达的恒星 / dakṣiṇa-vāmayoḥ－在左右侧 / nāsikayoḥ－鼻孔 / yathā-saṅkhyam－按照数字顺序 / śravaṇa-pūrvāṣāḍhe－名叫刷瓦纳和普尔瓦沙达的恒星 / dakṣiṇa-vāmayoḥ－在左右侧 / locanayoḥ－眼睛 / dhaniṣṭhā mūlam ca－名叫达尼施塔和穆拉的恒星 / dakṣiṇa-vāmayoḥ－在左右侧 / karṇayoḥ－耳朵 / maghā-ādīni－玛格哈等恒星 / aṣṭa nakṣatrāṇi－八颗恒星 / dakṣiṇa-āyanāni－标示出南方路线 / vāma-pārśva－左侧的 / vaṅkriṣu－在肋骨上 / yuñjīta－放置的 / tathā eva－同样地 / mṛga-śīrṣā-ādīni－姆瑞嘎西尔沙等 / udagayanāni－标示出北方路线的 / dakṣiṇa-pārśva-vaṅkriṣu－在右侧 / prātilomyena－以相反次序 / prayuñjīta－处在 / śatabhiṣā－沙塔碧沙 / jyeṣṭhe－羯施塔 / skandhayoḥ－在双肩上 / dakṣiṇa-vāmayoḥ－在左右侧 / nyaset－坐落着

译文　大约在海豚盘绕着的身体的左右侧腰部，分别是名叫普纳尔瓦苏及普夏的恒星。阿尔铎和阿施雷沙分处在它的左右脚部；阿比基特和乌塔茹阿沙达分别在它的左右鼻孔处；刷瓦纳和普尔瓦沙达分处在它的左右眼部；达尼施塔和穆拉分别在它的左右耳上。从玛格哈到阿努茹阿达这八颗标示出南方路线的恒星，坐落在它的左侧肋骨上，从姆瑞嘎西尔沙到普尔瓦巴铎这八颗标示出北方路线的恒星，处在它的右侧肋骨上。沙塔碧沙和羯施塔坐落在牠的左右肩上。

第 7 节

उत्तराहनावगस्तिरधराहनौ यमो मुखेषु चाङ्गारकः शनैश्चर उपस्थे बृहस्पतिः ककुदि वक्षस्यादित्यो हृदये नारायणो मनसि चन्द्रो नाभ्यामुशना स्तनयोरश्विनौ बुधः प्राणापानयो राहुर्गले केतवः सर्वाङ्गेषु रोमसु सर्वे तारागणाः ॥ ७ ॥

uttarā-hanāv agastir adharā-hanau yamo mukheṣu cāṅgārakaḥ śanaiścara upasthe bṛhaspatiḥ kakudi vakṣasy ādityo hṛdaye nārāyaṇo manasi candro nābhyām uśanā stanayor aśvinau budhaḥ prāṇāpānayo rāhur gale ketavaḥ sarvāṅgeṣu romasu sarve tārā-gaṇāḥ.

uttarā-hanau－上颏处 / agastiḥ－名叫阿嘎斯缇的星球 / adharā-hanau－下颏处 / yamaḥ－阎罗王 / mukheṣu－嘴巴上 / ca－也 / aṅgārakaḥ－火星 / śanaiścaraḥ－土星 / upasthe－生殖器上 / bṛhaspa-tiḥ－木星 / kakudi－颈后部 / vakṣasi－胸部 / ādityaḥ－太阳 / hṛdaye－心脏中心部位 / nārāyaṇaḥ－主纳茹阿亚纳 / manasi－在心念中 / candraḥ－月亮 / nābhyām－肚脐上 / uśanā－金星 / stanayoḥ－乳房部位 / aśvinau－名叫阿施维尼的两颗星球 / budhaḥ－水星 / prāṇāpā-nayoḥ－称为帕纳和阿帕纳的生命之气 / rāhuḥ－茹阿胡星球 / gale－颈部 / ketavaḥ－彗星 / sarva-aṅgeṣu－遍布全身 / romasu－在毛孔中 / sarve－所有的 / tārā-gaṇāḥ－众多的星星

译文　海豚的上颏处是阿嘎斯缇，下颏处是阎罗王，嘴巴上是火星、生殖器上是土星。它的后颈部是木星，胸部是太阳、心脏中心部位是纳茹阿亚纳。在牠心念中的是月亮，肚脐上的是金星，乳房部位是阿施维尼·库玛尔。在它被称为帕纳和阿帕纳的生命之气中的是水星；它的颈部是茹阿胡；遍布牠全身的是彗星；它的毛孔中有许许多多的星星。

第8节

एतदु हैव भगवतो विष्णोः सर्वदेवतामयं रूपमहरहः सन्ध्यायां प्रयतो वाग्यतो निरीक्षमाण उपतिष्ठेत नमो ज्योतिर्लोकाय कालाय-नायानिमिषां पतये महापुरुषायाभिधीमहीति ॥ ८ ॥

etad u haiva bhagavato viṣṇoḥ sarva-devatāmayaṁ rūpam aharahaḥ sandhyāyāṁ prayato vāgyato nirīkṣamāṇa upatiṣṭheta namo jyotir-lokāya kālāyanāyānimiṣāṁ pataye mahā- puruṣāyābhidhīmahīti.

etat—这 / u ha—的确 / eva—肯定地 / bhagavataḥ—至尊人格首神的 / viṣṇoḥ—主维施努的 / sarva-devatā-mayam—由所有的半神人组成的 / rūpam—形象 / ahaḥ-ahaḥ—总是 / sandhyāyām—在早、中、晚时分 / prayataḥ—冥想 / vāgyataḥ—沉默地 / nirīkṣamāṇaḥ—遵守 / upatiṣṭheta—应该崇拜 / namaḥ—恭敬的顶礼 / jyotiḥ-lokāya—向所有星球的栖息地 / kālāyanāya—以至高无上的时间形象 / animiṣām—半神人的 / pataye—向主人 / mahā-puruṣāya—向至尊人 / abhidhīmahi—冥想吧 / iti—如此

译文 我亲爱的君王，人应该把上述描述的海豚身体视为是至尊人格首神主维施努的外在形象，应该在早、中、晚时分沉默地看着至尊主这个海豚盘绕的形象，通过吟诵这样的赞美诗崇拜祂，即：“啊，化身为时间形象的至尊主！在各自轨道上运行的所有星球的栖息地！啊，全体半神人的主人！至尊人！我向您致以恭敬的顶礼，冥想您！”

第9节

ग्रहर्क्षताराममयमाधिदैविकं
पापापहं मन्त्रकृतां त्रिकालम् ।
नमस्यतः स्मरतो वा त्रिकालं
नश्येत तत्कालजमाशु पापम् ॥ ९ ॥

graharkṣatārāmayam ādhidaivikaṁ
pāpāpahaṁ mantra-kṛtāṁ tri-kālam
namasyataḥ smarato vā tri-kālaṁ
naśyeta tat-kālajam āśu pāpam

graha-ṛkṣa-tārā-mayam—由所有星球组成的 / ādhidaivikam—众半神人的领导 / pāpa-apaham—恶报的摧毁者 / mantra-kṛtām—吟诵上述提到的赞歌的人的 / tri-kālam—三次 / namasyataḥ—恭敬的顶礼 / smarataḥ—冥想 / vā—或 / tri-kālam—三次 / naśyeta—销毁 / tat-kāla-jam—在那时诞生 / āśu—非常迅速地 / pāpam—一切恶报

译文　至尊主维施努以盘绕的海豚形象展示的身体，是全体半神人和所有恒星及行星的栖息处。谁在一天内早、中、晚三次吟诵这赞美诗崇拜至尊人，谁就无疑将清除所有的恶报。谁如果只是一天三次向这形象致以敬礼或记忆这形象，谁近期所从事的一切罪恶活动的报应就会被销毁。

要旨　总结对宇宙星系的整体描述，圣维施瓦纳特·查夸瓦尔提·塔库尔(Śrīla Viśvanātha Cakravartī Ṭhākura)说：谁能够冥想这个被当做至尊人格首神的外在躯体的形象(virāṭ-rūpa)或宇宙形象(viśva-rūpa)，一天三次靠这种冥想崇拜祂，谁就将永远摆脱一切恶报。维施瓦纳特·查夸瓦尔提·塔库尔估计，北极星在太阳上方三千零四十万英里处(三百八十万尤佳纳)，在北极星上方八千万英里(一千万尤佳纳)的地方是玛哈尔星球(Maharloka)，在玛哈尔星球上方一亿六千万英里(二千万尤佳纳)的地方是佳纳星球(Janaloka),在佳纳星球上方六亿四千万英里(八千万尤佳纳)的地方是塔袍星球(Tapoloka),在塔袍星球上方九亿六千万英里(一亿二千万尤佳纳)的地方是萨提亚星球(Satyaloka)。因此,太阳距离萨提亚星球的距离是十八亿七千零四十万英里(二亿三千三百八十万尤佳纳)。从萨提亚星球上方二亿零九百六十万英里(二千六百二十万尤佳纳)的地方开始向上,都是灵性世界外琨塔(Vaikuṇṭha)星球。因此,《维施努往世书》(Viṣṇu Purāṇa)中描述说:宇宙的覆盖层离太阳有二十亿八千万英里(二亿六千万尤佳纳)的距离。太阳与地球的距离是八十万英里(一百万尤佳纳),地球下方五十六万英里(七万尤佳纳)的地方是被称为阿塔拉(Atala)、维塔拉(Vitala)、苏塔拉(Sutala)、塔拉塔拉(Talātala)、玛哈塔拉(Mahātala)、茹阿萨塔拉(Rasātala)和帕塔拉(Pātāla)的七个低等星球系统。在这些低等星球下方二十四万英里(三万尤佳纳)的地方,是躺在嘎尔博达卡(Garbhodaka)汪洋上的蛇沙·纳嘎(Śeṣa Nāga)。那汪洋的深度是十九亿九千八百四十万英里(二亿四千九百八十万尤佳纳)。因此,宇宙的直径大约是四十亿万英里(五亿万尤佳纳)。

到此为止,结束了巴克提韦丹塔对《圣典博伽瓦谭》第5篇第23章“海豚星系”所作的阐释。

第二十四章

地下天堂般的星球

这一章描述了在太阳下方八万英里(一万尤佳纳)的茹阿胡(Rāhu)星球，也谈了阿塔拉(Atala)和其他低等星球。茹阿胡处在太阳和月亮的下方，在这两个星球与地球之间。当茹阿胡挡住太阳和月亮时，根据它是走直线还是走曲线，就会出现全部或部分的日蚀或月蚀。

茹阿胡下方八百万英里(一百万尤佳纳)的地方有希达哈星球(Siddhas)、查茹阿纳星球(Cāraṇas)和维迪亚达尔星球(Vidyādharas)，在这些星球的下方是夜叉星球(Yakṣaloka)和食人魔星球(Rakṣaloka)。在这些星球下方的是地球，而地球下方五十六万英里(七万尤佳纳)的地方是由阿塔拉(Atala)、维塔拉(Vitala)、苏塔拉(Sutala)、塔拉塔拉(Talātala)、玛哈塔拉(Mahātala)、茹阿萨塔拉(Rasātala)和帕塔拉(Pātāla)组成的低等星系。食人魔(Rakṣasa)等恶魔与他们的妻子、孩子住在这些低等星系中，始终忙于感官享乐，根本不害怕他们来世的处境。阳光照不到这些星球，但他们靠固定在众多蛇头上的宝石照明。这些闪亮的宝石使那里几乎没有黑暗。生活在那些星球上的生物体没有老年和疾病，他们除了害怕至尊人格首神的时间因素，不担心任何其他原因导致的死亡。

在阿塔拉星球，一个恶魔靠打哈欠就创造出三种女人，她们分别被称为丝外瑞妮(svairiṇī，独立)、喀弥妮(kāmiṇī，好色)和菩么施茶莉(puṁścalī，轻易被男人制服)。在阿塔拉星球之下的是维塔拉星球，主希瓦(Śiva)和他妻子高瑞(Gaurī)住在那里。由于他们在那里，一种名叫哈塔卡(hāṭaka)的金子被生产出来。

在维塔拉星球的下方是最幸运的君王巴利王(Bali Mahārāja)的

住所苏塔拉星球。巴利王因为他所做的热情的奉爱服务，得到至尊人格首神瓦玛纳戴瓦(Vāmanadeva)的恩宠。至尊主去到巴利王的祭祀场，请求他给予可跨出三步的土地，以此借口拿走了他拥有的一切。当巴利王同意这一切时，至尊主感到很满意，于是以当他的守门人的方式为他做服务。《圣典博伽瓦谭》(Śrīmad-Bhāgavatam)第8篇中有对巴利王的详细描述。

至尊人格首神给奉献者提供物质快乐时，并非在赐予真正的恩惠。对自己拥有的物质财富感到很自豪的半神人们，只向至尊主祈求物质快乐，不知道有比这更好的。然而，像帕拉德王(Prahlāda Mahārāja)那样的奉献者并不想要物质的快乐。不要说物质快乐了，就连摆脱物质束缚的解脱他们都不要，尽管只要吟诵、吟唱至尊主的圣名，即使发音不准确，都能得到这种解脱。

苏塔拉星球之下是名叫摩亚(Maya)的恶魔居住的塔拉塔拉星球。这恶魔因为得到主希瓦的恩惠，在物质方面总是感到很快乐，但在任何时候都得不到灵性的快乐。塔拉塔拉星球的下方是玛哈塔拉星球，那里有许多长着成百上千个头颅的蛇。玛哈塔拉星球之下是茹阿萨塔拉星球，再向下是巨蛇瓦苏克伊(Vasukī)与他的同伴居住的帕塔拉星球。

第 1 节

श्रीशुक उवाच
अधस्तात्सवितुर्योजनायुते स्वर्भानुर्नक्षत्रवच्चरतीत्येके योऽसावमरत्वं
ग्रहत्वं चालभत भगवदनुकम्पया स्वयमसुरापसदः सैंहिकेयो ह्यत-
दर्हस्तस्य तात जन्म कर्माणि चोपरिष्टाद्वक्ष्यामः ॥ १ ॥

śrī-śuka uvāca
adhastāt savitur yojanāyute svarbhānur nakṣatravac caratīty eke
yo 'sāv amaratvaṁ grahatvaṁ cālabhata bhagavad-anukampayā
svayam asurāpasadaḥ saiṁhikeyo hy atad-arhas tasya tāta janma
karmāṇi copariṣṭād vakṣyāmaḥ.

śrī-śukaḥ uvāca－圣舒卡戴瓦·哥斯瓦米说 / adhastāt－在……下面 / savituḥ－太阳星球 / yojana－相当于八英里的长度单位 / ayute－一万 / svarbhānuḥ－称为茹阿胡的星球 / nakṣatra-vat－像一颗星球 / carati－运行 / iti－如此 / eke－一些精通往世书的学者 / yaḥ－……的 / asau－那 / amaratvam－像半神人一样的寿命 / grahatvam－作为一颗首要星球的地位 / ca－和 / alabhata－获得 / bhagavat-anukampayā－靠至尊人格首神的恩典 / svayam－亲自 / asura-apasadaḥ－最低贱的恶魔 / saiṁhikeyaḥ－星黑卡的儿子 / hi－的确 / a-tat-arhaḥ－没资格得到这个地位 / tasya－他的 / tāta－我亲爱的君王 / janma－出生 / karmāṇi－活动 / ca－也 / upariṣṭāt－以后 / vakṣyāmaḥ－我将解释

译文　圣舒卡戴瓦·哥斯瓦米说：我亲爱的君王，有些讲述往世书的史学家说，被称为茹阿胡的星球处在太阳之下八万英里处，像其他星球一样运行。那个星球上的管辖者是星黑卡的儿子、最令人讨厌的恶魔。尽管他根本没资格当半神人或星球的主管，但还是靠至尊人格首神的恩典得到了那地位。我稍候会进一步告诉你有关他的事。

第2节

यददस्तरणेर्मण्डलं प्रतपतस्तद्विस्तरतो योजनायुतमाचक्षते द्वादशसहस्रं सोमस्य त्रयोदशसहस्रं राहोर्यः पर्वणि तद्व्यवधानकृद्वैरानुबन्धः सूर्याचन्द्रमसावभिधावति ॥ २ ॥

yad adas taraṇer maṇḍalaṁ pratapatas tad vistarato yojanāyutam ācakṣate dvādaśa-sahasraṁ somasya trayodaśa-sahasraṁ rāhor yaḥ parvaṇi tad-vyavadhāna-kṛd vairānubandhaḥ sūryā-candramasāv abhidhāvati.

yat－……的 / adaḥ－那 / taraṇeḥ－太阳的 / maṇḍalam－星球 /

pratapataḥ－总是发散出热的 / tat－那 / vistarataḥ－直径 / yojana－八英里 / ayutam－一万 / ācakṣate－他们估计 / dvādaśa-sahasram－十六万英里(二万尤佳纳) / somasya－月球的 / trayodaśa－三十 / sahasram－一千 / rāhoḥ－茹阿胡星球的 / yaḥ－……的 / parvaṇi－有时 / tat-vyavadhāna-kṛt－分发甘露的时候企图阻碍太阳和月亮的 / vaira-anubandhaḥ－怀着敌意 / sūryā－太阳 / candramasau－和月亮 / abhidhāvati－在月缺的白天和满月的夜晚追赶他们

译文 作为热源的太阳球体直径是八万英里，月亮的直径是十六万英里，而茹阿胡的直径是二十四万英里。以前在分发甘露的时候，茹阿胡企图插入太阳和月亮之间，在他们中制造纷争。茹阿胡对太阳和月亮心怀敌意，所以总是试图在月缺的白天和满月的夜晚遮住阳光和月光。

要旨 正如这段诗文中说明的，太阳的直径是八万英里(一万尤佳纳)，月亮的直径是太阳的两倍——十六万英里(二万尤佳纳)。梵文“德瓦达沙(dvādaśa)”一词应该理解为是两倍、十倍或二十倍。根据维佳亚德瓦佳(Vijayadhvaja)的看法，茹阿胡的直径应该是月亮直径的两倍——三十二万英里(四万尤佳纳)。但这显然与《圣典博伽瓦谭》(Bhāgavatam)这节诗中所说的不一致；为达到一致，维佳亚德瓦佳引述一句对茹阿胡的描述说：rāhu-soma-ravīṇāṁ tu maṇḍalā dvi-guṇoktitām。这句话的意思是，茹阿胡比月亮大两倍，而月亮比太阳大两倍。这就是评注者维佳亚德瓦佳的结论。

第3节

तन्निशम्योभयत्रापि भगवता रक्षणाय प्रयुक्तं सुदर्शनं नाम भागवतं दयितमस्त्रं तत्तेजसा दुर्विषहं मुहुः परिवर्तमानमभ्यवस्थितो मुहूर्त-

मुद्विजमानश्चकितहृदय आरादेव निवर्तते तदुपरागमिति वदन्ति लोकाः ॥ ३ ॥

tan niśamyobhayatrāpi bhagavatā rakṣaṇāya prayuktaṁ sudarśanaṁ nāma bhāgavataṁ dayitam astraṁ tat tejasā durviṣahaṁ muhuḥ parivartamānam abhyavasthito muhūrtam udvijamānaś cakita-hṛdaya ārād eva nivartate tad uparāgam iti vadanti lokāḥ.

tat—那情况 / niśamya—听说 / ubhayatra—在太阳和月亮周围 / api—确实 / bhagavatā—被至尊人格首神 / rakṣaṇāya—为了保护他们 / prayuktam—从事 / sudarśanam—奎师那的飞轮 / nāma—名叫 / bhāgavatam—最亲密的奉献者 / dayitam—最宠爱的 / astram—武器 / tat—那 / tejasā—通过它的光芒 / durviṣaham—无法忍受的灼热 / muhuḥ—反复地 / parivartamānam—围绕太阳和月亮运转 / abhyavasthitaḥ—处于 / muhūrtam—四十八分钟(一个穆胡尔塔) / udvijamānaḥ—内心充满焦虑的 / cakita—恐惧地 / hṛdayaḥ—内心深处 / ārāt—到一个遥远的地方 / eva—肯定地 / nivartate—逃跑 / tat—那情况 / uparāgam—日蚀或月蚀 / iti—如此 / vadanti—他们说 / lokāḥ—人们

译文　听到太阳神和月神遭到茹阿胡的攻击，至尊人格首神维施努发出祂那名叫苏达尔珊的飞轮去保护他们。苏达尔珊飞轮是至尊主最心爱的奉献者，受到至尊主的恩宠。茹阿胡无法忍受它的光芒所发出的专门杀非奉献者的灼热，于是恐惧地逃开。在茹阿胡骚扰太阳或月亮期间，就会发生人们都知道的日蚀或月蚀。

要旨　至尊人格首神维施努(Viṣṇu)永远是祂奉献者的保护者，祂的奉献者也被称为半神人。负责掌管宇宙事物的半神人们虽然也想要物质的感官享乐，但最服从主维施努，因此被称为半神人，意思是“几乎像神的”。尽管茹阿胡企图攻击太阳和月亮，但太阳和月亮总是受到主维施努的保护。由于十分害怕主维施努的飞轮(cakra)，茹阿胡无法在太阳或月亮面前停留超过四十八分钟(一个穆胡尔塔，muhūrta)的时间。茹阿胡挡住太阳或月亮的光线时所发生的现象，被称为日蚀或月蚀。这个地球上的科学家为去月亮而做的努力，与茹阿胡发起的攻击一样邪恶。没人能那么轻易地进入月亮或太阳，所以他们的努力注定会失败。正如茹阿胡对它们的攻击一定会失败一样。

第 4 节

ततोऽधस्तात्सिद्धचारणविद्याधराणां सदनानि तावन्मात्र एव ॥४॥

tato 'dhastāt siddha-cāraṇa-vidyādharāṇāṁ sadanāni tāvan mātra eva.

tataḥ—茹阿胡星球 / adhastāt—在……下面 / siddha-cāraṇa—希达哈星球和查茹阿纳星球 / vidyādharāṇām—及维迪亚达尔星球 / sadanāni—住所 / tāvat mātra—只有那么长(八万英里) / eva—的确

译文 茹阿胡之下八万英里，有希达哈星球、查茹阿纳星球和维迪亚达尔星球。

要旨 据说希达哈星球上的居民因为天生具有瑜伽师的神通，所以能靠自己的神秘力量从一个星球到另一个星球上去，而不需要借助飞机或类似的机器。

第 5 节

ततोऽधस्ताद्यक्षरक्षःपिशाचप्रेतभूतगणानां विहाराजिरमन्तरिक्षं यावद्
वायुः प्रवाति यावन्मेघा उपलभ्यन्ते ॥५॥

tato 'dhastād yakṣa-rakṣaḥ-piśāca-preta-bhūta-gaṇānāṁ vihārājiram antarikṣaṁ yāvad vāyuḥ pravāti yāvan meghā upalabhyante.

tataḥ adhastāt—在维迪亚达尔星球、查茹阿纳星球和希达哈星球

之下 / yakṣa-rakṣaḥ-piśāca-preta-bhūta-gaṇānām一夜叉、食人魔、琵沙查和鬼魂等 / vihāra-ajiram一享乐的地方 / antarikṣam一在空中或外太空 / yāvat一远至 / vāyuḥ一风 / pravāti一吹 / yāvat一远到 / meghāḥ一云层 / upalabhyante一被看见

译文　在维迪亚达尔星球、查茹阿纳星球和希达哈星球之下被称为安塔瑞克沙的空中，有供夜叉、食人魔、琵沙查和鬼魂等享乐的地方。天空中只要有风吹云飘的区域都属安塔瑞克沙区域，在那之上便不再有空气。

第6节

ततोऽधस्ताच्छतयोजनान्तर इयं पृथिवी यावद्धंसभासश्येनसुपर्णादयः पतत्त्रिप्रवरा उत्पतन्तीति ॥ ६ ॥

tato ’dhastāc chata-yojanāntara iyaṁ pṛthivī yāvad dhaṁsa-bhāsa-śyena-suparṇādayaḥ patattri-pravarā utpatantīti.

tataḥ adhastāt一在……下面 / śata-yojana一八百英里(一百尤佳纳)的 / antare一间隔 / iyam一这 / pṛthivī一地球 / yāvat一高到 / haṁsa一天鹅 / bhāsa一秃鹰 / śyena一老鹰 / suparṇa-ādayaḥ一和其他大鸟 / patattri-pravarāḥ一鸟类中的首领 / utpatanti一所能飞的 / iti一如此

译文　夜叉和食人魔住所之下八百英里，就是地球星球。它向上的界限到天鹅、鹰类和类似的大鸟所能飞的高度。

第7节

उपवर्णितं भूमेर्यथासन्निवेशावस्थानमवनेरप्यधस्तात्सप्त भूविवरा एकैकशो योजनायुतान्तरेणायामविस्तारेणोपक्लृप्ता अतलं वितलं सुतलं तलातलं महातलं रसातलं पातालमिति ॥ ७ ॥

upavarṇitaṁ bhūmer yathā-sanniveśāvasthānam avaner apy adhastāt sapta bhū-vivarā ekaikaśo yojanāyutāntareṇāyāma-vistāreṇopakḷptā atalaṁ vitalaṁ sutalaṁ talātalaṁ mahātalaṁ rasātalaṁ pātālam iti.

upavarṇitam—已经解释过 / bhūmeḥ—地球的 / yathā-sanniveśa-avasthānam—依照不同地方的安排 / avaneḥ—地球 / api—肯定地 / adhastāt—在下面 / sapta—七 / bhū-vivarāḥ—其他星球 / eka-ekaśaḥ—依序……直到宇宙的边缘 / yojana-ayuta-antareṇa—相距八万英里(一万尤佳纳) / āyāma-vistāreṇa—宽度和长度 / upakḷptāḥ—位于 / atalam—名叫阿塔拉的星球 / vitalam—维塔拉 / sutalam—苏塔拉 / talātalam—塔拉塔拉 / mahātalam—玛哈塔拉 / rasātalam—茹阿萨塔拉 / pātālam—和帕塔拉 / iti—如此

译文 我亲爱的君王，这个地球向下有另外七个名叫阿塔拉、维塔拉、苏塔拉、塔拉塔拉、玛哈塔拉、茹阿萨塔拉和帕塔拉的星球。我已经解释过地球星系的情况。这七个较低星系的宽度和长度，与地球星系完全一样。

第8节

एतेषु हि बिलस्वर्गेषु स्वर्गादप्यधिककामभोगैश्वर्यानन्दभूतिविभूतिभिः सुसमृद्धभवनोद्यानाक्रीडविहारेषु दैत्यदानवकाद्रवेया नित्यप्रमुदितानुरक्तकलत्रापत्यबन्धुसुहृदनुचरा गृहपतय ईश्वरादप्यप्रतिहतकामा मायाविनोदा निवसन्ति ॥ ८ ॥

eteṣu hi bila-svargeṣu svargād apy adhika-kāma-bhogaiśvaryānanda- bhūti-vibhūtibhiḥ susamṛddha-bhavanodyānākrīḍa-vihāreṣu daitya-dānava-kādraveyā nitya-pramuditānurakta-kalatrāpatya- bandhu-suhṛd-anucarā gṛha-pataya īśvarād apy apratihata-kāmā māyā-vinodā nivasanti.

eteṣu—在这些 / hi—肯定地 / bila-svargeṣu—被称为是地下天堂的世界 / svargāt—比天堂星球 / api—甚至 / adhika—更多 / kāmabhoga—满足感官享乐 / aiśvarya-ānanda—由于富裕而感受快乐 / bhūti—影响 / vibhūtibhiḥ—靠这些事物和富有 / su-samṛddha—使……更好 / bhavana—房子 / udyāna—花园 / ākrīḍa-vihāreṣu—供各种感官享乐的场所 / daitya—恶魔 / dānava—鬼魂 / kādraveyāḥ—蛇类 / nitya—总是 / pramudita—兴高采烈 / anurakta—由于依恋 / kalatra—对妻子 / apatya—孩子 / bandhu—家庭关系 / suhṛt—朋友 / anucarāḥ—追随者 / gṛha-patayaḥ——家之主 / īśvarāt—比半神人等更有能力的人 / api—甚至 / apratihata-kāmāḥ—顺利地实现贪图享乐的欲望 / māyā—错觉性的 / vinodāḥ—感到快乐的 / nivasanti—生活

译文　在这些又被称为是地下天堂的七个星系中，有许多漂亮的房子、花园和供感官享乐的场所，它们甚至比在高等星球中的更富丽堂皇，因为恶魔对感官满足、钱财和影响力的要求标准非常高。这些星球上被称为戴提亚、达纳瓦和纳嘎的居民，绝大多数都过家庭生活。他们的妻子、孩子、朋友和社会，都完全沉溺在错觉性的物质快乐中。半神人的感官享乐有时还会被打断，但这些星球上的居民丝毫不受干扰地享受生活，因此被理解为是极其依恋错觉性的快乐。

要旨　按照帕拉德王(Prahlāda Mahārāja)的说明，物质享乐是错觉性的享乐(māyā-sukha)。外士纳瓦(Vaiṣṇava)十分渴望将众生从这种假享乐中解救出来。帕拉德王说：这些蠢人(vimūḍhas)忙于享受无疑是短暂的物质快乐(māyā-sukhāya bharam udvahato vimūḍhān)。无论是在天堂星球、低等星球还是地球星球中，人们都专注于短暂的物质快乐，忘记时间一到，他们就得按照物质法律的裁决更换躯体，承受生老病死的痛苦。十足的物质主义者不在乎来生会发生什么，而只是在现有的短暂人生中及时行乐。外士纳瓦总是渴望将灵性极乐的真正快乐给予所有这类困惑的物质主义者。

第 9 节

येषु महाराज मयेन मायाविना विनिर्मिताः पुरो नानामणिप्रवरप्रवेक-विरचितविचित्रभवनप्राकारगोपुरसभा चैत्यचत्वरायतनादिभिर्नागासुर-मिथुनपारावतशुकसारिकाकीर्णकृत्रिमभूमिभिर्विवरेश्वरगृहोत्तमैः समलङ्कृताश्चकासति ॥ ९ ॥

yeṣu mahārāja mayena māyāvinā vinirmitāḥ puro nānā-maṇi-pravara-praveka-viracita-vicitra-bhavana-prākāra-gopura-sabhā-caitya-catvarāyatanādibhir nāgāsura-mithuna-pārāvata-śuka-sārikākīrṇa-kṛtrima-bhūmibhir vivareśvara-gṛhottamaiḥ samalaṅkṛtāś cakāsati.

yeṣu－在那些低等星球上／mahā-rāja－我亲爱的君王／mayena－名叫玛雅的恶魔／māyā-vinā－精通建筑和创造物质舒适的环境／vinirmitāḥ－建造／puraḥ－城市／nānā-maṇi-pravara－宝石的／praveka－最珍贵的／viracita－建造／vicitra－奇妙的／bhavana－房子／prākāra－高墙／gopura－大门／sabhā－大会堂／caitya－庙宇／catvara－学校／āyatana-ādibhiḥ－宾馆和娱乐场所等／nāga－有着蛇一般躯体的生物体的／asura－恶魔或无神论者的／mithuna－成双成对的／pārāvata－鸽子／śuka－鹦鹉／sārikā－八哥／ākīrṇa－拥挤的／kṛtrima－人造的／bhūmibhiḥ－拥有土地／vivara-īśvara－星球领袖的／gṛha-uttamaiḥ－有高级的住宅／samalaṅkṛtāḥ－点缀／cakāsati－璀璨辉煌

译文 我亲爱的君王，在被称为地下天堂的仿造天堂中，有个名叫玛雅·达纳瓦的恶魔，他十分精通艺术和建筑。他建造了许多装饰辉煌的城市，城市中有许多奇妙的房子、高墙、大门、大会堂、庙宇、庭园和庙宇建筑群，以及让来访者住的宾馆和饭店。这些星球的统治者的住宅都用最珍贵的宝石建造，其中总是挤满了被称为纳嘎和恶魔的生物体，以及众多像鸽子和鹦鹉那样的飞鸟。总之，这些模仿天堂的城市都绝顶漂亮，装饰极具魅力。

第 10 节

उद्यानानि चातितरां मनइन्द्रियानन्दिभिः कुसुमफलस्तबकसुभग-किसलयावनतरुचिरविटपविटपिनां लताङ्गालिङ्गितानां श्रीभिः समिथुनविविधविहङ्गमजलाशयानाममलजलपूर्णानां झषकुलोल्लङ्घनक्षुभित-नीरनीरजकुमुदकुवलयकह्लारनीलोत्पल लोहितशतपत्रादिवनेषु कृत-निकेतनानामेकविहाराकुलमधुरविविधस्वनादिभिरिन्द्रियोत्सवैरमर-लोकश्रियमतिशयितानि ॥१०॥

udyānāni cātitarāṁ mana-indriyānandibhiḥ kusuma-phala-stabaka-subhaga-kisalayāvanata-rucira-viṭapa-viṭapināṁ latāṅgāliṅgitānāṁ śrībhiḥ samithuna-vividha-vihaṅgama-jalāśayānām amala-jala-pūrṇānāṁ jhaṣakulollaṅghana-kṣubhita-nīra-nīraja-kumuda-kuvalaya-kahlāra-nīlotpala-lohita-śatapatrādi-vaneṣu kṛta-niketanānām eka-vihārākula-madhura-vividha-svanādibhir indriyotsavair amara-loka-śriyam atiśayitāni.

udyānāni一公园和花园 / ca一也 / atitarām一极大地 / manaḥ一对心念 / indriya一对感官 / ānandibhiḥ一使愉悦 / kusuma一被花朵 / phala一果实的 / stabaka一一束束 / subhaga一非常美丽 / kisalaya一嫩枝 / avanata一低垂 / rucira一吸引人的 / viṭapa一有着树枝 / viṭapi-nām一树木的 / latā-aṅga-āliṅgitānām一被匍匐植物缠绕着 / śrībhiḥ一被……的美丽 / sa-mithuna一成双成对 / vividha一各种 / vihaṅgama一鸟类经常光顾 / jala-āśayānām一池塘的 / amala-jala-pūrṇānām一充满清澈见底的水 / jhaṣa-kula-ullaṅghana一各种鱼儿跳跃着 / kṣubhita一溅起水花 / nīra一在水中 / nīraja一莲花的 / kumuda一百合花的 / kuva-lay一睡莲 / kahlāra一白色荷花 / nīla-utpala一蓝莲 / lohita一红色 / śata-patra-ādi一百瓣荷花等 / vaneṣu一在森林中 / kṛta-niketa nānām一

筑巢的鸟儿的 / eka-vihāra-ākula—充满不中断的享乐 / ma-dhura—非常甜美 / vividha—各种各样的 / svana-ādibhiḥ—被声音震荡 / indriya-utsavaiḥ—激起感官享乐的欲望 / amara-loka-śriyam—半神人居所的美丽 / atiśayitāni—超过

译文 人造天堂中的公园和花园比高等天堂星系中的那些还要美。那些花园中的树木被匍匐植物缠绕着，树枝上结满了果实和鲜花，因不堪重负而弯垂着，显得异常美丽。那种美能吸引任何人，使其因感官愉悦而感到心花怒放。那里有许多湖泊和水清见底的池塘，其中鱼儿跳跃溅起水花，水面泛着涟漪，有百合花、睡莲、白荷花，以及红莲、蓝莲等许多鲜花点缀其上。成双成对的查夸瓦夸鸟及各种水鸟，都在湖中筑巢，一直心情愉快地享受着，发出甜美、悦耳的声音。那声音听来令人极为满足，激发感官享乐的欲望。

第 11 节

यत्र ह वाव न भयमहोरात्रादिभिः कालविभागैरुपलक्ष्यते ॥११॥

yatra ha vāva na bhayam aho-rātrādibhiḥ kāla-vibhāgair upalakṣyate.

yatra—在那里 / ha vāva—肯定地 / na—不 / bhayam—恐惧 / ahaḥ-rātra-ādibhiḥ—因为白天和夜晚 / kāla-vibhāgaiḥ—时间的划分 / upalakṣyate—感受到

译文 由于那些地下星球得不到阳光的照射，时间就没有白天和夜晚之分，所以时间产生的恐惧感在那里并不存在。

第 12 节

यत्र हि महाहिप्रवरशिरोमणयः सर्वं तमः प्रबाधन्ते ॥१२॥

yatra hi mahāhi-pravara-śiro-maṇayaḥ sarvaṁ tamaḥ prabādhante.

yatra－在那里 / hi－的确 / mahā-ahi－巨大的蛇 / pravara－最好的 / śiraḥ-maṇayaḥ－头顶宝石 / sarvam－所有 / tamaḥ－黑暗 / prabādhante－驱散

译文　许多巨大的蛇，头顶宝石住在那里，这些宝石发出的光芒驱散了四面八方的黑暗。

第13节

न वा एतेषु वसतां दिव्यौषधिरसरसायनान्नपानस्नानादिभिराधयो व्याधयो वलीपलितजरादयश्च देहवैवर्ण्यदौर्गन्ध्यस्वेदक्लमग्लानिरिति वयोऽवस्थाश्च भवन्ति ॥१३॥

na vā eteṣu vasatāṁ divyauṣadhi-rasa-rasāyanānna-pāna-snānādibhir ādhayo vyādhayo valī-palita-jarādayaś ca deha-vaivarṇya-daurgandhya-sveda-klama-glānir iti vayo 'vasthāś ca bhavanti.

na－不 / vā－或者 / eteṣu－在这些星球上 / vasatām－居住……的 / divya－神奇的 / auṣadhi－草药制成的 / rasa－汁液 / rasāyana－和长寿不老药 / anna－通过吃 / pāna－喝 / snāna-ādibhiḥ－在其中沐浴等 / ādhayaḥ－内心的烦恼 / vyādhayaḥ－疾病 / valī－皱纹 / palita－灰发 / jarā－年老 / ādayaḥ－等等 / ca－和 / deha-vaivarṇya－躯体光泽的消失 / daurgandhya－臭味 / sveda－汗水 / klama－疲劳 / glāniḥ－缺乏精力 / iti－这样 / vayaḥ avasthāḥ－年老造成的悲惨状态 / ca－和 / bhavanti－是

译文　这些星球的居民因为饮用神奇草药制成的汁液和长寿不老药并在其中沐浴，所以根本没有焦虑和身体上的疾病。他们不长灰发、皱纹，也从无病弱的感觉。他们的身体总是很有光泽，流出的汗液不引致难闻的气味。疲劳、没精力或因年老而缺乏热情等，都与他们无关。

第 14 节

न हि तेषां कल्याणानां प्रभवति कुतश्चन मृत्युर्विना भगवत्तेजसश्चक्रापदेशात् ॥१४॥

na hi teṣāṁ kalyāṇānāṁ prabhavati kutaścana mṛtyur vinā bhagavat-tejasaś cakrāpadeśāt.

na hi—不 / teṣām—他们的 / kalyāṇānām—本质上吉祥 / prabhavati—能够影响 / kutaścana—从任何地方 / mṛtyuḥ—死亡 / vinā—除了 / bhagavat-tejasaḥ—至尊人格首神的能量 / cakra-apadeśāt—从那名叫苏达尔珊的飞轮

译文 他们的生活吉祥如意，除了由时间确定的死亡，根本不必担心有其他原因造成死亡；而由时间确定的死亡，是至尊人格首神的苏达尔珊飞轮放射的光芒。

要旨 这是物质存在的缺陷。地下天堂中的一切都安排得很好。那里有住宅区、怡人的环境，却没有身体的不适或内心的焦虑。但无论如何，在那里生活的生物体都不得不按他们从事过的活动(karma)再次投生。心智迟钝的人无法了解以物质舒适为目标的物质文明所具有的缺陷。人可以把自己的生活环境安排得令感官十分满意，但即使有所有令人满意的条件，在一定的时候还是得面对死亡。邪恶文明中的成员为使自己过上十分舒适的生活而努力，但却阻止不了死亡。苏达尔珊(Sudarśana)飞轮的影响将不允许他们享受所谓的物质快乐。

第 15 节

यस्मिन् प्रविष्टेऽसुरवधूनां प्रायः पुंसवनानि भयादेव स्रवन्ति पतन्ति च ॥१५॥

yasmin praviṣṭe 'sura-vadhūnāṁ prāyaḥ puṁsavanāni bhayād eva sravanti patanti ca.

yasmin－在那里／praviṣṭe－当进入／asura-vadhūnām－恶魔们的妻子的／prāyaḥ－几乎总是／puṁsavanāni－胎儿／bhayāt－出于恐惧／eva－肯定地／sravanti－滑落／patanti－掉下／ca－和

译文　当苏达尔珊飞轮进入那些地区时，恶魔们那些怀了身孕的妻子们出于对它的光芒的恐惧而纷纷流产。

第 16 节

**अथातले मयपुत्रोऽसुरो बलो निवसति येन ह वा इह सृष्टाः षण्-
णवतिर्मायाः काश्चनाद्यापि मायाविनो धारयन्ति यस्य च जृम्भमा-
णस्य मुखतस्त्रयः स्त्रीगणा उदपद्यन्त स्वैरिण्यः कामिन्यः पुंश्चल्य इति
या वै बिलायनं प्रविष्टं पुरुषं रसेन हाटकाख्येन साधयित्वा स्व-
विलासावलोकनानुरागस्मितसंलापोपगूहनादिभिः स्वैरं किल रमयन्ति
यस्मिन्नुपयुक्ते पुरुष ईश्वरोऽहं सिद्धोऽहमित्ययुतमहागजबलमात्मान-
मभिमन्यमानः कत्थते मदान्ध इव ॥१६॥**

athātale maya-putro 'suro balo nivasati yena ha vā iha sṛṣṭāḥ ṣaṇ-
ṇavatir māyāḥ kāścanādyāpi māyāvino dhārayanti yasya ca
jṛmbhamāṇasya mukhatas trayaḥ strī-gaṇā udapadyanta svairiṇyaḥ
kāminyaḥ puṁścalya iti yā vai bilāyanaṁ praviṣṭaṁ puruṣaṁ rasena
hāṭakākhyena sādhayitvā sva-vilāsāvalokanānurāga-smita-
saṁlāpopagūhanādibhiḥ svairaṁ kila ramayanti yasminn upayukte
puruṣa īśvaro 'haṁ siddho 'ham ity ayuta-mahā-gaja-balam
ātmānam abhimanyamānaḥ katthate madāndha iva.

atha－现在／atale－在名叫阿塔拉的星球／maya-putraḥ asuraḥ－玛雅魔的儿子／balaḥ－名叫巴拉／nivasati－居住／yena－被他／ha vā－的确／iha－在这个／sṛṣṭāḥ－创造／ṣaṭ-ṇavatiḥ－九十六／māyāḥ－幻觉的种类／kāścana－有些／adya api－甚至至今／māyāvinaḥ－懂得幻术(如制造金子)的人／dhārayanti－利用／yasya－他的／ca－也／jṛmbhamāṇasya－靠打哈欠／mukhataḥ－从口中／trayaḥ—三种 / strī-gaṇāḥ—女人 / udapadyanta—被创造 / svairiṇyaḥ—丝外瑞妮(只嫁给自己阶层的人) / kāminyaḥ—喀弥妮(由于色欲嫁给任何群体的人) / puṁścalyaḥ—菩么施茶莉(想要一个接一个地换丈夫) / iti—如此 / yāḥ—……的人 / vai—肯定地 / bila-ayanam—地下星球 / praviṣṭam—进入 / puruṣam——个男人 / rasena—靠一种汁液 / hāṭaka-ākhyena—用使人迷醉的饮料 / sādhayitvā—使有强大的性能力 / sva-vilāsa—为了她们个人的感官享乐 / avalokana—用媚眼 / anurāga—色欲的 / smita—通过微笑 / saṁlāpa—通过甜言蜜语 / upa-gūhana-ādibhiḥ—通过拥抱 / svairam—依照她们的欲望 / kila—的确 / ramayanti—享受性生活 / yasmin—……的 / upayukte—当用的时候 / puruṣaḥ—任何男人 / īśvaraḥ aham—我是最强有力的人 / siddhaḥ aham—我是最伟大、最高级的人 / iti—如此 / ayuta——万 / mahā-gaja—大象的 / balam—力量 / ātmānam—他自己 / abhimanya mānaḥ—狂妄自大 / katthate—他们说 / mada-andhaḥ—因虚荣而盲目 / iva—如同

译文 我亲爱的君王，我现在要从阿塔拉开始，给你逐一地描述低等星系。阿塔拉中有一个恶魔，创造了九十六种神秘力量。他是玛雅·达纳瓦的儿子，名叫巴拉。直至今日，甚至还有某些所谓的瑜伽师和斯瓦米在利用这些神秘力量欺骗大众。巴拉魔光靠打哈欠，就创造出名叫丝外瑞妮、喀弥妮和菩么施茶莉三种女人。丝外瑞妮只嫁给自己所属阶层的人，喀弥妮可以嫁给任何群体的人，菩么施茶莉则一个接一个地换丈夫。如果有男人进入阿塔拉星球，这些女人就会立刻抓住他，引诱他喝一种用大麻制成的使人迷醉的饮料。这种麻醉品赋予男人巨大的性能力，而女人就利用这进行享乐。女人会用媚眼、甜言蜜语、爱的微笑，继而是拥抱，使男人着迷。她就这样引诱男人与她共享性生活，直到感到彻底满足为止。男人因为性能力的增强而认为自己比一

万头大象还强壮，以为自己是最完美的。事实上，狂妄自大使他陶醉并产生错觉，认为自己就是神，无视逼进的死亡。

第 17 节

ततोऽधस्ताद्वितले हरो भगवान् हाटकेश्वरः स्वपार्षदभूतगणावृतः प्रजापतिसर्गोपबृंहणाय भवो भवान्या सह मिथुनीभूत आस्ते यतः प्रवृत्ता सरित्प्रवरा हाटकी नाम भवयोर्वीर्येण यत्र चित्रभानुर्मातरिश्वना समिध्यमान ओजसा पिबति तन्निष्ठ्यूतं हाटकाख्यं सुवर्णं भूषणेनासुरेन्द्रावरोधेषु पुरुषाः सह पुरुषीभिर्धारयन्ति ॥१७॥

tato 'dhastād vitale haro bhagavān hāṭakeśvaraḥ sva-pārṣada- bhūta-gaṇāvṛtaḥ prajāpati-sargopabṛṁhaṇāya bhavo bhavānyā saha mithunī-bhūta āste yataḥ pravṛttā sarit-pravarā hāṭakī nāma bhavayor vīryeṇa yatra citrabhānur mātariśvanā samidhyamāna ojasā pibati tan niṣṭhyūtaṁ hāṭakākhyaṁ suvarṇaṁ bhūṣaṇenāsurendrāvarodheṣu puruṣāḥ saha puruṣībhir dhārayanti.

tataḥ—阿塔拉星球 / adhastāt—在……下面 / vitale—在维塔拉星球上 / haraḥ—主希瓦 / bhagavān—最有力量的人物 / hāṭakeśvaraḥ—黄金的主人 / sva-pārṣada—被他的同伴 / bhūta-gaṇa—鬼魂和类似的生物体 / āvṛtaḥ—围绕 / prajāpati-sarga—主布茹阿玛的创造的 / upa-bṛṁhaṇāya—为了增加人口 / bhavaḥ—主希瓦 / bhavānyā saha—与他妻子芭娃妮 / mithunī-bhūtaḥ—交媾 / āste—保持 / yataḥ—从那个星球(维塔拉) / pravṛttā—被产生 / sarit-pravarā—大河 / hāṭakī—哈塔克伊 / nāma—名叫 / bhavayoḥ vīryeṇa—由于主希瓦的精液和芭娃妮的卵子 / yatra—那里 / citra-bhānuḥ—火神 / mātariśvanā—被风 / sami-dhyamānaḥ—熊熊燃烧 / ojasā—以巨大的力量 / pibati—喝 / tat—那 / niṣṭhyūtam—丝丝地吐出 / hāṭaka-ākhyam—名叫哈塔卡 / suvar-ṇam—金子 / bhūṣaṇena—被各种首饰 / asura-indra—大恶魔的 / ava-rodheṣu—在……的家中 / puruṣāḥ—男性 / saha—和 / puruṣībhiḥ—他们的妻子或女人 / dhārayanti—穿着

译文 在阿塔拉之下的星球是维塔拉，金矿之主的主希瓦，与他的同伴、鬼魂和类似的生物体一起住在那里。作为男性祖先，主希瓦与女性祖先芭娃妮交媾，以繁殖生物体，他们的生命体液混合产生名叫哈塔克伊的河流。当被风吹得熊熊燃烧的火喝下这河流，然后再嘶嘶作响地吐出它时，它就产生出名叫哈塔卡的金子。住在那星球上的恶魔与他们的妻子，都用那种金子打造的各种首饰打扮自己，因而生活得十分快活。

要旨 看起来，当巴瓦(Bhava)和芭娃妮(Bhavānī)，也就是主希瓦和他妻子交媾时，他们分泌的乳化液制造出一种化学成分，这种成分被火加热后能产出金子。据说中世纪的炼金术士试图从贱金属中炼出金子，圣萨纳坦·哥斯瓦米(Śrīla Sanātana Gosvāmī)也说明，钟铜用水银加以处理时就能产出金子。圣萨纳坦·哥斯瓦米在谈论启迪低阶层人，使其转变为布茹阿玛纳时，提到这一点说：

yathā kāñcanatāṁ yāti
  kāṁsyaṁ rasa-vidhānataḥ
tathā dīkṣā-vidhānena
  dvijatvaṁ jāyate nṛṇām

“正如人通过用水银处理钟铜(kaṁsa)，可以将钟铜转化为金子，人也可以靠启迪出身低贱的人正确地从事外士纳瓦的活动，使其转变为布茹阿玛纳。”国际奎师那意识协会正努力通过恰当的启迪教育食肉者(mleccha)和不可触碰的野蛮人(yavana)，让他们停止吃肉、喝酒(吸毒)、过非法性生活和赌博，把他们转变为真正的布茹阿玛纳。谁停止从事这四项罪恶活动，吟诵、吟唱哈瑞·奎师那(Hare Kṛṣṇa)这个伟大的曼陀(mahā-mantra)，谁无疑就能像圣萨纳坦·哥斯瓦米所建议的那样，通过真正的启迪程序成为纯洁的布茹阿玛纳。

除此之外，人如果按照上述这节诗给予的指示做，学习如何通过正确地将钟铜和水银加热、熔化并混合，就能以很便宜的方式得到金子。中世纪的炼金术士试图制造金子，但却没有成功，也许是因为没有遵循正确的指示。

第 18 节

**ततोऽधस्तात्सुतले उदारश्रवाः पुण्यश्लोको विरोचनात्मजो बलि-
र्भगवता महेन्द्रस्य प्रियं चिकीर्षमाणेनादितेर्लब्धकायो भूत्वा वटु-
वामनरूपेण पराक्षिप्तलोकत्रयो भगवदनुकम्पयैव पुनः प्रवेशित इन्द्रा-
दिष्वविद्यमानया सुसमृद्धया श्रियाभिजुष्टः स्वधर्मेणाराधयंस्तमेव भग-
वन्तमाराधनीयमपगतसाध्वस आस्तेऽधुनापि ॥१८॥**

tato 'dhastāt sutale udāra-śravāḥ puṇya-śloko virocanātmajo balir
bhagavatā mahendrasya priyaṁ cikīrṣamāṇenāditer labdha-kāyo
bhūtvā vaṭu-vāmana-rūpeṇa parākṣipta-loka-trayo bhagavad-
anukampayaiva punaḥ praveśita indrādiṣv avidyamānayā
susamṛddhayā śriyābhijuṣṭaḥ sva-dharmeṇārādhayaṁs tam eva
bhagavantam ārādhanīyam apagata-sādhvasa āste 'dhunāpi.

tataḥ adhastāt—维塔拉星球之下 / sutale—名叫苏塔拉的星球 / udāra-śravāḥ—极其著名 / puṇya-ślokaḥ—在灵性知识(意识)上极其虔诚和进步 / virocana-ātmajaḥ—维若禅王的儿子 / baliḥ—巴利王 / bhagavatā—被至尊人格首神 / mahā-indrasya—天帝因铎的 / priyam—福利 / cikīrṣamāṇena—渴望履行 / āditeḥ—从阿迪缇 / labdha-kāyaḥ—得到他的身体 / bhūtvā—显现 / vaṭu—贞守生 / vāmana-rūpeṇa—以侏儒的形象 / parākṣipta—夺走 / loka-trayaḥ—三个世界 / bhagavat-anu-kampayā—靠至尊人格首神没有缘故的仁慈 / eva—肯定地 / punaḥ—再次 / praveśitaḥ—使进入 / indra-ādiṣu—甚至在天帝因铎等半神人中 / avidyamānayā—不存在 / susamṛddhayā—因如此极大的财富而变

得更富有 / śriyā一凭借福报 / abhijuṣṭaḥ一被赐福 / sva-dharmeṇa一通过做奉爱服务 / ārādhayan一崇拜 / tam一祂 / eva一肯定地 / bhagavantam一至尊人格首神 / ārādhanīyam一最值得崇拜的 / apagata-sādhvasaḥ一没有恐惧 / āste一保持 / adhunā api一直至今日

译文 在维塔拉之下的是另一个名叫苏塔拉的星球，维若禅王卓越的儿子——以最虔诚的君王闻名于世的巴利王，甚至到现在还住在那儿。为天帝因铎的利益着想，主维施努以阿迪缇的儿子——侏儒贞守生的形象显现，并哄骗巴利王，向他乞求只有三步长的一块地，但却拿走了所有三个世界。至尊主对巴利王献出自己拥有的一切感到很满意，将巴利的王国还给他并使他比天帝因铎还富有。直至今日，巴利王还在苏塔拉星球上崇拜至尊人格首神，致力于做奉爱服务。

要旨 至尊人格首神被称为乌塔玛施珞卡(Uttamaśloka)，意思是“受到用精选梵文诗崇拜的祂”；人们也通过吟诵、吟唱能增强人的虔诚度的诗歌(puṇya-śloka)，崇拜祂的那些像巴利王那样的奉献者。巴利王将一切都献给了至尊主，包括他的钱财、王国，甚至是自己的身体(sarvātma-nivedane baliḥ)。至尊主以一个布茹阿玛纳乞讨者的形象出现在巴利王面前，巴利王把自己有的一切都给了祂。然而，巴利王并没因此而变穷；相反，他靠把拥有的一切都捐献给至尊人格首神而成为一名成功的奉献者，并由于至尊主的赐福再次得到一切。同样，为开展奎师那意识运动并实现其目标而做出贡献的人们，永远都不会有任何损失；他们将由于主奎师那的祝福得回他们的财富。另一方面，那些代表国际奎师那意识协会收集捐赠的人应该十分小心，甚至不能把一分钱用在不是为至尊主做超然服务的其他用途上。

第 19 节

नो एवैतत्साक्षात्कारो भूमिदानस्य यत्तद्भगवत्यशेषजीवनिकायानां जीवभूतात्मभूते परमात्मनि वासुदेवे तीर्थतमे पात्र उपपन्ने परया श्रद्धया परमादरसमाहितमनसा सम्प्रतिपादितस्य साक्षादपवर्गद्वारस्य यद्बिलनिलयैश्वर्यम् ॥१९॥

no evaitat sākṣātkāro bhūmi-dānasya yat tad bhagavaty aśeṣa-jīva-nikāyānāṁ jīva-bhūtātma-bhūte paramātmani vāsudeve tīrthatame pātra upapanne parayā śraddhayā paramādara-samāhita-manasā sampratipāditasya sākṣād apavarga-dvārasya yad bila- nilayaiśvaryam.

no—不 / eva—的确 / etat—这 / sākṣātkāraḥ—直接结果 / bhūmi-dānasya—布施土地的 / yat—……的 / tat—那 / bhagavati—向至尊人格首神 / aśeṣa-jīva-nikāyānām—无数生物的 / jīva-bhūta-ātma-bhūte—是……的生命和超灵的 / parama-ātmani—至尊的管理者 / vāsudeve—主华苏戴瓦(奎师那) / tīrtha-tame—是最好的朝圣之地的 / pātre—最称职的接受者 / upapanne—接近了 / parayā—以最大的 / śraddhayā—信心 / parama-ādara—以巨大的敬意 / samāhita-manasā—专注地 / sampratipāditasya—被给予的 / sākṣāt—直接 / apavarga-dvārasya—解脱的大门 / yat—……的 / bila-nilaya—地下的仿造天堂星球的 / aiśva-ryam—财富

译文 我亲爱的君王，巴利王将他拥有的一切都捐献给至尊人格首神瓦玛纳戴瓦，但人无疑不该因此而断定，是他慷慨的性格使他在地下天堂星球得到巨大的物质财富。作为众生生命之源的至尊人格首神，以友好的超灵形式住在每一个生物体的体内，生物在祂的指导下在物质世界里享受或受苦。巴利王极为欣赏至尊主的超然品质，把一切都供奉在祂的莲花足旁。然而，他的目的不是要获得什么物质利益，而是要成为纯粹的奉献者。对纯粹的奉献者来说，解脱的大门自动敞开。人不该以为巴利王仅仅是因为他的乐善好施才给出那么多的物质财富。当人成为充满爱心的奉献者时，他有可能还会凭至尊主的意愿得到祝福，得到一种良好的物质状态。但人不该误以为奉献者是因为做奉爱服务才得到物质财富的。做奉爱服务的真正结果是，唤醒对至尊人格首神纯洁的爱，那爱在任何情况下都不会中断。

第20节

यस्य ह वाव क्षुतपतनप्रस्खलनादिषु विवशः सकृन्नामाभिगृणन् पुरुषः कर्मबन्धनमञ्जसा विधुनोति यस्य हैव प्रतिबाधनं मुमुक्षवोऽन्यथैवोपलभन्ते ॥२०॥

yasya ha vāva kṣuta-patana-praskhalanādiṣu vivaśaḥ sakṛn
nāmābhigṛṇan puruṣaḥ karma-bandhanam añjasā vidhunoti yasya
haiva pratibādhanaṁ mumukṣavo 'nyathaivopalabhante.

yasya—……的 / ha vāva—确实 / kṣuta—饥饿时 / patana—跌倒 / praskhalana-ādiṣu—绊倒等 / vivaśaḥ—无助的 / sakṛt——次 / nāma abhigṛṇan—吟诵至尊主的圣名 / puruṣaḥ——个人 / karma-bandhanam—功利性活动的束缚 / añjasā—完全 / vidhunoti—清除掉 / yasya—……的 / ha—肯定地 / eva—以这种方式 / pratibādhanam—厌恶 / mumukṣavaḥ—渴望解脱之人 / anyathā—否则 / eva—肯定地 / upalabhante—努力觉悟

译文 受饥饿困扰之人或跌倒之人，不管是不是出于自愿，哪怕吟诵至尊主的圣名一次，都会立刻清除他过去活动的报应。然而，被纠缠在物质活动中的功利性活动者，在为得到同样的自由而练神秘瑜伽或以其他方式努力时，却面临重重困难。

要目 并不是人必须把他的物质拥有都供奉给至尊人格首神，在得到解脱后才能致力于做奉爱服务。不，这不是事实！奉献者不必做额外的努力就自然会得到解脱。巴利王得回他所有的物质拥有，并不仅仅是因为给至尊主布施。成为奉献者并清除了一切物质欲望和动机的人，将物质和灵性的一切机会都视为是至尊主给予的祝福，以此方式不受牵制地为至尊主服务。物质享乐(Bhukti)与解脱(mukti)，都只不过是奉爱服务的副产品。奉献者不必为得到解脱而做额外的努力。圣毕尔瓦蒙嘎拉·塔库尔(Śrīla Bilvamaṅgala Ṭhākura)说：至尊主的纯粹奉献者不必为解脱而额外努力，因为解脱随时准备侍奉他(muktiḥ svayaṁ mukulitāñjaliḥ sevate 'smān)。

就有关这一点，《永恒的柴坦亚经》(Caitanya-caritāmṛta)末篇第3章的第177—188节诗描述了哈瑞达斯·塔库尔(Haridāsa Ṭhākura)对吟诵、吟唱至尊主圣名的结果确认说：

keha bale—'nāma haite haya pāpa-kṣaya'
keha bale—'nāma haite jīvera mokṣa haya'

有人说，靠吟诵、吟唱至尊主的圣名，人将去除一切恶报；另一些人说，靠吟诵、吟唱至尊主的圣名，人可以摆脱物质束缚。

haridāsa kahena,—"nāmera ei dui phala naya
nāmera phale kṛṣṇa-pade prema upajaya

然而，哈瑞达斯·塔库尔说，吟诵、吟唱至尊主圣名所得到的真正的最佳结果，并不是摆脱物质束缚或清除恶报，而是唤醒他那沉睡着的奎师那意识，使他能为至尊主做爱心服务。

ānuṣaṅgika phala nāmera—'mukti', 'pāpa-nāśa'
tāhāra dṛṣṭānta yaiche sūryera prakāśa

哈瑞达斯·塔库尔说，解脱及清除恶报等结果都不过是吟诵、吟唱至尊主圣名的副产品。毫无冒犯地吟诵、吟唱至尊主圣名的人，将上升到为至尊人格首神做爱心服务的层面。就有关这一点，哈瑞达斯·塔库尔以阳光为例，比喻圣名的力量。

ei ślokera artha kara paṇḍitera gaṇa"
sabe kahe,—'tumi kaha artha-vivaraṇa'

他当着在场所有博学学者的面吟诵了一节诗，但博学的学者们要求他说明那节诗的含义。

haridāsa kahena,—"yaiche sūryera udaya
udaya nā haite ārambhe tamera haya kṣaya

哈瑞达斯·塔库尔说：正如太阳一旦升起，哪怕在进入人们的视野前就驱散了夜晚的黑暗。

caura-preta-rākṣasādira bhaya haya nāśa
udaya haile dharma-karma-ādi parakāśa

甚至在太阳升起之前，黎明的曙光就已经摧毁了人们对黑夜危险的恐惧，这些恐惧来自盗贼、鬼魂和食人魔(Rākṣasa)等的打扰。当阳光真正出现时，人们便开始履行他们的责任。

aiche nāmodayārambhe pāpa-ādira kṣaya
udaya kaile kṛṣṇa-pade haya premodaya

同样，哪怕在能够做到完全无冒犯地吟诵、吟唱圣名之前，人就已经去除了所有恶报；当他做到绝无冒犯地吟诵、吟唱时，他就成了热爱奎师那的人。

'mukti' tuccha-phala haya nāmābhāsa haite
ye mukti bhakta nā laya, se kṛṣṇa cāhe dite"

奉献者从不接受解脱，哪怕是奎师那给予的。就连在看到圣名的万丈光芒之前只看到它一线光芒(nāmābhāsa)的人，都能得到解脱，摆脱所有的恶报。

吟诵(吟唱)圣名时看到一线光芒的阶段(nāmābhāsa)，介于冒犯地吟诵(吟唱)圣名的阶段(nāma-aparādha)与无冒犯地吟诵(吟唱)

圣名的阶段之间。吟诵、吟唱至尊主的圣名会经历三个阶段。在第一个阶段中，人会犯下十种过错。在下一个阶段——看到些微光芒的阶段，人几乎不再犯那十种错误。随后，人达到第三个阶段，绝无冒犯的吟诵、吟唱哈瑞·奎师那曼陀(Hare Kṛṣṇa mantra)的阶段。那时，他那沉睡着的对奎师那的爱立刻苏醒过来。那是完美的境界。

第 21 节

तद्भक्तानामात्मवतां सर्वेषामात्मन्यात्मद आत्मतयैव ॥२१॥

tad bhaktānām ātmavatāṁ sarveṣām ātmany ātmada ātmatayaiva.

tat－那 / bhaktānām－伟大的奉献者的 / ātma-vatām－像萨纳卡和萨纳坦一样觉悟了自我的人的 / sarveṣām－所有的 / ātmani－向作为灵魂的至尊人格首神 / ātma-de－祂毫不犹豫地给予祂自己的 / ātmatayā－是至尊灵魂——超灵 / eva－的确

译文　以超灵的形式处在每一个生物体心中的至尊人格首神，将祂自己交给纳茹阿达那样的奉献者。换句话说，至尊主将纯洁的爱赐予这样的奉献者，把祂自己交给那些一心一意爱祂的人。像库玛尔四兄弟那样觉悟了自我的卓越神秘瑜伽师，也因为在内心认识到超灵而获得巨大的超然极乐。

要旨　至尊主之所以去当巴利王的看门人，并非是因为巴利王把一切都给了至尊主，而是因为他热爱至尊主的崇高状态令至尊主感动。

第 22 节

न वै भगवान्नूनममुष्यानुजग्राह यदुत पुनरात्मानुस्मृतिमोषणं मायामय-भोगैश्वर्यमेवातनुतेति ॥२२॥

na vai bhagavān nūnam amuṣyānujagrāha yad uta punar
ātmānusmṛti-moṣaṇaṁ māyāmaya-bhogaiśvaryam evātanuteti.

na—不 / vai—的确 / bhagavān—至尊人格首神 / nūnam—肯定地 / amuṣya—向巴利王 / anujagrāha—展示祂的仁慈 / yat—由于 / uta—肯定地 / punaḥ—再次 / ātma-anusmṛti—想着至尊人格首神的 / moṣaṇam—剥夺……的 / māyā-maya—玛亚的特征 / bhoga-aiśvaryam—物质财富 / eva—肯定地 / ātanuta—延伸 / iti—如此

译文 至尊人格首神并不是用赐给巴利王物质快乐和财富的方式将仁慈赐予他，因为这些使人忘记为至尊主做爱心服务。物质财富使人再也无法全神贯注于至尊人格首神。

要旨 财富分两种：一种是从事功利性活动的结果，因此是物质的；另一种是灵性的。完全依靠至尊人格首神的皈依灵魂，不想要有助于感官享乐的物质财富。因此，我们看到一个纯粹的奉献者拥有大量的物质财富时应该明白，那不是他从事功利性活动的结果，而是他奉爱的结果。换句话说，是因为至尊主想要他很容易地为祂做大量且丰富多彩的服务。至尊主给予初习奉献者的特殊仁慈是，使他在物质上变得贫穷。这之所以是至尊主的仁慈，是因为：如果初习奉献者在物质方面变得富有，他就会忘记为至尊主做服务。但当至尊主赐予一个进步的奉献者以财富时，那便不是物质财富，而是灵性的机会。给半神人物质财富，他们就忘记至尊主；但赐予巴利王财富，是让他继续为至尊主服务；错觉能量玛亚(māyā)与此无关。

第23节

यत्तद्भगवतानधिगतान्योपायेन याञ्चाच्छलेनापहृतस्वशरीरावशेषित-
लोकत्रयो वरुणपाशैश्च सम्प्रतिमुक्तो गिरिदर्यां चापविद्ध इति होवाच ॥२३॥

yat tad bhagavatānadhigatānyopāyena yācñā-cchalenāpahṛta- sva-
śarīrāvaśeṣita-loka-trayo varuṇa-pāśaiś ca sampratimukto giri-
daryāṁ cāpaviddha iti hovāca.

yat—……的 / tat—那 / bhagavatā—被至尊人格首神 / anadhigata-anya-upāyena—用其他方法感知不到的 / yācñā-chalena—用乞讨的招数 / apahṛta—拿走 / sva-śarīra-avaśeṣita—只剩下自己的身体 / loka-trayaḥ—三个世界 / varuṇa-pāśaiḥ—用瓦茹纳的绳子 / ca—和 / sam-pratimuktaḥ—捆绑全身 / giri-daryām—在一个山洞中 / ca—和 / apaviddhaḥ—被关押 / iti—如此 / ha—的确 / uvāca—说

译文 当至尊人格首神看到用其他方法都无法拿走巴利王的一切时，祂采用假装向巴利王乞讨的方法拿走了三个世界。这样，巴利王就只剩下自己的身体，但至尊主仍不满意。祂逮捕了巴利王，用瓦茹纳的绳子将他五花大绑地绑起来并扔进一个山洞。然而，尽管所有的财产都被拿走，自己还被扔进山洞，巴利王作为非凡的奉献者却说了如下一番话。

第24节

नूनं बतायं भगवानर्थेषु न निष्णातो योऽसाविन्द्रो यस्य सचिवो मन्त्राय वृत एकान्ततो बृहस्पतिस्तमतिहाय स्वयमुपेन्द्रेणात्मानमयाचतात्मनश्चाशिषो नो एव तद्दास्यमतिगम्भीरवयसः कालस्य मन्वन्तरपरिवृत्तं कियल्लोकत्रयमिदम् ॥२४॥

nūnaṁ batāyaṁ bhagavān artheṣu na niṣṇāto yo 'sāv indro yasya sacivo mantrāya vṛta ekāntato bṛhaspatis tam atihāya svayam upendreṇātmānam ayācatātmanaś cāśiṣo no eva tad-dāsyam ati-gambhīra-vayasaḥ kālasya manvantara-parivṛttaṁ kiyal loka-trayam idam.

nūnam—肯定地 / bata—唉 / ayam—这 / bhagavān—十分博学 / artheṣu—对自我的利益 / na—不 / niṣṇātaḥ—很有经验 / yaḥ—……的 / asau—天帝 / indraḥ—因铎 / yasya—……的 / sacivaḥ—宰相 / mantrāya—为给予训示 / vṛtaḥ—选择 / ekāntataḥ—单独地 / bṛhaspa-tiḥ—名叫毕尔哈斯帕提 / tam—他 / atihāya—忽视 / svayam—亲自 /

upendreṇa—通过乌彭铎(主瓦玛纳戴瓦) / ātmānam—我自己 / ayācata—要求 / ātmanaḥ—为他自己 / ca—和 / āśiṣaḥ—祝福(三个世界) / no—不 / eva—肯定地 / tat-dāsyam—对至尊主的超然爱心服务 / ati—非常 / gambhīra-vayasaḥ—拥有无法超越的时期 / kālasya—时间的 / manvantara-parivṛttam—在玛努寿命结束时改变 / kiyat—有什么价值 / loka-trayam—三个世界 / idam—这些

译文 唉，天帝因铎真是太可怜了！他虽然十分博学、强大有力，虽然选择毕尔哈斯帕提当他的宰相并指导他，但却完全忽视灵性进步。毕尔哈斯帕提则玩忽职守，因为他没正确地教导他的门徒因铎。主瓦玛纳戴瓦就站在因铎的门口，但天帝因铎不向祂乞求做超然爱心服务的机会，相反让祂来请求我给予施舍，以得到三个世界供他感官享乐。统治三个世界的君权其实无足轻重，因为人所拥有的一切物质财富都只能维持一个玛努时代，而那相对于无尽的时间来说只不过是片刻而已。

要旨 巴利王是如此强大有力，以至与天帝因铎(Indra)作战并占领了三个世界。因铎无疑很有知识，但却不要求为瓦玛纳戴瓦(Vāmanadeva)做奉爱服务，而是利用至尊主去为他乞讨那些随一个玛努(Manu)时代结束而遭毁灭的物质财产。玛努一生的寿命就是一个玛努时代，有七十二次四个年代(yugas)的循环那么长。一次四个年代循环是四百三十万年，所以玛努的寿命是三亿零九百六十万年。半神人只有在玛努寿命结束前才拥有他们的财富。时间是不可战胜的。哪怕是百万年的时间也稍纵即逝。半神人们只是在一段时间的期限内拥有他们的物质财富。因铎不请求瓦玛纳戴瓦允许他做奉爱服务，而是利用瓦玛纳戴瓦去为他向巴利王乞讨物质财富。正因为如此，巴利王悲叹道：因铎虽然很博学，但却不知道如何正确地运用他的判断力。因铎虽然博学并有也很博学的毕尔哈斯帕提(Bṛhaspati)当他的宰相，但他们却没有祈求至尊主瓦玛纳戴瓦允许他们为祂做爱心服务。这使巴利王为因铎而悲叹。

第 25 节

यस्यानुदास्यमेवास्मत्पितामहः किल वव्रे न तु स्वपित्र्यं यदुताकुतो-
भयं पदं दीयमानं भगवतः परमिति भगवतोपरते खलु स्वपितरि ॥२५॥

yasyānudāsyam evāsmat-pitāmahaḥ kila vavre na tu sva-pitryaṁ
yad utākutobhayaṁ padaṁ dīyamānaṁ bhagavataḥ param iti
bhagavatoparate khalu sva-pitari.

yasya－(至尊人格首神)的 / anudāsyam－服务 / eva－肯定地 / asmat－我们的 / pitā-mahaḥ－祖父 / kila－的确 / vavre－接受 / na－不 / tu－但是 / sva－自己的 / pitryam－父亲的财产 / yat－……的 / uta－肯定地 / akutaḥ-bhayam－无惧 / padam－地位 / dīyamānam－被提供 / bhagavataḥ－除了至尊人格首神外 / param－其他 / iti－如此 / bhagavatā－被至尊人格首神 / uparate－被杀时 / khalu－的确 / sva-pitari－他自己的父亲

译文　巴利王说：我祖父帕拉德王是唯一了解自我利益的人。在他父亲黑冉亚卡希普死后，主尼尔星哈想要把他父亲的王国给他，甚至要赐予他摆脱物质束缚的解脱。但他什么都没接受。他认为，解脱和物质财富都是做奉爱服务的障碍，所以至尊人格首神所给予的这类礼物并非是祂真正的仁慈。因此，帕拉德王没接受从事功利性活动和心智思辨能得到的成果，而是只向至尊主乞求为祂仆人做服务的机会。

要旨　圣柴坦亚·玛哈帕布(Śrī Caitanya Mahāprabhu)教导说：真正的奉献者应该认为自己是至尊主仆人的仆人的仆人(gopī-bhartuḥ pāda-kamalayor dāsa-dāsānudāsaḥ)。外士纳瓦哲学中说，人甚至不该想当至尊主直接的仆人。至尊主要给帕拉德王在物质世界里变得富有，甚至解脱融入梵(Brahman)等所有的赐福，但他都拒绝接受。他只想要为至尊主仆人的仆人做服务。为此，巴利王说：他祖父帕拉德王拒绝接受至尊人格首神准备赐予的物质财富及解脱，因此他祖父才是真正了解自我利益的人。

第26节

तस्य महानुभावस्यानुपथममृजितकषायः को वास्मद्विधः परिहीण-भगवदनुग्रह उपजिगमिषतीति ॥२६॥

tasya mahānubhāvasyānupatham amṛjita-kaṣāyaḥ ko vāsmad-vidhaḥ parihīṇa-bhagavad-anugraha upajigamiṣatīti.

tasya—帕拉德王的 / mahā-anubhāvasya—是崇高的奉献者的 / anupatham—道路 / amṛjita-kaṣāyaḥ—受到物质污染的人 / kaḥ—什么 / vā—或 / asmat-vidhaḥ—像我们 / parihīṇa-bhagavat-anugrahaḥ—没得到至尊人格首神的仁慈 / upajigamiṣati—渴望追随 / iti—如此

译文 巴利王说：像我们这种仍依恋物质享乐、被物质自然属性污染且没得到至尊人格首神仁慈的人，无法走至尊主崇高的奉献者帕拉德王走过的至高路途。

要旨 经典中说，要想得到灵性觉悟，就必须跟随主布茹阿玛(Brahmā)、半神人中的圣人纳茹阿达(Devarṣi Nārada)、主希瓦(Śiva)和帕拉德王等伟大的人物。如果我们跟随前辈灵性导师(ācārya)和权威人物的步伐，在奉爱(bhakti)之途上行走就一点儿都不困难，但受物质自然属性污染太重的人无法跟随他们。巴利王虽然实际上在走他祖父走过的路，但由于极为谦虚而认为自己没那么做。遵守奉爱原则的进步外士纳瓦的特征是：他们认为自己只不过是个普通人。这不是刻意表现谦逊；外士纳瓦发自内心就是这样想的，因此从不承认自己的崇高地位和状态。

第 27 节

तस्यानुचरितमुपरिष्टाद्विस्तरिष्यते यस्य भगवान् स्वयमखिलजगद्गुरु-र्नारायणो द्वारि गदापाणिरवतिष्ठते निजजनानुकम्पितहृदयो येनाङ्गुष्ठेन पदा दशकन्धरो योजनायुतायुतं दिग्विजय उच्चाटितः ॥२७॥

tasyānucaritam upariṣṭād vistariṣyate yasya bhagavān svayam
akhilajagad-gurur nārāyaṇo dvāri gadā-pāṇir avatiṣṭhate nija-
janānukampita-hṛdayo yenāṅguṣṭhena padā daśa-kandharo
yojanāyutāyutaṁ dig-vijaya uccāṭitaḥ.

tasya－巴利王的 / anucaritam－叙述 / upariṣṭāt－稍后(在第8篇) / vistariṣyate－将解释 / yasya－……的 / bhagavān－至尊人格首神 / svayam－亲自 / akhila-jagat-guruḥ－三个世界的主人 / nārāyaṇaḥ－至尊主纳茹阿亚纳本身 / dvāri－在门口 / gadā-pāṇiḥ－手持大头棒 / avatiṣṭhate－站在 / nija-jana-anukampita-hṛdayaḥ－对自己的奉献者总是满怀怜悯 / yena－……的 / aṅguṣṭhena－用大脚趾 / padā－祂的脚的 / daśa-kandharaḥ－十个头的茹阿瓦纳 / yojana-ayuta-ayutam－八万英里之外 / dik-vijaye－为了征服巴利王 / uccāṭitaḥ－赶走

译文　舒卡戴瓦·哥斯瓦米继续说：我亲爱的君王，我该如何赞美巴利王的品格呢？对自己的奉献者最富有怜悯心的至尊人格首神——三个世界的主人，手持大头棒站在巴利王的门口。当强大的恶魔茹阿瓦纳来征服巴利王时，瓦玛纳戴瓦用大脚趾把他踢到八万英里之外。我稍后将解释巴利王的品格和活动。

第 28 节

ततोऽधस्तात्तलातले मयो नाम दानवेन्द्रस्त्रिपुराधिपतिर्भगवता पुरा-रिणा त्रिलोकीशं चिकीर्षुणा निर्दग्धस्वपुरत्रयस्तत्प्रसादाल्लब्धपदो मायाविनामाचार्यो महादेवेन परिरक्षितो विगतसुदर्शनभयो महीयते ॥२८॥

tato 'dhastāt talātale mayo nāma dānavendras tri-purādhipatir
bhagavatā purāriṇā tri-lokī-śaṁ cikīrṣuṇā nirdagdha-sva-pura-trayas

tat-prasādāl labdha-pado māyāvinām ācāryo mahādevena
parirakṣito vigata-sudarśana-bhayo mahīyate.

tataḥ—名叫苏塔拉的星球 / adhastāt—在……下面 / talātale—名叫塔拉塔拉的星球 / mayaḥ—玛雅 / nāma—名叫 / dānava-indraḥ—达纳瓦魔的君王 / tri-pura-adhipatiḥ—三个城市的主人 / bhagavatā—被最有力量的 / purāriṇā—被称为垂普茹阿瑞的主希瓦 / tri-lokī—三个世界的 / śam—好运 / cikīrṣuṇā—渴望……的 / nirdagdha—烧毁 / sva-pura-trayaḥ—三个城市……的 / tat-prasādāt—因主希瓦的仁慈 / labdha—获得 / padaḥ——个王国 / māyā-vinām ācāryaḥ—是全体魔术师的导师的 / mahā-devena—被主希瓦 / parirakṣitaḥ—保护 / vigata-su-darśana-bhayaḥ—不害怕至尊人格首神的苏达尔珊飞轮的 / mahīyate—被崇拜

译文 苏塔拉星球之下是另一个名叫塔拉塔拉的星球，由被称为玛雅的达纳瓦魔统治。玛雅以全体魔术师的导师闻名于世，魔术师们可以召唤巫术的力量。为三个世界的利益着想，主希瓦有一次点燃了玛雅的三个王国，但后来因为对他满意，又把他的王国还给了他。从那时起，玛雅·达纳瓦就受到主希瓦的保护，而他因此就错误地以为他不用害怕至尊人格首神的苏达尔珊飞轮了。

第 29 节

ततोऽधस्तान्महातले काद्रवेयाणां सर्पाणां नैकशिरसां क्रोधवशो नाम गणः कुहकतक्षककालियसुषेणादिप्रधाना महाभोगवन्तः पतत्त्रिराजाधिपतेः पुरुषवाहादनवरतमुद्विजमानाः स्वकलत्रापत्यसुहृत्-कुटुम्बसङ्गेन क्वचित्प्रमत्ता विहरन्ति ॥२९॥

tato 'dhastān mahātale kādraveyāṇāṁ sarpāṇāṁ naika-śirasāṁ
krodhavaśo nāma gaṇaḥ kuhaka-takṣaka-kāliya-suṣeṇādi-pradhānā
mahā-bhogavantaḥ patattri-rājādhipateḥ puruṣa-vāhād anavaratam

udvijamānāḥ sva-kalatrāpatya-suhṛt-kuṭumba-saṅgena kvacit
pramattā viharanti.

tataḥ－塔拉塔拉星球 / adhastāt－在……下面 / mahātale－在名叫玛哈塔拉的星球上 / kādraveyāṇām－卡杜茹的后代的 / sarpāṇām－它们是巨蛇 / na eka-śirasām－有许多头 / krodha-vaśaḥ－总是非常愤怒 / nāma－名叫 / gaṇaḥ－一群 / kuhaka－库哈卡 / takṣaka－塔克沙卡 / kāliya－卡利亚 / suṣeṇa－和苏申纳 / ādi－等等 / pradhānāḥ－最著名的 / mahā-bhogavantaḥ－沉溺于各种物质享乐 / patattri-rāja-adhi-pateḥ－从鸟王嘎茹达 / puruṣa-vāhāt－承载着至尊人格首神的 / ana-varatam－一直以来 / udvijamānāḥ－害怕 / sva－他们自己的 / kala-tra-apatya－妻子和孩子 / suhṛt－朋友 / kuṭumba－亲戚 / kuṭumba－在交往中 / kvacit－有时 / pramattāḥ－狂怒 / viharanti－他们嬉戏

译文　塔拉塔拉星系之下是名叫玛哈塔拉的星系。那是多头蛇住的地方。那些蛇都是卡杜茹的后代，它们总是非常愤怒，其中最著名的巨蛇有库哈卡、塔克沙卡、卡利亚和苏申纳。住在玛哈塔拉的蛇总是生活在害怕主维施努的坐骑嘎茹达的恐惧中，但尽管它们充满焦虑，其中有一些却仍与它们的妻子、孩子、朋友和亲属玩乐。

要旨　这节诗文中说，住在名叫玛哈塔拉星系中的蛇很有力量，长着许多头。它们虽然总是因为害怕嘎茹达(Garuḍa)来消灭它们而内心充满焦虑，但却以为与它们的妻子和孩子住在一起很快乐。这就是物质生活的表现形式。一个生物体哪怕生活在最令人厌恶的环境中，都还是认为自己与妻子、孩子、朋友和亲戚在一起很快乐。

第 30 节

ततोऽधस्ताद्रसातले दैतेया दानवाः पणयो नाम निवातकवचाः
कालेया हिरण्यपुरवासिन इति विबुधप्रत्यनीका उत्पत्त्या महौजसो

**महासाहसिनो भगवतः सकललोकानुभावस्य हरेरेव तेजसा प्रतिहत-
बलावलेपा बिलेशया इव वसन्ति ये वै सरमयेन्द्रदूत्या वाग्भिर्मन्त्र-
वर्णाभिरिन्द्राद्बिभ्यति ॥३०॥**

tato 'dhastād rasātale daiteyā dānavāḥ paṇayo nāma nivāta- kavacāḥ
kāleyā hiraṇya-puravāsina iti vibudha-pratyanīkā utpattyā
mahaujaso mahā-sāhasino bhagavataḥ sakala-lokānubhāvasya harer
eva tejasā pratihata-balāvalepā bileśayā iva vasanti ye vai
saramayendra-dūtyā vāgbhir mantra-varṇābhir indrād bibhyati.

tataḥ adhastāt－玛哈塔拉之下 / rasātale－名叫茹阿萨塔拉的星球上 / daiteyāḥ－迪缇的儿子 / dānavāḥ－达努的儿子 / paṇayaḥ nāma－称为帕尼 / nivāta-kavacāḥ－尼瓦塔·卡瓦查 / kāleyāḥ－卡雷亚 / hira-ṇya-puravāsinaḥ－和黑冉亚·普茹阿瓦西(黑冉亚城的居民) / iti－如此 / vibudha-pratyanīkāḥ－半神人的敌人 / utpattyāḥ－从出生 / mahā-ojasaḥ－非常有力量 / mahā-sāhasinaḥ－非常残忍 / bhagavataḥ－人格首神的 / sakala-loka-anubhāvasya－对所有星系都是吉祥的 / hareḥ－至尊人格首神的 / eva－肯定地 / tejasā－用苏达尔珊飞轮 / pratiha-ta－击败 / bala－力量 / avalepāḥ－(因为强有力而)骄傲 / bila-īśa-yāḥ－蛇 / iva－如同 / vasanti－他们生活 / ye－……的 / vai－的确 / saramayā－被萨尔玛 / indra-dūtyā－天帝因铎派出的信使 / vāgbhiḥ－用语言 / mantra-varṇābhiḥ－以曼陀的形式 / indrāt－从天帝因铎 / bibhyati－害怕

译文　玛哈塔拉之下是名叫茹阿萨塔拉的星系，它是迪缇和达努那些邪恶儿子的住所。他们被称为帕尼、尼瓦塔·卡瓦查、卡雷亚和黑冉亚·普茹阿瓦西。他们都与半神人为敌，都像蛇一样住在洞中。他们一出生就极为强大有力且残酷。他们虽然对自己的力量感到自豪，但总是被统治所有星系的至尊人格首神的苏达尔珊飞轮打败。当天帝因铎派出的一位名叫萨尔玛的女信使吟唱一句特定的诅咒诗时，玛哈塔拉上的蛇魔们就变得非常害怕因铎。

要旨　据说天帝因铎与这些蛇魔之间曾有过一次激烈的交战。被打败的恶魔遇到一位吟唱着一句曼陀(mantra)的女信使萨尔玛时，变得极为害怕，于是住到名叫茹阿萨塔拉的星球上去了。

第31节

ततोऽधस्तात्पाताले नागलोकपतयो वासुकिप्रमुखाः शङ्खकुलिक-महाशङ्खश्वेतधनञ्जयधृतराष्ट्रशङ्खचूड कम्बलाश्वतरदेवदत्तादयो महा-भोगिनो महामर्षा निवसन्ति येषामु ह वै पञ्चसप्तदशशतसहस्रशीर्षाणां फणासु विरचिता महामणयो रोचिष्णवः पातालविवरतिमिरनिकरं स्वरोचिषा विधमन्ति ॥३१॥

tato 'dhastāt pātāle nāga-loka-patayo vāsuki-pramukhāḥ śaṅkha-kulika-mahāśaṅkha-śveta-dhanañjaya-dhṛtarāṣṭra-śaṅkhacūḍa-kambalāśvatara-devadattādayo mahā-bhogino mahāmarṣā nivasanti yeṣām u ha vai pañca-sapta-daśa-śata-sahasra-śīrṣāṇāṁ phaṇāsu viracitā mahā-maṇayo rociṣṇavaḥ pātāla-vivara-timira-nikaraṁ sva-rociṣā vidhamanti.

tataḥ adhastāt—茹阿萨塔拉之下 / pātāle—名叫帕塔拉的星球 / nāga-loka-patayaḥ—纳嘎珞卡的主人 / vāsuki—被瓦苏克伊 / pramu-khāḥ—为首 / śaṅkha—商卡 / kulika—库利卡 / mahā-śaṅkha—玛哈商卡 / śveta—施维塔 / dhanañjaya—达南佳亚 / dhṛtarāṣṭra—兑塔茹阿施陀 / śaṅkha-cūḍa—商卡楚达 / kambala—康巴拉 / aśvatara—阿施瓦塔尔 / deva-datta—戴瓦达塔 / ādayaḥ—等等 / mahā-bhoginaḥ—完全沉溺于物质享乐 / mahā-amarṣāḥ—本性极其忌妒 / nivasanti—居住 / yeṣām—他们所有的 / u ha—肯定地 / vai—的确 / pañca—五 / sapta—七 / daśa—十 / śata——百 / sahasra——千 / śīrṣāṇām—长着许多头蛇

的 / phaṇāsu－这些头上 / viracitāḥ－固定 / mahā-maṇayaḥ－珍贵的宝石 / rociṣṇavaḥ－放射出光芒 / pātāla-vivara－帕塔拉星球的洞穴 / timira-nikaram－重重黑暗 / sva-rociṣā－被……的头放射出的光芒 / vidhamanti－驱散

译文　茹阿萨塔拉之下是另一个名叫帕塔拉或纳嘎珞卡的星系，那里由许多邪恶的蛇统治着，例如：商卡、库利卡、玛哈商卡、施维塔、达南佳亚、兑塔茹阿施陀、商卡楚达、康巴拉、阿施瓦塔尔和戴瓦达塔等。它们的首领是瓦苏克伊。它们都极度愤怒，长着许多头，其中有些长着五个头，有些七个、有些十个、有些一百个，其他的则长着一千个头。这些头上都用珍贵的宝石作装饰，宝石放射出的光芒照亮了整个地下天堂星系。

到此为止，结束了巴克提韦丹塔对《圣典博伽瓦谭》第5篇第24章“地下天堂般的星球”所作的阐释。

第二十五章
主阿南塔的荣耀

在这一章中，舒卡戴瓦·哥斯瓦米(Śukadeva Gosvāmī)描述了主希瓦(Śiva)的源头阿南塔(Ananta)。阿南塔住在帕塔拉(Pātāla)星球的下面，祂的身体完全是灵性的。祂始终在希瓦的心中，在宇宙毁灭的时刻，帮助希瓦完成这一任务。阿南塔告诉希瓦如何毁灭宇宙，为此而有时被称为“塔玛西(tāmasī)”，意思是“在愚昧属性中的人”。祂是掌管物质意识的神明；由于祂吸引众生，祂有时被称为桑卡尔珊(Saṅkarṣaṇa)。整个物质世界都在主桑卡尔珊的头上。祂从前额把毁灭这个物质宇宙的力量传送给希瓦。由于主桑卡尔珊是至尊人格首神的一个扩展，许多奉献者便向祂献上祈祷；在帕塔拉星系上，所有的半神人(sura)、恶魔(asura)、维迪亚达尔(Vidyādhara)、音乐仙和歌仙(Gandharva)，以及博学的学者，都分别向祂恭敬地顶礼。至尊主用甜美的声音与他们交谈。祂的身体完全是灵性的，而且美丽非凡。从真正的灵性导师那里聆听到对祂描述的人，不再有对生命的物质化概念。整个物质能量都按照阿南塔戴瓦的计划运作。因此，我们应该视祂为是物质创造的根源。祂的力量无限，没人能对祂进行完全彻底的描述，哪怕是有无数张嘴也描述不完。正因为如此，祂被称为阿南塔(无限的)。由于对众生极为仁慈，祂展示了祂的灵性身体。舒卡戴瓦·哥斯瓦米以如下方式对帕瑞克西特王(Mahārāja Parīkṣit)描述了阿南塔戴瓦的荣耀。

第1节

श्रीशुक उवाच
तस्य मूलदेशे त्रिंशद्योजनसहस्रान्तर आस्ते या वै कला भगवत-
स्तामसी समाख्यातानन्त इति सात्वतीया द्रष्टृदृश्ययोः सङ्कर्षणमह-
मित्यभिमानलक्षणं यं सङ्कर्षणमित्याचक्षते ॥ १ ॥

śrī-śuka uvāca
tasya mūla-deśe trimśad-yojana-sahasrāntara āste yā vai kalā
bhagavatas tāmasī samākhyātānanta iti sātvatīyā draṣṭṛ-dṛśyayoḥ
saṅkarṣaṇam aham ity abhimāna-lakṣaṇaṁ yaṁ saṅkarṣaṇam ity
ācakṣate.

śrī-śukaḥ uvāca—圣舒卡戴瓦·哥斯瓦米说 / tasya—帕塔拉星球的 / mūla-deśe—在底部以下的区域 / trimśat—三十 / yojana—八英里的度量单位 / sahasra-antare—间隔一千 / āste—保持 / yā—……的 / vai—确实 / kalā—扩展的扩展 / bhagavataḥ—至尊人格首神的 / tāmasī—和黑暗有关 / samākhyātā—被称为 / anantaḥ—阿南塔 / iti—如此 / sātvatīyāḥ—奉献者 / draṣṭṛ-dṛśyayoḥ—物质和灵魂的 / saṅkarṣaṇam—拉在一起 / aham—我 / iti—如此 / abhimāna—被自我的概念 / lakṣaṇam—以……为特征 / yam—……的 / saṅkarṣaṇam—桑卡尔珊 / iti—如此 / ācakṣate—博学的学者描述

译文 圣舒卡戴瓦·哥斯瓦米对帕瑞克西特王说：我亲爱的君王，在帕塔拉星球之下大约二十四万英里处，住着至尊人格首神的另一个化身。祂是主维施努的扩展，名叫阿南塔或桑卡尔珊。祂总是处在超然的状态中，但由于祂受控制愚昧(黑暗)属性的神明主希瓦的崇拜，祂有时被称为塔玛西。主阿南塔既是控制物质愚昧属性的神明，也主管全体受制约灵魂的错误的自我意识(假我)。当受制约的灵魂想“我是享受者，这世界是专为让我享受而设的”时，这种生命概念是由桑卡尔珊给他的。物质世界里受制约的灵魂就这样以为自己是至尊主。

要旨　世上有一种类似假象宗哲学家(Māyāvādī)的人，将韦达曼陀"ahaṁ brahmāsmi"和"so'ham"的意思误解为"我是至尊梵(Brahman)"和"我与至尊主完全相同"。这种认为自己是至尊享乐者的错误概念，是一种错觉性的认知。《圣典博伽瓦谭》(Śrīmad-Bhāgavatam)的另一处描述说：就这样，人增强他对生命的错误概念，以"我和我的"为中心思考问题(janasya moho 'yam ahaṁ mameti)。正如上面的诗文所解释，主桑卡尔珊是掌管上述错误概念的神明。对此，奎师那在《博伽梵歌》(Bhagavad-gītā)第15章的第15节诗中确认说：

sarvasya cāhaṁ hṛdi sanniviṣṭo
mattaḥ smṛtir jñānam apohanaṁ ca

"我在众生的心中。记忆、知识和遗忘都来自我。"至尊主以桑卡尔珊的身份处在每一个生物体的心中，当恶魔认为自己与至尊主一样时，至尊主就让他继续留在那种愚昧的状态中。那种邪恶的生物体虽然只是至尊主的一个微不足道的部分，但却忘记自己真正的地位，认为自己就是至尊主。由于这种遗忘由桑卡尔珊制造，祂有时被称为塔玛西。梵文"塔玛西"这个名字并非指祂有物质躯体。祂永远是超然的，但作为负责从事愚昧(tamasic)活动的主希瓦的超灵而有时被称为塔玛西。

第2节

**यस्येदं क्षितिमण्डलं भगवतोऽनन्तमूर्तेः सहस्रशिरस एकस्मिन्नेव शी-
र्षणि ध्रियमाणं सिद्धार्थ इव लक्ष्यते ॥ २ ॥**

yasyedaṁ kṣiti-maṇḍalaṁ bhagavato 'nanta-mūrteḥ sahasra-śirasa
ekasminn eva śīrṣaṇi dhriyamāṇaṁ siddhārtha iva lakṣyate.

yasya－……的 / idam－这 / kṣiti-maṇḍalam－宇宙 / bhagavataḥ－至尊人格首神的 / ananta-mūrteḥ－以阿南塔戴瓦的形象 / sahasraśirasaḥ—具有千万个头的 / ekasmin—在一个 / eva—只有 / śīrṣaṇi—头 / dhriyamāṇam—被维系 / siddhārthaḥ iva—恰似一粒白色的芥末子 / lakṣyate—被看见

译文 舒卡戴瓦·哥斯瓦米继续道：这巨大的宇宙处在主阿南塔戴瓦好几千个头中的一个之上，看上去恰似一粒白色的芥末子，与主阿南塔的头相比极其微小。

第3节

**यस्य ह वा इदं कालेनोपसञ्जिहीर्षतोऽमर्षविरचितरुचिरभ्रमद्भ्रुवो-
रन्तरेण साङ्कर्षणो नाम रुद्र एकादशव्यूहस्त्र्यक्षस्त्रिशिखं शूलमुत्तम्भ-
यन्नुदतिष्ठत् ॥ ३ ॥**

yasya ha vā idaṁ kālenopasañjihīrṣato 'marṣa-viracita-rucira-
bhramad-bhruvor antareṇa sāṅkarṣaṇo nāma rudra ekādaśa-vyūhas
try-akṣas tri-śikhaṁ śūlam uttambhayann udatiṣṭhat.

yasya—……的祂 / ha vā—的确 / idam—这个(物质世界) / kālena—到一定的时间 / upasañjihīrṣataḥ—想要毁灭 / amarṣa—被愤怒 / viracita—形成 / rucira—非常美丽 / bhramat—移动 / bhruvoḥ—双眉 / antareṇa—从……之间 / sāṅkarṣaṇaḥ nāma—称为桑卡尔珊 / rudraḥ—主希瓦的化身 / ekādaśa-vyūhaḥ—有十一位扩展的 / tri-akṣaḥ—三只眼 / tri-śikham—有三个尖头 / śūlam—三叉戟 / uttambhayan—举起 / udatiṣṭhat—出现

译文 毁灭之际，当主阿南塔戴瓦想要毁灭整个创造时，祂就稍微愤怒起来。随即，从祂的两眉间出现了手持三叉戟、长着三只眼的茹铎。这位被称为桑卡尔珊的茹铎，是十一位茹铎的集体体现——主希瓦的化身。他显现是为了毁灭整个创造。

要旨　在每一个创造中都给生物提供选择停止当受制约灵魂的机会。当他们误用这个机会，不回归家园，会到首神身边时，主桑卡尔珊就会愤怒。祂的愤怒心情会导致主希瓦的十一个茹铎(Rudra)扩展从祂的眉心出来，一起毁灭整个创造。

第 4 节

यस्याङ्घ्रिकमलयुगलारुणविशदनखमणिषण्डमण्डलेष्वहिपतयः सह सात्वतर्षभैरेकान्तभक्तियोगेनावनमन्तः स्ववदनानि परिस्फुरत्कुण्डल-प्रभामण्डितगण्डस्थलान्यतिमनोहराणि प्रमुदितमनसः खलु विलोक-यन्ति ॥ ४ ॥

yasyāṅghri-kamala-yugalāruṇa-viśada-nakha-maṇi-ṣaṇḍa-
maṇḍaleṣv ahi-patayaḥ saha sātvatarṣabhair ekānta-bhakti-
yogenāvanamantaḥ sva-vadanāni parisphurat-kuṇḍala-prabhā-
maṇḍita-gaṇḍa-sthalāny ati-manoharāṇi pramudita-manasaḥ khalu
vilokayanti.

yasya—……的祂 / aṅghri-kamala—莲花足的 / yugala—一双 / aruṇa-viśada—闪亮的粉色 / nakha—脚趾甲的 / maṇi-ṣaṇḍa—像珠宝 / maṇḍaleṣu—在圆形的表面上 / ahi-patayaḥ—众蛇的领袖们 / saha—和 / sātvata-ṛṣabhaiḥ—最好的奉献者 / ekānta-bhakti-yogena—满怀纯粹的奉爱之情 / avanamantaḥ—献上顶礼 / sva-vadanāni—他们自己的脸庞 / parisphurat—闪亮的 / kuṇḍala—耳环的 / prabhā—被光芒 / maṇḍita—点缀 / gaṇḍa-sthalāni—脸颊……的 / ati-manoharāṇi—很美丽 / pramudita-manasaḥ—他们感到万分高兴 / khalu—的确 / vilokayanti—他们看见

译文　至尊主莲花足上粉红色透明的脚趾甲，就像被打磨得如镜子般闪亮的珍贵宝石。当纯粹奉献者和众蛇的领袖们满怀奉爱之情向主桑卡尔珊顶礼时，他们因看到祂脚趾甲反射出的他们自己的脸庞而感到高兴万分。闪亮的耳环装饰着他们的脸颊，美丽的脸庞看上去十分令人赏心悦目。

第 5 节

यस्यैव हि नागराजकुमार्य आशिष आशासानाश्चार्वङ्गवलयविलसित-
विशदविपुलधवलसुभगरुचिरभुजरजत स्तम्भेष्वगुरुचन्दनकुङ्कुम-
पङ्कानुलेपेनावलिम्पमानास्तदभिमर्शनोन्मथितहृदयमकरध्वजावेश-
रुचिरललितस्मितास्तदनुरागमदमुदितमदविघूर्णितारुणकरुणावलोक-
नयनवदनारविन्दं सव्रीडं किल विलोकयन्ति ॥ ५॥

yasyaiva hi nāga-rāja-kumārya āśiṣa āśāsānāś cārv-aṅga-valaya-vilasita-viśada-vipula-dhavala-subhaga-rucira-bhuja-rajata-stambheṣv aguru-candana-kuṅkuma-paṅkānulepenāvalimpamānās tad- abhimarśanonmathita-hṛdaya-makara-dhvajāveśa-rucira-lalita-smitās tad-anurāgamada-mudita-mada-vighūrṇitāruṇa-karuṇāvaloka-nayana-vadanāravindaṁ savrīḍaṁ kila vilokayanti.

yasya一……的祂 / eva一肯定地 / hi一的确 / nāga-rājakumāryaḥ一未婚的蛇公主们 / āśiṣaḥ一祝福 / āśāsānāḥ一希望 / cāru一美丽的 / aṅga-valaya一在祂躯体的表面 / vilasita一闪烁 / viśada一无瑕的 / vipula一长 / dhavala一白皙 / subhaga一表明好运 / rucira一美丽的 / bhuja一在祂的臂膀上 / rajata-stambheṣu一恰似银制的圆柱 / aguru一芦荟的 / candana一檀香的 / kuṅkuma一藏红花的 / paṅka一从……的浆液 / anulepena一用一种油 / avalimpamānāḥ一涂抹 / tat-abhimarśana一因为与祂肢体的接触 / unmathita一激动 / hṛdaya一在她们内心中 / makara-dhvaja一丘比特的 / āveśa一由于进入 / rucira一非常美丽 / lalita一优雅的 / smitāḥ一微笑……的 / tat一祂的 / anurāga一依恋的 / mada一被陶醉 / mudita一高兴 / mada一由于被仁慈陶醉 / vighūrṇita一滚动 / aruṇa一粉红 / karuṇa-avaloka一仁慈地瞥视 / nayana一双眼 / vadana一和脸庞 / aravindam一像莲花 / sa-vrīḍam一害羞地 / kila一的确 / vilokayanti一他们看见

译文 主阿南塔的手臂很长，极具魅力，用手镯和臂镯装饰得很美。它们完全是灵性的，由于是白色，看上去恰似银做的圆柱。蛇王美丽的公主们都希望得到至尊主吉祥的祝福，当她们用芦荟浆液、檀香浆和藏红花涂抹祂的手臂时，她们的色欲因触碰祂的肢体而被唤醒。至尊主明白公主们的心，于是面带仁慈的微笑看着她们。她们意识到至尊主知道她们的愿望，感到害羞不已。接着，她们露出美丽的微笑，看向至尊主莲花般的脸庞。至尊主微红色的眼睛因为祂奉献者对祂的爱而快乐、陶醉地轻微转动着，使祂的脸庞看上去美丽动人。

要旨　异性彼此触碰到对方的身体时，色欲自然就会被唤醒。从这节诗文中看出，灵性的躯体也有类似的感觉。主阿南塔和令祂高兴的女子们都有灵性的身体。这使我们了解到，灵性的身体中原本就具有所有的感觉。对此，《韦丹塔经》(Vedānta-sūtra)中确认说：祂是展示了的物质宇宙的创造、维系和毁灭的根源(janmādy asya yataḥ)。就有关这一点，圣维施瓦纳特·查夸瓦尔提·塔库尔(Śrīla Viśvanātha Cakravartī Ṭhākura)评论说，诗中梵文ādi一词的意思是“原本的好色感觉(ādi-rasa)产自至尊者”。然而，就像金子和铁一样，灵性的色欲与物质色欲截然不同。只有具有高度灵性觉悟的人，才能明白茹阿妲(Rādhā)和奎师那(Kṛṣṇa)或奎师那与布茹阿佳(Vraja)的少女之间交流的色欲感受。正因为如此，人除非在灵性觉悟方面十分进步且熟练，否则禁止谈论奎师那和牧牛姑娘(gopī)的色欲感受。然而，真诚、纯净的奉献者在谈论牧牛姑娘和奎师那之间的色欲感受时，心中的物质色欲会被彻底征服，在灵性生活中快速取得进步。

第6节

स एव भगवाननन्तोऽनन्तगुणार्णव आदिदेव उपसंहृतामर्षरोषवेगो
लोकानां स्वस्तय आस्ते ॥ ६ ॥

sa eva bhagavān ananto 'nanta-guṇārṇava ādi-deva
upasaṁhṛtāmarṣa-roṣa-vego lokānāṁ svastaya āste.

saḥ—那 / eva—肯定地 / bhagavān—至尊人格首神 / anantaḥ—阿南塔戴瓦 / ananta-guṇa-arṇavaḥ—无限超然品质的宝库 / ādi-devaḥ—存在中的第一位至尊主或与这位人格首神无异 / upasaṁhṛta—抑制……的祂 / amarṣa—不宽容的 / roṣa—和愤怒 / vegaḥ—力量 / lokānām—所有星球的众生的 / svastaye—为造福 / āste—保持

译文 主桑卡尔珊是无限灵性品质的海洋，因此被称为阿南塔戴瓦。祂无异于至尊人格首神。为这物质世界里众生的福利着想，祂在自己的居所中抑制着愤怒，忍耐着。

要旨 阿南塔戴瓦的主要使命是毁灭这个物质创造，但祂抑制自己的愤怒，忍耐着。创造这个物质世界是给受制约的灵魂提供回归家园，回到首神身边的另一次机会，但他们中的绝大多数都不利用这个条件。创造后，他们再次按他们旧有的习性做事，要主宰物质世界。受制约的灵魂从事的这些活动，令阿南塔戴瓦生气，想要毁灭整个物质世界。然而，由于祂是至尊人格首神，祂仁慈地对待我们，抑制祂的愤怒，忍耐着。只有到了一定的时间，祂才会展现祂的愤怒，毁灭整个物质世界。

第 7 节

**ध्यायमानः सुरासुरोरगसिद्धगन्धर्वविद्याधरमुनिगणैरनवरतमद-
मुदितविकृतविह्वललोचनः सुललितमुखरिकामृतेनाप्यायमानः स्व-
पार्षदविबुधयूथपतीनपरिम्लानरागनवतुलसिकामोदमध्वासवेन माद्यन्
मधुकरव्रातमधुरगीतश्रियं वैजयन्तीं स्वां वनमालां नीलवासा एक-
कुण्डलो हलककुदि कृतसुभगसुन्दरभुजो भगवान्महेन्द्रो वारणेन्द्र इव
काञ्चनीं कक्षामुदारलीलो बिभर्ति ॥ ७ ॥**

dhyāyamānaḥ surāsuroraga-siddha-gandharva-vidyādhara-muni-
gaṇair anavarata-mada-mudita-vikṛta-vihvala-locanaḥ sulalita-
mukharikāmṛtenāpyāyamānaḥ sva-pārṣada-vibudha-yūtha-patīn
aparimlāna-rāga-nava-tulasikāmoda-madhv-āsavena mādyan
madhukara-vrāta-madhura-gīta-śriyaṁ vaijayantīṁ svāṁ
vanamālāṁ nīla-vāsā eka-kuṇḍalo hala-kakudi kṛta-subhaga-
sundara-bhujo bhagavān mahendro vāraṇendra iva kāñcanīṁ
kakṣām udāra-līlo bibharti.

dhyāyamānaḥ—被冥想 / sura—半神人的 / asura—恶魔 / uraga—蛇 / siddha—神秘仙 / gandharva—歌仙、音乐仙 / vidyādhara—维迪亚达尔 / muni—伟大的圣人的 / gaṇaiḥ—成群的 / anavarata—不断地 / mada-mudita—因陶醉而喜悦 / vikṛta—来回移动 / vihvala—转动 / locanaḥ—眼睛……的 / su-lalita—编撰精美的 / mukharika—言辞的 / amṛtena—被甘露 / āpyāyamānaḥ—取悦 / sva-pārṣada—祂的同伴 / vibudha-yūtha-patīn—各组半神人的领袖 / aparimlāna—从不消退 / rāga—光泽……的 / nava—永远新鲜 / tulasikā—图拉西花的 / āmoda—被……的芳香 / madhu-āsavena—和蜂蜜 / mādyan—陶醉 / madhukara-vrāta—蜜蜂的 / madhura-gīta—被甜美的吟唱 / śrīyam—变得更加美丽 / vaijayantīm—外佳央缇花环 / svām—祂自己的 / vana-mālām—花环 / nīla-vāsaḥ—由蓝色的衣服包裹 / eka-kuṇḍalaḥ—只戴一只耳环 / hala-kakudi—在犁的手把上 / kṛta—放置 / subhaga—吉祥的 / sundara—美丽的 / bhujaḥ—双手 / bhagavān—至尊人格首神 / mahā-indraḥ—天帝 / vārana-indraḥ—大象 / iva—如同 / kāñcanīm—金色的 / kakṣām—腰带 / udāra-līlaḥ—从事超然的娱乐活动 / bibharti—穿着

译文　舒卡戴瓦·哥斯瓦米继续道：半神人、恶魔、蛇神、神秘仙、音乐仙、歌仙、维迪亚达尔和许多高度进步的圣人，一直不断地向至尊主献上祈祷。由于祂感到陶醉，祂看上去困惑，祂那犹如盛开的鲜花的眼睛来回转动。祂从嘴

里发出悦耳的声音，取悦祂的同伴——半神人的领袖们。祂身穿蓝色衣衫，只戴一只耳环，用两只健美的手在背后握着一把犁。祂看上去如天帝因铎一样白，腰缠一条金腰带，颈上挂着条永远新鲜的盛开着图拉西花的外佳央缇花环。沉醉于图拉西花蜜般的香气的蜜蜂，在花环周围甜美地嗡嗡叫着，使花环越变越美。至尊主就这样享受祂宽宏大度的娱乐活动。

第 8 节

य एष एवमनुश्रुतो ध्यायमानो मुमुक्षूणामनादिकालकर्मवासनाग्रथितमविद्यामयं हृदयग्रन्थिं सत्त्वरजस्तमोमयमन्तर्हृदयं गत आशु निर्भिनत्ति तस्यानुभावान् भगवान् स्वायम्भुवो नारदः सह तुम्बुरुणा सभायां ब्रह्मणः संश्लोकयामास ॥ ८ ॥

ya eṣa evam anuśruto dhyāyamāno mumukṣūṇām anādi-kāla-
karma-vāsanā-grathitam avidyāmayaṁ hṛdaya-granthiṁ sattva-
rajas-tamomayam antar-hṛdayaṁ gata āśu nirbhinatti
tasyānubhāvān bhagavān svāyambhuvo nāradaḥ saha tumburuṇā
sabhāyāṁ brahmaṇaḥ saṁślokayām āsa.

yaḥ－……的 / eṣaḥ－这位 / evam－如此 / anuśrutaḥ－从一位真正的灵性导师那里聆听 / dhyāyamānaḥ－被冥想 / mumukṣūṇām－想要摆脱物质生活的人的 / anādi－自无法追溯的 / kāla－时间 / karma-vāsanā－被功利性活动的欲望 / grathitam－紧紧地束缚 / avidyā-mayam－由错觉能量构成 / hṛdaya-granthim－心中的硬结 / sattva-rajaḥ-tamaḥ-mayam－由物质自然三种属性组成 / antaḥ-hṛdayam－在内心深处 / gataḥ－处于 / āśu－很快 / nirbhinatti－砍断 / tasya－桑卡尔珊的 / anubhāvān－荣耀 / bhagavān－极具力量 / svāyambhuvaḥ－主布茹阿玛的儿子 / nāradaḥ－圣纳茹阿达 / saha－和 / tumburuṇā－名叫屯布茹的弦乐器 / sabhāyām－在聚会上 / brahmaṇaḥ－主布茹阿玛的 / saṁślokayām āsa－以诗的形式被描述

译文　极为真诚想要摆脱物质生活的人，如果聆听师徒传承中的灵性导师讲述阿南塔戴瓦的荣耀，如果总是冥想桑卡尔珊，至尊主就会进入他们心中，清除所有物质自然属性的污垢，砍碎心中的硬结；那硬结自无法追溯的时候起，就被想靠从事功利性活动主宰物质自然的欲望紧紧地缠在心中。主布茹阿玛的儿子纳茹阿达·牟尼，总在他父亲的聚会上赞颂阿南塔戴瓦。在那里，他用他那名叫屯布茹的弦乐器伴奏(或与名叫屯布茹的歌仙一起)，快乐地歌唱他自己编的赞歌。

要旨　对主阿南塔戴瓦的所有这些描述都并非想象，而是充满了超然的极乐和真正的知识。然而，人除非聆听师徒传承中的真正的灵性导师的描述，否则无法明白这一切。这知识由主布茹阿玛(Brahmā)传给纳茹阿达(Nārada)，在由伟大的圣人纳茹阿达与他的同伴屯布茹(Tumburu)将其传遍整个宇宙。至尊人格首神有时被描述为是“用精选诗歌赞美的人(Uttamaśloka)”。纳茹阿达编写各种诗歌赞美主阿南塔，所以这节诗说“用精选的诗歌赞美(saṁślokayām āsa)”。

高迪亚传承(Gauḍīya-sampradāya)中的外士纳瓦(Vaiṣṇava)属于起源于主布茹阿玛的师徒传承。主布茹阿玛是纳茹阿达的灵性导师，纳茹阿达是维亚萨戴瓦(Vyāsadeva)的灵性导师，维亚萨戴瓦编纂了《圣典博伽瓦谭》，将其作为对《韦丹塔经》(Vedānta-sūtra)的评注。正因为如此，高迪亚传承中的全体奉献者，都将《圣典博伽瓦谭》中对主阿南塔活动的叙述接受为是真实的，因而能得到回归家园、回到首神身边的利益。受制约灵魂心中的污染，恰似物质自然三种属性，尤其是激情属性(rajas)和愚昧属性制造(tamas)的一个大垃圾堆。这种污染以贪图物质享乐的欲望和贪婪地占有物质财产的形式展现出来。正如这节诗文中证实的，人除非从师徒传承中接收超然的知识，否则根本无法清除这污染。

第9节

उत्पत्तिस्थितिलयहेतवोऽस्य कल्पाः
सत्त्वाद्याः प्रकृतिगुणा यदीक्षयासन् ।
यद्रूपं ध्रुवमकृतं यदेकमात्मन्
नानाधात्कथमु ह वेद तस्य वर्त्म ॥ ९ ॥

utpatti-sthiti-laya-hetavo 'sya kalpāḥ
sattvādyāḥ prakṛti-guṇā yad-īkṣayāsan
yad-rūpaṁ dhruvam akṛtaṁ yad ekam ātman
nānādhāt katham u ha veda tasya vartma

utpatti—创造的 / sthiti—维系 / laya—和毁灭 / hetavaḥ—最初的原因 / asya—这个物质世界的 / kalpāḥ—有能力行动 / sattva-ādyāḥ—以善良属性为首 / prakṛti-guṇāḥ—物质自然三种属性 / yat—……的 / īkṣayā—用瞥视 / āsan—变得 / yat-rūpam—形象……的 / dhruvam—无限的 / akṛtam—未创造的 / yat—……的 / ekam—一 / ātman—在祂自己之中 / nānā—各种各样的 / adhāt—展示了 / katham—如何 / u ha—肯定地 / veda—可以理解 / tasya—祂的 / vartma—道路

译文　至尊人格首神用祂的瞥视使物质自然属性作为宇宙创造、维系和毁灭的源头行动起来。至尊灵魂是无限的，没有开始。祂虽然是一个个体，但却以众多的形象展示自己。人类如何能了解至尊者行事的方式呢？

要旨　从韦达文献中我们得知，当至尊主扫视(sa aikṣata)物质自然时，物质自然三种属性便展示并创造出物质的多样化。在祂扫视物质能量之前，物质世界的创造、维系和毁灭没可能发生。至尊主在创造之前就已经存在，所以是永恒、不变的。因此，人类中的成员，无论是大科学家还是大哲学家，又怎能理解至尊人格首神行事的方式呢？

从《柴坦亚·巴嘎瓦塔》(Caitanya-bhāgavata)中引述的下文，告诉我们有关主阿南塔的荣耀：

ki brahmā, ki śiva, ki sanakādi 'kumāra'
vyāsa, śuka, nāradādi, 'bhakta' nāma yāṅra

“主布茹阿玛、主希瓦、以萨纳卡为首的库玛尔四兄弟(Kumāra)、维亚萨戴瓦、舒卡戴瓦·哥斯瓦米和纳茹阿达，都是至尊主的纯粹奉献者、永恒的仆人。”

sabāra pūjita śrī-ananta-mahāśaya
sahasra-vadana prabhu—bhakti-rasamaya

“圣主阿南塔受到上述所有不受污染的奉献者的崇拜。祂有好几千个头，是一切奉爱服务的源头。”

ādideva, mahā-yogī, 'īśvara', 'vaiṣṇava'
mahimāra anta iṅhā nā jānaye saba

“主阿南塔是最初的人、伟大的神秘力量控制者。同时，祂又是神的仆人、外士纳瓦。由于祂的荣耀无限，没人能完全了解祂。”

sevana śunilā, ebe śuna ṭhākurāla
ātma-tantre yena-mate vaisena pātāla

“我已经给你讲了祂为至尊主所做的服务。现在请听自给自足的阿南塔戴瓦如何存在于低等星系帕塔拉内。”

śrī-nārada-gosāñi 'tumburu' kari' saṅge
se yaśa gāyena brahmā-sthāne śloka-vandhe

“伟大的圣人纳茹阿达·牟尼，用肩膀扛着他的弦乐器屯布茹，一种在赞美主阿南塔。纳茹阿达·牟尼为赞颂至尊主作了许多超然的诗歌。”

sṛṣṭi, sthiti, pralaya, sattvādi yata guṇa

yāṅra dṛṣṭi-pāte haya, yāya punaḥ punaḥ

“仅仅因为主阿南塔的扫视，物质自然三种属性才互动，开始创造、维系和毁灭。物质自然的这些属性再三出现。”

advitīya-rūpa, satya anādi mahattva
tathāpi ‘ananta’ haya, ke bujhe se tattva?

“至尊主作为独一无二的人、无始无终的至尊真理而受到赞美，因此被称为阿南塔戴瓦(不受限制的)。谁能了解祂？”

śuddha-sattva-mūrti prabhu dharena karuṇāya
ye-vigrahe sabāra prakāśa sulīlāya

“祂的形体完全是灵性的；祂仅仅出于祂的仁慈而展现它。这个物质世界里的一切活动都由祂这个形象掌管。”

yāṅhāra taraṅga śikhi’ siṁha mahāvalī
nija-jana-mano rañje hañā kutūhalī

“祂强大有力，总是准备取悦祂的同伴和奉献者。”

ye ananta-nāmera śravaṇa-saṅkīrtane
ye-te mate kene nāhi bole ye-te jane

aśeṣa-janmera bandha chiṇḍe sei-kṣaṇe
ataeva vaiṣṇava nā chāḍe kabhu tāne

“如果我们尝试致力于集体歌唱主阿南塔戴瓦的荣耀，我们心中累世积存的污垢就会立刻被清除。为此，外士纳瓦从不错过赞美阿南塔戴瓦的机会。”

‘śeṣa’ ba-i saṁsārera gati nāhi āra
anantera nāme sarva-jīvera uddhāra

“主阿南塔戴瓦以蛇沙(Śeṣa，无限的尽头)著称，因为祂结束了我们这个物质世界的旅程。仅仅靠歌唱祂的荣耀，人们就能获得解脱。”

ananta pṛthivī-giri samudra-sahite
ye-prabhu dharena gire pālana karite

“阿南塔戴瓦用祂的头顶着整个宇宙，那宇宙中有成千上万的星球，而每一个星球上有巨大的山脉及汪洋。”

sahasra phaṇāra eka-phaṇe 'bindu' yena
ananta vikrama, nā jānena, 'āche' hena

“祂是如此庞大、有力，以至这个依靠在祂头上的宇宙恰似一滴水。祂都不知道它在哪里。”

sahasra-vadane kṛṣṇa-yaśa nirantara
gāite āchena ādi-deva mahī-dhara

“阿南塔戴瓦用祂数千头中的一个顶着宇宙时，张开祂数千张嘴巴中的每一张，歌唱奎师那的荣耀。”

gāyena ananta, śrī-yaśera nāhi anta
jaya-bhaṅga nāhi kāru, doṅhe—balavanta

“尽管祂从无法追溯的时候起就一直在歌唱主奎师那的荣耀，但还是没有唱完。”

adyāpiha 'śeṣa'-deva sahasra-śrī-mukhe
gāyena caitanya-yaśa anta nāhi dekhe

“直至今日，主阿南塔还在继续歌唱主柴坦亚·玛哈帕布的荣耀，但发现仍没到尽头。”(《柴坦亚·巴嘎瓦塔》首部1.48—52和1.58—69)

第 10 节

मूर्तिं नः पुरुकृपया बभार सत्त्वं
संशुद्धं सदसदिदं विभाति तत्र ।
यल्लीलां मृगपतिराददेऽनवद्या-
मादातुं स्वजनमनांस्युदारवीर्यः ॥१०॥

mūrtiṁ naḥ puru-kṛpayā babhāra sattvaṁ
saṁśuddhaṁ sad-asad idaṁ vibhāti tatra
yal-līlāṁ mṛga-patir ādade 'navadyām
ādātuṁ svajana-manāṁsy udāra-vīryaḥ

mūrtim—至尊人格首神的各种形象 / naḥ—对我们 / puru-kṛpayā—由于巨大的仁慈 / babhāra—展示 / sattvam—存在 / saṁśud-dham—绝对超然 / sat-asat idam—这因果的物质展示 / vibhāti—闪耀 / tatra—……的 / yat-līlām—娱乐活动……的 / mṛga-patiḥ—恰似一头狮子(动物之王)的众生的主人 / ādade—教导 / anavadyām—没有物质污染 / ādātum—以征服 / sva-jana-manāṁsi—祂奉献者的心 / udāravīryaḥ—最宽宏大度和最有力量的

译文 这精微和粗糙的物质展示存在于至尊人格首神体内。祂出于对祂奉献者没有缘故的仁慈展示各种形象，而所有的形象都是超然的。至尊主最宽宏大度，祂拥有一切神秘力量。为征服祂奉献者的心，把快乐注入他们心中，祂以不同的化身显现，展出众多的娱乐活动。

要旨 圣吉瓦·哥斯瓦米(Jīva Gosvāmī)这样翻译上述这节诗说："至尊人格首神是一切原因的起因。粗糙和精微的原材料按照祂的意愿相互作用。祂仅仅为了让祂纯粹奉献者心中高兴而以各种化身显现。"例如，至尊主仅仅为了取悦祂的奉献者而以超然的雄猪(Varāha)化身显现，以便从嘎尔博达卡汪洋中举起地球星球。

第 11 节

यन्नाम श्रुतमनुकीर्तयेदकस्मा-
दार्तो वा यदि पतितः प्रलम्भनाद्वा ।
हन्त्यंहः सपदि नृणामशेषमन्यं
कं शेषाद्भगवत आश्रयेन्मुमुक्षुः ॥११॥

yan-nāma śrutam anukīrtayed akasmād
ārto vā yadi patitaḥ pralambhanād vā
hanty aṁhaḥ sapadi nṛṇām aśeṣam anyaṁ
kaṁ śeṣād bhagavata āśrayen mumukṣuḥ

yat—……的 / nāma—圣名 / śrutam—聆听 / anukīrtayet—也许吟唱或重复 / akasmāt—偶然 / ārtaḥ—正在受苦的人 / vā—或 / yadi—假如 / patitaḥ—已经堕落的人 / pralambhanāt—出于开玩笑 / vā—或 / hanti—摧毁 / aṁhaḥ—罪恶的 / sapadi—一刹那 / nṛṇām—人类社会的 / aśeṣam—无限的 / anyam—其他的 / kam—什么 / śeṣāt—比主蛇沙 / bhagavataḥ—至尊人格首神 / āśrayet—该托庇于 / mumu-kṣuḥ—想要解脱的人

译文　任何人，只要他吟诵、吟唱至尊主的圣名，从真正的灵性导师那里听过圣名，那么哪怕他正在受苦或已经堕落，都立刻得到净化。即使他是偶然的或以开玩笑的方式吟诵、吟唱了至尊主的圣名，他和任何听到的人都将免除一切罪恶。所以，想要摆脱物质钳制的人怎么能回避吟诵、吟唱主蛇沙的圣名呢？除了祂，人该托庇于谁？

第 12 节

मूर्धन्यर्पितमणुवत्सहस्रमूर्ध्नो
भूगोलं सगिरिसरित्समुद्रसत्त्वम् ।
आनन्त्यादनिमितविक्रमस्य भूम्नः
को वीर्याण्यधि गणयेत्सहस्रजिह्वः ॥१२॥

mūrdhany arpitam aṇuvat sahasra-mūrdhno
bhū-golaṁ sagiri-sarit-samudra-sattvam
ānantyād animita-vikramasya bhūmnaḥ
ko vīryāṇy adhi gaṇayet sahasra-jihvaḥ

mūrdhani—在一个头上 / arpitam—固定 / aṇu-vat—恰似一粒原

子 / sahasra-mūrdhnaḥ—有上千个头的阿南塔的 / bhū-golam—这个宇宙 / sa-giri-sarit-samudra-sattvam—有许多山脉、树木、海洋和生物 / ānantyāt—由于无限 / animita-vikramasya—无法测量的力量的 / bhūmnaḥ—至尊主 / kaḥ—谁 / vīryāṇi—力量 / adhi—的确 / gaṇayet—可以计算 / sahasra-jihvaḥ—哪怕有千万条舌头

译文 由于至尊主是无限的，没人能估量祂的力量。这充满了众多高山、河流、汪洋、树木和生物体的整个宇宙，恰似一粒原子般停靠在祂好几千个头中的一个上。有谁，哪怕是有千万条舌头，能描述祂的光荣？

第 13 节

एवम्प्रभावो भगवाननन्तो
दुरन्तवीर्योरुगुणानुभावः ।
मूले रसायाः स्थित आत्मतन्त्रो
यो लीलया क्ष्मां स्थितये बिभर्ति ॥१३॥

evam-prabhāvo bhagavān ananto
duranta-vīryoru-guṇānubhāvaḥ
mūle rasāyāḥ sthita ātma-tantro
yo līlayā kṣmāṁ sthitaye bibharti

evam-prabhāvaḥ—如此强大的 / bhagavān—至尊人格首神 / anantaḥ—阿南塔 / duranta-vīrya—不可征服的能力 / uru—伟大的 / guṇa-anubhāvaḥ—具有超然的品质和光荣 / mūle—在底部 / rasāyāḥ—低等星系的 / sthitaḥ—存在 / ātma-tantraḥ—完全自给自足 / yaḥ—……的 / līlayā—轻松地 / kṣmām—宇宙 / sthitaye—为了维持它 / bibharti—支撑着

译文 强大的主阿南塔戴瓦具有无数伟大、光荣的品质。事实上，祂非凡的能力无穷无尽。祂不仅自给自足，还

是一切的支柱。祂住在低等星系之下，轻松地支撑着整个宇宙。

第 14 节

**एता ह्येवेह नृभिरुपगन्तव्या गतयो यथाकर्मविनिर्मिता यथोपदेश-
मनुवर्णिताः कामान् कामयमानैः ॥१४॥**

etā hy eveha nṛbhir upagantavyā gatayo yathā-karma-vinirmitā
yathopadeśam anuvarṇitāḥ kāmān kāmayamānaiḥ.

etāḥ一所有这些 / hi一的确 / eva一肯定地 / iha一在这个宇宙中 / nṛbhiḥ一被众生 / upagantavyāḥ一可达到的 / gatayaḥ一目的地 / yathā-karma一按自己过去的活动 / vinirmitāḥ一创造 / yathā-upade-śam一正如所训示的 / anuvarṇitāḥ一相应地描述 / kāmān一物质享乐 / kāmayamānaiḥ一被那些渴望之人

译文　亲爱的君王，我按照从我灵性导师那里听到的，给你完整地描述了按受制约灵魂的功利性活动和欲望对这个物质宇宙的创造。那些充满物质欲望的受制约的灵魂，在不同的星系上获得不同的处境，就这样在这个物质创造中生活。

要旨　就有关这一点，圣巴克提维诺德·塔库尔(Śrīla Bhaktivinoda Ṭhākura)歌唱道：

anādi karama-phale,
padi' bhavārṇava-jale, taribāre nā dekhi upāya

“我的至尊主，我不知自己何时开始过起了物质生活，但能确切地体验到，自己坠入了无知的深海中。现在我看到，除了托庇于您的莲花足，没其他方法可以从海中出去。”同样，圣柴坦亚·玛哈帕布献上如下的祈祷说：

ayi nanda-tanuja kiṅkaraṁ
  patitaṁ māṁ viṣame bhavāmbudhau
kṛpayā tava pāda-paṅkaja-
  sthita-dhūlī-sadṛśaṁ vicintaya

“我亲爱的至尊主，南达王的儿子，我是您永恒的仆人。不知怎的，我坠入了这无知之洋。因此，请救我离开这可怕的物质生活状况。”

第 15 节

एतावतीर्हि राजन् पुंसः प्रवृत्तिलक्षणस्य धर्मस्य विपाकगतय उच्चा-वचा विसदृशा यथाप्रश्नं व्याचख्ये किमन्यत्कथयाम इति ॥१५॥

etāvatīr hi rājan puṁsaḥ pravṛtti-lakṣaṇasya dharmasya vipāka-gataya uccāvacā visadṛśā yathā-praśnaṁ vyācakhye kim anyat kathayāma iti.

etāvatīḥ—这种的 / hi—肯定地 / rājan—君王啊 / puṁsaḥ—人类的 / pravṛtti-lakṣaṇasya—以各种倾向为特征 / dharmasya—履行职责的 / vipāka-gatayaḥ—相应的目的地 / ucca-avacāḥ—高和低 / visadṛśāḥ—不同的 / yathā-praśnam—正如你询问的 / vyācakhye—我已经描述 / kim anyat—其他什么 / kathayāma—我该讲述 / iti—如此

译文 亲爱的君王，到此为止，我描述了人们一般是如何按照他们不同的欲望活动，并因而在高等或低等星球上得到各种躯体的。你向我询问这些事，我已经把我从权威处听到的一切给你做了解释。现在我该讲什么了？

到此为止，结束了巴克提韦丹塔对《圣典博伽瓦谭》第5篇第25章“主阿南塔的荣耀”所作的阐释。

第二十六章

对地狱星球的描述

第二十六章描述罪恶的人如何去到不同的地狱，接受阎罗王(Yamarāja)的助手以各种方式所给予的惩罚。正如《博伽梵歌》(Bhagavad-gītā)第3章的第27节诗说：

prakṛteḥ kriyamāṇāni
guṇaiḥ karmāṇi sarvaśaḥ
ahaṅkāra-vimūḍhātmā
kartāham iti manyate

“灵魂受假我的迷惑，以为是自己在活动，却不知道，其实是物质自然的三种属性在活动。”愚蠢之人以为他不受任何法律的控制。他认为世上没有神或规定的原则，他可以随心所欲地做他喜欢做的事。所以，他从事各种罪恶活动，结果一生复一生地被投入不同的地狱生活环境中，受到自然法律的惩罚。他受苦的根本原因是：他虽然受物质自然法律的严格控制，但却愚蠢地以为自己可以独立自主。这些法律都在物质自然三种属性的影响下运作，每一个人也都在三种不同的影响下做事。他的所作所为使他今生或来世承受各种报应之苦。虔诚之人与无神论者的作为不同，因此处境也不同。

舒卡戴瓦·哥斯瓦米(Śukadeva Gosvāmī)描述了如下二十八个地狱，它们分别是：

塔弥刷(Tāmisra)、安达塔弥刷(Andhatāmisra)、荛茹阿瓦(Raurava)、玛哈荛茹阿瓦(Mahāraurava)、昆比帕卡(Kumbhīpāka)、卡拉苏陀(Kālasūtra)、阿希·帕陀瓦纳(Asi-patravana)、苏卡茹阿姆卡(Sūkara-mukha)、安达库帕(Andhakūpa)、奎弥博佳纳

(Kṛmibhojana)、桑荡沙(Sandaṁśa)、塔普塔苏尔弥(Taptasūrmi)、瓦爪·刊塔卡·沙勒玛利(Va-jrakaṇṭaka-śālmalī)、外塔茹阿尼(Vaitaraṇī)、普尤达(Pūyoda)、帕纳柔达(Prāṇarodha)、维沙萨纳(Viśasana)、拉蜡巴克沙(Lālābhakṣa)、萨尔梅亚达纳(Sārameyādana)、阿维祺(Avīci)、阿亚赫帕纳(Ayaḥpā-na)、查茹阿卡尔达玛(Kṣārakardama)、茹阿克首嘎纳·博佳纳(Rakṣogaṇa-bhojana)、舒拉普柔塔(Śūlaprota)、丹达舒卡(Dandaśūka)、阿瓦塔·尼柔达纳(Avaṭa-nirodhana)、帕尔亚瓦尔塔纳(Paryāvartana)和苏祺姆卡(Sūcīmukha)。

偷他人的钱财或妻子的人，被投入名叫塔弥刷的地狱。欺骗他人并享受那人妻子的人被投入极为可怕的名叫安达塔弥刷的地狱。专注于躯体化的生命概念并在此概念的误导下为保养自己的妻儿不惜对其他生物体施加暴力的愚蠢之人，被投入名叫荛茹阿瓦的地狱。在那里，被他杀死的动物们投生为名叫儒茹的生物体，令他遭受巨大的痛苦。杀死各种飞禽走兽并烹煮它们的人被阎罗王的执法官投进名叫昆比帕卡的地狱，在那里被置于滚烫的油中。杀死布茹阿玛纳(brāhmaṇa, 婆罗门)的人，被投入卡拉苏陀地狱中，那里有用铜铸造的平滑地面，地面如烤炉一样热。谋杀布茹阿玛纳的人在那地面上被烘烤许多年。不遵循经典训示却随心所欲或跟随恶棍做事的人，被投入阿希·帕陀瓦纳地狱。不公正执政并惩罚无辜之人的政府官员，被阎罗王的助手带到苏卡茹阿姆卡地狱，在那里遭无情的鞭打。

神赐予人类以高度发展的意识，因此人可以感受到其他生物体的痛苦和快乐。但没有良心的人喜欢使其他生物体受苦。阎罗王的助手把这种人投入名叫安达库帕的地狱，让他在那里接受他的受害者对他实行适当的惩罚。不好好接待客人或不给客人吃饭但却自己享受食物的人，被投入奎弥博佳纳的地狱，那里有无数的蠕虫和昆虫一直不断地咬他。

盗贼被投入桑达么沙地狱。与不该发生性关系的女性发生性关系的人，被投入塔普塔苏尔弥地狱。与动物发生性关系的人，被投入瓦诸阿刊塔卡·沙勒玛利地狱。行为处事不符合高贵出身的人，被投入名叫外塔茹阿尼的充满血液、脓汁和尿液的地狱河渠中。如动物般生活的人被投入普尤达地狱中。在未得到许可的情况下无情地杀死森林中的动物的人，被置于名叫帕纳柔达(Prāṇarodha)的地狱中。以举行宗教祭祀的名义杀死动物的人，被投入维沙萨纳地狱。强迫妻子喝精液的人，被投入拉蜡巴克沙地狱。以纵火或下毒的方式杀死他人的人，被投入萨尔梅亚达纳地狱。靠作假证赚取生活费用的人，被投入阿维祺地狱。

酗酒之人被投入名叫阿亚赫帕纳的地狱。不对长辈表示适当的尊敬，因而违反礼仪的人，被投入查茹阿卡尔达玛地狱。举行祭祀时将人献祭给柏茹阿瓦(Bhairava)的人，被投入茹阿克首嘎纳·博佳纳地狱。杀死寻求庇护的动物的人，被投入舒拉普柔塔地狱。给他人制造麻烦的人，被投入丹达舒卡地狱。将其他生物体囚禁在山洞、地牢中的人，被投入名叫阿瓦塔·尼柔达纳的地狱中。在自己家毫无理由地向客人发怒的人，被投入帕尔亚瓦尔塔纳地狱。因为富有而狂妄自大且更加苦思冥想该如何收集更多钱的人，被置于苏祺姆卡地狱。

描述了这些地狱星球后，舒卡戴瓦·哥斯瓦米讲述虔诚之人如何被提升到半神人们居住的高等星球，又如何在耗尽自己虔诚活动的结果后再次回到这个地球来。他最后描述了至尊主的宇宙形象，赞美至尊主的活动。

第 1 节

राजोवाच
महर्ष एतद्वैचित्र्यं लोकस्य कथमिति ॥१॥

rājovāca
maharṣa etad vaicitryaṁ lokasya katham iti.

rājā uvāca—君王说 / maharṣe—伟大的圣人啊(舒卡戴瓦·哥斯瓦米)! / etat—这 / vaicitryam—多样化 / lokasya—生物的 / katham—如何 / iti—这样

译文 帕瑞克西特王向舒卡戴瓦·哥斯瓦米询问道:亲爱的先生,众生为何被置于不同的物质处境中?请为我解释这一点。

要旨 圣维施瓦纳特·查夸瓦尔提·塔库尔(Śrīla Viśvanātha Cakravartī Ṭhākura)解释说:这个宇宙中不同的地狱星球一直处在离嘎尔博达卡汪洋上方一点点的距离处。这一章描述所有的罪人如何去到这些地狱星球,在那里如何受到阎罗王的助手们的惩罚。有不同躯体的个体按他们过去从事过的活动享乐或受苦。

第 2 节

ऋषिरुवाच
त्रिगुणत्वात्कर्तुः श्रद्धया कर्मगतयः पृथग्विधाः सर्वा एव सर्वस्य तारतम्येन भवन्ति ॥ २ ॥

ṛṣir uvāca
tri-guṇatvāt kartuḥ śraddhayā karma-gatayaḥ pṛthag-vidhāḥ sarvā eva sarvasya tāratamyena bhavanti.

ṛṣiḥ uvāca—伟大的圣人(舒卡戴瓦·哥斯瓦米)说 / tri-guṇatvāt—由于物质自然三种属性 / kartuḥ—活动者的 / śraddhayā—由于……的态度 / karma-gatayaḥ—活动决定目的地 / pṛthak—不同的 / vidhāḥ—多样化 / sarvāḥ—所有的 / eva—如此 / sarvasya—他们所有的 / tāratamyena—在不同程度上 / bhavanti—成为可能的

译文　伟大的圣人舒卡戴瓦·哥斯瓦米说：我亲爱的君王，这个物质世界里有三种活动，即：受善良属性影响的活动、受激情属性影响的活动和受愚昧属性影响的活动。由于所有的人都受这三种属性的影响，他们活动的结果也分为三类。在善良属性影响下活动的人虔诚、快乐；在激情属性影响下活动的人苦乐参半；在愚昧属性影响下活动的人总是不快乐，像动物一样活着。生物因为不同程度地受不同属性的影响，所以他们的目的地也各不相同。

第3节

अथेदानीं प्रतिषिद्धलक्षणस्याधर्मस्य तथैव कर्तुः श्रद्धाया वैसादृश्यात्
कर्मफलं विसदृशं भवति या ह्यनाद्यविद्यया कृतकामानां तत्परिणाम-
लक्षणाः सृतयः सहस्रशः प्रवृत्तास्तासां प्राचुर्येणानुवर्णयिष्यामः ॥ ३ ॥

athedānīṁ pratiṣiddha-lakṣaṇasyādharmasya tathaiva kartuḥ
śraddhāyā vaisādṛśyāt karma-phalaṁ visadṛśaṁ bhavati yā hy
anādy-avidyayā kṛta-kāmānāṁ tat-pariṇāma-lakṣaṇāḥ sṛtayaḥ
sahasraśaḥ pravṛttās tāsāṁ prācuryeṇānuvarṇayiṣyāmaḥ.

atha—如此 / idānīm—现在 / pratiṣiddha—靠被禁止的 / lakṣaṇa-sya—以……为征象 / adharmasya—不虔诚活动的 / tathā—所以也 / eva—肯定地 / kartuḥ—活动者的 / śraddhāyāḥ—信心的 / vaisādṛśyāt—靠……的不同 / karma-phalam—功力性活动的反应 / visadṛśam—不同的 / bhavati—是 / yā—……的 / hi—确实 / anādi—从无可追溯的时代起 / avidyayā—由于愚昧 / kṛta—履行 / kāmānām—满怀贪图享乐欲望的人的 / tat-pariṇāma-lakṣaṇāḥ—这些不虔诚欲望的结果的表现 / sṛtayaḥ—地狱生活的境况 / sahasraśaḥ—靠千千万万 / pravṛttāḥ—结果 / tāsām—他们 / prācuryeṇa—很广泛地 / anuvar-ṇayiṣyāmaḥ—我将描述

译文　正如从事各种虔诚活动使人过上各种天堂般的生活，从事不虔诚的活动使人过上各种地狱般的生活。那些受物质自然愚昧属性控制的人从事不虔诚的活动，根据他们愚昧的程度而被置于不同等级的地狱中。如果一个人因疯狂所致而在愚昧属性的控制下行事，那他招致的痛苦就最轻。在了解虔诚活动与不虔诚活动之间区别的情况下以不虔诚的方式行事之人，被投入严厉程度属中级的地狱。因不敬神而行为愚蠢、不虔诚，就会过上最糟糕的地狱生活。自无法追溯的时候起，每一个生物都曾因愚昧而被各种欲望带入众多不同的地狱星球中。我将尽量尝试描述那些地狱星球。

第 4 节

राजोवाच
नरका नाम भगवन् किं देशविशेषा अथवा बहिस्त्रिलोक्या आहो-
स्विदन्तराल इति ॥ ४ ॥

rājovāca
narakā nāma bhagavan kiṁ deśa-viśeṣā athavā bahis tri-lokyā
āhosvid antarāla iti.

rājā uvāca—君王说 / narakāḥ—地狱区域 / nāma—名叫 / bhagavan—我的主啊 / kim—是否 / deśa-viśeṣāḥ—某个国度 / athavā—或 / bahiḥ—在……之外 / tri-lokyāḥ—三个世界(整个宇宙) / āhosvit—或 / antarāle—在宇宙的中间地带 / iti—如此

译文 帕瑞克西特王询问舒卡戴瓦·哥斯瓦米说：亲爱的阁下，地狱区域是在这宇宙之外，在宇宙的覆盖层之内，还是在这个星球不同的地方？

第 5 节

ऋषिरुवाच
अन्तराल एव त्रिजगत्यास्तु दिशि दक्षिणस्यामधस्ताद्भूमेरुपरिष्टाच्च
जलाद्यस्यामग्निष्वात्तादयः पितृगणा दिशि स्वानां गोत्राणां परमेण
समाधिना सत्या एवाशिष आशासाना निवसन्ति ॥ ५ ॥

ṛṣir uvāca
antarāla eva tri-jagatyās tu diśi dakṣiṇasyām adhastād bhūmer
upariṣṭāc ca jalād yasyām agniṣvāttādayaḥ pitṛ-gaṇā diśi svānāṁ
gotrāṇāṁ paramena samādhinā satyā evāśiṣa āśāsānā nivasanti.

ṛṣiḥ uvāca—伟大的圣人回答道 / antarāle—在中间区域 / eva—肯定地 / tri-jagatyāḥ—三个世界的 / tu—但是 / diśi—在……方向 / dakṣiṇasyām—南方 / adhastāt—在……下面 / bhūmeḥ—在地球上 / upariṣṭāt—略微高于 / ca—和 / jalāt—嘎尔博达卡汪洋 / ya-syām—……的 / agniṣvāttā-ādayaḥ—以阿格尼刷塔为首 / pitṛ-gaṇāḥ—祖先 / diśi—方向 / svānām—他们自己 / gotrāṇām—家庭的 / paramena—以巨大的 / samādhinā—全神贯注于至尊主 / satyāḥ—对真理 / eva—肯定地 / āśiṣaḥ—祝福 / āśāsānāḥ—渴望 / nivasanti—他们生活

译文 伟大的圣人舒卡戴瓦·哥斯瓦米回答道：所有的地狱星球都处在三个世界与嘎尔博达卡汪洋间的中空地带内。它们都位于宇宙的南面，布·曼达拉之下，距嘎尔博达卡汪洋水面只有很小的距离。祖先星球也坐落在嘎尔博达卡汪洋和低等星系之间。祖先星球的全体居民，以阿戈尼刷塔为首，都极度专注地冥想至尊人格首神，总是祝愿他们的家人。

要旨 正如前面解释过的，在我们居住的星系下方有七个低等星系，最低的一个名叫帕塔拉珞卡(Pātālaloka)。帕塔拉星系的下方是另一些被称为那茹阿卡(Narakaloka)星系的地狱星球。在宇宙底部的是嘎尔博达卡汪洋。因此，地狱星球就处在帕塔拉星系与嘎尔博达卡汪洋之间。

第 6 节

**यत्र ह वाव भगवान् पितृराजो वैवस्वतः स्वविषयं प्रापितेषु स्वपुरुषै-
र्जन्तुषु सम्परेतेषु यथाकर्मावद्यं दोषमेवानुल्लङ्घितभगवच्छासनः सगणो
दमं धारयति ॥ ६ ॥**

yatra ha vāva bhagavān pitṛ-rājo vaivasvataḥ sva-viṣayaṁ prāpiteṣu
sva-puruṣair jantuṣu sampareteṣu yathā-karmāvadyaṁ doṣam
evānullaṅghita-bhagavac-chāsanaḥ sagaṇo damaṁ dhārayati.

yatra一……的地方 / ha vāva一的确 / bhagavān一最有力量的 / pitṛ-rājaḥ一祖先们的君王——阎罗王 / vaivasvataḥ一太阳神之子 / sva-viṣayam一他自己的王国 / prāpiteṣu一当……使到达 / sva-puruṣaiḥ一被他自己的信使 / jantuṣu一人类 / sampareteṣu一死亡 / yathā-karma-avadyam一根据他们在多大程度上违背了受制约生命的规范守则 / doṣam一缺点 / eva一肯定地 / anullaṅghita-bhagavat-śāsanaḥ一从不违反至尊人格首神命令的 / sagaṇaḥ一连同他的追随者 / damam一惩罚 / dhārayati一执行

译文 太阳神强有力的儿子阎罗王，是祖先们的君王。他与他的助理住在祖先星球内，严格按照至尊主制定的规章制度，让他的执法官亚玛杜塔们在罪人死后立刻把他们带到他面前。当他们被带到他的管辖范围内后，他便按照他们从事过的具体的罪恶活动，对他们作出正确的判决，把他们遣送到众多地狱星球中的一个上，接受适当的惩罚。

要旨 阎罗王并非虚构人物或说神话中的角色；他有他自己的住所——祖先星球(Pitṛloka)，他是那里的君王。不可知论者们也许不相信有地狱存在，但舒卡戴瓦·哥斯瓦米确认了处在嘎尔博达卡汪洋与帕塔拉星系之间的地狱星球的存在。至尊人格首神委派阎罗王负责监督人类不违反祂制定的各种规定。正如《博伽梵歌》第4章的第17节诗中证实说：

karmaṇo hy api boddhavyaṁ
boddhavyaṁ ca vikarmaṇaḥ
akarmaṇaś ca boddhavyaṁ
gahanā karmaṇo gatiḥ

“活动的错综复杂性很难理解。因此，应该正确了解什么是活动，什么是被禁止的活动，什么是不活动。”人应该了解活动(karma)、被禁止的活动(vikarma)及不活动(akarma)的性质，必须相应地行事。这是至尊人格首神的法律。为感官享乐而来到这个物质世界的受制约的灵魂，被允许在遵守一定的规定的情况下享受他们的感官。他们如果违反这些规定，就会受到阎罗王的审判和惩罚。他把他们带到地狱星球，给予他们适当的惩罚，以便使他们恢复奎师那意识。然而，在错觉能量玛亚(māyā)的影响下，受制约的灵魂保持受愚昧属性控制的状态，因此尽管再三受阎罗王的惩罚，还是清醒不过来，继续过受物质制约的生活，一再从事罪恶活动。

第 7 节

तत्र हैके नरकानेकविंशतिं गणयन्ति अथ तांस्ते राजन्नामरूपलक्षणतो ऽनुक्रमिष्यामस्तामिस्रोऽन्धतामिस्रो रौरवो महारौरवः कुम्भीपाकः कालसूत्रमसिपत्रवनं सूकरमुखमन्धकूपः कृमिभोजनः सन्दंशस्तप्तसू- र्मिर्वज्रकण्टकशाल्मली वैतरणी पूयोदः प्राणरोधो विशसनं लालाभक्षः सारमेयादनमवीचिरयःपानमिति । किञ्च क्षारकर्दमो रक्षोगणभोजनः शूलप्रोतो दन्दशूकोऽवटनिरोधनः पर्यावर्तनः सूचीमुखमित्यष्टाविंश- तिर्नरका विविधयातनाभूमयः ॥ ७ ॥

tatra haike narakān eka-viṁśatiṁ gaṇayanti atha tāṁs te rājan nāma-rūpa-lakṣaṇato 'nukramiṣyāmas tāmisro 'ndhatāmisro rauravo mahārauravaḥ kumbhīpākaḥ kālasūtram asipatravanaṁ sūkaramukham andhakūpaḥ kṛmibhojanaḥ sandaṁśas taptasūrmir vajrakaṇṭaka-śālmalī vaitaraṇī pūyodaḥ prāṇarodho viśasanaṁ lālābhakṣaḥ sārameyādanam avīcir ayaḥpānam iti, kiñca kṣārakardamo rakṣogaṇa-bhojanaḥ śūlaproto dandaśūko 'vaṭa-nirodhanaḥ paryāvartanaḥ sūcīmukham ity aṣṭā-viṁśatir narakā vividha-yātanā-bhūmayaḥ.

tatra—在那里 / ha—肯定地 / eke—有些 / narakān—地狱星球 / eka-viṁśatim—二十一 / gaṇayanti—计算 / atha—因此 / tān—他们 / te—向你 / rājan—君王啊 / nāma-rūpa-lakṣaṇataḥ—按照它们的名字、形状和特征 / anukramiṣyāmaḥ—我们将一一列举 / tāmisraḥ—塔弥刷 / andha-tāmisraḥ—安达塔弥刷 / rauravaḥ—荛茹阿瓦 / mahā-rauravaḥ—玛哈荛茹阿瓦 / kumbhī-pākaḥ—昆比帕卡 / kāla-sūtram—卡拉苏陀 / asi-patravanam—阿希·帕陀瓦纳 / sūkara-mukham—苏卡茹阿姆卡 / andha-kūpaḥ—安达库帕 / kṛmi-bhojanaḥ—奎弥博佳纳 / sandaṁśaḥ—桑荡沙 / tapta-sūrmiḥ—塔普塔苏尔弥 / vajra-kaṇṭaka-śālmalī—瓦爪·刊塔卡·沙勒玛利 / vaitaraṇī—外塔茹阿尼 / pūyodaḥ—普尤达 / prāṇa-rodhaḥ—帕纳柔达 / viśasanam—维沙萨纳 / lālā-bhak-ṣaḥ—拉蜡巴克沙 / sārameyādanam—萨尔梅亚达纳 / avīciḥ—阿维祺 / ayaḥ-panam—阿亚哈帕纳 / iti—这样 / kiñca—还有 / kṣāra-karda-maḥ—查茹阿卡尔达玛 / rakṣaḥ-gaṇa-bhojanaḥ—茹阿克首嘎纳·博佳纳 / śūla-protaḥ—舒拉普柔塔 / danda-śūkaḥ—丹达舒卡 / avaṭa-niro-dhanaḥ—阿瓦塔·尼柔达纳 / paryāvartanaḥ—帕尔亚瓦尔塔纳 / sūcī-mukham—苏祺姆卡 / iti—就这样 / aṣṭā-viṁśatiḥ—二十八 / narakāḥ—地狱星球 / vividha—各种 / yātanā-bhūmayaḥ—地狱般痛苦的地方

译文 有些权威人士说，总共有二十一个地狱星球，有些则说有二十八个。亲爱的君王，我将对它们的名字、外形和特征一一作出概述。各种地狱的名字分别为：塔弥刷、安达塔弥刷、荛茹阿瓦、玛哈荛茹阿瓦、昆比帕卡、卡拉苏陀、阿希·帕陀瓦纳、苏卡茹阿姆卡、安达库帕、奎弥博佳纳、桑荡沙、塔普塔苏尔弥、瓦爪·刊塔卡·沙勒玛利、外塔茹阿尼、普尤达、帕纳柔达、维沙萨纳、拉蜡巴克沙、萨尔梅亚达纳、阿维祺、阿亚哈帕纳、查茹阿卡尔达玛、茹阿克首嘎纳·博佳纳、舒拉普柔塔、丹达舒卡、阿瓦塔·尼柔

达纳、帕尔亚瓦尔塔纳和苏祺姆卡。所有这些星球都专为惩罚生物体而设。

第 8 节

**तत्र यस्तु परवित्तापत्यकलत्राण्यपहरति स हि कालपाशबद्धो यम-
पुरुषैरतिभयानकैस्तामिस्रे नरके बलान्निपात्यते अनशनानुदपानदण्ड-
ताडनसन्तर्जनादिभिर्यातनाभिर्यात्यमानो जन्तुर्यत्र कश्मलमासादित
एकदैव मूर्च्छामुपयाति तामिस्रप्राये ॥ ८ ॥**

tatra yas tu para-vittāpatya-kalatrāṇy apaharati sa hi kāla-pāśa-baddho yama-puruṣair ati-bhayānakais tāmisre narake balān nipātyate anaśanānudapāna-daṇḍa-tāḍana-santarjanādibhir yātanābhir yātyamāno jantur yatra kaśmalam āsādita ekadaiva mūrcchām upayāti tāmisra-prāye.

tatra—在那些地狱星球中 / yaḥ—……的人 / tu—但是 / para-vitta-apatya-kalatrāṇi—别人的钱财、妻子和孩子 / apaharati—拿走 / saḥ—那个人 / hi—肯定地 / kāla-pāśa-baddhaḥ—被阎罗王的时间绳索捆绑 / yama-puruṣaiḥ—被阎罗王的助手 / ati-bhayānakaiḥ—非常可怕的 / tāmisre narake—投入名叫塔弥刷的地狱 / balāt—强迫地 / nipātyate—被扔进 / anaśana—饥饿 / anudapāna—没有水 / daṇḍa-tāḍana—用棒打 / santarjana-ādibhiḥ—通过斥责等 / yātanābhiḥ—通过严厉的惩罚 / yātyamānaḥ—被惩罚 / jantuḥ—生物 / yatra—在那 / kaśmalam—痛苦 / āsāditaḥ—得到 / ekadā—有时 / eva—肯定地 / mūrcchām—昏厥 / upayāti—获得 / tāmisra-prāye—在那个几乎完全黑暗的境况中

译文　亲爱的君王，侵占他人合法的妻子、孩子或钱财的人，死时被阎罗王凶猛的执法官逮捕。他们用时间之绳捆绑他，将他抛进名叫塔弥刷的地狱星球。在这极其黑暗的星球中，阎罗王的执法官们抽打、训斥那罪恶之人。他挨饿，没有水喝。阎罗王愤怒的助手们就这样使他痛苦不堪，有时甚至在受惩罚时昏厥过去。

第 9 节

एवमेवान्धतामिस्रे यस्तु वञ्चयित्वा पुरुषं दारादीनुपयुङ्क्ते यत्र शरीरी निपात्यमानो यातनास्थो वेदनया नष्टमतिर्नष्टदृष्टिश्च भवति यथा वनस्पतिर्वृश्च्यमानमूलस्तस्मादन्धतामिस्रं तमुपदिशन्ति ॥ ९ ॥

evam evāndhatāmisre yas tu vañcayitvā puruṣaṁ dārādīn upayuṅkte yatra śarīrī nipātyamāno yātanā-stho vedanayā naṣṭa-matir naṣṭa-dṛṣṭiś ca bhavati yathā vanaspatir vṛścyamāna-mūlas tasmād andhatāmisraṁ tam upadiśanti.

evam－这样 / eva－肯定地 / andhatāmisre－在名叫安达塔弥刷的地狱星球中 / yaḥ－……的人 / tu－但是 / vañcayitvā－欺骗 / puru-ṣam－另一个人 / dāra-ādīn－妻子和孩子 / upayuṅkte－享受 / yatra－……的地方 / śarīrī－有躯体的生物 / nipātyamānaḥ－被用力扔进 / yātanā-sthaḥ－总是处在极度痛苦的情况中 / vedanaya－被这种痛苦 / naṣṭa－失去 / matiḥ－意识……的 / naṣṭa－失去 / dṛṣṭiḥ－视力……的 / ca－也 / bhavati－变成 / yathā－像……一样 / vanaspa-tiḥ－树木 / vṛścyamāna－被砍断 / mūlaḥ－根……的 / tasmāt－因为这一点 / andhatāmisram－安达塔弥刷 / tam－那 / upadiśanti－他们称呼

译文 奸诈地欺骗另一个男人并享受他的妻子和孩子的人，被抛进名叫安达塔弥刷的地狱。他在那里的情况就像树根被砍的树一样。甚至在到达安达塔弥刷之前，罪恶的生物体就已经被迫承受各种极度的痛苦了。那些折磨是如此严酷，以致他失去了智力和视力。正因为如此，博学的圣人称这个地狱为安达塔弥刷。

第 10 节

यस्त्विह वा एतदहमिति ममेदमिति भूतद्रोहेण केवलं स्वकुटुम्बमेवानुदिनं प्रपुष्णाति स तदिह विहाय स्वयमेव तदशुभेन रौरवे निपतति ॥१०॥

yas tv iha vā etad aham iti mamedam iti bhūta-droheṇa kevalaṁ sva-kuṭumbam evānudinaṁ prapuṣṇāti sa tad iha vihāya svayam eva tad-aśubhena raurave nipatati.

yaḥ—……的人 / tu—但是 / iha—在这一生 / vā—或 / etat—这个躯体 / aham—我 / iti—如此 / mama—我的 / idam—这 / iti—因此 / bhūta-droheṇa—因为忌妒其他生物 / kevalam—独自地 / sva-kuṭumbam—他的家庭成员 / eva—只有 / anudinam—日复一日 / prapuṣṇāti—维持 / saḥ—这种人 / tat—那 / iha—这里 / vihāya—放弃 / svayam—亲自 / eva—肯定地 / tat—那个的 / aśubhena—被罪恶 / raurave—在莣茹阿瓦 / nipatati—他跌进

译文　将躯体视为自我的人，为保养自己的身体和妻儿的身体而夜以继日辛苦地工作赚钱。在为供养自己和家人而工作时，他也许会对其他生物体施暴。这种人在死亡时被迫放弃他的躯体和家人，因为对其他生物体心怀敌意而被投入名叫莣茹阿瓦的地狱遭受报应之苦。

要旨　《圣典博伽瓦谭》中说：

yasyātma-buddhiḥ kuṇape tri-dhātuke
sva-dhīḥ kalatrādiṣu bhauma-ijya-dhīḥ
yat-tīrtha-buddhiḥ salile na karhicij
janeṣv abhijñeṣu sa eva go-kharaḥ

“谁将这个由三种元素(胆汁、黏液和气)构成的臭皮囊视为是自我，执著于与自己的妻子和孩子保持亲密关系，认为自己的出生地值得崇拜，在朝圣之地的水中沐浴，但却从不向那里真正有知识的人询问知识，谁就不比一头驴或乳牛强。”(《圣典博伽瓦谭》10.84.13)专注于物质化的生命概念的人分两类：一类出于愚昧，这类人以为自己的身体就是自我，所以无疑像动物一样(sa eva go-kharaḥ)；但第二类人不仅认为自己的物质躯体就是自我，而且还为保养自己的身体从事各种各样的罪恶活动。第二类人为给自己家人和自己赚钱而欺骗所有的人，毫无理由地对其他生物体心怀恶意。这种人被投入名叫荛茹阿瓦的地狱。像动物一样只是认为自己的躯体是自我的人，还不是很罪恶。但如果为保养自己的身体而从事罪恶活动，就会被抛进荛茹阿瓦地狱。这是圣维施瓦纳特·查夸瓦尔提·塔库尔的看法。动物虽然在躯体化的生命概念影响下生活，但并不会为了保养自己、配偶及后代的身体而从事罪恶活动。正因为如此，动物不去地狱。然而，一个人如果为保养自己的身体而心怀恶意地行事或欺骗他人，就会被置于地狱环境中。

第 11 节

ये त्विह यथैवामुना विहिंसिता जन्तवः परत्र यमयातनामुपगतं त
एव रुरवो भूत्वा तथा तमेव विहिंसन्ति तस्माद्रौरवमित्याहू रुरुरिति
सर्पादतिक्रूरसत्त्वस्यापदेशः ॥११॥

ye tv iha yathaivāmunā vihiṁsitā jantavaḥ paratra yama-yātanām upagataṁ ta eva ruravo bhūtvā tathā tam eva vihiṁsanti tasmād rauravam ity āhū rurur iti sarpād ati-krūra-sattvasyāpadeśaḥ.

ye—……的人 / tu—但是 / iha—在这一生 / yathā—正如 / eva—肯定地 / amunā—被他 / vihiṁsitāḥ—受到伤害的 / jantavaḥ—生物体 / paratra—在下一生 / yama-yātanām upagatam—被阎罗王施加痛苦 / te—那些生物体 / eva—的确 / ruravaḥ—儒茹(一种忌妒的动物) / bhūtvā—变成 / tathā—那么多 / tam—他 / eva—肯定地 / vihiṁsanti—他们伤害 / tasmāt—由于这 / rauravam—荛茹阿瓦 / iti—因此 / āhuḥ—博学的学者说 / ruruḥ—名叫儒茹的动物 / iti—因此 / sarpāt—比蛇 / ati-krūra—更残忍、忌妒 / sattvasya—生物体的 / apadeśaḥ—名字

译文　心怀恶意之人在这一生对许多生物体施加暴力，因此死后在被阎罗王带去地狱时，那些他曾伤害过的生物体就会以被称为儒茹的动物形象出现在他面前，让他遭受极度的痛苦。博学的学者称这个地狱为荛茹阿瓦。儒茹在这个世界一般看不到，它比蛇还更心怀恶意。

要旨　根据施瑞达尔·斯瓦米(Śrīdhara Svāmī)的看法，儒茹(ruru)是被称为巴茹阿·顺嘎的一种很残忍的动物(ati-krūrasya bhāra-śṛṅgākhya-sattvasya apa-deśaḥ saṁjñā)。对此，圣吉瓦·哥斯瓦米(Śrīla Jīva Gosvāmī)在他的《概述》(Sandarbha)中证实说：圣人们评论说，儒茹是一种几乎不为人知的动物(ruru-śabdasya svayaṁ muninaiva ṭīkā-vidhānāl lokeṣv aprasiddha evāyaṁ jantu-viśeṣaḥ)。因此，尽管在这个世上看不到儒茹，但经典(śāstra)中证实了他们的存在。

第 12 节

एवमेव महारौरवो यत्र निपतितं पुरुषं क्रव्यादा नाम रुरवस्तं क्रव्येण घातयन्ति यः केवलं देहम्भरः ॥१२॥

evam eva mahārauravo yatra nipatitaṁ puruṣaṁ kravyādā nāma
ruravas taṁ kravyeṇa ghātayanti yaḥ kevalaṁ dehambharaḥ.

evam—因此 / eva—肯定地 / mahā-rauravaḥ—名叫玛哈荛茹阿瓦的地狱 / yatra—……的地方 / nipatitam—被扔进 / puruṣam——一个人 / kravyādāḥ nāma—名叫夸维亚达 / ruravaḥ—儒茹动物 / tam—(被谴责的) 他 / kravyeṇa—为吃他的肉 / ghātayanti—杀害 / yaḥ—……的 / kevalam—只有 / dehambharaḥ—为维持自己的躯体

译文　为保养自己的躯体而伤害他人的人，必将在名叫玛哈荛茹阿瓦的地狱遭受惩罚。在这个地狱中，名叫夸维亚达的儒茹动物折磨他，吃他的肉。

要旨 在躯体化的生命概念影响下如畜生般行事的人得不到原谅，被抛进玛哈荛茹阿瓦(Mahāraurava)地狱中，受到名叫夸维亚达(kravyāda)的儒茹动物的攻击。

第13节

यस्त्विह वा उग्रः पशून् पक्षिणो वा प्राणत उपरन्धयति तमपक-रुणं पुरुषादैरपि विगर्हितममुत्र यमानुचराः कुम्भीपाके तप्ततैले उपर-न्धयन्ति ॥१३॥

yas tv iha vā ugraḥ paśūn pakṣiṇo vā prāṇata uparandhayati tam apakaruṇaṁ puruṣādair api vigarhitam amutra yamānucarāḥ kumbhīpāke tapta-taile uparandhayanti.

yaḥ—……的人 / tu—但是 / iha—在这一生中 / vā—或 / ugraḥ—非常残忍 / paśūn—动物 / pakṣiṇaḥ—鸟 / vā—或 / prāṇataḥ—活生生地 / uparandhayati—烹煮 / tam—他 / apakaruṇam—十分残忍地 / puruṣa-ādaiḥ—被那些吃人肉者 / api—甚至 / vigarhitam—谴责 / amutra—在下一生 / yama-anucarāḥ—阎罗王的仆人 / kumbhīpāke—在名叫昆比帕卡的地狱 / tapta-taile—在沸腾的油中 / uparandhayanti—烹煮

译文 为保养自己的身体并满足自己的舌头，残酷的人们在可怜的动物和飞禽还活着时就烹煮它们。这种人甚至受到吃人肉者的谴责。他们在来生被阎罗王的仆人带到名叫昆比帕卡的地狱，在沸腾的油中被煎炸。

第14节

यस्त्विह ब्रह्मध्रुक्स कालसूत्रसंज्ञके नरके अयुतयोजनपरिमण्डले ता-म्रमये तप्तखले उपर्यधस्तादग्न्यर्काभ्यामतितप्यमानेऽभिनिवेशितः क्षुत्पिपासाभ्यां च दह्यमानान्तर्बहिःशरीर आस्ते शेते चेष्टतेऽवतिष्ठति परिधावति च यावन्ति पशुरोमाणि तावद्वर्षसहस्राणि ॥१४॥

yas tv iha brahma-dhruk sa kālasūtra-saṁjñake narake ayuta-yojana-parimaṇḍale tāmramaye tapta-khale upary-adhastād agny-arkābhyām ati-tapyamāne 'bhiniveśitaḥ kṣut-pipāsābhyāṁ ca dahyamānāntar-bahiḥ-śarīra āste śete ceṣṭate 'vatiṣṭhati paridhāvati ca yāvanti paśu-romāṇi tāvad varṣa-sahasrāṇi.

yaḥ—一……的人 / tu—但是 / iha—在这一生 / brahma-dhruk—杀害布茹阿玛纳的人 / saḥ—这种人 / kālasūtra-saṁjñake—名叫卡拉苏陀 / narake—在……的地狱 / ayuta-yojana-parimaṇḍale—方圆八万英里 / tāmra-maye—由铜制成 / tapta—炙热的 / khale—在一个平坦的地方 / upari-adhastāt—在上面和下面 / agni—被火 / arkābhyām—和被太阳 / ati-tapyamāne—被烧烤的 / abhiniveśitaḥ—使进入 / kṣut-pipāsā-bhyām—被饥饿和焦渴 / ca—和 / dahyamāna—被烧焦 / antaḥ—内在地 / bahiḥ—外在地 / śarīraḥ—躯体……的 / āste—保持 / śete—有时躺下 / ceṣṭate—有时移动四肢 / avatiṣṭhati—有时站立 / paridhāvati—有时跑来跑去 / ca—也 / yāvanti—像……那么多 / paśu-romāṇi—动物体毛 / tāvat—那么久 / varṣa-sahasrāṇi—数千年

译文　杀害布茹阿玛纳的人被置于名叫卡拉苏陀的地狱中，那里方圆八万英里，全是铜做的。下面是火烧的灼热，上面是太阳的烧烤，使这星球的铜制地表极度的热。杀害布茹阿玛那纳的凶手就这样承受体内和体外的灼痛。饥饿和焦渴在体内烧灼着他，似火的骄阳和铜制地表下面的大火从体外烧烤着他。这迫使他时而躺倒，时而坐下，时而站起，时而四处奔跑。他必须这样受苦，时间长达如动物体毛那么多的成千上万年。

第 15 节

यस्त्विह वै निजवेदपथादनापद्यपगतः पाखण्डं चोपगतस्तमसि-पत्रवनं प्रवेश्य कशया प्रहरन्ति तत्र हासावितस्ततो धावमान उभयतो

धारैस्तालवनासिपत्रैश्छिद्यमानसर्वाङ्गो हा हतोऽस्मीति परमया वेदनया
मूर्च्छितः पदे पदे निपतति स्वधर्महा पाखण्डानुगतं फलं भुङ्क्ते ॥१५॥

yas tv iha vai nija-veda-pathād anāpady apagataḥ pākhaṇḍaṁ
copagatas tam asi-patravanaṁ praveśya kaśayā praharanti tatra
hāsāv itas tato dhāvamāna ubhayato dhārais tāla-vanāsi-patraiś
chidyamāna-sarvāṅgo hā hato 'smīti paramayā vedanayā
mūrcchitaḥ pade pade nipatati sva-dharmahā pākhaṇḍānugataṁ
phalaṁ bhuṅkte.

yaḥ—……的人 / tu—但是 / iha—在这一生 / vai—的确 / nija-veda-pathāt—从韦达经所推荐的他该走的道路 / anāpadi—甚至在非紧急情况下 / apagataḥ—偏离 / pākhaṇḍam—编造的一种无神论的体系 / ca—和 / upagataḥ—去了 / tam—他 / asi-patravanam—名叫阿希·帕陀瓦纳的地狱 / praveśya—使进入 / kaśayā—用鞭子 / praharanti—他们打 / tatra—那里 / ha—肯定地 / asau—那 / itaḥ tataḥ—到处 / dhāvamānaḥ—跑 / ubhayataḥ—在两边 / dhāraiḥ—被……的边缘 / tāla-vana-asi-patraiḥ—宝刀般被锐利的棕榈树叶 / chidyamāna—被割 / sarva-aṅgaḥ—整个躯体……的 / hā—哎 / hataḥ—杀死 / asmi—我是 / iti—如此 / paramayā—猛烈的 / vedanayā—痛楚 / mūrcchitaḥ—昏倒 / pade pade—在每一步 / nipatati—摔倒 / sva-dharma-hā—消灭自己宗教原则的人 / pākhaṇḍa-anugatam phalam—走无神论道路的结果 / bhuṅkte—他遭受

译文 一个人如果在非紧急情况下违反韦达经的教导，阎罗王的仆人们就会把他置于名叫阿希·帕陀瓦纳的地狱，在那里用鞭子抽打他。当他因为极度的痛而四处奔逃时，无论向哪个方向跑，他都会跑进叶子如宝刀般锐利的棕榈树丛中。他在这种遍体鳞伤，每一步都昏倒的情况下喊叫道：“我现在该做什么啊！我如何才能得救啊！”这就是违背宗教原则的人受苦的情况。

要旨 事实上只有一条宗教原则，那就是：执行至尊人格首神的命令(dharmaṁ tu sākṣād bhagavat-praṇītam)。不幸的是，尤其在这个喀历(Kali)年代中，人们都是无神论者；人们甚至不相信神的存在，更不要说按祂的话去做了。梵文nija-veda-patha一句的意思也可以是"人自定的宗教原则"。以前只有一套宗教原则(vedapatha)，现在则有许多。人无论遵循哪套宗教原则，都必须严格遵守：这是唯一的训喻。无神论者(nāstika)是指不相信韦达经(Vedas)的人。然而，按照这节诗文的说法，人即使接受了一套不同的宗教制度，就必须严格遵守他接受的宗教原则。人无论是印度教徒、回教徒或基督教徒，都应该遵守他信奉的宗教原则。然而，人如果杜撰出自己的一套宗教，或着根本不遵守任何宗教原则，他就会在名叫阿希·帕陀瓦纳的地狱中受到惩罚。换句话说，人必须遵守宗教原则。他如果不遵守任何宗教原则，就不比动物强。随着喀历年代的发展，人们不再相信神，而是信奉所谓的现世主义。他们不知道，这节诗中所描述的阿希·帕陀瓦纳地狱的惩罚正等着他。

第 16 节

यस्त्विह वै राजा राजपुरुषो वा अदण्ड्ये दण्डं प्रणयति ब्राह्मणे वा शरीरदण्डं स पापीयान्नरकेऽमुत्र सूकरमुखे निपतति तत्रातिबलै-र्विनिष्पिष्यमाणावयवो यथैवेहेक्षुखण्ड आर्तस्वरेण स्वनयन् क्वचिन् मूर्च्छितः कश्मलमुपगतो यथैवेहादृष्टदोषा उपरुद्धाः ॥१६॥

yas tv iha vai rājā rāja-puruṣo vā adaṇḍye daṇḍaṁ praṇayati
brāhmaṇe vā śarīra-daṇḍaṁ sa pāpīyān narake 'mutra sūkaramukhe
nipatati tatrātibalair viniṣpiṣyamāṇāvayavo yathaivehekṣukhaṇḍa
ārta-svareṇa svanayan kvacin mūrcchitaḥ kaśmalam upagato
yathaivehā-dṛṣṭa-doṣā uparuddhāḥ.

yaḥ—……的人 / tu—但是 / iha—在这一生 / vai—的确 / rājā—一位君王 / rāja-puruṣaḥ—君王的人 / vā—或 / adaṇḍye—对一位不应受惩罚的人 / daṇḍam—惩罚 / praṇayati—施加 / brāhmaṇe—对一位布茹阿玛纳 / vā—或 / śarīra-daṇḍam—体罚 / saḥ—那个人(君王或政府官员) / pāpīyān—罪大恶极的 / narake—在地狱中 / amutra—在下一生 / sūkaramukhe—名叫苏卡茹阿姆卡 / nipatati—跌入 / tatra—那里 / ati-balaiḥ—被阎罗王强有力的助手 / viniṣpiṣyamāṇa—被压榨 / avayavaḥ—他身体的各个部位 / yathā—像 / eva—肯定地 / iha—这里 / ikṣu-khaṇḍaḥ—甘蔗汁 / ārta-svareṇa—声音凄惨 / svanayan—哭喊 / kvacit—有时 / mūrcchitaḥ—昏倒 / kaśmalam upagataḥ—被迷惑 / yathā—正如 / eva—的确 / iha—这里 / adṛṣṭa-doṣāḥ—没犯错的 / uparuddhāḥ—被逮捕以使惩罚

译文 惩罚无辜之人或体罚布茹阿玛纳的罪恶君王及政府代表，在来生被阎罗王的仆人们带到名叫苏卡茹阿姆卡的地狱。在那里，阎罗王最强壮的助手像榨甘蔗汁一样地压榨他。罪恶之人就像无辜之人遭受惩罚时呼叫那样凄惨地喊叫并昏死过去。这就是惩罚无辜之人的后果。

第 17 节

यस्त्विह वै भूतानामीश्वरोपकल्पितवृत्तीनामविविक्तपरव्यथानां स्वयं पुरुषोपकल्पितवृत्तिर्विविक्तपरव्यथो व्यथामाचरति स परत्रान्धकूपे तदभिद्रोहेण निपतति तत्र हासौ तैर्जन्तुभिः पशुमृगपक्षिसरीसृपैर्मशकयूकामत्कुणमक्षिकादिभिर्ये के चाभिद्रुग्धास्तैः सर्वतोऽभिद्रुह्यमाणस्तमसि विहतनिद्रानिर्वृतिरलब्धावस्थानः परिक्रामति यथा कुशरीरे जीवः ॥१७॥

yas tv iha vai bhūtānām īśvaropakalpita-vṛttīnām avivikta-para-vyathānāṁ svayaṁ puruṣopakalpita-vṛttir vivikta-para-vyatho

vyathām ācarati sa paratrāndhakūpe tad-abhidroheṇa nipatati tatra
hāsau tair jantubhiḥ paśu-mṛga-pakṣi-sarīsṛpair maśaka-yūkā-
matkuṇamakṣikādibhir ye ke cābhidrugdhās taiḥ
sarvato 'bhidruhyamāṇas tamasi vihata-nidrā-nirvṛtir
alabdhāvasthānaḥ parikrāmati yathā kuśarīre jīvaḥ.

yaḥ—……的人 / tu—但是 / iha—在这一生 / vai—的确 / bhūtānām—对某些生物 / īśvara—被至高无上的控制者 / upakalpita—指定 / vṛttīnām—谋生方式……的 / avivikta—不理解 / para-vyathānām—其他生物体的痛苦 / svayam—他自己 / puruṣa-upakalpita—被至尊人格首神指定 / vṛttiḥ—生计……的 / vivikta—理解 / para-vyathaḥ—其他生物体的痛苦状态 / vyathām ācarati—但仍使其遭受痛苦 / saḥ—这种人 / paratra—在他的下一生 / andhakūpe—到名叫安达库帕的地狱 / tat—对他们 / abhidroheṇa—因为蓄意犯罪 / nipatati—跌入 / tatra—那里 / ha—的确 / asau—那个人 / taiḥ jantubhiḥ—被那些生物体 / paśu—动物 / mṛga—野兽 / pakṣi—飞禽 / sarīsṛpaiḥ—蛇 / maśaka—蚊子 / yūkā—虱子 / matkuṇa—虫子 / makṣika-ādibhiḥ—苍蝇等 / ye ke—无论谁 / ca—和 / abhidrugdhāḥ—迫害 / taiḥ—被它们 / sarvataḥ—到处 / abhidruhyamāṇaḥ—被伤害 / tamasi—在黑暗中 / vihata—骚扰 / nidrā-nirvṛtiḥ—休息地方……的 / alabdha—不能获得 / avasthānaḥ——个休息的地方 / parikrāmati—游荡 / yathā—正如 / kuśarīre—在低等躯体中 / jīvaḥ——个生物体

译文　在至尊主的安排下，虫子和蚊子等低等生物体吸人类和其他动物的血液。这类微小的生物体不知道自己的啃咬给人类造成痛苦。然而，布茹阿玛纳、查锤亚和外夏这些一流的人，有着发达的意识，因此知道被杀害有多么痛苦。有知识的人如果杀害或折磨没有辨别力的微小生物体，无疑是犯罪。至尊主通过把这种人放进名叫安达库帕的地狱惩罚他，他在那里受到所有飞禽、走兽、爬虫、蚊子、虱子、虫子、苍蝇，以及他生前折磨过的其他生物体的攻击。他们从四面八方攻击他，剥夺他睡觉的舒适。他无法休息，在黑暗中不断地游荡。他就这样在安达库帕地狱中像低等物种的生物体一样受苦。

要旨 从这节有启发性的诗文中我们了解到，物质自然法律创造出来打扰人类的低等动物，不是被惩罚的对象。然而，人类具有发达的意识，所以不能做任何违反社会四阶层和灵性四阶段制度(varṇāśrama-dharma)的原则，否则就会受到惩罚。奎师那在《博伽梵歌》第4章的第13节诗中说："根据物质自然的三种属性和与它们有关的不同活动，我把人类社会划分为四个阶层(cāturvarṇyaṁ mayā sṛṣṭaṁ guṇa-karma-vibhāgaśaḥ)。"因此，社会中所有的人应该被分为布茹阿玛纳(brāhmaṇa，婆罗门)、查锤亚(kṣatriya，刹帝利)、外夏(vaiśya，吠舍)和庶铎(śūdra，首陀罗)这四个阶层，每一个人都应该按照其所在阶层的规定行事，而不能违反各自该遵守的规范原则。这些规则中的其中一项便是：人类不该侵扰任何动物，哪怕是那些打扰了人类的动物也不例外。老虎攻击其他动物并吃它的肉是没有罪的，但一个有着发达意识的人如果这么做，就必会受到惩罚。换句话说，不正确运用自己拥有的发达意识而像动物一样行事的人，无疑会在许多不同的地狱中遭受惩罚。

第18节

यस्त्विह वा असंविभज्याश्नाति यत्किञ्चनोपनतमनिर्मितपञ्चयज्ञो वायससंस्तुतः स परत्र कृमिभोजने नरकाधमे निपतति तत्र शत-सहस्रयोजने कृमिकुण्डे कृमिभूतः स्वयं कृमिभिरेव भक्ष्यमाणः कृमि-भोजनो यावत्तदप्रत्ताप्रहूतादोऽनिर्वेशमात्मानं यातयते ॥१८॥

yas tv iha vā asaṁvibhajyāśnāti yat kiñcanopanatam anirmita-
pañca-yajño vāyasa-saṁstutaḥ sa paratra kṛmibhojane narakādhame

nipatati tatra śata-sahasra-yojane kṛmi-kuṇḍe kṛmi-bhūtaḥ svayaṁ
kṛmibhir eva bhakṣyamāṇaḥ kṛmi-bhojano yāvat tad
aprattāprahūtādo 'nirveśam ātmānaṁ yātayate.

yaḥ—……的人 / tu—但是 / iha—在这一生 / vā—或 / asaṁvibhajya—没有分给 / aśnāti—吃 / yat kiñcana—无论什么 / upanatam—靠奎师那的仁慈获得 / anirmita—没有举行 / pañca-yajñaḥ—五种祭祀 / vāyasa—和乌鸦 / saṁstutaḥ—被形容为等同于……的 / saḥ—这种人 / paratra—在下一生 / kṛmibhojane—名叫奎弥博佳纳 / naraka-adhame—被置于最令人厌恶的地狱 / nipatati—跌入 / tatra—那里 / śata-sahasra-yojane—宽八十万英里(一百万尤佳纳) / kṛmi-kuṇḍe—充满虫子的湖 / kṛmi-bhūtaḥ—变成虫子 / svayam—他自己 / kṛmibhiḥ—被其他虫子 / eva—无疑 / bhakṣyamāṇaḥ—被吃掉 / kṛmi-bhojanaḥ—吃虫子 / yāvat—只要 / tat—像那个湖的宽度 / apratta-aprahūta—未经分享和供奉的食物 / adaḥ—进食的人 / anirveśam—没有赎罪的人 / ātmānam—对自己 / yātayate—给予痛苦

译文　谁得到食物后不与客人、老人和孩子分享而只是自己吃，或者在没做五种祭祀的情况下吃，谁就被认为不比乌鸦强。他死后被置于最令人厌恶的奎弥博佳纳地狱。在那个地狱中，有个八十万英里宽的湖，其中满是虫子。他在那湖中变成虫子，以湖里的其他虫子为食物，其他虫子也吃他。这样一个罪恶之人除非在死前赎罪，否则就得在奎弥博佳纳地狱之湖内停留像湖宽那么多年的时间。

要旨　正如《博伽梵歌》第3章的第13节诗说：

yajña-śiṣṭāśinaḥ santo
　mucyante sarva-kilbiṣaiḥ
bhuñjate te tv agham pāpā
　ya pacanty ātma-kāraṇāt

“至尊主的奉献者免予一切罪恶，因为他们吃供奉过的食物。其他为满足个人感官而准备食物的人，吃的实际只是罪恶。”所有的食物都是至尊人格首神为我们提供的。至尊主为每一个生物体提供生活所需(eko bahūnāṁ yo vidadhāti kāmān)。所以，我们应该以举行祭祀(yajña)的方式对祂的仁慈表示谢意。这是每一个人的责任。事实上，人生的唯一目的就是举行祭祀。奎师那在《博伽梵歌》第3章的第9节诗中说：

yajñārthāt karmaṇo 'nyatra
loko 'yam karma-bandhanaḥ
tad-arthaṁ karma kaunteya
mukta-saṅgaḥ samācara

“应该把活动当祭祀奉献给维施努，否则活动就会把人束缚在物质世界里。因此，琨缇的儿子啊！为满足祂而履行你的规定职责，这样你永远不会遭捆绑。”如果我们不举行祭祀并将给至尊主供奉过的食物——帕萨达(prasāda)分发给他人，我们的生活就被判有罪。人应该在举行祭祀并把帕萨达分发给孩子、布茹阿玛纳和老人等被抚养者后自己再吃。如果一个人只是为了满足自己或家人而烹煮，他和他所抚养的家人就被判有罪，死后被置于名叫奎弥博佳纳的地狱。

第 19 节

यस्त्विह वै स्तेयेन बलाद्वा हिरण्यरत्नादीनि ब्राह्मणस्य वापहरत्य-
न्यस्य वानापदि पुरुषस्तममुत्र राजन् यमपुरुषा अयस्मयैरग्निपिण्डैः
सन्दंशैस्त्वचि निष्कुषन्ति ॥१९॥

yas tv iha vai steyena balād vā hiraṇya-ratnādīni brāhmaṇasya vāpaharaty anyasya vānāpadi puruṣas tam amutra rājan yama-puruṣā ayasmayair agni-piṇḍaiḥ sandaṁśais tvaci niṣkuṣanti.

yaḥ—……的人 / tu—但是 / iha—在这一生 / vai—的确 / steyena—靠偷窃 / balāt—强迫 / vā—或 / hiraṇya—金子 / ratna—珠宝 / ādīni—等等 / brāhmaṇasya——位布茹阿玛纳的 / vā—或 / apaharati—偷 / anyasya—其他人的 / vā—或 / anāpadi—在非紧急情况下 / puruṣaḥ——个人 / tam—他 / amutra—在下一生 / rājan—君王啊 / ya-ma-puruṣāḥ—阎罗王的代理 / ayaḥ-mayaiḥ—由铁制成 / agni-piṇḍaiḥ—烧红的铁球 / sandaṁśaiḥ—用铁钳 / tvaci—在皮肤上 / niṣkuṣanti—撕成碎片

译文　我亲爱的君王，在非紧急情况下偷窃布茹阿玛纳或事实上是任何人的金银财宝，就会被置于名叫桑荡沙的地狱。在那里，他的皮肤被用烧红的铁球和铁钳剥开，整个身体这样被撕成碎片。

第20节

यस्त्विह वा अगम्यां स्त्रियमगम्यं वा पुरुषं योषिदभिगच्छति तावमुत्र कशया ताडयन्तस्तिग्मया सूर्म्या लोहमय्या पुरुषमालिङ्गयन्ति स्त्रियं च पुरुषरूपया सूर्म्या ॥२०॥

yas tv iha vā agamyāṁ striyam agamyaṁ vā puruṣaṁ yoṣid abhigacchati tāv amutra kaśayā tāḍayantas tigmayā sūrmyā lohamayyā puruṣam āliṅgayanti striyaṁ ca puruṣa-rūpayā sūrmyā.

yaḥ—……的人 / tu—但是 / iha—在这一生 / vā—或 / agamyām—不合适 / striyam——个女人 / agamyam—不合适 / vā—或 / puruṣam——个男人 / yoṣit——个女人 / abhigacchati—为性交而接近 / tau—他们二者 / amutra—在下一生 / kaśayā—被鞭子 / tāḍayantaḥ—抽打 / tigmayā—非常炙热 / sūrmyā—被一个……的形象 / lohamayyā—用铁铸造 / puruṣam—那个男人 / āliṅgayanti—他们拥抱 / striyam—那个女人 / ca—也 / puruṣa-rūpayā—以男人的形象 / sūrmyā—用一个形像

译文 男人或女人放纵自己与不该发生性关系的异性发生性关系，死后在名叫塔普塔苏尔弥的地狱中承受阎罗王助手的惩罚。这种男人和女人在那里被鞭打。男人被迫拥抱用烧红的铁铸造的女人形象，女人则被迫拥抱同样性质的男人形象。这是对有不正当性关系的人的惩罚。

要旨 男人一般不该与不是自己妻子的任何女人发生性关系。按照韦达原则，应该把其他人的妻子当做自己的母亲，而与自己的母亲、姐妹和女儿发生性关系是受到严格禁止的。如果人沉溺于与其他人的妻子发生性关系，那种行为便被视为是与自己的母亲发生性关系。那种行为是最罪恶的行为。同样的原则也适用于女性；如果她与不是自己丈夫的男人享受性生活，就等于是与她的父亲或儿子发生性关系。按照这节诗讲述的内容，非法性生活永远是被禁止的，沉溺于此的男人或女人都将受到惩罚。

第21节

**यस्त्विह वै सर्वाभिगमस्तममुत्र निरये वर्तमानं वज्रकण्टकशाल्मली-
मारोप्य निष्कर्षन्ति ॥२१॥**

yas tv iha vai sarvābhigamas tam amutra niraye vartamānaṁ
vajrakaṇṭaka-śālmalīm āropya niṣkarṣanti.

yaḥ—……的人 / tu—但是 / iha—在这一生 / vai—的确 / sarva-abhigamaḥ—不加选择地放纵性甚至与动物交配 / tam—他 / amutra—在下一生 / niraye—在地狱 / vartamānam—存在 / vajrakaṇṭaka-śālmalīm—如霹雳般坚硬的刺的丝棉树 / āropya—把他吊起 / niṣkarṣanti—他们拉下他

译文 不加选择地放纵性，甚至与动物交配，死后被带到名叫瓦爪·刊塔卡·沙勒玛利的地狱去。这个地狱中有一棵丝棉树，上面满是如霹雳般坚硬的刺。阎罗王的手下将罪恶之人吊在那棵树上，再用力向下拉他，让那些刺撕裂他的身体。

要旨　性冲动是如此强烈，使有些男人甚至与母牛发生性关系，而有些女人则与狗发生性关系。这样的男人和女人被抛进名叫瓦爪·刊塔卡·沙勒玛利的地狱。这场奎师那意识运动禁止非法性活动。从这些诗文描述的内容我们可以明白，非法的性生活是多么罪恶的活动。人们有时不相信经典对这些地狱的描述，但不管一个人相信与否，一切都在自然法律的控制下，没人能逃避。

第 22 节

ये त्विह वै राजन्या राजपुरुषा वा अपाखण्डा धर्मसेतून् भिन्दन्ति ते सम्परेत्य वैतरण्यां निपतन्ति भिन्नमर्यादास्तस्यां निरयपरिखा-भूतायां नद्यां यादोगणैरितस्ततो भक्ष्यमाणा आत्मना न वियुज्यमा-नाश्चासुभिरुह्यमानाः स्वाघेन कर्मपाकमनुस्मरन्तो विण्मूत्रपूयशोणित-केशनखास्थिमेदोमांसवसावाहिन्यामुपतप्यन्ते ॥२२॥

ye tv iha vai rājanyā rāja-puruṣā vā apākhaṇḍā dharma-setūn bhindanti te samparetya vaitaraṇyāṁ nipatanti bhinna-maryādās tasyāṁ niraya-parikhā-bhūtāyāṁ nadyāṁ yādo-gaṇair itas tato bhakṣyamāṇā ātmanā na viyujyamānāś cāsubhir uhyamānāḥ svāghena karma-pākam anusmaranto viṇ-mūtra-pūya-śoṇita-keśa-nakhāsthi-medo-māṁsa-vasā-vāhinyām upatapyante.

ye—……的人 / tu—但是 / iha—在这一生 / vai—的确 / rājanyāḥ—皇室成员或查锤亚 / rāja-puruṣāḥ—政府公仆 / vā—或 / apākhaṇḍāḥ—出生在肩负重大责任的家中 / dharma-setūn—规定的宗教原则 / bhindanti—违反 / te—他们 / samparetya—死后 / vaitara-ṇyām—名叫外塔茹阿尼的地狱 / nipatanti—跌入 / bhinna-maryādāḥ—

他打破规范原则的 / tasyām－在那 / niraya-parikhā-bhūtāyām－围绕地狱的护城河 / nadyām－在河中 / yādaḥ-gaṇaiḥ－被凶猛的水生物 / itaḥ tataḥ－到处 / bhakṣyamāṇāḥ－被咬 / ātmanā－与躯体 / na－不 / viyujyamānāḥ－被分离 / ca－和 / asubhiḥ－生命之气 / uhyamānāḥ－被带着 / sva-aghena－被他从事过的罪恶活动 / karma-pākam－他不虔诚活动的结果 / anusmarantaḥ－回忆起 / viṭ－粪便的 / mūtra－尿液 / pūya－脓汁 / śoṇita－血液 / keśa－毛发 / nakha－指甲 / asthi－骨头 / medaḥ－骨髓 / māṁsa－肌肉 / vasā－脂肪 / vāhinyām－在河中 / upatapyante－遭受痛苦

译文 谁出生在像查锤亚那样肩负重大责任的人家里，作为皇室成员或政府公仆却玩忽职守，不按宗教原则履行其规定职责，谁就会因此而被降级，在死亡时坠入名叫外塔茹阿尼的地狱之河中。这条河是围绕地狱的护城河，其中满是凶猛的水生物。一旦有一个罪人被抛进外塔茹阿尼河中，河里的那些水生物就立刻开始吃他，但由于他罪大恶极，他不离开他的躯体。他一直记着他从事过的罪恶活动，在那条充满粪便、尿液、脓汁、血液、毛发、指甲、骨头、骨髓、肌肉及脂肪的河中承受可怕的痛苦。

第 23 节

ये त्विह वै वृषलीपतयो नष्टशौचाचारनियमास्त्यक्तलज्जाः पशुचर्यां चरन्ति ते चापि प्रेत्य पूयविण्मूत्रश्लेष्ममलापूर्णार्णवे निपतन्ति तदेवातिबीभत्सितमश्नन्ति ॥२३॥

ye tv iha vai vṛṣalī-patayo naṣṭa-śaucācāra-niyamās tyakta-lajjāḥ
paśu-caryāṁ caranti te cāpi pretya pūya-viṇ-mūtra-śleṣma-malā-
pūrṇārṇave nipatanti tad evātibībhatsitam aśnanti.

ye－……的人 / tu－但是 / iha－在这一生 / vai－的确 / vṛṣalī-patayaḥ－庶铎妇女的丈夫 / naṣṭa－失去 / śauca-ācāra-niyamāḥ－没有

良好的行为，不爱干净，也不过节制的生活 / tyakta-lajjāḥ—无耻的 / paśu-caryām—动物的行为 / caranti—他们为人 / te—他们 / ca—也 / api—的确 / pretya—死 / pūya—脓汁的 / viṭ—粪便 / mūtra—尿液 / śleṣma—黏液 / malā—唾液 / pūrṇa—充满 / arṇave—在海洋中 / nipatanti—坠入 / tat—那 / eva—只有 / atibībhatsitam—极度令人厌恶 / aśnanti—他们吃

译文　出身低下的庶铎妇女的那些无耻的丈夫们，就像动物一样活着，因此根本没有良好的行为，不爱干净，也不过节制的生活。这样的人死后被抛进名叫普尤达的地狱，在那里被置于一个充满脓汁、粪便、尿液、黏液、唾液等东西的汪洋中。不能改善自己的庶铎坠入那汪洋，被迫吃那些恶心的东西。

要旨　圣纳若塔玛·达斯·塔库尔(Śrīla Narottama dāsa Ṭhākura)歌唱道：

karma-kāṇḍa, jñāna-kāṇḍa,　kevala viṣera bāṇḍa,
amṛta baliyā yebā khāya
nānā yoni sadā phire,　kadarya bhakṣaṇa kare,
tāra janma adaḥ-pate yāya

他说，走功利性活动之途(karma-kāṇḍa)和知识思辨之途(jñāna-kāṇḍa)的人，无疑错过了人生所提供的机会，结果继续纠缠在生死轮回圈中，因此随时有机会坠落，被抛进名叫普尤达的地狱，在那里被迫吃粪便、尿液、脓汁、黏液、唾液及其他令人恶心的东西。这节诗文中特别谈到庶铎这一点十分重要。出生当庶铎的人必定继续回到普尤达汪洋中去吃那些令人作呕的东西。因此，即使出生为庶铎，都该努力成为布茹阿玛纳。这是人生的意义之所在。每一个人都该努力改善自己。在《博伽梵歌》第4章的第13节诗中，奎师那说：“根据物质自然三种属性和与它们有关的不

同活动，我把人类社会划分为四个阶层(cātur-varṇyaṁ mayā sṛṣṭaṁ guṇa-karma-vibhāgaśaḥ)。”哪怕一个人从品质上属于庶铎，他都必须努力改善自己，争取成为布茹阿玛纳。无论一个人现在的地位如何，都不该在提升自己成为布茹阿玛纳或外士纳瓦的过程中受到任何其他人的阻碍。事实上，人必须上升到外士纳瓦的层面上。他那时自然就是布茹阿玛纳了。这一点只有在奎师那意识运动开展起来时才能做到，因为我们的奎师那意识运动就是努力使每一个人都提升到外施纳瓦的层面上。正如奎师那在《博伽梵歌》第18章的第66节诗中说：抛弃一切种类的宗教，只向我皈依(sarva-dharmān parityajya mām ekaṁ śaraṇaṁ vraja)。人必须停止履行庶铎(śūdra)、查锤亚(kṣatriya)或外夏(vaiśya)的职责，而开始履行包括布茹阿玛纳活动在内的外士纳瓦职责。对此，奎师那在《博伽梵歌》第9章的第32节诗中解释说：

māṁ hi pārtha vyapāśritya
ye 'pi syuḥ pāpa-yonayaḥ
striyo vaiśyās tathā śūdrās
te 'pi yānti parāṁ gatim

“普瑞塔的儿子啊！托庇于我的人，即使是妇女、外夏(商人)、庶铎(劳工)或出身低贱的人，也能到达至高无上的目的地。”人生是专为让生物回归家园、回到首神身边而设。应该让每一个人都懂得利用这便利条件，无论其身份是庶铎、外夏、女人，还是查锤亚。这是奎师那意识运动的目的。然而，如果一个人满足于当庶铎，他就必会遭受这节诗文中描述的痛苦，即：被迫吃那些恶心的东西(tad evātibībhatsitam aśnanti)。

第 24 节

ये त्विह वै श्वगर्दभपतयो ब्राह्मणादयो मृगया विहारा अतीर्थे च मृ-गान्निघ्नन्ति तानपि सम्परेताँल्लक्ष्यभूतान् यमपुरुषा इषुभिर्विध्यन्ति ॥२४॥

ye tv iha vai śva-gardabha-patayo brāhmaṇādayo mṛgayā vihārā atīrthe ca mṛgān nighnanti tān api samparetāl lakṣya-bhūtān yama-puruṣā iṣubhir vidhyanti.

ye—……的人 / tu—但是 / iha—在这一生 / vai—或 / śva—狗的 / gardabha—和驴 / patayaḥ—维持着 / brāhmaṇa-ādayaḥ—布茹阿玛纳、查锤亚和外夏 / mṛgayā vihārāḥ—以在森林中猎取动物为乐 / atīrthe—规定之外 / ca—也 / mṛgān—动物 / nighnanti—杀死 / tān—它们 / api—的确 / samparetān—死后 / lakṣya-bhūtān—变成靶子 / yama-puruṣāḥ—阎罗王的助手 / iṣubhiḥ—被箭 / vidhyanti—刺穿

译文　如果高等阶层(布茹阿玛纳、查锤亚和外夏)中的人在今生很喜欢带着他养的狗、骡子和驴去森林打猎，毫无必要地杀害动物，他死后就会被置于名叫帕纳柔达的地狱。在那里，阎罗王的助手们把他当靶子，用箭射他。

要旨　在喀历年代中，东西方国家的贵族把带着自己养的狗和马去森林打猎，毫无必要地杀死动物，当做一种时尚行为；而这在西方国家尤其盛行。高等阶层的人(布茹阿玛纳、查锤亚和外夏)不仅应该培养有关梵(Brahman)的知识，而且还应该给庶铎机会提升自己。他们如果不这样做，而是沉溺于打猎的活动，就会受到这节诗文所描述的惩罚。他们不仅要被阎罗王的执法官用箭射穿，而且还会被投入前一节诗文描述的充满脓汁、尿液和粪便的汪洋中。

第 25 节

ये त्विह वै दाम्भिका दम्भयज्ञेषु पशून् विशसन्ति तानमुष्मिँल्लोके
वैशसे नरके पतितान्निरयपतयो यातयित्वा विशसन्ति ॥२५॥

ye tv iha vai dāmbhikā dambha-yajñeṣu paśūn viśasanti tān amuṣmil loke vaiśase narake patitān niraya-patayo yātayitvā viśasanti.

ye—……的人 / tu—但是 / iha—在这一生 / vai—的确 / dāmbhikāḥ—对自己的钱财和名望感到骄傲 / dambha-yajñeṣu—为增加名望而做的祭祀中 / paśūn—动物 / viśasanti—杀死 / tān—他们 / amuṣmin loke—在下一个去的世界 / vaiśase—名叫维沙萨或维沙萨纳 / narake—进入……地狱 / patitān—坠入 / niraya-patayaḥ—阎罗王的助手 / yātayitvā—给予足够的痛苦 / viśasanti—杀死

译文 谁对自己这一生具有的出众地位感到骄傲，仅仅为得到物质的名望而随便献祭动物，谁就在死后被置于名叫维沙萨纳的地狱中。在那里，阎罗王的助手们在给予他无限的痛苦之后杀死他。

要旨 奎师那在《博伽梵歌》里说：以前接触过奉爱瑜伽(bhakti-yoga)的人，会投生在有名望的布茹阿玛纳或贵族家庭中(śucīnāṁ śrīmatāṁ gehe yoga-bhraṣṭo 'bhijāyate)。得到这种出生机会的人应该利用它完成奉爱瑜伽的修炼。然而，人经常会因为不良联谊而忘记他这有名望的地位是由至尊人格首神所赐，于是通过举行崇拜卡莉(kālī)或杜尔嘎(durgā)的所谓祭祀仪式，献祭动物，误用至尊主赐予他的有名望的地位。这节诗文中讲述了这种人会得到怎样的惩罚。诗中梵文“为增加名望而做的祭祀中(dambha-yajñeṣu)”一句十分重要，说明人如果在举行祭祀时违反韦达训喻，仅仅为达到杀动物的目的而做祭祀表演，他死后就会受到惩罚。加尔各答有许多贩卖动物肉的屠宰场，假装把那些动物都献祭在卡莉女神的面前。经典(śāstra)中命令，人一个月只能在卡莉女神神像前献祭一头小山羊。没有任何一个地方说人可以打着庙宇崇拜的幌子开设屠宰场，每天毫无必要地屠杀动物。这样做的人将得到这节诗中描述的惩罚。

第 26 节

**यस्त्विह वै सवर्णां भार्यां द्विजो रेतः पाययति काममोहितस्तं पाप-
कृतममुत्र रेतःकुल्यायां पातयित्वा रेतः सम्पाययन्ति ॥२६॥**

yas tv iha vai savarṇāṁ bhāryāṁ dvijo retaḥ pāyayati kāma-mohitas
taṁ pāpa-kṛtam amutra retaḥ-kulyāyāṁ pātayitvā retaḥ sampāyayanti.

yaḥ—……的人 / tu—但是 / iha—在这一生 / vai—的确 / savarṇām—同一社会阶层的 / bhāryām—他妻子 / dvijaḥ—较高社会阶层的人(布茹阿玛纳、查锤亚和外夏) / retaḥ—精液 / pāyayati—使喝 / kāma-mohitaḥ—被色欲迷惑 / tam—他 / pāpa-kṛtam—犯罪 / amutra—在下一生 / retaḥ-kulyāyām——条精液的河 / pātayitvā—扔进 / retaḥ—精液 / sampāyayanti—强迫喝

译文　如果二次出生阶层(布茹阿玛纳、查锤亚和外夏)中的愚蠢成员出于控制自己妻子的色欲强迫她喝他的精液，死后就会被放进名叫拉蜡巴克沙的地狱。他在那里被扔进一条流动的精液河中，被迫喝精液。

要旨　当丈夫的强迫妻子喝自己精液的做法，是极度好色之人所练的一种巫术。从事这种令人作呕的活动的人说，如果当妻子的被迫喝她丈夫的精液，就会对她丈夫十分忠诚。一般只有低阶层的人才会实行这种巫术，但如果出生在高阶层中的人也这么做，他死后就会被抛进拉蜡巴克沙地狱，在那里被泡在一条名叫舒夸·纳迪(Śukra-nadī)的河中，被迫喝精液。

第 27 节

**ये त्विह वै दस्यवोऽग्निदा गरदा ग्रामान् सार्थान् वा विलुम्पन्ति रा-
जानो राजभटा वा तांश्चापि हि परेत्य यमदूता वज्रदंष्ट्राः श्वानः सप्त-
शतानि विंशतिश्च सरभसं खादन्ति ॥२७॥**

ye tv iha vai dasyavo 'gnidā garadā grāmān sārthān vā vilumpanti
rājāno rāja-bhaṭā vā tāṁś cāpi hi paretya yamadūtā vajra-daṁṣṭrāḥ
śvānaḥ sapta-śatāni viṁśatiś ca sarabhasaṁ khādanti.

ye—……的人 / tu—但是 / iha—在这一生 / vai—的确 / dasyavaḥ—盗贼和抢劫犯 / agni-dāḥ—纵火的 / garadāḥ—下毒的 / grāmān—村庄 / sārthān—商人阶层 / vā—或 / vilumpanti—抢劫 / rājā-naḥ—君王 / rāja-bhaṭāḥ—政府官员 / vā—或 / tān—他们 / ca—也 / api—的确 / hi—肯定地 / paretya—死后 / yamadūtāḥ—阎罗王的助手 / vajra-daṁṣṭrāḥ—有强有力的牙齿 / śvānaḥ—狗 / sapta-śatāni—七百 / viṁśatiḥ—二十 / ca—和 / sarabhasam—生吞活剥地 / khādanti—狼吞虎咽

译文 在这世上，有些人当职业盗贼，纵火烧他人的房子或给他人下毒。皇室成员或政府官员有时也通过强迫商人交付所得税等手段掠夺商人。这类恶魔死后被抛入名叫萨尔梅亚达纳的地狱。那个星球上有七百二十只牙齿如霹雳般坚硬的狗。阎罗王的执法官一声令下，这些狗就会狼吞虎咽地把这种罪恶之人生吞活剥地吃下去。

要旨 《圣典博伽瓦谭》第12篇中说，这个喀历年代中的每个人都将受到三种苦难的极度打扰，即干旱、饥荒及政府的苛捐杂税。人类变得越来越罪恶使雨水严重缺乏，而干旱自然会导致不产粮食。政府将以缓解接踵而至的饥荒为借口，征收各种苛捐杂税，尤其是针对富有的商人团体。这节诗文中把这样的政府描述为是盗贼(dasyu)。他们的主要活动将是掠夺人们的钱财。无论是拦路抢劫的土匪还是政府盗贼，在来生都会被抛进名叫萨尔梅亚达纳的地狱，在那里承受被凶猛的狗撕咬的巨大痛苦。

第 28 节

यस्त्विह वा अनृतं वदति साक्ष्ये द्रव्यविनिमये दाने वा कथञ्चित्स वै प्रेत्य नरकेऽवीचिमत्यधःशिरा निरवकाशे योजनशतोच्छ्रायाद्गिरिमूर्ध्नः सम्पात्यते यत्र जलमिव स्थलमश्मपृष्ठमवभासते तदवीचिमत्तिलशो विशीर्यमाणशरीरो न म्रियमाणः पुनरारोपितो निपतति ॥२८॥

yas tv iha vā anṛtaṁ vadati sākṣye dravya-vinimaye dāne vā kathañcit sa vai pretya narake 'vīcimaty adhaḥ-śirā niravakāśe yojana-śatocchrāyād giri-mūrdhnaḥ sampātyate yatra jalam iva sthalam aśma-pṛṣṭham avabhāsate tad avīcimat tilaśo viśīryamāṇa-śarīro na mriyamāṇaḥ punar āropito nipatati.

yaḥ－……的人 / tu－但是 / iha－在这一生 / vā－或 / anṛtam－谎言 / vadati－说 / sākṣye－作证 / dravya-vinimaye－为了交换物品 / dāne－在给予布施时 / vā－或者 / kathañcit－不管怎样 / saḥ－那个人 / vai－的确 / pretya－死后 / narake－在地狱 / avīcimati－名叫阿维祺玛特的地狱(无水的) / adhaḥ-śirāḥ－头朝下 / niravakāśe－没有支撑 / yojana-śata－八百英里的 / ucchrāyāt－高度为 / giri－一座山的 / mūrdhnaḥ－从顶端 / sampātyate－被扔下 / yatra－那里 / jalam iva－像水 / sthalam－土地 / aśma-pṛṣṭham－用石头做的表面 / avabhāsate－看似 / tat－那 / avīcimat－没有水或波浪 / tilaśaḥ－像种子一样小的碎片 / viśīryamāṇa－被折断 / śarīraḥ－躯体 / na mriyamāṇaḥ－不死 / punaḥ－再次 / āropitaḥ－抬到山顶 / nipatati－掉落

译文　在这一生做假证或在谈生意、给予布施时撒谎，死后受到阎罗王执法官的严厉惩罚。这样一个罪人被带到八百英里高的山顶上，头向下被扔到名叫阿维祺玛特的地狱。这地狱没有保护物，是由形状像浪涛一样坚硬的石头制成的。但那里没有水，所以被称为阿维祺玛特(无水的)。尽管罪恶之人被一再地从山上扔下去，身体被摔得支离破碎，但他却不死，继续不断地承受惩罚之苦。

第 29 节

यस्त्विह वै विप्रो राजन्यो वैश्यो वा सोमपीथस्तत्कलत्रं वा सुरां व्रतस्थोऽपि वा पिबति प्रमादतस्तेषां निरयं नीतानामुरसि पदाक्रम्यास्ये वह्निना द्रवमाणं कार्ष्णायसं निषिञ्चन्ति ॥२९॥

yas tv iha vai vipro rājanyo vaiśyo vā soma-pīthas tat-kalatraṁ vā surāṁ vrata-stho 'pi vā pibati pramādatas teṣāṁ nirayaṁ nītānām urasi padākramyāsye vahninā dravamāṇaṁ kārṣṇāyasaṁ niṣiñcanti.

yaḥ—……的人 / tu—但是 / iha—在这一生 / vai—确实 / vipraḥ—博学的布茹阿玛纳 / rājanyaḥ—查锤亚 / vaiśyaḥ—外夏 / vā—或者 / soma-pīthaḥ—喝索玛·茹阿萨 / tat—他的 / kalatram—妻子 / vā—或者 / surām—酒 / vrata-sthaḥ—在遵守誓言的过程中 / api—肯定地 / vā—或者 / pibati—喝 / pramādataḥ—出于迷惑 / teṣām—他们所有人的 / nirayam—到地狱 / nītānām—被带到 / urasi—在胸膛上 / padā—用脚 / ākramya—踏 / asye—在口中 / vahninā—被火 / dravamāṇam—熔化 / kārṣṇāyasam—铁 / niṣiñcanti—他们倾倒

译文 布茹阿玛纳或布茹阿玛纳的妻子喝酒的话，就会被阎罗王的执法官带到被称为阿亚哈帕纳的地狱去。这地狱也收容查锤亚、外夏，或虽然发了誓，但却在迷惑的情况下喝酒的人。在阿亚哈帕纳地狱中，阎罗王的执法官们站在罪人的胸膛上，往他们嘴里灌熔化的铁水。

要旨 人不该当徒有虚名的布茹阿玛纳，实际上却从事各种罪恶活动，尤其是喝酒。布茹阿玛纳、查锤亚和外夏必须按照他们所在阶层的规定原则行事。他们如果堕落到习惯喝酒的庶铎所在的层面，就会受到这节诗文中描述的那种惩罚。

第 30 节

अथ च यस्त्विह वा आत्मसम्भावनेन स्वयमधमो जन्मतपोविद्याचा-रवर्णाश्रमवतो वरीयसो न बहु मन्येत स मृतक एव मृत्वा क्षारकर्दमे निरयेऽवाक्शिरा निपातितो दुरन्ता यातना ह्यश्नुते ॥३०॥

atha ca yas tv iha vā ātma-sambhāvanena svayam adhamo janma-tapo-vidyācāra-varṇāśramavato varīyaso na bahu manyeta sa mṛtaka eva mṛtvā kṣārakardame niraye 'vāk-śirā nipātito durantā yātanā hy aśnute.

atha－除此之外 / ca－也 / yaḥ－……的人 / tu－但是 / iha－在这一生 / vā－或者 / ātma-sambhāvanena－出于虚假的声望 / svayam－他自己 / adhamaḥ－非常堕落 / janma－好出生 / tapaḥ－苦行 / vidyā－知识 / ācāra－良好的举止 / varṇa-āśrama-vataḥ－在严格遵守社会四阶层和灵性四阶段制度的原则方面 / varīyasaḥ－更值得尊敬的人的 / na－不 / bahu－许多 / manyeta－尊敬 / saḥ－他 / mṛtakaḥ－死时 / eva－只是 / mṛtvā－死后 / kṣārakardame－名叫查茹阿卡尔达玛 / niraye－在……的地狱 / avāk-śirā－头朝下 / nipātitaḥ－被扔 / durantāḥ yātanāḥ－剧烈的痛苦状态 / hi－的确 / aśnute－遭受

译文　出生低贱且令人讨厌的人，如果在此生变得狂妄、认为“我很了不起”，从而不再向因为出身、苦修、教育、行为举止、阶层或灵性层级等方面比他高等的人表示适当的尊敬，那么即使在这一生就已经无异于死人。这样的人死后被头向下地抛进查茹阿卡尔达玛地狱。在那里，他必须在阎罗王的执法官手中承受巨大苦难。

要旨　人不该变得狂妄自大，而应该尊敬在出身、教育、行为举止、阶层和灵性层级等方面比自己高等的人。人如果不对这些高度进步的人表示尊敬，而是狂妄自大，就会在查茹阿卡尔达玛地狱中受到惩罚。

第 31 节

**ये त्विह वै पुरुषाः पुरुषमेधेन यजन्ते याश्च स्त्रियो नृपशून् खा-
दन्ति तांश्च ते पशव इव निहता यमसदने यातयन्तो रक्षोगणाः सौ-
निका इव स्वधितिनावदायासृक्पिबन्ति नृत्यन्ति च गायन्ति च हृ-
ष्यमाणा यथेह पुरुषादाः ॥३१॥**

ye tv iha vai puruṣāḥ puruṣa-medhena yajante yāś ca striyo nṛ-
paśūn khādanti tāṁś ca te paśava iva nihatā yama-sadane yātayanto
rakṣo-gaṇāḥ saunikā iva svadhitināvadāyāsṛk pibanti nṛtyanti ca
gāyanti ca hṛṣyamāṇā yatheha puruṣādāḥ.

ye一……的人 / tu一但是 / iha一在这一生 / vai一的确 / puruṣāḥ一男人 / puruṣa-medhena一通过献祭一个人 / yajante一崇拜(卡莉或芭朵·卡莉) / yāḥ一……的人 / ca一和 / striyaḥ一女人 / nṛpaśūn一被当做祭品的人 / khādanti一吃 / tān一他们 / ca一和 / te一他们 / paśavaḥ iva一像动物 / nihatāḥ一被杀 / yama-sadane一阎罗王的住所 / yātayantaḥ一惩罚 / rakṣaḥ-gaṇāḥ一作为食人魔 / saunikāḥ一杀戮者 / iva一如同 / svadhitinā一用一把剑 / avadāya一切成碎片 / asṛk一鲜血 / pibanti一喝 / nṛtyanti一跳舞 / ca一和 / gāyanti一唱歌 / ca一也 / hṛṣyamāṇāḥ一兴高采烈 / yathā一正像 / iha一在这个世界 / puruṣa-adāḥ一食人者

译文 这世上有些男人和女人将人献祭给柏茹阿瓦或芭朵·卡莉，然后吃遇难者的肉。那些举行这种祭祀的人，死后被带到阎罗王的住所。在那里，他们的受害者以食人魔的形象出现，用锐利的刀剑把他们砍成碎片。正如这世上的食人者边喝他们受害者的血，边欢腾地跳舞、唱歌一样，他们的受害者现在以同样的方式庆祝，享受喝加害者血液的乐趣。

第 32 节

**ये त्विह वा अनागसोऽरण्ये ग्रामे वा वैश्रम्भकैरुपसृतानुपविश्रम्भय्य
जिजीविषून् शूलसूत्रादिषूपप्रोतान् क्रीडनकतया यातयन्ति तेऽपि च
प्रेत्य यमयातनासु शूलादिषु प्रोतात्मानः क्षुत्तृड्भ्यां चाभिहताः कङ्क-
वटादिभिश्चेतस्ततस्तिग्मतुण्डैराहन्यमाना आत्मशमलं स्मरन्ति ॥३२॥**

ye tv iha vā anāgaso 'raṇye grāme vā vaiśrambhakair upasṛtān upaviśrambhayya jijīviṣūn śūla-sūtrādiṣūpaprotān krīḍanakatayā yātayanti te 'pi ca pretya yama-yātanāsu śūlādiṣu protātmānaḥ kṣut-tṛḍbhyāṁ cābhihatāḥ kaṅka-vaṭādibhiś cetas tatas tigma-tuṇḍair āhanyamānā ātma-śamalaṁ smaranti.

ye—……的人 / tu—但是 / iha—在这一生 / vā—或者 / anāgasaḥ—无罪的 / araṇye—在森林中 / grāme—在村庄 / vā—或者 / vaiśrambhakaiḥ—利用信任 / upasṛtān—使接近 / upaviśrambhayya—通过使……信任 / jijīviṣūn—寻求庇护 / śūla-sūtra-ādiṣu—用长矛或线等 / upaprotān—固定 / krīḍanakatayā—像一个玩具 / yātayanti—造成痛苦 / te—那些人 / api—肯定地 / ca—和 / pretya—死后 / yama-yātanāsu—阎罗王的惩罚 / śūla-ādiṣu—在长矛等上面 / prota-ātmānaḥ—身体被固定的 / kṣut-tṛḍbhyām—被饥饿和口渴 / ca—和 / abhihatāḥ—遭受 / kaṅka-vaṭa-ādibhiḥ—秃鹰和苍鹭等 / ca—和 / itaḥ tataḥ—到处 / tigma-tuṇḍaiḥ—长着尖利的喙 / āhanyamānāḥ—被折磨 / ātma-śamalam—自己的罪恶活动 / smaranti—他们回忆起

译文 有些人在这一生中先给村里或森林里来找他们寻求庇护的鸟兽以保护，让它们相信自己会得到保护后，就用长矛去刺它们或用线捆绑它们，或着把它们像玩具般玩耍，使它们遭受巨大的痛苦。这样的人死后被阎罗王的助手带到名叫舒拉普柔塔的地狱。在那里，他们的身体被尖锐如针一般的长矛刺穿。他们不仅要承受饥渴的痛苦，秃鹰和苍鹭等嘴巴尖利成钩状的飞禽也会从四面八方来用嘴撕扯他们的身体。在被折磨的痛苦之际，他们回忆起他们过去从事的罪恶活动。

第33节

ये त्विह वै भूतान्युद्वेजयन्ति नरा उल्बणस्वभावा यथा दन्दशूका-स्तेऽपि प्रेत्य नरके दन्दशूकाख्ये निपतन्ति यत्र नृप दन्दशूकाः पञ्च-मुखाः सप्तमुखा उपसृत्य ग्रसन्ति यथा बिलेशयान् ॥३३॥

ye tv iha vai bhūtāny udvejayanti narā ulbaṇa-svabhāvā yathā dandaśūkās te 'pi pretya narake dandaśūkākhye nipatanti yatra nṛpa dandaśūkāḥ pañca-mukhāḥ sapta-mukhā upasṛtya grasanti yathā bileśayān.

ye—……的人 / tu—但是 / iha—在这一生 / vai—的确 / bhūtāni—给生物体 / udvejayanti—造成不必要的痛苦 / narāḥ—人们 / ulbaṇa-svabhāvāḥ—本性愤怒 / yathā—就像 / dandaśūkāḥ—蛇 / te—他们 / api—也 / pretya—死后 / narake—在地狱 / dandaśūka-ākhye—名叫丹达舒卡 / nipatanti—跌入 / yatra—在那里 / nṛpa—君王啊 / dandaśūkāḥ—蛇 / pañca-mukhāḥ—有五个头 / sapta-mukhāḥ—有七个头 / upasṛtya—向上伸 / grasanti—吃 / yathā—就像 / bileśayān—老鼠

译文 那些在这一生如忌妒之蛇一般的人，总是愤怒并给其他生物体制造痛苦，死后坠入名叫丹达舒卡的地狱。我亲爱的君王，那个地狱中有长着五个头或七个头的巨蛇。那些蛇就像吃老鼠一样地吃这种罪恶之人。

第34节

ये त्विह वा अन्धावटकुसूलगुहादिषु भूतानि निरुन्धन्ति तथामुत्र ते-ष्वेवोपवेश्य सगरेण वह्निना धूमेन निरुन्धन्ति ॥३४॥

ye tv iha vā andhāvaṭa-kusūla-guhādiṣu bhūtāni nirundhanti tathāmutra teṣv evopaveśya sagareṇa vahninā dhūmena nirundhanti.

ye－……的人 / tu－但是 / iha－在这一生 / vā－或者 / andha-avaṭa－一口黑井 / kusūla－粮仓 / guha-ādiṣu－和山洞中 / bhūtāni－生物体 / nirundhanti－监禁 / tathā－同样地 / amutra－在下一生 / teṣu－在那些相同地方 / eva－肯定地 / upaveśya－被推进 / sagareṇa－用毒气 / vahninā－用火 / dhūmena－用烟 / nirundhanti－监禁

译文　那些在这一生把其他生物体囚禁在黑井、粮仓或山洞中的人，死后被抛进名叫阿瓦塔·尼柔达纳的地狱。在那里，他们自己被推进毒气、毒烟弥漫的黑井中，使他们窒息，痛苦不堪。

第35节

**यस्त्विह वा अतिथीनभ्यागतान् वा गृहपतिरसकृदुपगतमन्युर्दिधक्षु-
रिव पापेन चक्षुषा निरीक्षते तस्य चापि निरये पापदृष्टेरक्षिणी वज्र-
तुण्डा गृध्राः कङ्ककाकवटादयः प्रसह्योरुबलादुत्पाटयन्ति ॥३५॥**

yas tv iha vā atithīn abhyāgatān vā gṛha-patir asakṛd upagata-
manyur didhakṣur iva pāpena cakṣuṣā nirīkṣate tasya cāpi niraye
pāpa-dṛṣṭer akṣiṇī vajra-tuṇḍā gṛdhrāḥ kaṅka-kāka-vaṭādayaḥ
prasahyoru-balād utpāṭayanti.

yaḥ－……的人 / tu－但是 / iha－在这一生 / vā－或者 / atithīn－客人 / abhyāgatān－来访者 / vā－或者 / gṛha-patiḥ－居士 / asakṛt－许多次 / upagata－获得 / manyuḥ－愤怒 / didhakṣuḥ－渴望焚烧的人 / iva－如同 / pāpena－罪恶的 / cakṣuṣā－用眼睛 / nirīkṣate－看 / tasya－他的 / ca－和 / api－必定 / niraye－在地狱中 / pāpa-dṛṣṭeḥ－眼光变得罪恶的他的 / akṣiṇī－眼睛 / vajra-tuṇḍāḥ－有着强有力的喙的 / gṛdhrāḥ－秃鹰 / kaṅka－苍鹭 / kāka－乌鸦 / vaṭa-ādayaḥ－和其他飞禽 / prasahya－猛烈地 / uru-balāt－用巨大的力量 / utpāṭayanti－啄出

译文 凶狠地斜视来访的宾客，仿佛要把人烧成灰烬的人，死后被置于名叫帕尔亚瓦尔塔纳的地狱。在那里，目光冷酷无情的秃鹰、苍鹭、乌鸦一类的飞鸟一直死死地盯着他，并会突然俯冲下来，猛力将他的眼球扯出来。

要旨 按照韦达礼仪的规定，居士家中即使来了一位敌人，当居士的也应该以使那敌人忘记自己是到仇敌家的方式招待他。人应该很有礼貌地招待到来的宾客。哪怕是不受欢迎的人，只要他来到家中，当居士的人都不该目光死死地盯着来宾，因为这样做的人死后将被置于名叫帕尔亚瓦尔塔纳的地狱。那里有许多秃鹰、乌鸦和苍鹭等凶猛的飞禽会突然扑向他，扯出他的眼球。

第 36 节

यस्त्विह वा आढ्याभिमतिरहङ्कृतिस्तिर्यक्प्रेक्षणः सर्वतोऽभिवि-शङ्की अर्थव्ययनाशचिन्तया परिशुष्यमाणहृदयवदनो निर्वृतिमनवगतो ग्रह इवार्थमभिरक्षति स चापि प्रेत्य तदुत्पादनोत्कर्षणसंरक्षणशमल-ग्रहः सूचीमुखे नरके निपतति यत्र ह वित्तग्रहं पापपुरुषं धर्मराज-पुरुषा वायका इव सर्वतोऽङ्गेषु सूत्रैः परिवयन्ति ॥३६॥

yas tv iha vā āḍhyābhimatir ahaṅkṛtis tiryak-prekṣaṇaḥ
sarvato 'bhiviśaṅkī artha-vyaya-nāśa-cintayā pariśuṣyamāṇa-hṛdaya-
vadano nirvṛtim anavagato graha ivārtham abhirakṣati sa cāpi
pretya tad-utpādanotkarṣaṇa-saṁrakṣaṇa-śamala-grahaḥ
sūcīmukhe narake nipatati yatra ha vitta-grahaṁ pāpa-puruṣaṁ
dharmarāja-puruṣā vāyakā iva sarvato 'ṅgeṣu sūtraiḥ parivayanti.

yaḥ—……的人 / tu—但是 / iha—在这个世界 / vā—或者 / āḍhya-abhimatiḥ—为财富而骄傲 / ahaṅkṛtiḥ—自高自大的 / tiryak-prekṣaṇaḥ—视觉扭曲的 / sarvataḥ abhiviśaṅkī—总是害怕受他人或上级的欺骗 / artha-vyaya-nāśa-cintayā—想到花费和损失 / pariśuṣyamā-ṇa—

干枯 / hṛdaya-vadanaḥ—他的心和脸 / nirvṛtim—快乐 / anavaga-taḥ—不能获得 / grahaḥ——个鬼魂 / iva—如同 / artham—财富 / abhirakṣa-ti—保护 / saḥ—他 / ca—也 / api—的确 / pretya—死后 / tat—那些财富的 / utpādana—收入的 / utkarṣaṇa—增长 / saṁrakṣa-ṇa—保护 / śamala-grahaḥ—接受罪恶的活动 / sūcīmukhe—名叫苏祺姆卡 / nara-ke—在……的地狱里 / nipatati—跌入 / yatra—在那里 / ha—的确 / vitta-graham—像掠夺钱财的鬼魂 / pāpa-puruṣam—非常罪恶的人 / dharmarāja-puruṣāḥ—阎罗王的执法官 / vāyakāḥ iva—像纺织工 / sarva-taḥ—全面 / aṅgeṣu—在肢体上 / sūtraiḥ—用线 / parivayan-ti—缝

译文　有些人在这世或这一生对自己拥有钱财很骄傲，总是想“我这么富有。谁能跟我比？”这种人以扭曲的方式看事情，总是害怕有人来抢占他的钱财。事实上，他甚至猜忌他的上级或长者。他的脸和心因为总想着会失去钱财而变得枯萎，所以看上去像个卑鄙、可怜的吝啬鬼。他无论如何无法获得真正的快乐，不知道该如何去除焦虑。由于他为赚钱、增加钱财的数量并保护它们而从事罪恶活动，他死后被投入名叫苏祺姆卡的地狱。在那里，阎罗王的执法官像纺织工织布一样用线缝遍他的全身。

要旨　人拥有超出所需的钱财时，无疑就会变得非常骄傲。这是现代文明中的人的状况。按照韦达文化，布茹阿玛纳一无所有，相反查锤亚拥有大量的物质财富，但这些财富是靠按照韦达指示举行祭祀和从事其他高尚的活动得到的。外夏也靠务农、保护乳牛及某种贸易等诚实的方式赚钱。庶铎得到钱后就会不加分辨地以浪费的方式挥霍它，或者毫无目的地积累它。这个年代里没有具有资格的布茹阿玛纳、查锤亚或外夏，几乎所有的人都是庶铎(kalau śūdra-sambhavaḥ)，而庶铎的心态给现代文明造成极大的损害。庶铎不知道如何用金钱为至尊主做超然的爱心服务。金钱也被称为拉珂施蜜(Lakṣmī)，而拉珂施蜜始终在忙着侍奉至尊主纳茹阿亚纳(Nārāyaṇa)。只要有钱，就必须用它来为主纳茹阿亚纳做服务。所有的人都该用自己的钱帮助扩展伟大、超然的奎师那意识运动。不用钱实现这一目的的人，无疑就会为自己非法拥有这些钱而感到骄傲。金钱事实上属于奎师那，祂在《博伽梵歌》第5章的第29节诗中说：我是一切祭祀和苦行的真正享受者，是一切星球的拥有者(bhoktāraṁ yajña-tapasāṁ sarva-loka-maheśvaram)。一切都属于奎师那，而不是其他人。谁拥有的金钱超过所需，就该用它来为奎师那做服务。人除非这样做，否则就会因为这种虚假的拥有而变得骄傲，来生就会受到这节诗文中描述的惩罚。

第 37 节

एवंविधा नरका यमालये सन्ति शतशः सहस्रशस्तेषु सर्वेषु च सर्व एवाधर्मवर्तिनो ये केचिदिहोदिता अनुदिताश्चावनिपते पर्यायेण वि-शन्ति तथैव धर्मानुवर्तिन इतरत्र इह तु पुनर्भवे त उभयशेषाभ्यां निविशन्ति ॥३७॥

evaṁ-vidhā narakā yamālaye santi śataśaḥ sahasraśas teṣu sarveṣu ca sarva evādharma-vartino ye kecid ihoditā anuditāś cāvani-pate paryāyeṇa viśanti tathaiva dharmānuvartina itaratra iha tu punar-bhave ta ubhaya-śeṣābhyāṁ niviśanti.

evam-vidhāḥ—这类 / narakāḥ—许多地狱 / yama-ālaye—在阎罗王的管辖区 / santi—是 / śataśaḥ—成百 / sahasraśaḥ—成千 / teṣu—在那些地狱星球上 / sarveṣu—所有的 / ca—也 / sarve—所有的 / eva—的确 / adharma-vartinaḥ—不遵守韦达原则或规范原则的人 / ye kecit—不管是谁 / iha—这里 / uditāḥ—提到 / anuditāḥ—没有提到 / ca—也 / avani-pate—君王啊 / paryāyeṇa—按照各种罪恶活动的程度 / viśanti—他们进入 / tathā eva—同样 / dharma-anuvartinaḥ—那些按照规范原则或韦达训谕行事的虔诚之人 / itaratra—在其他地方 / iha—

在这个星球／tu－但是／punaḥ-bhave－投生／te－他们所有的人／ubhaya-śeṣābhyām－因虔诚或罪恶结果的剩余部分／niviśanti－他们进入

译文　亲爱的帕瑞克西特王，在阎罗王管辖的范围内有成千成百的地狱星球。我提到过的以及没有提到过的不虔诚的人，必然都会根据他们不虔诚的程度进入这些不同的星球。然而，那些虔诚之人则进入其他星系——半神人的星球。但是，无论虔诚还是不虔诚的人，在享尽他们的功德或承受完他们不虔诚活动的结果后，还要再次被带回地球。

要旨　这节诗文的内容正符合主奎师那在《博伽梵歌》中一开始的教导，即在这个物质世界中，生物只不过是在不同的星系中一个接一个地更换躯体而已(tathā dehāntara-prāptiḥ)；受善良属性影响的人被提升到天堂星球(ūrdhvaṁ gacchanti sattva-sthā)；同样，被愚昧属性紧紧钳制住的生物进入地狱星系(adho gacchanti tāmasāḥ)。然而，无论是去天堂星球还是地狱星球，都要经历生死轮回。《博伽梵歌》中说：哪怕是十分虔诚的人，在高等星系里享受完自己的功德后也要回到地球上(kṣīṇe puṇye martya-lokaṁ viśanti)。因此，从一个星球到另一个星球去并不解决问题。生命的问题只有当我们不再接受物质躯体时才能解决，而这只有在我们的奎师那意识被唤醒后才成为可能。正如奎师那在《博伽梵歌》第4章的第9节诗中说：

janma karma ca me divyam
evaṁ yo vetti tattvataḥ
tyaktvā dehaṁ punar janma
naiti mām eti so 'rjuna

“阿尔诸纳啊！谁能了解我显现和活动的超然本质，谁就在离开躯体后到达我永恒的住所，不再投生于这个物质世界。”这是生命的完美境界，是对生命问题的真正解决。我们不该渴望去高等天堂星系，也不该做让自己下地狱的事情。当我们恢复我们的灵性身份，回归家园、回到首神身边时，这个物质世界的完整目的就彻底实现了。至尊人格首神规定了实现这一目的的简单方法，那就是祂说的："抛弃一切种类的宗教，只向我皈依(sarva-dharmān parityajya mām ekaṁ śaraṇaṁ vraja)"。虔诚不虔诚都不该是最终的目的，而应该成为至尊主的奉献者，投靠奎师那的莲花足。这个皈依的程序十分容易，就连孩子都能做，即永远想着我，崇拜我，向我致敬，成为我的奉献者(man-manā bhava mad-bhakto mad-yājī māṁ namaskuru)。人必须通过吟诵、吟唱哈瑞·奎师那 哈瑞·奎师那 奎师那·奎师那 哈瑞·哈瑞/哈瑞·茹阿玛 哈瑞·茹阿玛 茹阿玛·瑞阿玛 哈瑞·哈瑞(Hare Kṛṣṇa, Hare Kṛṣṇa, Kṛṣṇa Kṛṣṇa, Hare Hare/ Hare Rāma. Hare Rāma, Rāma Rāma, Hare Hare)，始终想着奎师那。人应该成为奎师那的奉献者，崇拜祂，向祂顶礼，就这样将生活中的一切活动都用来侍奉主奎师那。

第 38 节

निवृत्तिलक्षणमार्ग आदावेव व्याख्यातः । एतावानेवाण्डकोशो यश्चतुर्दशधा पुराणेषु विकल्पित उपगीयते यत्तद्भगवतो नारायणस्य साक्षान्महापुरुषस्य स्थविष्ठं रूपमात्ममायागुणमयमनुवर्णितमादृतः पठति शृणोति श्रावयति स उपगेयं भगवतः परमात्मनोऽग्राह्यमपि श्रद्धाभक्तिविशुद्धबुद्धिर्वेद ॥३८॥

nivṛtti-lakṣaṇa-mārga ādāv eva vyākhyātaḥ, etāvān evāṇḍa-kośo yaś caturdaśadhā purāṇeṣu vikalpita upagīyate yat tad bhagavato nārāyaṇasya sākṣān mahā-puruṣasya sthaviṣṭhaṁ rūpam ātmamāyā-guṇamayam anuvarṇitam ādṛtaḥ paṭhati śṛṇoti śrāvayati sa upageyaṁ bhagavataḥ paramātmano 'grāhyam api śraddhā-bhakti-viśuddha-buddhir veda.

nivṛtti-lakṣaṇa-mārgaḥ—以弃绝为特征的道路或解脱之途 / ādau—在开始(第2篇和第3篇) / eva—的确 / vyākhyātaḥ—描述 / etāvān—这么多 / eva—肯定地 / aṇḍa-kośaḥ—像一颗巨卵的宇宙 / yaḥ—……的 / caturdaśa-dhā—十四个部分 / purāṇeṣu—在往世书中 / vikalpitaḥ—分成 / upagīyate—被描述 / yat—……的 / tat—那 / bhagavataḥ—至尊人格首神的 / nārāyaṇasya—主纳茹阿亚纳的 / sākṣāt—直接地 / mahā-puruṣasya—至尊人的 / sthaviṣṭham—粗糙 / rūpam—形体 / ātma-māyā—祂自己的能量的 / guṇa—品质的 / mayam—由……组成 / anuvarṇitam—描述 / ādṛtaḥ—崇敬 / paṭhati—一个人阅读 / śṛṇoti—或者聆听 / śrāvayati—或者解释 / saḥ—那个人 / upageyam—歌 / bhagavataḥ—至尊人格首神的 / paramātmanaḥ—超灵的 / agrāhyam—难以理解 / api—虽然 / śraddhā—凭信心 / bhakti—和奉爱 / viśuddha—净化 / buddhiḥ—智慧……的 / veda—理解

译文　我开始时(第2篇和第3篇)解释过人如何能在解脱之途上迈进。往世书中也描述了像一个蛋被分成十四个部分的巨大的宇宙存在。这通常被称为宇宙形象的巨大形象，被视为是至尊主的外在躯体，由祂的能量和品质所创造。人如果满怀信心地阅读对至尊主的这个外在形象的描述，如果聆听有关它的内容，或者为传播奎师那意识而对他人解释它，那他培养灵性意识——奎师那意识的信心和奉爱之情就会逐渐增强。尽管发展这意识非常困难，但用这种方法可以使人净化自我，逐渐获得对至尊绝对真理的觉悟。

要旨　这场奎师那意识运动之所以大力推动《圣典博伽瓦谭》的出版发行，就是为了让现代文明中的人能够有正确的知识，以唤醒他们原本的意识。这种意识还在沉睡的人，没入浓密的黑暗，无论是到高等星系去，还是地狱星系去，都只不过是在浪费时间。所以，人应该聆听《圣典博伽瓦谭》中描述的至尊主的宇宙形象。这将帮助人从受物质制约的生活中获救，逐渐提升自己到解脱的路途上，从而可以回归家园，回到首神身边。

第 39 节

श्रुत्वा स्थूलं तथा सूक्ष्मं रूपं भगवतो यतिः ।
स्थूले निर्जितमात्मानं शनैः सूक्ष्मं धिया नयेदिति ॥३९॥

śrutvā sthūlaṁ tathā sūkṣmaṁ
rūpaṁ bhagavato yatiḥ
sthūle nirjitam ātmānaṁ
śanaiḥ sūkṣmaṁ dhiyā nayed iti

śrutvā—(从师徒传承)聆听之后 / sthūlam—粗糙的 / tathā—也 / sūkṣmam—精微的 / rūpam—形体 / bhagavataḥ—至尊人格首神的 / yatiḥ—托钵僧或奉献者 / sthūle—粗糙的形体 / nirjitam—控制 / ātmānam—心念 / śanaiḥ—逐渐地 / sūkṣmam—至尊主的精微灵性形象 / dhiyā—用智慧 / nayet—人应当将它引到 / iti—如此

译文 有志于解脱，以及走上解脱之途且不依恋受制约生活的人，被称为奉献者——雅缇。这样的人应该在聆听了至尊主巨大的宇宙形象后，先靠冥想祂的宇宙形象控制自己的心，然后逐渐冥想祂那灵性的永恒、全知且充满极乐的奎师那形象。这样，人的心便稳定地处在全神贯注的状态中。随后，靠做奉爱服务，人可以觉悟到至尊主的灵性形象，而这是奉献者的目标。他的人生因此而成功。

要旨 这一篇第5章的第2节诗中说：想要在解脱之途上取得进步的人，应该与伟大的灵魂(mahatema)——解脱的奉献者联谊(mahat-sevāṁ dvāram āhur vimukteḥ)。之所以这么说是因为，在这种联谊过程中有充分的机会可以聆听、描述和歌唱至尊人格首神的名字、形象、品质及与祂有关的一切，《圣典博伽瓦谭》中就描述了这一切。在受束缚的路途上，人永恒地经历生死轮回。想要从这种束缚中获得解脱的人，应该加入国际奎师那意识协会，从而有充分的机会聆听奉献者讲述《圣典博伽瓦谭》，并为传播奎师那意识去解释它。

第 40 节

भूद्वीपवर्षसरिदद्रिनभःसमुद्र-
पातालदिङ्नरकभागणलोकसंस्था ।
गीता मया तव नृपाद्भुतमीश्वरस्य
स्थूलं वपुः सकलजीवनिकायधाम ॥४०॥

bhū-dvīpa-varṣa-sarid-adri-nabhaḥ-samudra-
pātāla-diṅ-naraka-bhāgaṇa-loka-saṁsthā
gītā mayā tava nṛpādbhutam īśvarasya
sthūlaṁ vapuḥ sakala-jīva-nikāya-dhāma

bhū—这个地球的 / dvīpa—和其他不同星系的 / varṣa—土地的 / sarit—河流 / adri—山脉 / nabhaḥ—天空 / samudra—海洋 / pātāla—低等星球 / dik—方向 / naraka—地狱星球 / bhāgaṇa-loka—发光体和高等星球 / saṁsthā—情况 / gītā—描述 / mayā—被我 / tava—为你 / nṛpa—君王啊 / adbhutam—奇妙的 / īśvarasya—至尊人格首神的 / sthūlam—粗糙的 / vapuḥ—躯体 / sakala-jīva-nikāya—众生的 / dhāma—是……的憩息所

译文　亲爱的君王，我给你解释了这个地球星球、其他的星系，以及它们之上的大地、河流和山脉。我还描述了天空、海洋、低等星系、方向、地狱星系和众多的天体。这一切构成至尊主巨大的物质宇宙形象，而众生就生活在其间。如此，我解释了至尊主神奇的物质身躯的庞大。

到此为止，结束了巴克提韦丹塔(Bhaktivedanta)对《圣典博伽瓦谭》第5篇第26章“对地狱星球的描述”所作的阐释。

1975年6月5日

完成于夏威夷火奴鲁鲁的五圣体庙

* * * *

圣恩巴克提希丹塔·萨茹阿斯瓦提·哥斯瓦米·玛哈茹阿佳·帕布帕德(Bhaktisiddhānta Sarasvatī Gosvāmī Mahārāja Prabhupāda)，在他的《高迪亚·巴斯亚》(Gauḍīya-bhāṣya)中写了一段补充性的注释。如下是对它的翻译：

精通所有韦达文献的博学学者都同意，至尊人格首神有无数的化身。这些化身被分为两类，梵文术语称帕巴瓦(prābhava)和外巴瓦(vaibhava)。按照经典的说法，帕巴瓦化身进一步分为两类，一类被说成是永恒的，另一类是没有生动描述过的。在这《圣典博伽瓦谭》第5篇中，从第3章到第6章有对瑞沙巴戴瓦(Ṛṣabhadeva)的描述，但没有对祂从事的灵性活动的进一步描述。因此，祂被认为是属于第二类帕巴瓦化身。《圣典博伽瓦谭》第1篇第3章的第13节诗说：

aṣṭoame merudevyāṁ tu
nābher jāta urukramaḥ
darśayan vartma dhīrāṇāṁ
sarvāśrama-namaskṛtam

“维施努的第八位化身是纳比王和他妻子梅茹女神的儿子瑞沙巴王。至尊主透过这位化身指出通向完美的路途，这种完美境界被称为是至尊天鹅的生活阶段，受到遵守社会四阶层和灵性四阶段制度的人的推崇。”瑞沙巴戴瓦是至尊人格首神，祂的身体是灵性的(sac-cid-ānanda-vigraha)。因此，有人也许会问，祂怎么可能排泄粪便和尿液。对此，高迪亚传承中精通韦丹塔结论的灵性导师巴拉戴瓦·维迪亚布善(Baladeva Vidyābhūṣaṇa)在他的著作《希丹塔·茹阿特纳》(Siddhānta-ratna)第一部分的第65—68节诗中作出了回答。不完美的人——不了解超然身体的灵性状态的非奉献者，把瑞沙巴戴瓦排泄粪便和尿液当做研究的内容，加以特别的关注。《圣典博伽瓦谭》这5篇第6章的第11节诗，对这个年代的物质主义者受迷惑、产生错觉的状态作了充分的描述。第5篇第5章的第19节诗中记载，瑞沙巴戴瓦说明道：我的这个身体对物质主义者来说是不可思议的(idaṁ śarīram mama durvibhāvyam)。对此，主奎师那在《博伽梵歌》第9章的第11节诗中说：

avajānanti māṁ mūḍhā
　mānuṣīṁ tanum āśritam
paraṁ bhāvam ajānanto
　mama bhūta-maheśvaram

"当我以人的形象降临时，愚蠢的人轻视我。他们不知道我作为万事万物的至尊主所具有的超然性。"至尊人格首神的人的形象极难理解，事实上对普通人来说是不可思议的。为此，瑞沙巴戴瓦直接解释说，祂的身体是灵性的。正因为如此，瑞沙巴戴瓦实际上并没有排泄粪便和尿液。尽管表面看来祂像是排泄粪便和尿液，那也是超然的，是任何普通人都模仿不了的。《圣典博伽瓦谭》中还说，瑞沙巴戴瓦的粪便和尿液散发着超然的香气。人也许模仿瑞沙巴戴瓦的行为，但无法模仿祂排泄出香气四溢的粪便。

因此，瑞沙巴戴瓦的活动并不对一类名叫阿尔哈特(arhat)的人的声明构成支持，那类人有时宣传自己是瑞沙巴戴瓦的追随者。他们的行为违背韦达原则，怎么可能是瑞沙巴戴瓦的追随者呢？舒卡戴瓦·哥斯瓦米讲述说，听了主瑞沙巴戴瓦的特征后，统治康卡(Koṅka)、温卡(Veṅka)和库塔卡(Kuṭaka)这三个地方的君王自编了一套名叫阿尔哈特的宗教原则。这些原则不符合韦达原则，因此被称为异教(pāṣaṇḍa-dharma)。阿尔哈特团体的成员们，认为瑞沙巴戴瓦的活动是物质的。然而，瑞沙巴戴瓦是至尊人格首神的一个化身，因此在超然的层面上，没人能跟祂比。

瑞沙巴戴瓦亲自展出了至尊人格首神的活动。正如《圣典博伽瓦谭》这5篇第6章的第8节诗中说：在瑞沙巴戴瓦的娱乐活动结束时，整个森林及祂的身体都在一场森林大火中被烧成了灰烬(dāvānalas tad vanam ālelihānaḥ saha tena dadāha)。同样，瑞沙巴戴瓦将人们的愚昧烧成灰烬。祂在给祂儿子们的教导中，展现了至尊天鹅(paramahaṁsa)的特征。但阿尔哈特团体所遵循的原则，不符合瑞沙巴戴瓦的教导。

圣巴拉戴瓦·韦迪亚布善评论说：在《圣典博伽瓦谭》第8篇中有另一段对瑞沙巴戴瓦的描述，但那位瑞沙巴戴瓦与这一篇中描述的瑞沙巴戴瓦不同。

【第五篇终】

圣帕布帕德小传

圣恩 A.C.巴克提韦丹塔·斯瓦米·帕布帕德于 1896 年在印度的加尔各答显世。

1922 年，帕布帕德在加尔各答首次与他的灵性导师圣巴克提希丹塔·萨茹阿斯瓦提·哥斯瓦米会面。巴克提希丹塔·萨茹阿斯瓦提作为一位杰出的宗教学者，在他的一生中创建了 64 所名为高迪亚·玛特的传播韦达文化的机构。巴克提希丹塔非常喜爱这位受过教育的年轻人，于是便说服他献身于传播韦达知识。帕布帕德成了巴克提希丹塔·萨茹阿斯瓦提的学生，并于 11 年后(1933 年)在阿拉哈巴接受了他的启迪，正式成为他的门徒。

在他们第一次会面时，巴克提希丹塔·萨茹阿斯瓦提曾要求帕布帕德用英语去传播韦达知识。为此，帕布帕德在随后的日子里用英文翻译、评注了《博伽梵歌》，参加高迪亚·玛特的传教工作，并在 1944 年独自创办了英语“回归首神”双月刊杂志。他自己编辑，打出原稿，校样，甚至逐本赠送、售卖，为维持杂志的出版艰苦奋斗。“回归首神”杂志自创刊后从未停刊，目前在西方正由他的门徒用 30 多种语言继续出版着。

高迪亚·外士纳瓦协会对帕布帕德的哲学造诣及奉爱精神推崇备至，于 1947 年授予他巴克提韦丹塔的称号。

1950 年，圣帕布帕德在他 54 岁时退出家庭生活，以便用更多的时间进行研究和写作。他到了圣地温达文，住在历史上著名的中世纪神庙——茹阿妲·达摩达尔庙，过着简朴的生活。在那里，他花了好几年的时间进行写作和深入的研究工作。

1959 年，圣帕布帕德在茹阿妲·达摩达尔庙接受萨尼亚希(托钵僧)称号，进入弃绝阶层。接着，他开始翻译、评注含有一万八千节诗的卷帙浩繁的《圣典博伽瓦谭》(《博伽梵往世书》)。这是他生活中的一部杰作。他还撰写了《简易的星际旅行》。

圣帕布帕德在出版了三篇《圣典博伽瓦谭》后，于 1965 年 9 月去了美国，以完成他灵性导师交给他的使命。在随后的岁月里，他写下的权威性翻译、评注和对有关印度哲学及宗教经典作品的综合研究论文，共有 60 多册。

圣帕布帕德乘货轮第一次到纽约时，几乎身无分文。仅仅一年后，他便克服巨大的困难，于 1966 年 7 月建立了国际奎师那意识协会。在 1977 年 11 月 14 日他离世前，他一直指导着协会，看着它成长为一个在全世界有超过一百所灵修所、学校、神庙、研究机构和集体农庄的联合体。

1968 年，圣帕布帕德在美国加利福尼亚州的一个山坡上创办了新温达文——实验性韦达社区。新温达文成了一个繁荣的、有超过两千英亩土地的集体农庄。新温达文的成功激励了圣帕布帕德的门徒。他们在美国和其他国家相继成立了几个同样的集体农庄。

1972 年，圣帕布帕德通过在美国得克萨斯州的达拉斯市创办灵性导师学校，把韦达制度的初级和中级教育引介给西方社会。从那以后，在他的监督、指导下，他的门徒在美国和世界其他地区开设了同样的儿童学校，其主要的教育中心设在印度的温达文。

圣帕布帕德还促成了几个规模宏大的国际文化中心在印度的兴建。坐落在印度西孟加拉圣玛亚普尔的中心，是计划中的灵性城市。这是一个雄心勃勃的计划，需要许多年才能实现、完成。在印度的温达文有宏伟的奎师那 · 巴拉茹阿玛庙宇、国际宾馆、圣帕布帕德纪念馆和博物馆，在孟买有文化和教育主中心。别的中心计划建在印度其他十二个重要地区。

然而，圣帕布帕德最重要的贡献是他的书籍。这些书籍因其深刻、清晰、具权威性而受到学术界的高度敬重，并在为数众多的学院里被当做典范性的教科书使用。他的著作以 50 多种语言翻译出版。于 1972 年成立的巴帝维丹达书籍信托基金会，负责出版圣帕布帕德翻译、评注、撰写的书籍。它目前已成为世上最大的、出版有关印度宗教及哲学书籍的出版机构。

圣帕布帕德不顾自己年事已高，仅仅在 12 年里就进行了 14 次环球旅行，走遍 6 大洲不断演讲。尽管旅程安排得如此紧凑，圣帕布帕德仍翻译、评注、撰写了大量的书籍。他的著作构成了一个名副其实的韦达哲学、宗教、文学和文化的图书馆。

圣帕布帕德著作一览表

《博伽梵歌原意》
《圣典博伽瓦谭》第 1—10 篇
《永恒的柴坦亚经》共 17 篇
《奎师那——快乐的泉源》共 2 卷
《主柴坦亚的教导》
《奉爱的甘露》
《教诲的甘露》
《至尊奥义书》
《博枷梵之光》
《简易星际旅行》
《主卡皮拉的教导》
《琨缇王后的教导》
《首神的讯息》
《觉悟自我的科学》
《瑜伽的完美境界》
《超越生死》
《通向奎师那之道》
《知识之王》
《培养奎师那意识》
《奎师那意识——无于伦比的礼物》
《奎师那意识——瑜伽体系的顶峰》
《完美的问答录》
《生命来自生命》
《回归首神杂志》（创办人）

对圣帕布帕德生前教导的汇编性书籍

《追求解脱》
《第二次机会》
《自我发现之旅》
《文明与超越》
《大自然的法律》
《凭智慧弃绝》
《寻求启发》
《通向超然存在之途》
《超越错觉、假像和疑惑》
《哈瑞·奎师那的挑战》

参考书籍

圣帕布帕德是根据公认的权威经典写作《圣典博伽瓦谭》要旨的，以下是他引用过的经典名称：

《博伽梵歌》 (Bhagavad-gītā)
《奉爱服务的纯粹甘露之洋》 (Bhakti-rasāmṛta-sindhu)
《布茹阿曼达往世书》 (Brahmāṇḍa Purāṇa)
《布茹阿玛·萨密塔》 (Brahma-saṁhitā)
《毕尔汉·纳茹阿迪亚往世书》 (Bṛhan-nāradīya Purāṇa)
《柴坦亚·巴嘎瓦特》 (Caitanya-bhāgavata)
《柴坦亚·昌铎姆瑞塔》 (Caitanya-candrāmṛta)
《永恒的柴坦亚经》 (Caitanya-caritāmṛta)
《昌窦给亚奥义书》 (Chāndogya Upaniṣad)
《嘎尔戈奥义书》 (Garga Upaniṣad)
《高塔弥亚·坦陀》 (Gautamīya-tantra)
《对主哈尔依的奉爱之美》 (Hari-bhakti-vilāsa)
《至尊奥义书》 (Īśopaniṣad)
《玖提尔·韦达》 (Jyotir Veda)
《喀塔奥义书》 (Kaṭha Upaniṣad)
《库尔玛往世书》 (Kūrma Purāṇa)
《拉格·巴嘎瓦塔姆瑞塔》 (Laghu-bhāgavatāmṛta)
《玛哈巴茹阿特》（《摩诃婆罗多》） (Mahābhārata)
《玛努法典》（《摩奴法典》） (Manu-saṁhitā)
《蒙达卡奥义书》 (Muṇḍaka Upaniṣad)
《纳茹阿达·潘查茹阿陀》 (Nārada-pañcarātra)
《莲花往世书》 (Padma Purāṇa)
《萨缇亚·萨密塔》 (Satya-saṁhitā)
《斯康达往世书》 (Skanda Purāṇa)
《圣典博伽瓦谭》 (Śrīmad-Bhāgavatam)
《水塔刷塔尔奥义书》 (Śvetāśvatara Upaniṣad)
《泰提瑞亚奥义书》 (Taittirīya Upaniṣad)
《风神往世书》 (Vāyu Purāṇa)
《韦丹塔·桑卦哈》 (Vedānta-saṅgraha)

《韦丹塔苏陀》	(Vedānta-sūtra)
《维施努·达尔摩塔茹阿》	(Viṣṇu-dharmottara)
《维施努往世书》	(Viṣṇu Purāṇa)

词　　表

- A -

Ācārya — 以身作则，为整个人类树立灵修榜样的灵性导师。

Acyuta — 永远都不会从祂的地位上坠落的至尊主。

Adhokṣajia — 超越物质感官知觉范畴的至尊主。

Advaita Prabhu — 玛哈 ·维施努(Mahā-Viṣṇu)的一个化身，显现为主柴坦亚 ·玛哈帕布(Caitanya Mahāprabhu)的一个主要的同伴。

Agni — 掌管火的半神人。

Ambarīṣa Mahārāja — 伟大的奉献者君王，完美地做了九种奉爱服务(聆听、吟诵等)

Ananta — 至尊主有上千个头的蛇化身；祂把自己的身体当蛇床让维施努躺在上面，并用自己众多的头颅支撑众多的星球。

Aṅga Mahārāja — 维纳王的父亲。

Aṅgirā — 布茹阿玛直接生出的七位大圣人之一。

Aniruddha — 主奎师那最初在灵性世界的四个扩展之一；也是主奎师那五千年前显现时的孙子。

Antardhāna — 普瑞图王的长子维吉塔施瓦。

Antaryāmī — 至尊主的扩展，作为超灵处在每一个生物体的心中。

Arci — 普瑞图王的妻子。

Arjuna — 潘达瓦五兄弟之一。奎师那当了他的马车夫，并给他讲述《博伽梵歌》(Bhagavad-gītā)。

Artha — 经济发展。

Āsana — 瑜伽练习中的一种坐姿。

Āśrama — 一生中四个灵性阶段中的其中一个阶段，它们分别是：独身禁欲的学生生活阶段、居士阶段、逐渐退出家庭生活阶段和出家当托钵僧的完全弃绝阶段。

Aṣṭāṅga-yoga — 由帕谭佳里(Patañjali)呈现的八部瑜伽体系。

Asura — 无神论者、十足的物质主义者等不按经典原则做事的恶魔；嫉妒神，无视至高无上的绝对真理，反对为至尊主奎师那服务的人。

Āśutoṣa — 容易(“快速”)取悦的主希瓦。

Aśvamedha-yajña — 韦达经中推荐的马祭。

Avatāra — 至尊主降临到物质世界里的化身。

- B -

Bali Mahārāja — 一位君王；他通过把一切献给至尊主的侏儒布茹阿玛纳化身瓦玛纳戴瓦(Vāmanadeva)，成为伟大的奉献者。

Barhiṣat — 参看Prācinabarhi。

Barhiṣmān — 参看Prācinabarhi。

Bhagavad-gītā — 《博伽梵歌》，至尊主奎师那与祂的奉献者阿尔诸纳在一场大战即将开始前的谈话，其中详细地解释说，奉爱服务既是最重要的灵修方法，也是最高级的灵性完美境界。

Bhāgavata-vidhi — 侍奉纯粹奉献者并传播《圣典博伽瓦谭》的奉爱程序。

Bhakta — 至尊主的奉献者。

Bhakti — 为至尊主所做的奉爱服务。

Bhaktidevī — 奉爱服务的人格化身。

Bhatisiddhānta Sarasvatī Ṭhākura — (1874—1937)作者圣恩A.C.巴克提韦丹塔·斯瓦米·帕布帕德德灵性导师，因此是当代奎师那意识运动的灵性祖父。强有力的传教士，在印度开设了六十四个传教场所。

Bhaktivinoda Ṭhākura — (1838—1915)当代奎师那运动的灵性曾祖父，圣高尔克首尔·达斯·巴巴吉的灵性导师，圣巴克提希丹塔·萨茹阿斯瓦提的父亲。

Bhakti-yoga — 通过做奉爱服务与至尊主相连的方法。

Bhārata-varṣa — 如今的印度；巴茹阿特王统治后以他的名字命名。

Bhīṣma — 库茹柴陀战场上最强大有力和最年长的战将。他被公认为是为至尊主做奉爱服务的首要权威之一。

Bhṛgu — 布茹阿玛直接生出的最强有力的圣人们。

Bilvamaṅgala Ṭhākura — 伟大的奉献者作者，他的著作包括《奎师那·卡尔纳姆瑞塔》(Kṛṣṇa-karṇāmṛta)。

Brahmā — 宇宙第一位被创造的生物体，物质宇宙的第二位创造者。

Brahma-bhūta — 去除物质污染的喜悦状态；解脱。

Brahmacārī — 在灵性导师照管下的独身禁欲的学生。

Brahmacarya — 独身禁欲的学生生活，韦达制度中人生的第一个灵性阶段。

Brahmaloka — 半神人布茹阿玛居住的星球，是物质宇宙中最高的星球。

Brahman — 绝对真理，特别指绝对真理不具人格特征的方面。

Brāhmaṇa — 布茹阿玛纳(婆罗门)，知识分子及祭司阶层。韦达社会制度中的最高阶层。

Brahmānanda — 觉悟了至尊主的灵性光芒后所感到的快乐。

Brahmāstra — 通过吟诵曼陀产生出的核武器。

Bṛhaspati — 天帝因铎的灵性导师，半神人中的首要祭师。

Buddha — 至尊主的一个化身，来迷惑无神论者，阻止他们误用韦达经。

- C -

Caitanya-Mahāprabhu — (1486—1534)至尊主以祂自己最伟大的奉献者的身份显现，专门通过聚众歌唱神之圣名的方式教导世人对神的爱。

Caittya-guru — 主奎师那作为灵性导师在进步的奉献者心中亲自给予指导。

Cakra(Sudarśana) — 至尊主的飞轮武器。

Cāṇkya Paṇḍita — 昌铎古普塔王的布茹阿玛纳顾问，负责阻止希腊入侵者亚历山大王入侵印度。

Cañcalā — 幸运女神拉珂施蜜，她给予的恩赐很不稳定。

Caṇḍāla — 不可触碰或低于韦达社会中社会四阶层人士的人；吃狗肉的人。

Candra — 掌管月亮的半神人。

Candraśekhara Ācārya — 圣主柴坦亚 · 玛哈帕布的优秀的居士奉献者。

Capātī — 全麦面做的面饼。

Caraṇāmṛta — 给神像沐浴过的水。

Cārvāka Muni — 直言不讳的快乐主义哲学家。

Catuḥ-ślokī — 《圣典博伽瓦谭》第2篇第9章的第33—36节诗。这四节诗由主奎师那讲述给布茹阿玛听，是《圣典博伽瓦谭》全部哲学内容的总结。

Cātur-hotra — 韦达经中规定的为净化功利性活动举行的四种火祭。

Cupid(Kandarpa) — 在受制约的生物体心中煽动起色欲的半神人。

- D -

Dahl — 用绿豆等干豆仁制成的汤。

Dakṣa — 布茹阿玛的一个儿子，宇宙生物体的主要的祖先之一。

Daśaratha — 主茹阿玛禅铎的父亲。

Dāsya-rasa — 与至尊主的主仆关系。

Dattātreya — 是至尊主的一个化身，显现为阿特瑞 · 牟尼的儿子，教导神秘瑜伽的方法。

Devahūti — 斯瓦阳布瓦·曼努的女儿，卡尔达玛·牟尼的妻子，主卡皮拉的母亲。

Devakī-nandana — 主奎师那，黛瓦克伊亲爱的儿子。

Dhāraṇā — 注意力专注，是完全进入冥想状态(dhyāna)的前奏。

Dharma — 宗教原则，人的天职，尤其指每一个灵魂的服务本性。

Dhṛtarāṣṭra — 潘达瓦五兄弟的伯父，阴谋篡夺帕达瓦兄弟的王国，以便让自己的儿子当国王，结果引发库茹柴陀大战。

Dhruva Mahārāja — 至尊主伟大的奉献者，为了见到至尊主，得到自己应该得到但却被拒绝的王国，儿时便从事艰难的苦修，结果得到整个星球，以及对神的觉悟。

Dhyāna — 冥想瑜伽。

Durgā — 物质能量的人格化身，主希瓦的妻子。

Durvāsā Muni — 强有力的瑜伽师，以他可怕的诅咒闻名于世。

Duryodhana — 兑塔瓦施陀的长子，潘达瓦兄弟的头号对手。

Duṣkṛtī — 无赖、恶棍。

Dvāpara-yuga — 四个年代循环中的第三个年代，长度为八十六万四千年。

- E -

Ekādaśī —用来增加对奎师那的想念的特殊日子，是满月和新月后的第十一天。经典规定在这一天禁食谷类和豆类。

- G -

Gāndhārī — 兑塔瓦施陀王忠贞、神圣的妻子，是一百个儿子的母亲。

Garbhodakaśā Viṣṇu — 第二个维施努扩展；祂进入每一个宇宙，用祂的瞥视创造了丰富多彩的物质展示。

Garuḍa — 主维施努永恒的坐骑，大鸟形象的伟大奉献者。

Gaudīya Vaiṣṇavas sampradāya— 透过圣主柴坦亚·玛哈帕布传下的由真正的灵性导师组成的具有权威性的外士纳瓦师徒传承；也指遵循这一传统的信奉者。

Gāyatrī mantra — 由布茹阿玛纳在太阳升起、中午及太阳落山时默念的祈祷文。

Giriśa — 参看：希瓦（Śiva）。

Go-dāsa — 感官的仆人。

Goloka Vṛndāvana (Kṛṣṇaloka) — 最高的灵性星球，主奎师那的私人住所。

Gopāla Bhaṭṭa Gosvāmī — 直接追随圣主柴坦亚·玛哈帕布的六位外士纳瓦灵性导师之一。他有系统地向大众呈献了主柴坦亚·玛哈帕布的教导。

Gopīs — 奎师那的牧牛姑娘朋友，是祂最顺从、最亲密的奉献者。

Gopīśvara —参看：希瓦（Śiva）。

Gosvāmī — 控制了心和感官的人；对进入弃绝阶层的托钵僧的称呼。

Govinda — 至尊主奎师那，给予大地、乳牛和感官以快乐的至尊人。

Govinda dāsa Ṭhākura — 一些重要的外士纳瓦歌曲的作者。

Gṛhamedhī — 注重感官享乐的居家人士。

Gṛhastha — 按经典的规定过有节制的居士生活的人；韦达灵性生活的第二个阶段。

Guṇas — 物质自然的三种属性，即：善良属性、激情属性和愚昧属性。

Guru — 灵性导师。

- H -

Hanumān — 主茹阿玛禅铎伟大的猴子仆人。

Hara — 参看：希瓦（Śiva）。

Hare Kṛṣṇa mantra — 参看：Mahā-mantra。

Hari — 去除灵性进步路途上一切障碍的至尊主。

Haridāsa Ṭhākura — 伟大的奉献者，圣主柴坦亚·玛哈帕布的同伴；他每天吟诵神的名字三万遍。

Haṭha-yoga — 通过练习体位法和呼吸达到控制感官和净化之目的的瑜伽。

Hiraṇyakaśipu — 被至尊主的尼尔星哈化身杀死的恶魔。

- I -

Ikṣvāku — 玛努的儿子，古代地球的君王；玛努对他讲述了《博伽梵歌》。

Indra — 管理宇宙行政事务的主管半神人，天堂星球的君王。

- J -

Janaka Mahārāja — 主茹阿玛禅铎的妻子悉塔女神的父亲。

Janārdana — 至尊主，全体生物原本的庇护所。

Jarā — 老年。

Jayadeva Gosvāmī — 写下《哥文达之歌》的优秀的外士纳瓦诗人。
Jñāna — 知识。
Jñāna-kāṇda — 韦达经中包含有关梵——灵性能量的那部分知识。
Jñāna-yoga — 通过培养知识接近至尊者的灵修程序。
Jñānī — 通过经验性思辨培养知识的人。

- K -

Kaivalya — 融入至尊主身体放射出的灵性光芒的非人格解脱。
Kālī — 参看：杜尔嘎(Durgā)。
Kali-yuga — 喀历年代；“纷争、伪善的年代”，是大周期循环中的第四个年代，也是最后一个年代，从五千年前开始。
Kāma — 贪图物质享乐的欲望。
Kaṁsa — 博佳王朝的一个邪恶的君王；奎师那的舅舅。
Kapha — 粘液；身体三种主要元素之一。
Kapila — 至尊主的一个化身；祂显现为卡尔达玛·牟尼和黛瓦瑚缇的儿子，教导奎师那意识的数论哲学。
Kāraṇodakaśāyī Viṣṇu — 至尊主的扩展玛哈·维施努；祂释放出所有的物质宇宙。
Karma — 物质、功利性的活动及其报应。
Karma-kāṇda — 韦达经中描述为获得物质利益举行各种仪式的部分。
Karma-kāṇḍīya — 与Karma-kāṇda有关。
Karma-yoga — 怀着做奉爱服务的心态行事；也是按照韦达指令从事的功利性活动。
Karmī — 从事功利性活动的人；物质主义者。
Kātyāyanī —参看：杜尔嘎(Durgā)。
Kauravas — 在库茹柴陀战场上与潘达瓦五兄弟决战的库茹的后代。
Kīrtana — 吟唱至尊主的圣名并赞美至尊主的奉爱服务程序。
Kratu — 主布茹阿玛直接生出的七位伟大的圣人之一。
Krodha — 愤怒。
Kṛṣṇa — 至尊人格首神原本的两臂形象。
Kṛṣṇadāsa Kavirāja — 伟大的外士纳瓦灵性导师，在《永恒的柴坦亚经》中记载了圣主柴坦亚·玛哈帕布的生平和教导。
Kṛṣṇa-kathā — 至尊主奎师那的话，以及讲述主奎师那的话题。

Kṛṣṇaloka — 参看：Goloka Vṛndāvana。

Kṣatriya — 战士或管理者；韦达社会的第二个阶层。

Kṣīrodakaśāyī Viṣṇu — 至尊主的扩展，以超灵的形式进入每一个生物体的心。

Kulaśekhara — 优秀的奉献者君王，《颂扬穆琨达的赞美诗花环》的作者。

Kumāras — 主布茹阿玛的四个博学、独身禁欲、苦修的儿子，始终把自己的身体保持在幼儿的状态。

Kuśa — 用于韦达仪式和祭祀的一种吉祥的草。

Kuvera — 半神人的司库；纳拉库瓦尔和玛尼贵瓦的父亲。

- L -

Lakṣmī — 幸运女神，至尊主纳茹阿亚纳的永恒伴侣。

Lobha — 贪婪。

Loka — 星球。

- M -

Mādhurya-rasa — 至尊主与祂的奉献者交流爱侣之情的灵性关系。

Madhvācārya —十三世纪时伟大的外士纳瓦灵性导师，教导有神论中的二元论哲学。

Mādrī — 潘杜王的第二位妻子，纳库拉和萨哈戴瓦的母亲。

Mahā-bhāgavata — 至尊主纯粹的奉献者、一流的奉献者。

Mahā-mantra — 为得到拯救而吟诵、吟唱的伟大的曼陀：

哈瑞·奎师那　哈瑞·奎师那　奎师那·奎师那　哈瑞·哈瑞
哈瑞·茹阿玛　哈瑞·茹阿玛　茹阿玛·茹阿玛　哈瑞·哈瑞

Mahā- Viṣṇu — 至尊的扩展，所有的宇宙都由祂释放出来。

Mahādeva —参看：希瓦(Śiva)。

Mahāt-tattva — 展示了物质世界的整体物质能量原本混沌的形象。

Maheśvara — 参看：希瓦(Śiva)。

Maitreya Muni — 为维杜茹阿讲述《圣典博伽瓦谭》的大圣人。

Maṅgala-ārati — 每天黎明前向至尊主的神像化身表达敬意的崇拜仪式。

Mantra — 超然的声音振荡或韦达赞歌，它们可以使人摆脱心中的错觉。

Manu — 布茹阿玛的一个半神人儿子，是人类的祖先和法律的制定者。布茹阿玛的一天共有十四位玛努。

Manu-saṁhitā — 玛努制定的人类法典。

Manu, Svāyambhuva — 参看：Svāyambhuva Manu。

Manu, Vaivasvata — 参看：Vaivasvata Manu。

Manvantara-avatāra — 至尊主在每一个玛努统治期间显现的化身。

Marīci — 主布茹阿玛直接生出的大圣人之一。

Mārisā — 天帝因铎派遣的天堂社交女郎帕么珞茶与圣人侃杜生的女儿。

Māyā — 至尊主的低等、错觉能量，负责统治这个物质创造并迷惑生物，使其遗忘自己与奎师那的关系。

Māyāvādī — 持非人格神哲学观念的人。他们以为绝对真理最终没有形象，个体生物与神是平等的。

Menakā — 天堂星球上著名的社交女郎，曾诱惑了圣人维施瓦弥陀。

Mlecchas — 野蛮人；韦达社会四阶层之外的人，通常是食肉者。

Mokṣa — 从物质束缚中得到解脱。

Mṛtyu — 死亡的人格化身。

Mūḍha— 愚蠢之人；驴一样蠢笨的人。

Mukti — 解脱；摆脱物质的束缚。

Muni — 圣人。

Muraripu(Muradviṣa) — 至尊主奎师那；杀死玛杜魔的人。

- N -

Nāma-aparādha — 对至尊主的圣名的冒犯。

Nanda Mahārāja — 布茹阿佳的君王，主奎师那的养父。

Nanda-nandana — 至尊主奎师那的一个名字，意思是：南达王心爱的儿子。

Nārada Muni — 至尊主纯粹的奉献者，用他永恒的身体在整个宇宙中旅行，赞扬奉爱服务。他是维亚萨戴瓦和许多其他杰出奉献者的灵性导师。

Nārāyaṇa — 主奎师那扩展的四臂威严的至尊主形象，物质展示瓦解后众生栖息的地方；主维施努。

Narottama dāsa Ṭhākura — 圣主柴坦亚·玛哈帕布师徒传承中的外士纳瓦灵性导师。他是珞卡纳塔·达斯·哥斯瓦米的门徒，用孟伽拉语写下许多赞美奎师那的颂歌。

Naṣṭa-prajña — 失去一切智力。

Nirvāṇa — 停止物质活动和存在，按照外士纳瓦哲学，并不否认灵性的活动和存在。

Nṛsiṁhadeva — 至尊主的半人半狮化身，祂保护帕拉德王，杀死恶魔黑冉亚卡希普。

- P -

Pāñcarātrika-vidhi — 崇拜神像这一奉爱服务的程序，以及韦达文献Pañcarātra中记载的赞歌(mantra)冥想。

Pāṇḍavas — 尤帝施提尔、彼玛、阿尔诸纳、纳库拉和萨哈戴瓦。这五位战士兄弟是主奎师那亲密的朋友和奉献者。

Pāṇḍu — 库茹王朝的王子，他的五个儿子(潘达瓦五兄弟)在库茹柴陀战场上与兑塔瓦施陀的儿子决战。

Paramahaṁsa — 至尊主天鹅般最高级的奉献者；托钵僧的最高阶段。

Paramātmā —维施努展现在每一个受制约的生物体心中并遍布物质自然的超灵形象。

Paramparā — 师徒传承，灵性知识经由传承中有资格的灵性导师传递下来。

Parāśara — 伟大的圣人，圣维亚萨戴瓦的父亲。

Pitṛloka — 祖先们居住的星球，属于天堂星球。

Pitta — 胆汁，体内主要三种元素之一。

Pabhu — 主人。

Prabodhānanda Sarasvatī — 伟大的外士纳瓦诗人哲学家，圣主柴坦亚 · 玛哈帕布的奉献者。他是哥帕拉 · 巴塔 · 哥斯瓦米的叔叔。

Pracetās — 帕祺纳巴黑王的十个儿子。他们通过崇拜主维施努达到完美境界。

Prācīnabarhi — 被捆绑在功利性活动中的君王，得到纳茹阿达. 牟尼就奉爱服务所给予的教导。

Pradyumna — 主奎师那在灵性世界最初的四个扩展之一。

Prahlāda Mahārāja — 遭自己邪恶的父亲迫害的奉献者,但后来被至尊主的尼尔星哈化身所保护和拯救。

Prakṛti — 物质自然，至尊者的能量；被享受者。

Pramlocā — 天堂社交女郎，与圣人侃杜生下女儿玛瑞莎。玛瑞莎后来成为帕柴塔们的妻子。

Prāṇāyāma — 瑜伽练习，尤其是八部瑜伽(aṣṭāṅga-yoga)中控制呼吸的程序。

Prasādam — 主奎师那的仁慈；以爱心供奉给至尊主后被灵性化了的食物或其他东西。

Priyavrata — 斯瓦阳布瓦 · 玛努的儿子，乌塔纳帕达的兄弟，曾经统治过全宇宙。

Pṛthā — 琨缇，潘达瓦五兄弟的母亲，主奎师那的姑妈。
Pṛthu Mahārāja — 被主奎师那赋予了力量的化身，树立了理想统治者的典范。
Pulaha — 主布茹阿玛直接生出的七位伟大的圣人之一。
Pulastya —主布茹阿玛直接生出的七位伟大的圣人之一。
Pūru— 雅亚提王最小的儿子。他同意用自己的青春换他父亲的老年。
Puruṣa — 享受者或男性；生物或至尊主。
Puruṣa-avatāras — 至尊主为创造物质宇宙扩展出的三个主要的维施努。
Puruṣottama — 至尊人主奎师那。

- R -

Rādhārāṇī — 主奎师那最亲密的伴侣，是祂的内在、灵性能量的人格化身。
Raghunātha Bhaṭṭa Gosvāmī —直接受主柴坦亚 · 玛哈帕布启迪的六位外士纳瓦灵性导师中的一位，系统地呈献了主柴坦亚的教导。
Raghunātha dāsa Gosvāmī — 直接受主柴坦亚 · 玛哈帕布启迪的六位外士纳瓦灵性导师中的一位，系统地呈献了主柴坦亚的教导。
Rājarṣi — 伟大的圣洁君王。
Rājasūya-yajña — 尤帝士提尔王举行的盛大的祭祀典礼，主奎师那到场参加。
Rajo-guṇa — 物质自然的激情属性。
Rāma — 参看：Rāmacandra。
Rāmacandra — 至尊主化身的一个完美的君王。
Rāmānanda Rāya — 圣主柴坦亚．玛哈帕布从事晚期娱乐活动时的亲密同伴。
Rāmānujācārya — 幸运女神师徒传承在十一世纪时的一位伟大的灵性导师。
Rāsa-līlā — 奎师那与祂最高级、最信赖的仆人——布阿佳布弥的牧牛姑娘之间，所进行的最纯洁、灵性的爱的交流。
Rāvaṇa — 被主茹阿玛禅铎杀死的一个邪恶的统治者。
Ṛṣabhadeva — 至尊主化身显现的一位奉献者君王。祂在教导他的儿子们有关灵性的生活后，离开祂的王国，去过一种苦行的生活。
Ṛṣi — 圣人。
Rudra — 参看：希瓦。
Rukmiṇī — 主奎师那在杜瓦尔卡城中的首位王后。
Rūpa Gosvāmī — 直接追随圣主柴坦亚 · 玛哈帕布的六位外士纳瓦灵性导师中的一位，系统地呈现了主柴坦亚的教导。

- S -

Sac-cid-ānanda-vigraha — 至尊主的永恒、极乐、充满知识的超然形象。

Sadāśiva —参看：希瓦。

Sādhu — 圣洁的人。

Sahajiyā — 假冒奉献者的人。他们把奉爱服务视为是很廉价的事物，不遵守经典规定的原则。

Sakhya-rasa — 怀着奉爱的朋友之情与至尊主保持的爱的关系。

Śakty-āveśa — 被至尊主赐予了祂的一种或多种财富。

Sampradāya —灵性导师的师徒传承，以及那一传统中的追随者。

Sanātana-dharma — 全体生物永恒的职责或宗教——为至尊主做奉爱服务。

Sanātana Gosvāmī —直接追随圣主柴坦亚·玛哈帕布的六位外士纳瓦灵性导师中的一位，系统地呈现了主柴坦亚的教导。

Śaṅkarācārya —主希瓦的一个伟大哲学家的化身，遵照至尊主的命令以韦达经为基础传播非人格神主义理论。

Saṅkarṣaṇa —主奎师那在灵性世界中最初的四个四臂扩展中的一个；嘎尔戈·牟尼给祂取的另一个名字叫巴拉茹阿玛。

Saṅkīrtana — 聚集在一起赞美至尊主奎师那，特别是用吟唱至尊主的圣名的方法。

Sannyāsa — 韦达灵性生活中的第四个阶段；弃绝的生活。

Sannyāsī — 处在生活的弃绝阶段或阶层的人；托钵僧。

Sārī — 韦达式的女装。

Śarmiṣṭā — 雅亚提王的第二个妻子。由于过度依恋她，君王遭到舒夸查尔亚的诅咒，失去他的青春。

Sārvabhauma Bhaṭṭācārya — 著名的逻辑学家，后来投靠了圣主柴坦亚·玛哈帕布。

Sarvātmā — 参看：Paramātmā。

Śāstra — 像韦达经典那样的启示经典。

Sattva-guṇa — 物质自然的善良属性。

Satya-yuga — 宇宙内四个年代循环中的第一个年代，也是最好的年代，总长1728000年。

Satyabhāmā — 主奎师那在杜瓦尔卡从事祂的娱乐活动时所娶的一位主要的妻子。

Śaunaka Ṛṣi — 聚集在奈弥沙冉亚森林中的圣人们的领袖，率领圣人们聆听苏塔·哥斯瓦米讲述《圣典博伽瓦谭》。

Śeṣa Nāga — 参看：Ananta。

Sītā — 主茹阿玛禅铎永恒的伴侣。

Śiva — 至尊主化身出的特殊的半神人，负责掌管物质的愚昧属性和毁灭物质展示。

Somarāja — 控制月亮的半神人昌铎。

Śravaṇa — 聆听有关至尊主的奉爱程序。

Śrīnivāsācārya — 温达文的六位哥斯瓦米的主要追随者之一。

Śruti — 靠聆听得到的知识；由至尊主直接给予的原本的韦达经典(韦达经和奥义书)。

Stotra — 祈祷文。

Sudāmā Vipra — 主奎师那的一个贫穷的居士朋友兼奉献者。至尊主后来赐予他无限的富裕。

Sudarśana cakra — 至尊主的飞轮武器。

Śūdra — 韦达社会制度中第四阶层的人——为其它阶层做服务的劳动者。

Śukadeva Gosvāmī — 伟大的奉献者圣人，在帕瑞克西特王死亡前夕为他讲述了《圣典博伽瓦谭》。

Śukrācārya — 恶魔的灵性导师。

Sunīthā — 安嘎王的妻子，维纳王的母亲。

Supersoul —参看：Paramātmā。

Sūrya — 太阳神。

Sūta Gosvāmī —伟大的奉献者圣人，向聚集在奈弥沙冉亚森林中的圣人讲述帕瑞卡西特王与舒卡戴瓦之间的对话。

Svāhā — 火神阿格尼的妻子。

Svāmī —心念和感官的控制者；处在弃绝阶层中的人的头衔。

Svāṁśa —与至尊主毫无区别的至尊主的完整扩展。

Svarūpa — 灵魂原本的灵性形象。

Svāyambhuba Manu — 在布茹阿玛的一天当中第一个显现的玛努，是杜茹瓦王的祖父。

Śyāmasundara — 肤色微黑、绝美的至尊人格首神奎师那。

- T -

Tamo-guṇa — 物质自然的愚昧属性。

Tantras — 描述各种祭祀的次要典籍，主要是为那些受愚昧属性控制的人准备的。

Tapasya — 苦行、苦修；为了更崇高的目的而自愿接受身心的不方便。

Tilaka — 奉献者用吉祥的泥土在前额和身体的其他部位画的标记。

Tretā-yuga — 宇宙四个年代循环中的第二个年代，总长1296000年。

- U -

Umā — 参看：Durgā。

Uttānapāda — 古代君王，是斯瓦阳布瓦 · 玛努的儿子，杜茹瓦王的父亲。

- V -

Vaikuṇṭha — 灵性世界，在那里没有焦虑。

Vairāgya — 弃绝。

Vaiṣṇava — 至尊主维施努(Viṣṇu, 奎师那)的奉献者。

Vaiśyas — 韦达社会制度中的第三阶层的人，即：农场主和商人。

Vaiyāsaki — 参看：Śukadeva Gosvāmī。

Vālmīki — 原本的《茹阿玛亚纳》(《罗摩衍那》)的作者。

Vānaprastha — 退出家庭生活的人，韦达灵性生活的第三个阶段。

Varāha — 至尊主的雄猪化身。

Varṇa — 韦达社会制度中的四个阶层，由人所从事的工作性质和受哪一种物质属性影响所区分。请看Brāhmaṇa，Kṣatriya，Vaiśya，Śūdra。

Varṇa-saṅkara — 没有按照韦达文明的规定生下的孩子，因此是不值得要的后代。

Varṇāśrama-dharma — 韦达社会制度中的四个社会阶层和四个灵性阶段。请看Varṇa和Āśrama。

Varuṇa — 掌管海洋的半神人。

Vasiṣṭha — 主布茹阿玛直接生出的伟大的圣人之一。他是维施瓦弥陀的竞争对手。

Vasudeva — 奎师那的父亲，南达王的同父异母兄弟。

Vāsudeva — 至尊主奎师那，苏戴瓦的儿子，以及物质和灵性万物的拥有者。

Vātsalya-rasa —以父母之情去爱主奎师那的奉献者与至尊主所保持的关系。

Vāyu — 气；掌管风的半神人。

Vedānta — 圣维亚萨戴瓦的《韦丹塔 · 苏陀》(《吠檀陀经》)的哲学，包含了对韦达哲学知识的总结性概述，表明至尊主是生命的目标。

Vedānta-sūtra — 圣维亚萨戴瓦以格言的形式写就的、对韦达哲学知识的总结性概述。

Vedas — 由主奎师那最先讲述的原始启示经典。

Vena — 安嘎王邪恶的儿子，普瑞图王的父亲。

Vidura — 奎师那杰出的奉献者，是维亚萨戴瓦的儿子、阎罗王的化身、潘达瓦五兄弟的叔叔。

Vidyāpati — 圣主柴坦亚 · 玛哈帕布特别欣赏的外士纳瓦诗人。

Vijayadhvaja Tīrtha — 玛德瓦查尔亚传承中的外士纳瓦灵性导师，《圣典博伽瓦谭》的评注者。

Vijitāśva — 普茹图王的长子，又名安塔尔达纳。

Vīrabhadra — 主希瓦为捣毁达克沙王的祭祀而创造出的恶魔。

Vīrarāghava Ācārya — 茹玛努佳查尔亚传承中的外士纳瓦灵性导师，《圣典博伽瓦谭》的评注者。

Viṣṇu –– 至尊人格首神为了创造和维系物质宇宙而扩展出的四臂形象。

Viṣṇupriyā-devī — 圣主柴坦亚 · 玛哈帕布的第二位妻子。主柴坦亚后来离开她去当了托钵僧。

Viṣṇu-tattva — 首神的范畴；适用于至尊主的主要扩展。

Viśruta — 帕柴塔们通过玛瑞莎生的儿子。

Viśvanātha Cakravartī Ṭhākura — 圣主柴坦亚 · 玛哈帕布传承中伟大的外士纳瓦灵性导师，《圣典博伽瓦谭》的评注者。

Vivarta-vāda — 商卡尔阿查尔亚杜撰出的一个错误概念，即：神在为创造而扩展自己的能量后，就不再是完整的了。

Vivasvān — 控制太阳的半神人。

Vṛndāvana –– 奎师那永恒的住所，祂在那里完全展示了祂甜美的质量；这个地球上的一个村庄，至尊主奎师那五千年前在那里演出了祂孩提时的娱乐活动。

Vṛndāvana dāsa Ṭhākura — 圣主柴坦亚 · 玛哈帕布的杰出的奉献者；他撰写了主柴坦亚的传记——《柴坦亚巴嘎瓦特》。

Vyāsadeva — 主奎师那的文学化身，为人类编纂了韦达经(Vedas)、往世书(Purāṇas)、《韦丹塔． 苏陀》(Vedānta-sūtra)和《玛哈巴茹阿特》(Mahābhārata)等韦达文献。

- Y -

Yadus — 主奎师那显现其中的雅杜王朝。

Yajña — 韦达祭祀；也是一切祭祀的目的和享受者至尊主的名字，意思是祭祀的人格体现。

Yamarāja — 负责掌管死亡和惩罚罪犯的半神人。

Yāmunācārya — 伟大的外士纳瓦作者，圣桑么帕达亚传承的灵性导师。

Yaśodā — 奎师那的养母；布茹阿佳的王后，南达王的妻子。

Yaśodā-nandana — 扮演了雅首达爱子的至尊主奎师那。

Yavana — 非常低等的人，一般是肉食者、野蛮人。

Yayāti — 古代君王，因为色欲而受到舒夸查尔亚的诅咒，过早地进入老年期。

Yoga — 将自我与至尊者相连的灵性训练。

Yogeśvara — 一切神秘力量的主人——至尊主奎师那。

Yogī — 以某种方法努力与至尊者相连的超然主义者。

Yudhiṣṭhira — 潘达瓦五兄弟之一，在库茹柴陀战争后统治了整个地球。

Yugas — 计算宇宙寿命的年代，四个年代循环往复。

梵文发音指导

人们历来用不同的字母来代表梵文，但在印度被最广泛采用的是戴瓦讷嘎瑞(devanāgarī)字母。戴瓦讷嘎瑞的意思是，半神人的城市文字。戴瓦讷嘎瑞共含有 48 个字母；13 个元音，35 个辅音。古代的梵文语法家根据方便、实用的语言学原则，把这些字母加以排列，其排列顺序被所有的现代语言学者所接受。本书所用的拉丁语字母拼音系统，50 年以来一直被语言学家所采用。

元音

अ a　आ ā　इ i　ई ī　उ u　ऊ ū　ऋ ṛ

ॠ ṝ　ऌ ḷ　ए e　ऐ ai　ओ o　औ au

辅音

喉　音：	क	ka	ख	kha	ग	ga	घ	gha	ङ	ṅa
颚　音：	च	ca	छ	cha	ज	ja	झ	jha	ञ	ña
卷舌音：	ट	ṭa	ठ	ṭha	ड	ḍa	ढ	ḍha	ण	ṇa
齿　音：	त	ta	थ	tha	द	da	ध	dha	न	na
唇　音：	प	pa	फ	pha	ब	ba	भ	bha	म	ma
半元音：	य	ya	र	ra	ल	la	व	va		
丝　音：	श	śa	ष	ṣa	स	sa				

送气音：　ह ha　　　鼻后音(anusvāra)：ं ṁ

无声音(visarga)：ः ḥ　　　省字号(avagraha)：ऽ

数词

०-0　१-1　२-2　३-3　४-4　५-5　६-6　७-7　८-8　९-9

辅音后元音的写法

ा ā　ि i　ी ī　ु u　ू ū　ृ ṛ　ॄ ṝ　े e　ै ai　ो o　ौ au

例如：क ka　का kā　कि ki　की kī　कु ku　कू kū

कृ kṛ　कॄ kṝ　के ke　कै kai　को ko　कौ kau

一般来说当辅音是两个或两个以上一起时有特殊的写法，例如：क्ष kṣa त्र tra。

在辅音后没有标出元音时，应该当作有元音 a 来念。

当出现符号(्)时，表示没有元音，例如：क् 。

元音发音

a —如英语 but 中的 u

ā —如英语 far 的 a 而两倍长于 a

ai —如英语 aisle 中的 ai

au —如英语 how 中的 ow

e —如英语 they 中的 e

i —如英语 pin 中的 i

ī —如英语 pique 中的 i 而两倍长于 i

ḷ —如 lree

o —如英语 go 中的 o

ṛ —如英语 rim 中的 ri

ṝ —如英语 reed 中的 ree 而两倍长于

u —如英语 push 中的 u

ū —如英语 rule 中的 u 而两倍长于 u

辅音发音

喉音

k —如英语 kite 中的 i

kh —如英语 Eckhart 中的 kh

g —如英语 give 中的 g

gh —如英语 dig-hard 中的 g-h

ṅ —如英语 sing 中的 ng

唇音

p —如英语 pine 中的 p

ph —如英语 up-hill 中的 p-h

b —如英语 bird 中的 b

bh —如英语 rub-hard 中的 b-h

m —如英语 mother 中的 m

卷舌音

ṭ —如英语 tub 中的 t

ṭh —如英语 light-heart 中的 t-h

ḍ —如英语 dove 中的 d

ḍh —如英语 red-hot 中的 d-h

ṇ —如英语 sing 中的 n

颚音

c —如英语 chair 中的 ch

ch —如英语 staunch-heart 中的 ch-h

j —如英语 joy 中的 j

jh —如英语 hedgehog 中的 dgeh

ñ —如英语 canyon 中的 n

齿音

t —如英语 tub 中的 t

th —如英语 light-heart 中的 t-h

d —如英语 dove 中的 d

dh —如英语 red-hot 中的 d-h

n —如英语 nut 中的 n

半元音

y —如英语 yes 中的 y

r —如英语 run 中的 r

l —如英语 light 中的 l

v —如英语 vine 中的 v

丝音

ś —如德语 sprechen 中的 s

ṣ —如英语 shine 中的 sh

s —如英语 sun 中的 s

送气音

h —如英语 home 中的 h

鼻后音(anusvāra)

ṁ —如法语 bon 中的 n

无声音(visarga)

ḥ —字尾的 h 音（aḥ 发音如 aha；iḥ 发音如 ihi）

梵文音节的声调没有明显的起伏，在一行中字与字之间也没有间单，有的只是一个音节接着一个音节连绵不断地连接。有的音节短，有的音节长，而长音节的长度是短音节的二倍。长音节含有长元音(ā, ai, au, e, ī, o, ṝ ,ū)或短元音后加一个以上的辅音(包括 ḥ 和 ṁ)。丝音辅音——后面带 h 的辅音，只算单辅音。

梵文诗句索引

- A -

中文译者简介

嘉娜娃（金磊），法籍华人，生于北京，医疗管理专科毕业。自1991年开始接触瑜伽后，深受印度古代文化的吸引，逐渐走上翻译这些经典的道路。迄今为止，她已经翻译、编辑了许多著名的古印度典籍，其中包括帕谭伽里的《瑜伽经》以及帕布帕德的《博伽梵歌原意》和《博伽梵往世书》（《圣典博伽瓦谭》）等40本印度古籍。此外，还有中国广大读者熟悉的《瑜伽的故事》和《瑜伽的艺术》（上、下）等。